둠즈데이북

DOOMSDAY BOOK

DOOMSDAY BOOK

둠즈데이북

옥스퍼드 시간 여행 시리즈 1

최용준 옮김

코니 윌리스 장편소설

Connie Willis

아작

나의 키브린,
로라와 코델리아에게

감사의 글

그릴리 공립 도서관의 수석 사서 제이미 라루를 비롯한
전 직원의 끊임없는 소중한 도움에 각별한 감사를 표한다.
그리고 사랑하는 내 친구 쉴라, 켈리, 프레이저, 시,
특히 마타에게 한없는 고마움을 전한다.

결코 잊어서는 안 될 이 모든 일이 시간에 파묻히지 않도록, 그래서 결코 잊지 말아야 할 이 모든 일이 우리 후손의 기억 속에서 사라지지 않도록, 이 땅 사악한 존재의 손아귀에 놓인 이곳에서 일어난 수많은 재앙을 보아온 나는, 이제 죽은 자들에 둘러싸여 죽음을 기다리며 그동안 내가 목도한 모든 일을 여기 적는다.

기록은 글쓴이와 함께 소멸되지 않아야 하고 노동은 그것을 행한 사람과 함께 무위로 돌아가지 않아야 하므로, 내 오늘 이 작업을 계속하기 위해 양피지를 남기니, 만일 단 한 사람이라도 살아남아 아담의 후예 중 그 누구라도 페스트로부터 도망쳐 내가 시작한 일을 계속 이어갈 수만 있다면….

— 존 클린 수사, 1349년

PART 1

✦

종지기에게 가장 필요한 덕목은 힘이 아니라 시간을 지키는 능력이다….
종지기는 이 두 가지를 마음속에 간직하고 절대로 잊지 말아야 한다.
종과 시간, 종과 시간.

— 로널드 블라이스, 《아켄필드》

1

제임스 던워디 교수가 실험실 문을 열고 들어서자 쓰고 있던 안경에 순식간에 뽀얗게 김이 서렸다.

"너무 늦었나?" 던워디는 안경을 벗어들고 눈을 찡그리며 오랜 친구이자 의사인 메리 아렌스에게 물었다.

"문이나 닫고 말해." 아렌스가 말했다. "캐럴 소리 때문에 무슨 말인지 하나도 안 들려."

던워디가 문을 닫았지만 제대로 닫히지 않았는지 '참, 반가운 신도여'를 연주하는 소리가 안으로 새어 들어왔다. "내가 너무 늦은 거야?" 던워디가 다시 물었다.

아렌스가 고개를 저었다. "아니야, 그저 길크리스트 교수의 연설만 놓친 걸." 아렌스는 의자 깊숙이 몸을 파묻어 던워디가 좁은 관찰 구역 안으로 비집고 들어올 수 있게 했다. 아렌스는 하나 남은 의자에 이미 자기 외투, 모직 모자, 꾸러미들로 가득한 커다란 쇼핑백을 올려놓은 상태였다. 모자를 벗고 나서 일부러 머리를 부풀리기라도 한 양, 그녀의 회색 머리는 엉클어

13

져 있었다. "이제 시작될 첫 중세 여행에 관한 대단히 긴 연설이었지." 아렌스가 말했다. "그리고 브레이스노즈 칼리지가 역사의 왕관에 박힌 보석처럼 이제야 제자리를 찾아가고 있다고도 했고. 그런데 밖에 아직도 비가 와?"

"응." 김 서린 안경을 목도리로 닦아내면서 던워디가 대답했다. 던워디는 금속 안경다리를 귀에 걸치고, 네트를 살펴보기 위해 얇은 유리 칸막이 구역으로 올라섰다. 실험실 한복판에는 뒤집힌 트렁크와 나무 상자 더미 따위에 둘러싸인 채 박살 난 마차가 떡 하니 자리 잡고 있었다. 그 위로 네트의 보호막이 얇은 낙하산처럼 드리워졌다.

키브린의 지도 교수 래티머는 트렁크 옆에 서 있었다. 평소보다 더 나이 들어 보이고 어딘지 약해 보였다. 몬토야 교수는 주머니가 많은 재킷에 청바지 차림을 하고 콘솔 옆에 서서 손목시계를 초조하게 들여다보았고, 네트 기술자 바드리는 콘솔 앞에 앉아 잔뜩 찌푸린 얼굴로 화면을 보며 뭔가를 입력하고 있었다.

"키브린은 어디 있지?" 던워디가 물었다.

"못 봤어." 아렌스가 말했다. "이리 와 앉아. 정오까지는 강하 계획이 없는데다 정오가 된다 해도 저 사람들이 키브린을 보내줄지 심히 의심스러워. 길크리스트 교수가 연설을 하나 더 하려 든다면 특히."

아렌스는 코트를 자기 의자 등판에 걸쳐놓고 꾸러미로 가득 찬 쇼핑백을 발 옆에 내려놓았다. "강하가 온종일 걸리지는 않았으면 좋겠네. 3시에는 조카손자 콜린을 데리러 지하철역에 가야 하거든. 지하철로 온대."

아렌스는 쇼핑백을 뒤적였다. "조카딸 디어드리가 연휴를 보낸답시고 켄트로 떠나면서 나한테 자기 아들을 맡겨버렸지 뭐야. 콜린이 여기 와 있는 동안만큼은 비가 내리지 않았으면 좋겠어." 계속 쇼핑백을 뒤지면서 아렌스가 말했다. "콜린은 이제 열두 살이야. 착하고 아주 영리하지. 정말 희한한 단어만 골라 쓰기는 하지만. 콜린 녀석 입에서는 '묵시록적' 또는 '괴사적' 같은 말밖에 안 나와. 게다가 디어드리는 콜린에게 단 걸 너무 많이 줘."

아렌스는 계속해서 쇼핑백을 뒤적였다. "크리스마스 선물로 콜린에게 주려고 이걸 샀어." 아렌스는 빨간색과 녹색의 가느다란 줄무늬가 있는 상자를 꺼내 들었다. "여기 오기 전에 남은 쇼핑도 마저 할 생각이었는데 비가 억수로 쏟아지는데다 하이 스트리트에서 울려 퍼지는 그 끔찍한 디지털 카리용[1] 음악 소리는 도저히 들어줄 수가 없더라고."

아렌스는 상자를 열고 선물을 싼 얇은 종이를 펼쳤다. "열두 살짜리 남자아이들이 요즘은 뭘 입고 사는지 도무지 알 수가 있어야지. 그래도 목도리만큼은 항상 하잖아. 그렇지 않아? 제임스? 제임스?"

화면 어딘가를 넋 놓고 보고 있던 던워디가 몸을 틀었다. "뭐라고?"

"목도리만큼은 언제나 남자아이용 크리스마스 선물로 제격이라고 말했어. 그렇지 않아?"

던워디는 아렌스가 심사평을 듣고자 기다리며 들고 있는 목도리를 바라보았다. 짙은 회색 체크무늬가 들어간 모직 목도리였다. 이런 목도리에 파묻히느니 차라리 죽는 게 낫겠다며 이를 갈던 어린 시절이 떠올랐다. 그게 벌써 50년 전의 일이었다. "그렇지." 던워디는 마지못해 대꾸하고는 얇은 유리로 시선을 돌렸다.

"뭐지, 제임스? 뭐 잘못된 것이라도 있어?"

래티머 교수는 놋쇠 띠 장식이 있는 작은 손궤를 집어 들고는 자신이 손궤를 왜 집어 들었는지 애초의 목적을 잊은 듯 주위를 몽롱하게 바라보았다. 몬토야 교수는 초조하게 손목시계를 자꾸만 흘끔거렸다.

"길크리스트 교수는 어디에 있어?" 던워디가 물었다.

"그 사람은 저기로 들어갔어." 아렌스가 네트 저편에 있는 문을 가리키며 말했다. "역사에서 중세가 차지하는 바에 관해 한바탕 연설을 해대고 키브린한테도 뭐라 뭐라 하는 것 같더니만 기술자들이 달려와 이런저런 테스트를 하고 나서 키브린이랑 저 문으로 들어갔어. 아직도 저기서 키브린에게 준비를 시키는 것 같아."

"키브린을 준비시키고 있단 말이지…." 던워디가 중얼거렸다.

"제임스, 제발 이리 와서 앉아. 그리고 뭐가 문젠지 말해봐." 아렌스는

---

1 모양이나 크기가 다른 종을 음계 순으로 달아놓은 타악기

목도리를 상자 속으로 쑤셔 넣더니 안 그래도 터질 것 같은 쇼핑백 속에 상자를 집어넣으며 말했다. "그리고 당신이 어디 갔었는지도. 여기 도착하면 당신이 이미 와 있을 줄 알았어. 누가 뭐래도 키브린은 당신이 가장 아끼는 제자잖아."

"역사학과 학과장에게 연락하려고 노력하는 중이었어." 화면을 보면서 던워디가 말했다.

"베이싱엄 교수? 그 사람은 크리스마스 휴가를 받아 어디로 떠나버린 게 아니었어?"

"맞아. 그리고 길크리스트 교수는 자기가 학과장 대행이 되게끔 뭔가 손을 쓰더니만 중세에도 시간 여행을 할 수 있도록 조정해버렸지. 중세 전체에 매겨져 있던 10등급 판정을 전면 폐기하고, 세기마다 자기 마음대로 등급을 매겨버렸어. 1300년대에 몇 등급을 매긴 줄 알아? 6등급이야, 6등급! 베이싱엄 학과장이 그 자리에 있었으면 절대 허락 안 했을 일이란 말이지. 그런데 그 양반을 찾을 수 있어야지." 던워디는 뭔가 희망을 품고 아렌스를 바라봤다. "메리, 혹시 학과장이 어디 있는지 알아?"

"몰라." 아렌스가 말했다. "스코틀랜드 어디라지, 아마."

"스코틀랜드 어디라…." 던워디가 쓴 입맛을 다시며 말했다. "길크리스트 교수는 키브린을 위험등급 10이 분명한 세기로, 연주창[2]과 페스트가 난무하고 잔 다르크가 화형당한 시대로 보내버리려 하고 있는데 큰일이군."

던워디는 콘솔 마이크에 대고 말하고 있는 바드리를 바라봤다. "아까 말하길, 바드리가 테스트했다고 했지? 무슨 테스트였어? 좌표 점검? 필드 투영?"

"내가 알 리가 없잖아." 아렌스는 끊임없이 변하는 숫자의 열과 행렬로 가득한 화면을 향해 어정쩡하게 손을 흔들었다. "난 의사지 네트 기술자가 아니야. 그런데 저기 일하고 있는 사람, 어쩐지 낯이 익은데…. 저 사람 베일리얼 칼리지에서 일하지 않아?"

2 경부림프선 결핵

던워디가 고개를 끄덕였다. "베일리얼 칼리지에서 가장 뛰어난 기술자지." 콘솔의 자판을 두드리며 계속해서 새로운 자료를 보여주는 화면에서 눈을 떼지 않고 있는 바드리를 보면서 던워디가 말했다. "뉴 칼리지 기술자들은 모두 휴가를 떠났어. 길크리스트 교수는 사람을 강하시켜본 적조차 없는 1년 차 실습생에게 강하를 맡길 생각이었지. 원격 강하에 1년 차 실습생을 쓸 생각을 하다니! 그래서 바드리를 쓰라고 내가 길크리스트 교수에게 말해줬어. 이번 강하를 막을 수 없다면 적어도 일류 기술자가 일을 처리하게는 해야지."

바드리가 화면을 보고 인상을 찡그리더니 주머니에서 계측기를 뽑아 들고 마차로 향했다.

"바드리!" 던워디가 소리쳤다.

못 들은 것 같았다. 바드리는 상자와 트렁크 주위를 걸어 다니며 계속 계측기를 들여다보고 있었다. 바드리가 나무 상자 하나를 살짝 왼쪽으로 옮겼다.

"저 사람은 지금 당신 말을 못 들어." 아렌스가 말해주었다.

"바드리!" 던워디가 고함을 질렀다. "할 이야기가 있어."

아렌스가 벌떡 일어났다. "저 사람은 지금 당신 이야기가 안 들린다니까, 제임스." 아렌스가 말했다. "방음 장치가 되어 있어."

바드리는 놋쇠 띠 장식이 있는 작은 손궤를 아직 들고 있는 래티머에게 뭔가를 말했다. 래티머는 당황한 듯 보였다. 바드리는 래티머에게서 손궤를 넘겨받아 분필로 표시해둔 곳에 내려놓았다.

던워디는 마이크를 찾았다. 하나도 보이지 않았다. "당신은 어떻게 길크리스트 교수의 연설을 들을 수 있었지?" 던워디가 아렌스에게 물었다.

"길크리스트 교수가 저기 안쪽에 있는 단추를 눌렀어." 아렌스가 말하며 네트 옆에 있는 패널을 가리켰다.

바드리는 콘솔로 돌아가 앉아 마이크에 대고 뭐라고 말했다. 네트 보호막이 내려오기 시작했다. 바드리가 뭐라 말하자 보호막은 다시 원래 자리로 돌아갔다.

"바드리에게 모든 걸 다시 한번 검사해보라고 했어. 네트 점검부터 실습생이 했던 계산 등 전부 다." 던워디가 말했다. "그리고 뭔가 이상한 점을 발견하면 즉시 강하를 취소시키라고도 했지. 길크리스트 교수가 뭐라고 떠들어대던 말이야."

"하지만 길크리스트 교수가 키브린을 위험에 빠뜨릴 리는 없어." 아렌스가 항의했다. "모든 예방 조처를 다 했다고 내게 말했…."

"모든 예방 조처를 다 해? 답사도 안 했고 변수 검사도 안 했어. 20세기로 사람을 보낼 때도 우리는 2년 동안 무인 탐사기를 먼저 보내 조사를 했단 말이야. 그런데 길크리스트 교수는 그런 과정을 모두 다 생략했어. 바드리가 무인 탐사기를 적어도 한 번은 보내봐야 한다고 길크리스트 교수에게 말했더니 어쨌는지 알아? 오히려 강하를 이틀 앞당기더군. 그 작자는 강하에 대해서는 아무것도 몰라."

"하지만 왜 꼭 오늘 강하를 해야만 하는지 설명해줬어." 아렌스가 말했다. "연설하면서 말이야. 길크리스트 교수 말에 따르면, 1300년대 사람들은 날짜에 별 관심이 없었대. 씨 뿌리는 날과 추수하는 날, 그리고 교회 축일을 제외하면 말이야. 크리스마스 주위에 축일이 가장 많이 몰려 있고, 그 때문에 중세사 전공팀에서는 키브린을 지금 보내기로 했대. 그러면 키브린이 강림절을 이용해 자신이 강하한 시기를 확인할 수 있고, 12월 28일에 강하 지점으로 돌아올 수 있으니까."

"길크리스트 교수가 키브린을 지금 보내려고 하는 건 강림절이나 축일과는 아무 상관이 없어." 바드리를 지켜보며 던워디가 말했다. 바드리는 자판을 하나 누르더니 얼굴을 찌푸렸다. "다음 주에 보내고 랑데부 날짜를 공현 축일[3]로 잡을 수도 있어. 6개월 정도 무인 탐사기를 보내 조사를 마친 뒤 지연 시간 강하로 보내도 돼. 하지만 길크리스트가 키브린을 지금 보내려는 건 베이싱엄 학과장이 휴가를 떠난 지금이 아니면 자기 맘대로 할 수 없기 때문이야!"

3 1월 6일

"이런, 맙소사!" 아렌스가 말했다. "그러고 보니 길크리스트 교수는 나한테까지도 재촉해댔지. 키브린이 병원에 얼마 정도 있어야 하는지 길크리스트 교수에게 알려줬더니 장광설을 펼치며 사람 진을 빼놓으려고 하더라고. 그래서 키브린에게 해준 예방 접종이 효과를 발휘하려면 시간이 좀 필요하다고 설명을 해줘야만 했어."

"12월 28일에 랑데부를 하겠다니." 던워디가 씁쓸하게 말했다. "그날이 무슨 축일인지 알아? '무죄한 어린이들의 순교 축일'이야. 하긴, 이번 강하가 진행되는 과정을 비추어볼 때 딱 맞는 날이긴 하지."

"왜 당신은 이번 강하를 막지 못하는 거지?" 아렌스가 말했다. "키브린을 말릴 수 있잖아. 당신은 키브린의 지도 교수고."

"아니야." 던워디가 말했다. "내가 아니야. 키브린은 브레이스노즈 칼리지 학생이지. 래티머가 지도 교수고." 던워디는 래티머를 가리키며 손을 흔들었다. 래티머는 다시금 놋쇠 띠 장식이 있는 작은 손궤를 집어 들더니 멍한 표정으로 그 안을 들여다보았다. "키브린이 베일리얼 칼리지로 찾아와서는 내게 비공식 지도 교수가 되어달라고 부탁한 거야."

던워디는 시선을 돌려 얇은 유리를 물끄러미 바라보았다. "그래서 난 처음에 키브린에게 중세로는 갈 수 없을 거라고 했지."

＊

키브린이 던워디를 찾아왔을 당시, 키브린은 1학년생이었다. "중세로 가고 싶습니다." 키브린은 던워디를 보자마자 그렇게 말했다. 키브린은 1미터 50센티미터도 채 되지 않는 키에 금발을 땋아 내리고 있었으며, 혼자서 길을 건널 수 없을 정도로 어려 보였다.

"갈 수 없어." 던워디가 말했다. 말을 한 게 첫 번째 실수였다. 그냥 조용히 중세사 전공팀으로 돌려보내 자기 지도 교수와 상담하게끔 했어야만 했다. "중세로 가는 건 금지되었어. 위험등급이 10이란 말이야."

"일률적으로 10등급이죠." 키브린이 말했다. "하지만 길크리스트 교수님 말씀으로는 전혀 그럴 필요가 없대요. 꼼꼼한 연 단위 분석을 통해 등급을 매긴 게 아니라고 하시더군요. 현재 설정한 등급은 당시 사람들의 사망률에 바탕을 둔 건데, 당시 사망률이 높은 건 대부분 영양 부족과 낙후된 의술 때문이라고 하셨어요. 질병 예방 접종을 받은 역사학자에게는 등급이 그렇게 높지 않을 거라면서요. 길크리스트 교수님은 등급을 다시 매기고 14세기를 열어놓자고 역사학과 교수 회의에 요청할 계획이라고 하시더군요."

"교수 회의에서 14세기를 열어주지 않을 거야. 흑사병과 콜레라뿐 아니라 백년전쟁도 있거든." 던워디가 말했다.

"하지만 열어줄 수도 있죠. 그리고 열어준다면 전 가고 싶어요."

"불가능해." 던워디가 말했다. "설사 열어준다 할지라도 중세사 전공팀이 그곳에 여자 한 명만 보내려 하지는 않을 거야. 14세기에는 동반자 없이 여자 혼자 다니는 경우가 없었으니까. 가장 낮은 계급의 여자들이나 혼자 돌아다녔지. 그러다가 어슬렁거리며 다니는 남자나 짐승들에게 좋은 사냥감이 되고 말이야. 귀족은 말할 것도 없고 신흥 중산 계급 여인들도 아버지나 남편이나 하인들과 함께 다녔어. 보통은 셋 정도가 함께 다녔고. 그리고 여자든 아니든 간에 우선 자넨 아직 학생이야. 14세기는 너무나 위험해서 중세사 전공팀에서는 학생을 보내려고 하지 않을 거야. 보낸다 하더라도 경험 있는 역사학자를 보내겠지."

"20세기보다 특별히 더 위험하지는 않아요." 키브린이 말했다. "최루 가스와 교통사고와 핀포인트 폭탄을 생각해보세요. 적어도 14세기에는 누가 저에게 폭탄을 떨어뜨리지는 않을 거예요. 그리고 중세를 전공한 역사학자가 누가 있지요? 현장 경험이 있는 사람은 아무도 없고, 여기 베일리얼 칼리지에서 20세기를 전공하는 역사학자들은 중세에 대해 아무것도 모르잖아요. 중세에 대해 조금이라도 아는 사람은 아무도 없어요. 교구 기록부나 세금 관련 문서를 빼면 기록도 거의 남아 있지 않고, 중세에 사람들이 어떻게 살았는지에 대해 아는 사람은 아무도 없어요. 그 때문에 가고 싶은 거예요. 중세 사람들이 무엇을 하며 어떻게 살았는지 알고 싶어요. 제발 도와주세요."

마침내 던워디가 입을 열었다. "사정은 알겠지만 내가 아니라 중세사 전공팀에 가서 이야기해." 하지만 때는 너무 늦었다.

"이미 이야기해봤어요." 키브린이 말했다. "그분들은 중세 전공인데도 아는 게 하나도 없어요. 제 말은 실제적인 일을 모른다는 뜻이에요. 래티머 교수님은 저에게 중세 영어를 가르치셨는데, 오직 대명사 굴절과 모음 변화뿐이었어요. 열심히 배웠지만 말 한마디 할 수 없어요."

"전 언어랑 관습을 익혀야 해요." 키브린이 던워디의 책상에 기대면서 말했다. "그리고 당시 화폐 체계랑 식사 예절 같은 것도 모두요. 그런데 교수님, 중세 사람들은 접시를 사용하지 않았다는 것 아세요? '맨치트'라는 납작한 빵 덩어리를 접시 대신 사용했대요. 고기를 담아 먹고 난 다음에 빵 접시를 깨서 먹는 거죠. 저에게는 이런 상식을 가르쳐줄 사람이 필요해요. 가서 실수하지 않도록요."

"내 전공은 20세기지 중세가 아니야. 지난 40년간 중세를 연구해본 적도 없고."

"그렇지만 교수님께서는 제가 알고 싶어 하는 것들에 관해 잘 아시잖아요. 어디 가서 배울 수 있는지 알려만 주시면 제가 찾아다니면서 배울게요."

"길크리스트 교수는 어때?" 던워디가 말했다. 말은 그렇게 했지만, 던워디는 길크리스트를 거만한 멍청이로 여기고 있었다.

"길크리스트 교수님은 등급을 재조정하느라 바빠서 시간을 내주실 수 없대요."

'보낼 역사학자가 없다면 등급 조정은 뭐 하러 해?' 던워디는 생각했다. "몬토야 교수는 어때? 위트니 근처에서 중세 유적을 발굴하고 있지 않아? 그녀라면 중세 관습에 관해 뭔가 아는 것이 있을 거야."

"몬토야 교수님도 시간이 없대요. 스켄드게이트 발굴에 참여할 보충 인원을 선발하느라 너무 바쁘시다고요. 모르시겠어요? 다른 분들은 전부 다 안 돼요. 절 도와줄 사람은 던워디 교수님뿐이에요."

던워디는 그때 이렇게 말했어야 했다. "어찌 되었든 그 사람들은 브레이스노즈 칼리지 소속이고, 난 아니야!" 그렇지만 래티머는 중풍 걸린 늙은 이에 불과하고 몬토야는 한풀 꺾인 고고학자이며 길크리스트는 역사학자를 길러내는 데 무능력하다는 자신의 속마음이 키브린의 입에서 말로 표현

21

되는 것을 듣게 되자, 던워디는 내심 무척 고소했다. 던워디는 키브린을 통해 중세 전공 연구가들에게 본때를 보여주겠다는 충동에 순간 사로잡혔다.

"통역기를 쓰면 도움이 많이 될 거야." 던워디는 그만 이렇게 말해버렸다. "그리고 래티머 교수가 가르치는 중세 영어와 더불어 교회 라틴어, 노르만 프랑스 방언, 고대 독일어를 공부해." 키브린은 그 즉시 연필과 연습장을 주머니에서 꺼내 목록을 작성하기 시작했다.

"실제적인 농장 일도 익혀야 할 거야. 소젖 짜는 법, 달걀 모으는 법, 채소 가꾸는 법." 던워디는 손가락을 꼽아가며 가르쳐줬다. "머리가 충분히 길지 않으니 코틱사이딜을 복용해. 그리고 실 잣는 법도 배우되 북에 넣을 씨실 꾸리를 일일이 손으로 감아 넣는 법을 익히도록 해. 물레를 사용하면 안 돼. 그땐 물레가 발명되기 전이거든. 그리고 말타기도 익혀야 할 거야."

마침내 제정신이 든 던워디는 말을 멈췄다. "자네가 정말 배워야 하는 게 뭔지 알아?" 어깨까지 내려오는 두 갈래 머리를 흔들며 열심히 자기의 말을 받아 적고 있는 키브린의 메모 내용을 굽어보며 던워디가 진지하게 말했다. "창상, 감염된 상처 따위를 치료하는 방법, 죽은 아이를 묻기 전에 염하는 법, 무덤 파는 법 등이야. 길크리스트 교수가 어찌어찌해서 위험등급을 조정하는 데 성공해도 당시는 사망률로만 따져봐도 위험등급 10을 받을 만해. 1300년대의 평균 수명은 38세야. 자네가 거기 가야 할 이유가 전혀 없어."

키브린은 종이 위에 연필을 놓고 던워디를 쳐다보았다. "어딜 가야 시체를 볼 수 있을까요?" 키브린이 진지한 목소리로 말했다. "신원 불명 사체 보관소로 가면 되나요? 아니면 학교 병원에 계신 아렌스 선생님을 찾아가야 하나요?"

✳

"난 가지 말라고 했어." 던워디가 여전히 초점 없는 눈으로 유리 안을 들여다보며 아렌스에게 말했다. "그렇지만 키브린은 들으려 하지 않았지."

"알아." 아렌스가 말했다. "내 말도 안 듣던걸."

던워디는 아렌스 옆에 털썩 주저앉았다. 베이싱엄 학과장을 찾는답시고 비를 맞았기 때문에 관절염이 성을 내고 있었다. 게다가 아직 외투도 벗지 않은 상태였다. 던워디는 힘겹게 외투를 벗고 목에 감겨 있던 목도리를 끌렀다.

"키브린의 후각을 마비시켜주고 싶었어." 아렌스가 말했다. "14세기의 냄새는 정말 지독할 거라고 말해줬지. 오늘날의 배설물이나 상한 고기, 뭔가가 부패할 때 나오는 냄새에 비할 바가 아니라고도 했고. 욕지기가 너무 나서 임무 수행에 방해될 거라는 충고도 빠뜨리지 않고 해줬단 말이야."

"하지만 키브린은 들으려 하지 않았겠지." 던워디가 말했다.

"응."

"난 중세는 위험하고 길크리스트 교수가 충분히 사전 준비를 하지 않았다는 말까지 했어. 그런데 키브린은 나더러 괜스레 걱정하는 거라고 하더군."

"어쩌면 정말로 우리가 괜한 걱정을 하는 걸지도 몰라." 아렌스가 말했다. "결국 키브린을 강하시키는 건 길크리스트 교수가 아니라 바드리니까. 그리고 바드리는 문제가 생기면 즉시 모든 계획을 취소하겠다고 했다면서."

"그랬지." 유리를 통해 바드리를 바라보면서 던워디가 말했다. 바드리는 화면에 눈을 고정한 채 다시금 한 자씩 꼼꼼하게 자판을 치고 있었다. 바드리는 베일리얼 칼리지 최고의 기술자일 뿐 아니라, 옥스퍼드 전체를 통틀어서도 최고였다. 그리고 지금까지 원격 강하 계산을 수십 번도 넘게 해왔다.

"그리고 키브린은 준비를 잘했어. 당신이 키브린을 가르쳤고, 난 건강 검진이며 예방 접종이며 키브린을 신체적으로 준비시키느라 지난달 내내 병원에서 살다시피 했지. 키브린은 콜레라에 장티푸스에, 1320년에 존재하는 모든 전염병에 대해 예방 접종을 받았어. 그리고 당신이 그토록 걱정하는 페스트는 염려 안 해도 될 거야. 1348년까지 잉글랜드 지방에는 흑사병이 퍼지지 않았거든. 게다가 키브린은 맹장도 제거했고 면역 체계도 강화했어. 바이러스성 질병에 대해서도 철저히 예방을 해줬고 중세에 행해졌던 의술에 대해서도 단기 강의를 듣게 시켰지. 게다가 키브린은 스스로 상당히 준비를 많이 했어. 병원에 있는 사이 중세에 쓰였던 약초까지 공부하던걸."

"알아." 던워디가 말했다. 키브린은 작년 크리스마스 휴가 때 라틴어로 미사 드리는 법, 뜨개질, 수놓는 법까지 익혔고, 던워디는 자신이 생각해 낼 수 있는 모든 것을 전부 다 가르쳤다. 하지만 그 정도를 배웠다고 해서 말에 짓밟힌다거나 십자군 원정을 마치고 돌아오는 술 취한 기사가 강간하려 드는 걸 예방할 수 있을까? 1320년은 여전히 사람들이 말뚝에 묶여 화형당하던 시기였다. 키브린이 강하하는 모습을 본 당시 사람들이 키브린을 마녀라고 생각해 화형에 처하지 않는다는 보장이 없었다. 그에 대한 예방책은 전혀 없었다.

던워디는 얇은 유리 쪽으로 다시 시선을 돌렸다. 래티머가 세 번째로 트렁크를 들었다가 내려놓았다. 몬토야는 차고 있던 손목시계를 다시 들여다보았다. 바드리는 자판을 두드리며 얼굴을 찌푸렸다.

"키브린을 지도하지 말아야 했어." 던워디가 말했다. "내가 키브린을 가르친 건 그저 길크리스트 교수에게 자신이 얼마나 무능력한 사람인지 깨닫게 해주고 싶었기 때문이야."

"말도 안 되는 소리 하지도 마." 아렌스가 말했다. "당신은 그 아이가 키브린이기 때문에 가르친 거야. 키브린은 당신과 똑 닮았으니까. 싹싹하고 총명하고 의지가 굳은 아이지."

"난 키브린처럼 앞뒤 안 가리고 일하지는 않았거든."

"아니, 그랬어. 기억 안 나? 당신은 폭탄이 머리 위로 떨어지던 런던 대공습 때 그 잠깐을 참지 못하고 뛰쳐나갔잖아. 구(舊) 보들리 도서관에 얽힌 사건은 또 어떻고…."

준비실 문이 벌컥 열리더니 키브린과 길크리스트가 안으로 들어왔다. 키브린은 흩어진 상자를 넘어가기 위해 긴 치마를 움켜쥐었다. 키브린은 가장자리에 토끼털을 덧댄 망토에 산뜻한 파란색 커틀4을 걸치고 있었다. 어제 입고 와서 던워디에게 보여주었던 차림 그대로였다. 망토는 손으로 짠 것이라고 했다. 하지만 망토는 누군가가 어깨에 걸쳐준 낡은 모직 담요처럼 보였으며, 커틀 소매는 너무 길어서 손등을 거의 다 덮었다. 머리끈으로 묶은 긴 금발은 어깨에서 치렁거렸다. 그리고 여전히 혼자 길을 건널 수 없을 정도로 어려 보였다.

던워디는 키브린이 자기 쪽을 바라보면 바로 유리를 다시 두드리려고 벌떡 일어났다. 하지만 키브린은 혼잡하게 어질러진 방 중간에서 걸음을 멈추더니 여전히 던워디에게서 반쯤 고개를 돌린 채 바닥에 난 흔적들을 굽어보고는 약간 앞으로 나와 질질 끌리는 치마를 매만졌다.

길크리스트는 바드리에게 뭔가 말하고는 콘솔 위에 놓여 있던 상황판을 집어 들더니 라이트펜으로 가볍게 찍어대며 준비 상황을 확인하기 시작했다.

키브린은 길크리스트에게 뭔가 말하더니 놋쇠 띠 장식이 있는 손궤를 가리켰다. 등을 구부리고 바드리의 어깨너머를 지켜보던 몬토야가 성급히 몸을 펴더니 머리를 흔들며 키브린이 있는 곳으로 갔다. 키브린이 좀 더 결연한 얼굴로 뭐라고 말하자 몬토야는 무릎을 꿇고 트렁크를 마차 옆으로 옮겼다.

길크리스트는 목록에서 또 다른 물품에 확인 표시를 했다. 그리고 래티머에게 뭐라고 하자 래티머는 납작한 금속 상자를 가져와 길크리스트에게 건네줬다. 길크리스트는 키브린에게 뭐라고 말했고, 키브린은 양손을 펴서 가슴 앞에 모으더니 고개를 숙이고 뭐라고 말을 하기 시작했다.

"기도 연습을 시키는 건가?" 던워디가 말했다. "도움이 되겠군. 이번 현장 실습에서 키브린이 도움을 얻을 수 있는 데라고는 신밖에 없으니까."

아렌스는 다시 코를 풀었다. "이식한 걸 확인하는 거야."

"뭘 이식했는데?"

"특수 제작한 마이크로 칩 녹음기. 현장 실습 상황을 녹음하기 위해서지. 당시 사람들 대부분은 읽거나 쓸 줄을 모르기 때문에 한쪽 귀와 팔에 아날로그-디지털 변환기를 이식했고 다른 쪽에는 메모리 칩을 이식해줬

4 중세의 여성용 가운

어. 내가 했지. 그래서 말을 할 때는 기도하는 것처럼 보여. 칩 용량이 2.5 기가바이트니까 2주 동안 관찰한 걸 녹음하기에는 충분할 거야.”

“위치 추적기도 이식해줬어야 해. 그래야 위급할 때 도움을 청하지.”

길크리스트는 납작한 금속 상자를 만지작거리고 있었다. 그러고는 고개를 설레설레 젓더니 두 손을 모으고 있는 키브린에게 가서 손을 약간 높이 올려줬다. 너무 긴 소매가 뒤로 젖혀졌다. 손에 상처가 있었다. 그리고 상처에서 흘러나온 피가 말라붙어 생긴 가느다란 갈색 자국이 보였다.

“뭔가 잘못됐어.” 아렌스 쪽을 바라보며 던워디가 말했다. “다쳤잖아!”

키브린은 다시 두 손을 모으고 말을 하기 시작했다. 길크리스트가 고개를 끄덕였다. 키브린은 길크리스트를 보다가 던워디를 발견하고 환하게 웃어 보였다. 관자놀이에도 핏자국이 보였다. 머리끈 아래쪽 머리카락도 피로 엉켜 있었다. 길크리스트는 고개를 들어 던워디를 발견하고는 얇은 유리 쪽으로 황급히 다가왔다. 짜증스러운 표정이었다.

“아직 출발도 하지 않은 아이 몸에 벌써 상처를 내다니!” 유리를 두드리며 던워디가 말했다.

길크리스트는 벽에 붙은 패널 쪽으로 걸어가 단추를 누르더니 걸어와 던워디 앞에 섰다. “던워디 교수님.” 길크리스트가 말했다. “그리고 아렌스 선생님. 이렇게 와주셔서 정말 고맙습니다. 키브린이 떠나는 모습을 보러 오셨군요.” 길크리스트는 협박하듯 마지막 문장에 힘을 주어 말했다.

“키브린에게 무슨 일이 있었던 겁니까?” 던워디가 말했다.

“무슨 일이 있었냐고요?” 놀란 목소리로 길크리스트가 말했다. “무슨 말인지 못 알아듣겠군요.”

키브린이 피 묻은 손으로 커틀 아랫부분을 움켜쥐고 이쪽으로 다가오기 시작했다. 뺨에는 붉은 멍 자국이 있었다.

“키브린과 이야기 좀 하고 싶습니다.”

“그럴 시간이 없을 것 같군요.” 길크리스트가 말했다. “시간에 맞춰 예정대로 일을 진행해야 하거든요.”

“키브린과 꼭 이야기해야겠습니다. 저에겐 그럴 권한이 있는 거로 아는데요?"

길크리스트는 입술을 삐죽 내밀었고, 양 볼에는 불쾌한 표정이 역력히 드러났다. "혹시 모르실까 봐 말씀드리는 건데 말입니다, 던워디 교수님." 길크리스트가 싸늘하게 말했다. "이번 강하는 브레이스노즈 칼리지가 추진한 일이지 베일리얼 칼리지에서 주관하는 게 아닙니다. 물론 교수님께서 기술자를 보내준 데 대해 감사하게 생각하고 있고 역사학자로서 교수님의 다년간 연구 경험도 존중하지만, 제가 모든 걸 다 잘 꾸려나가고 있으니 안심하시라고 말씀드리고 싶군요."

"그렇다면 왜 떠나기도 전에 애를 다치게 한 거지요?"

"오, 던워디 교수님. 와주셔서 고맙습니다." 키브린이 유리 앞으로 다가와 말했다. "인사도 못 드리고 갈까 봐 걱정했거든요. 멋지죠?"

멋지다니. "피를 흘리고 있잖니." 던워디가 말했다. "뭐가 잘못된 거지?"

"잘못된 거 없어요." 관자놀이를 조심스레 만진 뒤 손가락을 들여다보며 키브린이 말했다. "이것도 분장이에요." 키브린은 던워디 뒤편에 있는 아렌스를 바라보았다. "아렌스 선생님도 오셨군요. 와주셔서 고맙습니다."

아렌스는 손에 여전히 쇼핑백을 든 채 자리에서 일어섰다. "바이러스 예방 접종을 한 곳이 어떻게 되었는지 보고 싶어." 아렌스가 말했다. "부어오르는 거 말고 다른 부작용은 없는 거야? 가렵지는 않고?"

"괜찮습니다, 선생님." 키브린은 아렌스가 팔 아랫부분을 잘 볼 수 있도록 소매를 걷어 올렸다. 팔뚝에도 붉은 타박상이 나 있었고 벌써 시퍼렇게 멍이 들었다.

"왜 피를 흘리고 있는 건지 키브린에게 직접 물어보는 게 이해하기 쉽겠군요." 던워디가 말했다.

"분장의 일부예요. 말씀드렸듯이, 저는 거기서 '이자벨 드 보브리에' 역을 하기로 했고, 여행 도중에 강도를 만난 거로 되어 있어요." 키브린은 몸을 돌리더니 상자와 박살 난 마차를 가리켰다. "전 모든 걸 도둑맞고 죽기만을 기다리고 있는 거지요. 교수님 말씀에서 힌트를 얻은 거예요." 키브린이 나무라듯 말했다.

"피 흘리고 얻어맞은 상태로 출발하라고 말한 기억은 전혀 없는데?" 던워디가 말했다.

"분장용 가짜 피를 쓸 수는 없습니다." 길크리스트가 말했다. "프로버빌리티가 예측하기로, 그 시대의 누군가가 키브린의 상처를 돌봐줄 확률을 무시할 수 없습니다."

"그리고 당신 머리로는 진짜 상처처럼 보이게 하는 방법이 생각이 안 났단 말입니까? 그래서 대신 머리를 두들겨 팼다는 말이냐고요!" 분에 겨워하며 던워디가 말했다.

"던워디 교수님, 다시 한번 말씀드리는데…."

"이건 베일리얼이 아닌 브레이스노즈 칼리지가 주관하는 강하라 이거죠? 백번 맞는 말입니다. 만약 이번 강하가 20세기로 가는 거였다면 우리는 그곳에 보내는 사람을 부상으로부터 보호하려고 노력하지 우리 손으로 다치게 해서 보내지는 않을 테니까요. 바드리와 이야기하고 싶습니다. 실습생이 한 계산을 다시 확인해봤는지 알고 싶어요."

길크리스트는 입술을 삐죽 내밀었다. "던워디 교수님, 바드리 씨는 교수님 쪽 기술자일지 모르지만 이건 제가 주관하는 강하입니다. 장담하건대, 뜻하지 않은 사건이 일어날 경우를 대비해 모든 면을 꼼꼼하게 고려했으…."

"살짝 스치게 한 것뿐이에요." 키브린이 말했다. "아프지도 않은걸요. 정말로 전 괜찮아요. 그러니 너무 화내지 마세요, 교수님. 상처를 내는 게 좋겠다고 생각한 사람은 바로 저인걸요. 중세 여인들이 얼마나 위험하고 공격당하기 쉬운지에 대해 교수님이 해주신 말씀을 듣고 제 원래 모습보다 좀 더 약해 보이면 도움이 될 거로 생각했어요."

'원래 네 모습보다 더 약해 보인다는 건 불가능해.' 던워디는 생각했다.

"제가 정신을 잃은 척하고 있으면 다른 사람들이 저에 관해 이야기하는 걸 들을 수 있는데다 저에게 질문을 많이 해대지도 않을 거로 생각했어요. 제 상황을 보고도 그럴 수는 없을 거라는 생각이…."

"자, 자리로 갈 시간이야." 벽에 붙은 패널로 위협적으로 다가가며 길크리스트가 말했다.

"가요." 키브린은 대답하면서도 꼼짝하지 않았다.

"네트 준비가 다 끝났어."

"알고 있어요." 키브린이 결연한 목소리로 말했다. "던워디 교수님과 아렌스 선생님께 인사만 드리고 바로 갈게요."

길크리스트는 가볍게 고개를 끄덕이고는 잔해가 놓인 곳으로 돌아갔다. 래티머가 길크리스트에게 뭔가를 물었고, 길크리스트는 짜증을 내며 대답했다.

"또 무슨 계획을 세운 거지?" 던워디가 물었다. "너를 내려치라고 길크리스트에게 곤봉을 줄 계획은 없어? 사람들이 네가 정말로 의식을 잃었다고 생각 안 할 수 있다고 프로버빌러티가 예측했을지도 모르니까."

"그냥 누워서 눈만 감고 있으면 되는 거예요." 살짝 웃으면서 키브린이 말했다. "그러니 걱정하지 마세요."

"바드리가 변수들만이라도 검사할 수 있도록 내일까지 기다리지 못할 이유가 없잖아." 던워디가 말했다.

"나는 예방 접종이 제대로 되었는지 다시 확인하고 싶어." 아렌스가 말했다.

"이제 두 분 다 그만 걱정하세요, 네?" 키브린이 말했다. "예방 접종을 한 곳은 가렵지 않고 상처도 아프지 않아요. 바드리 씨는 변수를 검사하느라 아침 내내 여기 붙어 있었어요. 두 분이 절 걱정해주시는 마음은 알지만, 걱정하지 않으셔도 되니 마음 놓으세요. 강하 지점은 옥스퍼드에서 바스로 가는 큰길이에요. 스켄드게이트에서 3킬로미터 정도 떨어진 곳이죠. 좀 기다리고 있다가 사람들이 오지 않으면 마을로 내려가 강도를 만났다고 말할 생각이에요. 물론 다시 강하해 돌아올 수 있도록 제 위치를 확인한 다음에요." 키브린은 유리에 손을 댔다. "두 분께서 저에게 해주신 모든 일에 대해 감사드리고 싶을 뿐이에요. 제 가장 큰 꿈은 중세로 가는 것이었어요. 그리고 이제 그 꿈이 이루어지려는 순간이고요."

"강하 뒤에는 두통과 피로를 느낄 거야." 아렌스가 말했다. "시차에 따르는 일반적 부작용이니 걱정하지 마."

길크리스트가 얇은 유리로 다시 돌아왔다. "자기 자리로 갈 시간이야."

"가야 해요." 무거운 치마를 끌어모으며 키브린이 말했다. "두 분 모두에게 무척 감사드려요. 두 분이 없었다면 전 아마 제 꿈을 이루지 못했을 거예요."

"잘 갔다 오렴." 아렌스가 말했다.

"조심해라." 던워디가 말했다.

"네, 그럴게요." 하지만 길크리스트가 벌써 벽 패널을 누른 상태였기 때문에 던워디는 키브린의 말소리를 들을 수 없었다. 키브린은 손을 들어 가볍게 흔들며 살짝 웃고는 박살이 난 마차 쪽으로 걸어갔다.

아렌스는 자리에 앉더니 손수건을 찾기 위해 쇼핑백을 뒤적거리기 시작했다. 길크리스트는 상황판에서 항목들을 하나씩 읽어 내려갔다. 키브린은 항목마다 고개를 끄덕였고, 길크리스트는 라이트펜으로 키브린이 동의한 항목에 표시해나갔다.

"관자놀이에 난 상처 때문에 패혈증에 걸리면 어떻게 하지?" 여전히 유리 앞에 서 있던 던워디가 말했다.

"안 걸릴 거야. 면역 체계를 강화해줬으니까." 아렌스는 코를 풀었다.

키브린은 길크리스트와 뭔가에 대해 논의하고 있었다. 길크리스트의 양 볼에는 화난 표정이 역력했다. 키브린은 고개를 저었고, 잠시 뒤 길크리스트는 돌연 화난 태도로 다음 항목에 표시했다.

길크리스트를 비롯한 중세사 전공팀 사람들은 무능했지만, 키브린은 그렇지 않았다. 키브린은 중세 영어와 교회 라틴어, 고대 영어를 배웠다. 라틴어로 미사 드리는 법을 암기했고 수놓는 법과 젖 짜는 법을 혼자서 익혔다. 자기 신원을 만들어내는 건 물론이거니와 옥스퍼드에서 바스로 가는 길 중간에 혼자 있어야 하는 이유도 생각해냈다. 또한 몸에 통역기를 이식했으며 줄기세포를 늘렸고 맹장을 제거했다.

"잘 헤쳐 나갈 거야." 던워디가 말했다. "길크리스트를 비롯한 중세사 전공팀 사람들의 방법이 엉망이고 위험하지 않다는 걸 보이려면 그 방법밖에 없으니까 말이지."

길크리스트는 콘솔로 걸어가 상황판을 바드리에게 건네줬다. 키브린은 다시 두 손을 모으고 입술에 거의 닿을 정도로 가까이 댄 뒤 말을 하기 시작했다.

아렌스가 손수건을 꼭 쥐고 다가와 던워디 곁에 섰다. "내가 열아홉 살 때, 그게 언제냐면, 맙소사 그게 벌써 40년 전 이야기네, 그렇게 오래된 것 같지 않은데 말이야. 여하튼 난 언니와 함께 이집트를 여행하고 있었어. 전 세계에 전염병이 번지던 시기였지. 주변 사방이 격리 구역이었고 이스라엘 사람들은 미국인들만 보면 총을 쏘던 시기였지만 우린 전혀 걱정하지 않았어. 전염병에 걸린다거나 미국인으로 오해받을 수도 있다는 생각조차 하지 않았지. 우리는 오로지 피라미드를 보고 싶은 생각뿐이었거든."

키브린이 기도를 멈췄다. 바드리는 콘솔에서 일어나 키브린이 서 있는 곳으로 갔다. 바드리는 키브린과 몇 분 정도 이야기를 나누었고, 그사이 줄 곧 얼굴을 찌푸리고 있었다. 키브린은 무릎을 꿇더니 마치 옆에 모로 누운 다음, 다시 몸을 돌려 등을 대고 누워 한쪽 팔을 머리 위로 올리고 다리에 치마가 휘감기게 했다. 바드리는 키브린의 치마를 매만졌고 조도계를 꺼내 주위를 걸어 다니며 측정하더니 콘솔로 돌아가 마이크에 대고 뭐라고 이야기했다. 키브린은 꼼짝도 하지 않고 조용히 누워 있었다. 이마에 맺혔던 피는 빛 때문에 검은색으로 보였다.

"어떡해, 너무 어려 보여…." 아렌스가 말했다.

바드리는 마이크에 대고 다시 뭐라고 말한 뒤 화면에 나타난 결과를 보고 키브린에게로 갔다. 바드리는 키브린의 다리를 약간 더 벌려준 다음 소매 길이를 조절하기 위해 몸을 숙였다. 바드리는 측량해보더니 팔을 얼굴 위에 올려놓아 공격해오는 사람의 주먹을 막으려는 듯한 자세를 취하게 한 다음 다시 측량했다.

"그래서, 피라미드를 봤어?" 던워디가 물었다.

"응?" 아렌스가 말했다.

"이집트에 갔을 때 말이야. 위험도 잊고 중동을 돌아다니던 때. 피라미드를 봤어?"

"아니. 우리가 도착했을 때 카이로는 격리 구역이었어." 바닥에 누워 있는 키브린을 보며 아렌스가 말했다. "그 대신 왕가의 계곡을 봤지."

바드리는 키브린의 팔을 살짝 옮긴 다음 키브린을 보며 잠시 얼굴을 찡그리더니 콘솔로 돌아갔다. 길크리스트와 래티머가 바드리를 따라갔다. 몬토야는 모두가 화면을 볼 수 있도록 한발 물러서며 공간을 만들어줬다. 바드리가 콘솔 마이크에 대고 뭐라고 이야기하자 반투명 보호막이 내려오면서 베일처럼 키브린을 감쌌다.

"가게 되어서 기뻤지." 아렌스가 말했다. "생채기 하나 없이 집에 돌아왔고."

보호막은 키브린이 입은 너무 긴 치마처럼 바닥에 닿고 살짝 주름이 잡히고 나서야 내려오길 멈췄다.

"조심하렴." 던워디가 속삭였다. 아렌스가 던워디의 손을 잡았다.

래티머와 길크리스트가 화면 앞으로 몰려들어 숫자가 급격히 올라가는 모습을 지켜보았다. 몬토야는 차고 있는 손목시계를 흘긋 봤다. 바드리는 몸을 앞으로 숙이고 네트를 열었다. 보호막 안에 있던 공기가 갑자기 응축하며 반짝였다.

"가지 말렴." 던워디가 말했다.

둠즈데이북 사본
(000008-000242)

첫 번째 항목. 2054년 12월 22일. 옥스퍼드. 이것은 구력 1320년 12월 13일부터 12월 28일 사이에 잉글랜드 옥스퍼드셔에서 지내는 동안 관찰한 역사적 사실을 기록한 내용이 될 것이다.

(사이)

던워디 교수님. 저는 이 기록을 '둠즈데이북'이라고 부르기로 했어요. 정복왕 윌리엄 1세가 시행한 조사가 그랬듯이 제 기록도 중세의 생활에 관한 내용을 담게 될 테니까요. 물론 윌리엄 1세가 만든 《둠즈데이북》은 소작인들이 내야 할 조세와 땅에서 나는 금 한 알갱이라도 확실하게 알아두기 위해 만든 방편이었지만 말이죠.

또한, 제가 이 기록을 '둠즈데이북'이라 부르기로 한 이유는 교수님이 이걸 그렇게 부르고 싶어 하실 것 같기 때문이기도 해요. 교수님은 뭔가 무시무시한 일이 저에게 일어날 거로 확신하고 계시죠. 저는 지금·관찰 지역에 계신 교수님이 불쌍한 아렌스 선생님께 1300년대의 무시무시한 위험에 관해 이야기하고 계시는 모습을 보고 있어요. 걱정하지 마세요. 아렌스 선생님께서는 벌써 시차 증후군과 중세에 존재한 모든 질병에 관해 온몸에 소름이 돋을 정도로 자세하게 경고해주셨어요. 모든 질병에 면역된 상태인데도 말이죠. 그리고 1300년대에는 강간도 횡행했다고 경고하셨어요. 안전할 거라고 말씀드렸지만 제 말을 믿는 눈치가 아니셨어요. 던워디 교수님, 저는 괜찮을 거예요.

물론 이 내용을 들으실 때면, 즉 제가 일정대로 정확하게 돌아오고 나면, 제가 안전하게 다녀왔다는 걸 아실 테니까 저 때문에 맘 상해하지는 않으시겠죠. 교수님께서는 그저 제가 걱정되어 그러시는 거며 교수님의 도움과 준비가 없었다면 중세에 안전하게 갔다 오는 건 불가능했으리라는 걸 전 잘 알고 있어요.

그래서 저는 '둠즈데이북'을 교수님께 헌정하기로 했어요. 교수님이 안 계셨다면, 바드리 씨와 길크리스트 교수님이 끝없이 하는 계산이 제발 빨리 끝나 제가 어서 떠날 수 있도록 빌며 이렇게 망토와 커틀을 두르고 녹음기에 대고 이야기할 수 없었을 테니까요.

　　　　　　　　　　　　(사이)

　　도착했어요.

2

"휴." 아렌스가 긴 한숨을 쉬었다. "한잔해야 할 것 같은데."

"조카손자를 마중 나가야 한다고 하지 않았어?" 키브린이 사라진 곳을 여전히 지켜보며 던워디가 말했다. 베일처럼 드리워진 얇은 보호막 안쪽 공기가 얼음 알갱이로 반짝였다. 얇은 유리 안쪽의 바닥 부근에는 성에가 끼었다.

화면에는 도착을 알리는 단조로운 선 말고는 아무런 신호도 나타나지 않았지만, 중세 전공팀의 명칭이 삼인조는 여전히 화면을 지켜보고 있었다. "3시까지는 콜린을 데리러 갈 필요가 없어." 아렌스가 말했다. "당신도 뭔가 기분을 풀어야 할 것처럼 보이는걸. 조금만 가면 '램 앤드 크로스'가 있어."

"바드리가 동조 작업을 마칠 때까지 여기서 지켜보고 싶어." 바드리를 보며 던워디가 말했다.

화면에는 여전히 아무런 데이터도 나타나지 않았다. 바드리가 얼굴을 찌푸렸다. 몬토야는 손목시계를 보더니 길크리스트에게 뭔가 말을 했다.

길크리스트는 고개를 끄덕였고, 몬토야는 콘솔 아래 비스듬히 놓여 있던 가방을 집어 들고는 래티머에게 작별 인사를 하며 손을 흔든 뒤 옆문을 통해 나갔다.

"몬토야 교수는 발굴 현장으로 한시라도 빨리 돌아가고 싶어 안달인 것 같지만, 나는 키브린이 아무런 사고 없이 도착했다는 확신이 들 때까지 여기에 머물러 있고 싶어." 던워디가 말했다.

"베일리얼 칼리지로 돌아가라는 말이 아니야." 외투를 입느라 애쓰며 아렌스가 말했다. "하지만 동조 작업에 적어도 한두 시간은 걸리고 그사이에 여기 이렇게 서 있어봐야 일이 빨리 진행되는 것도 아니잖아. '아무리 바빠도 바늘허리 매어 쓰랴' 몰라? 술집은 바로 건너편에 있어. 작고 아늑한데다 크리스마스 장식도 없고 가짜 종소리 음악도 틀지 않는 곳이야." 아렌스는 던워디에게 외투를 건네주었다. "한잔하면서 뭐 좀 먹은 다음에 돌아와서 동조 작업이 끝날 때까지 마저 걱정해도 충분할 거야."

"그냥 여기서 기다리고 싶은데…." 비어 있는 네트에서 시선을 떼지 못하며 던워디가 말했다. "왜 베이싱엄 학과장은 자기 손목에 위치 추적기를 이식하지 않은 걸까? 역사학과를 책임지는 사람이 연락처도 남기지 않고 사라질 생각을 하다니, 말이 안 돼. 더구나 이런 상황에서 휴가를 떠나다니. 학과장이라는 직책을 맡은 사람은 휴가 따위 가면 안 된다고! 연락할 수 있는 번호도 남기지 않는 건 더욱더 말이 안 되고."

아무 변화가 없는 화면을 보고 있던 길크리스트는 몸을 펴고 바드리의 어깨를 가볍게 두드렸다. 래티머는 자기가 어디에 있는지 모르겠다는 듯 눈을 끔벅거렸다. 길크리스트는 손을 흔들며 활짝 웃더니 빼기는 표정으로 패널 쪽으로 걸어가기 시작했다.

"그래, 가자." 아렌스에게서 외투를 낚아채고 문을 열며 던워디가 말했다. '한밤에 양을 치는 자'를 연주하는 소리가 귓청을 때렸다. 아렌스는 도망치듯 문을 빠져나갔고, 던워디는 문을 닫고 아렌스를 따라 안뜰을 건너 브레이스노즈 칼리지 정문을 지나 밖으로 나왔다.

코끝이 찡할 정도로 매섭게 추웠지만 이제 비는 내리지 않았다. 하지만 빗줄기는 금방이라도 다시 떨어질 것만 같았고, 브레이스노즈 칼리지 앞 보도를 가득 메운 인파 역시 그런 생각을 하는 모양이었다. 사람들 반 이상 이 우산을 펼쳐 들고 있었다. 양팔 가득히 꾸러미를 들고 커다란 붉은 우산 을 쓴 여인이 던워디와 부딪혔다. "앞 좀 똑바로 보고 다녀요!" 여자는 소리 지르더니 횡하니 사라졌다.

"크리스마스 정신이란 건 다 어디 갔는지, 원." 한 손에 쇼핑백을 들고 다른 손으로는 외투 단추를 잠그며 아렌스가 말했다. "술집은 약국을 지나 면 바로야." 길 반대편 쪽으로 머리를 까닥하며 아렌스가 말했다. "모두가 이 끔찍한 종소리 때문일 거야. 사람 기분을 묘하게 긁는다니까."

아렌스는 우산의 미로를 헤치며 보도를 걷기 시작했다. 던워디는 외투 를 입을까 어쩔까 생각해보았고, 이윽고 얼마 안 되는 거리 때문에 그런 수 고를 할 필요는 없다고 결론지었다. 던워디는 우산 숲을 헤치며 아렌스를 쫓아가면서, 지금 도살당하고 있는 캐럴이 무엇일까 궁금했다. 군대 소집 음악과 장송곡을 섞어놓은 듯했지만 '징글벨' 같았다.

아렌스는 약국 반대편의 연석 위에 서서 쇼핑백을 뒤적였다. "이 끔찍한 종소리가 도대체 뭘 연주하는 거지?" 접이식 우산을 꺼내며 아렌스가 말했 다. "'오, 베들레헴 작은 골'인가?"

"'징글벨'이야." 던워디는 대답하며 거리로 내려섰다.

"위험해!" 아렌스가 던워디의 소매를 잡아끌었다.

자전거 앞바퀴가 몇 센티미터 차이로 던워디를 비켜서 갔고 페달이 정 강이에 걸렸다. 자전거를 탄 사람이 비틀거리며 소리쳤다. "길도 건널 줄 몰라요?"

던워디는 뒷걸음질 치다가 플러시 천으로 만든 산타 인형을 안은 여섯 살쯤 되는 아이와 부딪쳤다. 아이 엄마가 던워디를 노려보았다.

"조심해, 제임스." 아렌스가 말했다.

아렌스가 앞장선 채 둘은 길을 건넜다. 길을 반쯤 건넜을 때 비가 내리 기 시작했다. 아렌스는 약국 처마 아래로 급히 들어가더니 우산을 펴려 했 다. 약국 창에는 녹색과 금색 금속실 장식이 드리웠고 향수병 사이로 표지

판이 붙었다. '마스턴 교구 교회 종을 살립시다. 복구 비용을 모금합니다.'

카리용은 '징글벨'인지 '오, 베들레헴 작은 골'인지를 아작낸 후, 이제는 '동방 박사 세 사람'을 망가뜨리고 있었다. 던워디는 단조 가락을 알아들을 수 있었다.

아렌스는 여전히 우산과 씨름하다가 결국 우산 펴기를 포기하고 쇼핑백에 쑤셔 넣더니 다시 보도를 걷기 시작했다. 던워디는 사람들과 부딪히지 않도록 조심하며 붉은색과 녹색 전구들이 반짝거리는 문방구와 담배 가게를 지나 아렌스가 연 채 잡은 문으로 들어섰다.

던워디가 쓴 안경에 바로 뽀얗게 김이 서렸다. 던워디는 안경을 벗어들더니 외투 옷깃으로 닦았다. 아렌스는 문을 닫은 뒤 던워디를 데리고 어두침침하고 평화로운 정적 속으로 들어갔다.

"이런, 맙소사." 아렌스가 말했다. "크리스마스 장식 따위는 없을 거라는 말을 괜히 했네."

던워디는 다시 안경을 썼다. 바 뒤편 선반에 걸린 파리한 녹색, 분홍색, 창백한 파란색 전구들이 힘없이 반짝였고, 바 구석 회전대 위에는 광섬유로 만든 커다란 크리스마스트리가 서 있었다.

바 뒤편에 있는 근육질 남자 한 명을 빼고 좁은 술집에는 아무도 없었다. 아렌스는 구석의 빈 테이블 사이로 몸을 비집고 들어갔다.

"어쨌든 여기에 있으면 그 끔찍한 종소리는 안 들어도 되니까." 의자 위에 쇼핑백을 내려놓으며 아렌스가 말했다. "난 한잔할 거야. 앉아. 아까 자전거 탄 사람 때문에 다친 거 같은데."

아렌스는 쇼핑백에서 엉망으로 구겨진 파운드 지폐를 꺼내더니 바로 갔다. "맥주 5백으로 두 잔 주세요." 아렌스가 바에 있는 남자에게 말했다. "뭐 좀 먹을래?" 아렌스가 던워디에게 물었다. "샌드위치와 치즈 롤이 있어."

"길크리스트가 콘솔을 보며 체셔 고양이처럼 웃는 모습 봤어? 심지어 키브린이 제대로 떠났는지 아니면 반쯤 죽어 쓰러져 있는지조차 확인하지 않더군."

"5백 두 잔에 스트레이트 한 잔 주세요." 아렌스가 말했다.

던워디가 자리에 앉았다. 테이블에는 말구유 안에 있는 어린 예수의 상이 있었다. 구유 안의 아이는 반쯤 벗었고 주변에는 플라스틱으로 만든 조그마한 양들이 있었다. "길크리스트 교수는 발굴 현장에서 키브린을 보냈어야 해." 던워디가 말했다. "원격 강하 계산은 같은 지점으로 보내는 강하 계산보다 훨씬 더 복잡해. 길크리스트가 키브린을 지연 시간 강하로 안 보낸 건 고마워해야겠군. 1년 차 실습생은 그런 계산을 못 해. 바드리를 쓰라고 말은 했지만, 혹시 길크리스트 교수가 실시간이 아닌 지연 시간 강하로 보내면 어떻게 하나 속으로 걱정했거든."

던워디는 플라스틱 양 한 마리를 목동 쪽으로 좀 더 가까이 놓았다. "그 둘에 무슨 차이가 있는지 알기는 하는지 모르겠네." 던워디가 말했다. "무인 탐사를 적어도 한 번은 해봐야 한다고 했더니 그자가 뭐라고 했는지 알아? '뭔가 불행한 일이 생기면 그런 일이 일어나기 전으로 시간을 거슬러 가서 키브린을 데려오면 되지 않겠습니까'라고 하더군. 그 작자는 네트가 어떻게 작동하는지, 인과 모순이 뭔지에 대해 전혀 개념이 없어. 키브린이 그곳에 갔을 때 어떤 일이 벌어질 수 있는지, 그리고 무슨 일이 벌어지면 다시 되돌릴 수 없다는 것에 관해 전혀 개념이 없다고."

아렌스가 한 손에 위스키 잔을, 다른 한 손에는 위태로운 자세로 맥주잔 둘을 들고 테이블 사이를 헤치고 왔다. 아렌스는 위스키를 던워디 앞에 내려놓았다. "이건 자전거에 다친 환자와 과잉보호를 좋아하는 아버지들에게 내가 즐겨 내리는 처방이야. 자전거가 다리를 치고 갔어?"

"아니."

"난 지난주에 자전거 사고를 냈어. 당신네 20세기 전공팀원 가운데 한 명이었는데, 제1차 세계대전에서 막 돌아온 사람이었지. 벨로 숲⁵에서 2주 동안 상처 하나 없이 잘 지내고서는 브로드 스트리트를 지나가는 큰 바퀴 자전거 앞으로 걸어 들어오다니." 아렌스는 치즈 롤을 가져오기 위해 바로 갔다.

5　프랑스에 있는 숲으로, 제1차 세계대전 당시 독일군과 싸우던 격전지였다.

"난 우화를 싫어해." 던워디는 플라스틱으로 만든 성모상을 집어 들었다. 성모는 흰색 망토에 푸른색 옷을 걸쳤다. "길크리스트 교수가 키브린을 지연 시간 강하로 보냈다면 적어도 얼어 죽을 위험은 없을 텐데 말이야. 가장자리에 토끼털을 덧댄 망토 말고 뭔가 더 따뜻한 걸 입고 갔어야 해. 소빙기(小氷期)가 1320년에 시작된 걸 길크리스트 교수는 모르는 건지, 원."

"방금 생각난 건데." 접시와 냅킨을 내려놓으며 아렌스가 말했다. "당신을 보고 있으려니까 윌리엄 개드슨의 어머니가 떠오르네."

터무니없는 소리였다. 윌리엄 개드슨은 던워디가 맡은 1학년 학생이었는데, 그 어머니가 이번 학기에 여섯 번이나 던워디 교수를 찾아왔다. 첫 번째로 찾아왔을 때는 윌리엄에게 방한용 귀마개를 가져다주기 위해서였다.

"이걸 하고 있지 않으면 애가 감기에 걸릴 거예요." 윌리엄의 어머니가 던워디에게 말했다. "윌리엄은 병치레가 잦은데다 지금은 집에서 이렇게 멀리 떨어져 있으니 말이에요. 아이 지도 교수라는 사람에게 우리 애를 좀 보살펴달라고 누누이 부탁했는데 들은 척도 안 하네요."

윌리엄은 떡갈나무만 한 덩치로, 남들보다 특별히 병치레가 잦을 것처럼은 보이지 않는 학생이었다. "혼자서도 알아서 잘할 수 있을 겁니다." 던워디는 개드슨 부인에게 이렇게 대답했지만, 그게 바로 실수였다. 대답을 들은 즉시, 개드슨 부인은 자기 아들을 제대로 보살피길 거부한 사람들 명단에 던워디를 추가시켰고, 아들에게 비타민을 전해달라며 2주마다 던워디를 찾아와서는 자기 아늘이 너무 힘들어하니 보트팀에서 빼달라고 우겨댔다.

"내가 키브린을 걱정하는 걸 개드슨 부인이 자기 아들을 과잉보호하는 것과 비교하면 안 되지." 던워디가 말했다. "1300년대는 살인마와 강도로 가득한 시대였어. 더 나쁜 일도 많았고."

"개드슨 부인이 옥스퍼드를 바로 그렇게 생각하고 있을걸." 맥주를 홀짝이며 아렌스가 차분하게 말했다. "난 그런 식으로 윌리엄을 평생 보호하고 살 순 없다고 개드슨 부인에게 말해줬지. 그리고 당신은 키브린을 보호할 수 없어. 집에 안전히 머물러만 있어선 역사학자가 될 수 없어. 위험하다 할지라도 키브린을 보내는 게 맞아. 모든 세기는 위험등급이 10이야, 제임스."

"지금 세기에는 흑사병이 없어."

"대신 전 세계에 전염병이 돌아 3천5백만 명이 죽었지. 그리고 1320년 잉글랜드에는 흑사병이 없었어. 잉글랜드 지방에 흑사병이 돈 건 1348년이 되어서야." 아렌스가 맥주잔을 테이블에 내려놓자 성모상이 쓰러졌다. "그리고 설사 흑사병이 돈다 할지라도 키브린은 그 병에 걸리지 않아. 선(腺)페스트에 대해 면역력을 갖도록 내가 조처를 해줬거든." 아렌스는 던위디를 보며 안쓰러운 웃음을 지었다. "아, 물론 나도 개드슨 부인과 같은 증상을 보이는 때가 있어. 어쨌든 키브린은 절대로 페스트에 걸리지 않아. 우리 모두 그 병에 대해 걱정하고 있기 때문이지. 우리가 불안해하는 일은 단 하나도 일어나지 않아. 무슨 일이 일어난다면, 그건 그 누구도 생각하지 못한 일이겠지."

"거참 위안이 되는 말이군." 던위디는 흰색 망토에 푸른색 옷을 입은 마리아를 요셉 옆에 세웠다. 인형은 다시 넘어졌다. 던위디는 인형을 조심스레 다시 일으켰다.

"위안이 되어야지, 제임스." 아렌스가 기분 좋게 말했다. "왜냐면 당신은 키브린에게 일어날지도 모르는 끔찍한 일들을 모두 고려했잖아. 그건 키브린이 백 퍼센트 안전하다는 뜻이야. 어쩌면 벌써 성에 가서 점심으로 피콕 파이[6]를 먹고 있을지도 몰라. 그곳이 여기와 같은 시간일 것 같지는 않지만."

던위디는 고개를 설레설레 흔들었다. "편차가 있을 거야. 길크리스트 교수가 변수 확인을 하지 않았기 때문에 편차가 얼마나 되는지는 아무도 몰라. 바드리 생각으로는 며칠 정도 될 거라는군."

'어쩌면 몇 주일일지도 몰라. 그리고 만약 1월 중순에 떨어진다면 날짜를 확인할 만한 아무런 축일도 없어.' 던위디는 생각했다. 심지어 편차가 몇 시간만 되어도 키브린이 옥스퍼드에서 바스로 가는 도로에 떨어지는 시간

---

6 브로콜리를 공작 모양으로 잘라 장식한 호박파이

은 한밤중일 텐데.

"편차 때문에 키브린이 크리스마스를 그냥 넘어가지 않았으면 좋겠네." 아렌스가 말했다. "중세 크리스마스 미사에 무척이나 참가하고 싶어 하던데."

"그곳에서는 크리스마스까지 2주가 남았어." 던워디가 말했다. "그곳은 여전히 율리우스력을 쓰니까. 그레고리력은 1752년이 되어서야 쓰여."

"알아. 길크리스트 교수가 연설하며 율리우스력에 관해 장광설을 늘어 놓더군. 역법 개정의 역사와 구력과 그레고리력 사이 날짜 차이에 대해 한 참을 설명했어. 도표라도 그려 설명할 기세던걸. 그곳 날짜는 어떻게 돼?"

"12월 13일."

"어쩌면 그건 우리가 정확한 시간을 모르는 것과 마찬가지일 거야. 디어드리와 콜린이 1년간 미국에 가 있을 때, 난 두 사람이 늘 걱정되었지만 언제나 엉뚱한 시간이었지. 콜린이 학교 가는 길에 차에 치이지 않을까 늘 조마조마했지만 실제로 그 시각 미국은 한밤중이었어. 자신이 무엇을 걱정하고 있는지 정확하게 알지 않으면 속을 끓여봐야 소용없어. 날씨나 시간도 포함해서 말이야. 한동안은 내가 뭘 걱정하는지도 모르고 걱정을 해댔지만 얼마 뒤에는 전혀 걱정하지 않았어. 아마 키브린도 마찬가지일 거야."

진실이었다. 마지막으로 본 모습 때문에 관자놀이에 피가 묻은 채 마차 잔해 사이에 누워 있는 키브린의 모습이 자꾸 떠올랐지만 필시 던워디의 괜한 걱정일 것이다. 키브린이 떠난 지 거의 1시간이 다 되었다. 설사 길을 지나가는 여행객이 없다 할지라도 길은 점차 차가워질 것이고, 던워디는 중세에 도착했는데도 차분히 눈을 감고 길에 누워 있는 키브린을 상상할 수 없었다.

던워디가 처음으로 과거에 갔을 때, 그는 사람들이 동조 작업을 하는 동안 장소 이동을 했다가 돌아왔다. 사람들은 던워디를 한밤중 안뜰 한가운데로 보냈고, 사람들이 동조 작업을 끝내고 다시 데려오는 동안 던워디는 그곳에 가만히 서 있기로 되어 있었다. 하지만 던워디가 간 시대는 1956년의 옥스퍼드였고, 기술자가 변수를 검사하는 데는 최소한 10분이 걸렸다. 던워디는 구 보들리 도서관을 보기 위해 브로드 스트리트를 네 블록이나 미친 듯이 뛰어갔고, 네트를 열었을 때 던워디를 발견하지 못한 기술자는 거의 심장 마비를 일으킬 뻔했다.

중세가 자기 앞에 펼쳐져 있는데 가만히 눈을 감고 누워 있을 키브린이 아니었다. 우스꽝스러운 흰색 망토를 걸친 모습이, 당장에라도 다시 땅에 몸을 던질 준비를 한 채 어디 경솔한 여행객이 없나 옥스퍼드와 바스를 연결하는 도로를 살피는 모습이, 그리고 그러는 사이 기쁜 마음에 녹음기를 이식한 양손을 모으고 기도자의 자세로 성급하게 모든 것을 녹음하고 있을 키브린의 모습이 돌연 눈에 선히 그려지며 던워디는 갑자기 안심되었다.

키브린에게는 아무 문제도 없을 것이다. 2주 뒤, 믿을 수 없을 정도로 새까맣게 더러워진 망토를 걸친 키브린은 괴로운 모험과 구사일생으로 살아난 사건, 간담이 서늘해지는 전설 등 던워디가 듣고 나면 몇 주간은 악몽에 시달릴 게 확실한 그런 이야깃거리를 한 보따리 싸 들고 돌아올 것이다.

"키브린은 안전할 거야. 당신도 알잖아, 제임스." 던워디를 향해 얼굴을 찡그리며 아렌스가 말했다.

"알아." 던워디가 말했다. 던워디는 바에 가서 맥주 250짜리 두 잔을 더 가져왔다. "조카손자가 도착하는 게 몇 시라고 했지?"

"3시. 1주일간 여기 머물 거야. 하지만 그 아이와 뭘 하며 보내야 할지 모르겠네. 물론 걱정하는 시간은 빼고 말이야. 일단 애슈몰린 박물관에 데려갈 생각이야. 아이들은 늘 박물관을 좋아하잖아. 포카혼타스가 걸쳤던 옷이나 뭐 그런 걸 좋아하겠지?"

던워디는 포카혼타스가 걸치던 옷이란 것이 뻣뻣한 회색 천 조각에 불과하다는 사실이 떠올랐다. 목도리와 마찬가지로 콜린은 아무런 흥미도 보이지 않을 게 뻔했다. "차라리 자연사 박물관에 데려가지 그래."

반짝이는 금속실 장식이 흔들리는 소리가 나며 '딩동, 즐겁게 종소리 울려오네!' 비슷한 음악이 흘러들어왔다. 던워디는 걱정스러운 눈으로 문을 바라봤다. 입구에서는 던워디의 비서 핀치가 어두운 실내를 바라보느라 눈을 가늘게 뜨고 서 있었다.

"콜린을 데리고 카팩스 타워로 가야 할지도 모르겠네. 카리용을 부수려면." 아렌스가 말했다.

"핀치로군." 던워디는 핀치에게 신호를 보내려고 손을 들었지만, 핀치는 이미 던워디가 앉아 있는 테이블로 다가오고 있었다.

"온 사방을 찾아다녔습니다, 교수님." 핀치가 말했다. "뭔가 잘못되었습니다."

"동조 작업이 잘못된 거야?"

핀치는 멍한 표정을 지었다. "동조 작업이라뇨? 아닙니다, 교수님. 미국인들입니다. 미국인들이 일찍 도착했습니다."

"미국인이라니?"

"종 치는 사람들 말입니다. 콜로라도에서 왔습니다. 미 서부 여자 체인지 앤드 핸드벨 연주자 조합입니다."

"제임스, 설마하니 크리스마스용 종을 더 수입해 온 건 아닐 테지?" 아렌스가 말했다.

"22일에 도착할 줄 알았는데?" 던워디가 핀치에게 물었다.

"오늘이 22일입니다." 핀치가 말했다. "오늘 오후에 도착할 예정이었지만 엑서터에서 열릴 공연이 취소되는 바람에 일정을 앞당겼습니다. 중세 전공팀에 전화했더니 길크리스트 교수님이 하시는 말씀이, 던워니 교수님께서는 축하하러 바깥으로 나가셨다더군요." 핀치는 던워디의 빈 맥주잔을 바라보았다.

"축하하는 게 아니야." 던워디가 말했다. "내 학생에 대한 동조 작업이 끝나길 기다리고 있는 거야." 던워디는 손목시계를 들여다봤다. "적어도 앞으로 1시간은 더 걸리겠군."

"교수님께서는 미국인들에게 이 지역에 있는 종들을 보여주겠다고 약속하신 바 있습니다."

"당신이 여기에 있을 아무런 이유가 없어." 아렌스가 말했다. "동조 작업이 끝나면 곧바로 베일리얼 칼리지로 전화할게."

"동조 작업이 끝나는 걸 보고 가겠어." 아렌스를 노려보며 던워디가 핀치에게 말했다. "그 사람들에게 대학을 한 바퀴 안내해주고 점심을 대접해

44

줘. 그러면 1시간 정도 걸릴 거야."

핀치가 우울한 표정을 지었다. "미국인들은 여기에 4시까지밖에 안 있을 겁니다. 오늘 밤 엘리에서 핸드벨 연주가 있답니다. 그리고 크라이스트 처치에 있는 종들을 무척이나 보고 싶다네요."

"그러면 크라이스트 처치로 데려가. 그레이트 톰[7]을 보여줘. 아니면 세인트마틴 교회로 데려다주든지. 그것도 아니면 뉴 칼리지를 한 바퀴 구경시켜주든가. 나도 가능한 한 빨리 따라갈 테니까 말이야."

핀치는 뭔가 다른 것을 물을 것 같은 표정을 짓다가 마음을 바꾼 듯했다. "1시간 안에 교수님이 오실 거라고 말해놓겠습니다." 핀치는 말을 마치고 문 쪽으로 향했다. 하지만 반쯤 가다 다시 돌아왔다. "잊을 뻔했습니다, 교수님. 크리스마스이브에 있는 연합 예배에서 교수님이 성서를 읽어주실 수 있는지 신부님께서 물어 오셨습니다. 올해는 세인트메리 교회에서 열린다고 합니다."

"하겠다고 전해줘." 핸드벨 연주자들에 대해 더 이상 아무 말을 하지 않는 핀치에게 고마워하며 던워디가 말했다. "그리고 오늘 오후에 그곳을 잠깐 쓰겠다고도 말해주고. 미국인들에게 종을 보여줄 수 있게 말이야."

"알겠습니다, 교수님. 이플리는 어떨까요? 제가 그 사람들을 데리고 이플리로 갈까요? 이플리에는 11세기에 만들어진 멋진 종이 있습니다."

"좋다마다." 던워디가 말했다. "이플리로도 데려가. 나도 가능한 한 빨리 돌아갈게."

핀치는 입을 열었다가 다시 닫았다. "알겠습니다, 교수님." 핀치는 말을 마치고 '감탕나무와 담쟁이덩굴' 반주에 맞춰 문을 나섰다.

"핀치에게 좀 심하다고 생각하지 않아?" 아렌스가 물었다. "알겠지만, 미국인들이 좀 까다로워야지."

"크라이스트 처치부터 데려가야 하는지 물으러 5분 안에 다시 돌아올 거야." 던워디가 말했다. "저 친구에게는 독창성이란 게 전혀 없어."

---

7 톰 타워에 있는 7톤가량의 큰 종

"당신은 그런 젊은이들을 좋아한다고 생각했는데?" 얼굴을 찡그리며 아렌스가 말했다. "어쨌든 핀치는 중세로 가겠다고 말하진 않을 거 아니야?"

문이 열리며 '감탕나무와 담쟁이덩굴'이 다시 연주되었다. "핀치일 거야. 미국인들에게 점심으로 뭘 대접해야 하는지 물으러 왔을걸."

"삶은 쇠고기와 푹 곤 채소를 주라고 해." 아렌스가 말했다. "미국인들은 영국 음식이 얼마나 끔찍한지 이야기하길 즐기잖아. 오, 이런."

던워디는 문 쪽을 보았다. 바깥에서 들어오는 회색빛을 배경으로 길크리스트와 래티머가 서 있었다. 길크리스트는 활짝 웃으며 종소리를 뚫고 뭔가 이야기하고 있었다. 래티머는 커다란 검은 우산을 접으려 버둥거렸다.

"예의를 차리려면 합석하자고 해야 할 것 같은데." 아렌스가 말했다.

던워디가 외투에 손을 뻗었다. "원하면 혼자서 합석해. 나는 아무것도 모르는 순진한 젊은 학생을 위험 속에 집어 던져 넣고 그걸 축하한답시고 떠들어대는 소리 따위는 듣고 싶지 않아."

"또 윌리엄의 어머니처럼 말하네." 아렌스가 말했다. "뭔가 잘못되었다면 저 사람들이 여기로 왔을 리가 없잖아. 아마도 바드리가 동조 작업을 끝냈을 거야."

"그러기에는 너무 일러." 말은 그렇게 했지만, 던워디는 다시 자리에 앉았다. "차라리 계속 일을 하기 위해 바드리가 저 사람들을 내보냈을 확률이 더 높겠군."

길크리스트는 던워디가 일어나던 모습을 본 모양이었다. 길크리스트는 다시 나가려는 듯 몸을 반쯤 돌렸지만, 래티머가 이미 테이블 가까이 와 있었다. 길크리스트는 굳은 표정으로 래티머를 따라왔다.

"동조는 했나요?" 던워디가 물었다.

"동조요?" 어리둥절한 표정으로 길크리스트가 말했다.

"'동조 작업' 말입니다. 키브린을 다시 데려올 수 있도록 그 아이가 간 시간과 장소를 알아내는 작업이요."

"교수님이 보내준 기술자 말에 따르면 좌표를 알아내는 데 적어도 1시간은 걸린다고 하더군요." 거드름을 피우며 길크리스트가 말했다. "그 사람

46

은 일하는 게 늘 그렇게 더딥니까? 일이 다 되면 우리에게 알려주겠다고 말했지만, 간이 검사 결과를 보니까 강하는 잘 이루어졌고 편차도 최소치로 나왔더군요."

"좋은 소식이네요!" 아렌스가 안도하는 목소리로 말했다. "앉으세요. 맥주 한잔하면서 동조 작업이 끝나길 기다리고 있었어요. 한잔하시겠어요?" 마침내 우산을 접는 데 성공해 이제 끈을 묶으려는 래티머에게 아렌스가 말했다.

"그거 좋죠." 래티머가 말했다. "오늘은 위대한 날이니 말입니다. 브랜디를 조금만 하도록 하죠. '술은 알맞게 독하고 마음껏 술을 마실 수 있으니 이를 데 없는 낙이로다.'[8] 래티머는 우산 끈을 더듬거려 우산 주위로 묶었다. "마침내 우리는 형용사 변화가 어떻게 사라졌는지와 주격 단수형의 추이를 직접 관찰할 기회를 잡았습니다."

'위대한 날이라니.' 던워디는 생각했다. 하지만 마음 한편으로는 안도감이 몰려왔다. 던워디가 가장 걱정하던 것은 시간 편차였다. 변수들을 검사한다 할지라도 시간 편찻값은 강하에서 가장 예측하기 어려운 부분이었다.

이론에 따르면 시간 편차는 네트 자신의 안전장치이자 운행 중지 메커니즘으로서, 시간에 연속성 모순이 일어나지 못하도록 하는 시간의 자체 방어 장치였다. 즉 목표로 하는 시간보다 약간 뒤로 도착하는 것은 역사에 영향을 미칠 수 있는 충돌, 만남, 행동을 막기 위한 것으로, 역사학자가 중요한 순간에서 살짝 비켜 도착하게 함으로써 히틀러를 쏘거나 물에 빠진 아이를 구하지 못하도록 하기 위해서였다.

하지만 네트 이론은 그러한 중요한 순간이 언제이며, 그럴 때 편차가 얼마나 생기는가에 대해서는 아직 밝혀내지 못하고 있었다. 변수 확인을 통해 확률값을 얻을 수 있지만 그나마 길크리스트는 변수 확인을 전혀 하지 않았다. 키브린은 목적한 때보다 2주 또는 한 달 이상 떨어진 곳에 강하했을 수도 있었다. 그리고 키브린이 가장자리에 토끼털을 덧댄 망토와 겨

8 제프리 초서, 《캔터베리 이야기》

울용 커틀을 걸치고 4월로 갔다 할지라도 길크리스트는 아무렇지도 않게 생각할 것이다.

하지만 바드리는 편차가 최소라고 했다. 이는 편차가 기껏해야 며칠 이내며 따라서 키브린에게는 자신이 도착한 날짜를 알아내고 랑데부를 할 수 있는 시간이 충분하다는 뜻이었다.

"길크리스트 교수님?" 아렌스가 말했다. "브랜디 한 잔 가져다드릴까요?"

"아니요, 괜찮습니다." 길크리스트가 말했다.

아렌스는 구겨진 지폐를 한 장 더 꺼내더니 바 쪽으로 갔다.

"교수님이 보내준 기술자는 그런대로 간신히 일을 처리한 것 같더군요." 던워디 쪽으로 몸을 돌리며 길크리스트가 말했다. "중세 전공팀은 다음 강하에서도 그 친구를 빌려 쓰고 싶습니다. 흑사병의 영향을 관찰하기 위해 키브린을 1355년으로 보낼 생각이지요. 당시 기록은 전혀 믿을 게 못 되는데다 치사율 부분은 특히 더 그렇습니다. 5천만 명이 죽었다고 알려졌지만 정확한 숫자라고 생각되지는 않고, 유럽 인구의 3분의 1에서 2분의 1이 죽었다는 추정은 분명 과장되었습니다. 저는 키브린이 제대로 된 관찰을 해오길 고대하고 있습니다."

"너무 앞서 나가는 거 아닙니까?" 던워디가 말했다. "그건 키브린이 이번 강하에서 살아 돌아온 다음의 이야기입니다. 우선은 적어도 1320년에 제대로 도착했는지부터 알아야 하는 거 아닐까요?"

길크리스트는 짜증스러운 표정을 지었다. "중세 전공팀에게는 현장 실습을 제대로 수행할 능력이 없다는 터무니없는 주장을 줄기차게 펴고 있는 교수님 모습을 보노라면 참으로 놀랍기 그지없습니다. 우리는 모든 면을 꼼꼼하게 고려했다는 걸 말씀드리지요. 키브린의 도착 방법에 대해서는 아주 사소한 면까지 연구했습니다.

프로버빌러티는 옥스퍼드-바스 도로를 지나는 여행객 수가 1.6시간에 한 명꼴이라고 계산했습니다. 이는 강도를 당했다는 키브린의 말을 여행객이 믿을 확률이 92퍼센트라는 걸 의미합니다. 당시 강도들이 자주 출몰했기 때문이지요. 옥스퍼드셔 지방에서 여행객이 겨울에 강도를 만날 확률은

42.5퍼센트이고 여름에 만날 확률은 58.6퍼센트입니다. 물론 평균값입니다. 그리고 오트무어나 위치우드 숲, 그리고 그 밖의 오솔길 같은 곳에서는 그 확률이 훨씬 더 높습니다."

던워디는 도대체 프로버빌러티가 어떻게 그런 수치를 냈는지 궁금했다. 《둠즈데이북》에는 가끔 인구보다 더 많은 과세를 하던 국세 조사원의 경우를 제외하고는 도둑에 관한 내용이 들어 있지 않았다. 그리고 당시 강도들이 사람들을 약탈하고 죽인 곳이 어디였는지 지도에 스스로 기록을 남겼을 리 만무했다. 또한 남아 있는 기록이 어찌 되었든, 집을 떠나 돌아오지 못하고 객사하는 사람들은 존재했다. 그리고 나무에 목이 매달린 채 사람들 눈에 띄지 않은 시체는 또 얼마나 많을 것이란 말인가?

"키브린을 보호하기 위해 가능한 모든 예방 조처를 했다는 것을 확실하게 말씀드리죠." 길크리스트가 말했다.

"변수 확인도 하셨겠군요?" 던워디가 말했다. "무인 탐사기도 보내셨을 테고 대칭 시험도 확실히 하셨을 테고 말이죠."

아렌스가 돌아왔다. "여기 있어요, 래티머 교수님." 래티머 앞에 브랜디 잔을 놓으며 아렌스가 말했다. 아렌스는 래티머의 젖은 우산을 의자 등받이에 걸어놓고 그 옆에 앉았다.

"방금 던워디 교수님께 이번 강하의 모든 면을 세밀히 조사했다고 말하던 참이었습니다." 길크리스트가 말했다. 던워디는 금박 상자를 든 플라스틱 동방 박사 인형을 집어 들었다. "키브린이 가져간 놋쇠 띠 장식 손궤는 애슈몰린 박물관에 있는 보석함을 그대로 복제한 겁니다." 던워디는 동방 박사를 내려놓았다. "심지어 키브린이 그곳에서 쓸 이름조차 면밀히 연구한 끝에 정한 겁니다. '이자벨'은 1295년에서 1320년 사이의 순회 재판 명부와 《레기스타 레굼》[9]에서 가장 흔히 보이는 여자 이름입니다."

"이자벨은 엘리자베스가 변형된 이름이지요." 강의라도 하듯 래티머가 말했다. "12세기 잉글랜드 지방에 그 이름이 널리 쓰이게 된 건 존 왕의 아

9   중세 잉글랜드 귀족이 왕들과 맺은 계약 문서 모음

내인 이자벨 때문이라고들 생각합니다."

"키브린은 자신이 실재 인물로 행세할 거라고 했습니다. '이자벨 드 보브리에'는 요크셔 귀족의 딸이라고 했고요." 던워디가 말했다.

"맞습니다." 길크리스트가 말했다. "'길버트 드 보브리에'에게는 키브린 또래의 딸이 네 명 있었지만, 명부에는 세례명이 올라와 있지 않습니다. 대개 그렇습니다. 여자들은 흔히 성과 혈연관계만 나와 있습니다. 심지어는 교구 기록부나 묘비에도 말입니다."

아렌스가 던워디의 팔을 눌러 말없이 던워디를 말렸다. "왜 요크셔를 택하셨나요?" 아렌스가 재빨리 물었다. "그러면 집에서 너무 멀리 떨어진 게 되는 거 아닌가요?"

'키브린은 집에서 700년이나 멀리 떨어져 있어.' 던워디는 생각했다. 여자는 죽었을 때조차 이름을 적을 필요가 없다고 생각하는 그런 시대에.

"키브린이 그렇게 하자고 제안했습니다." 길크리스트가 말했다. "집에서 멀리 있는 곳이라야 사람들이 가족에게 연락하려 시도하지 않을 거라고 하더군요."

달구지에 태워 가족에게 돌려보내지 못하게 하기 위해서이기도 했다. 그렇게 되면 강하 지점에서 너무 멀리 떨어지기 때문이다. 이는 키브린의 생각이었다. 이 모든 계획을 제안한 사람은 키브린이었다. 키브린은 재판 명부와 교구 기록부를 뒤져 법원에 기록이 남을 만한 관계가 없으면서 자신과 비슷한 또래의 딸이 있는 집안을 기어이 찾아냈다. 저 멀리 요크셔 동부에 살고 있으며, 눈으로 막힌 길 때문에 사라진 딸이 발견되었다는 전갈을 보낼 수도 없는 그러한 집안을.

"또한 중세 전공팀은 이번 강하에서 다른 모든 점에 대해서도 꼼꼼하게 조사를 했습니다." 길크리스트가 말했다. "키브린이 여행하는 핑계도 만들었습니다. 동생이 아프기 때문이지요. 중세에는 여러 가지 질병이 창궐했지만 1319년 글로스터셔 지방에는 인플루엔자가 돌았다는 뚜렷한 증거가 있습니다. 아니면 그냥 콜레라나 패혈증에 걸렸다고 해도 됩니다."

"제임스." 아렌스가 경고하는 목소리로 말했다.

"키브린의 의상은 손으로 짠 겁니다. 파란 천은 숭람에서 뽑은 청색 물감을 써서 중세 방식 그대로 손으로 염색한 거죠. 몬토야 교수는 키브린이 2주일 동안 머물 스켄드게이트의 마을을 철저하게 조사했습니다."

"키브린이 그곳에 안전하게 도착했다는 가정 아래 말이죠?" 던워디가 말했다.

"제임스." 아렌스가 말했다.

"1.6시간마다 우연히 지나는 친절한 여행객이 키브린을 달구지에 싣고 고드스토의 수녀원이나 런던의 매춘굴로 보내지 못하도록, 또는 키브린이 강하하는 장면을 목격한 그 친절하다는 여행객이 그 아이를 마녀라고 여기지 않도록 하기 위해서는 무슨 예방 조처를 하셨습니까? 그리고 키브린이 만난 사람이 마침 1.6시간마다 지나가는 친절한 여행객이 아니라 매복해서 42.5퍼센트의 여행객들을 도살하는 강도일 경우에 대비해서는 무슨 예방 조처를 하셨습니까?"

"프로버빌러티에 따르면, 강하 시에 그 장소에 사람이 있을 확률은 0.04 퍼센트 이하라고 합니다."

"아, 보세요. 바드리가 왔네요." 아렌스가 일어나 던워디와 길크리스트 사이를 막아서며 말했다. "일을 재빨리 끝냈네요, 바드리. 동조 작업은 제대로 마쳤어요?"

바드리는 외투도 입지 않고 왔다. 작업복은 축축하게 젖었으며 얼굴은 추위로 바짝 얼어 있었다. "냉동 인간처럼 보이는군요." 아렌스가 말했다. "이리 와 앉아요." 아렌스는 래티머 옆에 있는 빈 의자를 가리켰다. "브랜디를 한 잔 가져다줄게요."

"동조 작업은 끝마쳤어?" 던워디가 물었다.

바드리는 축축한 정도가 아니라 흠뻑 젖어 있었다. "네." 바드리가 말했다. 바드리는 이를 덜덜 떨기 시작했다.

"잘했어." 길크리스트가 일어나 바드리의 어깨를 가볍게 치며 말했다. "1시간은 걸릴 거라고 말한 기억이 나는데 말이야. 축배를 들어야겠군. 여기, 샴페인 있습니까?" 길크리스트는 바텐더에게 큰 소리로 외치고 다시금

51

바드리의 어깨를 가볍게 치고 바를 향해 갔다.

바드리는 서서 길크리스트를 지켜보면서 사시나무처럼 떨며 팔을 문질렀다. 아무것에도 마음 쓰지 않는 듯, 아니 완전히 정신이 나간 듯 보였다.

"확실히 동조 작업은 끝마친 거지?" 던워디가 물었다.

"네." 여전히 길크리스트를 바라보며 바드리가 말했다.

아렌스가 브랜디를 가지고 테이블로 돌아왔다. "이걸 마시면 몸이 좀 따뜻해질 거예요." 브랜디 잔을 건네주며 아렌스가 말했다. "자, 쭉 마셔요. 의사의 처방이에요."

바드리는 자기가 무엇을 들고 있는지 모르겠다는 듯 얼굴을 찡그리며 잔을 보았다. 여전히 이를 딱딱 부딪치고 있었다.

"왜 그래?" 던워디가 물었다. "키브린은 괜찮은 거지?"

"키브린." 여전히 잔을 지켜보던 바드리가 말했다. 이윽고 바드리는 갑자기 정신을 차린 듯했다. 바드리는 잔을 내려놓았다. "같이 좀 가주십시오." 바드리는 이렇게 말하고 테이블을 지나 문으로 향했다.

"무슨 일이지?" 자리에서 일어나며 던워디가 말했다. 인형들이 쓰러졌고, 양 한 마리가 테이블 아래로 떨어졌다.

바드리가 문을 열자 카리용이 '착한 성도여, 기뻐하라'를 연주하는 소리가 흘러들어왔다.

"바드리, 기다려. 건배해야지." 샴페인 병과 잔을 테이블로 가져오며 길크리스트가 말했다.

던워디가 외투로 손을 뻗었다.

"왜 그러는 거지?" 쇼핑백을 집으며 아렌스가 말했다. "동조 작업을 끝내지 않은 건가?"

던워디는 아무 대답도 하지 않았다. 그저 외투를 움켜쥐고 바드리를 따라갔다. 바드리는 크리스마스 인파에 아랑곳하지 않고 벌써 길을 반쯤 건넌 상태였다. 비가 심하게 내리고 있었지만, 바드리는 그것 역시 아랑곳하지 않았다. 던워디는 외투를 대충 뒤집어쓰고 사람들을 거칠게 헤치고 나갔다.

뭔가 잘못된 것이었다. 결국 편차가 일어났거나 1년 차 실습생이 계산하면서 실수를 한 것이다. 어쩌면 네트 자체에 이상이 있었을지도 몰랐다. 하지만 네트에는 다중 안전장치와 운행 중지 메커니즘이 있다. 네트에 뭔가 이상이 생겼다면 키브린이 떠날 수 없었다. 그리고 바드리는 동조 작업을 끝냈다고 말했다.

편차가 일어난 게 틀림없었다. 강하가 일어나면서 일이 잘못되려면 편차밖에 없었다.

앞쪽에서 바드리가 자전거를 간신히 피하며 길을 건넜다. 던워디가 아렌스의 것보다도 큰 쇼핑백을 들고 가는 두 여인 사이를 헤치고 줄에 묶인 흰색 테리어를 피해 가자, 저만치 앞서가고 있는 바드리가 다시 보였다.

"바드리!" 던워디가 외쳤다. 바드리는 몸을 반쯤 돌리다가 꽃무늬가 들어간 커다란 우산을 쓰고 가던 중년의 여자와 정면으로 부딪쳤다.

여자는 비 때문에 몸을 구부리고 우산을 거의 몸 앞쪽에 대고 있었기 때문에 바드리를 못 본 모양이었다. 연보랏빛 제비꽃 무늬로 뒤덮인 우산은 폭발하듯 위로 치솟더니 보도로 떨어졌다. 바드리는 하마터면 우산 위로 넘어질 뻔했지만 아랑곳하지 않고 무조건 앞으로 가려고만 했다.

"앞 좀 보고 다녀요." 우산 가장자리를 움켜쥐며 여자가 성난 목소리로 말했다. "이런 곳에서는 뛰면 안 된다는 것도 몰라요?"

바드리는 그 여자와 우산을 바라보았다. 술집에서와 마찬가지로 멍한 표정이었다. "미안합니다." 사과하며 우산을 집기 위해 몸을 굽히는 바드리의 모습이 보였다. 둘은 넓은 공간에 활짝 핀 제비꽃 때문에 잠시 끙끙대는 것 같더니 마침내 바드리가 손잡이를 잡고 우산을 들어 여자에게 건네주었다. 분노 때문인지 차가운 비 때문인지 아니면 그 둘 다 때문인지 모르겠지만 찡그린 여자의 얼굴이 새빨갰다.

"미안하다고요?" 우산으로 때리기라도 하려는 듯 손잡이를 머리 위로 들어 올리며 여자가 말했다. "겨우 그 말밖에 할 말이 없어요?"

바드리는 술집에서 그랬던 것처럼 손을 이마에 살짝 대고 자신이 지금 어디에 있는지 떠올리는가 싶더니 다시 걸음을 옮겼다. 거의 뛰다시피 하는 걸음걸이였다. 바드리는 브레이스노즈 칼리지 정문으로 들어가 안뜰을 건너 실험실 자동문을 지나 복도를 걸어 네트가 있는 곳까지 갔다. 던워디가 뒤를 쫓아왔을 때 바드리는 벌써 콘솔 앞에 앉아 구부정한 자세로 화면을 보면서 인상을 쓰고 있었다.

던워디는 화면이 쓸데없는 데이터로 가득하거나 더욱 심각한 경우에는 아무런 데이터도 없을까 걱정했지만, 다행히도 화면에는 동조 작업을 나타내는 숫자와 행렬이 보였다.

"동조는 끝낸 거지?" 헐떡이며 던워디가 물었다.

"네." 바드리는 몸을 돌려 던워디를 바라보았다. 더 이상 얼굴을 찡그리지는 않았지만, 이상하고 난해한 표정이 서려 있었다. 집중하려 애쓰는 듯한 표정이었다.

"언제…." 바드리는 입을 열다 다시 몸을 떨었다. 무슨 말을 하려 했는지 잊은 듯, 목소리가 잦아들었다.

얇은 유리문이 거칠게 열리며 길크리스트와 아렌스가 들어왔다. 그 뒤를 따라 우산을 만지작거리며 래티머가 들어왔다. "왜 그래요? 무슨 일이죠?" 아렌스가 물었다.

"뭐가 언제라는 거야, 바드리?" 던워디가 다그쳤다.

"동조 작업을 끝냈습니다." 바드리는 그렇게 말하고는 몸을 돌려 화면을 보았다.

"이건가?" 바드리 어깨너머로 몸을 굽히며 길크리스트가 말했다. "이 기호들은 무슨 의미지? 우리 같은 일반인에게는 설명을 해줘야지."

"뭐가 언제라는 거야?" 던워디가 다시 물었다.

바드리는 이마에 손을 댔다. "뭔가 잘못되었습니다."

"뭐가?" 던워디가 소리쳤다. "편차야? 편차가 있었어?"

"편차요?" 입 밖으로 말을 뱉는 것조차 힘들 정도로 몸을 떨며 바드리가 말했다.

"바드리." 아렌스가 말했다. "괜찮아요?"

답을 생각하려는 듯, 바드리는 다시금 이상하고 난해한 표정을 지었다.

"아니요." 바드리는 대답하고 별안간 콘솔 옆으로 쓰러졌다.

3

키브린은 강하하며 종소리를 들었다. 가늘고 높은 금속성 소리였는데, 크리스마스 때 하이 스트리트에서 방송되는 음악인 듯했다. 조종실은 방음 장치가 되어 있었지만 시시때때로 바깥에서 대기실 문을 열고 사람들이 들어왔으며, 그때마다 키브린은 희미하고 어렴풋한 크리스마스 캐럴 소리를 들을 수 있었다.

아렌스가 먼저 들어왔고 다음에는 던워디가 들어왔다. 두 사람 모두 자신이 떠나는 걸 말리려고 왔음을 키브린은 잘 알고 있었다. 아렌스는 병원에서 키브린이 바이러스 예방 접종을 한 팔 아래쪽 부분이 어마어마한 크기로 빨갛게 부풀어 오른 것을 보자 강하를 취소하려고 했었다. "부푼 게 가라앉을 때까지 아무 데도 가면 안 돼." 아렌스는 이렇게 말하고 퇴원시키지 않으려 했다. 키브린은 팔이 아직 가려웠지만, 아렌스에게 그런 말을 할 수는 없었다. 그랬다가는 당장 던워디의 귀에 그 소식이 들어갈 것이다. 그러지 않아도 키브린이 중세로 떠난다는 것을 알고 난 뒤부터 던워디에게는 걱정할 거리가 산더미같이 많아진 참이었다.

'중세로 가겠다고 교수님을 찾아간 게 벌써 2년 전 일이야.' 키브린은 생각했다. 2년 전에도 그랬고, 중세로 입고 갈 의상을 보여주기 위해 어제 찾아갔을 때도 던워디는 여전히 키브린을 단념시키려 애썼다.

"중세 전공팀이 이번 강하를 운영하는 방식이 맘에 들지 않아." 던워디 교수가 말했다. "그리고 설령 그쪽에서 제대로 예방 조처를 했다 할지라도 중세에는 젊은 여자 혼자서 다닐 일이 없단 말이야."

"그건 다 해결되었어요." 키브린이 말했다. "1276년부터 1332년까지 요크셔 동부에 살았던 귀족 길버트 드 보브리에의 딸 이자벨 드 보브리에 역을 하기로 했어요."

"요크셔 귀족의 딸이 옥스퍼드-바스 도로에는 무슨 일로 혼자 있고?"

"혼자가 아니었어요. 저는 하인들과 함께 수도원에서 요양 중인 동생을 데리러 이브섬으로 가는 길인데 강도를 만난 거죠."

"강도 때문이라 이거지." 안경 너머로 눈을 끔벅이며 던워디가 말했다.

"교수님 말씀에서 아이디어를 얻었어요. 중세에는 젊은 여자 혼자서 여행하지 않는다고 하셨죠. 늘 동행이 있다고요. 저에게는 동행이 있지만 강도를 만났을 때 하인들이 도망갔으며, 말과 귀중품은 강도들이 가져간 거로 하기로 했어요. 길크리스트 교수님은 멋진 생각이라고 하시더군요. 교수님께서는 프로버빌러티가…."

"그럴 법한 이야기로군. 중세는 살인자와 강도로 가득하니 말이야."

"알아요, 교수님." 키브린이 초조하게 말했다. "그리고 보균자와 약탈을 목적으로 돌아다니는 기사와 다른 여러 가지 위험이 도사리고 있는 것도요. 그렇다고 중세에 착한 사람이 없었던 건 아니잖아요."

"있긴 했지만, 그 착한 사람들은 마녀를 말뚝에 묶고 화형에 처하느라 바빴거든."

키브린은 화제를 바꾸는 게 낫겠다고 생각했다. "입고 갈 옷을 보여드리러 왔어요." 키브린은 이렇게 말하고 푸른 커틀과 가장자리에 토끼털을 덧댄 흰색 망토를 던워디가 볼 수 있도록 천천히 몸을 돌렸다. "강하할 때는 머리를 내리고 갈 거예요."

"중세 사람들은 흰옷을 입고 다니지 않았어." 던워디가 지적했다. "금방 더러워지니까."

오늘 아침까지도 던워디는 변한 게 없었다. 던워디는 아이가 태어나길 기다리는 아버지처럼 좁은 관찰 구역에서 왔다 갔다 했다. 키브린은 혹시라도 던워디가 갑자기 모든 걸 중단하라고 할까 봐 아침 내내 걱정했다.

지금까지 계속해서 몇 번이고 지연이 있었다. 길크리스트는 키브린이 1학년이라도 되는 것처럼 '둠즈데이북'이 어떻게 작동하는지에 대해 몇 번이고 되풀이해 말했으며, 아무도 키브린을 신뢰하지 않았다. 바드리는 예외인 것 같았지만, 그조차 네트 영역을 측정하고 또 측정하고 모든 좌푯값을 다시 지우고 또 넣고 하면서 짜증스러울 정도의 신중함을 보였다.

키브린은 이러다가 자신이 강하할 수 있을 때가 절대로 오지 않을 것 같았지만, 막상 강하를 기다리며 눈을 감고 누워 앞으로 무슨 일이 일어날까 궁금해하고 있자니 마음이 더욱 초조했다. 래티머는 길크리스트에게 '이자벨'이라는 이름의 철자가 걱정된다고 말했다. 하지만 철자는 고사하고 발음이 맞는지 아는 사람조차 없는 상황이었다. 몬토야는 다가와 키브린 옆에 서서 스켄드게이트에 도착했는지 확인하려면 교회에 '최후의 심판' 프레스코 그림이 있는지 보면 된다는 등 그동안 열 번은 족히 했던 이야기를 다시 했다.

누군가가(키브린은 그 사람이 바드리일 것이라고 짐작했다. 바드리만이 유일하게 키브린에게 이래라저래라 지시를 내리지 않았기 때문이다) 몸을 굽히더니 키브린의 팔을 몸 앞쪽으로 약간 움직이고 치마를 잡아당겼다. 바닥은 단단했고, 모로 누운 키브린의 갈비뼈 바로 밑으로 뭔가가 파고들었다. 길크리스트 교수가 무엇인가를 말했고 다시 종소리가 들려왔다.

'제발, 제발…' 키브린은 생각했다. '아렌스 선생님이 또 다른 예방 접종을 해야 한다고 결정한 건 아닐까? 아니면 던워디 교수님이 역사학과 교수님들을 설득해 중세의 위험등급을 다시 10으로 바꾼 건 아닐까?'

누군지 모르지만, 문을 열어놓은 채 잡고 있는 모양이었다. 멜로디는 알아들을 수 없었지만, 종소리를 들을 수 있었다. 멜로디가 없었다. 천천히 들렸다 멈추기를 반복하는 소리였다. '도착했어.' 키브린은 생각했다.

키브린은 왼쪽을 보고 모로 누워 강도들에게 맞아 쓰러진 것처럼 다리를 볼썽사납게 벌리고 팔로는 매질을 막으려는 듯한 자세로 반쯤 얼굴을 가리고 있었다. 얼굴에는 상처에서 흘러내린 핏자국이 있었다. 얼굴을 가린 팔 덕분에 다른 사람에게 발각되지 않으면서 눈을 떠 주변을 볼 수도 있었지만 눈은 뜨지 않았다. 키브린은 가만히 누워 귀를 기울였다.

종소리 말고는 아무 소리도 들리지 않았다. 키브린이 14세기 도로변에 누워 있는 거라면 적어도 새나 다람쥐가 보여야 했다. 키브린의 갑작스러운 출현이나 네트의 빛무리에 놀라 침묵에 잠긴 모양이었다. 네트의 빛무리에 의해 생긴 서리 비슷한 알갱이들은 몇 분 정도 공기 중에서 반짝거리고 있을 것이다.

한참 뒤, 새 한 마리가 지저귀고 이윽고 또 한 마리가 울어댔다. 근처에서 뭔가가 바스락 소리를 내다 멈추더니 다시 바스락거렸다. 14세기 다람쥐나 붉은 쥐일 테지. 나뭇가지 사이로 바람이 부는 듯 좀 더 약하게 바스락거리는 소리가 들렸지만, 키브린은 얼굴에 미풍 한 점 느끼지 못했다. 그리고 그 위로 아주 먼 곳에서 종소리가 아득하게 들려왔다.

왜 종을 울리는지 궁금했다. 저녁 기도 시간을 알리는 것일 수도 있고, 아침 기도를 알리는 종일 수도 있었다. 바드리는 시간 편차가 얼마나 날지 모르겠다고 말했다. 바드리는 일련의 검사를 마칠 때까지 강하를 미루고 싶어 했지만, 길크리스트 교수는 프로버빌러티의 예측에 따르면 시간 편차는 최대 6.4시간이라고 했다.

키브린은 자신이 도착한 곳이 몇 시인지 몰랐다. 실험실에서 떠날 때는 11시 15분이었다(몬토야 교수가 손목시계를 볼 때 몇 시인지 물어봤다). 하지만 그 후 얼마나 오랜 시간이 흘렀는지 알 수 없었다. 몇 시간은 지난 것 같았다.

강하는 정오에 이루어질 예정이었다. 키브린이 시간을 거슬러 왔고 프로버빌러티가 편차에 대해 예측한 값이 맞는다면 지금은 오후 6시일 것이다. 그렇다면 만종치고는 너무 늦은 시각이었다. 그리고 만종이라면 왜 이렇게 천천히 규칙적으로 계속해 울리는 걸까?

미사나 장례식 또는 결혼식을 알리는 종소리일 수도 있었다. 중세에는 종을 아주 자주 울렸다. 적이 쳐들어올 때, 불이 났을 때, 길 잃은 어린이가 마을로 돌아오는 것을 도울 때, 심지어 뇌우를 피할 때도 썼다. 즉 어떤 이유로든 종을 쓸 수 있었다.

'던워디 교수님이 이곳에 있었다면 분명 장례식 종소리라고 확신하셨겠지.' "1300년대의 평균 수명은 서른여덟 살이야." 키브린이 찾아가 중세로 가고 싶다고 처음 말했을 때 던워디가 한 말이었다. "그나마 콜레라, 천연두, 패혈증에서 살아남고 썩은 고기를 먹거나 오염된 물을 마시지 않고 말에 짓밟히지 않는다는 가정에서 하는 말이야. 마녀로 몰려 말뚝에 묶인 채 화형당하지 않는다는 가정도 포함해서."

'얼어 죽지도 않아야 하고.' 키브린은 생각했다. 아주 잠깐밖에 누워 있지 않았는데도 벌써 추위로 온몸이 뻣뻣해지기 시작했다. 키브린을 찌르고 있는 게 뭔지는 몰랐지만, 흉곽을 뚫고 들어와 이제는 폐에 구멍을 내는 느낌이 들었다. 길크리스트 교수는 키브린에게 말하길, 몇 분만 누워 있다가 의식을 차린 것처럼 비틀거리며 일어나라고 했다. 하지만 길을 다니는 사람들의 수를 예측한 프로버빌러티의 결과를 볼 때, 몇 분 가지고는 턱없이 부족하리라고 키브린은 생각했다. 여행객이 지나가길 기다리려면 몇 분 가지고는 안 될 게 분명했지만, 키브린은 의식을 잃은 상태로 발견되는 것의 장점을 포기하고 싶지 않았다.

잉글랜드에 사는 사람들 절반은 의식 잃은 여자를 강간할 거고 나머지 반은 불태워 죽이기 위해 근처에 말뚝을 박고 기다리고 있을 거라고 던워디 교수는 걱정했지만, 의식을 잃은 체하는 데는 이점이 있었다. 만약 의식을 차린 상태에서 발견되면 키브린을 구한 사람은 여러 가지 질문을 해댈 것이다. 하지만 의식을 잃은 척하고 있으면 사람들은 키브린에 대해 여러 가지를 논의해야 할 테고, 키브린이 어디서 온 누구이며 어디로 데려가야 할지에 대해 골똘히 궁리해야 할 것이다. "누구십니까?" 정도의 질문으로 얻을 수 있는 것보다 훨씬 많은 정보를 얻을 수 있다.

하지만 키브린은 길크리스트 교수의 제안대로 일어나 주위를 둘러보고 싶은 마음이 굴뚝같았다. 땅은 차가웠고 옆구리는 아팠으며 종이 울릴 때마다 머리가 지끈거렸다. 아렌스 선생님이 이런 현상에 대해 미리 경고했었지. 이렇게 먼 과거로 여행하면 두통, 불면증, 생체 리듬의 불균형 같은 시차 증후군이 반드시 나타날 것이라고 했다. 하지만 추위도 너무 추웠다. '이것도 시차 증후군의 일종일까? 아니면 땅이 너무 차가워 털을 덧댄 망토를 뚫고 한기가 빠르게 스미는 걸까? 아니면 바드리가 예상했던 것보다 시간 편차가 더 커서 지금이 사실은 한밤중인 걸까?' 머릿속으로 여러 가지 생각이 스쳐 갔다.

키브린은 자신이 길에 누워 있는 것인지도 궁금했다. 만약 그렇다면 계속 머물러 있으면 안 된다. 빠르게 달리는 말이나 마차가 어둠 속에서 키브린을 못 보고 밟고 지날 수도 있다.

'한밤중에는 종이 울리지 않아.' 키브린은 스스로를 다독였다. 그리고 어둠 속에 있다고 생각하기에는 감긴 눈꺼풀 너머로 스며드는 빛이 너무 밝았다. 하지만 들려오는 종소리가 만종이라면 점차 어두워지고 있다는 뜻이었고, 사방이 깜깜해지기 전에 일어나 주위를 살펴보는 편이 나았다.

키브린은 정신을 집중해 새소리, 나뭇가지를 스치는 바람 소리, 끊임없이 바스락거리는 소리들에 귀를 기울였다. 종소리가 멈추며 메아리가 공기 중에 퍼져 나갔고, 아주 가까이서 작은 소리가 들려왔다. 숨을 들이켜거나 부드러운 흙을 밟는 소리 같았다.

키브린은 자신도 모르게 몸을 움직이는 모습이 망토 밖으로 보이지 않기를 바라며 바짝 긴장했지만, 발소리나 목소리는 들려오지 않았다. 새도 아니었다. 누군가가 또는 무엇인가가 키브린을 내려다보고 있었다. 보이진 않지만 확신할 수 있었다. 숨소리가 들렸고, 숨결을 느낄 수도 있었다. 그것은 꼼짝도 하지 않고 한참 동안 그곳에 서 있었다. 영원과도 같은 시간이 흐른 뒤, 키브린은 자신이 숨을 꼭 참고 있다는 사실을 깨닫고 천천히 내쉬기 시작했다. 귀를 기울였지만, 심장의 고동 소리 말고는 아무런 소리도 들리지 않았다. 키브린은 깊게 숨을 들이켜고 신음 소리를 냈다.

아무 움직임도 없었다. 무엇인지 알 수 없었지만 움직이지도 소리를 내지도 않았다. 숲속에 늑대와 곰이 여전히 사는 시대에서 정신을 잃은 척하고 있으면 절대 안 된다고 했던 던워디 교수의 말이 옳았다. 갑자기 새들이 다시 지저귀기 시작했다. 자신을 지켜봤던 것이 늑대이든 아니든 이미 돌아가버렸다는 뜻이었다. 키브린은 다시 귀를 기울이며 천천히 눈을 떴다.

코끝에 걸려 있는 소매밖에 보이지 않았지만, 눈을 뜨는 행동만으로도 머리가 더욱 지끈거렸다. 키브린은 눈을 감고 훌쩍이며 몸을 약간 틀었고 다시 눈을 뜰 때는 뭔가 볼 수 있도록 팔을 약간 움직였다. 키브린은 신음 소리를 내며 실룩이는 눈을 떴다.

키브린을 굽어보고 있는 이는 아무도 없었고, 한밤중도 아니었다. 머리 위 뒤엉킨 나뭇가지 너머로 보이는 하늘은 옅은 회청색이었다. 가만히 주위를 둘러보았다.

키브린이 던워디를 찾아가 중세로 가고 싶다고 말했을 때 던워디가 처음으로 한 말은 그랬다. "중세는 더럽고 병이 득시글대는 역사의 시궁창이니 중세에 대한 환상을 빨리 깨면 깰수록 좋을 거야."

던워디 교수의 말이 옳았다. 당연했다. 하지만 키브린이 있는 곳은 울창한 숲속이었다. 키브린과 마차 그리고 잔해가 도착한 곳은 너무나도 좁고 그늘져 있어 숲속의 빈터라고 할 수도 없었다. 머리 위로는 높다랗고 몇 아름씩 되는 나무들이 아치를 이루며 키브린을 굽어보았다.

키브린은 떡갈나무 아래 누워 있었다. 저 높이 앙상한 가지에 가리비 모양의 잎사귀가 몇 개 보였다. 떡갈나무에는 새 둥지가 가득했지만, 키브린의 움직임에 놀란 새들은 다시 노랫소리를 멈췄다. 덤불은 무성했고, 낙엽과 시든 잡초로 덮인 땅은 푹신할 것 같았지만 그렇지 않았다. 키브린이 배겨 하던 단단한 물건은 도토리였다. 붉은 점이 박힌 하얀 버섯들이 비틀어 구부러진 떡갈나무 뿌리 근처에 모여 있었다. 나무, 마차, 넝쿨 따위 빈터에 있는 모든 것들은 응축된 얼음 알갱이에 덮여 반짝거렸다.

이곳에는 아무도 없었고 있었던 적도 없는 게 분명했으며, 이곳은 옥스퍼드-바스 도로가 아니고 1.6시간마다 여행객이 지나지 않는 것도 확실했다. 아니, 여행객이 한 번이라도 지나다녔는지 의문이었다. 강하 지점을 결정하기 위해 썼던 중세 지도는 던워디 교수의 말대로 부정확한 게 확실했다. 도로는 지도에 나와 있는 것보다 훨씬 북쪽이었고 키브린은 그 남쪽인 위치우드 숲에 있었다.

"도착하거든 즉시 정확한 공간과 시간을 확인하는 걸 잊지 마." 길크리스트 교수는 이렇게 당부했었다. 그런데 어떻게 그렇게 할 수 있지? 새에게 물어볼까? 새들은 키브린의 머리 위 너무 먼 곳에 떨어져 있어 무슨 종인지 알아볼 수 없었고, 대량 멸종은 1970년대는 되어서야 시작되었다는 기억이 떠올랐다. 어쨌든, 나그네비둘기나 도도새를 제외하고는 새를 보고 시공간 좌표를 알아낼 수는 없었다.

키브린은 일어나 앉았고, 놀란 새들은 거세게 날개를 퍼드덕거렸다. 키브린은 소란이 잦아들 때까지 가만히 있다가 무릎으로 섰다. 날개를 퍼드덕거리는 소리가 다시 들렸다. 키브린은 두 손을 깍지 끼고 손바닥을 지그시 누른 채 눈을 감았다. 혹시 지나갈지도 모르는 여행객이 키브린을 본다면 기도하는 모습으로 보이기 위해서였다.

"도착했어요." 키브린은 말을 하다 멈추었다. 만약 자신이 도착한 곳이 옥스퍼드-바스 도로가 아니라 숲 한가운데라는 사실을 보고한다면 '길크리스트 교수는 자신이 무엇을 하는지 아무것도 모르고 있으며, 너 혼자 스스로 자신을 돌볼 수밖에 없다'던 던워디 교수의 생각을 뒷받침해주는 것밖에 되지 않았다. 키브린은 지금 기록하든 안전한 곳에 가서 기록하든 어차피 자신이 안전하게 돌아갈 때까지는 기록한 내용을 듣지 못할 테니 던워니 교수에게는 아무런 차이가 없다는 생각이 들었다.

'안전하게 돌아갈 수 있다면 말이야. 하지만 밤이 될 때까지 이 숲속에 계속 있으면 그럴 수 없을 거야.' 키브린은 일어나 주위를 둘러보았다. 늦은 오후나 이른 아침 같았지만, 숲속이라 분간할 수가 없었고 설사 하늘을 볼 수 있는 곳으로 간다 할지라도 해의 위치를 보고 때를 가늠할 능력은 없었다. 던워디 교수는 키브린에게 과거로 간 사람들 가운데는 어찌할 바를 몰라 꼼짝도 하지 않고 체류 기간이 끝나기만 기다리는 사람도 종종 있다고 말했다. 던워디 교수는 키브린에게 그림자를 이용해 방향을 측정하는 방법을 가르쳐주었지만 그렇게 하기 위해서는 지금이 몇 시인지 알아야 했고, 어느 방향이 어느 방향인지 따위를 생각하느라 낭비할 시간은 없었다. 우선은 여기서 빠져나가는 길을 찾아야 했다. 숲은 거의 완전하게 그늘 속에 잠겼다.

도로는 고사하고 오솔길의 흔적조차 보이지 않았다. 키브린은 마차와 상자 주위를 돌며 나무들 주위로 통로가 없는지 찾아보았다. 나무들이 적어 보이기에 서쪽이라 짐작되는 방향으로 갔지만, 마차에 씌운 색바랜 파란 천을 확인하기 위해 몇 걸음마다 뒤를 돌아보니 나무가 드문 게 아니라 자작나무들의 흰 몸통 때문에 생긴 착시 현상이었다. 키브린은 마차가 있는 곳으로 돌아와 반대 방향으로 갔지만, 그쪽은 갈수록 나무들이 점점 더 빽빽해졌다.

도로는 '겨우' 100미터쯤 떨어진 곳에 있었다. 키브린은 쓰러진 통나무를 기어오르고 축 늘어진 버드나무 덤불을 통과해 길을 찾아냈다. 프로버빌러티의 표현을 빌리자면 '대로'였다. 하지만 전혀 큰길처럼 보이지 않았다. 심지어 도로로 보이지도 않았다. 오히려 오솔길이라는 편이 더 적절한 표현이었다. 아니면 달구지 길 정도가 어울렸다. '그러니까 이 길이 바로 14세기 잉글랜드가 무역을 시작하고 영역을 넓혔던 바로 그 '대로'로군.' 키브린은 생각했다.

도로는 (적어도 한 대 이상의) 마차가 다닌 게 확실했지만, 너비는 마차 한 대가 간신히 통과할 정도였다. 도로에는 바퀴 자국이 깊게 나 있었고, 자국 위와 안쪽으로 나뭇잎이 쌓였다. 바퀴 자국 군데군데와 도로 가장자리를 따라서는 검은 물이 고였고 웅덩이 일부에는 살얼음이 끼어 있었다.

키브린은 움푹하게 들어간 곳에 서 있었다. 길은 키브린이 있는 곳에서 양방향으로 오르막이었고 북쪽으로 생각되는 방향으로는 나무들이 언덕 중간까지밖에 없었다. 키브린은 뒤편을 보기 위해 몸을 돌렸다. 마차가 한 대 보이긴 했지만 그저 파란 점 정도로만 보였고, 그 모습을 마차라고 생각할 사람은 없을 듯했다. 도로는 양쪽 방향 모두 점점 좁아지며 숲속으로 모습을 감추어서 살인마나 강도들이 몸을 숨기고 있기에 안성맞춤인 장소를 이루었다.

바로 이곳이 키브린의 이야기에 신뢰성을 더해줄 장소였지만, 이곳을 지나가는 사람들은 좁게 뻗은 도로를 통과하느라 바빠서 절대로 키브린을 발견할 수 없을 것이고, 설사 간신히 귀퉁이만 보이는 파란색을 어떻게 해서 발견한다 할지라도 누군가가 숨어 있다는 생각에 말에 박차를 가해 도망칠 것이다.

그 순간, 키브린은 이렇게 덤불에 숨어 있으면 방금 몽둥이로 머리를 얻어맞은 순진한 처녀로 보이는 대신 강도로 보이기에 십상이라는 생각이 들었다.

키브린은 길로 나와 관자놀이에 손을 댔다. "도와주세요, 무서워요." 키브린이 중세 영어로 소리쳤다.

통역기는 키브린이 하는 말을 중세 영어로 자동 번역하게 되어 있지만, 던워디 교수는 키브린이 처음 도움을 청하는 말은 외워야만 한다고 고집을 부렸다. 키브린과 래티머 교수는 어제 오후 내내 발음 연습을 했다.

"도와주세요, 도둑을 만났어요." 키브린이 중세 영어로 말했다.

키브린은 길 위에 쓰러져 있어볼까 고민했지만, 공터로 나와보니 예상했던 것보다도 늦은 시간임을 깨달았다. 해가 지기 직전이었기 때문에 언덕 위에 무엇이 놓여 있는지 살피고자 한다면 지금 당장 하는 것이 나았다. 하지만 우선 랑데부 장소에 어떤 표식이든 남겨놓아야 했다.

길을 따라 나 있는 버드나무들은 아무런 특징도 없었다. 마차가 보일 만한 곳에 놓을 돌덩이를 찾아보았지만, 길가에는 잡초만 무성할 뿐 돌 따위는 눈에 띄지 않았다. 결국 키브린은 머리카락이며 망토를 사정없이 잡아당기는 버드나무 가지와 덤불을 헤치며 마차가 있는 곳까지 다시 기어 올라가 애슈몰린 박물관에서 복제한 놋쇠 띠 장식 손궤를 가지고 길가로 돌아왔다.

완벽하지는 않았다. 누가 지나면서 집어 갈 수 있을 정도로 작았다. 하지만 키브린은 언덕까지만 올라갔다 돌아올 생각이었다. 가장 가까운 마을까지 걸어가기로 결정하면 돌아와서 좀 더 확실한 표식을 만들어둘 계획이었다. 사실 당분간 누가 지나갈 것 같지는 않았다. 바퀴 자국은 얼어붙어 딱딱했고 낙엽들도 짓밟힌 흔적이 없었으며 물웅덩이가 언 표면도 부서진 흔적이 없었다. 온종일, 어쩌면 1주일 내내 사람이 지나가지 않은 듯했다.

키브린은 상자를 숨기기 위해서 주위에 무성한 잡초들을 가슴 높이까지 곧게 세웠고 상자 위로 나뭇가지를 놓고 나서야 언덕을 올라가기 시작했다. 아래쪽에 진흙 구덩이가 얼어붙어 있던 것만 빼놓고 길은 키브린이 예상했던 것보다 쉬웠다. 길은 뭔가가 세게 밟으며 지나간 듯 평탄했는데 현재는 아무것도 보이지 않지만 이 길로 말들이 많이 지나갔다는 뜻이었다.

경사가 심하지 않은 편이었지만 키브린은 몇 걸음 떼기도 전에 기운이 빠지며 관자놀이가 다시 지근거리기 시작했다. 시차 증후군이 더 이상 악화되지 않기를 빌었다. 키브린은 자신이 목적한 곳에서 어딘가 멀리 떨어진 좌표로 왔음을 이미 알 수 있었다. 어쩌면 이 모든 것이 그냥 환영(幻影)일 수도 있었다. 키브린은 아직 '정확한 시간 확인 작업'을 하지 못했고, 이 길과 숲만으로는 지금이 1320년이 맞는지 확인할 수가 없었다.

문명이 존재한다는 유일한 증거는 바퀴 자국뿐이었다. 바퀴 자국으로 미루어보건대, 키브린은 바퀴가 발명된 이후 도로포장 기술이 일반화되기 전 어느 시점에 와 있었다. 물론 아직도 옥스퍼드에서 10킬로미터도 채 못 미치는 곳에 이렇게 작은 산책로가 있기는 했다. 일본인과 미국인 관광객을 위해 국민신탁[10]에서 정성껏 보존하고 있는 산책로였다.

어쩌면 키브린은 아무 곳으로도 간 게 아닐 수도 있었다. 언덕 너머로 M-1 또는 몬토야 교수의 발굴지나 SDI 설비가 나타날 수도 있었다. '자전거나 자동차에 치이는 방식으로 내 시간 좌표를 확인하고 싶지는 않은데.' 키브린은 생각하며 길 가장자리로 조심조심 발을 떼었다. '하지만 시간 여행에 실패했다면 내가 왜 이 지독한 두통에 시달리고 더 이상은 한 걸음도 걷지 못할 것 같은 기분이 드는 것이겠어?'

키브린은 언덕마루에 도착해 걸음을 멈추고 크게 심호흡했다. 길 가장

---

10 시민들의 자발적 모금, 기부, 증여를 통해 보존 가치가 있는 자연이나 문화자원을 확보하는 시민 단체

자리로 비켜설 이유가 하나도 없었다. 이 길로는 자동차가 지나간 적이 단한 번도 없기 때문이었다. 말이나 이륜마차도 마찬가지다. 역시 키브린이 생각했던 대로, 어딘가에서 아주 멀리 떨어진 곳으로 온 것이다. 언덕 위에는 나무가 한 그루도 없어서 수 킬로미터 너머까지 내다볼 수 있었다. 숲은 마차가 있는 쪽에서는 언덕 중간까지만 덮였고 남쪽과 서쪽으로는 길고도 무질서하게 뻗어 있었다. 숲으로 조금만 더 들어갔더라면 영락없이 길을 잃을 뻔했다.

나무들은 이따금 은청색으로 반짝이는 강을 따라 저 멀리 동쪽까지 이어졌다. 저 강이 템스강인가? 아니면 처웰강인가? 사방으로 나무들이 작은 수풀을 이루거나 줄지어 서서 곳곳을 메우고 있었다. 잉글랜드 지방에 이렇게 나무들이 많으리라고는 상상도 하지 못했다. 1086년의 《둠즈데이 북》에는 잉글랜드 지방의 15퍼센트만이 숲이라고 기록되어 있고, 프로버빌러티는 숲이 경작지와 거주지 용도로 바뀌어갔기 때문에 14세기가 되면 비율이 12퍼센트로 줄 것으로 예측했다. 《둠즈데이북》을 작성했던 사람들은 숲의 비율을 지독하리만큼 과소평가했다. 온 사방이 숲이었다.

마을은 보이지 않았다. 숲은 낙엽이 져 있었기 때문에 늦은 오후 햇살을 받아 흑회색으로 보이는 가지 사이로 교회나 장원이 보여야 했지만, 거주지 비슷한 모습도 보이지 않았다.

그렇지만 거주지가 있어야 마땅했다. 경작지가 보였기 때문이다. 그것도 그냥 밭이 아니라 이랑을 판 경작지이기 때문에 중세가 틀림없었다. 들판 한 곳에는 양 떼도 보였다. 이것도 중세를 드러내주는 징표였다. 그렇지만 양을 돌보는 사람은 보이지 않았다. 동쪽으로 저 멀리 뿌연 회색 사각형이 보였다. 옥스퍼드가 틀림없었다. 눈을 가늘게 뜨고 보자 웅크리고 앉은 모양의 카팩스 타워와 벽을 간신히 구별해낼 수 있었다. 하지만 사그라지는 빛 때문에 세인트프리더스위드 수도원이나 오즈니 수도원의 탑들은 보이지 않았다.

주위는 눈에 띄게 어두워져 갔다. 서쪽 지평선으로 분홍색 기운이 감돌았으며 머리 위 하늘은 옅은 청보랏빛을 띠었다. 가만히 서 있는 사이에도 주위는 점차 어두워져갔기 때문에 키브린은 굳이 몸을 돌려 더 이상 살펴보지 않았다.

키브린은 가슴에 성호를 긋고 기도하는 자세로 두 손을 모으며 뾰족하게 모은 손가락들을 얼굴 가까이 가져갔다. "음, 던워디 교수님, 도착했어요. 그럭저럭 제대로 온 것 같아요. 정확하게 옥스퍼드-바스 도로에 있지는 않아요. 도착한 곳에서 길을 따라 500미터 남쪽으로 내려와 있어요. 옥스퍼드가 보이네요. 15킬로미터쯤 떨어진 것 같아요."

키브린은 계절과 시간을 평가한 다음 눈에 보이는 것에 관해 설명하다가 말을 멈추고 양손으로 얼굴을 지그시 눌렀다. 기록하고 싶은 게 있다면 '둠즈데이북'에 저장하면 되지만, 과연 뭘 기록해야 할지를 알 수 없었다. 제대로 찾아왔다면 옥스퍼드 서쪽으로 열 개 남짓한 마을이 보여야 했다. 하지만 마을에 속해 있는 밭과 도로는 보였지만 정작 마을은 하나도 보이지 않았다.

길에는 아무도 없었다. 길은 언덕 맞은편을 돌아 두꺼운 잡목림 사이로 사라졌지만 1킬로미터쯤 더 가면 넓고 평탄한 연녹색 대로로 이어졌는데 그곳이 아마도 키브린이 강하할 때 원래 도착하기로 되어 있던 곳이었다. 눈에 보이는 한, 대로에도 아무도 없었다.

키브린의 왼편 저 멀리, 옥스퍼드로 뻗은 들판 중간쯤에 뭔가 움직이는 모습이 언뜻 보였다. 숲 어딘가에 숨어 있을 마을로 돌아가는 소 떼였다. 하지만 그곳은 몬토야 교수가 키브린에게 찾으라고 했던 마을이 아니었다. 스켄드게이트는 대로 남쪽에 있었다.

완전히 잘못된 장소에 온 게 아니라면 남쪽에 있는 게 맞았다. 그리고 키브린은 잘못된 곳에 온 것이 아니었다. 동쪽으로 보이는 것은 분명 옥스퍼드였고 템스강은 남쪽으로 굽이쳐 런던임이 분명한 갈회색 아지랑이 속으로 흘러 들어갔다. 하지만 이 모습만으로는 마을이 어디에 있는지 알 수 없었다. 스켄드게이트는 여기와 대로 사이 어딘가 눈에 보이지 않는 곳에 있거나 아니면 정반대 편에 있거나 아니면 아예 온 길을 거꾸로 가야 나올지도 몰랐다. 하지만 가서 확인해볼 시간이 없었다.

주위는 급격하게 어두워졌다. 30분 정도 지나고 나면 마을에 불이 켜지겠지만, 기다리고 있을 짬이 없었다. 서쪽의 분홍색 기운은 이미 연보랏빛으로 바뀌어 어두워졌으며 머리 위의 파란색은 거의 진보라로 바뀌었다. 그리고 점점 추워졌다. 바람은 살을 에는 듯했다. 망토 자락이 뒤에서 펄럭이기에 키브린은 망토를 좀 더 단단히 여미었다. 12월의 겨울밤을 머리가 깨질 듯한 두통을 겪으며 숲속에서 늑대 떼와 보내고 싶은 마음은 전혀 없었다. 그렇다고 차가워 보이는 대로에 누운 채 누군가가 지나가길 기다리고 싶지도 않았다.

옥스퍼드를 향해 갈 수도 있었지만 어두워지기 전에 도착할 방법이 없었다. 아무 마을이든 보이기만 한다면 그곳에서 하룻밤을 묵고 몬토야 교수가 말한 곳은 내일 찾으면 된다. 키브린은 자신이 올라온 길을 돌아보며 화로 따위에서 나오는 불빛이나 연기가 보이지 않는지 찾아보았지만, 아무것도 보이지 않았다. 이가 떨리기 시작했다.

그리고 종이 울리기 시작했다. 카팩스의 종이 먼저 울렸다. 1300년대 이후 최소한 세 번을 새로 만들었음에도 늘 듣던 소리와 똑같았다. 그리고 첫 번째 울림이 사라지기 전에 옥스퍼드에서 신호를 보내길 기다리고 있었다는 듯 다른 종소리들이 울려 퍼졌다. 들판에 있는 사람들에게 이제 그만 일을 끝내고 미사를 드리러 오라는 만종 소리였다.

키브린에게는 마을들이 어디에 있는지 알려주는 신호이기도 했다. 종들은 제창하듯 울려 대서 구별해 들을 수는 없었지만 어디선가 멀리서 깊게 울려 퍼지는 메아리 소리가 들려왔다. 나무들이 줄지어 선 곳이었다. 낮은 둔덕이 뒤편, 소 떼가 향하던 마을에서 들려오는 소리였다. 종소리를 들은 소 떼는 걸음을 재촉했다.

키브린이 있는 언덕 아래 가까이에는 마을 두 개가 있었다. 하나는 대로 바로 옆이었고 다른 하나는 밭 몇 개를 가로질러 나무들이 줄지어 선 시냇물 옆에 있었다. 몬토야 교수가 말했던 스켄드게이트는 키브린이 원래 생각했던 곳에 있었다. 키브린이 지나온 길을 되돌아가, 얼어붙은 바퀴 자국을 지나 낮은 언덕 너머로 3킬로미터가 넘는 거리였다.

키브린은 주먹을 꽉 쥐었다. "마을이 어디 있는지 막 찾아냈어요." '둠즈 데이북'에 종소리도 저장될지 궁금해하며 키브린이 말했다. "길 이쪽 편으로 좀 걸어오니 보이는군요. 마차가 있는 쪽으로 가야겠어요. 더 어두워지기 전에 마차를 일단 길가까지 끌어다놓아야겠어요. 그런 다음 마을로 휘청휘청 걸어가 누군가의 집 앞에서 쓰러질 생각이에요."

남서쪽 멀리서 종소리가 들려왔다. 너무 희미해 놓칠 뻔한 소리였다. 키브린은 이 종소리가 좀 전에 났던 그 종소리라면 왜 아직 울리고 있는 건지 궁금했다. 어쩌면 던워디 교수 말대로 장례식일 수도 있었다. "던워디 교수님." 키브린이 손에 대고 말했다. "걱정하지 마세요. 도착한 지 1시간가량 되었지만, 아직 나쁜 일은 하나도 없어요."

여러 곳에서 울리던 종소리는 점점 희미해졌다. 하지만 신기하게도 옥스퍼드에서 울리는 종소리는 다른 종소리보다 오래 여운을 남기며 공기 중에 머물렀다. 하늘은 청보랏빛으로 바뀌었고 남동쪽에서 별이 떠올랐다. 키브린은 아직도 기도하는 자세로 손을 모으고 있었다. "이곳은 정말로 아름다워요."

둠즈데이북 사본
(000249-000614)

음, 던워디 교수님, 도착했어요. 그럭저럭 제대로 온 것 같아요. 정확하게 옥스퍼드-바스 도로에 있지는 않아요. 도착한 곳에서 길을 따라 500미터 남쪽으로 내려와 있어요. 옥스퍼드가 보이네요. 15킬로미터쯤 떨어진 것 같아요.

강하가 언제 되었는지 모르지만, 예정대로 정오에 강하했다면 4시간 정도의 편차가 발생했어요. 계절은 정확하네요. 나뭇잎들은 거의 다 떨어졌지만 땅에 떨어진 잎은 그럭저럭 멀쩡한 편이고 밭갈이도 3분의 1 정도만 되어 있어요. 마을에 도착해 오늘이 며칠인지 물어보기 전까지는 정확한 시간을 말할 수 없군요. 제가 언제, 어디에 있는지는 저보다 교수님이 더 잘 알고 계시겠죠. 지금 당장은 아니라도 동조 작업이 끝난 다음에는 말이에요.

하지만 저도 정확한 세기에 도착했다는 정도는 알아요. 지금 서 있는 작은 언덕에서 경작지가 내려다보이는데요, 전형적인 중세 이랑 밭이에요. 소들이 돌게끔 가장자리는 둥글려졌고, 목초지에는 울타리가 쳐져 있어요. 울타리의 3분의 1가량은 색슨족 특유의 죽은 덤불로 되어 있고 나머지는 노르만 산사나무예요. 1300년대에 이 비율을 프로버빌러티는 25 대 75로 잡았지만, 그 수치는 한참 동쪽에 있는 서픽을 근거로 산출한 값이에요.

남쪽과 서쪽으로는 숲이 있어요. 위치우드 숲인 것 같기도 해요. 제가 보기엔 낙엽수림이에요. 동쪽으로는 템스강이 보여요. 그리고 런던을 전부 다 볼 수 있어요. 물론 저도 불가능하다는 건 알아요. 1320년에 런던은 여기에서 30킬로미터가 아니라 80킬로미터 떨어져 있었죠. 하지만 그래도 전 런던을 다 보고 있다고 생각해요. 옥스퍼드의 담이 똑똑하게 보여요. 카팩스 타워도요.

이곳은 정말로 아름다워요. 700년이나 떨어진 곳에 와 있다는 기분이 안 들어요. 옥스퍼드는 바로 저기, 조금만 걸으면 닿을 수 있는 거리에 있어요. 이 길을 따라 마을에 도착하면 브레이스노즈 칼리지에 있는 실험실에서 동조 작업이 끝나길 기다리는 여러분을 만날 것이라는 생각을 지울 수가 없네요. 바드리 씨는 화면을 보며 인상을 찡그리고 있을 것 같고, 몬토야 교수님은 발굴 현장으로 돌아가지 못해서 안달복달하실 것만 같고, 던워디 교수님께서는 나이 든 엄마 닭처럼 꼬꼬댁거리고 계시겠죠. 교수님들과 떨어져 있다는 생각이 조금도 안 들어요. 아니, 이토록 멀리 떨어져 있다는 생각이 전혀 안 들어요.

4

바드리가 넘어지며 이마를 짚었던 손이 떨어졌고, 팔꿈치가 콘솔을 치는 덕에 잠시 멈칫하는가 싶더니 무너지듯 바닥으로 쓰러졌다. 던워디는 혹시 바드리가 쓰러지면서 자판을 건드려 화면 내용이 엉망이 됐으면 어쩌나 걱정하며 화면을 힐끗 봤다.

래티머나 길크리스트는 쓰러지는 바드리를 잡으려 하지 않았다. 심지어 래티머는 뭔가 일이 잘못되어 가고 있다는 사실조차 모르는 듯했다. 아렌스가 재빠르게 바드리를 잡으려 손을 뻗었지만, 다른 사람들 뒤에 서 있었기 때문에 간신히 바드리의 소맷자락을 잡는 데 그쳤다. 아렌스는 즉시 바드리 옆에 무릎 꿇고 앉아 등을 똑바로 펴준 뒤 자기 귀에 수신기를 꽂았다.

아렌스는 쇼핑백을 뒤져 호출기를 꺼내더니 5초 동안 호출 버튼을 눌렀다. "바드리?" 아렌스가 큰 소리로 외쳤고, 그제야 던워디는 방 안이 쥐 죽은 듯 조용하다는 사실을 깨달았다. 길크리스트는 바드리가 쓰러질 때 서 있던 곳에서 꼼짝도 하지 않고 있었다. 몹시 화가 난 표정이었다. '장담하건대, 뜻하지 않은 사건이 일어날 경우를 대비해 모든 면을 꼼꼼하게 고려했습니다'라며 큰소리를 쳤지만 이런 사태가 일어나리라고는 생각하지 못한 게 분명했다.

아렌스는 호출기 버튼을 놓은 뒤 바드리의 어깨를 가볍게 흔들었다. 아무런 반응이 없었다. 아렌스는 바드리의 고개를 뒤로 젖히고 얼굴 쪽으로 몸을 숙이더니 벌어진 입에 귀를 대고 고개를 돌려 가슴을 보았다. 다행히 숨은 쉬고 있었다. 던워디와 아렌스는 바드리의 가슴이 올라갔다 내려갔다 하는 모습을 볼 수 있었다. 어느새 호출기 버튼을 다시 누르고 있던 아렌스는 즉시 머리를 들고 두 손가락을 바드리의 목 옆에 댔다. 영원과도 같은 시간이 흐른 뒤 아렌스는 호출기를 들어 입 쪽으로 가져갔다.

"브레이스노즈 칼리지, 역사학과 실험실." 아렌스가 호출기에 대고 말했다. "2시 5분. 갑자기 쓰러짐. 싱커피. 경련성 발작 증세 없음." 아렌스는 호출기 버튼을 놓고 바드리의 눈꺼풀을 뒤집어보았다.

"싱커피?" 길크리스트가 말했다. "그게 뭐죠? 무슨 일이 일어난 겁니까?"

아렌스는 짜증스러운 눈으로 길크리스트를 보며 대답했다. "실신했어요. 정신을 잃었다고요." 그리고 던워디에게 말했다. "내 응급 키트 좀 줘. 쇼핑백에 있어."

호출기를 찾느라 정신없이 뒤적거린 바람에 쇼핑백은 난장판이 되어 찌그러져 있었다. 던워디는 상자와 꾸러미를 뒤적이며 그럴듯한 크기의 단단한 플라스틱 상자를 발견하고는 재빨리 열어보았다. 상자 안은 붉은색과 녹색 알루미늄박으로 싼 '크리스마스 크래커'[11]로 가득했다. 던워디는 상자를 다시 쇼핑백에 쑤셔 넣었다.

"빨리." 바드리의 실험복 셔츠 단추를 끄르며 아렌스가 말했다. "시간이 없어."

"찾을 수가…." 던워디는 다시 백을 뒤적였다.

아렌스는 던워디에게서 쇼핑백을 낚아채 뒤집었다. 크리스마스 크래커가 사방으로 쏟아졌다. 목도리를 넣었던 상자가 떨어지며 목도리가 밖으로

---

11 조그마한 선물과 난센스 퀴즈가 들어 있는 종이 튜브. 양쪽을 잡아당기면 큰 소리를 내며 안의 내용물을 보여준다.

나왔다. 아렌스는 핸드백을 찾아 지퍼를 열고 커다랗고 납작한 응급 키트를 꺼냈다. 키트에는 팔찌형 혈류계가 들어 있었다. 아렌스는 혈류계를 바드리의 손목에 묶고 응급 키트 모니터에 표시되는 혈압을 보기 위해 고개를 돌렸다.

던워디는 모니터에 나타난 신호를 보았지만 아무것도 알 수 없었으며, 아렌스가 무슨 행동을 하는지도 몰랐다. 바드리는 여전히 숨을 쉬고 있었고 심장도 박동을 계속했으며 던워디가 보는 한 피를 흘리는 곳은 없었다. 그냥 정신을 잃은 것일 수도 있었다. 하지만 이제 책이나 비디오에서 말고는 사람이 그냥 쓰러지는 경우란 없다. 다쳤거나 아픈 게 분명했다. 처음 술집에 들어왔을 때 바드리는 뭔가 커다란 충격을 받은 듯한 모습이었다. 혹시 던워디를 칠 뻔했던 자전거 같은 것에 부딪히고 자신이 다친 걸 모르고 있었던 걸까? 그렇다면 바드리가 보여준 이상한 행동과 동요를 설명할 수 있었다.

하지만 그렇다고 해도 바드리가 외투도 없이 와서 던워디에게 '같이 좀 가주십시오'라는 말을 하거나 '뭔가 잘못되었습니다'라는 말을 할 이유는 되지 못했다.

던워디는 고개를 돌려 콘솔 화면을 보았다. 화면에는 바드리가 쓰러질 때 나와 있던 행렬들이 여전히 있었다. 무슨 뜻인지 알 수는 없었지만, 정상적인 동조 작업 때에 나오는 화면 같았다. 또한 바드리는 키브린이 제대로 도착했다고 말했다. '뭔가 잘못되었습니다.'

아렌스는 손을 완전히 펴고 바드리의 팔과 가슴 옆쪽을 가볍게 두드리며 다리까지 내려갔다. 바드리의 눈꺼풀이 파르르 떨리더니 다시 잠잠해졌다.

"바드리의 건강에 무슨 문제가 있었어?" 아렌스가 던워디에게 물었다.

"이 친구는 던워디 교수팀의 기술자입니다." 길크리스트가 비난하는 투로 말했다. "베일리얼 칼리지 소속이죠. 던워디 교수가 우리에게 잠시 빌려준 사람입니다." 길크리스트는 던워디가 이 사태에 책임이 있으며, 이번 강하를 엉망으로 만들기 위해 기술자가 쓰러지도록 조작했다는 투로 마지막 말을 덧붙였다.

"건강에 문제가 있다고 생각하지는 않아." 던워디가 말했다. "학기가 시작되면서부터 줄곧 이 작업을 도맡아왔어."

아렌스는 석연치 않은 표정을 지었다. 아렌스는 청진기를 끼고 한참 동안 바드리의 심장 소리를 듣고 혈압 수치를 재차 검사한 다음 맥박을 다시 짚었다. "혹시 간질을 앓고 있지는 않았어? 당뇨는?"

"모르겠어." 던워디가 말했다.

"약물이나 불법 엔도르핀을 쓴 적은?" 하지만 아렌스는 던워디의 대답을 기다리는 대신 호출기 버튼을 다시 눌렀다. "아렌스. 박동수 110. 혈압 100에 60. 혈액 검사를 하겠음." 아렌스는 꾸러미를 찢어 거즈를 꺼내더니 혈류계를 하지 않은 팔을 소독한 다음 다른 꾸러미를 찢었다.

약물이나 불법 엔도르핀이라면 바드리가 보여주었던 불안하고 일관성 없는 언행에 대한 설명이 되었다. 하지만 바드리가 약물을 복용했다면 학기 초 건강 검진에 그런 사실이 드러났을 것이고, 지금까지 바드리가 해왔던 복잡하고 정교한 계산은 할 수 없을 것이었다. '뭔가 잘못되었습니다.'

아렌스는 다시금 팔을 소독한 다음 피부밑으로 캐뉼러[12]를 밀어 넣었다. 바드리가 눈꺼풀을 떨더니 눈을 떴다.

"바드리." 아렌스가 말했다. "내 말 들려요?" 아렌스는 외투 주머니에서 선명한 붉은색 캡슐을 꺼냈다. "체온을 잴게요." 아렌스는 이렇게 말하고 바드리의 입술 사이로 캡슐을 밀어 넣었지만, 바드리는 아무 말도 못 듣는 듯했다.

아렌스는 주머니에 캡슐을 집어넣고 응급 키트를 뒤졌다. "캐뉼러에 수치가 나타나면 말해줘." 응급 키트에 있는 물건들을 모두 꺼냈다가 다시 넣으며 아렌스가 던워디에게 말했다. 아렌스는 응급 키트를 내려놓고 핸드백을 뒤지기 시작했다. "분명 피부 체온계가 있었는데."

"수치가 나왔어." 던워디가 말했다.

---

12 체내로 약물을 집어넣거나 체액을 빼낼 때 쓰는 관

아렌스는 호출기를 집더니 숫자를 읽어 호출기에 입력하기 시작했다.

바드리가 눈을 떴다. "해야 할…." 바드리는 입을 열다 다시 눈을 감았다. "너무 춥군요." 바드리가 중얼거렸다.

던워디는 외투를 벗었지만, 너무 젖어서 덮어줄 수가 없었다. 던워디는 당혹해하며 뭔가 덮을 만한 게 없는지 찾기 위해 방 안을 둘러보며 생각했다. '키브린이 떠나기 전에 일이 일어났다면 그 아이가 입고 있는 망토를 쓰면 되었을 텐데.' 콘솔 아래에 바드리의 재킷이 틀어박혀 있었다. 던워디는 재킷을 꺼내 바드리에게 비스듬히 덮어주었다.

"얼어 죽을 것 같아요." 바드리가 중얼거리며 온몸을 떨었다.

계속해서 호출기로 숫자를 불러주고 있던 아렌스는 던워디 쪽으로 고개를 획 돌렸다. "바드리가 지금 뭐라고 했어?"

바드리는 뭔가 중얼거리더니 이윽고 또렷한 목소리로 말했다. "머리가 아파요."

"머리가 아프고." 아렌스가 물었다. "욕지기도 나요?"

바드리는 고개를 살짝 가로저어 아니라는 표시를 했다. "언제…." 바드리는 입을 열다 아렌스의 팔을 꽉 쥐었다.

아렌스는 한 손을 바드리의 손에 올려놓고 얼굴을 찡그리며 다른 손을 이마에 올려놓았다.

"열이 있어요." 아렌스가 말했다.

"뭔가 잘못되었습니다." 바드리는 이렇게 말하고 다시 눈을 감았다. 아렌스의 팔을 쥐었던 손에 힘이 풀리며 바닥으로 떨어졌다.

아렌스는 축 늘어진 바드리의 팔을 들고 수치를 읽은 다음 다시 이마를 만졌다. "도대체 피부 체온계는 어디로 간 거야?" 아렌스는 다시 응급 키트를 뒤지기 시작했다.

호출기에서 신호가 울렸다. "왔군요. 누가 가서 사람들을 이리로 데려와주세요." 아렌스는 바드리의 가슴을 가볍게 쳤다. "그냥 가만히 누워 있어요."

던워디가 문을 열었을 때 사람들은 이미 도착해 있었다. 병원에서 나온 의료요원 둘이 여행용 트렁크만 한 구급상자를 들고 서둘러 방으로 들어왔다.

"즉시 병원으로 옮겨야 해요." 상자를 열기 전에 아렌스가 말하며 무릎을 펴고 일어났다. "들것을 가져오세요." 아렌스는 여자 의료요원에게 말했다. "피부 체온계하고 자당 수액제도 가져다주고요."

"20세기 전공팀은 불법 엔도르핀과 약물 검사를 안 하나보죠?" 길크리스트가 말했다.

의료요원 한 명이 펌프를 들고 가다 길크리스트와 부딪혔다.

"중세 전공팀이라면 절대로…." 다른 한 명이 들것을 가져오는 것을 본 길크리스트가 길을 비켰다.

"약물 남용인가요?" 길크리스트를 힐끗 보며 남자 의료요원이 물었다.

"아니에요." 아렌스가 말했다. "피부 체온계는 가져왔어요?"

"없습니다." 피드를 측로에 꽂으며 남자가 말했다. "서미스터와 캡슐 체온계뿐입니다. 구급차에 태울 때까지는 방법이 없습니다." 남자는 펌프가 모터를 작동시킬 때까지 1분 정도 플라스틱 가방을 머리 위로 들고 있다가 테이프로 바드리의 가슴에 가방을 붙였다.

여자 의료요원은 바드리의 재킷을 치우고 회색 담요를 덮어줬다. "추워요." 바드리가 말했다. "교수님, 해주셔야 할…."

"내가 뭘 하면 되지?" 던워디가 말했다.

"동조 작업…."

"하나, 둘." 의료요원 둘이 박자를 맞추더니 바드리를 들것으로 옮겼다.

"제임스, 길크리스트 교수님. 병원 입원 수속을 해야 하니 두 분 다 저와 함께 병원으로 가셔야겠어요." 아렌스가 말했다. "그리고 바드리의 병력도 필요해요. 한 분은 구급차를 타고 가시고 다른 한 분은 다른 편으로 오세요."

던워디는 누가 구급차를 타고 갈 것인가에 대해 길크리스트와 상의할 여유가 없었다. 던워디는 구급차에 타고 바드리 옆에 앉았다. 들것에 실려 구급차를 타는 것만으로도 기진맥진했다는 듯 바드리는 가쁜 숨을 몰아쉬고 있었다.

"바드리." 던워디가 다급하게 물었다. "자넨 뭔가 잘못되었다고 말했어. 동조 작업에서 뭔가 문제가 있었다는 뜻이야?"

"동조 작업은 제대로 했습니다." 인상을 찡그리며 바드리가 말했다.

바드리에게 무시무시한 모니터 장치들을 붙인 남자 의료요원이 짜증스러운 눈으로 던워디를 보았다.

"실습생이 좌표 계산을 잘못한 건가? 중요한 거야, 바드리. 그 친구가 원격 좌표 계산에서 실수한 거야?"

아렌스가 구급차에 올라탔다.

"환자와 같이 구급차에 타야 할 사람은 학과장 대리인 저 같습니다만." 던워디의 귀에 길크리스트의 목소리가 들려왔다.

"병원 응급실에서 만나요." 아렌스가 말하고 문을 당겼다. "아직 체온 안 쟀어요?" 아렌스가 남자 의료요원에게 물었다.

"쟀습니다." 남자 의료요원이 말했다. "39.5도. 혈압은 90에 55, 맥박 115입니다."

"좌표 계산에 실수가 있었어?" 던워디가 바드리에게 물었다.

"뒤에 준비됐나요?" 운전사가 인터컴을 통해 말했다.

"출발해요." 아렌스가 말했다. "코드 원이에요."

"푸할스키가 원격 강하 위치 좌표 계산에서 실수한 거야?"

"아닙니다." 바드리가 말했다. 그러고는 넌워디가 입은 외투의 옷깃을 잡았다.

"그러면 편차가 있는 거야?"

"저는… 너무 걱정됩니다."

사이렌이 울려 퍼지며 바드리의 말을 집어삼켰다. "자네가 뭐?" 오르락 내리락하는 사이렌을 뚫고 던워디가 소리쳤다.

"뭔가 잘못됐습니다." 바드리는 이렇게 말하고 다시 정신을 잃었다.

뭔가 잘못되었다면 편차가 분명했다. 위치 좌표를 제외하고는 강하가 취소되지 않으면서 잘못될 일은 시간 편차밖에 없었다. 그리고 바드리는 위치 좌표는 옳았다고 말했다. 그렇지만 시간 편차가 얼마나 된다는 걸까? 일전에 바드리가 말하길 편차가 최대 2주 정도까지 될 거라 했지만, 그보다 훨씬 큰 값이 나오지 않았다면 외투도 입지 않고 비를 흠뻑 맞으며 술집으로 뛰어오지 않았을 것이다. 얼마나 더 큰 값이 나온 걸까? 한 달? 석 달? 하지만 바드리는 길크리스트에게 간이 검사 결과에서는 최소 시간 편차가 나왔다고 말했다.

아렌스가 팔꿈치로 던워디를 밀치고 바드리의 이마에 다시 손을 얹었다. "수액제에 티오살리실산나트륨을 첨가해요. 그리고 백혈구 검사를 시작해요. 제임스, 좀 비켜줘."

던워디는 아렌스에게서 비켜 구급차 뒤편에 있는 의자에 앉았다.

아렌스는 호출기를 다시 집어 들었다. "적혈구 계산과 혈청형 구분 준비."

"신우신염 아닐까요?" 수치가 변하는 것을 보며 의료요원이 말했다. 혈압은 96에 60이었고 맥박은 120, 체온은 39.5도였다.

"그건 아닐 거예요." 아렌스가 말했다. "복통이 없거든요. 하지만 체온이 저렇게 높은 걸 보니 분명 뭔가에 감염된 거예요."

갑자기 사이렌이 잦아들더니 멈췄다. 남자는 벽에 있는 접속 단자에서 전선을 꺼내 당기기 시작했다.

"우리가 곁에 있으니 괜찮아요, 바드리." 다시금 바드리의 가슴을 가볍게 문지르며 아렌스가 말했다. "곧 치료할 테니 조금만 참아요."

바드리는 아무 말도 들리지 않는 듯 꼼짝도 하지 않았다. 아렌스는 목까지 담요를 덮어주고 그 위로 늘어져 있는 전선들을 정돈했다. 운전사가 문을 열었고 안에 탄 사람들이 들것을 밖으로 꺼냈다. "정밀 혈액 검사를 하세요." 문을 잡고 내리며 아렌스가 말했다. "CF, HI, 항원 ID도요." 아렌스에 뒤이어 차에서 내린 던워디는 응급실로 쫓아 들어갔다.

"진료 기록부가 필요해요." 던워디가 병원에 들어가 보니 아렌스는 이미 접수 담당자와 이야기하고 있었다. "바드리…. 제임스, 바드리의 성이 뭐지?"

"차우두리." 던워디가 말했다.

"NHS(National Health Service, 국가보건서비스) 번호는요?" 접수 담당자가 물었다.

"그건 모르겠는데요." 던워디가 말했다. "베일리얼 칼리지에서 일하는 사람으로 해서 찾아봐주세요."

"철자 좀 불러주시겠습니까?"

"C, H, A…." 던워디가 말했다. 아렌스가 응급실 쪽으로 사라졌고, 던워디는 그 뒤를 따라가려 했다.

"죄송합니다만." 접수 담당자가 콘솔에서 빠져나와 던워디 앞을 가로막았다. "우선 여기 앉아 계셔…."

"방금 들어간 환자와 이야기해야만 합니다." 던워디가 말했다.

"친척 되시나요?"

"아니요." 던워디가 말했다. "직장 상사입니다. 아주 중요한 일입니다."

"조금 전 검사실로 들어갔습니다." 접수 담당을 맡은 여자가 말했다. "검사가 끝나면 바로 환자분을 만날 수 있도록 해드리겠습니다." 그 여자는 던워디가 조금이라도 움직일 기색을 보이면 당장 다시 뛰어나올 태세를 취하며 조심스레 콘솔로 돌아갔다.

던워디는 검사실로 그냥 밀고 들어갈까 생각해보았지만 여차하다가는 아예 병원에서 쫓겨날 수 있다는 생각이 들었다. 그리고 어찌 되었든 지금 바드리는 말을 할 수 있는 상황이 아니었다. 구급차에서 내릴 때 바드리는 의식을 잃은 상태였다. 게다가 체온은 39.5도나 되었다. 뭔가 잘못되었다.

접수 담당 직원이 의심스러운 눈으로 던워디를 바라보았다. "정말 죄송한데 환자분 이름 철자 좀 다시 불러주시겠어요?"

던워디는 'CHAUDURI'의 철자를 말해주고 전화가 어디에 있는지 물어보았다.

"복도로 조금만 가시면 됩니다. 나이는요?"

"모르겠습니다." 던워디가 말했다. "스물다섯? 베일리얼 칼리지에 4년간 있었습니다."

던워디는 직원의 나머지 질문에 최선을 다해 대답해주고는 혹시 길크리스트가 들어오지는 않는지 문 쪽을 살펴본 뒤 복도의 공중전화기로 걸어가 브레이스노즈 칼리지로 전화를 걸었다. 전화를 받은 경비원은 경비실 옆에서 인공 크리스마스트리를 장식하고 있었다.

"푸할스키와 이야기하고 싶은데요." 자기가 말한 이름이 1년 차 실습생 이름이 맞기를 빌며 던워디가 말했다.

"그 친구는 여기 없습니다." 전화기를 들지 않은 손으로 나뭇가지에 은박 꽃장식을 드리우며 경비원이 말했다.

"에, 그럼 그 친구가 돌아오자마자 내가 통화하고 싶어 한다고 좀 전해주세요. 아주 중요한 일입니다. 그 친구가 있어야 동조 작업 수치를 알 수 있습니다. 난…." 경비원은 꽃장식을 끝내고 장식품이 들어 있는 상자 뚜껑에 던워디가 걸고 있는 공중전화의 번호를 끼적거렸고, 던워디는 그러한 모습을 영상으로 초조히 지켜보았다. "그리고 혹시 이쪽으로 전화했는데 내가 안 받으면 병원 응급실로 전화하라고 좀 해주십시오. 혹시 그 친구가 언제 돌아오는지 아세요?"

"그건 잘 모르겠군요." 포장을 풀어 천사를 꺼내며 경비원이 말했다. "몇 명은 며칠 일찍 돌아오겠지만, 대부분은 학기가 시작되는 날에나 얼굴을 내밀 겁니다."

"무슨 뜻이지요? 푸할스키가 대학 안에 없다는 말인가요?"

"있었죠. 중세 전공팀에서 네트 운영을 할 예정이었는데 자신이 필요 없다는 걸 알고 집으로 가버렸습니다."

"그러면 그 친구 집 주소와 전화번호를 좀 가르쳐주십시오."

"웨일스 어디라고 하던데. 정확하게 알려면 단과 대학 본부에 연락해봐야 하지만 그쪽을 담당하고 있는 사람도 지금은 자리에 없습니다."

"그 사람은 언제 돌아오나요?"

"잘 모르겠습니다. 크리스마스 쇼핑을 하겠다며 런던으로 갔습니다."

경비원이 천사 날개를 매만지는 동안 던워디는 몇 가지 당부를 더 전한 뒤 전화를 끊고 옥스퍼드에 혹시 다른 기술자는 없는지 기억을 더듬었다. 없는 게 분명했다. 아무리 길크리스트 교수라 할지라도 무턱대고 1년 차 실습생을 썼을 리가 없었다.

던워디는 모들린 칼리지에 전화를 걸어보았지만 아무도 받지 않았다. 던워디는 전화를 끊고 1분 정도 생각에 잠겼다가 베일리얼 칼리지로 전화를 걸었다. 그쪽도 마찬가지로 전화를 받지 않았다. 핀치는 미국에서 건너온 핸드벨 연주자들을 데리고 톰 타워 종탑에 있는 그레이트 톰을 보러 간 모양이었다. 던워디는 손목시계를 보았다. 겨우 2시 반이었다. 훨씬 더 됐을 줄 알았다. 핀치 일행은 이제야 점심을 먹고 있겠지.

베일리얼 홀로 전화했지만, 여전히 아무도 받지 않았다. 던워디는 길크리스트가 있기를 바라며 대기실로 돌아왔다. 길크리스트는 없었지만, 구급차를 같이 타고 왔던 의료요원 둘이 간호사와 이야기를 나누고 있었다. 아마도 길크리스트는 다음 강하나 그다음 강하를 계획하기 위해 브레이스노즈 칼리지로 돌아간 모양이었다. 어쩌면 길크리스트는 흑사병을 직접 알아보게 하려고 세 번째 강하에서는 키브린을 흑사병이 퍼지던 시대로 보낼지도 몰랐다.

"계셨네요." 간호사가 말했다. "가신 줄 알았어요. 저와 함께 가시죠."

던워디는 간호사가 자신에게 말하는 거로 생각했지만, 의료요원 둘도 간호사를 따라 문을 나서 복도로 갔다.

"여기 계세요." 간호사가 문을 잡아주며 말했다. 의료요원들이 차례로 들어갔다. "저쪽에 보이는 카트에 홍차가 있고 화장실은 저쪽이에요."

"바드리는 언제 만나볼 수 있는 건가요?" 간호사가 닫지 못하도록 문을 잡으며 던워디가 물었다.

"아렌스 선생님이 곧 오실 거예요." 간호사는 간단히 대답하고 던워디 앞에서 문을 닫았다.

여자 의료요원은 주머니에 손을 넣고 벌써 의자에 축 늘어져 있었다. 남자 의료요원은 카트 쪽으로 가더니 전기 주전자 플러그를 콘센트에 꽂았다. 복도를 지나쳐 오는 동안 의료요원 둘 다 간호사에게 아무것도 묻지 않았기 때문에 왜 이 사람들이 바드리를 만나고 싶어 하는지 이유는 알 수 없었지만, 자기가 데려온 환자를 한 번은 만나보는 게 업무 절차에 포함된 모

82

양이라고 던워디는 생각했다. 그게 아니라면 셋 모두를 여기로 데려올 이유가 없었다.

이곳 대기실은 응급실과 완전히 다른 건물에 있었다. 등뼈를 부러뜨릴 것처럼 불편한 의자, 아무렇게나 펼쳐진 심신 안정 방법 소개용 팸플릿이 놓인 탁자, 카트 위로 드리워진 은박 꽃장식과 감탕나무 가지는 응급실과 다를 바 없었다. 하지만 대기실 어디에도 창문은 없었고, 문에조차도 창문이 없었다. 이곳은 나쁜 소식을 기다리며 머무르는 독립적이고도 은밀한 장소였다.

던워디는 갑작스레 피곤을 느끼며 자리에 앉았다. 나쁜 소식. 뭔가에 의한 감염. 혈압 96, 맥박 120, 체온 39.5도. 옥스퍼드에 단 하나 있던 다른 기술자는 웨일스로 떠났고 대학 비서는 크리스마스 쇼핑을 하려고 자리를 비웠다. 그리고 키브린은 1320년 어딘가, 원래 있어야 할 시간대에서 며칠 아니면 몇 주가 떨어진 곳에 있다. 아니, 몇 달이 떨어진 곳일 수도 있었다.

남자 의료요원은 전기 주전자에 물을 데우는 동안 잔에 우유와 설탕을 넣고 저었다. 여자 의료요원은 잠이 든 듯했다.

던워디는 시간 편차에 대해 생각하며 잠든 여자를 바라보았다. 바드리는 간이 계산 결과 시간 편차가 최소치로 발생했다고 말했다. 하지만 그건 어디까지나 간이 계산 결과였다. 바드리는 던워디에게 편차가 2주 정도 있을 것 같다고 말했고, 그게 이치에 닿았다.

먼 과거로 갈수록 평균 시간 편차는 컸다. 20세기 강하에는 대개 몇 분 정도에 지나지 않았지만, 18세기로 갈 때 시간 편차는 몇 시간에 달했다. 모들린 칼리지에서는 르네상스 시대로 여전히 무인 탐사기를 보내는데, 시간 편차는 3일에서 6일에 이르렀다.

하지만 어디까지나 그 값은 평균치였다. 편차는 사람마다 달랐으며 강하에서 시간 편차를 예측하기란 불가능했다. 19세기 어떤 곳은 시간 편차가 48일에 달하는가 하면 사람이 살지 않는 곳으로 갈 경우에는 시간 편차가 전혀 없는 경우도 많았다.

그리고 같은 좌표로 갈 때조차 편찻값은 들쭉날쭉했다. 20세기 전공팀이 시간 편차를 처음 측정하기 위해 던워디를 20세기로 보냈을 때, 베일리얼 칼리지의 텅 빈 안뜰에 선 던워디는 1956년 9월 14일 오전 2시로 보내졌다. 이때의 편차는 3분밖에 되지 않았다. 하지만 다시 2시 8분으로 보냈을 때는 거의 2시간의 시간 편차가 있었고, 하마터면 던워디는 바깥에서 밤늦게까지 놀다 몰래 들어오던 학부생 머리 위로 떨어질 뻔했다.

어쩌면 키브린은 원래 도착해야 할 시간에서 6개월은 족히 지나 도착했고, 언제 랑데부해야 할지 모르는 상태일 수도 있었다. 그리고 바드리는 던워디에게 키브린을 데려와야 한다고 말하기 위해 술집으로 달려온 것이리라.

아렌스가 들어왔다. 여전히 외투를 입은 채였다. "바드리는?" 던워디는 일어서서 돌아올 대답을 두려워하며 물었다.

"지금 응급실에 있어." 아렌스가 말했다. "바드리의 NHS 번호가 필요해. 그런데 베일리얼 칼리지에 있는 파일에는 바드리의 기록이 들어 있지 않네."

아렌스의 회색 머리는 다시 이리저리 뒤엉켜 있었다. 하지만 아렌스의 태도는 평소 던워디의 학생들에 대해 의논할 때처럼 사무적으로 보였다. "바드리는 베일리얼 칼리지 직원이 아니야." 나쁜 소식이 아니라 안심하며 던워디가 말했다. "기술자들은 단과 대학별로 배정된 상태지만 공식적으로는 옥스퍼드 대학교에서 고용한 거로 되어 있어."

"그렇다면 바드리의 기록은 교무처에 있겠네. 됐어. 혹시 바드리가 지난달에 잉글랜드 밖으로 여행한 적이 있어?"

"2주 전에 19세기 전공팀 때문에 헝가리에서 현지 강하에 참여했어. 그 뒤로는 쭉 잉글랜드에 있었고."

"파키스탄에서 찾아온 친척은 없었어?"

"없어. 바드리는 이민 3세야. 바드리가 무슨 병에 걸린 건지 알아냈어?"

아렌스는 던워디의 말을 듣고 있지 않았다. "길크리스트 교수와 몬토야 교수는 어디에 있어?" 아렌스가 말했다.

"당신이 길크리스트 교수에게 여기서 만나자고 했지. 하지만 아직 안 온 것 같아."

"몬토야 교수는?"

"강하가 끝나자마자 떠났잖아."

"몬토야 교수가 어디로 갔는지 알아?"

'당신이 모르는데 내가 알 리 없지.' 던워디는 생각했다. 몬토야가 자리를 뜨는 걸 직접 보았으면서 왜 묻는지 모르겠군. "아마 위트니에 있는 발굴 현장으로 갔겠지. 몬토야 교수는 대부분의 시간을 거기에서 보내니까."

"발굴 현장이라고?" 그에 대해 한 번도 들어본 적이 없다는 듯 놀라며 아렌스가 물었다.

왜 그러는 거지? 뭐가 잘못된 거야? "현장은 위트니에 있어. 국민신탁 소유지. 그곳에서 중세의 마을을 발굴하고 있어."

"위트니?" 불안한 표정을 보이며 아렌스가 말했다. "그렇다면 즉시 이리로 데려와야 해."

"전화를 걸어볼까?" 던워디가 말했지만 벌써 아렌스는 카트 옆에 서 있는 의료요원을 향해 다가가고 있었다.

"위트니에 가서 사람을 좀 데려와줘요." 아렌스가 그 남자에게 말했다. 남자 의료요원은 잔과 받침을 내려놓고 재킷을 고쳐 입었다. "국민신탁이 소유한 장소예요. 루페 몬토야라는 여자분을 데려와요." 아렌스는 그 남자와 함께 문을 나섰다.

던워디는 아렌스가 그 남자에게 위트니로 가는 방향을 가르쳐준 다음 돌아오리라 생각했다. 하지만 아렌스는 돌아오지 않았고, 던워디는 아렌스를 쫓아 대기실 문을 열고 복도로 나섰지만 아렌스는 보이지 않았다. 남자도 보이지 않았다. 하지만 응급실에서 온 간호사가 있었다.

"죄송합니다만." 응급실에서 접수 담당자가 그랬듯 길을 가로막으며 간호사가 말했다. "아렌스 선생님께서 여기서 기다리고 계시라고 말씀하셨습니다."

"병원을 떠나려는 게 아닙니다. 내 비서에게 전화를 좀 해야 합니다."

"그러면 제가 전화기를 가져다드리겠습니다, 교수님." 굳은 의지를 보

85

이며 간호사가 말했다. 간호사는 고개를 들어 복도 저편을 바라보았다.

길크리스트와 래티머가 오고 있었다. "…키브린이 임종 장면을 목격할 수 있으면 좋겠습니다." 길크리스트가 말했다. "1300년대에는 죽음을 대하는 태도가 현재와 아주 많이 달랐습니다. 당시 죽음은 흔했고 삶의 일부로 받아들여졌습니다. 그 시대 사람들은 죽은 사람들로 인한 상실감이나 슬픔 따위를 느끼지 않았죠."

"던워디 교수님." 팔을 끌며 간호사가 말했다. "안에서 기다리고 계시면 제가 전화기를 가져다드리겠습니다."

간호사는 길크리스트와 래티머를 맞이하러 갔다. "따라오세요." 간호사는 둘을 대기실로 안내했다.

"나는 중세 전공팀장 대행입니다." 던워디를 노려보며 길크리스트가 말했다. "바드리 차우두리는 내 책임하에 있습니다."

"알겠습니다." 문을 닫으며 간호사가 말했다. "곧 아렌스 선생님이 오실 겁니다."

래티머는 우산을 의자에 놓고 그 옆에 아렌스의 쇼핑백을 내려놓았다. 바닥에 흩어져 있던 아렌스의 짐을 모두 꾸려 온 듯했다. 쇼핑백 위로 삐져나온 목도리 상자와 크리스마스 크래커가 보였다. "택시를 잡을 수 없었습니다." 힘겹게 숨을 쉬며 래티머가 말했다. 래티머는 짐 옆에 자리를 잡고 앉았다. "결국 지하철을 타고 왔지요."

"강하 계산을 시키려고 했던 푸할스키인가 하는 실습생은 어디 있습니까?" 던워디가 말했다. "그 친구와 이야기를 좀 해야겠습니다."

"무엇 때문에 그러는지 혹시 제가 물어봐도 되겠습니까? 아니면 제가 없는 사이에 중세 전공팀을 인수하신 건가요?"

"동조 값을 읽고 작업이 제대로 되었는지 확인할 수 있는 사람이 필요합니다."

"그래서 혹시 뭔가 잘못된 거라도 알아내면 소원대로 되어서 정말 기분이 좋으시겠죠? 처음부터 이번 실습을 방해하려고 무진 애를 쓰셨으니 말입니다."

"혹시라고요?" 던워디가 믿을 수 없다는 표정으로 말했다. "이미 일은 잘못되었습니다. 바드리는 의식을 잃고 병원에 누워 있고, 우리는 키브린이 원래 가기로 한 시간과 장소에 제대로 도착했는지를 전혀 모르고 있습니다. 당신도 바드리가 하는 말을 들었지 않습니까? 동조 작업에서 뭔가 잘못되었다고 한 소리를요. 기술자를 불러와 뭐가 잘못되었는지 알아내야 합니다."

"약물이나 엔도르핀 따위를 복용하는 사람이 약에 취해 지껄이는 이야기는 믿을 수 없습니다." 길크리스트가 말했다. "그리고 혹시 잊으셨을까 해서 말씀드리는 건데, 던워디 교수, 이번 강하에서 유일하게 잘못된 부분은 20세기 전공팀에서 저지른 겁니다. 푸할스키는 일을 확실하고 깔끔하게 처리했습니다. 교수님이 하도 강요하는 탓에 다른 사람으로 기술자를 교체한 거고 말입니다. 그러지 말아야 했지요."

문이 열렸다. 모두 고개를 돌려 문을 바라보았다. 수간호사가 휴대 전화를 가져와 던워디에게 넘겨주고 다시 사라졌다.

"브레이스노즈 칼리지에 전화해서 내가 어디 있는지 알려줘야 합니다." 길크리스트가 말했다.

던워디는 길크리스트의 말을 무시하고 폴더 전화기를 열어 화면이 나오게 한 다음 지저스 칼리지에 전화를 걸었다. "그쪽 소속 기술자들 이름하고 집 전화번호가 필요합니다." 화면에 학과장 대리의 비서가 나타나자 던워디가 말했다. "혹시라도 크리스마스 휴가철에 학교에 있는 사람들이 있을까요?"

아무도 없었다. 던워디는 탁자 위에 놓인 심신 안정 방법 소개용 팸플릿에 이름과 번호를 받아 적고 시니어 튜터[13]에게 고맙다는 인사를 한 뒤 전화를 끊은 다음 목록에 있는 전화번호로 전화를 걸기 시작했다.

첫 번째 번호는 통화 중이었다. 다른 번호들은 지역 번호를 누르기가 무섭게 통화 중 신호가 떨어졌고 마지막 번호를 누르자 컴퓨터 음성이 흘러

---

13 영국 대학 강사진 직위의 하나

나왔다. "모든 회선이 통화 중입니다. 잠시 후 다시 걸어주십시오."

던워디는 베일리얼 칼리지로 전화했다. 홀과 자기 사무실 둘 다에 걸어보았지만 아무도 전화를 받지 않았다. 핀치는 미국인들에게 빅 벤 소리를 들려주러 런던으로 간 게 분명했다.

길크리스트는 여전히 던워디 곁에 서서 전화기를 쓰려고 기다렸다. 래티머는 카트로 가서 전기 주전자 플러그를 꽂으려 애쓰고 있었다. 잠을 자던 여자 의료요원이 깨어나 래티머를 도왔다. "전화는 다 쓰셨습니까?" 길크리스트가 뻣뻣하게 물었다.

"아닙니다." 던워디는 핀치에게 다시 전화를 걸었다. 여전히 받지 않았다.

던워디는 전화를 끊었다. "당신네 기술자를 옥스퍼드로 불러와 키브린을 중세에서 구해오십시오. 지금 당장요. 키브린이 강하한 곳을 떠나기 전에 말입니다."

"지금 명령하시는 겁니까?" 길크리스트가 말했다. "잊으셨을까 봐 다시 한번 말씀드리는데, 이 강하를 주관하는 건 중세 전공팀이지 당신 팀이 아닙니다."

"지금 누가 주관하는지를 따질 때가 아닙니다." 끓어오르는 감정을 참으려 애쓰며 던워디가 말했다. "어떤 것이든 문제가 생기면 강하를 취소하는 게 대학 당국의 방침입니다."

"또한, 이번 강하에서 일어난 유일한 문제는 바로 당신이 당신네 기술자가 불법 엔도르핀을 복용하는 걸 인지하지 못했다는 사실임을 말씀드리고 싶군요." 길크리스트는 전화기로 손을 뻗었다. "이번 강하를 취소해야 할지, 그리고 해야 한다면 언제 해야 할지는 제가 결정합니다."

전화기가 울렸다.

"길크리스트입니다. 잠시만 기다리십시오." 길크리스트는 던워디에게 전화기를 넘겨줬다.

"던워디 교수님." 괴로운 표정으로 핀치가 말했다. "오, 다행이군요. 온 사방으로 전화했습니다. 제가 얼마나 심각한 어려움에 부닥쳤는지 모르실 겁니다."

"일이 좀 늦어졌어." 핀치가 자신이 처한 어려움에 대해 주절주절 늘어놓기 전에 던워디가 말했다. "지금부터 내가 하는 말을 잘 들어. 행정실에 가서 바드리 차우두리의 고용 서류를 가져다줘. 아렌스 선생이 필요하다고 하는군. 아렌스 선생에게 전화해. 여기 병원에 있어. 그분과 직접 이야기하겠다고 해야 해. 서류에서 무슨 내용이 필요한지는 그분이 말해줄 거야."

"알겠습니다." 핀치는 수첩과 연필을 끄집어내더니 던워디의 말을 열심히 받아 적었다.

"그 일을 마치고 나면 즉시 뉴 칼리지로 가서 시니어 튜터를 만나. 그리고 내가 급히 할 이야기가 있다고 하고 이 전화번호를 주도록 해. 긴급 상황이라서 베이싱엄 학과장이 어디 있는지 꼭 알아야 한다고 말해. 즉시 옥스퍼드로 돌아와야 한다고 말이야."

"그분이 돌아오실 수 있을까요, 교수님?"

"지금 무슨 말을 하는 거야? 베이싱엄 학과장에게서 뭔가 연락이 온 게 있어? 아니면 학과장에게 무슨 일이라도 일어난 거야?"

"제가 아는 한, 없습니다."

"그렇군. 당연히 돌아올 수 있고말고. 낚시 여행을 간 것뿐이니 말이야. 계획한 대로 휴가를 보내겠다고 고집을 부리지는 않을 거야. 시니어 튜터에게 내 말을 전하고, 직원이나 학생들을 찾아서 물어봐. 혹시 베이싱엄 학과장의 행방을 아는 사람이 있을지도 모르니 말이야. 그리고 거기 간 김에 혹시 그쪽 기술자가 여기 옥스퍼드에 와 있지는 않은지 알아봐줘."

"알겠습니다, 교수님." 핀치가 말했다. "그러면 미국인들은 어떻게 해야 하나요?"

"내가 만나지 못해서 미안해하더라고 전해줘. 급한 일이 생겨서 도저히 빠져나갈 수 없다고 말이야. 그 사람들 4시에 엘리로 떠날 예정이라고 했던가?"

"그랬습니다. 하지만…."

"하지만?"

"저, 그게 말입니다. 그 사람들을 그레이트 톰하고 올드 마스턴 처치 홀로 안내한 다음 이플리로 데려가려 했는데 그만 제지받았습니다."

"제지받아? 누구에게?"

"경찰입니다, 교수님. 바리케이드를 쳐놓았더군요. 그래서 상황인즉슨, 미국인들은 핸드벨 연주회 때문에 무척 당혹해하는 중입니다."

"바리케이드라고?"

"네, 교수님. A4158 거리입니다. 살빈관으로 데리고 갈까요? 윌리엄 개드슨과 톰 게일리가 북쪽 계단에 머물고 있긴 하지만 바세비관은 칠을 새로 하고 있습니다."

"이해할 수가 없군." 던워디가 말했다. "왜 제지를 받은 거지?"

"격리입니다." 놀란 표정으로 핀치가 말했다. "피셔스로 데려갈 수도 있겠군요. 방학이라 난방은 끊겼겠지만, 벽난로는 쓸 수 있을 겁니다."

둠즈데이북 사본
(000618-000735)

강하 지점으로 돌아왔어요. 길에서 꽤 멀리 떨어져 있네요. 마차가 좀 더 잘 보이도록 길가로 끌어내려고 해요. 하지만 30분쯤 기다려도 사람이 오지 않으면 스켄드게이트로 걸어갈 생각이에요. 만종 덕분에 위치를 알아냈거든요.

심각한 시차 증후군에 시달리고 있어요. 머리가 지근거리고 계속 으슬으슬 추워요. 바드리 씨하고 아렌스 선생님에게 들은 것보다 증상이 훨씬 더 심해요. 특히 두통은 지독하군요. 마을이 멀지 않아서 다행이에요.

5

'격리. 그래서 그랬군.' 던워디는 생각했다. 의료요원들이 몬토야를 데리러 간 것 하며 바드리의 고향 파키스탄에 대한 아렌스의 질문들, 그리고 우리 모두를 편의시설이 갖춰진 방에 고립시켜놓고 문밖에서 수간호사가 지키고 있는 게 그제야 이해가 되었다. 격리 상황이란 말이지.

"살빈관이 괜찮을까요? 미국인들이 머무르기에 말입니다." 핀치가 물어왔다.

"경찰이 왜…." 던워디는 말을 멈췄다. 길크리스트가 던워디를 지켜보고 있었지만 지금 서 있는 곳에서 전화기 화면이 보일 것 같지는 않았다. 래티머는 카트에 놓인 일회용 설탕 봉지를 뜯어 열기 위해 법석을 피웠고 여자의료요원은 잠들어 있었다. "경찰이 왜 그런 조처를 했는지 말하던가?"

"아니요. 자기들은 그저 옥스퍼드 일대를 막고 있을 뿐이라며, 자세한 건 NHS에 물어보라고 했습니다."

"그래서 연락해봤어?"

"아니요. 해보려고 했습니다만 그쪽과 연락할 방법이 없었습니다. 직통 전화마저 통화 중이었습니다. 미국인들도 엘리 연주회를 취소하려고 했지만 모든 회선이 불통 상태였습니다."

옥스퍼드 일대를 막고 있다면 모든 도로를 막은 건 물론이고 지하철이나 초고속 열차까지 정지시켰다는 것을 뜻했다. 전화가 불통인 것이 당연했다. "언제부터 이랬던 거지? 이플리로 가려고 했을 때가 언제였어?"

"3시 조금 넘어서였습니다, 교수님. 그때부터 줄곧 교수님이 계실 만한 곳에 전화를 걸다가 문득 이 사태를 이미 알고 계실 거라는 생각이 들었습니다. 그래서 여기를 비롯해 모든 병원으로 전화를 걸기 시작했습니다."

'하지만 자네 생각과 달리 난 알고 있지 않았지.' 던워디는 생각했다. 던워디는 어떤 상황에서 격리를 선포할 수 있는지 떠올리려 애썼다. 원래 규정에 따르면 '확인되지 않은 질병이나 전염의 위험이 있는 경우'에 격리하게 되어 있지만, 그 규정은 전 지구적으로 전염병이 돌고 난 뒤 나타난 첫 번째 과잉 반응이었고, 그 뒤로 계속 수정, 완화되었기 때문에 현재는 어떤 상태인지 던워디로서는 알 재간이 없었다.

몇 년 전까지 규정에는 '위험한 전염병의 정체를 완벽하게 파악할 때까지' 격리를 취할 수 있다고 명시되어 있었다. 당시 스페인의 어떤 마을에서 라사열의 정체를 파악하지 못해 3주 동안 열병이 창궐했고, 이에 대해 온 신문이 호들갑을 떠는 바람에 던워디도 규정을 기억하고 있었다. 그 지역 의사들은 바이러스 분류를 하지 않았고, 이런 소동으로 인해 규정을 훨씬 강화했지만 아직 규정이 바뀌지 않고 남아 있는지는 알 수 없었다.

"그러면 살빈관에 있는 방으로 미국인들을 데려갈까요, 교수님?" 핀치가 다시 물었다.

"그렇게 해. 아니, 우선 저학년 휴게실로 데려가. 거기선 핸드벨 연주 연습을 하거나 뭔가 하고 싶은 걸 할 수 있을 거야. 그리고 바드리의 서류를 찾은 다음 전화해줘. 만약 모든 회선이 통화 중이면 이 번호로 전화해. 그게 낫겠군. 아렌스 선생이 없어도 나는 여기 있을 거야. 그리고 베이싱엄 학과장의 행방도 알아보고. 학과장이 어디에 있는지 아는 게 가장 중요해. 미국인들에게 숙소를 배정하는 건 그다음에 해도 돼."

"그 사람들은 아주 당혹스러워하고 있습니다, 교수님."

'나도 그래.' 던워디는 생각했다. "상황이 어떻게 돌아가는지 알아본 다음 자네에게 전화하겠다고 그 사람들에게 전해줘." 던워디는 회색으로 변하는 화면을 지켜보았다.

"베이싱엄 학과장에게 중세 전공팀이 실패하리라는 걸 알고 있었다고 말하고 싶어 참을 수 없나 보죠?" 길크리스트가 말했다. "이번 강하를 위험에 빠뜨린 사람은 약물을 복용한 당신 기술자이고 학과장이 돌아오면 내가 그 사실을 말하리라는 걸 잘 알고 있음에도 말입니다."

던워디는 손목시계를 보았다. 4시 30분이었다. 핀치는 제지받은 시간이 3시 조금 넘어서라고 했다. 1시간 30분이 지났다. 최근 몇 년 사이 옥스퍼드에 격리가 선포된 적은 두 번뿐이었다. 한 번은 주사에 대한 알레르기 반응으로 밝혀졌고, 다른 한 번은 어떤 학생의 장난으로 벌어진 소동이었다. 두 경우 모두 혈액 검사 결과가 나오자마자 격리는 해제되었고 그때까지 걸린 시간은 10분도 되지 않았다. 아렌스는 구급차에서 혈액을 채취했다. 던워디는 의료요원들이 구급차에서 내려 응급실로 들어가며 병원 관계자에게 유리병을 건네주는 모습을 목격했다. 그 뒤로 결과가 나오기까지 충분한 시간이 있었다. 1시간하고도 45분이 흘렀다.

"그리고 당신이 당신 기술자의 약물 복용 사실을 알아차리지 못했기 때문에 이번 실습이 위험에 빠지게 되었다는 걸 베이싱엄 학과장이 알면 무척 흥미로워하리라는 걸 내가 장담합니다."

던워디는 저혈압, 호흡 곤란, 고열 등 바드리가 보였던 증후들이 감염 때문이라는 걸 알아차렸어야 했다는 생각이 들었다. 심지어 구급차에서 바드리의 고열이 감염 때문일 거라는 아렌스의 말을 들었을 때도, 던워디는 그 말이 포도상구균성 감염이나 맹장염 같은 국부 감염을 뜻하는 것으로만 생각했다. 그럼 바드리가 걸린 병은 무엇일까? 천연두와 장티푸스는 20세기에 박멸되었고 척수성 소아마비도 이번 세기 들어 사라졌다. 특수 항체 덕분에 박테리아성 질병은 사라졌으며 항바이러스제의 발달로 더 이상 감기에 걸리는 사람조차 없었다.

"중세 전공팀이 하는 일에 대해서는 그토록 꼼꼼하게 걱정하던 분이 막상 자기 기술자가 약물 복용자인지는 검사도 하지 않았다니 정말 신기한 일이로군요." 길크리스트가 말했다.

제3세계 질병이 분명했다. 아렌스는 바드리가 최근 해외에 나갔다가 왔는지, 파키스탄 친척이 찾아온 적은 없는지 따위의 질문을 했다. 하지만 파키스탄은 제3세계가 아니며, 예방 접종을 철저히 하지 않고 바드리가 해외에 나갔다 왔을 리도 없었다. 그리고 바드리는 유럽 바깥으로 나가지도 않았다. 헝가리로 출장 갔다 온 것을 제외하고는 학기 내내 옥스퍼드에 머물러 있었다.

"전화를 좀 썼으면 좋겠습니다." 길크리스트가 말했다. "이 사태를 해결하기 위해 베이싱엄 학과장을 불러와야 한다는 데 백 퍼센트 동의합니다."

던워디는 여전히 전화기를 쥐고, 놀라서 전화기만 바라보며 가만히 있었다.

"베이싱엄 학과장에게 전화 거는 걸 방해할 셈입니까?" 길크리스트가 말했다.

래티머가 자리에서 일어섰다. "왜들 그러십니까?" 던워디가 자기들 쪽으로 갑자기 쓰러질 수도 있다고 생각했는지 래티머는 두 팔을 벌리며 말했다. "뭐가 문제인 겁니까?"

"바드리는 약물 복용을 한 게 아닙니다." 던워디가 길크리스트에게 말했다. "바드리는 아픈 겁니다."

"검사도 해보지 않고서 어떻게 그런 주장을 할 수 있는지 모르겠군요." 길크리스트는 전화기를 노려보며 말했다.

"우리는 격리되어 있습니다. 바드리는 뭔가 전염병에 걸린 겁니다."

"바이러스예요." 아렌스가 문으로 들어서며 말했다. "아직 결과가 나오진 않았지만, 간이 검사 결과에 따르면 바이러스성 감염입니다."

아렌스는 외투의 단추를 끄른 상태에서 황급히 방으로 들어왔고, 그래서 외투는 키브린의 망토처럼 어깨에서 펄럭였다. 손에는 기구와 종이 패킷이 가득 담긴 실험실 쟁반이 들려 있었다.

"실험 결과를 보면 아마도 믹소바이러스인 것 같아요." 쟁반을 작은 탁자 중 하나에 내려놓으며 아렌스가 말했다. "바드리가 보인 증상은 그 바이러스에 감염되었을 때와 비슷해요. 고열, 정신 착란, 두통 따위죠. 레트로바이러스나 피코르나바이러스는 아닌 게 분명해요. 여기까진 좋은 소식이에요. 하지만 확실하게 정체를 파악하려면 시간이 좀 더 걸릴 겁니다."

아렌스는 탁자 옆에 있는 의자 둘을 당기더니 그 가운데 하나에 앉았다. "런던에 있는 세계인플루엔자센터에 이 사실을 보고했고 확인 작업을 위해 샘플을 보냈어요. 확실한 결과가 나오기까지 일시적 격리 상태가 선포되었어요. 유행성 전염병 발발 가능성에 대한 NHS 규정에 따른 거죠." 아렌스는 일회용 장갑을 꼈다.

"유행성 전염병이라고요?" 길크리스트가 말했다. 길크리스트는 던워디가 중세 전공팀의 평판을 떨어뜨리기 위해 격리가 선포되도록 음모를 꾸몄다는 듯 던워디를 사납게 노려보았다.

"유행성 전염병 발발 '가능성'이요." 종이 패킷을 찢어 열며 아렌스가 고쳐 말했다. "아직 유행성 전염병이라는 증거는 없어요. 현재까지는 바드리가 유일한 사례거든요. 이 지역 관할 컴퓨터로 조사해보았지만, 바드리와 같은 증상을 보인 사람은 아무도 없어요. 이것도 좋은 소식이죠."

"어떻게 바드리가 바이러스에 감염된 겁니까?" 여전히 던워디를 노려보며 길크리스트가 말했다. "내 생각에 던워디 교수는 바이러스 감염에 대해 검사도 하지 않았을 겁니다."

"바드리는 대학 당국에 고용된 사람이에요." 아렌스가 말했다. "학기가 시작될 때 일상적으로 하는 신체검사와 바이러스 예방 접종을 했을 거예요."

"그러면, 검사를 받았는지 안 받았는지 모른다는 겁니까?" 길크리스트가 말했다.

"크리스마스 기간이라 교무 행정실이 닫혔어요. 교무처 직원과 연락할 수가 없었고, NHS 번호를 모르면 바드리의 파일을 불러올 수 없어요."

"내 비서를 우리 쪽 행정실로 보내 대학 파일을 프린트해놓은 게 있는지 알아보라고 했어." 던워디가 말했다. "적어도 NHS 번호는 알 수 있을 거야."

"잘됐네. 바드리가 어떤 바이러스 예방 접종을 했고 최근에 맞은 게 언제인지 알면 우리가 다루고 있는 바이러스가 어떤 것인지 밝혀내는 데 큰 도움이 될 거야. 바드리가 이상 반응을 보인 경력이 있을 수도 있고 계절 예방 접종을 안 했을 수도 있어. 제임스, 혹시 바드리의 종교가 뭔지 알아? 신(新)힌두교?"

던워디는 머리를 가로저었다. "성공회야." 던워디는 아렌스가 무슨 생각을 하는지 알 수 있었다. 신힌두교도들은 삶이 신성하다고 믿었고 바이러스를 살해하는 것조차 거부했다. '살해'라는 표현이 올바르다면 말이다. 신힌두교도는 예방 접종이나 백신을 맞는 것을 거부했다. 대학 당국은 이들의 종교관에 대해서는 아무런 제재도 하지 않았지만, 대학 내에 사는 것을 허용하지는 않았다. "바드리는 학기 초에 접종을 모두 했어. 그러지 않았다면 네트에서 일하도록 허가가 났을 리 없을 거야."

아렌스는 이미 그런 결론에 도달했다는 듯 고개를 끄덕였다. "내가 보기엔, 이번 사태는 아주 이례적이야."

길크리스트가 뭔가 이야기하려고 했지만, 문이 열리는 바람에 입을 다물었다. 문 앞을 지키고 있던 간호사가 마스크를 하고 가운을 입고 들어섰다. 일회용 장갑을 낀 손에는 연필과 종이 다발이 들려 있었다.

"예방하는 차원에서 환자와 접촉했던 사람들의 항체를 검사할 필요가 있습니다. 여러분의 혈액을 채취하고 체온을 잴 겁니다. 그리고 여러분이 만났던 분들과 바드리 씨가 만났던 분들의 명단을 작성해주십시오."

간호사는 종이 몇 장과 연필을 던워디에게 건네주었다. 맨 앞 장은 병원 입원 양식이었다. 그다음 장에는 첫 줄에 '1차'라고 쓰였고 열을 나누어놓은 다음 각각 '이름', '장소', '시간'이라고 적혀 있었다. 맨 아래 장은 첫 줄에 '2차'라고 적힌 것만 빼면 두 번째 장과 똑같았다.

아렌스가 말했다. "바드리가 유일한 사례이기 때문에 우리는 바드리를 최초 감염자로 삼을 겁니다. 전염이 어떤 식으로 일어났는지는 아직 알지 못해요. 그러니 바드리와 만난 모든 사람의 명단을 만들어주세요. 아무리 잠깐 만난 사람이라 하더라도 빼지 말고 모두요. 바드리와 말을 하거나 만지거나 등 어떤 방식으로든 접촉이 있었던 사람들 전부를 적어주세요."

바드리가 키브린 위로 몸을 굽히고 옷소매를 매만져주고 팔 모양을 고쳐줬던 모습이 던워디의 머리를 스치고 지나갔다.

"노출되었을 것 같은 사람들은 모두 다요." 아렌스가 말했다.

"저희 모두를 포함해서 말이죠?" 방에 있던 의료요원이 말했다.

"맞아요." 아렌스가 말했다.

"그리고 키브린도." 던워디가 말했다.

아렌스는 키브린이 누구인지 모르겠다는 듯 잠시 명한 표정을 지었다.

"키브린은 바이러스 예방 접종을 완벽하게 받았고 T세포 강화도 했습니다." 길크리스트가 말했다. "위험하지 않을 겁니다. 그렇지 않습니까?"

아렌스는 순간 머뭇거렸다. "맞아요. 오늘 아침 이전에는 키브린이 바드리와 접촉한 적 없죠?"

"던워디 교수는 겨우 이틀 전에야 자기네 기술자를 쓰라고 제안했습니다." 간호사가 내민 종이와 연필을 낚아채듯 받으며 길크리스트가 말했다. "전 물론 던워디 교수가 중세 전공팀에서 하듯 자기 기술자에게 철저히 주의를 기울였으리라고 생각했습니다. 하지만 이제 와서 보니 그러지 않은 게 드러났습니다. 그리고 짐작하고 계시겠지만, 던워디 교수, 당신의 태만에 대해 베이싱엄 학과장에게 나는 꼭 말을 할 겁니다."

"만약 키브린이 바드리를 처음 만난 게 오늘 아침이었다면 그 아이는 안전해요. 길크리스트 교수님, 괜찮으시다면…." 아렌스는 의자를 가리켰고, 길크리스트는 아렌스가 가리킨 의자에 앉았다.

아렌스는 간호사로부터 종이를 받더니 '1차'라고 적힌 페이지를 펼쳤다. "바드리와 만난 사람은 무조건 '1차'에 해당합니다. 여러분들이 만난 사람들은 '2차'에 해당하고요. 이쪽에는 지난 사흘 동안 여러분과 함께 바드리를 만난 사람들 이름을 적어주세요. 그리고 바드리가 만났을 것 같은 사람들 이름도요. 그리고 이쪽에는…." 아렌스는 '2차'라고 적힌 종이를 들었다. "여러분들이 만난 사람들 이름을 시간과 함께 적어주세요. 현재부터 시작해서 과거로 거슬러 올라가주시고요."

아렌스는 길크리스트의 입에 캡슐 체온계를 밀어 넣고 휴대용 모니터의 종이 포장을 벗겨 길크리스트의 팔목에 부착했다. 간호사는 래티머와 의료요원에게 종이를 나눠줬다. 던워디는 자리에 앉아 서류를 작성했다.

병원 양식은 성명, NHS 번호, 전체 병력에 대해 쓰라고 되어 있었다. NHS 번호만 알면 병원 쪽에서 훨씬 더 자세히 알 수 있을 텐데 쓸데없는 걸 적으라고 한다는 생각이 들었다. 질병, 수술, 예방 접종에 대한 기록란도 있었다. 아렌스가 바드리의 NHS 번호를 알지 못한다는 건 바드리가 아직 의식 불명 상태라는 뜻이었다.

던워디는 마지막으로 바이러스 예방 접종을 받은 게 언제인지 기억나지 않았다. 그래서 그 항목 옆에 물음표를 치고 두 번째 장으로 넘어가 맨 위에 자기 이름을 적었다. 래티머, 길크리스트, 그리고 두 명의 의료요원이 떠올랐다. 하지만 던워디는 둘의 이름을 알지 못했고 여자 의료요원은 다시 잠들어 있었다. 그 여자는 한 손에 서류를 든 채 두 팔을 가슴에 포개고 있었다. 병원으로 들어왔을 때 바드리를 돌보던 의사와 간호사 이름도 적어야 하는지 궁금했다. 던워디는 종이에 '응급실 직원'이라고 쓰고 그 옆에 물음표를 그렸다. 그리고 몬토야도 있었다.

그리고 아렌스에 따르면 완벽한 예방 접종을 한 키브린도 있었다. 하지만 바드리는 '뭔가 잘못되었습니다'라고 했다. 자신이 감염되었다는 뜻이었나? 동조 작업을 하면서 자신이 아프다는 사실을 깨달았기 때문에 술집으로 급히 뛰어와 키브린이 자기 때문에 감염되었다는 말을 하려고 한 것일까?

술집. 술집에는 바텐더를 빼고는 아무도 없었다. 핀치가 잠깐 들르기는 했지만 핀치는 바드리가 오기 전에 돌아갔다. 던워디는 종이를 넘겨 '2차'난에 핀치의 이름을 적은 다음 다시 앞 장으로 넘겨 '바텐더, 램 앤드 크로스'라고 적었다. 술집은 비어 있었지만 거리는 그렇지 않았다. 던워디는 거리를 걷던 바드리의 모습을 그려보았다. 크리스마스 인파를 헤치며 걷는 모습, 꽃무늬 우산을 든 여인과 부딪힌 모습, 노인과 흰색 테리어를 끌고 가는 남자아이를 밀치던 모습이 떠올랐다. 아렌스는 '바드리와 만난 모든 사람'을 쓰라고 했다.

던워디는 아렌스를 바라보았다. 아렌스는 길크리스트의 손목을 보며 차트에 뭔가 조심스레 적고 있었다. 아렌스는 이 명단에 있는 사람들 모두의 혈액을 검사하고 체온을 잴 생각일까? 그건 불가능했다. 바드리는 브레이스노즈 칼리지로 급히 돌아오며 수십 명의 사람과 부딪히고 스치고 같은 공기를 들이마셨다. 던워디나 바드리는 그 사람들을 다시 본다 해도 알아보지 못할 것이다. 그리고 술집으로 오는 도중에도, 역사학과 실험실로 돌아가며 만난 사람들보다 많으면 많았지 적지는 않은 사람을 만났을 것이며, 그 사람들이 다시 붐비는 상점들을 헤집고 다니며 얼마나 많은 사람과 접촉했을지 알 수 없었다.

던워디는 종이에 '수많은 쇼핑객과 보행자들, 하이 스트리트(?)'라고 적고 줄을 그은 다음 바드리를 봤던 다른 경우를 떠올리려 노력했다. 던워디는 이틀 전에야 바드리에게 네트를 맡아달라고 부탁했다. 길크리스트가 키브린을 보낼 때 1년 차 실습생을 쓰려고 한다는 사실을 그제야 알았기 때문이었다.

던워디가 전화했을 때, 바드리는 막 런던에서 돌아온 참이었다. 그날 키브린은 마지막 검사를 위해 병원에 있었는데, 결과적으로 이는 다행이었다. 키브린은 바드리를 만났을 리가 없으며, 바드리는 그전까지 런던에 있었다.

화요일, 바드리는 1년 차 실습생이 한 좌표 계산과 시스템을 전부 검사했음을 보고하기 위해 던워디를 찾아왔다. 하지만 던워디가 자리에 없었기 때문에 메모를 남겼다. 키브린 역시 던워디에게 중세로 입고 갈 의상을 보여주기 위해 화요일에 베일리얼 칼리지로 찾아왔다. 하지만 그건 아침이었다. 바드리가 남기고 간 메모에는 자신이 아침 시간을 거의 네트에서 보냈다고 적혀 있었다. 그리고 키브린은 오후에 래티머를 만나러 보들리 도서관으로 가겠다고 했다. 하지만 키브린은 바드리에게 의상을 보여주기 위해 래티머를 만난 다음이나 만나기 전에 네트로 찾아갔을 수도 있었다.

문이 열리고 간호사가 몬토야를 데리고 들어왔다. 재킷과 청바지가 젖어 있었다. 바깥에는 아직도 비가 내리는 모양이었다. "무슨 일이죠?" 몬토야가 아렌스에게 물었다. 아렌스는 길크리스트의 혈액이 담긴 병에 라벨을 붙이는 중이었다.

"던워디 교수는…." 솜뭉치로 팔을 누르고 일어서며 길크리스트가 말을 꺼냈다. "자기 기술자가 네트를 운영하기에 앞서 예방 접종을 받았는지 제대로 검사하지 못했고, 덕분에 지금 그 기술자는 열이 39.5도까지 오른 상태로 병원에 입원해 있습니다. 이상한 열병에 걸린 겁니다."

"열병이라고요?" 어리둥절한 표정으로 몬토야가 말했다. "39.5도면 너무 낮잖아요?"

"화씨로는 103도예요." 유리병을 바구니에 밀어 넣으며 아렌스가 말했다. "바드리가 걸린 병은 전염될 가능성이 있어요. 몇 가지 테스트를 해야 하니 그사이에 당신이랑 바드리가 만난 사람들 명단을 작성해주세요."

"알았어요." 몬토야는 길크리스트가 비운 의자에 앉아 재킷을 벗었다. 아렌스는 몬토야의 팔을 소독하더니 새 유리병과 일회용 주사기를 꺼냈다. 몬토야가 말했다. "빨리 끝내주세요. 발굴 현장으로 돌아가야 하거든요."

"돌아갈 수 없습니다." 길크리스트가 말했다. "못 들으셨습니까? 우리는 격리된 겁니다. 던워디 교수의 경솔함 때문이지요."

"격리라고요?" 몬토야가 깜짝 놀라 갑자기 몸을 움직이는 바람에 주사기가 팔에서 빗나갔다. 감염되었을 수도 있다는 말에는 아무렇지도 않게 행동했지만, 격리라는 말에는 반응이 달랐다. "돌아가야만 해요." 몬토야가 아렌스에게 항의했다. "제가 여기 계속 있어야 한다는 뜻인가요?"

"혈액 검사 결과가 나올 때까지요." 주사기를 찌를 정맥을 찾으려 애쓰며 아렌스가 말했다.

"그러려면 얼마나 걸릴까요?" 아렌스에게 잡혀 있는 팔에 찬 손목시계를 보려 애쓰며 몬토야가 말했다. "절 여기 데려온 이는 발굴 현장을 덮거나 히터를 끌 시간조차 주지 않았어요. 그리고 밖에는 비가 미친 듯 내린다고요. 빨리 돌아가지 않으면 교회 부속 묘지가 물로 가득 차게 돼요."

101

"여기 있는 모두의 혈액을 채취하고 항체 검사 결과가 나올 때까지요."
몬토야는 아렌스의 말을 이해한 모양인지 팔을 쭉 펴고 가만히 있었다. 아렌스는 유리병에 몬토야의 혈액을 담고 체온을 잰 다음 손목에 혈류계를 감았다. 던워디는 그러는 모습을 지켜보며 아렌스가 과연 진실을 말했는지 궁금했다. 아렌스는 몬토야에게 검사 결과가 나온 뒤 떠날 수 있다고 말한 게 아니라 결과가 나올 때까지 기다려야 한다고 말했을 뿐이었다. 그 이후는 어떻게 되는 걸까? 단체로 또는 각자 따로 격리되는 걸까? 아니면 치료를 받는 걸까? 아니면 검사를 더 받아야 하는 걸까?

아렌스는 몬토야의 팔목에서 혈류계를 벗기고 마지막 남은 서류를 넘겨주었다. "래티머 교수님? 교수님 차례예요."

래티머는 서류를 들고 일어섰다. 그리고 헛갈리는 눈으로 서류를 보더니 앉아 있던 의자에 서류를 내려놓고 아렌스에게로 다가갔다. 하지만 반쯤 다가가다 다시 자리로 돌아와 아렌스의 쇼핑백을 집어 들었다. "브레이스노즈 칼리지에 이걸 놓고 갔더군요." 쇼핑백을 아렌스에게 내밀며 래티머가 말했다.

"오, 고마워요. 우선 탁자 옆에 놔주실래요? 제가 낀 장갑은 소독되어 있어서요."

래티머는 쇼핑백을 탁자 옆에 살짝 기대어놓았다. 목도리 끝부분이 바닥으로 흘러내렸다. 래티머는 목도리를 꼼꼼하게 접어 쇼핑백에 넣었다.

"쇼핑백을 놓고 온 걸 까맣게 잊고 있었네요." 래티머를 지켜보며 아렌스가 말했다. "너무나 당황해서 난…." 아렌스는 장갑 낀 손으로 입을 가렸다. "이런, 큰일이네! 콜린! 그 아이를 잊고 있었어. 지금 몇 시죠?"

"4시 8분입니다." 몬토야가 시계를 보지도 않고 말했다.

"아이가 3시에 도착하기로 되어 있었는데." 아렌스가 일어서자 혈액이 담긴 유리병이 바구니 안에서 달그락거렸다.

"당신이 역에 없으면 당신 집으로 갔겠지." 던워디가 말했다.

아렌스는 고개를 저었다. "옥스퍼드에 처음 오는 거야. 그래서 내가 마중 나가겠다고 한 거지. 지금까지 그 아이를 생각도 못 하고 있었네." 아렌스는 혼잣말하듯 중얼거렸다.

"그러면 아직 지하철역에 있을 거야." 던워디가 말했다. "내가 가서 데려올까?"

"아니. 당신은 이미 바이러스에 노출되었어."

"그러면 역으로 전화해. 전화해서 아이에게 택시를 타고 이곳으로 오라고 하면 되지. 아이가 어디로 오기로 되어 있었지? 콘마켓역이야?"

"응, 콘마켓."

던워디는 안내에 전화해서 세 번 만에 간신히 연결된 뒤 번호를 알아낸 다음 역으로 전화했다. 통화 중이었다. 던워디는 전화를 끊고 다시 번호를 눌렀다.

"콜린이 손자인가요?" 종이를 치우고 몬토야가 물었다. 다른 사람들은 방금 벌어진 소동에 대해 아무런 관심도 보이지 않는 듯했다. 길크리스트는 던워디가 보인 부주의와 무능력의 또 다른 증거라도 되는 듯 서류를 노려보며 빈칸을 채웠다. 래티머는 소매를 걷어붙이고 트레이 옆에 끈기 있게 앉아 있었다. 여자 의료요원은 여전히 잠들어 있었다.

"조카손자예요." 아렌스가 말했다. "저와 크리스마스를 보내기 위해 지하철로 왔어요."

"격리가 언제 선포되었지?" 던워디가 아렌스에게 물었다.

"3시 10분."

던워디는 손을 들어 통화가 됐다는 신호를 보냈다. "거기, 콘마켓 지하철역입니까?" 콘마켓 지하철역이 분명했다. 짜증스러운 표정의 역장 뒤로 출입구와 수많은 사람이 보였다. "3시에 지하철을 타고 그곳에 도착한 남자아이 때문에 전화했습니다. 열두 살이고요. 런던에서 왔습니다." 던워디는 수화기를 손으로 막고 아렌스에게 물었다. "어떻게 생겼어?"

"금발에 푸른 눈이야. 또래보다 키가 크고."

"키가 크고요." 던워디는 군중들의 소란을 뚫고 큰 소리로 말했다. "아이 이름은 콜린…."

"템플러." 아렌스가 말했다. "디어드리랑 통화했을 때 1시에 마블 아치

103

역에서 탔다고 들었어."

"콜린 템플러입니다. 그런 아이를 보셨습니까?"

"그런 아이를 보았냐니, 지금 이 상황을 보고도 그런 말이 나옵니까?" 역장이 호통을 쳐댔다. "지금 역에 있는 사람이 5백 명도 넘는데 거기서 조그만 남자아이 한 명을 찾아 달라는 말입니까? 이 난장판을 좀 보십시오."

갑자기 화면에 성난 군중들이 비쳤다. 던워디는 금발에 푸른 눈을 한 키 큰 남자아이가 없는지 훑어보았다. 다시 역장의 모습이 나타났다.

"그저 일시적인 격리일 뿐입니다." 시간이 지날수록 거세지는 고함 소리를 뚫고 역장이 소리쳤다. "그리고 역에는 지하철이 왜 멈췄으며 왜 내가 아무런 조치도 취할 수 없는지 알고 싶어 하는 사람들로 가득합니다. 사람들이 역을 갈가리 찢어놓지 못하도록 막는 데도 힘에 부친 상황이라고요. 아이 한 명 찾으러 돌아다닐 여유가 없단 말입니다."

"그 아이 이름은 콜린 템플러입니다." 던워디가 소리쳤다. "아이 이모할머니가 역에 마중을 나가기로 했습니다."

"그렇다면 왜 그 이모할머니라는 사람이 와서 아이를 데려가지 않는 겁니까? 그러면 역에 있는 사람이 한 명 줄게 되니 나도 편할 텐데요. 여기 성난 군중들은 격리 상태가 얼마나 오래 지속될 거며 왜 내가 아무런 일도 해줄 수 없는지…." 역장이 갑자기 전화를 끊었다. 일부러 전화를 끊은 건지 아니면 성난 쇼핑객이 역장 손에서 전화기를 낚아챈 건지 알 수 없었다.

"역장이 콜린을 봤대?"

"아니. 아이를 찾으러 누군가를 보내야겠어."

"알았어. 직원을 보내야겠네." 아렌스가 말하고 밖으로 나갔다.

"격리는 3시 10분에 선포되었다면서요. 어쩌면 콜린이 3시까지 역에 도착하지 않았을 수도 있어요." 몬토야가 말했다. "늦을 수도 있잖아요."

던워디는 그 생각을 미처 하지 못했다. 만약 콜린이 옥스퍼드에 도착하기 전에 격리가 선포되었다면 지하철은 가장 가까운 역에서 멈추었을 테고 승객들은 다시 런던으로 돌아갔을 것이다.

"다시 역에 전화해보세요." 몬토야에게 전화기를 건네며 던워디가 말했다. 던워디는 몬토야에게 번호를 일러줬다. "전화해서 콜린이 탄 열차가 마블 아치역에서 1시에 떠났다고 말해요. 전 아렌스 선생에게 조카딸에게 전화해보라고 하고 올게요. 어쩌면 콜린은 벌써 돌아갔을지도 몰라요."

던워디는 아렌스를 데려다달라고 말할 생각으로 문밖을 나섰지만, 간호사는 보이지 않았다. 아렌스가 역으로 보낸 모양이었다.

복도에는 아무도 없었다. 던워디는 아까 썼던 공중전화가 있는 곳을 바라보고는 잽싸게 그쪽으로 다가가 베일리얼 칼리지 번호를 눌렀다. 콜린이 아렌스가 있는 집으로 갔을 가능성은 전혀 없었다. 하지만 우선 핀치를 아렌스의 집으로 보내 보고 콜린이 없으면 다시 역으로 보낼 생각이었다. 그런 아수라장에서는 한 명보다 두 명이 훨씬 도움 될 것 같았다.

"여보세요." 화면에 여자가 나타났다.

던워디는 인상을 찡그리며 자신이 찍은 번호를 바라보았지만, 번호는 제대로였다. "베일리얼 칼리지의 핀치 씨와 통화를 하고 싶습니다."

"그분은 지금 여기 안 계십니다." 여자가 말했다. 억양을 들으니 미국인이었다. "저는 테일러라고 합니다. 메모 남겨드릴까요?"

핸드벨 연주자 중 한 명이 분명했다. 여자는 던워디가 예상했던 것보다 젊어 서른이 훨씬 안 되어 보였으며, 핸드벨 연주를 하기에는 어딘지 좀 날카로워 보였다. "돌아오면 즉시 병원에 있는 던워디에게 전화해달라고 해주시겠습니까?"

"던-워-디." 여자는 이름을 받아 적더니 날카로운 눈으로 던워디를 노려보았다. "던워디 씨?" 좀 전과 완전히 다른 어투였다. "지금 전화하신 분이 우리를 감옥에 가둬놓은 바로 그분이란 말인가요?"

마땅히 답할 말이 없었다. 저학년 휴게실로 전화한 것부터가 잘못이었다. 던워디는 핀치를 행정실로 보냈다는 걸 잊고 있었다.

"미확인 질병이 발발할 경우를 대비해 NHS가 일시적 격리를 선포했습니다. 예방 차원입니다. 그 때문에 불편을 끼쳐드려 정말 죄송합니다. 비서에게 여러분을 편히 모시라고 지시했습니다. 그리고 혹시 뭔가 제가 여러분을 위해 해드릴 수 있는…."

"해줄 수 있는 게 있냐고요? 당연히 있죠. 우리를 엘리로 보내주세요. 우리 연주팀은 8시에 대성당에서 핸드벨 연주를 할 예정이고 내일은 노리치로 가야만 합니다. 크리스마스 연주회를 하기로 되어 있다고요!"

던워디는 연주자들이 내일 노리치에 가지 못할 거라는 말을 할 생각은 없었다. "엘리에서도 현 상황을 알고 있으리라 생각합니다만, 여러분 대신 제가 대성당에 전화를 걸어서 설명을…."

"설명이라고요! 말이 나온 김에 저에게도 설명을 해주셨으면 좋겠군요. 살아오며 이런 식으로 시민의 자유를 침해받아 본 적이 없습니다. 누군가에게 어디는 가도 되고 어디는 가면 안 된다고 말을 하는 건 미국에서는 꿈도 꿀 수 없는 일입니다."

'그런 식으로 생각하다가 천만 명이 넘는 미국인이 전염병에 걸려 죽었지.' 던워디는 생각했다. "테일러 씨, 격리 선포는 여러분의 안전을 위한 것이며 모든 연주 일정은 꼭 다시 조정할 수 있게 하겠습니다. 그사이 베일리얼 칼리지는 여러분을 우리의 손님으로 기쁘게 맞이하겠습니다. 여러분을 직접 만나길 고대하고 있습니다. 여러분의 명성은 익히 들어 잘 알고 있습니다."

'정말 제대로 당신들 명성을 알고 있었다면 옥스퍼드 방문을 허락해달라고 했을 때 옥스퍼드는 격리되었다고 답장을 보냈을 텐데 정말 아쉽군그래.' 던워디는 생각했다.

"크리스마스이브 연주회 일정을 변경할 방법은 없습니다. 우리는 그곳에서 시카고 서프라이즈 마이너라는 새로운 타종법을 선보일 예정이었습니다. 노리치 교구는 우리를 기다리고 있으며 우리는…."

던워디는 전화를 끊어버렸다. 아마도 핀치는 행정실에서 바드리의 의료 기록을 찾고 있을 터였지만 던워디는 그쪽으로 전화를 걸었다가 혹시라도 다른 연주자를 만날까 봐 겁이 나 전화를 할 수 없었다. 대신 옥스퍼드 교통국 전화번호를 찾아 그쪽 번호를 눌렀다.

복도 끝에 있는 문이 열리더니 아렌스가 들어왔다.

"옥스퍼드 교통국에 전화를 걸고 있어." 남은 번호를 마저 누르고 수화기를 아렌스에게 넘겨주며 던워디가 말했다.

아렌스는 웃으며 손을 저었다. "괜찮아. 방금 디어드리와 통화했어. 콜린이 탄 열차는 바턴에서 멈췄다네. 승객들은 지하철을 타고 런던으로 돌아갔대. 콜린을 데리러 마블 아치역으로 디어드리가 나가기로 했어." 아렌스가 한숨을 쉬었다. "콜린이 집으로 돌아온다는 소식을 듣더니 디어드리가 이만저만 실망하는 게 아니야. 새로 만난 애인 가족과 크리스마스를 보낼 계획이었거든. 잠시 콜린을 떨어뜨려 놓을 생각이었는데 계획을 망친 거지. 하지만 난 콜린이 격리 구역 안에 없다는 게 기쁠 뿐이야."

아렌스의 목소리에는 안도의 기색이 배어 있었다. 던워디는 수화기를 내려놓았다. "상황이 그렇게 안 좋은가?"

"우리에겐 아직 간이 검사 결과만 있어. A형 믹소바이러스가 분명해. 인플루엔자 말이야."

던워디는 제3세계 열병이나 레트로바이러스 같은 좀 더 심각한 질병일 거라 걱정하고 있었다. 던워디는 바이러스 예방 접종이 시작되기 전 독감에 걸린 적이 있었다. 눈이 새빨개지고 열이 나고 으슬으슬 추우면서 온몸이 아팠지만 그저 침대에 누워 쉬면서 음료수를 마시며 며칠 보내고 났을 뿐인데 괜찮아진 기억이 떠올랐다.

"그러면 격리가 풀릴까?"

"바드리의 의료 기록이 도착한 다음에 알 수 있겠지. 바드리가 바이러스 예방 접종을 제대로 하지 않았길 빌고 있어. 만약 그게 아니라면 근원을 알아낼 때까지 격리는 풀리지 않아."

"하지만 그냥 독감일 뿐이라면서."

"항원 변이가 크지 않으면 그건 그냥 가벼운 독감이지." 아렌스는 던워디가 틀린 부분을 고쳐줬다. "하지만 변이가 크면 인플루엔자가 돼. 그건 완전히 다른 거야. 1918년 스페인에 번졌던 인플루엔자는 믹소바이러스 때문이었어. 2천만 명이 죽었지. 바이러스는 몇 개월에 한 번씩 변이를 일으켜. 표면에 있는 항원이 바뀌기 때문에 면역 체계에서 감지를 못하지. 그래서 계절마다 접종해야 하는 거야. 하지만 대변이가 일어나면 예방 접종을 해도 소용이 없어."

"그러면 지금 바드리가 걸린 게 그건가?"

"그럴 것 같지는 않아. 대변이는 10년 정도마다 한 번씩 일어나. 내 생각에는 바드리가 그냥 예방 접종을 안 해서 그런 것 같아. 혹시 학기 시작할 때 답사를 갔어?"

"잘 모르겠군. 아마 그랬을 거야."

"만약 그랬다면 답사에 바빠서 접종하는 걸 잊었을지 몰라. 그렇다면 바드리가 걸린 건 그냥 올겨울에 유행하는 독감이지."

"키브린은? 키브린도 접종했어?"

"응, 모든 바이러스 예방 접종을 받았고 T세포 강화도 시켰어. 키브린은 안전해."

"인플루엔자여도 안전해?"

아렌스는 아주 짧은 시간 동안 대답을 망설였다. "만약 키브린이 오늘 아침에 바드리를 만나서 바이러스에 노출된 거라면 절대 안전해."

"만약 그전에 만났다면?"

"말해줘봤자 걱정만 할 텐데. 하지만 전혀 걱정할 필요가 없어." 아렌스는 깊게 숨을 들이마셨다. "키브린이 강하하는 순간에 최고의 면역력을 갖도록 세포 강화와 바이러스 예방 접종을 해줬어."

"하지만 길크리스트는 강하 일정을 이틀이나 앞당겼지." 던워디가 씁쓸하게 말했다.

"하지만 모든 게 정상이 아니었다면 강하하는 걸 내가 허락하지 않았을 거야."

"하지만 당신은 키브린이 떠나기 직전까지도 그 아이가 인플루엔자 바이러스에 노출된 걸 고려하지는 않았잖아."

"그랬지. 하지만 그런다고 달라지는 건 아무것도 없어. 최고치는 아니더라도 키브린에게는 면역력이 있고 우리는 그 아이가 바이러스에 노출되었는지조차 잘 몰라. 바드리가 키브린에게 다가간 적은 거의 없으니까."

"하지만 더 일찍 노출되었다면 어떻게 되는 거지?"

"말을 해주지 말아야 했는데." 아렌스는 한숨을 쉬었다. "대부분의 믹소 바이러스는 12시간에서 48시간의 잠복기가 있어. 키브린이 이틀 전 바이러스에 노출되었다 하더라도 바이러스가 증식하지 못하게 할 정도의 면역력은 있어. 가벼운 증상 정도는 있을 수도 있겠지. 하지만 이건 인플루엔자가 아니야." 아렌스는 던워디의 어깨를 가볍게 쳤다. "그리고 당신은 모순에 대해 잊고 있어. 만약 키브린이 바이러스에 노출되었다면 키브린은 전염성이 아주 강한 존재가 되지. 그랬다면 네트가 키브린을 통과시키지 않았을 거야."

아렌스가 옳았다. 과거 사람들에게 질병을 전염시킬 확률이 조금이라도 있는 사람은 네트를 통과할 수 없다. 모순 때문에 불가능했다. 그런 경우, 네트는 아예 열리지 않는다.

"1320년 사람들에게 면역력이 있을 확률은?"

"오늘날의 바이러스에? 전혀 없지. 바이러스에는 1,800개의 변이 가능성이 있어. 당시에 정확히 같은 바이러스가 없다면 그 사람들은 저항력이 전혀 없어."

저항력이 없다. "바드리를 만나고 싶어." 던워디가 말했다. "바드리가 술집에 들어와서 뭔가 잘못되었다고 했어. 병원으로 오는 구급차에서도 계속 그 말을 했고."

"뭔가 잘못되었지." 아렌스가 말했다. "바드리는 심각한 바이러스 감염 상태니까."

"어쩌면 바드리는 키브린이 자신에게 노출된 걸 알았을 거야. 아니면 동조 작업을 제대로 하지 못했던지."

"바드리는 동조 작업을 제대로 마쳤다고 말했어." 아렌스는 애처로운 눈으로 던워디를 바라보았다. "키브린에 대해 걱정할 필요 없다고 아무리 말해도 소용없겠네. 내가 콜린에 대해 어떻게 반응하는지 보았으니까. 하지만 둘 다 이곳에 없는 게 더 안전해. 키브린은 여기에 있는 것보다 지금 있는 곳이 훨씬 안전할 거야. 당신이 상상하듯 아무리 그곳이 살인마와 강도로 우글거린다 할지라도 말이야. 적어도 키브린은 NHS의 격리 규정 때문에 고생할 필요는 없잖아."

던워디가 싱긋 웃었다. "미국인 핸드벨 연주자 때문에 고생할 일도 없겠
지. 당시는 아직 아메리카가 발견되기 전이니까." 던워디는 문손잡이로 손
을 뻗었다.

복도 끝에 있는 문이 거칠게 열리며 여행 가방을 든 덩치 큰 여인이 들
어섰다. "여기 계셨군요, 던워디 교수님." 복도 저편에서 여인이 소리쳤다.
"교수님을 찾아 사방을 돌아다녔어요."

"핸드벨 연주자 중 한 명일까?" 복도 끝에서 다가오는 여인을 바라보며
아렌스가 물었다.

"더 나쁜 상황인데." 던워디가 말했다. "개드슨 부인이야."

6

언덕 기슭과 숲속에도 어둠이 밀려오고 있었다. 마치 고도나 빛의 미세한 변화와 관계라도 있다는 듯이, 키브린이 얼어붙은 마차 바퀴 자국이 있는 곳까지 돌아가기도 전에 다시금 두통이 찾아왔다.

작은 손궤 앞에 똑바로 서 있어도 마차는 보이지 않았고 잡목림 속에 벌써 가득 퍼진 어둠 속에서 마차를 찾느라 인상을 찡그렸더니 좀 전보다 머리가 더 아팠다. 깨질 것 같은 이 두통이 시차에 동반되는 '사소한 증상'이라면 도대체 사소하지 않은 증상은 뭔지 키브린은 정말로 궁금했다.

'돌아가면 아렌스 선생님과 이 주제를 놓고 아무래도 이야기 좀 해봐야겠어. 아무리 생각해도 의사들은 이 사소한 증상이 역사학자에게 끼치는 악영향을 무시하는 경향이 있어.' 키브린은 잡목림을 헤치고 나아가면서 생각했다. 언덕을 내려가면서 호흡 곤란 증상은 덜해졌지만, 너무 추웠다.

수풀을 헤치고 지나가느라 버드나무에 망토와 머리카락이 엉켰고, 팔뚝에 난 긴 생채기 역시 생기자마자 아프기 시작했다. 키브린은 발을 헛디뎌 하마터면 엎어질 뻔했다. 깜짝 놀란 덕분에 두통이 잠시 사라지는가 싶

111

더니 곧 두 배는 심하게 머리를 조여왔다.

몇몇 사물은 여전히 또렷하게 보였지만 공터는 거의 완전히 깜깜해졌고, 주위가 어두워짐에 따라 그러한 사물들의 원래 색이 사라지며 대신 점차 흑회색, 흑록색, 흑갈색으로 변해갔다. 밤이 찾아오며 새들은 둥지로 돌아오고 있었다. 키브린에게 익숙해진 모양이었다. 새들은 아까처럼 침묵에 잠기는 대신 지저귐을 서로 주고받은 다음 잠이 들었다.

키브린은 여기저기 널려 있는 상자와 부서진 조각 들을 급히 주워 기우뚱하게 누워 있는 마차에 집어 던졌다. 키브린은 마차의 끌채를 잡아 길 쪽으로 끌어당기기 시작했다. 마차는 낙엽이 수북한 곳에서는 어느 정도 삐걱삐걱 소리를 내며 몇 센티미터 정도 미끄러졌지만, 곧 멈춰버렸다. 키브린은 발로 버티면서 다시 한번 마차를 끌어당겼고 이번에 마차는 몇 센티미터 정도 삐걱거리더니 처음보다 훨씬 많이 기울어져버렸다. 상자 하나가 바닥에 떨어졌다.

키브린은 상자를 주워 담고 주변을 돌아보면서 마차가 뭐에 걸렸나 살펴보았다. 오른쪽 바퀴가 나무뿌리에 걸려 옴짝달싹 못 하고 있었지만 적당한 지렛대만 있으면 금방 밀어낼 수 있을 것 같았다. 마차 이쪽 편에는 지렛대로 쓸 만한 게 없었다. 중세 전공팀은 마차가 뒤집혀 부서진 것처럼 보이게 하려고 마차 한쪽을 도끼로 부쉈는데, 지금 보니 그 일을 너무나 열심히 한 티가 역력했다. 나무 파편밖에는 보이지 않았다. '장갑만큼은 챙겨 갈 수 있게 해달라고 길크리스트 교수님께 그렇게 말씀드렸는데.' 키브린은 생각했다.

마차 반대쪽으로 돌아와서 바퀴를 잡고 밀어보았다. 조금도 움직이지 않았다. 치마와 망토를 걷고 바퀴에 어깨를 댈 수 있도록 바퀴 옆에 무릎을 꿇었다.

바퀴 앞쪽, 나뭇잎이 딱 발 크기만큼 쓸려간 작은 공간에 발자국이 나 있었다. 쓸려간 낙엽은 한쪽에 있는 참나무 밑동에 쌓였다. 나뭇잎에는 어둑해져 가는 빛에서 확인할 수 있을 정도로 뚜렷하게 자국이 남아 있지 않았지만, 흙에 찍힌 발자국은 선명했다.

'발자국일 리가 없어.' 키브린은 생각했다. 땅은 얼어붙어 있잖아. 그림자나 어두워지며 생기는 착시 현상일 것이라 짐작하며 손을 뻗어 요철을 만져보았다. 길 위의 얼어붙은 바퀴 자국에는 아무런 발자국도 찍혀 있지 않았다. 하지만 이 흙은 부드러웠고 자국은 분간할 수 있을 정도로 선명했다.

굽이 없고 밑창이 부드러운 신발 자국으로 크기가 컸다. 키브린의 발보다도 컸다. 남자의 발인 것 같지만 1300년대 남자들은 덩치도, 키도 작은 데다 발도 키브린보다 작았다. 그러니 이건 이 시대에서는 거인의 발자국이었다.

'어쩌면 오래된 것일지도 몰라.' 키브린의 머릿속에서 생각이 온갖 방향으로 뻗어나가기 시작했다. 어쩌면 나무꾼이나 길 잃은 양을 찾고 있는 농부의 발자국일지도 몰라. 어쩌면 여긴 왕의 숲이고 왕과 신하들이 이곳에서 사냥했을 수도 있지. 그렇지만 사슴을 쫓는 발자국은 아니었다. 한자리에 오랫동안 머물며 키브린을 지켜보던 누군가의 발자국이었다. 난 그 사람이 내는 소리를 들었어. 마음에 인 작은 동요가 그대로 키브린의 목으로 엄습해 왔다. 난 그 사람이 저기 서서 내는 소릴 들었단 말이야.

키브린은 균형을 유지하기 위해 바퀴를 붙든 채로 계속 무릎을 꿇고 있었다. '그 남자가 누구든지 간에 분명히 남자야. 그것도 거구의 남자. 아무튼 그 거구의 남자가 아직도 이 숲속 빈터에 서서 나를 보고 있다면 이젠 내가 자기 발자국을 발견한 것을 알아차렸겠지.' 키브린은 일어섰다. "여보세요!" 키브린이 소리쳤고 다시 한번 새들은 심장이 멎을 듯 깜짝 놀라 했다. 새들은 날갯짓해댔고 서로 꽥꽥거리다가 조용해졌다. "거기 누구 계세요?"

키브린은 귀를 기울이며 기다렸다. 고요한 와중에 남자가 숨 쉬는 소리를 다시 들을 수 있을 것만 같았다. 키브린은 다시 중세 영어로 외쳤다. "말좀 해보세요. 하인들이 저를 버리고 도망가 곤경에 처했어요."

'잘했어, 키브린.' 자기가 한 말이지만 정말 멋지다고 키브린은 생각했다. 그 남자한테 네가 도움이 필요하다고, 혼자라고 말하는 거야.

"여보세요!" 키브린은 다시 한번 외쳤고 나무들 뒤를 살피면서 숲속의 빈터를 조심스럽게 돌기 시작했다. 설사 그 남자가 저기 서 있다 할지라도 너무 어두워서 키브린은 남자를 볼 수 없을 것이고, 숲속 빈터 언저리 너머로는 아무것도 보이지 않았다. 심지어 숲과 길이 난 곳을 확실하게 구별할 수도 없었다. 좀 더 기다리려 해도 완전히 깜깜해지면 마차를 길가로 끌고 가는 것이 불가능할 것이다.

그렇지만 키브린은 마차를 움직일 수가 없었다. 저기 떡갈나무 두 그루 사이에 서서 키브린을 지켜보고 있는 남자가 누구든지 간에 그 사람은 마차가 여기 있는 것을 알고 있었다. 어쩌면 그 남자는 연금술사가 아무것도 없는 허공에서 뭔가를 주술로 불러내는 것처럼 하늘에서 불꽃이 튀기면서 마차가 갑자기 나타난 것을 봤을 수도 있었다. 그리고 만약 키브린이 강하하는 장면을 봤다면, 중세 사람들은 언제든 의심 가는 사람을 화형에 처할 만반의 준비를 하며 살았다고 믿는 던워디 교수의 말을 입증이라도 하듯 말뚝을 가지러 급히 뛰어갔을지도 모르는 일이었다. 그렇지만 이런 경우라면 그 사람은 '으악!'이나 '맙소사!'처럼 짧더라도 분명히 뭔가 말을 했을 것이다. 그리고 키브린은 그 사람이 수풀을 헤치고 뛰어가는 소리를 들었을 것이다.

하지만 그 남자는 도망가지 않았고, 이는 강하를 보지 못했다는 뜻이었다. 키브린이 여기 도착한 다음에 온 것이다. 숲 한가운데에서, 그것도 산산이 조각난 마차 옆에 무슨 이유론가 쓰러져 있는 키브린을 보고 그 남자가 도대체 뭘 생각했을까? 키브린이 길에서 봉변당했고, 강도들은 증거를 숨기기 위해서 여기까지 키브린을 끌고 왔다고 생각했을까?

그렇다면 어째서 키브린을 도우려 하지 않은 걸까? 왜 떡갈나무처럼 조용하게 숨어 선명한 발자국을 남길 정도로 오랫동안 바라보기만 하다가 가버린 걸까? 어쩌면 키브린이 죽었다고 생각했을지도 몰랐다. 병자 성사를 하지 않고 죽은 시체를 두려워했으리라. 15세기까지 사람들은 적법한 절차에 따라 매장되지 않은 시체에는 곧바로 악령이 깃든다고 믿어왔다.

어쩌면 그 남자는 키브린이 종소리를 들었던 마을 중 한 곳으로 도움을 청하러 간 것일 수도 있고, 어쩌면 도움을 청하러 간 곳이 스켄드게이트일 수도 있으며 그의 말을 들은 마을 사람 절반 정도가 초롱을 들고 이곳으로 오고 있을지도 몰랐다.

그렇다면 키브린은 처음 있던 장소에서 그 남자가 돌아오기를 기다려야 했다. 가만히 기다리는 정도가 아니라 누워서 기다려야만 했다. 마을 사람들이 도착해 키브린의 정체에 대해 곰곰이 생각하다 마을로 데려가 중세 영어의 표본을 제공하게 하도록, 자신이 처음에 세웠던 계획대로 일이 진행되도록 키브린은 다시 한번 누워 있어야 했다. 그렇지만 그 남자가 혼자 돌아올 경우나 키브린을 도와줄 생각이 전혀 없는 친구들을 이끌고 올 경우엔 어떻게 되는 걸까?

아무 생각도 나지 않았다. 관자놀이 부근에서 시작된 두통은 이제 눈 뒤편까지 파고들었다. 이마를 문지르자 욱신거리기 시작했다. 그리고 너무 추웠다! 망토에 토끼털을 댔지만 조금도 따뜻하지 않았다. 이 당시 사람들은 이런 망토만 가지고 소빙기를 어떻게 견뎌낸 것일까? 토끼들은 어떻게 살아남을 수 있었을까?

적어도 추위에는 어떻게든 대항할 수 있었다. 장작을 모아 불을 지필 수 있었고, 그러면 발자국의 주인공이 나쁜 의도를 품고 되돌아올 때도 불붙은 나뭇가지를 휘두르며 그 사람을 막을 수 있다. 그리고 그 남자가 도움을 청하러 갔다가 어두워서 키브린이 있는 곳을 찾지 못하면 불빛이 그 남자를 불러들일 수도 있다.

키브린은 빈터를 다시 한번 돌면서 땔감을 찾아보았다. 던워디 교수는 키브린이 부시와 부싯돌 없이도 불 지피는 법을 익혀야 한다고 주장했다. "길크리스트 그 작자는 네가 불 피우는 법을 몰라서 중세 한복판, 그것도 얼어 죽은 시체 사이에서 방황하길 바라기라도 한다던?" 던워디 교수는 치를 떨며 고함쳐댔고 키브린은 중세 전공팀은 자신이 그렇게 오랜 시간 밖에서 돌아다니게 될 것으로 생각하지 않는다며 던워디 교수를 말려야 했다. 그렇지만 중세 전공팀은 중세가 얼마나 추울지 알고 있어야 마땅했다.

나뭇가지를 만지자 손이 시렸고 가지를 주우려고 허리를 굽힐 때마다 머리가 지근지근 아팠다. 결국 키브린은 허리 굽히는 것을 그만두고 머리를 꼿꼿이 하고 흔들리지 않도록 조심하며 몸 전체를 굽혀 땅에 떨어진 나뭇가지들을 주웠다. 그 자세가 아주 조금은 도움이 되었지만 큰 효과는 없었다. 어쩌면 너무 추워서일 수도 있었다. 두통과 호흡 곤란은 모두 너무 추워서 생기는 것인지도 몰랐다. 키브린은 불씨를 일으켜야 했다.

땔감은 얼음장처럼 차갑고 축축했다. 절대 불이 붙을 것 같지 않았다. 낙엽도 축축하긴 매한가지여서 부싯깃으로 쓸 수 없었다. 불이 붙을 마른 거리를 모아야 했고 불을 지필 뾰족한 막대를 구해와야 했다. 키브린은 모아온 나무쪽들을 나무 밑동에 내려놓고 머리를 곧게 들려고 애쓰면서 마차로 돌아갔다.

부서뜨린 마차 안쪽에는 불 피우는 데 쓸 만한 나무 조각이 몇 개 보였다. 잡아당겼더니 파편 두 개가 먼저 떨어져 나왔다. 마차에서 떼어낸 나무 조각도 차갑긴 매한가지였지만 적어도 바짝 말라는 있었다. 바퀴 바로 위쪽에 커다랗고 날카로운 나무 조각이 튀어나온 게 보였다. 키브린은 나무 조각을 잡으려 몸을 굽혔다가 갑자기 구역질이 날 정도로 어지러워 쓰러질 뻔했다.

"키브린, 너 좀 누워야겠어." 키브린은 소리 내서 말했다.

그리고 마차의 늑재를 지지대 삼아 천천히 주저앉았다. "아렌스 선생님." 가쁜 숨을 쉬며 키브린이 말했다. "선생님이 시차 증후군이 나타나지 않도록 조처를 해주셨어야죠. 이건 너무 끔찍하잖아요."

조금만 누워 있을 수 있다면 어지럼증도 가라앉고 불도 지필 수 있을 것 같았다. 그렇지만 몸을 굽히지 않고는 누울 수 없었고 지금은 몸을 굽힌다는 생각만 해도 메슥거렸다.

두건을 잡아당겨서 머리에 뒤집어쓰고 눈을 감았다. 이 정도 동작으로도 아파 견딜 수가 없었고, 이 움직임으로 모든 고통이 머리에 집중되는 것만 같았다. 뭔가가 잘못되었다. 이건 시차 증후군으로 나타날 수 있는 증상이 아니었다. 시차 증후군은 도착 후 한두 시간 이내에 없어져야지 점점 악화하지는 않는다. 아렌스는 가벼운 두통이 수반될지도 모르고 피곤한 느낌이 들 수도 있다고 했다. 하지만 구역질이나 몸이 찢어질 것 같은 추위의 괴로움에 대해서는 일언반구도 없었다.

너무 추웠다. 망토 자락을 끌어당겨 담요처럼 몸에 둘렀지만 그렇게 했더니 더 추워지는 기분이 들었다. 언덕에서 그랬던 것처럼 이가 딱딱 부딪히기 시작했다. 언덕에서보다 훨씬 더 심했다. 그리고 어깨가 경련을 일으키며 심하게 흔들렸다.

'나는 얼어 죽을 거야, 하지만 어쩔 도리가 없다고. 일어나서 불을 지필 수가 없어. 난 못 해. 너무 춥단 말이야. 던워디 교수님, 교수님이 이 시대 사람들에 대해 했던 예상이 틀린 게 너무 아쉬워요. 말뚝에 묶여 화형당하면 소원이 없겠어요.' 키브린은 이제 머릿속으로 생각만 해도 어지러웠다.

키브린은 그렇게 차가운 땅바닥에 웅크리고 자신이 잠들어버리리라고는 생각도 하지 못했다. 온기라고는 전혀 느낄 수 없었지만, 오히려 온기를 느꼈다면 저체온증이 스멀스멀 소리 없이 다가오고 있다는 두려움에 잠들지 않으려 노력했을 것이다. 하지만 잠이 든 모양이었다. 눈을 떠보니 숲속 빈터는 밤이 감싸고 있었다. 촘촘히 짜인 나뭇가지 사이에서 서리 긴 별들이 빛나는 한밤중이었고 키브린은 땅바닥에 누워 별을 올려다보고 있었다.

잠들면서 미끄러졌는지 키브린은 정수리를 바퀴에 기댄 채였다. 이는 더 이상 부딪히지 않았지만, 아직도 추워 몸이 떨렸다. 만종 소리가 울려 퍼지듯 머리가 지근거리기 시작했고 온몸이 쑤셨다. 특히 가슴이 아주 아팠다. 불 지필 섶나무를 모을 때 땔거리를 가슴에 받쳐 들었기 때문인 듯했다.

'뭔가 잘못되었어.' 키브린은 생각했다. 그리고 그런 생각이 들자 이번엔 진짜로 공황 상태에 빠졌다. 어쩌면 키브린은 시간 여행 알레르기 체질일 수도 있었다. 그런 게 존재하던가? '던워디 교수님은 시간 여행에 알레르기를 일으킨 사례에 관해서 아무 말씀 없으셨는데.' 던워디는 키브린에게 강간, 콜레라, 장티푸스, 페스트에 이르기까지 모든 것에 관해서 경고했지만, 이런 건 없었다.

키브린은 망토 안쪽으로 손을 비틀어 넣어 바이러스 예방 접종 자국이 있는 팔 아래 부근을 더듬었다. 접종을 한 곳은 만져봐도 가렵지도 아프지도 않았지만, 자국은 아직 그대로 남아 있었다. '어쩌면 이게 나쁜 징후일 수도 있어. 접종 자국이 더 이상 가렵지 않다는 것은 예방 접종이 더 이상

제 기능을 못 한다는 뜻인지도 몰라.'

고개를 들려고 애썼다. 그 순간 현기증이 다시 일었다. 키브린은 머리를 다시 내려놓고 망토에서 손을 꺼내 조심스럽게 그리고 천천히 깍지를 끼었다. 매 순간 키브린의 동작 하나하나를 끊으며 구토가 밀려왔다. 깍지를 낀 손을 얼굴에 대고 눌렀다. "던워디 교수님. 교수님이 오셔서 저 좀 데려가주세요."

키브린은 다시 잠이 들었고, 깨어났을 때는 희미하게 울려 퍼지는 크리스마스 캐럴의 종소리가 들려왔다. '아, 다행이야.' 키브린은 생각했다. '사람들이 네트를 다시 열었구나. 그리고 나를 마차 바퀴에 기대 앉히려 끌어당기고 있어.'

"아, 던워디 교수님, 와주셔서 너무 기뻐요." 키브린은 구역질을 간신히 참으며 중얼거렸다. "교수님이 제 연락을 못 받았을까 봐 정말 걱정했어요."

종소리가 점점 크게 들리기 시작했고 키브린은 깜빡이는 불빛을 볼 수 있었다. 키브린은 몸을 조금 더 일으켰다. "교수님이 불을 피우셨군요." 키브린이 말했다. "추울 거라던 교수님 말씀이 맞았어요." 마차 바퀴가 품은 얼음장 같은 한기가 망토를 뚫고 들어왔다. 다시 이가 딱딱 부딪히기 시작했다. "아렌스 선생님 말씀이 옳았어요. 부기가 가라앉을 때까지 기다렸어야 했어요. 반응이 이렇게 클 줄 몰랐네요."

깜빡이는 건 불이 아니었다. 초롱이었다. 던워디 교수는 초롱을 들고 키브린에게 다가오고 있었다.

"제가 바이러스에 감염된 것은 아니죠? 그렇죠. 교수님? 혹시 페스트인가요?" 이가 너무 심하게 부딪혀서 말을 잇는 것이 힘들었다. "끔찍하지 않아요? 중세에서 페스트에 걸리는 거요. 하긴 그러면 완벽하게 중세인이 되긴 하겠어요."

키브린이 웃었다. 던워디 교수가 들으면 까무러쳐 죽을 듯한 정도의 높고 신경질적인 웃음소리였다. "괜찮아요." 키브린은 말하면서도 자기가 무슨 말을 하는지 이해하지 못하고 있었다. "교수님이 걱정하신 것 알아요. 하지만 전 멀쩡해질 거예요. 전 그냥…."

던워디 교수는 키브린 앞에서 멈췄다. 초롱 불빛은 키브린 앞에 흔들리는 원을 그리고 있었다. 던워디 교수의 발을 볼 수 있었다. 교수는 볼품없는 가죽 신발을 신고 있었다. 아까 보았던 발자국을 만드는 그런 종류의 신발이었다. 키브린은 신발에 대해 뭐라고 말하려 했다. 길크리스트 교수가 고작 자신을 다시 데려가기 위해 던워디 교수에게 제대로 된 중세 의상을 입힌 것인지 물어보려 했지만, 불빛의 움직임 때문에 너무나 어지러웠다.

키브린은 눈을 감았다. 다시 눈을 떴을 때 던워디 교수는 키브린 앞에 무릎 꿇고 있었다. 초롱은 땅에 내려져 있었고, 불빛은 교수의 망토 두건과 깍지 낀 손을 비췄다.

"괜찮아요." 키브린이 말했다. "교수님이 걱정하신 것 다 알아요. 하지만 전 괜찮아요, 정말이에요. 좀 아플 뿐이에요."

그 남자가 고개를 들었다. "*Certes, it been derlostuh dayes forgott foreto getest hissahntes im aller.*" 남자가 말했다.

주름지고 매정한 얼굴이었다. 잔인한 얼굴이었다. 살인마의 얼굴이었다. 그 남자는 키브린이 누워 있는 모습을 지켜보다가 어디론가 가서 어두워질 때까지 기다렸고 이제 다시 돌아온 것이었다.

키브린은 남자를 뿌리치기 위해 손을 휘저으려 했지만 두 손은 망토 속에 엉켜 나오지 않았다. "저리 가." 이가 너무 심하게 부딪혀 그 간단한 말도 제대로 나오지 않았다. "저리 가란 말이야."

남자가 이 시대 특유의 상승조 억양으로 뭔가를 말했다. 질문이었다. 키브린은 그 말을 이해할 수 없었다. '중세 영어야. 난 3년씩이나 중세 영어를 배웠고 래티머 교수님은 내가 알아야 할 모든 형용사 굴절 어미를 가르쳐주셨단 말이야. 당연히 알아들을 수 있어야 해. 이건 열 때문이야.' 키브린은 생각했다. '저 남자가 하는 말을 알아듣지 못하고 있는 건 열 때문이야.'

남자는 질문을 반복하는 건지 다른 질문을 하는 건지 여하튼 몇 번 더 물었지만, 키브린은 남자의 질문이 같은 건지 다른 건지도 구분할 수 없었다.

아프기 때문이야. 아파서 저 남자 말을 알아듣지 못하는 거야. "친절하신 나리." 입은 뗐지만, 말끝까지는 기억나지 않았다. "도와주세요." 키브린은 도와달라는 말을 중세 영어로 어떻게 하는지 생각해내려 노력하며 말했다. 하지만 교회 라틴어로밖에 생각나지 않았다. "*Domine, ad adjuvandum me festina*(주님, 빨리 오시어 나를 도와주소서)."[14] 키브린이 말했다.

남자는 손 위로 머리를 숙여 중얼거렸지만, 너무 낮은 목소리라 들을 수 없었다. 그리고 키브린은 다시 의식을 잃은 모양이었다. 남자가 키브린을 들어 어디론가 데려갔기 때문이다. 키브린 귀에는 아직도 네트가 열리면서 쏟아지던 시끄러운 종소리가 들렸고, 종소리가 어느 방향에서 들려오는지 구별하려고 노력했지만 이가 너무 세게 부딪혀 아무 소리도 들을 수 없었다.

"전 아파요." 남자가 키브린을 백마에 태우자 키브린이 말했다. 키브린은 말에서 떨어지지 않기 위해서 갈기를 두 손으로 꽉 쥔 채로 앞으로 고꾸라졌다. 남자는 키브린을 붙잡았다. "왜 이런 일이 벌어졌는지 모르겠어요. 전 예방 접종을 전부 다 했단 말이에요."

남자는 당나귀를 천천히 끌었다. 마구에 달린 종이 짤랑대며 울리기 시작했다.

14 〈시편〉 70편 1절

둠즈데이북 사본
(000740-000751)

던워디 교수님. 교수님이 오셔서 저 좀 데려가주세요.

7

"내 이럴 줄 알았어요." 복도를 따라 던워디 쪽으로 다가오며 개드슨 부인이 말했다. "우리 아이가 뭔가 끔찍한 병에 걸린 거죠? 그렇죠? 이게 전부 다 그 보트 연습 때문이라고요."

아렌스가 한 발 앞으로 나섰다. "여기 오시면 안 됩니다." 아렌스가 말했다. "여기는 제한 구역입니다."

개드슨 부인은 들은 척도 않고 계속 걸어왔다. 부인이 여행 가방을 무기처럼 흔들며 두 사람에게 다가오는 동안 외투 위에 걸친 투명한 우비에서 커다란 물방울이 사방으로 흩어졌다. "날 그런 식으로 제쳐놓을 수는 없어요. 난 그 아이의 엄마라고요. 아이를 만나게 해줄 것을 요구합니다."

아렌스는 경찰처럼 손을 들어 올렸다. "멈추세요." 아렌스는 수간호사처럼 단호하게 말하기 위해 안간힘을 썼다.

놀랍게도, 개드슨 부인은 걸음을 멈췄다. "어머니는 자기 아들을 볼 권리가 있어요." 부인이 말했다. 부인의 표정이 부드러워졌다. "제 아이가 많이 아픈가요?"

"부인께서 말씀하시는 게 윌리엄이라면, 그 아이는 멀쩡합니다. 적어도 제가 아는 한에서는 말이죠." 아렌스는 다시금 손을 들었다. "제발 더는 가까이 오지 마세요. 그런데 왜 윌리엄이 아플 거라고 생각하셨죠?"

"조금 전에 격리가 선포되었다는 소식을 들었어요. 역장이 '일시적 격리'라고 말하는 순간 날카로운 고통이 저를 파고들더군요." 부인은 날카로운 고통이 어디를 파고들었는지 가리키기 위해 여행 가방을 내려놓았다. "우리 아이가 비타민을 가져가지 않았기 때문이에요. 난 대학에다 비타민을 아이에게 전해달라고 신신당부했어요." 부인은 던워디를 잡아먹을 듯 노려보았다. 길크리스트와 비교해도 전혀 뒤지지 않는 눈초리였다. "그랬더니 한다는 말이 우리 아이는 혼자서도 잘 챙길 나이가 되었다나요. 세상에, 말도 안 되죠. 그 사람들이 틀린 거라고요."

"일시적 격리가 선포된 건 윌리엄 때문이 아니에요. 옥스퍼드 대학교의 기술자 한 명이 바이러스에 감염되어 쓰러졌기 때문이지요." 아렌스가 말했다.

던워디는 아렌스가 '베일리얼 칼리지의 기술자'라고 말하지 않은 데 고마움을 느꼈다.

"감염된 사람은 그 기술자 한 명뿐이고 아직 다른 사람들이 감염되었다는 증거는 없어요. 격리는 그저 예방 차원에서 이루어진 거예요."

개드슨 부인은 아렌스의 말을 믿는 눈치가 아니었다. "윌리엄은 늘 허약했고 제 몸을 챙기지 못한다고요. 그 외풍 센 기숙사 방에서 너무 공부만 해요." 개드슨 부인은 다시 한번 던워디를 매서운 눈초리로 노려보았다. "이런 일이 있기 전에 우리 아이가 먼저 바이러스에 감염되어 쓰러지지 않은 게 놀라울 뿐이에요."

아렌스는 손을 내리더니 호출기를 넣고 다니는 주머니에 손을 넣었다. '메리가 누구를 부르는 거면 좋겠는데.' 던워디는 생각했다.

"베일리얼 칼리지에서 한 학기밖에 안 지냈는데, 윌리엄은 건강이 완전히 엉망이 되었어요. 그런데도 지도 교수라는 사람은 그 아이에게 크리스마스 동안 학교에 머물면서 페트라르카[15]나 읽게 시켰다고요." 개드슨 부인이 말했다. "그래서 제가 여기에 온 거예요. 이런 끔찍한 곳에 아이 혼자 머물게 할 순 없어요. 무엇으로 만든 건지 알 수도 없는 음식을 먹고 건강에 나쁜 온갖 일을 하며 크리스마스 내내 머물 거라는 생각을 하니까 엄마로서 가슴이 아파 도저히 참을 수가 없더라고요."

개드슨 부인은 조금 전 '일시적 격리'라는 말이 나오는 순간 고통이 자신을 뚫고 지나갔던 부분을 다시 가리켰다. "그리고 제가 여기 올 수 있던 건 신의 섭리예요. 신의 섭리요. 하마터면 지하철을 놓칠 뻔했지요. 여행 가방이 너무나 거추장스러운데다 '그래, 다음 차를 타자'라는 생각이 잠시 들기도 했거든요. 하지만 윌리엄이 너무나 보고 싶었기 때문에 소리를 지르며 지하철 문을 간신히 잡았고, 콘마켓에 도착했을 때 역장이 '일시적 격리가 선포되었습니다. 지하철은 잠시 운행을 중단합니다'라고 말한 순간에는 정신이 하나도 없었어요. 그 순간에 제 머릿속에는, 이 차를 놓치고 다음 차를 탔다면 격리 때문에 이곳에 오지 못했을 거라는 생각뿐이었어요."

'그냥 그렇게 생각만 하시지 뭐 하러 오셨습니까.' 던워디는 속으로 비꼬았다. "부인을 만나면 윌리엄이 무척 놀라며 반가워할 겁니다." 개드슨 부인이 아들을 찾으러 가길 빌며 던워디가 말했다.

"네." 개드슨 부인이 으스스하게 말했다. "그 아이는 그곳에서 지금 목도리도 두르지 않고 앉아 있을 거예요. 그리고 지금 퍼지고 있는 바이러스에도 감염될 거고요. 난 다 알아요. 우리 아이는 병에 너무나 약해요. 어렸을 때부터 툭하면 발진이 생기고는 했죠. 우리 아이는 바이러스에 감염될 수밖에 없어요. 그러니 적어도 엄마가 옆에 있어서 간호라도 해줘야죠."

갑자기 문이 활짝 열리더니 가운을 입고 마스크와 장갑을 하고 신발에는 종이 덮개를 씌운 사람 둘이 돌진해 왔다. 둘은 바닥에 쓰러진 사람이 아무도 없는 것을 보고 걸음을 늦추었다.

"이 지역을 차단하고 제한 구역이라는 팻말을 세우도록 해요." 아렌스는 그렇게 말하고 개드슨 부인에게 시선을 돌렸다. "부인께서는 바이러스

15 프란체스코 페트라르카, 14세기 이탈리아의 시인이자 인문주의자

에 노출되었을 확률이 있습니다. 아직 바이러스의 정체를 확실하게 밝히지 못했기 때문에 바이러스가 공중으로 전파될 확률을 배제할 수 없습니다." 순간, 혹시 아렌스가 개드슨 부인을 대기실에 자기와 함께 둘 생각이 아닌가 하는 끔찍한 생각이 던워디의 머리를 스치고 지나갔다.

"개드슨 부인을 격리실까지 모셔다드리세요." 마스크를 하고 가운을 입은 사람 한 명에게 아렌스가 말했다. "혈액 검사를 하고 부인이 만난 사람들이 누구인지 조사해야 합니다. 던워디 교수님, 저와 함께 가시죠." 아렌스는 던워디를 데리고 대기실로 들어간 다음 개드슨 부인이 뭐라고 항의하기 전에 문을 닫아버렸다. "잠깐은 저 사람들이 부인을 잡아둘 수 있을 거야. 그리고 불쌍한 윌리엄은 그사이 몇 시간 정도는 편히 지낼 수 있겠지."

"저 여자와 있으면 누구든 발진이 안 날 리가 없어." 던워디가 말했다.

여자 의료요원을 제외하고는 모두 던워디와 아렌스가 들어오는 모습을 지켜보았다. 래티머는 여전히 소매를 걷은 채 트레이 곁에 끈기 있게 앉아 있었고, 몬토야는 아직 전화기를 쓰는 중이었다.

"콜린이 탄 열차는 돌아갔어요." 아렌스가 몬토야에게 말했다. "지금 콜린은 집에 안전하게 있을 거예요."

"아, 잘됐네요." 몬토야가 말하더니 전화를 내려놓았다. 길크리스트가 전화기를 향해 몸을 날렸다.

"래티머 교수님, 기다리시게 해서 죄송해요." 아렌스는 종이 패킷을 뜯어 일회용 장갑을 꺼내 끼고는 주사기를 조립하기 시작했다.

"길크리스트입니다. 시니어 튜터와 통화하고 싶습니다." 길크리스트가 전화기에 대고 말했다. "네, 베이싱엄 학과장과 연락하기 위해 노력 중입니다. 네, 기다리지요."

'시니어 튜터는 베이싱엄 학과장이 어디 있는지 몰라. 행정실 직원도 마찬가지고.' 던워디는 강하를 멈추게 하려고 애를 쓰면서 이미 둘 모두에게 학과장의 행방을 물어봤었다. 하지만 행정실 직원은 학과장이 스코틀랜드에 있다는 사실조차 알지 못했다.

"아이를 찾아서 다행이군요." 손목시계를 보며 몬토야가 말했다. "여기서 얼마나 더 있어야 할까요? 발굴 현장이 늪지로 변하기 전에 돌아가봐야 해요. 지금 스켄드게이트에 있는 교회 부속 묘지를 발굴하는 중이에요. 무덤 대부분은 1400년대 것이지만 일부는 흑사병으로 죽은 사람들 거고 또 몇 기는 정복왕 윌리엄 이전 시대 거죠. 지난주에는 기사의 무덤도 발견했어요. 보존이 잘되었더군요. 키브린이 그곳에 도착했을까요?"

던워디는 몬토야가 말하려는 게 묘지가 아니라 마을이겠거니 가정했다. "그러길 빌고 있죠." 던워디가 대답했다.

"키브린에게 스켄드게이트에 도착하면 그 즉시 마을과 교회를 관찰하고 내용을 녹음하라고 일러두었어요. 특히 기사의 무덤에 대해서요. 비문과 조각 일부가 닳아 없어졌지만, 날짜는 읽을 수 있었어요. 1318년이더군요."

"이건 긴급 상황입니다." 길크리스트는 전화기에 대고 이렇게 말하고는 한참 동안 아무 말 없이 씩씩거렸다. "스코틀랜드로 낚시를 떠난 건 알고 있습니다. 내가 알고 싶은 건 스코틀랜드의 어디로 갔느냐는 겁니다."

아렌스는 래티머의 팔에 반창고를 붙이고 길크리스트에게 신호를 보냈다. 길크리스트는 아렌스를 보며 고개를 저었다. 아렌스는 잠들어 있는 여자 의료요원에게 다가가 어깨를 흔들어 깨웠다. 의료요원은 졸린 눈을 끔벅이며 아렌스를 따라 트레이 쪽으로 갔다.

"오직 직접 관찰을 통해서만 알 수 있는 일이 너무나 많아요." 몬토야가 말했다. "난 키브린에게 모든 걸 상세히 기록해 오라고 했죠. 녹음기 용량이 충분하면 좋겠는데. 지금 가져간 건 저장 용량이 너무 작아요." 몬토야는 다시 한번 손목시계를 봤다. "물론 그럴 수밖에 없었죠. 혹시 이식하기 전에 녹음기를 보셨나요? 자그마한 뼛조각처럼 보이더라고요."

"뼛조각이라고요?" 의료요원의 피가 유리병 안으로 뿜어 나오는 모습을 지켜보며 던워디가 말했다.

"그래야 혹시 발견되더라도 시간 모순을 일으키지 않거든요. 손목 주상골 표면에 딱 맞게 되어 있어요." 몬토야는 엄지손가락 위쪽에 있는 손목뼈를 문질렀다.

아렌스가 던워디에게 손짓을 했다. 의료요원은 소매를 내리며 자리에서 일어났다. 던워디는 의료요원이 일어난 의자에 앉았다. 아렌스는 모니터 포장을 벗겨 던워디의 손목 안쪽에 붙이더니 입으로 삼키라면서 캡슐 체온계를 건네줬다.

"행정실 직원이 돌아오는 즉시 이 번호로 전화해달라고 해주십시오." 길크리스트가 전화를 끊었다.

몬토야가 전화를 낚아채더니 번호를 누르고 말했다. "여보세요. 격리 구역이 어디까지인지 알 수 있나요? 위트니가 격리 구역 안인가요? 발굴 현장이 그곳에 있거든요." 몬토야와 통화하는 이가 누구인지 알 수 없지만, 위트니가 격리 구역 밖에 있다고 대답한 모양이었다. "그렇다면 격리 구역을 변경하려면 누구와 통화해야 하나요? 이건 긴급 상황입니다."

'이 사람들은 각자 자신의 긴급 상황에 대해서만 걱정하고 있을 뿐이야. 키브린은 안중에도 없어.' 던워디는 생각했다. 하긴 이 사람들이 걱정할 일이 뭐가 있겠어. 키브린이 가져간 녹음기는 뼛조각처럼 보이게 위장되어 있으니 중세 사람들이 그 아이를 말뚝에 묶고 화형에 처하기 전에 손목을 자른다 해도 아무런 시간 모순을 일으키지 않을 텐데 말이야.

아렌스는 던워디의 혈압을 잰 뒤 주사기를 찔러 넣었다. 그리고 팔에 반창고를 붙이고 살짝 쳤다. "전화를 쓸 수 있게 되면…." 몬토야 옆에서 초조한 눈으로 전화기가 비기를 기다리는 길크리스트를 지켜보며 아렌스가 던워디에게 말했다. "윌리엄 개드슨에서 전화해 어머니가 찾아갈 거라고 미리 경고해줘."

몬토야가 말했다. "네. 국민신탁 번호요." 몬토야는 전화를 끊더니 팸플릿 한 귀퉁이에 번호를 적었다.

전화벨이 울렸다. 아렌스를 향해 반쯤 다가가던 길크리스트는 몬토야가 손을 뻗기도 전에 몸을 날려 전화기를 움켜쥐었다. "아니요." 길크리스트는 이렇게 말하더니 마지못해 던워디에게 전화기를 넘겨줬다.

핀치였다. 핀치는 행정실에 있었다. "바드리의 의료 기록을 구했어?" 던워디가 물었다.

"네, 교수님. 그리고 경찰이 여기에 와 있습니다. 현재 격리된 사람들 가운데 옥스퍼드에 살지 않는 사람들이 머무를 만한 장소를 찾고 있다고 합니다."

"몽땅 베일리얼 칼리지로 몰아넣고 싶어 한다는 말이로군."

"네. 얼마나 받아들일 수 있다고 말할까요?"

아렌스는 길크리스트의 혈액이 담긴 병을 들고 일어서더니 던워디에게 눈짓을 보냈다.

"잠시만 기다려." 던워디는 전화기의 보류 단추를 눌렀다.

"억류한 사람들을 머물게 할 곳을 요구하는 거야?" 아렌스가 물었다.

"응."

"모든 방을 다 빌려주지는 마. 병실로 쓸 공간도 필요할 테니."

던워디는 보류 단추를 다시 누르고 말했다. "피셔를 쓸 수 있고 살빈관에 남아 있는 방도 모두 쓸 수 있다고 해. 아직 핸드벨 연주자들에게 방을 배정하지 않았으면 두 사람당 한 개씩 배정해줘. 병원에서 버클리 존슨관을 응급실로 쓰겠다는 요청이 왔다고 경찰에게 말하고. 그리고 바드리의 의료 기록을 찾았다고 했던가?"

"네, 교수님. 그걸 찾느라 정말 고생했습니다. 행정실 직원은 서류를 '바드리, 차우두리'로 분류해놓았고 미국인들은…."

"바드리의 NHS 번호를 알아냈어?"

"네, 교수님."

"아렌스 선생을 바꿔줄게." 핀치가 핸드벨 연주자들에 관한 이야기를 늘어놓기 전에 던워디가 말했다. 던워디는 아렌스에게 손짓했다. "핀치, 자네가 직접 말해줘."

아렌스는 길크리스트의 팔에 반창고를 붙이고 손등에 체온 모니터를 붙였다.

"엘리에 연락했습니다." 핀치가 말했다. "핸드벨 연주회가 취소되었다고 하니까 무척 좋아하더군요. 물론 미국인들은 아주 실망했지만요."

아렌스는 래티머의 기록을 입력하고 난 뒤 장갑을 벗고 던워디로부터 전화를 받아 들었다.

"핀치, 아렌스예요. 바드리의 NHS 번호를 읽어주세요."

던워디는 '2차'라고 적힌 종이와 연필을 아렌스에게 건네주었고, 아렌스는 핀치가 부르는 번호를 받아 적더니 바드리의 접종 기록과 던워디가 알아들을 수 없는 이상한 기호에 관해 물어보았다.

"알레르기는요?" 아렌스는 잠시 조용히 있다가 다시 말을 했다. "알았어요. 아니요. 나머지는 컴퓨터로 알 수 있어요. 더 알아야 할 게 있으면 전화할게요." 아렌스는 던워디에게 전화기를 넘겨줬다. "통화하고 싶다는군." 아렌스는 이렇게 말하고 메모를 적은 종이를 들고 방을 나갔다.

"미국인들이 이곳에 갇혔다며 무척 화를 내고 있습니다." 핀치가 말했다. "테일러 씨는 비자발적 계약 위반에 대해 고소하겠다며 협박하고 있고요."

"바드리가 마지막으로 바이러스 예방 접종을 한 게 언제야?"

핀치는 한참 동안 인쇄물과 성서와 두루마리 휴지 꾸러미 사이를 뒤적거렸다. "여기 있네요. 9월 14일입니다."

"모든 접종을 다 받은 건가?"

"네, 교수님. 수용체 아날로그, MPA 예방 접종, 계절별 접종까지 다 받았습니다."

"바이러스 예방 접종에 부작용을 일으킨 적이 한 번이라도 있었어?"

"아니요. 병력에 알레르기 반응 같은 건 없었습니다. 이미 아렌스 선생님께도 말씀드렸습니다."

바드리는 모든 바이러스 예방 접종을 받았다. 그리고 부작용이 생긴 적도 없었다.

"뉴 칼리지에는 가봤나?" 던워디가 물었다.

"아니요. 지금 가려고요. 생필품들은 어떻게 해야 하죠? 비누는 많이 있지만 두루마리 휴지는 아주 조금밖에 없습니다."

문이 열렸지만 들어온 이는 아렌스가 아니라 몬토야를 데리러 갔던 의료요원이었다. 의료요원은 차 카트로 곧장 가서 전기 주전자 플러그를 꽂았다.

"두루마리 휴지를 배급해줄까요?" 핀치가 말했다. "아니면 다들 아껴 쓰라고 공지할까요?"

"알아서 해." 던워디는 대답하고 전화를 끊었다.

밖에는 아직 비가 오는 모양이었다. 남자 의료요원의 유니폼이 젖어 있었고, 주전자의 물이 끓자 의료요원은 손을 따뜻하게 하려는 듯 빨개진 손에 증기를 쐬었다.

"이제 전화는 다 쓰셨습니까?" 길크리스트가 말했다.

던워디는 길크리스트에게 전화기를 넘겨줬다. 그리고 던워디는 키브린이 있는 곳에도 비가 오는지, 또한 길크리스트 교수가 프로버빌러티에 키브린이 비를 뚫고 강하할 확률도 계산하게 했는지 궁금했다. 키브린이 입고 간 망토는 방수 처리가 되지 않은 듯했으며, 1.6시간마다 지나가게 되어 있다는 친절한 여행객은 비가 그칠 때까지 여인숙이나 헛간에 머무르며 길이 마르기를 기다릴 수도 있었다.

던워디는 키브린에게 불 피우는 법을 가르쳤지만, 젖은 불쏘시개와 추위로 얼어붙은 손으로는 불을 피울 수 없을 것이다. 1300년대의 겨울은 추웠다. 그리고 눈이 내릴 수도 있었다. 소빙기는 1320년에 막 시작되었으며 날은 점차 추워져 결국 템스강까지 얼어붙었다. 낮은 온도와 이상 기후 때문에 곡물 수확량이 형편없어졌고, 흑사병이 그토록 위력을 떨칠 수 있었던 것도 농부들의 영양 상태가 나빴기 때문으로 그 이유를 돌리는 역사학자들도 있었다. 당시 기후는 무척 나빴다. 1348년 가을, 옥스퍼드셔 일부 지방에서는 미카엘 축일[16]부터 크리스마스까지 날마다 비가 내린 적도 있었다. 어쩌면 키브린은 저체온으로 인해 반쯤 죽은 상태로 젖은 길바닥에 누워 있을지도 몰랐다.

'그리고 발진이 생기겠지.' 던워디는 생각했다. 쓸데없이 이것저것 과하게 걱정만 일삼는 지도 교수 때문에 말이야. 아렌스 말이 맞았다. 던워디는 키브린을 대할 때 꼭 개드슨 부인이 윌리엄을 대하듯 했다. 이렇게 계속 걱

16 9월 29일

130

정을 하다가는 개드슨 부인이 지하철에서 그랬듯이 네트를 억지로 열고 1320년으로 내가 직접 뛰어 들어가고 말겠군. 그러면 키브린은 윌리엄이 자기 엄마를 보듯 반가운 표정을 짓겠지. 그리고 마침 도움이 필요했다는 듯한 표정을 지을까?

키브린은 지금까지 던워디가 가르친 학생 중 가장 똑똑하고 재주 있는 아이였다. 그 아이라면 비를 피할 방법을 찾아냈을 것이다. 던워디가 알고 있기로, 키브린은 지난 방학 때 에스키모들과 함께 살며 이글루 짓는 법도 배웠다.

키브린은 모든 상황을 다 고려하고 있었다. 심지어는 손톱까지 닳게 만들었다. 어제 키브린은 던워디를 찾아와 중세로 입고 갈 의상을 보여주며 손을 들어 올렸다. 키브린의 손톱은 모두 뭉툭하게 닳았고, 손톱 뿌리에는 흙이 끼어 있었다. "물론 제가 그 당시 귀족의 딸 행세를 할 건 알지만, 시골에 사는 귀족이라서요. 시골에 사는 귀족 여인들은 태피스트리를 짜는 짬짬이 농장에서 허드렛일을 많이 했고, 요크셔 동부에 사는 여인들에겐 1600년대까지 가위가 없었어요. 그래서 저는 일요일 오후마다 몬토야 교수님의 발굴 현장에 가서 시체들 사이를 뒤적이며 손톱이 이렇게 되도록 만들었어요." 그토록 철저한 준비를 한 키브린을 두고 던워디가 눈 따위 사소한 일로 걱정할 필요는 전혀 없었다.

하지만 던워디는 어찌할 수가 없었다. 만약 던워디가 바드리와 이야기를 할 수 있다면, 그래서 바드리가 던워디에게 '뭔가 잘못되었습니다'라고 한 게 무슨 뜻인지 물어보고, 강하가 제대로 되었으며 시간 편차가 그리 크게 나지 않았다는 사실을 알게 된다면 더 이상 걱정하지 않을 것이다. 하지만 핀치가 전화로 가르쳐주기 전까지 아렌스는 바드리의 NHS 번호조차 알 수 없었다. 아직 바드리가 의식 불명인지, 아니면 상태가 더 악화된 건 아닌지 궁금했다.

던워디는 자리에서 일어나 카트에서 차를 한 잔 탔다. 길크리스트는 다시 전화를 걸고 있었다. 경비원과 통화하는 모양이었다. 경비원 역시 베이싱엄 학과장이 어디에 있는지 알지 못했다. 던워디가 경비원과 이야기했을 때, 경비원은 학과장이 '발킬란 호수'로 간다고 한 것 같다고 했다. 하지만 던워디가 조사해보니 그런 호수는 없었다.

던워디는 차를 마셨다. 길크리스트는 행정실 직원, 부학장에게 전화했지만 둘 다 베이싱엄 학과장이 어디에 있는지 알지 못했다. 아까 문을 지키고 있던 간호사가 들어오더니 혈액 검사를 마저 했다. 남자 의료요원은 팸플릿을 집어 들어 읽기 시작했다.

몬토야는 입원 서류와 그 뒷장의 접촉 서류를 작성했다. "뭘 해야 하는 거죠?" 몬토야가 던워디에게 물었다. "오늘 제가 만난 사람들 이름을 적는 건가요?"

"지난 사흘 동안 만난 사람들 이름을 적으세요." 던워디가 말했다.

사람들은 대기실에서 계속 기다렸다. 던워디는 차를 한 잔 더 마셨다. 몬토야는 NHS에 전화를 걸더니 발굴 현장으로 돌아가기 위해 자신을 격리 대상에서 제외해달라고 설득 작업을 폈다. 여자 의료요원은 다시 잠들었다.

간호사가 문을 열더니 저녁 식사가 담긴 카트를 밀고 들어왔다. "'여관 주인은 우리 하나하나에게 애교를 떨고는 곧 식탁에 앉게 했다.'[17] 래티머가 말했다. 오늘 오후 들어 처음으로 한 말이었다.

저녁 식사를 하는 동안, 길크리스트는 키브린을 흑사병이 온 다음 시대로 보내자는 자신의 계획을 래티머에게 떠들어댔다. "흑사병이 중세 사회를 완전히 무너뜨렸다는 게 역사학계의 정설입니다." 길크리스트가 로스트비프를 자르며 래티머에게 말했다. "하지만 제 연구 결과에 따르면, 흑사병은 중세에 재앙이기보다는 정화 작용을 했습니다."

'누구의 관점에서?' 던워디는 생각했다. '그런데 왜 이리 오래 걸리는 걸까?' 던워디는 의사들이 정말로 혈액 검사를 하긴 하는 건지, 아니면 잠복기가 정확히 얼마나 되는지 알아내기 위해 누군가가 카트 옆에서 쓰러지기만 기다리고 있는 건 아닌지 궁금했다.

17 《캔터베리 이야기》

길크리스트는 뉴 칼리지에 다시 전화해 베이싱엄 학과장의 비서를 찾았다.

"자리에 없을 겁니다." 던워디가 말했다. "비서는 크리스마스를 딸과 보내기 위해 데번셔로 갔습니다."

길크리스트는 던워디의 말을 무시하고 전화에 대고 말했다. "네. 비서에게 좀 전해주십시오. 전 베이싱엄 학과장을 찾고 있습니다. 긴급 상황입니다. 우리는 방금 베일리얼 칼리지에서 빌려온 기술자를 통해 1300년대로 역사학자를 한 명 보냈는데 베일리얼 칼리지에서 자기네 기술자의 신체검사를 제대로 하지 않았습니다. 그 결과, 기술자는 바이러스성 전염병에 걸렸습니다." 길크리스트는 전화를 끊었다. "만약 바드리 씨가 여기서 일하는 데 필요한 바이러스 예방 접종 가운데 단 하나라도 받지 않았다면 던워디 교수 당신에게 개인적인 책임을 묻겠습니다."

"바드리는 9월에 모든 접종을 받았습니다." 던워디가 말했다.

"증거가 있습니까?" 길크리스트가 말했다.

"네트를 통과해 온 거 아닐까요?" 자고 있던 여자 의료요원이 물었다.

모두, 심지어 래티머까지도 깜짝 놀라 의료요원을 바라보았다. 말을 하기 전까지 그 여자는 머리를 가슴에 묻고 접촉자 명단을 손에 쥐고 팔짱을 낀 채 깊은 잠에 빠진 것으로 보였다.

"누군가를 중세로 보냈다면서요." 의료요원이 덤비듯 말했다. "분명 그랬죠?"

"유감스럽지만 난…." 길크리스트가 얼버무렸다.

"이건 바이러스예요. 바이러스도 타임머신을 타고 시간 여행을 할 수 있나요?" 의료요원이 물었다.

길크리스트는 초조한 눈으로 던워디를 바라보았다. "그건 불가능하지 않습니까?"

"불가능합니다." 던워디가 말했다. 길크리스트는 시공 연속체 모순이나 끈 이론에 대해 아무것도 모르는 게 분명했다. 이런 사람이 학과장 대리를 하다니, 말도 안 돼. 그렇게 경솔하게 키브린을 보내놓고 네트가 어떤 식으로 작용하는지조차 모르다니. "바이러스는 네트를 통과해 갈 수 없습니다."

"아렌스 선생님 말씀에 따르면 우리 병원에 있는 인도인이 바이러스에 감염된 유일한 경우라고 했어요." 의료요원이 말했다. "그리고 이 교수님 말씀에 따르면." 의료요원은 던위디를 가리켰다. "그 인도인은 모든 예방 접종을 다 받았다고 했고요. 만약 그 사람이 접종을 다 받았다면 바이러스에 감염될 수는 없잖아요. 다른 곳에서 온 바이러스가 아니라면 말이죠. 그리고 중세는 온갖 질병으로 가득한 곳이었죠? 천연두와 페스트가 있던 시대가 아니었나요?"

길크리스트가 말했다. "중세 전공팀은 그런 일이 벌어질 가능성을 완전히 차단하기 위해 우리가 취할 수 있는 모든 수단을…."

"바이러스가 네트를 통과해 올 가능성은 없습니다." 던위디가 화를 내며 말했다. "시공 연속체는 그런 일이 벌어지게 그냥 놔두지 않습니다."

"사람은 보낼 수 있잖아요." 의료요원이 물고 늘어졌다. "그리고 바이러스는 사람보다 작은 존재고요."

던위디는 사람들이 네트 이론을 제대로 알고 있지 못하던 초창기 시절을 제외하고는 이런 주장을 들어본 적이 처음이었다.

"내 장담하건대, 모든 예방 조치를 다 취했습니다." 길크리스트가 말했다.

"역사에 영향을 줄 수 있는 것은 그 어떤 것도 네트를 통과해 갈 수 없습니다." 길크리스트를 노려보며 던위디가 설명했다. 길크리스트 이 친구는 예방 조치와 확률이라는 말 빼고는 할 줄 아는 말이 없군. "방사능, 독, 병원균 따위는 네트를 통과할 수 없습니다. 만약 그런 게 있다면 네트는 아예 열리지 않습니다."

의료요원은 못 믿겠다는 표정을 지었다.

"내 장담하건대…." 길크리스트가 입을 여는 순간, 아렌스가 들어왔다.

아렌스는 여러 가지 색깔의 종이 꾸러미를 들고 있었다. 길크리스트가 즉시 자리에서 일어섰다. "아렌스 선생님, 바드리 씨에게 감염된 바이러스가 네트를 통과해 온 것일 확률이 있습니까?"

134

"천만에요." 어떻게 그런 말도 안 되는 생각을 할 수 있냐는 듯 얼굴을 찡그리며 아렌스가 말했다. "우선, 질병은 네트를 통과할 수 없어요. 시공간 모순을 일으키니까요. 그리고 만약 통과해 왔다면, 이건 말했다시피 불가능하지만요, 바드리는 바이러스가 통과한 뒤 1시간도 안 돼서 쓰러졌으니까 바이러스의 잠복 기간이 1시간밖에 안 된다는 건데, 그건 절대 불가능해요. 그리고 만약 잠복 기간이 1시간이라면, 말했다시피 불가능하지만요, 여러분 모두는 이미 앓아누웠어야 하는 거죠." 아렌스는 손목시계를 들여다보았다. "우리가 바이러스에 노출된 지 3시간이 넘었으니 말이에요." 아렌스는 접촉자 명단을 거두기 시작했다.

길크리스트는 초조한 표정을 지었다. "역사학과 학과장 대리로서 나는 과를 돌볼 책임이 있습니다. 우리를 여기에 얼마나 더 잡아놓을 생각이지요?"

"여러분이 가지고 계신 접촉자 명단을 받을 때까지요." 아렌스가 말했다. "그리고 주의 사항을 전달할 시간만 더하면 돼요. 앞으로 5분이면 되겠군요."

아렌스는 래티머에게서 명단을 받았다. 몬토야는 작은 테이블 위에 올려놓았던 용지를 붙잡고 허겁지겁 명단을 작성하기 시작했다.

"5분요?" 바이러스가 네트를 통과해 올 수 있지 않으냐고 물었던 의료 요원이 말했다. "그러면 그 뒤로는 자유란 말인가요?"

"의학적 보호 관찰을 받는다는 조건에서요." 아렌스는 사람들로부터 넘겨받은 명단을 자기가 가져온 종이 뭉치 맨 아래로 집어넣고 위쪽에 있는 진분홍색 서류를 나누어주었다. 서류는 병원에 그 어떤 책임도 물을 수 없다는 일종의 권리 포기 각서였다.

"여러분의 혈액 검사가 끝났어요." 아렌스는 계속 말을 이었다. "그리고 여러분 중에 항체 레벨이 증가한 사람은 없어요."

아렌스는 던워디에게 파란색 종이를 나누어주었다. NHS는 어떠한 책임도 지지 않으며, 서약을 한 자는 30일 이내에 지불 사유가 발생하는 비용 가운데 NHS가 지급하지 않는 모든 액수를 기꺼이 지급하겠다는 확인 각서였다.

"세계인플루엔자센터에 연락했더니 감염 의심자들을 예의 주시하면서 열이 있는지 끊임없이 살펴보고 12시간 간격으로 혈액 채취를 하라고 하더군요."

다음번에 나누어준 종이는 녹색이었고, 맨 윗줄에는 '1차 접촉자들에게 주는 지시 사항'이라고 찍혀 있었다. 첫 번째 사항은 '다른 사람들을 만나지 말 것'이었다.

던워디는 베일리얼 칼리지 정문에서 서류와 성서를 들고 기다릴 것이 분명한 핀치와 핸드벨 연주자들, 크리스마스 쇼핑객들과 여기저기에 억류된 사람들을 떠올렸다.

"각자 체온을 30분 간격으로 기록하세요." 노란색 용지를 나누어주며 아렌스가 말했다. "만약 모니터에 체온이 올라갔다는 표시가 뜨면…." 아렌스는 자기 용지를 툭툭 쳤다. "즉시 병원으로 오세요. 어느 정도 변동이 있는 것은 정상이니까 괜찮아요. 늦은 오후와 저녁때는 체온이 올라가요. 36도에서 37.4도 사이는 정상이에요. 하지만 만약 체온이 37.4도 이상이 되었다거나 또는 급격히 올라가면 즉시 이곳으로 오세요. 그리고 머리가 아프다거나 가슴이 답답하거나 혼란스럽고 어지럽다는 느낌이 들어도 즉시 병원으로 오세요."

방 안에 있는 사람들 모두가 각자 자신의 모니터를 보았다. 갑자기 머리가 아픈 기분이 드는 모양이었다. 던워디는 오후 내내 두통에 시달렸다.

"되도록 다른 사람과 접촉을 피하세요." 아렌스가 말했다. "그리고 여러분이 만난 사람들 명단을 꼭 기록하시고요. 아직 어떤 식으로 전염되는지 확실하게 모르지만, 대부분의 믹소바이러스는 재채기나 직접 접촉으로 전파돼요. 비누와 물로 손을 자주 씻도록 하세요."

아렌스는 던워디에게 또 다른 분홍색 종이를 건네주었다. 드디어 모든 색깔이 다 나온 모양이었다. 맨 윗줄에는 '접촉자'라고 찍혀 있었고 그 밑으로 '이름, 장소, 접촉 형태, 시간'을 기록하는 난이 있었다.

'바드리를 감염시킨 바이러스가 질병통제예방센터나 NHS, 세계인플루엔자센터와 상대하지 않아도 된다니 불행이로군.' 던워디는 생각했다. '그

랬다가는 감염은 엄두도 못 냈을 텐데 말이야.'

"내일 아침 7시에 이곳으로 모여서 각자 기록한 것들을 제출해주세요. 그동안 저녁 식사를 잘 드시고 잠을 푹 주무세요. 바이러스에 대항하는 가장 좋은 방법은 휴식이니까요. 그리고 격리가 계속되는 동안…." 의료요원들을 바라보며 아렌스가 말했다. "둘은 이제부터 비번이에요." 아렌스는 색색의 서류를 몇 장 더 나누어주더니 짤막하게 물었다. "질문 있나요?"

던워디는 여자 의료요원이 천연두가 네트를 통과해 왔는지 아렌스에게 물어보길 기다리며 지켜보았지만, 여자는 손에 쥐고 있는 서류만 무심하게 내려볼 뿐이었다.

"전 이제 발굴 현장으로 돌아가도 되나요?" 몬토야가 물었다.

"격리 구역 바깥이 아니라면 괜찮아요."

"이거 참, 끝내주네요." 재킷 주머니에 서류를 구겨 넣으며 몬토야가 짜증을 냈다. "내가 여기 갇혀 있는 동안 마을 전체가 물에 씻겨 나가겠어." 몬토야는 화가 난 듯 쿵쿵거리며 서성였다.

"다른 질문 있나요?" 흔들리지 않고 아렌스가 말했다. "좋아요. 그럼 내일 아침 7시에 만나도록 하지요."

의료요원들은 천천히 걸어 나갔다. 바이러스에 관해 물어보던 여자 의료요원은 또다시 낮잠 잘 준비를 하듯 하품하며 기지개를 켰다. 래티머는 손목에 찬 체온 모니터를 바라보며 여전히 자리에 앉아 있었다. 길크리스트가 퉁명스럽게 래티머에게 뭔가 이야기하자 래티머는 자리에서 일어나 외투와 우산, 아렌스에게 받은 서류를 집어 들었다.

"상황이 바뀔 때마다 저에게 보고해주십시오." 길크리스트가 말했다. "저는 베이싱엄 학과장이 지금 당장 돌아와 이 사태를 해결할 수 있도록 계속 연락 중입니다." 길크리스트는 먼저 성큼성큼 걸어갔지만, 래티머가 바닥에 떨어뜨린 종이 두 장을 집는 동안 문을 열고 기다려야만 했다.

"아침에 래티머 교수에게 들러서 좀 모시고 와주실래요?" 접촉자 명단을 살펴보며 아렌스가 길크리스트에게 말했다. "래티머 교수는 내일 아침 7시에 여기서 모여야 한다는 걸 절대 기억 못 할 거예요."

"바드리를 만나고 싶어." 던워디가 말했다.

"브레이스노즈 칼리지 실험실." 아렌스가 목록을 읽었다. "브레이스노즈 칼리지 학생처장실, 다시 브레이스노즈 칼리지 실험실. 네트 밖에서 바드리를 본 사람은 아무도 없나요?"

"구급차를 타고 여기 오면서 바드리는 '뭔가 잘못됐습니다'라고 말했어. 시간 편차를 말하는 것일 수도 있지. 만약 키브린이 목적하는 곳에서 1주일 이상 떨어진 곳에 도착했다면 랑데부가 언제인지 알 도리가 없어."

아렌스는 대답 없이 인상을 찡그리며 서류를 다시 정리했다.

"동조 작업에 아무런 문제도 발생하지 않았다는 확증이 필요하다고." 던워디가 끈질기게 말했다.

아렌스가 고개를 들었다. "알았어. 여기 있는 접촉자 명단은 쓸모가 없네. 바드리가 지난 사흘간 어디에 있었는가에 대한 기록이 전혀 없어. 바드리가 사흘간 누구를 어디에서 만났는지 말해줄 사람은 바드리밖에 없고." 아렌스는 던워디와 함께 복도를 걸어갔다. "간호사와 함께 바드리를 만나 몇 가지 질문을 해봤지만 혼란스러워하며 간호사를 무서워해. 당신이라면 무서워하지 않을지도 몰라."

아렌스는 던워디를 데리고 복도를 지나 엘리베이터가 있는 곳으로 갔다. "1층." 아렌스가 마이크에 대고 말했다. "바드리는 아주 잠깐씩밖에 의식이 없어." 아렌스가 던워디에게 말했다. "아마 오늘 밤 내내 그럴 거야."

"괜찮아. 어차피 키브린이 안전한지 알지 못하면 난 쉬지 못할 테니까."

둘은 엘리베이터를 타고 두 층을 올라가 복도를 건너 '출입 금지, 격리 구역'이라는 팻말이 붙은 문을 지났다. 문안에는 심각한 표정의 수간호사가 책상 앞에 앉아 모니터를 지켜보고 있었다.

"던워디 교수님과 같이 바드리 씨를 만나러 왔어요." 아렌스가 말했다. "SPG[18]가 필요해요. 환자는 어떤가요?"

"다시 열이 올랐습니다. 39.5도예요." SPG 봉투를 건네주며 수간호사가

18 Sanitized Paper Gown, 살균 종이 가운

말했다. 밀봉된 봉투에는 뒤쪽을 여미는 종이 가운, 모자, 모자 위로 쓰는 것이 불가능하게 되어 있는 일회용 마스크, 신발 위에 신는 장화 모양의 덧신, 일회용 장갑이 들어 있었다. 던위디는 실수로 장갑부터 끼었고, 덕분에 종이 가운을 펼쳐 입고 마스크를 쓰느라 하루해가 다 가는 것만 같았다.

"아주 명확하게 질문해야 해." 아렌스가 말했다. "어제저녁에 다른 사람과 같이 지냈다면 오늘 아침에 일어나서 무엇을 했으며 어디서 아침 식사를 했고 그곳에는 누가 있었는지 등을 물어봐. 고열이기 때문에 굉장히 혼란스러워할 거야. 몇 번씩 같은 질문을 반복해야 할 거고." 아렌스는 방으로 통하는 문을 열었다.

문안은 방이라고 하기에는 어폐가 있었다. 침대 한 칸과 좁다란 간이 의자 하나뿐이었으며 제대로 된 의자 하나 없었다. 침대 뒤쪽 벽은 모니터와 장비들로 가득했다. 다른 쪽 벽으로 커튼이 쳐진 창과 장비들이 보였다. 아렌스는 바드리를 힐끗 보더니 모니터를 살펴보기 시작했다.

던위디는 화면을 바라보았다. 가장 가까이 있는 모니터에는 숫자와 문자가 가득했다. 맨 아래 줄에는 이렇게 적혀 있었다. 'ICU 14320691-22-12-54 1803 200/RPT 1800CRS IMJPCLN 200MG/q6h NHS40-211-7, M. 아렌스.' 아렌스의 지시 사항인 모양이었다.

다른 모니터들에는 뾰족한 봉우리들이 늘어선 선과 그림이 잔뜩 나와 있었지만, 던위디는 오른쪽 두 번째에 있는 작은 화면 중앙에 나오는 숫자를 제외하고 다른 내용은 전혀 알아볼 수가 없었다. 화면 중앙에는 '체온: 39.9'라고 나와 있었다. 맙소사! 던위디는 생각했다. 이게 체온이라고?

던위디는 바드리를 바라보았다. 바드리는 팔을 이불 바깥으로 내고 누워 있었다. 바드리의 양팔은 각각 지지대에 걸린 정맥주사 조절기들과 연결되었다. 조절기 하나에는 주입 튜브로 통하는 주사액 주머니가 다섯 개 이상 연결되었다. 바드리는 눈을 감고 있었고 아침 이후 체중이 준 듯, 지친 얼굴은 바짝 여위었으며 검은 피부는 이상한 자줏빛을 띠었다.

"바드리." 몸을 숙이며 아렌스가 말했다. "내 말 들려요?"

바드리는 눈을 뜨고 둘을 바라보았지만 알아보지 못하는 듯했다. 바이

139

러스에 감염되어서라기보다는 던워디와 아렌스가 머리부터 발끝까지 종이에 감싸여 있기 때문인 듯했다.

"던워디 교수님이 오셨어요." 아렌스가 말했다. "당신을 보러 오셨어요." 아렌스의 호출기가 울리기 시작했다.

"던워디 교수님요?" 바드리는 거친 목소리로 말하더니 일어나려 애썼다.

아렌스는 바드리를 가볍게 밀어 베개에 눕혔다. "던워디 교수님이 몇 가지 질문할 거예요." 아렌스는 바드리가 네트에서 쓰러졌을 때 한 것처럼 가슴을 가볍게 도닥거리며 말했다. 아렌스는 몸을 펴고 바드리가 누운 침대 뒤쪽 벽에 설치된 모니터들을 지켜봤다. "그냥 누워 있어요. 난 지금 나가봐야 하지만 던워디 교수님은 당신과 함께 있을 거예요. 쉬면서 던워디 교수님이 묻는 말에 대답하도록 노력해봐요." 아렌스는 방을 나갔다.

"던워디 교수님?" 바드리는 단어의 의미를 파악하려 노력하듯 한 번 더 되뇌었다.

"그래." 던워디가 말했다. 던워디는 간이 의자에 앉았다. "기분은 좀 어때?"

"교수님은 언제 오실 예정인가요?" 바드리의 목소리는 희미했지만 긴장되어 있었다. 바드리는 다시금 일어나 앉으려 애썼다. 던워디가 손을 들어 일어나려는 바드리를 말렸다.

"던워디 교수님을 모셔와야 합니다." 바드리가 말했다. "뭔가 잘못되었습니다."

8

사람들이 키브린을 불에 태우고 있었다. 키브린은 화염을 느낄 수 있었다. 기억나지는 않지만, 사람들은 벌써 키브린을 화형대에 올려놓은 것이 틀림없었다. 사람들이 불을 피우던 장면은 기억났다. 키브린이 백마에서 떨어지자 살인마가 자기를 들어 올려 다시 말에 태우던 기억도 났다.

"강하 지점으로 돌아가야 해요." 키브린이 살인마에게 말했다.

살인마는 키브린을 굽어보았고, 키브린은 어른거리는 불빛 속에서 그의 잔인한 표정을 읽을 수 있었다.

"뭔가 일이 잘못되었다는 것을 깨닫는 즉시 던워디 교수님은 네트를 다시 여실 거라고요." 키브린이 그에게 말했다. 그런 이야기는 하지 말았어야 했다. 그 남자는 키브린이 마녀라고 생각했고, 태워 죽이기 위해 이곳으로 데려온 것이었다.

"난 마녀가 아니에요." 키브린이 말하자 어디선가 불쑥 손이 튀어나와 이마를 식혀주었다.

"쉿." 목소리가 말했다.

"난 마녀가 아니에요." 사람들이 자기 말을 알아들을 수 있도록, 가능한 한 천천히 말하려 애쓰면서 키브린이 말했다. 살인마는 키브린의 말을 조금도 이해하지 못했다. 키브린은 강하 지점을 떠나선 안 된다고 계속해서 설명했지만, 상대는 키브린에게 조금도 주의를 기울이지 않았다. 남자는 키브린을 백마에 태우고 공터를 지나고 하얀 자작나무들이 서 있는 곳을 통과해 울창한 숲으로 들어섰다.

키브린은 다시 강하 지점으로 되돌아올 수 있도록 지나치는 길을 기억하려 무던히 애썼지만, 남자가 들고 있는 초롱은 흔들거리며 고작 몇 센티미터 앞만 길을 밝힐 뿐이었다. 불빛 때문에 눈이 시렸다. 눈을 감았지만 실수였다. 말이 흔들리는 탓에 현기증이 난데다 결국 말에서 떨어져 땅바닥으로 곤두박질쳤기 때문이다.

"난 마녀가 아니에요." 키브린이 말했다. "난 역사학자란 말이에요."

"*Hawey fond enyowuh thissla dey?*" 여자의 목소리가 저 멀리서 들렸다. 불 위에 삭정이 단을 던져 넣고선 열기를 피하고자 뒤로 물러선 모양이었다.

"*Enwodes fillenun gleydund sore destrayste.*" 남자의 목소리가 대답했다. 던워디 교수의 목소리 같았다. "*Ayeen mynarmehs hoor alle op hider ybar.*"

"*Sweltes shay dumorte blauen?*" 여자가 말했다.

"던워디 교수님." 남자를 밀치기 위해 손을 뻗으며 키브린이 말했다. "전 살인마들 한복판에 떨어졌어요!" 하지만 자욱한 연기 때문에 키브린은 그 남자를 볼 수 없었다.

"쉿." 여자가 말했다. 그리고 정신을 차려보니 이런 상황에서도 깜빡 잠이 든 모양이었다. '나를 다 태우는 데 얼마나 걸리는 걸까.' 키브린은 궁금했다. 불이 너무 뜨거워서 지금 당장에라도 몸이 재로 변해버릴 것만 같았다. 그렇지만 손을 들어 올려보니 손가락에 빨간 불꽃이 아른거리는 것 같긴 했지만, 불에 탄 흔적은 없었다. 불꽃에서 나오는 빛 때문에 눈이 시렸다. 눈을 감았다.

'말에서 다시 떨어지지 않으면 좋겠어.' 키브린은 생각했다. 말에 탄 뒤 키브린은 두 팔로 말 목을 꼭 감싸 안았지만 출렁거리는 걸음걸이 때문에 두통은 더욱 심해졌고, 말에서 떨어지지 않으려 버텼지만 결국 떨어지고 말았다. 말 타는 법을 배워야 한다며 우드스톡 근처에 있는 승마장에서 강습받게 한 던워디 교수의 정성도 아무런 소용이 없었다. 던워디 교수는 키브린이 강하하기 전에 이미 이런 일에 대해 경고했다. 중세 사람들이 키브린을 화형에 처하려 할지도 모른다고도 했었다.

여자가 키브린의 입술에 컵을 가져다 댔다. '천에 적신 식초가 틀림없을 거야. 이 당시 사람들은 순교자에게 이걸 줬어.' 하지만 아니었다. 약간 시큼하고 따뜻한 액체였다. 여자는 키브린이 흘리지 않고 마실 수 있도록 머리를 받쳐 들었고 그제야 키브린은 자기가 누워 있다는 사실을 알았다.

'던워디 교수님께 말해야 해. 이 당시 사람들은 말뚝을 눕혀놓고 화형을 시켰어.' 키브린은 녹음기를 작동시키기 위해 기도하는 사람처럼 손을 모아 입술에 댔지만, 불길의 무게에 눌려 손을 떨어뜨렸다.

'난 아파.' 키브린은 생각했다. 그리고 여자가 먹인 따뜻한 액체에 약성분이 들어 있고 그래서 열이 조금 내린 사실을 알았다. 키브린은 땅바닥에 내팽개쳐진 것이 아니라 어두운 방의 침대에 누워 있었고, 키브린에게 조용히 하라며 입술을 적셔준 여자는 침대 바로 옆에 있었다. 키브린은 여자의 숨소리를 들을 수 있었다. 여자를 보기 위해 고개를 돌리려 했지만, 몸만 아플 뿐 헛수고였다. 여자는 잠든 모양이었다. 숨소리가 고르고 커서 코를 고는 것 같았다. 우렁찬 숨소리를 듣고 있자니 머리가 더 아파져왔다.

'마을에 있는 모양이네. 그 붉은 머리 남자가 날 여기로 데려온 게 분명해.'

키브린이 말 위에서 떨어졌고 살인마가 키브린을 다시 말에 태웠다. 하지만 키브린이 살인마의 얼굴을 쳐다봤을 때는 그 남자는 도무지 살인마 같아 보이지 않았다. 그는 그저 붉은 머리에 젊고 온화한 표정을 짓고 있었다. 그리고 키브린이 마차 바퀴에 기대어 앉아 있었을 때, 그 남자는 키브린에게 다가와 한쪽 무릎을 꿇고 앉아 말했다. "당신은 누구십니까?"

키브린은 남자의 말을 완벽하게 이해했다.

"*Canstawd ranken derwyn?*" 여자가 키브린의 고개를 기울여 쓴 액체를 더 마시게 했다. 목구멍으로 거의 넘어가지 않았다. 목이 불타는 것 같았다. 방금 마신 액체가 식도에 붙은 불을 꺼주어야 했음에도 불구하고 오히려 오렌지빛 화염을 느꼈다. 키브린은 그 남자가 자신을 이국땅으로 데려온 게 아닐까 궁금했다. 스페인이나 그리스처럼 통역기로도 해결할 수 없는 언어를 쓰는 곳으로 데려온 건 아닐까?

하지만 아까 키브린은 붉은 머리 남자가 한 말을 완벽하게 알아들었다. "당신은 누구십니까?" 그 남자는 이렇게 말했다. 키브린은 다른 남자는 붉은 머리 남자가 십자군 원정에서 돌아오면서 얻은 노예가 분명하다고, 터키어나 아랍어를 쓰는 노예가 분명하므로 말을 알아듣지 못하는 것이라고 짐작했다.

"난 역사학자예요." 키브린이 말했다. 하지만 고개를 들어 남자의 얼굴을 쳐다봤을 때 남자는 아까 보았던 친절한 남자가 아니었다. 키브린의 눈에 들어온 이는 살인마였다.

키브린은 붉은 머리 남자를 찾기 위해 주위를 대충 살펴보았지만 붉은 머리 남자는 보이지 않았다. 살인마가 나무때기를 주워서 불을 지피려 돌 위에 쌓고 있었다.

"던워디 교수님!" 키브린은 절망적으로 외쳤고 살인마가 되돌아와 키브린 앞에 무릎을 꿇었다. 살인마가 든 초롱에서 새어 나오는 불빛에 그자의 얼굴이 아른거렸다.

"두려워하지 마십시오." 그 남자가 말했다. "그분은 곧 돌아오실 겁니다."

"던워디 교수님!" 키브린이 소리치자 붉은 머리 남자가 다가와 키브린 옆에 무릎을 꿇었다.

"난 강하 지점을 떠나면 안 돼요." 키브린은 자신을 말에 태워 가는 붉은 머리 남자의 얼굴이 살인마의 얼굴로 바뀌지 않도록 계속 바라보며 말했다. "동조 작업이 어딘가 잘못된 모양이에요. 절 그곳으로 다시 데리고 가주셔야 해요."

남자는 입고 있던 망토를 끌러 키브린을 덮어주었다. 키브린은 상대가 자기 말을 알아들었다는 사실을 알았다.

"집에 가야 해요." 남자가 키브린 위로 몸을 숙이자 키브린이 말했다. 남자는 초롱을 가지고 있었고, 초롱에서 나온 빛은 그 남자의 얼굴을 밝히며 붉은 머릿결 위에서 불꽃처럼 아른거렸다.

"*Godufadur.*" 남자가 누군가를 불렀다. '저건 노예의 이름일 거야. 노예한테 어디서 날 발견했는지 물으려 하는 거야. 그리고 날 원래 있던 강하지점으로 데려가주겠지. 던워디 교수님은 네트를 열었을 때 내가 거기 없어서 반쯤 미쳐 계실 거야. 괜찮아요, 교수님.' 키브린이 조용히 말했다. '저지금 가요.'

"*Dreede nawmaydde.*" 붉은 머리 남자는 키브린을 번쩍 들어 올렸다. "*Fawrthah Galwinnath coam.*"

"전 아파요." 키브린은 여자에게 말했다. "그래서 제가 당신이 하는 말을 알아듣지 못하는 거예요." 그렇지만 이번에는 그 누구도 키브린을 조용히 시키기 위해 어둠 속에서 나타나지 않았다. 어쩌면 사람들이 키브린을 태우다 싫증 나 집으로 돌아가버린 것일 수도 있었다. 불이 점점 뜨거워지는 것 같지만 다 타려면 아마 시간이 오래 걸릴 거야.

붉은 머리 남자가 키브린을 백마 위에 올려 자기 앞에 앉히고 숲속으로 달리기 시작했다. 키브린은 그 남자가 자기를 강하 지점으로 데리고 가는 거라고 생각했다. 말에 안장이 놓여 있고 안장에는 방울이 달려서 걸음을 뗄 때마다 방울 소리가 울려 화음을 이뤘고, 그 화음은 다름 아닌 '참, 반가운 신도여'였다. 가사 한 줄이 끝날 때마다 방울 소리는 점점 커져서 세인트 메리 교회의 종소리만큼이나 크게 울려 퍼졌다.

한참을 왔다. 키브린은 강하 지점에 거의 다 왔다고 생각했다.

"강하 지점에서 얼마나 떨어져 있어요?" 키브린은 붉은 머리 남자에게 물었다. "던워디 교수님이 걱정하고 계실 거예요." 남자는 아무런 대답도 하지 않았고, 그대로 숲을 지나쳐 언덕 아래로 내려가기 시작했다. 앙상한 가지를 벌린 나무 사이로 떠오른 달이 언덕 아래 자리 잡은 교회 위에 걸려 희미하게 빛났다.

"여긴 강하 지점이 아니잖아요." 키브린은 오던 길로 말을 되돌리기 위해 고삐를 쥐려 했지만 붉은 머리 남자의 목에서 팔을 풀 자신이 없었다. 또 떨어지게 될까 봐 너무나 두려웠다. 그리고 문이 나왔고 문이 열렸고 다시 한번 문이 열리더니 불과 빛과 종소리가 있었다. 종소리를 들은 키브린은 사람들이 결국 자신을 강하 지점으로 데리고 온 거라고 생각했다.

"Shay boyen syke nighonn tdeeth." 여자가 말했다. 키브린의 피부에 닿은 여자의 손은 거칠고 주름이 많았다. 여자는 이불을 잡아당겨 키브린을 감싸주었다. 모피야. 키브린은 보드라운 털이 얼굴 위로 덮이는 것을 느낄 수 있었다. 아니, 어쩌면 내 머리카락일지도 모르겠군.

"날 어디로 데려온 건가요?" 키브린이 물어봤다. 키브린의 말이 들리지 않는다는 듯 여자는 약간 몸을 기울였다. 키브린은 자신이 현대 영어로 말했다는 사실을 깨달았다. 통역기가 작동하지 않았다. 키브린은 생각은 현대 영어로, 말은 중세 영어로 할 수 있어야 했다. 지금 여자가 하는 말을 알아듣지 못하는 이유도 통역기가 고장 났기 때문인 듯했다.

키브린은 중세 영어로 그 말을 어떻게 하는지 생각해내려 애썼다. "날 어디로 데려온 건가요?" 제대로 된 구문이 떠오르지 않았다. 중세식으로 묻는다면 '이곳이 어디인가요'라고 말해야 했다. 하지만 중세 영어로 '곳'을 뭐라고 하는지 떠오르지 않았다.

생각할 수가 없었다. 여자가 담요와 모피를 더 덮어줬지만 그럴수록 더 추워졌다. 마치 여자가 무슨 재주를 피워 불을 꺼버린 것만 같았다.

사람들은 키브린이 '여기가 어디지요'라고 물으면 무슨 뜻인지 이해하지 못할 것이다. 키브린은 마을에 있었다. 붉은 머리 남자는 키브린을 마을로 데리고 왔다. 둘은 말을 타고 교회를 지나 큰 집에 도착했다. 키브린은 '이 마을 이름은 무엇인가요'라고 물어야 했다.

장소를 나타내는 단어는 'demain'이었다. 그렇지만 문장 구조가 아직도 틀렸다. 이 당시 사람들은 프랑스식 문장 구조로 말을 구사하지 않았던가?

"Quelle demeure avez vous m'apporté(날 어디로 데려왔나요)?" 키브린이 큰 소리로 외쳤지만, 여자는 곁을 떠난 지 오래였고 이 말 역시 알맞은 말은 아니었다. 근 200년 동안 이들은 프랑스어를 사용하지 않았다. 뭔가를 물어보려면 영어로 물어보아야 했다. '어느 마을로 날 데려왔나요?' 그런데 중세 영어로 마을을 뭐라고 하지?

던워디는 키브린에게 통역기에 의지해서는 안 된다고 충고했고 덕분에 키브린은 중세 영어와 노르만 프랑스어, 독일어 수업까지 들어야 했다. 던워디는 키브린에게 초서[19]의 글을 빠짐없이 외우게 시켰다. *"Soun ye nought but eyr ybroken And every speche that ye spoken."* 아니, 이게 아니었다. "어느 마을로 날 데려왔나요?" 도대체 마을이라는 단어가 뭐였지?

남자는 키브린을 마을로 데려와 문을 두드렸다. 어떤 노인이 도끼를 가지고 나왔다. 분명 장작을 패기 위한 것일 거야. 노인과 남자는 키브린이 알아듣지 못할 말로 이야기하기 시작했고, 문이 닫히자 그들은 문밖 어둠 속에 있었다.

'던워디 교수님! 아렌스 선생님!' 키브린은 소리를 지르려 했지만, 가슴이 너무 아파 말이 입 밖으로 나가지 않았다. "강하 지점을 닫지 못하게 하셔야 해요!" 키브린이 붉은 머리 남자에게 소리치자 남자는 또다시 살인마로, 도둑으로 변해버렸다.

"아니요." 남자가 말했다. "이 여인은 그냥 다친 것뿐입니다." 그러자 문이 다시 열렸고 남자는 키브린을 태워버리기 위해 안으로 데리고 들어갔다.

너무 뜨거웠다.

"Thawmot goonawt plersoun roshundt prayenum comth ithre." 여자가 말했고 키브린은 마실 것을 들이켜기 위해 머리를 들려 했지만, 여자 손에는 컵이 쥐여 있지 않았다. 여자는 키브린의 얼굴 근처에 초를 대고 있었다. 너무 가까웠다. 머리카락에 불이 붙을 것만 같았다.

"Der maydemot nedes dya." 여자가 말했다.

촛불이 키브린의 뺨에서 일렁였다. 머리카락이 타들어갔다. 주황색과 붉은색 불꽃은 머리카락 끄트머리부터 태우기 시작하더니 헝클어져 있는

---

19 제프리 초서, 중세 영국 시인으로 '영시의 아버지'라 불린다.

머리카락을 한 움큼 태워 재로 만들어버렸다.

"쉿." 여자는 키브린의 손을 잡으려 애썼지만, 키브린은 여자가 손을 놓을 때까지 몸부림쳤다. 여자는 머리카락에 붙은 불을 끄려 키브린의 머리를 잡아당겼다. 여자의 손이 불길을 잡았다.

"쉿." 여자는 키브린의 손을 아직도 잡고 있었다. 여자가 아니었다. 손아귀 힘이 너무 셌다. 키브린은 불길을 피하려고 머리를 이리저리 돌려보았지만, 그들은 키브린의 머리도 잡고 있었다. 키브린의 머리카락은 불기둥 속에서 환하게 타올랐다.

정신을 차려보니 방 안에는 연기가 자욱했다. 자는 사이 불은 꺼진 모양이었다. 어떤 순교자에게도 비슷한 일이 있었다는 이야기가 떠올랐다. 사람들이 순교자를 화형대에 묶어 태우려 할 때 순교자의 친구들은 마르지 않은 나뭇단을 쌓았다. 불길에 고통스러워하기 전에 연기에 질식해 죽을 수 있도록 하기 위해서였다. 하지만 축축한 나뭇단 때문에 불이 거세게 타오르지 않는 바람에 순교자는 몇 시간 동안 연기 속에서 괴로워해야 했다.

여자는 키브린을 굽어보았다. 방에 연기가 가득했기 때문에 여자의 나이가 어느 정도인지 가늠할 수가 없었다. 붉은 머리 남자가 불을 끈 모양이었다. 남자는 두르고 있던 망토로 키브린을 감싼 뒤 부츠로 불을 밟아 껐으며, 그 때문에 연기가 피어올라 키브린은 앞을 볼 수 없었다.

여자가 물을 키브린에게 떨어뜨리자 물방울이 피부에서 지글거렸다. "*Hauccaym anchi towoem denswile?*" 여자가 말했다.

"전 이자벨 드 보브리에입니다." 키브린이 말했다. "제 동생이 이브셤에 몸져누워 있어요." 더 이상 아무 말도 생각나지 않았다. *Quelle demeure*(어느 마을). *Perced to the rote*(뿌리까지 속속들이 꿰뚫고).[20] "제가 지금 어디 있는 거죠?" 키브린이 현대 영어로 말했다.

얼굴 하나가 키브린 쪽으로 다가왔다. "*Hau highes towe?*" 마법의 숲에서 만난 살인마의 얼굴이었다. 키브린은 겁에 질려 살인마의 얼굴로부터 물러섰다.

"저리 가요!" 키브린이 말했다. "원하는 게 뭐예요?"

"*In nomine Patris, et Filii, et Spiritus sancti.*" 남자가 말했다.

'성부와 성자와 성신의 이름으로. 라틴어야.' 키브린은 다행이라 생각했다. 여기 신부가 있어. 살인마 뒤에 서 있는 신부를 보기 위해서 고개를 들려고 했지만 그럴 수 없었다. 방 안에 연기가 너무 자욱했다. '난 라틴어를 할 줄 알아. 던워디 교수님이 배우라고 했었지.'

"그 사람을 여기 두면 안 돼요!" 키브린은 라틴어로 말했다. "저 남잔 살인마란 말이에요!" 목이 아팠고 다음 말을 내뱉을 숨을 모으지 못했지만, 살인마는 놀라 뒤로 물러섰다. 키브린은 그들이 자신의 말을 알아들었음을 알았다.

"두려워하지 마십시오." 신부가 말했다. 키브린은 그 사람의 말을 완벽하게 알아들을 수 있었다. "다시 집에 가게 될 것입니다."

"강하 지점으로 말인가요?" 키브린이 말했다. "절 강하 지점으로 데려가 주실 건가요?"

"*Asperges me, Domine, hyssope et mundabor.*" 신부가 말했다. '정화수를 나에게 뿌리소서, 주님, 이 몸이 깨끗해지리이다.'[21] 키브린은 신부가 하는 말을 완벽하게 알아들을 수 있었다.

"도와주세요." 키브린은 라틴어로 말했다. "제가 온 곳으로 되돌아가야 해요."

"*Nominus⋯.*" 신부가 말했지만 너무 나직해서 키브린은 뭐라고 하는지 들을 수 없었다. '이름. 이름이랑 관련된 것을 묻고 있는 거야.' 키브린은 고개를 들었다. 머리카락이 전부 타버린 모양인지 가벼운 기분이 들었다.

"제 이름요?"

"이름을 말해주시겠습니까?" 신부가 라틴어로 물었다.

21 〈시편〉 51편 7절

키브린은 요크셔 동부 출신의 길버트 드 보브리에의 딸 이자벨 드 보브리에로 행동하기로 했지만, 목이 너무나 아파서 말할 생각조차 나지 않았다.

"돌아가야 해요." 키브린이 말했다. "여기 있으면 사람들이 제가 어디로 갔는지 모를 거예요."

"*Confiteor deo omnipotenti*(전능하신 하느님께 고백하오니)." 멀리서 신부가 말하는 소리가 들려왔다. 키브린은 신부를 볼 수 없었다. 살인마 너머를 보려 애썼지만 보이는 건 불꽃뿐이었다. 다시 불을 붙인 게 분명했다. "*Beatae Mariae semper Virgini*(평생 동정이신 복되신 성모 마리아와)⋯."

'신부는 고백 성사를 하고 있는 거야. 살인마가 여기 있을 리 없어. 고백 성사를 드리는 방에 다른 사람이 있을 리가 없어.'

키브린의 차례였다. 기도하는 자세로 두 손을 모으려 했지만 할 수가 없었다. 신부가 도와줬고 키브린이 기억하지 못하는 부분은 신부가 같이 암송해주었다. "전능하신 하느님과 형제들에게 고백하오니 생각과 말과 행위로 죄를 많이 지었으며 자주 의무를 소홀히 하였나이다."

"*Mea culpa mea culpa, mea maxima culpa*(제 탓이오, 제 탓이오, 저의 큰 탓이옵니다)." 키브린이 속삭였다. 하지만 그 말은 옳지 않았다. 이것은 그저 고백 성사일 뿐이었다.

"무슨 죄를 지으셨습니까?" 신부가 물었다.

"죄요?" 키브린이 멍하게 물었다.

"그렇습니다." 신부는 몸을 구부려 입을 키브린의 귀에 대다시피 하며 부드럽게 말했다. "당신이 지은 죄를 고백하고 하느님의 용서를 구하면 그리스도의 영원한 나라로 들어갈 것입니다."

'내 소원은 단 하나, 중세로 가는 것뿐이었어. 난 정말로 열심히 준비했어. 각종 언어를 배우고 관습을 익히고 던워디 교수님이 나한테 이야기해준 모든 것을 다 했단 말이야. 내 소원은 딱 하나, 역사학자가 되는 것이었어.'

키브린은 힘들게 침을 삼켰다. 불덩이를 삼키는 기분이 들었다. "전 죄를 짓지 않았어요."

신부는 뒤로 물러섰다. 키브린은 자신이 죄를 고백하지 않으려 하자 신부가 화가 나서 돌아가버린 것으로 생각했다.

"던워디 교수님 말을 들어야 했어요. 전 강하를 하지 말았어야 했어요."

"*In nomine Patris, et Filii, et Spiritus sancti*(성부와 성자와 성신의 이름으로), 아멘." 키브린과 신부가 동시에 읊조렸다. 신부의 목소리는 부드럽고 편안했다. 키브린은 신부가 차디찬 손으로 이마를 짚는 것을 느낄 수 있었다.

"*Quid quid deliquisti*(모든 죄가)…." 신부가 중얼거렸다. "이 성유와 하느님의 자비에 의해…." 신부는 키브린의 눈을, 귀를, 콧구멍을 만졌다. 그 손길이 너무나 부드러워 키브린은 손길을 느끼지 못하고 단지 차가운 기름이 와 닿는 것만 느낄 수 있었다.

'이건 고백 성사가 아니잖아.' 키브린은 생각했다. 신부는 지금 죽을 때 하는 병자 성사를 치르고 있었다.

"그러지 마세요!" 키브린이 소리쳤다.

"두려워하지 마십시오. 주께선 당신이 걸어오면서 저지른 모든 악행을 사하여주실 것입니다." 신부는 키브린의 발바닥을 태우던 불을 껐다.

"왜 저한테 병자 성사 의식을 하는 건가요?" 키브린이 묻는 순간, 사람들이 자신을 화형에 처하던 중이라는 사실이 떠올랐다. '난 여기서 죽을 거야. 그리고 던워디 교수님은 나한테 무슨 일이 벌어졌는지 상상조차 하지 못하실 거고.'

"제 이름은 키브린이에요. 제발 던워디 교수님께 말해…."

"당신께서 구세주를 직접 만나…." 신부가 말했지만, 목소리는 살인마의 것이었다. "그분 옆에 서서 자비의 눈으로 진리를 볼 수 있기를 기원합니다."

"전 이제 죽는 건가요?"

"두려워할 것은 아무것도 없습니다." 신부는 그렇게 말하며 키브린의 손을 잡았다.

"가지 마세요." 키브린은 신부의 손을 꽉 쥐었다.

"가지 않습니다." 신부의 목소리가 들려왔지만, 연기 때문에 얼굴이 보이지 않았다. "전지전능하신 우리 주께서 자비를 베푸시어 이 사악한 영혼을 용서하시어 영원한 주님의 세계에 들게 하소서."

"제발 오셔서 저 좀 데려가주세요, 던워디 교수님." 키브린이 울부짖자 키브린과 신부 사이에 화염이 솟구쳤다.

둠즈데이북 사본
(000806-000882)

Domine, mittere digneris sanctum Angelum tuum de caelis, qui custodiat,
foveat, protegat, visitet, atque defendat omnes habitantes in hoc habitaculo
(오, 주여, 하늘에서 거룩한 천사를 보내주시어
이 집에 모인 모든 이들을 소중히 여기시어 보호하고 지켜주시옵소서).

(사이)

Exaudi orationim meam et clamor meus ad te veniat
(내 기도를 들어주시어, 당신 품 안에서 울게 하소서).

9

"왜 그래, 바드리? 뭐가 잘못된 건가?"

"춥습니다." 던워디는 몸을 숙여 시트와 담요를 바드리의 어깨 위로 덮어주었다. 담요는 바드리가 입고 있는 종이 가운처럼 얇아 차마 담요라고 부르기가 안쓰러울 지경이었다. 이런 걸 덮고 춥지 않다면 그게 이상할 지경이었다.

"고맙습니다." 바드리가 중얼거렸다. 그러고는 이불에서 손을 꺼내 던워디의 손을 잡고 힘없이 눈을 감았다.

던워디는 초조한 마음에 모니터를 힐끗 보았지만, 여전히 무슨 뜻인지 알 수 없었다. 체온은 여전히 39.9도였다. 일회용 장갑을 통해 느껴지는 바드리의 손은 무척 뜨거웠고 손톱은 검푸른색이었다. 피부 역시 평소보다 훨씬 더 검게 보였으며 얼굴은 병원에 들어왔을 때보다도 더 많이 수척해진 듯했다.

종이 가운을 통해 드러나는 몸매가 짜증스러울 정도로 개드슨 부인과 비슷해 보이는 수간호사가 방으로 들어오더니 무뚝뚝하게 말했다. "1차 접촉자 명단은 차트에 있습니다." 바드리가 이 간호사를 무서워하는 게 당연했다. "CH1입니다." 왼쪽 첫 번째 모니터 아래에 있는 키보드를 가리키며 간호사가 말했다.

시간 단위로 구분된 차트가 화면에 나타났다. 차트 맨 위에는 던워디 자신과 아렌스, 수간호사의 이름이 쓰였고 괄호 안에는 SPG라는 글자가 적혀 있었다. 바드리를 만나기 위해 이 방으로 들어올 때 보호복을 착용했다는 뜻인 듯했다.

"더 보여줘." 던워디가 말하자 차트가 올라가며 병원, 구급차, 네트 등에서 지난 이틀 동안 바드리가 만났던 사람들 명단이 나왔다. 바드리는 월요일에는 지저스 칼리지의 현지 강하를 준비하기 위해 런던에 있었고, 정오에 지하철을 타고 옥스퍼드로 돌아왔다.

그날 바드리는 2시 반에 던워디를 만나러 와서 4시까지 머물렀다. 던워디는 차트의 시간란을 채워 넣었다. 바드리는 일요일에 런던에 갔다고 던워디에게 말했지만, 던워디는 바드리가 몇 시에 출발했는지 그 시간까지 기억나지는 않았다. 던워디는 '런던의 지저스 칼리지 실험실에 도착 시각을 알아볼 것'이라고 입력했다.

"이 환자는 계속해서 정신을 차렸다 잃었다를 반복하고 있습니다." 간호사가 못마땅하다는 듯 말했다. "열 때문이죠." 간호사는 수액제 양을 검사하고 이불을 홱 잡아당겨 바드리를 덮어준 다음 방을 나갔다.

문은 바드리를 깨우려는 듯 거친 소리를 내며 닫혔다. 바드리가 눈꺼풀을 파르르 떨다가 눈을 떴다.

"바드리, 몇 가지 물어볼 게 있어." 던워디가 말했다. "자네가 누굴 만나고 누구와 이야기를 나누었는지 알아야 해. 자네가 만난 사람들이 자네처럼 앓아누우면 안 되니 말이야. 그러니 누굴 만났는지 좀 말해줘."

"키브린." 바드리의 목소리는 너무나 미약해 속삭이는 듯 들렸지만, 손은 던워디의 손을 꽉 잡고 있었다. "실험실에서요."

"오늘 아침?" 던워디가 말했다. "키브린을 오늘 아침 이전에 만난 적이 있어? 어제는 만났어?"

"아니요."

"어제는 뭘 했지?"

"네트를 검사했습니다." 바드리가 힘없는 목소리로 말했다. 하지만 여전히 던워디의 손을 꼭 잡고 있었다.

"온종일 그곳에 있었어?"

바드리는 고개를 저었다. 그러자 모든 모니터 화면에 나와 있는 수치들이 전부 급격하게 올라가며 삑삑 소리를 토해냈다. "교수님을 만나러 갔습니다."

던워디가 고개를 끄덕였다. "그래, 자넨 메모를 남겼지. 그 뒤로는 무얼 했지? 키브린을 만났어?"

"키브린." 바드리가 말했다. "전 푸할스키가 계산한 좌표를 검사했습니다."

"올바르게 되어 있던가?"

바드리는 얼굴을 찌푸렸다. "네."

"확실해?"

"네, 두 번씩 검사했습니다." 바드리는 가쁜 숨을 고르느라 잠시 말을 멈췄다. "내부 검사와 비교 검사를 했습니다."

던워디는 온몸으로 안도감이 밀려오는 걸 느꼈다. 그렇다면 좌표에는 잘못된 게 없었다. "시간 편차는 어때? 편차가 얼마나 되지?"

"머리가 아픕니다." 바드리가 중얼거렸다. "오늘 아침부터입니다. 댄스파티에서 너무 많이 마신 모양입니다."

"무슨 댄스파티를 말하는 거야?"

"피곤하군요." 바드리가 중얼거렸다.

"어느 댄스파티에 간 거야?" 던워디는 계속 파고들었다. 종교 재판관이 된 기분이었다. "언제였어? 월요일이었어?"

"화요일이었습니다. 너무 많이 마셨습니다." 바드리는 고개를 돌렸다.

"이제 좀 쉬도록 해." 던워디는 조심스레 바드리의 손을 떼어놓았다. "좀 자도록 해봐."

"와주셔서 고맙습니다." 바드리가 다시 손을 내밀었다.

던워디는 손을 잡고 바드리가 잠드는 모습과 모니터 화면을 번갈아 지켜보았다. 비가 오고 있었다. 닫힌 커튼 뒤로 빗방울이 튀는 소리가 들렸다.

던워디는 바드리가 이렇게까지 아픈 줄 몰랐다. 던워디는 키브린이 너무나 걱정되는 탓에 바드리에 대해서는 생각조차 하지 못했다. 던워디는 자신이 몬토야나 다른 사람들에게 화를 낼 자격이 없다는 생각이 들었다. 오늘 대기실에 있던 사람들은 모두 각자 열중하던 문제가 있었으며, 바드리 때문에 어려움이 있거나 불편한 일이 생기기 전까지는 그 누구도 바드리에게 관심을 보이지 않았다. 심지어 전염병에 대비해 버클리 존슨을 병동으로 잡아놓을 필요가 있다고 말한 아렌스마저도 바드리가 얼마나 아프며 그게 무슨 의미인지 사람들에게 납득시키지 못했다. 바드리는 바이러스 예방 접종을 모두 받았음에도 39.9도나 되는 고열로 앓아누워 있었다.

밤이 깊었다. 던워디는 빗소리와 세인트 힐다 칼리지에서 15분 간격으로 치는 종소리, 그리고 저 멀리 크라이스트 처치에서 울리는 종소리를 듣고 있었다. 수간호사는 으스스한 표정을 하고 던워디에게 다가와 자신은 퇴근한다고 말했고, 잠시 후 실습생 휘장을 단, 훨씬 덩치가 작고 활기찬 금발의 간호사가 오더니 수액제 양을 검사하고 모니터 화면을 살폈다.

수간호사는 바드리가 정신을 차렸다 잃기를 반복한다고 했지만, 대부분의 시간에는 의식이 없었다. 바드리는 정신이 들 때마다 점점 더 지치는 듯했고, 던워디의 질문에도 점차 제대로 대답하지 못했다.

던워디는 끈질기고 무자비할 정도로 계속 질문을 했다. 크리스마스 댄스파티는 헤딩턴에서 있었다. 파티가 끝난 뒤 바드리는 술집에 갔다고 했다. 술집 이름은 기억하지 못했다. 월요일 저녁, 바드리는 실험실에 혼자 있으면서 푸할스키의 좌표 계산을 검사했다. 런던에서 온 건 정오였고, 지하철을 이용했다. 지하철 승객과 파티 참석자, 그리고 바드리가 런던에서 만난 모두를 기억해내기란 불가능했다. 설사 바드리가 그 사람들 이름을 모두 기억해낸다 할지라도, 모두를 추적해 혈액 검사를 할 수는 없을 것이다.

"오늘 아침에 브레이스노즈 칼리지엔 어떻게 갔지?" 다음번에 바드리가 정신을 잠시 차렸을 때 던워디가 물었다.

"아침이라고요?" 벌써 아침인 줄 알았는지, 커튼이 쳐진 창을 바라보며 바드리가 말했다. "제가 얼마나 잤죠?"

던워디는 뭐라고 대답해야 할지 몰랐다. 바드리는 저녁 내내 잠이 들었다 깨기를 반복했다. "지금은 밤 10시야." 손목시계를 보며 던워디가 말했다. "자넨 병원에 오후 1시 반에 도착했어. 오늘 아침에는 네트를 운영했고. 키브린을 보냈지. 자네가 아파서 쓰러질 때 뭐라고 했는지 기억나?"

"오늘이 며칠이죠?" 갑작스레 바드리가 물었다.

"12월 22일. 병원에 들어온 지 아직 하루도 안 됐어."

"연도는요?" 바드리는 앉으려 애를 썼다. "몇 년이죠?"

던워디는 초조한 눈으로 모니터를 힐끗 보았다. 체온이 거의 40도를 가리켰다. "2054년이야."

"물러서세요."

던워디는 몸을 펴고 침대 뒤로 물러섰다.

"물러서세요." 바드리가 다시 말했다. 바드리는 좀 더 몸을 일으키고 방 안을 살펴보았다. "던워디 교수님은 어디 계시죠? 교수님과 이야기해야 합니다."

"나, 여기 있어." 던워디는 침대로 한 발 다가섰지만, 바드리가 흥분할까 봐 두려워 멈춰 섰다. "나에게 무슨 말을 하고 싶은 거야?"

"그러면 교수님이 어디 계신지 알고 계십니까? 교수님께 이 메모를 좀 전해주시겠습니까?"

바드리는 가상의 종이를 던워디에게 넘겨주었다. 던워디는 바드리가 베일리얼 칼리지에 왔던 화요일의 행동을 다시 하고 있다는 사실을 깨달았다.

"저는 네트로 돌아가봐야 합니다." 바드리는 가상의 손목시계를 보았다. "실험실은 열려 있습니까?"

"던워디 교수에게 무슨 말을 하고 싶었지?" 던워디가 물었다. "시간 편차에 관한 이야기였어?"

"아닙니다. 물러서세요! 그러다 떨어뜨리겠어요. 뚜껑을 조심해요!" 바드리는 던워디를 똑바로 바라보았다. 고열로 인해 바드리의 눈에 불꽃이 이글거렸다. "뭘 기다리십니까? 빨리 가서 던워디 교수님을 데려오세요."

간호 실습생이 들어왔다.

"의식이 혼탁해서 헛소리를 하고 있습니다." 던워디가 말했다.

간호 실습생은 바드리를 살짝 들여다보더니 모니터 화면으로 눈길을 돌렸다. 숫자들이 이리저리 삼차원으로 화면을 가로지르는 모습이 던워디의 눈에는 불길한 징조 같아 보였지만 실습생은 특별히 걱정하는 눈치가 아니었다. 그저 모니터 화면을 하나씩 차례로 보고 침착하게 수액제 양을 조절하기 시작했다.

"좀 누워 계세요, 아셨죠?" 실습생은 바드리에게 눈길도 주지 않으면서 말했지만, 바드리는 놀랍게도 그 말을 따랐다.

"퇴근한 줄 알았습니다." 바드리는 베개를 베고 누우며 간호 실습생에게 말했다. "여기 계셔서 정말 다행입니다." 바드리는 말을 마치더니 다시금 정신을 잃었다. 이번에는 쓰러질 곳이 없어 다행이었다.

간호 실습생은 바드리가 정신을 잃은 것을 알아차리지 못한 채 여전히 수액제 양을 조절하고 있었다.

"정신을 잃었습니다." 던워디가 말했다.

실습생은 고개를 끄덕이고 모니터 화면의 수치를 읽기 시작했다. 바드리는 검은 피부가 창백해질 지경으로 아파 보였지만 실습생은 아무런 관심도 보이지 않았다.

"의사를 불러야 하지 않나요?" 던워디가 말했다. 그때 문이 열리면서 SPG를 착용한 큰 키의 여자가 들어왔다.

그 여자 역시 바드리에게는 눈길도 주지 않았다. 여자는 모니터를 하나씩 차례로 들여다보더니 물었다. "늑막 관련 증상이 있나요?"

"청색증과 오한을 보입니다." 실습생이 말했다.

"뭘 투여했지?"

"미사브레바인입니다." 실습생이 말했다.

의사는 벽에서 청진기를 꺼내더니 꼬여 있는 줄에서 가슴에 닿는 부분을 풀어냈다. "각혈은요?"

실습생은 고개를 저었다.

"춥습니다." 침대에 누워 있는 바드리가 말했다. 하지만 둘은 들은 체도 하지 않았다. 바드리는 몸을 떨기 시작했다. "떨어뜨리지 마요. 그건 도자기입니다."

"에퀴어스 페니실린 50시시와 ASA 팩을 투여하도록 해요." 의사는 좀 전보다 더 몸을 떨고 있는 바드리를 일으키고 종이 가운을 여민 벨크로를 벗기더니 청진기를 바드리의 등에 댔다. 던워디가 보기에는 너무나도 잔인하고 별스러운 학대 방법이었다.

"깊게 숨을 들이쉬어요." 모니터를 보며 의사가 말했다. 바드리는 이를 덜덜거리며 의사의 말에 따랐다.

"왼쪽 하단에 흉부 응고가 있군요." 의사는 무슨 뜻인지 모를 말을 하더니 청진기를 1센티미터쯤 옆쪽으로 댔다. "하나가 더 있어요." 의사는 청진기를 몇 번 더 움직여보고 말했다. "바이러스 정체가 뭔지 알아냈나요?"

"믹소바이러스입니다." 주사기를 채우며 실습생이 말했다. "A형입니다."

"분석은요?"

"아직입니다." 실습생이 주사기를 찔러 넣었다. 어디에선가 전화벨이 울렸다.

의사는 종이 가운의 벨크로를 다시 여민 다음 바드리를 침대에 눕히고 다리 위로 아무렇게나 이불을 덮어줬다.

"그럼 염색한 조직 샘플을 가져다줘요." 의사는 실습생에게 말하고 방을 나섰다. 계속해서 전화벨 소리가 들려왔다.

던워디는 바드리 몸 위로 제대로 담요를 덮어주고 싶었지만, 간호 실습생이 지지대에 또 다른 수액제를 걸고 있었다. 던워디는 실습생이 수액제 설치를 마치고 나가기까지 기다렸다가 시트를 제대로 매만져주고 바드리의 어깨까지 조심스레 담요를 끌어올려 준 다음 귀퉁이를 침대 옆쪽으로 끼워 넣었다.

"좀 나아?" 던워디가 물었지만, 바드리는 이미 오한을 멈추고 잠이 든 상태였다. 던워디는 모니터를 바라보았다. 체온은 39.2도로 낮아졌으며 다른 화면들에서 미친 듯 널뛰던 신호들은 안정되어 있었다.

"던워디 교수님." 벽 어디선가에서 실습생의 목소리가 들려왔다. "교수님을 찾는 전화가 왔습니다. 핀치 씨라고 합니다."

던워디는 문을 열었다. SPG를 벗은 실습생은 던워디가 입고 있는 종이 가운을 벗으라는 시늉을 했다. 던워디는 가운을 벗어 실습생이 가리키는 커다란 옷 바구니에 집어넣었다. "안경을 주세요." 실습생이 말했다. 던워디는 안경을 실습생에게 넘겨주었고, 실습생은 안경에 소독약을 뿌렸다. 던워디는 눈을 가늘게 뜨고 수화기를 들었다.

"던워디 교수님, 교수님을 찾아 사방에 전화했습니다." 핀치가 말했다. "정말 끔찍한 일이 벌어졌습니다."

"무슨 일인데?" 던워디는 손목시계를 힐끗 보았다. 10시였다. 잠복기가 12시간이라 가정한다면 누군가가 바이러스에 감염되어 쓰러지기에는 너무 이른 시간이었다. "누가 아픈 거야?"

"아닙니다, 교수님. 그보다 더 나쁜 일입니다. 개드슨 부인 때문입니다. 개드슨 부인이 옥스퍼드에 있습니다. 무슨 수를 쓰셨는지 격리를 뚫고 들어왔습니다."

"알고 있어. 마지막 지하철이었지. 문을 붙잡고 억지로 탔다더군."

"아, 그렇군요. 부인이 병원에서 전화하셨습니다. 부인께서는 베일리얼 칼리지에 머무르겠다고 고집을 피우면서 제가 윌리엄을 제대로 돌보지 않았다고 나무라셨습니다. 지도 교수가 낸 숙제를 타자로 쳐서 준 사람이 저라고 하면서 말입니다. 그리고 윌리엄이 방학에도 집에 오지 못하고 페트라르카를 읽게 만든 사람이 지도 교수라면서 마구 뭐라고 하셨습니다."

"베일리얼 칼리지에는 방이 없다고 말해. 기숙사를 전부 소독했다고 하면 될 거야."

"그렇게 말했습니다, 교수님. 그랬더니 부인께서는 그렇다면 윌리엄과 같은 방을 쓰겠다고 하셨습니다. 윌리엄에게 그런 심한 고통을 주고 싶지 않습니다, 교수님."

"그렇지. 그건 안 되지. 아무리 전염병이 돌고 있다 해도 참을 수 없는 건 참을 수 없는 거지. 윌리엄에게 어머니가 오셨다는 말은 했어?"

"안 했습니다. 하려고 했습니다만, 윌리엄은 지금 대학 안에 없습니다. 톰 게일리에 따르면 윌리엄은 슈루즈베리 칼리지에 다니는 젊은 여성을 만나러 갔다고 합니다. 그래서 그 여성에게도 전화를 해봤지만 받지 않았습니다."

"분명 어딘가에서 페트라르카를 읽고 있을 거야." 던워디가 말했다. 개드슨 부인이 베일리얼 칼리지로 무작정 찾아갔다가 방심한 상태의 연인을 만나면 무슨 일이 벌어질지 궁금했다.

"부인께서 왜 그러시는지 도무지 이해할 수가 없습니다, 교수님." 곤란한 목소리로 핀치가 말했다. "그리고 윌리엄의 지도 교수님은 어쩌자고 윌리엄에게 페트라르카를 읽으라는 숙제를 내주셨을까요? 졸업 시험 준비를 해야 하는데 말이죠."

"그렇지. 개드슨 부인이 오면 워런으로 모시고 가." 실습생은 반짝이는 던워디의 안경을 꼼꼼히 살펴봤다. "여하튼 그곳은 안뜰 건너편에 있으니 아무것도 보이지 않는 방을 배정해드려. 그리고 밝진 연고가 충분히 있는지 살펴보고."

"네." 핀치가 말했다. "그리고, 뉴 칼리지의 행정실 직원과 이야기했습니다. 그 사람 말에 따르면 베이싱엄 학과장님은 여행을 떠나기 전에 '발길 닿는 대로' 가고 싶다고 하셨답니다. 하지만 누군가에게는 행선지를 말했을 거라면서, 전화가 연결되는 대로 학과장님의 부인께 전화해보겠노라고 했습니다."

"뉴 칼리지 소속 기술자들에 대해서도 물어보았어?"

"네. 모두 휴가를 즐기러 집으로 갔답니다."

"우리 쪽 기술자 가운데 옥스퍼드에 가장 가까이 사는 사람이 누구지?"

핀치는 잠시 생각에 잠겼다. "아마 앤드루스일 겁니다. 레딩에 삽니다. 전화번호를 알려드릴까요?"

"그래. 그리고 다른 사람들의 전화번호와 주소도 목록으로 만들어줘."

핀치는 앤드루스의 전화번호를 불러주었다. "두루마리 휴지 문제는 해결했습니다. '낭비는 부족을 낳는다'라는 표어를 붙여놓았습니다."

"잘했어." 던워디는 전화를 끊고 앤드루스의 번호를 눌렀다. 통화 중이었다.

간호 실습생은 던워디에게 안경과 새로운 SPG를 넘겨주었다. 아까 SPG를 착용하며 고생했던 일을 떠올린 던워디는 모자를 쓰기 전에 마스크를 먼저 썼고 장갑은 맨 마지막에 끼었다. 그래도 SPG를 혼자 착용하자니 상당한 시간이 걸렸다. '바드리가 비상벨을 울리면 저기 있는 간호 실습생은 나보다 빨리 SPG를 착용했으면 좋겠는데.' 던워디는 생각했다.

던워디는 방으로 들어갔다. 바드리는 여전히 꼼짝하지 않고 자고 있었다. 모니터를 힐끗 보았다. 체온은 39.2도였다.

머리가 아팠다. 던워디는 안경을 벗고 두 눈 사이를 문질렀다. 이윽고 던워디는 간이 의자에 앉아 지금까지 만든 시간별 접촉자 명단을 살펴봤다. 하지만 시간별 명단이라고 할 수가 없었다. 중간에 빈 곳이 너무나 많았다. 바드리가 춤을 춘 다음에 갔던 술집 이름. 바드리가 월요일 저녁에 방문한 곳. 월요일 오후에 방문한 곳. 바드리는 런던에서 지하철을 타고 12시에 왔으며, 던워디는 바드리에게 2시 반에 전화해 네트를 작동시켜줄 수 있는지 물어봤다. 그렇다면 그사이 2시간 반 동안 바드리는 어디에 있었을까?

그리고 화요일 오후에 베일리얼 칼리지에 왔다가 네트 시스템 점검을 하겠다는 메모를 남긴 다음에는 어디로 갔을까? 실험실로 돌아갔을까? 아니면 또 다른 술집에 갔을까? 던워디는 바드리가 베일리얼 칼리지에 왔을 때 누군가와 만나지는 않았을지 궁금했다. 미국인 핸드벨 연주팀과 두루마리 휴지에 대한 최신 정보를 전해주기 위해 핀치가 다시 전화하면 바드리를 만난 사람들이 없었는지 조사해보라고 해야겠다는 생각이 들었다.

문이 열리더니 온몸을 SPG로 감싼 간호 실습생이 들어왔다. 던워디는 자신도 모르게 모니터를 들여다보았지만 별다른 변화는 보이지 않았다. 바드리는 여전히 자고 있었다. 실습생은 화면에 몇 가지 숫자를 입력하고 수액제 양을 검사하고 이불 모퉁이를 잡아당겨 가지런히 했다. 그런 다음 커튼을 열고는 그곳에 서서 두 손으로 커튼 줄을 비비 꼬았다.

"전화를 엿들을 생각은 없었어요." 실습생이 말했다. "하지만 개드슨 부인이라고 말씀하시는 걸 들었어요. 이런 말을 여쭙는 게 정말 무례하다는 걸 알고 있지만, 혹시 말씀하신 분이 윌리엄 개드슨의 어머니인가요?"

"그렇습니다." 깜짝 놀라며 던워디가 말했다. "윌리엄은 베일리얼 칼리지에서 내가 가르치는 학생입니다. 그 아이를 아시나요?"

"친구예요." 실습생이 말했다. 던워디는 실습생의 일회용 마스크를 뚫고 번지는 홍조를 볼 수 있었다.

"아, 그렇군요." 던워디는 윌리엄이 페트라르카를 읽을 시간이 있을지 궁금했다. "윌리엄의 어머니는 이 병원에 있습니다." 간호사에게 경계하라고 말해주고 싶었지만, 누구를 경계하라고 해야 할지 확실하지 않았다. "크리스마스고 해서 윌리엄을 찾아오신 것 같더군요."

"여기 계시다고요?" 실습생은 얼굴을 훨씬 더 붉히며 말했다. "격리 중인 줄 알았는데요."

"개드슨 부인이 타고 온 지하철이 런던에서 이곳으로 들어온 마지막 지하철입니다." 던워디가 우울한 목소리로 말했다.

"윌리엄도 알고 있나요?"

"내 비서가 연락하려고 노력 중이지요." 슈루즈베리 칼리지에 다닌다는 학생 이야기는 빼고 던워디가 말했다.

"윌리엄은 보들리 도서관에 있어요. 페트라르카를 읽고 있어요." 실습생은 손에 감았던 커튼 줄을 풀고 밖으로 나갔다. 보들리 도서관으로 전화를 걸러 가는 게 분명했다.

바드리가 몸을 뒤척이며 뭔가 알아들을 수 없는 말을 중얼거렸다. 얼굴이 새빨갰으며 점점 더 숨쉬기 힘들어하는 듯했다.

"바드리?"

바드리가 눈을 떴다. "여기가 어디죠?"

던워디는 모니터를 힐끗 보았다. 체온은 0.5도 정도 내려갔고 아까보다 좀 더 정신을 차린 듯했다.

"병원이야. 자네는 브레이스노즈 칼리지 실험실에서 네트 조작을 하다가 갑자기 쓰러졌어. 기억나?"

"이상한 기분이 들었던 기억은 납니다." 바드리가 말했다. "추웠습니다. 동조 작업에 대해 말씀드리려고 술집으로 교수님을 찾아갔던 기억이…." 돌연 바드리는 기묘하고 겁에 질린 표정을 지었다.

"자넨 나에게 뭔가 잘못되었다고 했어. 그게 뭔가? 시간 편차야?"

"뭔가 잘못되었습니다." 바드리가 되풀이해 말했다. 바드리는 팔꿈치로 몸을 받치고 일어서려 했다. "제가 왜 이러죠?"

"자넨 아파." 던워디가 말했다. "독감에 걸렸어."

"아파요? 저는 아팠던 적이 없습니다." 바드리는 일어나 앉으려 애썼다. "그 사람들은 죽었겠죠?"

"누가 죽었다고?"

"그게 다 죽었습니다."

"누구를 만난 거야, 바드리? 중요한 문제야. 다른 누군가가 바이러스에 감염된 거야?"

"바이러스요?" 바드리의 목소리에는 안도하는 기색이 역력히 배어 있었다. "제가 바이러스에 감염된 건가요?"

"그래. 독감의 일종이지. 치명적인 건 아니야. 자넨 이미 항균제를 맞았고, 분석도 진행 중이야. 곧 회복될 거야. 어디서 바이러스가 옮았는지 알아? 바이러스에 감염된 사람을 알고 있어?"

"아니요." 바드리는 베개를 베고 편히 누웠다. "제 생각에는, 아!" 바드리는 깜짝 놀란 표정으로 던워디를 쳐다보았다. "뭔가 잘못되었습니다." 절박한 목소리로 바드리가 말했다.

"그게 뭐지?" 비상벨에 손을 뻗으며 던워디가 말했다. "뭐가 잘못된 거냐고?"

공포에 질린 바드리의 동공이 확장되었다. "아픕니다!"

던워디는 벨을 눌렀다. 간호 실습생과 당직 의사가 즉시 들어오더니 모니터를 검사하고 차가운 청진기로 바드리를 꾹꾹 눌러댔다.

"자꾸 춥다고 하네요. 그리고 아프다고도 하고요."

"어디가 아프죠?" 모니터를 보며 당직 의사가 말했다.

"여기요." 바드리는 오른쪽 가슴을 눌렀다. 그리고 다시금 온몸을 떨기 시작했다.

"우하부 늑막염이군요."

"숨을 쉴 때 아픕니다." 이를 딱딱거리며 바드리가 말했다. "뭔가 잘못되었습니다."

뭔가 잘못되었다. 바드리는 동조 작업을 말하는 게 아니었다. 자기 몸이 뭔가 잘못되었다는 말이었다. 바드리가 몇 살이었지? 키브린과 동갑이었나? 항(抗)리노바이러스제를 놓기 시작한 것은 약 20년 전이었다. 자신은 한 번도 아파본 적이 없다는 바드리의 말은 사실일 가능성이 무척 컸다. 감기에 걸려본 적조차 없다는 뜻으로 한 말이었다.

"산소 호흡기를 가져올까요?" 실습생이 말했다.

"아직 그럴 필요는 없어요." 밖으로 나가며 당직 의사가 말했다. "클로람페니콜 2백 단위를 투여하도록 해요."

간호사는 바드리를 침대에 눕히고 정맥주사 조절기에 수액제를 추가한 뒤 바드리의 체온이 떨어지는 걸 잠시 지켜보다가 방을 나갔다.

던워디는 비 오는 창밖을 바라보았다. 밤이었다. '기분이 이상했던 기억이 납니다.' 바드리는 그렇게 말했다. 아픈 게 아니었다. 이상한 기분이 들었다고 했다. 감기에 걸려본 적이 없는 사람은 열이 나거나 오한이 들 때 왜 그러는지 알지 못한다. 아마 바드리는 그저 뭔가 몸에 이상이 왔다는 생각으로 네트를 떠나 술집으로 급히 와 도움을 청한 모양이었다. 던워디에게 도움을 청하러 온 것이었다. 뭔가가 잘못되었다.

던워디는 안경을 벗고 눈을 문질렀다. 소독약 때문에 눈이 욱신거렸다. 물먹은 솜처럼 몸이 무거웠다. 키브린이 안전한지 알 때까지는 쉴 수 없다고 말했지만 피곤했다. 바드리는 자고 있었다. 의사들이 건 비인간적인 마법 덕분에 바드리의 숨결은 한결 가벼워졌다. 그리고 키브린 역시 700년 떨어진 어딘가에서 벼룩이 들끓는 침대에서 자고 있을 것이다. 아니면 눈을 말똥말똥 뜨고 어색한 식사 예절과 더러운 손톱으로 그 시대 사람들에게 깊은 인상을 주고 있을지도 몰랐다. 그도 아니면 더러운 돌바닥에 무릎 꿇고 양손을 모은 채 자신의 모험담을 읊고 있을 수도 있겠지.

잠시 존 모양이었다. 꿈속에서 전화벨 소리가 들렸다. 핀치였다. 핀치는 미국인들이 두루마리 휴지 부족으로 소송을 걸겠다고 협박한다며 이 일을 어떻게 처리할지 물어 왔다. 그리고 성서의 어느 부분을 읽어야 하는지 학장이 전화로 말해주었다고 했다. "〈마태오의 복음서〉 2장 11절이랍니다." 핀치가 말했다. "낭비는 부족을 낳습니다…." 그 순간 간호 실습생이 문을 열고 들어와 응급실에서 아렌스가 만나자고 한다고 전해줬다.

던워디는 손목시계를 들여다보았다. 새벽 4시 20분이었다. 바드리는 평화로운 표정으로 여전히 잠들어 있었다. 간호 실습생은 소독약 병을 들고 문밖에서 기다렸고, 소독을 마친 뒤 엘리베이터를 타고 내려가라고 말했다.

안경에서 나는 소독약 냄새 덕분에 잠이 확 달아났고 1층에 도착할 무렵에는 완전히 제정신을 차릴 수 있었다. 엘리베이터에서 내리자 아렌스가 마스크에 종이 가운 차림으로 던워디를 맞이했다. "또 다른 환자가 발생했어." SPG 꾸러미를 넘겨주며 아렌스가 말했다. "억류자 가운데에서 나왔지. 아마도 쇼핑하다 마주쳤지 싶어. 당신이 좀 확인해줘."

던워디는 처음 SPG를 입을 때처럼 고생했고, 종이 가운에 붙은 벨크로 여밈을 떼다가 하마터면 찢어 먹을 뻔했다. "하이 스트리트에는 쇼핑객이 수십 명 있었어." 장갑을 끼며 던워디가 말했다. "그리고 난 바드리를 보고 있었고. 그 당시 거리를 지나간 사람을 알아볼 수 있을지 모르겠군."

"알아." 아렌스는 던워디를 데리고 복도를 지나 응급실로 통하는 문으로 들어섰다. 던워디는 이곳에 온 지가 몇 년은 된 듯한 기분이 들었다.

앞쪽에서 사람들이 간이침대를 밀고 들어왔다. 모두 종이 가운에 마스크를 하고 있어 얼굴을 구별할 수 없었다. 아까 바드리를 살펴보던 당직 의사 역시 종이로 중무장한 상태로 바싹 마른 여인으로부터 이야기를 듣고 있었다. 젖은 방수 코트를 걸치고 방수모를 쓴 여인은 잔뜩 겁에 질린 표정이었다.

167

"쟤 이름은 비벌리 브린이에요." 여자는 잦아드는 목소리로 당직 의사에게 말했다. "주소는 서비턴 플로버 웨이 226번지예요. 전 뭔가 잘못된 걸 알고 있었어요. 아까부터 난데없이 지하철로 노샘프턴에 가자고 계속 이야기하더라고요."

여자는 커다란 핸드백과 우산을 들고 있었고, 당직 의사가 환자의 NHS 번호를 물어보자 접수대 곁에 우산을 세우고 핸드백을 열어 그 안을 살펴봤다.

"지하철역에서 두통과 오한을 호소하기에 이리로 데려왔지." 아렌스가 말했다. "숙소 배정을 기다리는 중이었어."

아렌스는 의료요원에게 신호를 보내 간이침대를 멈추게 한 다음 던워디가 잘 살펴볼 수 있도록 여자의 가슴까지 담요를 끌어 내렸다. 하지만 얼굴을 확인한 던워디는 그럴 필요가 없었다고 생각했다.

젖은 방수 코트를 입은 여인이 카드를 찾아냈다. 여인은 카드를 당직 의사에게 넘겨주었고, 우산과 핸드백, 그리고 여러 가지 색깔의 종이 뭉치를 들고 의료요원들이 밀고 가는 간이침대로 다가갔다. 우산은 큼지막했으며 연보랏빛 제비꽃 무늬로 뒤덮여 있었다.

"바드리가 네트로 돌아가는 도중에 저 여자와 부딪혔어." 던워디가 말했다.

"확실해?"

던워디는 환자의 친구를 가리켰다. 여자는 앉아서 서류를 작성하고 있었다. "저 우산을 기억하고 있어."

"그때가 언제였어?" 아렌스가 물었다.

"확실하진 않아. 1시 반쯤 되었을까?"

"어떤 식의 접촉이었어? 바드리와 직접 맞닿았어?"

"바드리가 저 여자에게 정면으로 부딪쳤어." 그 당시 장면을 떠올리려 노력하며 던워디가 말했다. "바드리는 우산에 부딪혔고 저 여자에게 미안하다고 사과했고, 여자는 잠시 바드리에게 고함을 질러댔지. 바드리는 우산을 주워 여자에게 건네줬고."

"바드리가 기침이나 재채기를 했어?"

"그건 기억나지 않는군."

환자는 간이침대에 실린 채 응급실로 들어갔다. 아렌스가 일어섰다. "저 여자를 격리실로 보내요." 간이침대 뒤를 따라 병동으로 들어가며 아렌스가 말했다.

환자의 친구가 일어섰다. 종이 한 장이 바닥에 떨어졌고, 나머지는 어색한 자세로 가슴에 꼭 품고 있었다. "격리요?" 여자는 겁먹은 목소리로 말했다. "제 친구에게 무슨 일이 일어난 건가요?"

"따라오세요." 아렌스는 여자를 데리고 혈액 채취를 하고 환자의 우산을 소독하기 위해 어디론가 가버렸다. 아렌스가 서둘러 여자를 데려가는 바람에 던워디는 자신이 이곳에서 아렌스를 기다리고 있어야 하는 건지 묻지도 못했다. 던워디는 접수 담당 직원에게 질문하기 위해 다가가다 피곤을 느끼고 벽 쪽에 늘어서 있는 의자에 앉았다. 옆 의자에는 팸플릿이 놓여 있었다. '깊은 밤 숙면의 중요성'이라는 제목의 팸플릿이었다.

간이 의자에서 불편하게 잔 탓에 목이 아팠으며 다시 눈이 따끔거리기 시작했다. 바드리가 있는 방으로 돌아가야 한다고 생각했지만 SPG를 다시 입을 힘이 남아 있을지 의문이었다. 그리고 바드리가 깨기를 기다려 39.5도의 고열로 쓰러져 조만간 간이침대에 실려 올 사람이 또 누구인지 물어볼 엄두가 나지 않았다.

어쨌든 키브린은 그런 예비 환자군에 들지 않을 것이다. 지금은 새벽 4시 반이고, 바드리가 연보랏빛 우산을 들고 가던 여자와 부딪힌 시각은 오후 1시 반이었다. 이는 잠복기가 15시간이라는 뜻이었고, 15시간 전이면 키브린은 예방 접종 효과가 완벽하게 발휘된 상태였다.

아렌스가 돌아왔다. 모자는 벗겨졌고 마스크는 목에서 달랑거렸다. 머리는 헝클어졌고 던워디처럼 몹시 지친 표정이었다.

"개드슨 부인을 퇴원시키기로 했어요." 접수 담당 직원에게 아렌스가 말했다. "7시에 혈액 검사를 하러 올 거예요."

아렌스는 던워디가 앉아 있는 곳으로 왔다. "개드슨 부인에 대해 까맣게 잊고 있었어." 싱긋 웃으며 아렌스가 말했다. "부인이 꽤 기분이 상한 모양이야. 불법 감금으로 날 고소하겠다고 하더라고."

"날 찾아온 핸드벨 연주자와 잘 어울리겠군. 그 사람들은 내가 비자발적 계약 위반을 했다며 날 고소하겠다고 협박 중이야."

아렌스는 엉클어진 머리를 손으로 빗어 넘겼다. "세계인플루엔자센터를 통해 인플루엔자 바이러스의 정체가 뭔지 확인했어." 아렌스는 갑작스레 힘이 넘치는 듯 벌떡 일어났다. "차 한잔 해야겠어." 아렌스가 말했다. "가자."

던워디는 이쪽을 주의 깊게 바라보는 접수 담당 직원을 힐끗 보며 간신히 몸을 일으켜 세웠다.

"외과 대기실에 있을게요." 아렌스가 접수 담당 직원에게 말했다.

"네, 선생님. 저, 엿들으려 한 건 아니었지만…." 머뭇거리며 접수 담당 직원이 말했다.

아렌스는 긴장했다.

"저에게 개드슨 부인을 퇴원시키셨다고 하셨고, 제가 얼핏 듣기에 '윌리엄'이라는 이름도 나왔는데, 그냥 혹시 개드슨 부인이라는 분이 윌리엄 개드슨의 어머니가 아닌지 궁금해서요."

"맞아요." 어리둥절한 표정을 지으며 아렌스가 말했다.

"윌리엄의 친구인가요?" 던워디가 말했다. 이 여자도 위층에 있던 금발의 간호 실습생처럼 얼굴이 붉어질지 궁금했다.

붉어졌다. "이번 방학 동안 윌리엄이랑 좀 친해졌어요. 윌리엄은 페트라르카를 읽기 위해 학교에 머물고 있지요."

"그것 말고도 여러 가지 일을 하고 다니더군요." 던워디가 말했다. 접수 담당 직원이 얼굴을 붉히느라 바쁜 사이 던워디는 아렌스를 데리고 '출입 금지. 격리 구역'이라는 팻말이 붙은 문을 지나 복도로 들어섰다.

"윌리엄이라는 이름이 어쨌다는 거야?"

"병약한 윌리엄이라는 아이는 우리가 처음에 생각했던 것보다 훨씬 더 자기 일을 잘 챙기고 있는 거지." 던워디는 대답하며 대기실로 통하는 문을 열었다.

아렌스는 불을 켜고 홍차 카트로 다가가 전기 주전자를 흔들어보더니 들고 화장실로 들어갔다. 던워디는 의자에 앉았다. 누군가가 혈액 검사 기구를 치우고 작은 탁자를 제자리에 돌려놓은 모양이었다. 하지만 아렌스의 쇼핑백은 여전히 바닥 한가운데에 놓여 있었다. 던워디는 몸을 숙이고 쇼핑백을 들어 의자 옆쪽에 치워놓았다.

아렌스가 주전자를 들고 나타났다. 그리고 몸을 숙여 주전자 플러그를 꽂았다. "혹시 바드리가 누구를 만났는지 알아냈어?"

"그렇다고 할 수 있지. 지난밤에는 헤딩턴에서 열린 크리스마스 댄스파티에 갔대. 갈 때와 올 때 모두 지하철을 탔고. 상황이 얼마나 심각해?"

아렌스는 티백 두 개를 꺼내서 각각 잔에 담갔다. "분유밖에 없어서 아쉽네. 혹시 최근에 바드리가 미국 사람과 만난 적은 없어?"

"모르겠는데, 왜?"

"설탕 넣어?"

"상황이 얼마나 심각해?"

아렌스는 잔에 분유를 넣었다. "나쁜 소식은, 바드리가 아주 많이 아프다는 거야." 아렌스는 숟가락으로 설탕을 떴다. "바드리는 대학에서 계절 예방 접종도 받았어. NHS에서 요구하는 수준보다 훨씬 더 넓은 범위의 접종을 받았지. 점 항원 변이가 다섯 개 정도 일어난 상태에서는 저항력이 완벽하고 열 개가 일어난 바이러스에도 부분적으로 저항력이 있어. 하지만 바드리는 전형적인 인플루엔자 증상을 보여. 항원 대변이가 일어난 바이러스에 감염되었다는 증거지."

주전자가 비명을 지르기 시작했다. "파급력이 클 거란 뜻이군."

"그래."

"전 세계로 퍼질 수도 있어?"

"가능해. 세계인플루엔자센터가 바이러스의 핵산 구조를 빨리 알아내지 못한다거나 직원들이 도망가버린다면. 아니면 옥스퍼드를 격리하지 못해도 그런 일이 벌어질 수 있고."

아렌스는 주전자 플러그를 빼고 잔에 뜨거운 물을 부었다. "좋은 소식은, 세계인플루엔자센터 측에서는 이번 바이러스가 미국 사우스캐롤라이나에서 발생한 것이라고 예상한다는 거야." 아렌스는 던워디에게 잔을 가져다주었다. "그런 경우라면 이미 바이러스의 구조가 밝혀졌고 뉴클레오타이드 유사체와 백신이 만들어져 있어. 항균제와 대증 요법이 잘 듣는데다 치명적이지도 않은 바이러스거든."

"잠복기가 얼마나 돼?"

"12시간에서 48시간." 아렌스는 홍차 카트에 기대고 서서 차를 마셨다. "세계인플루엔자센터가 확인을 위해 애틀랜타 질병통제예방센터에 혈액 샘플을 보냈고 질병통제예방센터에서는 권장 치료 방법을 보내왔어."

"월요일 몇 시에 키브린의 항바이러스 면역력을 검사했지?"

"3시." 아렌스가 말했다. "이튿날 9시까지 여기 있었어. 밤새 푹 자는 걸 확인할 필요가 있었거든."

"바드리 말로는 자신은 어제 키브린을 만나지 않았다더군." 던워디가 말했다. "하지만 월요일에 키브린이 병원으로 오기 전에 만났을 수도 있어."

"바이러스가 키브린에게 전염되려면 키브린이 바이러스 예방 접종을 받기 전에 노출되었어야 해. 그리고 바이러스 때문에 위험하게 되려면 아무런 흔적도 남기지 않으면서 자기 증식을 할 수 있어야 하고." 아렌스가 말했다. "설사 키브린이 바드리를 월요일이나 화요일에 만났다 하더라도 그 아이는 당신보다 덜 위험해." 아렌스는 잔을 들고 심각한 표정을 지으며 던워디를 바라보았다. "여전히 동조 작업이 제대로 되었는지 걱정하고 있는 거지?"

던워디는 애매하게 고개를 가로저었다. "바드리 말로는 실습생이 계산한 좌푯값을 검사했더니 다 제대로 되어 있다더군. 그리고 바드리는 벌써 길크리스트에게 시간 편차가 최소라고 말했어." 던워디는 자신이 시간 편차에 관해 물었을 때 바드리가 대답해주었으면 좋았을 텐데 하는 생각이 들었다.

"시간 편차 말고 잘못될 게 뭐가 있어?" 아렌스가 물었다.

"모르겠어. 없어. 중세에 키브린 혼자 있다는 점만 빼고."

아렌스는 찻잔을 카트 위에 올려놓았다. "여기 있는 것보다는 그곳에 있는 게 안전할 거야. 이곳으로 곧 환자들이 우르르 몰려들 테니까. 인플루엔자는 들불처럼 번져. 그리고 격리령은 상황을 악화시킬 뿐이야. 언제나 의료진이 가장 먼저 바이러스에 노출되지. 만약 의료진이 감염되어 쓰러지거나 항균제가 떨어진다면 금세기는 위험등급 10인 시간대로 분류될 거야."

아렌스는 피곤한 표정으로 어수선한 머리를 매만졌다. "미안해. 피곤에 지쳐 비관적인 쪽으로 이야기했네. 어쨌든 지금은 중세가 아니니 괜찮아. 20세기도 아니고. 우리에게는 신진대사 촉진제와 보조제들이 있는데다 만약 지금 이곳에 퍼진 바이러스가 사우스캐롤라이나 바이러스라면 뉴클레오타이드 유사체와 백신이 있어. 하지만 콜린과 키브린이 이곳이 아닌 다른 곳에 안전하게 있다는 점은 여전히 기뻐."

"중세에 안전하게 말이지."

아렌스는 던워디에게 싱긋 웃어 보였다. "살인마들과 함께."

거친 소리를 내며 문이 열렸다. 발이 크고 키가 큰 금발의 남자아이가 럭비 가방을 들고 바닥에 물을 뚝뚝 흘리며 들어왔다.

"콜린!"

"드디어 찾았군요." 콜린이 말했다. "이모할머니를 찾아서 온 사방을 헤매고 다녔어요."

둠즈데이북 사본
(000893-000898)

던워디 교수님,

ad adjuvandum me festina

(빨리 오셔서 저 좀 도와주세요).

PART 2

황량한 겨울 한복판
서리 머금은 바람은 울부짖고
이 땅은 쇠처럼 단단히 서 있으며
물은 돌과 같은데. 눈은 내리고 내려
눈에 눈 쌓인 황량한 겨울 한복판
아주 먼 옛날에.

— 크리스티나 로세티

10

불이 꺼졌다. 키브린은 여전히 방 안에서 나는 연기 냄새를 맡을 수 있었다. 하지만 이 냄새는 어딘가의 화로에서 타고 있을 장작 때문이란 것도 알았다. '이상할 것 없어.' 키브린은 생각했다. '잉글랜드에 굴뚝이 나타난 건 14세기 말이고 지금은 1320년밖에 안 되었으니까.' 이런 생각이 들자 잊고 있던 나머지 사실들도 깨닫게 되었다. '난 지금 1320년에 와 있어. 그리고 계속 아프고, 열이 있어.'

하지만 잠시 더는 아무런 생각도 나지 않았다. 지금은 그냥 누워서 조용히 쉬고 싶을 뿐이었다. 키브린은 모진 고난을 겪으며 힘이 다 빠져버린 사람처럼 온몸에 기운이 없었다. '사람들이 날 화형에 처하려는 줄 알았는데.' 키브린은 생각했다. 사람들에서 빠져나오기 위해 발버둥 치던 기억이, 이글거리는 불꽃이 혀를 날름거리며 손가락을 핥던 기억이, 머리카락을 태우던 기억이 떠올랐다.

'사람들은 내 머리카락을 잘라야 했을 거야.' 이렇게 생각하면서도 이 모든 일이 꿈속에서 벌어진 것인지 아니면 제대로 기억하고 있는 것인지 궁금했다. 키브린은 너무 지쳐서 머리카락을 확인하려 손을 올릴 수도 없는 데다 지난 일을 기억해내려 애쓰는 것조차 불가능했다. 아주 많이 아팠던 것 같은데. 나한테 병자 성사 의식을 해줬던 것 같은데. '두려워할 것은 아무것도 없습니다.' 그때 그 사람은 이렇게 말했어. '다시 집에 가게 될 것입니다. *Requiescat in pace*(편히 잠드소서).' 그리고 키브린은 잠이 들었다.

정신이 다시 들었을 때 방 안은 어두웠고 저 멀리서 종소리가 울려 퍼지고 있었다. 아주 오랫동안 종이 울린다는 생각이 들었다. 키브린이 강하했을 때처럼 홀로 쓸쓸히 울려 퍼지는 소리였다. 하지만 곧 다른 종소리가 뒤를 이었고 그 뒤를 이어 다른 모든 종소리를 집어삼키며 울리는 종소리는 너무나 가까이에서 들려 흡사 창문 바로 밖에서 울리는 듯했다. 아침 미사를 알리는 건가. 예전에도 이 종들이 귀에 거슬리는 소리를 내며 음정도 엉망인 상태로 키브린의 심장 박동에 맞춰 울렸던 적이 있는 것 같았지만, 그건 불가능한 일이었다.

키브린이 꿈을 꾼 것이 틀림없었다. 사람들이 자기를 말뚝에 묶고 화형에 처하는 꿈을 꾸었고 사람들이 자기 머리카락을 자르는 꿈을 꾸었다. 자신이 이 시대 사람들이 하는 말을 알아듣지 못하는 꿈을 꾸었다.

가장 가까이서 울리던 종소리가 멈추었고, 다른 종들은 그제야 자기 소리를 사람들에게 들려줄 기회를 얻어 기쁘다는 듯이 그보다 잠시 더 울렸다. 키브린은 이런 종소리를 들은 기억도 났다. 여기에 얼마 동안 있었던 걸까? 도착했을 때는 밤이었고 지금은 아침이었다. 하룻밤인 것 같지만 이제 키브린은 자기를 굽어보던 얼굴들을 기억해낼 수 있었다. 여자가 키브린에게 잔을 가져다주었고 다시 신부가 들어왔을 때, 그리고 그 옆에 살인마가 서 있었을 때, 키브린은 금방이라도 꺼질 듯이 흔들리는 촛불의 도움이 없어도 모든 사람의 얼굴을 또렷이 볼 수 있었다. 그리고 어둠과, 우지로 밝히는 등에서 새어 나오는 자욱한 빛과, 울렸다 멈췄다 다시 울리던 종소리들을 모두 기억했다.

키브린은 갑자기 공황 상태에 빠져버렸다. 여기에 얼마나 오래 누워 있었지? 몇 주일 동안 앓아누워서 랑데부를 놓쳐버렸으면 어떻게 하지? 아니, 있을 수 없는 일이었다. 설사 장티푸스열에 시달리는 사람이라 할지라도 의식 불명 상태는 몇 주일씩 계속되지 않았으며, 게다가 키브린은 장티푸스에 걸릴 리가 없었다. 예방 접종을 모두 했기 때문이었다.

밤새 불이 꺼졌는지 방 안은 냉랭했다. 키브린은 이불이 덮여 있는 것을 알았고 어둠 속에서 불쑥 손이 튀어나와 뭔가 부드러운 것을 키브린의 어깨 위로 끌어당겨 주는 것을 느낄 수 있었다.

"고마워요." 키브린은 이렇게 말하고 잠들었다.

키브린은 추위에 다시 잠을 깼다. 몇 분밖에 안 잔 것 같은데도 이제 방 안에는 희미한 빛이 감돌고 있었다. 빛은 돌벽의 쑥 들어간 부분에 난 창을 통해 들어왔다. 창이 열려 있었고 덕분에 찬 기운도 같이 퍼졌다.

어떤 여인이 창문 아래 만들어놓은 돌의자 위에 발돋움하고 올라서서 열린 창 위로 천을 여미고 있었다. 여인은 길고 까만 가운을 입고 턱까지 감싸는 하얀 머리쓰개까지 갖추고 있었기 때문에 한순간 키브린은 '수녀원에 와 있구나'라고 생각했다. 하지만 그다음 순간, 이 당시 여자들은 결혼하면 머리를 가리고 다닌다는 사실을 기억해냈다. 결혼을 안 한 여자나 머리를 감싸지 않은 채 풀고 다닐 수 있었다.

창가에 선 여자는 결혼했을 만큼 나이 들어 보이지 않았고 수녀가 되기에도 적당한 나이는 아니었다. 키브린이 누워 있을 동안 방 안을 지키고 있던 여자는 훨씬 더 나이가 많았다. 혼수상태에 빠져 여자의 손을 잡았을 때 그 손은 분명 거칠고 주름도 많았다. 그리고 나이에 걸맞게 쉰 목소리였다. 하지만 의식 불명 상태라 착각을 한 것일 수도 있었다.

창으로 쏟아지는 빛 쪽으로 여자가 몸을 숙였다. 하얀색으로 생각했던 머리쓰개는 노란색이었으며, 여자는 가운을 입은 것이 아니라 키브린의 것과 같은 커틀을 걸치고 있었다. 커틀 위로는 진녹색 상의를 입었다. 삼베로 만든 듯 올이 굵고 염색도 고르게 되어 있지 않았다. 얼마나 얼기설기 짠 것인지 희미한 불빛에서도 결이 다 드러나 보였다. '분명 노예일 거야.' 키브린은 생각했다. 하지만 이 시대의 노예는 아마포로 된 머리쓰개를 쓰지 않으며 여자의 허리춤에 매달린 것 같은 열쇠 꾸러미를 가지고 다니지도

179

않았어. 뭔가 중요한 사람일 거야. 어쩌면 가정부일지도 몰라.

그리고 이곳도 중요한 장소였다. 침대 옆의 벽이 돌이 아니라 대강 다듬긴 했어도 나무로 마감된 것으로 볼 때, 성은 아닌 것 같았지만 적어도 일급 귀족의 사택, 중소 봉건 영주의 집이거나 어쩌면 그보다 높은 지위에 있는 사람의 집일 수도 있었다. 키브린이 누워 있는 침대는 지푸라기로 대충 만든 것이 아니라 나무로 틀을 올리고 빳빳한 아마포를 깔고 커튼을 늘어뜨린 진짜 침대였다. 그리고 이불은 모피였다. 창문 아래 돌로 된 의자에는 수놓은 쿠션들이 놓여 있었다.

여인은 좁은 창 양옆으로 자그맣게 튀어나온 돌 부분에 천을 묶고 창가 의자에서 내려서 뭔가를 꺼내기 위해 몸을 숙였다. 침대에 드리워진 커튼에 시야가 가린 키브린은 여자가 뭘 꺼내려 하는지 볼 수 없었다. 침대에 걸린 커튼은 양탄자처럼 묵직해 보였고 밧줄 같은 것으로 묶여 있었다.

여자는 나무 사발을 들고 몸을 일으키더니 빈손으로 치마를 잡고 창가 의자 위로 올라가 천에다 뭔가 걸쭉한 것을 문지르기 시작했다. '기름일 거야. 아니, 밀랍이겠네. 이 당시에는 밀랍을 칠한 아마포가 유리 대신 사용되었어. 14세기 영주의 집에서 유리창은 흔한 물건이라고 했는데, 귀족 계급은 이사 다닐 때 가구와 함께 유리창을 가지고 다녔다고 했어.'

'기록해놓아야겠어. 어떤 영주의 집은 유리창을 가지고 있지 않았다고 말이야.' 키브린은 두 손을 모아 붙였지만 두 손을 들고 있는 것이 너무나 힘들어서 다시 이불 위로 내려놓았다.

여자는 침대 쪽을 흘끔 쳐다보더니 곧 창가로 몸을 돌려 다시 밀랍 칠을 하기 시작했다. 제대로 칠해지든 말든 무심하게 쭉쭉 칠하는 듯했다. '몸이 낫고 있는 게 틀림없어. 앓던 내내 여자가 침대 오른편에 있었어.' 키브린은 다시 한번 자기가 얼마나 오래 앓았는지 궁금했다. '얼마나 지났는지 알아야 해. 그리고 강하 지점도 찾아야 하고.'

그다지 멀지는 않을 것이다. 이 마을이 키브린이 오고자 했던 목적지가 맞는다면 강하 지점은 1.5킬로미터 이내에 있었다. 키브린은 강하 지점에서 얼마나 멀리 떠나왔는지 궁금했다. 아주 오랜 시간 동안 온 듯했다. 살인마는 키브린을 백마 위에 올려놓았고, 마구에 달린 종은 끊임없이 울렸던 기억이 났다. 하지만 그 남자는 살인마가 아니라 친절하게 생긴 붉은 머리 청년이었다.

붉은 머리 남자에게 이끌려 온 이 마을의 이름이 무엇인지 물어야만 했다. 어쩌면 이곳이 스켄드게이트일 확률도 있었다. 그렇지만 스켄드게이트가 아니라 할지라도 강하 지점을 찾기 위해서는 이곳 지명을 알아야만 했다. 그리고 몸이 좀 더 회복되면 사람들은 키브린이 있는 곳이 어디인지 당연히 가르쳐줄 것이다.

'어느 마을로 날 데려온 건가요?' 어젯밤에는 이 말이 생각나지 않았지만 그건 열 때문이었다. 이제는 아무 문제 없었다. 래티머 교수는 키브린의 발음 교정에 몇 달을 들였다. *'In whatte londe am I?'* 아니면 *'Whatte be thisse holding?'*이라고 말하면 지역 방언 때문에 약간 어색하게 들릴 수 있겠지만 그런 건 통역기가 자동으로 고쳐줄 테니 사람들은 키브린의 말을 이제 알아들을 것이다.

"*Whatte place hast thou brotte me*(어느 마을로 날 데려온 건가요)?" 키브린이 물었다.

여인은 깜짝 놀란 표정으로 뒤돌아보더니 한 손에는 사발을, 다른 손에는 솔을 든 채 창가 의자에서 내려왔다. 하지만 솔인 줄 알았던 물건은 솔이 아니었다. 여자가 침대 쪽으로 다가오자 그 물건의 정체를 알 수 있었다. 여자가 들고 있는 것은 납작한 사발과 네모난 나무 숟가락이었다.

"*Gottebae plaise tthar tleve.*" 숟가락과 사발을 앞쪽으로 모아들고 여인이 말했다. "*Beth naught agast.*"

통역기는 누가 말하면 그 즉시 번역하기로 되어 있었다. 아마도 키브린의 발음이 너무나 엉망이라 여자는 키브린이 외국어를 하고 있다고 생각했으며, 서투른 프랑스어나 독일어로 답하려 애쓰는 모양이었다.

"*Whatte place hast thou brotte me*(어느 마을로 날 데려온 건가요)?" 키브린은 통역기가 여유를 가지고 번역할 수 있게 하려고 다시 한번 천천히 말했다.

"*Wick londebay yae comen lawdayke awtreen godelae deynorm andoar sic straunguwlondes. Spekefaw eek waenoot awfthy taloorbrede.*"

"*Lawyes sharess loostee?*" 다른 목소리가 말했다.

키브린에게는 보이지 않는 문을 보려 여인이 몸을 돌렸다. 문을 통해 다른 여인이 들어왔다. 방에 있는 여자보다 훨씬 나이 들어 보였고 머리쓰개 아래 보이는 얼굴에는 주름이 가득했으며 손은 키브린이 비몽사몽간에 보았던 거칠고 나이 든 바로 그 손이었다. 여자는 은목걸이를 했으며 작은 가죽 상자를 들고 있었다. 키브린이 가지고 온 손궤 같았지만, 그보다 작았고 놋쇠 대신 쇠테가 둘려 있었다. 나이 든 여자는 손궤를 창가 의자에 내려놓았다.

"*Auf specheryit darmayt?*"

키브린은 이 목소리도 기억했다. 화난 것 같고 쉰 목소리는 키브린의 침대 곁에 있는 여자를 하녀 취급하면서 말했다. '침대 옆에 있는 여자가 하녀인 모양이군. 그러면 저 나이 든 여자는 안주인인가 보네. 머리쓰개가 더 하얗지도 않고 옷도 더 좋아 보이지는 않지만 말이야.' 하지만 여자 허리춤에 열쇠가 매달려 있지 않았고, 이 당시 열쇠를 지니고 다니던 사람은 가정부가 아니라 안주인이라는 사실이 기억났다.

영주의 안주인이 입은 누런 아마포와 염색이 잘 먹지 않은 삼베를 보고 있자니 키브린은 자신이 입고 있는 옷이 얼마나 잘못되었는지 알 수 있었다. 래티머 교수의 발음만큼이나, 키브린이 그 어떤 중세 질병에도 걸리지 않을 것이라 큰소리쳤던 아렌스의 호언장담만큼이나 잘못된 것이었다.

"난 예방 접종을 받았어." 키브린이 중얼거리자 두 여인 모두 키브린에게 시선을 모았다.

"*Ellavih swot wardesdoor feenden iss?*" 나이가 지긋한 여인이 날카롭게 물어봤다. 저 여자는 젊은 여인의 엄마나 시어머니일까, 그것도 아니면 젊은 여인의 보모일까? 알 수 없었다. 입 밖으로 아무런 단어도 내뱉을 수가 없었다. 적당한 이름이나 인사말조차 떠오르지 않았다.

"*Maetinkerr woun dahest wexe hoordoumbe.*" 젊은 여자가 말하자 나이 든 여자가 대답했다. "*Nor nayte bawcows derouthe.*"

알아들을 수 없었다. 짧은 문장이 번역하기 더 쉬울 터였지만 키브린은 여인의 문장을 한마디도 구분할 수가 없었다. 심지어 단어가 하나인지 아니면 여러 개인지조차 알 수 없었다.

꼭 끼는 머리쓰개를 한 젊은 여인의 뺨이 실룩거렸다. "*Certessan, shreevadwomn wolde nadae seyvous.*" 여인이 딱딱하게 말했다.

키브린은 두 여인이 지금 자기를 어떻게 할 것인가에 관해서 이야기하고 있는 게 아닐까 궁금했다. 키브린은 두 여인에게서 멀어질 수 있기를 바라는 듯 힘이 다 빠진 손으로 이불을 밀쳐냈다. 그러자 젊은 여인이 사발과 숟가락을 내려놓고 즉시 침대 옆으로 다가왔다.

"*Spaegun yovor tongawn glais?*" 여자가 말했다. 여자의 말은 아마도 '좋은 아침입니다' 혹은 '몸은 좀 어때요? 많이 나아진 것 같나요' 또는 '내일 새벽에 널 화형시킬 거야' 가운데 하나인 듯했다. 아마도 키브린이 아직 회복되지 않았기 때문에 통역기가 제대로 작동하지 않는 것일 수도 있었다. 아마도 열이 내리면 사람들의 말을 빠짐없이 알아들을 수 있겠지.

나이 든 여인은 침대 옆에 무릎을 꿇더니 목걸이에 달린 조그만 은상자를 두 손으로 깍지 껴 잡고 기도하기 시작했다. 젊은 여자는 키브린에게 몸을 굽히고 이마를 살펴보더니 키브린의 머리 주변으로 손을 뻗어 뭔가를 했다. 머리카락을 잡아당기는 느낌이 들었다. 키브린은 이 사람들이 자기 이마에 난 상처 때문에 머리에 붕대를 감았다는 사실을 깨달았다. 키브린은 옷을 만져보고 목으로 손을 가져가 엉킨 머리 타래를 만져보려 했지만, 머리 타래가 있어야 할 곳에는 아무것도 없었다. 키브린의 머리는 귀 바로 아래에서 엉망진창으로 잘려져 있었다.

"*Vae motten tiyez thynt.*" 젊은 여자가 걱정스러운 듯 말했다. "*Far thotyiwort wount sorr.*" 뭔가 설명을 하려는 것 같았다. 전혀 알아들을 수 없었지만, 여자가 무슨 말을 하는지 눈치챌 수는 있었다. 키브린은 계속 아팠고 너무 아픈 나머지 머리에 불이 붙었다고 착각한 것이다. 불을 보고 발버둥 치는 자신을 달래기 위해 누군가가(나이 든 쪽 여자였나?) 자기 손과 몸을 잡으려 애쓰던 기억이 떠올랐다. 그들로서는 다른 방법이 없었을 것이다.

키브린은 긴 머리가 거추장스러웠고, 감느라 들여야 했던 그 긴 시간 역시 거추장스러웠다. 또한 중세 여인들이 머리를 땋든 안 땋든 간에 어떻게 간수하는지 몰라 걱정했으며, 중세로 와 있는 16일 동안 머리를 안 감고 지낼 생각을 하니 끔찍하기까지 했다. 키브린은 사람들이 머리를 쳐내줘서 고마워해야 할 판이었지만, 중세에 짧은 머리를 했던 잔 다르크가 말뚝에 묶여 화형당했다는 사실이 자꾸만 떠올라 마냥 즐거워할 수만은 없었다.

젊은 여인이 붕대에서 손을 뗐고 걱정스러워하며 키브린을 내려다보았다. 키브린은 가볍게 떨면서도 젊은 여인을 향해 싱긋 웃어주었고 여인도 키브린을 보며 밝게 웃었다. 젊은 여인에게는 오른쪽 이 두 개가 없었고 바로 그 옆의 이는 갈색이었지만 대학교 1학년생보다 더 나이 들었으리라고는 상상할 수 없는 천진난만한 웃음을 지어 보였다.

여인은 붕대를 끌러 이불 위에 올려놓았다. 붕대는 여인의 머리쓰개와 같이 노란색 아마포였지만, 여러 가닥으로 너덜너덜하게 해져 있었고 갈변한 피로 얼룩져 있었다. 키브린이 예상했던 것보다 훨씬 더 많은 피가 묻었다. 길크리스트 교수가 관자놀이에 낸 상처에서 피가 더 났던 모양이었다.

여자는 무엇을 해야 할지 몰라 걱정된다는 태도로 키브린의 관자놀이를 만져보았다. "*Vexeyaw hongroot?*" 여자가 한 손을 키브린의 목뒤에 넣어 고개를 들 수 있도록 받쳐주면서 물었다.

머리가 정말 가벼워졌다. 머리카락이 짧아진 덕분일 것이었다.

나이 든 여자가 젊은 여인에게 나무 사발을 건네주었고 젊은 여인은 키브린의 입에 사발을 가져다 댔다. 이건 아까 밀랍을 담아놓았던 그 사발 아닌가? 키브린은 혼란스러웠지만 조심스럽게 사발에 입을 댔다. 밀랍이 담긴 사발이 아니었다. 그리고 키브린이 정신을 잃기 전에 마셨던 음료도 아니었다. 사발에 담긴 것은 어젯밤에 키브린이 마셨던 것보다 덜 쓰면서 알갱이가 씹히는 묽은 오트밀이었다. 하지만 뒷맛은 기름졌다.

"*Thasholde nayive gros vitaille towayte.*" 나이 든 여자가 말했다.

'분명 젊은 여자의 시어머니일 거야.' 키브린은 생각했다.

"*Shimote lese hoor fource.*" 젊은 여자가 상냥하게 대답했다.

오트밀은 맛이 좋았다. 키브린은 쭉 들이켜려 노력했지만 몇 모금 삼키고 나니 몸에 기운이 다 빠져버렸다.

젊은 여인은 침대 곁에 다가와 있던 나이 든 여인에게 사발을 건네주고 키브린의 머리를 베개에 살살 내려놓았다. 젊은 여인은 피로 얼룩진 붕대를 집어 들고 붕대를 다시 감아야 하는지 말아야 하는지 판단하겠다는 듯 키브린의 관자놀이를 다시 한번 만져보다가 나이 든 여인에게 붕대를 넘겨주었다. 나이 든 여인은 침대 발치에 있는 상자 위에 사발과 붕대를 내려놓았다.

"*Lo, liggethsteallouw.*" 젊은 여자가 훤히 뚫린 치열에 웃음을 머금고 말했다. 한 단어도 알아들을 수 없었지만, 목소리의 음색에서 무슨 말을 하는지 알 수 있었다. 좀 더 자라는 뜻이었다. 키브린은 눈을 감았다.

"*Durmidde shoalausbrekkeynow.*" 나이 든 여자가 말했다. 둘은 육중한 문을 닫고 방을 나갔다.

키브린은 혼자서 천천히 아까 들었던 말을 되풀이해 비슷한 단어를 찾아내려 했다. 통역기는 단순히 중세 영어 단어를 저장하는 역할뿐만 아니라 키브린으로 하여금 음소를 더 잘 구분해내고 문장 구성 형식을 훨씬 수월하게 발견해 내게끔 키브린의 어학 능력을 끌어올리게 되어 있었다. 하지만 키브린은 지금 세르보크로아트어[22]를 듣고 있는 것만 같았다.

'어쩌면 그럴지도 몰라. 이 사람들이 날 어디로 데려왔는지 그 누가 알겠어? 난 정신이 없었잖아. 어쩌면 살인마가 날 배에 태워 영국 해협을 건넜을지도 모르는 일이지.' 키브린은 그런 일은 불가능하다는 것을 알고 있었다. 비몽사몽 중이었고 연결이 안 되는 부분도 있기는 했지만, 이곳으로 오던 밤의 행로는 거의 다 기억하고 있었다. '난 말에서 떨어졌지. 그리고 붉은 머리 남자가 날 다시 말에 태웠고 교회를 지나왔어.'

키브린은 그날 밤의 여행 경로를 떠올리려 애쓰다가 인상을 찌푸렸다. 잡목림을 벗어나 숲 쪽으로 들어가자 길이 나왔고 길이 갈라지는 지점에서

---

22 슬라브어파의 남슬라브 어군에 속하는 언어로, 불가리아어, 슬로베니아어, 마케도니아어가 이 어군에 속한다.

키브린이 말에서 떨어졌다. 분기점을 발견할 수 있으면 강하 지점을 찾아 갈 수 있을 것 같았다. 분기점은 종탑에서 조금 떨어져 있었다.

그렇지만 강하 지점이 그렇게 가깝다면 난 스켄드게이트에 있는 것이고 이 방에 있던 여자들은 중세 영어를 하고 있다는 뜻인데, 왜 말을 알아듣지 못하는 걸까?

'어쩌면 내가 말에서 떨어지면서 머리를 다쳐서 그런 걸지도 몰라. 그때 통역기에도 문제가 생겼나 보지.' 이렇게 생각했지만, 머리를 부딪친 적은 없었다. 말에서 미끄러져 길바닥에 주저앉았을 뿐이었다. 열 때문이야. 열 때문에 통역기도 고장이 나서 단어를 분간하지 못하고 있는 거야.

'그런데 아무리 열이 올라도 라틴어는 구분했잖아. 가슴속에 서서히 불안감이 일기 시작했다. 통역기가 라틴어는 알아들었단 말이지. 그럼 난 아픈 게 아니야. 게다가 예방 접종까지 했잖아.' 갑자기 페스트 접종을 했을 때 주사 맞은 부분이 가려워지면서 팔 아래가 부풀어 올랐고, 강하 직전에야 아렌스가 그걸 알아차렸다는 기억이 떠올랐다. '아렌스 선생님은 괜찮다고 했어. 그러니 난 페스트에 감염된 것도 아니야. 아무 증상이 없잖아.'

페스트에 걸린 사람들은 겨드랑이와 허벅지 안쪽으로 커다란 혹이 잡힌다. 페스트에 걸리면 피를 토해내고 피부밑으로 흐르는 혈관이 터지고 까맣게 변색된다. 페스트가 아니라면 도대체 키브린이 걸린 병은 무엇이며 어쩌다가 걸리게 된 것일까? 키브린은 1320년에 존재했던 굵직굵직한 질병에 대해서는 빠짐없이 예방 접종을 했다. 그리고 키브린이 병에 걸린다는 건 있을 수 없는 일이었다. 키브린은 누구와도 만나기 전, 이곳에 오자마자 병의 징후를 보이기 시작했다. 세균이 강하 지점 근처에 잠복해 누군가가 하늘에서 뚝 떨어지기를 기다리고 있었을 리는 없다. 세균은 직접적인 접촉이나 재채기나 벼룩 따위에 의해서만 옮는 것이 가능했다. 페스트는 벼룩 때문에 퍼졌다.

'페스트는 아니라니까.' 키브린은 자기 자신한테 단호히 말했다. 정말 페스트에 걸린 사람들은 자기가 페스트에 걸렸는지 안 걸렸는지 고민 안 해. 아니 못 해. 그 사람들은 죽기에도 바쁘단 말이야.

페스트가 아니었다. 페스트를 퍼뜨린 벼룩이라는 놈들은 쥐나 사람에게 붙어서 살지 숲 한복판에서 살지 않았고, 페스트는 잉글랜드에 1348년이 되어서야 나타났다. 아렌스가 몰랐던 다른 중세 질병인 것이 분명했다. 중세에는 온갖 기괴한 병이 다 있었다. 왕의 병이라 불리던 연주창이며 소(小)무도병이며 기타 이름 모를 열병들까지 이루 헤아릴 수 없었다. 키브린이 걸린 병은 그중 하나가 틀림없었다. 그리고 한껏 고양된 키브린의 면역 체계는 새로 들어온 질병이 뭔지 알아내고, 싸우느라 바빴다. 이제 면역 체계는 질병을 이겨 가고 있었고, 체온이 내려갔으니 곧 통역기가 작동할 것이다. 키브린이 해야 할 일은 쉬고 건강을 회복하는 일뿐이었다. 그 생각에 마음이 좀 누그러져 키브린은 눈을 감고 잠이 들었다.

누군가가 키브린을 건드렸다. 키브린은 눈을 떴다. 시어머니였다. 나이 지긋한 여인은 키브린의 손을 연신 뒤집으며 살펴보고 있었다. 키브린의 바짝 튼 집게손가락 등 쪽을 문질러보고 손톱도 꼼꼼하게 살폈다. 그러다 키브린이 눈을 뜬 것을 보고는 역겹다는 듯이 손을 내려놓고 말했다.
"*Sheavost ahvheigh parage attelest, baht hoore der wikkonasshae haswfolletwe?*"

아무것도 알아들을 수 없었다. 키브린은 자기가 잠든 사이 통역기가 저절로 고쳐져서 여태까지 들었던 모든 단어를 분류하고 해독해서, 깨어났을 때는 통역기가 정상으로 작동하는 모습을 보길 간절히 바랐다. 그렇지만 아직도 분간할 수 없는 단어들만 쏟아져 나왔다. 말꼬리를 급격히 떨어뜨리고 상승조 억양이 섬세한 걸 보면 프랑스어 같기도 했다. 그렇지만 키브린은 던워디 교수가 우겼던 덕분에 노르만 프랑스어를 배워 알고 있었다. 그런데도 단 한 단어도 알아들을 수가 없었다.

"*Hastow naydepesse?*" 나이 든 여자가 말했다.

뭔가 물어보는 것 같았지만, 프랑스어는 죄다 뭔가 물어보는 것 같이 들리지 않는가.

나이 든 여자는 일어나는 걸 도우려는 듯 거친 손으로 키브린의 팔을 잡고 다른 손으로 키브린의 몸을 감쌌다. '일어나서 앉을 수 없어요. 난 너무 아파요.' 키브린은 생각했다. 이 여자는 왜 나를 일으켜 앉히려는 거야?

187

뭔가 물어보기 위해서? 아니면 화형시키기 위해서?

　젊은 여자가 굽 달린 잔을 들고 방으로 들어왔다. 여자는 창가 의자에 잔을 내려놓더니 돌아와 키브린의 팔을 잡았다. "*Hastontee natour yowrese?*" 여인은 훤히 뚫린 치열로 웃음을 지으며 물어보았다. 어쩌면 이 사람들이 날 화장실로 데려가려는 걸지도 몰라. 키브린은 이렇게 생각하며 가까스로 일어나 침대 가장자리 부분에 다리를 걸치고 앉았다.

　일어나자마자 머리가 어찔했다. 키브린은 높은 침대에 걸터앉아 어서 모든 일이 끝나기만을 기다렸다. 가장자리에 앉았기 때문에 맨다리가 그대로 드러났다. 키브린은 아마포로 만든 슈미즈 말고는 아무것도 입고 있지 않았다. 자기 옷은 어디로 간 것인지 궁금했다. 어쨌든 적어도 사람들은 키브린에게서 슈미즈만큼은 벗겨 가지 않았다. '중세 사람들은 침대에서 아무것도 입지 않았는데, 다행이야.' 키브린은 생각했다.

　중세에는 집 안에 수도 시설도 없었어. 화장실 때문에 바깥으로 나가지는 않으면 좋겠는데. 간혹 성에는 울타리를 친 화장실이나 외딴 구석에 깊게 구멍을 파두었지만(이 경우에는 바닥 청소를 해야 했다), 키브린이 있는 곳은 성이 아니었다.

　젊은 여자가 얇은 담요를 키브린의 어깨에 숄처럼 둘러주었고 나이 든 여자와 함께 키브린이 침대에서 일어날 수 있도록 부축했다. 나무 바닥은 차갑기 짝이 없었다. 몇 걸음 떼지도 않았는데 다시 머리가 어찔어찔했다. 밖으로 못 나가겠는걸.

　"*Wotan shay wootes nawdaor youse der jordane?*" 나이 든 여자가 모질게 말했고 '*jardin*'이라는 단어가 들렸다. '정원'을 뜻하는 프랑스어야. 하지만 왜 지금 사람들이 정원에 관해 이야기하는 걸까?

　"*Thanway maunhollp anhour.*" 젊은 여자가 키브린의 어깨를 감싸고 팔을 자기 어깨에 두르며 말했다. 나이 든 여자는 양손으로 키브린의 다른 팔을 붙잡았다. 나이 든 여자의 키는 키브린의 어깨까지도 오지 않았고 젊은 여자는 아무리 많이 봐줘도 40킬로그램 이상은 몸무게가 나갈 것 같지 않았다. 하지만 두 여인의 부축을 받아 키브린은 침대 발치까지 걸어 나왔다.

한 걸음 한 걸음 뗄 때마다 점점 더 어지러웠다. '난 절대로 밖에 못 나
갈 거야.' 하지만 두 여인은 침대 발치에서 멈춰 섰다. 침대 발치에는 뚜껑
에 새인지 천사인지가 조악하게 새겨진 나지막한 나무 상자가 있었다. 상
자 위에는 물이 가득 담긴 나무 대야, 키브린의 이마를 감쌌던 피 묻은 붕
대, 그리고 좀 더 작고 텅 빈 그릇이 놓였다. 키브린은 넘어지지 않도록 온
힘을 짜내며 그 그릇이 무엇인지 생각해보았지만, 여자가 말하기 전까지는
그 용도를 알 수 없었다. "*Swoune nawmaydar oupondre yorresette.*" 여자는 치
마를 걷어 올리고 앉는 시늉을 했다.

'요강이라니.' 키브린은 감사하게 생각했다. '던워디 교수님, 1320년 시
골 영주의 집에 요강이 존재했어요.' 키브린이 젊은 여인에게 알아듣겠다는
듯이 고개를 끄덕이자 여인들은 키브린이 요강 위에 앉도록 팔을 놓았다. 하
지만 키브린은 현기증 때문에 주저앉을 것만 같아서 침대 커튼을 부여잡았
다. 그리고 다시 한번 일어서려 했을 땐 가슴이 너무 아파서 몸을 웅크렸다.

"*Maisry!*" 나이 든 여인이 문을 향해 소리쳤다. "*Maisry, Com undtvae
holpoon!*" 억양으로 미루어보건대 지금 나이 든 여인은 마조리인지 메리인
지 하는 사람에게 도움을 청하고 있었다. 하지만 아무도 나타나지 않았다.
'또 잘못 생각한 모양이네.' 키브린은 생각했다.

키브린은 아픈지 안 아픈지 알아보기 위해서 몸을 약간 곧추세워 보았
다. 그리고 다시 일어서려 애썼다. 아까보다 통증은 어느 정도 가라앉았지
만, 여자들의 도움을 받아 다시 침대로 돌아가야 했고 이불 속으로 들어갔
을 때는 너무나 피곤했다. 키브린은 눈을 감았다.

"*Slaeponpon donu paw daton.*" 젊은 여인이 말했다. 아마도 '쉬세요'라든
가 '눈 좀 붙이세요'일 테지만 키브린은 아직도 무슨 말인지 알아듣지 못하
고 있었다. '통역기가 부서진 거야.' 키브린은 생각했다. 그리고 사태의 심각
성 때문에 공황 상태에 빠지면서 가슴이 답답해지기 시작했고, 공황 상태
의 고통이 가슴 통증보다 훨씬 더 심했다.

"부서졌을 리가 없잖아." 키브린은 중얼거렸다. 통역기는 기계가 아니니
까. 통역기는 기계가 아니라 화학적 통어론이고 기억력 향상 프로그램의

일부란 말이야. 부서졌을 리가 없어. 하지만 통역기는 메모리에 단어가 들어 있을 때만 제 기능을 발휘할 수 있어. 그리고 래티머 교수님의 중세 영어는 무용지물이야. '*Whan that Aprille with his shoures sote*(4월의 감미로운 소나기).²³' 래티머 교수의 발음이 실제 발음과 너무나 거리가 멀어 통역기는 같은 단어를 들어도 그 뜻을 알아내지 못했지만 그렇다고 통역기가 고장 났다는 뜻은 아니었다. 그저 통역기가 새로운 자료를 수집해야 한다는 것뿐이며 지금까지 모은 몇 안 되는 문장으로는 자료가 충분하지 않다는 뜻이었다.

'통역기는 라틴어를 해석했어.' 그렇게 생각하는 동시에 공황 상태가 다시 엄습해 왔지만, 키브린은 정신을 똑바로 차렸다. 통역기가 라틴어를 제대로 번역해낼 수 있었던 이유는 성유를 바르며 행해지는 병자 성사 의식 때 쓰이는 기도가 정해져 있기 때문이야. 키브린은 병자 성사에 어떤 단어가 쓰이는지 이미 알고 있었다. 하지만 이 집에서 여인들이 한 말은 정해진 것이 아니었고 그래서 아직도 해독 불가능이었던 것이다. 고유 명사와 어형, 명사와 동사, 전치사구들이 몇 번 반복되면 통역기는 각자의 역할과 위치를 재빨리 분석하고, 이들을 이용해 다른 말을 해석하는 단서로 삼을 것이다. 그러니 키브린이 지금 해야 할 일은 정보를 모으는 것이었다. 사람들의 말이 어떻게 들리는지 잘 듣는 것뿐이었다. 사람들의 말을 이해하려 할 필요는 없다. 해석은 통역기가 작동하면 자동으로 될 일이었다.

"*Thin keowre hoorwoun desmoortale?*" 젊은 여자가 물었다.

"*Got tallon wottes.*" 나이 든 여자가 대답했다.

저 멀리서 종소리가 울려 퍼지기 시작했다. 키브린은 눈을 떴다. 창을 가려놓은 아마포 때문에 아무것도 보이지 않음에도 두 여인은 창밖을 보기 위해서 몸을 돌렸다.

"*Bere wichebay gansanon.*" 젊은 여자가 말했다.

나이 든 여자는 대꾸하지 않았다. 뻣뻣한 아마포 너머를 꿰뚫어볼 수 있

23 《캔터베리 이야기》

다는 듯 창을 응시하고 있을 뿐이었다. 나이 든 여자의 두 손은 기도할 때처럼 앞으로 모여 있었다.

"*Aydreddit ister fayve riblaun.*" 젊은 여자가 말했다. 키브린은 알아들으려 애쓰지 말자는 좀 전의 결심을 헌신짝처럼 버리고 젊은 여자가 방금 한 말이 무슨 뜻인지 알아내려 노력했다. '만종 시간이에요' 아니면 '만종이 울리고 있어요'라는 뜻이리라 생각했지만 저건 만종이 아니었다. 지금 울리는 종소리는 오래오래 계속되었지만 다른 종소리가 뒤따르지 않았다. 키브린은 지금의 종소리가 예전에 들었던 그 종소리, 늦은 오후에 혼자 울려 퍼졌던 그 종소리인지 궁금했다.

그때 나이 든 여자가 갑자기 창에서 몸을 돌렸다. "*Nay, Elwiss, itbahn di wolffin.*" 그런 다음 나무 상자에서 요강을 들어 올렸다. "*Gawynha thesspyd⋯.*"

갑자기 문밖이 소란스러워지며 계단을 달리는 소리가 나더니 어린아이의 외침이 들려왔다. "*Modder! Eysmertemay!*"

금발을 땋아내린 어린 여자아이가 모자 끈을 휘날리며 방문을 박차고 들어왔고, 하마터면 나이 든 여인과 요강에 부딪힐 뻔했다. 아이의 동그란 얼굴은 빨갰으며 눈물범벅이 되어 있었다.

"*Wol yadothoos forshame ahnyous!*" 나이 든 여자는 마음이 불안한지 요강을 여자아이 손이 닿지 않는 곳으로 치우며 화를 냈다. "*Yowe maun naroonso inhus.*"

여자아이는 나이 든 여자의 말은 들은 척도 하지 않았다. 아이는 서럽게 울며 젊은 여자에게 달려갔다. "*Rawzamun hattmay smerte, Modder!*"

키브린은 깜짝 놀라 숨이 막힐 지경이었다. *Modder.* 필시 '어머니(mother)'라는 뜻일 것이다.

여자아이는 두 팔을 번쩍 들어 올렸고 그 아이의 어머니는 아이를 들어 올렸다. '분명 어머니가 맞아.' 키브린은 생각했다. 아이는 엄마의 목을 감싸 안더니 청승맞게 울기 시작했다.

"*Shh, ahnyous, shh.*" 아이 엄마가 말했다. 연구개음은 분명 'G' 소리를 냈어. 독일어로 'G' 발음이 심하게 왜곡된 거야. '쉿, 아그네스'라는 뜻일 거야.

아이를 안은 채 아이 엄마는 창가 의자에 앉았다. 여인은 머리쓰개 자락으로 아이의 눈물을 훔쳤다. "*Spekenaw dothass bifel, Agnes.*"

그래, 확실히 아그네스야. 그리고 *speken*은 '말하다'야. '무슨 일인지 말해봐, 아그네스.'

"*Shayoss mayswerte!*" 막 방으로 들어온 또 다른 여자아이를 가리키며 아그네스가 말했다. 이 아이는 아그네스보다 꽤 나이가 많아 아홉 살이나 열 살은 족히 되어 보였다. 아이는 등까지 내려오는 긴 갈색 머리에 짙은 청색 스카프를 하고 있었다. "*Itgan naso, ahnyous.*" 큰아이가 말했다. "*Tha pighte rennin gawn derstayres.*" 애정과 경멸이 함께 섞여 있는 어투였다. 금발의 어린 여자아이와 닮은 구석은 없었지만, 키브린은 갈색 머리 아이가 꼬마의 언니일 게 분명하다고 생각했다. "*Shay pighte renninge ahndist eyres, modder.*" '어머니'라는 단어가 또 나왔다. 그리고 *shay*는 분명 '그녀(she)'를 나타내는 말일 것이며, *pighte*는 '떨어졌다(fell)'를 뜻하는 말이리라. 프랑스어처럼 들렸지만, 해석의 열쇠는 독일어였다. 발음이며 문법 체계가 모두 독일식이었다. 열쇠가 찰칵하고 들어맞는 소리가 들리는 것만 같았다.

"*Na comfitte horr thusselwys.*" 나이 든 여자가 말했다. "*She hathnau woundes. Hoor teres been fornaught mais gain thy pitye.*"

"*Hoor nay ganful bloody.*" 젊은 여자가 말했지만 키브린은 무슨 뜻인지 알아들을 수 없었다. 키브린은 통역기의 통역을 듣고 있었다. 통역은 어색했으며 몇 박자씩 늦게 나왔고 다음처럼 들렸다.

"너무 애지중지하지 마라, 엘로이즈. 그 애는 다친 게 아니야. 그냥 네 관심을 끌기 위해서 울고 있는 것뿐이다." 그리고 아이의 엄마, 엘로이즈라는 여자가 말했다. "무릎에서 피가 나고 있어요."

"*Rossmunt brangund oorwarsted frommecofre.*" 엘로이즈가 침대 발치를 가리키면서 말하자 통역기는 곧바로 여인의 말을 번역했다. "로즈먼드, 상자에 있는 천 좀 가져다주련?" 열 살쯤 되어 보이는 여자아이는 그 즉시 침대 발치에 있는 상자로 다가갔다.

큰아이는 로즈먼드였고 작은아이는 아그네스였다. 머리쓰개를 한 채 두 아이의 엄마라는 것이 믿기지 않을 정도로 젊어 보이는 여자는 엘로이즈였다.

로즈먼드는 엘로이즈가 키브린의 이마에서 벗겨낸 게 분명한 해진 헝겊을 들어 올렸다.

"만지지 마요! 만지지 마요!" 아그네스가 소리쳤다. 키브린은 통역기의 도움 없이도 아그네스가 무슨 말을 하는지 알 수 있었다. 통역기는 여전히 몇 박자 늦게 해석하고 있었다.

"피를 멈추게 하려면 붕대를 대는 수밖에 없단다." 로즈먼드에게서 헝겊을 넘겨받으며 엘로이즈가 말했다. 아그네스는 헝겊을 밀쳐내려 애쓰고 있었다. 단어를 모르겠다는 듯이, 통역기는 '헝겊은 절대로'로 엘로이즈의 문장을 번역하기 시작해서 '않아, 아그네스'로 끝마쳤다. 빠뜨린 단어는 분명 '쓰리지' 또는 '아프지'일 텐데 통역기의 기억 속에 왜 그런 기초 단어가 없는지 궁금했고 통역기가 왜 문맥으로부터 대충 파악하지 못하는지도 궁금했다.

"아플 거예요." 아그네스가 외치자 통역기가 한 박자 늦게 '그건…'이라고 한 다음 다시 조용해졌다. 공백은 키브린이 진짜 음성을 알아듣고 스스로 뜻을 추측할 수 있게 하려는 것이 분명했다. 나쁜 생각은 아니지만 통역기가 이런 식으로 계속 늦게 말을 하면 키브린은 사람들이 하는 말을 직접 들을 수 없었다. 그리고 통역기가 이런 식으로 계속 문장마다 단어를 하나씩 알아듣지 못하는 것도 심각한 문제였다.

"그건 아… 거예요." 아그네스는 무릎에서 엄마의 손을 치우며 엉엉 울었다. "그건 아플 거예요." 통역기가 속삭였고 키브린은 비록 '아프다'라는 형용사 하나 번역에 지나지 않았지만 통역기가 조금씩 정상으로 돌아오는 것 같아 안도감을 느꼈다.

"어쩌다가 넘어졌니?" 아그네스의 주의를 돌리려 엘로이즈가 물었다.

"아그네스는 계단으로 뛰어올라가고 있었어요." 로즈먼드가 말했다. "아그네스는 엄마에게… 왔다는 소식을 알려주려고 마구 뛰어왔어요."

통역기가 또다시 공백을 남겨두었지만, 이번에는 키브린이 그 단어를 알아차릴 수 있었다. '거윈'은 아마 고유 명사일 것이다. 그리고 아그네스가 높은 소리로 말하자 통역기도 키브린의 생각과 같은 결론에 도달했다. "아그네스는 엄마한테 거윈이 왔다고 말하려 했어요." 통역기가 이번에는 공백을 채워 옮겼다.

"말하려고 했어요." 이제 아그네스는 정말로 울음을 터뜨리며 엄마에게 얼굴을 파묻었고, 엘로이즈는 아그네스의 무릎에 붕대를 댈 기회를 잡게 되었다.

"지금 말해도 된단다."

아그네스는 엄마 품에 안겨 고개를 흔들었다.

"붕대를 너무 살살 맸다, 얘야." 나이 든 여자가 말했다. "곧 풀어지겠구나."

키브린 눈에는 붕대를 잘 동여맨 것 같았고, 붕대를 지금보다 조금이라도 세게 묶으려 든다면 아그네스는 또다시 소리 지를 것이 뻔해 보였다. 나이 든 여자는 아직도 요강을 양손에 들고 있었다. 키브린은 왜 노파가 요강을 비우지 않는지 궁금했다.

"뚝, 착하지 뚝." 엘로이즈가 작은아이의 등을 두드리며 살살 달랬다. "아그네스가 말해주면 엄마는 너무 기쁘겠는걸."

"건방을 떨면 이렇게 되는 거란다." 나이 든 여자는 아그네스를 다시 한 번 울리기로 작정한 모양이었다. "건방을 떨었기 때문에 이렇게 혼나는 거야. 홀에서는 뛰지 말았어야지."

"거윈이 하얀 암말을 타고 있었니?" 엘로이즈가 물었다.

하얀 암말. 키브린은 자기를 말에 태워 장원까지 데리고 온 사람이 거윈이 아닐까 궁금했다.

"아니요." 아그네스는 엄마가 웃긴 말을 했다는 투로 대답했다. "거윈 아저씨는 까만 그링골렛 종마를 타고 있었어요. 그리고 거윈 아저씨는 나를 번쩍 안아서 이렇게 말했어요. '우리 착한 아그네스 아가씨, 아가씨의 어머니와 이야기하고 싶군요.'"

"로즈먼드, 네가 돌보지 않아서 동생이 다쳤구나." 나이 든 여자가 말했다. 여인은 아그네스를 더 이상 다그치지 않기로 판단한 모양인지 누군가

혼낼 다른 사람을 찾고 있었다. "왜 네 동생을 돌보지 않은 거냐?"

"저는 수를 놓고 있었어요." 로즈먼드는 자기를 옹호해주길 바라며 엄마를 쳐다보았다. "메이즈리가 아그네스를 돌보게 되어 있었잖아요."

"메이즈리는 거윈 아저씨를 보러 나갔어요." 아그네스는 엄마 무릎에 앉으면서 말했다.

"마구간지기랑 노닥거리러 갔겠지." 나이 든 여자가 말하며 문 쪽으로 가 소리쳤다. "메이즈리!"

메이즈리. 나이 든 여자가 전에도 외쳐댔던 바로 그 이름이고 통역기는 이제 '메이즈리'라는 고유 명사가 나와도 공백을 만들지 않았다. 키브린은 메이즈리가 누구인지 몰랐지만, 하녀일 것 같았다. 그리고 일이 이렇게 진행되면 메이즈리는 아마 상당한 곤경에 처하게 될 것이다. 나이 든 여자는 누군가 희생양을 찾고 있었고 자리에 없는 메이즈리는 그 역할로 안성맞춤이었다.

"메이즈리!" 나이 든 여자가 다시 한번 소리쳤고 그 이름은 방 안에 메아리쳤다.

로즈먼드는 엄마 옆에 설 기회를 얻었다. "거윈 아저씨가 금방 이리로 와서 엄마랑 할머니랑 얘기할 거라고 조금만 기다려달라고 말했어요."

"아래에서 기다리고 있니?" 엘로이즈가 물었다.

"아니요. 아저씬 바위 신부님과 저 아가씨에 관해 이야기한다며 우선 교회로 갔어요."

건방을 떨면 사고를 치는 법. 통역기는 지나치게 잘난체하고 있었다. 로즈먼드는 아마도 '롤프 신부' 혹은 '피터 신부'라고 했지, '바위 신부'라고 한 것은 아니었다.

"왜 거윈이 바위 신부에게 말하러 간 거지?" 나이 든 여자가 방으로 돌아오며 다그쳐 물었다.

키브린은 정신 못 차리고 속삭여 대는 통역기를 무시하고 진짜 말을 들으려 애썼다. 로슈. '바위'의 프랑스어였다. 로슈 신부.

"어쩌면 저 아가씨와 관련된 뭔가를 찾았을지도 모르죠." 키브린을 흘

195

깃 보면서 엘로이즈가 말했다. 방 안에 있는 사람들이 키브린의 존재를 잊지 않고 있다는 최초의 표시였다. 이제야 깨달은 모양이다. 키브린은 사람들이 자신에 관한 이야기를 계속할 수 있도록 재빨리 눈을 감고 자는 척했다.

"거윈이 오늘 아침 악당들을 찾으러 떠났어요." 엘로이즈가 말했다. 키브린은 실눈을 떴지만, 엘로이즈는 더 이상 키브린을 보고 있지 않았다. "어쩌면 벌써 찾아냈을지도 모르겠어요." 여자는 몸을 굽혀 달랑거리는 아그네스의 아마포 모자 끈을 꽉 맸다. "아그네스, 언니랑 같이 교회에 가서 거윈 아저씨에게 엄마와 할머니가 홀에서 기다리겠다고 전해주렴. 저 아가씨가 잠들었으니 방해하면 안 되지 않니."

아그네스는 문으로 쏜살같이 달려가며 외쳤다. "언니, 아그네스가 말할 거야. 아그네스가 말할 거라고!"

"로즈먼드, 네 동생이 말하게 하렴." 엘로이즈는 말을 덧붙였다. "아그네스, 뛰면 안 된다."

여자아이들은 문에서 사라져 쿵쿵거리며 계단을 내려갔다. 뛰는 게 분명했다.

"로즈먼드는 이제 거의 다 컸구나." 나이 든 여자가 말했다. "큰애가 네 남편의 부하를 쫓아다니게 둬선 안 될 것 같다. 이제 네 딸이 막 크도록 내버려두지 않으련. 옥센퍼드로 보모를 구하러 누군가를 보내는 것이 낫겠구나."

"안 돼요." 엘로이즈는 단호하게 말했고, 키브린은 엘로이즈가 이렇게 단호해질 수 있다는 데 깜짝 놀랐다. "아이들은 메이즈리가 돌볼 수 있어요."

"메이즈리는 보모로 적합하지 않아. 우리가 바스에서 너무 서둘러 온 것 같구나. 그러지 말았어야 했는데 말이야. 확실히… 때까지 기다렸어야 했어." 뭘 기다린다는 거지? 키브린은 궁금했다.

통역기는 또다시 공백을 두었고 키브린은 그 문장을 분간할 수 없었지만 아주 중요한 사실을 잡아냈다. 그들은 바스에서 온 것이었다. 바스는 옥스퍼드 근방이다.

"거윈에게 보모를 데려오라고 해야겠다. 이 아가씨를 돌볼 여의사도 말이야."

"…로는 아무도 보낼 수 없어요." 엘로이즈가 말했다.

다른 지명이 나오자 통역기가 또다시 잡아내지 못했다. "이볼드 부인은 상처를 잘 다룬다는 평이 자자한 분이야. 그리고 아주 흔쾌히 자기가 데리고 있는 보모 지망생도 보내주실 거야."

"안 돼요." 엘로이즈가 말했다. "이 여인은 우리 힘으로 보살펴야 해요. 로슈 신부님께서…."

"흥, 로슈 신부." 나이 든 여자가 경멸하는 투로 말했다. "그 사람은 의술에 대해선 아무것도 모르지 않니."

'그래도 난 로슈 신부라는 사람이 하는 말은 빠짐없이 알아들을 수 있었어.' 키브린은 자기의 병자 성사 의식을 치러주던 로슈 신부의 조용한 음성과 관자놀이와 손바닥과 발바닥에 닿던 신부의 부드러운 손길을 기억했다. 신부는 키브린에게 두려워하지 말라고 하면서 키브린의 이름을 물었다. 그리고 키브린의 손을 잡아주었다.

"저기 누워 있는 저 아가씨가 귀족 태생이라면, 무식한 시골 신부가 간병하도록 내버려뒀다고 말할 참이냐? 나중에 어쩔 셈인 거야? 이볼드 부인이…."

"아무도 부르지 않겠어요." 엘로이즈가 말했고 키브린은 엘로이즈가 무언가 두려워하고 있다는 사실을 처음으로 깨달았다. "제 남편은 자기가 돌아올 때까지 이곳을 지키라고 했어요."

"그럴 거면 진즉에 왔어야지."

"그이가 그럴 수 없다는 거 잘 알고 계시잖아요." 엘로이즈가 말했다. "돌아올 수 있으면 그렇게 하겠죠. 거원과 얘기하러 가야겠어요." 엘로이즈는 나이 든 여자를 지나쳐 문 쪽으로 걸어갔다. "거원이 이 아가씨를 발견한 장소를 찾아내 아가씨를 공격한 자의 흔적을 추적한다고 했어요. 어쩌면 아가씨가 누구인지 밝혀줄 뭔가를 찾아냈을 수도 있지요."

아가씨를 처음으로 발견한 장소. 거원은 키브린을 발견한 사람이며 붉은 머리 남자이자 친절한 얼굴을 한 남자였다. 키브린을 말에 태워 여기까지 데리고 온 사람이기도 했다. 백마 부분은 꿈인 모양이었지만 이 부분은 꿈이 아니었다. 거원은 키브린을 이곳으로 데려왔고 강하 지점이 어디인지도 알고 있었다.

"잠깐만요!" 키브린이 불렀다. 키브린은 베개 위로 몸을 일으키려 했다. "잠깐만요, 제발요. 전 거원이랑 이야기하고 싶어요."

여자가 멈춰 섰다. 엘로이즈는 깜짝 놀란 표정으로 침대 옆으로 다가왔다.

"거원이라는 사람이랑 이야기하고 싶어요." 키브린은 조심스럽게 말하고 각 단어가 번역되길 기다렸다. 어쨌거나 결국에는 통역이 자동으로 이루어지겠지만, 지금은 단어를 먼저 떠올리고, 통역기가 단어를 번역해낼 때까지 기다렸다가 키브린이 큰 소리로 또박또박 입 밖으로 내뱉는 방법밖엔 없었다. "거원이 절 어디에서 발견했는지 알아야 해요."

엘로이즈가 키브린의 이마를 짚어보았지만, 키브린은 성급하게 엘로이즈의 손을 밀쳤다.

"거원이랑 이야기하고 싶어요." 키브린이 말했다.

"열은 내렸어요." 엘로이즈가 나이 든 여자에게 말했다. "우리가 자기 말을 알아듣지 못하는 것을 알면서도 말하려 애쓰고 있네요."

"이 여자 외국어를 하고 있잖아." 나이 든 여인은 외국어를 사용하는 것이 범죄 행위라도 된다는 듯 말했다. "어쩌면 프랑스가 보낸 스파이일 수도 있겠다."

"전 프랑스어를 하는 게 아니에요." 키브린이 말했다. "중세 영어를 쓰고 있잖아요."

"어쩌면 라틴어일 수도 있어요." 엘로이즈가 말했다. "로슈 신부님이 고해받으러 오셨을 때 이 아가씨가 라틴어를 썼다고 했어요."

"로슈 신부는 주기도문도 라틴어로 제대로 할 줄 모르는데?" 나이 든 여인이 말했다. "…로 사람을 보내야 해." 식별할 수 없는 이름이 다시 들렸다. 커시? 코시?

"거원이랑 이야기하고 싶어요." 키브린은 라틴어로 말했다.

"아니요. 그이가 돌아올 때까지 기다려야 해요."

나이 든 여인은 화가 나서 빙그르르 돌다가 요강을 손에 쏟아버렸다. 여자는 치마로 손에 묻은 것을 닦아내고는 밖으로 나가며 문을 세게 닫았다. 엘로이즈도 그 뒤를 쫓아 나가려 했다.

키브린은 엘로이즈의 손을 잡았다. "왜 제 말을 알아듣지 못하는 거죠? 전 당신 말을 알아들을 수 있는데, 왜 못 알아듣는 거예요? 전 거윈이랑 얘기해야 해요. 거윈이 강하 지점을 가르쳐줘야 한단 말이에요."

엘로이즈가 키브린의 손을 놓았다. "울면 안 돼요." 엘로이즈는 다정스럽게 말했다. "좀 자도록 해봐요. 푹 쉬셔야 집에 갈 수 있어요."

둠즈데이북 사본
(000915-001284)

던워디 교수님, 곤경에 처했다는 말이 무슨 뜻인지 실감하고 있어요. 제가 있는 곳이 어디인지도 모르겠고 이 사람들과 의사소통도 할 수 없어요. 통역기에 뭔가 문제가 있는 것 같아요. 전 이 시대 사람들이 하는 말을 어느 정도 알아들을 수 있지만 이 사람들은 제 말을 조금도 알아듣지 못해요. 하지만 이보다 더 심각한 문제가 있어요.

전 병에 걸렸어요. 무슨 병에 걸렸는지 전혀 모르겠어요. 페스트 같지는 않아요. 페스트 증상은 하나도 없는데다 점점 몸이 낫고 있거든요. 게다가 전 페스트 예방 접종까지 했으니까요. 생각할 수 있는 모든 종류의 접종을 하고 T세포 강화도 했고 기타 등등을 다 했는데, 그중 하나가 효과가 없거나 예방 접종이 통하지 않는 어떤 중세 질병에 걸렸거나 둘 중 하나인가 봐요.

지금 증상은 현기증과 고열을 수반한 두통이에요. 움직일 때마다 가슴에 통증도 있어요. 전 한동안 정신을 잃고 있었고, 그 때문에 지금 제가 어디에 있는지 몰라요. 거윈이라는 남자가 말에 태워서 절 이곳까지 데리고 왔는데 날이 어두워서 이곳까지 오는 데 몇 시간 걸렸다는 것 말고는 아무것도 기억나지 않네요. 전 제 생각이 틀렸고 열 때문에 시간 감각이 잘못되어 말을 탄 시간이 실제보다 훨씬 더 길게 느껴졌기를, 그래서 실제로는 제가 있는 곳이 몬토야 교수님이 발굴하고 계시는 마을이기를 빌고 있어요.

이곳이 스켄드게이트일 수도 있어요. 교회를 기억해요. 이곳은 장원 영주의 집이에요. 전 지금 침실에 있는지 2층 개인 방에 있는지 둘 중 하나예요. 다락은 아니에요. 계단이 있거든요. 계단이 있는 거로 봐서 제가 있는 곳은 적어도 준남작의 집 정도는 된다는 뜻이죠. 방에는 창문이 하나 있어요. 그리고 어지러운 것이 좀 가라앉는 대로 창가 의자 위로 올라가서 교회가 보이는지 찾아볼 생각이에요. 교회에는 종이 있어요. 아, 지금 막 만종을 알리는 종소리가 나네요. 몬토야 교수님이 발굴하는 마을엔 종탑이 없었어요. 아무래도 제가 맞게 찾아온 게 아니라는 생각이 들어요. 마을 주민 한 명이 옥스퍼드에서 의사를 데려온다고 말했으니 옥스퍼드 근방에 와 있는 건 확실해요. 그리고 커시인지 코시인지 하는 마을에 가까이 있어요. 제가 기억하는 한 몬토야 교수님의 지도에서는 찾아볼 수 없었던 마을 이름이에요. 하지만 마을 이름이 아니라 영주의 이름일 수도 있지요.

제정신이 아니라서 제가 있는 시간 역시 확인하지 못했어요. 기억하려 무진장 애를 썼고, 결국 이틀 정도만 앓아누웠다는 사실은 생각해냈어요. 하지만 어쩌면 그보다 오래 누워 있었을 수도 있지요. 사람들이 제 말을 못 알아듣기 때문에 오늘 날짜를 물어볼 수가 없어요. 그리고 침대에서 일어나려 할 때마다 쓰러져요. 아 참, 사람들이 제 머리를 짧게 쳐냈는데, 어떻게 해야 할지 모르겠어요. 무슨 일이 벌어진 것일까요? 왜 통역기는 작동하지 않는 걸까요? 왜 T세포 강화가 효력을 발휘하지 않는 걸까요?

(사이)

제 침대 밑에 쥐가 있어요. 쥐가 어둠 속에서 뭔가를 박박 긁어대는 소리가 들려요.

11

사람들은 키브린의 말을 알아듣지 못했다. 키브린은 엘로이즈와 의사소통을 하려 애써보았고 자기 말을 이해시키기 위해 노력했지만, 엘로이즈는 도무지 이해가 안 된다는 표정으로 싱긋 웃으며 키브린에게 쉬라고만 했다.

"제발요." 엘로이즈가 문 쪽으로 가기 시작하자 키브린이 애원했다. "가지 마세요. 정말 중요한 문제예요. 거원은 강하 지점이 어디인지 아는 유일한 사람이란 말이에요."

"자요." 엘로이즈가 말했다. "좀 있다가 돌아올게요."

"거원을 만나게 해줘요." 키브린은 절망적으로 외쳤지만, 엘로이즈는 이미 문 앞에 서 있었다. "난 강하 지점이 어디인지 모른단 말이에요."

계단에서 쿵쿵거리는 소리가 들렸고 엘로이즈가 문을 열었다. "아그네스, 엄마가 가서 이야기하라고 하지…."

엘로이즈는 말허리를 자르더니 한 걸음 뒤로 물러섰다. 놀랐다거나 화가 난 표정은 아니었지만 문에 손을 짚은 듯 상인방(上引枋)[24]에 걸쳐놓은 손이 조금 떨리고 있었다. 키브린의 심장은 고동치기 시작했다. '올 것이 왔어.' 키브린은 지레짐작했다. '사람들이 이제야 날 말뚝에 묶고 화형에 처하려는 거야.'

"밤새 안녕하셨습니까, 부인." 남자 목소리가 들렸다. "따님이신 로즈먼드 양께서 홀에서 부인을 뵐 수 있다고 했는데 거기에 안 계시더군요."

남자가 방 안으로 들어왔다. 키브린은 남자의 얼굴을 볼 수 없었다. 남자는 침대 발치에 서 있었지만, 침대 커튼에 가려 얼굴이 보이지 않았다. 키브린은 고개를 움직여 남자를 보려 했지만, 머릿속이 사정없이 빙글빙글 돌았다. 키브린은 다시 누웠다.

"그래서 다친 아가씨와 함께 계실 것으로 생각했습니다." 남자가 말했다. 남자는 솜을 댄 가죽조끼를 걸치고 가죽 타이츠를 신고 있었다. 그리고 칼도 찼다. 남자가 한 걸음 앞으로 다가서자 키브린은 칼이 철커덕거리는 소리를 들을 수 있었다. "아가씨는 차도가 좀 있습니까?"

"오늘은 좀 나아 보이는군요. 시어머니께서 상처에 좋은 탕제를 달여 먹였어요."

엘로이즈는 문에서 손을 뗐다. '따님이신 로즈먼드'라고 말한 걸로 보아 남자는 거원이고, 키브린을 공격한 강도를 찾기 위해 갔다 온 게 분명했다. 하지만 엘로이즈는 남자가 말하는 동안 두 걸음 이상 뒤로 물러섰고 얼굴에는 경계하는 기색이 가득했다. 위험하다는 생각이 다시 한번 키브린의 머릿속을 휩쓸고 지나갔고, 만약 자신이 던워디 교수님이 경고했던 살인마의 얼굴을 꿈속에서 본 게 아니라면 그때 잔인한 얼굴을 하고 있던 남자가 거원일 수 있지 않을까 생각했다.

"저 아가씨의 신원을 밝혀줄 어떤 증거라도 찾았나요?" 엘로이즈는 조심스럽게 물었다.

"아닙니다." 남자가 말했다. "물건들은 벌써 도둑맞았고 말도 누군가가 끌고 가버렸습니다. 아가씨가 저에게 강도에 관해 뭔가를 말해주리라 기대

하고 있습니다. 강도는 몇 명이었는지, 어느 방향에서 공격해왔는지 등등
에 관해서 말입니다."

"아마 당신에게 아무것도 말해주지 못할 거예요."

"말을… 못 합니까?" 남자가 움직였기 때문에 키브린은 남자를 볼 수
있었다.

이 사람이 내 옆에 서서 날 지켜보던 그 사람인가? 남자는 키브린이 기
억하는 만큼 키가 크지 않았다. 머리카락도 대낮에 보니 붉은 기운보다 금
발 기운이 더 강했다. 하지만 얼굴은 키브린을 말에 태웠을 때와 마찬가지
로 여전히 친절해 보였다. 그런데 까만 그링골렛 말이라고?

공터에서 키브린을 발견한 뒤였다. 이 남자는 살인마가 아니었다. 키브
린은 혼수상태 속에서 던워디가 했던 경고를 떠올리며 백마와 크리스마스
캐럴, 그리고 살인마가 뒤섞인 꿈을 꾼 것이다. 그리고 사람들이 키브린을
요강으로 데려다주었을 때 무슨 뜻인지 알 수 없었듯이, 엘로이즈의 반응
들을 오해한 게 틀림없었다.

"그건 아니지만 내가 모르는 다른 나라 말을 하는 것 같아요." 엘로이즈
가 말했다. "다친 것 때문에 정신이 나간 것은 아닌가 걱정이네요." 엘로이
즈는 침대 곁으로 왔고 거윈도 엘로이즈를 따라 침대 옆으로 다가왔다. "아
가씨, 제가 남편의 부하인 거윈을 데려왔어요."

"좀 어떠십니까, 아가씨." 거윈은 키브린이 듣지도 못한다고 여기는지
천천히, 그리고 과하다 싶을 정도로 또박또박 말했다.

"아가씨를 숲에서 발견한 사람이에요." 엘로이즈가 말했다.

'숲 어디에서요?' 키브린은 필사적으로 생각했다.

"상처가 아물고 있다는 소식을 들으니 기쁘기 한량없습니다." 거윈은 매
음절에 힘을 주며 말했다. "아가씨를 공격했던 사람들에 대해 말해줄 수 있
겠습니까?"

'내가 뭔가를 말해줄 수 있을지 모르겠군요.' 자신이 하는 말을 못 알아
들을까 겁내 하며 키브린은 생각했다. 하지만 거윈은 키브린의 말을 이해
해야만 했다. 거윈은 강하 지점이 어디인지 알고 있었다.

"강도가 몇 명이었죠?" "놈들이 말을 타고 있었나요?"

'어디서 절 발견하셨나요?' 키브린은 거윈이 했던 것처럼 매 단어에 힘을 실으며 또박또박 생각했다. 키브린은 던워디 교수의 어학 수업에서 배운 대로 억양에 주의하여 말하고는 통역기가 전체 문장을 다 번역할 때까지 기다렸다.

거윈과 엘로이즈는 키브린을 주의 깊게 지켜보면서 기다렸다. 키브린은 심호흡했다. "어디서 절 발견하셨나요?"

거윈은 깜짝 놀라서 엘로이즈와 시선을 교환했고 엘로이즈는 간단하게 말했다. "무슨 말인지 아시겠어요?"

"이 아가씨는 그날 밤도 이런 식으로 말했습니다. 그때 전 아가씨가 다쳐서 그런다고 생각했죠."

"저도 그렇게 생각해요." 엘로이즈가 말했다. "하지만 시어머니는 이 아가씨를 프랑스 사람으로 생각하고 있어요."

거윈은 고개를 저었다. "아가씨가 하는 말은 프랑스어가 아닙니다." 거윈은 키브린에게로 몸을 돌렸다. "아가씨." 거윈은 소리를 지르듯 말했다. "아가씨는 어디 다른 나라에서 오신 분입니까?"

'그래요.' 키브린은 생각했다. '다른 나라에서 왔어요. 그곳으로 돌아갈 유일한 길은 강하 지점으로 가는 것뿐이고 그곳이 어디인지는 오직 당신만이 알고 있어요.'

"어디서 절 발견하셨나요?" 키브린은 다시 한번 말했다.

"아가씨의 물건들은 모두 도난당했습니다." 거윈이 말했다. "그렇지만 마차는 아주 좋은 소재로 만들어진 것 같았고 궤짝도 많이 있었습니다."

엘로이즈는 고개를 끄덕였다. "이 아가씨가 고귀한 핏줄이어서 사람들이 찾고 있지나 않을지 걱정되는군요."

"숲속 어디에서 날 발견했나니까?" 키브린의 목소리가 올라갔다.

"우리가 흥분하게 만들었나 봐요." 엘로이즈는 몸을 구부려 키브린의 손을 토닥거렸다. "진정하시고, 쉬세요." 엘로이즈는 침대에서 멀어져갔고 거윈은 그 뒤를 따라갔다.

"기욤 경을 뵈러 바스로 말을 몰 수 있도록 허락해주시겠습니까?" 거원이 말했다. 침대 커튼 때문에 키브린은 거원의 모습을 볼 수 없었다.

엘로이즈는 거원이 두렵다는 듯 거원이 방에 처음 들어왔을 때처럼 뒤로 물러섰다. 그렇지만 엘로이즈와 거원은 침대 옆에 나란히, 손이 닿을 듯한 거리에 서 있었다. 둘은 마치 오래된 친구처럼 말을 나누었다. 둘의 신중함은 뭔가 다른 것에서 비롯된 것이 분명했다.

"주군을 모셔올까요?" 거원이 물었다.

"안 됩니다." 엘로이즈는 자기 손을 내려다보면서 말했다. "제 남편은 친구 걱정만으로도 이미 충분히 고통받고 있으며 재판이 끝날 때까지는 움직일 수 없어요. 그리고 그이는 당신에게 이곳에 머물면서 우리를 지키라고 하셨어요."

"그렇다면 저는 이 아가씨가 습격당한 곳으로 되돌아가서 무엇이 더 있을지 좀 더 수색해보도록 하겠습니다."

"그래 주세요." 여전히 거원을 똑바로 바라보지 않으며 엘로이즈가 말했다. "강도들이 급한 마음에 이 아가씨의 정체를 밝혀줄 뭔가를 떨어뜨리고 갔을 수도 있어요."

아가씨가 습격당한 곳. 키브린은 거원의 말을 통역기를 통해 듣고 자그맣게 중얼거리며 외우려 애썼다. 내가 습격당한 장소.

"말을 타고 다시 한번 다녀오겠습니다."

엘로이즈는 거원을 쳐다보았다. "지금요? 밖이 너무 어두워요."

"제가 습격당한 장소를 보여주세요." 키브린이 말했다.

"어둠은 두렵지 않습니다, 엘로이즈 부인." 거원은 말을 내뱉고는 성큼성큼 걸어 나갔다. 칼이 철커덕 소리를 냈다.

"저도 데려가주세요." 키브린이 말했지만 아무 소용 없었다. 둘은 이미 나가버렸고 통역기는 고장 나 있었다. 키브린은 통역기가 작동하고 있다고 스스로를 속였던 것이다. 키브린은 통역기 때문이 아니라 던워디 교수의 어학 수업 덕분에 이들의 말을 이해했던 것이고 어쩌면 그나마도 아닐 수 있었다. 자기가 그들 말을 알아듣고 있다고 자기 자신을 속였는지도 몰랐다.

어쩌면 둘의 대화는 키브린의 정체에 관한 내용이 아니었는지도 몰랐다. 키브린을 재판에 회부시키자는 대화였거나 잃어버린 양을 찾자는 내용일 수도 있었다.

엘로이즈는 나가면서 문을 닫았다. 그 후로는 아무 소리도 들리지 않았다. 울려 퍼지던 종소리도 멈춘 지 오래였고 밀랍을 칠한 아마포를 통해 들어오는 빛은 옅은 파란색이었다. 점점 어두워지고 있었다.

거윈은 강하 지점으로 다시 한번 말을 타고 간다고 했다. 혹시 창 아래로 안뜰이 굽어 보이면 키브린은 적어도 거윈이 어느 길로 가는지 알 수 있을 것이다. 거윈은 분명 멀지 않다고 했다. 거윈이 어디로 말을 모는지 방향만 알 수 있다면 혼자서도 강하 지점을 찾을 수 있을 거라는 생각이 들었다.

침대에서 몸을 일으키려 해봤지만, 그 시도만으로도 날 선 무엇인가에 찔린 것처럼 가슴이 아파져왔다. 침대 옆쪽으로 발을 내려놓았다. 하지만 그 때문에 머리가 어지러웠다. 키브린은 다시 베개를 베고 누워 눈을 감았다.

현기증과 고열과 가슴의 통증이라니. 이건 도대체 무슨 병의 증상이야? 천연두는 고열과 한기를 동반하며 발병해. 그리고 수포는 2, 3일은 돼야 나타나는데. 팔을 들고 수포가 생겼나 살펴보았다. 얼마나 오래 앓아누웠는지는 모르지만, 천연두는 잠복기가 10일에서 21일 정도 되므로 천연두는 아니었다. 열흘 전이라면 키브린은 천연두 바이러스가 박멸된 지 100년도 넘은 시기의 옥스퍼드 병원에 있었다.

'그때는 병원에서 천연두, 장티푸스, 콜레라, 페스트 모든 질병에 대한 예방 접종을 받고 있을 때야.' 키브린은 생각했다. 그러니 그중 하나일 리는 없어. 그렇다면 도대체 이 증상은 뭐란 말이지? 소무도병? 물론 그 병에 대해선 예방 접종을 하지 않았어. 하지만 여기 오기 전에 면역 체계를 강화하고 왔는걸. 어떤 질병도 다 물리칠 수 있도록 말이야.

층계 위로 쿵쿵 뛰어 올라오는 소리가 들렸다. "엄마!" 쿵쿵 소리만 듣고도 짐작했던 대로 아그네스의 목소리였다. "로즈먼드 언니가 안 기다렸어요!"

하지만 아그네스는 층계에서처럼 요란을 떨며 방으로 들어올 수가 없었다. 두꺼운 문이 닫혀 있었기에 문을 밀어야 했기 때문이었다. 하지만 있는 힘을 다 짜내 문을 열고 방 안으로 들어오는 데 성공하자 아그네스는 곧장 통곡하며 창가 의자로 달려들었다.

"엄마! 내가 거윈 아저씨한테 말하려고 했어요…." 아그네스는 섧게 울다가 엄마가 방 안에 없는 것을 보고는 울음을 그쳤다. '눈물도 안 나왔잖아.' 키브린은 생각했다.

아그네스는 나중에 이 장면을 다시 연출할까 말까 고민하는 듯 창가 옆에 잠시 서 있었다. 그리고 다시 문으로 달려가기 시작했다. 반쯤 갔을까, 아그네스는 키브린을 보고는 다시 멈춰 섰다.

"난 언니가 누군지 알아요." 아그네스는 침대 옆으로 다가오면서 말했다. 아그네스의 키는 간신히 침대 높이 정도였다. 모자 끈은 다시 풀려 있었다. "언니는 거윈 아저씨가 숲속에서 발견한 사람이죠."

키브린은 자기가 대답하면 아이가 겁먹을까 봐 두려웠다. 통역기가 엉망으로 번역할 게 분명했다. 키브린은 베개에 손을 받치고 조금 몸을 일으켜서 아이에게 고개를 끄덕여줬다.

"머리카락은 다 어디로 가버렸어요?" 아그네스가 물었다. "강도가 훔쳐 갔나요?"

키브린은 이 참신한 생각에 웃음을 지으며 고개를 저었다.

"메이즈리가 그러는데, 강도들이 말하는 법도 빼앗아 가버렸다면서요?" 아그네스는 키브린의 이마를 가리켰다. "머리 아파요?"

키브린은 고개를 끄덕였다.

"난 무릎이 아파요." 아그네스는 말하며 두 손으로 무릎을 들어 올리려 애썼다. 키브린은 더러운 붕대를 보았다. 나이 든 여자가 옳았다. 붕대는 벌써 헐거워져 있었다. 키브린은 다 풀린 붕대 속에서 상처를 볼 수 있었다. 그냥 살갗이 벗겨진 것뿐으로 생각했는데 상처는 생각보다 깊었다.

아그네스는 무릎을 내리고 비트적거리며 침대에 기댔다. "언니는 죽는 거예요?"

'그건 나도 모르겠어.' 키브린은 가슴의 통증을 떠올리며 생각했다. 1320년 천연두 사망률은 75퍼센트에 육박했고 일껏 강화했다고 믿었던 면역 체계는 전혀 효과를 발휘하지 못했다.

"허버드 수사님은 죽었어요." 아그네스는 온갖 사정을 다 알고 있다는 듯이 말했다. "길버트 수사님도요. 길버트 수사님은 말 위에서 떨어졌어요. 내가 봤어요. 수사님 머리가 온통 빨갰어요. 로즈먼드 언니는 허버드 수사님이 청색병 때문에 죽었댔어요."

키브린은 도대체 청색병이 뭘까 궁금했다. 질식한 것일까 아니면 뇌출혈일까. 그리고 엘로이즈의 시어머니가 로슈 신부를 대신해 신부가 되길 그토록 바라 마지않았던 사람이 길버트 수사가 아니었을지도 궁금했다. 전담 신부와 함께 여행을 떠나는 것은 귀족 신분의 사람들에게는 자연스러운 일이었다. 비록 키브린이 로슈 신부의 라틴어를 완벽하게 알아듣긴 했지만, 로슈 신부는 분명 시골 신부이고 아마도 교육을 받지 못한데다 문맹일 확률도 높았다. 하지만 로슈 신부는 친절했다. 로슈 신부는 키브린의 손을 꼭 잡고 두려워하지 말라고 했다. '중세에도 좋은 사람들은 있어요, 던워디 교수님.' 키브린은 생각했다. '로슈 신부, 엘로이즈 그리고 아그네스가 있네.'

"아빠가요, 바스에서 돌아오실 때 까치를 가져다주신댔어요." 아그네스가 말했다. "아델라이자는 매를 갖고 있어요. 수컷이죠. 가끔은 저도 만져볼 수 있게 해줘요." 아그네스는 상상으로 낀 긴 장갑에 매가 앉아 있기라도 한 듯 주먹을 옴폭하게 쥐고는 팔을 구부린 채로 높이 들었다 내렸다 했다. "난 사냥개가 있어요."

"이름이 뭔데?" 키브린이 물었다.

"까망이라고 불러요." 아그네스가 말했다. 까망이라니, 이번에도 통역기가 이상한 짓을 한 것이 틀림없었다. 아그네스는 분명 검둥이 따위로 말했을 것이다. "내 사냥개는 까매요. 언니는 사냥개 있어요?"

키브린은 문득 너무 놀라서 대답할 수가 없었다. 키브린은 말했고 아그네스는 그 말을 알아듣고 있었다. 아그네스는 키브린의 발음이 이상하다는 식의 행동조차 보이지 않았다. 키브린은 말을 하며 통역기를 떠올리지조차 않았고, 통역기가 번역해주길 기다리지도 않았다. 아마 그게 비결인 모양이었다.

"아니, 나한텐 사냥개가 없어." 키브린은 아그네스가 방금 말한 문장들을 짜깁기해 대답했다.

"아빠가 까치를 가져오면 까치한테 말하는 법을 가르칠 거예요. 까치가 '잘 잤니, 아그네스'라고 말하게 시킬 거예요."

"네 사냥개는 어디에 있는데?" 키브린은 다시 한번 시도해보았다. 말이 약간 다르게 들렸다. 앞서 여자들이 말할 때처럼 프랑스어를 웅얼거리면 나올 법한 억양으로 좀 가벼운 어투였다.

"까망이를 보고 싶어요? 까망이는 마구간에 있는데." 아그네스가 말했다. 아그네스는 키브린의 질문에 대답하는 것처럼 보이기는 했지만, 아그네스가 말하는 식으로는 구별하기가 어려웠다. 아그네스는 질문을 알아듣지 못한 채 자기가 원하는 말을 하고 있을 수도 있었다. 확실히 하기 위해, 키브린은 이 주제와는 완전히 다른 질문을, 딱 한 가지 대답밖에 나올 수 없는 그런 질문을 해야 할 필요가 있었다.

아그네스는 부드러운 모피 침대보를 가볍게 치며 음조 없는 짧은 가락을 흥얼거렸다.

"이름이 뭐니?" 통역기가 자신의 말을 제어하도록 애쓰며 키브린이 물었다. 통역기는 키브린의 현대 문장을 이런 식으로 번역했다. '*How are youe cleped?*' 키브린은 이 말이 맞는지 틀리는지 알 수가 없었다. 하지만 아그네스는 전혀 망설임이 없었다.

"아그네스예요." 아이는 재빨리 말했다. "아빠는요, 다 큰 암말을 타게 될 정도로 내가 크면 나도 매를 가질 수 있을 거라고 했어요. 지금은 조랑말을 타요." 아그네스는 모피를 더 이상 툭툭 건드리지 않았고 침대 가장자리에 팔꿈치를 괴고 조그마한 손으로 얼굴을 받쳤다. "난 언니 이름을 알아요." 아그네스가 으스대며 말했다. "캐서린이죠?"

"뭐라고?" 키브린은 멍해져서 물었다. 캐서린. 어쩌다 캐서린이라는 이름이 나온 거지? 난 이자벨 드 보브리에라는 이름을 쓰기로 했는데. 이 사람들은 어떻게 날 캐서린으로 생각하게 된 거지?

"로즈먼드는 아무도 언니 이름을 모른다고 했어요." 아그네스는 으스대며 말을 이었다. "하지만 전 로슈 신부님이 거윈 아저씨한테 언니가 캐서린이라고 하는 말을 들었어요. 로즈먼드는 언니가 말을 못 한다고 했지만 지금 보니까 아니네요, 뭐."

키브린은 신부가 자기 위로 몸을 굽혔던 일이 떠올랐고 화염 속에 얼굴은 가려져 보이지 않았지만 계속해서 키브린 앞에 머물면서 라틴어로 물었던 것이 떠올랐다. '고백 성사를 하셔야 합니다. 당신의 이름은 무엇인가요?'

그리고 당시 키브린은 입 밖으로 말을 내려 애썼지만, 입안이 바짝바짝 말라 아무 말도 할 수 없었고 무슨 일이 벌어졌는지 중세 전공팀이 알아차리기도 전에 자기가 죽게 될까 봐 너무나 두려웠다.

"캐서린이 이름이지요?" 아그네스가 다그쳤다. 키브린은 통역기를 통해 아이의 목소리를 선명하게 들을 수 있었다. '키브린'이라고 하는 것처럼 들렸다.

"맞아." 키브린은 울고 싶었다.

"까망이는요…." 아그네스가 말했다. 통역기가 단어를 따라잡지 못했다. 카레트? 샤베트? 뭐라고 하는 걸까? "빨개요. 보고 싶어요?" 그리고 아그네스는 키브린이 말릴 틈도 주지 않고 반쯤 열린 문을 통해 뛰어나갔다.

키브린은 아그네스가 빨리 돌아오기를, 그리고 '카레트'가 살아 있는 게 아니기를 바라며 기다렸다. 여기에 자기가 얼마나 있었는지, 자기가 처음에 발견된 곳이 어디인지도 아그네스에게 물어볼 것을 잘못했다는 생각이 들었다. 물론 아그네스는 그런 것까지 알기에는 너무 어려 보였다. 아그네스는 세 살 정도로밖에 보이지 않았다. 물론 키브린이 살던 21세기 기준이니만큼 실제로는 그보다 나이가 많을 것이다. 그러면 다섯 살, 어쩌면 여섯 살일 수도 있었다. '몇 살이냐고 물어보았어야 했는데.' 키브린은 생각했다. 하지만 아그네스는 자기 나이가 몇인지 모를 수도 있어. 종교 재판관들은 잔 다르크에게 몇 살이냐고 물었지만, 잔 다르크는 나이를 몰라 답할 수 없었지.

적어도 뭔가 물어볼 수는 있겠지. 통역기는 고장 난 것이 아니었어. 생소한 발음 체계 때문에 일시적인 장애를 겪고 있던 것뿐이야. 그게 아니면 고열에 영향을 받은 것일 수도 있지. 하지만 지금은 괜찮아졌네. 그리고 거윈은 강하 지점이 어디인 줄 아니까 나한테 가르쳐줄 수 있을 거야.

키브린은 문을 볼 수 있도록 베개 사이에서 좀 더 몸을 일으켜 세웠다. 이만한 노력으로도 가슴이 아려 오고, 현기증이 일고, 머리가 쑤셨다. 걱정스러운 마음에 이마와 뺨을 만져보았다. 따뜻했지만 손이 차가워서 그리 느껴지는 것일 수도 있었다. 방 안은 얼음장같이 차가웠다. 그리고 아까 요강까지 갔다 오는 길에 화로나 탕파[25]는 보이지 않았다.

탕파는 발명됐을까? 진작 그랬겠지. 아니면 어떻게 사람들이 이 소빙기에 살아남을 수 있었겠어? 이렇게 추운데 말이야.

몸이 떨리기 시작했다. 다시 열이 오르는 모양이었다. 원래 열이 다시 오르는 것이던가? 중세사 강의를 들을 때 환자가 약해지면 열이 갑자기 뚝 떨어진다는 글을 읽은 적이 있었다. 하지만 그렇게 떨어진 열이 다시 오른다는 이야기는 없었다. 열이 다시 오르고 있는 게 분명하지? 분명해. 말라리아 증상은 어떤 거였지? 오한, 두통, 땀, 반복되는 고열. 분명히 모든 증상이 재발한 거야.

아니야, 말라리아가 아닌 것은 확실해. 말라리아는 잉글랜드에 돈 적이 없어. 한겨울에, 그것도 옥스퍼드 한복판에는 모기가 살지 않았고 그랬던 적도 없어. 한 번도 없었어. 그리고 증상이 다르잖아. 키브린은 땀이 나지도 않았고 몸이 떨리는 것도 열 때문이었다.

발진티푸스는 두통과 고열을 수반하며 사람 몸에 사는 이나 쥐벼룩이 옮기는 병이었다. 이나 쥐벼룩은 중세 잉글랜드에서 흔했으며, 키브린이 누워 있는 침대에도 살고 있을 게 분명했지만, 발진티푸스는 잠복 기간이 길어서 거의 2주에 달했다.

25 뜨거운 물을 넣어서 그 열기로 몸을 따뜻하게 하는 기구

장티푸스의 잠복기는 며칠에 불과하고 두통과 팔다리가 찢어질 것 같은 통증과 고열을 동반한다. 키브린은 장티푸스에 걸린다고 고열이 반복해 찾아오지는 않는다는 것을 알았지만, 또한 주로 밤에 열이 최고로 오른다는 사실도 기억하고 있었다. 낮에는 열이 내렸다가 저녁 무렵이 돼야 열이 오르기 시작하는 것이다.

키브린은 지금이 몇 시인지 궁금했다. 엘로이즈는 어두워지고 있다고 말했다. 아마포 커튼을 통해서 들어오는 빛은 희미한 청색을 띠고 있었지만 12월 낮은 짧았다. 기껏해야 늦은 오후 정도일 것이다. 졸음이 밀려왔지만, 그것이 밤이라는 증거는 아니었다. 키브린은 온종일 졸다 깨기를 반복한 상태였다.

나른함은 장티푸스 증상 중 하나였다. 키브린은 아렌스의 '중세 의학 속성 강의'에서 들었던 다른 증상을 떠올리려 노력했다. 비강 출혈, 백태, 장밋빛 발진. 발진은 7, 8일이 돼야 나타나는 것이지만 키브린은 슈미즈를 들추고 가슴과 배를 살펴보았다. 발진의 기미는 없었다. 그러므로 천연두일 리도 없었다. 천연두는 감염되고 2, 3일째 발진이 생기기 시작한다.

키브린은 아그네스에게 무슨 일이 일어났는지 궁금했다. 누군가 지각 있는 사람이 환자가 누워 있는 방에 아이가 들어가지 못하도록 막아섰을 수도 있고, 도무지 믿음이 안 가는 메이즈리가 이번만큼은 정말로 아그네스를 돌보고 있을 수도 있었다. 아니, 마구간에 강아지를 보러 갔다가 키브린에게 '샤보트'를 보여주는 걸 잊어버렸을 확률이 높았다.

페스트에 걸리면 처음부터 두통과 고열 증상이 나타난다. 그리고 아렌스는 키브린이 맞은 페스트 예방 접종에 대해 걱정했다. 아렌스는 팔 아래 부풀어 오른 자국이 가라앉은 후에 강하기를 원했다. '페스트일 리가 없어.' 키브린은 생각했다. 아무 증상도 없었잖아. 페스트라면 멍울이 오렌지만 하게 서야 하고, 입안을 가득 메울 정도로 혀가 부풀어 올라야 해. 피하 출혈로 온몸이 검게 변한다고. 그러니 난 페스트에 걸린 게 아니야.

독감인 게 틀림없어. 이렇게 갑자기 찾아올 수 있는 병은 그것뿐이야. 그리고 아렌스 선생님은 길크리스트 교수님이 갑자기 날짜를 앞당기니까 바이러스 예방 접종이 제 기능을 하기 시작하려면 보름은 기다려야 한다고 불안해하셨지. 그러니 난 현재 면역 체계가 온전치 못한 거야. 독감 치료는 어떻게 하더라? 항바이러스제, 휴식, 물.

'그래, 그러면 쉬자.' 키브린은 자신을 다독거리고 눈을 감았다.

키브린은 잠든 기억이 없었지만, 자신도 모르는 사이에 잠이 든 모양이었다. 누가 들어온 기억이 없는데 두 여인이 다시 방 안에 서 있었다.

"거윈이 뭐라고 그러더냐?" 나이 든 여자가 사발 가장자리에 대고 숟가락으로 뭔가를 으깨면서 말했다. 쇠테 장식 상자는 노파 옆에 열린 채로 놓여 있었다. 노파는 상자 속으로 손을 넣어 작은 천 주머니를 꺼내 속에 들어 있는 뭔가를 사발 안에 뿌리고 다시 휘젓기 시작했다.

"저 아가씨의 짐에서는 신분을 말해줄 그 어떤 물건도 찾지 못했다고 하는군요. 전부 다 도둑맞았고 상자는 부서져서 열린 모양인가 봐요. 상자 안의 물건은 없어진 지 오래인 모양이고요. 신원을 밝히긴 무리인 듯싶어요. 하지만 거윈은 마차가 값을 후하게 치르고 만든 것 같다고 그랬어요. 분명 좋은 집안사람일 거예요."

"그리고 분명, 가족들이 애타게 찾고 있기도 하겠지." 나이 든 여인이 말했다. 여인은 사발을 내려놓고 천을 북북 찢기 시작했다. "옥센퍼드로 사람을 보내서 이 아가씨가 우리와 안전하게 있다고 말해야 해."

"안 돼요." 엘로이즈가 말했다. 키브린은 엘로이즈가 강력하게 반대하는 것을 알 수 있었다. "옥센퍼드는 안 돼요."

"무슨 이야기라도 들은 거냐?"

"아무것도 들은 바 없어요. 하지만 그이는 우리더러 이곳에 머물라고 했어요. 일이 다 잘 풀리면 이번 주 내로 돌아온다고 했고요."

"일이 잘 풀렸다면 진작 돌아와서 지금 우리랑 함께 있어야 하는 게 아니겠니."

"재판이 항상 열리는 것은 아니니까요. 어쩌면 돌아오는 길일지도 모르고요."

"그게 아니라면⋯." 이해할 수 없는 이름이 들렸다. 뭐라고 하는 거지?

214

토퀼? "…이 교수형 날짜가 잡히기만 기다리고 있는 것이겠지. 내 아들은 그 작자와 함께 있는 것이고. 그 아이는 그런 골치 아픈 문제에 휘말리지 말아야 했어."

"그분은 남편 친구이고 죄가 없어요."

"아니, 그놈은 바보야. 그리고 그런 바보를 위해 증언대에 선 내 아들놈은 그보다 훨씬 더 바보고. 정말 친구라면 아들놈이 바스를 떠나도록 했어야지." 여인은 사발 옆면을 또다시 숟가락으로 짓이기기 시작했다. "겨자가 좀 필요하군." 여인은 문 쪽으로 걸어갔다. "메이즈리!" 나이 든 여인은 문 밖으로 소리를 치고 돌아와서 다시 천을 찢기 시작했다. "이 여자의 시종들에 대해서는 거윈이 뭔가 발견했다고 하더냐?"

엘로이즈는 창가 의자에 앉았다. "아니요. 시종의 말이나 여인의 말조차 발견할 수 없었다더군요."

기름이 잔뜩 긴 머리를 풀어 헤치고 얼굴은 온통 곰보 자국으로 얽은 여자아이가 들어왔다. 저 아이가 아그네스를 돌보는 일은 팽개치고 마구간 돌보는 아이들과 노닥거리기만 하는 메이즈리일 리 없어. 소녀는 예의를 갖추며 무릎을 꿇었다. 하지만 발부리가 걸려 비틀거리는 것과 별반 차이가 없었다. 여자아이가 말했다. "*Wotwardstu, Lawttymayeen?*"

'이런, 안 돼.' 키브린은 생각했다. 대체 통역기에 또 무슨 일이 생긴 거지?

"부엌에서 겨자 단지를 가져오너라. 꾸물거리지 말고." 나이 든 여자가 말했다. 메이즈리는 문을 향해 가기 시작했다. "아그네스와 로즈먼드는 어디 있는 거야? 왜 너랑 같이 있지 않아?"

"*Shiyrouthamay.*" 무뚝뚝하게 메이즈리가 대답했다.

"말해!" 엘로이즈는 벌떡 일어나 날카롭게 외쳤다.

"아가씨들은 저한테 (뭔가를) 숨기고 있어요."

통역기의 문제가 아니었다. 귀족 계급이 사용하는 노르만 영어와 농민들이 사용하는 색슨계 방언의 차이일 뿐이었다. 공통점이라면 래티머 교수가 가르쳐준 엉터리 중세 영어와도 비슷한 점이 없다는 것뿐이었다. 통역기가 이나마 작동하는 게 신기할 따름이었다.

"이메인 마님께서 저를 부르셨을 때 전 아가씨들을 찾고 있었습니다, 마님." 메이즈리가 말했다. 몇 초간 지체하긴 했지만 이번에는 통역기가 번역해냈다. 통역기는 메이즈리의 말을 길게 늘어뜨려 어눌한 소리로 만들었다. 이런 어조가 메이즈리에게 어울리는 것 같기도 하고 그렇지 않은 것 같기도 했다.

"어디서 아이들을 찾아봤니? 마구간에서?" 엘로이즈가 말하며 메이즈리의 머리 양옆을 심벌즈 치듯 팍 쳤다. 메이즈리는 소리를 지르며 더러운 손을 왼쪽 귀에 잽싸게 댔다. 키브린은 움찔했다.

"겨자를 가져다드리고 아그네스를 찾아와."

메이즈리는 고개를 끄덕였다. 겁먹은 기색은 찾아볼 수 없었지만, 아직도 귀를 감싸 쥐고 있었다. 메이즈리는 비틀거리며 무릎을 굽혀 인사한 뒤, 굼뜨게 방에 들어왔던 것만큼이나 꾸무럭대며 밖으로 나갔다. 메이즈리는 엘로이즈의 갑작스러운 폭력에 키브린만큼도 당황하지 않아 보였다. 키브린은 이메인 부인이 겨자를 어느 세월에 받을 수 있을지 궁금했다.

키브린을 놀라게 한 것은 이 폭력 사태가 신속함과 침착함을 두루 갖추고 행해졌다는 사실이었다. 엘로이즈는 화난 것처럼 보이지도 않았고 메이즈리가 밖으로 나가자마자 창가 의자에 앉아서 조용히 말했다. "가족이 이곳으로 온다고 해도 이 아가씨를 다른 곳으로 데려다 놓을 수 있는 상황이 아니에요. 그이가 돌아올 때까지는 저희와 함께 있어야 해요. 크리스마스까지는 분명 돌아올 테니까요."

계단에서 우당탕거리는 소리가 들렸다. '내가 잘못 생각한 모양이네. 귀 때리기가 효과를 발휘한 모양이야.' 키브린은 생각했다. 아그네스는 뭔가를 가슴에 품고 방 안으로 뛰어 들어왔다.

"아그네스! 도대체 여기서 뭐 하는 거니?"

"난 …를 가져왔어요." 통역기가 또 작동하지 않았다. '샤레트'인가? "저기 누워 있는 언니에게 보여주려고요."

"메이즈리를 속이고 아가씨를 괴롭히러 여기까지 온 거라면 넌 정말 나쁜 아이야. 저분은 지금 많이 편찮으시단 말이야."

"그렇지만 언니는 이걸 보고 싶다고 했단 말이에요." 아그네스는 그것을 들어 보였다. 아그네스의 손에 있는 것은 빨간색에 금박으로 장식된 두 바퀴 손수레 장난감이었다.

"하느님께서는 거짓 증언을 하는 자에겐 영원한 형벌을 내리신다!" 어린아이를 난폭하게 잡으면서 이메인 부인이 소리쳤다. "저 아가씨는 말을 못 해. 너도 잘 알고 있을 거야."

"나한테 말했단 말이에요." 아그네스는 강력하게 주장했다.

잘하는 짓이군. 영원한 형벌이라니. 아무리 겁주려고 하는 말이라도 너무 하는군. 하긴, 지금은 중세지. 신부들이 종말의 날과 최후의 심판과 지옥의 고통을 끊임없이 사람들 귀에 흘려 넣던 중세란 말이지.

"저 언니가 내 수레를 보고 싶다고 했단 말이에요." 아그네스가 말했다. "그리고 자기는 사냥개가 없다고도 했어요."

"너 이야기를 꾸며내고 있구나. 저 아가씬 말을 못 해." 엘로이즈가 말했다. 그리고 키브린은 생각했다. '이쯤 해서 내가 멈춰줘야 하는데. 아니면 저 사람들이 아그네스의 귀도 때리고 말 거야.'

팔꿈치에 힘을 주며 간신히 몸을 일으켰다. 무리해서 움직였는지 숨을 쉴 수가 없었다. "아그네스와 이야기했어요." 통역기가 제대로 작동하기를 빌면서 키브린이 말했다. 통역기가 이번에 먹통이 돼서 아그네스가 맞게 되면 도저히 견딜 수 없을 것 같았다. "손수레를 보여달라고 말했어요."

두 여인이 돌아서서 키브린을 바라보았다. 엘로이즈의 눈이 커졌다. 나이 든 여인은 놀란 눈으로 키브린을 바라보다가 키브린이 그동안 자기들을 속였다고 생각했는지 화난 표정이 되었다.

"거봐요, 내 말이 맞죠." 아그네스가 의기양양해서 침대로 수레를 가지고 왔다.

키브린은 피곤해져서 다시 베개에 누웠다. "여기가 어딘가요?" 키브린이 물었다.

잠시 뒤 엘로이즈가 정신을 차렸다. "지금 당신께서 안전히 머물고 있는 곳은 제 부군이신 …의 집입니다." 통역기가 이름과 관련해 또다시 문제를 일으켰다. 기욤 디베리인지 드베로인지 알 수가 없었다.

엘로이즈는 키브린을 걱정스럽다는 듯이 바라보았다. "남편의 부하가 숲속에서 당신을 발견하고는 이곳으로 모셔왔지요. 강도를 만나 심하게 상처를 입으셨더군요. 누가 당신을 공격했나요?"

"모르겠습니다." 키브린이 말했다.

"전 엘로이즈이고, 이쪽은 제 시어머니인 이메인 부인이십니다. 아가씨의 이름은 무엇이지요?"

이제 그동안 착실히 준비해온 이야기를 풀어놓을 시간이었다. 키브린은 신부에게 자기 이름을 캐서린이라고 말했다지만, 이메인 부인은 시골 신부 따위가 하는 말은 귀담아 두고 있지 않을 것이다. 심지어 이메인 부인은 신부가 라틴어를 할 수 있다는 사실조차 믿지 않았다. 키브린은 신부가 잘못 알아들은 것이며, 자기 이름은 이자벨 드 보브리에라고 할 수 있었다. 너무나 정신이 혼미해졌기 때문에 어머니나 동생의 이름을 말한 것이라고 둘러댈 수도 있었다. 성 캐서린에게 기도를 올린 것이라고 말해도 아무렇지 않을 판이었다.

"어느 가문 출신이지요?" 이메인 부인이 물었다.

준비해온 이야기는 훌륭했다. 키브린의 신원과 사회적 지위를 밝히더라도 이들은 키브린의 가족에게 연락한답시고 사람을 보내지 않을 것이다. 요크셔는 너무 멀고 북쪽 길은 사람이 갈 수 없는 길이었다.

"어느 지역 출신이신가요?" 엘로이즈가 물었다.

중세 전공팀은 날씨와 도로 상태까지도 철저하게 조사했다. 조사 결과 12월 2주 동안은 날마다 비가 내리고 1월 말까지는 진창이 된 길이 얼어붙지도 않는다고 했다. 하지만 키브린은 옥스퍼드로 향하는 길을 보았다. 바짝 말라 있었고 깨끗했다. 중세 전공팀은 그뿐만 아니라 키브린이 입고 갈 옷 색깔도 조사했고 상류 계층에는 유리창이 보급되어 있다는 조사 결과를 내기도 했다. 그리고 언어 문제도 확실히 조사를 끝마친 상태였다.

"기억나지 않아요…."

"기억 못 한다고요?" 엘로이즈가 말하더니 이메인 부인 쪽으로 몸을 틀었다. "아무것도 기억 못 한다는군요." 이 사람들은 내가 *not*이 아니라 *naught*라고 말했다고 생각하겠지. 키브린은 생각했다. 억양과 발음만으로는 *not*과 *naught*를 구별할 수 없었다.

"상처 때문이에요." 엘로이즈가 말했다. "너무 많이 다쳐서 기억을 잃은 거예요."

"아니… 아니에요…." 키브린은 기억 상실증인 척할 계획이 없었다. 키브린은 요크셔 동부에서 온 이자벨 드 보브리에 역을 맡게 되어 있었다. 이곳 땅이 말라 있다고 해서 꼭 북쪽으로 갈 수 있는 것도 아니었다. 그리고 엘로이즈는 거윈에게 옥스퍼드로 가서 키브린에 관한 소식을 물어 오는 것도, 또는 바스로 말을 몰아 자기 남편을 데려오는 것도 허락하지 않았으니 거윈이 요크셔 동부로 가는 것 역시 허락할 리가 없었다.

"이름조차 기억나지 않나요?" 이메인 부인은 키브린에게로 몸을 숙이며 다그쳐 물었다. 너무 가까워져 숨 냄새까지 맡을 수 있었다. 역겹고 썩은 내가 났다. 이가 썩어 들어가고 있는 게 분명했다.

"이름이 뭐지요?"

래티머 교수는 1300년대 여자 이름으로 이자벨만큼 흔한 이름도 없다고 말했다. 캐서린이라는 이름은 얼마나 흔한 걸까? 중세 전공팀은 보브리에의 딸 이름들을 알지 못했다. 요크셔가 이곳에서 가깝고 이메인 부인이 보브리에 집안과 친분이 있으면 어떻게 하지? 거짓말인 게 들통나면 이메인 부인은 그것을 키브린이 스파이라는 또 하나의 확실한 증거로 여길 것이다. 좀 평범한 이름을 대는 것이, 이자벨 드 보브리에라고 말하는 것이 나았다.

이메인 부인은 신부가 키브린의 이름을 잘못 알아냈다는 사실을 믿고 기뻐하기만 할 것이다. 시골 신부의 무지와 무능력을 여실히 드러내는 일이며 바스로 사람을 보내 새로운 지도 신부를 구해와야 하는 필연적인 이유라고 여길 것이다. 하지만 신부는 키브린이 정신이 혼미했을 때 손을 꼭 잡고 두려워하지 말라고 말했다.

"제 이름은 캐서린이에요." 키브린이 말했다.

둠즈데이북 사본
(001300-002018)

저만 곤경에 빠진 건 아니에요, 던워디 교수님. 제 생각엔 이 시대 사람들도 저를 돌보느라 골머리를 썩이고 있는 것 같아요.

이 지역의 영주라는 기욤 경은 여기 없어요. 영주는 친구의 재판에서 증언하기 위해 바스에 있어요. 무척이나 위험한 짓인 것이 분명해요. 영주의 어머니인 이메인 부인은 그런 일에 휘말렸다고 자기 아들을 바보라고 하더군요. 그리고 영주의 아내인 엘로이즈는 남편을 굉장히 걱정하고 있는 것 같아요.

이 사람들은 너무 급히 이곳으로 오느라 하인들도 제대로 데리고 오지 못했어요. 14세기 귀부인들은 적어도 각자 한 명의 시종을 달고 다녔다는데 엘로이즈나 이메인 부인 모두 시종이 없어요. 그리고 아이들도요. 기욤 경에게는 어린 딸이 둘 있는데, 보모 없이 방치하고 있어요. 이메인 부인은 아이들을 돌볼 누군가와 새 신부를 원하지만, 엘로이즈는 이메인 부인이 맘대로 하도록 내버려두지 않고 있어요.

제 생각에 기욤 경은 뭔가 어려운 일이 닥칠 것이라 예상을 한 것 같아요. 그래서 식솔들을 안전하게 보호하기 위해 자기한테서 멀리 떨어뜨려 놓은 것이지요. 어쩌면 벌써 뭔가 일이 터진 건지도 몰라요. 아그네스는 기욤 경의 두 딸 중 더 어린 아이의 이름이에요. 저한테 수사의 죽음과 머리가 '온통 빨갰던' 길버트라고 불리는 사람에 관해서 이야기해줬어요. 그러니 어쩌면 벌써 유혈 참사가 있었는지도 모르죠. 그리고 여자들은 거기에서 빠져나온 것이고요. 기욤 경의 부하 한 명이 여자들과 같이 왔어요. 그 사람은 완전 무장을 하고 다녀요.

1320년, 에드워드 2세와 측근인 휴 디스펜서를 좋아하는 사람은 아무도 없었고 모반과 자그마한 봉기는 끊이지 않고 일어났지만, 옥스퍼드서에서는 심각하다고 할 만한 대규모 봉기가 없었어요. 1320년에는, 바로 올해네요, 랭커스터 남작이랑 모티머 남작이 장원 63개를 디스펜서로부터 접수했는데, 어쩌면 기욤 경 또는 경의 친구가 이 사건에 연루된 모양이에요.

어쩌면 토지 분쟁과 관련된 것일 수도 있어요. 1300년대 사람들은 20세기 후반에 살던 사람들처럼 법정에서 허비하는 시간이 많았죠. 엘로이즈는 무슨 소리가 날 때마다 깜짝깜짝 놀라고 이메인 부인에게 자신들이 이곳에 와 있다는 사실을 이웃에게 말하지 말라고 단단히 당부하더군요.

한편으로는 다행인 것 같아요. 엘로이즈나 이메인 부인이 자기들이 여기 와 있다고 사람들에게 말하지 않으면 저에 대해서도 함구할 것이고 제가 누구인지 알아보기 위해서 사람을 보내지도 않을 테니까요. 그렇지만 다르게 생각하면 언제든지 무장한 남자들이 문을 박차고 들어올 수도 있다는 말이 되겠죠. 아니면 강하 지점이 어디인지 알고 있는 유일한 사람인 거윈이 이곳을 지키려다 전사할 수 있다는 말도 되고요.

(사이)

구력 1320년 12월 15일. 이제 통역기는 그럭저럭 작동하고 있어요. 여기 사람들도 제 말을 알아듣기 시작했어요. 저 역시 사람들 말을 이해할 수 있고요. 이곳 사람들이 말하는 중세 영어는 래티머 교수님이 가르쳐주신 것과 조금도 닮지 않았지만요. 사람들의 말에는 어형 변화가 강하고 프랑스어 발음보다는 훨씬 부드럽게 들려요. 래티머 교수님은 '*Whan that Aprille with his shoures sote*(4월의 감미로운 소나기)'[26]를 그토록 즐겨 암송하셨지만 여기 사람들이 그 말을 하는 걸 들으면 어리벙벙하실 거예요.

통역기는 이 시대 사람들이 쓰는 문법과 단어 일부를 번역하지 않고 그대로 들려줘요. 그리고 저도 같은 방식으로 말해보았어요. '네', '아니요', '제가 어디에서 왔는지 아무것도 기억나지 않아요' 따위를 중세식과 현대식을 섞어서 말이죠. 하지만 엉망이었어요. 통역기가 제 말을 통역하는 데 한나절은 걸리는 것 같았고 저는 더듬거리며 발음에 온통 정신을 집중해야

26 《캔터베리 이야기》

221

했어요. 그래서 그냥 현대 영어로 말하기로 했어요. 제 입에서 나오는 것이 중세 영어와 비슷하긴 빌 뿐이에요. 통역기가 숙어며 어형 변화를 빼먹지 않고 제대로 번역해주길 바라면서 말이죠. 제가 제대로 발음하는지는 신만이 아실 거예요. 어쩌면 프랑스 스파이 발음처럼 들릴지도 몰라요.

언어 문제만 잘못된 것이 아니에요. 옷도 완전히 잘못되었어요. 제가 준비한 옷은 너무 촘촘히 잘 짜여 있고요, 숭람에서 채취했든 아니든 상관없이 너무 밝은 청색이더군요. 이곳에 온 뒤론 밝은 빛깔을 본 적이 없어요. 게다가 제 키도 여기선 너무 크고 치아 상태도 너무 좋아요. 손도 잘못되었어요. 발굴 현장에서 진흙을 만지며 그 고생을 했는데 말이에요. 더 더러워야 할 뿐 아니라 동상도 걸려야 했어요. 모든 사람의 손이, 아이들 손까지도 추위로 터서 피가 흐르고 있어요. 뭐가 어찌 되었든 12월이니까요.

12월 15일. 신부를 바꿀 것이냐 말 것이냐에 대해 이메인 부인과 엘로이즈가 말다툼하는 소리를 우연히 엿듣게 되었어요. 이메인 부인이 이렇게 말했어요. '시간은 충분하니 새 사람을 데려올 수 있단 말이다. 크리스마스 미사까지는 아직 열흘이나 남았으니까.' 그러니 길크리스트 교수님께 적어도 제가 시간 좌표만큼은 파악했다고 전해주세요. 하지만 강하 지점에서 얼마나 떨어져 있는지는 아직도 잘 모르겠어요. 거원이 이곳으로 저를 데리고 왔던 일을 기억해내려 애쓰고 있지만, 그날 밤 기억은 정말 가망 없을 정도로 뒤죽박죽이고 제가 기억하는 일부분은 실제로 일어나지 않은 일이더라고요. 마구에 종을 달고 있던 말은 하얀색이고, 종은 카팩스 타워의 카리용처럼 크리스마스 캐럴을 연주한다고 생각했거든요.

이곳에서 12월 15일이면 교수님 쪽은 크리스마스이브겠군요. 그리고 교수님은 셰리주 파티를 열고 세인트메리 교회까지 걸어가셔서 연합 예배를 보시겠죠. 교수님이 여기에서 700년이나 멀리 떨어져 계신다는 게 믿어지지 않아요. 전 아직도 침대에서 내려와 (물론 정말 침대에서 내려오진 못해요. 너무 어지럽거든요. 다시 열이 오른 것 같아요) 문을 열면 중세 홀이 아니라 브레이스노즈 칼리지의 연구실이 나올 것만 같은 기분이 들어요.

바드리 씨와 아렌스 선생님 모두가 저를 기다리고 있을 것만 같아요. 그리고 던워디 교수님은 안경을 닦으면서 말씀하시겠죠. '내가 그럴 거라고 말했지?'

교수님이 여기 계셨으면 좋겠어요.

12

이메인 부인은 키브린이 주장하는 기억 상실증을 믿지 않았다. 아그네스는 사냥개를 가져왔다. 하지만 키브린 눈에는 그저 몸에 비해 발이 큰, 자그맣고 까만 강아지로 비칠 뿐이었다. 아그네스가 말했다. "내 사냥개예요, 캐서린 언니." 아그네스는 강아지의 살 오른 몸통을 잡고 키브린에게 넘겨주었다. "쓰다듬어줘도 돼요. 어떻게 하는 건지 기억나나요?"

"그럼." 키브린은 아그네스의 손에 너무 꽉 쥐여 있는 강아지를 데려와 아직 보송보송한 솜털을 쓰다듬었다. "그런데 넌 바느질하고 있어야 하는 거 아니야?"

아그네스는 키브린에게서 강아지를 돌려받았다. "할머니는 집사를 혼내러 갔고 메이즈리는 마구간에 갔어요." 아그네스는 강아지에게 입맞춤하기 위해 강아지를 돌려 안았다. "그래서 캐서린 언니에게 말하러 온 거예요. 할머니가 많이 화났어요. 집사랑 집사 가족은 우리가 여기로 온 다음부터 죽 홀에 살았거든요." 아그네스는 강아지에게 한 번 더 입맞춤했다. "할머니가 그러는데 집사가 자꾸만 죄를 짓는 것은 집사 부인이 나쁜 길로 유혹해서래요."

할머니. 아그네스는 '할머니'에 대해서는 아무 말도 하지 않았다. '할머니'라는 단어는 18세기까지 존재하지 않았는데 통역기가 당혹스러울 만치 큰 비약을 한 것이다. 그러면서도 통역기는 아그네스가 '캐서린'을 제대로 발음하지 못하는 것을 엉뚱하게 옮기는가 하면, 전후 관계로 볼 때 여실하게 드러날 부분도 해석을 안 하고 문장 중간에 공백을 만들기 일쑤였다. 키브린은 자기 잠재의식만이라도 통역기가 어떤 식으로 작동하는지 짐작할 수 있기를 빌었다.

"캐서린 언니, 언니는 간부예요?" 아그네스가 물었다.

키브린의 무의식 역시 통역기가 어떻게 작동하는지 모르는 게 분명했다. "뭐라고?"

"간부요." 강아지는 아그네스의 손아귀에서 벗어나기 위해 필사적으로 안간힘을 쓰고 있었다. "할머니가 언니를 그렇게 불렀어요. 할머니가 그랬는데요, 연인 때문에 도망쳐 나온 유부녀는 아무것도 기억하지 못하게 된다고, 그럴 이유가 충분히 있는 거라고 그랬어요."

'아, 간부(姦婦)란 말이군. 흠, 적어도 프랑스 스파이보다는 낫군. 아니, 어쩌면 이메인 부인은 내가 둘 다일 것으로 생각할 수도 있어.'

아그네스는 강아지에게 한 번 더 입을 맞췄다. "할머니가 그랬는데요, 여자들이 한겨울에 숲속을 여행할 이유는 아무것도 없대요."

'둘 다 맞았어.' 키브린은 생각했다. 이메인 부인도 옳고 던워디 교수님도 옳아. 엘로이즈가 관자놀이를 씻겨주러 아침에 왔을 때 거원과 이야기하고 싶다고 그렇게 부탁했음에도 키브린은 아직도 강하 지점이 어디인지 알아내지 못했다.

"거원은 당신이 만난 사악한 강도를 찾기 위해 말을 타고 나갔습니다." 지독하게 따끔거리고 마늘 냄새가 나는 연고를 관자놀이에 발라주면서 엘로이즈가 말했었다. "강도들에 대해서 뭔가 기억나는 것이 있나요?"

자기가 둘러댄 기억 상실증 때문에 죄 없는 농부가 교수형을 당하는 일이 없길 빌면서 키브린은 고개를 저었다. 키브린이 아무것도 기억하지 못할 거라고 다들 믿고 있는 상황에서 '아니, 제가 만난 강도는 이 사람이 아니에요'라고 말할 수는 없었다.

어쩌면 키브린은 아무것도 기억나지 않는다고 해서는 안 되었는지도 몰랐다. 그들이 보브리에 가문 사람들을 알 확률도 낮았을뿐더러 키브린이 제대로 된 설명을 하지 않자 이메인 부인이 더더욱 키브린을 의심의 눈초리로 바라보았기 때문이다.

아그네스는 자기 모자를 강아지에게 씌우려 하고 있었다. "숲속에는 늑대들이 있어요." 아그네스가 말했다. "거윈 아저씨가 도끼로 한 마리를 베어버렸대요."

"아그네스, 아저씨가 날 발견한 일에 관해 이야기해준 게 있니?"

"네! 까망이는 내 모자 쓰는 걸 좋아해요." 강아지가 숨 막혀 죽을 정도로 끈을 꽉 묶으면서 아그네스가 말했다.

"그러면 까망이가 싫어하잖니." 키브린이 말했다. "거윈 아저씨가 날 어디서 발견했다던?"

"숲속요." 아그네스가 말했다. 강아지는 모자에서 빠져나오려 몸을 비틀다가 침대 위로 떨어졌다. 아그네스는 침대 한복판에 강아지를 내려놓고 앞발만 쥐고 다시 들어 올렸다. "까망이는 춤출 줄도 알아요."

"자자, 나도 한번 안아볼게." 불쌍한 까망이를 아그네스의 손에서 구해내기 위해 키브린이 말했다. 키브린은 강아지를 감싸 안았다. "날 발견한 곳이 숲속 어딘데?"

아그네스는 강아지를 보기 위해서 발돋움했다. "까망이가 자요." 아그네스가 속삭였다.

강아지는 아그네스의 관심에 시달리다 지쳐 잠이 들었다. 키브린은 강아지를 자기 옆 모피 이불 위로 내려놓았다. "날 발견한 장소가 여기에서 멀어?"

"네." 아그네스가 말했다. 그리고 키브린은 아그네스가 아무것도 모른다는 사실을 알아차렸다.

'이건 아무 소용이 없어. 아그네스는 아무것도 모르는 게 분명해.' 키브린은 거윈과 말해야만 했다. "아저씨가 돌아왔니?"

"네에." 잠든 강아지를 톡톡 건들면서 아그네스가 말했다. "거윈 아저씨랑 얘기하고 싶어요?"

"응."

"캐서린 언니는 간부예요?"

대화 도중 아그네스의 비약을 따라잡는 일은 보통 힘든 것이 아니었다. "아니야." 키브린이 말했다. 그리고 곧 뭔가가 기억나면 안 되는 자기 상황이 떠올랐다. "난 나 자신에 관해 아무것도 기억나지 않는단다."

아그네스는 까망이를 쓰다듬었다. "할머니가 그랬는데요, 간부들이나 그렇게 대담하게 거윈 아저씨랑 말할 수 있는 거래요."

문이 열리더니 로즈먼드가 들어왔다. "사람들이 널 찾느라 얼마나 난리인 줄 알아, 이 멍청아." 허리 양쪽에 손을 받치고 로즈먼드가 말했다.

"캐서린 언니와 이야기하는 중이었어." 아그네스는 이불을 초조한 눈으로 바라보며 말했다. 담비 모피 색 때문에 까망이는 잘 보이지 않았다. 사냥개를 집 안으로 데려와선 안 되는 게 분명했다. 키브린은 로즈먼드가 까망이를 보지 못하도록 빳빳한 침대 시트를 끌어당겨 까망이 위로 덮었다.

"어머니께서 여기 아가씨는 쉬어야 상처가 나을 거라고 말씀하셨어." 로즈먼드는 엄격하게 말했다. "따라 나와. 할머니께 내가 널 찾아냈다고 말씀드려야 해." 로즈먼드는 동생을 끌고 방 밖으로 나갔다.

키브린은 로즈먼드와 아그네스가 밖으로 나가는 것을 보면서 아그네스가 할머니에게 자신이 거윈과 얘기하고 싶어 한다고 일러바치지 않기를 빌었다. 키브린은 잃어버린 물건과 강도를 찾았는지 등등을 질문하면 될 것이므로 자기에겐 거윈에게 말 붙일 좋은 핑곗거리가 있다고 생각했지만, 아직 시집도 안 간 1300년대의 귀족 여인이 젊은 남자에게 '용감하게 질문'하는 일은 있을 성싶지 않았다.

엘로이즈는 남편이 출타 중이기에 이 집의 가장이며 또한 고용주로서 거윈과 이야기할 수 있었다. 그리고 이메인 부인은 영주의 어머니 자격으로 말을 할 수 있지만, 키브린은 거윈이 말을 걸어줄 때까지 기다려야만 했고 대답할 때도 '미혼 여성에게 적합한 겸양을 갖추고' 대답해야 했다. 그렇지만 난 거윈과 이야기를 해야만 해. 거윈은 강하 지점이 어디인지 아는 유일한 사람이란 말이야.

아그네스가 다시 들이닥치더니 잠자는 강아지를 낚아챘다. "할머니가 화가 많이 났어요. 내가 우물에 빠졌다고 생각하고 있던걸요." 아그네스는 이렇게 말하고는 또다시 뛰어나가 버렸다.

'그리고 의심할 필요도 없이 할머니는 그 때문에 메이즈리의 뺨을 올려붙였겠지.' 키브린은 생각했다. 메이즈리는 아그네스를 잃어버린 것 때문에 오늘 벌써 한 번 혼난 상황이었다. 그때 아그네스는 이메인 부인의 은목걸이를 가져와 키브린에게 보여주고 있었다. 아그네스는 그것을 '성유물함'이라고 불렀고, 통역기는 이 말을 번역하지 못했다. "이 작은 상자 속에는요." 아그네스가 키브린에게 말했다. "성 스테파노의 수의 조각이 담겨 있대요." 메이즈리는 아그네스가 성유물함을 들고 나가게 내버려둔 부주의함 때문에 마맛자국이 난 뺨을 이메인 부인에게 한 대 맞았으며 아그네스를 지켜보지 않았다는 이유로 한 대 더 맞았지만, 병자의 방에 아이가 들어가게 내버려둔 것에 대해서는 혼나지 않았다.

어린아이들이 키브린 근처에서 노는 것을 걱정하는 사람은 아무도 없었으며 키브린이 걸린 병에 전염될 수 있다는 것을 알아차리지도 못했다. 엘로이즈나 이메인 부인조차 키브린을 돌보면서 아무런 예방 조처를 하지 않았다.

중세 사람들은 병이 옮는 경로에 관해 아무 지식도 없었다. 중세 사람들은 병은 죄의 결과이며 유행병은 천벌이라 믿었다. 그렇지만 중세 사람들도 감염은 알고 있었다. 흑사병이 퍼졌을 때 사람들 사이에 유행한 표어가 '빨리, 멀리멀리 떠나 오래 머물 것'이었고 그전에도 격리는 있었다.

여기는 아닌가 봐. 만약 여기 있는 아이들에게 내 병이 옮으면 어떻게 하나? 로슈 신부가 병에 옮으면 어떻게 해?

로슈 신부는 키브린이 고열에 시달리는 내내 키브린 옆에서 간호하고 만지고 이름을 물었다. 키브린은 그날 밤을 떠올리려 애쓰며 인상을 찡그렸다. 키브린은 말에서 떨어졌고 그다음엔 불이 있었다. '아니야, 불은 정신이 반쯤 나간 상태에서 상상해낸 것뿐이야. 그리고 백마도. 거원의 말은 까만색이야.'

그들은 숲을 관통해 언덕 아래로 말을 몰아 교회를 지나쳤다. 그리고 그 살인마는… 소용없었다. 그날 밤은 무서운 얼굴과 종소리와 화염으로 가득한 형체도 없는 꿈이었다. 강하 사실조차 안개에 싸여 뿌옇게 느껴졌다. 버드나무와 떡갈나무가 있었고 너무 어지러워 마차 바퀴에 기대앉아 있는데 살인마가… 아니야, 살인마는 내가 상상으로 만들어낸 것일 뿐이야. 그리고 백마도. 어쩌면 교회 역시 내가 상상한 건지도 몰라.

키브린은 강하 지점이 어디인지 거원에게 물어보아야 했지만, 키브린을 '간부'로 여기고 있는 이메인 부인 앞에서는 절대로 안 된다. 키브린은 곧 회복할 것이다. 침대에서 내려와 홀에 갔다가 다시 마구간으로 갈 만큼의 체력을 얻을 것이며 거기에서 혼자 있는 거원을 만나 말할 수 있겠지. 어서 건강을 회복해야 했다.

아직은 도움이 없으면 요강 있는 곳까지도 혼자 가지 못하지만, 키브린은 조금씩 낫고 있었다. 여전히 숨은 가빴지만 현기증과 열은 사라졌다. 반응으로 볼 때, 사람들도 키브린이 낫고 있다고 여겼다. 아침 시간 대부분 키브린을 혼자 내버려두었고 엘로이즈도 악취 나는 연고를 발라주는 동안만 머무를 뿐이었다. '그러니 내가 거원에게 부적절한 접근을 할 시간도 충분하지.' 키브린은 생각했다.

키브린은 아그네스가 한 말이나 항바이러스 면역 체계가 작동하지 않는 이유, 그리고 강하 지점이 얼마나 멀리 떨어져 있는가에 관해서는 생각하지 않으려 애쓰며 오직 건강을 회복하는 일에만 집중하려 했다. 오후에는 키브린이 누워 있는 방에 아무도 들어오지 않았고 키브린은 일어나 앉고 또 침대 옆으로 발을 내리는 연습을 했다. 키브린을 요강으로 데려가기 위해 메이즈리가 골풀 양초를 들고 방에 들어왔을 때는 이미 키브린 혼자서 침대로 돌아갈 수 있을 정도로 회복된 뒤였다.

밤이 되자 추워졌다. 그리고 아침이 되어 아그네스가 키브린을 보러 왔을 때 아그네스는 굉장히 두꺼운 모직으로 된 빨간 망토와 두건을 쓰고 하얀 모피 털장갑을 끼고 있었다. "내 은버클 볼래요? 블로에 경이 췄어요. 내일 가지고 올게요. 오늘은 올 수 없어요. 크리스마스 장작을 자르러 가야 하거든요."

"크리스마스 장작?" 키브린은 깜짝 놀라서 물었다. 의식용으로 쓰는 장작은 전통적으로 24일에 자르는데, 오늘은 겨우 17일이었다. '크리스마스까지 아직 시간이 있다'던 이메인 부인 말을 내가 오해했다는 뜻인가?

"네." 아그네스가 말했다. "집에 있을 때는 크리스마스이브에 장작을 자르러 갔지만, 눈보라가 올 것 같으니까 할머니가 날씨 좋을 때 말 타고 나가서 잘라 오라고 하시네요."

'눈보라가 칠 것 같다고?' 키브린은 생각했다. 눈이 오면 강하 지점을 어떻게 알아볼 수 있을까? 마차와 상자들은 아직 거기에 있다지만 눈이 몇 센티미터 이상 쌓이면 키브린은 길을 알아볼 수 없을 것이다.

"사람들이 모두 크리스마스 장작을 가지러 가니?"

"아니요. 로슈 신부님이 엄마더러는 병든 소작농을 돌봐달라고 했어요."

이메인 부인이 왜 폭군처럼 행동하며 메이즈리와 집사를 괴롭히고 키브린을 간부라 부르며 죄인 취급을 하는지 설명이 되었다. "할머니도 같이 가시니?"

"네. 난 내 조랑말을 타고 갈 거예요."

"로즈먼드도 가?"

"네."

"집사도?"

"네." 아그네스는 성급하게 말했다. "마을 사람들 전부 다 가요."

"거윈 아저씨도 가는 거야?"

"아니요." 아그네스는 뻔하다는 듯 대답했다. "마구간에 가서 까망이한테 작별 인사를 할래요." 아그네스는 뛰어나갔다.

이메인 부인도 집사도 떠날 예정이고 엘로이즈는 병든 농부를 간호하러 어디론가 갔다. 그리고 아그네스가 보기에는 너무나 분명한 이유이지만 키브린은 짐작할 수 없는 무슨 이유로, 거윈은 집에 머무를 예정이었다. 어쩌면 거윈은 엘로이즈와 함께 갔을 수도 있다. 하지만 거윈이 떠나지 않았다면, 만약 거윈이 집을 보호하기 위해서 남았다면 키브린은 거윈과 단둘이서 이야기를 나눌 수 있을지도 모른다.

메이즈리는 가는 게 분명했다. 키브린에게 아침 식사를 가져다주러 왔을 때 메이즈리는 갈색의 거친 판초를 걸치고 몇 가닥으로 찢은 천 조각을 다리에 감고 있었다. 메이즈리는 키브린이 요강까지 가는 것을 도와주었고 요강을 밖으로 내간 다음 뜨거운 석탄이 가득한 금속 화로를 가지고 들어왔다. 메이즈리는 키브린이 지금껏 보아왔던 그 어느 때보다 더 잽싸고 솔선해서 일 처리를 했다.

키브린은 메이즈리가 떠난 뒤 1시간가량 기다렸다. 그리고 모든 사람이 떠났다는 확신이 들자 침대에서 내려와 창가 의자로 걸어가 아마포를 잡아당겼다. 나뭇가지와 짙은 회색 하늘 말고는 아무것도 보이지 않았지만 들어오는 공기는 방 안 공기보다 훨씬 더 차가웠다. 키브린은 창가 의자 위로 올라섰다.

안뜰이 내려다보였다. 텅 비었고 커다란 나무 문은 활짝 열려 있었다. 안뜰의 돌과 뜰을 둘러싼 나지막한 초가지붕은 촉촉이 젖어 있는 듯했다. 키브린은 벌써 눈이 내린 것은 아닌지 두려워하며 창밖으로 손을 내밀었지만 습기는 없었다. 키브린은 얼음처럼 차가운 돌을 잡고 내려서는 화로로 다가가 몸을 웅크렸다.

화로는 거의 아무 열기도 주지 않았다. 키브린은 두 손으로 가슴을 감싸안았다. 얇은 슈미즈 차림이라 온몸이 부들부들 떨려 왔다. 사람들이 자기가 입고 온 옷을 어디에다 치웠는지 궁금했다. 중세에는 옷을 침대 옆 기둥에 걸어두는 것이 보통인데 이 방에는 옷걸이 기둥이나 옷을 걸 만한 옷걸이가 보이지 않았다.

다행히 키브린의 옷은 침대 발치에 있는 상자에 잘 개켜져 있었다. 키브린은 옷을 꺼냈다. 고맙게도 부츠도 제자리에 놓여 있었다. 키브린은 상자를 닫고 뚜껑에 오래도록 앉아 호흡을 고르려 애썼다.

'오늘 아침에 거원과 이야기를 해야 해.' 키브린은 자기 몸이 그 정도는 버텨줄 만큼 회복되었기를 바랐다. 모든 사람이 밖으로 나가는 기회는 이번뿐이었다. 게다가 조만간 눈이 내릴 것이다.

키브린은 되도록 천천히 옷을 입었고 침대 기둥에 기대 타이츠와 부츠를 신었다. 그러고는 침대 위로 올라갔다. '조금 더 쉬어야겠어. 몸이 좀 따뜻해질 때까지만이야.' 키브린은 눕자마자 잠이 들었다.

종소리에 키브린은 잠이 깼다. 남서쪽에서 울려 퍼지는 종소리로, 강하할 때 들었던 소리였다. 남서쪽 종은 어제 온종일 울리다 갑자기 멈췄고 그래서 엘로이즈는 무슨 일이 벌어진 것인가 알아봐야겠다는 듯이 창가 쪽으로 다가가 한동안 서 있었다. 창으로 새어 들어오는 빛이 어두워졌지만 그건 단지 구름이 짙었고 좀 낮게 깔렸기 때문이었다. 키브린은 망토를 걸치고 문을 열었다. 계단은 가팔랐고 홀 돌벽에 붙어 있었으며 난간도 없었다. 여기에서 넘어졌는데 무릎만 까졌다니, 아그네스는 정말 운이 좋은 편이었다. 머리부터 바닥으로 곤두박질쳤을 수도 있었으니까. 키브린은 벽에 손을 짚고 계단을 내려오다가 중간쯤 되는 곳에서 쉬며 홀을 바라보았다.

'내가 정말로 여기 온 거구나.' 키브린은 생각했다. '정말로 1320년이야.' 방 한복판의 화로에 쌓인 석탄은 무딘 적색으로 빛났고 화로 위 연기 구멍에서 새어 나오는 빛과 높은 곳에 나 있는 좁은 창에서 들어오는 빛은 그 양이 얼마 되지 않아 홀 대부분이 어둑어둑했다.

키브린은 계단 중간에 멈춰서 혹시라도 누가 있지는 않은지 염려되어 연기로 흐릿한 실내를 자세히 보았다. 등판과 팔걸이에 조각 장식을 한 높은 의자가 벽 끝에 놓였고, 바로 옆에 그 의자보다 약간 낮고 장식이 적은 엘로이즈의 의자가 있었다. 그 의자들 뒤 벽에는 태피스트리가 길게 늘어졌고 벽의 저편 끄트머리에는 위로 연결된 사다리가 보였다. 다락과 연결된 듯싶었다. 맞은편 벽에는 육중한 나무 식탁이 널따란 벤치와 함께 놓였다. 계단 바로 아래쪽 벽 옆으로는 길고 좁은 '거지 벤치'[27]가 있었다. 그 벤

27 팔걸이와 등받이 살이 가느다란 벤치. 주로 겨울에 부츠를 벗을 때 앉는 용도로 쓴다.

치가 놓인 곳 벽은 칸막이였다.

키브린은 계단을 마저 내려와서 발돋움하고 칸막이벽 너머를 보았다. 발에 밟힌 바짝 마른 풀들이 바스락 소리를 내며 바닥으로 흩어졌다. 칸막이벽은 외풍을 막아주는 내벽 겸 병풍 역할을 했다.

때때로 칸막이는 방을 구분 짓는 역할을 했으며 칸막이 양편으로는 침대가 놓이곤 했지만, 벽 너머로 가보니 사람이 겨우 지날 수 있는 통로만 있을 뿐이고 대신 방에서는 눈 씻고 찾아도 보이지 않았던 망토용 옷걸이가 보였다. 아무도 없었다. '좋았어. 전부 다 가버렸군.'

문이 열려 있었다. 문 너머 바닥에는 털이 복슬복슬한 부츠 한 켤레, 나무 물통 하나, 아그네스의 수레가 있었다. 키브린은 벌써 흐트러진 호흡을 가다듬느라 자그마한 곁방에서 멈춰 섰다. 잠깐이라도 앉을 수 있는 곳을 찾아보았지만 마땅한 장소가 없었다. 키브린은 문밖을 주의 깊게 살펴보다가 밖으로 나갔다.

울타리가 쳐진 안뜰에는 아무도 없었다. 마당은 평평한 노란 자갈로 포장해놓았지만, 뜰 중앙에 나무를 후벼 내어 만든 물통이 있는 곳은 진흙투성이였다. 사방에 깊숙이 팬 말발굽과 발자국이 있었고 갈색 웅덩이도 여기저기 보였다. 옴이 오른 듯 보이는 비쩍 마른 닭이 웅덩이 한 곳에서 우아하게 물을 마시고 있었다. 이 당시 닭은 오로지 달걀을 얻기 위한 용도였다. 1300년대 주요 식용 가금류는 비둘기와 멧비둘기였다. 그리고 정문 옆에 비둘기장이 있었다. 비둘기장 옆, 초가를 얹은 건물은 부엌일 것이고 그 옆의 작은 건물들은 창고가 틀림없었다. 넓은 문이 달린 마구간은 다른 쪽에 서 있고 좁은 통로를 따라가다 보면 돌로 된 커다란 헛간이 있었다.

마구간부터 들어가보았다. 아그네스의 강아지는 꼴사나운 발로 껑충 뛰어나와 낑낑거리며 키브린을 반겼지만, 키브린은 서둘러 강아지를 밀어 넣고 육중한 나무 문을 닫아야 했다. 거윈은 마구간에 있지 않았다. 헛간에도 부엌에도 다른 건물 안에도 없었다(다른 건물들 가운데 제일 큰 건물은 알고 보니 양조장이었다). 아그네스가 당연하다는 투로 거윈이 크리스마스 장작을 베는 데 참여하지 않는다고 했기 때문에 키브린은 거윈이 집을 지키기 위해 이곳에 머물 것이라 짐작했다. 하지만 이제 와 생각해보니 거윈은 엘로이즈를 따라 소작농을 보러 간 듯싶었다.

'거윈이 만약에 엘로이즈를 따라나선 거라면, 난 강하 지점을 나 스스로 찾아야 해.' 키브린은 생각했다. 키브린은 다시 마구간으로 향하다 중간쯤에서 멈춰 섰다. 혼자서 말 위로 올라갈 자신이 없었다. 말에 올라타기엔 자기가 너무 약한 것 같았고 어찌어찌 올라탄다 하더라도 말이 달릴 때 어지러운 것을 참으며 버틸 것 같지 않았다. 강하 지점을 찾으러 다니기에는 너무 어지러웠다. '하지만 해야만 해. 사람들이 다 나갔고 이제 곧 눈이 올 거야.'

키브린은 정문을 지그시 바라보다가 헛간과 마구간 사이에 난 오솔길을 보았다. 어느 길로 가야 하는지 궁금했다. 이곳에 올 때 언덕을 내려오면서 교회를 지났던 것이 생각났다. 종소리를 들은 기억도 났다. 안뜰이나 정문은 떠오르지 않았다. 하지만 키브린과 거윈이 온 길과 대충 비슷했다.

키브린은 자갈길을 가로질러 갔다. 닭들은 미친 듯이 꼬꼬댁거리며 움푹한 자기네 피난처로 들어가버렸다. 정문 너머 나 있는 길을 바라보았다. 길은 좁은 개울 위로 난 통나무 다리를 건너 남쪽으로 굽이감다가 숲속으로 사라졌다. 하지만 언덕도, 교회도, 마을도, 강하 지점으로 가는 길을 가르쳐줄 어떤 이정표도 보이지 않았다.

침대에 누워서 종소리를 들었으니 교회가 있어야만 했다. 키브린은 질퍽거리는 길을 건너 안뜰로 되돌아왔다. 윗가지로 엮은 가축우리가 나왔다. 우리 안에는 더러운 돼지 두 마리와 옥외 변소가 있었다(냄새 때문에 모르고 싶어도 모를 수가 없었다). 키브린은 그 길을 따라갔다가 옥외 변소만 나올까 두려웠지만, 길은 변소 뒤로 굽이돌면서 풀밭으로 키브린을 이끌었다. 그리고 마을이 있었다. 교회 역시 키브린이 기억하던 대로 풀밭이 끝나는 곳에 있었다. 교회 너머로 키브린과 거윈이 말을 몰아 내려온 언덕이 보였다.

풀밭은 조금도 푸르지 않았다. 풀밭이라고 해봐야 한쪽으로는 오두막이 늘어서 있고 맞은편에는 버드나무 숲이 늘어선, 손질 안 된 열린 공간이 있을 뿐이었다. 하지만 남아 있는 풀을 뜯는 암소 한 마리와 잎이 다 져버린 떡갈나무에 매여 있는 염소 한 마리도 보였다. 오두막들은 건초 무더기와 퇴비 더미 사이 곳곳에 흩어져 있었다. 영주의 집에서 멀어질수록 집들은 더 작아졌고 형체도 흐려졌다. 하지만 영주의 사택에 가장 가까운 집(십중 팔구 집사의 집일 것이다) 역시 가축의 우리보다 나아 보일 것이 없었다. 집사의 집은 다른 집들보다 더 작고 더 더러웠고 금방이라도 쓰러질 것만 같았다. 자기 역할에 맞게 제대로 되어 보이는 건물은 교회뿐이었다.

종탑은 교회 부속 묘지와 풀밭 사이에 홀로 떨어져 있었다. 노르만식 둥근 아치 창문이 있고 회색 돌로 만들어진 것을 볼 때 교회보다 나중에 지은 것이 분명했다. 종탑은 높고 둥글었으며 종탑을 이룬 돌은 노란빛이 돌다 못해 황금빛으로 빛났다.

오솔길은 강하 지점 부근 도로보다 넓지 않았으며, 교회 부속 묘지와 탑을 지나쳐 언덕 위로 올라가 숲속으로 사라졌다.

'이 길이 우리가 온 길이야.' 키브린은 생각했다. 그리고 풀밭을 가로질러 가기 시작했다. 헛간을 벗어나는 듯싶었는데 매서운 바람이 몰아쳤다. 바람은 키브린이 실오라기 한 올 안 걸쳤다는 듯 망토 속으로 파고들었다. 가슴을 도려내는 듯했다. 목으로 바람이 들어가지 않도록 키브린은 망토를 단단히 두르고 힘없는 손으로 가슴팍을 꼭 누른 채 걷기 시작했다.

남서쪽 종이 다시 울렸다. 그게 무슨 뜻인지 궁금했다. 엘로이즈와 이메인 부인은 종에 관해서 이야기를 나눈 것 같았는데 키브린이 그들의 말을 알아듣기 전 일이었으며, 어제 남서쪽 종이 울렸을 때 엘로이즈는 종소리를 듣지 못한 사람처럼 행동했다. 어쩌면 대림절과 관련된 것일 수도 있었다. 키브린이 알기로는, 대림절 기간에 종은 크리스마스이브 해 질 녘과 밤 11시부터 12시까지 울리게 되어 있었다. 어쩌면 대림절 기간에는 크리스마스이브가 아닌 다른 때에도 종을 울리게 되어 있는지도 몰랐다.

길은 진흙 범벅이었고 여기저기 바퀴 자국이 나 있었다. 가슴이 아파져 오기 시작했다. 키브린은 가슴을 꽉 누르며 길을 계속 재촉했다. 풀밭 너머로 뭔가 움직이는 것이 보였다. 크리스마스이브 장작 또는 가축을 몰고 오는 농부일 수도 있었지만, 무엇인지 알아볼 수 없었다. 저쪽에는 이미 눈이 내리기 시작한 것 같았다. 서둘러야 했다.

바람이 키브린의 망토를 거세게 흔들고 지나가며 낙엽을 공중에 흩뿌려 길을 막아섰다. 암소는 머리를 수그리고 풀밭에서 나와 오두막에 딸린 외양간으로 움직였다. 외양간이라는 이름이 아까웠다. 그곳은 나뭇가지를 한데 모아 아무렇게나 세워놓은 것에 불과했으며 키브린의 키보다 약간 높은 정도였고 바람을 전혀 막아주지 못했다.

천천히 그리고 일정한 간격으로 종이 계속해서 울렸다. 키브린은 종소리에 맞춰 발걸음이 느려졌다는 사실을 깨달았다. 발걸음을 늦춰서는 안 된다. 서둘러야 했다. 지금 당장에라도 눈이 내릴지 몰랐다. 하지만 서두르려 할수록 가슴의 통증은 더했고 자꾸만 기침이 터져 나왔다. 별수 없이 멈춰 섰다. 기침이 심해지며 키브린은 아픔에 몸을 웅크렸다.

강하 지점을 찾을 수 있을 것 같지 않았다. '바보 같은 생각 하지 마.' 키브린은 마음을 다잡았다. '강하 지점을 찾아야만 해. 넌 아파. 21세기로 돌아가야만 해. 교회까지만 가자. 거기서 잠시 쉬자.'

키브린은 다시 한번 발을 떼었다. 기침하지 말자고 자신을 다독거렸지만, 소용이 없었다. 숨도 제대로 쉴 수가 없었다. 강하 지점은커녕 교회까지도 갈 수 없을 듯했다. '해내야 해.' 키브린은 이를 악물고 속으로 외쳤다. '해내려면 맘을 독하게 먹어야 해.'

키브린은 가슴이 저며 와 몸을 굽히며 다시 한번 멈춰 섰다. 조금 전까지만 해도 농부들이 오두막에서 나올까 봐 걱정하고 있었는데, 지금은 누군가가 나와서 자기를 영주의 집으로 다시 데려다주기만을 간절히 바랐다. 하지만 그럴 리가 없었다. 농부들은 이 매서운 바람을 뚫고 방목했던 동물들을 불러 모으고 아직 수확하지 않은 감자를 거둬들이고 있을 것이다. 들판을 바라보았다. 무언가 멀리 보이던 모습조차 이제 사라지고 없었다.

키브린은 마지막 오두막의 반대편에 있었다. 오두막 너머에 금방이라도 무너질 듯한 헛간이 몇 채 보였다. 키브린은 헛간에 아무도 살지 않기를 바랐고 그 소원대로 아무도 살지 않는 게 분명했다. 외양간이나 곡식 창고 같은 부속건물인 모양이었다. 그리고 그 너머로 그다지 멀지 않은 곳에 교회가 있었다. '천천히 걸어가면 교회까지 갈 수 있을지도 몰라.' 키브린은 생각하며 다시 교회로 천천히 다가가기 시작했다. 걸음을 뗄 때마다 가슴이 통째로 뜯겨 나가는 것만 같았다. 키브린은 휘청거리며 멈춰 섰다. '정신을 잃으면 안 돼. 내가 여기 있는지 아무도 모른단 말이야.'

돌아서 영주의 집을 바라보았다. 방은 고사하고 홀까지도 갈 수 없을 것 같았다. '앉아서 좀 쉬어야 해.' 하지만 진흙 범벅인 길에서 앉을 곳을 찾는다는 것은 무리였다. '엘로이즈는 소작농을 돌보고 있을 것이고 이메인 부인과 꼬마 아가씨들, 그리고 마을 사람들은 전부 다 크리스마스 장작을 베러 나갔어. 내가 여기 있는 줄 아는 사람은 없어.'

바람이 다시 일기 시작했다. 이번에는 돌풍이 아니라 들판을 한쪽으로 밀어버리기로 결심이라도 한 듯 곧게 한 방향으로 부는 바람이었다. '집으로 돌아가야겠어.' 키브린은 생각했다. 하지만 그럴 수도 없었다. 서 있는 것만으로 이미 충분히 힘들었다. 어디 앉을 만한 곳이라도 있으면 앉아 쉬면서 몸을 추스르겠지만, 움집 사이의 공간은 담과 담 사이가 온통 진흙투성이였다. 오두막 안으로 들어가는 수밖에 없었다.

오두막 주위로는 흔들거리는 울타리가 둘러쳐져 있었다. 울타리라고 해봤자 말뚝 몇 개를 박고 그 사이를 아직 푸른 기운이 남아 있는 가지로 대충 얽어 만든 것이었다. 게다가 무릎 높이밖에 오지 않았기 때문에 원래 목적인 양과 암소 떼를 막는 건 고사하고 고양이가 넘나드는 것도 막지 못할 것 같았다. 오직 정문만이 허리 높이까지 올라오는 지지대에 달려 있었다. 덕분에 고맙게도 키브린은 정문 지지대에 기댈 수 있었다. "계세요?" 키브린은 바람 속에서 소리쳤다. "거기 누구 없어요?"

오두막의 현관은 정문에서 몇 걸음만 더 가면 되었고 오두막은 방음이라는 것이 될 수 없는 구조였다. 바람조차 막아주지 못했다. 키브린은 잘게 썬 짚과 진흙을 발라놓은 벽에 균열이 생기다 못 해 떨어져버려 생긴 구멍을 볼 수 있었다. 진흙이 떨어진 안쪽에는 나뭇가지가 엉켜 있었다. 사람들은 분명 키브린의 소리를 들을 수 있을 것이다. 키브린은 정문을 고정한 가죽끈을 들어 올리고 안으로 들어가 나지막한 판자문을 두드렸다.

아무 대답이 없었고 키브린 역시 누가 대답하리라고는 기대하지 않았다. 키브린은 다시 한번 소리쳤다. "안에 누구 있나요?" 이제는 통역기가 자기 말을 어떻게 번역할지 관심도 없었다. 키브린은 문을 가로지른 나무막대를 들어 올리려 애썼다. 꽤 무거웠다. 들어 올리는 것은 포기하고 나무막대를 툭 튀어나온 상인방에 낸 V자 모양 새김에서 밀어내려 했다. 밀리지 않았다. 오두막은 금방이라도 바람에 날아갈 것처럼 보이는데, 키브린은 안으로 들어가기 위해 문을 열 수조차 없었다. 키브린은 던워디 교수에게 중세 오두막이 보이는 것만큼 그렇게 허술하지 않다고 말해야 할 판이었다. 키브린은 가슴을 움켜쥐고 문에 기대섰다.

뒤에서 무슨 소리가 들렸다. 키브린이 돌아섰다. 급한 마음에 몸을 돌리기도 전에 입에서 이미 말을 뱉고 있었다. "정원에 허락도 없이 들어와서 죄송합니다." 뒤에서 암소 한 마리가 한가로이 울타리 너머로 몸을 뻗고 입이 잘 닿지도 않는 갈색 나뭇잎을 탐색 중이었다.

'장원으로 돌아가야겠어.' 키브린은 정문을 지지대 삼아 서서 문을 닫고 말뚝에 가죽끈을 다시 걸었는지 확인했다. 암소의 깡마른 등이 보였다. 암소는 키브린이 우유를 짜려 한다고 생각했는지 몇 걸음 따라오다가 이윽고 다시 정원으로 돌아갔다.

아무도 살 것 같지 않았던 오두막 한 곳이 열리더니 맨발의 남자아이가 바깥으로 나왔다. 남자아이는 겁먹은 얼굴로 멈춰 섰다.

키브린은 몸을 꼿꼿이 세우려 노력했다. "제발." 말하는 중간중간 거칠게 숨을 내몰면서 키브린이 말했다. "여기서 조금만 쉬면 안 될까?"

남자아이는 멍하게 입을 벌린 채 키브린을 바라봤다. 남자아이는 병적이라고 할 수 있을 정도로 비쩍 말랐고, 팔다리는 오두막 울타리를 둘러싸고 있는 나무 막대처럼 가늘었다.

"제발, 제발 영주님 집으로 가서 누구든 이리 좀 와달라고 말해주렴. 내가 아프다고 말해줘."

'저 아이가 뛰면 얼마나 뛰겠어. 나만큼은 뛸까.' 남자아이에게 말하면서도 키브린은 그렇게 생각했다. 아이의 발은 추워서 파랗게 변해 있었다. 입은 헌 듯했으며 뺨과 윗입술에는 코피가 말라붙었다. '이 아이는 괴혈병에 걸린 거야. 이 아이는 나보다 상태가 더 안 좋아.' 하지만 키브린은 다시 말했다. "영주님 집으로 가서 이리로 와달라고 좀 해주렴."

아이는 갈라 터지고 앙상한 손으로 성호를 그었다. "*Bighaull emeurdroud ooghattund enblastbardey*." 오두막으로 돌아가며 아이가 말했다.

'맙소사, 안 돼.' 키브린은 절망적이 되었다. '이 아이는 내 말을 이해하지 못했어. 그리고 난 아이에게 내 말을 이해시킬 기력도 없단 말이야.' "제발 도와주렴." 키브린이 말하자 아이는 키브린의 말뜻을 알아들은 것 같았다. 남자아이는 키브린 쪽으로 한 걸음 다가오더니 교회 쪽으로 쏜살같이 뛰어가기 시작했다.

"기다려!" 키브린이 외쳤다.

남자아이는 암소를 지나 울타리를 돌아 오두막 뒤쪽으로 사라졌다. 키브린은 오두막을 바라보았다. 사실 오두막이라 부르기도 힘들었다. 기둥 몇 개 꽂아놓고 풀과 건초를 마구 쌓아 올린 다음 짚으로 이리저리 엮어 공간감을 준 것뿐이었다. 문은 까만 밧줄로 나뭇가지를 한데 엮은 거적 거리였다. 불면 날아가 흩어져버릴 것 같은 문이었는데, 남자아이는 그마저도 열어놓고 가버렸다. 키브린은 문간 층계를 올라 오두막 안으로 들어갔다.

오두막 안은 너무 어두웠고 연기가 자욱해서 키브린은 아무것도 볼 수 없었다. 마구간처럼 퀴퀴한 냄새가 났다. 아니, 마구간보다도 역겨웠다. 매캐한 연기 냄새, 곰팡내, 쥐의 역겨운 냄새가 오두막 앞뜰에서 풍기는 냄새와 뒤범벅되어 있었다. 키브린은 문을 넘어오면서 몸을 거의 반으로 구부려야 했고 몸을 곧추세우다가 대들보 역할을 하는 나무토막에 머리를 부딪쳤다.

오두막에는 앉을 곳이 없었다. 오두막이 아니라 헛간인 듯했다. 그 말을 증명이라도 하듯, 바닥에는 자루와 연장이 가득했고 가구라고는 대충 다리를 벌리고 기우뚱하니 서 있는 탁자 하나가 전부였다. 하지만 탁자 위에는 나무 사발과 빵 쪼가리가 놓였고 그나마 좀 깨끗한 편인 중앙에는 바닥을 얕게 파고 만든 화로에서 자그맣게 불이 타오르고 있었다.

천장에는 통풍용 구멍이 있긴 했지만, 오두막 가득한 연기는 화덕에서 나오는 것이었다. 화덕에서는 나뭇가지 몇 개가 타며 불을 일으키고 있었지만 고르지 못한 벽과 지붕에 나 있는 다른 구멍들이 연기를 끌어당겼고, 어디에서부터인가 들어온 바람은 연기를 감아 오두막 구석구석까지 보내고 있었다. 기침이 났다. 큰일이었다. 기침하자 경련이 일면서 가슴이 갈가리 찢기는 것 같았다.

키브린은 기침을 멈추기 위해서 이를 악물며 양파 자루에 기대어놓은 삽을 의지해, 그리고 다시 금방이라도 부서질 것 같은 벽을 의지해 자루 위에 앉았다. 앉자마자 몸이 한결 나아진 기분이 들었다. 하지만 입김이 보일 정도로 추웠다. '여름에는 이곳에서 어떤 냄새가 날까.' 키브린은 궁금했다. 키브린은 망토로 몸을 꼭 감싸고 끝자락으로 무릎을 덮었다.

바닥에서 차가운 기운이 스며들었다. 키브린은 망토를 발끝까지 잡아당기고 양파 자루 옆에 놓인 갈고리를 집어 들어 약한 불이 담겨 있는 화로를 뒤적였다. 불은 마지못해 타오른다는 듯 피어올랐고, 불에 비친 내부는 더욱더 헛간처럼 보였다. 한쪽에는 본채에 기대어 지은 나지막한 건물이 있었다. 오두막의 나머지 부분과 공간 구분이 되어 있는 것을 보니 가축우리 용도인 것 같았다. 울타리는 아까 보았던 집의 것보다도 낮았다. 별채 구석까지 보일 만큼 불이 밝지는 않았지만, 그쪽에서 뭔가 바스락거리는 소리가 들려왔다.

'아마 돼지일 거야. 하지만 지금쯤이면 기르던 돼지를 전부 다 잡았을 텐데. 젖염소일 수도 있겠군.' 키브린은 구석까지 빛이 조금 더 비치게 하려고 불을 다시 뒤적거렸다.

바스락거리는 소리는 허름한 울타리 앞에 있는, 커다란 돔 모양 우리에서 나는 소리였다. 더러운 구석에 안 어울릴 정도로 정교하게 만든 우리였다. 우리에는 부드럽게 곡선을 그리는 금속 띠, 정교한 문, 아름다운 손잡이가 달렸다. 그리고 우리 속에는 쥐가 한 마리 들어 있었다. 키브린이 쑤석이는 불빛에 쥐의 두 눈이 반짝였다.

쥐는 궁둥이를 대고 앉아 우리 속으로 자기를 꾈 치즈 덩어리를 손처럼 생긴 앞발로 꽉 쥐고 키브린을 노려보았다. 우리 바닥에는 부서진 치즈 조각들이 널려 있었다. 곰팡이가 슨 듯했다. '오히려 우리 안이 오두막 전체보다 먹을 게 많네.' 울퉁불퉁한 양파 자루에 그대로 앉은 채 키브린은 생각했다. 이 오두막에 쥐가 훔쳐 갈 게 뭐가 있다고 쥐를 잡아놓은 걸까?

물론, 키브린도 전에 쥐를 본 적이 있었다. 심리학사 강의에서였다. 그리고 1학년 때 공포증 검사를 하면서도 봤다. 하지만 그때 본 쥐는 이것과 달랐다. 아무도 이런 종을 잉글랜드에서 적어도 50년 내로는 본 적이 없었다. 대단히 예쁜 쥐였다. 비단처럼 까만 털로 덮인 이 쥐는 심리학사 시간에 보았던 하얀 실험실 쥐보다 그리 크지 않았으며 공포증 검사를 받을 때 보았던 갈색쥐보다는 작았다.

게다가 갈색쥐보다 훨씬 깨끗해 보였다. 공포증 검사에서 본 갈색쥐는 하수구나 배수 통로 그리고 지하철이라면 으레 나올 법한 놈처럼 생겼는데 (그런 곳에서 잡아 온 놈이 분명했다), 비쩍 마른 먼지투성이 갈색 외피에 길고 음란해 보이는 민둥 꼬리를 달고 있었다. 키브린이 중세를 처음 연구하기 시작했을 때는 왜 중세 사람들이 이 구역질 나는 것들을 자기네 헛간은 물론이거니와 집에까지 살게 내버려두었는지, 어떻게 그러고도 살았는지 이해를 못 했다. 침대 머리맡 벽에 쥐가 있다고 생각하면 온몸의 털이 곤두서는 것 같았다. 하지만 이 쥐는 정말로 깨끗해 보이는데다 눈동자는 까맣고 털가죽에는 윤기가 흘렀다. '분명 메이즈리보다 깨끗할 거야. 게다가 메이즈리보다 훨씬 더 영리하겠지. 별로 해도 없어 보이고 말이야.'

키브린의 말에 맞장구라도 치듯, 쥐는 우아한 자세로 치즈를 한 조각 더 집어 들고 야금거렸다.

"그래도 넌 해로워." 키브린이 말했다. "넌 중세의 재앙 덩어리야."

쥐는 치즈 덩어리를 떨어뜨리고 한 걸음 앞으로 나왔다. 수염이 실룩거렸다. 그 쥐는 분홍빛 도는 앞발로 철창 가로대를 잡더니 애원하는 눈빛으로 키브린을 쳐다보기 시작했다.

"놓아줄 수 없어. 알잖아." 키브린이 말하자 쥐는 알아듣기라도 했다는 듯 귀를 쫑긋 세웠다. "넌 귀중한 곡식을 먹어 치우고 음식을 오염시키는데 다 벼룩을 옮기고 앞으로 28년 뒤에는 네 친구들과 함께 유럽 인구의 반을 휩쓸어버릴 테니까. 이메인 부인은 프랑스 스파이와 문맹 신부를 걱정하는 대신 널 걱정해야 할 텐데 말이야." 쥐는 키브린을 쳐다보았다. "널 놓아주고 싶지만 그럴 수 없어. 흑사병은 이미 그 자체로 너무 끔찍했어. 유럽 인구 3분의 1이 흑사병 때문에 죽어갔어. 내가 널 놓아주면 네 후손들은 사태를 훨씬 더 악화시킬 거야."

쥐는 가로대를 놓고 우리 안을 미친 듯이 뱅글뱅글 돌고 우왕좌왕하며 마구 돌아다니다가 가로대에 이리저리 부딪혔다.

"나도 할 수만 있으면 놓아주고 싶어." 키브린이 말했다. 불은 거의 다 꺼졌다. 키브린은 불을 쑤셔보았지만 타고 남은 재만 날릴 뿐이었다. 누구든 자길 찾고 있는 사람이 있어 그 사람을 남자아이가 데려와주길 바라는 마음에서 키브린이 열린 채로 놓아둔 문이 쾅 소리를 내며 닫혔고, 헛간 안은 어둠으로 가득 찼다.

'어디서 나를 찾아야 하는지 감도 못 잡고 있을 거야.' 키브린은 생각했다. 하지만 키브린은 사람들이 자신을 찾아 나서지 않았으리라는 것을 알고 있었다. 사람들은 키브린이 로즈먼드의 내실에 잠들어 있을 것으로 여겼다. 이메인 부인은 저녁을 가져다주기 전에는 키브린이 방에 있는지 확인조차 하지 않을 것이다. 만종이 울린 뒤에야 키브린을 찾기 시작할 것이고 그때는 이미 어두워진 뒤이다.

오두막 안은 조용했다. 바람이 잠잠해진 게 틀림없었다. 키브린은 쥐 소리를 들을 수 없었다. 불 속에서 장작이 탁 소리를 내더니 불꽃이 흙바닥에 날렸다.

'아무도 내가 어디 있는지 모르겠지.' 키브린은 누가 가슴을 찌르기라도 했다는 듯 손을 가슴에 얹고 생각했다. '아무도 내가 여기 있는지 모를 거야. 던워디 교수님이라 할지라도 말이야.'

하지만 사실이 아니었다. 어쩌면 엘로이즈가 연고를 더 발라주려고 올 수도 있는 일이고 메이즈리가 드디어 마구간에서 나와 이쪽으로 올 수도 있는 일이고 남자아이도 들판에서 사람들을 모아 달려올 수도 있는 일이었다. 아무리 문이 닫혀 있다 할지라도 사람들은 언제라도 이곳으로 올 수 있다. 만종이 지나서야 키브린이 사라졌다는 사실을 알아낸다 할지라도 횃불과 초롱을 들고 돌아다닐 것이고, 괴혈병을 앓고 있던 남자아이의 부모가 저녁 식사 준비를 하러 집으로 돌아왔다가 키브린을 발견하고는 영주의 집으로 사람을 보낼 수도 있다. '무슨 일이 벌어지든.' 키브린은 혼자 중얼거렸다. '난 혼자가 아니야.' 그렇게 생각하니 마음이 편해졌다.

왜냐하면, 철저하게 혼자이기 때문이었다. 키브린은 혼자가 아니라고 스스로 믿기 위해 애썼다. 네트 모니터 수치를 본 길크리스트 교수나 몬토야 교수는 뭔가 잘못되었다는 것을 감지했으며, 던워디 교수는 바드리에게 모든 것을 검사하고 또 검사하게 시켰으며, 무슨 일인가 벌어졌다는 사실을 알고 네트를 계속 열어놓고 키브린을 기다리고 있으리라고 믿고 싶었다. 하지만 그럴 리가 없었다. 아그네스나 엘로이즈가 키브린의 행방을 모르듯 길크리스트 교수나 던워디 교수 역시 키브린의 행방을 모른다. 그들은 키브린이 강하 지점을 확실하게 확인한 뒤 스켄드게이트에 안전하게 도착해 중세를 연구하고 있으며 기묘한 풍습과 작물 윤작을 관찰한 내용으로 '둠즈데이북'을 벌써 반이나 채웠으리라고 생각할 것이다. 2주일 뒤 네트를 다시 열 때까지 키브린이 죽었다는 사실을 알아차리지 못할 것이다.

"그리고 그때쯤이면 이미 어두워진 다음일 거야."

키브린은 조용히 앉아 불을 바라보고 있었다. 불은 이제 거의 사그라졌고 땔거리로 쓸 만한 나무는 보이지 않았다. 키브린은 혹시 오늘 밤 쓸 장작개비를 모아놓으라고 남자아이만 집에 남겨두고 다른 가족은 모두 나간 건 아니었을까 하는 생각이 들었다.

키브린은 혼자였다. 불은 사그라지고 있었고 유럽 인구의 반을 쓸어버릴 쥐를 제외하고는 키브린이 여기 있는 것을 아무도 몰랐다. 일어섰다. 머리가 깨질 것 같았다. 키브린은 오두막의 문을 열고 밖으로 나왔다.

여전히 들판에는 아무도 보이지 않았다. 바람은 멈추었고 키브린은 남서쪽에서 선명하게 울려 퍼지는 종소리를 들을 수 있었다. 잿빛 하늘에서

진눈깨비가 나울거렸다. 사방에 눈이 쌓여 교회로 가는 오르막길을 찾을 수 없었다. 키브린은 교회 쪽으로 발을 뗐다.

또 다른 종이 울리기 시작했다. 좀 더 남쪽이었고 더 가까이서 들렸다. 하지만 다소 높은 소리였다. 금속성이 짙은 음색으로 볼 때 아까보다는 작은 종임을 알 수 있었다. 작은 종도 규칙적으로 울려 퍼졌지만, 첫 번째 종보다 약간 늦게 울렸기 때문에 메아리처럼 들렸다.

"캐서린 언니! 캐서린 언니!" 아그네스가 불렀다. "어디 갔던 거예요?" 아그네스는 키브린 옆으로 뛰어왔다. 추워서인지 아니면 힘들어서인지 아그네스의 얼굴은 발개져 있었다. 어쩌면 흥분 때문일 수도 있었다. "캐서린 언니를 찾으러 안 돌아다닌 데가 없단 말이에요!" 아그네스는 키브린이 방금 왔던 길로 쏜살같이 뛰어가며 외쳤다. "내가 찾았어! 내가 찾았다고!"

"아니야! 너만 본 게 아니야!" 로즈먼드가 말했다. "우리 모두 봤어." 로즈먼드는 이메인 부인과 메이즈리를 앞서 급히 다가왔다. 메이즈리는 누더기가 된 판초를 어깨에 걸쳤고 귀가 빨갰으며 얼굴은 부루퉁해 있었다. 키브린이 사라진 것 때문에 호되게 맞았기 때문이거나 아니면 야단맞을 생각을 하고 있기 때문인 듯했다. 아니면 그냥 추워서 그럴 수도 있었다. 이메인 부인은 단단히 화가 오른 얼굴이었다.

"언니가 언제 캐서린 언니인 줄 알았어?" 아그네스가 키브린 쪽으로 뛰어오면서 로즈먼드에게 악을 썼다. "언니는 잘 모르겠다고 했잖아. 캐서린 언니를 발견한 것은 나란 말이야."

로즈먼드는 아그네스를 무시하고 키브린의 팔을 잡았다. "무슨 일이에요? 왜 침대에서 내려온 거죠?" 로즈먼드는 걱정하며 말했다. "거윈 아저씨가 언니에게 갔다가 언니가 사라진 것을 발견했어요."

'거윈이 왔었어.' 가물거리는 와중에도 키브린은 생각했다. '거윈, 강하 지점이 어디인지 말해줄 수 있는 유일한 사람이 왔었는데 내가 거기 없었단 말이지.'

"거윈 아저씨는 언니를 공격한 사람의 흔적을 찾지 못했고…."

이메인 부인이 다가왔다. "어느 쪽으로 가는 길이었나요?" 이메인 부인은 비난이라도 하듯 다그쳤다.

"되돌아가는 길을 찾지 못하고 있었어요." 마을을 배회하던 자신의 행동에 대해 뭐라고 둘러댈까 고민하며 키브린이 대답했다.

"누구를 만나러 가는 길이었나요?" 이메인 부인이 따져 물었다. 분명 비난하고 있는 것이었다.

"누구를 만나러 간다는 건 말이 안 되잖아요." 로즈먼드가 말했다. "아는 사람도 없는데다 전의 일은 아무것도 기억하지 못하니까요."

"제가 발견된 곳으로 가고 있었어요." 키브린은 로즈먼드에게 기대지 않으려 애쓰면서 말했다. "제 물건을 보면 어쩌면 기억날지도 모른다는 생각에…."

"기억을 되찾을 수도 있겠죠. 하지만…." 로즈먼드가 말했다.

"굳이 목숨을 걸 필요는 없어요." 이메인 부인이 말했다. "거윈이 오늘 당신 물건을 가져왔으니까요."

"전부 다요?"

"예." 로즈먼드가 대답했다. "마차와 상자들까지 모두 다요."

두 번째 종이 멈췄지만, 첫 번째 종은 계속해서 혼자 꾸준히 그리고 천천히 울려 퍼지고 있었다. 분명 장례식을 알리는 종소리였다. 키브린에게는 희망의 종말을 알리는 소리처럼 들렸다. 거윈은 영주의 집으로 가지고 올 수 있는 모든 물건을 다 가져온 것이다.

"이 추운 데서 캐서린 언니를 계속 붙잡고 있는 건 옳지 않아요." 로즈먼드는 자기 엄마처럼 말했다. "언니는 아직도 아파요. 안으로 얼른 데려가지 않으면 감기에 걸리고 말 거예요."

'감기는 이미 걸렸는걸.' 키브린은 생각했다. '거윈은 이미 가져올 수 있는 모든 것을 다 가져왔어. 강하 지점을 알려줄 모든 것을 가져왔어. 마차까지도 말이야.'

"이 점에 대해 너에게 벌을 줄 테니 각오해라, 메이즈리." 키브린을 부축하라고 메이즈리를 밀며 이메인 부인이 말했다. "이분을 잘 지켜보고 있었어야지."

꾀죄죄한 차림의 메이즈리가 다가오자 키브린은 움찔 뒤로 물러섰다.

"걸을 수 있어요?" 키브린의 무게를 못 이겨 몸을 반쯤 숙인 채로 로즈먼드가 물었다. "암말을 가져올까요?"

"아니." 왜 그런 생각이 들었는지 모르겠지만, 말을 타고 가면 귀에 거슬리는 딸랑이는 종소리를 들으며 포박된 죄수처럼 말에 실려 돌아가는 기분이 들 것 같았다. "아니." 키브린이 되풀이했다. "걸을 수 있어."

키브린은 로즈먼드와 더러운 메이즈리의 팔에 힘없이 몸을 기댔다. 덕분에 천천히나마 걸을 수 있었다. 오두막들과 집사의 집과 돼지우리를 지나 안뜰에 도착했다. 헛간 앞 자갈에는 큰 물푸레나무 그루터기가 자리 잡았고 비틀린 밑동 위로 눈이 쌓였다.

"이렇게 행동하다가는 스스로 목숨을 끊는 격이 될 거야." 메이즈리에게 육중한 나무 문을 열라고 손짓하면서 이메인 부인이 말했다. "이 아가씨는 병이 재발할 거야. 의심할 여지가 없어."

본격적으로 눈이 내리기 시작했다. 메이즈리는 문을 열었다. 문에는 쥐가 갇혀 있던 우리 문처럼 빗장이 있었다. '쥐를 놓아줬어야 했는데.' 키브린은 생각했다. '중세의 고민거리든 아니든 쥐를 놓아줬어야 했어.'

이메인 부인이 메이즈리에게 손짓하자 메이즈리가 다가와 키브린의 팔을 다시 잡았다. "아니, 됐어요!" 키브린은 메이즈리와 로즈먼드의 손을 뿌리쳤고 아무의 도움도 받지 않고 문을 통과해 혼자 어둠 속으로 걸어갔다.

둠즈데이북 사본
(005982-013198)

구력 1320년 12월 18일. 폐렴에 걸린 것 같아요. 강하 지점을 찾아보려 했지만 헛수고였어요. 병이 재발한 것 같아요. 숨 쉴 때마다 갈비뼈 아래가 쑤셔요. 게다가 기침이 한번 시작되면 도무지 멈추지를 않아요. 온몸이 갈기갈기 찢기는 것 같아요. 좀 전에 잠시 앉아 있으려 노력해보았는데 땀이 비죽비죽 배어 나오더군요. 다시 체온이 오르는 것 같아요. 아렌스 선생님이 가르쳐주신 폐렴 증상이랑 똑같아요.

엘로이즈는 아직 돌아오지 않았어요. 이메인 부인은 끔찍한 냄새가 나는 습포를 제 가슴에 붙이고 집사의 아내를 불렀어요. 제 생각엔 집사 아내에게 집안 관리를 제대로 못 했다는 핑계로 '잔소리'를 늘어놓고 싶어 하는 것 같았어요. 하지만 집사 아내가 6개월 된 아이를 품에 안고 들어오자 이메인 부인은 '상처 때문에 폐에서 열이 나는군'이라고만 말했어요. 그러자 집사 아내는 제 관자놀이를 내려다보고 밖으로 나가더니 아이는 밖에 놔두고 쓴맛이 나는 차가 가득 담긴 사발을 들고 왔어요. 차에 버드나무 껍질이나 아니면 다른 뭔가가 들어 있던 모양이에요. 열이 많이 내렸거든요. 그리고 갈비뼈도 전처럼 매우 아프지는 않아요.

집사 아내는 호리호리하고 몸집이 작았어요. 윤곽이 뚜렷한 얼굴에 빛깔이 옅은 금발이에요. 집사 아내가 집사를 '죄악으로' 유혹하고 있다는 이메인 부인의 생각이 맞는 것 같아요. 집사 아내는 가장자리에 모피를 덧댄 옷을 입고 들어왔는데 소매가 너무 길어서 바닥에 질질 끌렸어요. 아이는 곱게 짠 모직 담요에 싸여 있었어요. 집사 아내는 또 굉장히 이상한 억양으로 말을 했는데, 제 생각엔 이메인 부인의 말을 흉내 내려고 그러는 것 같아요.

래티머 교수님 표현을 빌리자면 '신흥 중산층' 또는 자신들의 출현을 기다리고 있는 '벼락부자'라고 할 수 있겠네요. 30년 뒤 흑사병이 전 유럽을 강타해 귀족의 3분의 1가량이 죽고 나면 그 자리를 대신하게 될 계급이죠.

"이 아가씨가 숲속에서 구조되셨다는 분인가요?" 집사 아내는 방 안으로 들어오면서 이메인 부인에게 물었어요. '겸양을 갖추는 척'도 하지 않더군요. 집사 아내는 이메인 부인이 오랜 친구라도 된다는 듯이 싱긋 웃어 보이고는 침대 쪽으로 다가왔지요.

"그래." 이메인 부인이 대답했어요. 어떻게 성마름, 경멸, 혐오스러움을 이렇게 짧은 단어에 모두 담을 수 있는지 신기할 따름이었어요.

집사 아내는 깜빡한 모양이에요. 침대로 다가왔다가 두어 걸음 물러서더라고요. 제가 전염병을 옮길 수도 있다고 생각하는 징표를 보여준 첫 번째 사람이지요. "저 아가씨에게 (무슨) 열이 있나요?" 통역기는 단어를 통역하지 못했고 저 역시도 알아듣지 못했어요. 발음이 정말 독특했거든요. '플로로넨'이라고 한 것도 같고 '플로런틴'이라 한 것도 같고, 잘 모르겠어요.

"저 여인은 머리에 상처를 입었네." 이메인 부인이 쏘아붙이듯 말했어요. "그래서 폐까지 열이 퍼진 거야."

집사 아내가 고개를 끄덕였어요. "로슈 신부님께서 신부님과 거윈이 어떻게 하다가 이 아가씨를 숲에서 발견하게 되었는지 말씀해주셨지요."

이메인 부인은 거윈의 이름이 나오자 얼굴이 굳어졌어요. 집사 아내는 그걸 알아채고는 버드나무 껍질을 끓이러 급히 나가버렸지요. 심지어 두 번째로 방을 나갈 때는 이메인 부인에게 살짝 고개 숙여 인사까지 했어요.

로즈먼드는 이메인 부인이 방을 나간 후에 들어와서 제 곁에 앉았어요. 제가 다시 빠져나가지 못하도록 지켜보라는 명령을 받은 것 같아요. 그래서 로즈먼드에게 거윈이 절 발견했을 때 로슈 신부도 같이 있었는지 물어봤어요.

"아니요. 거윈 아저씨는 언니를 데리고 이곳으로 오는 길에 로슈 신부님을 만났어요. 그래서 신부님에게 언니를 부탁하고 강도들을 찾으러 떠난 거예요. 하지만 아무도 찾아내지 못했고 그래서 두 분이 언니를 이곳으로 데려온 거예요. 걱정할 것 없어요. 거윈 아저씨가 언니 물건을 집으로 가지고 왔으니까요."

로슈 신부를 길에서 만났는지 기억이 나지 않아요. 방에는 있었던 것 같지만, 로즈먼드의 말이 사실이라면 거윈은 로슈 신부를 강하 지점 근처에서 만난 것이고 로슈 신부도 강하 지점이 어딘지 알고 있을 거예요.

(사이)

이메인 부인이 했던 말을 계속 생각하고 있어요. '머리에 난 상처 때문에 폐까지 열이 퍼진 거야.' 이메인 부인은 분명 이렇게 말했지요. 전 이곳 사람들은 제가 아픈 것을 모른다고 생각해요. 시도 때도 없이 어린애들이 이 방에 들어오는데도 막는 사람은 아무도 없고, 집사 아내를 제외하고는 제 병을 두려워하는 사람이 없었으니까요. 더구나 이메인 부인이 분명 집사 아내에게 '폐까지 열이 퍼진 거야'라고 했는데도 부인 말이 떨어지기가 무섭게 집사 아내는 아무렇지도 않다는 듯 저에게 다가왔으니까요.

그렇지만 집사 아내는 확실히 제 병에 혹시라도 전염성이 있는 것일까 봐 전전긍긍하고 있어요. 그리고 제가 로즈먼드에게 왜 어머니와 함께 소작농을 보러 가지 않느냐고 묻자 로즈먼드가 뻔한 걸 묻는다는 표정으로 대답하더군요. "어머니께서 저는 가면 안 된대요. 아픈 사람을 보러 가는 거라고 하시면서요."

제 생각에 이 사람들은 제가 병에 걸린 줄 모르고 있어요. 물집이나 발진처럼 눈에 띄는 증상이 없었으니까요. 그리고 이 사람들은 제가 상처를 입어서 열이 오르고 의식이 탁해진 것이라 여기는 것 같아요. 상처는 감염되기 쉽고 패혈증에 걸리는 경우가 종종 있고, 다친 사람에게서 어린아이를 떼어놓을 이유는 없을 테니까요.

병을 옮긴 것 같지는 않아요. 제가 이곳에 온 지 닷새나 지났고 제 병의 원인이 바이러스라면 잠복기는 12시간에서 48시간밖에 되지 않으니까요. 아렌스 선생님이 그러셨어요. 제일 감염 확률이 높은 시기는 증상이 나타나기 직전이라고요. 그러니 제가 누워 있는 방에 아이들이 들어왔을 때 전 그리 감염성이 높지 않았을 거고 아이들은 감염되지 않았을 거예요. 아니면 이곳 사람들은 이미 한번 걸린 병이라 면역력이 생겼을 수도 있어요. 집사 아내는 제가 플로로넨인지 플로런틴인지 하는 열병에 걸렸는지 물어봤고, 길크리스트 교수님은 1320년에 인플루엔자가 돌았다고 확신하고 계세

249

요. 아마 제가 걸린 게 그거인 모양이에요.

지금은 오후예요. 로즈먼드는 창가 의자에 앉아 아마포 조각과 짙은 빨강 모직물을 꿰매고 있고 까망이는 제 옆에서 잠들었어요. 교수님 말씀이 구구절절 옳았다고 생각하고 있어요. 전 전혀 준비되어 있지 않았어요. 이곳의 모든 것은 제가 예상했던 것들과 전혀 달라요. 하지만 마냥 동화 속 이야기 같지는 않을 것이라 하셨던 점에 대해서는 교수님이 틀리셨어요.

어디를 둘러봐도 동화에서 막 튀어나온 듯한 것들로 가득해요. 아그네스의 빨간 망토, 쥐 우리, 포리지 그릇, 그리고 지푸라기와 나뭇가지로 만든 오두막들이 가득한 마을까지요. 이렇게 허술한 오두막이라면 늑대가 전혀 힘들이지 않고 날려버릴 수 있을 것 같아요.

종탑은 라푼젤이 갇혀 있었을 법한 모양이고요, 고개를 숙이고 수놓는 일에 열중하고 있는 로즈먼드는 흑갈색 머리에 하얀 모자, 사과같이 붉은 뺨까지, 백설 공주를 그대로 가져다 놓은 듯하네요.

(사이)

다시 열이 오르고 있어요. 방 안에서 나는 연기 냄새를 맡을 수 있어요. 이메인 부인은 침대 옆에 무릎을 꿇고 《시도서(時禱書)》를 보며 기도를 올리고 있어요. 로즈먼드는 집사 아내를 찾으러 다시 한번 나갔다 왔다고 하더군요. 이메인 부인은 집사 아내를 경멸하지요. 이메인 부인이 집사 아내를 찾으러 보낸 걸 보면 제가 아프긴 아픈 모양이에요. 신부님도 불려 올지가 궁금해요. 그렇다면 신부님에게 거윈이 절 찾아낸 장소가 어딘지 물어볼 생각이에요. 방 안은 너무 더워요. 이 부분은 동화에 나오는 이야기 같지 않군요. 사람들은 누가 죽어갈 때나 신부님을 부르러 가니까요. 그렇지만 프로버빌리티는 1300년경에 폐결핵 사망률이 72퍼센트라고 말했어요. 신부님이 빨리 와서 강하 지점이 어딘지 알려줬으면 좋겠어요. 그리고 제 손을 잡아줬으면 좋겠어요.

13

콜린이 어떻게 격리를 뚫고 옥스퍼드로 올 수 있었는지 아렌스가 캐묻는 사이 바이러스에 감염된 환자 둘이 더 들어왔다. 둘 다 학생이었다.

"쉬웠어요." 콜린이 분개하며 말했다. "경찰들은 격리 구역 밖으로 나가는 건 막지만 들어오는 건 놔두던걸요." 어이없어하며 아렌스가 잔소리를 늘어놓으려는 순간, 접수 담당 직원이 들어왔다.

아렌스는 환자를 알아볼 수도 있다는 생각에 던워디를 데리고 응급실로 향했다. "그리고 넌 여기서 꼼짝도 말고 있어." 아렌스가 콜린에게 말했다. "오늘 하루 이미 충분히 말썽을 부렸으니 말이야."

던워디는 새로 들어온 환자가 누구인지 알아보지 못했지만 그건 문제가 되지 않았다. 환자 둘 다 의식이 또렷했고, 던워디와 아렌스가 도착했을 때는 당직 의사에게 자신들이 접촉했던 사람들 이름을 다 말해준 다음이었다. 던워디는 둘을 찬찬히 살펴본 다음 고개를 가로저었다. "하이 스트리트에서 마주친 사람이었던 것 같지만, 난 모르겠어."

"이제 됐어." 아렌스가 말했다. "집에 가도 돼."

"여기서 기다렸다가 혈액 검사를 받고 싶은데."

"아, 하지만 그때까지 시간이 꽤…." 아렌스는 말을 하다 손목시계를 들여다보았다. "맙소사. 6시가 넘었네."

"난 지금 가서 바드리 상태를 확인해봐야겠어." 던워디가 말했다. "그런 다음 대기실에서 기다릴게."

"환자분은 잠드셨습니다." 간호사가 말했다. "깨울 수 없습니다."

"네, 그러면 안 되겠군요." 던워디는 간호사에게 말하고 대기실로 돌아왔다.

콜린은 책상다리를 하고 바닥에 앉아서 자기 가방을 뒤지고 있었다. "이모할머니는 어디 가셨어요? 제가 나타나서 좀 화가 나신 모양이죠?"

"이모할머니는 네가 런던에서 안전하게 있을 거라고 안심하고 있었단다. 네 엄마는 네가 탄 열차가 바턴역에서 정지했다고 했거든."

"그랬어요. 사람들이 모두 내려서 런던으로 가는 열차로 갈아탔죠."

"넌 열차를 갈아타는 곳으로 가다 길을 잃은 거냐?"

"아니요. 전 사람들이 격리에 관해 하는 이야기를 들었어요. 이곳에 퍼진 병이 얼마나 끔찍하며 이곳에 있는 모든 사람이 죽어가고 있고, 모든…." 콜린은 말을 멈추고 가방 깊숙한 곳을 뒤지며 소형 비디오카메라, 낡고 더러운 스케이트 따위 이것저것을 꺼냈다 다시 집어넣었다. 콜린이 아렌스의 친척인 건 분명했다. "그리고 이 모든 재미난 일들을 포기하고 에릭 아저씨와 있고 싶지 않았어요."

"에릭이라니?"

"우리 엄마 애인이요." 콜린은 붉은색 커다란 곱스토퍼[28]를 꺼내더니 겉에 붙은 보푸라기들을 떼어낸 뒤 입으로 가져갔다. 덕분에 콜린은 뺨이 불룩해졌다. "그 아저씨는 세상에서 제일가는 괴사적(壞死的) 인간일 거예요." 곱스토퍼를 우물거리며 콜린이 말했다. "그 아저씨는 켄트에 있는 아파트에 사는데, 그곳에는 놀 만한 게 하나도 없어요."

---

28 겹겹이 다른 색을 넣어 만든 크고 둥그런 사탕

"그래서 바턴역에서 내렸다는 말이구나. 그다음에는 어떻게 했지? 옥스퍼드로 걸어온 거냐?"

콜린은 곱스토퍼를 입 밖으로 꺼냈다. 이제 곱스토퍼는 빨간색이 아니었다. 사탕은 알록달록한 청록색으로 바뀌어 있었다. 콜린은 곱스토퍼를 심사하듯 요리조리 살펴보고는 다시 입안으로 집어넣었다. "그럴 리가요. 바턴에서 옥스퍼드는 한참 멀잖아요. 택시를 탔죠."

"하긴."

"택시 운전사 아저씨에게 학교 숙제로 격리에 대한 보고서를 써야 하는데 그 자료로 쓰기 위해 봉쇄 지역에 가서 비디오 촬영을 하고 싶다고 말했어요. 할아버지도 보셨겠지만, 전 비디오카메라를 가지고 있었으니까요. 꽤 논리에 맞는 주장이었죠." 콜린은 던워디에게 비디오카메라를 들어 보이고는 집어넣은 뒤 다시 가방을 뒤지기 시작했다.

"운전사가 네 말을 믿던?"

"그런 것 같았어요. 운전사 아저씨는 제가 어느 학교에 다니는지 물어봤지만 전 그냥 무뚝뚝하게 '알아맞혀 보세요'라고만 했어요. 그랬더니 운전사 아저씨가 세인트에드워드 초등학교 이름을 대더라고요. 그래서 전 '맞아요'라고 했죠. 아마 제 말을 믿었을 거예요. 그러니까 절 격리 구역 경계 지점까지 태워다줬겠죠."

'친절한 여행객이 지나가지 않으면 키브린이야말로 큰일인데.' 던워디는 생각했다. "그래서 다음은 어떻게 했니? 경찰에게도 같은 이야기를 했어?"

콜린은 녹색 모직 점퍼를 벗어 둘둘 말더니 열려 있는 가방 위에 올려놓았다. "아니요. 곰곰이 생각해보니 좀 아귀가 안 맞는 말이더라고요. 제 뜻은, 그곳에서 촬영할 만한 게 없다는 거죠. 불이 난 것도 아니고 말이죠. 그래서 전 격리에 대해 뭔가 물을 게 있는 것처럼 경비 아저씨에게 곧장 걸어가다가 마지막 순간에 재빨리 인도로 들어서서 바리케이드 아래로 해서 들어왔어요."

"그 사람들이 쫓아오지 않던?"

"당연히 쫓아왔죠. 하지만 골목 몇 개 정도 도망치니까 더 이상 쫓아오지 않더라고요. 아까도 말씀드렸듯이, 그 아저씨들은 사람이 빠져나가지 못하게 하는 게 임무니까요. 들어오는 건 별 상관 안 해요. 그 뒤로는 아는 이정표가 나올 때까지 계속 걷고 또 걸었죠."

아마도 걷는 내내 비가 쏟아졌겠지만, 콜린은 비에 대해서는 아무런 말도 하지 않았다. 그리고 콜린은 말을 하는 사이 가방에서 이것저것 꺼냈지만, 그중에 접이식 우산은 보이지 않았다.

"가장 어려웠던 건, 이모할머니를 찾는 일이었어요." 콜린은 가방을 베고 누웠다. "이모할머니 아파트에 가봤지만 안 계시더라고요. 지하철역에서 절 기다리시는 모양이라고 생각했지만, 역은 문을 닫았고요." 콜린은 일어나 모직 점퍼를 매만지더니 다시 누웠다. "그래서 생각했죠. '이모할머니는 의사야. 병원에 있을 거야' 하고 말이죠."

콜린은 다시 일어나 가방을 두드려 다른 모양으로 만든 다음 베고 누워 눈을 감았다. 던워디는 콜린의 젊음을 부러워하며 불편한 의자에 등을 기댔다. 콜린은 벌써 잠이 든 모양이었다. 아이의 얼굴에서는 자신이 겪은 모험에 겁을 먹었다거나 혼란스럽다는 표정은 찾아볼 수 없었다. 얼어붙을 듯 차가운 비가 내리는 겨울 한밤중, 콜린은 걸어서(어쩌면 택시를 타거나 가방에서 접이식 자전거를 꺼내) 옥스퍼드를 누비고 다녔겠지만 조금도 기가 꺾인 표정이 아니었다.

키브린이 옳았다. 만약 예상했던 곳에 마을이 없다 할지라도 키브린은 마을을 찾을 때까지 걷거나 마차를 잡을 수 있을 것이고, 그도 아니면 어딘가에서 망토를 접어 베고 젊음을 무기로 겁 없이 잠들어 있을 것이다.

아렌스가 들어왔다. "아까 들어온 환자 둘 다 어젯밤 헤딩턴의 댄스파티에 참가했었어." 콜린이 잠든 모습을 보자 아렌스는 목소리를 낮췄다.

"바드리도 거기 있었어." 던워디가 속삭였다.

"알아. 환자 한 명이 바드리와 춤을 췄지. 그 사람들은 밤 9시부터 새벽 2시까지 그곳에 있었어. 그렇다면 25시간에서 30시간 사이에 증상이 나타난 셈이야. 예상 잠복기인 48시간 안에 들어가는 숫자지. 바드리가 전염시켰다고 가정한다면 말이야."

"바드리가 전염시킨 게 아니라고 생각해?"

"내 생각에는 셋 다 같은 사람에게서 전염된 것 같아. 바드리는 저녁 일찍 그 사람을 만난 거고 나머지 둘은 늦게 만난 거지."

"다른 보균자가 있다고?"

아렌스는 고개를 가로저었다. "일반적으로, 병에 걸리지 않으면서 믹소바이러스를 옮기고 다니지는 못해. 하지만 가벼운 징후만 있었을 수도 있고 증상을 무시했을 수도 있어."

던워디는 바드리가 콘솔 위로 쓰러지던 장면을 떠올리며 어떻게 그런 증상을 무시할 수 있는지 궁금해졌다.

"그리고 만약." 아렌스가 계속 말을 이었다. "그 사람이 나흘 전에 사우스캐롤라이나에 있었다면…."

"그러면 미국의 바이러스와 연결이 되는 거군."

"그리고 당신은 키브린에 대해 걱정하는 걸 멈출 수 있지. 키브린은 헤딩턴의 댄스파티에 참가하지 않았으니까." 아렌스가 말했다. "물론 중간에 연결 고리가 몇 개 더 있을 수도 있지만."

아렌스는 얼굴을 찌푸렸고, 던워디는 생각했다. '병원으로 찾아오거나 심지어 의사에게 전화도 안 해본 연결 고리가 몇 개씩이나 된다고? 몇 개나 되는 연결 고리가 전부 다 증상을 무시했다는 게 말이 돼?'

아렌스 역시 같은 생각을 하는 모양이었다. "당신을 찾아온 핸드벨 연주자들은 잉글랜드에 언제 도착했지?"

"모르겠군. 하지만 옥스퍼드에 도착한 건 오늘 오후였어. 바드리가 네트 작업을 마치고 난 다음이야."

"어쨌든 한번 물어봐줘. 언제 잉글랜드에 왔으며 어디에 있었으며 일행 중 아픈 사람은 없었는지 말이야. 일행 중 한 명이 옥스퍼드에 친척이 있어 일찍 이곳에 왔을 수도 있으니까. 당신이 가르치는 학생 가운데 미국인은 없어?"

"없어. 몬토야 교수가 미국인이지."

"그 생각을 못 했네." 아렌스가 말했다. "몬토야 교수는 여기에 얼마나 오래 있었지?"

"학기 내내. 하지만 미국에서 찾아온 사람을 만났을 확률도 있겠군."

"혈액 검사를 하러 올 때 물어봐야겠네. 바드리에게도 아는 미국인이 있는지, 또는 교환 학생으로 미국에 갔다 온 학생을 아는지 좀 물어봐줘."

"바드리는 잠들었어."

"당신도 좀 자야 해. 지금 당장 자라는 말은 아니고." 아렌스는 던워디의 어깨를 툭 쳤다. "7시까지 기다릴 필요 없어. 지금 혈액 검사를 하고 혈압을 잴 사람을 보낼게. 그다음엔 집에 가서 좀 자둬." 아렌스는 던워디의 손목을 잡더니 체온 모니터를 보았다. "오한은 없어?"

"없어."

"두통은?"

"있어."

"지쳐서일 거야." 아렌스는 던워디의 손목을 놓았다. "지금 당장 사람을 보낼게."

아렌스는 바닥에 쭉 뻗어 누워 자는 콜린을 바라보았다. "콜린도 검사받아야 해. 적어도 비말전염이 되지 않는다는 확신이 들 때까지는 조심해야지."

콜린은 입을 벌리고 자고 있었고, 곱스토퍼는 아직도 콜린의 뺨 속에 불룩하니 들었다. 던워디는 콜린이 질식하면 어쩌나 걱정이 되었다. "조카 손자는 어떻게 하지?" 던워디가 말했다. "내가 데리고 베일리얼 칼리지로 갈까?"

던워디의 말이 떨어지기가 무섭게 아렌스는 고마워하는 기색을 보였다. "그래 줄래? 부담 주긴 싫지만, 이 모든 상황이 끝날 때까지 집에 들어갈 수 있을 것 같지 않아." 아렌스는 한숨을 쉬었다. "불쌍한 아이야. 크리스마스가 너무 엉망이 되지 않아야 할 텐데."

"나라면 그렇게 걱정하지 않을 거야." 던워디가 말했다.

"어쨌든, 정말 고마워. 그리고 지금 당장 검사할 사람을 보낼게."

아렌스가 방을 나가자마자 콜린이 벌떡 일어나 앉았다.

"무슨 검사죠?" 콜린이 물었다. "제가 바이러스에 감염되었다는 뜻인 가요?"

"그렇지 않았으면 정말 좋겠구나." 바드리의 상기된 얼굴과 가쁜 숨을 떠올리며 던워디가 말했다.

"하지만 감염되었을 수도 있어요."

"확률은 아주 낮아. 나라면 걱정하지 않을 거야."

"걱정하는 게 아니에요." 콜린은 팔을 들었다. "발진이 나는 거 같아 요." 주근깨를 가리키며 콜린이 진지하게 말했다.

"그건 바이러스에 감염되었을 때 나타나는 증상이 아니야." 던워디가 말했다. "자, 네 물건을 챙기자꾸나. 그리고 검사가 끝난 다음에 나와 함 께 가는 거야, 알겠지?" 던워디는 의자에 걸어두었던 목도리와 외투를 집 었다.

"그러면 어떤 증상이 나타나는데요?"

"고열과 함께 호흡 곤란이 오지." 아렌스의 쇼핑백은 래티머가 앉았던 의자 옆에 있었다. 아무래도 던워디가 챙겨놓는 게 나을 듯싶었다.

혈액 검사 도구를 쟁반에 받쳐 들고 간호사가 들어왔다.

"열이 나는 거 같아요." 콜린은 연극을 하듯 목을 움켜쥐었다. "숨을 쉴 수가 없어요."

간호사는 깜짝 놀라 뒤로 주춤거렸고, 그 때문에 들고 있던 쟁반이 쨍 그랑거렸다.

던워디가 콜린의 팔을 잡았다. "놀라지 마세요. 사탕 중독 증후군일 뿐 입니다."

콜린은 이를 드러내며 씩 웃더니 아무런 겁도 내지 않으며 혈액 검사 를 받기 위해 소매를 걷어붙였다. 그리고 점퍼를 가방 속에 쑤셔 넣더니 간호사가 던워디의 혈액을 채취하는 동안 축축하게 젖은 재킷을 꺼내 입 었다.

"결과를 기다리지 않고 가셔도 된다고 아렌스 선생님이 말씀하셨습니 다." 간호사는 혈액 채취를 끝낸 뒤 방을 나갔다.

던워디는 외투를 입고 아렌스의 쇼핑백을 집어 든 뒤, 콜린을 데리고 복도를 지나 응급실로 들어섰다. 어디에도 아렌스의 모습은 보이지 않았다. 하지만 아렌스는 혈액 검사 결과를 기다릴 필요가 없다고 했고, 던워디는 갑자기 서 있는 것조차 힘들 정도로 피곤해졌다.

둘은 밖으로 나갔다. 밖은 이제 막 밝아지기 시작했고 비는 여전히 내리고 있었다. 던워디는 병원 현관에 서서 전화로 택시를 불러야 할지 망설였지만, 택시를 기다리는 사이 혈액 검사를 하러 오는 길크리스트를 만나는 것도 싫었고 길크리스트가 흑사병이 도는 시대와 아쟁쿠르 전투가 일어나는 곳으로 키브린을 보낼 계획을 떠들어 대는 것도 듣기 싫었다. 던워디는 아렌스의 쇼핑백에서 접이식 우산을 뽑아 위로 펼쳐 들었다.

"다행히 아직 여기 계시는군요." 미끄러지듯 다가오는 자전거로 물을 튀기며 몬토야가 말했다. "전 베이싱엄 학과장을 만나야 해요."

'당신만 그런 게 아니야.' 던워디는 생각했다. '도대체 이 사람은 내가 그 많은 전화 통화를 하는 사이 정신을 어디에다 팔고 있던 거야?'

몬토야는 자전거에서 내려 자전거를 보관대에 밀어 넣고 자물쇠를 잠갔다. "베이싱엄 학과장의 비서 말로는 교수가 어디로 갔는지 아는 사람이 없다고 하더군요. 그 말을 믿으세요?"

"네." 던워디가 말했다. "전 오늘… 아니 어제 온종일 베이싱엄 학과장과 통화하려고 애썼습니다. 스코틀랜드 어디에서 휴가를 보내고 있다고 하는데, 정확히 어디에 있는지 아는 사람은 아무도 없었어요. 학과장 부인 말로는 낚시를 갔다는군요."

"지금 이 계절에요? 세상에 12월에 스코틀랜드로 낚시 가는 사람이 어디 있어요? 분명 부인은 베이싱엄 학과장의 행선지나 전화번호 뭐 그런 걸 알고 있을 거예요."

던워디는 고개를 가로저었다.

"말도 안 되는 상황이에요! 난 발굴 현장에 접근하려고 NHS 허가를 받기 위해 온갖 고생을 다 하는 판에 학과장은 휴가를 떠나다니요!" 몬토야는 비옷 속에서 색색의 종이 뭉치를 꺼냈다. "NHS에서는 이번 발굴이 대학에 꼭 필요한 계획이라는 역사학과 학과장의 보증서가 있으면 격리 구역 밖으로 나가도록 해준댔어요. 학과장은 어쩌자고 자기가 가는 곳을 아무에게도 말하지 않은 거죠?" 몬토야가 서류로 다리를 치자 빗방울이 사방으로 떨어졌다. "발굴 현장이 물바다가 되기 전에 이 서류에 서명받아야 해요. 길크리스트 교수는 어디 있죠?"

"혈액 검사를 받으러 곧 올 겁니다." 던워디가 말했다. "혹시 베이싱엄 학과장과 연락이 닿으면, 즉시 돌아와야 한다고 좀 전해주세요. 이 지역에 격리가 선포되었으며, 역사학자 한 명이 어디로 갔는지 행방이 묘연하고 기술자는 너무 아파 우리에게 아무 말도 해줄 수 없다고 꼭 전해주세요."

"이런 때에 낚시라니." 몬토야는 응급실로 향하며 투덜거렸다. "만약 발굴 현장이 어떻게 된다면 베이싱엄 학과장은 모든 사태에 대해 책임을 져야 할 거예요."

"가자꾸나." 던워디는 누군가가 더 나타날까 초조해하며 콜린에게 말했다. 던워디는 우산을 펼쳐 들어 콜린과 함께 비를 피하려다 결국 포기하고 말았다. 콜린은 잽싸게 앞장서 걸으며 보이는 물웅덩이마다 첨벙거리거나 아니면 가게 진열장이나 도로에 나와 있는 지렁이를 보며 뒤쪽에서 꾸물거렸다.

격리 때문인지 이른 시각 때문인지 모르겠지만, 거리에는 아무도 없었다. '모두 자는 모양이지.' 던워디는 생각했다. '잘하면 아무에게도 들키지 않고 몰래 숨어 들어가 곧장 침대로 갈 수 있을 거야.'

"좀 더 요란한 일이 벌어질 줄 알았어요." 실망한 목소리로 콜린이 말했다. "사이렌이 울린다거나 하는 식으로 말이에요."

"시체를 실어 나르는 수레가 거리를 돌아다니며 '시체를 내다놓으십시오' 하고 외치고 말이지? 너도 키브린이랑 같이 갔어야 하는 건데, 안됐구나. 환자는 넷밖에 안 되고 미국에서 백신이 오고 있는 현재의 격리 상태보다 중세의 격리가 훨씬 더 자극적이었을 테니 말이야."

"키브린이 누구죠?" 콜린이 물었다. "할아버지 딸인가요?"

"내 제자란다. 1320년으로 갔지."

"시간 여행이요? 묵시록적이네요!"

둘은 브로드 스트리트 모퉁이를 돌았다. "중세면, 나폴레옹이 살던 시대죠? 트라팔가르 해전이랑 그런 게 있던 시대였죠?"

"중세엔 백년전쟁이 있었지." 던워디는 멍한 표정으로 콜린을 바라보며 대답했다. 도대체 요즘 학교에서는 아이들에게 뭘 가르치는 거지? "기사와 숙녀와 성이 있던 시대고."

"십자군은요?"

"십자군은 좀 더 일찍이야."

"제가 가고 싶은 시대는 그때예요. 십자군 시대요."

둘은 베일리얼 칼리지 정문 앞에 와 있었다. "이제 조용히 하렴." 던워디가 말했다. "모두 자고 있을 테니 말이야."

문에는 아무도 없었고 앞쪽 뜰 역시 사람이 보이지 않았다. 홀에는 불이 켜져 있었다. 어쩌면 핸드벨 연주자들이 아침 식사를 하는 중일 수도 있지만, 고학년 휴게실에는 아무런 불빛도 보이지 않았다. 살빈관 역시 깜깜했다. 던워디와 콜린이 아무에게도 들키지 않고 계단을 올라갈 수 있다면, 그리고 콜린이 배가 고프다며 갑작스레 소리만 지르지 않는다면 안전하게 던워디의 방으로 들어갈 수 있을 것이다.

"쉿." 콜린을 돌아보며 던워디가 주의시켰다. 콜린은 안뜰에 멈춰 곱스토퍼를 꺼내더니 이제는 진보라로 변한 사탕을 유심히 바라보고 있었다. "사람들을 깨우면 안 돼." 던워디는 손가락을 입술로 가져가 조용히 하라는 신호를 보내고 몸을 돌리다가 현관에서 한 쌍의 남녀와 부딪혔다.

둘은 비옷을 입고 정열적으로 껴안고 있었다. 젊은 남자는 던워디가 부딪힌 걸 알아차리지 못한 것처럼 보였지만 젊은 여자는 포옹을 풀고 겁먹은 표정을 지었다. 여자는 짧은 빨간 머리였으며 비옷 안에 간호 실습생 복장을 받쳐 입고 있었다. 젊은 남자는 윌리엄 개드슨이었다.

"자네들 행동은 시간과 장소 모두 적당하지 않군그래." 던워디가 엄격한 목소리로 말했다. "대학 내 공공장소에서는 애정 표현이 엄격하게 금지되어 있어. 더구나 자네 어머니가 언제 들이닥칠지 모르는 지금 같은 상황에서는 경솔한 짓이야."

"어머니가요?" 윌리엄은 개드슨 부인이 트렁크를 들고 복도를 들어오는 모습을 본 던워디가 지었을 법한 놀란 표정을 지었다. "이곳으로요? 옥스퍼드에요? 어머니가 여기는 웬일로요? 이곳에는 격리가 선포된 줄 알았는데요?"

"그랬지. 하지만 어머니의 사랑에는 경계란 게 없어. 자네 어머니는 나와 마찬가지로 주위 환경 때문에 자네가 건강을 망칠까 걱정하고 계셔." 던워디는 윌리엄과 옆에서 킥킥대고 있는 젊은 여자를 보며 얼굴을 찌푸렸다. "내가 자네라면 옆에 서 있는 공범을 집까지 데려다주고 돌아와서 어머니가 도착하셨을 때에 대해 준비를 하겠네만."

"준비라니요?" 윌리엄은 정말로 괴로운 표정을 지으며 말했다. "어머니가 여기 머무를 거란 말씀이신가요?"

"유감스럽게도 대안이 없을 거야. 격리가 선포되었으니 말이야."

돌연 계단에 불이 켜지며 핀치가 나타났다. "다행히 여기 계셨군요, 던워디 교수님." 핀치가 말했다.

핀치 역시 색색의 종이 꾸러미를 들고 있었으며, 던워디를 향해 그 종이 꾸러미를 흔들어 보였다. "NHS가 방금 우리 쪽으로 억류자 서른 명을 더 보냈답니다. 전 이곳에 방이 없다고 말했습니다만, NHS는 제 말을 듣지 않습니다. 어떻게 해야 할지 모르겠습니다. 여기 있는 사람들이 쓸 생필품도 모자라는 판국입니다."

"두루마리 휴지 말이군." 던워디가 말했다.

"네!" 종이를 흔들어 대며 핀치가 대답했다. "음식도 부족합니다. 오늘아침 식사 한 번에만 가진 달걀과 베이컨의 반을 다 썼습니다."

"달걀하고 베이컨요?" 콜린이 말했다. "남은 게 있나요?"

핀치는 어리둥절한 표정으로 콜린을 보다가 이윽고 던워디 쪽으로 시선을 돌렸다.

"이 아이는 아렌스 선생의 조카손자야." 던워디가 입을 열었다. 그리고 핀치가 뭐라고 다시 말을 꺼내기 전에 계속 말을 이었다. "아이는 내 방에서 머물 거고."

"아, 잘됐군요. 더 이상 사람이 머물 방이 없으니 말입니다."

"우리 둘은 어제 밤을 새웠어, 핀치. 그러니…."

"여기 오늘 아침까지 남아 있는 생필품 목록입니다." 핀치는 던워디에게 눅눅한 파란색 종이를 건네주었다. "교수님께서 보시다시피…."

"핀치, 자네가 생필품을 챙기는 건 정말 고맙지만 이건 좀 이따가…."

"이건 교수님께 온 전화 목록입니다. 전화를 거셔야 할 분에게는 별표를 쳐놓았습니다. 그리고 이건 약속 목록입니다. 신부님께서 크리스마스이브 예배 총연습을 위해 6시 15분에 세인트메리 교회로 와주십사 연락하셨습니다."

"여기 있는 목록에 다 전화를 걸지. 하지만 우선…."

"아렌스 선생님이 두 번 전화하셨습니다. 핸드벨 연주자들에 대해 교수님께서 뭔가 알아내신 게 없는지 궁금해하고 계십니다."

던워디는 포기하고 말했다. "새로 오는 억류자들은 워런관과 바세비관으로 보내고, 한 방에 세 명씩 쓰게 해. 그리고 홀 지하실에 간이침대가 더 있을 거야."

핀치는 항의하려고 입을 벌렸다.

"페인트 냄새 정도는 참아 내야 할 거야."

던워디는 콜린에게 아렌스의 쇼핑백과 우산을 넘겨주었다. "저기 건너편에 불 켜진 건물이 홀이야." 문을 가리키며 던워니가 말했다. "가서 사환 아무에게나 아침을 달래서 먹은 다음 내 방으로 안내해달라고 하렴."

던워디는 윌리엄 쪽으로 시선을 돌렸다. 윌리엄은 간호 실습생의 비옷 속에 손을 집어넣고 꼼지락대고 있었다. "윌리엄, 자네 동행을 택시에 태워 보낸 다음 학생들을 찾아다니며 방학 동안 미국에 갔다 오거나 미국에 갔다 온 사람을 만난 적이 있는지 조사해 왔으면 해. 명단을 만들어. 자네 혹시 최근 미국에 갔다 온 적 없나?"

"없습니다, 교수님." 간호사에게서 손을 떼며 윌리엄이 말했다. "저는 방학 내내 여기에 있었습니다. 페트라르카를 읽으면서요."

"아, 그래, 페트라르카." 던워디가 말했다. "그리고 바드리 차우두리가 월요일 이후로 뭘 했는지 학생들과 직원들을 찾아다니며 물어봐줘. 바드리가 어디를 다녔으며 누구와 함께 있었는지 알아야 해. 키브린 엥글에 대해서도 같은 정보를 알아보고. 일을 제대로 처리하고 공공장소에서 애정 표시하는 걸 자제한다면, 자네 방에서 되도록 먼 방으로 어머니 숙소를 배정해드리지."

"고맙습니다, 교수님." 윌리엄이 말했다. "그렇게까지 해주신다는 걸 보아하니 제가 맡은 일이 꽤 어렵다는 뜻이군요."

"자, 핀치. 어디로 가야 테일러 씨를 만날 수 있지?"

핀치는 던워디에게 종이를 몇 장 더 넘겨주었다. 종이에는 방 배정표가 적혀 있었지만, 테일러의 이름은 나와 있지 않았다. 테일러는 동료 연주자들 그리고 아직 방을 배정받지 못한 억류자들과 함께 저학년 휴게실에 있는 모양이었다.

던워디가 저학년 휴게실로 들어서자 모피 코트가 인상적인 여인이 던워디의 팔을 잡았다. "당신이 이곳 책임자인가요?" 여인이 다그쳤다.

'당연히 아니지요.' 던워디는 생각했다. "그렇습니다." 던워디가 말했다.

"그렇다면 어떻게든 잘 곳을 마련해주세요. 모두 밤을 새웠다고요."

'저도 그렇습니다.' 던워디는 이 여인이 테일러면 어떻게 하나 걱정이 되었다. 전화로 봤을 때가 좀 더 여위고 덜 위험해 보였지만 비디오 화면은 믿을 게 못 되는데다 억양이며 태도는 똑같았다. "혹시 테일러 씨이신가요?"

"제가 테일러입니다." 안락의자에 앉아 있던 여인이 말했다. 테일러는 자리에서 일어났다. 비디오 화면으로 봤을 때보다 더 말라 보였으며 화는 좀 풀린 듯했다. "어제 통화했죠." 테일러는 흡사 둘이 전조 타종법[29]의 복잡함에 대해 즐겁게 이야기했다는 듯한 어투로 말했다. "이쪽은 피안티니입니다. 테너 벨을 맡고 있지요." 모피 코트를 입은 여인을 가리키며 테일러가 말했다.

29 한 벌의 종을 잇달아 울리는 방법

263

피안티니는 어찌나 건강해 보이는지 그레이트 톰 따위는 단숨에 종탑에서 뽑아내고도 남을 듯했다. 최근 그 어떤 바이러스에도 감염된 적이 없는 게 분명했다.

"잠시 둘만 이야기를 나눌 수 있을까요, 테일러 씨?" 던워디는 테일러를 데리고 복도로 나왔다. "엘리에서 예정되었던 연주회를 취소할 수 있었습니까?"

"네. 그리고 노리치도요. 아주 이해심이 많더군요." 테일러는 초조한 듯 몸을 앞으로 숙였다. "콜레라가 번지고 있다는 게 사실인가요?"

"콜레라요?" 던워디는 무슨 말인지 몰라 되물었다.

"역에서 내린 여자 한 명이 콜레라라고 하더군요. 누군가가 인도에서 옮아왔다고요. 사람들이 엄청나게 죽어 나간다고도 하고요."

잠을 제대로 못 잤기 때문이기도 했지만, 테일러가 태도를 바꾼 것은 공포 때문이었다. 하지만 발병한 환자가 네 명밖에 없다고 말한다면 테일러는 당장 엘리로 가겠다고 우길 확률이 높았다.

"지금 질병은 믹소바이러스 때문인 걸로 생각됩니다." 던워디가 신중하게 말했다. "연주팀 일행이 잉글랜드에 도착한 게 언제였죠?"

테일러의 눈이 휘둥그레졌다. "바이러스를 퍼뜨린 사람이 우리 일행 중에 있다고 생각하시는 건가요? 우리는 인도에 간 적이 없어요."

"지금 퍼진 바이러스가 사우스캐롤라이나에서 보고된 믹소바이러스와 같을 확률이 있습니다. 팀원 중에 사우스캐롤라이나에서 온 사람이 있습니까?"

"아니요. 피안티니를 빼고는 모두 콜로라도에서 왔어요. 피안티니는 와이오밍에서 왔고요. 우리 일행 중 아팠던 사람은 아무도 없습니다."

"잉글랜드에는 얼마나 오래 있었죠?"

"3주 됐어요. 우리는 전통 공회의 수사회를 모두 방문하며 핸드벨 연주회를 해왔어요. 세인트캐서린 교회에서는 보스턴 트레블 밥을, 베리 세인트에드먼드 수사회의 핸드벨 연주자 셋과는 포스트 오피스 카터스를 울렸어요. 물론 둘 다 새로운 타종법은 아니죠. 시카고 서프라이즈 마이너…."

"그리고 옥스퍼드에는 모두 어제 아침에 온 건가요?"

"네."

"관광하거나 친구를 만나기 위해 먼저 온 사람은 없나요?"

"없어요." 놀란 목소리로 테일러가 말했다. "우리는 순회공연 중이지 휴가를 온 게 아니에요."

"일행 중 아팠던 사람이 아무도 없다고 하셨죠?"

테일러는 머리를 가로저었다. "아플 여유가 없어요. 여섯 명밖에 안 되거든요."

"도와주셔서 고맙습니다." 던워디는 질문을 마치고 테일러를 휴게실로 보냈다.

던워디는 아렌스에게 전화했지만, 자리에 없어서 메모를 남기고 핀치가 별표를 한 사람들에게 차례로 전화를 걸었다. 네트 기술자 앤드루스, 지저스 칼리지, 베이싱엄 학과장의 비서, 세인트메리 교회에 전화했지만 아무도 받지 않았다. 던워디는 수화기를 놓고 5분씩 기다린 다음 다시 전화했다. 몇 번 그러는 사이 아렌스가 전화를 받았다.

"왜 아직 안 자는 거지?" 아렌스가 다그쳤다. "무척 피곤해 보여."

"핸드벨 연주자들에게 질문을 하느라고." 던워디가 말했다. "잉글랜드에 3주 동안 있었다는군. 어제 오후 이전에 옥스퍼드에 온 사람은 아무도 없고, 아픈 사람도 없어. 병원에 가서 바드리에게 질문을 더 해볼까?"

"소용없을 거야. 횡설수설하고 있거든."

"지저스 칼리지에 연락해서 바드리가 접촉한 사람들에 대해 알아보려고 하는 중이야."

"고마워. 바드리가 묵는 집주인에게도 물어봐줘. 그리고 좀 자둬. 그러다 쓰러지겠어." 아렌스는 잠시 머뭇거렸다. "환자가 여섯 명 더 발생했어."

"사우스캐롤라이나에서 온 사람이 있었어?"

"아니." 아렌스가 말했다. "그리고 바드리와 접촉했던 사람도 없어. 그러니 여전히 바드리가 최초 감염자야. 콜린은 괜찮아?"

"아침 식사를 하고 있어. 괜찮아. 그 아이는 걱정하지 마."

던워디는 오후 1시 반까지 잠을 자러 가지 못했다. 핀치가 건네준 명단에 별표가 쳐진 사람들에게 전화하느라 2시간이 흘렀고, 바드리가 사는 집이 어디인지 알아내는 데 다시 1시간이 들었다. 바드리의 집에 가봤지만 집주인은 자리에 없었고, 던워디가 돌아오자 핀치는 생필품 재고 목록을 전부 다시 점검해야 한다고 우겨댔다.

결국, 던워디는 NHS에 전화해 두루마리 휴지를 더 달라고 하겠다고 약속한 뒤에야 핀치에게서 놓여날 수 있었다. 던워디는 숙소로 들어갔다.

콜린은 창가 의자에서 웅크리고 자고 있었다. 아이는 가방을 베고 뜨개질로 짠 무릎 덮개를 덮고 있었지만, 덮개는 발까지 내려오지 않았다. 던워디는 침대 발치에서 담요를 집어 들어 콜린을 덮어주고 신발을 벗기 위해 반대편에 있는 소파에 앉았다.

던워디는 너무 피곤해 옷을 벗을 기운조차 없었지만 그대로 잠들었다가는 후회하리라는 것을 알고 있었다. 그런 행동은 젊고 관절염이 없는 사람들이나 하는 것이었다. 콜린이라면 소매가 꼭 조이는 옷을 입고 단추에 온몸이 배기며 자도 멀쩡할 것이다. 키브린 역시 얇디얇은 하얀 망토를 걸치고 나무 그루터기를 베고 잔다 할지라도 *끄떡없겠지*. 하지만 던워디가 베개 없이 또는 셔츠를 입은 채로 잠을 잔다면 온몸이 뻣뻣하고 결릴 것이다. 그리고 지금처럼 손에 신발을 들고 의자에 앉아 있는 경우라면 절대 잠들지 못할 테고.

던워디는 신발을 들고 의자에서 힘들게 일어나 불을 끄고 침실로 들어가 잠옷으로 갈아입고 침대로 몸을 돌렸다. 침대는 믿을 수 없을 만치 포근해 보였다.

'머리가 베개에 닿기도 전에 잠이 들 거야.' 안경을 벗으며 던워디는 생각했다. 던워디는 침대로 들어가 이불을 끌어당겼다. '불을 *끄기*도 전에 말이야.' 던워디는 이렇게 생각하며 불을 껐다.

창문에서는 거의 아무런 빛도 들어오지 않았으며 단지 진회색 덩굴이 엉켜 있는 사이로 흐릿한 회색빛이 조금 비칠 뿐이었다. 빗방울이 메마른 잎사귀들을 가볍게 때렸다. '커튼을 쳐야 하는데….' 하지만 너무 피곤해 일어날 수가 없었다.

'적어도 키브린은 비 때문에 고생할 일은 없겠지. 당시는 소빙기니까. 뭔가 내린다면 눈일 거야.' 던워디는 생각했다. 당시 사람들은 화로 주위에 모여 함께 잠을 잤으며 옥스퍼드셔의 마을에 굴뚝과 벽난로가 출현한 것은 15세기 중반이 되어서였다. 하지만 키브린은 걱정하지 않을 것이다. 콜린처럼 몸을 웅크리고 잔다 할지라도 키브린 역시 젊음 덕분에 편하게 잘 수 있을 것이었다.

던워디는 비가 멈췄는지 궁금했다. 빗방울이 창문을 때리는 소리가 들리지 않았다. 이슬비로 바뀌었거나 잠시 쉬었다 내릴 모양이었다. 밖은 무척 어두웠고 오후 시간이라고 커튼을 치기에는 너무 이른 시간이었다. 던워디는 이불 안에서 손을 빼 디지털 손목시계에서 밝게 빛나는 숫자를 보았다. 오후 2시였다. 키브린이 있는 곳은 저녁 6시일 것이다. 잠에서 깨어나면 앤드루스에게 전화를 걸어야 했다. 앤드루스가 동조 작업 결과를 해석하면 키브린이 정확히 어느 시간대의 어디에 있는지 정확히 알 수 있을 것이다.

바드리는 시간 편차가 4시간밖에 안 되며 1년 차 실습생이 계산한 좌푯값을 두 번씩 검사했고 모든 계산이 옳았다고 했지만, 던워디는 확실하게 일 처리를 하고 싶었다. 길크리스트는 아무런 예방책도 마련하지 않았으며 설사 예방책이 있다 할지라도 일이 잘못될 수 있었다. 오늘 일어난 사건이 바로 그 예였다.

바드리는 모든 바이러스 예방 접종을 받았다. 콜린의 어머니는 콜린이 지하철에 안전하게 타는 걸 지켜보았으며 충분한 돈을 주었다. 던워디는 런던으로 처음 강하했을 때, 철저한 준비를 했는데도 하마터면 돌아오지 못할 뻔했다.

던워디가 했던 강하는 현지 강하 네트 실험을 위해 목적지에 갔다가 곧바로 돌아오는 일이었다. 겨우 30년을 거슬러 가는 실험이었다. 던워디는 트래펄가 광장을 통과해 채링 크로스에서 패딩턴까지 지하철을 타고 간 다음 10시 48분에 출발하는 기차를 타고 옥스퍼드로 가서 네트를 통과해 올 예정이었다. 시간도 충분했으며 사람들은 네트를 검사하고 또 검사했다. 기차와 지하철 시간표를 알아봤으며 돈을 발행한 날짜까지 두 번씩 확인했다. 그렇지만 던워디가 채링 크로스에 도착해보니 지하철역은 닫혀 있었다. 매표소 불빛은 꺼졌고 나무 회전문 앞 출입구에는 강철 문이 내려졌다.

던워디는 어깨 위로 이불을 끌어 올렸다. 일이 잘못되기로 한다면 사람들이 생각지도 못한 방향으로 일이 잘못될 수 있었다. 콜린의 어머니는 콜린이 탄 지하철이 바턴역에서 멈추리라고는 생각도 못 했을 것이다. 바드리가 갑자기 콘솔 앞에서 쓰러지리라 예상했던 사람은 아무도 없었다.

'메리가 옳았어.' 던워디는 생각했다. '난 점점 그 끔찍한 개드슨 부인을 닮아가는 거야. 키브린은 중세로 가기 위해 수많은 장애를 다 극복해냈어. 설사 뭔가 잘못되더라도 키브린은 다 해결할 수 있을 거야. 콜린은 격리 따위 사소한 문제가 자기 앞길을 가로막는 걸 허용하지 않았고 말이야. 그리고 나 역시 런던에서 안전하게 돌아올 수 있었어.'

던워디는 옛날 기억을 떠올렸다. 그때 던워디는 닫힌 문을 두드리다가 다시 계단을 뛰어 올라가 역 표지판을 다시 읽었다. 혹시 잘못 온 게 아닌가 싶었다. 하지만 역은 맞았다. 시계를 찾아봤다. '검사했을 때보다 시간 편차가 더 난 것일 수도 있어.' 던워디는 생각했다. '밤이 되어 지하철이 끊긴 걸 거야.' 하지만 입구 위 시계는 9시 15분을 가리키고 있었다.

"사고라네." 더러운 모자를 쓴 추레한 차림의 남자가 말했다. "선로를 깨끗하게 치울 때까지 운행 정지야."

"하, 하지만 전 베이컬루 선을 타야 합니다." 던워디가 더듬거리며 말했지만, 그 남자는 발을 질질 끌며 사라져버렸다.

던워디는 어두운 역을 바라보고 멍하니 서 있었다. 무엇을 해야 할지 아무런 생각도 떠오르지 않았다. 택시를 탈 만큼 돈을 넉넉하게 가져오지도 않았으며 패딩턴역은 런던을 가로질러 반대편에 있었다. 10시 48분까지 절대 도착할 수 없었다.

"얼로 가슈?" 이번에는 검은 가죽 재킷을 입고 녹색 머리카락을 수탉 볏처럼 세운 청년이 말했다. 던워디는 청년이 무슨 말을 하는지 잘 알아들을 수가 없었다. 펑크족이군. 청년은 협박하듯 가까이 다가왔다.

"패딩턴역으로 가려고요." 던워디가 말했다. 비명에 가까운 목소리였다.

펑크족은 재킷 주머니에서 뭔가 꺼냈다. 던워디는 잭나이프일 것이라 지레짐작했지만, 그 남자가 꺼낸 건 비닐로 코팅된 지하철 정기 승차권이었다. 그 남자는 승차권 뒤에 인쇄된 지도를 들여다보았다. "임뱅크먼트역에서 디스트릭트 앤드 서클 선을 탈 수 있을 거요. 크레이번 스트리트로 가서 왼편으로 도슈."

던워디는 금방이라도 이 펑크족의 패거리가 달려들어 자신이 이 시대에 맞게 가져온 돈을 빼앗을지도 모른다고 생각하며 임뱅크먼트역까지 줄곧 뛰었다. 그러나 막상 임뱅크먼트역에 무사히 도착했을 때는 매표기 사용법을 알 수 없었다.

그때 아장아장 걷는 어린아이 둘을 데리고 가던 여인이 던워디를 도와주었다. 여인은 던워디를 대신해 목적지와 금액을 눌러주었고 개표구에 표를 어떻게 넣는지도 보여주었다. 덕분에 던워디는 패딩턴까지 넉넉하게 올 수 있었다.

'중세에는 친절한 사람이 살지 않나요?' 키브린의 질문이 떠올랐다. 물론 있었다. 모든 시대에는 잭나이프와 지하철 지도를 가지고 다니는 젊은 이들이 있었다. 어머니, 아장아장 걷는 아이, 개드슨 부인, 래티머 같은 인물은 어느 시대에나 있었다. 그리고 길크리스트도.

던워디는 몸을 돌려 반대편으로 누웠다. "키브린은 백 퍼센트 안전할 거야." 던워디는 우렁차지만 콜린이 깨지 않도록 부드럽게 말했다. "중세 따위는 내 수제자와 대적할 상대가 못 돼." 던워디는 어깨까지 이불을 끌어당기고 눈을 감은 뒤, 지도를 들여다보던 녹색 닭 볏 머리 청년을 떠올렸다. 하지만 던워디의 눈앞에 어른거리는 장면은 자신과 회전문 사이를 가로막았던 강철 문과 그 너머 불 꺼진 역이었다.

둠즈데이북 사본
(015104–016615)

　구력 1320년 12월 19일. 몸이 많이 나았어요. 이젠 조심하면 기침하지 않고 세 번이나 네 번 정도 숨을 쉴 수 있어요. 그리고 오늘 아침에는 정말로 배가 고팠어요. 하지만 메이즈리가 가져다준 느끼한 포리지는 영 먹고 싶지 않아요. 누가 오렌지 주스 한 잔만 준다면 무슨 짓이든 다 할 것 같아요.

　그리고 목욕도 하고 싶어요. 전 너무너무 더러워요. 이마 말고는 여기 도착한 후로 씻은 데가 없어요. 이틀 전에는 이메인 부인이 아마포를 찢어 만든 끈적거리는 습포를 가슴에 붙여줬는데, 냄새가 역겨워 혼났어요. 게다가 아직 간간이 흐리는 식은땀에다 (1200년부터 시트를 바꾼 적이 없어 보이는) 침대 문제까지 겹쳐 제 몸에선 악취가 장난이 아니에요. 머리카락은 짧게 잘랐는데도 근질거려요. 이런 상황에서도 전 여기서 가장 깨끗한 축에 들어요.

　제 후각 신경을 마비시켜 주려던 아렌스 선생님의 생각이 옳았어요. 이곳에 있는 모든 사람, 심지어 여자아이들까지도 냄새가 지독해요. 그리고 여긴 한겨울인데다 지독히 추워요. 8월에는 어떨지 도무지 감이 안 오네요. 이곳 사람들에게는 전부 벼룩이 있어요. 이메인 부인은 심지어 기도 중에 가려운 데를 긁느라 기도를 그친 적도 있고요. 아그네스가 타이츠를 내리고 무릎을 보여주었는데, 종아리 위아래 사방이 빨갛게 물린 자국으로 가득하더라고요.

　엘로이즈, 이메인 부인, 로즈먼드는 비교적 깨끗한 얼굴을 유지하고 있지만 그 사람들조차 손은 절대로 안 씻어요. 심지어 요강을 비우고 나서도요. 접시를 닦는다든가 침대 매트리스 속을 간다든가 하는 개념은 아직 없어요. 여기 있는 사람들은 전부 감염되어 진작 죽었어야 할 텐데 치아 상태가 나쁜 것이랑 괴혈병을 달고 다니는 것 말고는 다들 튼튼해 보여요. 아그네스의 무릎도 잘 낫고 있어요. 아그네스는 무릎에 앉은 딱지를 보여주기 위해서 매일 저를 찾아와요. 그리고 은으로 된 버클과 나무 기사와 너무 심하게 사랑을 받아 불쌍한 까망이도 매일같이 저에게 보여주지요.

아그네스는 귀중한 정보원이에요. 제가 묻지 않아도 자원해서 알아다 줘요. 로즈먼드는 '13년째' 살고 있대요. 열두 살이라는 소리죠. 그리고 제가 있는 이 방은 로즈먼드의 내실이라는군요. 로즈먼드가 벌써 결혼 적령기라니 상상하기 힘들어요. 그래서 자기만 쓰는 '처녀의 내실'을 가지고 있나 봐요. 하지만 1300년대에는 여자아이들이 열세 살이나 열네 살 정도에 결혼하는 경우도 종종 있었죠. 또 아그네스에게는 오빠가 세 명 있고, 셋 다 바스에서 아버지와 머물고 있다고 말해줬어요.

남서쪽에 있는 종은 스윈던이에요. 아그네스는 종소리만 듣고도 종마다 이름을 댈 수 있어요. 가장 먼저 울리는 멀리 있는 종은 오즈니 종으로, 그레이트 톰의 전신이죠. 쌍둥이 종은 블로에 경이 사는 코시에 있고, 이곳에서 가장 가까이에 있는 두 종은 위트니와 에츠코트예요. 다시 말하면 제가 스켄드게이트 근처에 있다는 말도 되겠죠. 물푸레나무 숲이 있는데, 제가 알고 있던 것과 비슷한 크기예요. 교회도 올바른 위치에 있어요. 발굴지에 있던 교회에는 종탑이 없었지만 제 생각에는 몬토야 교수님이 아직 발견을 못 하신 것 같아요. 안타깝게도 아그네스가 딱 하나 모르는 게 있는데 하필이면 이 마을 이름이더라고요.

아그네스는 거윈이 어디에 있는지 알아요. 거윈은 저를 공격한 강도들을 잡으러 나갔다고 그러더군요. "거윈 아저씨가 강도들을 찾아내면, 칼로 강도들을 단번에 베어버릴 거예요. 이렇게요." 아그네스는 말을 하며 까망이와 함께 흉내를 내보이더군요. 아그네스가 저한테 전해주는 정보가 항상 믿을 만한 것인지는 잘 모르겠어요. 아그네스는 에드워드 왕이 프랑스에 있고 로슈 신부는 까만 옷을 입고 까만 말을 탄 악마를 보았다고도 했거든요.

마지막 이야기는 그럴 수도 있어요. 로슈 신부가 아그네스에게 악마를 보았다고 한 게 아니라 까만 옷을 입고 까만 말을 탄 남자를 보았다고 했을 수도 있지요. 영의 세계와 육의 세계는 르네상스 시기까지도 확연히 구분되지 않았으니, 지금 여기 사람들에게는 천사의 모습을 보고 최후의 심판을 겪고 성모 마리아를 만나는 일이 당연한 일상사일 수밖에요.

이메인 부인은 로슈 신부가 무능력한데다 문맹이고 무식하기까지 하다고 기회 있을 때마다 불평을 해대요. 아직도 거윈을 오즈니로 보내서 새 신부를 데리고 오게끔 하라고 엘로이즈에게 채근하고 있죠. 제가 이메인 부인에게 혹시라도 거윈이 저와 함께 기도할 수 있도록 거윈을 보내줄 수 있는지 물으러 갔더니(뭔가를 부탁하는 일이라면 '너무 건방진' 행위가 아니리라고 판단했어요), 이메인 부인은 로슈라는 사람은 신부가 되어서 어떻게 감히 〈시편〉 95편을 잊을 수 있으며, 촛불을 손으로 끄는 대신 입김으로 불어 꺼서 '밀랍을 낭비하고', 하인들의 머릿속을 미신과 관련된 잡다한 이야기(분명 악마와 악마가 타고 다니는 말에 관한 이야기일 거예요)로 채울 수가 있느냐며 30분 동안 떠들어댔어요.

1300년대의 시골 신부는 판에 박힌 미사 의식과 수박 겉핥기 정도의 라틴어만 배운 농부들이에요. 제가 느끼기엔 다들 악취 나는 비슷비슷한 사람들이지만, 귀족들은 농노를 완전히 다른 종으로 여기고 있으며, 하찮은 '농노'에게 고해를 하려니 귀족인 이메인 부인의 고귀한 영혼이 반발하는 게 분명해요.

로슈 신부는 이메인 부인이 주장한 대로 문맹인데다 미신도 믿고 있지만 무능력하지는 않아요. 로슈 신부는 제가 죽어가고 있을 때 제 손을 잡아줬어요. 두려워하지 말라고 말해줬고요. 그리고 덕분에 전 두려워하지 않았어요.

(사이)

전 눈에 띄게 회복되고 있어요. 오늘 오후에는 30분가량 앉아 있었고 저녁때는 식사하러 계단을 내려가기도 했어요. 엘로이즈는 저에게 거친 갈색 모직 커틀과 겨자색 서코트[30]를 가져다줬어요. 짧은 머리를 감추라고 스카프 비슷한 것도 줬죠(머리쓰개가 아니에요. 그러니 엘로이즈는 아직도 제가 처녀라고 생각하는 거지요. 이메인 부인이 절 '간부'라 불러 대는데도 말이에

30 중세 시대의 외출용 가운

요). 제가 입고 온 옷이 적절하지 않은지, 아니면 매일 입기에는 너무 좋은 것인지 잘 모르겠어요. 엘로이즈는 아무 말도 하지 않았거든요. 엘로이즈와 이메인 부인이 제가 옷 입는 것을 거들어줬어요. 옷 갈아입기 전에 씻어도 되는지 물어보고 싶었지만 뭔가 이메인 부인의 의심을 더 살 만한 짓은 절대로 하고 싶지 않았어요.

이메인 부인은 제가 레이스를 여미고 신발 끈 묶는 걸 옆에서 지켜봤어요. 저녁 식사 때도 저를 줄곧 감시하더군요. 전 여자아이들 사이에 앉아 나무 쟁반 하나를 같이 썼어요. 집사는 식탁 끝으로 밀려났고 메이즈리는 어디에도 보이지 않았어요. 래티머 교수님에 따르면 신부는 영주의 식탁에서 함께 식사하지만, 이메인 부인은 아마도 로슈 신부의 식사 예절 또한 맘에 들지 않는 모양이에요.

저희는 고기와 빵을 먹었어요. 사슴 고기 같아요. 사슴 고기에서 계피 향이 났는데, 냉장고가 없던 시절인 만큼 너무하다 싶을 정도로 간이 되어 있었고 빵은 돌같이 딱딱했어요. 하지만 이런 식사라도 포리지보다는 훨씬 나아요. 식사 도중에 무슨 실수를 한 것 같지는 않아요.

온종일 제가 여기저기에서 실수를 저지르고 다닐 것은 제가 봐도 분명하고, 그 때문에 이메인 부인이 절 그렇게 의심하고 있는 건지도 몰라요. 제가 입고 온 옷, 제 손, 제가 구사하는 문장 구조가 어딘지 모르게 살짝 이상한데다(아니, 살짝 정도가 아닐지도 몰라요) 이 모든 요소가 합쳐져서 제가 이질적이고 특이해 보이며, 그래서 의심을 품게 하나 봐요.

엘로이즈는 남편의 재판 건에 온 정신이 다 팔린 상태여서 제 실수를 알아차리지 못하는 것 같아요. 아이들은 너무 어리고요. 그렇지만 이메인 부인은 제 모든 실수를 알아차리지요. 이메인 부인은 로슈 신부가 저지르는 실수 목록을 만드는 것처럼 제 실수 목록도 만들고 있을 거예요. 이메인 부인에게 제가 '이자벨 드 보브리에'라고 말하지 않은 건 정말 하늘이 도우신 거예요. 제가 이자벨 드 보브리에라고 했으면 지금이 겨울이든 아니든 상관없이 제 정체를 밝혀내기 위해서 요크셔로 말을 타고 직접 달려갔겠죠.

저녁 식사가 끝난 다음에 거윈이 왔어요. 메이즈리는 결국 귀가 벌겋게 달아오른 상태로 맥주가 담긴 나무 사발을 들고 조심스레 돌아오더니 벤치들을 화롯가로 끌어당겨놓고 두툼한 소나무 장작 몇 개를 화로 안에 던져 넣었어요. 여자들은 노란 장작 불빛 아래에서 바느질을 했지요.

거원은 칸막이 앞에서 멈춰 섰어요. 고된 말타기를 마치고 막 돌아온 것이 분명해요. 한동안 아무도 거원이 온 것을 알아차리지 못했어요. 로즈먼드는 수놓는 일에 정신이 팔렸고 아그네스는 자기 수레에 나무 기사를 태우고 밀었다 당겼다 하고 있었어요. 엘로이즈는 이메인 부인에게 제대로 일하지 못하는 소작농 처리에 관해서 뭔가 진지한 말을 하고 있었고요. 장작불에서 나오는 연기 때문에 가슴이 아파서 기침을 멈추려 애쓰며 고개를 돌리다가 거원이 칸막이 앞에 서 있는 것을 알게 되었어요. 거원은 엘로이즈를 바라보고 있었어요.

잠시 후에 아그네스는 자기 수레를 몰고 이메인 부인의 발을 향해 돌진해 갔어요. 이메인 부인은 아그네스가 지독한 말썽꾸러기라고 혼냈고, 거원은 홀 안으로 들어왔어요. 전 눈을 내리깔았고 거원이 저에게 말을 걸어주기만을 기도했어요.

그랬더니 거원이 제가 앉아 있는 벤치 앞에서 한쪽 무릎을 꿇고 저에게 말을 거는 것이 아니겠어요? "아가씨." 거원이 말했어요. "아가씨께서 쾌차하신 것을 보고 있노라니 기쁘기 짝이 없습니다."

이럴 땐 뭐라고 말해야 하는지 아는 게 없었어요. 전 그냥 고개를 약간 더 아래로 수그렸지요.

거원은 계속 하인처럼 무릎을 꿇고 있었어요. "아가씨를 습격했던 강도에 대해 아무것도 기억하지 못하신다는 말을 들었습니다, 캐서린 아가씨. 사실입니까?"

"네." 제가 우물우물 말했어요.

"아가씨의 하인들이 어느 방향으로 도망쳤는지도 기억나지 않습니까?"

전 여전히 시선을 아래로 고정하고 고개를 흔들었어요.

거원은 엘로이즈 쪽으로 몸을 틀었어요. "그 못된 강도들에 관한 소식을 하나 가져왔습니다, 엘로이즈 부인. 놈들의 흔적을 찾았습니다. 숫자가 아주 많고 말도 가지고 있습니다."

전 거원이 땔거리를 주우러 나온 애꿎은 농부를 잡아 교수형에 처했다고 말할까 봐 너무나 겁이 났어요.

"강도들을 뒤쫓아 캐서린 아가씨의 복수를 할 수 있도록 허락해주셨으면 합니다." 거원은 엘로이즈를 응시하면서 말했어요.

엘로이즈는 거원이 들어오기 전과 마찬가지로 불편하고 경계심이 가득한 기색이었어요. "제 남편은 자신이 돌아올 때까지 당신에게 이곳을 지키라고 하셨어요." 엘로이즈가 말했어요. "또한 우리를 보호하기 위해 당신이 이곳에 머물러야 한다고 명령하셨습니다. 그러니 안 됩니다."

"아직 저녁을 들지 않았지요." 이메인 부인은 이 문제는 더 이상 거론하지 않겠다는 투로 말했어요.

거원이 일어섰어요.

"베풀어주신 친절에 대해서는 감사히 생각하고 있습니다." 저는 재빨리 말했어요. "숲속에서 저를 발견한 사람이 당신이라고 들었습니다." 전 숨을 쉬다가 콜록거렸어요. "부탁이에요. 숲속 어디에서 저를 찾았는지 말씀해주시겠습니까? 어디였지요?" 하지만 전 너무 빨리 너무 많은 것을 말하려 했어요. 말을 하다 말고 다시 기침이 터져 나왔고 너무 깊게 숨을 들이마셔 가슴 통증이 심해져서 몸을 웅크렸어요.

기침이 잦아들 무렵, 이메인 부인은 거원을 위해 고기와 치즈를 식탁으로 가져왔어요. 엘로이즈는 다시 바느질하기 시작했고 전 아직 아무것도 알아내지 못했어요.

아니, 사실이 아니군요. 전 거원이 들어왔을 때 엘로이즈가 왜 그리 경계심 가득한 표정을 지었는지, 거원이 어째서 강도 무리에 관한 이야기를 꾸며냈는지 알아요. 그리고 '간부'에 관한 대화가 무슨 뜻이었는지도요.

저는 문간에 서서 엘로이즈를 바라보던 거원을 보았어요. 거원의 표정을 읽기 위한 통역기 따윈 필요 없었지요. 거원은 분명 자기 주인의 아내와 사랑에 빠졌어요.

14

던워디는 아침까지 줄곧 잤다.

"할아버지 비서란 분이 할아버지를 깨우고 싶어 하셨지만 제가 그러지 못하게 했어요." 콜린이 말했다. "그분이 이걸 전해드리래요." 콜린은 지저분한 종이 다발을 내밀었다.

"지금 몇 시지?" 뻣뻣한 몸을 일으키며 던워디가 말했다.

"8시 반요. 핸드벨 연주자들하고 억류자들 모두 홀에서 아침 식사를 하고 있어요. 오트밀이더라고요." 콜린은 메스껍다는 듯 말했다. "완전히 괴사적이었어요. 할아버지 비서는 우리가 격리 상태에 있으므로 달걀과 베이컨을 배급제로 먹어야 한대요."

"아침 8시 반이라고?" 던워디는 근시인 눈을 끔벅이며 창문을 바라보았다. 창밖은 던워디가 잠들었을 때와 마찬가지로 음침하고 어두웠다. "맙소사. 바드리에게 질문하러 병원에 갔어야 하는데."

"알아요." 콜린이 말했다. "그래도 이모할머니가 깨우지 말라고 하셨어요. 지금 바드리란 분을 검사하고 있어서 가셔도 질문할 수 없을 거라고

276

하시면서요."

"이모할머니가 전화했니?" 협탁을 더듬어 안경을 찾으며 던워디가 물었다.

"오늘 아침에 제가 갔다 왔어요. 혈액 검사 때문에요. 이모할머니가 저랑 할아버지는 혈액 검사를 하러 하루에 한 번씩만 오면 된다고 하셨어요."

던워디는 안경을 쓰고 콜린을 바라보았다. "바이러스의 정체를 알아냈다던?"

"흐응." 콜린은 입안이 불룩해져 있었다. 던워디는 곱스토퍼가 콜린의 입안에 밤새 있었던 건지, 만약 그렇다면 왜 크기가 줄어들지 않았는지 궁금했다. "할머니가 할아버지께 접촉자 명단을 전해달라고 하셨어요." 콜린은 종이 다발을 던워디에게 내밀었다. "그리고 병원에서 봤던 아주머니도 전화하셨어요. 자전거를 타고 오셨던 분요."

"몬토야 교수 말이냐?"

"네. 할아버지가 베이싱엄 학과장님이라는 분의 부인과 연락할 방법을 아는지 물으셨어요. 나중에 다시 전화 거시라고 했어요. 그런데 우편물이 언제 오는지 아세요?"

"우편물?" 종이 다발을 살펴보며 던워디가 말했다.

"엄마가 제 선물을 미리 사두지 않아서 절 지하철로 보낼 때 제게 선물을 주지 못했거든요. 그래서 우편으로 보내겠다고 했어요. 설마 격리 때문에 늦거나 하지는 않겠죠?"

콜린이 건네준 종이 일부는 서로 붙어 있었다. 콜린이 곱스토퍼를 먹다 살펴보다 하며 끈적해진 손으로 만졌기 때문이 분명했다. 그리고 종이 대부분은 접촉자 명단이 아니라 핀치가 보낸 갖가지 메모 내용인 듯했다. '살빈관의 난방용 덕트 하나가 막혔습니다', 'NHS는 옥스퍼드와 인근 모든 주민에게 감염된 환자와 접촉을 피하라고 지시했습니다', '베이싱엄 학과장님의 부인은 크리스마스 휴가를 즐기러 토키에 가셨습니다', '두루마리 휴지가 얼마 남지 않았습니다' 따위의 내용이었다.

"할아버지는 어떻게 생각하세요? 늦게 올까요?"

"뭐가 늦는단 말이지?" 던워디가 물었다.

"우편물요!" 진저리난다는 표정으로 콜린이 말했다. "격리 때문에 늦지 않겠죠? 원래 우편물이 도착하는 시각이 언제죠?"

"10시란다." 던워디는 모든 메모지를 한데 모은 뒤 커다란 마닐라 봉투를 열었다. "크리스마스 시기에는 조금 늦더구나. 크리스마스 선물이며 카드가 많아서 말이야."

봉투 안에 철해져 있는 종이 역시 접촉자 명단이 아니었다. 바드리와 키브린이 다녔던 곳을 조사한 윌리엄 개드슨의 보고서였다. 보고서는 날짜별로 아침, 오후, 저녁으로 구분해서 깔끔하게 타이핑되어 있었다. 지금까지 윌리엄 개드슨이 낸 그 어떤 에세이 숙제보다도 깔끔하게 작성되었다. 어머니라는 존재가 주는 영향력이 새삼 놀라워지는 순간이었다.

"왜 그래야 하는지 이해할 수가 없어요." 콜린이 말했다. "제 말은, 그건 사람이 아니니까 감염시킬 수 없잖아요. 그게 어디로 오죠? 홀인가요?"

"뭐 말이냐?"

"우편물요."

"경비실로 올 거야." 바드리에 대한 보고서를 읽으며 던워디가 말했다. 바드리는 베일리얼 칼리지에 왔다가 화요일 오후에 네트로 돌아갔다. 바드리는 오후 2시에 핀치를 만나 던워디의 행방을 물었고, 3시 좀 전에 핀치를 다시 찾아와 메모를 전해달라고 부탁했다. 그리고 오후 2시에서 3시 사이에 3학년 학생인 존이 안뜰을 건너 실험실로 향하는 바드리의 모습을 보았다. 누군가를 찾는 듯한 태도였다고 했다.

3시에는 브레이스노즈 칼리지의 경비원이 바드리의 방문 기록을 받았다. 바드리는 7시 반까지 네트에서 작업하다가 아파트로 돌아가 댄스파티에 갈 복장으로 갈아입었다.

던워디는 래티머에게 전화를 걸었다. "교수님, 화요일 오후 몇 시쯤에 네트에 계셨죠?"

화면에 나타난 래티머는 어리둥절한 표정으로 눈을 끔벅이며 던워디를 바라보았다. "화요일요?" 뭔가 잘못 놓은 듯 주위를 두리번거리며 래티머가 말했다. "그게 어제였던가요?"

"강하가 있기 전날이죠." 던워디가 말했다. "교수님은 오후에 보들리 도서관으로 갔습니다."

래티머는 고개를 끄덕였다. "그 애는 '도둑을 만났어요, 도와주세요'라는 말을 중세 영어로 어떻게 하는지 알고 싶어 했어요."

던워디는 '그 애'가 키브린을 가리키는 거라고 짐작했다. "키브린이 보들리 도서관이나 브레이스노즈 칼리지에서 당신을 만났나요?"

래티머는 생각에 잠기며 뺨을 어루만졌다. "우리는 대명사 형태를 결정하기 위해 저녁 늦게까지 작업했어요." 래티머가 말했다. "1300년대에 대명사 어형 변화의 소멸이 나타나기는 하지만 완전하지는 않았거든요."

"키브린이 당신을 만나러 네트로 왔나요?"

"네트요?" 래티머는 뜬금없이 무슨 소리냐는 표정을 지었다.

"브레이스노즈 칼리지의 실험실요." 던워디가 매섭게 말했다.

"브레이스노즈 칼리지요? 크리스마스이브 예배는 브레이스노즈 칼리지가 아니죠?"

"크리스마스이브 예배라니요?"

"신부님이 나보고 축복 기도를 해달라고 하더군요." 래티머가 말했다. "예배가 브레이스노즈 칼리지에서 열리나요?"

"아니요. 교수님께서 키브린이 중세로 가서 할 말을 준비하기 위해 그 아이와 화요일 오후에 만났다고 하셨잖아요. 그게 몇 시였죠?"

"도둑(thieves)이라는 단어는 번역하기가 아주 어려웠어요. 그 단어는 고대 영어인 'theof'에서 나온 것으로⋯."

들으나 마나 한 말이었다. "크리스마스이브 예배는 세인트메리 교회에서 7시에 있습니다." 던워디는 간단하게 말하고 전화를 끊었다.

던워디는 브레이스노즈 칼리지의 경비원에게 전화했다. 경비원은 여전히 크리스마스트리 장식을 하고 있었다. 던워디는 경비원에게 혹시 키브린이 출입 일지에 기록을 남기지 않았는지 찾아봐달라고 했다. 키브린은 화요일 오후에 브레이스노즈 칼리지에 가지 않았다.

던워디는 접촉자 명단을 콘솔에 입력하고 윌리엄의 보고서에 있는 내용을 첨가했다. 키브린은 화요일에 바드리를 만나지 않았다. 화요일 아침 키브린은 병원에 있었고, 그 이후에는 던워디와 함께 있었다. 화요일 오후 키브린은 래티머와 함께 있었고, 바드리는 두 사람이 보들리 도서관으로 떠나기 전에 헤딩턴에서 열린 댄스파티로 갔다. 월요일 오후 3시부터 키브린은 병원에 있었지만, 월요일 12시부터 2시 반 사이는 여전히 행방이 묘연했다.

던워디는 사람들이 작성한 접촉자 명단을 다시 한번 살펴보았다. 몬토야의 명단은 몇 줄밖에 되지 않았다. 몬토야는 수요일 아침에 만난 사람들에 대해서만 적어놓았지 월요일과 화요일에 만난 사람은 적지 않았으며 바드리에 대해서는 아무런 정보도 기재하지 않았다. 던워디는 몬토야가 왜 이런 식으로 허술하게 명단을 만들었는지 궁금했지만, 아렌스가 명단 작성 요령을 말해준 다음에 몬토야가 대기실로 들어왔다는 기억이 떠올랐다.

어쩌면 몬토야는 수요일 아침 이전에 바드리를 만났거나 월요일 정오부터 2시 반 사이에 바드리가 뭘 했는지 알 수도 있었다.

"몬토야 교수가 전화했을 때 너에게 자기 전화번호를 가르쳐주던?" 던워디가 콜린에게 물었다. 아무 대답이 없었다. 던워디는 고개를 들었다. "콜린?"

콜린은 방에 없었다. 거실에도 보이지 않았다. 거실에는 가방이 아무렇게나 널브러졌고, 속에 든 것들은 카펫 사방에 어질러져 있었다.

던워디는 브레이스노즈 칼리지의 몬토야 사무실 전화번호를 찾아 전화를 걸었지만 별 기대는 하지 않았다. 만약 몬토야가 여태까지 베이싱엄 학과장의 자취를 찾아다니고 있다면 아직 발굴 현장에 접근할 수 있는 허가를 받지 못했을 것이고, NHS나 국민신탁을 쫓아다니며 자신의 발굴이 '이루 말할 수 없는 가치가 있다'고 선언해야 한다고 졸라대고 있을 것이다.

던워디는 옷을 챙겨 입고 콜린을 찾아 홀 밖으로 나갔다. 밖에는 여전히 비가 내리고 있었고 하늘은 포석(鋪石)과 너도밤나무 껍질처럼 부석거리는 회색이었다. 던워디는 핸드벨 연주자들과 억류자들이 아침 식사를 일찌감치 끝내고 각자 배정받은 방으로 돌아갔길 빌었지만, 말도 안 되는 희망이었다. 안뜰을 반쯤 건너가기도 전에 왁자지껄 고음으로 떠들어대는 여자들 목소리가 들려왔다.

"하느님, 감사합니다. 여기 계셨군요, 교수님." 문에서 던워디를 맞이하며 핀치가 말했다. "NHS에서 조금 전 전화가 왔습니다. 억류자 스무 명을 더 보내고 싶다는군요."

"안 된다고 해." 바글바글한 사람들을 훑어보며 던워디가 말했다. "감염된 사람들과 접촉하지 말라는 명령을 받았다고 해. 혹시 아렌스 선생의 조카손자를 못 봤어?"

"조금 전까지 여기 있었습니다." 여자들 머리 사이사이를 살펴보며 핀치가 말했다. 하지만 던워디는 벌써 콜린이 어디 있는지 찾을 수 있었다. 콜린은 핸드벨 연주자들이 앉아 있는 식탁 끝 쪽에 서서 토스트 몇 장에 버터를 바르는 중이었다.

던워디는 콜린에게 다가갔다. "몬토야 교수가 전화했을 때 너한테 번호를 남겼니?"

"자전거를 탔던 분이요?" 버터 바른 토스트에 마멀레이드를 듬뿍 바르며 콜린이 말했다.

"그래."

"아니요. 안 남겼어요."

"아침 식사를 하시겠습니까, 교수님?" 핀치가 말했다. "죄송하게도 베이컨하고 달걀은 다 떨어졌습니다. 그리고 마멀레이드도 아주 조금밖에 남지 않았습니다." 핀치는 콜린을 노려보았다. "하지만 오트밀하고…."

"그냥 차만 마시겠어." 던워디가 말했다. "어디서 전화하고 있다는 말도 없었고?"

"앉으세요." 테일러가 말했다. "시카고 서프라이즈에 관해 논의를 좀 하고 싶네요."

"몬토야 교수가 정확하게 뭐라고 했지?" 던워디가 콜린에게 말했다.

"아줌마는 과거와의 귀중한 연결 고리가 망가지고 있는데 아무도 발굴

281

현장에 관심을 보이지 않는다고, 도대체 한겨울에 낚시하러 떠나는 사람이 정신이 제대로 된 거냐고 했어요." 그릇 옆에 붙은 마멀레이드를 긁어내며 콜린이 말했다.

"차도 거의 다 떨어졌습니다." 던워디에게 아주 연한 차를 따르며 핀치가 말했다.

던워디는 자리에 앉으며 물었다. "콜린, 코코아 좀 마시겠니? 아니면 우유라도 줄까?"

"우유도 거의 다 떨어졌습니다." 핀치가 말했다.

"괜찮아요. 안 마셔도 돼요." 잼을 바른 쪽끼리 토스트를 겹치며 콜린이 말했다. "이걸 가지고 밖에 나가서 우편물이 오는 걸 기다릴 거예요."

"신부님께서 전화하셨습니다." 핀치가 말했다. "예배 식순을 살펴보러 미리 올 필요 없이 예배 시간에 맞춰 6시 반까지 오면 된다고 하셨습니다."

"여전히 크리스마스이브 예배를 하겠대? 이런 상황에서 누가 올 수 있을지 모르겠군."

"신부님 말씀으로는, 상황과 관계없이 예배를 올리겠다고 연합 예배 위원회에서 결정했답니다." 핀치는 연한 차에 우유를 4분의 1티스푼 정도 따른 뒤 던워디에게 건넸다. "예정대로 예배를 진행해야 사람들 사기가 꺾이지 않을 거라며 그런 결정을 내렸다고 하셨습니다."

"우리도 핸드벨로 몇 곡을 연주할 거예요." 테일러가 말했다. "종소리를 대신하기는 어렵겠지만 들을 만할 거예요. '거룩한 개혁 교회'에서 나오신 목사님이 '역병 시대에 드리는 미사[31] 부분을 강독해주시기로 했죠."

"아하." 던워디가 말했다. "사람들 사기가 오르겠군요."

"저도 가야 해요?" 콜린이 말했다.

"이런 날씨에 애를 바깥으로 내보내면 안 되죠." 개드슨 부인이 하르피이아[32]처럼 나타났다. 부인은 회색 오트밀이 담긴 커다란 사발을 콜린 앞에 놓았다. "그리고 외풍이 심한 교회에서 병원균에 감염되어도 안 되고요. 이

---

31 〈열왕기하〉 24장 15~25절
32 그리스 신화에 등장하는 여자 머리와 새의 몸을 가진 괴물

아이는 예배가 있는 동안 저와 함께 있으면 돼요." 부인은 의자 하나를 끌고 오더니 서 있는 콜린의 뒤에 놓았다. "여기 앉아 오트밀을 먹어라."

콜린은 간청하는 눈으로 던워디를 바라보았다.

"콜린, 깜박하고 몬토야 교수의 전화번호를 숙소에 두고 왔구나." 던워디가 말했다. "좀 가져다주겠니?"

"네!" 콜린은 말하더니 의자를 박차고 총알처럼 사라졌다.

"저 아이가 인도 독감에 걸리면." 개드슨 부인이 말했다. "저 아이의 나쁜 식생활 습관을 교수님이 부추겼다는 사실을 기억해두시기 바라요. 이번 전염병이 왜 생겼는지 전 확실히 알 수 있어요. 균형 잡히지 않은 영양 공급과 적절치 못한 교육 때문이지요. 대학이 이런 식으로 운영되다니 정말 부끄러운 일이에요. 저는 윌리엄과 같이 머물겠다고 요청했지만 완전히 다른 건물에 배정된데다, 더불어⋯."

"그 문제에 대해서는 핀치와 상의하셔야 합니다." 던워디가 말했다. 던워디는 자리에서 일어나 콜린이 마멀레이드를 발라놓은 토스트를 냅킨에 싸 호주머니에 넣었다. "전 병원에 가봐야겠군요." 던워디는 말을 마치고 개드슨 부인이 뭐라고 입을 열기 전에 재빨리 밖으로 빠져나갔다.

던워디는 숙소로 돌아가 앤드루스에게 전화를 걸었다. 통화 중이었다. 혹시라도 몬토야 교수가 격리에서 벗어날 수 있는 허가를 받았을까 하는 생각에 발굴 현장으로 전화를 걸어보았지만 아무도 받지 않았다. 다시 앤드루스에게 전화를 걸었다. 신기하게도 신호음이 떨어졌다. 신호음이 세 번 울리고 자동 응답기가 돌아갔다.

"나 던워디 교수일세." 던워디는 잠시 망설이다가 숙소 전화번호를 남겼다. "즉시 자네와 할 말이 있어. 중요한 일이야."

던워디는 전화를 끊고 디스크를 주머니에 넣고 우산과 콜린의 토스트를 들고 밖으로 나가 안뜰을 지났다.

콜린은 베일리얼 칼리지 정문 처마 밑에 몸을 웅크리고 카팩스 쪽을 초조한 눈으로 바라보고 있었다.

"난 병원에 입원한 우리 기술자와 네 이모할머니를 보러 갈 생각인데."

콜린에게 냅킨으로 싼 토스트를 내밀며 던워디가 말했다. "나랑 같이 가겠니?"

"아니요. 괜찮아요. 우편물을 놓치기 싫어요."

"그래, 그럼 개드슨 부인이 와서 너에게 잔소리를 늘어놓기 전에 네 재 킷을 가져오렴."

"잔소리 아줌만 벌써 한바탕 떠들고 갔어요." 콜린이 말했다. "저에게 목 도리를 매게 하려고 하더군요. 목도리를요!" 콜린은 다시금 초조한 눈으로 거리를 바라보았다. "전 그냥 무시했죠."

"그 생각을 못 했구나." 던워디가 말했다. "난 점심때가 되면 식사를 위해 집에 있을 거야. 만약 뭔가 필요하면 핀치에게 말하렴."

"네." 콜린이 대답했지만 귀담아듣고 있지 않은 듯했다. 던워디는 도대체 콜린의 어머니가 뭘 선물로 보냈기에 애가 이렇게 정신을 못 차리는 건지 궁금했다. 분명히 목도리는 아닐 거라는 생각이 들었다.

던워디는 목도리를 목에 동여매고 비를 뚫고 병원으로 향했다. 거리에는 사람이 몇 명밖에 없었고 서로 멀찌감치 떨어져 걸었다. 어떤 여자는 던워디를 피하려고 보도 밖으로 내려서 걷기도 했다.

카리용이 연주하는 '그 맑고 환한 밤중에'만 없었더라면 그 누구도 오늘이 크리스마스이브란 것을 알지 못할 것이다. 선물 꾸러미나 감탕나무를 들고 가는 사람은 아무도 없었다. 선물은커녕 뭔가를 들고 다니는 사람도 없었다. 격리로 인해 사람들 머릿속에서 크리스마스라는 개념이 완전히 사라진 듯했다.

'하긴, 나도 마찬가지군.' 던워디는 선물이나 크리스마스트리를 살 생각조차 하지 못했다. 던워디는 베일리얼 칼리지 정문에 몸을 웅크리고 있던 콜린을 떠올리며, 제발 콜린의 어머니가 선물 보내는 것을 잊지 않았기를 빌었다. '집으로 가는 길에 가게에 들러 콜린에게 줄 작은 선물을 사야겠어. 장난감이든 비디오든 여하튼 목도리가 아닌 거로 말이야.'

던워디는 병원에 들어가자마자 격리 구역으로 급히 안내되어 새로 들어온 환자를 아는지 질문을 받았다. "미국인 연결 고리를 찾는 게 중요해." 아렌스가 말했다. "세계인플루엔자센터 쪽에서 문제가 생겼어. 다들 크리스마스 휴가를 떠난 바람에 바이러스 확인 작업을 할 사람이 없어. 원래는 언제나 항시 누군가가 대기하고 있어야 하지만 대개 크리스마스가 지나고 나면 식중독이며 과음과식으로 인한 증상을 바이러스로 오인해 들어오는 문의로 정신없이 바빠져서 그전에 미리 좀 쉬기로 했대. 어찌 되었든, 애틀랜타 질병통제예방센터에서 양성 확인 없이도 세계인플루엔자센터 쪽으로 백신 견본을 보내주기로 했어. 하지만 관련성이 있다고 확인되기 전에 백신 제작에 들어갈 수는 없다고 하네."

아렌스는 던워디를 데리고 출입 금지선이 둘려 있는 복도로 갔다. "환자들 모두 고열, 오한, 2차 폐 합병증 따위의 사우스캐롤라이나 바이러스에 감염되었을 때 나타나는 증상을 보이고 있어. 하지만 불행히도 그건 증거가 되지 못해." 아렌스는 병실 앞에서 멈춰 섰다. "혹시 바드리와 관련이 있는 미국인을 찾았어?"

"못 찾았어. 하지만 아직 바드리의 행적이 묘연한 시간대가 상당히 많아. 내가 다시 한번 바드리에게 물어볼까?"

아렌스는 망설였다.

"상태가 더 심각해진 모양이군."

"증상이 폐렴으로 발전했어. 당신에게 아무 말도 못 할 거야. 여전히 고열이고. 사우스캐롤라이나 바이러스의 증상이지. 사우스캐롤라이나 바이러스에 효과가 있는 항균제와 보조제를 투여했어." 아렌스는 병실로 향하는 문을 열었다. "차트에는 새로 들어온 환자들 목록이 모두 들어 있어. 당번인 간호사에게 환자들이 있는 침대를 알려달라고 해." 아렌스는 첫 번째 침대 곁에 있는 콘솔에 뭔가를 입력했다. 그러자 마치 안뜰에 있는 커다란 너도밤나무가 가지를 뻗으며 서로 엉키듯 차트에 불이 들어왔다. "콜린을 하루 더 데리고 있어줄 수 있어?"

"당연하지."

"아, 정말 다행이야. 내일 아침까지 집에 들어가지 못할 확률이 무척 높거든. 그래서 콜린 혼자 아파트에 있게 될까 봐 무척 걱정했어. 하지만 돌봐줄 사람은 나밖에 없어." 아렌스는 화난 목소리로 말했다. "어쩔 수 없이 켄트로 연락해 디어드리와 통화를 했어. 그런데 디어드리는 전혀 관심이 없어. '어머, 아직도 격리 상태예요?' 하더라고. 그러고는 '너무 바빠서 뉴스를 들을 시간도 없었어요'라면서 자기랑 자기 애인이 어떻게 보낼 계획인지 주절거리기 시작했어. 콜린을 돌볼 시간이 전혀 없고 아이를 떼어놓아 정말 잘 됐다는 투가 역력하더라니까. 어떨 때 보면 조카딸이 아니라 완전히 남같이 느껴져."

"조카딸이 콜린에게 크리스마스 선물을 보냈는지 혹시 알아? 콜린 말로는 우편으로 보내겠다고 했다던데."

"보내는 건 고사하고 너무 바빠서 선물 사는 것조차 분명 잊어버렸을 거야. 지난번에 콜린과 같이 크리스마스를 보냈을 때는 공현 축일까지 선물이 도착하지 않았거든. 아차, 그러고 보니 생각났네. 내 쇼핑백이 어디 있는지 혹시 알아? 거기에 콜린에게 줄 선물이 들어 있는데."

"베일리얼 칼리지에 있는 내 숙소에 가져다 놓았어."

"아, 잘됐네. 아직 쇼핑을 마치진 못했지만, 당신이 목도리랑 다른 것들 좀 포장해주면 적어도 크리스마스에 아무것도 받지 못하는 일은 없겠지." 아렌스는 자리에서 일어났다. "그리고 혹시 연결 고리일 가능성이 있는 사람을 찾으면 즉시 연락해줘. 알다시피 바드리에게 감염된 2차 접촉자 몇 명을 이미 추적했지만, 서로 교차 연관이 되어 있을 뿐이야. 진짜 연결 고리는 아직 찾아내지 못했어."

아렌스는 병실을 나갔고 던워디는 보라색 우산을 들고 있던 여자가 누운 침대 곁에 앉았다.

"브린 씨?" 던워디가 말했다. "죄송하지만 몇 가지 질문을 드리겠습니다."

브린의 얼굴은 아주 붉었으며 바드리처럼 가쁜 숨소리를 냈지만, 던워디의 질문에 재빠르고 명확하게 대답했다. 브린은 최근 몇 달 사이에 미국에 간 적이 없었다. 또한 미국인이나 미국에 갔다 온 사람을 알지도 못했다. 하지만 월요일, 쇼핑하기 위해 런던에서 지하철을 타고 왔다고 했다. "블랙웰 서점으로요." 브린은 쇼핑을 하며 온 런던을 누비다가 지하철을 이용해 돌아왔고, 그 과정에서 최소한 5백 명과 접촉하고 다녔다. 아렌스가 애타게 찾고 있는 연결 고리를 찾기란 불가능했다.

1차 접촉자들에게 질문을 마치고 차트에 접촉자 명단을 추가하고 나니 2시가 훌쩍 넘어버렸지만, 아렌스가 찾는 연결 고리는 발견할 수 없었다. 하지만 던워디는 환자 가운데 한 명이 바드리가 참석했던 댄스파티에 있었다는 사실을 알아냈다.

던워디는 바드리가 질문에 대답하지 못하리라는 생각을 하면서도 혹시나 하는 마음에 격리실로 갔다. 하지만 바드리는 꽤 회복된 듯 보였다. 던워디가 들어왔을 때 바드리는 잠들어 있었지만, 던워디가 손을 잡자 눈을 뜨고 그에게 초점을 맞췄다.

"던워디 교수님." 바드리가 말했다. 목소리는 거칠고 힘이 없었다. "여기서 뭘 하시는 거지요?"

던워디가 자리에 앉았다. "몸은 좀 어때?"

"저는… 이상합니다. 뭔가 꿈을 꾼 것 같습니다. 굉장한 두통이… 있던 기억이….''

"몇 가지 질문할 게 있어. 헤딩턴에서 열린 댄스파티에 갔을 때 누굴 봤는지 기억해?"

"사람이 무척 많았습니다." 목이 아픈 듯 침을 삼키며 바드리가 말했다. "대부분은 모르는 사람들이었습니다."

"누구와 춤을 추었는지 기억해?"

"엘리자베스…." 바드리는 쉰 목소리로 말했다. "그리고 시수 뭔가 하는 사람도 있는데 성은 모르겠군요." 바드리가 속삭였다. "아, 엘리자베스 야카모토요."

단호한 표정의 수간호사가 들어왔다. "엑스선 찍겠습니다." 간호사는 바드리에게 눈길도 주지 않으며 말했다. "던워디 교수님은 밖으로 나가주십시오."

"몇 분만 더 안 되겠습니까? 중요한 일입니다." 던워디가 간청했지만 간호사는 이미 콘솔 자판을 두드리고 있었다.

던워디는 침대로 몸을 숙였다. "바드리, 동조 작업을 마쳤을 때 시간 편차가 얼마나 있었지?"

"던워디 교수님." 간호사가 채근해댔다.

던워디는 간호사의 말을 무시했다. "예상보다 시간 편차가 많았어?"

"아니요." 쉰 목소리로 바드리가 말했다. 바드리는 목에 손을 갖다 댔다.

"편차가 얼마나 있었지?"

"4시간입니다." 바드리가 속삭였다. 대답을 들은 던워디는 간호사의 말대로 병실을 나왔다.

'4시간이란 말이지.' 던워디는 생각했다. '키브린은 12시 반에 강하했어. 그렇다면 그곳에 도착한 시간은 4시 반이니 거의 해 질 녘이겠군. 하지만 자기가 도착한 곳이 어딘지 살펴볼 정도로는 환한 시간이고, 필요하다면 스켄드게이트까지 걸어갈 시간도 넉넉했겠어.'

던워디는 바드리가 만났다는 여자 두 명의 이름을 가르쳐주기 위해 아렌스를 찾아갔다. 아렌스는 새로 들어온 환자 명단에 그 이름이 있나 살펴보았다. 둘 다 없었다. 아렌스는 던워디에게 집에 가도 좋다고 하면서 다시 돌아오지 않아도 되도록 체온 검사와 혈액 채취를 했다. 던워디가 집으로 가려는 찰나, 시수 페어차일드라는 여자가 실려 왔다. 던워디는 티타임 무렵이 되어서야 집으로 갈 수 있었다.

콜린은 베일리얼 칼리지 정문에 없었다. 홀에 들어가보았지만 설탕과 버터가 거의 다 떨어졌다고 하소연하는 핀치만 있을 뿐이었다. "아렌스 선생의 조카손자는 어디에 있지?" 던워디가 핀치에게 물었다.

"콜린은 베일리얼 칼리지 정문에서 아침 내내 우편물을 기다리고 있었습니다." 초조한 눈으로 각설탕 개수를 세며 핀치가 말했다. "우편물이 1시까지 오지 않았습니다. 그러자 콜린은 이모할머니네 아파트로 우편물이 갔을지 모르겠다며 그쪽으로 갔습니다. 제 생각에는 거기에도 우편물이 오지 않은 것 같습니다. 콜린이 아주 뚱한 표정으로 돌아오더니 30분쯤 전에 갑자기 나타나서 '생각난 게 있어요'라고 소리쳤습니다. 아마 우편물이 도착할 다른 어딘가를 떠올린 것 같습니다."

'하지만 그쪽으로도 도착하지 않았을 거야.' 던워디는 생각했다. "오늘 가게들이 문 닫는 시간이 언제지?"

"크리스마스이브에 말씀이십니까? 아, 벌써 닫았습니다. 크리스마스이 브에는 늘 일찍 문을 닫습니다. 일부는 물건이 다 팔려 정오에 문을 닫기도 합니다. 그리고 전해드릴 메모가 상당히 많이 있습니…."

"그건 나중에 듣기로 하지." 던워디는 핀치의 말을 자르고 우산을 낚아 챈 뒤 다시 밖으로 나섰다. 핀치 말이 맞았다. 가게는 모두 문을 닫았다. 던 워디는 블랙웰 서점은 분명 문을 열었으리라는 생각에 그곳으로 갔지만, 그곳 역시 굳게 문을 닫은 상태였다. 하지만 서점은 이미 이 상황을 이용한 판매 전략을 세운 모양이었다. 빅토리아풍 장난감 마을의 눈 덮인 집들 사 이로 자가 의료 서적, 약물 해설서, 《웃음으로 건강 지키기》라는 밝은 색깔 페이퍼백이 진열되어 있었다.

던워디는 마침내 하이 스트리트 쪽에서 문을 연 우체국을 발견했지만, 그곳에는 담배, 싸구려 사탕, 연하장만 진열되어 있을 뿐 열두 살짜리 남자 아이에게 적합한 선물은 없었다. 던워디는 아무것도 사지 않고 밖으로 나 와 돌아오는 길에 당밀 사탕 500그램, 자그마한 소행성 크기의 곱스토퍼, 그리고 휴대용 알약 비누처럼 생긴 사탕 몇 봉지를 샀다. '많지는 않지만, 메리가 다른 선물들을 샀다고 했으니 괜찮을 거야.' 던워디는 생각했다.

아렌스가 샀다는 다른 선물은 알고 보니 목도리보다 더 짙은 회색 모직 양말 한 켤레와 단어 실력 증진 비디오였다. 크리스마스 크래커와 크리스 마스 포장지가 있긴 했지만 양말 한 켤레와 당밀 사탕은 전혀 크리스마스 선물답지 못했다. 던워디는 크리스마스 선물다운 게 혹시 없을까 하는 생 각에 자신의 서재를 둘러보았다.

키브린이 중세로 갔다는 말을 들은 콜린이 '묵시록적이네요!'라고 했던 기억이 떠올랐다. 던워디는 《기사도의 시대》를 뽑아 들었다. 그림만 들어 있을 뿐 홀로그램은 보이지 않았지만, 던워디가 짧은 시간 안에 떠올릴 수 있는 최고의 선물이었다. 던워디는 책과 나머지 선물을 급히 포장한 다음 옷을 갈아입고, 억수같이 쏟아지는 빗속을 뚫고 보들리 도서관의 인적 없 는 안뜰을 가로질러 홈통에서 떨어지는 빗물을 피해 가며 몸을 웅크리고 세인트메리 교회로 급히 내달았다.

제정신이 박힌 사람이라면 이런 날씨에 교회에 올 리가 없다. 작년에 날씨가 화창했어도 교회에는 사람이 반밖에 차지 않았다. 당시 던워디는 키브린과 함께 교회에 갔다. 키브린은 연구를 위해 방학 내내 학교에 머물렀고, 던워디는 보들리 도서관에 있는 키브린을 발견하고는 자신이 주최하는 셰리주 파티에 왔다가 교회에 같이 가자고 고집을 부렸다.

"이러면 안 되는데요." 교회로 가는 도중 키브린이 말했다. "전 연구를 해야 해요."

"연구는 세인트메리 교회에 가서도 할 수 있어. 1139년에 지어진데다 난방 시스템을 포함해 모든 게 중세 그대로니 말이야."

"물론, 연합 예배 내용도 원전 그대로겠죠." 키브린이 말했다.

"그리고 중세 미사와 똑같이 선의에서 나온 멍청한 짓들로 가득할 거야. 보장하지." 던워디는 말했다.

던워디는 작년 기억을 떠올리며 브레이스노즈 칼리지 옆으로 난 좁은 길을 따라 급히 세인트메리 교회로 향했다. 교회 문을 열자 뜨거운 공기가 던워디를 덮치며 안경에 김이 서렸다. 던워디는 배랑[33]에서 멈춰 목도리 끝자락으로 안경을 닦았지만, 안경에는 금방 다시 김이 서렸다.

"신부님이 할아버지를 찾고 계세요." 콜린이 말했다. 콜린은 재킷과 셔츠를 입었으며 머리는 단정하게 빗질이 되어 있었다. 콜린은 들고 있던 커다란 더미에서 예배 순서지를 뽑아 던워디에게 건네주었다.

"집에 있을 줄 알았는데?" 던워디가 말했다.

"개드슨 아줌마랑요? 끔찍한 말씀 마세요! 차라리 교회에 나오는 게 낫죠. 그래서 테일러 누나에게 핸드벨 옮기는 걸 도와주겠다고 했어요."

"그리고 신부님이 너에게 일을 줬구나." 여전히 안경을 닦으려 애쓰며 던워디가 말했다. "그래, 네가 할 일이 있더냐?"

"보고도 모르세요? 교회는 사람들로 꽉 찼어요."

---

33 교회의 정면 입구와 본당 사이 복도에 꾸며놓은 방

던워디는 본당을 들여다보았다. 신도석은 이미 꽉 찼으며 뒤쪽에는 접이식 의자가 설치되어 있었다.

"오, 잘됐네요. 여기 계셨군요." 신부가 찬송가집을 한 아름 안고 분주히 다가왔다. "좀 덥죠. 난로 때문입니다. 국민신탁에서 신형 융합 난로를 들이는 걸 허가해주지 않았습니다. 그래서 난방 일부분을 화석 연료로 하지 않을 수 없었지요. 그런데 하필 이런 순간에 온도 조절 장치가 고장 났지 뭡니까. 부속품을 구하는 게 거의 불가능하더군요. 난로를 켜거나 끄는 것밖에 안 됩니다." 신부는 카속[34] 주머니에서 종이를 두 장 꺼내 살펴보았다. "래티머 교수님 못 보셨습니까? 축복 기도를 해주기로 하셨거든요."

"못 봤습니다." 던워디가 말했다. "하지만 제가 시간을 말해주었습니다."

"아, 잘하셨습니다. 작년에는 정신이 없으셨는지 1시간이나 일찍 오셨더군요." 신부는 주머니에서 꺼낸 종이 중 한 장을 던워디에게 건네주었다. "여기 교수님이 읽을 성서 구절입니다. 올해는《킹 제임스 성서》에서 발췌했지요. 지복 천년 교회 측이 그걸 읽자고 고집했습니다. 하지만 적어도 작년처럼《일반인을 위한 간결한 성서》를 읽는 게 아니니 다행이지요.《킹 제임스 성서》는 낡긴 했지만 적어도 엉터리는 아니니까요."

바깥문이 열리더니 사람들 한 떼가 들어왔다. 모두 우산을 접고 모자를 털고 들어와 콜린에게 예배 순서지를 받은 다음 본당으로 걸어갔다.

"크라이스트 처치에서 예배를 드려야 하는데 아쉽습니다." 신부가 말했다.

"저 사람들 모두 여기서 뭘 하는 거죠?" 던워디가 물었다. "전염병이 퍼지는 걸 모르고 있는 겁니까?"

"언제나 이런 식이죠." 신부가 말했다. "전 세계에 전염병이 번지기 시작하던 때가 기억나는군요. 역사상 가장 많은 사람이 교회로 왔습니다. 나중이 되면 아무리 노력을 해도 집 밖으로 나오게 할 수 없겠지만, 지금은 모두 모여서 평안을 구하고 싶어 하지요."

"참 흥미로운 장면이지요." 거룩한 개혁 교회에서 나온 목사가 말했다.

---

34 성직자들이 입는 검은색이나 주홍색의 옷

그 목사는 검은색 터틀넥에 헐렁한 바지를 입고 붉은색과 녹색 격자무늬가 들어간 장백의를 걸치고 있었다. "전쟁 때도 비슷한 현상을 볼 수 있습니다. 극적 상황을 느끼기 위해 오는 거죠."

"그리고 감염을 두 배는 빠른 속도로 전파시키고 말이죠." 던워디가 말했다. "저 사람들에게 바이러스가 전염성이라는 말을 해준 사람이 아무도 없었나요?"

"제가 할 생각입니다." 신부가 말했다. "교수님은 핸드벨 연주가 끝난 직후에 성서를 읽으시면 됩니다. 읽을 곳이 바뀌었습니다. 지복 천년 교회 때문이지요. 〈루가의 복음서〉 2장 1절부터 19절까지입니다." 신부는 찬송가집을 나누어주기 위해 본당으로 들어갔다.

"제자분은 어디에 있죠? 키브린 엥글 말입니다." 거룩한 개혁 교회의 목사가 물었다. "오늘 오후에 있었던 라틴어 예배 시간에도 안 보이더군요."

"1320년에 있습니다. 제대로 갔다면 스켄드게이트 마을에 있을 겁니다. 그곳은 비가 안 왔으면 좋겠군요."

"아, 잘됐군요." 목사가 말했다. "키브린은 그곳에 무척이나 가고 싶어했으니까요. 그리고 이 사태를 겪지 않아도 되니 그 또한 다행입니다."

"그렇죠." 던워디가 말했다. "전 성서 구절을 한 번은 미리 읽어두어야 할 것 같습니다."

던워디는 본당으로 들어섰다. 본당은 복도보다 더 더웠으며 축축한 모직물과 축축한 돌 냄새로 가득했다. 창가와 제단에서는 레이저 초가 창백하게 깜박이고 있었다. 핸드벨 연주자들은 제단 앞에 있던 커다란 탁자 두 개를 가져다 놓고 그 위에 묵직한 붉은 모직 천을 덮었다. 던워디는 성서대 앞으로 가 성서에서 〈루가의 복음서〉 부분을 펼쳤다.

"그 무렵에 로마 황제 아우구스투스가 온 천하에 호구 조사령을 내렸다." 던워디는 성서를 읽어 내려갔다.

'예스럽군. 키브린이 있는 시대에 《킹 제임스 성서》는 아직 쓰이지 않았지.'

던워디는 콜린을 찾아 밖으로 나왔다. 사람들이 계속해서 들어오고 있었다. 거룩한 개혁 교회에서 나온 목사와 이슬람교의 이맘은 의자를 더 구하기 위해 오리얼 칼리지로 건너갔고, 신부는 난로 온도 조절 장치를 만지 작거렸다.

"두 번째 줄에 자리를 두 개 잡아놓았어요." 콜린이 말했다. "개드슨 아 줌마가 티타임에 무슨 일을 저질렀는지 아세요? 제 곱스토퍼를 뺐더니 버 리더라고요. 병균으로 뒤덮여 있다나요. 우리 엄마가 개드슨 아줌마 같지 않아서 다행이에요." 콜린은 접혀 있는 예배 순서지를 가지런히 정돈했다. 처음보다 양이 상당히 줄어 있었다. "엄마가 보낸 선물이 도착하지 않은 건 격리 때문이에요. 우선 식료품이니 의료품 따위를 먼저 들여보내야 하니까 요." 콜린은 이미 가지런하게 되어 있는 예배 순서지를 다시 정돈했다.

"그럴 확률이 아주 높지." 던워디가 말했다. "다른 선물들은 언제 뜯어볼 생각이니? 오늘 저녁 아니면 내일 아침?"

콜린은 태연한 척하려 애썼다. "당연히 크리스마스 아침이죠." 콜린은 예배 순서지를 한 장 뽑더니 밝게 웃으며 노란 비옷을 입고 들어오는 여인 에게 건네주었다.

"고맙구나." 여인은 콜린에게서 예배 순서지를 낚아채며 말했다. "사방 에 전염병이 퍼졌어도 누군가는 아직도 크리스마스 정신을 간직하고 있는 걸 보니 기쁘구나."

던워디는 안으로 들어가 자리에 앉았다. 신부가 난로를 살펴보았지만 별 효과가 있는 것 같지 않았다. 던워디는 목도리를 끄르고 외투를 벗어 옆 의자에 걸쳐놓았다.

'작년에는 귀가 떨어져 나갈 정도로 추웠는데…' 작년 예배가 떠올랐다. "정말 옛날식 그대로네요." 키브린이 던워디에게 말했다. "성서도요. '그때 정치꾼들은 흙수저들에게 세금폭탄을 때렸다.'" 키브린은 《일반인을 위한 간결한 성서》를 인용했다. 그리고 던워디에게 싱긋 웃어 보였다. "당시에도 일반인들이 이해할 수 없는 언어로 성서가 쓰여 있었죠."

콜린이 들어와 던워디가 벗어놓은 외투와 목도리 위에 앉았다. 거룩한 개혁 교회에서 나온 목사는 일어나 핸드벨 연주자들이 있는 탁자와 제단 사이로 들어갔다. "기도합시다." 목사가 말했다.

돌로 된 바닥에는 푹신한 무릎 깔개가 있었고, 모두 무릎을 꿇었다.

"오, 우리에게 이런 고통을 보내신 하느님, 당신의 파괴 천사에게 손을 들어 이 땅이 폐허가 되지 않게 하시고 살아 있는 모든 영혼을 죽이지 말라 말씀해주옵소서."

'그리고 사람들의 기운을 돋우어주소서.' 던워디는 생각했다.

"하느님께서 이스라엘에 돌림병을 내리시어 단에서 베르셰바에 이르기까지 7만 명이 죽던 날처럼, 저희 역시 지금 고통 속에 있습니다. 간청하오니, 주님께서 종에게 내리신 분노의 회초리를 거두어주소서."

낡은 난로에 연결된 연통이 날카로운 울음소리를 냈지만, 목사는 주의를 흐트러뜨리지 않았다. 목사는 하느님이 죄지은 자를 벌주시고 '그들에게 돌림병을 가져온' 수많은 사례를 들며 5분은 족히 되는 시간 동안 기도를 드렸다. 이윽고 기도가 끝나자 목사는 모두 일어서 '만백성 기뻐하여라, 하늘의 평화가 저 마귀 권세 이기고 우리를 구했네'를 부르자고 했다.

몬토야가 고개를 숙이고 들어오더니 콜린 옆에 앉았다. "온종일 NHS에 가 있었어요." 몬토야가 속삭였다. "특별 면제를 받으려고 말이죠. 그쪽 사람들은 내가 바이러스를 퍼뜨리지 못해 안달한다고 생각하는 거 같아요. 그 사람들에게 나는 곧장 발굴 현장으로 갈 것이며, 그곳에는 감염될 사람이 아무도 없다고 말했지만, 제 말을 들은 체도 안 하더군요."

몬토야는 콜린을 보았다. "여하튼 면제를 받으면 날 도와줄 지원자들이 필요한데. 나와 같이 가서 시체들을 발굴하지 않으련?"

"그 아이는 안 돼요." 던워디가 급히 말했다. "아이 이모할머니가 보내지 않을 겁니다." 던워디는 콜린 쪽으로 몸을 기울이고 속삭였다. "저희는 바드리 차우두리가 월요일 정오부터 2시 반 사이에 어디에 있었는지 알아야 합니다. 혹시 그때 바드리를 보셨나요?"

"쉿!" 콜린에게서 예배 순서지를 낚아채 간 여인이었다.

몬토야는 고개를 저었다. "전 키브린과 같이 지도를 보며 스켄드게이트의 배치를 살펴보고 있었어요." 몬토야가 속삭였다.

"어디에서요? 발굴 현장에서요?"

"아니요. 브레이스노즈 칼리지에서요."

"그러면 바드리는 그곳에 없었나요?" 던워디가 물었다. 하지만 바드리가 브레이스노즈 칼리지에 있어야 할 이유가 없었다. 던워디는 오후 2시 반에 바드리를 만나고 나서야 강하를 맡아달라고 부탁했기 때문이었다.

"아니요." 몬토야가 속삭였다.

"쉿!" 여자가 다시 불만의 소리를 냈다.

"키브린과는 얼마나 오래 만났나요?"

"10시부터 병원으로 검사를 받으러 갈 때까지였으니까 3시까지일 거예요." 몬토야가 속삭였다.

"쉿!"

"전 '주신(主神)에게 드리는 기도문'을 읽어야 해요." 몬토야가 속삭이고 일어나 의자들이 줄지어 늘어선 곳을 따라 걷기 시작했다.

몬토야는 미국 원주민 성가를 읊었고, 다음에는 흰색 장갑을 끼고 단호한 표정을 한 핸드벨 연주자들이 '세상과 교통하시는 그리스도여'를 연주했다. 낡은 난로 연통이 퉁탕거리는 소리만큼이나 듣기 거북했다.

"정말 괴사적이지 않나요?" 콜린이 들고 있던 예배 순서지 뒤에서 속삭였다.

"20세기 말 무조(無調) 연주야." 던워디가 속삭였다. "원래 끔찍한 소리가 나도록 만들어진 거지."

핸드벨 연주가 끝나자 던워디는 성서대로 올라가 성서를 읽었다. "그 무렵에 로마 황제 아우구스투스가 온 천하에 호구 조사령을 내렸다…"

몬토야는 자리에서 일어나 몸을 옆으로 돌려 콜린을 지나 복도로 나온 뒤 몸을 수그리고 문밖으로 나갔다. 던워디는 몬토야를 잡고 월요일이나 화요일에 바드리를 만났는지 그리고 바드리가 접촉했을 법한 미국인을 아는지 묻고 싶었다.

하지만 그런 문제는 내일 병원에 혈액 검사를 받으러 올 때 물어보면 될 일이었다. 던워디는 가장 중요한 사실을 알아냈다. 키브린은 월요일 오후에 바드리를 만나지 않았다. 몬토야는 키브린이 병원으로 갈 때까지 키브린과 함께 있었다고 했고, 그 시간에 바드리는 이미 베일리얼 칼리지에서 던워디와 만나고 있을 때였다. 바드리가 키브린을 감염시켰을 확률은 없었다.

"천사가 말하기를 '두려워하지 마라. 나는 너희에게 기쁜 소식을 전하러 왔다. 모든 백성들에게 큰 기쁨이 될 소식이다…'"

던워디가 읽는 성서 구절에 관심을 보이는 사람은 아무도 없었다. 콜린에게서 예배 순서지를 낚아채 갔던 여인은 외투를 벗기 위해 애쓰고 있었고, 다른 사람들은 모두 이미 외투를 벗고 예배 순서지로 부채질하느라 바빴다.

던워디는 작년 예배에서 자신이 성서를 읽는 동안 돌바닥에 무릎을 꿇고 온 정신을 다해 자신을 바라보던 키브린 생각이 났다. '키브린 역시 내가 읽는 내용을 듣고 있지 않았어. 키브린은 성서가 라틴어로 적혀 있고 창가에는 초가 깜박이는 1320년의 크리스마스이브를 생각하고 있었을 테니까.'

'키브린이 생각한 대로 크리스마스 예배가 진행되고 있는지 궁금하군.' 던워디는 생각했다. 그러다가 그곳은 아직 크리스마스이브가 아니라는 생각이 들었다. '키브린이 있는 곳에서는 크리스마스이브가 아직 2주일이 남아 있어. 진짜로 그곳에 있다면 말이야. 그리고 안전하게 있다면 말이지.'

"…마리아는 이 모든 일을 마음속 깊이 새겨 오래 간직하였다." 던워디는 낭독을 마치고 자리로 돌아왔다.

이맘이 모든 교회에서 크리스마스 예배가 시작되는 시각임을 선포한 뒤, NHS에서 보낸 공시문을 읽었다. 감염된 사람과 접촉을 피하라는 내용이었다. 이윽고 신부가 설교를 시작했다.

"사람들 중에는." 거룩한 개혁 교회에서 나온 목사를 매섭게 바라보며 신부가 말했다. "질병을 하느님이 내리신 형벌로 생각하는 사람들이 있습니다. 하지만 그리스도께서는 이 세상에 와 계신 동안 병을 고치고 다니셨으며, 사마리아인 나병 환자를 낫게 하셨듯이 만약 이곳에 계시다면 이번 바이러스에 감염된 환자들을 고쳐주실 것을 믿어 의심치 않습니다." 이 말을 시작으로 신부는 10분에 걸쳐 어떻게 하면 인플루엔자에 감염되지 않고 스스로를 보호할 수 있는지에 관해 이야기했다. 신부는 증상을 열거하고 비말 감염의 뜻을 설명하였으며, NHS에서 지급한 마스크를 써 보이며 그 유용성을 설명했다.

"물을 많이 드시고 푹 쉬십시오." 축복을 내리듯 강단 위로 양손을 들어 올리며 신부가 말했다. "그리고 지금 말한 증상이 나타나면 바로 의사에게 전화를 거십시오."

핸드벨 연주자들은 다시 하얀 장갑을 끼고 오르간 소리에 맞춰 '영광 나라 천사들아'를 연주하기 시작했다. 이번에는 그럭저럭 알아들을 수 있었다.

개종 유니테리언 교회에서 나온 사제가 강단 위로 올라섰다. "2천 년도 더 전 오늘 밤, 하느님은 당신의 귀하신 아들을 이 땅에 보내셨습니다. 우리를 위해 그렇게 하실 수 있는 하느님의 크나큰 사랑을 상상하실 수 있겠습니까? 그날 저녁, 예수님은 하늘나라의 집을 떠나 위험과 질병으로 가득한 이 세상으로 내려오셨습니다." 사제가 말했다. "예수님은 앞으로 당신께서 어떤 악마와 어떠한 배반 행위를 만나게 될지 모르는 채로, 무지하고 연약한 아이의 모습으로 이 땅에 오셨습니다. 무슨 이유로 하느님은 당신의 하나뿐이자 귀하신 아들을 이토록 위험한 곳으로 보내셨을까요? 그 답은 바로 사랑입니다. 사랑."

"아니면 무능했을 수도 있지." 던워디가 중얼거렸다.

곱스토퍼를 살펴보던 콜린이 고개를 들고 던워디를 보았다.

'그리고 예수를 땅으로 보낸 다음, 한순간도 빼놓지 않고 노심초사했겠지.' 던워디는 생각했다. '하느님이 자기 아들을 땅으로 보내지 않으려 했을까 궁금하군.'

"하느님께서 예수님을 이 땅으로 보내신 건 우리를 사랑하셨기 때문입니다. 그리고 예수님 역시 우리를 사랑하셨기 때문에 이곳으로 기꺼이, 아니 진심으로 오고 싶어 하셨습니다."

'메리 말이 맞아. 좌푯값은 옳았어. 시간 편차는 4시간밖에 되지 않아. 키브린은 독감에 노출되지 않았어. 키브린은 랑데부 날짜를 알아낸 뒤 스켄드게이트에서 안전하게 지내면서 중세 생활을 관찰하고 있을 거야. 녹음

기 메모리는 벌써 반쯤 찼겠지. 이곳에서 벌어지는 사태를 모른 채 건강하고 활기차게 지내고 있을 거야.'

"예수님은 우리의 고통과 시련을 해결해주기 위해 이 땅에 오셨습니다." 사제가 말했다.

그때 신부가 던워디에게 다가와 신호를 보냈다. 던워디가 콜린 너머로 몸을 굽혔다. "조금 전, 래티머 교수님께서 편찮으시다는 소식을 들었습니다." 신부가 속삭였다. 신부는 던워디에게 종이쪽지를 건네주었다. "대신 축복 기도를 읽어주시겠습니까?"

"…하느님의 전령이자 사랑의 사자이셨습니다." 사제가 말을 마치고 자리에 앉았다.

던워디는 일어나 성서대로 갔다. "축복 기도를 위해 모두 일어나주십시오." 던워디는 말을 하고 종이를 펼쳤다. '오, 주여, 당신의 격노한 손을….' 종이에 적힌 내용은 이렇게 시작되었다.

던워디는 종이를 구겨버렸다. "자비로운 아버지시여." 던워디가 말을 이었다. "지금 이 자리에 없는 이들을 보살펴 주시옵고, 그들이 안전하게 집으로 돌아갈 수 있도록 하여 주시옵소서."

둠즈데이북 사본
(035850-037745)

1320년 12월 20일. 이제 몸이 거의 다 나았어요. T세포 강화나 바이러스 예방 접종, 그도 아니면 뭔가가 드디어 효과를 발휘한 모양이에요. 이젠 숨을 내쉬어도 아프지 않아요. 기침도 가라앉았어요. 강하 지점까지도 거뜬히 걸어갈 수 있을 것 같아요. 어딘지만 안다면 말이죠.

이마에 난 상처도 완전히 아물었어요. 엘로이즈는 오늘 아침에 그걸 보고는 이메인 부인을 부르러 갔지요. 자기 눈을 믿지 못하겠다는 듯 말이에요. "이건 기적이에요." 엘로이즈는 기쁜 듯이 말했지만, 이메인 부인은 의심스럽다는 듯 눈길만 보낼 뿐이었어요. 이제 제가 마녀라고 결론 내릴 차례일 거예요.

하지만 몸이 회복되어가자 저는 골칫거리가 되어버렸어요. 이메인 부인은 저를 스파이나 숟가락 도둑이라고 여기는 것과는 별도로 제가 누구인지, 즉 제 신분이 무엇인지 그리고 저를 어떻게 대접해야 할지 고민하는 모양이에요. 엘로이즈는 이런 문제에 매달릴 만큼 힘이나 시간이 많아 보이지 않고요.

엘로이즈는 이것저것 마음 쓸 일이 많아요. 기욤 경은 아직도 돌아오지 않았고, 남편의 부하는 자기한테 푹 빠져 있고 크리스마스는 다가오니까요. 엘로이즈는 마을 주민의 절반을 하인과 요리사로 고용했는데 이메인 부인은 이 정도로는 필요한 물품을 갖추기에 턱도 없이 부족하다며 옥스퍼드나 코시에서 사람을 데려와야 한다고 주장하고 있어요. 아그네스는 계속 거치적거리고 메이즈리한테서 도망치면서 문제를 더해주고 있고요.

"블로에 경에게 시녀를 보내달라고 해야 해." 헛간 다락에서 놀고 있는 아그네스를 보고 이메인 부인이 엘로이즈에게 말했어요. "그리고 설탕도 좀 보내달라고 하고. 이래서는 과자집도 설탕 절임도 만들 수 없지 않니."

엘로이즈는 너무너무 화난 표정이었어요. "남편은 분명…."

"제가 아그네스를 돌보겠어요." 통역기가 '시녀'를 제대로 번역한 것이 맞기를, 역사 비디오가 옳았기를, 그리고 아이를 돌보는 일이 귀족 출신 여성이 해도 어색하지 않기를 빌면서 제가 말했지요. 그런가 봐요. 엘로이즈의 얼굴이 갑자기 확 밝아졌고 이메인 부인도 평상시보다 더 심하게 노려보지 않더라고요. 그래서 제가 아그네스를 돌보게 되었죠. 덕분에 로즈먼드도 제가 돌보게 되었나 봐요. 아침에 로즈먼드가 수놓는 것을 도와달라고 찾아왔거든요.

아이들을 돌보는 일의 장점은 제가 아이의 아버지와 이 마을에 대해서 뭐든지 물어볼 수 있다는 점이에요. 마구간이나 교회를 다니며 거원이나 신부님을 찾아다녀도 되고요. 단점은 꼬마들한테서 알아낼 수 있는 것이 그다지 많지 않다는 것이지요. 요전에 제가 아그네스와 함께 홀에 들어가자 엘로이즈가 이메인 부인에게 하던 이야기를 그치더라고요. 그리고 제가 로즈먼드에게 너희 가족은 왜 여기 와서 머무느냐고 물었더니, 로즈먼드는 '아버지께서 에센코트 공기가 건강에 더 좋을 것이라고 말씀하셨어요'라고 하더군요.

누군가의 입에서 이 마을의 이름이 나오긴 이번이 처음이에요. 《둠즈데이북》이나 지도에는 에센코트라는 지명이 없었어요. 저는 에센코트가 '잊힌 마을' 가운데 하나가 아닌가 생각하고 있어요. 주민이 서른 명 정도니 다른 마을에 흡수될 수도 있고 흑사병이 돌면 몰사할 수도 있는 일이지요. 그렇지만 전 아직도 이 마을이 스켄드게이트라고 생각해요.

전 아그네스와 로즈먼드에게 스켄드게이트라는 마을 이름을 들어봤냐고 물었어요. 로즈먼드가 자기는 못 들어봤노라고 하더군요. 원래부터 이곳에 살던 아이들이 아니니까 아이들 말로 뭔가를 판단할 수는 없는 일이에요. 하지만 아그네스가 메이즈리에게 물어봤을 때 메이즈리도 들어보지 못했다고 했다네요. 몬토야 교수님은 1360년인가 그 이후가 '문'(정확하게는 '둑'이라고 할 수 있겠죠) 같은 시기라고 하셨어요. 이 시기를 기점으로 앵글로색슨 지명이 노르만식 이름으로 바뀌거나 이 땅에 새로운 노르만 소유자 이름을 딴 지명이 생겨났다고요. 기욤 디베리 경에게는 나쁜 징조죠. 그리고 아직 해결되지 않고 결과를 기다리고 있는 재판 결과에 대해서도 나쁜 징조고요. 이 마을이 완전히 다른 마을이 아니라면 말이에요. 하지만 그렇다면 그건 저에게 나쁜 징조가 되겠죠.

(사이)

엘로이즈를 향한 거윈의 점잖은 사랑은 하인들과 노닥거리면서도 변하지 않는 모양이에요. 전 아그네스에게 마구간에 있는 조랑말을 보여달라고 했어요. 혹시 그곳에 가면 거윈을 만날 수 있지 않을까 하는 생각에서요. 마구간에 가보았더니 거윈은 메이즈리와 함께 마부석에 앉아 세련되지 못한 소음을 내고 있더군요. 메이즈리는 평소보다 특별히 무서워하는 표정도 아니었고, 손으로는 귀를 잡는 대신 속을 덧댄 치마를 허리 위까지 올리고 있었어요. 그러니 강간은 아니었을 거예요. 하지만 '궁정식 사랑'도 아니었어요.

저는 급히 아그네스의 주의를 돌리고 마구간 밖으로 나가야 했어요. 그래서 풀밭 저편에 있는 종탑을 보고 싶다고 했지요. 저희는 종탑으로 들어가서 굵직한 밧줄을 보았어요.

"누가 죽으면 로슈 신부님이 종을 울려요." 아그네스가 말했어요. "만약 신부님이 종을 울리지 않으면 악마가 와서 죽은 사람의 영혼을 데려가기 때문에 그 영혼은 하늘나라로 가지 못한대요." 신부님이 이런 미신적인 말을 한 걸 알면 이메인 부인은 더욱 화를 낼 거라는 생각이 들더군요.

아그네스는 종을 울려보고 싶어 했지만 저는 그 대신 로슈 신부님을 찾으러 교회로 가자고 했어요.

로슈 신부님은 교회에 없었어요. 아그네스는 신부님이 '병자 성사는 했지만 아직 죽지 않은' 소작농과 같이 있거나 어딘가에서 기도를 하는 모양이라고 했어요. "로슈 신부님은 숲속에서 기도하곤 하세요." 제단에 있는 루드스크린[35] 너머를 들여다보며 아그네스가 말했어요.

교회는 노르만 양식으로, 중앙에 복도가 있고 기둥은 사암인데 바닥에는 판석 포장이 깔렸어요. 스테인드글라스 창은 아주 좁고 작고 어두운 색

---

35 제단과 교회의 다른 부분을 구별하기 위해 둔 칸막이

깔들이에요. 이 창을 통해서는 빛이 거의 들어오지 않아요. 무덤은 본당 중간쯤에 하나밖에 없어요.

무덤 위에는 기사의 조상(彫像)이 누워 있었어요. 갑옷에 딸린 장갑을 낀 손은 가슴에 교차해 얹혀 있고 옆에 칼을 찬 모습이었어요. 옆쪽에는 'Requiescat cum Sanctis tuis in aeternum'이라고 새겨져 있었고요. '당신의 성인들과 함께 영원히 잠드소서'라는 뜻이지요.

아그네스는 그 무덤이 '옛날에' 열병으로 죽은 자기 할아버지 것이라고 하더군요.

무덤과 그 위에 놓여 있는 조악한 조상을 제외하면 본당은 완전히 텅 비어 있었어요. 이 시대 사람들은 교회에서 미사를 드릴 때 서 있었기 때문에 의자가 없고, 본당을 기념물이나 비로 채우기 시작한 건 1500년대부터니까요.

12세기에 만든 것 같은 목제 루드 스크린에는 조각이 들어가 있고, 내진(內陣)과 제단의 움푹하고 그늘진 곳들과 본당을 구분해주고 있어요. 그위 십자가 양편으로는 최후의 심판 내용을 조악하게 그린 그림이 두 장 걸려 있고요. 하나는 독실한 신자들이 하늘나라로 들어가는 장면이고 다른 하나는 죄지은 자들이 지옥으로 떨어지는 장면이지만, 둘 다 거의 비슷해 보여요. 두 장 다 지나치게 화려한 붉은색과 푸른색을 써서 그렸으며 등장인물들도 양쪽 모두 겁먹은 모습이에요.

제단 바닥에는 흰색 아마포가 깔렸고 양쪽에는 나뭇가지 모양의 은촛대가 하나씩 놓여 있어요. 그리고 엉성하게 조각해놓은 상은, 제 생각이지만, 성모 마리아가 아니라 알렉산드리아의 성녀 캐서린인 것 같아요. 자그마한 몸체에 커다란 머리가 달린, 르네상스 이전 시대의 조각물이에요. 그리고 귀 바로 아래까지밖에 안 내려오는 사각형 모양의 이상한 머리쓰개를 쓰고 있어요. 성녀 캐서린은 한쪽 팔을 인형 크기만 한 아이에게 두르고 있고 다른 한쪽 팔로는 바퀴를 들고 있어요. 조상 앞쪽 바닥에는 짤막한 노란 양초 하나와 기름 등잔 두 개가 놓였어요.

"캐서린 언니, 로슈 신부님은 언니가 성녀래요." 저희가 바깥으로 나왔을 때 아그네스가 말했어요.

이제 어디에서 제 이름에 혼란이 왔는지 쉽게 알 수 있었지요. 그리고 성녀 캐서린도 흑마를 탄 악마와 종에 대해 저와 같은 반응을 보였을까 궁금해졌어요.

"내 이름은 알렉산드리아의 성녀 캐서린에서 따온 거야." 제가 말했어요. "네 이름이 성녀 아그네스에서 따온 것처럼 말이야. 하지만 우리는 성인이 아니란다."

아그네스는 고개를 가로저었어요. "신부님께서는 하느님이 최후의 날에 죄지은 사람들에게 성인을 보내신다고 했어요. 그리고 언니가 기도할 때 하느님의 말을 했다고 하셨어요."

전 제가 관찰한 내용을 녹음할 때는 주의를 기울여 방 안에 아무도 없을 때만 해왔지만 제가 아팠을 때는 어떻게 했는지 기억나지 않아요. 신부님께 도와달라고 했던 것과 교수님이 와서 저 좀 데려가달라고 연신 말했던 건 기억이 나요. 그리고 만약 로슈 신부님이 제가 현대 영어로 하는 말을 들었다면 제가 방언을 하는 거라고 믿기가 쉬울 거예요. 최소한 신부님은 제가 마녀가 아닌 성녀라 믿고 있지만 제가 누워 있을 때 방 안에는 이메인 부인도 있었죠. 좀 더 조심해야겠어요.

(사이)

다시 마구간에 가봤어요(메이즈리가 부엌에 있는 걸 확인한 다음에요). 하지만 거윈은 그곳에 없었어요. 그링골렛도요. 대신에 제 상자들과 부서진 마차 잔해가 보였어요. 거윈은 모든 걸 이곳으로 가져오느라 강하 지점까지 열두 번은 왔다 갔다 했을 거예요. 제 물건들을 샅샅이 찾아보았는데 손궤는 보이지 않았어요. 거윈이 그건 가져오지 않은 거면 좋겠어요. 그리고 제가 놔두었던 길가에 아직 그대로 있길 바라요. 만약 그렇다면 아마도 손궤는 눈에 완전히 파묻혔겠죠. 하지만 오늘은 해가 떴고, 눈은 조금씩 녹기 시작했어요.

15

폐렴이 너무나 갑자기 나아버렸기 때문에 키브린은 면역 체계에서 드디어 뭔가가 활동하기 시작한 것이라고 확신했다. 가슴의 통증은 온데간데없이 사라졌고 기침도 그쳤으며 이마에 난 상처도 완전히 깨끗해졌다.

이메인 부인은 키브린의 상처가 가짜가 아니었나 의심스럽다는 듯 상처가 있던 이마를 살펴보았고, 키브린은 상처가 속임수가 아니었음이 너무 기뻤다. "당신을 치유해주신 하느님께 이번 안식일에 감사드려야 합니다." 이메인 부인은 침대 옆에 무릎을 꿇으며 불만스러운 듯이 말했다.

이메인 부인은 미사에 다녀왔으며 은제 성유물함 목걸이를 하고 있었다. 이메인 부인은 그것을 두 손에 끼고('내가 쓰는 녹음기처럼 다루네' 하고 키브린은 생각했다) 주기도문을 외운 뒤 일어났다.

"부인과 함께 미사에 참석할 수 있었으면 좋았을 텐데, 아쉽네요." 키브린이 말했다.

이메인 부인은 코웃음을 쳤다. "너무나 아파서 미사에 못 갈 거라 여겼죠." 이메인 부인은 '아파서'에 넌지시 강세를 두며 말했다. "가나 마나였을 겁니다. 한심한 미사였으니까요."

이메인 부인은 로슈 신부의 죄악에 대해서 일일이 말하기 시작했다. 자비송을 부르기 전에 복음서부터 읽은 일이며, 장백의가 밀랍으로 얼룩져 있던 일이며 고백 성사를 암송하다 일부를 잊어버린 것까지 빠짐없이 열거했다. 신부의 죄악을 열거하다 보니 기분이 좋아졌는지 이메인 부인은 키브린의 손을 두드리며 말했다. "아직 완쾌된 게 아니에요. 며칠 침대에 더 누워 있도록 해요."

키브린은 이메인 부인의 말대로 침대에서 쉬었고, 그 시간을 이용해 자신이 머무는 영주의 집과 마을과 지금까지 만났던 모든 중세 사람들에 대한 관찰 기록을 녹음기에 남겼다. 집사가 자기 부인이 만든 쓰디쓴 차 한 사발을 들고 들어왔다. 집사는 구릿빛 피부에 건장한 체구였지만, 일요일에나 입는 제일 좋은 조끼와 너무 정교하게 만들어진 은허리띠가 아무래도 불편한 표정이었다. 그리고 로즈먼드 또래의 남자아이가 엘로이즈에게 로즈먼드의 암말 앞발이 '잘못되었다'고 말하러 들어왔다. 그렇지만 신부는 다시 오지 않았다. "소작농의 고백 성사를 받으러 갔어요." 아그네스가 귀띔했다.

아그네스는 언제나처럼 훌륭한 정보원이 되어주었다. 아그네스는 키브린의 모든 물음에 대해 답을 알든 알지 못하든 기꺼이 답했다. 그리고 마을과 마을 사람들에 관한 온갖 정보도 자진해서 가르쳐주었다. 로즈먼드는 조용했고 어른처럼 보이고 싶어서 조심하는 눈치였다. "아그네스, 그런 말투는 유치하잖아. 말조심하는 법 좀 배워야 해." 로즈먼드는 계속 아그네스에게 주의시켰지만, 다행히 로즈먼드의 말은 아그네스에게 아무 영향도 미치지 못했다. 로즈먼드는 오빠들과 아버지가 '크리스마스 때는 틀림없이 우리에게 오겠다고 약속했다'고 누누이 말했다. 로즈먼드는 아버지를 그리워하며 존경하고 있었다. "제가 남자아이로 태어났으면 좋았을 텐데." 로즈먼드는 아그네스가 키브린에게 블로에 경이 선물했다는 은화를 보여주고 있을 때 그렇게 중얼거렸다. "그랬더라면 아버지와 함께 바스에 남을 수 있었을 텐데 말이에요."

아그네스와 로즈먼드로부터 들은 이야기, 조금씩 엿들은 엘로이즈와 이메인 부인의 대화 그리고 자신이 관찰한 내용으로부터 키브린은 이 마을에 관해 상당한 정보를 꿰맞출 수 있었다. 키브린이 있는 마을은 프로버빌 러티가 예측했던 스켄드게이트보다 규모가 작은 마을이었다. 여느 중세 마을보다도 작았다. 키브린은 마을에 기껏해야 40명 정도 살고 있으리라 추정했다. 그것도 기욤 경의 가족과 집사 가족을 포함해서였다. 로즈먼드에 따르면, 집사는 아이가 다섯 명이었고 거기에 '이번에 새로 세례를 받은 갓난아이'가 하나 늘었다.

마을에는 양치기 두 명과 농부 몇 명이 있었지만, 이메인 부인의 말에 따르면 "기욤의 소작지 중 가장 수익이 적은" 마을이었다. 이메인 부인은 하필이면 제일 낙후된 소작지에서 크리스마스를 보내게 되었다며 다시 불평을 늘어놓았다. 이메인 부인에 따르면, 집사의 아내는 출세주의자로 원래부터 기욤 경 밑에서 일했지만 메이즈리의 가족은 이 마을에서 채용한 이들로 전혀 쓸모가 없는 부류였다. 키브린은 시간이 날 때마다 기도하듯 두 손을 모으고 통계치나 소문 등 모든 것을 녹음했다.

사람들이 키브린을 영주의 집으로 다시 데리고 왔을 때 내리기 시작한 눈은 밤새 그치지 않고 내려 이튿날 오후에는 거의 30센티미터 정도가 쌓였다. 키브린이 몸을 추스르고 일어났던 첫날은 비가 왔는데, 키브린은 비가 눈을 녹여주길 바랐지만 쌓였던 눈은 비 때문에 오히려 꽝꽝 얼어붙었을 뿐이었다.

키브린은 상자와 마차가 없어서 강하 지점을 알아볼 수 있을지 겁이 났다. 거윈에게 강하 지점까지 데려가달라고 말해야 했지만, 그 말을 하기가 생각처럼 쉽지 않았다. 거윈은 식사 시간이나 엘로이즈에게 뭔가를 요청할 때만 홀에 들어왔고, 이메인 부인은 항상 그 옆을 지키고 서서 지켜봤기 때문에 거윈이 홀 안에 있다고 하더라도 키브린은 감히 거윈에게 다가설 수 없었다.

키브린은 두 꼬마 아가씨를 데리고 안뜰을 나서 마을을 산책하기 시작했다. 거윈과 우연히 마주치길 내심 바랐지만, 거윈은 마구간에도 없었고 헛간에도 없었다. 그링골렛도 없었다. 키브린은 혹시라도 거윈이 엘로이즈의 명령을 어기고 자기를 공격한 강도를 찾아 나선 게 아닌가 궁금했지만, 로즈먼드는 거윈이 사냥을 떠났다고 말했다. "거윈은 크리스마스 만찬 때 먹을 사슴을 잡으러 갔어요." 아그네스가 말했다.

키브린이 아이들을 어디로 데려가는지, 얼마나 오래 나갔다 올 건지에 대해 마음 쓰는 사람은 아무도 없는 듯했다. 키브린이 아이들을 데리고 마구간에 가도 좋겠냐고 물었을 때 엘로이즈는 가볍게 고개를 끄덕였을 뿐이고 심지어 이메인 부인은 아그네스에게 망토를 잘 여미고 장갑을 끼라는 말조차 하지 않았다. 키브린에게 아이 양육을 일임한 후 두 사람은 아이에 대해서는 잊은 듯한 태도였다.

사람들은 크리스마스 준비로 아주 바빴다. 엘로이즈는 마을 안에 있는 모든 여자를, 어린아이부터 노인까지 전부 고용해 빵 만드는 일과 음식 준비를 시켰다. 돼지 두 마리를 잡았고 우리 안에 있던 비둘기도 반 이상 잡아 털을 뽑았다. 안뜰은 깃털과 빵 굽는 냄새로 가득했다.

1300년대의 크리스마스는 장장 2주에 걸쳐 춤과 놀이를 즐기며 먹고 마시고 떠드는 축제였다. 하지만 키브린은 엘로이즈가 이런 상황에서 크리스마스 준비를 한다는 데 깜짝 놀랐다. 엘로이즈는 기욤 경이 약속한 대로 크리스마스에 돌아올 것이라 믿고 있는 모양이었다.

이메인 부인은 동네가 후지네, 일손이 시원찮네 끊임없이 불평을 털어놓으며 홀 청소를 감독했다. 오늘 아침에는 벌써 집사와 다른 한 명을 시켜 벽장에서 무거운 평판을 꺼내 가대 위에 세우라고 지시했고, 이제는 메이즈리와 목에 하얀 연주창 흉터가 더덕더덕 남아 있는 여인이 두꺼운 솔과 모래로 식탁을 닦는 동안 내내 옆에 서서 감시하고 있었다.

"라벤더가 없구나." 이메인 부인이 엘로이즈에게 말했다. "바닥에 깔 골풀도 충분치 않고 말이다."

"지금 있는 거로 어떻게든 해야 해요." 엘로이즈가 말했다.

"제대로 된 뭔가를 만들 설탕도, 계피도 없구나. 코시에는 충분할 거다. 그뿐이냐? 우리가 가면 반겨줄 거다."

키브린은 또다시 아그네스의 조랑말을 보러 가기 위해 아그네스에게 부츠를 신기고 마구간으로 갈 채비를 하는 중이었다. 키브린은 깜짝 놀라 고개를 들었다.

"거기까지는 한나절 정도밖에 안 걸릴 거야. 이볼드 부인의 지도 신부가 미사를 주관할 거다. 그리고…."

아그네스가 말허리를 자르는 바람에 키브린은 뒷부분을 듣지 못했다. "내 조랑말 이름은 사라센이에요."

"응." 키브린은 대화를 들으려 애쓰며 중얼거렸다. 크리스마스는 귀족들 간에 왕래가 잦은 시기였다. 이 점도 미리 고려해야 했다. 귀족들은 모든 식솔을 다 데리고 다른 귀족의 집에 짧게는 공현 축일까지, 길게는 몇 주씩 머무르고는 했다. 그리고 만약 여기 있는 사람들이 코시로 간다면 랑데부 날짜를 한참 지나서까지 머무를 것이다.

"사라센은 아버지가 붙여주신 이름이에요. 내 조랑말이 이교도의 마음을 지니고 있다면서요."[36] 아그네스가 말했다.

"우리가 이렇게 가까이 있는데 크리스마스 기간에 한 번도 찾아뵙지 않으면 블로에 경이 불쾌해할 거다." 이메인 부인이 말했다. "약혼도 실수였다고 생각할 거고."

"크리스마스를 보내러 코시로 가면 안 돼요." 로즈먼드가 말했다. 로즈먼드는 키브린과 아그네스 옆 벤치에 앉아 바느질했는데 지금은 일어서 있었다. "아버지께서 크리스마스 때는 틀림없이 돌아오겠다고 약속하셨어요. 여기 오셨는데 우리가 다른 곳으로 가버린 것을 아시면 기분 나빠 하실 거예요."

이메인 부인은 몸을 돌려 로즈먼드를 노려보았다. "네 아버진 자기 딸이 어른들 이야기하는 데 쓸데없이 끼어드는 무례한 아이로 자란 걸 알면 더 기분 나빠할 거다." 이메인 부인은 다시 엘로이즈 쪽으로 시선을 돌렸다. 엘로이즈는 얼굴에 수심이 가득했다. "내 아들은 코시로 우리를 찾아올 정

---

36 사라센은 '사막의 아들'이라는 뜻으로 중세 유럽에서 서아시아의 이슬람교도를 부르는 호칭이었다.

도의 융통성은 있으니 걱정하지 마라."

"그이는 자기가 돌아올 때까지 반드시 이곳에 머물라고 했어요." 엘로이즈가 답했다. "그리고 우리가 자신의 말을 잘 따랐다는 사실을 알면 기뻐할 거예요." 더 이상 이 문제로 왈가왈부하기 싫다는 듯, 엘로이즈는 화로 쪽으로 다가가 로즈먼드가 바느질하던 것을 집어 들었다.

'그렇지만 오래지 않아 이메인 부인은 다시 이야기를 끄집어낼 거야.' 이메인 부인을 바라보며 키브린은 생각했다. 이메인 부인은 화가 난 듯 입을 삐죽 내밀고 식탁의 한 지점을 가리켰다. 연주창 흉터가 있는 여자가 이메인 부인이 가리킨 곳을 닦기 위해 급히 움직였다.

이메인 부인은 절대로 엘로이즈의 뜻에 따르지 않을 것이다. 분명히 다시 이 일을 끄집어내어 자기네들이 왜 설탕과 골풀과 계피까지 충분한 블로에 경의 집에 가야 하는지 그 당위성을 끊임없이 설명할 것이다. 그리고 블로에 경의 집에 가면 학식을 갖춘 지도 신부가 주관하는 미사를 들을 수 있다고 할 것이다. 이메인 부인은 로슈 신부의 미사에는 절대로 참석하지 않기로 굳게 결심한 후였다. 그리고 시간이 지나며 엘로이즈의 걱정거리는 늘어만 가고 있었다. 이러다 지친 엘로이즈는 돌연 코시로 도움을 청하러 가겠다거나 심지어 바스로 돌아가겠다고 결정할 수도 있었다. 키브린은 강하 지점을 찾아야 했다.

키브린은 두 갈래로 늘어진 아그네스의 모자 끈을 잡아매준 뒤 자신도 망토에 달린 두건을 머리에 썼다.

"바스에 있을 때는 날마다 사라센을 탔어요." 아그네스가 말했다. "여기서도 말을 탈 수 있으면 좋겠는데. 내 사냥개도 같이 말이에요."

"개는 말에 타는 게 아니야." 로즈먼드가 말했다. "개들은 옆에서 따라오는 거지."

아그네스는 고집스럽게 입술을 삐죽 내밀었다. "까망이는 너무 작아서 뛸 수 없어."

"왜 이곳에서는 말을 탈 수 없는 건데?" 키브린은 아이들이 다투지 않도록 관심을 돌리려고 물었다.

"동행할 사람이 없으니까요. 바스에서는 보모와 아버지 부하 중 한 명이 꼭 저희와 같이 탔어요." 로즈먼드가 말했다.

'아버지의 부하 중 한 명이란 말이지.' 거윈이 동행하면 되겠다는 생각이 들었다. 그렇게 되면 키브린은 강하 지점이 어디냐고 묻는 것을 넘어 강하 지점을 보여달라고 할 수도 있을 것이다. 거윈은 지금 집에 있다. 키브린은 오늘 아침 안뜰에 있던 거윈을 보았고 그 때문에 마구간에 가자고 했던 것이다. 하지만 거윈과 말을 타고 나갈 수만 있다면 상황은 생각했던 것보다 훨씬 더 잘 풀릴 것이다.

이메인 부인은 엘로이즈가 앉아 있는 곳으로 다가왔다. "여기 머물러야 한다면 크리스마스 파이에 넣을 고기로 쓸 짐승들을 잡아 와야 할 거다."

엘로이즈는 바느질하던 것을 옆으로 치우고 일어섰다. "집사와 집사의 장남더러 사냥을 갔다 오라고 할게요." 엘로이즈가 조용히 말했다.

"그 사람들이 사냥을 떠나면 장식용 담쟁이덩굴이랑 감탕나무는 누가 가져오겠니?"

"그건 오늘 로슈 신부님께서 구하러 나가셨어요."

"로슈 신부면 교회를 장식할 정도만 모아 올 거야. 홀은 장식하지 않을 생각인 거냐?"

"저희가 다녀오겠습니다." 키브린이 말했다.

누가 먼저랄 것도 없이 엘로이즈와 이메인 부인이 몸을 돌려 키브린을 바라보았다. '실수야.' 키브린은 생각했다. 강하 지점으로 가는 길을 찾으러 거윈에게 물어봐야 한다는 것에만 너무 열중한 나머지 다른 것은 전부 다 잊어버렸고, 그래서 사람들이 의견을 묻지도 않았는데 자기랑은 아무 상관도 없는 문제에 '끼어들어' 말해버린 것이다. 일이 이렇게 되었으니 이메인 부인은 코시로 가서 아이들을 위해 제대로 된 보모를 구해야 한다는 자기 믿음을 굽히려 들지 않을 것이다.

"제 일도 아닌데 끼어들었다면 죄송합니다. 부인." 키브린은 고개를 숙이며 말했다. "할 일은 너무 많은데 사람이 부족한 것 같아서요. 숲에 가서 감탕나무 가지를 모아 오는 정도면 아그네스와 로즈먼드랑 같이 제가 말을 타고 갔다 올 수 있을 것 같네요."

"맞아요." 아그네스가 열렬히 맞장구쳤다. "나는 사라센을 탈 수 있어요."

엘로이즈가 말을 하려 하자 이메인 부인이 막아섰다. "상처가 아문 지 얼마 되지도 않았는데 숲이 무섭지 않단 말인가요?"

설상가상이었다. 키브린은 강도를 만나 죽을 뻔한 것으로 되어 있는데 이제 와서는 두 꼬마 아가씨를 데리고 강도를 만나 죽을 뻔한 바로 그 숲으로 가겠다고 자청하고 나섰으니 실수의 연속이었다.

"저희만 가겠다고 하는 것은 아닙니다." 사태를 악화시키는 것이 아니기를 빌면서 키브린이 말했다. "아그네스가 말하길, 예전에는 영주님의 부하와 함께 말을 타고 다녔다더군요."

"맞아요." 아그네스가 쨍쨍거렸다. "거윈 아저씨랑 같이 가면 돼요, 까망이도요."

"거윈은 여기 없어." 이메인 부인이 말했다. 주위가 순식간에 썰렁해지자 이메인 부인은 잽싸게 탁자를 북북 문지르고 있던 여자에게로 몸을 틀었다.

"거윈이 어디 간 거죠?" 엘로이즈는 조용하게 물었지만, 얼굴은 벌게져 있었다.

이메인 부인은 메이즈리의 걸레를 뺏어 탁자 위 얼룩진 부분을 문지르기 시작했다. "내가 심부름 보냈다."

"거윈을 코시로 보내셨군요." 엘로이즈가 말했다. 질문이 아니었다.

이메인 부인은 엘로이즈를 바라보았다. "코시에 이렇게 가까이 있는데 인사도 하지 않는 것은 예절 바른 행동이 아니야. 경께서는 필시 우리가 자신을 저버렸다고 말씀하실 테고, 요즘 같은 때에 블로에 경처럼 권력 있는 분의 뜻을 거슬러서 뭘 어쩌자는…."

"남편은 우리가 여기 있다는 사실을 그 누구에게도 알리지 말라고 하셨습니다." 엘로이즈가 말허리를 끊었다.

"내 아들은 블로에 경을 무시하고 그분의 호의를 거절하라고 명하지는 않았다. 그리고 지금이 바로 그런 도움이 절실히 필요할 때가 아니냐."

"거윈에게 블로에 경께 뭐라고 전하라고 시키셨죠?"

"거원에게는 안부 인사만 전해 올리라고 했다." 들고 있던 걸레를 비틀면서 이메인 부인이 말했다. "그리고 크리스마스 때 찾아와주시길 바란다고 전하라고 했지." 이메인 부인은 자신이 뭘 잘못했냐는 듯 턱을 추켜올렸다. "어차피 한 번은 만나야 하지 않겠냐. 두 가족이 곧 혼인으로 연결될 테니 말이다. 그리고 경이 크리스마스 축제용 물품이며 하인들을 데리고 올…."

　"게다가 이볼드 부인의 지도 신부가 미사를 주관하시겠군요." 엘로이즈가 차갑게 대꾸했다.

　"그분들이 여기 오는 건가요?" 로즈먼드가 다시 발딱 일어서며 물었고 그 바람에 바느질거리가 무릎에서 미끄러져 바닥에 떨어졌다.

　엘로이즈와 이메인 부인은 홀 안에 사람이 있었다는 사실을 잊었다는 듯 넋이 나간 표정으로 로즈먼드를 바라보았다. 엘로이즈가 키브린 쪽으로 시선을 돌렸다. "캐서린 아가씨." 엘로이즈가 매섭게 말했다. "홀을 장식할 풀을 모으러 간다고 하지 않으셨나요? 왜 아직도 떠나지 않으신 거죠?"

　"거원 아저씨가 없으면 갈 수 없잖아요." 아그네스가 말했다.

　"로슈 신부님이랑 같이 가렴."

　"말씀대로 따르겠습니다, 부인." 키브린은 아그네스의 손을 잡고 물러났다.

　"그분들이 여기 오시는 거예요?" 로즈먼드가 다시 한번 물었다. 로즈먼드의 뺨은 제 엄마의 얼굴만큼이나 빨개져 있었다.

　"모른단다, 애야." 엘로이즈가 말했다. "네 동생과 캐서린 아가씨와 같이 가야지."

　"난 사라센 타고 갈래." 아그네스가 말하며 키브린의 손을 뿌리치고 홀 밖으로 뛰어나갔다.

　로즈먼드는 아직 할 말이 남은 듯이 보였지만 망토를 가지러 칸막이 뒤편으로 갔다.

　"메이즈리." 엘로이즈가 말했다. "식탁은 이제 되었으니 다락에 있는 상자에서 식탁에 놓을 소금 그릇과 커다란 은접시를 꺼내 오너라."

　연주창 흉터가 있는 여인은 종종걸음으로 방 밖으로 물러났으며 늑장 잘 부리는 메이즈리조차 이번만큼은 꾸물대지 않고 사다리 위로 올라갔다.

키브린은 망토를 꽉 부여잡았다. 자기가 강도를 만났던 일을 이메인 부인이 또다시 거론할까 봐 너무나 두려웠다. 하지만 이메인 부인도, 엘로이즈도 아무 이야기를 하지 않았다. 두 여인은 그저 서 있을 따름이었다. 이메인 부인은 아직도 걸레를 비틀고 있었다. 분명 키브린과 로즈먼드가 밖으로 나가기를 기다리는 눈치였다.

"그…." 로즈먼드는 말을 꺼내다 말고 아그네스를 쫓아 뛰어나갔다.

키브린도 아이들을 쫓아 서둘러 나갔다. 거윈은 없지만 말을 타고 숲으로 가도 좋다는 허락을 받아 다행이었다. 게다가 신부도 같이 갈 것이다. 로즈먼드는 거윈이 키브린을 이 집으로 데리고 오던 길에 신부를 만났다고 했다. 아마 거윈은 로슈 신부를 공터로 데리고 갔을 것이다.

키브린은 안뜰에서 뛰다시피 하며 마구간으로 향했다. 엘로이즈가 지금 당장에라도 마음을 바꿔 키브린은 아직 몸이 온전한 상태가 아니고 숲은 너무 위험하니 나가지 말라고 소리칠 것만 같았다.

여자아이들도 키브린과 같은 생각인 모양이었다. 아그네스는 이미 조랑말 위에 올라탔고 로즈먼드도 자기 암말에 안장을 얹고 뱃대끈을 조여 매고 있었다. 아그네스는 자기 말이 조랑말이라고 했지만 전혀 아니었다. 그 말은 로즈먼드의 암말보다 아주 조금 작은 탄탄한 구렁말이었다. 등받이가 높은 안장에 앉아 있는 아그네스의 모습은 아찔할 정도로 높아 보였다. 엘로이즈에게 와서 암말의 발이 어떻다고 말했던 남자아이가 고삐를 쥐고 있었다.

"멍청히 바라보며 서 있지 마, 콥." 로즈먼드가 남자아이에게 소리쳤다. "캐서린 언니가 탈 밤색 얼룩말에 안장을 얹어."

남자아이는 순순히 쥐고 있던 고삐를 놓았다. 아그네스는 말 위에서 몸을 기울여 고삐를 잡았다.

"어머니의 암말 말고!" 로즈먼드가 소리쳤다. "짐수레용 말!"

"교회에 갈 거야, 사라센." 아그네스가 말했다. "그리고 로슈 신부님께 우리와 같이 가달라고 말씀드릴 거야. 그러면 우리 모두 말을 타고 달릴 수 있어. 사라센은 달리는 걸 좋아해요." 아그네스는 짧게 친 갈기 부분을 쓰다듬느라 너무 많이 몸을 기울였고 키브린은 자기도 모르게 아그네스에게 손을 뻗어 잡아주고 싶은 마음을 애써 억눌러야 했다.

아그네스는 분명 제대로 말을 탈 수 있었다. 로즈먼드나 키브린의 말에 안장을 얹어 주던 남자아이는 아그네스에게 눈길조차 주지 않았다. 비록 발바닥이 부드러운 부츠를 높이를 높인 등자에 끼고 안장에 앉은 아그네스는 너무나 작아 보였지만, 아그네스에게 말타기는 천천히 걷기만큼이나 쉬운 일이었다.

콥이 밤색 얼룩말에 안장을 얹어 끌고 오더니 지시를 기다리며 서 있었다. "콥!" 로즈먼드가 거칠게 소리쳤다. 남자아이는 몸을 수그리고 두 손으로 깍지를 끼어 로즈먼드가 말에 쉽게 올라탈 수 있도록 발판을 만들어주었다. 로즈먼드는 깍지 낀 손을 밟고 올라가 안장에 걸터앉았다. "거기서 넋 나간 바보처럼 서 있으면 어떻게 해. 캐서린 언니를 도와드려!"

남자아이는 황급히 키브린에게 달려와 손을 받쳐주었다. 키브린은 다른 사람의 손을 밟기가 어색해 망설였다. 로즈먼드가 왜 저렇게 성질을 부리는지 궁금했다. 로즈먼드는 거원이 블로에 경에게 갔다는 이야기를 듣고 상당히 당혹스러워하고 있었다. 로즈먼드는 자기 아버지의 재판 건에 대해서는 아무것도 모르는 것 같았지만, 사실은 로즈먼드가 키브린이나 자기 어머니 또는 할머니가 생각하는 것보다 더 많은 사실을 알 수도 있었다.

이메인 부인은 '블로에 경처럼 권력 있는 분'이라고 말했다. 또한 '블로에 경의 도움이 절실히 필요하다'고도 했다. 어쩌면 이메인 부인의 초대는 겉보기처럼 이기적인 이유로 행해진 것이 아닐 수도 있었다. 어쩌면 기욤 경이 엘로이즈가 우려했던 것보다 훨씬 큰 곤경에 처했다는 뜻일지도 몰랐다. 그리고 조용히 앉아서 바느질에 몰두했던 로즈먼드는 그 사실을 알아챈 것일 수도 있었다.

"콥!" 남자아이는 분명 키브린이 올라타기를 기다리는 것뿐인데도 로즈먼드는 새된 소리를 냈다. "네가 늑장 부려서 로슈 신부님을 만나지 못하면 어떻게 해!"

키브린은 콥에게 마음 놓으라는 듯 싱긋 웃어주며 손을 남자아이의 어깨에 놓았다. 던워디 교수가 버럭버럭 우긴 첫 번째 일 가운데 하나는 승마 강습이었고 키브린은 강습을 좋은 성적으로 끝마쳤다. 곁안장은 1390년대에 들어서야 도입되었다. 곁안장의 도입은 신의 축복과도 같은 일이었다. 중세의 안장은 앞뒤 테가 매우 높았다. 그리고 지금 보이는 안장 뒤쪽은 키브린이 강습받았던 것보다도 훨씬 높았다.

'하지만 누군가가 말에서 떨어진다면 그건 아그네스가 아니라 나겠지.' 조랑말 위에 앉아 있는 아그네스를 바라보며 키브린은 생각했다. 아그네스는 심지어 고삐를 잡는 대신 몸을 뒤틀어 뒤편 안장주머니에 있는 뭔가를 뒤적이고 있었다.

"가요!" 로즈먼드가 성마르게 말했다.

"블로에 경이요, 사라센한테 씌울 은으로 된 굴레를 가져다준다고 했어요." 여전히 안장주머니 속을 뒤적이며 아그네스가 말했다.

"아그네스! 꼼지락거리지 말고 빨리 와." 로즈먼드가 말했다.

"블로에 경이 말이에요, 부활절 때 가져다준다고 했어요."

"아그네스!" 로즈먼드가 소리쳤다. "빨리 와! 비가 올 것 같단 말이야."

"아냐, 비 안 와." 아그네스는 절대로 그럴 리 없다는 듯이 말했다. "블로에 경이…."

로즈먼드가 미친 듯 화를 내며 아그네스 쪽으로 고개를 돌렸다. "아, 그러서, 이젠 날씨도 달랠 수 있으셔? 젖도 덜 뗀 주제에 뭘 안다고 그래. 징징거리는 거 말고 할 줄 아는 게 뭐가 있어!"

"로즈먼드! 네 동생한테 그렇게 말하지 말렴." 키브린은 로즈먼드의 암말 가까이 다가서서 느슨하게 늘어져 있는 고삐를 잡았다. "왜 그러는 거니, 로즈먼드? 뭐 때문에 그렇게 속이 상한 건데?"

로즈먼드는 고삐를 사납게 당겼다. "아기 옹알이를 듣느라 꼼지락거리는 게 싫을 뿐이에요!"

키브린은 찡그리면서 고삐를 놓았다. 그리고 콥이 만들어준 손깍지 계단을 밟고 말에 올라탔다. 키브린은 로즈먼드가 이렇게 행동하는 것을 본 적이 없었다.

말을 타고 안뜰을 나가 지금은 빈 돼지우리를 지나 풀밭으로 달려 나갔다. 낮게 깔린 먹구름이 하늘을 짓누르고 있었고 바람 한 점 없는 흐린 날이었다. '비가 올 것 같다'는 데서는 로즈먼드가 옳았다. 찬 공기 속에서도 축축한 기운이 느껴졌다. 키브린은 말에 박차를 가해 길을 서둘렀다.

마을은 확실히 크리스마스 준비로 한창이었다. 오두막마다 연기가 피어올랐고 장정 두 명이 풀밭 저 멀리서 장작을 패 이미 잔뜩 쌓여 있는 장작더미 위로 던져 올렸다. 집사의 집 옆쪽에서는 양념해 새카맣게 그을린 큰 고깃덩어리가 쇠꼬챙이에 끼워져 있었다. 염소인 것 같았다. 집 앞에서는 집사의 아내가 말라깽이 암소에게서 젖을 짰다. 키브린이 강하 지점을 찾아 나서던 날 잠시 몸을 기댔던 그 암소였다. 키브린과 던워디는 소젖 짜는 법을 배워야 하는지 말아야 하는지를 놓고 설전을 벌인 적이 있었다. 키브린은 1300년대 한겨울에 우유가 나올 소가 어디 있겠냐며 던워디에게 대들었고 치즈는 염소젖으로 만들 거라고 우겼다. 그리고 또한 중세 사람들이 염소를 기르는 건 고기를 먹기 위해서가 아니라고도 했다.

"아그네스!" 로즈먼드가 격렬히 화를 냈다.

키브린은 정신을 차리고 아그네스 쪽을 보았다. 아그네스는 멈춰 서서 안장 뒤편을 살펴보느라 또다시 몸을 틀고 있었다. 아그네스는 언니 말을 듣고 순순히 움직이기 시작했지만, 로즈먼드가 다시 소리를 질러댔다. "더이상은 기다릴 수 없어, 이 멍청아!" 그러고서 로즈먼드는 말에 박차를 가해 본격적으로 빠른 걸음으로 걷기 시작했다. 덕분에 닭들은 달아나느라 정신이 없었고 삭정이를 한 아름 들고 오던 맨발의 여자아이도 줄행랑을 놓았다.

"로즈먼드!" 키브린이 소리쳤지만 로즈먼드는 이미 키브린 목소리가 닿지 않는 곳에 가 있었다. 키브린은 로즈먼드를 쫓아가느라 아그네스 옆을 떠나고 싶지 않았다.

"네 언니가 화가 난 게 감탕나무 가지를 모아 오는 것 때문이니?" 키브린이 아그네스에게 물었다. 로즈먼드가 화를 내는 이유가 감탕나무 때문이 아니라는 건 잘 알고 있지만, 키브린은 아그네스가 자진해서 뭔가 이야기해 주길 바랐다.

"언니는 늘 저렇게 성질을 부려요." 아그네스가 말했다. "언니가 저렇게 유치하게 말을 타는 걸 알면 할머니가 분명히 화내실 거예요." 아그네스는 마을 사람들의 인사에 꼬박꼬박 목례로 답하며, 다 큰 어른처럼 예의 바르게 말을 몰았다. 아그네스는 풀밭을 지나며 말이 좀 빠르게 걷게 했다.

로즈먼드를 피해 달아나던 여자아이는 멈춰 서서 입을 딱 벌리고 키브린과 아그네스를 쳐다보았다. 집사의 아내는 키브린 일행이 지나가는 모습을 보고 싱긋 웃어 보인 뒤 다시 젖을 짰지만, 장작을 패던 남자들은 모자를 벗어들고 절을 했다.

일행은 키브린이 강하 지점을 찾겠다고 집을 나섰다가 몸 상태가 나빠져서 들어가 쉬어야 했던 오두막을 지나쳤다. 거윈이 키브린의 모든 물건을 영주의 집으로 가지고 오는 동안, 키브린이 앉아 있던 그 오두막이었다.

"아그네스." 키브린이 말했다. "네가 크리스마스 장작을 주우러 나갔을 때 로슈 신부님도 같이 가셨니?"

"네. 로슈 신부님이 축성해주셔야 하는 거잖아요."

"아, 그랬구나." 키브린은 적잖이 실망했다. 어쩌면 거윈이 자신의 물건을 가지러 강하 지점에 갔을 때 신부도 같이 갔고 그래서 신부가 강하 지점을 알고 있을지 모른다고 생각했기 때문이었다. "거윈이 내 물건을 집으로 가져올 때 누구 다른 사람과 같이 갔니?"

"아니요." 키브린은 아그네스가 정말로 알고 있는 건지 아닌지 구별할 수가 없었다. "거윈 아저씨는 힘이 무지무지 세요. 아저씨는요, 칼을 뽑아서 늑대 네 마리를 물리쳤어요."

진짜 그랬을 법하지는 않았다. 하지만 거윈은 숲 한복판에서 처녀 한 명을 구해왔고, 그 역시 있을 법하지 않은 일이었다. 게다가 거윈은 엘로이즈의 사랑을 쟁취해내는 일이라고 판단하면 물불 가리지 않고 뛰어들 것이다. 자기 혼자 그 무거운 마차를 장원으로 옮겨야 하는 상황이 발생했더라도 말이다.

"로슈 신부님은 힘이 세요." 아그네스가 말했다.

"로슈 신부님은 벌써 떠나셨어요." 로즈먼드는 벌써 말에서 내려 교회 부속 묘지로 통하는 문에 말을 묶어놓고는 허리 양쪽에 두 손을 올리고 교회 부속 묘지에 서 있었다.

"교회 안은 둘러본 거니?" 키브린이 물었다.

"아니요." 로즈먼드가 무뚝뚝하게 대답했다. "얼마나 추워졌는지 보시면 알잖아요. 로슈 신부님은 눈이 내릴 것 같은데 여기서 기다릴 정도로 멍청하시진 않아요."

"교회 안을 둘러봐야겠구나." 키브린이 말에서 내려서서 아그네스에게 두 손을 뻗쳤다. "이리 오렴, 아그네스."

"싫어요." 아그네스의 대답은 언니만큼이나 고집스럽게 들렸다. "여기서 사라센이랑 같이 기다릴래요." 아그네스는 말갈기를 쓰다듬었다.

"사라센은 괜찮을 거야." 키브린은 아그네스에게 손을 뻗어 말에서 내리는 걸 도와주었다. "이리 오렴. 우선 교회 안을 둘러보자꾸나." 키브린은 아그네스의 손을 잡고 교회 부속 묘지로 통하는 문을 열고 안으로 들어갔다.

아그네스는 반항하지는 않았지만, 말이 걱정되는지 연신 뒤쪽을 힐금거렸다. "사라센은 혼자 있는 거 싫어해요."

로즈먼드는 교회 부속 묘지 가운데서 멈추더니 두 손을 허리 양옆에 대고 몸을 돌렸다. "뭘 숨긴 건데, 이 마귀할멈 같은 계집애야. 사과를 훔쳐서 안장주머니 속에다 감춘 거지?"

"아니야!" 아그네스가 깜짝 놀라 소리 질렀지만, 로즈먼드는 이미 아그네스의 조랑말로 성큼성큼 걸어가고 있었다. "거기 서! 언니 말이 아니잖아!" 아그네스가 악을 썼다. "내 거란 말이야!"

'신부님을 찾을 필요도 없겠군. 신부님이 여기 있다면 애들이 이 야단법석을 부리는데 내다보지 않았을 리가 없지.'

로즈먼드는 안장주머니의 끈을 끌렀다. "이게 뭐야!" 로즈먼드가 아그네스의 강아지 목덜미를 쥐어 올렸다.

"오, 맙소사. 아그네스." 키브린이 말했다.

"너 못됐어, 아그네스." 로즈먼드가 말했다. "이놈을 강물에 던져 버려야겠어." 로즈먼드는 강 쪽으로 발걸음을 돌렸다.

"안 돼!" 아그네스는 울며 묘지 정문으로 달려갔다. 그러자 곧바로 로즈먼드는 아그네스 팔이 닿지 않게 강아지를 높이 쳐들었다.

'더 이상은 못 봐주겠군.' 키브린은 생각했다. 키브린은 아이들에게 다가가 로즈먼드의 손에서 강아지를 받아 들었다. "아그네스, 그만 울렴! 언니가 진짜로 강아지를 해치려 한 건 아니란다."

강아지는 뺨을 핥으려 키브린의 어깨 위에서 꼼지락거렸다. "아그네스, 사냥개는 말에 타는 게 아니야. 안장주머니 속에 들어 있으면 까망이가 숨을 쉴 수 없어요."

"내가 태우고 가면 돼요." 아그네스가 말했다. 하지만 이제는 얼추 포기한 목소리였다. "까망이는 내 조랑말을 타고 싶어 했단 말이에요."

"교회까지 말을 타고 오면서 좋아했을 거야." 키브린은 엄하게 말했다. "그리고 마구간으로 돌아가면서도 재미있어할 거고. 로즈먼드, 까망이를 마구간에 가져다 놓으렴." 강아지는 키브린의 귀를 물려고 애쓰고 있었다. 키브린은 로즈먼드에게 까망이를 건네주었고 로즈먼드는 까망이의 목덜미를 잡았다. "아그네스, 까망이는 아주 아기야. 그러니 이제 엄마 옆으로 가서 잠을 자야 해."

"너야말로 아기야, 아그네스!" 로즈먼드가 너무 화난 듯 소리쳤기 때문에 키브린은 로즈먼드가 강아지를 마구간에 돌려놓지 않을 수도 있겠다고 생각했다. "사냥개를 말에 태우다니, 게다가 개를 다시 가져다 놓느라고 얼마나 많은 시간을 낭비하는지 좀 봐! 난 정말 후딱 커버려서 저따위로 덜떨어진 애는 더 이상 안 보게 되면 소원이 없겠어."

로즈먼드는 강아지의 목덜미를 움켜쥐고 말에 올라탔지만 일단 말 위에 자리를 잡자 강아지를 망토 자락으로 적당히 부드럽게 감싸 가슴 부근에 받쳐 들었다. 그리고 남은 한 손으로 고삐를 쥐고 말의 방향을 돌렸다. "로슈 신부님은 이제는 정말로 떠나셨을 거야." 로즈먼드는 화를 내며 달려갔다.

키브린은 로즈먼드의 말이 맞을까 봐 불안했다. 꼬마 아가씨들이 낸 소동은 나무 묘비 밑에 누워 있는 시체라도 벌떡 일으킬 정도로 대단했는데 교회에서는 아무도 나오지 않았다. 로슈 신부는 키브린 일행이 교회에 도착하기 전에 떠났으며 이제는 한참 멀리 떨어져 있을 게 분명했다. 그래도 키브린은 아그네스의 손을 잡고 교회 안으로 들어갔다.

"로즈먼드 언니는 못됐어요." 아그네스가 말했다.

키브린은 아그네스 말에 찬성하고 싶었지만 그럴 수 없었고, 그렇다고 로즈먼드를 두둔하고 싶지도 않았다. 결국 아무 말도 하지 않았다.

"그리고 나는 아기가 아니에요." 아그네스는 맞장구쳐 달라며 키브린을 바라보았지만, 이번에도 키브린은 아무런 할 말이 없었다. 키브린은 무거운 문을 열고 서서 교회 안을 바라보았다.

교회 안에는 아무도 없었다. 본당 안은 어두침침하다 못해 거의 암흑 자체였고 잿빛 하늘은 좁은 스테인드글라스로 한 줌의 빛도 내리지 않았다. 하지만 반쯤 열린 문으로 새어 들어오는 빛으로도 교회 안이 텅 비어 있다는 사실을 알 수 있었다.

"아마도 내진에 계실 거예요." 아그네스가 말했다. 아그네스는 키브린 옆을 비집고 지나 본당 안으로 들어가 무릎을 꿇고 가슴에 성호를 그었다. 그러고는 조바심을 내며 어깨너머로 키브린을 돌아다보았다.

내진에는 아무도 없었다. 제단에 불 켜진 양초가 없다는 것을 지금 선 자리에서도 알 수 있었지만, 아그네스는 교회 구석구석을 다 찾아볼 때까지 만족해하지 않을 것이다. 키브린은 아그네스 옆에서 무릎을 꿇고 예를 올렸고 어둠을 뚫고 루드 스크린 쪽으로 곧장 갔다. 성녀 캐서린 조상 앞에 놓인 양초도 꺼진 상태였다. 우지 타는 냄새와 연기 냄새가 매캐하게 풍겼다. 키브린은 로슈 신부가 떠나기 전에 초를 끄고 나갔는지 궁금했다. 아무리 돌로 지은 교회라 할지라도 화재는 큰 문제인데 촛불이 안전하게 탈 수 있게 해주는 봉납 유리잔은 보이지 않았다.

아그네스는 루드 스크린으로 곧장 가서 도려내기 세공을 한 나무 조각에 얼굴을 가져다 댔다. "로슈 신부님!" 아그네스가 소리쳤다. 아그네스는 즉시 몸을 돌려서 키브린에게 말했다. "로슈 신부님은 여기 안 계세요, 캐서린 언니. 아마도 집에 계시나 봐요." 아그네스는 말이 떨어지자마자 사제

전용문을 박차고 뛰어나갔다.

키브린은 아그네스가 이런 식으로 행동하지 않기를 바랐지만, 아그네스를 따라가는 것 외엔 별수가 없었다. 키브린은 아그네스를 따라 교회 부속 묘지를 지나 교회에서 가장 가까이 있는 집으로 다가갔다. 아그네스가 문밖에 서서 "로슈 신부님!"을 외쳐 대는 것을 보니, 그리고 신부의 집은 당연히 교회 옆에 있을 테니 그곳이 신부의 집인 것 같았다. 그래도 키브린은 여전히 놀랐다. 신부의 집은 키브린이 몸을 추슬렀던 오두막처럼 다 쓰러져 가고 있었으며 오두막보다 그리 크지도 않았다. 신부는 마을 주민들이 거둬들인 곡식과 생필품의 십일조로 살아가야 했지만, 좁은 뜰에는 비쩍 마른 닭 몇 마리와 앞쪽에 쌓인 한 아름 정도 되는 장작을 제외하고는 아무것도 없었다.

아그네스는 문을 쾅쾅 두드리기 시작했다. 안 그래도 무너질 것 같은 오두막인데 이젠 정말 부서질 것만 같았다. 키브린은 아그네스가 문을 넘어뜨리고 안으로 들어갈까 봐 걱정되었다. 하지만 키브린이 말리기 전에 아그네스는 갑자기 몸을 돌리더니 소리쳤다. "어쩌면 종탑에 계실 거예요."

"아니야, 아닐 거야." 키브린은 아그네스가 다시 교회 경내를 가로질러 뛰어가지 못하도록 손을 꼭 움켜잡았다. 둘은 교회 부속 묘지의 문 쪽으로 되돌아 걷기 시작했다. "로슈 신부님은 만종 때까지 종을 울리지 않으시잖아."

"울릴 수도 있잖아요." 아그네스는 종소리를 들었다는 듯 고개를 까닥까닥 움직였다.

키브린은 귀를 기울였다. 하지만 아무런 소리도 들리지 않았다. 돌연, 키브린은 남서쪽에서 울렸던 종소리가 이제 들리지 않는다는 사실을 깨달았다. 폐렴으로 고생하던 내내 끊이지 않고 들렸던 종소리였고 거윈을 찾으러 마구간으로 나갔을 때 두 번째로 들었지만, 그때 이후로는 종소리가 들렸는지 아닌지 기억해 낼 수가 없었다.

"들었죠? 캐서린 언니?" 아그네스가 말했다. 아그네스는 키브린의 손아귀에서 팔을 빼낸 다음 뛰기 시작했다. 하지만 아그네스가 뛰어가는 쪽은 종탑이 아니라 북쪽의 교회 끝자락이었다. "보여요?" 아그네스는 자신이 발견한 것을 가리키며 환성을 질러댔다. "로슈 신부님은 아직 안 가셨어요."

아그네스가 가리킨 방향에는 눈밭 위로 삐져나온 풀을 멍하니 뜯어 먹고 있는 신부의 회색 당나귀가 있었다. 당나귀에게는 밧줄 재갈이 물렸고 누런 삼베 가방 몇 개가 등에 실렸다. 비어 있는 게 확실했다. 감탕나무 가지와 담쟁이덩굴을 담기 위한 것이 분명했다.

"신부님은 종탑에 계실 거예요." 아그네스는 이렇게 말하고는 자기가 왔던 방향으로 쏜살같이 돌아갔다.

키브린은 아그네스를 따라 교회 주변을 돌아 교회 부속 묘지로 들어섰다. 아그네스가 종탑 안으로 사라졌다. 이제 더 어디를 찾아봐야 할지 알 수 없었다. 어쩌면 로슈 신부는 어느 오두막에서 아픈 사람을 돌보고 있는 것일지도 몰랐다.

교회 창문에서 뭔가가 어른거렸다. 빛이었다. 키브린과 아그네스가 당나귀를 보고 있는 사이 로슈 신부가 돌아온 모양이었다. 키브린은 사제 전용문을 열고 안을 바라보았다. 캐서린 성상 앞에 누군가가 초를 켜놓았다. 성상의 발에 어린 희미한 광채를 볼 수 있었다.

"로슈 신부님?" 키브린이 부드럽게 신부를 불렀다. 아무 대답이 없었다. 키브린은 문을 닫으며 안으로 들어서서 성상 쪽으로 다가갔다.

초는 성상의 벽돌 같은 두 발 사이에 놓여 있었다. 성녀 캐서린의 조악한 얼굴과 머릿결에는 그림자가 드리워졌다. 캐서린 상은 어린 여자아이의 모습이어야 했지만, 그림자 사이로 어렴풋이 조심조심 나타난 상은 자그마한 어른 모양을 하고 있었다. 키브린은 무릎을 꿇고 초를 집어 들었다. 초는 지금 막 켠 표시가 났다. 불을 붙인 지 얼마 되지 않아 심지 부근의 우지가 채 녹지도 않은 상태였다.

키브린은 본당을 내려다보았다. 초를 들고도 아무것도 보이지 않았다. 초는 겨우 바닥과 캐서린 성상이 쓰고 있는 상자 같은 머리쓰개를 비추었을 뿐이고 본당 나머지 부분은 어둠 그 자체였다.

키브린은 초를 들고 본당 안으로 몇 걸음 내려갔다. "로슈 신부님?"

교회 안은 쥐 죽은 듯 조용했다. 키브린이 이곳으로 오던 날의 숲속처럼 고요했다. 이상할 정도로 조용했다. 누군가가 이 안에, 무덤 옆에 서 있거나 기둥 뒤에 숨어 기다리기라도 하는 것처럼 본당 안은 너무나 조용했다.

"로슈 신부님?" 키브린은 또랑또랑하게 로슈 신부를 불렀다. "거기 계시는 거예요?"

침묵만이 대답했다. "숲속에는 아무도 없었어." 키브린은 혼잣말하고 어둠 속으로 몇 걸음 더 내려갔다. 무덤 옆에는 아무도 없었다. 이메인 부인의 남편만이 가슴에 두 손을 얹고 바로 옆에 칼을 내려놓은 채 조용히, 그리고 평화롭게 잠들어 있을 뿐이었다. 문 옆에도 아무도 없었다. 어두침침한 촛불이었지만, 이제 확실히 알 수 있었다. 그곳에는 아무도 없었다.

키브린은 숲에서 그랬던 것처럼 심장이 빠르게 고동치는 것을 느낄 수 있었다. 심장이 두근거리면서 얼마나 큰 소리를 내는지 누군가가 그곳에서 발소리를 내거나 숨소리를 낸다 해도 심장 소리에 가려 들리지 않을 것 같았다. 키브린은 빙그르르 몸을 돌렸고, 초가 키브린을 따라 궤적을 그렸다.

남자는 바로 키브린의 뒤에 있었다. 하마터면 촛불이 꺼질 뻔했다. 촛불은 그날 밤의 초롱처럼 살인마의 얼굴을 아래로부터 비추며 깜박이고 흔들렸다.

"뭘 원하는 거야!" 키브린이 소리쳤다. 하지만 숨이 막혀 거의 아무런 소리도 나오지 않았다. "네가 여길 어떻게 들어온 거야?"

살인마는 대답해주지 않았다. 살인마는 공터에서 그랬던 것처럼 그저 키브린을 응시할 뿐이었다. '살인마는 꿈속에서 본 게 아니었어.' 두려움에 떨며 키브린은 생각했다. '살인마는 공터에 있었던 게 맞아. 살인마가 노리는 게… 뭐지? 강간? 강탈? 그때 거윈이 나타나 살인마를 쫓아버린 거였어.'

키브린은 한 걸음 뒤로 물러섰다. "뭘 원하느냐고 물었어. 넌 누구지?"

키브린의 입 밖으로 튀어나오는 건 현대 영어였다. 키브린은 차가운 돌에 반사되어 텅 빈 공간에 울려 퍼지는 자기 목소리를 들을 수 있었다. '이런, 안 돼. 지금 통역기가 망가져서는 안 된단 말이야.'

"지금 여기서 뭘 하는 거야?" 키브린은 더 천천히 말하도록 자신을 독려했다. 중세 영어로 또박또박 말하는 자기 목소리가 들렸다.

살인마는 키브린의 바짝 잘려 나간 머리카락을 만지려는 듯 손을 뻗었다. 거대하고 더럽고 붉은 손이었다.

"저리 가!" 키브린이 소리쳤다. 키브린은 몇 걸음 더 물러 나와서 무덤 반대편으로 향했다. 촛불이 꺼졌다. "난 네가 누구인지도 모르고 뭘 원하는지도 몰라. 하지만 지금 당장 꺼지는 게 좋을 거야." 다시 현대 영어가 튀어나왔다. 그렇지만 그게 무슨 상관이겠어. 저 살인마는 지금 날 강간하고 죽여 버리기를 원하는데. 도대체 신부님은 어디 계신 거야? "로슈 신부님!" 키브린은 필사적으로 소리쳤다. "로슈 신부님!"

문에서 쾅 소리와 나무가 돌에 긁히는 소리가 나더니 아그네스가 문을 밀어 열었다. "여기 있었잖아." 아그네스가 행복한 듯이 외쳤다. "사방으로 찾아 돌아다녔어요."

살인마가 문을 힐끔 보았다.

"아그네스!" 키브린이 소리쳤다. "도망가!"

작은 아이는 무거운 문에 손을 댄 채로 얼어붙었다.

"여기서 어서 도망가!" 키브린이 외쳤다. 그리고 자기 입에서 아직도 현대 영어가 튀어나오는 것을 깨닫고 무서워졌다. 도대체 중세 영어로 '도망'을 어떻게 말했지?

살인마는 키브린 쪽으로 몇 걸음 더 다가왔다. 키브린은 무덤 뒤로 움츠리며 숨었다.

"도망가! 달아나, 아그네스!" 키브린이 소리치자 문은 쾅 소리를 내며 닫혔고, 키브린은 돌바닥을 가로질러 뛰어가 문을 열고 나갔다. 뛰는 도중에 초를 떨어뜨렸다.

아그네스는 교회 부속 묘지로 통하는 문 근처에 와 있었다. 그렇지만 키브린이 나오는 것을 보고는 키브린에게 되돌아오기 시작했다.

"안 돼!" 키브린이 손을 내저으며 말했다. "계속 뛰어!"

아그네스는 눈이 휘둥그레져서 물었다. "늑대가 있어요?"

아그네스에게 자초지종을 설명할 시간도, 뛰도록 달랠 시간도 없었다. 장작을 패던 남자들도 보이지 않았다. 키브린은 아그네스를 안고 말 쪽으로 뛰어가기 시작했다. "교회 안에 나쁜 사람이 있어." 키브린은 이렇게 내뱉고 아그네스를 조랑말 위에 앉혔다.

"나쁜 사람요?" 아그네스는 키브린이 쥐여 주는 고삐를 잡지 않고 물었다. "숲에서 캐서린 언니를 공격했던 사람들 중 하나에요?"

"그래." 키브린은 고삐를 풀면서 말했다. "되도록 빨리 장원 집으로 말을 몰고 가렴. 절대로 멈춰서는 안 돼."

"난 나쁜 사람은 못 봤어요." 아그네스가 말했다.

'아마 아그네스는 못 봤을 거야.' 키브린은 생각했다. 밖에서 들어와서 교회 안 어둠에 눈이 적응되지 않았을 테니 말이야.

"물건을 훔치고 언니의 머리를 때린 사람이에요?"

"그래." 키브린은 고삐를 풀기 시작했다.

"그 나쁜 사람이 무덤에 숨어 있었어요?"

"뭐라고?" 키브린이 물었다. 꽉 매인 가죽끈을 도무지 풀 수가 없었다. 키브린은 걱정스럽게 교회 문을 바라보았다.

"캐서린 언니랑 로슈 신부님이 무덤 옆에 있었잖아요. 나쁜 사람은 할아버지 무덤에 숨어 있는 거예요?"

16

'로슈 신부라고?'

키브린은 자신도 모르게 꼭 쥐고 있던 고삐를 놓았다.

"로슈 신부님이라고?"

"종탑으로 갔는데 신부님이 거기 안 계셨어요. 신부님은 교회에 계셨네요." 아그네스가 말했다. "그런데 왜 나쁜 사람이 할아버지 무덤에 숨어 있던 거예요? 캐서린 언니?"

로슈 신부. 그럴 리가 없다. 로슈 신부라면 키브린에게 병자 성사 의식을 해주었던 사람 아닌가. 그때 로슈 신부는 키브린의 관자놀이와 두 손바닥에 성유를 발라주었다.

"그 나쁜 사람이 로슈 신부님을 때릴까요?" 아그네스가 물었다.

로슈 신부일 리가 없다. 로슈 신부는 키브린의 손을 잡아준 사람이었다. 키브린에게 두려워하지 말라고 다독여준 사람이었다. 키브린은 로슈 신부의 얼굴을 떠올리려 애썼다. 키브린이 사경을 헤매고 있을 때 로슈 신부는 키브린 위로 몸을 굽히고 이름을 물어보았지만, 방 안에 연기가 너무나 자욱해 키브린은 신부의 얼굴을 보지 못했다.

하지만 로슈 신부가 병자 성사 의식을 진행하는 동안, 키브린은 살인마를 보았다. 키브린은 사람들이 왜 살인마를 방으로 들였는지 몰라 두려웠으며, 살인마로부터 도망치려 했다. 그런데 이제 와 돌이켜보니 살인마가 아니었던 모양이다. 방 안에 있던 이는 로슈 신부였다.

"그 나쁜 사람이 쫓아오고 있어요?" 아그네스는 무섭다는 듯이 교회 문을 바라보면서 물었다.

이제 모든 게 맞아떨어졌다. 숲속 공터에서 몸을 굽히고 키브린을 살펴보던 살인마, 키브린을 말에 태웠던 살인마. 고열로 헛것을 봤으리라 생각했는데 아니었다. 로슈 신부가 거윈을 도와 키브린을 영주의 집까지 데려온 것이었다.

"나쁜 사람은 안 와." 키브린이 말했다. "그런 사람 없어."

"나쁜 사람이 아직도 교회에 숨어 있어요?"

"아니, 내가 잘못 본 거야. 교회에 나쁜 사람은 없어."

아그네스는 못 믿겠다는 표정이었다. "하지만 언니는 비명을 질렀잖아요."

아그네스가 제 할머니에게 달려가 일러바칠 것이 눈에 선했다. '캐서린 언니랑 로슈 신부님이 교회 안에 같이 있었는데 언니가 갑자기 소리 질렀어요.' 이메인 부인은 필시 아그네스의 이야기를 듣고 로슈 신부가 저지른 죄악 목록에 추가할 거리가 생겼다며 기뻐할 것이다. 게다가 키브린의 의심스러운 행동 목록에 추가할 거리도 생겼다고 좋아할 게 분명했다.

"응. 그랬지." 키브린이 말했다. "교회 안이 너무 어두웠잖니. 로슈 신부님이 갑자기 다가오셔서 너무 놀랐단다."

"아무리 그래도 로슈 신부님이셨잖아요." 아그네스는 로슈 신부님 때문에 놀랄 사람이 있을 것 같지 않다는 표정을 지었다.

"너랑 로즈먼드랑 같이 숨바꼭질하며 놀고 있는데 로즈먼드가 나무 뒤에 숨어 있다가 갑자기 튀어나왔다면 안 놀라겠니. 너도 분명히 소리 지를걸." 키브린은 필사적으로 변명을 늘어놓았다.

"옛날에요, 내가 까망이를 보고 있는데 로즈먼드 언니가 다락에 숨어 있다가 뛰어내렸어요. 난 너무 놀라서 소리쳤어요. 이렇게요." 아그네스는 말을 뱉고는 새된 비명을 지르기 시작했다. 키브린은 피가 얼어붙는 것만 같았다. "그리고 또 한 번은요, 홀이 어두웠는데 거윈이 칸막이 뒤에서 확 뛰어나오면서 '왁!' 하고 소리쳤어요. 그래서 비명을 질렀고요. 그리고 또 한 번은요…."

"바로 그거야." 키브린이 말했다. "교회 안도 어두웠단다."

"로슈 신부님도 뛰어나오면서 '왁!' 하고 소리치셨어요?"

'그랬었지.' 키브린은 생각했다. 내 위로 몸을 숙여서 난 살인마라고 생각했었던 거지. "아니." 키브린이 말했다. "신부님께서는 아무 짓도 하지 않으셨어."

"그러면 되돌아가서 로슈 신부님이랑 장식용 나뭇가지 모으러 가는 거예요?"

'나 때문에 로슈 신부님이 놀라 기절하지 않으셨다면 그렇게 해야지.' 키브린은 생각했다. 우리가 여기 서서 잡담하는 동안 로슈 신부님이 떠나지 않았다면 말이야.

키브린은 아그네스를 들어 내렸다. "이리 오렴. 신부님을 찾으러 가야겠다."

로슈 신부가 가버렸다면 어떻게 해야 할지 난감했다. 아그네스를 데리고 집으로 돌아가서 이메인 부인에게 자기가 어쩌다 소리를 지르게 되었는지 설명할 수는 없었다. 게다가 키브린은 로슈 신부에게 해명하기 전에는 되돌아갈 수도 없는 일이었다. 하지만 해명이라니, 뭐라고 한단 말인가? 신부를 강도나 강간범으로 착각했다고? 아니면 고열에 시달리며 악몽을 꾸고 있을 때 나온 괴물로 착각했다고?

"다시 교회 안으로 들어가야 하는 거예요?" 아그네스는 아무래도 좀 꺼림칙하다는 듯 물었다.

"괜찮아. 로슈 신부님밖에 없을 테니까."

키브린이 아무리 안심을 시켜줘도 아그네스는 교회로 들어가고 싶어 하지 않았다. 아그네스는 키브린이 교회 문을 열자 키브린의 다리를 꽉 붙들고 키브린의 치마에 얼굴을 파묻었다.

"괜찮아." 키브린은 본당을 흘끗 보면서 아그네스를 달랬다. 로슈 신부는 이제 묘지 옆에 있지 않았다. 뒤에서 문이 닫혔고 자꾸만 달라붙는 아그네스와 함께 키브린은 그 자리에서 꼼짝하지 않았다. 어둠에 눈이 적응되길 기다렸다. "아무것도 무서워할 게 없단다."

'살인마가 아니었단 말이지.' 키브린은 혼자 중얼거렸다. '두려워할 것은 아무것도 없어. 그 남자는 내게 병자 성사 의식을 치러줬어. 내 손을 잡아줬다고.' 아무리 그래도 키브린의 심장은 두근거렸다.

"나쁜 사람이 있어요?" 아그네스는 키브린의 무릎에 얼굴을 콱 박은 채로 속삭였다.

"아니 그런 사람은 없어." 키브린이 말했다.

그때 신부의 모습이 보였다. 로슈 신부는 캐서린 성상 앞에 서 있었다. 신부는 키브린이 떨어뜨린 양초를 주운 뒤 허리를 굽히고 초를 캐서린 성상 앞에다 다시 세우고 허리를 폈다.

아까는 너무나 어두웠고 불빛이 얼굴 아래쪽에서 비치는 바람에 신부가 살인마처럼 보였을 것이라고 키브린은 생각했다. 물론 신부가 그때 본 살인마일 리는 없었지만, 분명 그 살인마였다. 그날 밤 두건을 쓰고 있어서 머리의 둥근 삭발 자리가 보이지 않았지만, 남자는 키브린에게 몸을 굽혔던 방식 그대로 성상 앞에 몸을 굽히고 있었다. 키브린의 심장이 다시 고동치기 시작했다.

"로슈 신부님이 어디 계세요?" 아그네스는 머리를 살짝 들면서 물었다. "어, 저기 계시네." 아그네스는 신부에게 뛰어갔다.

"안 돼!" 키브린이 소리치며 아그네스를 쫓았다. "가면…."

"로슈 신부님!" 아그네스가 소리쳤다. "로슈 신부님! 얼마나 찾았는지 몰라요!" 아그네스는 '나쁜 사람'에 대해서는 완전히 잊어버린 듯했다. "교회 안도 다 둘러보고요, 집도 찾아갔는데 거기 안 계셨어요."

아그네스는 전속력으로 뛰어들었다. 로슈 신부는 뒤로 돌아 몸을 굽히더니 아그네스를 번쩍 들어 올렸다.

"그러고요, 종탑까지 가봤는데 신부님이 거기 안 계셨어요." 그렇게 무서워하던 것은 전부 어디로 갔는지 아그네스의 목소리는 밝기만 했다. "로 즈먼드 언니는요, 신부님이 먼저 가버렸을 거라고 했대요."

키브린은 마지막 기둥 옆에 멈춰 서서 심장의 떨림이 멎기를 기다렸다.

"숨어 계셨어요?" 아그네스가 물었다. 아그네스는 전적인 신뢰를 보이며 로슈 신부의 목에 한 손을 감았다. "로즈먼드 언니가요, 헛간에 숨어 있다가 내 앞으로 뛰어내린 적이 있어요. 그때 얼마나 소리를 질렀는지 몰라요."

"나를 왜 찾았니, 아그네스?" 신부가 물었다. "누가 아프니?"

신부는 아그네스를 '아그누스'라고 발음했다. 괴혈병을 앓고 있던 남자아 이와 똑같은 사투리를 쓰고 있었다. 통역기는 신부가 하는 말을 번역하기 전에 약간 주춤거렸고 키브린은 신부의 말을 전혀 알아들을 수 없어 잠시 깜짝 놀랐다. 아파 누워 있었을 때는 신부가 하는 모든 말을 알아들을 수 있 었다.

'그때는 라틴어로 말한 걸 거야. 틀림없어.' 목소리가 똑같았기 때문에 키브 린은 이렇게 생각할 수밖에 없었다. 병자 성사 의식을 거행하던 목소리였고, 두려워하지 말라고 키브린을 달래주던 그 목소리였다. 그리고 키브린은 이 제 더 이상 두렵지 않았다. 목소리를 듣자 맥박도 이제 정상으로 돌아왔다.

"아니요. 아픈 사람은 아무도 없어요." 아그네스가 말했다. "신부님이랑 같이 홀을 장식할 담쟁이덩굴이랑 감탕나무 잎가지를 모아 오려고요. 캐서 린 언니랑 로즈먼드 언니랑 사라센이랑 그리고 저랑 말이에요."

'캐서린'이라는 말에 로슈 신부가 돌아서서 기둥 옆에 선 키브린을 보았 다. 신부는 아그네스를 내려놓았다.

키브린은 몸을 기대려 기둥에 손을 댔다. "죄송합니다, 신부님. 면전에 서 소리 지르고 도망가버린 일 깊이 사과드립니다. 너무 어두웠고 그래서 신부님인 줄 미처 몰라뵀어⋯."

통역기는 반 박자 쉬고 키브린이 하는 말을 '다른 사람인 줄 알고'로 번역 했다.

"캐서린 언니는 아무것도 기억 못 해요." 아그네스가 끼어들었다. "몹시 나쁜 사람이 머리를 때리고 도망가서 자기 이름 말고는 아무것도 기억하지 못해요."

"그 이야기는 들었단다." 로슈 신부는 키브린을 바라보면서 말했다. "어쩌다 이곳으로 오게 되었는지 정말로 아무것도 기억나지 않으십니까?"

로슈 신부가 이름을 물어보았을 때 사실대로 말하고 싶었던 것처럼, 키브린은 지금도 모든 사실을 털어놓고 싶었다. '전 역사학자예요.' 키브린은 말하고 싶었다. '당신들을 연구하러 이곳에 왔고 병에 걸렸어요. 게다가 강하 지점이 어디인지도 모르고요.'

"언닌 자기가 누구인지도 기억 못 해요." 아그네스가 말했다. "말하는 법도 기억 못 했어요. 그래서 내가 가르쳐줬어요."

"자신이 누구인지 기억하지 못하십니까?" 신부가 물었다.

"네."

"여기까지 온 일도 전혀요?"

적어도 이 질문만큼은 진실되게 답할 수 있었다. "네." 키브린이 말했다. "그렇지만 신부님과 거윈이 저를 영주님의 집으로 데려왔다는 사실은 기억이 납니다."

아그네스는 이런 대화에 싫증이 난 모양이었다. "지금 감탕나무 잎 따러 가면 안 되나요?"

신부는 아그네스의 말을 못 들은 척했다. 신부는 키브린을 축복해줄 듯이 손을 뻗었지만, 키브린의 관자놀이만 만져보았을 뿐이었고 키브린은 이제야 무덤 옆에서 신부가 무엇을 하려 했는지 알아차렸다. "상처는 없군요." 신부가 말했다.

"다 나았습니다." 키브린이 답했다.

"지금 가요, 지금 가요, 지금 가요." 아그네스는 로슈 신부의 팔을 끌어당기면서 떼를 썼다.

신부는 다시 한번 관자놀이를 만져볼 듯 손을 올리다가 그만두었다. "두려워하지 마십시오." 신부가 말했다. "하느님께서는 선한 목적으로 아가씨를 저희 곁에 보내셨습니다."

'아니, 하느님이 아니에요. 하느님이 날 이곳으로 보낸 게 아니에요. 중세 전공팀이 보냈어요.' 그래도 키브린은 마음이 편안해졌다.

"감사합니다."

"지금 갈래요!" 아그네스가 키브린의 팔을 잡아끌면서 말했다. "가서 당나귀를 데려오세요." 아그네스가 로슈 신부에게 말했다. "전 로즈먼드 언니를 데려올게요."

아그네스는 본당을 달리기 시작했고 아그네스를 뛰지 못하게 하려면 키브린도 같이 갈 수밖에 없었다. 아그네스와 키브린이 문에 도착하기도 전에 문이 쾅 소리를 내며 열렸고, 로즈먼드가 눈을 깜빡이며 들어왔다.

"비가 와요. 로슈 신부님은 찾으셨어요?" 로즈먼드가 다그쳤다.

"언니, 까망이를 마구간에 데려다 놓고 온 거야?"

"그래. 그나저나 네가 늑장 부려서 로슈 신부님이 가버리신 건 아냐?"

"아니야. 로슈 신부님은 여기 계시고 우리 다 같이 갈 거야. 신부님은 교회 안에 계셨고 캐서린 언니가…."

"신부님께서는 당나귀를 데리러 가셨단다." 키브린은 아그네스가 로즈먼드가 없는 사이 무슨 일이 벌어졌는지 주르르 꿰기 전에 아그네스의 말을 막았다.

"언니가 다락방에서 뛰어내렸을 땐 정말 놀랐어." 기껏 아그네스가 말을 했지만 로즈먼드는 화가 난 듯한 태도로 이미 자기 말을 향해 가고 있었다.

비는 오지 않았지만, 안개가 끼기 시작했다. 키브린은 아그네스가 부속 묘지 문을 발판으로 삼아 말에 올라타고 안장에 자리를 잡게끔 거들었다. 로슈 신부가 당나귀를 끌고 나오자 셋은 교회 옆 오솔길을 따라 나무 몇 그루가 모여 있는 곳을 뒤로하고 계속 올라가 눈이 살짝 덮여 있는 풀밭을 지나 숲으로 들어갔다.

"이 숲엔 늑대들이 살아요." 아그네스가 말했다. "거윈 아저씨가 한 마리 잡았어요."

키브린은 아그네스가 하는 말을 거의 듣지 않고 있었다. 키브린은 로슈 신부가 자기를 영주의 집으로 데려왔던 그날 밤 일을 떠올리려 애쓰며 로슈 신부가 당나귀 옆에서 걷는 모습을 보고 있었다. 로즈먼드는 거윈이 집으로 오는 길에 로슈 신부를 만났고 그 후로는 신부가 거윈을 대신해 키브린을 집으로 옮겨주었다고 했는데, 아무리 생각해봐도 그것은 사실일 리 없었다.

당시 로슈 신부는 키브린이 마차 바퀴에 기대앉아 있는 동안 몸을 굽혔다. 키브린은 일렁이는 불빛 속에서 신부의 얼굴을 볼 수 있었다. 신부는 키브린이 알아듣지 못하는 말을 지껄였고 키브린은 이렇게 말했다. '던워디 교수님에게 저 좀 데려가라고 해주세요.'

"언니는 숙녀처럼 말을 타지 않아요." 아그네스가 새침을 떨며 말했다.

로즈먼드는 당나귀를 앞질러 길이 꺾여 잘 보이지 않는 곳까지 내처 달린 뒤 그곳에서 조바심을 내며 일행을 기다렸다.

"로즈먼드!" 키브린이 불렀다. 그러자 로즈먼드가 전속력으로 되돌아오다가 하마터면 당나귀랑 부딪힐 뻔했다. 로즈먼드는 고삐를 바투 잡아 말을 세웠다.

"더 빨리 가면 안 될까요?" 로즈먼드가 주위를 뱅뱅 돌면서 빨리 가자고 보채다가 다시 앞질러 나갔다. "이러다간 집에 돌아가기 전에 비가 내릴 거예요."

일행은 숲 깊은 곳까지 들어갔다. 길은 승마 전용 도로 정도의 폭이었다. 키브린은 익숙한 풍경을 기억해내려 애쓰면서 나무를 바라보았다. 일행은 버드나무 덤불을 지났다. 하지만 덤불은 길에서 꽤 멀리 떨어졌고 그 옆으로는 얼음 사이로 물이 조금씩 흐르고 있었다.

길 맞은편 자그마한 공터에는 커다란 플라타너스 한 그루가 겨우살이를 두르고 서 있었다. 그 아래로는 마가목류 나무들이 한 줄로 늘어섰다. 고르게 열을 맞춰 선 것으로 볼 때 누군가가 일부러 심은 것 같았다. 키브린은 이 중 어느 것 하나 본 기억이 없었다.

거윈과 로슈 신부는 이 길을 따라 키브린을 데려왔다. 그래서 키브린은 뭔가 기억을 되살려내길 바랐지만, 아무것도 떠올리지 못했다. 그때 날은 너무 어두웠고 키브린은 너무 아팠다.

기억나는 것은 강하 지점뿐이었다. 그나마도 뚜렷하게 생각나는 게 아니었다. 영주의 집으로 실려 오던 길만큼 현실성이 떨어진 기억이었다. 강하 지점에는 공터와 떡갈나무와 버드나무 덤불이 있었다. 그리고 키브린이 마차 바퀴에 기대앉아 있을 때 자기를 굽어보던 로슈 신부의 얼굴도 생각났다.

로슈 신부가 키브린을 발견했을 때는 거윈과 함께 있었거나 거윈이 로슈 신부를 강하 지점으로 다시 데려왔던 게 분명했다. 당시 불빛이 비쳤기 때문에 키브린은 신부의 얼굴을 똑똑히 볼 수 있었다. 그리고 나서 갈림길에서 낙마한 것이다.

여기까지 오면서 갈림길은 없었다. 심지어 이쯤 왔으면 마을과 마을 사이를 구분 짓고 들판과 엘로이즈가 돌보았던 병든 소작농의 집으로 연결되는 작은 길이 보일 법도 한데 그마저도 없었다.

일행은 낮은 언덕을 올라갔다. 언덕마루에 먼저 다다른 로슈 신부는 키브린 일행이 잘 쫓아오고 있는지 살펴보기라도 하려는 듯 뒤를 돌아다보았다. '로슈 신부님은 강하 지점이 어딘지 알고 있어.' 키브린은 생각했다. 지금껏 키브린은 신부가 강하 지점에 대해 조금이라도 알고 있기를, 거윈이 신부에게 자초지종을 말하다가 어느 길로 왔는지 말했기를 기대했지만 거윈은 그런 말을 할 필요가 없었다. 로슈 신부는 이미 강하 지점이 어디인지 알고 있었다. 강하 지점에 있었기 때문이었다.

아그네스와 키브린도 언덕마루에 다다랐다. 언덕마루라 해도 나무밖에 보이지 않았고 언덕 밑으로 좀 더 많은 나무가 있을 뿐이었다. 위치우드 숲인 게 틀림없어 보이지만 만약 지금 보이는 게 위치우드 숲이라면 100제곱킬로미터도 넘는 곳에서 강하 지점을 찾아야 한다는 뜻이기도 했다. 키브린 혼자서는 절대로 찾지 못할 것이다. 덤불 너머 10미터도 제대로 보기 힘들었다.

언덕 아래로 내려가 숲의 심장부에 다다를수록 나무는 겹겹이 우거졌고 키브린은 나무들이 빽빽이 들어찬 모습에 깜짝 놀랐다. 이곳 숲에는 길이라고 확실하게 부를 수 있는 게 보이지 않았다. 공터라고 불릴 만한 장소도 거의 없었고, 공터 비슷한 곳이 나왔다 해도 부러진 나뭇가지와 이리저리 얽힌 잡목림과 눈으로 차 있었다.

자신이 이 숲에 관해 아무것도 모르고 있다는 키브린의 생각은 틀린 것이었다. 어찌 되었든 키브린은 이 숲이 어디인지 알고 있었다. 지금 와 있는 숲은 백설 공주가, 헨젤과 그레텔이, 그 밖의 모든 왕자가 헤매다 갇혀버린 그 숲이었다. 이 숲에는 늑대와 곰이 살고 있으며, 어쩌면 마녀의 오두막까지 있었다. 게다가 이런 모든 동화는 중세에 생겨난 게 아니던가? 그리고 이상할 게 전혀 없었다. 이곳에서는 누구라도 길을 잃을 수 있었다.

앞서 나갔던 로즈먼드가 말을 천천히 몰아 돌아오는 동안, 그리고 뒤처졌던 일행이 자신을 따라잡을 때까지 로슈 신부는 당나귀 옆에 서서 기다렸다. 키브린은 로슈 신부가 길을 잃은 것은 아닌가 걱정했다. 하지만 일행이 모이자마자 신부는 곧장 덤불을 헤치고 도로에서 잘 보이지도 않는 좁디좁은 오솔길로 들어섰다.

로즈먼드는 로슈 신부와 신부의 당나귀를 밀쳐버리기 전에는 앞질러 갈 수 없었다. 로즈먼드는 당나귀의 뒷발굽을 밟기라도 하려는 듯 바짝 쫓아갔다. 로즈먼드가 무엇 때문에 저렇게 화가 났는지 다시 한번 궁금해졌다. '블로에 경은 많은 유력 인사들을 친구로 두고 있다'던 이메인 부인의 말이 떠올랐다. 이메인 부인은 블로에 경을 맹우(盟友)라 불렀지만, 키브린은 기욤 경이 정말로 블로에 경과 그런 사이인지 궁금했다. 그리고 로즈먼드의 아버지가 로즈먼드에게 블로에 경에 관해 뭔가 좋지 못한 이야기를 한 것은 아닌지, 그래서 로즈먼드가 블로에 경이 에셴코트로 오는 일에 관해 그토록 화를 내는 것은 아닌지 궁금했다.

일행은 잠시 오솔길을 따라갔다. 강하 지점 옆에 있던 버드나무 수풀 같아 보이는 곳을 지났고 전나무가 일렬로 늘어선 곳을 헤치며 오솔길을 돌자 감탕나무가 보였다.

키브린은 브레이스노즈 칼리지 안뜰에 있던 우거진 감탕나무 덤불을 기대했지만, 그저 한 그루만 덩그러니 서 있을 뿐이었다. 감탕나무는 주변의 가문비나무들이 거추장스럽다는 듯 우뚝 솟아 반짝거리는 나뭇잎과 그 사이 촘촘히 들어박힌 붉은 열매를 뽐내고 있었다.

로슈 신부는 당나귀 등에서 자루를 내리기 시작했고 아그네스는 옆에서 거들려 했다. 로즈먼드는 벨트에서 날이 불룩한 단검을 꺼내 날카로운 잎이 달린 아래쪽 가지들을 쳐내기 시작했다.

키브린은 나무의 반대편으로 가기 위해 눈을 헤치고 나아갔다. 하얀 것이 힐끔 보이기에 자작나무들이 모여 있을 것으로 생각했지만, 막상 가보니 그건 그저 나무 두 그루 사이에 반쯤 떨어진 채 눈에 덮여 있는 가지일 뿐이었다.

아그네스가 나타났다. 등 뒤로 로슈 신부가 무시무시해 보이는 단검을 쥐고 다가왔다. 자신이 살인마라 생각했던 사람의 신분을 알게 된 후 많이 나아지긴 했지만, 키브린 눈에는 아직도 로슈 신부가 아그네스 쪽으로 슬금슬금 다가가는 살인마처럼 보였다.

신부는 아그네스에게 거친 자루 하나를 건네주었다.

"아그네스, 자루를 이렇게 벌리고 있어야 한다." 로슈 신부는 아그네스에게 시범을 보이기 위해 몸을 굽혔다. "그러면 내가 가지를 안에다 담으마." 신부는 뾰족뾰족한 나뭇잎은 개의치 않는다는 듯 가지를 쳐내기 시작했다. 키브린은 신부에게서 나뭇가지를 받아 뻣뻣한 잎이 꺾이지 않도록 조심하며 자루에 담았다.

"로슈 신부님." 키브린이 말했다. "제가 앓고 있을 때 도와주신 일에 대해서 감사드립니다. 또 저를 영주님의 집으로 데려다주신 일에도 감사드리고 또…."

"낙마했을 때도 말이지요." 단단한 나뭇가지를 꺾으며 신부가 말했다.

키브린은 '제가 강도를 만났을 때'라고 말하려 했기 때문에 신부의 말에 깜짝 놀랐다. 키브린은 낙마했던 기억을 떠올리며 그 당시 옆에 신부가 있었는지 아닌지가 궁금했다. 하지만 만일 그랬다면 강하 지점에서 아주 먼 길을 왔으므로 신부가 강하 지점을 기억할 리가 없었다. 하지만 키브린은 강하 지점에서 신부를 본 기억이 났다.

이런 문제는 고민해봤자 아무 소용이 없었다. "거윈이 저를 어디서 발견했는지 알고 계신가요?" 키브린은 이렇게 묻고 숨을 멈췄다.

"알고 있습니다." 두꺼운 가지를 톱질하면서 신부가 대답했다.

갑자기 긴장이 풀리자 온몸이 저려 왔다. 신부는 강하 지점이 어디인지 알고 있었다. "여기서 먼가요?"

"아닙니다." 신부가 대답하며 가지를 틀어 꺾었다.

"저를 그곳으로 데려가주실 수 있나요?"

"왜 거기 가려고 하는데요?" 자루를 연 채로 받치느라 두 손을 펼친 자세로 아그네스가 물었다. "아직도 나쁜 사람들이 거기 있으면 어떻게 하려고요?"

신부는 자기도 아그네스와 같은 생각을 했다는 듯 키브린을 돌아보았다.

"그곳을 보면, 제가 누구인지 그리고 어디서 왔는지 뭔가 생각날 것 같습니다." 키브린이 말했다.

신부는 키브린이 찔리지 않도록 조심하며 가지를 건네주었다. "모셔다드리겠습니다." 신부가 말했다.

"고맙습니다." 정말 고마워요. 키브린은 가지를 받아 다른 가지 옆에 밀어 넣었고, 로슈 신부는 가득 찬 주머니를 묶어 자기 어깨에 둘러멨다.

로즈먼드가 눈 속에서 자루를 질질 끌며 나타났다. "아직도 안 끝난 거예요?" 로즈먼드가 말했다.

로슈 신부는 로즈먼드의 자루도 들어 올려 당나귀의 등에 한데 묶어 올렸다. 키브린은 아그네스를 조랑말에 태우고 로즈먼드도 말에 타게 도왔다. 그리고 로슈 신부는 무릎을 꿇고 그 큰 손으로 깍지를 끼어 키브린이 밟고 말에 탈 수 있도록 도왔다.

신부는 키브린이 낙마했을 때 키브린을 들어 올려 백마 위에 태웠다. 키브린은 말에서 굴러떨어졌을 때 자신의 몸을 안전하게 잡아주던 신부의 커다란 두 손을 기억하고 있었다. 하지만 그때는 이미 강하 지점에서 멀리 온 다음이었는데, 그럼 거윈이 뭐 하러 그 먼 길을 되짚어 로슈 신부를 강하 지점으로 다시 데리고 갔겠는가? 다시 돌아간 기억은 없었지만, 모든 기억이 흐릿하고 혼란스러웠다. 의식이 혼미했을 때였기 때문에 실제보다 더 멀다고 느껴졌던 게 분명했다.

로슈 신부는 당나귀를 끌고 전나무들이 서 있는 곳을 통과해 원래 왔던 오솔길로 들어섰다. 로즈먼드는 로슈 신부가 앞장서게 하며 이메인 부인 같은 목소리로 말했다. "어디로 가시는 거예요? 그쪽에는 담쟁이덩굴이 없다고요."

"우리는 지금 캐서린 언니가 강도를 만난 곳으로 가는 거야." 아그네스가 말했다.

로즈먼드는 의심스러운 눈초리로 키브린을 보았다. "왜 가려는 건데요? 남아 있던 물건은 전부 집으로 가져왔잖아요."

"거기 가보면 뭔가 생각날지도 몰라서 그러는 거야." 아그네스가 말했다. "캐서린 언니, 만약에 언니가 누군지 기억나면 집으로 돌아가야 하나요?"

"당연하잖아." 로즈먼드가 말했다. "가족들한테 돌아가야지. 우리랑 영원히 있을 수는 없어." 이 말은 그저 아그네스를 자극하려 한 말이었다. 그리고 꽤 효과가 있었다.

"아니야! 캐서린 언니는 있을 수 있어!" 아그네스가 악을 썼다. "캐서린 언니는 계속 우리 보모야."

"캐서린 언니가 징징거리는 아기랑 같이 살고 싶어 할 것 같아?" 로즈먼드는 말에 박차를 가하며 말했다.

"난 아기가 아니야!" 앞질러 가는 로즈먼드에게 아그네스가 소리를 질렀다. "언니야말로 아기야!"

아그네스는 키브린에게 돌아와서 말했다. "캐서린 언니, 날 두고 가지 마요, 네?"

"안 갈 거야." 키브린은 말했다. "이리 오렴. 로슈 신부님이 기다리셔."

로슈 신부는 큰길로 나와 있었고, 일행이 큰길로 들어서자 다시 움직이기 시작했다. 로즈먼드는 눈이 수북이 쌓인 길을 달리며 저만치 앞서갔고, 덕분에 눈이 뿌옇게 일었다.

일행은 작은 개울을 건너 갈림길에 도착했다. 키브린 일행이 가던 길은 오른쪽으로 굽어지는 길이었고 다른 쪽 길은 100미터 정도 죽 뻗어 가다가 왼쪽으로 갑자기 꺾였다. 로즈먼드는 갈림길에 있었고 로즈먼드의 말은 주인의 조급함을 닮은 듯 계속 고갯짓과 발길질을 해댔다.

'길이 갈라지는 곳에서 백마 아래로 떨어졌어.' 키브린은 숲, 길, 시내, 또는 뭐든지 간에 기억하려 애쓰며 생각했다. 위치우드 숲을 가로지르며 수십 개나 되는 갈림길을 보았기 때문에 이 길이 자기가 낙마한 바로 그 길인지 확신할 아무런 이유도 없었지만, 말에서 떨어진 곳은 분명히 이 길이었다. 로슈 신부는 갈림길에서 오른쪽으로 방향을 틀어 몇 미터 더 나아가다가 당나귀를 끌고 숲으로 들어갔다.

신부가 길에서 벗어난 곳에는 버드나무도 없었고 언덕도 보이지 않았다. 키브린을 데려온 길을 되짚어가는 것이 틀림없었다. 키브린은 자기와 신부가 갈림길에 도착하기 전에 숲을 지나 아주 먼 길을 왔다는 것을 기억해냈다.

키브린 일행은 신부를 따라 숲으로 들어갔다. 뒤쪽에 있던 로즈먼드는 바로 말에서 내려 말들을 끌고 갔다. 키브린은 로슈 신부가 가는 길을 전혀 알아볼 수 없었다. 신부는 낮게 뻗은 가지 위에 쌓인 눈들이 머리 위로 떨어지는 것을 피하려고 몸을 움츠리며 뾰족뾰족한 가시를 뻗은 산사나무 덤불을 돌아 눈 덮인 길 위로 걸어갔다.

키브린은 훗날 혼자서도 이곳에 찾아올 수 있도록 주위 풍경을 기억해두려 애썼지만, 사방을 둘러봐도 거기가 거기 같았다. 하지만 눈이 녹지 않는 한 발자국과 말발굽 자국을 쫓아올 수 있을 것이다. 눈이 녹기 전에 이곳으로 다시 오면서 길 중간중간에 천 조각이나 칼자국 등으로 흔적을 남기면 될 것이다. 아니면 빵 부스러기를 길마다 떨어뜨려 놓을 수도 있는 일이었다. 헨젤과 그레텔이 했던 것처럼.

헨젤과 그레텔이, 백설 공주가, 동화 속 왕자들이 어쩌다 숲속에서 길을 잃게 되는지 굳이 설명해주지 않아도 알 수 있는 일이었다. 몇백 미터밖에 오지 않았는데 벌써 뒤돌아 온 길을 되짚어보라고 하면 어느 길로 왔는지 가물가물했다. 발자국이 눈 위에 찍혀 있어도 쉽지 않았다. 헨젤과 그레텔은 몇 달 내내 숲속을 방황할 수는 있었겠지만, 집으로 돌아가는 길은 찾지 못했을 것이었다. 찾았다 하더라도 그건 마녀의 오두막일 것이다.

로슈 신부의 당나귀가 멈춰 섰다.

"무슨 일인가요?" 키브린이 물었다.

로슈 신부는 당나귀를 길옆으로 끌어내 오리나무에 묶었다. "여기입니다."

강하 지점이 아니었다. 공터조차 아니었다. 떡갈나무가 힘차게 가지를 뻗어 다른 나무들이 자라는 것을 막아 생긴 공간일 뿐이었다. 떡갈나무 가지는 천막을 드리운 것 같은 느낌이 들었고 그 아래 땅에는 눈가루가 덮여 있었다.

"불 피워도 돼요?" 나뭇가지 밑으로 걸어와 모닥불의 잔해가 남아 있는 곳으로 다가가면서 아그네스가 말했다. 그곳에는 누군가가 가져다 놓은 통나무 장작이 있었다. 아그네스가 장작 위에 앉았다. "추워요." 발로 새까매진 돌들을 툭툭 건드리며 아그네스가 말했다.

그리 오랜 시간 불을 지폈던 자국이 아니었다. 나뭇가지들은 약간 타다 말았을 뿐이었다. 누군가가 불을 끄기 위해 그 위에 흙더미를 뿌린 모양이었다. 키브린은 로슈 신부가 자기 앞에 몸을 웅크렸고 불빛이 신부의 얼굴 위로 일렁이던 기억이 떠올랐다.

"이제 되었나요?" 로즈먼드가 다그쳤다. "캐서린 언니, 뭔가 기억나는 게 있어요?"

키브린은 분명 여기에 있었다. 키브린은 불을 기억했다. 키브린은 사람들이 자기를 화형에 처하기 위해 불을 지핀다고 생각했다. 하지만 사실일 수가 없다. 로슈 신부는 강하 지점에 있었다. 키브린은 바퀴 옆에 몸을 기대고 앉아 있을 때 신부가 자기 위로 몸을 굽혔던 것을 기억하고 있었다.

"거윈이 저를 발견한 장소가 이곳이 틀림없나요?"

"물론입니다." 신부가 얼굴을 찡그리며 말했다.

"나쁜 사람이 오면 난 내 단검으로 그놈을 무찌를 테야." 아그네스는 반쯤 탄 나뭇가지를 꺼내 들고 휘휘 휘두르면서 말했다. 새카맣게 탄 끝부분이 떨어져 나갔다. 아그네스는 모닥불 잔해 옆에 웅크리고 앉아 다른 나뭇가지를 끄집어내더니 통나무에 등을 기대고 맨바닥에 앉아 나뭇가지 두 개를 맞부딪쳤다. 검게 탄 부분이 떨어져 나왔다.

키브린은 아그네스를 보았다. 예전 기억이 떠올랐다. 로슈 신부와 거윈이 불을 지피는 동안 키브린은 통나무에 기대앉아 있었다. 거윈은 불빛에 비친 붉은 머리를 숙이고 키브린에게 알아들을 수 없는 말로 뭔가 이야기했다. 그러고 나서 거윈은 불을 발로 차서 흩뜨린 다음 부츠로 비벼 껐고 그 바람에 연기가 자욱해져서 키브린은 아무것도 볼 수 없었다.

"언니, 뭔가 기억났어요?" 아그네스가 들고 있던 나뭇가지들을 돌 사이로 집어 던지면서 물었다.

로슈 신부는 아직도 얼굴을 찡그리고 있었다. "어디 편찮은 곳이라도 있습니까, 캐서린 아가씨?" 로슈 신부가 물었다.

"아니, 괜찮습니다." 키브린은 입가에 웃음을 떠올리려 애쓰면서 말했다. "단지… 제가 강도를 만난 곳을 둘러보면 기억이 날 것이라고 기대했거든요."

로슈 신부는 교회에서 그랬던 것처럼 자못 엄숙하게 키브린을 바라보다가 몸을 돌려 당나귀 쪽으로 걸어갔다. "이리 오시죠." 신부가 말했다.

"기억났어요?" 아그네스가 모피 털장갑을 낀 손으로 박수를 치면서 다그쳤다. 털장갑에는 숯이 잔뜩 묻었다.

"아그네스!" 로즈먼드가 소리쳤다. "네가 해놓은 짓 좀 봐. 장갑이 온통 더러워졌잖아." 로즈먼드는 아그네스를 일으켜 세웠다. "게다가 그 차가운 눈 위에 앉아 망토도 망쳐놓았어. 이 못된 계집애야!"

키브린은 두 아이를 떼어놓았다. "로즈먼드, 아그네스의 말을 끌러놓으렴." 키브린이 말했다. "담쟁이덩굴을 모으러 가야지." 키브린은 아그네스의 흰색 모피 망토에 묻은 눈을 털어 내보았지만 별 효과가 없었다.

로슈 신부는 여전히 이상할 정도로 엄숙한 표정을 짓고 당나귀 옆에서 키브린 일행을 기다리고 있었다.

"장갑은 집에 가서 깨끗하게 하자." 키브린은 마음이 다급해져서 말했다. "이리 오렴. 로슈 신부님과 같이 가야지."

키브린은 말고삐를 바투 잡고 아이들과 로슈 신부의 뒤를 따라갔다. 방금 걸어 들어온 길을 되짚어 몇 미터 가다가 방향을 바꿨더니 바로 큰길이 나왔다. 갈림길을 볼 수 없었기 때문에 키브린은 길을 따라 멀리 온 것인지 아니면 다른 길로 들어선 것인지 알 수 없었다. 모두 비슷해 보였다. 사방이 떡갈나무와 작은 공터와 버드나무투성이였다.

무슨 일이 벌어졌던 것인지 이제 자명해졌다. 거윈이 키브린을 장원으로 데려오려고 했지만, 키브린이 너무 아팠다. 키브린이 말에서 떨어지자 거윈은 키브린을 데리고 숲으로 데려가 모닥불을 피우고 통나무에 기대어 놓고 도움을 청하러 간 것이었다.

어쩌면 거윈은 불을 지피고 아침이 올 때까지 기다리려 했는지도 모른다. 그때 마침 로슈 신부가 모닥불을 보고 도와주러 와서 둘이 힘을 합쳐 키브린을 장원으로 옮겼을 수도 있었다. 로슈 신부는 강하 지점이 어디인지 몰랐다. 로슈 신부는 거윈이 키브린을 그곳에서 발견했다고, 떡갈나무 아래에서 발견한 것이라고 막연하게 생각하고 있었다.

키브린이 마차 바퀴에 기대앉았을 때 키브린 위로 어른거렸던 것은 의식이 오락가락할 때 본 환영의 일부였다. 키브린은 아파서 누워 있을 때도 똑같은 환영을 보았다. 종소리와 화형대와 백마를 보았던 것과 같은 식으로 말이다.

"지금 신부님이 어디 가시는 건가요?" 로즈먼드가 투정을 부렸다. 키브린은 로즈먼드를 몇 대 때려주고 싶었다. "집이랑 가까운 곳에 담쟁이덩굴이 있어요. 비도 오려고 한단 말이에요."

로즈먼드 말이 옳았다. 안개는 이슬비로 변해가고 있었다.

"저 철딱서니 없는 아그네스가 강아지만 데려오지 않았던들 진작 일을 다 마치고 집에 갔을 텐데!" 로즈먼드는 다시 한번 전속력으로 달려 나갔고 키브린은 로즈먼드를 세우려 드는 것조차 귀찮아졌다.

"로즈먼드 언니는 막돼먹었어요." 아그네스가 말했다.

"그래. 지금은 좀 그런 것 같구나. 아그네스, 혹시 언니가 왜 저렇게 화가 났는지 알고 있니?"

"블로에 경 때문이에요." 아그네스가 말했다. "언니는 블로에 경과 약혼했거든요."

"뭐라고?" 이메인 부인이 결혼에 관해 언급하긴 했어도 키브린은 블로에 경의 딸이 기욤 경의 아들과 결혼할 줄만 알았지 로즈먼드가 블로에 경과 결혼하는 것일 줄은 꿈에도 생각하지 못했다. "어떻게 블로에 경이 로즈먼드랑 결혼할 수 있지? 블로에 경은 이볼드 부인과 결혼한 것 아니었니?"

"아니요." 아그네스가 깜짝 놀란 표정으로 말했다. "이볼드 부인은 블로에 경의 동생이에요."

"하지만 로즈먼드는 결혼할 나이가 아닌걸." 하지만 말을 마치자마자 키브린은 로즈먼드가 결혼할 나이가 되었다는 사실을 깨달았다. 1300년대 여자아이들은 결혼 적령기가 되기 전에 약혼하는 경우가 흔했다. 심지어 태어날 때 이미 배우자가 정해지기도 했다. 중세의 결혼이란 땅을 합병하고 사회적 지위를 높이는 일종의 사업이었다. 그리고 로즈먼드는 지금 아그네스의 나이 때부터 이미 블로에 경 같은 사람과 결혼하게끔 교육받았을 게 분명했다. 이가 다 빠지고 죽을 날만 기다리는 늙은이와 결혼하는 중세 처녀들의 이야기가 이제야 실감이 났다.

"로즈먼드 언니가 블로에 경을 좋아하니?" 키브린이 물었다. 당연히 좋아할 리가 없었다. 로즈먼드는 블로에 경이 이곳에 온다는 소식을 듣자마자 사나워졌고 시도 때도 없이 신경질을 부리며 독기를 내뿜고 있었다.

"난 블로에 경을 좋아해요." 아그네스가 말했다. "언니랑 결혼할 때 나한테 은굴레를 주기로 했어요."

키브린은 고개를 들어 로즈먼드를 바라보았다. 로즈먼드는 큰길 아래에서 키브린과 아그네스가 빨리 내려오길 기다리고 있었다. 어쩌면 블로에 경은 늙지도, 다 죽어가지 않을 수도 있었다. 이볼드가 블로에 경의 아내라고 막연히 생각했던 것처럼 블로에 경에 대해서도 그렇게 착각한 것일 수 있었다. 블로에 경이 젊디젊을지도 모르고, 로즈먼드가 지금 성질을 부리는 건 그저 긴장해서 그러는 것일 수도 있었다. 로즈먼드는 결혼식 전에 블로에 경에 대해 마음을 돌릴지도 모르지. 이 당시 여자아이들은 보통 열네 살이나 열다섯 살이 되기 전에는 결혼하지 않았다. 특히, 생리가 시작되기 전에는 결혼하지 않았다.

"언제 결혼하는데?" 키브린이 아그네스에게 물었다.

"부활절에요." 아그네스가 대답했다.

길이 한 번 더 갈라지면서 훨씬 더 좁아졌다. 두 길은 로즈먼드가 벌써 올라가기 시작한 낮은 언덕이 나올 때까지 100미터 정도 거의 평행으로 쭉 뻗어 있었다.

열두 살인데 석 달 후에 결혼한단 말이지. 엘로이즈가 블로에 경에게 자신들이 여기 있다는 사실을 알리지 않고 싶어 한 것은 이상할 게 하나도 없었다. 어쩌면 엘로이즈는 자기 딸이 어린 나이에 시집가는 것을 탐탁지 않게 여길지도 모른다. 그리고 약혼이라는 것도 어쩌면 자기 남편을 곤경에서 끄집어내기 위한 책략일지도 모르는 일이다.

로즈먼드는 언덕 꼭대기까지 올라갔다가 로슈 신부에게 다시 전속력으로 다가왔다. "저희를 어디로 끌고 가는 거예요?" 로즈먼드는 거의 따져 묻는 식이었다. "곧 아무것도 없는 벌판이 나온다고요."

"이제 거의 다 왔단다." 로슈 신부가 온화하게 대답했다.

로즈먼드는 말을 선회해 언덕 너머 보이지 않는 곳까지 달려 올라갔다가 다시 나타나서는, 전속력으로 내달려 와 키브린과 아그네스 앞에서 갑자기 방향을 휙 틀더니 다시 앞질러 나가기 시작했다. '덫에 갇힌 쥐 같아.' 키브린은 생각했다. 탈출구를 찾아 미친 듯 헤매는 쥐.

이슬비는 이제 싸락눈이 되어 내리고 있었다. 로슈 신부는 머리에 있는 둥근 삭발 자리 위로 두건을 끌어당겨 쓰고 당나귀를 몰아 낮은 언덕 위로 올라가기 시작했다. 당나귀는 터벅터벅 천천히 언덕 위를 올라가다가 언덕마루에서 멈춰 섰다. 로슈 신부가 고삐를 당겼는데도 당나귀는 뒷걸음 쳤다.

키브린과 아그네스가 로슈 신부 옆으로 왔다. "무슨 일인가요?" 키브린이 물었다.

"이랴, 이랴, 베일램 이놈." 로슈 신부는 그 거대한 양손을 써서 고삐를 잡아당겼지만, 당나귀는 꼼짝도 하지 않았다. 당나귀는 뒷발로 땅을 파헤치며 거의 주저앉다시피 하며 신부에게 반항하고 있었다.

"당나귀가 비를 좋아하지 않나 봐요." 아그네스가 말했다.

"도와드릴까요?" 키브린이 물었다.

"아니, 괜찮습니다." 신부는 앞서가라고 손짓했다. "먼저 가십시오. 말이 안 보여야 이놈이 괜찮아질 것 같습니다."

신부는 고삐를 손에 감아쥐고 엉덩이를 밀어붙이기라도 할 듯이 당나귀 뒤쪽으로 돌아갔다. 키브린은 아그네스와 함께 언덕마루를 넘으며 혹시라도 당나귀가 갑자기 뒷발질을 해대 신부의 머리를 차지는 않을까 걱정하며 자꾸만 뒤를 돌아보았다. 키브린 일행은 언덕을 넘어 아래로 내려가기 시작했다.

뒤에 남겨진 숲은 비 때문에 잘 보이지 않았다. 비는 벌써 길에 쌓인 눈을 녹였고 언덕 기슭은 진흙 구덩이가 되었다. 언덕 양편으로 눈 쌓인 덤불이 빽빽이 들어서 있었다. 로즈먼드는 벌써 다음 고갯마루에 도착했다. 다음 고개로 가는 중간 정도까지 숲이었고 그 위로는 눈밭이 넓게 펼쳐져 있었다. '저 눈밭 아래로는 너른 들판이 있고, 도로와 옥스퍼드가 보이겠지.' 키브린은 생각했다.

"어디 가는 거예요? 캐서린 언니? 기다려요!" 아그네스가 소리쳤지만, 키브린은 벌써 언덕 아래로 달음박질쳐 조랑말에서 내려섰다. 덤불에 쌓인 눈을 털어내고 나무들이 버드나무인지 확인하려 했다. 틀림없이 버드나무였고 그 너머로 커다란 떡갈나무 정수리 부분이 보였다. 키브린은 말고삐를 붉은 버드나무 가지에 던진 뒤 덤불 속으로 들어갔다. 눈 때문에 버드나무 가지들이 한데 얼어 있었다. 키브린은 눈이 얼어붙은 버드나무 가지를 쳤고, 눈이 키브린 위로 떨어져 내렸다. 새들이 정신없이 지저귀면서 하늘로 후루룩 날아오르기 시작했다. 키브린은 눈 덮인 가지 때문에 악전고투하며 분명 그 자리에 있어야 할 숲속 공터를 찾아 앞으로 나아갔다. 공터는 그곳에 있었다.

떡갈나무가 있고, 그 아래로 길에서 떨어진 곳에는 하얀 자작나무들도 그대로 있었다. 전에는 좀 성기게 들어서 있었다는 기억이었지만 상관없었다. 이곳은 강하 지점이 틀림없었다.

그렇지만 아무리 봐도 이상했다. 강하 지점의 공터라면 이보다는 좀 작았던 기억이었다. 그리고 떡갈나무에 잎도 더 많이 달려 있어야 하고 새 둥지도 이보다 훨씬 더 많아야 했다. 산사나무 덤불이 공터 한편으로 있었다. 사악해 보이는 가시에서 까만 광택을 띤 자주색 싹들이 터져 나오고 있었다. 이 나무는 기억에 없었다. 이걸 기억 못 할 리가 없었다.

'눈 때문이야.' 키브린은 생각했다. 눈 때문에 공터가 훨씬 더 넓어 보이는 거야. 공터에 쌓인 눈은 50센티미터가량이었고 아무 자국도 없이 부드럽게 깔렸다. 눈이 내린 뒤로 아무도 온 적이 없는 듯했다.

"여기가 로슈 신부님이 담쟁이덩굴을 모으러 우리를 데려가겠다고 하신 곳인가요?" 로즈먼드가 수풀을 치우면서 말했다. 로즈먼드는 두 손을 허리 양쪽에 올리고 공터를 한 번 둘러보더니 이렇게 말했다. "담쟁이덩굴은 안 보이는군요."

전에는 떡갈나무의 밑둥치를 휘감은 담쟁이덩굴이랑 버섯이 있지 않았나? '눈 때문이야.' 키브린은 생각했다. 눈이 내려 이 땅을 말해줄 모든 표식을 감춰버렸다. 눈은 거윈이 마차와 상자를 끌고 오느라 냈을 자국마저도 지워버렸다.

'손궤.' 거윈이 집으로 가져온 물건 중에 손궤는 없었다. 키브린이 길가 잡초 사이에다 손궤를 숨겨놓았기 때문에 거윈이 보지 못하고 지나친 것이었다.

키브린은 로즈먼드를 지나쳐 버드나무 숲으로 들어갔다. 이번에는 떨어지는 눈 따위는 피할 생각조차 들지 않았다. 손궤 역시 눈 속에 파묻혀 있을 것이다. 하지만 길가에는 눈이 많이 쌓이지 않았고 손궤는 높이만 거의 40센티미터나 되니까 쉽게 찾을 수 있을 것 같았다.

"캐서린 언니!" 로즈먼드가 키브린 바로 뒤에서 소리쳤다. "도대체 뭘 하려는 거예요?"

"캐서린 언니!" 아그네스가 측은한 목소리로 따라 외쳤다. 아그네스는 길 한가운데서 조랑말에서 내리려 낑낑거렸지만 등자에 발이 끼였다. "캐서린 언니! 이리 좀 와봐요."

키브린은 아그네스를 잠시 멍하게 바라보다가 언덕을 힐끗 보았다.

로슈 신부는 아직도 당나귀랑 씨름하면서 언덕 꼭대기에 머물러 있었다. 로슈 신부가 내려오기 전에 손궤를 찾아야 했다. "아그네스, 조랑말 위에 그대로 있으렴." 키브린은 버드나무 숲 아래 눈밭을 파헤치기 시작했다.

"도대체 뭘 찾는 거예요?" 로즈먼드가 소리쳤다. "여기 담쟁이덩굴이 어디에 있어요?"

"캐서린 언니! 지금 당장 이리 좀 와줘요." 아그네스가 소리 질렀다.

눈 때문에 버드나무 가지가 휘었을 수도 있고 손궤가 생각보다 깊숙이 묻혔을 수도 있었다. 키브린은 몸을 굽히고 얼어서 뻣뻣해진 가는 가지들에 달라붙은 눈을 치웠다. 손궤는 그곳에 없었다. 눈을 약간 치우자마자 알 수 있었다. 버드나무는 자기 밑둥치의 땅과 잡초들을 보호하고 있어 눈이 몇 센티미터밖에 쌓이지 않았다. '그렇지만 여기가 그 장소라면 손궤는 이곳에 있어야 해.' 키브린은 멍하게 생각했다. 여기가 그곳이라면 말이야.

"캐서린 언니!" 아그네스가 소리쳤고 키브린은 뒤돌아보았다. 아그네스는 조랑말에서 내리는 데 성공해 키브린 쪽으로 달려오고 있었다.

"뛰지 마!" 키브린의 말이 채 끝나기도 전에 아그네스는 바퀴 자국에 걸려 넘어져버렸다.

아그네스가 숨이 넘어가는 소리를 냈고, 키브린과 로즈먼드는 아그네스가 울음을 터뜨리기도 전에 이미 아그네스 옆으로 달려가 있었다. 키브린은 아그네스를 두 팔로 안아 일으켜 등을 곧추 펴주면서 숨을 쉴 수 있게 했다.

아그네스는 숨을 헐떡이다가 한 번 길게 숨을 들이마시더니 비명을 지르기 시작했다.

"가서 로슈 신부님을 모셔오렴." 키브린이 로즈먼드에게 말했다. "신부님은 언덕마루에 계셔. 당나귀가 말을 안 들었거든."

"이미 오고 계세요." 로즈먼드가 말했다. 키브린이 고개를 돌려보니 로슈 신부는 당나귀를 버려두고 언덕 아래로 꼴사납게 달려 내려오고 있었다. 그리고 키브린은 '뛰지 마세요!'라고 소리칠 뻔했지만, 로슈 신부는 아그네스의 비명 때문에 키브린의 말을 듣지 못할 거라는 생각이 들었다.

"뚝." 키브린이 말했다. "괜찮아, 아그네스. 그냥 바람 때문에 넘어진 거야."

로슈 신부가 도착하자마자 아그네스는 그 즉시 신부의 품 안으로 뛰어들었다. 로슈 신부는 아그네스를 토닥거렸다. "뚝, 아그네스." 로슈 신부는 그 특유의 사람 마음을 안정시키는 목소리로 중얼거렸다. "뚝." 아그네스의 비명이 잦아들고 조용한 흐느낌으로 바뀌었다.

"어딜 다친 거니?" 키브린이 아그네스의 망토에 묻은 눈을 털어내면서 말했다. "손을 긁혔어?"

로슈 신부는 아그네스를 돌려 안아서 키브린이 아그네스의 하얀 털장갑을 벗길 수 있도록 했다. 아그네스의 손은 발개져 있었지만 긁힌 자국은 없었다. "어디를 다친 거니, 아그네스?"

"다친 데 없다니까요." 로즈먼드가 말했다. "쟤는 그냥 아기라서 운 것뿐이에요."

"난 아기가 아니야!" 아그네스는 로슈 신부의 품을 벗어날 정도로 발끈하며 말했다. "무릎을 부딪쳤단 말이야."

"어느 쪽 무릎인데?" 키브린이 물었다. "전에 다쳤던 곳이니?"

"네! 만지지 마요!" 아그네스는 키브린이 다리에 손을 대지 못하게 했다.

"알았어. 안 그럴게." 이제 딱지가 거의 다 앉으려 했을 텐데. 아그네스는 아마도 딱지 진 곳을 부딪친 모양이었다. 가죽으로 된 타이츠가 다 젖어 피가 밖으로 배어 나오는 게 아닌 이상, 지금 눈 쌓인 이 추운 곳에서 타이츠를 벗겨 아그네스를 떨게 만들 이유가 없었다. "하지만 집에 가면 언니한테 보여줘야 하는 거야."

"집에 지금 가도 돼요?" 아그네스가 물었다.

키브린은 덤불 너머를 하염없이 바라보았다. '이곳이 틀림없어. 버드나무, 공터 그리고 나무 없는 언덕 꼭대기까지, 이 장소가 틀림없어. 어쩌면 내가 생각하고 있는 것보다 손궤를 수풀 너머 먼 곳에 놓아두었는지도 몰

라. 그리고 눈이…'

"지금 집에 갈래요." 아그네스는 흐느껴 울기 시작했다. "나 춥단 말이에요."

"알았어, 집에 가자." 키브린이 고개를 끄덕였다. 아그네스의 털장갑이 너무 축축했기 때문에 키브린은 빌려 온 자기 장갑을 벗어서 아그네스 손에 끼워주었다. 장갑이 팔까지 올라오는 것에 아그네스가 무척이나 신이 나 했기 때문에 키브린은 아그네스가 분명 무릎에 대해서는 이제 다 잊어버렸으려니 생각했다. 하지만 로슈 신부가 조랑말 위에 아그네스를 앉히려 하자 다시 울먹이기 시작했다. "캐서린 언니랑 같이 타고 갈래요."

키브린은 또다시 고개를 끄덕이고 밤색 말에 올라탔다. 로슈 신부는 아그네스를 번쩍 들어 키브린이 탄 말 위로 올려준 뒤 아그네스의 조랑말을 끌고 언덕을 올라갔다. 당나귀는 아직도 언덕마루 길가에 서서 옅게 쌓인 눈 위로 비죽비죽 나온 풀을 뜯어 먹고 있었다.

키브린은 비 사이로 수풀을 돌아보며 공터를 다시 한번 더 확인했다. "강하 지점이 맞아." 키브린은 혼잣말했지만 확신할 수는 없었다. 여기서 보니 심지어 언덕조차 어딘가 모르게 달라 보이기도 했다.

로슈 신부가 고삐를 쥐자 당나귀는 그 즉시 몸에 빳빳이 힘을 주고 발굽을 땅에 대고 버텼지만, 로슈 신부가 당나귀의 고개를 돌린 뒤 아그네스의 조랑말과 함께 언덕 아래로 내려가자 순순히 따라왔다.

비가 눈을 녹이고 있었고 로즈먼드를 태운 암말은 길이 갈라지는 곳까지 쭉 뻗은 길을 전속력으로 달리다 살짝 미끄러졌다. 로즈먼드는 속도를 낮춰 속보로 걷게 했다.

다음번에 나온 갈림길에서 로슈 신부는 왼편 길을 택했다. 왼쪽 길을 따라 버드나무가 줄지었고 떡갈나무가 있었으며 나오는 언덕 아래마다 진흙 범벅이 된 바퀴 자국이 보였다.

"지금 집에 가는 거예요, 캐서린 언니?" 아그네스가 부들부들 떨면서 물었다.

"그래." 키브린은 자기 망토 끝자락을 끌어와 아그네스를 감쌌다. "아직도 무릎이 아프니?"

"아니요. 그런데 담쟁이덩굴은 하나도 못 모았어요." 아그네스는 똑바로 앉아 몸을 틀어 키브린을 쳐다보았다. "거기 갔을 때 언니가 누군지 생각났어요?"

"아니." 키브린이 말했다.

"잘됐네요." 몸을 다시 키브린에게 기대면서 아그네스가 말했다. "이제 언니는 영원히 우리랑 함께 있어야 해요."

17

앤드루스는 크리스마스 오후 늦게까지 던워디에게 전화를 걸지 않았다. 그리고 콜린은 아침 일찍부터 일어나 자기가 받은 얼마 안 되는 선물들을 풀어보겠다고 고집을 피웠다.

"온종일 주무실 생각이에요?" 던워디가 안경을 더듬어 찾는 사이 콜린이 보챘다. "벌써 8시가 다 되어 간단 말이에요."

사실은 6시 15분이었지만, 밖은 칠흑같이 어두웠다. 너무 어두워 아직 비가 내리는지 보이지도 않았다. 콜린은 던워디보다 훨씬 더 잠을 잔 상태였다. 연합 예배가 끝난 뒤, 던워디는 콜린을 베일리얼 칼리지로 보내고 자신은 래티머를 만나기 위해 병원으로 갔다.

"래티머 교수는 열이 있어. 하지만 아직 폐까지 감염되지는 않았고." 아렌스가 던워디에게 말했다. "래티머 교수는 5시에 여기로 왔어. 1시쯤부터 두통이 시작되고 사물이 혼동되었다고 하네. 정확히 48시간이야. 누구한테서 옮았는지 물어볼 필요도 없었어. 당신 몸은 어때?"

던워디는 혈액 검사를 받기 위해 병원에 잠시 머물러 있었고, 그사이 새로운 환자가 들어왔다. 그래서 던워디는 혹시 환자를 알아볼 수 있을지 확인하기 위해 기다렸다. 던워디가 침대로 들어간 것은 거의 새벽 1시가 다 되어서였다.

콜린은 던워디에게 크리스마스 크래커를 건네주며 잡아당기라고 고집을 부렸다. 또 노란 종이 왕관을 쓰고 수수께끼를 큰 소리로 읽으라고 떼를 썼다. 건네준 종이에는 이런 글이 쓰여 있었다. '산타의 순록이 집 안으로 가장 쉽게 들어올 수 있는 때는 언제일까? 정답: 문이 열렸을 때.'

콜린은 이미 붉은 왕관을 쓰고 있었다. 콜린은 마룻바닥에 앉아 선물을 풀었다. 알약 비누 모양 사탕은 대성공이었다. "보세요." 혀를 내밀며 콜린이 말했다. "사탕을 먹으니까 혀 색깔이 바뀌었어요." 사실이었다. 그리고 이와 입술 가장자리도 여러 색으로 물들어 있었다.

책도 맘에 들어 하는 듯했다. 하지만 홀로그램이 들어 있지 않아 약간 서운한 모양이었다. 콜린은 책장을 넘기며 그림들을 살펴보았다.

"이것 좀 보세요." 아직도 잠에서 덜 깬 던워디에게 책을 들이밀며 콜린이 말했다.

콜린이 보여준 건 기사의 무덤 그림이었다. 무덤 위에는 완전 무장을 한 일반적인 조상(彫像)이 있었다. 조상의 얼굴과 자세는 영원한 휴식을 취하는 형태였지만, 무덤 옆면에 기다란 창문처럼 들어간 조각 장식에는 기사의 시체가 관에서 버둥대는 모습, 수의가 벗겨지듯 썩은 살점이 떨어져 나가는 모습, 뼈만 남은 손을 갈고리처럼 구부리고 미친 듯 허우적대는 모습, 안와만 남은 해골이 공포에 떨고 있는 모습들이 새겨져 있었다. 다리 안팎과 차고 있는 칼 위아래로는 벌레들이 기어 다녔다. 설명에는 '옥스퍼드셔, 1350년경, 선페스트가 널리 퍼진 이후 무시무시한 장식을 한 무덤의 예'라고 적혔다.

"묵시록적이지 않아요?" 콜린이 즐거운 목소리로 말했다.

콜린은 심지어 목도리에 대해서도 예절 바르게 행동했다. "제가 맘에 들어 할 거라고 생각해서 선물한 거겠죠?" 목도리 한쪽 끝을 집어 들며 콜린이 말했다. 그리고 1분쯤 뒤에 다시 입을 열었다. "아픈 사람들을 병문안 할 때 두르면 될 거예요. 아픈 사람들은 목도리가 어떻게 생겼는지 관심이 없을 테니까요."

"병문안을 가다니?" 던워디가 물었다.

콜린은 바닥에서 일어나 더플백 있는 곳으로 가서 안을 뒤지기 시작했다. "지난밤에 신부님이 저더러 심부름해줄 수 있는지 물어보셨어요. 사람들을 확인하고 약과 물품들을 가져다주는 일이에요."

콜린은 더플백에서 종이봉투를 끄집어냈다. "이건 할아버지 선물이에요." 봉투를 던워디에게 내밀며 콜린이 말했다. "포장은 안 했어요." 말하지 않아도 알 수 있었다. "핀치 아저씨 말로는 전염병 때문에 종이를 아껴 써야 한대요."

던워디는 봉투를 열고 납작한 빨간 책을 꺼냈다.

"시스템 다이어리예요." 콜린이 말했다. "제자가 돌아오는 날까지 표시를 하며 지워나갈 수 있을 거예요." 콜린은 첫 장을 펼쳐 들었다. "보세요. 전 12월이 나와 있는지 확인하고 샀다고요."

"고맙구나." 다이어리를 펼치며 던워디가 말했다. 크리스마스, 무죄한 어린이들의 순교 축일, 신년, 구세주 공현 축일. "아주 세심하게 고려해줬구나."

"원래는 '난 크리스마스 종소리를 들었네'가 연주되는 카팩스 타워 모형을 사드리려고 했어요." 콜린이 말했다. "그런데 그건 20파운드나 하더라고요!"

전화벨이 울렸다. 콜린과 던워디는 둘 다 전화기 쪽으로 몸을 날렸다. "분명 우리 엄마일 거예요!" 콜린이 말했다.

아렌스였다. 병원에서 건 것이었다. "몸은 좀 어때?"

"비몽사몽이야."

콜린이 던워디를 보며 씩 웃었다.

"래티머 교수는 좀 어때?" 던워디가 물었다.

"괜찮아." 아렌스는 여전히 실험실 가운을 입고 있었지만, 머리는 빗질했으며 기분이 좋아 보였다. "래티머 교수는 병세가 아주 가벼운 듯해. 그리고 사우스캐롤라이나 바이러스와 연결 고리를 찾아냈어."

"래티머 교수가 사우스캐롤라이나에 있었어?"

"아니. 지난밤에 내가 질문했던 학생 가운데 한 명…. 맙소사. 벌써 이틀 전이네. 시간 가는 줄을 모르겠어. 여하튼 헤딩턴에서 열린 댄스파티에 갔던 학생이야. 처음에는 거짓말을 한 거였어. 학교 수업 빼먹고 여자친구를 만나러 가놓고 자기 친구더러 대리 출석을 하게 했거든."

"사우스캐롤라이나로 간 거였어?"

"아니, 런던. 하지만 여자친구가 미국에서 왔어. 그 친구가 텍사스에서 비행기를 탔는데 사우스캐롤라이나의 찰스턴에서 비행기를 갈아탔대. 질병통제예방센터 측이 공항에서 감염된 환자들이 누구인지 조사하고 있어. 콜린 좀 바꿔줘. 크리스마스 인사를 해야지."

던워디는 콜린에게 전화를 넘겼고, 콜린은 크리스마스 크래커에 들어 있던 수수께끼와 함께 자기가 받은 선물 목록들을 줄줄이 읊기 시작했다. "던워디 할아버지가 저에게 중세에 관한 책을 선물로 주셨어요." 콜린은 화면 위로 책을 들어 보였다. "당시에는 도둑질한 사람들 목을 잘라 런던 다리에 걸어놓았던 거 아세요?"

"이모할머니에게 목도리를 선물해줘서 고맙다고 해라. 그리고 신부님 심부름을 하기로 했다는 말은 하지 말고." 던워디가 속삭였다. 하지만 콜린은 이미 수화기를 던워디에게 들이민 상태였다. "이모할머니가 할아버지 좀 다시 바꿔달래요."

"잘 돌봐줘서 정말 고마워." 아렌스가 말했다. "난 아직 집에 못 갔어. 그리고 콜린이 집에서 혼자 지내게 하고 싶지 않아. 걔네 엄마가 보낸다던 선물은 아직 도착하지 않았겠지?"

"응." 던워디는 콜린을 바라보며 조심스레 말했다. 콜린은 책에 나온 그림들을 보고 있었다.

"전화도 없어." 진절머리 난다는 목소리로 아렌스가 말했다. "그 애에게는 모성애라고는 털끝만큼도 없어. 콜린이 열이 펄펄 끓어 병원에 드러누워도 모른 척할 애야."

"바드리는 어때?" 던워디가 물었다.

"열은 오늘 아침에 조금 내렸지만, 폐 합병증이 상당히 심해. 신타마이신을 놔줬어. 그게 사우스캐롤라이나 바이러스에 효과가 아주 좋거든." 아렌스는 크리스마스 만찬에 참석하겠다고 약속한 뒤 전화를 끊었다.

콜린은 책에서 눈을 떼고 던워디를 바라보았다. "중세 때는 사람들을 말뚝에 묶고 태워 죽인 거 아세요?"

아렌스는 오지 않았고 전화도 없었다. 앤드루스에게서도 전화는 오지 않았다. 던워디는 콜린을 홀에 보내 아침 식사를 하게 한 뒤 앤드루스에게 다시 전화하려 노력해보았지만, 컴퓨터의 목소리에 따르면 '휴일에 급증한 통화량' 때문에 모든 선이 불통이었다. 격리가 선포된 이후 다시 프로그래밍하지 않은 게 분명했다. 컴퓨터는 던워디에게 급하지 않은 통화는 내일로 미루라고 충고했다. 던워디는 두 번 더 전화를 걸어보았지만, 결과는 마찬가지였다.

핀치가 쟁반을 들고 들어왔다. "괜찮으십니까, 교수님?" 초조한 목소리로 핀치가 말했다. "어디 불편하신 데는 없으요?"

"괜찮아. 장거리 전화가 오는 걸 기다리던 중이었어."

"오, 다행입니다, 교수님. 교수님께서 아침 식사를 하러 오지 않으셨을 때 전 엄청 겁이 났습니다." 핀치는 빗물이 떨어져 있는 쟁반 덮개를 벗겼다. "크리스마스 아침 식사가 빈약해서 죄송합니다만, 달걀이 거의 다 떨어졌습니다. 크리스마스 만찬은 어떻게 해야 할지 모르겠습니다. 격리 구역 안에는 거위가 한 마리도 남아 있지 않습니다."

하지만 던워디가 보기에는 꽤 잘 차린 아침 식사였다. 쟁반에는 달걀 한 개, 훈제 청어, 잼 바른 머핀이 놓여 있었다.

"크리스마스 푸딩을 만들려 했지만, 브랜디가 거의 다 떨어졌습니다." 쟁반 아래에서 비닐봉지를 꺼내 던워디에게 건네주며 핀치가 말했다.

던워디는 봉투를 열었다. 맨 윗줄에는 NHS의 지시문이 찍혀 있었다. '인플루엔자 초기 증상. 1) 정신 착란, 2) 두통, 3) 근육통. 감염되지 않도록 주의할 것. NHS에서 지급한 마스크를 늘 착용할 것.'

"마스크라니?" 던워디가 물었다.

"NHS에서 오늘 아침에 보내왔습니다." 핀치가 말했다. "앞으로 샤워는 어떻게 해야 할지 모르겠습니다. 비누도 다 떨어져갑니다."

종이에는 비슷한 식의 지시 사항이 네 가지 더 적혔다. 그리고 윌리엄 개드슨이 바드리의 12월 20일 월요일의 신용 거래를 조사한 내용이 있었다. 바드리는 그 행적을 알 수 없었던 월요일 정오부터 2시 반까지 크리스마스 쇼핑을 했다. 페이퍼백 네 권을 블랙웰 서점에서 샀으며 데븐햄에서는 붉은색 목도리, 디지털 카리용 모형을 샀다. 쇼핑을 하며 수십, 수백 명과 스쳐 지나갔다는 뜻이었다.

콜린이 머핀 몇 개를 냅킨 한 장에 받쳐 들어왔다. 여전히 종이 왕관을 쓰고 있었지만 왕관은 비에 젖어 아까보다 초라해 보였다.

"통화하신 뒤에 홀에 와주시면 모두 안심할 겁니다, 교수님." 핀치가 말했다. "특히 개드슨 부인은 교수님께서 바이러스에 감염되었다고 확신하고 있습니다. 교수님께서 바이러스에 감염된 건 기숙사에 환기가 잘 안되기 때문이라고 말하고 있습니다."

"곧 그쪽으로 가지." 던워디가 약속했다.

핀치는 문으로 향하다가 다시 몸을 돌렸다. "개드슨 부인에 대해서인데요, 교수님. 정말 끔찍합니다. 학교를 비방하고 자기 아들 방으로 옮겨달라고 계속 졸라대고 있습니다. 사람들 기를 완전히 꺾고 있습니다."

"뒤는 제가 말할게요." 머핀을 탁자 위에 쏟아놓으며 콜린이 말했다. "잔소리 아줌만 뜨거운 빵이 제 면역 체계에 안 좋을 거라고 했어요."

"부인이 병원이나 어디 다른 곳에서 자원봉사자로 일할 만한 자리가 없을까요?" 핀치가 물었다. "학교 바깥에 있게 하고 싶습니다."

"독감에 걸린 불쌍한 사람들에게 그런 고통까지 안겨줄 순 없지. 아마 부인이 병원으로 가면 환자들이 죽어 나갈걸. 신부님에게 물어보면 어때? 심부름해줄 자원봉사자를 찾고 있더군."

"신부님요?" 콜린이 말했다. "좀 자비심을 가져보세요, 할아버지. 제가 그쪽에서 일하고 있다고요."

"그러면 거룩한 개혁 교회 쪽에서 나온 목사에게 말해봐." 던워디가 말했다. "사람들 사기를 돋우기 위해 '역병 시대에 드리는 미사' 암송하는 걸 좋아하니 말이야. 둘이 아주 잘 어울릴 거야."

"지금 당장 전화해보겠습니다." 핀치가 대답하고 방을 나갔다.

던워디는 콜린이 가져간 머핀을 제외하고 아침 식사를 마쳤다. 던워디는 기술자에게 전화가 오면 바로 즉시 자신에게 알려달라고 콜린에게 당부한 뒤 빈 쟁반을 들고 홀로 향했다. 밖에는 여전히 비가 내렸고, 검게 보이는 나무들에서는 빗방울이 떨어졌으며, 크리스마스트리 전구는 빗물 때문에 더러웠다.

핸드벨 연주자들을 제외하고는 모두 식탁 앞에 앉아 있었다. 연주자들은 흰 장갑을 끼고 한쪽에 모여 서 있었고, 그 앞 탁자에는 핸드벨이 놓였다. 핀치는 NHS에서 지급한 마스크 쓰는 법을 시범으로 보여주었다. 핀치는 마스크 양쪽에 달린 테이프를 잡아당기더니 뺨에 대고 눌렀다.

"몸 상태가 안 좋아 보이는군요, 던워디 교수님." 개드슨 부인이 말했다. "당연하죠. 이 학교 상태는 끔찍하다는 말이 모자랄 지경이니까요. 이런 곳에 더 일찍 전염병이 번지지 않았다는 사실이 놀라울 뿐이에요. 환기는 잘 안되고 직원은 무뚝뚝하기 짝이 없고요. 교수님 비서인 핀치라는 분은 정말 무례하더군요. 제 아들 방에 머물 수 있게 해달랬더니 한다는 말이, 격리 선포가 된 옥스퍼드에 있기로 결정한 사람은 바로 저 자신이라면서 배정받은 방에 그냥 있어야 한다고 그러더군요."

콜린이 미끄러지듯 들어왔다. "할아버지를 찾는 전화예요."

던워디는 개드슨 부인을 지나치려 했지만, 부인은 던워디의 앞길을 가로막았다. "핀치 씨에게 말했어요. 그 사람은 아들이 위험에 처해 있어도 유유자적하게 집에서 노닥거릴 수 있을지 몰라도 나는 아니라고 말이죠."

"죄송합니다만, 전화를 받아야 합니다." 던워디가 말했다.

"전 핀치 씨에게 제대로 된 어머니라면 자기 아이가 아플 때 아무리 멀다 할지라도 지체 없이 달려간다고 말해줬어요."

"던워디 교수님." 콜린이 말했다. "빨리 오세요!"

"물론 교수님은 제가 무슨 말을 하는지 모르실 거예요. 이 아이를 보세요!" 개드슨 부인이 콜린의 팔을 잡았다. "외투도 안 입고 빗속을 뛰어다니잖아요!"

던워디는 개드슨 부인이 자리를 옮기는 틈을 타서 부인을 지나쳤다.

"교수님은 이 아이가 인도 독감에 걸리는데도 아무런 주의도 기울이지 않고 있어요." 콜린은 몸을 비틀어 개드슨 부인에게서 빠져나왔다. "머핀이나 게걸스럽게 먹게 하고 온몸은 흠뻑 젖은 채 돌아다니게 하고 있을 뿐이죠."

던워디는 안뜰로 총알같이 달려 나갔고 콜린이 그 뒤를 따랐다.

"바이러스의 근원지가 이 학교라고 해도 전 전혀 놀라지 않을 거예요." 개드슨 부인이 뒤에서 소리쳤다. "이 학교를 보면 '태만'이라는 단어가 떠오른다고요! '태만'요!"

던워디는 방으로 들어가 전화기를 낚아챘다. 화면에는 아무것도 비치지 않았다. "앤드루스!" 던워디가 소리쳤다. "연결된 거야? 자네 모습이 보이지 않아."

"전화 교환기가 용량 초과예요." 여자 목소리였다. "그래서 화면은 전송하지 않는다는군요. 저 루페 몬토야예요. 베이싱엄 학과장이 연어인가요 아니면 송어인가요?"

"네?" 던워디는 텅 빈 화면을 보며 인상을 찡그렸다.

"아침 내내 스코틀랜드에 있는 낚시 안내원들에게 전화했어요. 연결되는 대로요. 그 사람들 말에 따르면, 베이싱엄 학과장이 어디로 갔는지는 학과장이 연어를 잡느냐 송어를 잡느냐에 따라 다르다더군요. 친구들은 모를까요? 대학 내에 베이싱엄 학과장과 같이 낚시하러 다닌 사람이 혹시 알지 않을까요?"

"모르겠군요." 던워디가 말했다. "몬토야 교수, 미안하지만 무척 중요한 일이 기다리고 있어서 이만…."

"그 밖에도 온갖 곳에 전화를 해봤어요. 호텔, 여인숙, 보트 대여소, 심지어는 베이싱엄 학과장이 자주 가는 이발소까지요. 학과장 부인이 토키에 있는 것까지는 알아냈는데, 부인 말로는 남편이 어디로 가는지 말해주지 않았다는군요. 학과장이 여자와 함께 스코틀랜드가 아닌 어디 다른 곳으로 간 건 아닌지 모르겠어요. 그러면 안 되는데."

"베이싱엄 학과장이 그럴 것 같지는⋯."

"맞아요. 알아요. 그런데 왜 베이싱엄 학과장이 어디에 있는지 아는 사람이 아무도 없을까요? 그리고 신문이며 방송에서 온통 전염병에 대해 떠들어대고 있는데 왜 그 사람은 아무런 연락을 하지 않는 걸까요?"

"몬토야 교수, 난⋯."

"아무래도 연어 안내원하고 송어 안내원 양쪽 다 전화를 해봐야겠어요. 베이싱엄 학과장을 찾으면 알려드릴게요."

마침내 몬토야는 전화를 끊었다. 던워디는 수화기를 내려놓고 전화기를 응시했다. 분명 몬토야와 통화하는 중에 앤드루스가 전화를 걸었을 것만 같았다.

"중세에는 여러 가지 전염병이 있었다고 하셨죠?" 콜린이 물었다. 콜린은 창가 의자에 앉아 책을 무릎에 펼쳐놓고 머핀을 먹고 있었다.

"그래."

"그런데 이 책에서는 찾을 수가 없어요. 무슨 항목으로 찾으면 되죠?"

"흑사병을 찾아보렴." 던워디가 말했다.

던워디는 15분간 초조히 기다리다가 다시 앤드루스에게 전화했다. 여전히 통화 중이었다.

"옥스퍼드에 흑사병이 돌았던 거 아세요?" 콜린은 머핀을 말끔히 먹어치우고 이제 알약 비누 모양 사탕을 먹기 시작했다. "크리스마스에요. 우리처럼 말이죠!"

"인플루엔자 따윈 흑사병과 비교가 안 돼." 던워디는 전화기를 울리게 할 수 있다는 것처럼 노려보고 있었다. "흑사병은 유럽 인구의 3분의 1에서 2분의 1을 죽였어."

"알아요. 그리고 인플루엔자보다 페스트가 더 흥미롭네요. 페스트는 쥐에 의해 전염되고 가래톳 또는 멍울이 거대하게⋯ 가래톳이 뭐죠?"

"허벅지 안쪽에 생기는 멍울."

"겨드랑이에 멍울이 커다랗게 생긴대요. 그리고 멍울은 검게 변하며 거대하게 부풀어 오르고 결국 페스트에 걸린 사람은 죽는다네요! 인플루엔자는 이런 증상이 없어요." 실망스럽다는 투로 콜린이 말했다.

"없지."

"그리고 인플루엔자는 한 가지 종류뿐이잖아요. 하지만 페스트에는 세 가지가 있어요. 선페스트, 이건 멍울이 생기는 거고요. 패렴성이 있어요." '폐렴성'이겠지. "그건 허파로 균이 들어가 피를 토하고, 패-혈-증? 이게 뭐죠?"

"피가 썩는 거야."

"여하튼 패혈증이 생기면서 혈관으로 균이 들어가 감염된 지 3시간 만에 온몸이 검게 변해 죽는다는군요. 정말 묵시록적이죠?"

"그렇구나." 던워디가 대답했다.

11시가 지나자마자 전화기가 울렸고, 던워디는 잽싸게 수화기를 낚아챘지만 전화 건 이는 아렌스였다. 아렌스는 크리스마스 만찬에 갈 수 없다고 말했다. "오늘 아침에 환자가 다섯 명 더 들어왔어."

"장거리 전화가 오면 받고 나서 바로 병원으로 갈게." 던워디가 약속했다. "기술자 한 명이 전화해주길 기다리고 있어. 그 친구에게 동조 작업 수치를 읽게 할 생각이야."

아렌스는 신중한 표정을 지었다. "이 문제에 대해 길크리스트 교수와 상의했어?"

"길크리스트! 그 작자는 키브린을 흑사병이 돌던 시대로 보내는 계획을 짜느라 바쁘다고!"

"하지만, 내 생각에는 길크리스트 교수에게 먼저 알려야 한다고 봐. 그 사람은 현재 학과장 대리이고 대적해봐야 아무런 득이 안 돼. 만약 뭔가 잘못되었다면, 그리고 앤드루스가 강하를 취소해야 할 필요가 있다면, 길크리스트 교수의 도움이 필요할 거야." 아렌스는 던워디에게 웃어 보였다. "그 문제에 대해서는 병원으로 와서 이야기하도록 해. 그리고 이곳에 오면 예방 접종을 받고."

"유사체를 기다리고 있는 줄 알았는데?"

"그랬지. 하지만 애틀랜타 쪽에서 추천한 치료 방법을 쓰는데 초기에 발생한 환자들 반응이 별로 좋지 않았어. 그리 마음에 들지 않네. 몇 명은 약간 차도가 있지만 바드리는 더욱 악화되었거든. 감염 위험이 큰 사람들에게 T세포 강화를 시키고 싶어."

앤드루스는 정오 때까지도 전화하지 않았다. 던워디는 콜린을 병원으로 보내 예방 접종을 하도록 했다. 콜린은 고통스러운 표정으로 돌아왔다.

"그렇게 끔찍하냐?"

"말도 마세요." 창가 의자로 몸을 던지며 콜린이 말했다. "여기 오다 개드슨 아줌마에게 잡혔어요. 팔을 문지르며 오고 있었는데 아줌마가 갑자기 나타나서 제가 어디 갔다 왔는지 그리고 왜 윌리엄 형 대신 제가 예방 접종을 받았는지 묻더군요." 콜린은 나무라듯 던워디를 바라봤다. "그리고, 아파요! 아줌마는 감염 위험이 큰 사람이 있다면 그건 바로 윌리엄 형이라면서, 그 형 대신 제가 주사를 맞은 건 조폭주의 때문이래요."

"족벌주의겠지."

"네, 족벌주의요. 목사님이 그 아줌마에게 엄청 궂은일을 맡겼으면 좋겠어요."

"이모할머니는 어떠시디?"

"못 만났어요. 모두 엄청 바빴고, 복도며 온갖 곳에 침대들이 들어찼어요."

콜린과 던워디는 크리스마스 만찬을 위해 번갈아 홀로 갔다. 콜린은 15분도 지나지 않아 돌아왔다. "핸드벨 연주자들이 연주를 시작했어요." 콜린이 말했다. "핀치 아저씨가 할아버지께 설탕이랑 버터가 다 떨어졌고 크림도 거의 다 떨어졌다고 말해달래요." 콜린은 재킷 주머니에서 젤리 타르트를 꺼냈다. "왜 방울양배추 같은 건 절대 떨어지지 않는 걸까요?"

던워디는 앤드루스로부터 전화가 오면 바로 알려주고 다른 사람들에게 전화가 오면 메모를 남겨달라고 콜린에게 부탁한 다음 홀로 갔다. 핸드벨 연주자들은 일제히 모차르트의 '카논'을 울려댔다.

핀치는 던워디에게 접시를 건네줬다. 접시에 담긴 건 대부분 방울양배추 같아 보였다. "죄송합니다만 칠면조도 거의 다 떨어졌습니다, 교수님." 핀치가 말했다. "오셔서 다행입니다. 여왕 폐하께서 크리스마스 축하 연설을 할 시간이 다 되었습니다."

핸드벨 연주자들은 열광적인 박수를 받으며 모차르트를 마쳤다. 테일러가 여전히 흰색 장갑을 낀 채 던워디에게 다가왔다. "여기 계셨군요, 교수님." 테일러가 말했다. "아침 식사 때는 못 뵀죠. 핀치 씨가 교수님께 말씀드리라고 하더군요. 저희에겐 연습실이 필요합니다."

던워디는 하마터면 '지금까지 연습하긴 한 겁니까?'라고 할 뻔했다. 던워디는 방울양배추를 먹었다.

"연습실요?"

"네. 시카고 서프라이즈 마이너를 연습하려고요. 크라이스트 처치 칼리지에서 신년 연주를 하겠다고 그쪽 학생처장님과 약속을 잡았어요. 하지만 그 전에 연습을 좀 해야 하거든요. 비어드관에 있는 커다란 방이 알맞을 것 같다고 핀치 씨에게 말씀드렸더니…."

"고학년 휴게실 말이군요."

"하지만 핀치 씨는 그 방이 필수품 보관 창고로 사용되고 있다더군요."

'뭘 보관한다는 거지?' 던워디는 생각했다. 핀치 말에 따르면 방울양배추를 빼고는 모든 것이 거의 다 떨어져가고 있는데 말이야.

"그리고 강의실은 병원에서 병실로 쓰기로 했다는군요. 저희는 집중할 수 있는 조용한 장소가 필요해요. 시카고 서프라이즈 마이너는 아주 복잡하거든요. 종을 바꿀 때 들어오고 나가는 법이나 주선율 마지막 부분에 변화를 주려면 굉장히 집중해야 하죠. 그리고 물론 다른 복잡한 기술도 있고요."

"물론 그러시겠죠." 던워디가 말했다.

"방이 클 필요는 없지만 다른 사람들로부터 차단되어 있어야 해요. 여기 식당에서 연습을 해봤는데 계속 사람들이 들락날락하는 바람에 테너 벨이 계속 자기 차례를 놓치면서 헤매더라고요."

"알맞은 곳을 찾을 수 있을 겁니다."

"물론 사람이 여섯 명이니 트리플을 해야 맞아요. 작년에 북아메리카 위원회가 여기서 필라델피아 트리플을 연주했더군요. 그런데 제가 알기론 아주 날림으로 연주했어요. 테너 벨은 완전히 한 박자 늦게 연주를 한데다 타종법 또한 끔찍했다더군요. 그런 사태를 막기 위해서라도 저희에게는 조용한 연습실이 필요합니다. 타종법은 아주 중요하거든요."

"물론이죠." 던워디가 말했다.

저 멀리 현관에서 사나움과 공격적 모성애로 똘똘 뭉친 개드슨 부인이 모습을 드러냈다. "죄송하지만 중요한 트렁크 콜[37]을 기다려야 해서요." 던워디는 자리에서 일어나 자신과 개드슨 부인 사이에 테일러가 오도록 했다.

"트렁크 콜요?" 테일러가 머리를 흔들며 말했다. "거참! 교수님이 하는 말은 반도 못 알아듣겠어요."

던워디 교수는 핸드벨 연주자들이 끊어치기를 연습할 수 있도록 연습실을 알아보겠다고 약속한 뒤, 음식을 들이고 내는 문으로 빠져나와 숙소로 돌아왔다. 앤드루스는 전화하지 않았다. 메모가 하나 있었다. 몬토야가 남긴 것이었다. "그 아줌마가 할아버지에게 '마음 쓰지 마라'고 했어요." 콜린이 말했다.

"그게 다냐? 다른 말은 안 하던?"

"네. 그냥 '던워디 교수님께 마음 쓰지 말라고 전해주렴'이라고만 했어요."

던워디는 몬토야에게 무슨 기적 같은 일이 생겨 베이싱엄 학과장이 어디에 있는지 알아내서 그의 서명을 받은 건지, 아니면 단지 학과장이 '연어' 쪽인지 '송어' 쪽인지를 알아냈다는 말인지 궁금했다. 던워디는 몬토야에게 전화를 걸까 말까 망설였지만, 몬토야와 통화하는 사이 앤드루스가 전화할까 봐 마음에 걸렸다.

거의 4시까지 앤드루스에게는 연락이 없었다. 아니면 전화 회선이 계속 모자랐는지도 몰랐다. 그리고 드디어 앤드루스에게 전화가 걸려 왔다. "더 일찍 전화드리지 못해 죄송합니다." 앤드루스가 말했다.

화면에는 여전히 영상이 나오지 않았지만 던워디는 배경으로 음악과 대화 소리를 들을 수 있었다. "어제저녁 늦게까지 다른 곳에 있었습니다. 그리고 교수님과 통화하려고 꽤 고생했습니다." 앤드루스가 말했다. "모든 회

37 장거리 전화의 영국식 영어

선이 다 불통이었어요. 휴일에 급증한 통화량 때문이라더군요. 교수님과 통화를 하려고 온갖….”

“옥스퍼드로 왔으면 해.” 던워디가 말을 잘랐다. “동조 작업 수치를 읽어 줘야겠어.”

“문제없습니다, 교수님.” 앤드루스가 즉각 답을 했다. “언제죠?”

“가능한 한 빨리. 오늘 저녁에 가능해?”

“에….” 앤드루스는 한 박자 쉬고 대답했다. “내일 가도 될까요? 제 애인이 오늘 저녁 늦게야 도착하기 때문에 크리스마스 데이트를 내일 할 예정이거든요. 하지만 내일 오후나 저녁때에는 지하철을 탈 수 있을 겁니다. 그래도 되나요, 아니면 동조 작업을 마쳐야 하는 시한이 있는 건가요?”

“동조 작업은 이미 끝났어. 하지만 기술자가 바이러스에 감염되어 쓰러져서 그 수치를 읽어줄 사람이 필요한 거야.” 던워디가 말했다. 앤드루스 쪽에서 갑자기 웃음이 터져 나왔다. 던워디는 목소리를 높였다. “여기 언제쯤 도착할 수 있을 것 같아?”

“확실하지 않습니다. 내일 지하철을 타고 가면서 전화해 알려드려도 될까요?”

“그래. 하지만 지하철은 바턴역까지만 타고 올 수 있어. 그곳부터 격리 구역 외곽까지는 택시를 타야 할 거야. 자네가 들어올 수 있도록 미리 연락해놓을게. 그럼 되겠지, 앤드루스?”

앤드루스는 아무 대답도 하지 않았다. 하지만 던워디는 수화기에서 흘러나오는 음악을 들을 수 있었다. “앤드루스?” 던워디가 말했다. “내 말 들려?” 화면이 보이지 않으니 답답해 미칠 것 같았다.

“네, 교수님.” 앤드루스가 대답했다. 하지만 목소리에는 경계심이 담겨 있었다. “제가 무엇을 해야 한다고 하셨죠?”

“동조 수치를 읽어달라고 했어. 동조 작업은 이미 마쳤지만 기술자가 바이러스에….”

“아니요. 그거 말고요. 바턴역까지 지하철을 타고 가는 일 말입니다.”

“바턴역까지 오는 지하철을 타.” 던워디가 큰 목소리로 또박또박 말했다. "지하철은 거기까지밖에 안 올 거야. 그곳부터 격리 구역 경계선까지는 택시를 타야 할 거야."

"격리요?"

"그래." 짜증을 내며 던워디가 말했다. "격리 구역 안으로 들어올 수 있도록 손을 써놓을게."

"무엇 때문에 격리가 선포되었죠?"

"바이러스야." 던워디가 말했다. "이야기 못 들은 거야?"

"못 들었습니다. 피렌체에서 현지 강하를 담당하고, 오늘 오후에야 돌아왔습니다. 상황이 심각한가요?" 겁을 내는 목소리가 아니라 흥미를 보이는 목소리였다.

"지금까지 여든한 명의 환자가 발생했어."

"여든두 명요." 창가 의자에서 콜린이 말했다.

"하지만 이미 바이러스가 뭔지 알아냈고 백신이 오는 중이야. 그리고 죽은 사람은 없어."

"크리스마스에 집에 가지 못해 불행해서 하는 사람들이 많겠군요." 앤드루스가 말했다. "어쨌든 내일 아침, 제가 언제 도착할 수 있을지 알게 되는 대로 바로 전화드리겠습니다."

"그래." 던워디는 배경 소음을 뚫고 앤드루스가 자기의 목소리를 들을 수 있도록 고함을 쳤다. "난 여기 있을 거야."

"알겠습니다." 수화기 너머로 또다시 웃음이 터져 나오더니 전화가 끊기며 조용해졌다.

"온대요?" 콜린이 물었다.

"그래. 내일 온다는구나." 던워디는 길크리스트의 번호를 눌렀다.

책상에 앉아 호전적인 표정을 짓고 있는 길크리스트의 모습이 화면에 나타났다. "던워디 교수님, 혹시라도 키브린을 데려오기 위해 전화를 한 거라면…"

'그럴 수 있으면 진작 그랬을 겁니다.' 던워디는 생각했다. 그리고 키브린이 이미 강하 지점을 떠났고 이제 와서 네트를 다시 연다 해도 키브린은 그곳에 없다는 사실을 길크리스트가 정말로 모르는 건지 궁금했다.

"아닙니다." 던워디가 말했다. "동조 작업 수치를 읽어줄 수 있는 기술자가 어디 있는지 알아냈습니다."

"던워디 교수님. 잊으셨을까 봐 말씀드리는 건데…."

"당신이 이번 강하 책임자라는 사실은 확실히 알고 있습니다." 성질을 꾹 누르려 애쓰며 던워디가 말했다. "그저 도우려는 것뿐입니다. 휴가철에 기술자를 찾기 어렵다는 걸 알고 레딩에 있는 사람에게 전화했습니다. 내일 이리로 올 겁니다."

길크리스트는 못마땅하다는 듯 입술을 삐죽 내밀었다. "교수님이 보내준 기술자가 아프지만 않았어도 이 모든 사태는 벌어지지 않았을 겁니다. 하지만 그 사람이 아프니 어쩔 수 없군요. 오기로 했다는 사람이 도착하면 바로 저에게 연락하라고 전해주십시오."

던워디는 예의 바르게 작별 인사를 했지만, 화면이 꺼지자마자 수화기를 바닥에 냅다 집어 던졌다가 다시 주워 들고 번호를 누르기 시작했다. 오늘 오후 내내 전화기를 붙잡고 있는 한이 있어도 베이싱엄 학과장의 행방을 찾아낼 작정이었다.

하지만 컴퓨터가 연결되더니 모든 회선이 다 찼다고 대답했다. 던워디는 수화기를 내려놓고 텅 빈 화면을 물끄러미 바라보았다.

"다른 전화를 기다리시는 거예요?" 콜린이 물었다.

"아니."

"그러면 병원까지 같이 걸어가지 않으실래요? 이모할머니한테 줄 선물이 있거든요."

'그리고 난 앤드루스가 격리 구역 안으로 들어올 수 있는지 알아볼 수 있겠군.' 던워디는 생각했다. "좋은 생각이다. 새 목도리를 하고 가렴."

콜린은 재킷 주머니에 목도리를 쑤셔 넣었다. "거기 도착하면 할래요." 씩 웃으며 콜린이 말했다. "가는 도중에 누가 보면 창피할 것 같아요."

괜한 걱정이었다. 거리는 완전히 텅 비었고, 자전거나 택시조차 보이지 않았다. 던워디는 전염병이 기승을 부리면 사람들은 집에 꼭 박혀 있는다고 했던 신부의 말이 생각났다. 아니면 카팩스 타워에서 흘러나오는 소리가 듣기 싫어 집으로 간 것일 수도 있었다. 카팩스 타워는 '종들의 찬송'을 두드려대고 있었다. 종소리는 텅 빈 거리에 메아리쳐 훨씬 더 크게 울려 퍼졌다. 아니면 모두 크리스마스 만찬을 잔뜩 먹고 한숨 자고 있는지도 몰랐다. 아니면 비를 맞지 않는 게 좋다고 생각했을 수도 있었다.

던워디와 콜린은 병원까지 걸어가는 동안 아무도 만나지 못했다. 응급실 현관에는 바바리를 입은 여인이 피켓을 들고 서 있었다. 피켓에는 '외국 질병을 추방하라'고 적혀 있었다. NHS에서 지급한 마스크를 쓴 남자가 던워디 일행에게 문을 열어주고는 아주 축축한 전단을 건네줬다.

던워디는 접수과로 가서 아렌스를 만나고 싶다고 전한 다음 전단을 읽어보았다. 전단에는 굵은 글씨로 이렇게 적혀 있었다. '인플루엔자와 싸웁시다. EC(European Community, 유럽공동체)에서 탈퇴하는 데 투표합시다.' 그 밑에는 다음과 같은 내용이 있었다. '왜 크리스마스에 사랑하는 사람들과 떨어져 있어야 합니까? 왜 옥스퍼드에 머물러 있도록 강요받아야 합니까? 왜 병에 걸리고 죽어야 하는 위험에 처해야 합니까? 이 모든 건 EC가 병에 걸린 외국인들이 잉글랜드에 들어오는 것을 허락하는데도 잉글랜드는 그에 대해 입도 벙긋 않기 때문입니다. 인도 이민자들은 치명적인 바이러스를 옮기….'

던워디는 나머지 부분은 읽지 않았다. 전단을 뒤집어보았다. 이렇게 적혀 있었다. '탈퇴 쪽에 투표하는 것은 건강에 투표하는 것입니다. 대영제국 독립위원회.'

아렌스가 나왔다. 콜린은 주머니에서 목도리를 꺼내 재빨리 목 주위에 둘렀다. "즐거운 크리스마스 되세요." 콜린이 말했다. "목도리를 선물해주셔서 고맙습니다. 제가 대신 크리스마스 크래커를 당길까요?"

"그래 주렴." 아렌스는 피곤한 표정이었고 이틀 전에 입고 있던 실험 가운을 여전히 입고 있었다. 누군가가 옷깃에 감탕나무 송이를 꽂아놓았다.

콜린이 크리스마스 크래커를 잡아당겼다.

"모자를 쓰세요." 파란 종이 왕관을 펼치며 콜린이 말했다.

"조금이라도 쉬었어?" 던워디가 물었다.

"약간." 부스스한 회색 머리 위로 왕관을 쓰며 아렌스가 말했다. "정오 이후로 환자 서른 명이 더 들어왔어. 그리고 온종일 세계인플루엔자센터로부터 검사 결과를 얻으려 노력했지만 모든 회선이 다 통화 중이야."

"알아." 던워디가 말했다. "바드리를 볼 수 있어?"

"1, 2분 정도밖에 안 돼." 아렌스는 얼굴을 찌푸렸다. "바드리에게 신타마이신이 전혀 효과가 없네. 헤딩턴 댄스파티에 있었던 학생 둘도 그렇고. 브린은 약간 차도가 있어." 아렌스는 다시 얼굴을 찡그렸다. "그것 때문에 걱정이 돼. 예방 접종은 받았어?"

"아직. 콜린은 받았어."

"그거 지독히 아파요." 크리스마스 크래커 안에 들어 있는 쪽지를 펼치며 콜린이 말했다. "제가 수수께끼를 대신 읽어드릴까요?"

아렌스가 고개를 끄덕였다.

"내일 키브린의 동조 작업 수치를 읽어줄 기술자가 오기로 했어. 격리 구역 안으로 데리고 와야 해." 던워디가 말했다. "그 사람을 격리 구역 안으로 데리고 오려면 무슨 절차를 밟아야 하지?"

"필요 없어. 내가 아는 한에서는. 사람들이 나가는 걸 막으려 할 뿐이지 들어오는 건 막지 않아."

접수 담당 직원이 아렌스를 옆쪽으로 데리고 가더니 낮은 목소리로 매우 급하게 말했다.

"가봐야 해. T세포 강화 접종을 받고 가. 그리고 바드리를 보고 나면 다시 이리로 와. 콜린, 넌 여기서 던워디 교수님을 기다려."

던워디는 격리 병실로 갔다. 책상에 아무도 없었기 때문에 던워디는 장갑을 맨 마지막에 끼는 걸 잊지 않도록 주의하며 혼자 SPG를 입느라 씨름했다. 그리고 병실 안으로 들어섰다.

윌리엄에게 무척이나 관심을 보이던 아리따운 간호사가 바드리의 맥박을 재며 화면을 지켜보고 있었다. 던워디는 침대 발치에 멈춰 섰다.

아렌스로부터 바드리가 모든 약에 반응이 없다는 말을 듣기는 했지만 그래도 바드리의 모습을 직접 보니 충격이었다. 바드리의 얼굴은 열 때문에 다시 까맣게 타들었고, 눈은 누군가에게 얻어맞은 것처럼 멍들어 보였다. 오른팔에는 복잡한 튜브가 연결되어 있었다. 팔꿈치 안쪽에 청보랏빛 멍이 보였다. 왼팔은 상태가 더 심각해서 팔뚝 전체가 시커멨다.

"바드리?" 던워디가 불렀다. 간호사가 고개를 설레설레 흔들었다.

"잠깐만 계실 수 있습니다." 간호사가 말했다.

던워디는 고개를 끄덕였다.

간호사는 축 늘어진 바드리의 손을 몸 옆쪽에 놓아주고 콘솔에 뭔가 입력한 후 방을 나갔다.

던워디는 침대 옆에 앉아 화면들을 바라보았다. 던워디 눈에는 모든 화면이 그게 그걸로 보였다. 그래프, 뾰족뾰족한 선, 숫자들이 가득했지만 여전히 무슨 뜻인지 알 수 없었다. 던워디는 완전히 지친 표정으로 누워 있는 바드리를 보았다. 던워디는 바드리의 손을 가볍게 어루만지고 방을 나서기 위해 일어섰다.

"그건 쥐였습니다." 바드리가 중얼거렸다.

"바드리?" 던워디가 부드럽게 말했다. "나야. 던워디야."

"던워디 교수님…." 바드리가 말했다. 하지만 눈은 여전히 뜨지 않았다. "전 죽어가고 있는 거지요?"

돌연 공포가 던워디의 가슴을 옥죄었다. "아니야. 그런 말 하지 마." 던워디는 진심으로 말했다. "왜 갑자기 그런 생각을 하는 거야?"

"그건 언제나 치명적이지요."

"뭐가 말이야?"

바드리는 대답하지 않았다. 던워디는 간호사가 들어올 때까지 바드리 곁에 앉아 있었지만 바드리는 더 이상 아무 말도 하지 않았다.

"던워디 교수님?" 간호사가 말했다. "이제 환자분은 쉬셔야 합니다."

"압니다." 던워디는 문으로 걸어가다 고개를 돌리고 침대에 누워 있는 바드리를 바라보았다. 던워디는 문을 열었다.

"그게 모두를 죽였어요." 바드리가 말했다. "유럽 인구의 절반을요."

던워디가 돌아와보니 콜린은 접수과에 서서 직원에게 자기가 받은 크리스마스 선물에 관해 이야기하고 있었다. "우리 엄마가 보낸 선물은 격리 때문에 아직 도착하지 않았어요. 집배원 아저씨가 그걸 통과시키지 않았나 봐요."

던워디는 접수 담당 직원에게 T세포 강화에 관해 이야기했다. 직원은 고개를 끄덕이고 말했다. "금방 해드리겠습니다."

던워디와 콜린은 앉아 기다렸다. '그게 모든 걸 죽였다.' 던워디는 생각했다. '유럽 인구의 절반.'

"할머니께 수수께끼를 읽어주지 못했어요." 콜린이 말했다. "들어보실래요?" 콜린은 대답을 기다리지 않았다. "정전되었을 때 산타클로스는 어디에 있었을까?" 콜린은 대답을 기다리는 표정으로 던워디를 바라보았다.

던워디는 고개를 저었다.

"어둠 속에 있었다." 콜린은 주머니에서 곱스토퍼를 꺼내 포장을 풀더니 입에 집어넣었다. "할아버지 제자라는 사람을 걱정하고 있는 거죠?"

"그래."

콜린은 곱스토퍼 포장지를 작게 접었다. "왜 할아버지가 그 누나를 데리러 갈 수 없는 거죠? 이해할 수가 없네요."

"그 아이는 그곳에 있지 않아. 우리는 랑데부까지 기다려야만 해."

"아니, 제 말은 왜 그 누나가 그 장소에 있는 시간대로 가서 데려올 수 없느냐는 거예요. 무슨 일이 일어나기 전에 말이에요. 네트를 통하면 원하는 시간대로 갈 수 있잖아요."

"그게 안 되는 거거든." 던워디가 말했다. "원하는 시간대 아무 곳으로나 사람을 보낼 수 있지만, 일단 그곳에 도착하면 네트는 실시간으로 작동하지. 학교에서 모순에 대해 배웠니?"

"네." 콜린이 말했다. 하지만 목소리에는 자신이 없었다. "시간 여행 규칙 같은 거죠?"

"시공간 연속체는 모순을 허용하지 않아." 던워디가 말했다. "만약 뭔가 일어나지 않은 일을 키브린이 저지른다거나 인과 관계를 뒤집을 만한 일을 일으킨다면 모순이 일어나는 거지."

콜린은 여전히 무슨 말인지 못 알아듣겠다는 표정이었다.

"그리고 한 사람이 동시에 두 시간대에 존재한다는 건 그런 모순 가운데 하나야. 키브린은 이미 나흘 동안이나 과거에 있었지. 그걸 바꿀 방법이 없어. 그건 이미 일어난 일이거든."

"그러면 어떻게 그 누나가 돌아올 수 있죠?"

"그 아이가 강하했을 때 기술자는 동조 작업이라 부르는 걸 했단다. 그 작업을 하면 기술자는 그 아이가 정확히 어디에 있는지 알 수 있게 되지. 일종의… 에…." 던워디는 알아듣기 쉬운 말을 찾으려 애썼다. "밧줄이라고 할 수 있겠구나. 동조 작업을 하면 두 시간대가 서로 묶이게 되고, 어느 시간에 네트를 다시 열어 그 아이를 다시 데려올 수 있게 되는 거지."

"제가 '교회에서 6시 반에 만나요'라고 하는 것처럼요?"

"그래. 그걸 랑데부라고 한단다. 키브린은 2주 동안 그곳에 있을 거야. 그리고 12월 28일이 되면 기술자가 네트를 열고 그 아이를 데려오는 거지."

"그쪽과 이쪽은 똑같이 시간이 흘러간다고 하셨잖아요. 그런데 지금부터 2주일 후가 어떻게 28일이 되나요?"

"중세 사람들은 우리와 다른 달력을 썼단다. 지금 그곳은 12월 17일이야. 우리 쪽 랑데부 날짜는 1월 6일이지." '만약 그 아이가 거기 있다면 말이다.' 던워디는 생각했다. '게다가 만약 네트를 열어줄 기술자를 그때까지 찾아낸다면 말이지.'

콜린은 곱스토퍼를 꺼내 유심히 살펴봤다. 곱스토퍼는 청백색 점박이가 되었고 달 지도와 무척 닮아 보였다. 콜린은 곱스토퍼를 다시 입에 넣었다.

"그렇다면, 만약 제가 12월 26일에 1320년으로 간다면 크리스마스를 두 번 맞이할 수 있겠군요."

"그렇지. 그럴 거야."

"묵시록적이네요." 콜린이 말했다. 콜린은 곱스토퍼 포장지를 펼치더니 아까보다 훨씬 더 조그맣게 접었다. "아무래도 의사들이 할아버지를 잊어버린 것 같지 않아요?"

"그래 보이기 시작하는구나." 던워디가 말했다. 그때 당직 의사가 나타났고, 던워디는 그를 멈춰 세워 자신이 T세포 강화 접종을 기다리고 있다고 말했다.

"아, 그래요?" 의사는 놀란 표정으로 알아보겠다고 하고는 응급실로 사라졌다.

둘은 좀 더 기다렸다. '그것은 쥐었어요.' 바드리의 말이 생각났다. 그리고 입원한 첫날 밤 바드리는 던워디에게 '몇 년이죠'라고 물었다. 하지만 바드리는 시간 편차가 최소였으며 실습생의 계산이 맞았다고 했다.

콜린은 곱스토퍼를 꺼내 색깔이 어떻게 바뀌었는지 몇 번씩 검사했다. "만약 뭔가 끔찍한 일이 일어난다면, 규칙을 깰 수 있나요?" 눈을 가늘게 뜨고 곱스토퍼를 보며 콜린이 말했다. "만약 그 누나가 팔이 잘렸다거나 죽었다거나 폭탄을 맞았다거나 그런 일이 일어나면요?"

"그건 규칙이 아니야, 콜린. 그건 과학 법칙이란다. 아무리 노력해도 그건 깰 수 없어. 만약 이미 일어난 사건을 뒤집으려 할 땐 네트가 열리지 않는단다."

콜린은 곱스토퍼를 포장지에 뱉은 뒤, 쭈글쭈글한 포장지로 조심스레 쌌다. "그 누난 잘 있을 거예요."

콜린은 곱스토퍼를 재킷 주머니에 넣고 몽땅한 꾸러미를 꺼냈다. "이모할머니께 크리스마스 선물 드리는 걸 잊어버렸네요."

콜린은 벌떡 일어서더니 던워디가 말리기도 전에 응급실로 향했다. 하지만 문 앞에서 다시 급히 돌아왔다.

"큰일 났어요! 잔소리 아줌마가 여기 왔어요! 이쪽으로 오고 있어요."

던워디가 자리에서 일어섰다. "안 그러는 게 이상하지."

"이쪽이에요. 지난밤 이곳에 왔을 때 전 뒷문으로 들어왔어요." 콜린은 반대 방향으로 뛰었다. "빨리요!"

던워디는 뛸 기운이 없었지만, 콜린이 가리키는 미로 같은 복도를 빠른 걸음으로 지나 직원용 출입구를 통해 거리로 나왔다. 문밖에는 앞뒤로 시위판을 맨 남자가 비를 맞고 서 있었다. 시위판에는 이렇게 적혀 있었다.

'우리가 두려워했던 심판이 다가왔다.' 묘하게도 지금 상황과 딱 맞는 내용이었다.

"아줌마가 우리를 봤는지 확인하고 올게요." 콜린이 말하더니 현관 쪽으로 뛰어갔다.

시위판을 맨 남자가 던워디에게 전단을 건네줬다. 전단에는 '종말의 시간이 다가왔다!'라는 굵은 글씨가 진하게 찍혔고, 그 아래로 '너희는 하느님을 두려워하고 찬양하여라. 그분이 심판하실 때가 왔다…. 〈요한의 묵시록〉, 14장 7절'이라고 적혀 있었다.

구석에서 콜린이 던워디를 향해 손을 흔들었다. "괜찮아요." 약간 가쁜 숨을 쉬며 콜린이 말했다. "아줌만 접수 담당 직원에게 소리를 지르며 안으로 들어갔어요."

던워디는 전단을 남자에게 돌려주고 콜린을 따라갔다. 콜린은 우드스톡 로드로 접어드는 옆길로 던워디를 이끌었다. 던워디는 초조한 눈으로 응급실 문을 보았지만 아무도 보이지 않았다. 반(反) EC 피켓을 들고 시위하던 사람조차 모습을 감추고 없었다.

콜린은 한 블록을 더 내쳐 달린 뒤에야 걸음을 늦췄다. 콜린은 재킷 주머니에서 알약 비누 모양 사탕갑을 꺼내 던워디에게 한 알을 내밀었다.

던워디는 거절했다.

콜린은 분홍 사탕을 입에 털어 넣고 불분명한 발음으로 말했다. "지금까지 제가 지내 온 중 최고의 크리스마스예요."

던워디는 몇 블록을 걷는 동안 콜린이 했던 말의 의미에 대해 곰곰이 생각했다. 카리용은 '쓸쓸한 한겨울에'라는 곡을 아작내고 있었다. 그 역시 지금 분위기와 맞아 보였다. 길에는 여전히 사람들이 보이지 않았지만 브로드 스트리트로 들어서자 눈에 익은 물체가 빗속에서 몸을 움츠린 자세로 던워디에게로 서둘러 다가왔다.

"핀치 아저씨예요." 콜린이 말했다.

"맙소사." 던워디가 말했다. "이번에는 또 뭐가 떨어졌다고 말할지 모르겠군."

"방울양배추면 좋겠어요."

둘의 대화 소리에 핀치가 고개를 들었다. "던워디 교수님, 여기 계셨군요. 하느님, 감사합니다. 교수님을 찾아 온 데를 다 돌아다녔습니다."

"왜?" 던워디가 말했다. "테일러 씨에게 연습실을 알아봐주겠다고 했는데."

"그게 문제가 아닙니다, 교수님. 억류자들 때문입니다. 두 명이 바이러스에 감염되어 쓰러졌습니다."

둠즈데이북 사본
(032631-034122)

구력 1320년 12월 21일. 로슈 신부님은 강하 지점이 어디인지 몰라요. 신부님께 부탁해 신부님이 거윈을 만난 곳으로 같이 왔지만, 둘이 만났다는 공터에 갔는데도 기억이 되살아나지 않네요. 거윈은 강하 지점에서 한참 멀어진 다음에 신부님을 만난 게 분명해요. 그리고 그때 저는 완전히 혼수상태였고 말이죠.

그리고 전 오늘 깨달았어요. 저 혼자 힘으로는 강하 지점을 절대 찾을 수 없다는 걸 말이에요. 숲은 너무 넓고 여기저기에 공터와 떡갈나무와 버드나무들이 많이 있어 지금처럼 눈이 온 상황에서는 다 그곳이 그곳 같아 보여요. 손궤 말고 다른 걸로 강하 지점을 표시해놨어야 했는데, 잘못했어요.

강하 지점이 어디인지 거윈이 가르쳐줄 수도 있지만, 그 사람은 아직 돌아오지 않았어요. 로즈먼드에게 물어보니, 코시까지 말을 타고 가면 한나절이라고 했지만 비가 와서 그곳에서 밤을 지내고 올 모양인가 봐요.

저희가 돌아온 이후 비가 거세게 내리고 있어요. 비 때문에 눈이 녹아서 다행이라는 생각이 들지만, 또 비가 이렇게 심하게 오니 강하 지점을 찾으러 나갈 수 없어 속이 타기도 해요. 그리고 제가 있는 집은 온몸이 얼어붙을 것처럼 추워요. 모두 망토를 입고서 화롯불 옆에 모여 있죠.

마을 사람들은 어떻게 지낼까요? 그 사람들이 사는 오두막은 바람조차 막지 못하고, 제가 들어갔던 곳에는 이불조차 보이지 않았어요. 그 사람들은 문자 그대로 추위에 오들오들 떨며 살 게 틀림없어요. 그리고 로즈먼드 말에 따르면, 집사가 크리스마스이브까지 비가 내릴 거라고 했다는군요.

로즈먼드는 숲속에서 성질을 부린 데 대해 사과했어요. '제 동생 때문에 화가 났어요'라고 말이죠.

하지만 아그네스는 그 일과는 아무런 관련이 없어요. 로즈먼드를 화나게 한 건, 자기 약혼자가 크리스마스 때 집으로 초대되었다는 소식 때문인 게 분명해요. 그래서 전 로즈먼드만 있을 때 결혼이 걱정되는지 슬며시 물어봤어요.

"아버지께서 주선하신 거예요." 바늘에 실을 꿰며 로즈먼드가 말했어요. "우리는 성 마르틴 축일[38]에 약혼했어요. 부활절에 결혼할 거예요."

"네 동의하에 하는 결혼이니?" 제가 물었죠.

"어울리는 결혼이에요." 로즈먼드가 말했어요. "블로에 경은 지위도 높고, 아버지 땅과 인접한 땅도 가지고 있어요."

"그 사람을 좋아하니?"

로즈먼드는 나무틀에 대어놓은 아마포에 바늘을 찔렀어요. "아버지께서는 제게 해가 될 일은 절대로 하실 분이 아니에요." 로즈먼드는 이렇게 말하며 긴 실을 통과시키더군요.

로즈먼드는 더 이상 아무 말도 하지 않았고, 저는 아그네스를 통해서 블로에 경이 멋진 사람이며 아그네스에게 은화 1페니를 주었다는 말을 들었어요. 분명 약혼 선물의 일부겠죠.

아그네스는 온통 자기 무릎에만 관심이 쏠려서 다른 말은 잘 안 하려 해요. 아그네스는 집으로 오는 중간에 무릎에 대해 투정하는 것을 멈췄고, 말에서 내린 뒤에는 과장된 몸짓으로 쩔뚝거렸어요. 전 아그네스가 그냥 주의를 끌려고 그런 행동을 한다고 생각했지만, 무릎을 살펴보니 딱지가 완전히 떨어져 나갔어요. 상처 주변이 새빨갛게 부풀어 올랐더군요.

전 상처를 닦아주고 제가 찾아낼 수 있는 가장 깨끗한 천으로 무릎을 감아줬어요(제가 쓴 천이 이메인 부인의 머리쓰개면 어떻게 하나 걱정이 돼요. 침대 발치에 있는 상자에서 찾아냈거든요). 그리고 아그네스더러 불 가에 조용히 앉아 기사 인형을 가지고 놀게 했어요. 하지만 걱정이 돼요. 만약 상처가 감염되었으면 심각할 수도 있으니까요. 1300년대는 항균제가 전혀 없는 시대잖아요.

엘로이즈 역시 걱정하고 있어요. 엘로이즈는 거윈이 오늘 저녁에 돌아올 걸 기대했던 모양인지 온종일 칸막이가 있는 곳에 서서 문밖을 지켜봤어

---

38 11월 11일

요. 엘로이즈가 거윈을 어떻게 생각하고 있는지 전 모르겠어요. 오늘 같은 경우를 보면 엘로이즈가 거윈을 사랑하고, 또한 그게 둘에게 어떤 의미가 될지 두려워하는 듯해요. 교회의 시각에서 간통은 지옥에 떨어질 죄에 해당하고, 종종 그 때문에 목숨을 잃는 일도 있으니까요. 하지만 다른 대부분의 경우를 볼 때, 거윈은 일방적으로 짝사랑하는 거고 엘로이즈는 남편이 너무나 걱정되어 거윈의 존재를 알지 못하는 것 같아요.

정숙하고 얻을 수 없는 숙녀는 우아한 로맨스에 이상적이지만, 거윈은 엘로이즈가 자기를 사랑하는지 아닌지조차 알지 못하는 것 같아요. 숲속에서 저를 구한 것 하며 배신자에 관한 이야기도 모두 엘로이즈에게 감명을 주기 위한 것뿐이었어요(강도 무리가 스무 명에 모두가 칼과 철퇴와 도끼로 무장했다면 훨씬 더 감명을 주었을 거예요). 거윈은 엘로이즈를 위해서라면 무슨 일이든 할 거고 이메인 부인은 그걸 알고 있어요. 제가 볼 땐 그 때문에 거윈을 코시로 보낸 거예요.

18

던워디 일행이 베일리얼 칼리지로 돌아와보니 억류자 가운데 바이러스에 감염되어 쓰러진 사람은 둘이나 더 늘어 있었다. 던워디는 콜린을 침대로 보내고 핀치를 도와 억류자들을 재운 뒤 병원으로 전화했다.

"구급차가 모두 출동 중입니다." 접수 담당 직원이 말했다. "가능한 한 빨리 보내도록 하겠습니다."

'가능한 한 빨리'는 한밤중을 뜻했다. 던워디는 밤 1시가 지나서야 숙소로 돌아올 수 있었다.

콜린은 핀치가 마련해준 간이침대에서 잠이 들었고, 머리맡에는《기사도의 시대》가 놓여 있었다. 던워디는 책을 치워줄까 생각했지만 그러다가 아이가 깰 것 같았다. 던워디는 침대로 갔다.

'키브린이 페스트에 걸릴 리 없어. 바드리는 시간 편차가 최소라고 말했고 잉글랜드에 페스트가 퍼진 건 1348년이야. 키브린이 간 때는 1320년이니 괜찮아.'

던워디는 불을 끄고 단호히 눈을 감았다. '키브린이 페스트에 걸릴 리

378

없어. 바드리가 혼미한 상태에서 착각한 거야. 바드리는 별의별 이야기를 다 했어. 쥐 말고도 뚜껑이랑 도자기가 깨진다는 이야기도 했잖아. 다 횡설수설이었어. 열에 들떠 그냥 하는 소리일 뿐이야. 물러나라고도 했잖아. 메모를 주는 시늉도 하고. 전부 말이 안 되는 행동들이었어.'

'그건 쥐였습니다.' 던워디는 바드리가 했던 말이 떠올랐다. 중세 사람들은 페스트가 쥐벼룩에서 퍼진다는 사실을 몰랐다. 당시 사람들은 페스트의 원인을 알지 못했다. 그들은 유대인, 마녀, 광인 등 떠올릴 수 있는 모든 사람에게 그 원인을 돌렸다. 당시 사람들은 지적장애인들을 살해했고 노파들을 목매달았다. 낯선 사람이 나타나면 말뚝에 묶고 화형을 시켰다.

던워디는 침대에서 내려와 발소리를 죽이고 거실로 갔다. 던워디는 콜린이 자는 간이침대로 살금살금 다가가 머리맡에 있는 《기사도의 시대》를 집어 들었다. 콜린은 몸을 뒤척였지만 잠에서 깨지는 않았다.

던워디는 창가 의자에 앉아 '흑사병' 항목을 찾아보았다. 흑사병은 1333년 중국에서 시작되었으며 무역선을 통해 서쪽으로 퍼져, 시칠리아섬의 메시나로 간 다음 그곳에서 피사로 번졌다. 흑사병은 이탈리아와 프랑스를 뒤덮었다. 시에나에서 8만 명이 죽었고 피렌체에서는 10만 명이 죽었으며 로마에서는 30만 명이 죽었다. 흑사병이 영국 해협을 건너 잉글랜드 지방에 도착한 것은 1348년, '세례 요한 탄생 축일 직전'인 6월 24일이었다.

그렇다면, 시간 편차가 28년이라는 뜻이었다. 바드리는 시간 편차가 무척 클 수 있다고 걱정했지만 그건 몇 주를 뜻하는 거였지 몇 년 단위는 아니었다.

던워디는 간이침대 너머로 손을 뻗어 책꽂이에서 피츠윌러가 지은 《전 세계적 유행병》이라는 책을 뽑아 들었다.

"뭐 하시는 거예요?" 콜린이 졸린 목소리로 물었다.

"흑사병에 대해 읽고 있어." 던워디가 속삭였다. "다시 자렴."

"당시 사람들은 그렇게 부르지 않았어요." 곱스토퍼를 우물거리며 콜린이 말했다. 콜린은 몸을 돌려 담요를 둘둘 말았다. "그때는 청색병이라 불렀대요."

던워디는 책들을 가지고 침대로 돌아왔다. 피츠월러는 페스트가 잉글랜드에 도착한 날이 1348년 6월 29일, 성 베드로 축일이라고 했다. 페스트가 옥스퍼드에 도착한 때는 12월이었으며 런던에 도착한 것은 1349년 10월이었고, 한편으로는 북쪽으로 번지면서 다른 한편으로는 다시 영국 해협을 건너가 북해 연안 저지대와 노르웨이로 퍼져나갔다. 페스트는 격리되어 있던 보헤미아와 폴란드 그리고 (이상하게도) 스코틀랜드 일부를 제외한 모든 곳으로 번졌다.

페스트가 지나간 곳은 죽음의 천사가 휩쓸고 간 것처럼 모든 마을이 텅 비고, 병자 성례를 치러주거나 썩어가는 시체를 묻어줄 사람조차 없이 모든 마을 사람이 다 죽어 나갔다. 수도승 한 명만 남고 모두가 죽은 수도원도 있었다.

그 수도원의 유일한 생존자인 존 클린 수사는 다음과 같은 기록을 남겼다. '결코 잊어서는 안 될 이 모든 일이 시간에 파묻히지 않도록, 그래서 결코 잊지 말아야 할 이 모든 일이 우리 후손의 기억 속에서 사라지지 않도록, 이 땅 사악한 존재의 손아귀에 놓인 이곳에서 일어난 수많은 재앙을 보아온 나는, 이제 죽은 자들에 둘러싸여 죽음을 기다리며 그동안 내가 목도한 모든 일을 여기 적는다.'

클린 수사는 진정한 역사학자의 시각으로 모든 것을 담담히 적어 내려갔으며 홀로 죽었다. 양피지에 쓰인 글씨는 점차 힘이 빠졌으며, 어느 순간 그 밑에는 전혀 다른 글씨체로 '여기에서 글쓴이는 죽은 듯하다'라고 적혀 있었다.

누군가가 문을 두드렸다. 핀치였다. 핀치는 가운을 입고 있었으며 정신이 없는 듯 흐린 눈에 멍한 표정을 짓고 있었다. "억류자 가운데 또 한 명이 쓰러졌습니다, 교수님."

던워디는 손가락을 입술에 대고 핀치와 함께 문밖으로 나섰다. "병원에 전화했어?"

"네. 구급차를 보내려면 몇 시간 정도 걸릴 거라고 하더군요. 환자를 격리하고 디만타다인과 오렌지 주스를 먹이라고 했습니다."

"물론 그것도 거의 떨어졌겠지?" 짜증스러운 목소리로 던워디가 물었다.

"네, 교수님. 하지만 그건 문제가 안 됩니다. 환자들은 먹을 수가 없으니까요."

던워디는 핀치에게 문밖에서 기다리라고 한 다음 옷을 입고 마스크를 챙겨 함께 살빈관으로 갔다. 억류자 일행이 온갖 종류의 내복이며 외투, 담요를 두르고 문가에 서 있었다. 그중 몇 명만이 마스크를 하고 있었다. '모레쯤이면 여기 있는 사람들 모두가 감염될 거야.' 던워디는 생각했다.

"하느님, 감사합니다. 여기 계셨군요." 억류자 가운데 한 명이 흥분해 외쳤다. "그 사람 없이는 아무것도 할 수 없어요."

핀치는 던워디를 방금 쓰러졌다는 환자에게 데려갔다. 환자는 침대에 똑바로 앉아 있었다. 흰머리가 드문드문 난 나이 든 여인이었으며, 바드리가 쓰러졌던 첫날처럼 고열, 번쩍이는 눈, 이상할 정도로 경계심이 가득한 표정을 짓고 있었다.

"꺼져!" 여인은 핀치를 보자 고함을 치며 때릴 듯한 자세를 취했다. 여인은 이글거리는 눈을 돌려 던워디를 바라보았다. "아빠!" 여인이 외치더니 토라진 듯 아랫입술을 삐죽 내밀었다. "제가 나빴어요." 어린아이 같은 목소리로 여인이 말했다. "생일 케이크를 다 먹었어요. 그래서 지금 배가 아파요."

"제가 했던 말이 무슨 뜻인지 아시겠습니까, 교수님?" 핀치가 끼어들었다.

"아메리카 원주민이 오나요, 아빠?" 여인이 물었다. "전 아메리카 원주민이 싫어요. 그 사람들은 활과 화살을 가졌잖아요."

둘은 아침까지도 여인을 강의실에 있는 간이침대에 눕힐 수 없었다. 마침내 던워디가 호소하듯 말했다. "네 아빠는 자기 착한 딸이 지금 당장 누워 있기를 바란단다." 그리고 여인을 진정시키자마자 구급차가 왔다. "아빠!" 의료요원들이 여인을 태우고 문을 닫을 때 여인이 흐느꼈다. "절 여기 혼자 내버려두지 마세요!"

"이런, 맙소사." 구급차가 떠날 때 핀치가 말했다. "아침 식사 시간이 지났군요. 사람들이 베이컨을 다 먹어 치우지 않았으면 좋겠는데."

핀치는 음식물을 지키러 갔고, 던워디는 앤드루스의 전화를 기다리기 위해 숙소로 돌아갔다. 계단 중간쯤에서 콜린과 마주쳤다. 콜린은 토스트를 먹으며 재킷을 입고 있었다. "신부님이 저더러 억류자들이 입을 옷을 모으는 일을 도와달라고 하셨어요." 입안 가득 토스트를 우물거리며 콜린이 말했다. "이모할머니가 전화하셨어요. 전화해달라셨어요."

"앤드루스에게는 연락이 없었고?"

"네."

"화면은 다시 나오던?"

"아니요."

"마스크 하고 다녀라!" 던워디가 콜린 뒤통수에 대고 외쳤다. "목도리도!"

던워디는 아렌스가 전화를 받아 들 때까지 거의 5분 동안 초조히 기다렸다.

"제임스?" 아렌스의 목소리가 들렸다. "바드리가 당신을 찾아."

"좀 나은 건가?"

"아니. 여전히 체온은 높아. 그리고 꽤 흥분해 있어. 계속 당신 이름을 부르며 당신에게 뭔가 말해야 한다고 고집을 부리고 있어. 그러면 점점 몸이 안 좋아질 텐데 걱정이야. 당신이 와서 바드리와 이야기를 나눠주면 좀 차분해질 것 같아."

"바드리가 페스트에 대해 무슨 이야기를 안 했어?" 던워디가 물었다.

"페스트?" 아렌스가 말했다. 짜증스러운 표정이었다. "설마 항간에 떠도는 소문에 전염된 건 아니겠지? 지금 번지고 있는 병이 사실은 콜레라라느니, 뎅기열이라느니, 아니면 전 지구적 전염병이 재발한…."

"아니, 바드리 때문이야. 지난밤에 갔을 때 '그건 유럽 인구 절반을 죽였어요'라고 했거든. 그리고 '그건 쥐였습니다'라는 말도."

"바드리는 지금 제정신이 아니야, 제임스. 고열 때문이겠지. 아무런 뜻도 없는 말이야."

'아렌스 말이 맞아.' 던워디는 생각했다. '좀 전에 병원으로 실려 간 억류자는 활과 화살을 가지고 있는 원주민에 대해 떠들어댔지만 난 수족 전사를 찾아보지는 않았어. 좀 전의 그 여자는 자기가 아픈 까닭이 생일 케이크를 너무 많이 먹었기 때문이라고 했고, 바드리는 페스트 때문이라고 했어. 둘

382

다 말도 안 되는 소리야.'

하지만 던워디는 아렌스에게 금방 가겠다고 말한 다음 핀치를 찾아보았다. 앤드루스는 언제 다시 전화를 걸지 정확한 시간을 가르쳐주지 않았지만 그렇다고 전화기 옆에서 떠나 있을 수는 없었다. 아렌스와 이야기하는 동안 핀치더러 지키고 있으라고 할 생각이었다.

핀치는 홀에서 목숨을 걸고 베이컨을 지키고 있을 것이다. 던워디는 수화기를 내려놓아 통화 중 신호음이 나게 한 뒤 안뜰을 건너 홀로 갔다.

테일러가 문가에서 던워디를 맞이했다. "그러지 않아도 교수님을 찾아다녔어요." 테일러가 말했다. "지난밤에 억류자 일부가 바이러스에 감염되어 쓰러졌다면서요."

"그렇습니다." 핀치가 없는지 홀을 훑어보며 던워디가 말했다.

"이런, 맙소사. 그럼 우리 모두 바이러스에 노출되었겠군요."

어디에도 핀치의 모습은 보이지 않았다.

"잠복기가 얼마나 되지요?" 테일러가 물었다.

"12시간에서 48시간입니다." 던워디는 목을 길쭉하게 빼고 억류자들 머리 너머를 살펴봤다.

"끔찍하군요." 테일러가 말했다. "연주 도중에 우리 일행 한 명이 쓰러지면 어쩌지요? 아시겠지만 저희는 전통파이지 공의회파가 아닙니다. 규칙이 아주 엄격해요."

던워디는 전통파가 뭔지는 모르겠지만 왜 그쪽에서 핸드벨 연주자들이 인플루엔자에 감염되는 문제까지 규칙을 만들어 규정하고 있는지 궁금했다.

"제3조." 테일러가 말했다. "'모든 사람은 중단 없이 자기 차례에 종을 울려야 한다.' 누군가가 갑자기 쓰러져 중간에 교체 요원을 넣을 수도 없는 노릇이고요. 그러면 리듬이 망가질 거예요."

하얀 장갑을 끼고 핸드벨 연주를 하는 단원 한 명이 쓰러지자 리듬에 방해되지 않도록 연주자들이 발로 차버리는 장면이 던워디 머릿속을 스치고 지나갔다.

"무슨 예고 증상 같은 게 없나요?" 테일러가 물었다.

"없습니다." 던워디가 말했다.

"NHS가 보낸 문서에 따르면 정신 착란, 고열, 두통이 있다고 적혀 있지만, 이 정도로는 아무것도 알 수 없어요. 저희는 핸드벨 때문에 늘 두통이 있거든요."

'충분히 상상이 가는 말이군.' 대신 전화를 받아달라고 시키기 위해 윌리엄 개드슨이나 다른 학부생들을 찾으며 던워디는 생각했다.

"하지만 우리가 공의회파라면 그건 아무런 문제도 되지 않아요. 그쪽에서는 사람들을 오른쪽 왼쪽으로 교체할 수 있게 하거든요. 뉴욕에서 티텀 밥 막시무스 타종법을 선보였을 당시 연주자들은 열아홉 명이었어요. 열아홉요! 그러고도 어떻게 타종법이라는 단어를 쓸 수 있는지 이해할 수가 없어요."

홀에는 던워디가 가르치는 학부생이 한 명도 없었다. 그리고 보나 마나 핀치는 식료품 저장 창고 앞을 지키고 있을 것이고, 콜린은 옷을 모으러 다니는 중이었다. "아직도 연습실이 필요한가요?" 던워디가 테일러에게 물었다.

"네. 저희 일행 중 한 명이 바이러스에 감염되어 쓰러지지만 않으면요. 물론 스테드먼스를 할 수도 있겠지만, 그건 원래 하기로 한 것과 비교가 안 되지 않겠어요?"

"만약 저에게 오는 전화를 받아 메모를 남겨주신다면 제 거실을 사용하도록 해드리겠습니다. 전 아주 중요한 트렁크 콜, 아니 장거리 전화를 기다리고 있습니다. 그래서 방에 누군가가 남아서 꼭 전화를 받아야 할 필요가 있습니다."

던워디는 테일러를 데리고 숙소로 갔다.

"어라, 여긴 그리 넓지 않네요?" 테일러가 말했다. "우리 모두가 여기서 연습을 할 수 있을지 모르겠어요. 가구를 좀 옮겨도 되나요?"

"좋으실 대로 하십시오. 전화를 받아 메모만 남겨주시면 됩니다. 앤드루스라는 사람에게서 전화가 올 겁니다. 그 친구에게 격리 구역으로 들어오는 데는 허가장 같은 게 필요 없다고 전해주십시오. 곧장 브레이스노즈 칼리지로 가면 제가 거기서 기다리고 있겠다고 전해주세요."

"알았어요. 어찌 되었든." 테일러는 던워디에게 은혜를 베푼다는 듯 말했다. "바람이 숭숭 들어오는 식당보다야 낫겠죠."

던워디는 테일러에게 부탁한 게 과연 현명한 선택이었을까 고민하며 가구 배치를 새로 하는 테일러를 남겨두고 숙소를 떠나 바드리를 만나러 종종걸음을 쳤다. 바드리는 던워디에게 뭔가 할 말이 있었다. '그게 전부 다 죽였어요. 유럽 인구의 절반을요.' 바드리의 말이 머릿속에서 떠나지 않았다.

비는 엷은 안개보다 조금 심한 정도로 진정되었으며 반 EC 피켓 시위자들은 모두 병원 앞에 모여 있었다. 얼굴에 검은 줄무늬를 그려 넣은, 콜린 또래 아이들 상당수도 시위자들에 합류하여 다 함께 '내-보-내-줘!'라고 연신 외쳐댔다.

그중 한 명이 던워디의 팔을 잡았다. "정부는 할아버지 뜻에 반해 할아버지를 여기에 붙잡아둘 권한이 없어요." 얼굴에 줄무늬를 그려 넣은 남자아이가 마스크를 한 던워디 앞을 가로막았다.

"바보 같은 소리 하지 말아요." 던워디가 말했다. "또다시 전 지구에 전염병이 돌게 하고 싶은 건가요?"

남자아이는 어리둥절한 표정을 지으며 팔을 놓았고, 던워디는 병원 안으로 들어갔다.

응급실은 간이침대에 누워 있는 환자들로 가득 차 있었다. 엘리베이터 옆에 누군가가 서 있었다. SPG를 착용한 풍만한 몸매가 눈에 확 띄는 간호사가 비닐 포장이 된 책에서 무엇인가를 환자에게 읽어주고 있었다.

"'죄 없이 망한 이가 어디 있더냐?'" 간호사가 말했다. 그 순간 던워디는 그 여인이 간호사가 아니라는 사실을 알고 경악했다. 개드슨 부인이었다.

"'마음을 바로 쓰고 비명에 죽는 이가 어디 있더냐?'"[39] 개드슨 부인이 낭송했다.

개드슨 부인은 읽기를 멈추고 얇은 페이지를 넘기며 사람들 기운을 돋울 다른 구절을 찾았다. 던워디는 몸을 낮추고 도망치듯 옆쪽 복도를 통해

---

39 〈욥기〉 4장 7절

계단통으로 들어섰다. 마스크를 지급해준 데 대해 NHS에 영원토록 감사해야겠다는 생각이 들었다.

"'주께서는 폐병과 열병과 염병을 내려 너희를 치시고 무더위와 열풍을 몰아오고 깜부기병을 내려 너희를 치실 것이다.'"

개드슨 부인은 던워디가 도망가는 동안 목소리에 힘을 주어 복도가 쩌렁쩌렁 울리게 성서 구절을 읽었다. "'이런 것들이 덮쳐 와 너희는 결국 망하고 말 것이다.'"[40]

'그리고 주께서는 당신을 통해 벌을 내리실 겁니다, 부인.' 던워디는 생각했다. 지금 읽는 성서 내용이 사람들 기운을 돋우어준다고 생각하는 모양이라니 끔찍하군.

던워디는 격리 병실로 통하는 계단을 올라갔다. 이제 격리실은 2층 대부분을 차지하고 있었다.

"여기 계셨군요." 간호사가 말했다. 저번에 보았던 금발의 예쁘장한 간호 실습생이었다. 던워디는 이 간호사에게 개드슨 부인에 대해 경고를 해줘야 할지 말아야 할지 잠시 생각했다.

"안 오시는 줄 알았어요." 간호사가 말했다. "환자분이 아침 내내 교수님만 찾고 계세요." 간호사는 던워디에게 SPG를 넘겨주었고, 던워디는 SPG를 입고 간호사를 따라갔다.

"30분 전에는 교수님을 찾아내라면서 꼭 미친 사람처럼 행동했습니다." 간호사가 속삭였다. "교수님께 할 이야기가 있다면서요. 이제는 좀 나아졌어요."

정말로 바드리는 좀 나아 보였다. 거무스름하고 불안해하던 기색도 없었고, 비록 갈색 피부는 여전히 창백해 보였지만 예전 모습을 거의 회복한 상태였다. 바드리는 베개를 겹쳐놓은 곳에 몸을 기대어 무릎을 구부리고 눈을 감고 있었다. 무릎 위에 올려놓은 손가락이 가볍게 굽었다.

"바드리 씨." 일회용 장갑을 낀 손을 바드리의 가슴에 대고 가까이 몸을

40 〈신명기〉 28장 22절

숙이며 간호사가 말했다. "던워디 교수님이 오셨어요."

바드리가 눈을 떴다. "던워디 교수님요?"

"네." 간호사는 침대 건너편에 있는 던워디를 보며 고개를 끄덕거렸다. "오실 거라고 말씀드렸잖아요."

바드리는 베개를 받치고 곧게 일어났지만, 던워디를 보지 않았다. 바드리는 오로지 앞만 바라보고 있었다.

"나 여기 있어, 바드리." 바드리의 시야에 들어갈 수 있도록 앞으로 움직이며 던워디가 말했다. "나에게 말하고 싶다는 게 뭐지?"

바드리는 여전히 앞만 바라보고 있었고, 무릎 위에 얹힌 손을 쉴 새 없이 움직였다. 던워디는 간호사를 힐끗 봤다.

"계속 이러세요. 타자를 하시는 것 같아요." 간호사는 화면을 살펴보고 밖으로 나갔다.

바드리는 타자하고 있었다. 손목은 무릎 위에 올려져 있었고 손가락은 복잡한 방식으로 담요를 두드렸다. 눈은 앞에 있는 뭔가를 보고 있었다. 화면인가? 그리고 잠시 뒤 바드리는 얼굴을 찡그렸다. "그럴 리 없어." 바드리는 이렇게 말하고 다시 재빨리 타자하기 시작했다.

"왜 그래, 바드리?" 던워디가 말했다. "뭐가 잘못된 거야?"

"실수일 거야." 바드리가 말했다. 바드리는 옆쪽으로 약간 몸을 숙이고 말했다. "TAA에 대해 한 줄씩 넘겨줘."

'바드리는 콘솔 마이크에 대고 말한 거야.' 던워디는 깨달았다. '그리고 지금 동조 수치를 읽고 있는 거야.' "뭐가 그럴 리가 없다는 거야, 바드리?"

"편차." 바드리의 눈은 가상의 화면에 고정되어 있었다. "검사치를 보여줘." 바드리가 마이크에 대고 말했다. "이럴 리가 없어."

"편차가 뭐가 잘못되었다는 거야?" 던워디가 물었다. "자네가 생각했던 것보다 편차가 더 크게 나온 거야?"

바드리는 대답하지 않았다. 바드리는 잠시 타자를 멈추고 화면을 보다가 다시금 미친 듯 자판을 두드리기 시작했다.

"시간 편차가 얼마나 큰 거야? 바드리?" 던워디가 말했다.

바드리는 1분 정도 타자를 멈추고 던워디를 바라보았다. "너무 걱정했습니다." 바드리가 진지한 목소리로 말했다.

"뭘 걱정했단 말이야, 바드리?"

바드리는 돌연 담요를 걷고 침대 난간을 움켜쥐었다. "던워디 교수님을 만나야 합니다." 바드리가 말했다. 바드리는 테이프를 떼어내며 팔에 붙은 튜브를 낚아챘다.

바드리 뒤편에 있던 화면이 거칠고 날카로운 선을 미친 듯 그리며 삐삐거리기 시작했다. 바깥 어디선가 경고음이 울려 퍼졌다.

"그러면 안 돼." 바드리를 말리기 위해 침대로 다가가며 던워디가 말했다.

"던워디 교수님은 술집에 계십니다." 바드리가 테이프를 뜯으며 말했다.

갑자기 화면에 나타나던 선이 평평해졌다. "단절." 컴퓨터 목소리가 말했다. "단절."

간호사가 문을 박차고 들어왔다. "이런, 맙소사. 벌써 두 번째예요." 간호사가 말했다. "바드리 씨. 이러시면 안 돼요. 튜브를 뽑으셨어요."

"가서 즉시 던워디 교수님을 모셔오세요. 지금요." 바드리가 말했다. "뭔가 잘못됐습니다." 바드리는 간호사가 자기를 자리에 눕히고 담요로 덮어주는 동안 가만히 있었다. "왜 교수님이 안 오시는 거죠?"

던워디는 간호사가 테이프로 튜브를 다시 붙이고 화면을 재작동시키는 동안 바드리를 지켜보며 기다렸다. 바드리는 지치고 무관심하고, 지겨워 보이기까지 했다. 튜브를 연결한 자리 위쪽으로 벌써 새로운 멍이 들었다.

간호사는 아무래도 진정제를 요청해야 할 것 같다며 방을 나갔다.

간호사가 나가자마자 던워디가 입을 열었다. "바드리. 나 던워디 교수야. 나에게 뭔가 말하고 싶다고 했잖아. 날 봐, 바드리. 그게 뭔데? 뭐가 잘못됐단 건데?"

바드리는 던워디를 보았지만 무덤덤한 표정이었다.

"시간 편차가 너무 많았어, 바드리? 키브린이 페스트가 있는 시대로 간 거야?"

"시간이 없습니다." 바드리가 말했다. "저는 토요일, 일요일에 그곳에 없었습니다." 바드리는 담요 위에서 손가락을 끊임없이 움직이며 다시 타자하기 시작했다. "그럴 리 없어."

간호사가 수액제 병을 들고 돌아왔다. "아, 다행이군요." 바드리가 말했다. 무거운 짐을 덜었다는 듯, 바드리의 표정은 편안해졌다. "무슨 일이 일어난 건지 모르겠군요. 두통이 지독합니다."

바드리는 간호사가 튜브에 연결한 수액제를 조절기에 연결하기도 전에 눈을 감더니 가볍게 코를 골기 시작했다.

간호사가 던워디를 데리고 나왔다. "환자분이 깨면 바로 연락드리겠습니다. 어디로 알려드리면 되나요?" 간호사가 물었다.

던워디는 전화번호를 가르쳐줬다. "정확히 바드리가 뭐라고 한 겁니까?" SPG를 찢어내며 던워디가 물었다. "제가 오기 전에 말입니다."

"교수님 이름을 부르면서 꼭 찾아야 한다고 했어요. 뭔가 중요한 이야기를 해야 한다면서요."

"쥐에 관해 이야기하지 않던가요?" 던워디가 말했다.

"아니요. 어떤 여자에 관해 이야기한 적은 있어요. 카렌인가 캐서린…."

"키브린."

간호사는 고개를 끄덕였다. "맞아요. 이렇게 말했어요. '전 키브린을 찾아야 합니다. 실험실이 열려 있나요?' 그리고 뭔가 양에 관해 이야기했지만, 쥐에 관한 이야기는 없었어요. 모르겠어요. 한참 동안은 뭐라고 하는지 알아들을 수 없었거든요."

던워디는 일회용 장갑을 바구니에 집어 던졌다. "저 친구가 하는 말을 모두 다 적어놓아 주세요. 이해할 수 없는 부분은 빼고요." 간호사가 반대하기 전에 던워디가 덧붙였다. "하지만 다른 건 전부 적어주세요. 오늘 오후에 다시 찾아오겠습니다."

"해볼게요." 간호 실습생이 말했다. "하지만 별 쓸모는 없을 거예요."

던워디는 계단을 내려갔다. 열에 들떠 두서없이 지껄이는 소리가 대부분이기 때문에 별 쓸모가 없다는 건 던워디도 잘 알고 있었다. 던워디는 택시를 잡기 위해 밖으로 나왔다. 빨리 베일리얼 칼리지로 돌아가 앤드루스

와 통화를 하고 싶었다. '어서 동조 작업 수치를 알아내야 해.'

'그럴 리가 없어'라고 했던 바드리의 말은 시간 편차에 관한 내용이 틀림없었다. 바드리가 숫자를 잘못 읽었던 건 아닐까? 처음에는 시간 편차를 4시간으로 생각했는데 나중에 알고 보니, 얼마? 4년이었던 걸까? 아니면 28년?

"걷는 게 빠를 거예요." 누군가가 말했다. 아까의 그 얼굴에 검은 줄무늬 칠을 한 남자아이였다. "택시를 기다리시는 거라면 영원히 서 계셔야 할 거예요. 빌어먹을 정부가 모두 징발했거든요."

남자아이는 막 문이 열린 응급실 쪽을 가리켰다. 옆 유리에는 NHS의 공지가 붙어 있었다.

던워디는 남자아이에게 고맙다고 말한 뒤 베일리얼 칼리지 방향으로 걷기 시작했다. 다시 비가 내리고 있었다. 던워디는 앤드루스가 지금 오는 중이라고 메모를 남겨놓았으면 좋겠다고 생각하며 재빨리 걸었다. 바드리의 말이 떠올랐다. '가서 즉시 던워디 교수님을 모셔오세요. 지금요. 뭔가 잘못됐습니다.' 그리고 바드리가 동조 작업을 마치고 '램 앤드 크로스'로 던워디를 데리러 왔을 때 바드리의 얼굴에는 던워디를 만나 다행이라는 기색이 역력했다. '그럴 리가 없어'라고 했던 바드리의 말이 계속 머릿속을 떠나지 않았다.

던워디는 뛰다시피 해서 안뜰을 지나 숙소로 올라갔다. 핸드벨 연주 소리에 눌려 테일러가 전화기 소리를 듣지 못했을까 걱정이 되었다. 하지만 문을 열어보니, 방 안은 엄숙한 침묵에 싸여 있었으며, 마스크를 낀 사람들은 거실 중앙에 둥그렇게 늘어서서 간청하듯 두 팔을 들어 올린 다음 깍지 낀 두 손의 손목을 몸 앞에서 아래로 꺾으며 한 명씩 차례대로 무릎을 굽히고 있었다.

"베이싱엄 학과장의 직원이 전화했어요." 테일러가 무릎을 펴고 일어나 허리를 숙이고 말했다. "그분 말로는 베이싱엄 학과장은 스코틀랜드 하이랜드 어디에 있을 거라는군요. 그리고 앤드루스 씨가 전화해달라고 하셨어요. 조금 전에 온 전화예요."

던워디는 깊이 안도하며 장거리 전화를 걸었다. 앤드루스가 전화를 받는 동안 던워디는 방 안 사람들이 추는 이상한 춤을 지켜보며 행동 양식을 파악해보려 했다. 테일러는 그나마 규칙적으로 무릎을 굽히는 것처럼 보였지만 다른 사람들은 예기치 않은 순간에 불쑥 무릎을 굽히고는 했다. 전혀 순서를 파악할 수 없었다. 그리고 가장 덩치가 큰, 피안티니인 듯한 여자는 인상을 찡그리고 정신을 집중하며 박자를 세고 있었다.

"자네가 격리 지역으로 올 수 있는 허가를 받았어. 언제 올 거야?" 앤드루스가 전화를 받자마자 던워디가 말했다.

"문제가 있습니다, 교수님." 앤드루스가 말했다. 화면이 나오기는 했지만 너무 흐릿해 표정을 알아볼 수가 없었다. "그곳으로 안 가는 게 저에게 좋을 것 같습니다. 격리에 관한 방송을 보았습니다. 인도 독감이 아주 위험하다고 하는군요."

"자네는 감염된 사람과 접촉할 필요가 없어. 그냥 바로 브레이스노즈 칼리지 실험실로 가면 되게 다 준비해놓았어. 자넨 안전해. 이건 아주 중요한 일이야."

"압니다, 교수님. 하지만 방송에서는 인도 독감이 대학 난방 시설에서 퍼졌을 수도 있다고 했습니다."

"난방 시설?" 던워디가 말했다. "대학에는 난방 시설이 없어. 단과 대학 건물 역시 100년도 더 된 것들이라 난방이 안 된단 말이야. 감염은 말할 필요도 없고." 핸드벨 연주자들은 한 몸처럼 고개를 돌려 던워디를 보았다. 하지만 율동을 멈추지는 않았다. "난방 장치와는 아무런 관련이 없어. 인도나 신의 분노와도 관련이 없어. 그건 사우스캐롤라이나에서 시작된 거야. 이미 백신이 오는 중이고. 안전해."

앤드루스는 전혀 흔들리지 않았다. "하지만, 교수님. 가지 않는 게 좋을 것 같습니다."

핸드벨 연주자들이 갑자기 움직임을 멈췄다. "죄송합니다." 피안티니가 말하자 연주자들은 다시 율동을 시작했다.

"수치를 읽어야만 해. 1320년으로 역사학자를 보냈는데 시간 편차가 얼마나 일어났는지 모르는 상황이란 말이야. 자네에게 위험수당을 지급할 수 있는지 알아볼게." 던워디는 말을 하자마자 접근 방식이 완전히 잘못되었다는 사실을 깨달았다. "자네가 완전히 차단된 공간에서 SPG를 입고 일할 수 있게…"

"여기에서도 수치를 읽을 수 있습니다." 앤드루스가 말했다. "여기서 그쪽 콘솔로 접근할 수 있게 조작해줄 수 있는 친구가 있습니다. 슈루즈베리 칼리지 학생입니다." 앤드루스는 잠시 말을 멈추었다. "이게 제가 할 수 있는 최선입니다. 죄송합니다."

"죄송합니다." 피안티니가 다시 말했다.

"아니, 아니, 당신은 두 번째에서 울려야 해요." 테일러가 말했다. "둘, 셋, 위 그리고 아래. 셋, 넷은 아래로 그다음에는 완전히 당기며 잡아채야 해요. 그리고 바닥을 보지 말고 다른 연주자들을 보고 있어요. 하나, 둘 그리고 시작!" 연주자들은 미뉴에트를 다시 시작했다.

"전 위험을 감수하고 싶지 않습니다." 앤드루스가 말했다.

더 이상 앤드루스를 설득할 방법이 없었다. "슈루즈베리 칼리지에 다닌다는 자네 친구 이름이 어떻게 되지?" 던워디가 물었다.

"폴리 윌슨입니다." 안심했다는 목소리로 앤드루스가 말했다. 앤드루스는 던워디에게 번호를 가르쳐주었다. "폴리에게 원격 수치 해석, IA 조사, 브리지 전송을 해야 할 필요가 있다고 하십시오. 전 계속 이 번호로 연락할 수 있습니다." 앤드루스는 전화를 끊으려 했다.

"잠깐만!" 던워디가 말했다. 핸드벨 연주자들이 못마땅한 눈초리로 던워디를 노려보았다. "1320년으로 갈 경우 최대 시간 편차는 얼마지?"

"모르겠군요." 앤드루스가 즉시 답했다. "시간 편차는 예측하기 어렵습니다. 너무 여러 가지 요인이 있으니까요."

"추정치라도 말해줘봐." 던워디가 말했다. "28년도 될 수 있어?"

"28년이라고요?" 앤드루스가 말했고, 그 놀란 목소리에 던워디는 안심되었다. "그렇지는 않을 겁니다. 과거로 가면 갈수록 시간 편찻값이 커지는 경향이 있지만 지수 함수적으로 커지지는 않습니다. 변수 검사를 해보면 알 수 있을 겁니다."

"중세 전공팀은 아무것도 하지 않았어."

"변수 검사도 하지 않고 사람을 과거로 보냈다고요?" 앤드루스가 놀란 목소리로 말했다.

"변수 검사도, 무인 탐사도, 정찰 실험도 하지 않았어." 던워디가 말했다. "그 때문에 동조 수치를 알아내는 게 중요한 거야. 자네가 나를 위해 수고를 좀 해줬으면 싶어."

앤드루스가 긴장했다.

"이곳에 올 필요는 없어." 던워디는 급히 말했다. "지저스 칼리지는 런던에 현지 강하 장치를 두고 있지. 그곳에 가서 1320년 12월 13일 정오로 강하할 경우 변수 검사를 한번 해줘."

"지역 좌표가 어디인가요?"

"모르겠어. 브레이스노즈 칼리지에 가면 알 수 있을 거야. 최대 시간 편차가 얼마나 되는지 알게 되면 바로 이곳으로 전화해줘. 그래 줄 수 있겠어?"

"네." 앤드루스는 대답하면서도 다시 뭔가 미심쩍어하는 표정이었다.

"좋아. 나는 폴리 윌슨에게 전화할게. 원격 수치 해석, IA 조사, 브리지 전송이라고 하면 된다고 했지? 자네 친구가 브레이스노즈 칼리지에서 준비를 마치면 바로 전화할게." 던워디는 말을 한 뒤 앤드루스가 다시 마음을 바꾸기 전에 전화를 끊었다.

던워디는 연주자들을 지켜보며 수화기를 들었다. 순서는 시시때때로 바뀌었지만 피안티니는 다시는 순서를 잊지 않는 듯했다.

던워디는 폴리 윌슨에게 전화해 앤드루스가 말해준 내용을 그대로 전했다. 던워디는 혹시 폴리가 방송을 보고 브레이스노즈 칼리지의 난방 장치에 대해 걱정하면 어떻게 하나 걱정이 되었지만, 폴리는 흔쾌히 대답했다. "접근 통로를 찾아야 해요. 45분 뒤에 그곳에서 뵙도록 하죠."

던워디는 핸드벨 연주자들이 무릎을 굽히며 까닥거리게 놔두고 브레이스노즈 칼리지로 향했다. 비는 옅은 안개로 바뀌었고 거리에는 사람들이 조금씩 보였지만 상가 대부분은 문을 닫은 상태였다. 카팩스 카리용을 담당하고 있는 사람 역시 독감에 걸렸든지 아니면 격리 때문에 자기 할 일을 잊어버린 모양이었다. 카리용은 여전히 '횃불을 가져오렴, 재닛 이자벨라' 인지 '소나무야'인지를 연주하고 있었다.

인도인이 운영하는 식료품 가게 바깥에는 피켓을 든 사람 셋이 있었고, 브레이스노즈 칼리지 밖에는 여섯 명 정도가 '시간 여행은 건강을 위협한다'라고 적힌 커다란 현수막을 들고 있었다. 가장자리에 서 있는 여인은 구급차에서 본 의료요원이었다.

난방 장치와 EC와 시간 여행. 예전에 전 세계에 전염병이 퍼졌을 때는 미국의 세균전 계획과 에어컨 때문이라는 소문이 퍼졌다. 중세에는 유대인과 혜성 때문에 전염병이 퍼졌다고들 믿었다. 바이러스가 사우스캐롤라이나에서 유래된 것이라는 사실이 밝혀진다면 미국 또는 미국 남부의 닭튀김이 그 책임을 뒤집어쓸 것이다.

던워디는 문을 지나 경비실로 갔다. 꼭대기에 천사가 자리 잡은 크리스마스트리가 책상 한쪽 끝에 놓여 있었다. "슈루즈베리 칼리지에서 학생이 통신 장치를 가지고 날 만나러 올 겁니다." 던워디가 경비원에게 말했다. "실험실로 들어가야 합니다."

"실험실은 출입 금지입니다, 교수님." 경비원이 말했다.

"출입 금지요?"

"네, 교수님. 문이 잠겼고 아무도 들어갈 수 없습니다."

"왜요? 무슨 일이 벌어졌나요?"

"유행병 때문입니다, 교수님."

"유행병이요?"

"네, 교수님. 제 생각엔 길크리스트 교수님과 직접 이야기하시는 게 나을 겁니다."

"그래야겠군요. 길크리스트 교수에게 제가 여기 있으며, 실험실로 들어가야 한다고 전해주세요."

"죄송합니다만, 교수님은 지금 여기 안 계십니다."

"그러면 그분은 지금 어디 계시나요?"

"병원에 계실 겁니다. 길크리스트 교수님은…."

던워디는 나머지 말을 듣고 있지 않았다. 던워디는 병원에 반쯤 가서야 폴리 윌슨이 브레이스노즈 칼리지에서 영문도 모르고 기다릴 수 있겠다는 생각이 들었다. 그리고 병원에 들어서서는 길크리스트가 바이러스에 감염되었을지도 모른다는 생각이 들었다.

'잘됐어.' 던워디는 생각했다. '당해도 싸지.' 하지만 길크리스트는 작은 대기실에서 NHS가 지급한 마스크를 쓰고 건강한 모습으로 있었다. 예방 접종을 하려는 간호사 앞에서 소매를 걷어 올린 채였다.

"경비원이 그러는데 실험실이 폐쇄되었다더군요." 던워디가 둘 사이로 다가가며 말했다. "전 그 안으로 들어가야 합니다. 키브린의 동조치를 읽어 줄 기술자를 찾아냈습니다."

길크리스트는 던워디를 잡아먹을 듯이 노려보았다. "제가 알고 있기론, 당신네 기술자가 쓰러지기 전에 동조치를 읽었을 텐데요?"

"그랬지요. 하지만 그 친구는 지금 그 값이 얼마인지 우리에게 알려줄 상황이 아닙니다." '그리고 그 친구는 동조치가 뭔가 잘못됐다고 했고.' 던워디는 생각했다. "앤드루스가 원격으로 동조치를 읽어주기로 했어요. 하지만 그러려면 전송 장치를 준비해야 합니다."

"죄송하지만 불가능하군요." 길크리스트가 말했다. "실험실은 바이러스의 원인이 규명될 때까지 폐쇄 상태입니다."

"바이러스의 원인이라고요?" 던워디는 믿을 수 없다는 표정을 지었다. "바이러스는 사우스캐롤라이나에서 온 겁니다."

"확실한 규명이 있기 전까지는 확신할 수 없습니다. 그때까지는 실험실을 폐쇄해서 대학 내에서 일어날 수 있는 모든 위험 요소를 최소화할 필요가 있습니다. 이제 괜찮으시다면 전 면역 강화 접종을 해야겠습니다." 길크리스트는 던워디를 지나 간호사 쪽으로 갔다.

던워디는 길크리스트의 팔을 움켜잡으며 물었다. "위험 요소라니 무슨 말입니까?"

"상당수 대중은 바이러스가 네트를 통해 전염되었다고 생각합니다."

"상당수 대중이라고요? 당신네 대학 문밖에서 현수막을 들고 있는 얼간이 세 명을 말하는 겁니까?" 던워디가 소리쳤다.

"여기는 병원입니다, 던워디 교수님." 간호사가 말했다. "제발 목소리를 낮춰주세요."

던워디는 간호사의 말을 무시했다. "당신 표현을 빌리자면 '상당수 대중'은 이번 바이러스가 자유 이민법 때문에 퍼졌다고 생각하고 있습니다." 던워디가 말했다. "그렇다면 당신은 우리나라가 EC에서 탈퇴해야 한다고 생각하는 겁니까?"

길크리스트가 뺨을 씰룩대며 콧잔등에 불쾌한 기색을 드러내는 모습이 마스크 너머로까지 보였다. "역사학과 학과장 대리로서 학교의 이익을 위해 행동하는 것은 제 임무입니다. 아시리라고 믿고 있습니다만, 사회에서 우리 위치는 이곳 사람들이 우리에게 좋은 인식을 갖고 있느냐 아니냐에 달려 있습니다. 검사 결과가 확실히 발표될 때까지 실험실을 폐쇄해서 대중의 공포를 달래는 것이 중요하다고 생각했습니다. 만약 바이러스가 사우스캐롤라이나에서 왔다는 증거가 나오면 당연히 그 즉시 실험실을 다시 열 겁니다."

"그러면 그사이 키브린은 어떻게 하란 말입니까?"

"목소리를 낮추지 않으시면." 간호사가 말했다. "아렌스 선생님께 보고드리는 수밖에 없습니다."

"잘됐군요. 가서 데려오세요." 던워디가 간호사에게 말했다. "아렌스 선생님에게 길크리스트 교수가 얼마나 말도 안 되는 짓을 저질렀는지 알려주고 싶군요. 바이러스 같은 건 네트를 통과할 수가 없단 말입니다."

간호사가 쿵쿵거리며 밖으로 나갔다.

"비록 당신에게 항의하는 사람들이 물리 법칙을 이해하지 못할 정도로 무식하다 할지라도." 던워디가 말했다. "이게 강하라는 단순한 사실 정도는 그 사람들도 이해할 수 있습니다. 네트는 1320년을 향해 열린 것이지 이쪽으로 열린 게 아니란 말입니다. 과거에서 이쪽으로는 아무것도 통과해오지 못합니다."

"그렇다면 키브린은 아무런 위험에도 처해 있지 않으며, 따라서 바이러스 검사 결과가 나올 때까지 기다려도 아무런 해가 되지 않을 겁니다."

"아무런 위험에 처해 있지 않다고요? 당신은 그 아이가 지금 어디에 있는지조차 모르지 않습니까!"

"당신 기술자가 동조 작업을 마쳤으며 강하는 성공적으로 이루어졌고 시간 편차는 최소라고 했습니다." 길크리스트는 소매를 내리고 단추를 꼼꼼하게 채웠다. "전 키브린이 가 있어야 할 곳에 있으므로 만족하고 있습니다."

"하지만 전 아닙니다. 그리고 키브린이 안전하게 강하를 끝마쳤는지 알 때까지는 만족할 수 없습니다."

"키브린은 제 소관이지 당신 소관이 아니라는 걸 다시 한번 말씀드리고 싶군요, 던워디 교수님." 길크리스트는 외투를 입었다. "저는 제가 최선의 행동으로 생각한 것을 해야만 합니다."

"그리고 당신은 미친놈 몇을 달래기 위해 실험실을 폐쇄하는 게 최선의 방법이라고 생각한다 이거군요." 던워디가 쓴 입맛을 다시며 말했다. "'상당수 대중'은 이번 바이러스를 신의 형벌로 생각합니다. 대학 당국은 이런 사람들에게 좋은 평가를 얻기 위해서는 어떤 일을 하실 작정입니까? 말뚝에 순교자를 묶고 화형이라도 시킬 생각입니까?"

"그런 모욕적인 말로 제 화를 돋우지 마십시오. 그리고 당신 소관이 아닌 일에 계속 끼어들어 저를 화나게 하지도 마시고요. 당신은 처음부터 중세 전공팀을 방해해 시간 여행을 하지 못하게 만들려는 생각을 품고 있었으며, 이제는 제 권한을 침해하려고 작정하고 있습니다. 다시 한번 말씀드리건대, 베이싱엄 학과장이 없는 지금 학과장 대리는 바로 저이며…."

"당신처럼 멍청하고 자존심만 강한 사람에게 중세 전공팀을 맡긴 것 자체가 잘못입니다! 키브린의 안전은 말할 필요도 없고 말입니다!"

"더 이상 이야기해야 할 필요를 못 느끼겠군요." 길크리스트가 말했다. "실험실은 폐쇄입니다. 바이러스 확인 결과가 나올 때까지 계속 폐쇄 상태로 있을 겁니다." 길크리스트가 걸어 나갔다.

던워디는 그 뒤를 쫓아가다가 하마터면 아렌스와 부딪힐 뻔했다. 아렌스는 SPG를 입고 차트를 읽고 있었다.

"길크리스트 교수가 무슨 짓을 했는지 들으면 놀랄 거야." 던워디가 말했다. "피켓 시위자 몇 명이 하는 이야기를 듣고 바이러스가 네트를 통해 들어왔다고 믿더군. 그래서 실험실을 폐쇄했대."

아렌스는 아무 말도 하지 않았다. 심지어는 차트에서 눈조차 떼지 않았다.

"오늘 아침, 바드리는 편차 숫자가 맞지 않는다고 했어. 계속 그렇게 말했어. '뭔가 잘못되었습니다'라고."

아렌스는 심란한 표정으로 던워디를 힐끗 보고는 다시 차트로 눈을 돌렸다.

"키브린의 동조치를 원격으로 읽어줄 기술자를 구했는데 길크리스트가 실험실 문을 잠갔어. 바이러스는 사우스캐롤라이나에서 전파된 게 확실하다고 당신이 길크리스트 교수에게 이야기 좀 해줘."

"그렇지 않아."

"그렇지 않다니, 무슨 뜻이야? 결과가 도착했어?"

아렌스는 고개를 저었다. "세계인플루엔자센터가 노력하고 있어. 아직 분석 중이야. 하지만 간이 검사 결과에 따르면 이번 바이러스는 사우스캐롤라이나 바이러스가 아니야." 아렌스는 눈을 들어 던워디를 바라보았다. "그리고 그 말이 맞아." 아렌스는 다시 차트로 눈을 돌렸다. "사우스캐롤라이나 바이러스는 사망률이 0퍼센트야."

"무슨 뜻이지? 바드리에게 무슨 일이 일어난 거야?"

"아니." 차트를 덮어 가슴께로 끌어올리며 아렌스가 말했다. "비벌리 브린."

던워디가 멍한 표정을 지은 모양이었다. 던워디는 아렌스가 래티머라고 말할 줄 알았다.

"보랏빛 우산을 가지고 있던 여자 말이야." 화가 난 목소리로 아렌스가 말했다. "방금 죽었어."

둠즈데이북 사본
(046381-054957)

구력 1320년 12월 22일. 아그네스의 무릎 상처가 더욱 심해졌어요. 상처 부위는 붉게 변했고 무척 아파해요(아파하는 정도가 아니에요. 제가 손만 대도 비명을 질러대니까요). 그리고 거의 걷지를 못해요. 어떻게 해야 할지 모르겠어요. 이메인 부인에게 말을 하면 상처에 그 무시무시한 습포를 대서 오히려 악화시키겠죠. 엘로이즈는 무척이나 걱정하며 마음 아파할 테고요.

거윈은 아직 돌아오지 않았어요. 어제 정오까지는 집에 돌아왔어야 하는데 만종이 지나서도 오지 않자 엘로이즈는 이메인 부인이 거윈을 옥스퍼드에 보낸 것을 비난했어요.

"말했듯이 난 거윈을 코시로 보냈다." 이메인 부인은 방어하는 듯한 목소리로 말했어요. "분명 비 때문에 못 오는 걸 거다."

"코시뿐인가요?" 엘로이즈가 화난 목소리로 말했죠. "새 지도 신부님을 모셔오기 위해 다른 곳으로 보내지는 않았나요?"

이메인 부인이 정신을 수습하느라 한참 뜸을 들이더니 대답하더군요. "블로에 경과 그 일행이 이곳에 오시는데 로슈 신부가 주관하는 크리스마스 미사를 드리게 할 순 없다." 이메인 부인이 말했어요. "로즈먼드의 약혼자 앞에서 망신당하고 싶은 거냐?"

엘로이즈는 얼굴이 창백해졌어요. "도대체 거윈을 어디로 보내신 거죠?"

"주교님께 드릴 편지를 들려 보냈다. 지도 신부님이 필요하다는 내용을 적어서 말이다." 이메인 부인이 말했지요.

"바스로 말인가요?" 엘로이즈는 이메인 부인을 칠 것처럼 손을 들어 올렸어요.

"아니다. 시렌스터로 보냈을 뿐이야. 크리스마스 일로 부주교님이 그곳 수도원에 계신다. 그분께 편지를 드리라고 했다. 신부님 한 명 정도는 거윈이 가져간 편지를 전해 올릴 것 아니겠느냐. 게다가 분명 거윈이 빠져나오지 못할 정도로 바스의 상황이 나쁘지도 않을 거다. 만약 그 정도로 심각한 상황이라면 내 아들이 그곳을 떠나 이리 왔을 테니 말이다."

"어머님의 아드님께서는 분명 우리가 자기 명령을 따르지 않았다며 불쾌해할 거예요. 남편은 거윈에게 자신이 돌아올 때까지 이곳 장원을 지키라고 명령했어요."

엘로이즈는 여전히 분노한 목소리였고, 손을 내리며 주먹을 쥐었어요. 메이즈리를 때렸을 때처럼 부인의 귀를 때릴 듯 말이에요. 하지만 이메인 부인이 '시렌스터'라고 말하자 엘로이즈의 안색이 다시 돌아왔어요. 그 말에 어느 정도는 안심된 모양이에요.

이메인 부인은 '분명 거윈이 빠져나오지 못할 정도로 바스의 상황이 나쁘지도 않을 거다'라고 말했지만, 엘로이즈는 거윈이 무사히 돌아오지 못할 거라고 걱정하는 게 분명해요. 엘로이즈는 거윈이 함정에 빠졌거나 아니면 기욤의 적을 이곳으로 데려올까 겁내는 게 아닐까요? 그리고 기욤이 바스를 떠나지 못할 정도로 상황이 나빠진 건 아닐까요?

아마 셋 모두일 거예요. 오늘 아침만 해도 엘로이즈는 문간에 서서 비 내리는 바깥을 열 번도 넘게 봤거든요. 그리고 숲속에서 로즈먼드가 그랬듯이 무척 기분이 상해 있어요. 조금 전에는 이메인 부인에게 부주교가 시렌스터에 있는 게 확실하냐고 묻더군요. 만약 부주교가 그곳에 없으면 거윈이 편지를 가지고 바스로 갈까 봐 걱정하는 게 분명해요.

엘로이즈의 공포가 모두에게 전염되었어요. 이메인 부인은 구석으로 가 성유물함을 잡고 기도했으며 아그네스는 아파서 낑낑거렸고 로즈먼드는 무릎에 수를 올려놓은 채 멍하니 바라보고만 있었어요.

(사이)

오늘 오후에 아그네스를 로슈 신부님께 데려갔어요. 아그네스의 무릎 상처가 훨씬 악화되었거든요. 전혀 걷지를 못하는데다 상처 위로 붉은 줄이 생기는 것처럼 보여요. 확실하지는 않지만 무릎 전체가 빨갛게 부풀어 올랐어요. 그냥 보고만 있기가 겁이 났어요.

1320년에는 패혈증 치료법이 없었어요. 그리고 아그네스의 무릎이 감염된 건 제 잘못이에요. 제가 강하 지점을 보겠다고 고집만 부리지 않았어도 아그네스는 넘어지지 않았을 테니까요. 인과 모순 때문에 제가 이곳에 있는 사람들에게 영향을 미칠 수 없다는 걸 알고 있지만, 그냥 보고만 있을 수는 없어요. 저도 여기서 병에 걸릴 예정은 없었으니까 말이에요.

그래서 이메인 부인이 다락으로 올라갔을 때 전 아그네스를 데리고 교회로 가서 신부님께 아그네스를 치료할 수 있는지 물어봤어요. 바깥에는 엄청나게 비가 쏟아져 내렸지만, 아그네스는 비에 젖으면서도 징징거리지 않았어요. 그런 아그네스의 태도가 무릎에 난 빨간 줄보다 더 무서웠어요.

교회는 어둡고 곰팡내가 났어요. 교회 앞쪽에서 로슈 신부님의 목소리가 들려오더군요. 누군가에게 이야기하는 것 같았어요. "기욤 경은 아직 바스에서 오지 않으셨습니다. 그분의 안전이 걱정됩니다." 신부님이 말했어요.

저는 아마도 거윈이 돌아온 모양이라는 생각이 들어 둘이 재판에 대해 무슨 이야기를 하나 들어보고 싶어서 더 이상 앞으로 가지 않았어요. 저는 그 자리에 서서 아그네스를 안고 귀를 기울였어요.

"지난 이틀 동안 비가 내리고 있습니다." 로슈 신부님이 말했어요. "그리고 서쪽에서 살을 에는 듯한 바람이 불고 있습니다. 들판에 있는 양을 들여와야 합니다."

시력을 집중해 어두운 본당을 잠시 들여다본 뒤에야 신부님의 모습을 구별할 수 있었어요. 로슈 신부님은 루드 스크린 앞에 무릎 꿇고 커다란 손을 한데 모으고 기도하고 있었어요.

"집사의 아이는 복통 때문에 젖을 먹지 못합니다. 소작농 타보다는 앓아누웠습니다."

신부님은 라틴어로 기도하지 않았어요. 그렇다고 교수님과 함께 작년에 크리스마스이브 예배에서 봤던 거룩한 개혁 교회 목사의 단조로운 어조나, 성공회 신부의 과장된 어투도 보이지 않았고요. 신부님은 사무적으로 사실을 열거하는 방식으로 말했어요. 지금 교수님께 제가 말하고 있는 식으로 말이죠.

1300년대 사람들에게 하느님은 자신들이 알고 있는 물질적 세계보다 더 현실로 다가오는 모양이에요. 로슈 신부님은 제가 죽어갈 때 '당신은 다시 집으로 돌아가는 것뿐입니다'라고 했지요. 육신의 생명은 허상이며 중요하지 않고 진정한 삶은 영원한 영혼에 있다고 보는 게 이 당시 사람들이 믿는 인생관인 모양이에요. 마치 제가 이번 세기를 방문했듯 자신들은 이 세상을 잠시 찾아왔다고 여기는 것 같아요. 하지만 제 생각을 뒷받침할 증거가 그리 많은 건 아니에요. 엘로이즈는 저녁 기도 시간이나 아침 기도 시간이 되면 의무적으로 성모송을 암송한 뒤 일어나서 자신의 기도는 남편이나 딸, 거윈에 대한 걱정거리와는 아무런 관계가 없다는 듯한 표정으로 옷을 툭툭 털지요. 그리고 성유물함과 《시도서》를 늘 가지고 다니는 이메인 부인 역시 자신의 사회적 지위에만 관심을 보이고 있어요. 눅눅한 기운이 있는 교회에서 로슈 신부님의 기도 소리를 듣기 전까지는, 전 이 당시 사람들에게 하느님이 현실이라는 증거를 찾지 못했지요.

제가 교수님과 옥스퍼드를 선명하게 그릴 수 있듯이, 비 내리는 안뜰과 김 서린 안경을 벗어서 목도리로 닦는 모습을 선명히 그릴 수 있듯이, 로슈 신부님도 하늘에 계신 하느님을 볼 수 있는지 궁금해요. 중세 사람들에게 하느님이라는 존재가 저에게 교수님이라는 존재만큼 친근하면서도 지금의 제 처지처럼 쉽게 다가가지 못하는 존재인지 궁금해요.

"우리의 영혼을 악에서 구하시고 하늘나라에 안전히 인도하여 주시옵소서." 로슈 신부님의 기도가 신호라도 되는 양 아그네스가 제 팔에서 몸을 일으키고 말했어요. "로슈 신부님을 만나고 싶어요."

로슈 신부님이 일어서서 우리 쪽으로 오기 시작했어요. "무슨 일이십니까? 거기 누구십니까?"

"캐서린입니다. 아그네스를 데려왔어요. 이 아이 무릎이…." 뭐라고 해야 할까요? 감염되었다고 해야 했을까요? 전 이렇게 말했어요. "신부님이 아이 무릎을 좀 봐주셨으면 좋겠습니다."

신부님은 상처를 살펴보려 했지만, 교회 안이 너무 어두워서 아그네스를 데리고 자기 집으로 갔어요. 그곳 역시 그리 밝다고 할 수는 없었어요. 신부님의 집은 제가 잠시 몸을 의지했던 오두막보다 그리 크지 않았고 천장도 높지 않았죠. 신부님은 서까래에 머리를 부딪치지 않기 위해 저희가 그곳에 있는 내내 몸을 굽히고 있어야만 했어요.

신부님은 단 하나 있는 창의 겉창을 열고(덕분에 비가 들이쳤지요) 골풀 양초를 켠 다음 아그네스를 조악한 나무 탁자에 올려놓았어요. 신부님이 아그네스 무릎에 감긴 붕대를 풀었더니 아그네스는 움찔거리며 몸을 피하더군요.

"가만히 앉아 있어라, 아그네스." 신부님이 말했어요. "그러면 예수님이 어떤 식으로 저 먼 하늘에서 이 땅으로 내려오셨는지 얘기해주마."

"크리스마스에 오셨어요." 아그네스가 말했어요.

로슈 신부님은 부어오른 부분을 가볍게 찔러보고 상처 부위를 만져보며 계속 말했어요. "그리고 양치기들은 겁에 질려 꼼짝도 못 하고 서 있었단다. 하늘의 밝은 빛이 무엇인지 몰랐거든. 그리고 하늘에서 울려 퍼지는 종소리가 들렸지. 그리고 하느님의 천사가 자신들에게 다가오는 모습을 보았단다."

아그네스는 제가 상처에 손을 대려 했을 때는 비명을 지르며 제 손을 뿌리쳤지만, 신부님이 그 두툼한 손가락으로 새빨간 상처 부위를 쿡쿡 찌르는데도 가만히 있었어요. 신부님이 손을 댄 곳은 분명 붉은 줄이 나타나기 시작하는 곳이었어요. 로슈 신부님은 그 부분을 부드럽게 어루만지며 골풀 양초를 좀 더 가까이 가져갔어요.

"그리고, 저 멀리서." 눈을 가늘게 뜨고 신부님이 말했어요. "동방 박사 세 명이 선물을 가지고 왔단다." 신부님은 조심스레 붉은 줄을 다시 만졌어요. 그러더니 기도라도 하려는 듯 두 손을 모았어요. 그리고 저는 생각했어요. '기도 말고 뭔가 치료를 해주세요.'

신부님은 손을 내리고 저를 바라보았어요. "상처에 독이 오른 것 같아 걱정입니다." 신부님이 말했어요. "우슬초 달인 물로 독을 뽑아야겠습니다." 신부님은 화로로 가서 미지근해 보이는 석탄을 뒤적이고 양동이에 있는 물을 철 냄비에 담더군요.

양동이도 더러웠고, 냄비도 더러웠고, 아그네스의 상처를 만지던 신부님의 손도 더러웠고, 신부님이 불 위에 냄비를 올려놓고 더러운 자루를 뒤적이는 모습까지 지켜보고 있으려니 괜히 왔다는 생각이 들었어요. 신부님은 이메인 부인과 다를 게 없었어요. 나뭇잎과 열매를 달여 상처에 바르는 거나 이메인 부인의 습포를 붙이는 거나 패혈증에 효과가 없기는 매한가지니까요. 그리고 신부님의 기도 역시 효과를 내지는 못할 거예요. 하느님이 자기 앞에 있는 것처럼 아무리 열심히 기도한다 할지라도 말이에요.

저는 하마터면 '그게 신부님이 할 수 있는 전부인가요?'라고 말할 뻔했어요. 하지만 곧 제가 불가능한 걸 기대했다는 사실을 깨달았어요. 감염된 상처를 치료하려면 페니실린이나 T세포 강화, 소독약 따위가 있어야 하지만 신부님의 삼베 주머니에는 그런 게 하나도 없으니까요.

길크리스트 교수님이 중세 의술에 대해 강의했던 내용이 떠오르더군요. 길크리스트 교수님은 흑사병이 돌던 당시, 의사라는 족속들이 치료한답시고 사람들 피를 뽑고 비소와 염소 오줌을 약으로 쓰는 멍청이였다고 하셨죠. 하지만 그렇다면 길크리스트 교수님은 이 사람들이 어떻게 하길 바라셨던 걸까요? 이 당시 사람들에게는 유사체나 항균제가 없었어요. 이때 사람들은 병의 원인이 무엇인지조차 몰랐어요. 여기에 서서 더러운 손으로 마른 꽃잎과 잎사귀를 바수고 있는 로슈 신부님은 자신이 할 수 있는 최선을 다하고 있는 거예요.

"포도주 있으세요?" 제가 신부님께 여쭸어요. "오래된 거로요."

이때 맥주는 홉을 쓰지 않아 알코올이 거의 없었고, 포도주 역시 별다를 바 없었지만 그래도 오래된 것일수록 알코올 함유량은 더 높았고, 알코올은 소독제 역할을 하니까요.

"오래된 포도주로 상처 부위를 적시면 감염이 멈추는 경우가 있다는 기억이 났습니다."

신부님은 '감염'이 무슨 뜻인지, 그리고 제가 모든 기억을 잊고 있다면서 어떻게 그런 생각을 떠올릴 수 있는지 묻지 않았어요. 신부님은 즉시 교회를 가로질러 가더니 독한 냄새가 나는 포도주가 가득 담긴 도기를 가지고 왔어요. 저는 붕대에 포도주를 적셨고 상처 부위도 씻어냈지요.

저는 상처를 계속 소독해줄 생각으로 포도주가 담긴 도기를 집으로 가져와 로즈먼드의 내실 침대 밑에 숨겨두었어요(상처에 부은 포도주가 성찬용일 경우를 대비한 거예요. 만약 그렇다면 이메인 부인이 알면 로슈 신부님을 이단이라고 불태워 죽이려 들 테니까요). 그리고 아그네스가 잠자러 가기 전에 상처 위에 바로 포도주를 부어주었어요.

19

비는 크리스마스 전날까지 줄기차게 내렸다. 지붕에 난 연기 구멍으로 새어 들어온 겨울비 때문에 화롯불이 연기와 함께 탁탁 소리를 냈다.

키브린은 틈날 때마다 아그네스의 무릎에 포도주를 부었다. 23일 오후쯤 되자 상처가 조금은 나아진 것 같았다. 무릎이 아직 부어 있었지만 붉은 줄은 없어졌다. 키브린은 망토를 머리에 뒤집어쓰고 로슈 신부를 만나기 위해 교회로 뛰어갔지만, 신부는 교회에 없었다.

아그네스가 무릎을 다친 일은 이메인 부인도 엘로이즈도 알지 못했다. 두 여인은 블로에 경이 올 때를 대비해 손님맞이 준비를 하느라 정신이 없었다. 여자들이 묵을 수 있도록 다락을 깨끗이 치우고, 홀 바닥에 깔아놓은 골풀 위에 장미 꽃잎을 여기저기 흩뿌리고, 푸딩이며 파이며 맨치트 등을 고루 갖추기 위해 끊임없이 뭔가를 구워댔다. 여인들이 준비한 음식 중에는 차라리 기괴하다는 표현이 어울릴 만한 음식도 있었는데, 구유에 놓인 아기 예수 모양 과자로, 아기 예수를 감싼 포대기는 두 갈래로 땋은 파이로 되어 있었다.

오후가 되자 로슈 신부가 흠뻑 젖어 떨면서 영주의 집으로 왔다. 로슈 신부는 홀을 장식할 담쟁이덩굴을 가져오느라 이렇게 뼛속까지 추운 비가 내리는 날씨도 아랑곳하지 않고 밖으로 나갔다 온 것이었다. 이메인 부인은 부엌에서 아기 예수를 굽느라 로슈 신부를 맞지 않았다. 키브린이 로슈 신부를 안으로 데리고 들어가 불 옆에서 옷을 말리게 했다.

메이즈리를 불렀지만 나오지 않자 키브린은 안뜰을 가로질러 부엌으로 가 손수 뜨거운 에일 맥주를 컵에 담아 신부에게 가져다주었다. 키브린이 맥주를 가지고 홀로 돌아와보니 메이즈리가 손으로 기름기가 덕지덕지 앉은 더러운 머리카락을 뒤로 넘겨잡은 채 로슈 신부 옆에 앉아 있었고, 신부는 거위 기름을 메이즈리의 귀에 발라주고 있었다. 메이즈리는 키브린을 보자 깜짝 놀라 손으로 귀를 감싸 쥐고 허둥지둥 달려 나갔다. 키브린은 로슈 신부의 치료가 물거품이 되었으리라는 생각이 들었다.

"아그네스의 무릎은 차도를 보이고 있어요." 키브린이 로슈 신부에게 말했다. "부기도 이젠 많이 빠졌고 딱지도 새로 앉았어요."

로슈 신부는 전혀 놀란 기색이 없었다. 그래서 키브린은 아그네스에게 패혈증이 나타났을 거라던 자기 짐작이 잘못되었던 건 아닐까 생각했다.

그날 저녁부터 비가 눈으로 변했다. "그 사람들은 안 올 거예요." 엘로이즈가 이튿날 안도의 한숨을 쉬며 말했다.

키브린은 엘로이즈의 의견에 동의했다. 지난밤에 내린 눈은 30센티미터 가까이 쌓였고 아직도 계속 내리고 있었다. 이메인 부인조차 이제는 블로에 경 일행이 이곳으로 오지 않을 것이라 체념하고 있었다. 하지만 이메인 부인은 계속 블로에 경을 맞이할 준비를 했다. 이메인 부인은 백랍으로 만든 쟁반을 다락에서 꺼내 내려오면서 메이즈리에게 소리를 질렀다.

정오쯤이 되자 눈은 거짓말처럼 그쳤고 2시 무렵에는 하늘이 맑아지기 시작했다. 엘로이즈는 모두에게 좋은 옷으로 갈아입으라고 말했다. 키브린은 두 여자아이의 옷을 갈아입히면서 동화 속 공주 옷처럼 화려하고 예쁜 실크 슈미즈를 보고 깜짝 놀랐다. 아그네스는 실크 슈미즈 위에 짙붉은 벨벳 커틀을 입고 은제 버클을 했으며, 로즈먼드의 녹색 커틀은 긴 소매에 길게 트임이 있고 상체를 감싸는 보디스는 앞이 깊이 파여 노란 슈미즈의 자수 장식이 잘 보였다. 키브린에게는 무엇을 입으라는 말이 없었지만, 키브린이 아그네스의 땋은 머리를 풀어 빗기고 있는데 아그네스가 말했다. "캐서린 언니, 언니는 이곳에 왔을 때 입었던 파란색 옷을 입어야 해요." 아그네스는 침대 발치에 있는 상자에서 키브린의 옷을 꺼냈다. 꼬마 아가씨들의 아기자기한 옷과 비교하자니 우중충해 보이는데다 옷감의 조직은 너무 촘촘했고 색깔도 너무 새파랬다.

키브린은 머리 모양을 어떻게 해야 할지 고민이 됐다. 결혼하지 않은 여자들은 축제 때가 되면 머리를 땋지 않고 리본이나 가는 머리띠를 써서 뒤로 넘겼다. 하지만 그러기에 키브린의 머리는 너무 짧았고, 머리에 뭔가를 쓰자니 그것은 결혼한 여자들만 하는 행동이었다. 그렇지만 키브린은 정신 사납게 잘린 자기의 볼썽사나운 머리에 뭔가를 쓰지 않을 수 없었다.

엘로이즈도 키브린의 머리에 대해 생각해본 모양이었다. 키브린이 두 아이를 데리고 계단 아래로 내려오자 엘로이즈는 입술을 자근자근 깨물다가 메이즈리를 시켜 다락에서 얇고 반투명한 베일을 가져오게 하더니 키브린이 머리 중간에 한 머리띠에 고정해주었다. 덕분에 키브린은 앞머리는 드러내면서 엉망이 된 뒷머리를 가릴 수 있었다.

엘로이즈의 신경질은 날이 개면서 되살아난 것 같았다. 엘로이즈는 메이즈리가 밖에 나갔다 오면서 바닥에 진흙을 묻혀놓자 이것을 핑계로 메이즈리의 뺨을 때렸다. 엘로이즈는 채 준비하지 못한 일을 열 개는 족히 생각해냈고 집 안에 있는 모든 사람에게 트집을 잡았다. 그리고 이메인 부인은 옆에서 열 번은 족히 '코시에 갔었더라면…'이라고 중얼거렸고, 키브린은 엘로이즈가 이메인 부인을 한 대 칠지도 모르겠다는 생각이 들었다.

키브린은 중요한 행사가 시작되기 한참 전부터 아그네스에게 좋은 옷을 미리 입혀놓은 것은 바보 같은 짓 같았다. 아니나 다를까 오후 중반쯤 되자 수가 곱게 놓인 소매는 벌써 때가 새까맣게 탔으며, 아그네스가 쏟은 밀가루 때문에 벨벳 스커트 한쪽은 허옇게 더럽혀져 있었다.

늦은 오후가 되었는데도 거윈은 돌아오지 않았고 덕분에 사람들의 인내

심은 바닥이 났으며 메이즈리의 귀는 새빨개졌다. 이메인 부인이 키브린에게 로슈 신부에게 밀랍 양초 여섯 개를 가져다주라고 말했을 때, 키브린은 두 아이를 데리고 이 집에서 나갈 기회를 얻게 되어 너무나 기뻤다.

"미사가 두 번 있는 동안 양초가 계속 켜져 있어야 한다고 전하세요." 이메인 부인이 성난 듯이 말했다. "예수님의 생일을 위한 미사치고는 너무 초라해. 코시로 갔어야 하는데."

키브린은 아그네스에게 망토를 입히고 로즈먼드를 불렀다. 그리고 셋은 교회로 걸어갔다. 로슈 신부는 교회에 없었다. 띠로 표시된 커다란 노란 양초가 불이 붙지 않은 상태로 제단 한가운데 있었다. 로슈 신부는 해가 질 무렵 초를 켜 자정이 올 때까지 시간을 잴 용도로 초를 사용할 것이다. 그리고 그동안 신부는 얼음장같이 차가운 교회 바닥에 무릎을 꿇고 있을 것이다.

로슈 신부는 집에도 없었다. 키브린은 탁자 위에 초를 놓고 나왔다. 풀밭을 건너 돌아오는 길에 키브린 일행은 로슈 신부의 당나귀가 교회 부속 묘지로 통하는 문 옆에서 길에 쌓인 눈을 할짝거리고 있는 모습을 보았다.

"동물들한테 먹이 주는 것을 까먹었네." 아그네스가 말했다.

"동물들한테 먹이를 주다니?" 키브린은 아그네스가 또다시 옷을 망치는 짓을 할까 봐 바짝 경계하며 물었다.

"크리스마스이브잖아요." 아그네스가 말했다. "언니 집에서는 동물들한테 먹이 안 줬어요?"

"언니는 아무것도 기억 못 하잖아." 로즈먼드가 말했다. "크리스마스이브 때 마구간에서 태어나신 주님을 경배하는 뜻에서 우리가 직접 동물들한테 먹이를 줘요."

"언니, 그러면 크리스마스에 대해서도 기억이 안 나는 거예요?" 아그네스가 물었다.

"아주 조금은 기억나." 키브린은 크리스마스이브의 옥스퍼드, 카팩스 거리에 즐비한 가게들, 가게마다 진열해놓은 플라스틱 상록수 가지와 레이저 조명, 크리스마스 막판이 되어서야 선물을 사려고 밀려드는 쇼핑객들을 떠올렸다. 하이 스트리트는 자전거로 가득 차고 눈 내리는 풍경 너머로 살짝 그 모습을 드러내는 모들린 타워도 눈앞에 어른거렸다.

"먼저 사람들은 종을 울려요. 그런 다음 먹고, 미사를 드리고, 그다음에 크리스마스 장작을 태우는 거죠." 아그네스가 말했다.

"전부 다 거꾸로 말했잖아." 로즈먼드가 말했다. "크리스마스 장작부터 태운 다음에 미사를 드리는 거야."

"아니야, 종 울리는 게 먼저야." 아그네스는 로즈먼드를 노려보면서 말했다. "그다음에 미사 드리는 거란 말이야."

키브린은 헛간으로 가서 귀리와 건초를 꺼내 마구간으로 가져가 말들에게 먹였다. 그링골렛은 마구간에 없었다. 즉, 거윈이 아직 돌아오지 않았다는 뜻이었다. 키브린은 거윈이 돌아오는 즉시 거윈과 이야기를 해야 했다. 랑데부는 이제 1주일 뒤로 다가왔는데 키브린은 아직도 강하 지점이 어디인지 모르고 있었다. 그리고 기욤 경이 돌아오면 모든 것이 달라질 수도 있기 때문이었다.

엘로이즈는 자기 남편이 돌아올 때까지는 키브린과 관련된 모든 일에 일체 신경 쓰지 않기로 한 모양이었다. 그리고 오늘 아침 엘로이즈는 다시 한번 두 딸에게 아버지가 오늘 오실 것이라고 말하기도 했다. 기욤 경이 돌아오면 키브린의 가족을 찾겠다며 키브린을 옥스퍼드나 런던으로 데려갈 것이고, 아니면 블로에 경이 코시로 돌아갈 때 키브린도 역시 데려가겠다고 나설 수도 있는 일이었다. 키브린은 거윈과 빨리 말해야 했다. 손님들이 도착하면 모두가 바쁘고 크리스마스 때문에 정신없이 부산할 테니 혼자 남은 거윈에게 접근하는 것이 훨씬 더 쉬울 것이고, 잘하면 거윈한테 강하 지점으로 데려다달라고 할 수도 있었다.

키브린은 거윈이 돌아오길 바라는 마음에 되도록 꾸물거리며 말들과 가능한 한 오래 있을 생각이었다. 그렇지만 아그네스는 쉬이 싫증을 냈고 닭에게도 먹이를 주어야 한다며 고집을 부렸다. 키브린은 집사의 소에게 먹이를 주는 것은 어떻겠냐고 아그네스를 달랬다.

"우리 소가 아닌데요." 로즈먼드가 일언지하에 거절했다.

410

"내가 아팠을 때 집사 아내가 나에게 약을 만들어주었단다." 키브린은 강하 지점을 찾아 나섰던 날 자기가 뼈만 남은 소에 기대앉아 있던 모습을 떠올리며 말했다. "집사 아내의 친절함에 고마움을 표시하고 싶어."

셋은 얼마 전만 하더라도 돼지들이 있던 우리를 지나쳤다. 아그네스가 말했다. "불쌍한 아기 돼지들, 사과 한 알 정도는 먹이려고 했는데."

"북쪽 하늘이 다시 어두워지기 시작했어요." 로즈먼드가 말했다. "그 사람들 안 올 거예요."

"진짜네." 아그네스가 말했다. "그래도 블로에 경이랑 블로에 경 식구들이랑 부하들은 올 거야. 나한테 선물을 가져다주기로 했어."

집사의 암소는 예전에 키브린이 보았던 그 장소에 그대로 있었다. 암소는 마지막에서 두 번째 오두막 뒤쪽에서, 예전에 먹다 남은 까만 완두 넝쿨 쪼가리를 씹고 있었다.

"즐거운 크리스마스 보내, 암소 아줌마." 아그네스는 적당히 떨어져서 건초 한 줌을 소에게 내밀었다.

"동물들은 자정에만 말해." 로즈먼드가 말했다.

"캐서린 언니, 나 자정에 동물들을 보고 싶어요." 아그네스가 말했다. 암소는 한 걸음 앞으로 나왔다. 아그네스가 뒤로 물러섰다.

"안 돼, 이 바보야." 로즈먼드가 말했다. "그 시간엔 미사 드려야지."

암소는 목을 쭉 빼더니 그 큰 걸음으로 한 발짝 더 나왔다. 아그네스는 뒤로 물러났고 키브린은 암소에게 건초 한 줌을 주었다.

아그네스는 부러워하며 그 모습을 바라보았다. "사람들이 전부 다 미사를 드리고 있으면 동물들이 말을 하는지 어쩌는지 어떻게 알아?" 아그네스가 물었다.

'좋은 지적이야, 아그네스.' 키브린은 생각했다.

"로슈 신부님이 말씀하신 거야." 로즈먼드가 말했다.

아그네스는 키브린의 치마 뒤에서 나와 건초 한 줌을 더 쥐었다. "동물들이 뭐라고 말한대?" 아그네스는 건초를 암소 쪽으로 대충 내밀었다.

"네가 자기네들한테 먹이 주는 게 서툴대." 로즈먼드가 말했다.

"아니야, 동물들은 그런 말 안 해!" 아그네스는 손을 앞으로 내지르며 말했다. 암소는 입을 벌리고 이빨을 드러낸 채 건초를 향해 재빨리 다가왔다. 아그네스는 들고 있던 건초를 암소에게 던져버리더니 키브린 뒤로 쏙 숨었다. "동물들도 주님을 경배한다고 그랬어. 로슈 신부님이 그러셨단 말이야."

✳

말들의 울음소리가 들렸다. 아그네스가 오두막들 사이로 뛰어갔다. "사람들이 오나 봐!" 아그네스가 소리를 지르며 뛰어서 돌아왔다. "블로에 경이 왔어! 내가 봤어! 정문을 지나고 있어!"

키브린은 남은 건초를 소 앞에 대충 흩뿌려놓았다. 로즈먼드는 귀리 한 줌을 자루에서 꺼내더니 소에게 먹이기 시작했다. 로즈먼드는 소가 자기 손에 코를 파묻고 먹이를 먹도록 내버려두었다.

"이리 와, 언니!" 아그네스가 소리쳤다. "블로에 경이 왔다니까!"

로즈먼드는 손에 남아 있는 귀리를 털어냈다. "로슈 신부님 당나귀한테도 먹이를 줄래." 로즈먼드는 이렇게 말하고는 집 쪽은 보지도 않고 교회 쪽으로 뛰어가기 시작했다.

"그렇지만 사람들이 도착했다니까, 로즈먼드 언니!" 아그네스가 로즈먼드를 쫓아가며 소리 질렀다. "언니는 블로에 경이 무슨 선물을 가져왔나 보고 싶지 않아?"

'당연히 아니지.' 키브린은 생각했다. 로즈먼드는 벌써 묘지 정문 옆에서 눈 사이로 삐져나온 강아지풀을 뜯어 먹는 당나귀 앞에 도착해 있었다. 로즈먼드는 귀리를 한 줌 쥐고 몸을 굽혀 아무런 흥미도 보이지 않는 당나귀에게 내밀었다. 로즈먼드는 한 손을 당나귀 등에 얹었다. 긴 밤색 머리에 로즈먼드의 얼굴이 가려 보이지 않았다.

"로즈먼드 언니!" 자기 말을 안 들어주자 얼굴이 벌게지도록 흥분하며 아그네스가 소리쳤다. "내 말 안 들려? 사람들이 왔다니까!"

당나귀는 귀리를 밀쳐낸 다음 누런 이로 다시 강아지풀을 뜯어 먹기 시작했다. 로즈먼드는 꿋꿋이 계속해서 당나귀에게 귀리를 들이밀었다.

"로즈먼드." 키브린이 말했다. "당나귀에게 먹이 주는 건 내가 할게. 넌 손님을 맞아야 할 것 같아."

"블로에 경이 나한테 선물을 가져온다고 했단 말이야." 아그네스가 말했다.

로즈먼드는 손을 펴고 쥐었던 귀리를 전부 다 쏟아버렸다. "그렇게 블로에 경이 좋으면 네가 대신 결혼하겠다고 아버지한테 말씀드려." 로즈먼드는 말을 내뱉고 집으로 가기 시작했다.

"난 너무 어리잖아." 아그네스가 말했다.

'어린 거로 따지면 로즈먼드도 마찬가지지.' 키브린은 아그네스의 손을 잡고 로즈먼드의 뒤를 쫓으며 이런 생각을 했다.

로즈먼드는 고개를 빳빳이 든 채 치마가 땅에 질질 끌리는 것도 개의치 않고 저만치 앞쪽에서 성큼성큼 걸어갔다. 아그네스가 같이 가자며 조금만 천천히 걸으라는 말을 했지만, 로즈먼드는 들은 척도 하지 않았다.

블로에 경 일행은 벌써 안뜰로 들어가 있었고 로즈먼드는 이제 돼지우리에 도착했다. 키브린은 아그네스를 끌다시피 하며 걸음을 빨리했다. 어찌 되었든 결국 모든 사람이 동시에 안뜰에 들어섰다. 키브린은 너무 놀라서 우뚝 멈췄다.

키브린은 가족 모두가 만면에 공손한 웃음을 띠고 문 앞에 서서 예의 바른 인사말을 나누며 서로를 환영하는 그런 격식 갖춘 만남을 기대했는데 실제 장면은 학기 시작 첫날을 방불케 했다. 모든 사람이 자루와 상자들을 안으로 옮기고 있었고 서로를 부둥켜안고, 감탄사를 연발하고, 소리를 질러대고, 둘이 동시에 말을 하고, 웃고 있었다. 심지어 로즈먼드조차도 그 무리에 있었다. 녹말을 빳빳하게 먹여 손질한 머리쓰개를 쓴 덩치 큰 여인이 아그네스를 번쩍 들어 올려서 키스해댔으며, 여자아이 셋이 로즈먼드를 둘러싸고 꺅꺅대고 있었다.

역시 명절에나 꺼내 입는 가장 좋은 옷을 차려입은 하인들은 포장된 바구니들과 어마어마하게 큰 거위 한 마리를 부엌으로 나르고 말들을 마구간에 집어넣느라 분주했다. 거윈은 아직도 그링골렛에 탄 채 몸을 숙인 자세로 이메인 부인에게 말을 하고 있었다. 키브린은 거윈이 하는 말을 들었다. "아닙니다. 주교님께서는 위벨리스쿰에 계십니다." 거윈의 이야기를 듣고도 이메인 부인은 맘이 상한 것 같지 않았다. 거윈이 부주교에게 전갈한 게 틀림없었다.

이메인 부인은 키브린이 입은 것보다 훨씬 더 밝은 파란색 망토를 걸친 젊은 여자가 말에서 내리는 것을 도왔다. 그리고 미소를 지으며 엘로이즈에게 그 여인을 데려다주었다. 엘로이즈 역시 만면에 웃음이 가득했다.

키브린은 그 많은 사람 중에서 누가 블로에 경인지 알아보기 위해 노력했지만 말 위에 앉아 있는 사람만 해도 여섯 명은 족히 넘었고, 말들에는 모두 돋을새김이 들어간 은마구가 달렸으며 사람들은 가장자리에 모피를 덧댄 망토를 걸치고 있었다. 천만다행으로 그중에 늙은이는 아무도 없었다. 그리고 한두 명은 꽤 그럴듯한 외모를 갖추고 있었다. 키브린은 아그네스에게 누가 블로에 경인지 물어보려 했으나 아그네스는 여전히 빳빳하게 풀 먹인 머리쓰개를 쓴 여인 손에 잡혀 있었고, 여인은 계속해서 아그네스를 토닥거리며 말했다. "우리 아그네스, 이렇게 커버리면 어떻게 알아보니. 정말로 많이 컸구나." 키브린은 웃음을 억지로 참으며 생각했다. '시대를 막론하고 애를 보면 꼭 저런다니까.'

새로 온 사람 중 몇몇은 붉은 머리였다. 그중 이메인 부인과 나이가 비슷해 보이는 여인도 한 명 있었는데, 그 여인은 이제는 희끗희끗 연분홍색이 된 머리를 소녀처럼 어깨 아래로 풀어헤치고 있었다. 여인은 초췌해 보였고 입가에도 다른 사람처럼 행복한 표정이 어려 있지 않았다. 그 여인은 하인들이 짐을 내리고 푸는 방식이 맘에 차지 않는 듯이 입가에 불만이 가득 서렸다. 여인은 물건이 지나치게 많이 꾸려져 있는 바구니 때문에 끙끙거리고 있는 하인의 손에서 바구니를 낚아채 녹색 벨벳 상의를 입은 뚱뚱한 남자에게 내밀었다.

뚱뚱한 남자 역시 붉은 머리였고, 키브린이 제일 잘생겼다고 생각한 더 젊은 남자도 마찬가지로 붉은 머리였다. 잘생긴 젊은 남자는 20대 후반이었지만, 얼굴이 동그랗고 정직해 보였고 주근깨가 있었으며 적어도 즐거운 표정을 짓고 있었다.

"블로에 경!" 아그네스가 소리치며 키브린 옆을 휙 지나 뛰어가더니 뚱뚱한 남자의 무릎에 앉았다.

'이런, 말도 안 돼.' 키브린은 뚱뚱한 남자가 필시 저 분홍 머리 잔소리꾼의 남편이거나 아니면 빳빳하게 풀을 먹인 머리쓰개를 쓴 여인의 남편일 것이라 짐작했다. 뚱뚱한 남자는 적어도 쉰 살은 되어 보였고 몸무게가 130킬로그램은 나갈 것 같았다. 게다가 아그네스에게 웃어 보이는 남자의 커다란 치아는 충치 때문에 누렇게 변해 있었다.

"선물은요?" 아그네스가 남자의 커틀 가장자리를 잡아당기면서 다그쳤다.

"물론, 가져왔지요." 남자는 로즈먼드가 다른 여자아이들과 아직도 이야기하고 있는 쪽을 바라보면서 말했다. "우리 아그네스하고 언니 것을 가져왔지요."

"제가 언니를 데려올게요." 아그네스가 말하고는 키브린이 말릴 틈도 없이 쏜살같이 로즈먼드에게 뛰어갔다. 블로에 경은 뒤뚱거리며 아그네스 뒤를 쫓았다. 남자가 다가오자 여자아이들은 낄낄거리며 흩어졌고, 로즈먼드는 살기등등하게 아그네스를 노려보다가 마지못해 웃으며 블로에 경에게 손을 내밀며 말했다. "어서 오세요, 블로에 경."

로즈먼드의 뺨은 할 수 있는 데까지 씰룩거렸고 창백했던 두 볼은 화기가 올랐는지 빨개졌다. 그렇지만 블로에 경은 이 모든 것을 로즈먼드가 부끄러워하기 때문에, 그리고 자신을 보고 반가워서 그렇다고 생각하는 모양이었다. 블로에 경은 뒤룩뒤룩 살찐 손으로 로즈먼드의 작은 손을 잡고 말했다. "봄이 오면 그렇게 딱딱하게 예의를 갖춰 남편을 맞지 않으시겠지요."

로즈먼드의 볼이 더 빨개졌다. "아직 겨울입니다."

"조만간 곧 봄이 될 것 아니겠습니까." 블로에 경은 누런 이를 보이며 소리 내 웃었다.

"내 선물은 어디 있어요?" 아그네스가 졸랐다.

"아그네스, 그렇게 욕심부리면 안 돼." 엘로이즈가 다가와 두 딸 가운데 서며 말했다. "선물을 떼쓰는 것은 손님을 맞이하는 예의가 아니란다." 엘로

415

이즈는 블로에 경을 바라보며 웃음 지었다. 설사 엘로이즈가 이 결혼을 내심 꺼리고 있다 할지라도 전혀 그런 내색은 비치지 않았다. 엘로이즈는 키브린이 여태까지 보아 온 어떤 때보다 훨씬 더 편안해 보였다.

"제가 처제에게 선물을 가져오겠다고 약속했기 때문입니다." 블로에 경은 꽉 졸라맨 허리띠에 손을 뻗어 작은 천 가방을 꺼내 들었다. "물론 제 약혼녀에게 결혼 선물을 가져오는 것 역시 잊지 않았지요." 블로에 경은 작은 가방을 뒤져 보석들이 박혀 있는 브로치를 꺼내 들었다. "신부에게 바치는 사랑의 징표입니다." 블로에 경은 걸쇠를 끄르면서 말했다. "이 브로치를 할 때마다 나를 생각하셔야 합니다."

블로에 경은 숨을 씩씩거리며 로즈먼드의 망토에 브로치를 꽂아주기 위해 앞으로 다가섰다. '저자가 뇌졸중으로 쓰러졌으면 좋겠어.' 키브린은 생각했다. 로즈먼드는 뻣뻣하게 굳어서 조금도 움직이지 않았다. 블로에 경이 살찐 손으로 목을 더듬자 로즈먼드는 뺨이 새빨개졌다.

"루비군요." 엘로이즈는 기쁜 듯 말했다. "로즈먼드, 이렇게 귀한 선물을 가져다주신 네 약혼자에게 감사드려야 하지 않겠니?"

"브로치를 주셔서 감사합니다." 로즈먼드는 밋밋한 목소리로 인사를 내뱉었다.

"내 선물은 어디 있어요?" 아그네스는 블로에 경이 자루에서 작은 상자를 꺼내 그 안에 든 뭔가를 주먹에 쥘 때까지 계속 양쪽 발로 번갈아 가며 깡충거렸다. 블로에 경은 거친 숨을 몰아쉬며 아그네스 눈높이만큼 몸을 구부리고 손을 폈다.

"종이다!" 아그네스는 너무너무 좋아하며 종을 손에 들고 이리저리 흔들면서 소리쳤다. 마구에 달린 종처럼 황동으로 된 둥근 종이었고 꼭대기에는 금속 고리가 있었다.

아그네스는 리본을 가져와 종에 엮어 팔찌 대신 손목에 차겠다며 키브린더러 내실로 데려다달라고 졸랐다. "이 리본은요, 아버지가 장에서 사다주신 거예요." 키브린의 옷이 들어 있던 상자에서 리본을 꺼내며 아그네스가 말했다. 리본의 염색이 고르지 않았고 너무 뻣뻣해서 키브린은 종 구멍에 리본을 끼우느라 고생해야 했다. 울워스에서 파는 가장 싼 리본이나 크리스마스 선물을 싸는 데 쓰는 종이 리본도 아그네스가 이토록 소중히 간직하는 리본보다는 품질이 좋아 보였다.

키브린은 아그네스의 팔목에 종을 매달아주고 함께 계단을 내려왔다. 이제는 집 밖 대신 집 안이 부산했다. 하인들은 상자와 침구, 여행용 손가방의 초창기 유형으로 보이는 물건들을 안으로 옮기고 있었다. 키브린은 블로에 경이 혹시라도 자기를 데리고 떠날까 봐 걱정할 필요가 없었다. 이들은 적어도 겨울이 지날 때까지 이곳에서 머물 것 같았다.

사람들이 자기 장래에 관해서 토론할까 봐 걱정할 필요도 없었다. 사람들은 키브린을 흘긋 보는 이상으로는 관심을 보이지 않았고 그나마도 아그네스가 자기 어머니에게 달려가 팔찌를 자랑했을 때만이었다. 엘로이즈는 블로에 경, 거윈 그리고 블로에 경의 아들이거나 조카로 보이는 잘생긴 청년과 이야기하느라 정신이 없었다. 엘로이즈는 손을 또 비비 꼬았다. 바스에서 날아온 소식이 나빴음에 틀림없었다.

이메인 부인은 홀 끝자락에서 뚱뚱한 여자와 성직자 옷을 입은 창백한 남자와 이야기를 나누고 있었다. 표정으로 판단하건대 로슈 신부에 대한 불평을 늘어놓는 것이었다.

키브린은 이런 정신없는 틈을 이용해 로즈먼드를 여자아이들 무리에서 데리고 나와 누가 누구인지 물을 수 있었다. 창백한 남자는 키브린이 예상했던 대로 블로에 경의 지도 신부였다. 밝은 파란 망토를 입고 있는 여인은 신부의 수양딸이었다. 풀 먹인 머리쓰개를 쓴 뚱뚱한 여인은 블로에 경의 형수였고 함께 지내기 위해 도싯에서 왔다고 했다. 붉은 머리 청년 둘, 그리고 깔깔거리고 있는 여자아이들은 형수의 아들딸이라고 했다. 블로에 경은 슬하에 자식이 없었다.

물론 그랬기 때문에 블로에 경이 모든 사람의 승인을 얻어 결혼할 수 있었다. 1320년대에는 대를 잇는 것보다 중요한 일이 없었다. 여인이 젊을수록 대를 이을 아이를 많이 낳을 확률이 높았으며, 설사 아이들의 어머니가 어른이 되기 전에 죽는다 할지라도 많은 아이 가운데 한 명 정도는 죽지 않고 자랄 확률도 높았다.

색 바랜 빨간 머리 잔소리꾼은 설상가상으로 블로에 경의 결혼하지 않은 여동생인 이볼드였다. 이볼드는 코시에서 블로에 경과 함께 살았다. 이볼드는 메이즈리가 바구니를 바닥에 떨어뜨렸다면서 마구 윽박지르고 있었다. 이볼드의 허리춤에는 열쇠 뭉치가 매달렸다. 허리춤에 차고 있는 열쇠 꾸러미로 보건대 이볼드가 살림을 도맡아 하고 있는 듯했다. 적어도 부활절까지는 그렇게 할 것이다. '로즈먼드가 결혼한다 할지라도 이볼드에게 밀려 제대로 안주인 행세를 못 할 거야.' 키브린은 생각했다.

"나머지 사람들은 누구지?" 키브린은 나머지 사람 중에 적어도 한 명은 로즈먼드 편이 되어줄 사람이 있기를 바라며 물었다.

"하인들이죠." 로즈먼드는 당연하지 않으냐는 식으로 말을 내뱉고는 여자아이들 곁으로 돌아갔다.

말을 마구간에 넣고 있는 마부들을 제외하더라도 20명은 족히 되는 것 같은데 아무도, 심지어 그렇게 초조해하던 엘로이즈조차 사람이 많다고 놀라는 것 같지 않았다. 귀족들이 수십 명씩 되는 하인들을 거느린다고 예전에 읽은 적이 있지만, 그때 키브린은 숫자가 지나치게 과장된 것이라 여겼었다. 엘로이즈와 이메인 부인은 거의 하인을 두지 않았고 크리스마스 준비하느라 마을 전체를 동원해야 했다. 키브린은 이들에게 하인이 거의 없는 이유는 지금 곤경에 처해 있기 때문임을, 시골 장원에 있는 하인들 숫자는 과장되었으리라 생각했는데 지금 보니 전혀 과장이 아님을 깨달았다.

하인들이 저녁 식사 시중을 들며 홀 안을 분주히 오갔다. 사실 조금 전까지만 해도 키브린은 사람들이 저녁 식사를 할지 안 할지 궁금했다. 이 당시 크리스마스이브는 금식일이기 때문이었다. 하지만 창백한 얼굴의 지도 신부가 이메인 부인의 간절한 애원으로 저녁 예배를 올렸고, 예배가 끝나기 무섭게 하인들은 빵과 물 탄 포도주와 양잿물에 적셨다가 말린 뒤 불에 구운 대구를 가지고 홀 안으로 열 맞춰 들어왔다.

아그네스는 너무 흥분해서 한 입도 제대로 먹지 못했다. 저녁 식사 후에는 화로 옆에 와 가만히 앉아 있으라는 사람들 말을 들은 척만 하고 홀 안을 온통 뛰어다니며 종을 울려댔고 개들을 괴롭혔다.

블로에 경의 하인들과 집사가 크리스마스 장작을 가지고 와 화로에 집어 던졌다. 사방으로 불꽃이 튀었다. 여자들은 웃으며 뒤로 물러섰고 아이들은 즐거움에 겨워 소리쳐댔다. 이 집에서 가장 나이 많은 아이인 로즈먼드가 작년 크리스마스 장작에서 떼어 보관해놓았던 작은 나뭇가지에 불을 붙여 크리스마스 장작의 굽은 뿌리 끝부분에 불을 지폈다. 장작에 불이 붙자 여기저기서 갈채가 터져 나왔고 웃음소리는 더 높아졌다. 아그네스는 종소리를 낸답시고 손을 크게 휘저었다.

키브린은 크리스마스이브에는 아이들도 자정 미사 때까지 자지 않아도 된다는 말을 로즈먼드에게 들었지만 어떻게든 아그네스를 얼러 자기 옆 벤치에 눕혀 짧게나마 재우고 싶었다. 하지만 아그네스는 잠은커녕 밤이 깊어 갈수록 점점 더 제멋대로 굴었고, 걸핏하면 째지는 목소리를 내며 종을 흔들어 결국 키브린이 종을 뺏어 치울 수밖에 없었다.

여자들은 화로 옆에 앉아 조용히 이야기했다. 남자들은 가슴에 팔짱을 끼고 끼리끼리 모여 서 있었고, 지도 신부를 제외한 다른 사람들은 몇 번이고 밖에 나갔다 돌아와선 웃으며 발에 묻은 눈을 쾅쾅 털어냈다. 사람들의 발그레해진 얼굴과 이메인 부인의 못마땅한 표정으로 미루어보건대, 남자들은 금식을 깨고 양조장에 가서 맥주 한 잔씩 걸치고 온 것이 틀림없었다.

세 번째로 나갔다 돌아왔을 때 블로에 경은 화롯가에서 발을 쭉 뻗고 앉아 여자아이들을 지켜보았다. 까르르거리는 여자아이 셋과 로즈먼드는 장님 놀이를 하고 있었다. 로즈먼드가 장님 역을 맡아 벤치들 근처로 가자 블로에 경은 손을 뻗어 로즈먼드를 데려와 자기 무릎 위에 앉혔다. 모든 사람이 폭소를 터뜨렸다.

이메인 부인은 지도 신부 옆에 앉아 로슈 신부에 대한 불평불만을 털어놓으며 이 긴 밤을 보내고 있었다. 로슈 신부는 무식하고 서투르며 지난 일요일에는 미사 중에 〈시편〉 낭독에 앞서 고백 성사부터 드렸다며 마음에 안 드는 모든 일을 열거했다. '하지만 로슈 신부님은 지금 그 얼음장같이 차가운 교회에 무릎을 꿇고 있어. 저 지도 신부가 화로 옆에서 못마땅하다는

419

듯이 고개를 끄덕이고 자기 손을 덥히며 앉아 있는 동안 말이야.' 키브린은
생각했다.

✳

불은 사그라지고 불씨만 반짝였다. 로즈먼드는 블로에 경의 무릎에서
빠져나와 아이들이 노는 곳으로 달려갔다. 거윈은 자기가 늑대 여섯 마리
를 죽인 이야기를 했다. 거윈은 이야기하는 내내 엘로이즈를 바라보고 있
었다. 지도 신부는 임종 시에 거짓 고백을 한 여자 이야기를 했는데, 자신
이 성유를 여자의 이마에 바르자 여자의 온몸에서 연기가 나며 자기가 보
는 앞에서 새까맣게 변해버렸다고 했다.

지도 신부의 이야기가 반쯤 진행되었을 때 거윈은 벌떡 일어나 화로 위
에서 손을 몇 번 비비더니 거지 벤치로 갔다. 거윈은 거기 앉아서 부츠를
벗었다.

잠시 후에 엘로이즈가 일어나 거윈에게로 다가갔다. 키브린은 엘로이즈
가 거윈에게 뭐라고 말하는지 듣지 못했지만, 거윈은 부츠를 손에 든 채 벌
떡 일어섰다.

"재판이 또 연기되었습니다." 키브린은 거윈이 하는 말을 들었다. "담당
재판관이 병에 걸렸다고 했습니다."

키브린은 엘로이즈의 대답을 듣지 못했지만, 거윈은 고개를 끄덕인 뒤
말했다. "좋은 소식입니다. 새로운 재판관은 스윈던에서 올 거고, 에드워드
왕에게 호의적이지 않은 인물이라고 합니다." 그렇지만 두 가지 모두 좋은
소식으로 보이지 않았다. 엘로이즈의 얼굴은 이메인 부인이 거윈을 코시로
보냈다는 말을 들었을 때만큼이나 새파래졌다.

엘로이즈는 묵직한 반지를 비틀었다. 거윈은 다시 자리에 앉아 타이츠
바닥에 붙어 있는 골풀을 떼어내고 부츠를 신더니 다시 고개를 들고 뭔가
를 말했다. 엘로이즈가 고개를 돌렸기 때문에 엘로이즈의 표정을 볼 수 없
었지만, 거윈의 표정은 볼 수 있었다.

'홀에 있는 사람들이 다 볼 수 있겠군.' 키브린은 혹시 이 두 사람을 누가

지켜보고 있지나 않은지 하는 마음에 황급히 주위를 둘러보았다. 이메인 부인은 지도 신부에게 불만을 털어놓느라 정신이 없었지만, 블로에 경의 누이가 못마땅하다는 듯 입을 굳게 다물고 둘을 지켜보고 있었다. 그리고 화로 반대편에 있는 블로에 경과 다른 남자들도 둘을 지켜보았다.

키브린은 오늘 저녁에 거원과 이야기할 기회가 생기길 바랐지만 이렇게 여러 사람이 지켜보는 것을 보니 그럴 기회를 잡기 어려울 듯했다. 그때 종이 울렸고, 엘로이즈는 깜짝 놀라 문 쪽을 바라보았다.

"악마의 조종(弔鐘)[41]이군요." 지도 신부가 조용히 말했고, 아이들조차 놀이를 멈추고 귀를 기울였다.

이 당시 몇몇 마을에서는 예수 탄생 후 1년에 한 번씩 종 치는 횟수를 더해 울렸다. 대부분은 자정 1시간 전에 울렸으며, 키브린은 로슈 신부는 물론이고 지금 눈앞에 보이는 지도 신부조차 그토록 큰 숫자를 헤아릴 수 있을지 의문이었지만, 키브린 자신은 도착하는 즉시 가능한 한 빨리 시간 좌표를 확인하라는 길크리스트의 말에 따라 종소리를 세기 시작했다.

하인 세 명이 장작과 불쏘시개를 가지고 들어와 불을 되살렸다. 불은 밝게 타며 벽에 거대하고 뒤틀린 그림자를 던졌다. 아그네스가 팔짝거리며 그림자를 가리켰고, 블로에 경의 조카 한 명이 손으로 토끼 그림자를 만들었다.

래티머 교수는 키브린에게 이 당시 사람들은 크리스마스 장작이 타며 만드는 그림자를 이용해 미래를 점쳤다고 했다. 키브린은 이 사람들의 미래가 어떨지, 기욤 경이 곤경에 처하면 모두가 위험에 빠지게 되는 건 아닐지 궁금했다.

이 당시 유죄 판결을 받으면 왕은 죄인의 영지를 몰수하고 재산을 압수했다. 죄인이 된 기욤 경과 가족은 아마도 프랑스에 강제로 이주되거나 블로에 경의 자비를 받아들여 집사 아내의 냉소를 견디며 살아야 할지도 몰랐다.

---

41 예수가 태어나며 악마가 죽었다는 의미로 크리스마스이브에 치는 종을 '악마의 조종'이라 한다.

아니면 기욤 경이 오늘 밤 집으로 좋은 소식을, 아그네스 선물로 줄 까치를 가지고 오고, 그 후로 행복하게 잘 살 수 있을지도 모르는 일이었다. 엘로이즈는 빼고. 그리고 로즈먼드도. 도대체 로즈먼드의 앞날에 무슨 일이 벌어질까 걱정이 앞섰다.

'하지만 이미 모든 게 끝났어.' 키브린은 신기하게만 느껴졌다. '평결은 이미 났고 기욤 경은 집에 돌아와 거윈과 엘로이즈 사이에 무슨 일이 벌어졌는지도 알아냈어. 로즈먼드는 이미 오래전에 블로에 경 손에 들어갔고, 아그네스는 다 커서 결혼을 한 뒤 아이를 낳다가 죽었거나 아니면 패혈증이나 콜레라나 폐렴 따위에 걸려서 예전에 죽었겠지.'

'이 사람들은 이미 전부 다 죽었어.' 키브린은 생각하면서도 도무지 믿을 수가 없었다. '이 사람들은 전부 700년도 더 전에 죽은 사람이야.'

"저것 봐!" 아그네스가 소리쳤다. "로즈먼드 언니의 머리가 없어." 아그네스는 화로 불빛이 벽에 만든 일그러진 그림자를 가리켰다. 벽에 비친 로즈먼드의 그림자는 이상하게 늘어나 있었으며 어깨까지만 비쳤다.

붉은 머리 남자아이 한 명이 아그네스에게 달려왔다. "나도 머리가 없어!" 남자아이는 그림자 모양을 바꾸기 위해 발돋움했다.

"로즈먼드 언니 머리가 없어." 아그네스는 행복하게 소리쳤다. "언니는 올해가 가기 전에 죽을 거야."

"그런 말 하지 마라." 엘로이즈는 아그네스 쪽으로 다가가면서 소리쳤다. 모든 사람이 고개를 들고 엘로이즈를 보았다.

"캐서린 언니는 머리가 있어." 아그네스가 말했다. "나도 있어. 그런데 불쌍한 로즈먼드 언니만 머리가 없어."

엘로이즈는 아그네스를 두 팔로 꽉 잡았다. "이런 바보 같은 놀이도 하지 마." 엘로이즈는 소리쳤다. "그런 말도 그만두고!"

"그렇지만 그림자가…." 금방이라도 울음을 터뜨릴 듯한 목소리로 아그네스가 말했다.

"캐서린 아가씨 옆에 얌전히 앉아 있어." 엘로이즈는 아그네스를 키브린에게 데려다주고 억지로 벤치에 앉혔다. "점점 막돼먹은 아이로 자라는구나."

아그네스는 울지 말지 고민하며 키브린 옆에 웅크리고 앉았다. 키브린은 종이 울리는 횟수를 세다가 아그네스 때문에 잠시 세는 것을 잊어버렸지만 멈춘 곳부터 다시 시작했다. '46, 47.'

"종 주세요." 벤치 아래로 기어 내려가며 아그네스가 말했다.

"안 돼, 조용히 앉아 있어야지." 키브린은 아그네스를 무릎에 앉혔다.

"크리스마스 이야기 해주세요."

"못 해, 아그네스. 알잖니. 아무것도 기억하지 못하는걸."

"나한테 해줄 이야기가 아무것도 기억나지 않아요?"

'전부 다 기억하고 있어.' 키브린은 생각했다. '상점에는 붉은색, 황금색, 내가 입고 있는 파란색 망토보다 훨씬 더 푸르고 맑은 파란색 리본과 새틴과 벨벳들이 가득하단다. 그리고 사방을 음악과 휘황찬란한 빛이 메우고 있어. 그레이트 톰과 모들린 타워의 종들과 크리스마스 캐럴까지 다 기억하고 있지.'

키브린은 카팩스의 카리용을 떠올리며 '그 맑고 환한 밤중에'를 마음속으로 따라 하려 애썼다. 하이 스트리트를 따라 늘어선 가게들에서 틀어대는 지겨운 캐럴도 떠올려보았다. '하지만 그런 캐럴들은 아직 만들어지지도 않았지.' 갑자기 향수가 온몸을 감쌌다.

"종을 울리고 싶어요." 아그네스는 키브린의 무릎에서 빠져나오려고 바동거리며 말했다. "종을 주세요." 아그네스가 손목을 내밀었다.

"내 옆에 잠시 누워 있으면 다시 묶어줄게." 키브린이 말했다.

아그네스는 입을 비쭉 내밀었다. "나 자야 하는 거예요?"

"아니. 이야기해줄게." 키브린은 잘 보관하려고 팔목에 묶어놓았던 아그네스의 종을 풀었다. "옛날 옛적에…." 키브린은 말을 하다 갑자기 멈추었다. '옛날에…'라는 표현이 1320년에 있었는지, 그리고 이 당시 사람들은 아이들에게 무슨 이야기를 해줬는지 알 수 없었다. 늑대나 아니면 성유를 바르면 피부가 까맣게 변하는 마녀 이야기를 해주면 될 것 같았다.

"어떤 아가씨가 있었어." 아그네스의 통통한 손목에 종을 매달며 키브린이 말했다. 붉은 리본은 이미 가장자리가 너덜거리기 시작했다. 몇 번만 더 묶었다 풀었다 하면 끊어질 듯했다. 키브린은 리본 위로 몸을 숙였다. "그 아가씨는…."

✳

"이 아가씨입니까?" 여자 목소리가 들렸다.

키브린은 고개를 들었다. 블로에 경의 누이인 이볼드였다. 뒤에 이메인 부인이 서 있었다. 이볼드는 못마땅한 입 모양을 지으며 키브린을 노려보다가 고개를 흔들었다.

"아니, 울루릭의 딸이 아닙니다. 그분 딸은 좀 더 작고 피부도 이렇게 하얗지 않아요."

"드 페레의 따님도 아닌가요?" 이메인 부인이 물었다.

"그 아가씨는 죽었습니다." 이볼드가 말했다. "당신이 누구인지 아무것도 기억나지 않나요?" 이볼드가 키브린에게 물었다.

"네, 아무것도 기억나지 않습니다." 키브린은 대답하고 나서야 시선을 바닥에 공손히 떨어뜨려야 한다는 사실을 기억해냈다.

"머리를 다쳤거든요." 아그네스가 대신 말해주었다.

"그렇지만 자기 이름이랑 말하는 법은 잊지 않고 있군요. 아가씨는 귀족 가문 출신인가?"

"제 가족에 관해서도 역시 기억나지 않습니다." 키브린은 목소리를 유순하게 내려 애쓰면서 대답했다.

여자는 콧방귀를 꼈다. "서쪽 지방 어투로군. 바스로 사람을 보내보았나요?"

"아닙니다." 이메인 부인이 답했다. "며느리가 남편이 도착할 때까지 기다려야 한다고 고집을 피웠죠. 옥센퍼드에서는 아무 이야기 없던가요?"

"아무것도 들은 바 없어요. 거기엔 엄청난 병이 돌고 있어요." 이볼드가 답했다.

로즈먼드가 다가왔다. "캐서린 언니의 가족을 아시나요, 이볼드 부인?" 로즈먼드가 물었다.

이볼드는 초췌한 얼굴을 들어 로즈먼드를 바라보았다. "아니, 제 오라버니가 선물한 브로치는 어디에 있는 거지요?"

"제 망토에… 있어요." 로즈먼드가 중얼거렸다.

"옷에 달지도 못할 만큼 제 오라버니가 준 브로치가 형편없는 거였나요?"

"가서 브로치를 가져와라." 이메인 부인이 말했다. "브로치를 보고 싶구나."

로즈먼드는 뺨을 씰룩거렸지만, 망토가 걸린 외벽으로 갔다.

"저 아가씨는 오라버니가 여기 온 것도 반기지 않더니만 오라버니가 준 선물조차 냉대하는군요." 이볼드가 말했다. "게다가 저녁 식사 때 오라버니에게 한마디 말도 안 붙이고 말입니다."

로즈먼드가 브로치가 달린 녹색 망토를 가지고 돌아왔다. 로즈먼드는 말 없이 브로치를 이메인 부인에게 보여줬다. "나도 보고 싶어요." 아그네스가 말했고 로즈먼드는 몸을 굽혀 아그네스에게도 브로치를 보여주었다.

브로치는 금테 주위로 붉은 보석들이 박혔고 가운데에 핀이 있었다. 고정쇠가 없었기 때문에 옷에 찔러 넣어 고정해야 했다. 금테 바깥쪽으로는 '*Io suiicen lui dami amo*'라고 새겨져 있었다.

"뭐라고 적은 거야?" 아그네스가 둥근 금테에 둘러 새겨진 글자를 가리키며 물었다.

"몰라." 로즈먼드의 말투에는 '게다가 관심도 없어'라는 뜻이 노골적으로 배어 있었다.

이볼드가 입을 앙다물었고, 키브린이 서둘러 말했다. "이렇게 씌어 있는 거야, 아그네스. '저를 보시면 당신을 사랑하는 이를 기억해주십시오'라고." 말을 내뱉는 순간 키브린은 자기가 무슨 짓을 했는지 깨달아버렸다. 키브린은 이메인 부인을 보았지만, 이메인 부인은 아무것도 눈치채지 못한 듯했다.

"이런 글귀는 옷걸이보다 네 가슴에 달려 있어야 하지 않겠니." 이메인 부인이 말했다. 이메인 부인은 브로치를 가져다가 로즈먼드의 커틀 앞부분에 꽂았다.

"그리고 당연히 약혼자인 제 오라버니의 옆에 앉아 있어야 하지 않겠어요?" 이볼드가 말했다. "유치찬란한 놀이를 하는 것보다 말입니다." 이볼드는 블로에 경이 앉은 화롯가를 가리켰다. 블로에 경은 여러 번 밖에 나가 한 잔씩 걸치고 온데다 여독이 겹쳐 반쯤 잠들어 있었다. 로즈먼드는 구원을 바라는 눈초리로 키브린을 바라보았다.

"가서 블로에 경에게 이렇게 분에 넘치는 선물을 주신 것에 대해 감사드리고 오너라." 이메인 부인이 차갑게 말했다.

로즈먼드는 키브린에게 망토를 넘겨주고 화롯가로 갔다.

"아그네스, 이리 오렴." 키브린이 말했다. "이제 가서 쉬어야지."

"나 여기서 악마의 조종을 들을래요." 아그네스가 말했다.

"캐서린 아가씨." 이볼드가 말했다. '아가씨'라는 단어에 이상한 강세가 실려 있었다. "우리에게 아무것도 기억나지 않는다고 말씀하셨던 것 같은데요. 어떻게 로즈먼드 아가씨의 브로치 문구는 그렇게 쉽게 읽을 수 있는 건가요? 글을 읽을 줄 아십니까?"

'당연히 읽을 수 있지.' 키브린은 생각했다. 그렇지만 이 시대 사람들의 3분의 2 이상이 문맹이었고 여자들의 문맹률은 훨씬 더 높았다.

키브린은 이메인 부인을 바라보았다. 이메인 부인은 키브린이 이곳에 온 첫날 아침 키브린의 옷을 살피고 손을 만졌을 때처럼 키브린을 바라보고 있었다.

"아닙니다." 키브린은 이볼드의 눈을 똑바로 바라보면서 말했다. "심지어는 주기도문도 제대로 읽지 못할까 봐 겁이 납니다. 블로에 경께서 로즈먼드에게 브로치를 주면서 이 글자가 뜻하는 바를 말씀해주셨기 때문에 들어 알고 있을 뿐이지요."

"아니에요. 그런 적 없어요." 아그네스가 말했다.

"넌 네 종을 보느라 바빴잖니." 키브린은 아그네스에게 말하면서 생각했다. '이볼드 부인은 절대로 내 말을 믿지 않을 거야. 블로에 경에게 내가 한 말에 관해 물어볼 것이고 그러면 블로에 경은 나에게 말한 적이 없다고 대답하겠지.'

그렇지만 이볼드는 키브린의 대답에 충분히 만족한 것처럼 보였다. "이런 여인이 글을 읽을 수 있다고는 생각하지 않습니다." 이볼드는 이메인 부인에게 말하며 손을 내밀었고 두 여인은 블로에 경에게로 갔다.

키브린은 벤치에 주저앉았다.

"언니, 나 좋 가지고 놀고 싶어요." 아그네스가 말했다.

"누워 있지 않으면 손에 묶어주지 않을 거야."

아그네스가 키브린의 무릎으로 기어 올라왔다. "이야기부터 먼저 해줘요. 옛날에 어떤 아가씨가 있었다는 데까지 했어요."

"옛날에 어떤 아가씨가 있었어." 키브린이 말했다. 키브린은 이메인 부인과 이볼드를 바라보았다. 두 사람은 블로에 경 곁에 앉아서 로즈먼드와 이야기를 나누고 있었다. 로즈먼드는 굳은 표정으로 새빨간 얼굴을 하고서 뭔가를 말했다. 껄껄거리던 블로에 경의 손이 브로치를 매만지더니 로즈먼드의 가슴 위로 미끄러져 내려갔다.

"옛날에 어떤 아가씨가…." 아그네스가 이야기해달라고 재촉했다.

"그 아가씨는 커다란 숲 가장자리에 살고 있었어." 키브린이 말했다. "'혼자 숲에 들어가지 마라.' 아버지가 말했단다…."

"하지만 아버지 말을 듣지 않았을 거예요." 하품하며 아그네스가 말했다.

"그래. 듣지 않았어. 아버지는 딸을 너무 사랑했기 때문에 딸을 안전하게 지켜주려고 그런 말을 했지만, 아가씨는 아버지 말을 듣지 않으려고 했단다."

"숲에 뭐가 있는데요?" 아그네스는 키브린 품에 편안히 안겨 물었다.

키브린은 로즈먼드의 망토를 아그네스 위로 덮어주었다. '살인마와 도둑.' 키브린은 생각했다. 색을 밝히는 노인네들과 잔소리 심한 여동생들. 금지된 사랑을 하는 연인들. 남편들. 판사들. "온갖 위험한 것들이 있었단다."

"늑대도요." 아그네스는 졸린 듯이 말했다.

"그래, 늑대도 있었단다." 키브린은 이메인 부인과 이볼드를 바라보았다. 두 여인은 블로에 경 곁을 떠나 키브린을 보면서 뭐라고 속삭였다.

"그래서 어떻게 되었는데요?" 아그네스는 눈이 반쯤 감겨 있었다.

키브린이 아그네스를 끌어안았다. "모르겠어." 키브린은 중얼거렸다. "아무것도 모르겠어."

20

아그네스가 잠든 지 5분도 되지 않아 악마의 조종이 다시 울리기 시작했다.

"로슈 신부가 너무 일찍 시작하는구나. 아직 자정도 안 되었는데 말이야." 이메인 부인이 말했다. 하지만 이메인 부인의 말이 끝나기도 전에 다른 곳들도 종을 울리기 시작했다. 위클레이드와 버퍼드에서 종소리가 울려 퍼졌고, 동쪽 저 멀리 옥스퍼드에서 울리는 종소리는 너무 멀어 은은하게 메아리로만 들려왔다.

'오즈니의 종들과 카팩스가 있지.' 키브린은 생각했다. '지금 그쪽에서도 오늘 밤 종이 울리고 있을까?'

블로에 경은 무거운 몸을 일으킨 뒤 자기 누이가 일어나는 것을 도왔다. 하인 한 명이 황급히 그들 모두가 입을 망토들과 다람쥐 털을 덧댄 망토 하나를 가져왔다. 모여서 조잘대던 여자아이들은 각자 자기 망토를 집어 몸에 걸치고 여미면서도 계속해 떠들었다. 이메인 부인은 거지 벤치에서 자고 있는 메이즈리를 흔들어 깨우더니 《시도서》를 가져오라고 시켰고, 메이

428

즈리는 하품하며 다락으로 통하는 사다리를 향해 발을 질질 끌며 갔다. 로즈먼드는 키브린 쪽으로 오더니 과장스럽다는 생각이 들 정도로 조심스럽게 손을 뻗어 아그네스 어깨에서 미끄러져내린 자기 망토에 손을 뻗었다.

아그네스는 세상모르고 자고 있었다. 키브린은 아그네스를 깨우기 싫어 잠시 망설였지만, 아무리 지치고 다섯 살밖에 안 된 어린아이라도 크리스마스 미사를 빼먹을 수는 없다는 사실을 잘 알고 있었다. "아그네스, 일어나렴." 키브린이 조용히 말했다.

"교회까지 안고 가야 할 거예요." 블로에 경의 황금 브로치 때문에 끙끙거리며 로즈먼드가 말했다. 집사의 막내아들이 아그네스의 하얀 망토를 바닥에 깔린 골풀 위로 질질 끌며 가져왔다.

"아그네스." 키브린은 아그네스를 살짝 흔들었다. 교회 종소리에도 깨지 않는다는 사실이 놀라웠다. 종소리는 아침 기도나 저녁 기도 때보다 더 크고 가까이 들렸으며, 울림이 하도 강렬해 다른 종들까지 울게 만드는 게 아닌가 하는 생각이 들 정도였다.

아그네스가 살며시 눈을 떴다. "왜 안 깨웠어?" 아그네스가 졸린 목소리로 로즈먼드에게 말하더니 잠이 깨면서 좀 더 큰 목소리로 말했다. "깨워주겠다고 했잖아."

"자, 망토 입어야지." 키브린이 말했다. "교회에 가야 해."

"캐서린 언니. 팔에 종 매줘요."

"이미 매고 있어." 키브린은 아그네스에게 붉은 망토를 둘러준 뒤 고정쇠 핀이 아그네스의 목을 찌르지 않도록 조심하며 여며주었다.

"아니요, 안 맸어요." 아그네스가 팔을 들여다보며 말했다. "종 매줘요!"

"여기 있어." 바닥에서 종을 주워 내밀며 로즈먼드가 말했다. "팔목에서 떨어진 모양이야. 하지만 지금은 안 매는 게 좋을 것 같아. 미사에 참가하라고 종이 울리고 있단 말이야. 곧 크리스마스 종이 울릴 거야."

"안 울릴게." 아그네스가 말했다. "그냥 매고만 있을 거야."

키브린은 아그네스의 말을 조금도 믿지 않았지만 다른 사람들은 이미 채비를 마친 상태였다. 블로에 경의 조카 한 명이 화로에서 불붙은 나무를 꺼내 우각 초롱에 불을 붙인 뒤 하인들에게 넘겨주었다. 키브린은 서둘러 아그네스의 팔에 종을 묶어주고 아그네스와 로즈먼드의 손을 잡았다.

블로에 경이 한 손을 들어 올리자 엘로이즈가 그 손을 잡았고, 이메인 부인은 키브린에게 아이들을 데리고 따라오라고 신호를 보냈다. 이메인 부인과 블로에 경의 누이 그리고 블로에 경의 측근들은 행진하듯 엄숙한 표정으로 엘로이즈와 블로에 경의 뒤를 따라갔다. 엘로이즈와 블로에 경은 사람들을 이끌고 안뜰을 건너 정문을 지나 풀밭으로 나왔다.

눈이 멈춘 하늘에는 별들이 떠 있었다. 마을은 하얀 눈에 덮인 채 고요했다. '너무나 아름다워. 숨이 멎을 거 같아.' 키브린은 생각했다. 폐허가 된 건물들과 다 쓰러져가는 담장, 지저분한 오두막들 모두가 눈 때문에 한결 우아해 보였다. 눈 결정이 초롱 빛을 반사해 반짝였지만, 정말로 키브린의 넋을 빼놓은 것은 별들이었다. 하늘에는 수백, 수천 개의 별이 차가운 공기 속에서 보석처럼 반짝였다. "반짝거려요." 아그네스가 말했다. 하지만 키브린은 아그네스가 눈을 말하는 건지 하늘을 말하는 건지 알 수 없었다.

종소리가 차분하고 고르게 울려 퍼졌다. 차가운 공기 속에서는 종소리도 다르게 들렸다. 소리가 더 크지는 않지만 더 충만하고 더 맑게 들렸다. 이제 키브린은 모든 종소리를 들을 수 있었고, 다 구별할 수 있었다. 에츠코트, 위트니, 셰어텔린톤 모두가 다른 소리를 냈다. 키브린은 늘 울려대던 스윈던 종소리를 듣기 위해 귀를 기울였지만 들리지 않았다. 옥스퍼드에서 울리는 종소리도 들리지 않았다. 실제로는 들어본 적이 없는데 들었다고 상상을 한 것은 아닐까 궁금했다.

"너, 종 울리고 있어, 아그네스." 로즈먼드가 말했다.

"아냐." 아그네스가 말했다. "얌전히 걷기만 했어."

"교회를 보렴." 키브린이 말했다. "예쁘지 않니?"

교회는 풀밭 건너편에서 등대처럼 밝게 빛나고 있었다. 교회는 안팎으로 조명이 환히 빛났고, 스테인드글라스에서 퍼져 나오는 루비와 사파이어 색 빛이 눈밭 위로 쏟아졌다. 교회 주변 역시 빛으로 가득했고, 교회 부속 묘지부터 종탑까지 이어지는 길 내내 불빛이 있었다. 횃불이었다. 키브린은 횃불에서 퍼져 나오는 타르 냄새를 맡을 수 있었다. 들에서 교회로 오는 길과, 교회 너머 언덕에서 교회로 들어오는 구불구불한 길에도 횃불들이 죽 늘어서 있었다.

돌연 키브린은 크리스마스이브의 옥스퍼드가 떠올랐다. 가게들은 뒤늦 게 선물을 사려는 고객들을 위해 불을 밝혔고, 브레이스노즈 칼리지의 창 은 안뜰로 노란빛을 비추었다. 베일리얼 칼리지에 있는 크리스마스트리에 서는 색색의 레이저 전구들이 화려한 빛을 뿜냈다.

"실은 저희가 그쪽으로 가서 크리스마스를 지내고 싶었죠." 이메인 부 인이 이볼드에게 말했다. "제대로 된 신부가 주관하는 크리스마스 미사를 드리고 싶었거든요. 이곳에 있는 신부는 주기도문을 라틴어로 간신히 외는 것 말고는 할 줄 아는 게 없어요."

'이곳 신부는 조금 전까지 얼음장같이 차가운 교회 바닥에 몇 시간씩 무 릎을 꿇고 보냈어.' 키브린은 생각했다. '구멍이 숭숭 뚫린 타이즈를 신고 몇 시간씩 무릎을 꿇고 있었단 말이야. 그리고 이제는 1시간 동안이나 무거 운 종을 혼자서 울려야 하며, 종 울리기가 끝나면 바로 정성껏 미사를 드려 야 해. 글을 읽지 못하기 때문에 엄청난 노력을 들여 모든 내용을 외워 의 식을 진행한다고.'

"엉망인 설교에 엉망인 미사가 될 거예요." 이메인 부인이 말했다.

"맙소사, 요즘에는 하느님을 경배하지 않는 사람들이 너무나 많아졌어 요." 이볼드가 말했다. "하지만 우리는 하느님께 세상이 올바르게 나아가고 사람들이 다시 선하게 살 수 있게 해달라고 기도드려야 해요."

키브린은 이볼드의 말이 이메인 부인이 원하던 답이 아닌 것 같다는 생 각이 들었다.

"전 지도 신부님을 새로 보내달라고 바스에 있는 주교님께 편지를 드렸 어요." 이메인 부인이 말했다. "하지만 아직 이곳에 오시지 않았지요."

"오라버니 말에 따르면 바스에 요즘 문제가 상당히 많다고 하더군요." 이볼드가 말했다.

일행은 교회 부속 묘지에 거의 다다랐다. 이제 키브린은 몇몇 여인들이 든 매캐한 횃불과 자그마한 기름 초롱 불빛 덕분에 사람들 얼굴을 볼 수 있었다. 사람들 얼굴은 불그스레했으며 아래에서부터 비치는 불빛 때문에 약간 으스스해 보였다. '던워디 교수님이 이 사람들을 봤다면 성난 폭도라고 생각하셨을 거야. 불쌍한 순교자를 말뚝에 묶어 불태우기 위해 모였다고 생각하시겠지. 빛 때문이야. 횃불에 비친 사람들은 모두가 살인마처럼 보여. 이러니 전기를 발명할 수밖에.'

일행은 부속 묘지로 들어섰다. 교회 문가에 몇 명이 서 있는 모습이 보였다. 키브린을 보고 달아났던 괴혈병 걸린 남자아이와 크리스마스 음식 준비를 돕던 젊은 여자아이 둘 그리고 콥이었다. 집사 아내는 족제비 깃을 댄 망토를 걸치고 사면이 자그마한 진짜 유리로 된 금속 초롱을 들고 있었다. 집사의 아내는 연주창 흉터가 있는 여자와 활기차게 이야기를 나누었다. 감탕나무 장식을 도와주던 여자였다. 사람들은 모두 이야기를 나누며 몸을 덥히기 위해 움직였고, 검은 수염을 기른 남자는 하도 껄껄대며 웃는 바람에 들고 있던 횃불이 흔들려 집사 아내가 쓴 머리쓰개를 아슬아슬하게 스치고 지나가기도 했다.

'사람들이 이렇게 술 마시고 흥청망청 떠들어대니 교회 측에서도 결국 자정 미사를 없앨 수밖에 없었겠지.' 키브린은 생각했다. 그리고 정말로 몇몇 교구민은 저녁 내내 금식 규칙을 무시한 것으로 보였다. 집사는 협수룩하게 생긴 남자와 신명 나게 떠들고 있었다. 로즈먼드는 그 남자가 메이즈리의 아버지라고 알려주었다. 날이 너무 추워서인지 아니면 들고 있는 횃불 때문인지 아니면 저녁에 마신 술 때문인지 또는 셋 다 때문인지 두 사람은 얼굴이 벌겠지만, 위험해 보이는 게 아니라 즐거워 보였다. 집사는 말을 하며 자신이 하는 말을 강조하기 위해 연신 메이즈리 아버지의 어깨를 세게 쳤으며, 집사가 그럴 때마다 메이즈리의 아버지는 웃음을 터뜨렸다. 정신없이 터져 나오는 밝기만 한 그 웃음소리에 키브린은 메이즈리의 아버지가 자신이 예상했던 것보다 훨씬 낙천적인 사람일지도 모른다고 생각했다.

좀 조용히 하라는 뜻인지 집사 아내가 소매를 잡자 집사는 팔을 흔들어 아내의 손을 떨어뜨렸다. 하지만 엘로이즈와 블로에 경이 묘지 정문을 지나 들어오자 집사와 메이즈리의 아버지는 교회로 가는 길을 내기 위해 재빨리 뒤로 한 걸음씩 물러섰다. 블로에 경 일행이 교회 부속 묘지를 가로질러 육중한 교회 문안으로 들어갈 때까지 밖에 서 있던 모든 사람은 순식간에 조용해지면서 뒤로 물러서 길을 내주었다. 사람들은 블로에 경 일행 뒤를 쫓아 교회 안으로 들어가면서 다시 말을 나누기 시작했지만, 목소리는 훨씬 낮아져 있었다.

블로에 경은 허리춤에 찼던 검을 끌러 하인에게 건네주었다. 그리고 문으로 들어서자마자 엘로이즈와 함께 정중히 무릎을 꿇고 하느님께 경배를 올렸다. 둘은 루드 스크린이 있는 곳까지 걸어가 다시 한번 무릎을 꿇었다.

키브린과 두 어린아이도 따라 했다. 아그네스가 가슴에 성호를 그을 때 아그네스의 종이 교회 안에 공허하게 울려 퍼졌다. '아무래도 빼앗아 두어야겠어.' 키브린은 생각했다. 키브린은 지금 잠깐 행렬에서 빠져나와 이메인 부인의 남편 무덤 옆으로 가 아그네스의 손목에 묶어놓은 종을 끄를까 말까 고민했지만, 이메인 부인과 블로에 경의 누이가 문에 서서 초조히 기다리고 있었다.

키브린은 두 아이를 데리고 앞으로 갔다. 블로에 경은 벌써 일어나 있었고 엘로이즈는 그보다는 좀 더 오래 무릎을 꿇고 있다가 일어섰다. 그리고 블로에 경은 엘로이즈를 안내해 교회 내 북쪽으로 다가선 다음 가볍게 절을 하고 남자들이 앉는 곳으로 가 자리를 잡았다.

키브린은 두 아이와 함께 무릎을 꿇으면서 아그네스가 성호를 그을 때 제발 큰 소리가 나지 않기를 빌었다. 키브린의 소원대로 되는가 싶었지만 아그네스는 일어서면서 가운 단에 걸려 넘어졌고 그 바람에 아그네스의 종은 밖에서 울리는 종소리만큼이나 큰 소리를 냈다. 이메인 부인은 물론 바로 그 뒤에 있었다. 이메인 부인이 키브린을 노려보았다.

키브린은 아이들을 엘로이즈 옆에 서 있게 했다. 이메인 부인은 무릎을 꿇었지만 이볼드는 가볍게 고개만 숙였다. 이메인 부인이 일어서자마자 하인이 검은색 벨벳을 씌운 기도대를 서둘러 가져 오더니 로즈먼드 옆 바닥에 놓았다. 이볼드가 무릎을 꿇을 수 있도록 하기 위해서였다. 다른 하인이 기도대를 또 하나 들고 와 남자 쪽에 서 있는 블로에 경 앞에 내려놓고 블로에 경이 무릎을 꿇을 수 있도록 도와주었다. 블로에 경은 숨을 한 번 들이마시고는 시종의 팔에 매달려 그 커다란 몸을 수그렸고, 그러면서 얼굴이 시뻘게졌다.

키브린은 부러운 눈으로 이볼드의 기도대를 보며 세인트메리 교회의 의자 등판에 매달려 있던 플라스틱 무릎 깔개를 떠올렸다. 블로에 경과 이볼드가 다시 일어서자 키브린은 세인트메리 교회에 있던 플라스틱 무릎 깔개와 딱딱한 나무 의자들이 얼마나 소중한 물건이었는지 새삼 깨닫게 되었고, 이 모든 예식을 진행하는 내내 어떻게 선 자세로 있을 수 있는지 궁금해졌다.

바닥은 차가웠다. 교회 내부는 불빛으로 가득했지만 추웠다. 불빛 대부분은 벽을 따라 놓여 있는 금속 초롱과 캐서린 성상 앞에 수북이 쌓인 감탕나무 앞에 놓인 금속 초롱에서 나오고 있었다. 푸른 잎으로 장식해놓은 창틀마다 길고 가늘고 노르스름한 초가 놓였지만 그 효과는 로슈 신부의 기대치에 못 미쳤다. 밝은 불빛은 색칠된 유리창을 어둡고 음울하게 보이도록 만들 뿐이었다.

제단 양편에 놓인 나뭇가지 모양의 은촛대에도 양초들이 꽂혀 노란빛을 내고 있었다. 감탕나무 잎은 촛대 앞과 루드 스크린 위를 장식했다. 이메인 부인이 보낸 밀랍 양초는 윤기 도는 뾰족한 나뭇잎들 한가운데 다소곳이 자리 잡고 있었다. '로슈 신부님이 교회를 정말 예쁘게 장식해놓았네. 아무리 이메인 부인이라 할지라도 그렇게 생각하지 않고는 못 배길 거야.' 이메인 부인을 힐끗 보며 키브린은 생각했다.

이메인 부인은 깍지 낀 두 손으로 성유물함을 잡고 있었지만 눈을 뜨고 있었고, 루드 스크린 윗부분을 바라보고 있었다. 뭔가 못마땅하다는 듯 입을 꼭 다물고 있었으며, 자기가 준 양초를 저런 곳에 놓아 기분이 나쁘다는 표정이었다. 하지만 키브린은 지금 양초가 놓인 곳이 가장 알맞은 장소라고 생각했다. 이메인 부인이 준 밀랍 양초는 십자가상과 '최후의 심판' 그림과 교회 본당 전체를 밝게 비추고 있었다.

촛불 덕분에 교회는 전과 달리 한결 아늑하고 친숙하게 느껴졌다. 마치 크리스마스이브의 세인트메리 교회 같았다. 작년 크리스마스 때 던워디 교수는 키브린을 데리고 연합 예배를 보러 세인트메리 교회에 갔다. 원래 키브린은 라틴어로 진행되는 거룩한 개혁 교회의 자정 예배를 들을 생각이었지만 그날에는 자정 예배가 없었다. 신부가 연합 예배에서 복음서를 읽기로 되어 있어서 오후 4시로 예배를 앞당겨 잡았기 때문이었다.

아그네스는 다시 종을 만지작거리고 있었다. 이메인 부인은 경건히 모은 두 손 너머로 몸을 틀어 아그네스를 노려보았고, 로즈먼드는 키브린 너머로 몸을 굽혀 조용히 하라며 아그네스에게 주의를 주었다.

"아그네스, 미사가 끝날 때까지는 종을 울려선 안 돼." 키브린은 다른 사람은 듣지 못하게 아그네스의 귀에 바짝 대고 속삭였다.

"안 그랬어요." 아그네스는 교회에 있는 모든 사람이 들을 수 있을 정도로 크게 속삭였다. "리본이 너무 꽉 묶여 있어서 그래요. 봐요."

전혀 그렇지 않았다. 사실, 리본을 좀 더 꽉 동여맬 시간만 있었다면 종은 이렇게 아그네스가 움직일 때마다 울리지 않았을 것이다. 하지만 미사가 당장에라도 시작할 수 있는 지금 같은 때에 가뜩이나 잔뜩 지쳐 칭얼거리는 아이와 실랑이를 벌일 수는 없었다. 키브린은 리본 매듭에 손을 가져다 댔다.

아그네스가 손목에서 종을 잡아 뜯어내려 했던 것이 틀림없었다. 벌써 올이 가닥가닥해지기 시작한 리본은 묶었던 부분이 작고 단단하게 조여져 있었다. 키브린은 뒤에 서 있는 사람들을 살펴보며 아그네스 리본에 지어진 매듭 가장자리를 손톱으로 집어 풀어내려고 했다. 로슈 신부와 (있을지는 모르겠지만 혹시 있다면) 복사의 행렬이 회중석 중앙을 지나며 관수식(灌水式) 성가를 부르고 사람들에게 성수를 뿌리면 미사는 시작될 것이다.

리본을 잘라내지 않고는 종을 끌러낼 리가 없어 보였지만, 매듭 양쪽에서 리본을 잡아당겼더니 리본이 약간 느슨해졌다. 하지만 종을 풀어낼 수 있을 정도로 느슨하지는 않았다. 키브린은 교회 문 쪽을 흘끔 뒤돌아보았다. 이제 종소리는 멈추었지만 로슈 신부가 보이지 않았고, 사람들도 신부가 지날 길을 비켜주지 않고 있었다. 마을 사람들은 교회 뒷자리에 빽빽이 모여 웅성거리고 있었다. 한 명은 아이가 잘 볼 수 있도록 아이를 이메인 부인 남편의 무덤 위에 올려놓고 꽉 붙잡아주었지만, 볼거리는 아무것도 없었다.

키브린은 다시금 아그네스의 종으로 정신을 돌렸다. 키브린은 리본 안에 두 손가락을 집어넣고 잡아당겨 리본을 늘리려 했다.

"뜯어내지 마요!" 아그네스는 남들이 다 들을 정도로 크게 속삭였다. 키브린은 종을 잡고 재빨리 리본을 돌려 종을 아그네스의 손바닥에 쥐여주었다.

"이렇게 꼭 쥐고 있어야 해." 키브린은 아그네스의 손가락을 오므리며 속삭였다. "꽉."

아그네스는 순순히 작은 손을 꽉 쥐었다. 키브린은 다른 사람 눈에 아그네스가 기도하는 자세로 보이게 하려고 다른 손을 주먹 위에 얹어주었다. "종을 꽉 쥐고 있어야 해, 그러면 더는 소리가 나지 않을 거야." 아그네스는 천진하고 경건한 자세로 재빨리 손을 이마에 가져다 댔다.

"옳지, 아그네스 착하구나." 키브린은 한쪽 팔로 아그네스를 껴안았다. 키브린은 문 쪽을 뒤돌아보았다. 문은 여전히 닫혀 있었다. 키브린은 안도의 한숨을 내쉬고 제단 쪽으로 고개를 돌렸다.

로슈 신부는 거기에 서 있었다. 로슈 신부는 누레진 장백의 위에 수가 놓인 하얀 영대(領帶)를 걸치고 책을 들고 섰다. 신부의 영대는 아그네스의 리본보다도 너덜너덜했다. 로슈 신부는 거기 서서 키브린이 아그네스의 리본을 잡고 끙끙거리는 것을 보고 모든 일이 끝나길 기다렸던 게 분명했다. 하지만 그런데도 신부의 얼굴에는 책망은 물론이거니와 조급한 기색마저 없었다. 신부의 표정은 전과 완전히 달랐으며, 신부의 표정을 본 키브린은 돌연 얇은 유리 벽 너머로 자기를 지켜보고 서 있던 던워디 교수가 떠올랐다.

이메인 부인이 헛기침했다. 헛기침이라지만 거의 으르렁대는 소리와 진배없었고 로슈 신부는 그제야 정신이 든 모양이었다. 로슈 신부는 여기저기 검댕이 묻어 더러운 카속에, 너무 크다 싶은 가죽 신발을 신은 콥에게 책을 건네고 제단 앞에 무릎을 꿇었다. 그리고 신부는 다시 책을 받아 독송하기 시작했다.

키브린은 라틴어를 생각하며 로슈 신부를 따라 독송을 조용히 읊조렸다. 통역기의 번역 소리가 들렸다.

"'목자들이여, 누구를 보았는가?'" 로슈 신부가 라틴어로 암송했다. 응창 성가가 시작되었다. "'말하라. 이 땅에 나타난 이가 누구인지 우리에게 말하라.'"

로슈 신부는 키브린을 보며 인상을 찌푸렸다.

'그다음을 잊어버린 거야.' 키브린은 신부가 뭔가 더 말해야 한다는 사실을 이메인 부인이 모르길 빌며 걱정스러운 눈으로 이메인 부인을 힐끗 바라보았다. 하지만 키브린의 바람이 헛되게 이메인 부인은 고개를 들고 험상궂은 눈초리로 로슈 신부를 쏘아보고 있었다. 실크 머리쓰개 속에서 이메인 부인이 턱을 앙다물었다.

로슈 신부는 아직도 키브린을 향해 얼굴을 찌푸리고 있었다. "'말하라, 무엇을 보았는가?'" 로슈 신부의 말문이 열렸다. 키브린은 안도의 한숨을 내쉬었다. "'무엇을 보았는지 우리에게 말하라.'"

'저건 아니잖아.' 키브린은 부디부디 로슈 신부가 자기 입 모양을 알아볼 수 있기를 바라면서 다음 내용을 읊조렸다. "'방금 태어난 아이를 보았나이다.'"

신부는 키브린에게 시선을 고정하고 있었지만, 키브린이 입을 벙긋거리는 것은 못 본 모양이었다. "저는 보았…." 로슈 신부는 말하다 말고 다시 멈추었다.

"'방금 태어난 아이를 보았나이다.'" 키브린이 속삭였다. 키브린은 이메인 부인이 몸을 돌리고 자신을 노려보는 것을 느낄 수 있었다.

"'그리고 천사들은 주를 향해 찬송하였나이다.'" 로슈 신부가 말했다. '또 틀렸어.' 이메인 부인은 몸을 정면으로 돌리고 못마땅한 눈빛을 로슈 신부에게 보냈다.

　주교는 말할 것도 없이 이 일을 전해 듣게 될 것이다. 촛불과 너덜너덜 해진 의복에 관해서도 마찬가지였다. 로슈 신부가 저지른 다른 실수와 죄악에 대해서는 말할 필요도 없었다.

　"'말하라, 무엇을 보았는가?'" 키브린이 벙긋거리자 로슈 신부는 갑자기 정신이 돌아온 것 같았다.

　"'말하라, 무엇을 보았는가?'" 로슈 신부는 또박또박 말을 했다. "'그리고 그리스도가 나셨다고 했나이다. 저희는 방금 태어난 아이를 보았나이다. 그리고 천사들은 주를 향해 찬송하였나이다.'"

　로슈 신부는 고백 성사를 시작했고 키브린도 목소리를 낮추고 신부를 따라 외기 시작했다. 신부는 고백 성사를 아무런 실수 없이 외웠고, 키브린도 어느 정도 안심이 되었다. 하지만 로슈 신부가 간청 기도를 외우기 위해 제단으로 다가가는 동안 키브린은 조심스레 신부를 지켜보았다.

　로슈 신부는 장백의 아래 까만 카속을 겹쳐 입고 있었다. 카속이나 장백의 모두 만들어졌을 당시에는 고가의 것이었을 듯했다. 하지만 두 옷 모두 로슈 신부에게는 너무 짧았다. 로슈 신부가 제단 위로 몸을 구부리자 카속 가장자리 밑으로 너덜너덜한 갈색 타이츠가 10센티미터는 족히 내비쳤다. 카속이나 장백의 모두 로슈 신부 이전 신부 것이거나 아니면 이메인 부인의 지도 신부가 버린 옷인 모양이었다.

　키브린은 작년 크리스마스이브가 떠올랐다. 거룩한 개혁 교회의 목사는 청바지와 갈색 점퍼 위에 폴리에스테르 장백의를 겹쳐 입었다. 그때 목사는 비록 예배가 오후 시간에 열리기는 하지만 나머지는 정격대로 한다고 장담했다. 목사의 말에 따르면, 응답 송가는 8세기부터 부르던 것이며 소름 끼치도록 정교한 '십자가의 길'[42]을 차례로 나타낸 성상들은 토리노의 것

---

42 예수가 사형 선고를 받은 후 십자가를 지고 빌라도 관저에서 갈바리아산에 이르기까지 일어났던 14가지의 중요한 사건을 회화 또는 조각으로 표현한 것

을 그대로 복제한 것이라고 했다. 하지만 거룩한 개혁 교회는 문방구점을 개조한 건물이었으며, 제단은 접이식 탁자였고, 교회 밖에서는 카팩스의 카리용이 '그 맑고 환한 밤중에'를 아작내고 있었다.

"키리에 엘레이손." 콥은 두 손을 모아 기도하는 자세를 취하며 말했다.

"키리에 엘레이손." 로슈 신부가 말했다.

"크리스테 엘레이손." 콥이 말했다.

"크리스테 엘레이손." 아그네스가 밝은 목소리로 말했다.

키브린은 입에 손가락을 가져다 대며 조용히 하라고 했다. "주여 우리를 불쌍히 여기소서, 그리스도여 우리를 불쌍히 여기소서, 주여 우리를 불쌍히 여기소서."

연합 예배를 볼 때도 사람들은 키리에를 독송했었다. 아마도 거룩한 개혁 교회 목사가 자기네 예배 시간을 앞당기는 것에 대한 대가로 신부와 협상했을 것이다. 하지만 지복 천년 교회 성직자는 키리에 독송을 거부했고 지금 이메인 부인처럼 시종일관 못마땅한 표정을 짓고 있었다.

로슈 신부는 이제 괜찮아 보였다. 로슈 신부는 한 내달음으로 '대영광송'과 교송(交誦) 성가를 읊조리고 복음서를 읽기 시작했다. "*Inituim sancti Envangelii secundum Luke*(〈루가의 복음서〉 2장 한 구절을 읽는 것으로 시작하겠습니다)." 신부는 더듬더듬 라틴어로 복음서를 읽기 시작했다. "'이때에 로마 황제 아우구스투스가 천하에 영을 내려 다 호구 조사 하라 하였으니.'"

작년 크리스마스이브 세인트메리 교회에서 있었던 연합 예배에서 신부도 똑같은 구절을 읽었던 기억이 났다. 하지만 당시에는 지복 천년 교회의 주장에 따라 '그때 정치꾼들은 흙수저들에게 세금폭탄을 때렸다'로 시작하는 《일반인을 위한 간결한 성서》를 읽었다. 그래도 앞에서 로슈 신부가 힘들여 암송하는 것과 내용은 같았다.

"'홀연히 허다한 천군이 그 천사와 함께 있어 하느님을 찬송하여 가로되 지극히 높은 곳에서는 하느님께 영광이요, 땅에서는 그가 사랑하시는 사람들 중에 평화로다 하나라.'" 로슈 신부가 복음서에 입을 맞추었다. "*Per evangelica dicta deleantur nostra delicta*(복음으로써 우리 죄를 사하여 주소서)."

다음 차례는 설교였다. 하지만 설교는 없을 수도 있었다. 중세의 경우, 시골 교회 신부들은 대개 큰 미사 때가 아니면 설교하지 않았다. 그나마도 교리 문답서에 있는 7대 죄악이나 7대 미덕에 관한 가르침을 그대로 베껴 말하는 게 전부였다. 설교한다면 크리스마스 아침의 장엄미사에서일 확률이 높았다.

하지만 로슈 신부는 좀 더 편한 자세를 취하려 애쓰며 기둥 또는 서로에게 기대어 있는 마을 사람들이 선 중앙 통로 정면까지 내려오더니 입을 열었다.

"그리스도가 하늘나라에서 이 땅에 오셨을 때 하느님께서는 당신의 종복이 그리스도의 왕림을 알아차릴 수 있도록 몇 가지 징조를 나타내주셨습니다. 최후의 날 역시 그리하실 것입니다. 최후의 날에는 기근과 역병이 창궐할 것이고 사탄이 말을 타고 물을 건너올 것입니다."

'이런, 안 돼.' 키브린은 속으로 소리쳤다. '제발 까만 말을 타고 악마가 나다니는 것을 봤다는 말만큼은 하지 마세요.'

키브린은 이메인 부인을 바라보았다. 늙은 여인은 화가 잔뜩 난 모양이었다. '그렇지만 로슈 신부가 지금 무슨 말을 하든 결과는 같을 거야.' 키브린은 생각했다. 이메인 부인은 어떻게든 로슈 신부의 실수를 꼬투리 잡아 주교에게 일러바치겠다고 단단히 결심하고 미사에 참석한 것이다. 이볼드는 약간 화가 난 표정이었고 다른 이들은 설교를 들을 때 보이는 따분한 표정 그대로였다. 설교를 지루해하는 건 몇 세기가 바뀌어도 변함없는 진리인 모양이었다. 키브린은 지난 크리스마스이브에 세인트메리 교회 연합 예배에 참석한 사람들의 얼굴에서도 똑같은 표정을 본 기억이 났다.

그때 세인트메리 교회에서 들었던 설교는 쓰레기 처리 문제에 관한 것이었고, 크라이스트 처치의 학생처장은 '기독교는 마구간에서 시작되었습니다. 기독교가 하수관에서 그 종말을 맞게 될까요?'라고 말하며 설교를 시작했다.

하지만 당시, 설교 따위는 아무래도 좋았다. 때는 한밤중이었고 세인트메리 교회는 바닥이 돌로 마감되었으며 진짜 제단이 있었다. 눈을 감으면 카펫이 깔린 본당과 우산과 레이저 양초를 보지 않을 수 있었다. 당시에 키브린은 플라스틱 무릎 깔개를 밀쳐내고 돌바닥에 무릎을 꿇고 앉아서 중세에 드리는 미사는 어떨까 상상했다.

던워디 교수는 키브린에게 지금 무엇을 상상하든 중세에 가서 직접 겪어보는 것과는 천지 차이일 것이라 이야기해주었고, 물론 던워디 교수의 의견은 옳았다. 그렇지만 미사에 관해서는 꼭 그렇지만도 않았다. 키브린이 머릿속에 그렸던 중세의 미사는 정확했다. 돌바닥과 웅얼거리는 키리에 독송, 향료와 우지 타는 냄새와 추위까지 모두가 상상과 똑같았다.

"주님께서 역병과 불을 몰고 오시는 날에는 모든 것이 소멸될 것입니다." 로슈 신부가 말했다. "그렇지만 심판의 날이 온다 할지라도 자비로우신 하느님께서는 우리를 버리지 않을 것입니다. 하느님께서는 도움의 손길과 위로를 주실 것이고 우리를 하늘나라까지 안전히 들게 해주실 것입니다."

'하늘나라까지 안전히.' 키브린은 던워디 교수를 떠올렸다. "가지 마라." 던워디 교수는 그렇게 말했다. "중세는 네가 상상하는 것과 달라." 던워디 교수님의 말이 옳았어. 그분의 말은 언제나 옳았지.

'그렇지만 천연두에 살인마에 마녀사냥까지 상상했던 던워디 교수님이라 할지라도 내가 길을 잃고 강하 지점을 모르게 될 경우는 전혀 고려하지 못했을 거야.' 키브린은 생각했다. 랑데부는 이제 1주일도 안 남았다. 키브린은 통로 맞은편에 서 있는 거원을 바라보았다. 거원은 엘로이즈를 지켜보고 있었다. 미사가 끝난 후에 거원과 이야기해야만 한다.

로슈 신부는 정식 미사를 시작하기 위해 제단 쪽으로 움직였다. 아그네스는 키브린에게 몸을 기대고 있었다. 키브린은 한쪽 팔을 둘러 아그네스를 감싸 안아주었다. '가엾어라. 지칠 만도 해. 동틀 무렵부터 지금까지 내내 정신없이 여기저기 뛰어다녔으니 그럴 만도 하지.' 키브린은 미사가 얼마나 걸릴지 궁금했다.

세인트메리 교회에서 예배를 드렸을 때는 식이 1시간 15분가량 거행되었고 봉헌송 중간쯤에 아렌스의 호출기가 울렸다. "아기가 태어났다는군." 아렌스는 서둘러 교회를 빠져나가며 키브린과 던워디에게 속삭였다. "정말 타이밍이 기가 막히지 않아?"

'그분들이 지금 교회에 계실지 궁금하네.' 하지만 키브린은 던워디 교수가 있는 곳은 지금 크리스마스가 아니라는 사실을 떠올렸다. 그곳은 키브린이 강하고 사흘 후에 크리스마스를 맞았을 것이다. 키브린이 병에 걸려 누워 있을 때였다. 그럼 지금 그곳은 며칠일까? 1월 2일이로군. 크리스마스 연휴도 거의 다 끝나 가니 거리의 장식물도 다 떼어냈을 거야.

교회 안이 더워지기 시작했고 양초는 교회 안 공기를 전부 다 태워버리는 듯했다. 로슈 신부가 경건하게 걸음을 옮기자 키브린 뒤쪽에서 발을 끄는 소리와 바스락거리는 소리가 들려왔다. 아그네스는 점점 키브린 쪽으로 몸을 기대기 시작했다. 드디어 '상투스'를 부를 때가 되어 무릎을 꿇을 수 있었기 때문에 키브린은 기뻤다.

키브린은 1월 2일의 옥스퍼드를, 새해맞이 특별 할인가 판매를 하겠다며 광고해대는 상점과 조용해진 카팩스의 카리용을 떠올려보았다. '아렌스 선생님은 연말연시 여파로 위장에 탈이 난 환자들을 치료하느라 병원에서 정신없을 것이고, 던워디 교수님은 새 학기 준비를 하고 있겠지. 아니야, 던워디 교수님은 학기 준비 따위에 마음 쓸 여력이 없을 거야.' 키브린은 얇은 유리 너머에 서 있던 던워디 교수의 모습을 떠올렸다. '던워디 교수님은 지금 내 걱정에 경황이 없으실 거야.'

로슈 신부가 성배를 들어 올리고 무릎을 꿇더니 제단에 입을 맞추었다. 남자들이 있는 곳에서 발을 끄는 소리와 속삭이는 소리가 들려왔다. 키브린이 소리 나는 쪽을 바라보았다. 거원은 따분해 죽겠다는 표정으로 쪼그려 앉았고 블로에 경은 잠들어 있었다.

아그네스도 마찬가지였다. 아그네스는 키브린 몸쪽으로 완전히 쓰러져 있었고, 덕분에 주기도문을 외울 차례가 되었는데도 키브린은 일어날 수가 없었다. 키브린은 일어나려는 시도조차 하지 않았다. 다른 모든 사람이 주기도문을 외며 서 있을 때 키브린은 짬을 보아 아그네스를 좀 더 꼭 껴안고 머리를 편하게 해주었다. 무릎이 아팠다. 두 돌 사이 움푹한 곳에 무릎을 꿇은 게 틀림없었다. 키브린은 무릎을 살짝 들고 망토 자락을 깔았다.

로슈 신부가 성배에 빵을 조금 뜯어 넣으며 '이러한 섞임(*Haec Commix-tio*)'을 암송했고, 사람들은 '하느님의 어린 양(*Agnus Dei*)'을 암송하기 위해 무릎을 꿇었다. "*Agnus dei, qui tollis peccata mundi: miserere nobis*(하느님의 어린 양, 세상의 죄를 없애는 주여, 우리를 불쌍히 여기소서)." 로슈 신부가 찬양했다.

Agnus dei. '하느님의 어린 양.' 키브린은 아그네스를 내려다보며 살짝 미소 지었다. 아그네스는 새근새근 잠이 들어 키브린에게 온 무게를 다 실었고 입은 반쯤 벌어졌지만, 여전히 작은 종을 꼭 쥐고 있었다. '이 아이는 내 어린 양이야.' 키브린은 생각했다.

세인트메리 교회의 돌바닥에 무릎을 꿇고 있을 때, 키브린은 양초와 추위를 마음속에 정확히 그렸었지만, 로슈 신부가 미사 도중 실수하길 학수고대하는 이메인 부인 같은 존재가 있으리라고는 상상조차 하지 못했다. 엘로이즈나 거윈이나 로즈먼드 역시 예상 밖의 만남이었다. 살인마 같은 얼굴에 누덕누덕해진 타이츠를 신고 있는 로슈 신부 같은 사람이 있으리라고는 더더욱 상상치 못했다.

키브린은 734년 이편에 강아지를 기르며 버릇없이 뻣성을 발칵발칵 부리고 무릎이 감염된 아그네스 같은 아이가 있을 거라곤 상상도 못 했었다. '여기서 벌어진 모든 일에도 불구하고 여기 와서 기뻐.' 키브린은 생각했다.

로슈 신부가 성배를 들고 성호를 그은 다음 성배에 담긴 것을 마셨다. "*Dominus vobiscum*(주가 함께하시길)." 로슈 신부가 이렇게 말하자 키브린 뒤쪽에서 웅성거리는 소리가 들렸다. 미사의 주요 부분은 끝나버렸고, 사람들은 혼잡스러움을 피하려고 벌써 교회를 떠나고 있었다. 떠날 때는 영주의 가족에게 경의를 표하지 않아도 되는 모양이었다. 그게 아니면 영주의 가족이 나오길 기다리는 동안 밖에 나가 떠드는 것일 수도 있었다. 키브린은 미사가 끝났다는 말을 들은 기억이 없었다.

"*Ite, Missa est*(미사가 끝났으니 돌아가십시오)." 로슈 신부가 왁자지껄한 소음 위로 미사가 끝났음을 알리자, 로슈 신부가 올렸던 손을 내리기도 전에 이메인 부인이 일어나더니 지금 당장 바스에 있는 주교에게 가려는 듯이 중앙 통로를 걸어갔다.

"제단 옆에 우지 양초가 놓인 것을 보셨나요?" 이메인 부인이 이볼드에게 말했다. "전 분명 신부에게 제가 준 밀랍 양초를 사용하라고 명했습니다."

이볼드는 고개를 설레설레 흔들며 암담한 표정으로 로슈 신부를 바라보았고, 두 여인은 로즈먼드와 함께 곧바로 밖으로 나갔다.

로즈먼드는 분명 할 수만 있다면 블로에 경과 함께 장원으로 돌아가는 일을 피하려 했을 것이고 그러기에는 이 방법이 안성맞춤일 것이다. 마을 사람들은 웃고 떠들며 이메인 부인과 이볼드, 로즈먼드 뒤로 모여들었다. 블로에 경이 가쁜 숨을 몰아쉬며 일어나면 모두 영주의 집으로 돌아갈 것이다.

키브린은 일어서느라 애를 먹고 있었다. 다리가 저릿저릿했고 아그네스는 세상모르고 자고 있었다. "아그네스." 키브린이 말했다. "일어나렴. 집에 갈 시간이야."

일어서느라 얼굴이 시뻘게진 블로에 경은 엘로이즈 쪽으로 가로질러 가 자길 잡으라고 팔을 내밀었다. "따님께서 잠이 드셨군요." 블로에 경이 말했다.

"그런 모양입니다." 엘로이즈는 아그네스를 바라보며 말했다.

엘로이즈는 블로에 경의 팔을 잡고 밖으로 나서기 시작했다.

"부군께서는 약속을 어기고 오지 않으셨습니다."

"네." 엘로이즈는 블로에 경의 팔을 꽉 잡았다.

밖에서 종들이 한꺼번에 울리기 시작했다. 박자도 맞지 않았으며 거칠게 아무렇게나 울려대는 소리였지만 아름답게 들렸다. "아그네스." 키브린은 아그네스를 흔들어 깨우려 했다. "네 종을 울릴 시간이구나."

아그네스는 꼼짝도 하지 않았다. 키브린은 잠든 아그네스를 어깨에 걸치려 했다. 아그네스의 팔은 키브린의 어깨 위에서 털썩 늘어졌고 손에 쥐고 있던 종이 땡그랑거리며 울려 퍼졌다.

"종을 울린다며 계속 기다렸잖니." 키브린은 한쪽 무릎을 일으켜 세웠다. "일어나렴, 어린 양아."

키브린은 누구 도와줄 사람이 없나 주위를 둘러보았다. 교회 안에 머물러 있는 사람은 거의 없었다. 좁은 창가를 돌며 갈라 터진 손가락으로 초심지를 잡아 끄고 있었다. 거원과 블로에 경의 조카들은 본당 뒤편에서 허리에 칼을 차느라 바빴다. 로슈 신부는 어디에도 보이지 않았다. 키브린은 지금 밖에서 기쁜 열정으로 가득 차서 종을 울리는 사람이 로슈 신부가 아닌지 궁금했다.

마비됐던 발이 풀리면서 따끔거리기 시작했다. 키브린은 얇은 신발 안에서 발을 구부려본 다음 무게를 실었다. 지독하리만큼 저렸지만 일어설 수는 있었다. 키브린은 아그네스를 좀 더 어깨에 제대로 걸친 뒤 일어서려 애쓰다가 치마 가장자리를 밟는 바람에 고꾸라졌다.

거원이 키브린을 잡아주었다. "캐서린 아가씨. 엘로이즈 부인께서 아가씨를 도와주라고 명하셨습니다." 거원이 키브린을 바로 세우면서 말했다. 거원은 아그네스를 키브린에게서 넘겨받더니 가뿐하게 어깨에 둘러메고는 성큼성큼 교회 밖으로 걸어 나갔다. 키브린은 절룩이며 거원을 쫓아갔다.

✳

"감사합니다." 사람들로 혼잡한 교회 부속 묘지를 나왔을 때 키브린이 말했다. "팔이 떨어지는 줄 알았어요."

"아그네스 아가씨도 이제 다 크셨죠."

아그네스의 종이 다른 종소리에 화답이라도 하려는 듯이 딸랑거리며 손목에서 풀려 눈밭에 떨어졌다. 키브린은 멈춰 서서 종을 들어 올렸다. 매듭은 이제 보이지도 않을 정도로 작아졌고 매듭 뒤로 나 있는 꼬리 부분은 가는 실로 가닥가닥 해어져서, 키브린이 종을 손에 쥐는 순간 매듭은 풀려버렸다. 키브린은 리본으로 작은 나비매듭을 만들어 늘어진 아그네스의 팔에 종을 묶어주었다.

"곤경에 빠진 숙녀분께 도움이 되어 한량없이 기쁩니다." 거원이 말했지만 키브린은 거원의 말을 듣고 있지 않았다.

풀밭에는 키브린과 거원만 있었다. 나머지 식구들은 영주의 집 정문에 거의 도착했다. 사람들이 정문으로 들어서자 집사가 이메인 부인과 이볼드 앞에 초롱을 밝히는 모습이 보였다. 아직 교회 부속 묘지에는 사람들이 많았고 길옆에 모닥불을 지피는 사람도 있었다. 사람들은 모닥불 주위에 둘러서서 손을 녹이며 뭔가 담긴 나무 사발을 돌렸다. 하지만 키브린이 서 있는 풀밭 부근에는 사람들이 없었다. 절대로 오지 않을 것만 같았던 기회가 지금 여기 왔다.

"저를 습격한 강도를 찾으려 애써주셨던 일, 감사드려요. 숲속에서 저를 구해주신 일에 관해서도, 또 이곳으로 저를 데리고 와주신 일에도 깊이 감사드립니다." 키브린이 말했다. "저를 언제 발견하셨는지, 발견 장소가 여기서 얼마나 먼지 알려주시겠습니까? 저를 그곳으로 데려다주실 수 있으신가요?"

거윈은 멈춰 서서 키브린을 바라보았다. "사람들이 이야기하지 않던가요?" 거윈이 말했다. "찾을 수 있는 모든 물건과 마차를 제가 영주님 집으로 가져왔습니다. 도둑들이 물건을 모두 가져가버렸고 제가 놈들을 추적해보았지만, 아무것도 발견할 수 없었습니다." 거윈은 다시 걷기 시작했다.

"제 짐들을 이곳으로 옮겨다주신 일은 잘 알고 있습니다. 감사드립니다. 하지만 짐 때문에 그곳에 가보고 싶은 게 아니에요." 키브린은 거윈에게 부탁하기도 전에 다른 사람들이 자기네를 따라잡을까 봐 재빨리 말했다.

이메인 부인이 멈춰 서서 뒤돌아보고 있었다. 키브린은 이메인 부인이 집사를 보내서 왜 꾸물거리고 집으로 오지 않는지 묻기 전에 거윈에게 승낙을 받아 내야 했다.

"습격받았을 때 당한 부상으로 저는 기억을 잃었습니다." 키브린이 말했다. "당신이 처음 저를 발견한 장소를 보게 되면 기억을 되찾을지도 모를 것 같아서요."

거윈은 또다시 멈춰 서서 교회 위쪽으로 난 길을 바라보았다. 키브린은 거윈의 시선을 쫓아 길을 보았다. 길에는 펄럭이는 불빛이 있었다. 불빛은 점점 빠르게 다가왔다. '뒤늦게 교회에 오는 사람들인가?' 키브린은 생각했다.

"당신은 거기가 어딘지 알고 있는 유일한 사람입니다." 키브린이 말했다. "귀찮게 할 생각은 없습니다. 어디인지만 말해주시면 저 혼자…."

"그곳에는 아무것도 없습니다." 거윈은 쫓아오는 불빛을 보며 흐릿하게 말했다. "마차와 상자 모두 옮겨 왔습니다."

"알고 있습니다." 키브린이 말했다. "깊이 감사드립니다. 하지만…."

"물건들은 모두 헛간에 있습니다." 거윈이 말했다. 거윈은 말 울음소리에 몸을 돌렸다. 흔들리는 불빛은 말 등에 앉은 남자들이 가진 초롱들이었다. 그 사람들은 교회 옆을 전속력으로 달려와 마을을 관통하고 있었다. 적어도 여섯 명쯤 되어 보였고 엘로이즈와 다른 사람이 서 있는 곳 바로 앞에서 멈춰 섰다.

'엘로이즈의 남편인가.' 키브린이 미처 생각을 마무리 짓기도 전에 거윈은 아그네스를 키브린의 팔에 안기더니 검을 뽑아 들고 말을 탄 사람들에게 뛰어갔다.

'안 돼.' 키브린은 생각했다. 키브린은 거윈의 뒤를 쫓았지만, 아그네스 때문에 빨리 갈 수 없었다. 도착한 사람들은 엘로이즈의 남편이 아니었다. 말을 타고 온 이들은 분명 엘로이즈 가족을 추적해 온 사람들이자 엘로이즈 가족이 숨어 있어야 했던 까닭이며, 이메인 부인이 블로에 경에게 자신들이 어디에 있는지 이야기해준 사실에 엘로이즈가 그토록 화를 낸 바로 그 이유인 자들일 것이다.

횃불을 들고 있는 남자들이 말에서 내렸다. 엘로이즈는 아직 말 위에 앉아 있는 세 명 중 한 명 앞으로 걸어 나가 얻어맞은 듯이 무릎을 꿇었다.

'안 돼. 하느님 맙소사, 안 돼!' 키브린은 숨이 막혔다. 키브린이 뛰자 아그네스의 종도 같이 울렸다.

거윈은 남자들 앞에 나섰고 칼이 초롱불에 반사되어 번쩍거렸다. 그 순간 거윈 역시 무릎을 꿇었다. 엘로이즈는 일어섰고 말에 앉아 있는 남자에게 한 걸음 더 다가섰다. 엘로이즈의 팔은 분명히 환영의 몸짓이었다.

키브린은 숨이 차서 멈춰 섰다. 블로에 경도 앞으로 나서서 무릎을 굽혔다가 일어섰다. 말 위에 앉아 있는 남자들이 두건을 벗었다. 남자들은 모자인지 왕관인지를 쓰고 있었다. 거윈은 여전히 무릎을 꿇은 채로 칼을 칼집에 다시 넣었다. 말 위에 앉은 남자 중 한 명이 손을 들어 올렸다. 뭔가가 빛났다.

"뭐예요?" 아그네스가 졸린 목소리로 물었다.

"모르겠어." 키브린이 대답했다.

아그네스는 뭔지 보려고 키브린의 팔 안에서 버둥거렸다. "동방 박사 세 명이잖아요." 아그네스가 놀란 목소리로 말했다.

둠즈데이북 사본
(064996-065537)

구력 1320년 크리스마스이브. 주교가 보낸 특사가 성직자 두 명을 이끌고 이곳에 도착했어요. 자정 미사가 끝나자마자 왔죠. 이메인 부인은 뛸 듯이 기뻐했어요. 이메인 부인은 그 사람들이 제대로 된 지도 신부를 보내달라는 편지의 결과라 확신하는 것 같았지만 제 생각엔 그렇지 않은 것 같아요. 이 사람들은 하인도 없었고 뭔가 급히 처리해야 할 비밀스러운 사명을 띠기라도 한 듯 초조한 기색이 역력했어요.

기윰 경과 관련된 일이겠죠. 순회 재판이 교회법과 관련된 일이 아니라 세속적인 업무이긴 하지만요. 아마도 주교가 기윰 경의 친구이거나 에드워드 2세의 친구인 모양이에요. 그러니 기윰 경을 놓고 엘로이즈와 뭔가 협상하러 온 것이겠지요.

여기 온 이유가 무엇이든 간에 주교의 특사는 참 멋있어요. 아그네스가 그 사람들을 보고 처음에는 동방 박사들로 생각했을 만큼 셋 모두 귀티가 흘러요. 주교의 특사는 귀족 뺨치는 얼굴에 호리호리한 체형이고요. 모두가 왕처럼 근사하게 차려입었어요. 한 명은 등판에 하얀 비단으로 십자가를 박음질해 넣은 자주색 벨벳 망토를 입었고요.

이메인 부인은 즉시 그 사람을 붙잡고 로슈 신부가 얼마나 무식하고 칠칠치 못한데다 교양이 없는지에 대해 넋두리를 늘어놓기 시작했어요. "로슈 신부는 교구 배정을 받을 자격이 없습니다." 이메인 부인이 주장했지요.

불행히도 (하지만 로슈 신부 입장에서 보면 천만다행으로) 그 남자는 주교의 특사가 아니라 특사의 사제였어요. 특사 역시 굉장히 인상 깊었어요. 가장자리에 흑담비 가죽을 대고 금실 수를 놓은 붉은 옷을 입고 있었지요.

나머지 한 명은 시토 수도회의 수사였어요. 그 사람은 그래도 하얀 토끼털 옷을 입고 있었어요. 제 망토보다 훨씬 고운 모직물인데다 비단 장식띠까지 두르고 있었지만요. 그리고 살 오른 손가락마다 왕이나 낄 법한 반지를 끼고요. 수사 같은 행동거지도 아니고요. 시토 수도회 수사와 특사는 말에서 내리기도 전에 포도주를 달라고 했고 사제는 이곳에 오기 전에 거나하게 마신 게 틀림없었지요. 사제는 조금 전에 말에서 미끄러지다시피 내리더니 뚱뚱한 수사의 부축을 받고서야 홀로 들어갈 수 있었어요.

(사이)

그 사람들이 여기 온 이유에 관해서 제가 완전히 잘못 짚었네요. 엘로이즈와 블로에 경은 집 안으로 들어오자마자 특사를 구석으로 데려갔어요. 그렇지만 기껏해야 몇 분 이야기를 나누었을 뿐이고 저는 엘로이즈가 이메인 부인에게 말하는 것을 들었어요. "이분들은 남편에 대해 아무것도 듣지 못했답니다."

이메인 부인은 이 소식을 듣고도 놀란 표정이 아니었지요. 관심도 없는 표정이었어요. 이메인 부인은 이 사람들이 새로운 지도 신부를 데려다주기 위해 이곳에 왔다고 생각하는 게 분명해요. 이메인 부인은 굽실거리면서 지금 당장 크리스마스 파티를 시작하자고 주장하더니 주교의 특사를 상석에 앉히도록 했어요. 특사 일행은 먹을 것보다 마시는 일에 더 관심을 보였고요. 이메인 부인은 특사 일행에게 손수 포도주 한 잔씩을 가져다주었고 그 사람들은 벌써 잔을 비우고 더 달라고 하고 있어요. 수사는 메이즈리가 주전자를 가져다줄 때 메이즈리의 치마를 잡고 무턱대고 잡아끌더니 슈미즈 아래로 손을 집어넣었어요. 당연히 메이즈리는 손으로 자기 귀를 가렸고요.

특사 일행이 이곳에 있어서 생기는 유일한 장점은 이 사람들 덕분에 그렇지 않아도 크고 작은 소동이 많은 이곳이 훨씬 더 정신없게 되었다는 점이에요. 저는 거원과 아주 잠깐밖에 이야기하지 못했지만, 내일쯤 해서 사람들이 저에게 별 관심을 보이지 않는 틈을 타 저를 발견한 곳을 알려달라고 할 생각이에요. 다행히 저를 의심하던 이메인 부인은 메이즈리에게서 주전자를 넘겨받아 직접 술을 따라 마시고 있는 특사에게 온통 정신을 쏟느라 저는 안중에도 없어요. 아직 시간은 많아요. 거의 1주일이나 남아 있으니까요.

21

28일에 환자 둘이 더 죽었다. 둘 다 2차 접촉자로 헤딩턴 댄스파티에 참석한 사람들이었다. 그리고 래티머가 발작을 일으켰다.

"래티머 교수에게 심근염이 생겼어. 그 때문에 혈전 색전증이 나타났고." 아렌스가 전화를 걸어 말했다. "그리고 약에도 아무런 반응을 보이지 않고 있어."

던워디가 데리고 있던 억류자 절반 이상이 독감에 감염되어 쓰러졌으며, 병원의 병실은 턱없이 부족해 상태가 아주 심각한 사람들만 들일 수 있을 정도였다. 던워디와 핀치, 그리고 윌리엄의 조사로 1년간 간호사 교육을 받았음이 밝혀진 억류자 한 명까지 모두 세 명이 24시간 내내 사람들의 체온을 재고 오렌지 주스를 나누어주었다.

그리고 던워디는 걱정되었다. 던워디가 아렌스에게 '그럴 리 없어', '그건 쥐였습니다'라는 바드리의 말을 전했을 때 아렌스는 그건 '열 때문이며, 현실과 아무런 관계도 없다'고, '병원의 환자 한 명은 계속 여왕의 코끼리에 대해 떠들어대고 있다'고 했다. 하지만 던워디는 키브린이 1348년으로 갔을지도 모른다는 생각을 떨쳐버릴 수 없었다.

쓰러졌던 첫날 밤에 바드리는 '몇 년이죠'라고 물었으며, '그럴 리 없어'라고 말했다.

그리고 던워디는 길크리스트와 말다툼을 한 다음 앤드루스에게 전화를 걸어 브레이스노즈 칼리지 네트에 접근할 수 없다고 했다.

"그건 문제가 안 됩니다." 앤드루스는 말했다. "위치 좌표는 시간 좌표처럼 결정적 역할을 하지 않습니다. 지저스 칼리지로부터 발굴 장소의 위치 좌표를 얻겠습니다. 그쪽에 변수 검사를 할 수 있냐고 물었더니 할 수 있다는 답변을 얻었습니다."

다시 화면은 나오지 않았고, 앤드루스의 목소리는 초조하게 들렸다. 옥스퍼드로 오는 문제를 던워디가 다시 끄집어내면 어떻게 하나 걱정하는 눈치였다. "시간 편차에 대해 좀 조사를 해보았습니다." 앤드루스가 말을 이었다. "이론적 한계는 없지만 실제 상황에서 최소 시간 편찻값은 언제나 0보다 큰 값을 보입니다. 사람이 없는 지역으로 간다 할지라도 말입니다. 현재까지 나타난 최대 시간 편차가 5년을 넘었던 적은 없습니다. 모두가 무인 강하의 경우입니다. 유인 강하의 경우 나타난 최대 시간 편찻값은 원격 강하를 통해 17세기로 보냈던 경우로, 226일이었습니다."

"다른 가능성은 없는 거야?" 던워디가 물었다. "시간 편차 말고 다른 게 잘못될 건 없어?"

"만약 좌표가 맞는다면, 없습니다." 앤드루스는 변수 확인이 끝나는 대로 바로 연락을 주겠다고 약속하고 전화를 끊었다.

1320년에 최대 편차 5년을 더하면 1325년이었다. 그때라면 아직 중국에서도 페스트가 번지기 전이었다. 그리고 바드리는 길크리스트에게 시간 편차는 최소라고 했다. 좌표가 잘못되었을 리는 없었다. 바드리는 아파 쓰러지기 전에 좌표 확인을 했다. 하지만 던워디는 이유를 알 수 없는 공포에 계속 시달렸고, 얼마간 짬이 나자마자 동조 수치를 읽어줄 기술자들에게 연락하기 위해 전화기 옆에 붙어 있었다. 바이러스 확인 결과가 도착해 길크리스트가 실험실을 다시 열었을 때 기꺼이 와줄 사람을 찾기 위해서였다. 예정대로라면 결과가 어제 도착해야 했지만, 아렌스는 전화로 아직 확인 결과를 기다리고 있다고 했다.

아렌스는 오후 늦게 다시 전화를 걸었다. "병실을 따로 마련할 수 있어?" 아렌스가 물었다. 전화 화면이 다시 나왔다. 구겨진 SPG를 보아하니 아렌스는 SPG를 입고 잔 듯했으며, 마스크는 목에 걸려 달랑거리고 있었다.

"이미 병실을 마련해놓았어." 던워디가 말했다. "억류자들로 꽉 차 있어. 오늘 오후로 환자가 서른한 명이야."

"또 다른 병실을 마련할 수 있어? 아직 필요는 없지만." 아렌스는 피곤한 표정으로 말했다. "이런 속도라면 곧 필요할 거야. 여기도 거의 병상이 다 찬데다 직원 몇 명도 감염되어 쓰러졌고 몇은 아예 출근을 거부하고 있어."

"아직 검사 결과는 도착하지 않았어?" 던워디가 물었다.

"아직. 세계인플루엔자센터에서 조금 전 전화가 왔어. 처음 결과에 실수가 있었기 때문에 지금 다시 확인 작업을 하고 있다네. 내일쯤 도착할 예정이야. 지금 그쪽에서는 우루과이 바이러스라고 생각하고 있어." 아렌스는 힘없이 웃었다. "바드리가 우루과이 사람과 만나거나 하진 않았겠지? 병상을 얼마나 빨리 준비해줄 수 있어?"

"오늘 저녁때까지는 가능해." 던워디가 말했다. 하지만 핀치는 간이침대가 거의 다 찼다고 알렸고, 던워디는 NHS에 가서 간이침대를 얻기 위해 통사정해야만 했다. 던워디는 특별 연구원 강의실 두 곳을 비워두었지만, 침대가 없어 이튿날 아침까지도 병실을 만들어놓지 못했다.

핀치는 간이침대를 모으고 잠자리를 정돈하는 일을 도와주면서 깨끗한 침대보와 마스크, 휴지가 거의 다 떨어져간다고 말했다. "억류자들이 쓸 물건이 충분하지 않습니다." 매트리스에 시트를 깔며 핀치가 말했다. "환자들은 물론이고 말입니다. 붕대는 전혀 없습니다."

"이건 전쟁이 아니야." 던워디가 말했다. "부상당한 사람은 없을 거야. 다른 대학 기술자가 여기 옥스퍼드에 있는지 알아봤어?"

"네, 교수님. 모두에게 전화해봤지만 아무도 없었습니다." 핀치는 턱으로 베개를 잡았다. "그리고 모두에게 휴지를 아껴 써달라는 공지문도 붙였지만 소용이 없습니다. 미국인들이 특히 낭비가 심합니다." 핀치는 베갯잇을 베개에 씌웠다. "하지만 그분들이 좀 안 됐다는 생각도 듭니다. 지난밤에 헬렌이 감염되어 쓰러졌지만, 그분을 대신할 사람이 없으니까요."

"헬렌이라니?"

"피안티니 씨 말입니다. 테너 벨을 치는 분이죠. 열이 39.7도나 된답니다. 미국인들은 시카고 서프라이즈를 연주하지 못할 겁니다."

'그건 다행인 것 같군.' 던워디는 생각했다. "그 사람들이 더 이상 연습할 필요가 없어도 내 전화를 계속 받아줄 수 있는지 한번 물어봐줘." 던워디가 말했다. "중요한 전화가 올 게 있거든. 앤드루스가 다시 전화했어?"

"아닙니다, 교수님. 아직입니다. 그리고 전화 화면이 나오지 않습니다." 핀치는 베개를 툭툭 쳐 부풀어 오르게 했다. "타종법은 참으로 유감입니다. 스테드먼스를 할 수 있긴 하지만 그건 너무 낡았습니다. 다른 대안이 없으니 참으로 불쌍해 보이더군요."

"기술자들 명단을 구했어?"

"네, 교수님." 잘 펴지지 않는 간이침대와 씨름하며 핀치가 말했다. 핀치는 머리로 한쪽을 가리켰다. "칠판 옆에 있습니다."

던워디는 명단이 적힌 종이를 들고 맨 위 장을 살펴보았다. 1부터 6까지 숫자들이 순서를 바꿔가며 열 지어 서 있었다.

"그건 아닙니다." 종이를 낚아채며 핀치가 말했다. "이건 시카고 서프라이즈에서 종을 바꾸는 순서입니다." 핀치는 던워디에게 종이 한 장을 건네주었다. "여기 있습니다. 대학별로 기술자들의 주소와 전화번호를 적어놓았습니다."

콜린이 젖은 재킷을 입고 접착테이프와 비닐로 포장된 꾸러미를 들고 들어왔다. "신부님이 이걸 모든 병실에 돌리라고 하셨어요." 콜린이 내민 게시물에는 '어지러우십니까? 머리가 멍하십니까? 정신적 혼란은 독감의 증상일 수 있습니다'라고 적혀 있었다.

콜린은 접착테이프를 조금 찢더니 게시물을 칠판에 붙였다. "조금 전에 병원에 이걸 붙이고 왔어요. 그때 잔소리 아줌마가 뭘 하고 있었는지 아세요?" 꾸러미에서 다른 게시물을 꺼내며 콜린이 말했다. 게시물에는 '마스크를 쓰고 다니십시오'라고 적혀 있었다. 콜린은 그 게시물을 핀치가 준비해 놓은 간이침대 위쪽 벽에 붙였다. "환자들에게 성서를 읽어주시더군요." 콜린은 접착테이프를 주머니에 넣었다. "아프면 안 되겠다는 생각이 들었어요." 콜린은 게시물을 겨드랑이 밑에 끼고 밖으로 나갔다.

"마스크를 쓰고 다니렴." 던워디가 말했다.

콜린이 싱긋 웃었다. "바로 그게 잔소리 아줌마가 한 말이에요. 그리고 '주님은 말조심하지 않는 사람들을 치실' 거라고도 했어요." 콜린은 회색 격자무늬 목도리를 주머니에서 꺼냈다. "전 마스크 대신 이걸 하고 다녀요." 콜린은 노상강도가 하는 식으로 목도리로 입과 코를 가렸다.

"옷감 따위론 바이러스를 막을 수 없어."

"알아요. 색깔이 중요한 거예요. 이 색깔을 보면 바이러스가 겁먹고 도망칠 거예요." 콜린은 쏜살같이 밖으로 나갔다.

＊

던워디는 병실 준비가 끝났다고 전하기 위해 아렌스에게 전화했지만 통화할 수 없었고, 결국 병원으로 직접 가기로 했다. 비가 살짝 내리고 있었고 사람들도 다시 나다니기 시작했으며(대부분 마스크를 쓰고 있었다) 식료품점과 약국 앞에 줄지어 있었다. 하지만 거리는 이상할 정도로 적막에 싸였다.

'누군가가 카리용을 꺼버린 모양이로군.' 던워디는 생각했다. 시원섭섭한 감정이 들었다.

아렌스는 사무실에서 화면을 보고 있었다. "결과가 도착했어." 던워디가 병실에 대한 말을 꺼내기도 전에 아렌스가 먼저 입을 열었다.

"길크리스트 교수에게 말했어?" 열을 보이며 던워디가 말했다.

"아니. 우루과이 바이러스가 아니야. 사우스캐롤라이나 바이러스도 아니고."

"그러면 뭐지?"

"이건 H9N2야. 사우스캐롤라이나 바이러스와 우루과이 바이러스는 H3에 들어가지."

"그러면 어디서 퍼진 거지?"

"세계인플루엔자센터도 모른다고 하네. 이건 알려진 종이 아니야. 예전에 나타난 적이 없어." 아렌스는 던워디에게 출력물을 건네줬다. "점 돌연변이가 일곱 군데 있어. 그러니 사람이 죽어 나갈 만하지."

던워디는 출력물을 보았다. 숫자가 열을 지어 있는 게 핀치가 만들었던 종 바꾸는 순서가 적힌 종이처럼 보였고, 알아볼 수 없는 것도 똑같았다. "근원지가 있을 것 아닌가?"

"꼭 그럴 필요는 없어. 약 10년 주기로 유행병 가능성이 있는 항원 대변이가 일어나지. 그러니 아마 바드리에게서 유래되었을 수도 있어." 아렌스는 던워디 손에서 출력물을 가져왔다. "바드리가 가축들 근처에 살아?"

"가축이라고?" 던워디가 말했다. "바드리는 헤딩턴에 있는 아파트에 살고 있어."

"돌연변이종은 종종 조류 바이러스와 사람 균주가 섞여서 생기고는 해. 세계인플루엔자센터는 조류 바이러스와 접촉 가능했을 사람을 찾아내서 혹시 방사선에 노출되지 않았는지 조사해보라고 하네. 변종 바이러스는 엑스선에 의해 생기는 경우가 있거든." 아렌스는 아귀가 들어맞는다는 듯한 표정으로 출력물을 살펴보았다. "보기 드문 변종이야. 헤마글루티닌 유전자의 재결합도 없이 아주 커다란 점 돌연변이만 하나 있거든."

아렌스가 길크리스트에게 말하지 않은 게 당연했다. 길크리스트는 바이러스 확인 결과가 도착하면 실험실을 다시 열겠다고 했지만 지금 결과로는 그의 말도 안 되는 이론에 확신만 더해줄 뿐이었다.

"치료법이 있어?"

"유사체가 만들어지면 바로 가능해. 백신도. 벌써 시제품 제작에 들어갔어."

"얼마나 걸려?"

"시제품을 만드는 데 사흘에서 닷새 정도 걸리고 그걸 대량 생산하려면 다시 최소한 닷새쯤 걸려. 단백질을 복제하는 데 아무런 문제가 없다면 말이야. 10일경이면 예방 접종을 시작할 수 있을 거야."

10일. 10일이 되어야 예방 접종을 시작할 수 있단 말이지. 격리 지역에 있는 사람들 모두에게 접종하려면 얼마나 시간이 걸릴까? 1주일? 2주일? 그전에 길크리스트와 멍청한 시위자들이 실험실을 다시 열어도 안전할 거라고 생각할까?

"그건 너무 길어." 던워디가 말했다.

"나도 알아." 한숨을 쉬며 아렌스가 말했다. "그때까지 얼마나 많은 환자가 발생할지는 신만이 아시겠지. 오늘 아침만 해도 환자가 다섯 명 더 생겼어."

"돌연변이 균주라고 생각해?" 던워디가 물었다.

아렌스는 잠시 생각에 잠겼다. "아니. 바드리가 댄스파티에 갔다가 누군가에게 옮아왔을 가능성이 훨씬 크다고 봐. 파티 장소에 신힌두교도나 지구교도 또는 항바이러스제나 현대 의학을 믿지 않는 사람이 있었을지도 몰라. 당신도 2010년에 발생한 캐나다 거위 독감을 기억하고 있을 거야. 그리스도 과학 공동체가 발원지였지. 출처는 분명히 있어. 찾아낼 거야."

"그러면 그사이 키브린은 어떻게 하고? 랑데부 시기까지 바이러스 출처를 찾지 못하면 어떻게 되는 거지? 키브린은 1월 6일에 돌아올 예정이라고. 그때까지 출처를 알아낼 수 있어?"

"모르겠어." 지친 목소리로 아렌스가 말했다. "어쩌면 위험등급 10으로 급격히 바뀌어버린 이번 세기로 돌아오고 싶지 않을 거야. 키브린은 1320년에 머물러 있고 싶어 할지도 몰라."

'키브린이 1320년에 있다면 말이겠지.' 던워디는 생각했다. 던워디는 바드리를 보러 갔다. 바드리는 크리스마스 저녁 이후로 쥐에 관해 이야기하지 않았다. 바드리의 정신은 던워디를 만나러 베일리얼 칼리지에 왔던 날 오후로 가 있었다. 던워디가 병실로 들어서는 모습을 본 바드리는 "실험실요?"라고 중얼거렸다. 바드리는 힘없는 손으로 던워디에게 메모를 넘기려 애쓰는 시늉을 하더니 이윽고 기운이 빠져 잠들었다.

던워디는 그런 바드리의 모습을 잠시 지켜보다 길크리스트를 만나러 갔다.

*

　던워디가 브레이스노즈 칼리지에 도착했을 때는 비가 다시 억수같이 쏟아져 내렸다. 피켓 시위자들은 현수막 아래 모여 오들오들 떨며 고함을 질렀다.

　경비원은 책상 옆에 서서 자그마한 크리스마스트리의 장식을 떼고 있었다. 경비원은 던워디를 힐끗 보더니 갑자기 깜짝 놀란 표정을 지었다. 던워디는 경비원을 지나 정문을 들어섰다.

　"안으로 들어가실 수 없습니다, 던워디 교수님." 경비원이 뒤에서 소리쳤다. "대학은 폐쇄되었습니다."

　던워디는 안뜰로 들어갔다. 길크리스트의 숙소는 실험실 뒤편 건물에 있었다. 던워디는 경비원이 자신을 멈춰 세우리라 예상하며 잽싸게 실험실로 들어섰다.

　실험실에는 '허가 없이 출입 금지'라고 쓰인 노란색 커다란 표지판이 붙어 있었고 문설주에는 전자 경보장치가 있었다.

　"던워디 교수님." 빗속을 뚫고 성큼성큼 다가오며 길크리스트가 말했다. 경비원이 전화로 알린 모양이었다. "실험실은 출입 금지입니다."

　"당신을 만나러 왔습니다." 던워디가 말했다.

　반짝이는 화관 장식을 질질 끌며 경비원이 나타났다. "대학 구내 경찰에 전화할까요?" 경비원이 물었다.

　"그럴 필요 없습니다. 던워디 교수님, 제 방으로 가시죠." 길크리스트가 던워디에게 말했다. "보여드리고 싶은 게 있습니다."

　길크리스트는 던워디를 데리고 연구실로 가 난잡하게 어질러진 책상 앞에 앉더니 여과기가 달린 복잡한 마스크를 썼다.

　"방금 세계인플루엔자센터와 통화를 했습니다." 길크리스트가 말했다. 길크리스트의 목소리는 저 멀리서 들려오는 것처럼 공허하게 들렸다. "이번 바이러스는 지금까지 규명된 적이 없으며 출처도 확인되지 않았다고 하더군요."

"이제 확인되었습니다." 던워디가 말했다. "그리고 유사체와 백신도 며칠 안으로 도착할 겁니다. 아렌스 선생이 브레이스노즈 칼리지를 최우선 예방 접종 순위에 올려놓았습니다. 그리고 전 예방 접종이 끝나는 대로 동조 수치를 읽어줄 기술자를 찾기 위해 노력 중입니다."

"유감스럽지만, 불가능해 보이는군요." 길크리스트의 목소리가 마스크 너머로 울렸다. "전 1300년대 인플루엔자 발병률에 대한 조사를 좀 했습니다. 14세기 초기에는 인플루엔자가 연이어 돌았고, 덕분에 허약해진 민중들은 흑사병에 대한 저항력이 약해졌습니다."

길크리스트는 낡아 보이는 책 한 권을 집어 들었다. "1318년 10월에서 1321년 2월 사이에 유행했던 인플루엔자를 언급한 자료가 여섯 개나 됩니다." 길크리스트는 책을 펼치고 한 부분을 읽기 시작했다. "'추수 뒤 도싯의 모든 지방에 열병이 급격히 퍼져 수많은 사람이 죽었다. 이 열병에 걸리면 두통과 횡설수설하는 증상이 나타난다. 의사들은 환자들의 피를 뽑았지만 많은 사람이 죽어 나갈 뿐이었다.'"

열병. 당시는 열병의 시대였다. 그리고 장티푸스든 콜레라든 홍역이든 모든 열병에 걸리면 '두통과 횡설수설하는 증상'이 나타나는 건 당연했다.

"1319년, 바스에서 열기로 했던 정기 재판이 취소되었습니다." 또 다른 책을 들어 올리며 길크리스트가 말했다. "'사람들에게 가슴병이 생겨 배심원, 판사, 방청객 아무도 법정에 참석할 수 없었다.'" 길크리스트는 마스크 너머로 던워디를 바라보았다. "당신은 네트에 대한 대중들의 공포가 신경질적이고 근거 없는 주장이라고 했습니다. 하지만 제가 보기에는 굳건한 역사적 사실에 기초하고 있는 주장입니다."

굳건한 역사적 사실에 기초했다고? 열병과 가슴병에는 생각할 수 있는 모든 병이 포함된다. 패혈증, 발진 티푸스 또는 이름 없는 수백 가지 질병을 갖다 붙일 수 있었다.

"바이러스는 네트를 통과할 수 없습니다." 던워디가 말했다. "전 지구에 유행병이 돌던 시기, 최루 가스가 난무하던 제1차 세계대전, 텔아비브 같은 곳에 강하가 있었습니다. 20세기 전공팀은 세인트폴 대성당에서 핀포인트 폭탄이 터진 이틀 뒤에 그곳에 검측 장비를 보내봤습니다. 하지만 네트를 넘어 이곳으로 온 건 아무것도 없었단 말입니다."

"그렇게 말씀하셔야겠죠." 길크리스트는 인쇄물을 집어 들었다. "프로버빌러티는 미생물이 네트를 통과할 확률이 0.003퍼센트이며 네트가 어떤 특정한 지역에 열렸을 때 믹소바이러스가 있을 확률은 22.1퍼센트라고 예측했습니다."

"도대체 이런 수치는 어디서 얻는 겁니까?" 던워디가 말했다. "모자에서 토끼 꺼내듯 원하는 수치만 말씀하시는군요. '프로버빌러티에 따르면.'" 던워디는 마지막 단어들을 또박또박 강조하며 말했다. "키브린이 강하할 때 주변에 사람이 있을 확률은 0.04퍼센트에 불과합니다. 당신은 이 확률이 통계적으로 무시할 수 있다고 하지 않았습니까?"

"바이러스는 무척이나 생존력이 강합니다." 길크리스트가 말했다. "놈들은 동면 상태로 아주 오랜 기간 있을 수 있고, 극도의 고온 다습한 상황도 견딜 수 있습니다. 그리고 어떤 조건이 되면 자신들의 구조를 애매하게 보존한 채 결정체를 이루죠. 하지만 용액에 들어가면 다시 전염성을 띠게 됩니다. 심지어 16세기 때 동면 상태로 들어간 담배 모자이크 결정체 중에는 지금까지 활동 가능한 것도 있었습니다. 바이러스가 통과해 올 위험성이 있는 상황에서 네트를 다시 열도록 허락할 수는 없습니다."

"바이러스는 네트를 통과해 올 수 없습니다." 던워디가 말했다.

"그렇다면 왜 그렇게 동조 수치를 읽지 못해 안달인 겁니까?"

"왜냐면…." 던워디는 입을 열다 멈추고 잠시 마음을 안정시켰다. "왜냐면 동조 수치를 읽어야 강하가 계획대로 되었는지 아니면 뭔가 잘못되었는지를 알 수 있기 때문입니다."

"오, 그러니까 뭔가 잘못될 가능성을 인정하시는거군요? 그렇다면 왜 뭔가 잘못되어 바이러스가 네트를 통과해 올 가능성은 없다고 생각하시는 거지요? 그럴 확률이 존재하는 한, 실험실은 계속 폐쇄 상태일 것입니다. 베이싱엄 학과장 역시 제가 취한 행동을 지지할 게 분명합니다."

'베이싱엄 학과장.' 던워디는 생각했다. 그게 문제였군. 바이러스나 시위대나 1318년의 '가슴병'은 아무런 관계도 없는 거야. 이 모든 건 베이싱엄 학과장에게 자신을 정당화하기 위한 행동이었어.

길크리스트는 베이싱엄 교수가 없는 동안 학과장 대리를 맡고 있었고, 그동안 길크리스트는 위험도를 재조정하고 강하를 강행했으며, 이 모든 것은 자신이 유능하다는 걸 베이싱엄 학과장에게 보여주려는 의도가 분명했다. 하지만 길크리스트는 그러지 못했다. 대신 유행병을 불러일으켰고, 역사학자 한 명은 행방불명이 되었으며 사람들은 대학 앞에서 피켓을 들고 시위하고 있었다. 이제 길크리스트의 관심사는 키브린을 희생시켜서라도 자신의 행동을 정당화해 자신을 구하는 것뿐이었다.

"키브린은 어떻게 하고요? 키브린도 당신의 이런 행동에 동의할까요?" 던워디가 말했다.

"키브린은 1320년으로 자원했을 때 이런 위험을 충분히 알고 있었습니다." 길크리스트가 말했다.

"당신이 자신을 버리리라는 사실도 알고 있었을까요?"

"대화는 끝났습니다, 던워디 교수님." 길크리스트가 일어섰다. "바이러스 출처가 규명되고, 네트를 통해 바이러스가 들어오지 않는다는 확실한 증거가 생기면 실험실을 열 겁니다."

길크리스트는 던워디를 문까지 안내했다. 경비원이 밖에서 기다리고 있었다.

"당신이 키브린을 포기하는 걸 가만히 지켜보고만 있지는 않겠습니다." 던워디가 말했다.

마스크 안으로 보이는 길크리스트의 입술에 주름이 졌다. "그리고 난 당신이 이 사회의 건강을 위협하려는 행동을 가만히 지켜보고만 있지는 않을 겁니다." 길크리스트는 경비원에게 시선을 돌렸다. "던워디 교수님을 정문까지 안내해드리세요. 그리고 만약 다시 브레이스노즈 칼리지로 들어오려고 하면 경찰에 연락하십시오." 길크리스트가 거칠게 문을 닫았다.

경비원은 던워디가 돌연 위험인물로 변하기라도 할 것처럼 주의 깊게 살피며 던워디를 데리고 안뜰을 가로질렀다.

'그렇게 변할 수도 있지.' 던워디는 생각했다. "전화를 좀 쓰고 싶습니다." 정문에 도착했을 때 던워디가 말했다. "대학과 관련된 일입니다."

경비원은 초조해 보였지만 안내대 위에 전화를 올려놓고 던워디가 베일리얼 칼리지 번호를 누르는 것을 유심히 살펴보았다. 핀치가 전화를 받자 던워디가 말했다. "베이싱엄 학과장이 어디 있는지 알아야 해. 긴급 상황이야. 스코틀랜드 낚시 면허국에 전화해서 호텔과 여관 명단을 모아줘. 그리고 폴리 윌슨의 번호 좀 불러줘."

던워디는 번호를 받아 적고 전화를 끊은 다음 다시 번호를 누르다가 생각을 바꿔서 아렌스에게 전화했다.

"바이러스 출처를 알아내는 일을 돕고 싶어." 던워디가 말했다.

"길크리스트 교수는 네트를 열지 않을 거야." 아렌스가 말했다.

"그렇지." 던워디가 말했다. "내가 도울 수 있는 일이 뭐야?"

"예전에 1차 접촉자 명단을 만들었던 일을 다시 해주면 돼. 접촉자들을 추적해 예전에 내가 말했던 항목을 조사하는 거지. 방사능에 노출된 사람은 없는지, 새나 가축 가까이에 사는 사람이 누구인지, 바이러스 예방 접종을 받는 걸 금지하는 종교를 믿는 사람들이 누구인지 알아봐줘. 일목요연하게 정리하려면 접촉자 명단이 필요할 거야."

"콜린을 보내 받아 오도록 할게." 던워디가 말했다.

"준비해놓을게. 그리고 바드리가 바이러스의 출처일 경우를 대비해 바드리가 만났던 사람들을 조사해줘. 나흘에서 엿새 전에 만난 사람들로. 병원소의 잠복기는 개인 대 개인 감염 시의 잠복기보다 길 수 있거든."

"그건 윌리엄에게 알아보라고 시킬게." 던워디는 전화기를 경비원에게 밀어주었다. 경비원은 즉시 안내대를 돌아 나와 던워디를 인도로 안내했다. 던워디는 경비원이 자신을 베일리얼 칼리지까지 데리고 가지 않는 게 놀라울 따름이었다.

＊

던워디는 베일리얼 칼리지에 도착하자마자 폴리 윌슨에게 전화를 걸었다. "실험실에 가지 않고도 네트 콘솔에 접근할 방법이 있나요?" 던워디가 물었다. "대학 컴퓨터에 직접 접속할 수 있습니까?"

"모르겠습니다." 폴리 월슨이 말했다. "대학 컴퓨터는 방화벽이 두꺼워서요. 방화벽 파괴 장치를 준비하거나 아니면 베일리얼 칼리지 쪽 콘솔을 통해서 접근하면 가능할 겁니다. 방화벽이 어떤지를 살펴봐야겠군요. 제가 준비를 마치면 동조 수치를 읽어줄 기술자는 있나요?"

"준비 중입니다." 던워디는 대답하고 전화를 끊었다.

콜린이 물을 뚝뚝 흘리며 접착테이프를 가지러 들어왔다. "바이러스 검사 결과가 도착한 것 아세요? 바이러스가 돌연변이라네요."

"그렇다더구나. 병원에 가서 이모할머니에게 접촉자 명단을 좀 받아다 주렴."

콜린은 게시물을 내려놓았다. 게시물에는 '타락하지 말지어다'라고 쓰여 있었다. "사람들은 바이러스가 생물학 무기의 일종이라고 말하고 있어요." 콜린이 말했다. "실험실에서 유출된 거라고 하더라고요."

'길크리스트의 실험실은 아니야.' 던워디는 가슴이 답답했다. "윌리엄 개드슨이 어디에 있는지 아니?"

"아니요." 콜린이 인상을 찌푸렸다. "아마 계단참에서 누군가와 키스하고 있겠죠."

윌리엄은 식료품 저장실에서 간호 실습생과 포옹하고 있었다. 던워디는 윌리엄에게 바드리가 목요일부터 일요일 아침 사이에 어디를 다녔으며, 베이싱엄 학과장이 12월에 쓴 신용카드 내역에 대해 조사해 오라고 지시한 뒤 숙소로 돌아와 기술자들에게 전화를 걸었다.

한 명은 19세기 모스크바로 가는 네트를 담당 중이었고, 둘은 스키를 타러 갔다고 했다. 다른 사람들은 집에 없거나 아니면 앤드루스에게 경고 받고 전화를 안 받는 모양이었다.

콜린이 접촉자 명단을 가져왔다. 엉망이었다. 미국인과 연계 가능성이 있는 인물들에 대한 정보를 제외하고는 어떠한 정리도 되어 있지 않았으며 접촉자 수도 너무나 많았다. 1차 접촉자 절반은 헤딩턴의 댄스파티에 있었다. 3분의 2는 크리스마스 쇼핑을 했으며 두 명을 제외한 모든 사람이 지하철을 탔다. 짚 더미에서 바늘 찾는 격이었다.

던워디는 밤을 새우다시피 하며 종교가 있는 사람들을 검토하고 상호 연관관계를 찾았다. 42명이 성공회 신자였고, 9명이 거룩한 개혁 교회였으며 17명이 종교가 없었다. 8명은 슈루즈베리 칼리지 학생이었고, 11명은 산타클로스를 보러 데번햄으로 가 줄을 서 있었으며, 9명은 몬토야의 발굴 현장에서 일했고, 30명은 블랙웰 서점에서 쇼핑을 했다.

21명은 적어도 두 명 이상의 2차 접촉자들과 상호 연관이 있었고, 데번햄의 산타클로스는 31명과 접촉을 했다(술집으로 자리를 옮긴 뒤에 접촉한 11명은 별개였다). 하지만 바드리를 제외하고는 그 누구도 최초 전염원까지 거슬러 올라갈 수 없었다.

✳

아렌스는 아침에 환자들을 데리고 찾아왔다. 아렌스는 SPG를 입고 있었지만 마스크는 하지 않은 채였다. "침대는 준비되었어?"

"응. 병실 두 개에 각각 침대 열 개씩."

"고마워. 전부 다 필요해."

던워디와 아렌스는 환자들을 임시 병실에 설치된 침대로 옮기는 일을 도와준 다음 윌리엄과 껴안고 있던 간호 실습생에게 간호를 맡기고 병실을 나왔다. "들것에 실려 올 환자들은 구급차가 준비되는 대로 보낼게." 던워디와 함께 안뜰을 가로질러 가며 아렌스가 말했다.

비는 완전히 멈추었고, 하늘은 갤 것처럼 한층 밝아졌다.

"유사체는 언제 도착해?" 던워디가 물었다.

"적어도 이틀은 걸릴 거야."

둘은 베일리얼 칼리지 정문에 도착했다. 아렌스는 돌로 만든 복도에 기대어 섰다. "이 모든 일이 끝나고 나면 네트를 통해 다른 시대로 갈래." 아렌스가 말했다. "전염병이 없는 세기로 갈 거야. 아무런 도움도 못 되고 무력하게 기다리며 걱정할 일이 없는 시대로."

아렌스는 손으로 회색 머리카락을 쓸어 넘겼다. "위험등급이 10이 아닌 시대로 말이야." 아렌스가 싱긋 웃었다. "설마 모든 시대가 10등급은 아니겠지?"

던워디는 고개를 저었다.

"내가 왕가의 계곡에 관해 이야기한 적 있던가?" 아렌스가 말했다.

"전 지구에 유행병이 퍼졌을 때 가봤다고 했지."

아렌스는 고개를 끄덕였다. "카이로는 격리되었지. 그래서 아디스아바바로 날아가야만 했어. 그리고 택시 운전사에게 뇌물을 주고서야 겨우 왕가의 계곡에 갈 수 있었어. 그곳에서 투탕카멘의 무덤을 봤지." 아렌스가 말했다. "멍청한 짓이었어. 전 지구에 퍼진 전염병은 이미 룩소르까지 퍼져 있어서 우리는 격리 지역에서 간발의 차이로 빠져나올 수 있었어. 두 번이나 총격을 받았고." 아렌스는 고개를 설레설레 흔들었다. "하마터면 죽을 수도 있었어. 언니는 차에서 내리지 않겠다고 했지만 나는 계단을 내려가 무덤 문을 열며 생각했지. '카터가 이 무덤을 발견했을 때 바로 이랬을 거야' 하고 말이야."

아렌스는 던워디를 보다가 초점을 그 너머로 맞추며 기억을 더듬었다. "카터 일행이 무덤 문을 발견했을 때, 문은 잠겨 있었고, 사람들은 정부 허가를 받을 때까지 기다려야 했어. 하지만 카터는 드릴로 문에 구멍을 냈고, 촛불을 들고 들어가 주위를 살폈지." 아렌스의 목소리가 차분해졌다. "카나본 경이 '뭐가 보여?'라고 묻자 카터가 대답했어. '네, 멋진 거요.'"

아렌스는 눈을 감았다. "잠긴 문 앞에 서 있던 그 장면을 결코 잊을 수 없어. 지금도 생생하게 떠올릴 수 있어." 아렌스가 눈을 떴다. "이 모든 사태가 진정되면 그곳으로 갈지도 몰라. 왕가의 무덤을 여는 때로 말이야."

아렌스는 정문 바깥으로 몸을 굽혔다. "이런, 다시 비가 내리기 시작했네. 돌아갈게. 구급차가 도착하는 대로 들것에 있는 사람들을 보낼게." 그리고 나무라듯 던워디를 노려보았다. "왜 마스크를 안 쓰고 다녀?"

"안경에 김이 서려서. 당신은 왜 안 쓰고 다니지?"

"다 떨어지고 없어. T세포 강화 접종은 받았어?"

던워디는 고개를 저었다. "시간이 없었어."

"시간을 내." 아렌스가 말했다. "그리고 마스크를 쓰고 다녀. 당신이 아프면 키브린에게 전혀 도움이 안 돼."

'난 지금도 키브린에게 전혀 도움이 안 되는걸.' 숙소로 돌아오며 던워디는 생각했다. '난 실험실로 들어갈 수도 없고, 옥스퍼드 안으로 기술자 한 명도 데려올 수 없고, 베이싱엄 학과장의 행방도 알아내지 못해.' 던워디는 이제 누구에게 연락을 해봐야 할지 생각을 더듬어봤다. 던워디는 스코틀랜드에 있는 모든 여행사, 낚시 안내인, 보트 대여점에 연락해본 상태였다. 하지만 베이싱엄 학과장의 행방은 묘연했다. 어쩌면 몬토야의 말대로, 학과장은 스코틀랜드에 있는 게 아니라 어디 다른 곳에서 여자나 끼고 놀고 있을 수도 있었다.

'몬토야.' 던워디는 몬토야에 대해 까맣게 잊고 있었다. 던워디는 크리스마스이브 예배 이후 몬토야를 보지 못했다. 몬토야는 격리 구역 밖의 발굴 현장으로 나갈 수 있는 허가장에 서명받기 위해 베이싱엄 학과장을 찾아다니고 있었다. 그리고 크리스마스 날에는 학과장이 송어를 잡으러 갔는지 아니면 연어를 잡으러 갔는지 묻기 위해 전화했다. 그리고 다시 전화를 걸어 '마음 쓰지 마라'는 메모를 남겨두었다. 이는 베이싱엄 학과장이 송어를 잡으러 갔는지 아니면 연어를 잡으러 갔는지 알아냈다는 뜻일 수도 있지만 동시에 학과장의 행방을 알아냈다는 뜻도 될 수 있었다.

던워디는 두리번거리며 전화기를 찾다가 대기실 바깥에 있는 복도에 전화기가 있다는 사실을 기억해내고 그곳으로 갔다. 전화기가 있었다. 만약 몬토야가 베이싱엄 학과장의 행방을 알아내고 허가장에 서명받았다면, 곧장 발굴 현장으로 달려갔을 것이다. 몬토야는 발굴에만 정신이 팔려서 누구에게 자신의 행방을 알리거나 할 사람이 아니었다. 심지어 던워디는 자신이 베이싱엄 학과장을 찾고 있다는 사실을 몬토야가 알고나 있는지 궁금했다.

몬토야가 옥스퍼드의 격리 상황에 관해 이야기했다면 베이싱엄 학과장은 기상 악화나 도로 유실 같은 이유가 아니라면 즉각 돌아왔을 게 확실했다. 아니 어쩌면 몬토야는 격리에 대해 아무런 말도 하지 않았을 수도 있었다. 그저 베이싱엄 학과장의 서명이 필요하다고만 말할 사람이기도 했다.

던워디의 숙소에서는 테일러와 동료 연주자 넷 그리고 핀치가 둥글게 서서 무릎을 굽히고 있었다. 핀치는 한 손에 종이를 들고 작은 목소리로 숫자를 셌다. "막 병실에 가서 간호사들을 배치할 참이었습니다." 수줍은 목소리로 핀치가 말했다. "여기 윌리엄의 보고서가 있습니다." 핀치는 던워디에게 종이를 건네주고 종종걸음으로 문을 나섰다.

테일러와 동료 넷은 핸드벨 상자를 모았다. "앤드루스 씨가 전화했습니다." 테일러가 말했다. "방화벽 파괴 장치가 작동하지 않을 거며, 브레이스노즈 칼리지 콘솔을 통해야만 한다고 전해달라고 하더군요."

"고맙습니다." 던워디가 말했다.

테일러는 방을 나갔고, 나머지 넷도 차례로 방을 나섰다.

던워디는 발굴 현장으로 전화를 걸었다. 아무도 받지 않았다. 몬토야의 아파트와 브레이스노즈 칼리지에 있는 연구실로 전화를 걸어보고 다시 발굴 현장으로 전화를 걸었다. 모든 곳에서 다 전화를 받지 않았다. 다시 몬토야의 아파트에 전화를 건 뒤, 신호가 울리는 동안 윌리엄의 보고서를 살펴보았다. 바드리는 토요일 내내 그리고 일요일 아침까지 발굴 현장에서 일했다. 윌리엄은 이 사실을 알아내기 위해 몬토야와 만났을 게 분명했다.

던워디는 돌연 발굴 현장 자체에 대해 궁금해졌다. 발굴 현장은 국민신탁 소유의 땅으로, 위트니에서 떨어진 시골이었다. 그곳에는 아마 오리나 닭이나 돼지 또는 셋 모두 있을 수 있었다. 그리고 바드리는 하루하고도 한나절 동안을 그곳에서 진흙을 파며 보냈고, 그것은 병원소와 접촉할 완벽한 기회였다.

콜린이 비에 흠뻑 젖은 채 들어왔다. "게시물이 다 떨어졌어요." 가방을 뒤적이며 콜린이 말했다. "런던에서 내일 더 보낸다고 하네요." 콜린은 가방에서 곱스토퍼를 찾아내 사탕에 묻은 천 보푸라기까지 몽땅 입에 털어넣었다. "여기 계단참에 누가 서 있는지 아세요?" 콜린이 물었다. 콜린은 창가 의자로 가서 중세 책을 펼쳤다. "윌리엄 형이랑 어떤 누나가 있더라고요. 키스하고 뭔가 속닥이고 있어요. 방해될까 봐 하마터면 지나오지 못할 뻔했어요."

던워디가 문을 열었다. 윌리엄은 바바리를 입은 자그마한 체구의 금발 여인과 마지못해 떨어져서 함께 방으로 들어섰다.

"몬토야 교수가 어디 있는지 알고 있어?" 던워디가 물었다.

"아니요. NHS에서는 교수님이 발굴 현장으로 가셨다고 했지만, 전화를 해보니 받지 않으셨습니다. 교회 부속 묘지나 농장 어디 전화벨 소리가 들리지 않는 곳에 계시는 모양입니다. '비명기'를 쓸까 생각해보았지만 고고사를 읽고 있는 제 여자친구를 떠올리곤…." 윌리엄은 자그마한 금발 여성을 보며 고개를 까닥했다. "이 친구가 발굴 현장에 있던 작업 기록지를 봤는데, 바드리가 토요일과 일요일에 서명했다고 합니다."

"비명기? 그게 뭐지?"

"전화기 이쪽에 설치해놓으면 반대편에서 전화벨 소리를 증폭시키는 겁니다. 상대편 사람이 정원에 나가 있다거나 샤워할 때 쓰면 좋지요."

"이쪽 전화에 하나 설치해줄 수 있어?"

"저한테는 좀 벅찬 일입니다. 하지만 설치할 수 있는 학생을 한 명 알고 있습니다. 제 방에 전화번호가 있습니다." 윌리엄은 금발 여성과 손을 잡고 방을 나섰다.

"아시겠지만, 몬토야 아줌마가 발굴 현장에 있다면 제가 할아버지를 격리 구역 밖으로 나가게 해드릴 수 있어요." 콜린이 말했다. 콜린은 입에서 곱스토퍼를 꺼내 유심히 살펴보았다. "쉬울 거예요. 사람들이 지키지 않는 지역이 많이 있거든요. 비 오는데 밖에서 지키는 건 누구나 싫은 일이죠."

"격리 지역 바깥으로 나갈 생각은 없어." 던워디가 말했다. "사람들이 지금 전염병을 막으려 애쓰고 있는데 오히려 퍼뜨리고 다닐 순 없지."

"중세에 그렇게 해서 흑사병이 퍼졌죠." 입에서 곱스토퍼를 꺼내 유심히 살펴보며 콜린이 말했다. 곱스토퍼는 창백한 노란색이었다. "당시 사람들은 계속해서 도망치려 했지만 결국 병균을 다른 곳에 퍼뜨린 셈이 되어 버렸어요."

윌리엄이 문을 열고 고개만 빠끔히 들이밀었다. "설치하려면 이틀 정도 걸린답니다. 하지만 원하시면 자기 전화에 설치되어 있으니 사용하시랍니다."

콜린이 재킷을 움켜쥐었다. "가도 돼요?"

"아니." 던워디가 대답했다. "그리고 입은 옷이 다 젖었으니 벗도록 해라. 그러다 독감에 걸리면 안 되니 말이야." 던워디는 윌리엄과 함께 계단을 내려갔다.

"그 친구는 슈루즈베리 칼리지 학생입니다." 고개를 수그리고 빗속을 뛰어가며 윌리엄이 말했다.

안뜰을 반쯤 건넜을 때 콜린이 따라왔다. "전 안 걸려요. 강화 접종을 받았거든요." 콜린이 말했다. "당시 사람들은 격리하지 않았어요. 그래서 온 사방에 병이 퍼졌죠." 콜린은 재킷 주머니에서 목도리를 꺼냈다. "격리 구역을 빠져나가려면 보틀리 로드가 좋아요. 바리케이드 옆 모퉁이에 술집이 있고, 경비원들이 몸을 녹이기 위해 그곳을 들락날락하거든요."

"재킷을 여며라." 던워디가 말했다.

윌리엄이 말한 친구는 알고 보니 폴리였다. 폴리 윌슨은 던워디에게 네트 컴퓨터를 뚫을 수 있도록 '광학 배신자' 장치를 써보겠다고 했지만, 아직 컴퓨터를 뚫지 못한 상태였다. 던워디는 발굴 현장에 전화했지만 아무도 받지 않았다.

"울리게 내버려두세요." 폴리가 말했다. "전화를 받으러 오는 데 한참 걸릴 수도 있으니까요. 비명기는 500미터까지 울려 퍼져요."

던워디는 10분 정도 전화벨이 울리도록 둔 다음 수화기를 내려놓고 5분 동안 기다린 뒤 다시 전화해 15분간 벨을 울리게 하고 나서 마침내 포기했다. 폴리는 무언가 간절히 원하는 눈빛으로 윌리엄을 바라보았고, 젖은 재킷을 입은 콜린은 오들거리고 있었다. 던워디는 콜린을 데리고 숙소로 와 침대에 눕혔다.

"제가 격리 지역을 빠져나간 다음 몬토야 아줌마에게 전화하라고 전해드릴 수도 있어요." 곱스토퍼를 다시 가방에 넣으며 콜린이 말했다. "나이가 많아 움직이기 힘드실 것 같으면 제가 갈게요. 전 격리 구역 넘나드는 일에 아주 익숙하거든요."

✳

던워디는 이튿날 윌리엄이 돌아올 때까지 기다렸다가 다시 슈루즈베리 칼리지로 가서 전화를 걸어보았지만 소용없었다. "30분 간격으로 전화가 걸리도록 해놓겠습니다." 교문까지 바래다주며 폴리가 말했다. "윌리엄에게 혹시 다른 여자친구가 있는지 알고 계세요?"

"모르겠군요." 던워디가 말했다.

돌연 빗소리를 뚫고 크라이스트 처치 쪽에서 종소리가 우렁차게 울려 퍼졌다. "누가 다시 저 끔찍한 카리용 스위치를 켠 모양이네요." 폴리가 귀를 기울이며 말했다.

"아닙니다." 던워디가 말했다. "이건 미국인들이 내는 소리입니다." 던워디는 테일러가 스테드먼스를 하기로 결정했는지 알아볼 심산으로 소리 나는 쪽으로 귀를 기울였다. 하지만 던워디는 오즈니의 여섯 개 종소리를 들을 수 있었다. 두스, 가브리엘, 마리 그리고 뒤이어 클레멘트, 하트클레어, 테일러… "핀치!"

훌륭한 연주였다. 디지털 카리용 소리와는 완전히 딴판이었고, 연합 예배에서 연주했던 '세상과 교통하시는 그리스도여'와도 완전 딴판이었다. 종소리는 맑고 밝았으며, 던워디는 핀치가 번호를 암송함에 따라 핸드벨 연주자들이 종탑에 둥그렇게 늘어서서 무릎을 굽히고 팔을 올리는 모습이 눈에 선했다.

테일러의 말이 떠올랐다. '모든 사람은 중단 없이 자기 차례에 종을 울려야만 해요.' 던워디 자신은 핸드벨 연주에 방해만 되어왔지만 그런데도 종소리를 들으니 이상하게 기분이 좋았다. 테일러는 연주팀을 크리스마스 이브에 노리치로 데려갈 수 없었지만 중단 없이 종 연주를 했으며, 지금도 귀가 먹을 정도로, 머리가 아찔할 정도로, 뭔가를 축하하듯, 승리를 기념하듯, 크리스마스 아침이 온 듯 연주를 하고 있었다. 던워디는 몬토야를 찾아야 했다. 베이싱엄 학과장을 찾아야 했다. 격리를 두려워하지 않는 기술

470

자도 찾아야 했다. 키브린을 찾아야 했다.

던워디가 베일리얼 칼리지로 돌아왔을 때 전화벨이 울렸다. 던워디는 폴리의 전화이기를 빌며 계단을 뛰어 올라갔다. 전화를 건 이는 몬토야였다.

"던워디 교수님?" 몬토야가 말했다. "저예요, 루페 몬토야요. 무슨 일인가요?"

"어디 있는 거죠?" 던워디가 다그쳤다.

"발굴 현장요." 몬토야가 말했지만, 대답하지 않아도 명확한 사실이었다. 몬토야는 반쯤 발굴 중인 중세 교회 부속 묘지 안의 망가진 교회 본당 앞에 서 있었다. 던워디는 몬토야가 왜 그토록 발굴 현장으로 가고 싶어서 안달이었는지 알 수 있었다. 곳곳에 30센티미터 정도 물이 들어찼다. 발굴 중인 곳에는 방수포와 비닐 따위를 덮어놓았지만, 열 군데 정도에서 물이 떨어지고 있었고, 가라앉은 덮개들이 만나는 곳에서는 물이 폭포처럼 쏟아지는 상황이었다. 모든 것이, 묘비와 방수포를 덮어놓은 손전등과 벽에 기대 있는 삽들이 진흙투성이였다.

몬토야 역시 진흙투성이였다. 몬토야는 주머니가 많은 재킷에 허벅지 높이까지 오는 낚시용 방수 바지를 입었고, 모두 흠뻑 젖어 있었으며 더러웠다(베이싱엄 학과장이 어디로 갔으며 무엇을 입고 있을지 모르겠지만, 몬토야의 모습을 보니 던워디는 베이싱엄 학과장의 모습이 떠올랐다). 전화기를 잡은 손 역시 마른 흙 찌끼가 덕지덕지 묻어 있었다.

"며칠째 전화했어요." 던워디가 말했다.

"펌프 소리 때문에 전화벨 소리를 들을 수 없었어요." 몬토야는 화면 바깥 부분의 뭔가를 가리켰다. 펌프인 모양이었지만, 던워디에게는 방수포 위로 떨어지는 빗소리 말고는 아무것도 들리지 않았다. "조금 전에 펌프 벨트가 끊어졌어요. 그런데 대체품이 없어요. 그때 종소리가 들렸죠. 이제 격리가 풀린 건가요?"

"아니요." 던워디가 말했다. "전염병은 이제 완전히 창궐하는 중이에요. 환자가 780명에 죽은 사람이 16명입니다. 신문을 안 읽었나요?"

"여기 온 이후로 신문이고 방송이고 간에 아무것도 못 봤어요. 사람도

471

한 명 못 봤고요. 지난 엿새 동안 발굴 현장이 물에 잠기지 않게 하려고 온 갖 노력을 다 해봤는데, 혼자서는 할 수 없었어요. 그리고 펌프까지 고장 났고요." 몬토야는 흙 묻은 손으로 숱 많은 검은 머리를 쓸어 넘겼다. "격리 가 끝나지 않았다면 종은 왜 치고 있는 거죠?"

"시카고 서프라이즈 더블 타종법입니다."

몬토야는 짜증스러운 표정을 지었다. "만약 격리가 정말 심각하다면 왜 그 사람들은 종 치는 일 말고 좀 더 쓸모 있는 일을 하지 않는 건가요?"

'했어요. 종소리 덕분에 당신이 전화했잖아요.'

"여기서 일을 도와줄 수도 있잖아요." 몬토야는 다시금 머리를 쓸어 넘 겼다. 아렌스만큼이나 피곤한 표정이었다. "격리가 끝났기를 정말로 원했 어요. 그래야 여기 일을 도울 사람들을 모을 수 있으니까요. 격리가 얼마나 오래갈 것 같은가요?"

'아주 오래갈 것 같군요.' 방수포 사이로 폭포처럼 쏟아지는 빗물을 보며 던워디는 생각했다. '제때 일할 사람들을 모을 수 없을 겁니다.'

"베이싱엄 학과장과 바드리 차우두리에 대한 정보가 필요합니다." 던워 디가 말했다. "바이러스의 출처를 알아내려고 노력 중인데, 그러려면 바드 리가 누구와 만났는지를 알아야 해요. 바드리는 18일에서 19일 아침까지 발굴 현장에서 일했습니다. 그때 누가 같이 있었죠?"

"저요."

"그리고요?"

"없었어요. 12월 내내 사람을 구하느라 정말 힘들었어요. 고고사 전공 학생들은 모두 크리스마스 휴가를 떠났고요. 전 가는 곳마다 일을 도와줄 사람들을 찾아야 했죠."

"둘만 있었던 게 확실해요?"

"네. 토요일에 기사의 무덤을 열었는데, 그때 뚜껑이 무거워 무척 고생 했거든요. 질리언 레드베터가 토요일에 일하겠다고 서명해놓고서 막판에 데이트가 있다면서 못 오겠다고 연락했어요."

데이트 상대는 보나 마나 윌리엄이겠군. "일요일에는 누구 다른 사람 없었나요?"

"아침까지는 바드리만 있었고 다른 사람은 없었어요. 그리고 런던으로 가야 한다며 떠났어요. 있잖아요, 저 이제 가봐야 해요. 도와줄 사람을 구할 수 없다면 제가 일을 해야죠." 몬토야는 귀에서 수화기를 뗐다.

"잠깐만요!" 던워디가 소리쳤다. "끊지 마세요."

몬토야는 초조한 표정으로 수화기를 다시 귀에 댔다.

"몇 가지 질문이 더 있어요. 아주 중요한 거예요. 바이러스의 근원을 빨리 밝히면 밝힐수록 더 빨리 격리가 해제되고, 그러면 발굴 현장을 도와줄 사람도 더 쉽게 구할 수 있을 겁니다."

몬토야는 확신 없는 눈으로 던워디를 보았지만, 패스워드를 쳐서 넣더니 수화기를 수화기 걸이에 놓고 말했다. "일하면서 말해도 되나요?"

"그러면요." 마음을 놓으며 던워디가 말했다. "그렇게 하세요."

돌연 몬토야는 화면에서 사라졌다가 다시 나타나더니 뭔가 다른 패스워드를 쳐서 넣었다. "미안해요. 연결이 안 되네요." 그리고 몬토야가 일하는 곳 가운데 전화선이 닿을 만한 곳으로 움직이는 동안 화면이 뿌예졌다. 화면이 다시 나타났을 때 몬토야는 비석 옆의 진흙 구렁에 몸을 구부리고 있었다. 던워디는 저 돌이 몬토야와 바드리가 간신히 들어냈다는 바로 그 뚜껑일 거라고 짐작했다.

뚜껑에는 완전 무장을 한 기사의 조각상이 있었다. 기사는 사슬 갑옷을 입은 가슴 위로 팔을 교차해 묵직한 흉갑 위쪽 어깨에 손을 얹었고, 다리에는 칼을 차고 있었다. 뚜껑은 옆면에 위태롭게 기대 있었고 그 옆에는 알아보기 어려운 글자가 정교하게 조각되었다. 던워디는 'Requiesc…'라는 글자밖에 알아볼 수 없었다. 'Requiescat in Pace.' '편히 잠드소서'라는 뜻이겠지만, 그런 축복은 기사에게 허용되지 않은 모양이었다. 조각된 투구 아래로 잠들어 있는 기사의 얼굴은 못마땅한 표정이었다.

열린 무덤 뚜껑 위로는 몬토야가 얇은 비닐을 드리워놓은 상태였다. 비닐에는 빗물이 알알이 맺혀 있었다. 던워디는 무덤 반대편에 콜린에게 준 책에 나온 그림처럼 끔찍한 조각이 있을지 궁금했다. 그리고 금방이라도 무덤 밖으로 나올 정도로 무시무시할지도 궁금했다. 빗물 무게에 비닐이 축 늘어졌으며, 안으로 새어 들어간 빗물은 계속해서 무덤 위로 떨어졌다.

몬토야가 진흙으로 가득한 평평한 상자를 들고 몸을 쭉 폈다. "이제 됐어요." 상자를 무덤 구석에 놓으며 몬토야가 말했다. "뭔가 질문이 더 있다고 했죠?"

"네." 던워디가 말했다. "바드리가 그곳에 있을 때 다른 사람은 없었다고 했죠?"

"저와 바드리뿐이었어요." 이마의 땀을 닦으며 몬토야가 말했다. "휴, 여긴 정말 푹푹 찌는군요." 몬토야는 재킷을 벗어 무덤 뚜껑에 걸쳐놓았다.

"그 지역 사람들은요? 발굴 현장에서 일하는 사람들은 없나요?"

"여기 누가 있었다면 제가 벌써 고용했겠죠." 몬토야는 상자 속 진흙을 뒤적여 갈색 돌 몇 개를 꺼냈다. "무덤 뚜껑 무게만 1톤은 될 거예요. 그리고 우리가 뚜껑을 들어내자마자 비가 내리기 시작했어요. 누군가가 있었다면 당장 고용해 썼겠지만, 사람들이 사는 곳은 이곳 발굴 현장에서 너무 멀어요."

"국민신탁 직원들은요?"

몬토야는 돌을 씻기 위해 물속에 집어넣었다. "그 사람들은 여름에만 와요."

던워디는 발굴 현장에 있었던 누군가가 바이러스의 출처이며, 바드리가 발굴 현장 근처에 사는 사람이나 국민신탁 직원, 또는 이리저리 돌아다니는 오리 사냥꾼과 접촉한 것이기를 빌었다. 하지만 믹소바이러스의 보균자를 찾을 수 없었다. 정체불명의 그 누군가는 다른 사람과 아무런 접촉 없이 혼자만 병을 앓고 있을 것이다. 아렌스가 잉글랜드 전역에 있는 병원들에 연락했지만, 격리 구역 바깥에서는 환자가 나타나지 않았다.

몬토야는 기둥에 달아놓은 손전등에 돌을 하나씩 비춰보며 이리저리 뒤집어서 여전히 진흙이 묻어 있는 가장자리를 살폈다.

"새는요?"

"새요?" 몬토야의 억양에서 던워디는 자신이 한 말이 무덤 뚜껑을 들

때 날아가는 참새에게라도 도와달라고 하지 그랬느냐는 식으로 들렸다는 사실을 깨달았다.

"바이러스는 새에 의해 퍼졌을 수도 있습니다. 오리, 거위, 닭 같은 것으로부터요." 던워디는 말을 하면서도 닭이 병원소일 것 같지는 않다는 생각이 들었다. "현장 근처에 새가 있나요?"

"닭요?" 전등에 비치도록 돌을 반 정도 들어 올리며 몬토야가 말했다.

"동물에 기생하는 바이러스와 사람에 기생하는 바이러스가 서로 섞여 새로운 변종을 만드는 경우가 있다고 하더군요." 던워디가 설명했다. "가금류가 가장 흔한 병원소이지만 물고기도 가능하답니다. 돼지도요. 발굴 현장 근처에 돼지가 있나요?"

여전히 몬토야는 던워디를 바보로 여긴다는 표정으로 그를 바라보았다.

"발굴 현장이 국민신탁의 농장에 있지 않아요?"

"맞아요. 하지만 진짜 농장은 3킬로미터쯤 떨어져 있어요. 우리는 허허벌판 한가운데 있는 셈이죠. 돼지나 새나 물고기 같은 건 한 마리도 없어요." 몬토야는 다시 돌을 검사하기 시작했다.

새도 없었다. 돼지도 없었다. 지역 주민도 없었다. 발굴 현장 역시 바이러스의 근원은 아니었다. 어쩌면 애초부터 근원이라는 게 없을 수도 있었다. 어쩌면 바드리가 걸린 인플루엔자는 자발적으로 돌연변이를 했으며, 아렌스가 말한 것처럼 공기 감염을 통해 옥스퍼드에 퍼진 것일 수도 있었다. 이곳 교회 부속 묘지에 묻힌 사람들에게 흑사병에 퍼졌던 방식 그대로였다.

몬토야는 돌을 다시 들어 여기저기 묻은 진흙을 손톱으로 긁어내더니 표면을 문지르고 빛에 비춰보았다. 돌연 던워디는 몬토야가 살펴보는 것이 돌이 아니라 뼈라는 사실을 깨달았다. 기사의 척추이거나 발가락뼈인 듯했다. 편히 잠드소서.

몬토야는 자신이 찾던 것을 발견한 모양이었다. 호두 크기의 울퉁불퉁하고 곡선 모양을 한 뼈였다. 몬토야는 나머지를 접시에 돌려놓고 셔츠 주머니를 뒤적거려 손잡이가 짧은 칫솔을 꺼내더니 인상을 찡그리며 뼈의 굽은 가장자리를 문지르기 시작했다.

길크리스트는 바드리가 바이러스의 근원이며, 자발적으로 돌연변이가 되었다는 주장을 받아들이지 않을 것이다. 그런 주장을 받아들이기에 길크리스트는 14세기의 바이러스가 네트를 통과해 왔다는 주장을 너무나 사랑했다. 그리고 설사 던워디가 교회 부속 묘지의 웅덩이에서 헤엄치고 있는 오리 떼를 발견한다 할지라도 길크리스트는 역사학과 학과장 대리라는 자신의 권한을 너무나 사랑했다.

"전 베이싱엄 학과장과 연락해야 합니다." 던워디가 말했다. "어디에 있죠?"

"베이싱엄 학과장요?" 여전히 찡그린 인상으로 뼈를 들여다보며 몬토야가 말했다. "몰라요."

"하지만… 전 교수님이 베이싱엄 학과장의 행방을 알아냈다고 생각했는데요. 크리스마스 날 전화했을 땐 NHS의 특별 면제를 받으려면 베이싱엄 학과장의 서명이 필요하다면서 그 사람을 찾아다녔잖습니까?"

"맞아요. 스코틀랜드에 있는 송어 안내인하고 연어 안내인들 한 명 한 명에게 전화하느라 이틀 내내 다른 일은 아무것도 못 했어요. 그러다 더 이상 기다릴 수 없다고 결심했죠. 말이 나왔으니 하는 말이지만, 베이싱엄 학과장은 스코틀랜드에 없어요." 몬토야는 청바지에서 주머니칼을 꺼내더니 뼈의 거친 가장자리를 매끄럽게 하기 시작했다. "NHS 이야기가 나왔으니 말인데, 제 부탁 좀 들어주실래요? 계속 전화했는데 늘 통화 중이더군요. 교수님께서 저 대신 그곳으로 가서 일손이 좀 더 필요하다고 전해주시겠어요? 저 대신 가서 발굴 현장의 귀중한 역사적 가치에 대해 가르쳐주시고 만약 적어도 다섯 명 이상의 사람을 보내지 않는다면 돌이킬 수 없는 손실을 입게 될 거라고 말씀 좀 해주세요. 그리고 펌프도 꼭 있어야 한다고 해주세요." 칼이 뼈에 걸려 더 이상 나아가지 않았다. 몬토야는 인상을 찡그리며 다시금 칼질하기 시작했다.

"베이싱엄 학과장이 어디 있는지 모른다면 그 사람의 허가는 어떻게 받은 거죠? 베이싱엄 학과장의 서명이 있어야 한다고 하지 않았나요?"

"맞아요." 몬토야가 말했다. 갑자기 뼈 가장자리가 몬토야의 손에서 벗어나 비닐 덮개 위로 떨어졌다. 몬토야는 더 이상 인상을 쓰지 않고 뼈를 살펴보다가 상자에 다시 넣었다. "위조했어요."

몬토야는 무덤에 다시 웅크리고 앉아 뼈를 더 파냈다. 몬토야의 모습은 흡사 콜린이 곱스토퍼에 열을 올리는 것과 비슷해 보였다. 던워디는 키브린이 과거에 있다는 사실을 몬토야가 기억이나 하고 있는지, 아니면 지금 유행병에 대해 아무런 걱정도 하지 않고 있는 것처럼 키브린에 대해서도 완전히 잊은 건 아닌지 궁금했다.

던워디는 전화를 끊으면서도 과연 몬토야가 자신이 전화를 끊었다는 사실을 알기나 할까 생각했다. 던워디는 아렌스에게 자신이 알아낸 사실을 이야기하고 2차 감염자들을 조사해 바이러스의 출처를 알아보기 위해 병원으로 향했다. 밖에는 비가 아주 거세게 내리고 있었으며 낙수 홈통에서는 빗물이 흘러넘쳤고, 귀중한 역사적 가치를 씻어내리고 있었다.

핸드벨 연주자들과 핀치는 여전히 정해진 순서에 따라 무릎을 굽히고 차례로 종을 울리고 있었다. 연주자들은 몬토야처럼 자기 일밖에는 관심이 없는 것 같았다. 종소리는 억수같이 내리는 빗소리를 뚫고 우렁차고 우울하게 울려 퍼졌다. 던워디의 귀에는 종소리가 경보 신호처럼, 도움을 요청하는 절규처럼 들렸다.

둠즈데이북 사본
(066440-066879)

구력 1320년 크리스마스이브. 생각했던 것보다 시간이 별로 없어요. 조금 전에 부엌에서 돌아왔을 때 로즈먼드가 와서 이메인 부인이 절 보자고 한다더군요. 이메인 부인은 주교가 보낸 특사와 심도 깊고 솔직한 대화를 나누었고, 저는 이메인 부인의 표정을 보고 부인이 로슈 신부의 죄악을 열거 중이었다고 생각했지만, 로즈먼드와 제가 들어서자 저를 가리키며 "이 여자가 지금 제가 말하던 사람입니다."라고 하더군요.

'아가씨'라는 표현 대신 '여자'라는 표현을 쓴 이메인 부인의 목소리에는 나무라는 듯한, 거의 비난하는 듯한 기운이 서려 있었어요. 이메인 부인이 주교에게 제가 프랑스 스파이라고 말한 건 아닌지 궁금했지요.

"이 여자는 자기가 아무것도 기억하지 못한다고 합니다." 이메인 부인이 말했어요. "하지만 말을 할 수 있고 읽을 수도 있죠." 부인은 로즈먼드를 보며 말했어요. "네 브로치는 어디에 있지?"

"제 망토에 있어요." 로즈먼드가 말했어요. "다락에 넣어두었어요."

로즈먼드는 마지못해 자리를 떴지요. 로즈먼드가 나가자마자 이메인 부인이 말했어요. "블로에 경은 제 손녀딸에게 로마 언어로 된 글과 함께 사랑 매듭이 된 브로치를 선물했죠." 이메인 부인은 의기양양한 표정으로 절 보더군요. "이 여자는 그 의미를 해독했고, 오늘 밤 교회에서는 신부님들이 쓰는 말을 술술 하더군요."

"당신에게 글을 가르쳐준 사람이 누구인가요?" 포도주에 취해 멍한 목소리로 주교의 특사가 저에게 묻더군요.

블로에 경이 글자의 뜻이 무엇인지 저에게 말해주었다고 할까 생각해보았지만, 어쩌면 이미 블로에 경이 자신은 그런 일을 하지 않았다고 말했을지도 모른다는 생각이 들었어요. "모르겠습니다." 제가 대답했죠. "머리에 충격을 받고 숲속 길가에 쓰러져 있기 전 기억은 아무것도 나지 않습니다."

"이 여자가 처음 깨어났을 때는 아무도 알아들을 수 없는 말을 지껄였어요." 이메인 부인은 더 큰 증거라도 대는 듯이 말했지만, 저는 저를 무슨 죄목으로 비난하는 건지, 주교의 특사는 그 일에 어떻게 연관된 건지 알 수 없더군요.

"여기를 떠나면 옥스퍼드로 가실 건가요?" 이메인 부인이 주교의 특사 에게 물었어요.

"그렇습니다." 특사가 조심스레 대답하더군요. "여기에 며칠밖에 머물 수 없습니다."

"그러면 고드스토의 수녀님들께 이 여자를 데려다주세요."

"저희는 고드스토로 가지 않습니다." 특사가 말했어요. 핑계가 분명했어 요. 옥스퍼드에서 수녀원까지는 8킬로미터도 채 되지 않으니까요. "하지만 돌아오는 길에 이 여인에 대해 주교님께 여쭤보고 다시 연락드리겠습니다."

"라틴어를 알고 미사 드리는 방식을 알고 있는 거로 봐서 수녀가 분명 합니다." 이메인 부인이 말했어요. "수녀원에 데려가서 수녀들 중에 이 여 자에 대해 아는 사람이 없는지 알아봐주세요."

주교의 특사는 좀 전보다 더 초조한 기색을 띠었지만 결국 이메인 부인 의 청을 수락했어요. 그래서 저에게는 주교의 특사가 떠날 때까지의 시간 밖에 없어요. 특사는 '며칠'만 머무를 수 있다고 말했고, 그때가 무죄한 어 린이들의 순교 축일 이후이길 빌 수밖에 없어요. 하지만 저는 아그네스를 침대에 눕히고 가능한 한 빨리 거윈과 이야기할 계획이에요.

22

키브린은 거의 새벽녘이 될 때까지 아그네스를 재울 수 없었다. (아그네스가 포기하지 않고 계속 쓰는 호칭에 따르면) '동방 박사 세 명'이 도착한 덕분에 아그네스는 완전히 잠에서 깼으며 녹초가 되어서도 뭔가 볼거리를 놓치게 될까 봐 침대에 누우려고 하지를 않았다.

아그네스는 키브린이 엘로이즈를 도와 만찬 음식을 나르는 동안 자기도 배가 고프다며 키브린을 졸졸 쫓아다녔다. 하지만 막상 식사가 다 차려지고 만찬이 시작되자 아무것도 먹으려 하지 않았다.

키브린은 아그네스와 옥신각신할 시간이 없었다. 나무 쟁반에 푸짐하게 담아 올린 사슴 고기며 통돼지 구이 그리고 어마어마하게 큰 파이까지, 키브린은 부엌에서 안뜰로 끊임없이 식사를 날라야 했다. 파이가 어찌나 큰지 키브린은 내심 파이를 자르면 안에서 정말로 찌르레기들이 튀어나와 날아가는 게 아닐까 생각했다.[43] 거룩한 개혁 교회 목사에 따르면 중세 사람

---

43 '파이 속 찌르레기들'이라는 자장가의 가사 내용이다.

들은 크리스마스이브 자정 미사부터 크리스마스 아침의 본 미사까지 금식한다고 했는데 여기 있는 모든 사람이, 심지어 주교의 특사까지 포함해서 누가 먼저랄 것도 없이 꿩 구이, 오리 구이, 사프란을 넣어 끓인 토끼 스튜 등을 먹었다. 그리고 마셔댔다. '동방 박사 세 명'은 계속해서 포도주를 더 달라고 했다.

그들 셋은 이미 과하다 싶을 정도로 술을 마신 상태였다. 수사는 메이즈리에게 추파를 보냈고 여기 도착할 때부터 거나하게 취해 있던 사제는 탁자 아래로 들어가 있다시피 했다. 주교의 특사는 일행 두 명보다 더하면 더 했지 덜할 것 없이 마신 상태였다. 특사는 끊임없이 빈 잔을 들어 올리며 로즈먼드에게 술을 더 달라고 소리를 질러댔고 한 잔 한 잔 마실 때마다 손짓 발짓이 커지고 몸가짐은 점점 흐트러져갔다.

'잘됐군. 저렇게 취하면 나를 고드스토 수녀원에 데려다주겠다고 이메인 부인에게 한 약속을 잊어버릴 수도 있겠는걸.' 키브린은 강하 지점이 어딘지 물어볼 짬을 행여나 얻을 수 있지 않을까 하는 마음에 거윈 주위에 놓인 사발을 치웠다. 하지만 거윈은 블로에 경의 수행원 몇몇과 웃고 떠드느라 정신없었고 그들은 키브린에게 맥주와 고기를 좀 더 달라고 했을 뿐이었다. 키브린이 아그네스 옆으로 돌아왔을 때 아그네스는 거의 빵에 머리를 박은 채로 새근새근 잠들어 있었다. 키브린은 조심조심 아그네스를 안고 로즈먼드의 내실로 향하는 계단에 올라섰다.

계단을 올라가는데 문이 열렸다. "캐서린 아가씨." 침구를 한 아름 들고 있던 엘로이즈가 말했다. "마침 잘됐네요. 저 좀 도와주세요."

아그네스가 몸을 뒤척였다.

"다락에서 아마포 시트를 가져와주세요." 엘로이즈가 말했다. "교회 분들이 이 침대를 사용하실 거예요. 그리고 블로에 경의 누이와 시녀들은 다락에 머물 거고요."

"전 어디서 자야 돼요?" 아그네스가 키브린의 팔 안에서 버둥거렸다.

"우리는 헛간에서 잘 거란다." 엘로이즈가 말했다. "하지만 아그네스는 엄마랑 캐서린 언니가 침대를 만들 때까지 여기서 기다려야 해. 가서 놀고

481

있으렴."

엘로이즈는 굳이 그 말을 하지 않아도 되었다. 아그네스는 손을 흔들어 종소리를 내면서 층계 아래로 폴짝폴짝 뛰어 내려갔다.

엘로이즈는 키브린에게 침구를 넘겨주었다. "이걸 다락에 가져다 놓고 조각이 새겨져 있는 남편의 상자에서 백담비 침대보를 꺼내다주세요."

"주교님의 특사와 그 수행원들이 얼마나 머무를 것 같으세요?" 키브린이 물었다.

"모르겠군요." 엘로이즈는 걱정스러운 표정이었다. "2주 이상 머무르지 않기만 바랄 뿐이에요. 그 이후로는 고기가 충분하지 않을 거예요. 덧베개도 충분히 가져오는 것 잊지 마세요."

2주라면 랑데부가 끝난 다음이니 충분했다. 게다가 주교 특사 일행은 어디 다른 곳으로 떠날 것처럼 보이지도 않았다. 키브린이 다락에서 이부자리를 들고 내려왔을 때 주교의 특사는 상석에서 큰 소리로 코를 골며 잠들어 있었고 사제는 식탁에 발을 걸쳤으며, 수사는 블로에 경의 시녀 한 명을 구석에 몰아세워 놓고 그 여자의 스카프를 가지고 희롱하고 있었다. 거원은 보이지 않았다.

키브린은 시트와 이불보를 엘로이즈에게 가져다준 뒤 침구를 헛간으로 가져가겠다고 말했다. "아그네스가 매우 지쳤어요." 키브린이 말했다. "아무래도 빨리 데리고 가서 재워야겠어요."

묵직한 덧베개를 탁탁 털면서 엘로이즈는 멍하니 고개를 끄덕였다. 엘로이즈가 승낙하자 키브린은 쏜살같이 계단 아래로 뛰어 내려가 안뜰로 나갔다. 마구간에도 양조장에도 거원은 없었다. 키브린은 옥외 변소 근처에서 서성이다 붉은 머리 청년 두 명이 나타나 이상하다는 듯이 키브린을 바라보자 헛간으로 갔다. 어쩌면 거원은 메이즈리와 함께 다시 놀러 나가버렸거나 풀밭 위에서 벌이는 마을 주민의 축제에 흥겹게 어울리는 중일 수도 있었다. 키브린은 다락의 맨 나무 바닥에 지푸라기를 깔다가 웃음소리를 들었다.

키브린은 지푸라기 위에 모피와 누비이불을 깔고 다락에서 내려와 혹시라도 거윈을 볼 수 있지 않을까 하는 생각에 다시 밖으로 나와 오솔길을 걸어갔다. 사람들은 교회 부속 묘지 앞에 모닥불을 지피고 주위에 빙 둘러서서 손을 녹이고 큰 뿔 모양 그릇에 담긴 술을 마시고 있었다. 키브린은 얼굴이 벌게진 메이즈리 아버지의 얼굴을 알아보았고 불빛에 언뜻 마름의 얼굴도 보였지만 거윈은 보이지 않았다.

거윈은 안뜰에도 없었다. 로즈먼드가 망토를 두른 채 정문 옆에 서 있었다.

"이 추운 데서 뭐 하는 거니?" 키브린이 물었다.

"아버지를 기다리고 있어요." 로즈먼드가 대답했다. "날이 새기 전에 오실지도 모른다고 거윈 아저씨가 말했거든요."

"거윈 아저씨를 만났니?"

"예, 마구간에 있어요."

키브린은 걱정스러운 눈빛으로 마구간을 바라보았다. "여기서 기다리기엔 날씨가 너무 추워. 집에 들어가서 기다리렴. 아버지가 오시거든 거윈을 시켜 알려줄게."

"싫어요. 여기서 기다릴래요." 로즈먼드가 말했다. "아버지께서 크리스마스에는 돌아오실 거라고 약속하셨어요." 로즈먼드의 목소리가 약간 떨렸다.

키브린은 초롱불을 높이 들었다. 로즈먼드는 울고 있지는 않았지만 두 뺨이 새빨갰다. 키브린은 블로에 경이 무슨 짓을 했기에 로즈먼드가 블로에 경을 피해 숨어다니나 궁금했다. 어쩌면 로즈먼드는 블로에 경이 아니라 수사나 곤드레만드레 취한 사제 때문에 이러는 것일 수도 있었다.

키브린은 로즈먼드의 팔을 잡았다. "그러면 부엌에 가서 기다리렴. 거기는 좀 따뜻할 거야."

로즈먼드가 고개를 끄덕였다. "아버지께서는 분명 오신다고 약속하셨어요."

'오셔서 뭘 어쩌는데?' 키브린은 궁금했다. 교회에서 온 사람들을 내쫓기라도 한단 말인가? 블로에 경과 파혼이라도 시켜주길 바라는 건가? "아

버지께서는 제게 해가 될 일은 절대로 하실 분이 아니에요." 로즈먼드는 일
전에 이렇게 말했었다. 하지만 로즈먼드의 아버지는 결혼 증서에 서명을
한 이 마당에 "유력 인사들과 친분이 돈독한" 블로에 경과 파혼을 선언해
적으로 삼을 처지가 아닐 것이다.

키브린은 로즈먼드를 데리고 식당으로 간 뒤 메이즈리에게 로즈먼드가
먹을 포도주를 데워달라고 했다. "네 아버지가 오시면 즉시 너에게 알려주
라고 거윈 아저씨에게 말해놓을게." 키브린은 로즈먼드를 달래놓고 마구간
으로 갔지만, 거윈은 마구간에도 없었다. 양조장에도 없었다.

키브린은 혹시 이메인 부인이 거윈에게 또 다른 심부름을 시킨 것은 아
닌가 하는 생각이 들어 집 안으로 들어갔다. 이메인 부인은 눈이 반쯤 감긴
채로 억지로 앉아 있는 특사 옆에 앉아서 아주 단정적인 어조로 뭔가를 말
하고 있었다. 거윈은 불 옆에서 블로에 경의 수행원들에게 둘러싸여 있었다.
거윈 주변에 모여든 사람들 중에는 옥외 변소에서 나온 두 젊은이도 끼어
있었다. 블로에 경은 화로 옆에 자기 형수와 엘로이즈와 함께 앉아 있었다.

키브린은 칸막이 옆 거지 벤치에 털썩 주저앉았다. 거윈에게 강하 지점
이 어디인지 물어보는 것은 고사하고 가까이 다가갈 방법조차 없었다.

"돌려줘!" 아그네스가 울부짖었다. 나머지 아이들과 아그네스는 내실
옆 계단에 옹기종기 모여 있었다. 남자아이들은 까망이를 자기네들끼리 돌
려가며 쓰다듬고 귀를 만지며 장난쳤다. 아그네스는 키브린이 헛간에 가
있는 짬을 틈타 마구간에서 까망이를 데리고 온 모양이었다.

"내 사냥개란 말이야!" 아그네스가 까망이를 잡기 위해 손을 내밀며 말
했다. 조그마한 남자아이는 강아지를 뒤로 빼돌렸다. "내놓으란 말이야!"

키브린이 멈춰 섰다.

"말을 타고 숲을 지나는데, 어떤 아가씨가 있지 않겠습니까." 거윈이 큰
소리로 말했다. "그분은 강도들을 만나서 심하게 다친 상태였습니다. 머리
는 찢겨 있었고 피도 엄청나게 많이 흘리고 있었지요."

키브린은 남자아이 팔에 달려드는 아그네스를 바라보며 머뭇거리다가
다시 앉았다.

"'아름다운 아가씨.' 제가 말했습니다. '누가 이런 짓을 저지른 겁니까?' 하지만 그 아가씨는 상처가 너무 심해서 아무 말도 할 수 없었지요."

아그네스는 강아지를 돌려받고 꽉 움켜쥐었다. 키브린은 당장에 달려가 그 불쌍한 것을 구해야 했지만, 블로에 경 형수의 머리쓰개 너머로 그들을 볼 수 있도록 자세를 약간 고쳐 앉은 채 가만히 있었다. '어디서 날 찾았는지 사람들한테 말해요. 키브린은 마음속으로 거윈을 부추겼다. 숲속 어디에서 날 봤는지 말해요.'

"'저는 당신의 충실한 종복입니다. 또한 저는 이 사악한 무리를 찾아내고야 말겠습니다'라고 말했습니다. '그렇지만 아가씨께서 이런 곤경에 처해 있을진대 감히 곁을 떠날 수가 없군요.'" 거윈은 말하면서 엘로이즈를 바라보았다. "그렇지만 그 아가씨는 곧 정신을 차렸고 저에게 자신을 공격한 무리를 찾아달라고 부탁했습니다."

엘로이즈가 일어서서 문 쪽으로 다가갔다. 그리고 뭔가 근심거리가 있는 듯 잠시 서 있다가 다시 돌아와 앉았다.

"안 돼!" 아그네스가 소리 질렀다. 블로에 경의 빨간 머리 조카 중 한 명이 아그네스에게서 까망이를 낚아채 한 손으로 들더니 자기 머리 위로 들어 올렸다. 키브린이 지금 당장 그 가여운 것을 구해주지 않으면 아이들은 불쌍한 개를 주무르다 결국 죽이고 말 것이다. 게다가 '숲속 아가씨 구출 대작전'을 키브린이 듣고 있어야 할 아무런 이유가 없었다. '숲속 아가씨 구출 대작전'은 엘로이즈를 감동시키겠다는 일념 하나에서 맘대로 지어낸 이야기였다. 키브린은 아이들에게로 다가갔다.

"강도들이 달아난 것이 그리 오래되지 않았기 때문에 놈들의 흔적을 쉽게 발견할 수 있었고, 저는 말을 타고 있는 힘껏 박차를 가해 뒤를 쫓았습니다."

블로에 경의 조카가 까망이의 앞발을 잡고 대롱대롱 흔들었고 까망이는 처량할 정도로 낑낑거렸다.

"캐서린 언니!" 아그네스가 울다가 키브린을 보고는 키브린의 다리에 매달렸다. 블로에 경의 조카는 즉각 키브린에게 강아지를 넘겨주고 뒤로 물러섰다. 다른 아이들도 뿔뿔이 흩어졌다.

"언니가 까망이의 목숨을 구했어요!" 강아지에게 손을 뻗으며 아그네스가 말했다.

키브린은 고개를 흔들었다. "자러 갈 시간이야."

"나 안 졸려요." 아그네스가 우는소리를 했지만 믿을 수 없었다. 아그네스는 눈을 비볐다.

"까망이는 졸린단다." 키브린이 아그네스 옆에 쪼그리고 앉아서 말했다. "그리고 까망이는 자기는 너무나 자고 싶은데 아그네스가 옆에서 누워 있어주지 않으면 잠들 수가 없대요."

이 말이 먹혀들어 간 것 같았다. 아그네스가 뭔가 이상한 점을 깨닫기 전에 키브린은 까망이를 아그네스에게 돌려주었다. 키브린은 까망이를 갓난아이 안겨주듯 아그네스의 팔에 안긴 다음 아그네스를 번쩍 들어 올렸다. "까망이가 옛날이야기 해달라고 할지도 몰라." 키브린은 문으로 가면서 이렇게 이야기했다.

"곧 저도 모르는 장소로 너무 깊숙이 들어갔다는 것을 깨달았습니다." 거윈이 말했다. "어두컴컴한 숲 한복판이었지요."

키브린은 아그네스와 까망이를 안아 들고 밖으로 나와 안뜰을 가로질렀다. "까망이는 고양이 이야기를 좋아해요." 아그네스는 품 안의 강아지를 살살 흔들면서 말했다.

"그러면 아그네스가 까망이한테 고양이에 관한 이야기를 해주어야겠네." 키브린이 말했다. 키브린은 아그네스가 사다리를 타고 다락으로 올라가는 동안 잠시 강아지를 받아 들었다. 강아지는 이 손 저 손 타는 동안 완전히 녹초가 되었는지 진작 잠들어 있었다. 키브린은 짚을 채워 임시로 만들어놓은 요 옆 지푸라기 위에 강아지를 내려놓았다.

"아주 못된 고양이 이야기를 해줄 거예요." 아그네스가 또다시 강아지를 잡으며 말했다. "나 안 잘래요. 까망이랑 같이 누워 있기만 할 거예요. 그러니까 옷은 안 벗어도 되죠?"

"그러면, 안 벗어도 되지." 아그네스와 까망이에게 두꺼운 모피를 덮어주면서 키브린이 말했다. 옷을 벗고 자기에는 헛간이 너무 추웠다.

"까망이는 내 종을 너무너무 매고 싶어 해요." 아그네스는 이렇게 말하고는 강아지 머리 위로 리본을 씌우려 애썼다.

"아니야, 까망이는 그렇지 않아요." 키브린이 말했다. 키브린은 종을 압수한 다음 모피를 한 겹 더 덮어주었다. 키브린은 엉금엉금 기어 아그네스 옆으로 갔다. 아그네스는 그 작은 몸을 키브린에게 기대었다.

"옛날 아주 먼 옛날 아주 나쁜 고양이가 살았대요." 아그네스는 하품하며 말했다. "고양이 아빠가 고양이한테 숲에 가지 말라고 했는데 고양이는 그 말을 듣지 않았대요." 아그네스는 쏟아지는 잠을 참으려 눈을 비비고 나쁜 고양이 앞에 펼쳐질 모험담을 만들어내느라 부단히 애를 썼지만 두툼한 모피의 따스함과 어둠에 마침내 지고 말았다.

키브린은 아그네스의 숨소리가 새근새근 고르게 들릴 때까지 옆에 계속 누워 있다가 아그네스 손에서 조심조심 까망이를 꺼내 지푸라기 위에 눕혔다.

아그네스는 자다 말고 인상을 쓰며 까망이를 찾았고, 키브린은 아그네스를 껴안아주었다. 이제 키브린은 일어나서 거윈을 찾아 나서야 했다. 랑데부는 1주일도 안 남은 상태였다.

아그네스는 뒤척이며 키브린의 품을 파고들더니 키브린의 뺨에 머리를 비볐다.

'하지만 내가 어떻게 널 떠날 수 있겠니.' 키브린은 생각했다. '그리고 로즈먼드도. 내가 어떻게 로슈 신부님을 떠날 수 있겠니.' 키브린은 이런 생각을 하며 잠이 들었다.

＊

키브린이 잠에서 깨었을 때는 희미하게 날이 밝았고 로즈먼드가 아그네스 옆에서 웅크리고 자고 있었다. 키브린은 아이들이 계속 자도록 살금살금 다락에서 내려와 어슴푸레한 안뜰을 가로질렀다. 혹시라도 자느라 미사 종을 놓친 것은 아닌가 조마조마했지만, 거윈은 아직도 불 옆에서 웅변을 토하는 중이었고, 주교의 특사도 상석에 그대로 앉아 이메인 부인의 말을 들고 있었다.

수사는 메이즈리에게 팔을 두르고 구석에 앉아 있었고 사제는 보이지 않았다. 곯아떨어져 침대에 쓰러져 자는 모양이었다.

아이들도 모두 침대로 간 것이 틀림없었고 여자들 몇 명도 이제는 쉬러 다락으로 간 것 같았다. 블로에 경의 누이와 도싯에서 왔다는 형수도 보이지 않았다.

"'기다려라!' 제가 외쳤습니다." 거윈이 말했다. "'나는 정정당당히 겨루고 싶도다!'" 키브린은 지금 거윈이 '숲속 아가씨 구출 대작전'을 이야기하고 있는 것인지 원탁의 기사 랜슬롯 경의 모험담을 들려주고 있는 것인지 궁금했다. 어느 것인지 구별할 수는 없었지만, 혹시라도 거윈의 이야기가 엘로이즈를 감동시키기 위한 것이라면 그 목적도 제대로 달성하지 못한 듯했다. 엘로이즈는 홀 안에 없었다. 남아 있는 청중들조차 거윈의 이야기에 흥미를 잃은 것은 매한가지였다. 두 명은 벤치에 앉아 주사위 놀이를 했고 블로에 경은 그 투실투실한 가슴에 턱을 묻고 자고 있었다.

잠이 드는 바람에 혹시나 거윈에게 말 붙일 기회를 놓쳐버린 것은 아닌가 했던 키브린의 걱정은 기우일 뿐이었다. 사태를 보니 잠을 안 자고 있었다 할지라도 말을 붙일 수는 없었을 것 같았다. 다락에서 아그네스 옆에 좀 더 머물러 있어도 될 뻔했다는 생각이 들었다. 키브린은 계획을 수정해야만 했다. 거윈이 옥외 변소에 갈 때나 미사에 참석하러 갈 때 살짝 불러내서 이렇게 속삭이면 될 것이다. '마구간에서 조금 뒤에 봐요.'

교회에서 나온 세 명은 포도주가 바닥날 때까지 떠날 것 같지 않았지만 그렇게 단정 짓기에는 너무 일렀다. 남자들이 내일 당장 사냥을 떠날 수도 있는 일이고 날씨가 바뀔 수도 있는 일이었다. 주교의 특사와 그 일행이 이곳에 계속 머무르든지 아니든지 간에 랑데부까지는 닷새가 남았을 뿐이다. 아니, 이제 날이 바뀌어 벌써 크리스마스가 되었으니 나흘이 남았다.

"그놈은 거칠게 공격해 들어왔습니다." 거윈은 벌떡 일어나 몸짓까지 해 보이며 말했다. "놈이 현란한 동작을 취하며 저에게 달려왔고, 제 머리는 두 조각 날 것만 같았습니다."

"캐서린 아가씨." 이메인 부인이 불렀다. 이메인 부인은 일어서서 키브린에게 손짓했다. 주교의 특사가 흥미롭다는 듯 키브린을 바라보았다. 키브린은 가슴이 두근거렸다. 둘이 무슨 작당을 한 건지 궁금했지만, 키브린이 홀을 가로질러 가기도 전에 이메인 부인이 아마포로 감싼 뭉치를 들고 키브린에게 다가왔다.

"아가씨가 이것을 로슈 신부에게 가져다줬으면 해요. 미사용 물건들입니다." 이메인 부인이 아마포를 차곡차곡 펼치자 밀랍 양초가 보였다. "이걸 꼭 제단에 놓으라고 명하세요. 또 로슈 신부에게 심지가 부서지니까 촛불을 손가락으로 집어 끄지 말라고 이르세요. 그리고 주교님의 특사가 크리스마스 미사를 주관할 것이라 전하세요. 나는 교회가 영주가 설 만한 곳으로 비치길 원하지 돼지우리처럼 보이길 원하지는 않아요. 또 로슈 신부에게 좀 깨끗한 옷을 입으라고도 하세요."

'결국, 이렇게 당신 구미에 맞는 미사를 만들겠다 이거군.' 키브린은 서둘러 안뜰을 가로질러 오솔길을 따라가며 생각했다. '그리고 날 내보내는 일도 성공했고 말이야. 이제 당신은 로슈 신부를 쫓아내기만 하면 더 원이 없겠죠. 주교의 특사를 설득해 로슈 신부의 지위를 낮추거나 비스터 수도원으로 쫓아버리고 싶겠죠.'

＊

풀밭에는 아무도 없었다. 회색빛 속에서 다 꺼져가는 모닥불이 희미하게 일렁였고 모닥불 주위에서 녹았던 눈은 다시 얼며 얼음 낀 웅덩이로 변하고 있었다. 마을 사람들은 이미 다 자러 간 것이 틀림없었다. 키브린은 로슈 신부도 벌써 잠자리에 들었을지 모르겠다고 생각했다. 하지만 로슈 신부의 집에서는 연기가 피어오르지 않았고, 문을 두드려보았지만 아무 대답이 없었다. 키브린은 좁은 길을 따라 교회 옆문으로 들어갔다. 교회 안은 여전히 캄캄했고 한밤중일 때보다도 더 추웠다.

"로슈 신부님." 키브린은 캐서린 성상 쪽으로 더듬더듬 나아가면서 나직하게 신부를 불렀다.

로슈 신부는 대답하지 않았지만 키브린은 로슈 신부가 중얼거리는 소리를 들었다. 신부는 루드 스크린 뒤쪽, 제단 앞에 무릎을 꿇고 있었다.

"오늘 밤 멀리 여행 나온 이들이 안전하게 집으로 돌아갈 수 있도록 인도해주시고 모든 위험과 질병으로부터 그들을 구하소서." 로슈 신부의 부드러운 목소리를 듣자 아파서 침대에 누워 있어야 했던 그날 밤, 로슈 신부의 목소리가 불꽃 사이사이로 들려와 마음을 진정시켜주던 기억이 떠올랐다. 그리고 던워디 교수의 얼굴도 떠올랐다. 키브린은 로슈 신부를 부르는 대신 차디찬 성상에 몸을 기대고 가만히 서서 어둠 속에서 로슈 신부의 목소리에 귀를 기울였다.

"블로에 경과 가솔이 코시로부터 미사에 참여하러 오셨습니다. 시중드는 사람도 전부 다 왔습니다." 로슈 신부가 말했다. "그리고 테오둘프 프리맨은 헤네펠드에서 왔습니다. 눈은 어제저녁에 그쳤고 하늘은 성스러운 주님이 태어나신 밤을 기리는 듯 맑습니다." 로슈 신부의 목소리는 키브린이 녹음기에 녹음할 때처럼 담담했다. 신부의 기도는 계속되었다. 미사에 참석한 사람의 수와 날씨에 관한 것이었다.

빛이 창을 통해서 들어오기 시작했고, 키브린은 선 세공이 우아하게 되어 있는 루드 스크린을 통해 로슈 신부를 볼 수 있었다. 단이 올올이 해어진 옷이며, 누렇게 때가 탄 가장자리, 조악하다 못해 사나워 보이기까지 하는 로슈 신부의 생김생김은 귀티 나는 주교의 특사나 얼굴이 가느스름한 사제와는 상당히 대조되었다.

"이 축복받은 밤은 미사가 끝날 때쯤 주교님의 특사께서 도착해 더욱 그 빛을 발하였습니다. 두 성직자도 함께했습니다. 세 분 다 학식과 선행이 남다른 분들이십니다." 로슈 신부가 기도했다.

'황금과 화려한 옷차림에 현혹되지 마세요.' 키브린은 생각했다. '로슈 신부님은 그 사람들 열 명을 가져다 놓아도 바꿀 수 없을 만큼 대단하단 말이에요.' "주교님의 특사가 크리스마스 미사를 주관할 겁니다." 이메인 부인이 이렇게 말하기는 했지만 주교의 특사라는 사람은 금식은커녕 먹고 마시는 꼴을 보아하니 제정신으로 미사를 준비할 것 같지 않았다. '로슈 신부님,

490

그 사람들 50명을 한데 모아놓아도 신부님 혼자만 못하다고요.' 키브린은 생각했다. '아니, 100명을 가져다 놓아도 로슈 신부님보다 못해요.'

"옥센퍼드 지역에 질병이 창궐하고 있다는 이야기를 들었습니다. 소작 농 토드는 이제 많이 나았지만 몸이 약해서 제가 미사에 오지 말라고 했습니다. 욱트레다도 몸이 너무 약해서 미사에 올 수가 없었습니다. 제가 수프를 가져다주었지만 먹지 않았습니다. 월테프는 맥주를 너무 많이 마시고 춤을 추다가 토했습니다. 기다는 모닥불에서 불붙은 장작 하나를 끄집어내다가 손을 데었습니다. 주님께서 커다란 도움을 베푸셨으니 마지막 날이 올지라도, 분노의 날이 올지라도, 마지막 심판이 내릴지라도 저는 두려워하지 않을 것입니다."

커다란 도움이라. 키브린이 여기 서서 마냥 듣고 있기만 하면 로슈 신부야말로 아무런 도움을 받지 못할 것이다. 해는 벌써 찬란하게 떠올랐고 창을 통해서 황금빛이 쏟아져 들어와 촛대 가장자리로 흘러내리다 굳어버린 촛농과 촛대 밑바닥의 녹과 제단보에 떨어진 커다란 촛농 얼룩을 비추었다. 이메인 부인이 미사에 참석하기 위해 들어왔을 때 교회가 이런 모습이라면 문자 그대로 오늘은 분노의 날이 되며 마지막 심판이 내려질 것이다.

"로슈 신부님." 키브린이 신부를 불렀다.

로슈 신부는 그 즉시 몸을 틀어 일어서려 했지만 두 발이 추위로 꽁꽁 얼어 있었다. 로슈 신부는 놀라다 못해 두려워하는 표정이었다. "캐서린이에요." 키브린은 재빨리 말을 하며 신부가 볼 수 있도록 햇빛이 들어오는 창가 쪽으로 다가섰다.

로슈 신부가 여전히 놀란 표정으로 가슴에 성호를 그었기 때문에 키브린은 혹시 로슈 신부가 기도하면서 살짝 존 것은 아닌가, 그래서 아직 정신을 차리지 못한 것은 아닌가 하는 생각이 들었다.

"이메인 부인께서 양초를 가져다드리라고 했어요." 키브린은 말하면서 루드 스크린을 돌아 로슈 신부에게 다가갔다. "이 양초를 제단 양쪽에 있는 은촛대에 꽂아놓으라고 말씀하셨어요. 그리고…." 그러다 문득 키브린은 왜 자기가 이메인 부인의 전령 노릇을 하고 있어야 하는지 한심해져서 말을 그만두었다. "미사 준비를 도와드리러 왔습니다. 저에게 뭐 시키실 일이 없나요? 촛대를 닦을까요?" 키브린은 양초를 로슈 신부에게 내밀었다.

로슈 신부는 양초도 받아 들지 않았고 아무 말도 하지 않았다. 키브린은 이메인 부인으로부터 로슈 신부를 보호하겠다는 일념에 들떠 자기가 또 뭔가 실수한 것은 아닌가 걱정이 되어 인상을 찡그렸다. 여자들은 미사 때 사용되는 집기를 만져서는 안 되었다. 아마도 촛대 역시 다루면 안 되는 것이리라.

"제가 도와드리면 안 되는 건가요?" 키브린이 물었다. "제가 내진에 들어오면 안 되는 것이었나요?"

로슈 신부는 갑자기 제정신이 든 모양이었다. "하느님을 모시는 자가 가지 못할 곳은 없습니다." 로슈 신부가 말했다. 로슈 신부는 키브린이 건네는 양초를 받아 제단 위에 놓았다. "그렇지만 아가씨처럼 지체 높으신 분이 이렇게 하찮은 일을 하시다니 안 될 말이지요."

"하느님을 위한 일인걸요." 키브린은 단호하게 말한 뒤 육중한 가지 촛대에서 반쯤 탄 양초를 떼어냈다. 밀랍이 양옆으로 녹아내리다 굳어 있었다. "모래가 필요할 것 같습니다." 키브린이 말했다. "그리고 밀랍을 긁어낼 칼도요."

로슈 신부는 그 즉시 키브린이 이야기한 물품을 가지러 갔고 신부가 없는 사이 키브린은 급히 루드 스크린에서 양초를 치운 뒤 우지 양초들을 놓았다.

로슈 신부는 모래, 더러운 넝마 한 줌을 가지고 왔고 칼이 변변치 않다며 궁색한 사과를 했다. 어쨌거나 칼로 밀랍을 긁어낼 수 있었고 제단에 씌워놓은 천에 묻은 밀랍 자국부터 긁기 시작했다. 키브린은 미사 시간에 대지 못할까 봐 걱정되었다. 비록 상석에 퍼질러 앉은 주교의 특사는 미사 준비를 빨리하겠다는 마음이 없겠지만, 그렇다고 할지라도 이메인 부인의 잔소리를 버티는 데는 한계가 있을 것이다.

'나 역시 시간이 없어.' 키브린은 촛대를 긁어내기 시작했다. 어제는 시간이 충분하다고 생각했지만, 거원을 동동거리며 찾아다니느라 온밤을 지

새웠는데도 정작 거윈 근처에는 가지도 못한 상태였다. 게다가 내일이 오면 거원은 사냥하러 떠날 수도 있고 또 다른 '숲속 아가씨 구출 대작전'을 벌이러 나갈 수도 있었다. 그도 아니면 주교의 특사와 그 떨거지들이 결국 이 집에 있는 포도주를 전부 다 바닥낸 뒤 다른 곳으로 포도주를 찾아 떠나며 키브린을 데려갈지도 모르는 일이었다.

'하느님을 모시는 자가 가지 못할 곳은 없습니다.' 신부님이 이렇게 말씀하셨지. 맞는 말이야. 강하 지점만 뺀다면 말이지. 키브린은 생각했다. 집으로 돌아가는 길만 뺀다면 말이야.

키브린은 촛대 가장자리에 초가 흘러내리다 굳어 생긴 밀랍 방울을 젖은 모래로 박박 문질렀다. 몇 조각이 로슈 신부가 닦고 있는 초에 튀었다. "죄송합니다." 키브린이 말했다. "이메인 부인께서는….." 키브린은 말을 멈추었다.

이메인 부인이 키브린을 어디론가 보낼 것 같다고 로슈 신부에게 말해봐야 아무 소용 없는 일이다. 로슈 신부가 키브린을 보내지 말라고 이메인 부인에게 말이라도 하는 날에는 오히려 사태가 악화될 것이 뻔했다. 키브린은 로슈 신부가 괜히 자기를 도우려다 오즈니 아니면 그보다 더한 오지로 쫓겨나기를 바라지 않았다.

로슈 신부는 키브린이 말을 마저 하기를 기다리고 있었다. "이메인 부인께서 주교님의 특사가 크리스마스 미사를 주관할 것이라고 전하라 하셨습니다."

"예수 그리스도의 탄생일에 그런 고귀한 분의 설교를 들을 수 있다니, 이루 말할 수 없는 축복이 되겠군요." 로슈 신부는 반짝반짝 윤을 낸 성배를 내려놓으며 말했다.

예수 그리스도의 탄생일이라. 오늘 아침의 세인트메리 교회는 어떤 광경일지 떠올려보려 애썼다. 음악 소리와 따뜻함과 스테인리스 강철 촛대에 꽂혀 반짝거리는 레이저 양초. 하지만 모든 것이 희미하고 현실과 무관해 보이는 상상일 뿐이었다.

키브린은 촛대를 제단 양쪽에 세워놓았다. 촛대는 유리창을 통해 들어

오는 형형색색의 빛에 흐리터분한 빛을 발할 뿐이었다. 키브린은 이메인 부인이 건네준 초 세 자루를 꽂고 왼편 촛대를 제단 쪽으로 조금 더 옮겨 전체적인 조화를 맞췄다.

로슈 신부가 입은 옷에 대해 키브린이 할 수 있는 일은 아무것도 없었다. 이메인 부인이 너무나 잘 알고 있는 바대로 로슈 신부에게는 옷이 한 벌밖에 없었다. 로슈 신부의 소매에 젖은 모래가 묻었고, 키브린은 모래를 손으로 쓸어내렸다.

"이제 돌아가서 아그네스와 로즈먼드가 미사에 늦지 않도록 깨워야겠어요." 키브린이 로슈 신부의 옷 앞쪽을 툭툭 털어주면서 자기도 모르게 하지 않기로 결심한 말을 내뱉어버렸다. "이메인 부인이 주교님의 특사에게 저를 고드스토에 있는 수녀원으로 데려가라고 하셨어요."

"하느님께서는 우리를 도와주기 위해서 아가씨를 보내셨습니다." 로슈 신부가 말했다. "하느님께서는 절대로 아가씨를 그렇게 보내시진 않을 것입니다."

'신부님 말씀대로였으면 좋겠군요.' 풀밭을 가로질러 뛰어가며 키브린은 생각했다. 두세 채의 지붕 위로 연기가 피어오르고 암소 한 마리가 밖에서 어슬렁거리고 있었지만 인기척은 느껴지지 않았다. 소는 어젯밤 모닥불을 피웠던 곳에서 녹은 눈 사이로 삐져나온 풀을 뜯어 먹고 있었다. '모두 다 잠들어 있겠지. 덕분에 거원을 깨워 강하 지점을 물어볼 수 있을 테고 말이야.' 이런 생각을 하고 있는데 로즈먼드와 아그네스가 키브린 쪽으로 다가오는 게 보였다. 지치고 초라한 몰골이었다. 로즈먼드의 나뭇잎색 벨벳 치마는 지푸라기와 건초 더미에서 부스러져 나온 먼지로 엉망진창이었고, 아그네스는 한술 더 떠 머리에까지 지푸라기를 묻힌 채였다. 아그네스는 키브린을 보자마자 로즈먼드를 내팽개치고 키브린을 향해 뛰기 시작했다.

"아직 자야 할 시간이야." 아그네스의 빨간 커틀에 묻은 지푸라기를 떼어주며 키브린이 말했다.

"어떤 아저씨들이 오더니." 아그네스가 말했다. "우리를 깨웠어요."

키브린은 호기심에 가득 찬 눈으로 로즈먼드를 바라보았다. "아버지께서 돌아오신 거니?"

"아니요." 로즈먼드가 말했다. "저도 누군지 몰라요. 아마 특사님의 하인쯤 되지 않을까요?"

로즈먼드의 추측이 맞았다. 아침에 도착한 사람들은 모두 네 명이었으며, 시토 수도회 수사는 아니었지만 모두 수사들이었고 짐을 가득 실은 당나귀도 두 마리 딸린 것으로 볼 때 이 일행은 주인을 따라온 것이 분명했다. 그 사람들은 키브린과 두 꼬마 아가씨가 지켜보는 앞에 큰 상자 두 개와 가방 몇 개, 무시무시하게 커다란 포도주 한 통을 내려놓았다.

"저 사람들은 분명 오래오래 머물 거예요." 아그네스가 말했다.

로슈 신부님 말씀이 맞았어. '하느님께서는 우리를 도와주기 위해서 아가씨를 보내셨습니다. 하느님께서는 절대로 아가씨를 그렇게 보내시진 않을 것입니다.' "이리 오렴." 키브린이 밝게 말했다. "머리를 빗겨줄게."

키브린은 아그네스를 안으로 데려가서 말쑥하게 단장시켰다. 한숨 잤다고 아그네스의 성격이 좋아졌을 리 없었다. 아그네스는 키브린이 머리를 빗겨주는 동안 그냥 서 있으려 하지 않았다. 머리에서 지푸라기를 전부 다 떼어내고 엉킨 것을 풀어내다 보니 미사를 시작할 시간이 되었고 아그네스는 교회로 가는 내내 칭얼거렸다.

특사의 짐 꾸러미 속에는 포도주뿐만 아니라 제의도 들어 있었다. 주교의 특사는 눈부실 정도로 하얀 정복 위에 까만 벨벳 제의를 입었고, 수사는 번쩍이는 자수가 수놓인 화려한 새마이트[44]로 만든 옷을 입고 있었다. 사제는 보이지 않았다. 로슈 신부도 보이지 않았다. 아마도 더러운 옷 때문에 쫓겨난 모양이었다. 키브린은 로슈 신부가 이 모든 성스러운 의식을 지켜볼 수 있게 허가받았기를 빌면서 교회 뒤쪽을 둘러보았지만, 마을 주민들 사이에서도 로슈 신부의 모습은 눈에 띄지 않았다.

마을 사람들은 입고 있는 옷 때문에 더 구질구질해 보였고, 일부는 지독한 숙취에 시달리는 듯했다. 주교의 특사 역시 마찬가지였다. 특사는 키

---

[44] 금실 등을 섞어서 짠 중세의 두꺼운 견직물

브린이 거의 알아들을 수 없는 악센트로 맥없이 주절거리며 미사를 거행했다. 로슈 신부가 했던 라틴어와도 전혀 비슷하지 않았다. 래티머 교수나 거룩한 개혁 교회 목사가 가르쳐주었던 라틴어와도 달리 들렸다. 모음은 전부 다 틀리게 발음했고 대영광송에 들어가는 c 발음은 거의 Z처럼 발음했다. 키브린은 래티머 교수가 자신을 가르칠 때 장모음을 계속해서 반복시켰던 것이 생각났다. 거룩한 개혁 교회 목사가 "진짜 라틴어에서는 c 발음이 틀리기 쉽다"고 매번 이야기했던 기억도 떠올랐다.

'진짜 라틴어였어.' 키브린은 생각했다. "떠나지 않겠습니다." 내가 아플 때 로슈 신부님이 말했었지. 로슈 신부님은 "두려워하지 마십시오"라고도 했고. 나는 로슈 신부님의 말을 완벽하게 알아들었어.

미사가 진행됨에 따라 특사는 미사를 빨리 끝내고 싶어 안달이라는 듯 말이 점점 빨라졌다. 그러나 이메인 부인은 알아차리지 못했다. 이메인 부인은 뭔가 좋은 일을 하고 있다는 듯 엄숙하고도 잘난 체하는 표정을 짓고서 특사의 설교에 고개를 연신 끄덕끄덕하며 만족해했다. 흡사 속세의 일들에 대해서는 무시하고 지나치겠다는 듯한 표정이었다.

＊

미사가 끝나고 사람들이 흩어질 때, 이메인 부인은 교회 문 앞에 멈춰 불만족스러운 듯 입을 삐죽 내밀고 종탑을 쳐다보았다. '또 왜 저러는 거지?' 키브린은 생각했다. '종에 먼지라도 묻어 있는 건가?'

"교회를 둘러보셨나요, 이볼드 부인?" 화를 참을 수 없다는 듯, 이메인 부인은 종소리가 들리는 와중에 블로에 경의 누이에게 말을 걸었다. "로슈 신부는 내진 창문 앞에다 초를 놓지 않았어요. 게다가 크레싯[45]도 농부들이나 쓸 법한 것이지 뭐예요." 이메인 부인은 잠시 멈췄다. "아무래도 여기 남아서 신부에게 이 일에 관해 이야기해야겠어요. 로슈 신부는 주교님의 특사 앞에서 우리 가문을 무시했습니다."

45 화톳불을 태우는 금속제 바구니

이메인 부인은 종탑으로 걸어갔다. 이메인 부인의 얼굴은 확신에 찬 분노로 가득했다. 키브린은 생각했다. '하지만 로슈 신부가 초를 창가에 세웠다 할지라도, 초의 종류가 잘못되었거나 세운 장소가 잘못되었다거나 뭔가 하나는 잘못되었겠지. 그것도 아니라면 초를 끌 때 잘못 껐다거나.' 키브린은 로슈 신부에게 조심하라고 이르고 싶었지만, 이메인 부인은 벌써 종탑 절반쯤까지 가 있었고 아그네스는 계속해서 키브린의 손을 잡아끌었다.

"나 졸려요." 아그네스가 말했다. "아그네스는 자고 싶어요."

키브린은 다시금 한바탕 거하게 놀기 시작한 마을 사람들을 헤치고 아그네스를 헛간으로 데려갔다. 모닥불에는 새 장작이 불타고 있었고 젊은 여인 몇이 손을 잡고 모닥불을 돌며 춤을 췄다. 아그네스는 다락으로 올라가 고분고분 누웠지만, 키브린이 집으로 들어가기도 전에 벌떡 일어나 키브린을 따라 안뜰을 가로질러 왔다.

"아그네스." 키브린은 허리 양쪽에 두 손을 올리고 엄하게 타일렀다. "뭐 하는 거야? 졸린다고 하지 않았어?"

"까망이가 아파요."

"까망이가 아프다고?" 키브린이 물었다. "무슨 일인데?"

"까망이가 아파요." 아그네스는 말을 반복했다. 아그네스는 키브린의 손을 잡고 다락으로 올라갔다. 까망이는 지푸라기 위에 누워 있었다. 하지만 이미 아무런 생명의 기운이 느껴지지 않았다. "습포를 만들어주실래요?"

키브린은 강아지를 들어 올렸다가 조심스레 다시 내려놓았다. 까망이는 이미 몸이 뻣뻣했다. "아그네스, 아무래도 까망이는 죽은 것 같구나."

아그네스는 웅크리고 앉아 호기심 어린 눈으로 강아지를 바라보았다. "할머니의 지도 신부님도 죽었어요." 아그네스가 말했다. "까망이가 열이 있었어요?"

'까망이는 손을 너무 많이 탄 거지.' 키브린은 생각했다. 까망이를 이 손 저 손 넘기면서 쥐어짜고 밟아서 반쯤 질식시키지 않았니. 애정이 까망이를 죽인 거지. 크리스마스도 한몫 거들었고. 하지만 아그네스는 아무렇지도 않은 모양이었다.

"장례식을 할 거예요?" 아그네스가 머뭇머뭇 까망이의 귀를 눌러보며 말했다.

'아니.' 키브린은 생각했다. 중세에는 신발 상자 장례식이란 게 없었어. 이 시대 사람들은 동물 사체를 수풀로 집어 던지거나 강에 던져버리는 것으로 처리했다. "숲에 가서 까망이를 묻자꾸나." 키브린이 말했다. 하지만 꽁꽁 얼어붙은 땅을 팔 방법이 떠오르지 않았다. "나무 아래에 말이야."

처음으로 아그네스가 불행한 표정을 지었다. "로슈 신부님이 까망이를 교회 부속 묘지에 묻어주셔야 해요." 아그네스가 말했다.

물론 로슈 신부라면 아그네스를 위해서 거의 뭐든지 해주겠지만, 로슈 신부가 동물한테 교회 절차에 따라 장례식을 치러주는 모습은 상상이 되지 않았다. 반려동물도 영혼을 가진 생명체라는 사고방식은 19세기에 들어서야 퍼지기 시작했고 빅토리아 시대 사람들조차 고양이나 강아지한테 교회식 장례를 요구하지는 못했다.

"죽은 이를 위한 기도를 해줄게." 키브린이 말했다.

"로슈 신부님이 까망이를 교회 부속 묘지에 묻어주셔야 해요." 아그네스가 인상을 쓰며 우기기 시작했다. "그리고 종도 울려주셔야 해요."

"크리스마스가 지나기 전에는 까망이를 묻을 수 없겠구나." 키브린이 조급하게 말했다. "크리스마스 후에 내가 로슈 신부님과 어떻게 할지 의논해 볼게."

키브린은 지금 당장 까망이를 위해 무엇을 해야 할지 고민했다. 어린아이 둘이 자는 곳에 계속 놓아둘 수는 없는 일이었다. "이리 오렴. 까망이를 아래에 내려놓자꾸나." 키브린은 까망이를 들고 얼굴을 찌푸리지 않으려 노력하면서 사다리를 타고 아래로 내려갔다.

키브린은 까망이를 담을 상자나 자루가 없나 둘러보았지만, 아무것도 찾을 수 없었다. 결국 키브린은 까망이를 구석에 자루가 긴 낫 뒤에 놓고 아그네스에게 지푸라기 한 줌을 가져오라고 했다. 까망이 몸에 덮어줄 지푸라기였다.

아그네스가 까망이에게 지푸라기를 집어 던졌다. "로슈 신부님이 까망

498

이한테 종을 울려주지 않으면 까망이는 천국에 못 들어가잖아요." 아그네스는 이렇게 말하고는 울음을 터뜨렸다.

아그네스를 다시 달래는 데 거의 반 시간이나 걸렸다. 키브린은 아그네스를 꼭 끌어안고 아그네스의 얼굴에 난 눈물 자국을 닦아주며 말했다. "착하지, 아그네스, 뚝, 그만 울어야지."

안뜰에서 무슨 소리가 들렸다. 키브린은 크리스마스를 즐기는 패거리가 안뜰까지 쳐들어왔나 의아했다. 어쩌면 남자들이 사냥을 떠나는 소란일 수도 있었다. 말이 우는 소리가 들려왔다.

"안뜰에서 무슨 일이 벌어지는지 가서 살펴보자." 키브린이 말했다. "어쩌면 아버지께서 오셨는지도 모르잖아."

아그네스가 코를 닦으며 자세를 바로 하고 앉았다. "아빠한테 까망이 이야기를 할래요." 아그네스가 말하고는 키브린의 무릎 위에서 내려섰다.

키브린과 아그네스는 밖으로 나갔다. 안뜰은 사람과 말로 가득 차 있었다. "저 사람들이 뭘 하는 거예요?" 아그네스가 물었다.

"모르겠구나." 키브린이 말했다. 하지만 그들이 무엇을 하는지는 너무나 분명했다. 콥은 특사의 백마를 마구간에서 꺼내고 있었고 다른 시종들은 오늘 아침 일찍 옮겨 나른 상자와 가방을 다시 부지런히 내왔다. 엘로이즈는 문에 서서 안뜰을 걱정스러운 듯 바라보고만 있었다.

"사람들이 떠나는 거예요?" 아그네스가 물었다.

"아니." 키브린이 대답했다. '아니야, 이 사람들이 떠날 리가 없어. 난 강하 지점이 어디인지도 모른단 말이야.'

수사가 하얀 수도복과 망토를 차려입고 밖으로 나왔다. 콥은 마구간으로 다시 들어갔다가 키브린이 감탕나무 잎을 따러 숲으로 갔을 때 탔던 암말에 마구를 챙겨 다시 나왔다.

"떠나는 것 맞는데요." 아그네스가 말했다.

"그래." 키브린이 말했다. "내가 봐도 그렇구나."

23

　키브린은 아그네스의 손을 잡고 몸을 피하러 헛간으로 되돌아갔다. 특사 일행이 전부 다 가버릴 때까지 숨어 있어야 했다. "어디 가는 거예요?" 아그네스가 물었다.

　블로에 경의 하인 두 명이 상자를 나르는 것을 보고는 키브린은 재빨리 방향을 틀었다. "다락으로 갈 거야."

　아그네스는 완강히 버텼다. "나 안 잘래요!" 아그네스가 낑낑거렸다. "졸리지 않는단 말이에요."

　"거기 잠깐 기다려요!" 안뜰 너머에서 누군가가 외쳤다.

　키브린은 아그네스를 둘러메고 헛간으로 뛰어가기 시작했다. "안 졸리다니까요!" 아그네스가 소리를 질렀다. "나 안 졸려요!"

　로즈먼드가 키브린 옆으로 뛰어왔다. "캐서린 언니, 내 말 안 들려요? 어머니께서 언니를 찾고 계세요." 주교의 특사가 떠나고 있었다. 로즈먼드는 키브린의 팔을 잡고 집으로 방향을 틀었다.

　엘로이즈는 특사 일행을 지켜보며 여전히 문 앞에 서 있었다. 주교의 특사도 붉은 망토를 입고 나와 엘로이즈 옆에 있었다. 아무리 둘러보아도 이메인 부인은 보이지 않았다. 아마도 키브린의 옷가지를 싸느라 집 안에 있는 모양이었다.

"특사님께서 베네스터 분원에 긴급한 업무가 있다고 하세요." 로즈먼드가 키브린을 집으로 잡아끌면서 말했다. "그리고 블로에 경도 특사님 일행과 같이 가시고요." 로즈먼드는 키브린을 바라보며 행복한 웃음을 지어 보였다. "블로에 경은 특사님 일행과 함께 코시로 가서 오늘 밤을 보내고 내일 베네스터에 도착할 거라고 하셨어요."

베네스터라면 비스터. 적어도 고드스토는 아니었다. 하지만 고드스토는 그곳으로 가는 길에 있었다. "무슨 용무라고 그러시던?"

"모르겠어요." 로즈먼드는 그게 뭐 대수냐는 식으로 대답했고 키브린은 로즈먼드의 심정을 십분 이해했다. 로즈먼드에게는 블로에 경이 떠난다는 사실만이 중요했다. 로즈먼드는 행복한 듯이 하인과 짐짝과 말들이 뒤엉켜 있는 곳을 뚫고 엘로이즈 쪽으로 향했다.

주교의 특사는 하인 한 명에게 뭔가를 지시했고 엘로이즈는 인상을 찡그리며 특사를 바라보고 있었다. 키브린이 방향을 바꿔 종종걸음으로 열려 있는 마구간 뒷문으로 들어간다 해도 그 두 사람은 전혀 눈치채지 못할 테지만 로즈먼드가 키브린의 소매를 잡아 앞으로 끌고 있었다.

"로즈먼드, 난 헛간에 가봐야 해. 그곳에 내 망토를…." 키브린이 말했다.

"엄마!" 아그네스가 소리치며 엘로이즈에게 뛰어가다 말에 부딪힐 뻔했다. 놀란 말이 울며 고개를 휙 들었고 하인 한 명이 재빨리 몸을 숙여 재갈을 잡았다.

"아그네스!" 로즈먼드가 소리를 지르며 키브린의 소매를 놓았지만 너무 늦었다. 엘로이즈와 주교의 특사가 키브린 일행을 보고 다가오고 있었다.

"말 사이로 뛰어다니면 안 돼." 엘로이즈가 아그네스를 잡으며 말했다.

"내 사냥개가 죽었어요."

"그게 이유가 되지는 않아." 키브린은 엘로이즈가 아그네스의 말을 듣지 않고 있다는 사실을 알았다. 엘로이즈는 주교의 특사 쪽으로 몸을 돌렸다.

"부군께 말을 빌려주셔서 대단히 감사하다고 전해주십시오. 저희 말은 베네스터까지 가기 위해 쉬어야 할 것 같습니다." 특사도 정신을 다른 데 팔고 있는 듯했다. "말은 코시에 도착한 다음 하인을 시켜 돌려보내 드리겠습니다."

"내 사냥개를 볼 거예요?" 아그네스가 엘로이즈의 치마를 잡아당기면서 물었다.

"쉿." 엘로이즈가 말했다.

"제 사제는 오늘 저희와 함께 출발하지 못할 것 같습니다." 특사가 말했다. "어젯밤 만찬을 너무나 즐긴 탓에 아직 숙취가 남은 듯합니다. 제 사제가 저희를 따라올 수 있도록 여기서 잠시 머무르며 몸을 추스르게 해주시면 좋겠습니다, 부인."

"물론 회복될 때까지 여기서 머물러야겠지요." 엘로이즈가 말했다. "그분을 위해 저희가 뭔가 더 해드릴 일이 없을까요? 시어머니께서는…."

"아닙니다. 마음 쓰지 마시고 내버려두십시오. 숙취에 숙면 말고 약이 어디 있겠습니까. 아마 오늘 저녁쯤이면 멀쩡해질 것입니다." 주교의 특사는 자신도 너무 마시고 놀았다는 듯한 표정으로 말했다. 특사는 머리가 깨질 것 같은 두통을 앓는 사람처럼 어딘가 산만하고 예민했다. 귀티가 흐르는 얼굴이 찬란한 아침 햇살 속에서 흙빛으로 보였다. 특사는 부들부들 떨며 망토를 좀 더 단단히 여몄다.

특사는 키브린에게 눈길조차 주지 않았기 때문에 키브린은 혹시 너무나 급한 나머지 이메인 부인에게 했던 약속을 잊어버린 것은 아닌가 생각했다. 키브린은 제발 이메인 부인이 로슈 신부를 꾸짖느라 온 정신이 팔려 있기를, 갑자기 되돌아와 특사가 이메인 부인과 한 약속을 떠올리는 불상사가 생기지 않기를 간절히 바라며 정문을 초조하게 바라보았다.

"제 부군께서 하필 안 계셔서 유감입니다." 엘로이즈가 말했다. "게다가 환대조차 변변치 못했습니다. 부군께서는…."

"하인들이 준비를 잘하고 있는지 봐야겠습니다." 특사가 엘로이즈의 말을 가로막았다. 그리고 손을 내밀었고 엘로이즈는 한쪽 무릎을 살짝 굽혀 반지에 입을 맞추었다. 엘로이즈가 일어서기도 전에 특사는 마구간으로 성큼성큼 걸어가버렸다. 엘로이즈는 근심이 가득 담긴 눈으로 특사를 지켜보았다.

"엄마, 까망이 안 볼래요?" 아그네스가 물었다.

"나중에 보자꾸나." 엘로이즈가 말했다. "로즈먼드, 블로에 경과 이볼드 부인에게 작별 인사를 해야지."

"까망이가 몸이 차가워요." 아그네스가 말했다.

엘로이즈가 키브린 쪽으로 돌아섰다. "캐서린 아가씨, 제 어머니가 어디 계신지 혹시 아시나요?"

"할머니는 교회 뒤쪽에 계세요." 로즈먼드가 말했다.

"아직도 기도 중이신가 보구나." 엘로이즈는 발돋움해서 복닥거리는 안뜰을 살펴보았다. "메이즈리는 어디 있지?"

'숨어 있겠지.' 키브린은 생각했다. '하지만 나야말로 지금 숨어 있어야 할 판국에 이게 뭐람.'

"제가 메이즈리를 찾아볼까요?" 로즈먼드가 물었다.

"아니." 엘로이즈가 말했다. "너는 블로에 경에게 가서 작별 인사를 하고 오렴. 캐서린 아가씨, 교회에 가서 어머니를 모셔와 주세요. 어머니께서 주교님의 특사에게 작별 인사를 고할 수 있도록 말이에요. 로즈먼드, 너 왜 아직 여기에 서 있는 거니? 어서 가서 네 약혼자에게 작별 인사를 하고 오너라."

"그러면 전 이만 가서 이메인 부인을 찾아보도록 하겠습니다." 키브린이 말했다. '이메인 부인이 아직도 교회에 있다면 난 오솔길로 빠져나가 몰래 오두막집 뒤를 통해 숲으로 가야겠어.'

키브린이 나가기 위해 몸을 돌렸다. 블로에 경의 하인 둘이 무거운 상자를 들고 낑낑거리고 있었다. 하인들은 키브린 앞에 쿵 소리를 내며 상자를 내려놓았고, 상자는 옆으로 넘어졌다. 키브린은 뒤로 물러서서 말 뒤쪽으로 걷지 않으려 조심하며 하인들을 빙 돌아가기 시작했다.

"잠깐만요." 로즈먼드가 키브린을 따라잡으며 말했다. 로즈먼드는 키브린의 소맷부리를 잡았다. "저랑 같이 가서 블로에 경에게 작별 인사를 해주세요."

"로즈먼드…." 오솔길을 바라보며 키브린이 말했다. 이메인 부인은 언제라도 《시도서》를 들고 불쑥 튀어나올 수 있었다.

"언니, 제발요." 로즈먼드는 겁에 질려 창백했다.

"로즈먼드…."

"금방 끝날 거예요. 그다음에 할머니를 모셔와도 돼요." 로즈먼드는 키브린을 끌고 마구간 쪽으로 가고 있었다. "빨리 와요. 블로에 경 형수가 옆에 있을 때 인사를 해야 한단 말이에요."

블로에 경은 하인이 자기 말에 마구를 얹는 것을 서서 지켜보았고, 깜짝 놀랄 만큼 멋진 머리쓰개를 쓴 여인과 이야기하고 있었다. 머리쓰개는 오늘 아침처럼 정신없는 상황에서도 그 위엄을 상실하지 않고 멋져 보였지만 급히 쓴 티는 역력해서 여인의 머리 위에 삐딱하게 자리 잡고 있었다.

"도대체 이렇게 서둘러야 하는 특사님의 임무가 뭐랍디까?" 여인이 물었다.

블로에 경은 고개를 설레설레 흔들며 인상을 쓰다가 로즈먼드를 보고는 앞으로 나오면서 웃음을 지었다. 로즈먼드는 키브린의 팔을 꽉 잡고 뒤로 한 걸음 물러섰다.

블로에 경의 형수가 로즈먼드를 향해 가볍게 고개를 숙여 보이고는 계속 말을 이었다. "바스에서 무슨 소식이라도 있었나요?"

"어젯밤에도, 오늘 아침에도 전령은 없었습니다." 블로에 경이 답했다.

"긴급 전달 사항이 없었다면 특사님은 도대체 왜 처음 여기 왔을 때 지금 말하는 긴급한 용무에 관해서 이야기하지 않은 거죠?"

"모르겠습니다." 블로에 경은 짜증스럽게 대답했다. "잠깐만요. 제 약혼자에게 작별 인사를 해야겠습니다." 블로에 경은 로즈먼드의 손을 잡았다. 키브린은 손을 빼려는 로즈먼드와 놓아주지 않으려는 블로에 경 사이의 신경전을 볼 수 있었다.

"안녕히 가세요, 블로에 경." 로즈먼드는 뻣뻣하게 말했다.

"당신 남편과 헤어지는 인사가 고작 이런 겁니까?" 블로에 경이 물었다. "남편이 떠나는데 작별의 입맞춤도 해주지 않을 작정이십니까?"

로즈먼드는 한 걸음 앞으로 나가 블로에 경의 뺨에 재빨리 입을 맞추고 잽싸게 뒤로 물러나 블로에 경의 손이 닿지 않는 곳에 섰다. "브로치를 선물해주셔서 감사합니다."

하얀 로즈먼드의 얼굴만 바라보던 블로에 경은 망토가 걸쳐져 있는 로즈먼드의 목을 바라보았다. "저를 보시면 당신을 사랑하는 이를 기억해주십시오." 블로에 경은 브로치를 가리키며 말했다.

아그네스가 소리치며 뛰어왔다. "블로에 경! 블로에 경!" 블로에 경은 아그네스를 번쩍 안아 올렸다.

"잘 가시라는 인사를 드리러 뛰어왔어요." 아그네스가 말했다. "내 사냥개가 죽었어요."

"결혼 선물로 사냥개를 가져다드리지요." 블로에 경이 말했다. "아그네스가 나한테 작별 키스를 해주면 말입니다."

아그네스는 블로에 경의 목에 팔을 두르고 블로에 경의 불그스름한 두 뺨에 큰 소리로 입맞춤을 해주었다.

"아그네스는 언니처럼 키스에 인색하지 않군요." 블로에 경은 로즈먼드를 바라보면서 말했다. 블로에 경은 아그네스를 내려놓았다. "아니면 로즈먼드도 남편에게 두 번 키스해줄 건가요?"

로즈먼드는 아무 말도 하지 않았다.

블로에 경은 한 걸음 앞으로 나와 브로치를 만지작거렸다. "*Io suiicien lui dami amo.*" 블로에 경은 이렇게 읊으며 로즈먼드의 어깨에 양손을 얹었다. "이 브로치를 할 때는 언제나 제 생각을 해야 합니다." 그리고 몸을 굽혀 로즈먼드의 목에 입을 맞췄다.

로즈먼드는 블로에 경을 피해 움츠리지는 않았지만, 얼굴에 핏기가 싹 가셨다.

블로에 경이 로즈먼드를 놓아주었다. "당신을 맞으러 부활절에 오겠습니다." 블로에 경이 말했고, 그 말은 마치 위협처럼 들렸다.

"검은색 사냥개를 가져다주실 거예요?" 아그네스가 물었다.

이볼드가 다가와서 다그쳤다. "도대체 하인들이 내 여행용 망토를 어디에다 둔 거지요?"

"제가 가져오겠습니다." 로즈먼드가 말하고는 키브린을 끌고 집으로 쏜살같이 뛰어갔다.

블로에 경에게서 충분히 멀어지자마자 키브린이 말했다. "할머니를 찾으러 가봐야겠구나. 보렴. 사람들이 떠날 차비를 거의 마쳤잖니."

사실이었다. 타래처럼 엉켜 있던 온갖 상자며, 하인들이며, 말들이 자연스럽게 엉킴을 풀더니 행렬을 이루기 시작했고 콥은 때맞춰 정문을 열었다. 동방 박사 세 명이 지난밤에 타고 온 말에는 자루와 상자들이 실렸고, 세 마리가 떨어지거나 흩어지지 않도록 서로 재갈로 연결되어 있었다. 블로에 경의 형수와 형수의 딸들은 이미 말 위에 올라앉았고 주교의 특사는 엘로이즈의 암말 옆에 서서 말의 뱃대끈을 단단히 조이고 있었다.

'몇 분밖에 안 남았어.' 키브린은 생각했다. '이메인 부인을 교회에 몇 분 더 머물게 해야 해. 그리고 그사이에 사람들이 떠나게 해야 해.'

"네 어머니께서 할머니를 찾아오라고 하셨잖니." 키브린이 말했다.

"나랑 먼저 집부터 가야 해요." 로즈먼드가 말했다. 키브린의 팔을 붙들고 있는 로즈먼드의 팔은 아직도 부들부들 떨렸다.

"로즈먼드, 시간이 없…."

"언니, 제발요." 로즈먼드가 애원했다. "블로에 경이 집 안으로 들어와 나를 보면 어떻게 해요?"

키브린은 블로에 경이 로즈먼드의 목에 입맞춤했던 것을 떠올렸다. "같이 가자." 키브린이 말했다. "하지만 서둘러야 해."

로즈먼드와 키브린은 안뜰을 가로질러 뛰어 집으로 들어갔고, 하마터면 뚱뚱한 수사와 부딪힐 뻔했다. 뚱뚱한 수사는 그때 내실로 이어지는 계단을 내려오고 있었고 화난 표정이었다. 어쩌면 단순히 숙취가 덜 풀린 것일지도 몰랐다. 수사는 둘에게 눈길조차 보내지 않고 칸막이 밖으로 나왔다.

집 안에는 아무도 없었다. 식탁에는 컵과 고기가 담긴 큰 접시가 즐비하게 널려 있었다. 아무도 돌보지 않은 화로의 불은 연기를 자욱하게 뿜어냈다.

"이볼드 부인의 망토는 다락에 있어요." 로즈먼드가 말했다. "제가 가져올게요. 기다리세요." 로즈먼드는 블로에 경이 쫓아오기라도 하는 듯 사다리를 성큼성큼 오르기 시작했다.

키브린은 칸막이 뒤로 가 밖을 내다보았다. 오솔길을 보려 했지만 키브린이 서 있는 곳에서는 보이지 않았다. 주교의 특사는 엘로이즈의 암말 옆에서 수사의 말을 들으며 한 손으로 안장 머리를 잡고 서 있었다. 수사는 말을 하면서 점점 특사 쪽으로 몸을 기울였다. 키브린은 내실 문이 닫힌 계단 위를 힐끗 보았고, 사제가 정말로 숙취에 시달려 몸을 가누지 못하고 것인지 아니면 자기 상관에게 반항하는 것인지 헷갈렸다. 수사의 몸짓은 아무리 봐도 기분 상한 사람의 그것이었다.

"찾았어요." 로즈먼드가 한 손으로 망토를 쥐고 다른 손으로 사다리를 잡고 내려오면서 말했다.

"언니, 언니가 망토를 이볼드 부인에게 가져다드렸으면 하는데요. 금방 끝날 거예요."

키브린이 기다리던 기회가 왔다. "알았어." 키브린은 로즈먼드에게 두꺼운 망토를 넘겨받아 밖으로 나갔다. 밖으로 나가자마자 망토를 제일 가까이에 있는 하인에게 넘겨주며 블로에 경의 누이에게 가져다주라고 시킨 뒤 곧장 오솔길 쪽으로 방향을 틀 생각이었다. '이메인 부인이 교회에 몇 분 더 머물러 있게 해주세요.' 키브린은 기도하고 또 기도했다. '제발 제가 풀밭으로 나갈 수 있게만 도와주세요.' 하지만 키브린은 문밖으로 나가자마자 이메인 부인과 마주쳤다.

"왜 떠날 채비를 하지 않은 거죠?" 이메인 부인은 키브린의 손에 들려 있는 망토를 보면서 말했다. "도대체 아가씨의 망토는 어디 있나요?"

키브린은 특사를 흘끔 보았다. 특사는 안장 머리를 두고 콥이 두 손을 깍지 끼어 만든 손 계단 위로 오르고 있었다. 수사도 이미 말 위에 탄 상태였다.

"제 망토는 교회에 있습니다." 키브린이 말했다. "제가 어서 가서 가져오겠습니다."

"시간이 없어요. 다들 떠나고 있잖습니까."

키브린은 필사적으로 안뜰을 둘러보았지만 모두 다 너무 멀리 있었다. 엘로이즈는 거윈과 함께 마구간 옆에 서 있었고 아그네스는 블로에 경의 조카 한 명과 기분 좋게 재잘거리고 있었고 로즈먼드는 어디에도 보이지 않았다. 분명 집 안 어딘가에 숨어 있으리라.

"이볼드 부인께서 저에게 망토를 가져오라고 명하셨습니다." 키브린이 말했다.

"메이즈리가 가져다드리면 됩니다." 이메인 부인이 메이즈리를 불렀다. "메이즈리!"

'제발 메이즈리가 계속 숨어 있게 하소서.' 키브린은 기도했다.

"메이즈리!" 이메인 부인이 소리쳤고 메이즈리가 귀를 감싸 쥐고 양조 장 문 뒤에서 걸어 나왔다. 이메인 부인은 키브린이 들고 있던 망토를 확 잡아챈 다음 메이즈리에게 집어 던졌다. "그만 훌쩍이고 이걸 이볼드 부인 에게 가져다드려라!" 이메인 부인이 소리쳤다.

이메인 부인은 키브린의 손목을 잡았다. "이리 오세요." 이메인 부인이 키브린을 끌고 주교의 특사 쪽으로 갔다. "특사님, 어떻게 캐서린 아가씨를 잊을 수 있으십니까. 이 아가씨를 고드스토에 데려다주기로 하시지 않았습 니까."

"저희는 고드스토로 가지 않습니다." 특사는 이렇게 말하고는 힘겹게 안 장 위에 올라탔다. "베네스터로 가지요."

거윈은 그링골렛에 올라타 정문으로 향하고 있었다. '거윈도 이 사람들 이랑 같이 가는구나.' 키브린은 생각했다. 코시로 가는 도중에 강하 지점을 가르쳐달라고 거윈에게 말할 수 있을지도 몰라. 어쩌면 여기가 어디인지 말해달라고 할 수 있을지도 모르지. 그러면 혼자서 일행에게서 빠져나와 강하 지점을 찾을 수도 있겠어.

"특사님과 함께 베네스터까지 갔다가 수사분께서 고드스토에 데려다줄 수 있지 않겠습니까? 저는 이 아가씨가 수녀원으로 돌아갔으면 좋겠군요."

"그럴 시간이 없습니다." 특사는 고삐를 쥐며 말했다.

이메인 부인은 특사의 주홍빛 코프[46]를 꽉 잡았다. "왜 이렇게 급히 떠나시려는 것입니까? 저희가 뭔가 실례되는 일을 저지르기라도 했나요?"

특사는 키브린이 타고 다니던 암말의 고삐를 쥔 수사를 바라보았다. "절대 아닙니다." 특사는 이메인 부인에게 애매한 축복을 내렸다. "*Dominus vobiscum, et cum spiritu tuo*(주께서 당신과 함께, 또한 사제와 함께)." 특사가 중얼거리며 코프를 꽉 잡은 이메인 부인의 손을 뚫어지게 바라보았다.

"그러면 새 지도 신부님은요?" 이메인 부인이 계속 다그쳐 물었다.

"새 지도 신붓감으로 제 사제를 놓아두고 가는 것입니다." 특사가 말했다.

'거짓말이야.' 키브린은 특사를 노려보았다. 특사는 또다시 수사와 은밀한 눈짓을 주고받았고, 키브린은 혹시 특사의 긴급한 임무라는 게 어쩌면 이 불평 많은 늙은 여인에게서 달아나는 것이 고작일 수도 있겠다는 생각이 들었다.

"사제님을요?" 이메인 부인은 활짝 웃으며 특사의 코프를 놓아주었다.

특사는 말에 박차를 가해 전속력으로 안뜰을 가로질러 가다 하마터면 아그네스를 밟을 뻔했다. 아그네스는 황급히 길에서 벗어나 키브린에게 달려오더니 키브린의 치마에 머리를 묻었다. 수사는 키브린의 말 위로 올라타 특사 뒤를 쫓았다.

"주님께서 함께하시길." 이메인 부인이 특사 뒤에 대고 외쳤지만, 특사는 이미 정문을 벗어난 뒤였다.

그러고 나서 사람들이 떠나버렸다. 거윈은 엘로이즈 눈에 띌 수 있도록 맨 마지막으로 말에 올라타 박차를 가하고 전광석화같이 뛰어나갔다. 결국 사람들은 키브린을 고드스토로 끌고 가지는 않았지만, 거윈이 없는 이상 강하 지점을 알아내는 것도 요원한 일이었다. 키브린은 고드스토에 끌려가지 않았다는 사실에 너무나 안도한 나머지 거윈이 특사 일행과 함께 떠나버렸다는 사실은 염두에조차 두지 않았다. 여기서 코시까지는 말을 타고

---

46 고위 성직자가 특별한 의식에서 입는 긴 망토

달리면 한나절 거리였다. 해 질 녘쯤이면 거윈은 돌아올 것이다.

다른 모든 사람들은 안도의 한숨을 내쉬는 것 같았다. 아니면 어제 아침부터 그렇게 고대했던 크리스마스가 오후로 접어들면서 흥겨움이 가신 것일 수도 있었다. 아무도 더러운 나무 쟁반과 음식물이 반쯤 남은 큰 그릇들로 즐비한 식탁을 치우려 들지 않았다. 엘로이즈는 상석에 주저앉아 두 손을 팔걸이 위로 늘어뜨린 채 꼼짝하지 않고 식탁을 멍하니 바라만 보았다. 몇 분 지난 후에 엘로이즈는 메이즈리를 불렀다. 하지만 메이즈리가 대답하지 않았는데도 엘로이즈는 다시 메이즈리를 부르지 않았다. 엘로이즈는 조각 장식이 있는 의자 등판에 머리를 젖혀 기대고는 눈을 감았다.

로즈먼드는 자려고 다락으로 올라갔다. 아그네스는 화롯가에 앉아 있는 키브린 옆에서 키브린의 무릎을 베고 누워 멍하니 종을 가지고 놀았다.

오로지 이메인 부인만이 김빠진 크리스마스나 오후의 권태를 거부하려 들었다. "새로 오신 지도 신부님께 저녁 기도를 청해야겠다." 이메인 부인은 이렇게 말하고는 2층으로 올라가 내실 문을 두드렸다.

엘로이즈는 눈을 감은 채로 주교의 특사가 부탁했다며, 사제가 푹 쉴 수 있게 해야 한다고 이메인 부인을 가볍게 저지했지만, 이메인 부인은 몇 번이나 세게 문을 두드렸다. 하지만 아무런 답도 없었다. 이메인 부인은 잠시 기다렸다가 다시 문을 두드리다《시도서》를 읽기 위해 계단 아래로 내려와 계단 발치에 무릎을 꿇었다. 시선은 계속 문을 바라보고 있어서 사제가 일어나면 그 즉시 불러 세울 수 있도록 만반의 준비를 한 상태였다.

아그네스는 입을 크게 벌리고 하품을 하며 종을 손가락 하나로 건드렸다.

"다락에 가서 언니 옆에 누워 자지 그러니?" 키브린이 아그네스에게 말했다.

"나 안 졸려요!" 아그네스는 일어나 앉으면서 말했다. "그 나쁜 여자애가 어떻게 되었는지 이야기해주세요."

"네가 누우면 말해주지." 키브린이 아그네스를 달래고 이야기를 시작했다. 아그네스는 두 문장이 끝나기도 전에 잠이 들었다.

✳

느지막한 오후로 접어들자 키브린은 아그네스의 강아지가 떠올랐다. 이 제는 모든 사람이 잠들어 있었다. 심지어 이메인 부인마저도 사제를 깨우는 것을 포기하고 눕기 위해 다락으로 갔다. 어느 순간 메이즈리가 들어와 식탁 아래로 기어들어 가더니 큰 소리로 코를 골았다.

키브린은 무릎에서 아그네스의 머리를 조심스럽게 뺀 다음 강아지를 묻어주러 밖으로 나갔다. 안뜰에는 아무도 없었다. 모닥불이 아직도 남아 풀밭 한가운데서 연기를 내고 있었지만 주변에는 아무도 없었다. 마을 사람들도 크리스마스 오후 낮잠을 즐기는 모양이었다.

키브린은 까망이를 들고 나무 삽을 가지러 마구간으로 갔다. 마구간에는 아그네스의 조랑말 한 마리만 남겨졌다. 키브린은 조랑말을 보고 인상을 찡그리면서 사제가 어떻게 특사를 쫓아 코시로 갈지 의아해했다. 어쩌면 결과적으로 특사는 거짓말을 한 것이 아니었고, 사제는 자기가 원하든 원하지 않든 새 지도 신부 역을 맡아야 할 운명 같았다.

키브린은 나무 삽과 이미 뻣뻣해진 까망이의 몸뚱이를 들고 교회를 가로질러 북쪽으로 갔다. 키브린은 강아지를 내려놓고 꽝꽝 언 눈을 파기 시작했다.

땅은 문자 그대로 돌처럼 딱딱했다. 나무 삽으로는 땅에 흠집조차 낼 수 없었다. 심지어 키브린이 삽 위에 두 발로 껑충 올라서도 마찬가지였다. 키브린은 언덕을 올라 숲이 시작되는 곳으로 가서 물푸레나무 밑둥치에 쌓인 눈을 대충 쓸고 나뭇잎을 적당히 쌓아 강아지를 묻었다.

"Requiescat in pace(편히 잠드소서)." 키브린은 까망이의 장례를 교회장으로 치렀다고 아그네스에게 이야기하기 위해 이렇게 말하고 언덕 아래로 내려왔다.

키브린은 거원이 지금 되돌아오기를 빌었다. 그러면 모든 사람이 잠들어 있는 이때를 틈타 거원에게 강하 지점으로 데려가달라고 부탁할 수 있을 텐데. 키브린은 말발굽 소리가 들리지 않나 귀를 기울이며 천천히 풀밭으로 걸어갔다. 거윈은 아마 큰길을 따라올 것이다. 키브린은 돼지우리의 윗가지 담장에 삽을 받쳐놓고 영주의 집 담 밖을 빙 돌아 정문으로 갔다. 하지만 아무 소리도 들리지 않았다.

오후의 햇살도 흐려지기 시작했다. 거윈이 빨리 돌아오지 않으면 너무 어두워져서 강하 지점으로 말을 몰고 갈 수가 없다. 이제 30분쯤 후면 로슈 신부가 만종을 울릴 것이고 만종 소리를 듣고 사람들이 모두 다 일어날 것이다. 하지만 몇 시에 돌아오든지 간에 거윈은 말을 손질하려 들 것이고 키브린은 마구간으로 몰래 다가가 내일 아침 강하 지점으로 데려다달라고 부탁할 수 있다.

어쩌면 거윈은 키브린 혼자 강하 지점을 찾을 수 있도록 지도를 그려준다거나 강하 지점을 일러주기만 할 수도 있다. 그렇다면 키브린은 거윈과 단둘이 숲으로 갈 필요가 없고, 랑데부해야 하는 날 이메인 부인이 거윈에게 심부름을 시킨다 할지라도 키브린은 말을 타고 혼자서 강하 지점을 찾아낼 수 있을 것이다.

✳

키브린은 몸이 차가워질 때까지 정문 옆에 서 있다가 담장을 따라 돼지우리로 갔다가 안뜰로 들어섰다. 안뜰에는 여전히 인기척이 없었지만, 로즈먼드가 망토를 입고 곁방에 있었다.

"어디 가셨던 거예요?" 로즈먼드가 물었다. "사방팔방으로 언니를 찾으러 다녔어요. 사제님이…."

가슴이 철렁 내려앉았다. "무슨 일이니? 그분이 떠나시겠대?" 숙취가 가신 사제가 떠날 준비를 하고 있으며 이메인 부인이 사제를 설득해 키브린을 고드스토로 데려다주라고 한 게 분명했다.

"아니요." 로즈먼드가 홀 안으로 들어가면서 말했다. 홀은 텅 비어 있었다. 엘로이즈와 이메인 부인은 사제와 함께 내실에 있는 것이 틀림없었다. 로즈먼드는 블로에 경의 브로치를 떼어내고 망토를 벗었다. "그분은 지금 아파요. 로슈 신부님께서 언니를 찾아보라고 절 보내신 거예요." 로즈먼드는 계단을 오르기 시작했다.

"아프다고?" 키브린이 물었다.

"예, 할머니께서 그분에게 뭔가 먹을 것을 가져다드리라고 메이즈리를 내실로 보냈었거든요."

'그리고 슬슬 일도 시킬 겸해서 말이지.' 키브린은 로즈먼드를 따라 계단에 올라서면서 생각했다. "그런데 메이즈리가 들어갔더니 사제님이 아프셨대?"

"예, 열이 있어요."

'숙취로군.' 키브린은 인상을 찌푸렸다. 하지만 이메인 부인이야 숙취를 구분 못 한다거나 사제가 숙취에 시달리는 것을 믿지 않는다 하더라도 로슈 신부는 숙취와 병을 구별할 수 있을 것이다.

갑자기 끔찍한 생각이 들었다. '사제는 내 침대에서 잤어. 그래서 내 바이러스가 옮은 거야.'

"무슨 증상을 보이니?" 키브린이 물었다.

로즈먼드가 문을 열었다.

그 작은 방에 사람들이 모두 모여서 빈 공간이 별로 없었다. 로슈 신부는 침대 옆에 있었고, 엘로이즈는 그 뒤에 약간 떨어져 아그네스의 머리 위에 손을 얹고 서 있었다. 메이즈리는 창문 옆에 웅크리고 있었다. 이메인 부인은 침대 발치에 놓아둔 약상자 옆에서 무릎을 꿇고 썩은 내 나는 습포를 만드느라 분주했다. 방 안에는 또 다른 냄새도 감돌았다. 그 냄새는 너무나 메스껍고 강렬해서 이메인 부인이 만드는 연고의 악취나 겨자 냄새도 눌러버릴 정도였다.

아그네스를 제외한 모든 이들이 두려움에 떨고 있었다. 아그네스는 까망이한테 그랬던 것처럼 호기심 가득한 눈으로 사태를 지켜보았다. '이 사람은 죽었어. 내가 앓은 병이 옮아 죽은 거야.' 키브린은 생각했다. 하지만 웃긴 일이었다. 키브린은 12월 중순부터 여기 있었다. 다시 말해서 키브린이 앓았던 질병의 잠복기는 거의 2주 정도 된다는 뜻이고 여기 있는 사람은 아무도 그 병에 걸리지 않았다. 로슈 신부도 병에 걸리지 않았다. 엘로이즈도 멀쩡했다. 키브린이 아파 끙끙거리고 있는 동안 사람들은 계속해서 키브린의 곁을 지켰다.

키브린은 사제를 바라보았다. 사제는 이불을 덮지 않고 반바지도 걸치지 않은 채 속옷만 입고 누워 있었다. 나머지 옷은 침대 발치에 걸쳐졌고 사제가 입고 온 자주색 망토는 벽에 걸려 있었다. 슈미즈는 노란 비단으로 된 것으로 여밈 끈을 헤쳐놓아 가슴이 반쯤 보였다. 하지만 키브린은 사제의 민숭민숭한 살갗도 슈미즈 소매의 최고급 흰 담비 끈 장식에도 관심이 없었다. '저 사람은 아파.' 키브린은 생각했다. '난 죽기 일보 직전에도 저렇게 아프지는 않았어.'

키브린은 침대 쪽으로 다가서다가 반쯤 빈 포도주 토병을 발로 찼고 토병은 침대 아래로 굴러 들어갔다. 사제가 움찔했다. 아직 봉인을 뜯지도 않은 포도주 한 병이 침대 머리맡에 놓여 있었다.

"기름진 음식을 너무 많이 드셔서 그래." 돌 사발에 뭔가를 으깨면서 이메인 부인이 말했다. 하지만 분명 식중독은 아니었다. 포도주병이 굴러다닌다 해도 숙취 때문도 아니었다. '저 사람은 아파.' 키브린은 생각했다. '정말 많이 아픈 거야.'

사제는 까망이처럼 헐떡헐떡 혀를 내밀며 가쁜 숨을 내뱉었다. 혀는 선홍색이었고 부은 것 같았다. 안색마저 암적빛을 띠고 있었고 뭔가를 두려워하는 듯 표정이 일그러졌다.

순간 키브린은 사제가 독에 중독된 게 아닌가 하는 생각이 들었다. 특사는 너무나 허겁지겁 떠나 하마터면 아그네스를 칠 뻔했다. 게다가 특사는 엘로이즈에게 사제를 가만 내버려두라고 하기까지 했다. 14세기 교회는 이런 짓을 아무렇지도 않게 저지르지 않았던가? 수도원이나 교회에서 벌어진 의문사. 손쉬운 죽음.

하지만 말도 안 되었다. 주교의 특사와 수사가 사제를 독으로 죽이려는 이유가 보툴리누스 중독이나 복막염 또는 중세 사람들이 이유를 설명할 수 없는 수십 가지 이유로 죽는 것처럼 보이게 하기 위해서라면, 구태여 허둥지둥 이곳을 떠나며 사제가 쉬는 것을 방해하지 말라고 말할 이유가 없었다.

또한 이메인 부인이 로슈 신부를 강등시키려 하는 방식처럼 주교의 특사는 자신의 부하를 강등시킬 수 있는 마당에 구태여 독살할 이유가 없었다.

"콜레라인가요?" 엘로이즈가 물었다.

'콜레라는 아닐 거야.' 콜레라의 증상을 떠올리면서 키브린은 생각했다. 급성 설사와 갑작스러운 구토로 인한 체내 수분 과다 상실. 옥죄인 안면, 체액 유실, 청색증, 목마름.

"목마르세요?" 키브린이 물었다.

사제는 키브린의 말에 아무 반응을 보이지 않았다. 사제는 눈이 반쯤 감겨 있었다. 두 눈 역시 퉁퉁 부어 있었다.

키브린은 사제의 이마를 짚었다. 사제는 움찔하더니 충혈된 눈을 깜박깜박하다가 다시 감았다.

"불덩이같이 뜨거워요." '콜레라는 이 정도로 고열을 동반하지 않아.' 키브린은 생각했다. "물에 적신 천을 좀 가져다주세요."

"메이즈리!" 엘로이즈가 소리를 질렀다. 하지만 로즈먼드가 이미 더러운 천을 가지고 키브린 옆에 서 있었다. 키브린이 아팠을 때 머리를 감쌌던 천인 듯싶었다.

천은 더럽긴 했지만 차가웠다. 키브린은 사제의 얼굴을 바라보면서 천을 사각형으로 접었다. 사제는 아직도 숨을 헐떡거렸고 키브린이 천을 이마에 대자 무척이나 고통스러운 듯 이마를 찡그렸다. 사제가 배를 움켜쥐었다. '급성 맹장염인가?' 키브린은 생각했다. '아니. 맹장염은 미열을 수반해. 장티푸스는 40도까지 열이 치솟지만 초기 증상은 아니야. 장티푸스는 비장이 확장되면서 복통을 수반하는 경우가 자주 있어.'

"아프세요?" 키브린이 물었다. "어디가 아픈 거죠?"

사제는 다시 눈을 반쯤 뜨며 깜박였고 손을 이불 위에서 불안하게 떨었다. 불안하게 뭔가를 쥐어뜯는 몸짓은 장티푸스로 열이 나며 나타나는 증상이었다. 하지만 장티푸스에서 이런 증상은 병에 걸리고 여드레나 아흐레쯤 지난 최후 단계에 나타나는 것이었다. 키브린은 혹시 사제가 이곳에 왔을 때 이미 병을 앓고 있었던 것은 아닌가 하는 생각이 들었다.

이곳에 도착했을 때 사제는 비트적거리며 말에서 내려왔기 때문에 수사가 이 사람을 잡아줘야만 했다. 그렇지만 사제는 크리스마스 만찬 때 먹고 마시는 일을 과하다 싶을 정도로 한데다 메이즈리에게 농까지 걸지 않았던가. 병세가 심각할 리 없었다. 그리고 장티푸스는 천천히 진행되는 병이었다. 장티푸스에 걸리면 두통이 시작되지만 체온은 아주 약간만 오를 뿐이었다. 발병 후 셋째 주가 되기 전에는 39도까지 체온이 오르는 일이 없었다.

키브린은 사제에게 몸을 굽히고 여밈이 풀린 슈미즈를 헤치고 장티푸스 때 생기는 발진을 찾아보았다. 아무리 찾아도 없었다. 목의 옆 부분이 경미하게 부푼 것 같았지만 림프선이 붓는 것은 병에 걸렸을 경우 대부분 나타나는 증상이었다. 키브린은 사제의 소매를 걷어 올렸다. 팔뚝에도 선홍빛 자국은 없었다. 다만 손톱이 청갈색이었다. 산소 결핍증을 겪고 있다는 증거였다. 그리고 청색증은 콜레라의 징후였다.

"토하거나 설사를 했나요?" 키브린이 물었다.

"아니요." 이메인 부인은 녹색 곤죽을 으깨어 뻣뻣한 아마포 천 조각에 붙이며 말했다. "그저 설탕이랑 향신료를 너무 많이 먹어 그런 겁니다. 그래서 피가 끓고 있는 것입니다."

토하지 않았다면 콜레라가 아니었다. 그리고 어쨌든 열이 너무 높았다. 어쩌면 키브린이 감염되었던 바이러스일 수도 있었다. 하지만 키브린에게는 위통이 없었고 혀도 그만큼 부풀어 오르지 않았다.

사제가 손을 들어 이마에 놓인 천을 베개 쪽으로 밀쳐내버리고 팔을 다시 옆으로 툭 떨어뜨렸다. 키브린은 천을 다시 주웠다. 바짝 말라 있었다. 바이러스가 아니면 도대체 뭐가 이렇게 고열을 일으키는 거지? 키브린은 장티푸스 이외에는 아무것도 생각해낼 수가 없었다.

"코에서 피가 났나요?" 키브린이 로슈 신부에게 물었다.

"아니요." 로즈먼드가 앞으로 나와 키브린에게서 천을 받아 가면서 말했다. "피 흘리는 것은 못 봤어요."

"찬물에 적셔서 가져오렴. 짜지 말고 그대로." 키브린이 말했다. "로슈 신부님, 이분을 일으키게 저 좀 도와주세요."

신부는 어깨에 손을 대고 사제를 들어 올렸다. 사제의 머리 아래 아마포에도 핏자국은 없었다.

로슈 신부는 사제를 천천히 내려놓았다. "장티푸스라고 생각하시는 겁니까?" 로슈 신부가 물었지만 궁금해서라기보다는 기대에 찬 목소리였다.

"모르겠습니다." 키브린이 대답했다.

로즈먼드가 키브린에게 천을 넘겨주었다. 로즈먼드는 키브린이 시킨 대로 해왔다. 천에서 얼음처럼 차가운 물이 뚝뚝 떨어지고 있었다.

키브린은 몸을 숙여 사제의 이마에 천을 놓아주었다.

사제는 갑자기 팔을 벌떡 쳐들더니 천을 키브린의 손에서 쳐내버렸다. 그리고 앉은 채로 키브린을 두 손으로 때리고 두 발로 걷어찼다. 사제가 키브린의 한쪽 다리를 잡아당기는 바람에 키브린은 하마터면 침대 위로 넘어질 뻔했다.

"미안해요. 정말 미안해요." 키브린은 중심을 잡으려 애쓰면서, 사제의 손을 잡으려 애쓰면서 말했다. "미안해요."

그때 사제의 충혈된 눈이 휘둥그레지더니 정면을 응시했다. "*Gloriam tuam*(주께 영광)." 사제는 거의 비명에 가까울 정도로 높고 큰 소리로 외쳤다.

"미안해요." 키브린이 말했다. 키브린은 사제의 손목을 잡았다. 그러자 사제의 다른 한 손이 그대로 뻗어 나와 키브린의 가슴을 정통으로 때렸다.

"*Requiem aeternum dona eis*(영원한 안식을 주소서)." 사제가 으르렁거리며 무릎을 세워 침대 정중앙에 우뚝 섰다. "*Et lux perpetua luceat eis*(그리고 그 빛이 끊이지 않고 빛나게 하소서)."

키브린은 갑자기 사제가 지금 '죽은 자를 위한 미사'를 노래하려 한다는 사실을 깨달았다.

로슈 신부가 슈미즈를 잡자 사제는 발버둥 치면서 벗어나려 춤이라도 추는 것처럼 발길질을 계속하며 뱅글뱅글 돌았다.

"*Miserere nobis*(우리를 긍휼히 여기소서)."

사제는 기둥을 두 발로 차며, 한 번 돌 때마다 나무판자에 주먹질과 발길질을 해댔지만 자기가 무슨 짓을 하고 있는지 전혀 모르는 눈치였고 벽에 너무 가까이 붙어 있어 붙잡기도 쉽지 않았다. "손이 닿는 거리에 들어오면 발목을 잡고 눕혀야 해요." 키브린이 말했다.

로슈 신부는 숨을 헐떡이며 고개를 끄덕였다. 다른 사람들은 사제를 막으려 하기는커녕 꼼짝도 못 하고 서 있었다. 이메인 부인도 무릎을 꿇은 상태 그대로였다. 메이즈리는 손으로 귀를 가리고 눈은 질끈 감아버리고 창문에 몸을 바짝 붙이고 있었다. 로즈먼드는 물에 적신 천을 줍더니 키브린이 한 번 더 사제의 이마에 천을 올려놓을 것으로 생각한다는 듯 키브린 앞에 쭉 내밀었다. 아그네스는 반쯤 벌거벗은 사제의 몸을 입을 떡 벌린 채 쳐다보고만 있었다.

사제가 뒤로 돌더니 슈미즈 앞쪽 매듭을 뜯어버리려 애쓰며 사람들에게 다가갔다.

"지금이에요." 키브린이 외쳤다.

로슈 신부와 키브린은 사제의 발목을 잡기 위해 손을 뻗었다. 사제는 비트적거리다가 한쪽 무릎을 꿇었고 두 팔을 크게 휘젓다가 높은 침대에서 뛰어내려 로즈먼드에게 곧장 달려들었다. 그때까지도 천을 들고 있던 로즈먼드는 손을 들어 막으려 했지만 사제는 로즈먼드의 가슴을 정통으로 때렸다. "Miserere nobis!" 사제가 다시 한번 소리 질렀고 사람들이 함께 달려들었다.

"로즈먼드가 더 다치기 전에 이 남자를 꽉 잡아요!" 키브린이 외쳤지만 사제는 이미 난동을 멈춘 상태였다. 사제는 로즈먼드 위로 그대로 고꾸라져 전혀 움직이지 않았다. 사제의 입은 로즈먼드의 입에 닿을 것만 같았고 팔은 옆으로 축 늘어져 있었다.

로슈 신부는 맥없이 늘어진 팔을 꽉 잡고 사제의 몸을 굴려 로즈먼드 위에서 떨어뜨렸다. 사제는 모로 떨어져 얕게 숨을 쉬고 있었다. 하지만 이제 헐떡거리지는 않았다.

"죽었나요?" 아그네스의 목소리에 모두 마법에서 깨기라도 한 듯 정신을 차리고 앞으로 나왔다. 이메인 부인은 침대 기둥을 부여잡고 일어서려 애썼다.

"까망이는 죽었어요." 아그네스가 엘로이즈의 치마를 잡고 말했다.

"이분은 죽지 않았어요." 사제 옆에 무릎을 꿇으며 이메인 부인이 말했다. "하지만 핏속에 있는 열이 뇌까지 간 것 같아요. 종종 이러기도 합니다."

'천만에, 절대로 이렇지 않아. 이건 내가 들어본 그 어떤 질병과도 증세가 같지 않아. 도대체 어떻게 된 거야? 척수막염이라도 걸린 걸까? 아니면 간질인 걸까?'

키브린은 로즈먼드를 굽어봤다. 로즈먼드는 뻣뻣하게 굳은 채 바닥에 누워 있었다. 두 눈을 감았고 두 손은 꽉 쥐다 못해 하얗게 질려 있었다. "다쳤니?" 키브린이 물었다.

로즈먼드가 눈을 번쩍 떴다. "나를 밀어 넘어뜨렸어요." 로즈먼드는 조금 떨리는 목소리로 대답했다.

"일어설 수 있겠니?"

로즈먼드가 고개를 끄덕였고, 엘로이즈가 한 발 앞으로 나왔다. 아그네스는 아직도 엘로이즈의 치마를 잡고 있었다. 키브린과 엘로이즈는 로즈먼드를 부축해 일으켰다.

"발이 아파요." 로즈먼드는 엘로이즈한테 기대면서 말했다. 하지만 곧 혼자 서 있을 수 있었다. "저분이… 갑자기…."

엘로이즈는 로즈먼드를 부축해 침대 끄트머리로 데려가 조각이 새겨진 상자 위에 앉혔다. 아그네스도 상자 위로 기어 올라가 언니 옆에 앉았다. "사제님이 언니 위로 뛰어내렸어." 아그네스가 말했다.

사제가 뭔가를 중얼거렸고 로즈먼드는 겁에 잔뜩 질려 사제를 바라보았다. "저 사람이 또 일어설까요?" 로즈먼드가 엘로이즈에게 물었다.

"아니." 말은 그렇게 했지만 엘로이즈는 로즈먼드를 일으켜 문 쪽으로 데려다주었다. "언니를 부축하고 내려가서 불 가에 같이 앉아 있으렴." 엘로이즈가 아그네스에게 말했다.

아그네스는 로즈먼드의 팔을 부축해 밖으로 데리고 나갔다. "사제님이 죽으면 교회 부속 묘지에다 묻자." 키브린은 아그네스가 계단을 내려가면서 하는 소리를 들었다. "까망이처럼 말이야."

사제는 이미 죽은 것 같았다. 눈을 반쯤 뜨고 있었지만 아무것도 보고 있지 않았다. 로슈 신부는 그 옆에 무릎을 꿇고 사제를 아주 쉽게 어깨로 끌어 올렸다. 자정 미사가 끝나고 키브린에게 업혀 돌아오던 아그네스처럼 사제의 머리와 팔이 축 늘어졌다. 키브린은 깃털 침대 위에 펼쳐진 침대보를 급히 걷었고 로슈 신부는 사제를 침대 위에 내려놓았다.

"머리의 열을 내려야 합니다." 이메인 부인이 습포 쪽으로 가며 말했다. "머리에 열이 퍼진 건 향신료 때문입니다."

"설마…." 키브린은 사제를 바라보면서 중얼거렸다. 사제는 팔을 옆으로 한 채 손바닥을 하늘로 향하고 똑바로 누워 있었다. 얇은 슈미즈는 앞쪽이 반쯤 찢어져 있었고 왼쪽 어깨 부근은 완전히 뜯겨 나가서 쭉 뻗은 팔이 그대로 드러나 있었다. 겨드랑이 아래에 선홍색 종기가 맺혀 있었다. "설마…." 키브린이 속삭였다.

색깔은 선홍색이었고 거의 달걀 크기만 했다. 고열, 부풀어 오른 혀, 신경 계통의 이상, 사타구니와 겨드랑이 아래에 맺힌 멍울.

키브린은 침대에서 한 걸음 뒤로 물러섰다. "그럴 리가 없어." 키브린이 말했다. "아니야, 다른 걸 거야." 다른 것이어야 했다. 종기거나 이런저런 궤양의 일종일 거야. 키브린은 소매를 걷기 위해 앞으로 다가섰다.

사제의 팔이 꿈틀거렸다. 로슈 신부는 사제의 손목을 잡아당기며 깃털 침대 아래로 눌렀다. 종기는 만지기 어려웠고 그 둘레 살갗은 자주색과 까만색으로 얼룩얼룩했다.

"그럴 리가 없어." 키브린이 중얼거렸다. "1320년이잖아."

"이게 열을 내려줄 겁니다." 이메인 부인이 말했다. 이메인 부인은 습포를 앞에 꺼내 들고 뻣뻣하게 서 있었다. "습포를 바를 수 있게 슈미즈를 벗기세요." 이메인 부인이 침대 쪽으로 다가오기 시작했다.

"안 돼요!" 키브린이 소리쳤다. 키브린은 이메인 부인을 제지하기 위해 손을 들었다. "거기 그대로 서 계세요! 절대로 저 사람을 만져선 안 돼요!"

"무례하게 말하는군요." 이메인 부인이 말했다. 이메인 부인은 로슈 신부를 바라보았다. "이건 그냥 위장에 열이 나는 것일 뿐이에요."

"열이 아닙니다!" 키브린이 소리쳤다. 키브린은 로슈 신부에게로 돌아섰다. "손을 당장 놓고 그 사람에게서 떨어져요. 열이 아니에요. 이건 페스트예요."

로슈 신부와 이메인 부인과 엘로이즈 모두가 메이즈리처럼 멍하니 키브린을 바라보았다.

'이 사람들은 이게 뭔지조차 몰라.' 키브린은 필사적으로 생각했다. 왜냐면 아직 존재하지도 않는 것이니까. 아직은 흑사병이라는 게 없으니까. 흑사병은 중국에서도 1333년 전에는 발병하지 않았어. 게다가 잉글랜드에는 1348년이 되어서야 들어온단 말이야. "하지만 그것 말고는 없어." 키브린이 중얼거렸다. "모든 증상이 맞아떨어져. 멍울이며, 부풀어 오른 혀며, 피하출혈까지 모두."

"그냥 위장에 열이 난 겁니다." 이메인 부인이 말하며 키브린을 지나쳐 침대로 다가갔다.

"안 돼요." 키브린이 말했지만 이미 이메인 부인은 습포를 사제의 맨가슴에 올리려는 자세에서 동작을 멈춘 상태였다.

"주께서 우리에게 자비를 베푸실 겁니다." 이메인 부인은 습포를 든 채로 뒤로 물러섰다.

"청색병인가요?" 엘로이즈가 두려움에 떨며 말했다.

모든 것이 갑자기 명확해졌다. 이 사람들은 재판 때문에, 기욤 경이 왕과 문제를 일으켰기 때문에 이곳에 와 있는 것이 아니었다. 기욤 경은 바스에 페스트가 돌았기 때문에 이들을 이곳으로 보낸 것이었다.

아그네스는 '유모가 죽었어요'라고 했던 적이 있다. 그리고 이메인 부인의 지도 신부도, 허버트 수사도 죽었다고 했다. 아그네스는 '로즈먼드 언니가 그러는데요, 수사님은 청색병으로 죽은 거래요'라고 말하기도 했다. 게다가 블로에 경은 재판관이 아파서 재판이 연기되었다고 하지 않았던가. 엘로이즈가 코시로 사람을 보내지 않으려 하고 이메인 부인이 거윈을 주교한테 보냈을 때 엘로이즈가 미친 듯이 화를 낸 것도 바로 페스트 때문이었다. 바스에 페스트가 돌고 있기 때문이었다. 하지만 불가능한 일이었다. 흑사병이 바스에 번진 건 1348년 가을이었다.

"올해 연도가 어떻게 되나요?" 키브린이 물었다.

두 여인은 말문이 막힌 표정으로 키브린을 바라보았다. 이메인 부인은 아직도 습포를 들고 있었다. 키브린은 로슈 신부에게로 몸을 돌렸다. "몇 연도죠?"

"어디 아프십니까, 캐서린 아가씨?" 로슈 신부는 혹시라도 키브린이 사제처럼 발작을 일으키지는 않을까 걱정되는 듯 조심스레 물으며 키브린의 손목을 잡으려 했다.

키브린은 손을 뿌리쳤다. "연도를 말해주세요!"

"에드워드 3세 치하 21년째 되는 해입니다." 엘로이즈가 말했다.

'에드워드 3세…, 2세가 아니라고?' 너무나 경황이 없었기 때문에 키브린은 에드워드 2세가 몇 연도에 즉위했는지 생각나지 않았다. "연도를 말해요." 키브린이 다그쳤다.

"주께서 오신 후로." 사제가 침대에서 말했다. 사제는 퉁퉁 부은 혀로 입술을 적시려 애썼다. "일천삼백사십팔 년입니다."

PART 3

내 손으로 내 아이 다섯을 무덤 한곳에 묻었다….
종소리도 울리지 않고 눈물마저 말라버렸다. 이것이 세상의 종말이로다.

— 1347년, 시에나
아니올라 디 투라

24

이틀 동안 던워디는 핀치가 작성한 목록에 있는 기술자들과 스코틀랜드 낚시 안내인들에게 전화하고 버클리 존슨에 새로운 병실을 준비하느라 정신없이 바빴다. 던워디가 담당한 억류자들 가운데 열다섯 명이 독감에 걸렸고, 그 가운데는 테일러도 포함되어 있었다. 테일러는 완주까지 마흔아홉 번의 타종을 남겨놓고 쓰러졌다.

"종을 놓치며 죽은 듯 쓰러졌습니다." 핀치가 보고했다. "종은 운명을 예고하듯 울려댔고, 종 줄은 살아 있는 생물처럼 몸을 뒤틀었습니다. 제 목에 감기는 바람에 하마터면 숨 막혀 죽을 뻔했습니다. 테일러 씨는 정신이 든 뒤 계속하려 했지만, 당연히 너무 늦은 뒤였습니다. 교수님께서 그분에게 말씀 좀 해주셨으면 좋겠습니다. 풀이 팍 죽어 있습니다. 다른 사람들이 감염되어 쓰러지는 꼴을 절대 못 보겠다고 했거든요. 저는 인플루엔자에 걸려 쓰러진 건 그분의 잘못이 아니라고 말해줬습니다. 일이란 게 사람 뜻대로 되지 않는 경우가 종종 있다고 말이죠. 그렇게 생각하지 않으십니까?"

"그렇지." 던워디가 대답했다.

던워디는 기술자들에게 계속 전화를 걸었지만, 옥스퍼드로 오라고 설득하는 건 고사하고 단 한 명과도 통화하지 못했다. 그리고 베이싱엄 학과장의 행방도 찾을 수 없었다. 던워디와 핀치는 스코틀랜드에 있는 호텔과 여관을 비롯한 모든 숙박업소에 전화를 해보았다. 윌리엄은 베이싱엄 학과장의 신용카드 사용 내역을 조사했지만, 학과장이 스코틀랜드 외딴 마을에서 미끼나 방수 장화를 샀을 거라는 던워디의 기대와 달리 그 어떤 물건도 구입하지 않았으며, 12월 15일 이후에는 물건을 산 기록 자체가 아예 없었다.

전화 회선은 점차 불통 횟수가 늘어갔다. 다시 화면이 보이지 않게 되었으며, 전화를 걸기 위해 수화기를 들고 번호를 두 개 정도 누르고 나면 어김없이 녹음된 목소리가 나와 전염병 때문에 모든 회선이 바쁘다고 말했다.

비록 마음 한구석에 키브린에 대한 생각이 묵직하게 자리 잡고 있긴 했지만, 던워디는 전화를 걸고 또 걸어 구급차를 부르고, 개드슨 부인의 불평을 듣고 있는 동안에는 키브린 걱정을 할 겨를이 별로 없었다. 앤드루스는 다시 전화하지 않았다. 아니, 어쩌면 전화했지만 회선이 바빠 연결이 안 되었을 수도 있었다. 바드리는 비몽사몽간에 끊임없이 중얼거렸고, 간호사는 종이에 바드리의 횡설수설을 열심히 받아 적었다. 던워디는 기술자와 낚시 안내원과 자기 전화를 대신 받아줄 사람을 기다리는 동안 바드리가 떠든 단어들을 차분히 살펴보았다. 뭔가 실마리를 찾기 위해서였다. 바드리는 '흑(黑)', '실험실', '유럽'이라는 단어를 계속 중얼거렸다.

전화 회선은 시간이 지날수록 엉망이 되었다. 던워디가 수화기를 들고 첫 번째 숫자를 누르자마자 녹음된 목소리가 나왔고, 어떤 경우에는 신호음조차 떨어지지 않았다. 던워디는 잠시 전화 걸기를 포기하고 접촉자 명단을 살폈다. 윌리엄은 1차 접촉자들의 NHS 기록을 첨부했다. 본인들의 허락 없이는 열람할 수 없는 기록이었다. 던워디는 기록을 살펴보며 방사선 치료와 치과 방문 기록을 조사했다. 1차 접촉자 가운데 한 명은 턱에 엑스선 촬영을 했지만, 다시 자세히 보니 촬영을 한 날짜는 24일로 이미 전염병이 퍼지기 시작한 뒤였다.

＊

던워디는 혼수상태에 빠지지 않은 1차 접촉자 가운데 동물을 기르거나 최근에 오리 사냥을 간 사람이 없는지 묻기 위해 병원으로 갔다. 복도들은 간이침대로 가득했으며, 침대마다 환자가 누워 있었다. 침대들은 응급실 문까지 빡빡하게 들어찼고 엘리베이터 앞까지도 가로막았다. 이들을 지나 엘리베이터까지 갈 방법이 없었다. 던워디는 계단을 올라갔다.

윌리엄과 키스를 했던 금발의 간호 실습생이 격리 병실 앞에서 던워디를 맞이했다. 간호사는 하얀 천 가운을 입고 마스크를 하고 있었다. "죄송하지만 들어가실 수 없습니다." 장갑 낀 손으로 던워디를 잡으며 간호사가 말했다.

'바드리가 죽은 거로군.' 던워디는 생각했다. "바드리의 상태가 심각해진 겁니까?"

"아니요. 바드리 씨는 이전보다 더 평안하게 쉬고 계십니다. 하지만 SPG가 떨어졌어요. 런던에서 내일까지 보내주겠다고 했고 직원들은 천으로 된 가운을 입으면 되지만 방문객들에게 지급할 만큼 여유가 있지는 않아서요." 간호사는 주머니를 뒤져 쪽지를 꺼냈다. "바드리 씨가 한 말을 받아 적어놓았습니다." 종이를 내밀며 간호사가 말했다. "대부분은 무슨 뜻인지 하나도 모르겠더군요. 교수님 성함과 키브린? 맞나요? 여하튼 그런 이름을 말했어요."

던워디는 쪽지를 보며 끄덕였다.

"그리고 어떤 때는 단어 하나만 말하기도 했어요. 하지만 대부분은 별의미 없는 내용이었습니다."

간호사는 바드리의 말을 발음 나는 대로 적어놓았으며, 단어를 알아들을 수 있는 경우에는 밑줄을 쳐놓았다. 바드리는 '이럴 리가', '쥐새끼들', '너무 걱정'이라고 말했다.

＊

일요일 아침까지 억류자의 절반이 쓰러졌고, 아프지 않은 사람들은 모두가 환자를 간호했다. 던워디와 핀치는 환자를 병실에 넣겠다는 생각은 일찌감치 포기했는데, 어차피 간이침대도 없는 상황이었다. 임시 간호사들이 지쳐 쓰러지지 않게 하려고 던워디와 핀치는 환자들을 각자 묵고 있던 숙소의 침대에 그대로 눕혀놓거나 아니면 침대와 함께 살빈관에 있는 방으로 옮겼다.

핸드벨 연주자들은 하나둘씩 쓰러졌으며, 던워디는 예전 도서관에 마련된 침대로 이들을 옮겼다. 아직 걸을 수 있는 테일러는 자기 동료들을 방문하겠다며 고집을 부렸다.

"최소한 병문안은 가야 해요." 복도를 가로지르느라 힘들어 헐떡이며 테일러가 말했다. "저 때문에 쓰러졌잖아요."

던워디는 윌리엄이 가져다 놓은 공기 매트리스에 테일러가 올라가 눕는 걸 도와준 뒤 이불을 덮었다. "'마음은 간절하나 몸이 말을 듣지 않는구나.'[47] 던워디가 말했다.

던워디 자신도 몸이 지쳐 갔으며, 수면 부족과 계속된 좌절로 뼛속까지 피곤했다. 하지만 차를 마시기 위해 물을 끓이고 환자용 요강을 씻는 사이에 전화를 걸어 마침내 모들린 칼리지의 기술자와 통화하는 데 성공했다.

"그 아이는 병원에 있어요." 기술자의 어머니가 말했다. "아프고 지쳐 보이더군요."

"언제 입원했나요?"

"크리스마스요."

희망이 물밀듯 밀려왔다. 어쩌면 모들린 칼리지의 기술자가 바이러스의 출처일 수도 있었다.

"어떤 증상을 보이던가요?" 열을 내며 던워디가 물었다. "두통? 열? 횡

47 〈마태오의 복음서〉 26장 41절

설수설?"

"맹장염이에요." 기술자의 어머니가 말했다.

✳

월요일 아침이 되자 억류자의 4분의 3이 앓아누웠다. 핀치의 예언대로 깨끗한 침구와 NHS가 지급한 마스크가 떨어졌으며, 더 시급한 문제는 캡슐 체온계와 항균제와 아스피린이 떨어졌다는 점이었다. "필요한 물품을 좀 더 얻기 위해 병원으로 전화하려고 했습니다." 던워디에게 목록을 넘기며 핀치가 말했다. "하지만 모든 전화선이 불통이었습니다."

던워디는 필요한 물건들을 가지러 병원으로 걸어갔다. 응급실 앞의 거리는 구급차와 택시와 커다란 피켓을 들고 있는 시위자들로 만원이었다. 피켓에는 '수상은 우리가 여기서 죽도록 그냥 내버려두고 있다'라고 적혀 있었다. 던워디가 인파를 뚫고 문으로 들어설 때 콜린이 밖으로 나왔다. 늘 그렇듯 콜린은 흠뻑 젖어 있었으며 얼굴이 시뻘겠고 감기에 걸려 코도 빨갰다. 콜린은 재킷을 풀어 헤치고 있었다.

"전화가 안 돼요." 콜린이 말했다. "과부하가 걸렸어요. 그래서 제가 말을 전하러 가는 중이에요." 콜린은 재킷 주머니에서 구깃구깃 접힌 종이를 끄집어냈다. "할아버진 누구에게 전할 말 없으세요?"

'있지.' 던워디는 생각했다. 앤드루스에게, 베이싱엄 학과장에게, 키브린에게. "없구나." 던워디가 말했다.

콜린은 이미 젖은 종이를 주머니에 도로 넣었다. "그러면 전 이제 출발할게요. 혹시 이모할머니를 찾으시는 거라면, 이모할머니는 응급실에 있어요. 환자 다섯이 더 왔거든요. 한 가족 전부예요. 아기는 죽었어요." 콜린은 인파를 헤치고 쏜살같이 사라졌다.

던워디는 사람들을 밀치고 응급실로 들어가 당직 의사에게 물품 목록을 보였다. 당직 의사는 던워디에게 비품실 위치를 가르쳐주었다. 복도는 여전히 간이침대로 가득했지만, 이제는 복도 양쪽으로 나란히 배치되어 중앙에 좁은 통로가 나 있었다. 분홍색 마스크를 하고 가운을 입은 간호사가 침대 위로 몸을 굽히고 환자에게 뭔가를 읽어주고 있었다.

"'주께서는, 너희가 들어가 차지하려는 땅에서, 너희로 하여금 염병에 걸려.'" 던워디는 환자에게 무엇인가를 읽어주는 사람이 간호사가 아니라 개드슨 부인이며, 그 사실을 너무 늦게 알아차렸다고 생각했지만 다행히도 개드슨 부인은 너무나 열심히 성서를 읽느라 고개를 들지 않았다. "'끝장나게 하고 마실 것이다.'"[48] '너희로 하여금 염병에 걸려.' 던워디는 속으로 되뇌며 바드리가 했던 말을 떠올렸다. '그건 쥐였습니다. 쥐가 모두를 죽였습니다. 유럽 인구의 절반을요.'

'키브린이 흑사병 시대에 있을 리 없어.' 비품실로 통하는 복도를 돌며 던워디는 생각했다. 앤드루스는 최대 시간 편차가 5년이라고 했다. 키브린이 원래 가기로 한 시간보다 5년 뒤에 도착했다 할지라도 페스트는 중국에서조차 시작되지 않았을 때였다. 앤드루스는 시간 편차와 좌표를 제외한 다른 것이 잘못되었을 경우에 강하는 자동으로 취소된다고 했으며, 던워디가 질문했을 때 바드리는 푸할스키의 좌표를 검사했다고 했다.

던워디는 비품실로 들어섰다. 책상에는 아무도 없었다. 던워디는 초인종을 눌렀다.

던워디가 물을 때마다 바드리는 실습생의 좌표가 옳다고 했다. 하지만 바드리의 손가락은 이불 위에서 초조하게 움직이며 동조 좌표를 계속 쳐댔다. '그럴 리 없어. 뭔가 잘못되었어.' 바드리의 말이 머릿속에서 떠나지 않았다.

던워디가 다시금 초인종을 누르자 선반 사이에서 간호사가 나타났다. 간호사는 은퇴했다가 전염병 때문에 다시 복귀한 게 분명했다. 적어도 아흔 살은 되어 보였으며 풀 먹인 하얀 간호사복은 시간이 흘러 노랗게 변했지만 여전히 빳빳했다. 간호사가 던워디로부터 목록을 받아 들 때 간호사복에서 바사삭 소리가 났다.

"허가를 받아 오셨나요?"

48 〈신명기〉 28장 21절

"아니요." 던워디가 말했다.

간호사는 던워디에게 목록과 함께 세 장짜리 서류를 넘겨주었다. "먼저 병동 수간호사에게 허가를 받으셔야 합니다."

"저희에게는 수간호사가 없습니다." 열을 내며 던워디가 말했다. "병동도 없고요. 기숙사 두 채에 억류된 사람 50명만 있지 아무런 물품도 없단 말입니다."

"그렇다면 담당 의사에게 허가를 받으셔야 합니다."

"담당 의사는 병원에 가득한 환자를 돌봐야 합니다. 허가장에 서명 따위나 하고 앉아 있을 시간이 없단 말입니다. 전염병이 퍼졌다고요!"

"잘 알고 있습니다." 간호사가 싸늘한 목소리로 말했다. "하지만 모든 요구서에는 담당 의사의 서명이 있어야 합니다." 간호사는 삐거덕거리는 소리를 내며 선반 쪽으로 걸어갔다.

던워디는 응급실로 돌아왔다. 아렌스는 그곳에 없었다. 당직 의사는 던워디를 격리 병동으로 보냈지만, 그곳에도 아렌스는 보이지 않았다. 던워디는 아렌스의 서명을 위조할까 하는 생각을 했지만, 아렌스를 직접 만나 자신이 기술자에게 연락하지 못했으며 길크리스트의 반대를 뚫고 네트를 다시 열 수도 없었다고 말해주고 싶었다. 던워디는 아스피린 따위 간단한 물건도 얻을 수 없었고 벌써 날짜는 1월 3일이었다.

던워디는 마침내 실험실에 있는 아렌스를 찾아낼 수 있었다. 아렌스는 전화기에 대고 무슨 말인가를 하고 있었다. 비록 화면에는 잡신호밖에 보이지 않았지만, 전화가 다시 되는 모양이었다. 하지만 아렌스는 화면이 아니라 콘솔을 보고 있었다. 콘솔에는 접촉자 명단이 일목요연하게 가지처럼 그려져 있었다. "정확히 뭐가 문제지요?" 아렌스가 말했다. "이틀 전에 도착할 거라고 말했잖아요."

잡신호에 가려 보이지 않는 사람이 뭔가 변명을 늘어놓는 동안 정적이 흘렀다.

"돌아갔다니, 무슨 말이죠?" 아렌스가 믿을 수 없다는 목소리로 말했다. "지금 이곳엔 인플루엔자에 걸린 환자가 수백 수천 명이나 된다고요."

또다시 정적이 흘렀다. 아렌스가 콘솔에 뭔가를 입력하자 다른 명단이 나타났다.

"그러면, 다시 보내세요." 아렌스가 소리쳤다. "지금 당장 필요하다고 요! 여기에서 사람들이 죽어가고 있어요! 지금 당장 이곳으로… 여보세요? 내 말 들려요?" 화면이 꺼졌다. 아렌스는 수화기를 누르다가 던워디를 발견했다.

아렌스는 사무실로 들어오라는 신호를 보냈다. "들려요?" 아렌스가 수화기에 대고 말했다. "여보세요?" 아렌스는 거칠게 수화기를 내려놓았다. "전화는 안 되고, 병원 직원 절반은 바이러스에 감염되고, 어떤 멍청이가 격리 구역 안으로 들여보내지 않는 바람에 유사체가 이곳에 도착하지 못했어!" 화난 목소리로 아렌스가 말했다.

아렌스는 콘솔 앞에 주저앉더니 손가락으로 광대뼈를 문질렀다. "미안해." 아렌스가 말했다. "오늘 좀 일이 많았어. 오늘 오후만 DOA[49]가 세 명이나 되었거든. 한 명은 여섯 달밖에 안 된 아기였고…."

아렌스는 실험 가운에 여전히 감탕나무 가지를 꽂고 있었다. 가운과 감탕나무 가지 모두 말할 수 없을 정도로 더러웠고, 아렌스도 뭐라 말할 수 없을 정도로 피곤해 보였으며 눈과 입 주변에는 깊은 주름이 파였다. 던워디는 아렌스가 마지막으로 잔 게 언제인지, 그리고 설사 물어봐도 아렌스가 알기나 할지 궁금했다.

아렌스는 손가락 둘로 눈가 주름을 따라 문질렀다. "다른 사람이 곤경에 처해 있는데 아무것도 해줄 수 없는 상황이라니, 끔찍하네." 아렌스가 말했다.

"그래."

아렌스는 던워디가 그 자리에 있다는 걸 깨닫지 못했다는 듯 고개를 들고 던워디를 쳐다보았다. "뭔가 필요한 게 있어, 제임스?"

아렌스는 잠 한숨 못 잤고, 도와줄 사람도 없으며, DOA가 세 명이고, 그 가운데 한 명은 아기였다. 키브린 말고도 걱정할 게 산더미 같았다.

---

49 Dead on arrival, 도착 시 이미 사망

"아니." 자리에서 일어나며 던워디가 말했다. 던워디는 아렌스에게 서류를 건넸다. "그냥 서명만 해줘."

아렌스는 서류가 무슨 내용인지 보지도 않고 서명했다. "오늘 아침에 길크리스트 교수를 만나러 갔어." 서류를 돌려주며 아렌스가 말했다.

던워디는 너무 놀라고 감동해 뭐라 입을 열지 못한 채 아렌스를 바라만 보았다.

"내가 자신 있게 이야기하면 길크리스트 교수가 네트를 좀 더 일찍 열 수 있을지도 모른다고 생각했어. 모든 사람이 예방 접종을 받을 때까지 기다릴 필요가 없다고 설명했지. 일정 비율 이상만 예방 접종을 시키면 전염 매개체를 없앨 수 있거든."

"하지만 당신의 그 어떤 주장도 길크리스트 교수의 마음을 바꿔놓지는 못했을 테고."

"맞아. 길크리스트 교수는 바이러스가 네트를 통해 과거에서 왔다고 철석같이 믿고 있어." 아렌스는 한숨을 쉬었다. "길크리스트 교수는 A형 믹소바이러스의 주기적 돌연변이 패턴을 조사했어. 그 차트에 따르면, 1318년부터 19년 사이에 번졌던 A형 믹소바이러스 가운데 한 종이 H9N2래." 아렌스는 다시 이마를 문질렀다. "길크리스트 교수는 모든 사람이 완벽하게 예방 접종을 받고 격리 해제가 될 때까지 실험실을 폐쇄할 거야."

"언제 예방 접종이 끝나지?" 던워디는 답을 잘 알고 있었지만, 혹시나 하는 마음에 물었다.

"완전히 접종이 끝난 뒤 7일 또는 마지막 환자가 발생한 뒤 14일이 지날 때까지 격리는 지속돼." 아렌스는 나쁜 소식을 전한다는 듯한 표정으로 말했다.

마지막 환자 발생. 환자가 발생하지 않고 2주. "전국에 예방 접종을 하려면 얼마나 시간이 걸리지?"

"백신만 충분하다면 그리 오래 걸리진 않아. 전 지구에 전염병이 돌 때도 18일밖에 안 걸렸어."

18일. 하지만 백신이 충분히 준비된다는 가정 아래. 1월 말이었다. "너무 늦어."

"알아. 그리고 그전에 바이러스의 출처를 알아내야 하지." 아렌스는 콘솔로 시선을 돌렸다. "여기 답이 있어. 우리는 그저 잘못된 곳을 찾고 있을 뿐이고." 아렌스는 새로운 명단을 불렀다. "나는 수의과 학생은 없는지, 1차 감염자 중 동물원 근처에 사는 사람이나 시골에 사는 사람은 없는지 따위 관계를 조사했어. 2차 접촉자 중에 귀족 연감에 들어 있는 사람들 명단, 뇌조 사냥꾼 명단 따위야. 하지만 이 가운데 물새와 가장 관련이 깊은 사람이라고 해봤자 크리스마스에 거위를 먹은 사람들 정도지."

아렌스는 접촉자 명단을 불러왔다. 여전히 바드리의 이름이 명단 맨 위에 나와 있었다. 아렌스는 자리에 앉더니 몬토야가 뼈를 살펴볼 때처럼 명한 시선으로 한참 동안 명단을 살펴보았다.

"의사가 배워야 할 첫 번째 일은 자신이 돌보던 환자가 죽었을 때 너무 자신을 몰아치지 않아야 한다는 거지." 던워디는 아렌스가 키브린이나 바드리를 뜻하는 건 아닌지 궁금했다.

"난 네트를 열게 할 거야." 던워디가 말했다.

"그렇게 되길 빌어." 아렌스가 말했다.

＊

답은 접촉자 명단이나 구성원의 공통점에 있지 않았다. 답은 바드리에게 있었다. 2차 접촉자들에게 질문하고 여러 가지 잘못된 추측이 난무하는 가운데도 바드리는 늘 1차 감염원이었다. 바드리는 최초 감염자였고, 강하가 있기 4일에서 6일 전에 어느 시기에 병원소와 접촉을 한 게 분명했다.

던워디는 바드리를 보러 갔다. 바드리가 있는 방 밖 책상 앞에는 다른 간호사가 앉아 있었다. 이 남자 간호사는 많아 봐야 열일곱 살 정도밖에 되어 보이지 않았으며 초조한 기색이었다.

"여기 있던…." 던워디는 입을 열다가 자신이 금발 간호사의 이름을 모른다는 사실을 깨달았다.

"감염되어 쓰러졌습니다." 젊은이가 말했다. "어제요. 바이러스에 감염되어 쓰러진 스무 번째 간호사입니다. 그리고 이제는 대신해 쓸 사람도 없어요. 그래서 3학년 학생들이 돕고 있습니다. 전 사실 1학년이지만 응급 처치 훈련을 받았습니다."

어제. 그렇다면 바드리가 뭐라고 말하는지 받아 적는 사람 없이 하루가 꼬박 지났다는 말이었다. "여기 있는 동안 바드리가 무슨 말을 했는지 기억합니까?" 던워디는 별 기대를 품지 않고 물었다. 기껏해야 1학년 학생이었다. "무슨 단어나 구절 같은 걸 말하지 않았나요?"

"던워디 교수님이시죠?" 간호사는 던워디에게 SPG 세트를 내밀었다. "엘로이즈가 교수님께서 환자가 하는 말을 모두 알고 싶어 할 거라고 했어요."

던워디는 새로 도착한 SPG를 입었다. SPG는 흰색이었으며 가운 뒤편 여미는 곳을 따라서 검은색 X자 여밈이 자그맣게 있었다. 던워디는 병원 측이 SPG를 어디에서 구했는지 궁금했다.

"엘로이즈는 지독하게 아파하면서도 환자의 말을 받아 적는 게 얼마나 중요한지 계속해서 이야기했죠."

간호사는 던워디를 바드리의 방으로 데리고 간 뒤 침대 위의 화면을 살펴본 다음 바드리에게로 시선을 돌렸다. '적어도 이 친구는 환자에게 눈길을 주는군.' 던워디는 생각했다.

바드리는 이불 밖으로 손을 내놓고 있었다. 이불을 움켜쥐려 하는 모습이 흡사 콜린에게 준 책에 그려져 있던 기사의 무덤에 나오는 그림 같았다. 바드리는 퀭한 눈을 뜨고 있었지만, 간호사나 던워디를 보고 있진 않았다. 그렇다고 해서 계속해 잡아보려 헛손질 중인 이불을 보는 것도 아니었다.

"이런 증상에 관해 교과서에서 읽기는 했어요." 간호사가 말했다. "하지만 실제로 본 적은 없습니다. 호흡기 질환에 걸리면 흔히 일정 기간 계속되는 증상이죠." 간호사는 콘솔에 뭔가를 입력하고 상단 왼쪽 화면을 가리켰다. "모든 걸 다 적어놨어요."

사실이었다. 심지어는 바드리가 횡설수설하는 내용까지 다 기록되어 있었다. 간호사는 바드리가 한 말을 발음 나는 대로 받아 적었으며, 말을 하다 멈춘 부분은 생략 부호로 표시했고 뜻이 애매한 부분은 '발음대로'라고 표시해놓았다. '절반', '휜자(발음대로)', '그분은 왜 아직 안 오는 거죠?'라고 적혀 있었다.

"대부분 어제 한 이야기입니다." 간호사는 아래 3분의 1 정도 되는 곳으로 커서를 옮겼다. "오늘 아침에는 상당히 많은 말을 했어요. 물론 지금은 보시다시피 아무런 말도 하고 있지 않고요."

던워디는 바드리 곁에 앉아 그의 손을 잡았다. 일회용 장갑을 꼈는데도 얼음장같이 차가운 기운이 느껴졌다. 체온을 나타내는 화면을 힐끗 보았다. 열은 내렸고 얼굴도 더 이상 새까맣게 타 있지 않았다. 바드리의 얼굴에는 아무런 색깔도 없는 듯했다. 피부는 축축한 잿빛이었다.

"바드리." 던워디가 말했다. "나야, 던워디 교수야. 자네에게 몇 가지 물어볼 게 있어."

아무런 반응이 없었다. 바드리의 차가운 손은 장갑을 낀 던워디의 손 안에 축 늘어졌고 다른 한 손은 이불 위에서 뭔가를 계속 찍는 시늉을 하고 있었다.

"아렌스 선생은 자네가 야생 오리나 거위 같은 동물한테 병이 옮았다고 생각하고 있어."

간호사는 아직 자기가 보지 못한 의학 현상을 바드리가 보여주길 기대한다는 듯한 표정으로 던워디와 바드리를 번갈아 가며 흥미로운 눈으로 바라보았다.

"바드리, 기억할 수 있겠어? 강하가 있기 전주에 오리나 거위와 접촉한 적이 있어?"

바드리의 손이 움직였다. 던워디는 혹시 바드리가 의사소통하려는 게 아닌가 하는 생각에 인상을 찡그렸다. 하지만 던워디가 손에 힘을 약간 풀자 가늘디가는 바드리의 손가락은 그저 던워디의 손바닥과 손가락과 손목을 움켜쥐려 할 뿐이었다.

돌연 던워디는 말을 듣는 건 고사하고 자신이 여기 와 있다는 사실도, 걱정하고 있다는 사실도 모르는 바드리 옆에 앉아 질문하며 그를 괴롭히고 있는 자신이 부끄러웠다.

던워디는 바드리의 손을 이불 위로 돌려놓았다. "쉬어." 던워디는 손을 부드럽게 치며 말했다. "쉬도록 해."

"들리지 않을 겁니다." 간호사가 말했다. "상태가 이렇게까지 진행되면 의식이 없거든요."

"네. 압니다." 던워디가 말했다. 하지만 던워디는 계속 자리에 앉아 있었다.

간호사는 수액제 양을 조절하고 초조한 눈으로 수액제가 떨어지는 속도를 살펴본 뒤 다시 떨어지는 양을 조절했다. 그런 다음 걱정스러운 눈으로 바드리를 본 뒤 세 번째로 수액제가 떨어지는 속도를 조절하고 나서야 방을 나섰다. 던워디는 바드리를 지켜보며 자리에 앉아 있었다. 바드리는 이불을 쥐려 했지만 헛수고였다. 바드리는 계속해서 이불을 잡으려 했다. 때때로 바드리는 뭔가를 중얼거렸지만, 너무 나지막한 목소리라 들을 수 없었다. 던워디는 바드리의 팔을 부드럽게 문질러주었다. 잠시 뒤, 이불을 잡는 손짓이 느려졌지만, 던워디는 그런 바드리의 증상이 좋은 것인지 나쁜 것인지 알 수 없었다.

"교회 부속 묘지." 바드리가 말했다.

"아니야." 던워디가 말했다. "아니야."

던워디는 조금 더 앉아 있으면서 바드리의 팔을 문질러주었지만, 오히려 바드리의 불안만 가중시키는 것 같았다. 던워디는 자리에서 일어났다. "쉬도록 해." 던워디는 방을 나섰다.

간호사는 책상 앞에 앉아《환자 간호》라는 책을 읽고 있었다.

"바드리가 깨어나면…." 던워디는 입을 열었지만 뭐라고 마땅히 말을 맺을 수가 없었다. "저에게 알려주세요."

"네." 간호사가 말했다. "어디로 하면 되나요?"

던워디는 적을 것을 찾기 위해 주머니를 뒤지다가 물품 목록을 꺼냈다. 던워디는 물품을 구하기 위해 병원에 왔다는 사실을 까맣게 잊고 있었다. "전 베일리얼 칼리지에 있습니다." 던워디가 말했다. "전화가 안 될 테니 사람을 보내세요." 던워디는 물품 창고로 내려갔다.

"서식을 제대로 작성하지 않았습니다." 던워디가 서류를 내밀자 쪼그랑

할멈이 뻣뻣하게 말했다.

"서명을 받아 왔습니다." 서류를 들이밀며 던워디가 말했다. "다른 건 당신이 채우도록 하십시오."

간호사는 못마땅하다는 표정으로 목록을 노려보았다. "마스크와 캡슐 체온계는 없습니다." 아스피린이 담긴 작은 병으로 손을 뻗으며 간호사가 말했다. "신타마이신과 AZL도 다 떨어졌습니다."

아스피린 병에는 알약이 스무 알 정도 담겨 있었다. 던워디는 병을 주머니에 넣고 하이 스트리트에 있는 약국으로 향했다. 약국 바깥에는 몇 명의 시위자들이 '부당하다!', '바가지다!'라 적힌 피켓을 들고 비를 맞으며 서 있었다. 던워디는 약국으로 들어섰다. 약국에도 마스크는 다 떨어졌으며, 캡슐 체온계와 아스피린값은 말할 수 없을 정도로 비쌌다. 던워디는 약국에 있는 체온계와 아스피린 모두를 샀다.

던워디는 사람들에게 아스피린과 체온계를 나누어주고 바드리의 명단을 살펴보며 뭔가 바이러스의 근원에 대한 실마리를 찾느라 밤을 지새웠다. 바드리는 12월 10일 헝가리에서 19세기로 가는 현지 강하를 담당했지만 명단에는 헝가리 어디인지가 나와 있지 않았고, 아직 쓰러지지 않은 억류자들과 연애에 빠진 윌리엄 역시 알지 못했으며, 전화는 여전히 불통이었다.

✳

아침이 되어 던워디가 바드리의 상태를 점검하기 위해 수화기를 들 때까지 전화는 여전히 불통이었다. 심지어 신호음조차 들리지 않았다. 하지만 수화기를 내려놓자마자 전화벨이 울렸다.

앤드루스였다. 잡음 때문에 앤드루스의 목소리는 거의 들리지 않았다. "오래 걸려 죄송합니다." 앤드루스가 말했다. 그리고 뒤이어 뭐라고 말을 했지만 하나도 들리지 않았다.

"잘 안 들리는군."

"힘들었다고 말씀드렸습니다. 전화가…" 잡음이 심해졌다. "변수 검사

538

를 했습니다. 세 가지 좌표를 사용해서 삼각 측량…." 뒷부분이 들리지 않았다.

"최대 시간 편차가 얼마였지?" 던워디는 수화기에 대고 소리를 쳤다.

순간 통화음이 깨끗해졌다. "엿새입니다."

"엿새라고?" 던워디가 소리쳤다. "확실한 건가?"

"위치 좌표…." 잡음이 심해졌다. "확률 계산을 했습니다. 그리고 50킬로미터 안에 있는 좌표에 대해 가능한 최댓값은 여전히 5년이었습니다." 다시 잡음이 심해지더니 전화가 끊겼다.

던워디는 수화기를 내려놓았다. 안심이 되어야 했지만 이상하게도 마음을 놓을 수가 없었다. 길크리스트는 키브린이 있든 아니든 상관없이 1월 6일에 네트를 열 생각이 없었다. 던워디가 스코틀랜드 관광국에 전화를 걸기 위해 손을 뻗는 순간 다시 전화벨이 울렸다.

"던워디입니다." 던워디는 전화를 받으며 화면을 힐끗 바라보았지만, 화면에는 잡신호 말고는 아무것도 나타나지 않았다.

"누구요?" 거칠고 불안정한 여자 목소리가 들려왔다. "미안합니다." 여자가 중얼거렸다. "전 다른…." 여자가 뭐라고 웅얼거렸지만 알아들을 수 없었고, 화면이 꺼졌다.

던워디는 벨이 다시 울릴지도 모른다는 생각에 잠시 더 기다렸다가 살빈관으로 건너갔다. 모들린 타워의 종이 시간을 알리고 있었다. 그칠 줄 모르고 내리는 빗속에 울리는 종소리가 꼭 조종 같았다. 피안티니 역시 종소리를 들은 모양이었다. 피안티니는 잠옷 차림으로 안뜰에 서서 들리지 않는 리듬에 맞춰 엄숙하게 팔을 들어 올렸다. "가운데, 틀려요, 이제 조바꿈을 하세요." 던워디는 피안티니를 데리고 안으로 들어갔다.

핀치가 혼란스러운 표정을 하고 나타났다. "종 때문입니다, 교수님." 피안티니의 다른 쪽 팔을 부축하며 핀치가 말했다. "종소리가 마음을 심란하게 만든 겁니다. 이런 상황에서 종을 칠 필요가 있는지 모르겠습니다."

피안티니는 던워디가 잡은 팔을 비틀어 뺐다. "모든 사람은 중단 없이 자기 차례에 종을 울려야 해요." 피안티니는 미친 듯 화를 내며 말했다.

"네, 동의합니다." 핀치는 핸드벨 손잡이를 움켜잡듯 피안티니의 팔을 잡고 간이침대로 데려갔다.

콜린이 미끄러지듯 들어왔다. 이번에도 흠뻑 젖은 차림이었고, 추위에 얼어 얼굴이 새파랬다. 재킷은 열려 있었고, 목에는 아렌스가 선물해준 회색 목도리를 성의 없이 대충 걸쳤다. 콜린은 던워디에게 종이를 내밀었다. "바드리 아저씨를 맡은 간호사가 보낸 거예요." 알약 비누 모양 사탕 봉지를 열고 밝은 파란색 사탕을 꺼내 입에 넣으며 콜린이 말했다.

콜린이 내민 쪽지 역시 흠뻑 젖어 있었다. 종이에는 '바드리가 교수님을 찾고 있습니다'라고 적혔다. 하지만 '바드리'라는 부분이 너무 심하게 번져 있어서 'ㅂ' 이상 알아볼 수가 없었다.

"바드리 상태가 더 악화되었다든지 하는 말은 없었고?"

"아니요. 그냥 이 쪽지만 건네줬어요. 그리고 병원에 오게 되면 T세포 강화 접종을 꼭 받으시라고 이모할머니가 전해달랬어요. 유사체가 언제 도착할지 모른다고 하시면서요."

던워디는 핀치를 도와 피안티니를 힘들게 침대에 눕힌 다음 급히 병원으로 가 바드리가 있는 격리 병실로 올라갔다. 병실 앞에는 다른 간호사가 있었다. 발이 퉁퉁 부은 중년 여성이었다. 간호사는 화면 위에 발을 올려놓고 포켓용 TV를 보고 있었지만, 던워디가 나타나자 즉시 일어섰다.

"던워디 교수님이신가요?" 던워디를 막으며 간호사가 물었다. "아래층으로 내려가세요. 오시는 즉시 만나 뵙고 싶다고 아렌스 선생님이 말씀하셨습니다."

'차분한데다 친절한 기운까지 느껴지는 말투로군.' 던워디는 생각했다. '뭔가 안 좋은 일을 내가 보지 못하게 하려는 거야. 이 여자는 안에서 무슨 일이 벌어졌는지 내가 모르길 원하는 거야. 먼저 내가 메리한테서 이야기를 듣길 원하고 있군.'

"바드리 때문인가요? 그 친구가 죽었나요?"

간호사는 정말로 깜짝 놀란 표정을 지었다. "어, 아닙니다. 환자분은 오늘 아침에 훨씬 상태가 좋아졌습니다. 제가 보낸 메모를 못 보셨나요? 오늘은 일어나 앉아 있어요."

"일어나 앉아 있다고요?" 던워디는 어리둥절한 표정으로 간호사를 바라보았다. 열 때문에 간호사 머리가 어떻게 된 건 아닌지 궁금했다.

"물론 아직 체력은 약하지만 체온은 정상이고 정신도 말짱합니다. 아렌스 선생님은 응급실에 계세요. 급한 일이라고 하셨습니다."

던워디는 바드리가 있는 방문 쪽을 궁금한 눈으로 바라보았다. "바드리에게 가능한 한 빨리 보러 오겠다고 전해주세요." 던워디는 급히 아래로 내려갔다.

던워디는 하마터면 콜린과 부딪힐 뻔했다. "여기서 뭐 하는 거냐?" 던워디가 다그쳤다. "기술자가 전화한 거냐?"

"전 할아버지 담당이에요." 콜린이 말했다. "이모할머니가 말하길, 할아버지가 T세포 강화 접종을 받길 기다리고만 있을 순 없대요. 제가 데리고 가서 직접 접종받는 걸 보라고 했어요."

"안 돼. 응급실에 급한 볼일이 있어." 급히 복도를 걸어가며 던워디가 말했다.

콜린이 뒤를 따라왔다. "그러면 급한 일을 본 다음에 맞으세요. 이모할머니는 할아버지가 접종을 받지 않으면 병원 밖으로 나가지 못하게 하라고 했어요."

엘리베이터가 열리자 아렌스가 그곳에서 둘을 기다렸다. "또 다른 환자가 생겼어." 우울한 표정으로 아렌스가 말했다. "몬토야 교수야." 아렌스는 응급실로 향했다. "위트니에서 데려왔어."

"몬토야? 불가능해. 몬토야 교수는 발굴 현장에 혼자 있었어."

아렌스는 문을 밀었다. "아닐 거야."

"하지만 몬토야 교수는… 바이러스가 확실해? 몬토야 교수는 비를 맞으며 일했어. 다른 병에 걸린 것일 수도 있잖아."

아렌스는 고개를 저었다. "구급차에 있던 의료진이 간이 검사를 했어. 믹소바이러스가 맞아." 아렌스는 접수과 앞에서 멈추더니 당직 의사에게 물었다. "그 사람들 아직 도착 안 했어?"

당직 의사는 고개를 흔들었다. "방금 격리 구역을 통과했답니다."

아렌스는 문 쪽으로 가더니 당직 의사의 말을 믿지 못하겠다는 눈으로 바깥을 내다보았다. "오늘 아침 몬토야 교수의 전화를 받고 무척 당황했어." 아렌스가 몸을 돌려 던워디에게 말했다. "가장 가까이 있는 병원인 치핑 노튼에 전화해서 그쪽으로 구급차를 보내라고 했는데 공식적으로 발굴 현장이 격리 구역이 되었기 때문에 안 된다고 하더라고. 그리고 우리 쪽은 우리 격리 구역 밖으로 구급차를 내보낼 수가 없었고. 그래서 NHS를 설득해 그쪽으로 구급차를 보낼 수 있다는 허가장을 얻어야만 했어." 아렌스는 다시금 문밖을 훔쳐봤다. "몬토야 교수가 발굴 현장에 도착한 게 언제였지?"

"난…." 기억을 더듬으려 애쓰며 던워디가 말했다. 몬토야는 크리스마스에 전화해 스코틀랜드 낚시 안내인들에 관해 물었으며 그날 오후 베이싱엄 학과장의 서명을 위조하기로 마음먹은 뒤에 다시 전화를 걸어 '마음 쓰지 마라'고 했다. "크리스마스군." 던워디가 말했다. "그날 NHS 사무실이 열렸다면 말이야. 그렇지 않다면 26일이야. 그리고 그 이후로는 아무도 만나지 않았어."

"당신은 그걸 어떻게 알지?"

"몬토야와 통화했을 때, 혼자서는 발굴 현장이 물에 잠기는 걸 막을 수 없다고 불평하는 소리를 들었거든. 나더러 NHS에 전화해서 자신을 도와줄 학생을 보내게 해달라고 했어."

"그게 언제였어?"

"이틀… 아니, 사흘 전이야." 얼굴을 찡그리며 던워디가 말했다. 잠을 한숨도 자지 않으니까 이틀이 하루처럼 느껴졌다.

"당신과 통화한 뒤로 농장에서 누군가 도와줄 사람을 찾아내진 않았을까?"

"겨울에는 아무도 없어."

"내가 기억하기론, 몬토야 교수는 누구든 닥치는 대로 고용했어. 어쩌면 지나가던 사람을 고용했을지도 몰라."

"근처에 아무도 없다고 했어. 발굴 현장은 아주 외떨어져 있어."

"흠, 분명 누군가를 찾아냈을 거야. 발굴 현장에 여드레나 있었는데 바이러스 잠복 기간은 12시간에서 48시간밖에 안 되거든."

"구급차가 도착했어요!" 콜린이 소리쳤다.

아렌스가 문을 열고 밖으로 나갔고 던워디와 콜린이 그 뒤를 따랐다. 구급차에 타고 있던 의료요원 둘은 마스크를 한 채 들것을 내려 카트 위에 올려놓았다. 던워디는 그중 한 명이 눈에 익었다. 바드리를 싣고 병원으로 온 이였다.

콜린이 들것 위로 몸을 굽히고 몬토야를 흥미롭다는 듯 바라보았다. 몬토야는 눈을 감고 누워 있었다. 머리에는 베개가 받쳐졌고, 얼굴은 브린이 그랬듯 시뻘겋게 달아올라 있었다. 콜린은 좀 더 몸을 숙였고, 그 순간 몬토야가 콜린의 얼굴에 대고 기침했다.

던워디는 콜린이 입고 있는 재킷의 깃을 움켜쥐고 뒤로 잡아당겼다. "거기서 떨어져라. 바이러스에 감염되고 싶은 거냐? 왜 마스크를 안 하고 다니는 거니?"

"다 떨어졌대요."

"어쨌든 여기 있으면 안 돼. 당장 베일리얼 칼리지로 가서…."

"안 돼요. 전 할아버지가 T세포 강화 접종하는 걸 확인해야 한다고요."

"그러면 이리 와 앉아 있으렴." 던워디는 콜린을 데리고 대기실 의자 있는 곳으로 갔다. "환자들에게 가까이 가지 말고."

"저한테서 빠져나갈 생각이라면 일찌감치 포기하세요." 콜린은 경고하듯 말했지만, 의자에 앉더니 주머니에서 곱스토퍼를 꺼내 재킷 소매로 닦았다.

던워디는 몬토야가 누워 있는 간이침대로 돌아갔다. "몬토야 교수님." 아렌스가 말했다. "몇 가지 질문할게요. 언제부터 아팠죠?"

"오늘 아침부터요." 몬토야가 말했다. 몬토야의 목소리는 쉬어 있었다. 목소리를 듣는 순간, 던워디는 좀 전에 전화를 걸었던 여자가 바로 몬토야였다는 사실을 깨달았다. "지난밤, 두통이 아주 심했어요." 몬토야는 진흙이 묻은 손을 들어 올리더니 눈썹 있는 곳을 문질렀다. "하지만 눈을 혹사해서 그러는 줄로만 알았어요."

"발굴 현장에 누구와 함께 있었죠?"

"나 혼자였어요." 놀란 목소리로 몬토야가 말했다.

"배달은 누가 해줬나요? 누군가가 현장으로 물품들을 배달해주지 않았나요?"

몬토야는 고개를 가로젓다가 아픈 모양인지 그만두었다. "아니요. 모두 내가 가져왔어요."

"발굴 현장에 누구든 도와주는 사람이 없었단 말이에요?"

"없었어요. 던워디 교수에게 NHS로 전화해서 사람을 보내달라고 부탁했지만, 전화를 안 한 모양이더군요." 아렌스는 던워디를 보았다. 몬토야가 아렌스의 시선을 따라 던워디를 보았다. "NHS에서 누구를 보냈나요?" 몬토야가 던워디에게 물었다. "누군가가 가지 않으면 그걸 찾을 수 없어요."

"찾다니, 뭘 말하는 겁니까?" 던워디가 물었다. 던워디는 몬토야의 말이 믿을 만한 건지 아니면 의식 불명 상태에서 횡설수설하고 있는 건지 궁금했다.

"발굴 현장은 벌써 물이 반쯤 들어차 있다고요." 몬토야가 말했다.

"뭘 찾는단 말이죠?"

"키브린의 녹음기요."

던워디는 몬토야가 무덤 곁에서 돌처럼 생긴 뼈들이 들어 있는 진흙 상자를 뒤적이던 모습이 퍼뜩 떠올랐다. 손목뼈. 그건 손목뼈들이었고, 몬토야는 울퉁불퉁한 가장자리를 살피면서 녹음기가 설치된 부분이 어디인지 살펴보고 있었던 것이다. 몬토야가 찾는 것은 키브린의 녹음기였다.

"아직 무덤들을 전부 발굴한 게 아니에요." 몬토야가 말했다. "그리고 계속 비가 내리고 있어요. 지금 당장 누구를 보내야 해요."

"무덤이라니?" 알 수 없다는 표정으로 던워디를 바라보며 아렌스가 말했다. "몬토야 교수가 지금 무슨 말을 하는 거야?"

"키브린의 시체를 찾기 위해 중세의 교회 부속 묘지를 발굴하고 있었다는군." 던워디가 씁쓸하게 말했다. "당신이 키브린 손목에 이식해놓은 녹음기를 찾고 있었다는 거야."

아렌스는 던워디의 말을 듣고 있지 않았다. "접촉자 명단을 준비해줘요." 아렌스가 당직 의사에게 말했다. 아렌스는 다시 시선을 던워디 쪽으로 돌렸다. "바드리도 발굴 현장에 있었지?"

"맞아."

"언제였지?"

"18일과 19일."

"교회 부속 묘지에 있었어?"

"응. 바드리와 몬토야 교수가 기사의 무덤을 열었지."

"무덤이라…." 아렌스는 질문에 대한 답을 얻었다는 표정을 지었다. 아렌스는 몬토야를 굽어보았다. "이번 주에도 기사의 무덤에서 작업했나요?"

몬토야는 고개를 끄덕이려다가 멈추었다. "머리를 움직일 때마다 무척 어지러워요." 사과하는 투로 몬토야가 말했다. "해골을 옮겨야 했어요. 물이 무덤으로 들이쳤거든요."

"무덤에서 작업한 게 언제죠?"

몬토야가 인상을 찡그렸다. "기억나지 않네요. 종이 울리기 전날일 거예요."

"31일이군요." 던워디가 말했다. 던워디는 몬토야 쪽으로 몸을 굽혔다. "그 후에도 줄곧 작업했나요?"

몬토야는 다시금 고개를 흔들려고 했다.

"접촉자 명단이 준비되었습니다." 당직 의사가 말했다.

아렌스는 종종걸음으로 접수과 쪽으로 가서 당직 의사로부터 키보드를 받아 들었다. 아렌스는 자판을 몇 개 친 다음 화면을 보고는 다시금 자판을 쳤다.

"왜 그래?" 던워디가 말했다.

"교회 부속 묘지의 상황이 어때?" 아렌스가 물었다.

"상황?" 던워디는 어리둥절한 표정을 지었다. "진흙투성이지. 교회 부속 묘지 전체를 방수포로 덮어놓았지만, 곳곳에서 비가 상당히 새고 있었어."

"따뜻했어?"

"맞아. 몬토야 교수는 푹푹 찌는 것 같다고 했어. 전기 조명을 걸어놓았거든. 왜 그러는데?"

아렌스는 손가락을 화면에 대고 뭔가를 찾았다. "바이러스는 무척이나 생명력이 강해." 아렌스가 말했다. "오랜 시간 동면을 하고 있다가도 다시 깨어날 수 있어. 이집트 미라에서도 살아 있는 바이러스가 나온 적이 있고." 아렌스의 손가락이 한 날짜에서 멈췄다. "이럴 줄 알았어. 바드리는 바이러스가 퍼지기 나흘 전에 발굴 현장에 있었네."

아렌스는 당직 의사에게 시선을 돌렸다. "즉시 발굴 현장으로 사람들을 보내세요." 아렌스가 당직 의사에게 말했다. "NHS의 허가를 받으세요. 바이러스의 근원을 찾은 듯하다고 말하세요." 아렌스는 새 화면을 불러 손가락으로 이름들을 따라가다 뭔가를 입력한 뒤 몸을 뒤로 젖히고는 화면을 바라보았다. "바드리와 직접 관련이 없는 2차 접촉자가 네 명 있어. 둘은 바이러스에 감염되기 나흘 전에 발굴 현장에 있었어. 나머지 둘은 사흘 전에 있었고."

"발굴 현장에 바이러스가 있단 말이야?" 던워디가 말했다.

"응." 아렌스는 슬픈 웃음을 띠고 던워디에게 말했다. "안타깝게도 결국 길크리스트 교수의 주장이 맞았어. 바이러스는 과거에서 온 거야. 기사의 무덤에서."

"키브린도 발굴 현장에 있었어." 던워디가 말했다.

이제는 아렌스가 어리둥절한 표정을 지을 차례였다. "언제?"

"강하가 있기 전 일요일 오후에. 19일."

"확실해?"

"떠나기 전에 말해줬어. 키브린은 자기 손이 진짜 중세인의 손처럼 보였으면 좋겠다고 했어."

"이런, 맙소사. 만약 키브린이 바이러스에 노출된 게 강하가 있기 나흘 전이라면 아직 T세포 강화 접종을 받기 전이야. 바이러스는 자기 증식을

546

해 면역 체계를 공격할 기회가 있었어. 키브린은 바이러스에 감염되었을 거야."

던워디가 아렌스의 팔을 움켜쥐었다. "하지만 그런 일은 일어날 수 없어. 만약 키브린이 당시 사람들을 감염시킬 위험이 있었다면 네트가 열리지 않았을 거라고."

"그 당시 사람들은 키브린에게 감염되지 않아. 만약 바이러스가 기사의 무덤에서 나온 게 맞는다면 말이야. 무덤 주인은 1318년에 죽었어. 즉, 당시에는 이미 바이러스가 퍼져 있었지. 당시 사람들에게는 면역력이 있었어." 아렌스는 종종걸음으로 몬토야에게 갔다. "키브린이 언제 발굴 현장에 있었죠? 기사의 무덤에서도 일했나요?"

"모르겠군요." 몬토야가 말했다. "난 거기에 없었어요. 그때 난 길크리스트 교수를 만나고 있었어요."

"그러면 누가 알고 있지요? 그날 다른 사람은 없었나요?"

"아무도 없었어요. 모두 크리스마스 휴가를 떠났죠."

"누군가가 남아 있어서 키브린이 할 일을 말해주지 않았나요?"

"자원봉사자들은 자리를 떠날 때면 각자가 해야 할 일을 메모로 남겨놓아요."

"그날 아침에는 누가 있었죠?" 아렌스가 물었다.

"바드리지." 던워디는 대답하고 격리 병실로 향했다.

✳

던워디는 바드리가 누워 있는 방으로 곧장 향했다. 퉁퉁 부은 발을 화면 위로 올려놓고 무방비 상태로 있던 간호사가 말했다. "SPG 없이 들어가시면 안 됩니다." 간호사가 던워디를 뒤쫓아 왔지만 던워디는 이미 방 안에 있었다.

바드리는 베개에 기대 누워 있었다. 병 때문에 피부 색깔이 다 빠진 듯 안색은 아주 창백했으며 힘이 없어 보였지만 던워디가 들어와 말을 하자 던워디를 바라보았다.

547

"키브린이 기사의 무덤에서 일했어?" 던워디가 따지듯 물었다.

"키브린요?" 바드리의 목소리는 너무 약해 들리지 않을 정도였다.

간호사가 급히 문을 열고 들어왔다. "던워디 교수님. 이렇게 들어오시면 안…."

"일요일에 말이야." 던워디가 말했다. "자네는 키브린이 할 일에 대해 메모를 남겼어. 기사의 무덤에서 작업하라고 적어놓았지?"

"던워디 교수님. 이렇게 행동하시면 바이러스에 노출…." 간호사가 말했다.

아렌스가 일회용 장갑을 끼며 방 안으로 들어섰다. "여기에 SPG를 착용하지 않고 들어오면 안 돼, 제임스."

"제가 그렇게 말씀드렸습니다만." 간호사가 말했다. "하지만 저를 밀쳐내고 들어오시더니…."

"기사의 무덤에서 일할 게 있다고 키브린에게 메모를 남겼어?" 던워디가 계속 따져 물었다.

바드리가 힘없이 고개를 끄덕였다.

"키브린은 바이러스에 노출되었어." 던워디가 아렌스에게 말했다. "일요일에 말이야. 강하하기 나흘 전에…."

"이런, 맙소사." 아렌스가 속삭였다.

"왜 그러죠? 무슨 일이 일어난 거죠?" 바드리가 몸을 일으키려 애쓰며 말했다. "키브린은 어디에 있나요?" 바드리는 던워디와 아렌스를 차례로 보았다. "데려왔겠죠? 무슨 일이 일어났는지 아시자마자 다시 데려오셨겠죠? 데려오지 않았나요?"

"무슨 일이…." 아렌스가 말했다.

"키브린을 데려와야 합니다." 바드리가 말했다. "키브린은 1320년에 있지 않습니다. 키브린은 지금 1348년에 있습니다."

25

.

"그건 불가능해." 던워디가 말했다.

"1348년?" 아렌스가 어리둥절한 목소리로 물었다. "하지만 그럴 리 없어. 그해는 흑사병이 퍼진 해였잖아."

'키브린이 1348년에 있을 리 없어.' 던워디는 생각했다. 앤드루스는 가능한 최대 시간 편차가 겨우 5년밖에 되지 않는다고 했어. 그리고 바드리는 푸할스키의 좌표가 옳다고 했어.

"1348년?" 아렌스가 다시 말했다. 아렌스는 바드리가 아직도 혼수상태에서 헛소리하고 있길 빈다는 듯 바드리 너머 벽에 있는 화면을 힐끗거렸다. "확실한 거예요?"

바드리는 고개를 끄덕였다. "시간 편찻값을 보자마자 뭔가 잘못되었다는 사실을 깨달았습니다…." 바드리의 목소리는 아렌스 목소리만큼이나 영문을 알 수 없다는 투였다.

"키브린이 1348년으로 갈 만큼 시간 편차가 클 리 없어." 던워디가 끼어들었다. "난 앤드루스에게 변수 검사를 시켰어. 앤드루스 말로는 최대 시간 편차가 겨우 5년이라고 했어."

바드리는 고개를 흔들었다. "문제는 시간 편차가 아니었습니다. 시간 편차는 겨우 4시간밖에 되지 않았습니다. 그건 너무 작습니다. 그렇게 먼 과거로 갈 경우 최소 시간 편차는 적어도 48시간입니다."

'시간 편차가 너무 큰 게 아니라, 오히려 너무 작았다고?' 던워디는 생각했다. '난 앤드루스에게 최대 시간 편차만 물었지 최소 시간 편차가 얼마인지는 묻지 않았어.'

"무슨 일이 일어났는지 모르겠습니다." 바드리가 말했다. "두통이 지독했습니다. 네트를 운영하는 내내 머리가 아팠습니다."

"바이러스 때문이야." 아렌스가 말했다. 아렌스는 얼굴이 굳어 있었다. "두통과 정신 착란이 첫 번째 증상이지." 아렌스는 침대 옆에 있는 의자에 힘없이 앉았다. "1348년이라니."

1348년. 던워디는 이 사실을 받아들일 수 없었다. 던워디는 키브린이 인도 독감에 걸린 것은 아닐지 걱정하고 시간 편차가 너무 크지 않을지 걱정했지만, 던워디가 그토록 걱정하는 내내 키브린은 1348년에 가 있었다. 페스트가 옥스퍼드를 강타한 때는 1348년이었다. 크리스마스 시기였다.

"시간 편차가 얼마나 작은지 알자마자 저는 뭔가 잘못되었다는 사실을 깨달았습니다." 바드리가 말했다. "그래서 저는 좌표를 다시 불러…."

"푸할스키의 좌표를 검사했다고 했잖아." 던워디가 나무라듯 말했다.

"푸할스키는 겨우 실습 1년 차입니다. 원격 강하를 운영해본 경험이 없습니다. 길크리스트 교수는 자신이 무엇을 하는지 전혀 모르고 있었고요. 그래서 저는 교수님께 말씀드리려 했습니다. 키브린이 랑데부 장소에 없었나요?" 바드리는 던워디를 바라보았다. "왜 키브린을 데려오지 않았나요?"

"우린 몰랐어요." 굳은 얼굴로 앉아 있던 아렌스가 말했다. "당신은 우리에게 아무 말도 해주지 않았어요. 당신은 혼수상태였거든요."

"페스트는 5천만 명을 죽였어." 던워디가 말했다. "유럽 인구의 절반을."

"제임스." 아렌스가 말했다.

"말씀드리려 했습니다." 바드리가 말했다. "그래서 제가 교수님을 찾아간 겁니다. 키브린이 랑데부 장소를 떠나기 전에 다시 데려올 수 있도록 하기 위해서요."

던워디에게 알리려 노력했다는 바드리의 말은 사실이었다. 바드리는 던워디가 있던 술집까지 뛰어왔다. 외투도 입지 않고 억수같이 내리는 비를 맞으며 크리스마스 쇼핑객들과 쇼핑 가방과 우산을 헤치며 술집으로 왔고, 반쯤 몸이 얼어 도착했을 때는 열 때문에 이를 딱딱 부딪치고 있었다. '뭔가 잘못되었습니다.'

'말씀드리려 했습니다.' 바드리의 말은 사실이었다. 바드리는 '유럽 인구의 절반을 죽였습니다', '그건 쥐었습니다', '몇 년이죠?' 같은 말을 하며 혼수 상태에서도 던워디에게 사실을 알리려 노력했다.

"만약 시간 편차가 문제가 아니라면 좌표에 무슨 실수가 있었다는 이야기 아닌가?" 던워디가 침대 끝자락을 잡으며 말했다.

바드리는 궁지에 몰린 동물처럼 베개에 몸을 기댔다.

"자넨 푸할스키의 좌표가 옳다고 했어."

"제임스." 아렌스가 경고하듯 말했다.

"잘못될 수 있는 건 좌표 말고는 없어." 던워디가 소리쳤다. "다른 게 잘못되었다면 강하 자체가 이루어지지 않았을 거야. 자네는 변수를 두 번씩 검사했다고 했어. 그리고 아무런 실수도 없었다고 했어."

"맞습니다." 바드리가 말했다. "하지만 전 믿을 수 없었습니다. 푸할스키가 눈에 띄지 않는 항성 계산을 잘못하진 않았을까 걱정되었습니다." 바드리의 안색이 회색으로 바뀌어 갔다. "그래서 제가 다시 계산했습니다. 강하가 있던 날 아침에요."

강하가 있던 아침. 그때 바드리는 지독한 두통을 앓고 있었다. 이미 열이 오르고 정신 집중도 제대로 되지 않을 때였다. 던워디는 바드리가 콘솔 앞에 앉아 인상을 쓰고 타자하던 기억이 떠올랐다. '나는 바드리가 그렇게 하는 장면을 보고만 있었어.' 던워디는 생각했다. '나는 멍하니 서서 바드리가 키브린을 흑사병이 창궐하던 시대로 보내는 걸 보고만 있었어.'

"무슨 일이 일어났는지 기억나지 않습니다." 바드리가 말했다. "전 분명…"

"페스트는 마을 전체를 휩쓸었어." 던워디가 말했다. "너무나 많은 사람이 죽었고, 다른 사람을 묻어줄 사람마저 남지 않았지."

"바드리를 내버려둬, 제임스." 아렌스가 말했다. "그건 바드리의 잘못이 아니야. 바드리는 아팠어."

"아팠지." 던워디가 말했다. "하지만 키브린은 독감 바이러스에 노출되었어. 그리고 1348년에 가 있단 말이야."

"제임스." 아렌스가 말했다.

하지만 던워디는 아렌스가 말할 때까지 기다리지 않았다. 던워디는 문을 박차고 밖으로 나갔다.

✳

콜린은 복도 의자에 앉아 의자 앞쪽 두 다리를 땅에서 떼고 뒤쪽 두 다리로만 균형을 잡고 있었다. "나오셨군요." 콜린이 말했다.

던워디는 아무 말 않고 재빨리 콜린을 지나쳤다.

"어디 가세요?" 요란한 소리를 내며 의자를 제대로 하고는 콜린이 말했다. "이모할머니가 할아버지께서 강화 접종을 받기 전에는 병원 밖으로 나가지 못하게 하라고 하셨어요." 콜린은 옆으로 기우뚱거리다 손으로 중심을 잡고 일어섰다. "왜 SPG를 안 입으셨어요?"

던워디는 병동 문을 거칠게 열었다.

콜린이 열린 문틈으로 미끄러지듯 빠져나왔다. "이모할머니가 할아버지를 나가게 하지 말랬어요."

"예방 접종을 할 틈이 없단다." 던워디가 말했다. "지금 1348년에 사람이 가 있어."

"누구요? 이모할머니요?"

던워디는 복도를 걷기 시작했다.

"키브린 누나요?" 던워디 뒤를 따라 뛰어오며 콜린이 말했다. "그럴 리 없어요. 그때는 흑사병이 돌던 시대잖아요."

던워디는 계단으로 통하는 문을 거칠게 밀고 동시에 두 계단씩 내려가기 시작했다.

"이해할 수 없어요." 콜린이 말했다. "어쩌다가 1348년으로 가게 된 거죠?"

던워디는 계단 아래에 있는 문을 열고 외투 주머니에서 콜린이 선물한 다이어리를 꺼내며 공중전화가 있는 복도로 갔다.

"어떻게 데려올 생각이세요?" 콜린이 물었다. "실험실은 폐쇄되었잖아요."

던워디는 다이어리를 펼치고 페이지를 넘겼다. 뒤쪽 어딘가에 앤드루스의 번호를 적어놓은 기억이 났다.

"길크리스트 교수님이 못 들어가게 할 거예요. 그런데 실험실에 어떻게 들어가시려고요? 길크리스트 교수님이 할아버지를 들여보내지 않겠다고 말했잖아요."

앤드루스의 번호는 맨 마지막 장에 적혀 있었다. 던워디는 수화기를 집어 들었다.

"설사 실험실에 들어간다고 해도 누가 네트를 운영해요? 바드리 아저씨가 하나요?"

"앤드루스가 할 거야." 던워디는 짧게 말하고 번호를 누르기 시작했다.

"바이러스 때문에 안 오려고 할 거예요."

던워디는 수화기를 귀에 댔다. "키브린을 그곳에 그냥 내버려둘 순 없단다."

어떤 여자가 전화를 받았다. "24837번입니다." 여자가 말했다. "H.F. 셰퍼드 유한 책임 회사입니다."

던워디는 멍한 표정으로 들고 있던 다이어리를 보았다. "로널드 앤드루스와 통화하고 싶습니다." 던워디가 말했다. "실례지만 그곳이 몇 번이지요?"

"24837번입니다." 여자가 짜증스러운 목소리로 말했다. "이곳에 그런 이름을 가진 분은 없습니다."

던워디는 수화기를 거칠게 내려놓았다. "멍청한 전화국 놈들 같으니." 던워디는 다시 번호를 눌렀다.

"설사 앤드루스라는 분이 온다 해도 키브린 누나가 있는 곳을 어떻게 알아내죠?" 던워디 어깨너머로 수화기를 보며 콜린이 말했다. "아직 그 장소에 가만히 있지는 않을 거잖아요. 랑데부는 사흘 뒤라고요."

던워디는 신호음이 떨어지는 것을 들으며 키브린이 자기가 있는 시대를 알았을 때 어떤 행동을 했을지 생각했다. 랑데부 장소로 돌아가 기다릴 게 분명했다. 그럴 수 있다면, 아프지 않다면, 스켄드게이트에 흑사병을 몰고 왔다는 누명을 쓰지 않을 수만 있다면.

"24837번입니다." 좀 전과 같은 여자 목소리가 들렸다. "H.F. 셰퍼드 유한 책임 회사입니다."

"그곳 번호가 어떻게 되지요?" 던워디가 외쳤다.

"24837번입니다." 여자가 짜증스러운 목소리로 대답했다.

"24837번이 맞죠?" 던워디가 되뇌었다. "번호는 맞는데."

"아니, 아니에요." 던워디가 들고 있던 다이어리에서 앤드루스의 번호를 가리키며 콜린이 말했다. "번호를 잘못 보셨어요." 콜린은 던워디로부터 수화기를 받아 들었다. "제가 대신 걸게요." 콜린은 번호를 찍은 다음 던워디에게 수화기를 넘겨줬다.

신호음이 아까와 다르게, 감이 멀게 들렸다. 던워디는 키브린을 생각했다. 페스트는 전 지역을 한 번에 덮친 게 아니었다. 옥스퍼드에 도착한 때는 크리스마스였지만 스켄드게이트에는 언제 도착했는지 알 방법이 없었다.

아무도 전화를 받지 않았다. 던워디는 신호가 열한 번 울릴 때까지 수화기를 들고 있었다. 페스트가 어느 쪽에서 왔는지 기억나지 않았다. 페스트는 프랑스에서 건너왔다. 그렇다면 영국 해협을 건너 동쪽으로 진행되었다는 뜻이다. 그리고 스켄드게이트는 옥스퍼드 서쪽에 자리 잡고 있었다. 스켄드게이트에는 크리스마스까지 페스트가 퍼지지 않았을 수도 있었다.

"책은 어디 있지?" 던워디가 콜린에게 물었다.

"무슨 책요? 다이어리 말씀하시는 건가요? 여기 있어요."

"내가 너한테 크리스마스 선물로 준 책 말이다. 지금 가지고 있지 않니?"

"지금요?" 어리둥절한 표정으로 콜린이 말했다. "그 책은 못 나가도 30킬로그램은 된다고요."

여전히 전화를 받지 않았다. 던워디는 수화기를 내려놓고 다이어리를 집어 든 다음 문으로 향했다. "난 네가 그 책을 늘 가지고 다닐 거라 생각했구나. 혹시 거기서 전염병에 대해 나온 내용 중 기억나는 거 없니?"

"괜찮으세요, 할아버지?"

"가서 그 책 좀 가져오렴." 던워디가 말했다.

"네? 지금요?"

"베일리얼 칼리지에 가서 책을 좀 가져오렴. 옥스퍼드셔에 페스트가 언제 퍼졌는지 알고 싶구나. 도심지 말고 변두리에 말이야. 그리고 페스트가 어느 방향에서 옮아왔는지도 알아야겠어."

"어디로 가세요?" 던워디 옆으로 뛰어오며 콜린이 말했다.

"길크리스트 교수에게 실험실을 열게 하려는 거야."

"독감 때문에 실험실을 닫은 분인데, 페스트라고 하면 절대 안 열 거예요." 콜린이 말했다.

던워디는 문을 열고 밖으로 나갔다. 비가 심하게 내리고 있었다. 반 EC 시위자들은 병원 건물의 돌출부 아래에 모여 비를 피하고 있었다. 시위자 가운데 한 명이 던워디 쪽으로 다가오더니 전단을 내밀었다. 콜린의 말이 옳았다. 길크리스트에게 바이러스의 출처에 대해 말한다 한들 아무 소용이 없을 것이다. 길크리스트는 바이러스가 네트를 통해 왔다는 확신을 버리지 않을 것이다. 페스트가 옮아올지도 모른다는 생각에 네트를 열지 않으려 할 것이다.

"종이 한 장 주렴." 펜을 찾으며 던워디가 말했다.

"종이요?" 콜린이 말했다. "뭐에 쓰시려고요?"

던워디는 EC 시위자 손에서 전단을 낚아채더니 뒷면에 뭔가를 끼적이기 시작했다. "나, 베이싱엄 학과장은 네트를 여는 데 동의한다." 던워디가 말했다.

콜린이 전단 뒷면에 쓴 내용을 힐끗 보았다. "절대 안 믿을 거예요, 할아버지. 전단 뒷장에 쓴 걸 누가 믿겠어요?"

"그러니 나에게 종이를 한 장 가져다달라니까!" 던워디가 소리쳤다.

콜린의 눈이 휘둥그레졌다. "알았어요. 여기서 기다리고 계세요. 아셨죠?" 콜린이 던워디를 달래며 말했다. "어디 다른 데 가지 마세요."

콜린이 안으로 들어가더니 복사 용지 몇 장을 가지고 금방 다시 나타났다. 던워디는 콜린으로부터 종이를 받아 지시 사항과 베이싱엄 학과장의 이름을 적었다. "가서 네 책을 가져오렴. 난 브레이스노즈 칼리지에서 기다리고 있을 테니."

"외투는 안 입으세요?"

"외투를 가지러 갈 시간이 없구나." 던워디는 종이를 두 번 접더니 재킷 안에다 쑤셔 넣었다.

"비가 와요. 택시를 타셔야 하지 않나요?" 콜린이 말했다.

"택시가 없어." 던워디는 거리로 향했다.

"이모할머니가 이 사실을 알면 절 죽이려 드실 거예요." 던워디 뒤에서 콜린이 외쳤다. "할아버지한테 예방 접종을 못 시키면 전부 제 책임이라고 했다고요."

✳

하지만 결과적으로 볼 때, 실은 어떻게든 택시를 잡아탔어야 했다. 던워디가 브레이스노즈 칼리지에 도착했을 때 비는 억수같이 내리고 있었다. 게다가 바람이 심해 빗발이 거의 눕다시피 했고, 금방이라도 진눈깨비로 바뀔 것처럼 보였다. 던워디는 뼛속까지 추웠다.

하지만 비 때문에 적어도 피켓 시위자들은 사라지고 없었다. 브레이스노즈 칼리지 앞에는 흠뻑 젖어 바닥에 떨어진 전단 몇 장을 제외하고는 아무것도 보이지 않았다. 접이식 금속 문이 브레이스노즈 칼리지 입구를 가로막고 있었다. 경비원은 숙소로 돌아가 있었으며 덧창이 닫혀 있었다.

"문 여세요!" 던워디는 외치며 정문을 거칠게 흔들었다. "지금 당장 문 열어요!"

경비원이 덧창을 열고 밖을 내다보았다. 경비원은 던워디를 보자 깜짝 놀란 듯하더니 이윽고 호전적인 표정을 지었다. "브레이스노즈 칼리지는 폐쇄되었습니다." 경비원이 말했다. "들어오실 수 없습니다."

"이 문을 지금 당장 여세요."

"죄송합니다만 그럴 수 없습니다, 교수님." 경비원이 말했다. "바이러스의 출처가 밝혀질 때까지 브레이스노즈 칼리지에 아무도 들이지 말라는 길크리스트 교수님의 엄명이 있었습니다."

"출처를 알아냈습니다." 던워디가 말했다. "그러니 문을 여세요."

경비원은 덧창을 닫더니 잠시 뒤 숙소 밖으로 나와 정문으로 다가왔다. "크리스마스 장식이었나요?" 경비원이 말했다. "크리스마스 장식이 바이러스에 감염되었다는 이야기를 들었습니다."

"아닙니다." 던워디가 말했다. "문을 열고 절 들여보내 주십시오."

"어떻게 해야 할지 잘 모르겠습니다, 교수님." 불편한 기색을 보이며 경비원이 말했다. "길크리스트 교수님께서…."

"길크리스트 교수는 더 이상 이곳 책임자가 아닙니다." 던워디는 재킷에서 접은 종이를 꺼내 금속 문 너머에 있는 경비원에게 건네주었다.

경비원은 비를 맞으며 서서 쪽지를 펼쳐 읽었다.

"길크리스트 교수는 더 이상 학과장 대리가 아닙니다." 던워디가 말했다. "베이싱엄 학과장이 제게 이번 강하를 책임지라고 허가했습니다. 그러니 문을 열어주세요."

"베이싱엄 학과장님께서요?" 이미 빗물에 잉크가 번져 있는 서명을 힐끗 보며 경비원이 말했다. "가서 열쇠를 가져오겠습니다." 경비원은 쪽지를 가지고 숙소로 돌아갔다. 던워디는 얼음장 같은 빗줄기와 한기를 피할 셈으로 문 아래에서 몸을 웅크렸다.

던워디는 키브린이 추운 맨땅에서 이불도 없이 잠을 잘까 봐 걱정했는데, 지금 키브린이 가 있는 곳은 장작을 팰 사람이 아무도 없어서 사람들이 얼어 죽고 동물들을 축사에 넣을 사람들이 없어서 가축들이 들판에서 죽어나가는 대학살의 한복판이었다. 시에나에서 8만 명이 죽었고 로마에서 30만 명이, 피렌체에서도 10만 명 이상이 죽었으며, 유럽 인구의 절반이 죽은 시대였다.

마침내 경비원이 커다란 열쇠고리를 가지고 문 쪽으로 왔다. "곧 열어드리겠습니다, 교수님." 열쇠를 찾으며 경비원이 말했다.

키브린은 자신이 도착한 시대가 1348년이라는 사실을 알면 곧장 강하 지점으로 돌아왔을 것이다. 키브린은 네트가 다시 열리길 기다리며 강하 지점에 계속 있었을 것이었고, 사람들이 자신을 데리러 오지 않는다는 사실에 당황했겠지.

하지만 이 모든 것은 키브린이 자신이 도착한 시대를 안다는 가정하에 서였다. 키브린은 자신이 1348년에 도착했다는 사실을 알 방법이 없었다. 바드리는 키브린에게 시간 편차가 며칠 정도일 것이라고 했다. 키브린은 강림절을 기준으로 날짜를 확인했을 것이며 자신이 목적한 곳에 정확하게 도착했다고 여겼을 것이다. 키브린이 연도를 물어볼 일은 절대 없었다. 키브린은 자신이 1320년에 있다고 생각할 것이고, 페스트가 세상을 휩쓸며 자신에게 다가오는 내내 그렇게 믿었을 것이다.

정문의 자물쇠가 딸각 소리를 내며 열렸다. 던워디는 간신히나마 몸이 들어갈 정도까지 문을 밀쳤다. "열쇠 꾸러미를 가져오세요." 던워디가 말했다. "실험실 문도 따야 하니까요."

"실험실 열쇠는 여기 없습니다." 경비원이 말하더니 숙소로 다시 사라졌다.

길은 얼음장처럼 추웠으며 비스듬히 내리는 비는 더욱 차가워졌다. 던워디는 숙소 안에서 새어 나오는 열이라도 쬘 생각에 숙소 문 옆에 몸을 웅크리고 서서 떨리는 걸 막기 위해 재킷 주머니 깊숙이 손을 찔러 넣었다.

던워디가 살인마와 강도에 대해 걱정하는 사이, 키브린은 1348년에 있었다. 길거리에 시체를 쌓아놓고 공포를 달래기 위해 유대인과 이방인을 말뚝에 묶고 불태우던 시대였다.

키브린의 강하 전에 던워디는 길크리스트가 변수 검사를 하지 않아서 걱정했었다. 던워디가 너무 걱정하는 바람에 바드리 역시 마음이 초조해졌고, 이미 고열에 시달리는 상태였는데도 바드리는 좌표를 다시 계산했다. 너무 걱정되었기 때문이다.

돌연 던워디는 경비원이 숙소에 너무 오래 들어가 있다는 사실을 깨달았다. 길크리스트가 오길 기다리고 있는 게 분명했다.

던워디가 문 쪽으로 몸을 움직이자마자 경비원이 우산을 가지고 나오면서 지독한 추위라고 큰 소리로 신음을 토했다. 경비원은 던워디에게 우산 반쪽을 씌워 주었다.

"저는 이미 흠뻑 젖었습니다." 던워디는 우산을 거절하고 앞장서서 안뜰을 향해 성큼성큼 걸어갔다.

실험실 문에는 노란 비닐 테이프가 가로질러 붙여져 있었다. 경비원이 우산을 이 손 저 손으로 바꿔 들며 경보장치를 끄기 위해 주머니에서 열쇠를 찾는 동안 던워디는 테이프를 잡아뗐다.

던워디는 경비원 뒤편에 있는 길크리스트의 숙소를 힐끗 보았다. 길크리스트의 숙소는 실험실을 감시할 수 있는 위치에 있었으며, 응접실에는 불이 켜져 있었다. 하지만 던워디는 아무런 움직임도 감지할 수 없었다.

경비원은 경보장치를 끄는 납작한 카드 키를 찾아냈다. 그다음 경보장치를 끄고 문을 열 열쇠를 찾기 시작했다. "길크리스트 교수님의 허락 없이 실험실 문을 열어드려도 되는 건지 아직도 잘 모르겠습니다." 경비원이 말했다.

"던워디 할아버지!" 안뜰 중간쯤에서 콜린이 외쳤다. 둘은 콜린을 바라보았다. 콜린은 목도리로 감싼 책을 겨드랑이에 끼고 흠뻑 젖은 채 뛰어왔다. "옥스퍼드셔 일부… 지역에는… 3월까지 도착하지 않았대요." 콜린은 말을 하는 중간중간 멈추며 숨을 골랐다. "죄송해요. 계속… 뛰어… 왔거든요."

"어느 지역이지?" 던워디가 물었다.

콜린은 던워디에게 책을 내민 뒤 몸을 굽히고 무릎에 손을 짚고 거칠게 심호흡했다. "그건… 나와 있지… 않아요."

던워디는 목도리를 풀고 콜린이 접어놓은 페이지를 열었다. 하지만 안경에 빗물이 많이 튀어 있어 글자를 읽을 수가 없었고, 펼친 책장도 금세 빗물에 젖었다.

"책에는 그게 멜컴에서 시작돼서 북쪽의 바스까지 이동한 다음 동쪽으로 갔다고 나와 있어요. 옥스퍼드에는 크리스마스에 도착했고 런던에는 다음 해 10월에 도착했지만, 옥스퍼드셔 일부 지역에는 늦은 봄까지 도착하지 않았고 변두리 몇몇 마을에는 7월까지도 나타나지 않았대요."

던워디는 읽을 수 없는 책장을 멍하니 바라만 보았다. "그것 가지고는 아무것도 알 수가 없구나." 던워디가 말했다.

"알아요." 콜린은 몸을 일으켰지만 여전히 거칠게 숨을 쉬었다. "하지만 적어도 페스트가 크리스마스에 옥스퍼드셔 전체에 퍼지지 않았다는 건 알 수 있잖아요. 아마 키브린 누나는 3월까지 페스트가 퍼지지 않은 동네로 갔을 거예요."

던워디는 매달려 있는 목도리로 젖은 페이지를 닦은 다음 책을 덮었다. "바스에서는 동쪽으로 이동했단 말이지." 던워디가 부드러운 목소리로 말했다. "스켄드게이트는 옥스퍼드와 바스를 잇는 도로 바로 남쪽에 있어."

마침내 경비원이 열쇠를 찾아냈다. 경비원은 열쇠를 자물통에 밀어 넣었다.

"앤드루스에게 다시 전화했는데 여전히 전화를 안 받는구나."

경비원이 문을 열었다.

"기술자도 없이 어떻게 네트를 조작하려고요?" 콜린이 물었다.

"네트를 조작하신다고요?" 열쇠를 손에 든 채 경비원이 말했다. "컴퓨터에서 자료를 얻으려고 하시는 줄 알았는데요. 길크리스트 교수님은 교수님께서 인증 없이 네트를 조작하는 걸 허가하지 않으실 겁니다." 경비원은 베이싱엄 학과장의 허가가 적혀 있는 종이를 꺼내 자세히 살폈다.

"내가 그걸 허락합니다." 던워디는 간단히 대답하고 경비원을 지나쳐 실험실 안으로 들어섰다.

경비원은 뒤따라 들어오려 했지만 펼쳐져 있던 우산이 문틈에 걸리는 바람에 우산을 접느라 꾸물댔다.

콜린은 우산 아래로 몸을 숙이고 들어가 던워디 뒤를 쫓았다.

길크리스트가 난방을 끈 게 분명했다. 실험실 온도는 바깥과 별다를 바 없었지만 물기를 머금고 있던 던워디의 안경에는 금세 김이 서렸다. 던워디는 안경을 벗어 축축하게 젖은 재킷으로 닦으려 했다.

"여기요." 콜린이 말하며 던워디에게 뭉치를 내밀었다. "두루마리 휴지예요. 핀치 아저씨를 위해 모은 거예요. 문제는, 설사 우리가 제대로 된 장소에 간다 할지라도 키브린 누나를 찾는 게 어려울 거고 또 할아버지가 말씀하셨듯이, 정확한 시간과 장소를 알아낸다는 것도 끔찍하게 어렵다는 거예요."

"이미 정확한 시간과 장소는 알고 있어." 화장실 휴지로 안경을 닦으며 던워디가 말했다. 던워디는 다시 안경을 꼈다. 안경알은 여전히 뿌옜다.

"죄송하지만 나가주셔야겠습니다." 경비원이 말했다. "길크리스트 교수님의 허락 없이 교수님을 실험실로 들일 수는 없습…." 경비원이 말을 멈췄다.

"이런, 제길." 콜린이 중얼거렸다. "호랑이도 제 말 하면 온다더니. 길크리스트 교수님이에요."

＊

"지금 이게 무슨 일이지요?" 길크리스트가 말했다. "여기서 뭐 하시는 겁니까?"

"키브린을 데려오려고 하는 겁니다." 던워디가 말했다.

"누구 허락을 받고요? 여기는 브레이스노즈 칼리지의 네트입니다. 당신은 불법 침입을 한 겁니다." 길크리스트는 경비원에게로 몸을 돌렸다. "학교 안으로 던워디 교수를 들이지 말라고 명령했잖습니까!"

"베이싱엄 학과장님이 허락을 해주셨습니다." 경비원은 축축하게 젖은 종이쪽지를 내밀었다.

길크리스트가 경비원의 손에서 쪽지를 낚아챘다. "베이싱엄!" 길크리스트는 종이를 뚫어지게 살펴보았다. "이건 베이싱엄 학과장의 서명이 아닙니다." 길크리스트가 분통을 터뜨렸다. "불법 침입도 모자라 이제 위조까지 했군요. 던워디 교수님, 이 일에 대해 정식으로 고소할 겁니다. 그리고 베이싱엄 학과장이 돌아오면 당신이 한 짓에 대해서도 알릴 생각…."

던워디가 길크리스트 쪽으로 한발 다가섰다. "그리고 난 베이싱엄 학과장에게 학과장 대리라는 사람이 준비도 제대로 안 된 강하를 강행했고, 역사학자를 일부러 위험에 빠뜨렸으며 사람들이 실험실에 접근하지 못하도록 했고 그 결과 역사학자의 시간 좌표를 결정할 수 없었다고 말할 생각입니다." 던워디는 콘솔에 대고 팔을 흔들었다. "당신은 동조 작업이 무엇을 말해주는지 알고 있는 겁니까? 당신을 포함해 시간 여행을 이해 못 하는 수많은 멍청이들 때문에 지난 열흘 동안 읽어낼 수 없던 동조 수치가 무엇을 말해주고 있는지 알고 있는 겁니까? 알고 있냐는 말입니다. 키브린은 1320년에 있는 게 아닙니다. 그 아이는 1348년, 흑사병이 한창인 때에 있단 말입니다." 던워디는 몸을 돌려 화면 쪽으로 손짓했다. "그리고 그 아이는 그곳에 2주일 동안 있었습니다. 멍청한 당신 때문에 말입니다. 고집불통의…." 던워디가 말을 멈췄다.

"당신은 저에게 그런 식으로 말할 권한이 없습니다." 길크리스트가 말했다. "그리고 이 실험실 안에 있을 권리도 없습니다. 지금 당장 떠나주십시오."

던워디는 대답하지 않았다. 던워디는 콘솔 쪽으로 한발 다가섰다.

"학생감을 불러와요." 길크리스트가 경비원에게 말했다. "이 둘을 쫓아버려야겠어."

화면에는 아무것도 보이지 않았다. 아니, 아무것도 보이지 않는 게 아니라 아예 깜깜했다. 콘솔 위에 있는 불빛도 들어와 있지 않았다. 전원 스위치가 내려져 있었다. "전원을 내렸군요." 던워디가 말했다. 던워디의 목소리는 바드리의 목소리만큼이나 부쩍 늙게 들렸다. "네트 전원을 꺼버렸어요."

"그랬습니다." 길크리스트가 말했다. "그리고 당신이 이렇게 허가도 없이 쳐들어올 수 있는 권한이 있다고 생각하는 걸 보니 그렇게 해두길 잘했다는 생각이 듭니다."

던워디는 약간 비틀거리며 텅 빈 화면 쪽으로 손을 내밀었다. "네트 전원을 꺼버렸어…." 던워디가 다시 말했다.

"괜찮으세요, 던워디 할아버지?" 한 발 앞으로 나서며 콜린이 말했다.

"당신이 함부로 들어와서 네트를 열려고 할 줄 알았지요." 길크리스트가 말했다. "당신은 중세 전공팀의 권위를 조금도 존중해주지 않으니 말입니다. 그런 일이 일어날까 봐 전원을 꺼두었는데, 지금 당신 행동을 보니 그렇게 하길 잘한 것 같습니다."

던워디는 사람들이 나쁜 소식을 들으면 충격을 받는다는 말을 자주 들어보았다. 키브린이 1348년에 가 있다는 바드리의 말을 들었을 때도 던워디는 그 뜻을 제대로 실감할 수 없었다. 하지만 지금 길크리스트가 한 이야기에는 둔기로 한 대 맞은 기분이 들었다. 너무 놀라 온몸에 힘이 쭉 빠지며 숨도 제대로 쉴 수 없었다. "네트 전원을 꺼버렸단 말이지요…." 던워디가 말했다. "이제 동조 작업은 물거품이 되어버렸군요."

"물거품이 되다니요?" 길크리스트가 물었다. "말도 안 되는 소리입니다. 백업을 확실하게 해두었습니다. 전원을 다시 켜면…."

"키브린 누나가 어디에 있는지 모르게 됐다는 뜻인가요?" 콜린이 물었다.

"그래." 던워디가 말했다. 그리고 던워디는 자신이 쓰러지고 있다고 생각했다. '이렇게 쓰러지면 바드리처럼 콘솔에 부딪히겠군.' 던워디는 생각했다. 하지만 던워디는 콘솔에 부딪히지 않았다. 던워디는 바람에 날리듯 가볍게 쓰러지며 길크리스트가 뻗은 팔에 연인처럼 안겼다.

"이럴 줄 알았어요." 던워디의 귀에 콜린의 목소리가 들렸다. "이게 다 할아버지가 강화 접종을 안 해서 그래요. 이제 이모할머니가 절 가만두지 않을 거예요."

26

　"그럴 리가 없어." 키브린이 중얼거렸다. "1348년일 리가 없어." 하지만 모든 것이 아귀가 맞아떨어졌다. 이메인 부인의 지도 신부가 죽은 일 하며, 시중드는 하인이 없는 것 하며, 키브린이 누구인지 알아내려 옥스퍼드로 가려는 거윈을 극구 말린 엘로이즈까지, 이 모든 일이 한 가지로 설명이 되었다. '거기엔 엄청난 병이 돌고 있어요.' 이볼드 부인은 그렇게 말했었고, 흑사병은 1348년 크리스마스에 옥스퍼드에 도착했다. "도대체 무슨 일이 벌어진 거지?" 키브린은 자제심을 잃고 소리쳤다. "도대체 무슨 일이 벌어진 거야? 난 1320년으로 가기로 되어 있었단 말이야. 1320년! 던워디 교수님은 내가 중세로 가면 안 된다고 하셨고, 중세사 전공팀은 자기네가 무슨 짓을 저지르는지도 모르는 바보 천치라고 하셨지만 아무리 그래도 중세사 전공팀이 나를 틀린 연도로 보냈을 리가 없잖아." 키브린이 멈췄다. "모두 여기서 빨리 나가야 해요. 이건 흑사병이란 말이에요."

　방에 있던 사람들은 이해가 안 된다는 표정으로 키브린을 바라보았고 그제야 키브린은 통역기가 다시 자기 말을 놓쳐버렸다는 사실을 깨달았다.

"흑사병입니다." 키브린이 다시 한번 말했다. "청색병이라고요!"

"아니에요." 엘로이즈가 나직하게 말하자 키브린이 다시 말했다. "엘로이즈 부인, 이메인 부인과 로슈 신부님을 모시고 홀로 내려가주세요."

"그럴 리가 없어요." 엘로이즈는 키브린의 말을 부정하면서도 이메인 부인의 팔을 잡아 밖으로 데리고 나갔다. 이메인 부인은 만들던 습포를 무슨 성유물함이나 되는 것처럼 꽉 끌어안은 채였다. 메이즈리는 자기의 두 귀를 부여잡고 엘로이즈와 이메인 부인의 뒤를 쫓아 나갔다.

"신부님도 나가셔야 해요." 키브린이 로슈 신부에게 말했다. "제가 사제님 곁에 있겠습니다."

"모… 목…." 침대에서 사제가 중얼거렸고 로슈 신부는 사제를 보기 위해 몸을 돌렸다. 사제는 어떻게든 일어서려 애쓰는 중이었다. 로슈 신부가 사제에게 다가서려 했다.

"안 돼요!" 키브린이 소리치며 신부의 소매를 꽉 잡았다. "절대로 저 사람에게 가까이 가서는 안 됩니다." 키브린은 침대와 로슈 신부 사이에 완강히 버티고 섰다. "사제님의 병은 전염성이 강해요." 제발 통역기가 제대로 작동해주길 바라면서 키브린이 말했다. "옮을 수 있어요. 벼룩을 통해 여기저기로 병이 옮겨 다녀요. 그리고…." 키브린은 신부에게 비말 감염을 어떻게 설명할 것인가를 놓고 잠시 고민했다. "습기나 병자가 내쉬는 숨으로 옮겨집니다. 아주 치명적인 병이에요. 가까이 다가가는 사람은 거의 다 죽습니다."

키브린은 로슈 신부가 자기가 말한 것을 조금이라도 알아들을 수 있을까, 이해는 한 것일까 의아해하면서 로슈 신부를 걱정스러운 눈빛으로 살펴보았다. 1300년대에는 세균이라는 개념 자체가 없었고 병이 어떻게 전염되는가에 대한 지식도 없었다. 이 시대 사람들은 흑사병이 하느님이 내린 천벌이라고 믿고 있었다. 흑사병은 안뜰을 가로질러 오는 유독한 안개에 의해서, 죽은 이의 눈길에 의해서, 마법에 의해서 퍼지는 것이라 알고 있었다.

"신부님." 사제가 부르자 로슈 신부는 키브린을 지나 사제에게 다가서려 했다. 하지만 키브린은 로슈 신부를 가로막았다.

"사람을 죽게 내버려둘 순 없습니다." 로슈 신부가 말했다.

'하지만 사람들은 그렇게 했어. 사람들은 병자들을 내팽개친 채 도망쳐 버렸어. 사람들은 자기 아이들을 버리고 도망쳤고 의사들은 환자 곁에 오기를 거부했고 사제들은 모두 도망쳐버렸어.'

키브린은 몸을 굽혀 이메인 부인이 습포를 만들기 위해 찢어놓은 천 한 가닥을 집어 들었다. "정 다가가시겠다면, 이 천으로 입과 코를 막으셔야 해요." 키브린이 말했다.

키브린이 천 조각을 로슈 신부에게 넘겨주자 신부는 인상을 찌푸리며 바라보다가 천을 차곡차곡 접어 얼굴에 가져다 댔다.

"묶으세요." 키브린이 다른 천 조각을 집어 들며 말했다. 키브린은 천을 대각선으로 접어 강도처럼 코와 입에 댄 다음 남은 끈을 뒤로 돌려 매듭을 지었다. "이렇게요."

로슈 신부는 키브린의 말을 따라 더듬더듬 매듭을 만지더니 키브린을 바라보았다. 키브린은 옆으로 비켜섰고 신부는 몸을 굽히더니 사제의 가슴에 손을 얹었다.

"그러시면 안…" 키브린이 말하자 로슈 신부는 키브린을 바라보았다. "꼭 하셔야 하는 경우가 아니라면 되도록 만지지 마세요."

키브린은 로슈 신부가 사제를 관찰하는 동안 숨을 죽이고 혹시라도 사제가 벌떡 일어나 로슈 신부를 잡으면 어떻게 하나 맘 졸이며 서 있었다. 하지만 사제는 전혀 움직이지 않았다. 겨드랑이 아래 잡힌 멍울에서 피와 녹색 고름이 천천히 배어 나오기 시작했다.

키브린은 제지할 요량으로 로슈 신부의 팔을 잡았다. "만지지 마세요." 키브린이 말했다. "발버둥 치는 걸 막으려다가는 멍울이 터질 거예요." 키브린은 이메인 부인이 찢어놓은 천으로 피고름을 닦아 낸 다음 하나 남은 천 조각으로 상처를 감싼 뒤 어깨에 단단히 묶었다. 사제는 움츠리거나 고함을 지르지 않았고 미동도 하지 않은 채 앞만 보고 있었다.

"죽은 건가요?" 키브린이 물었다.

"아닙니다." 로슈 신부가 또다시 사제의 가슴에 손을 올려놓고 말했다. 가슴에 놓인 손이 희미하게 오르락내리락했다. "아무래도 성체를 가져와야겠습니다." 로슈 신부는 마스크를 쓴 채로 말했기 때문에 목소리가 사제의 말처럼 번져 들려왔다.

'안 돼요.' 키브린은 생각했다. 또다시 공포가 밀려왔다. '가지 마세요. 사제가 죽으면 어떻게 해요? 저 사람이 또다시 벌떡 일어서면 어떻게 해요?'

로슈 신부는 몸을 일으켰다. "두려워하지 마십시오." 로슈 신부가 말했다. "다시 오겠습니다."

로슈 신부가 문을 닫지도 않고 황급하게 떠났기 때문에 키브린은 문을 닫으러 문 쪽으로 다가갔다. 아래쪽에서 엘로이즈와 로슈 신부의 목소리를 들을 수 있었다. 로슈 신부에게 그 누구와도 이야기해서는 안 된다고 일렀어야 했다. 아그네스가 말하는 소리가 들렸다. "나 캐서린 언니랑 같이 있을래요." 그러고 나선 악을 쓰기 시작했고, 울어 대는 아그네스에게 화난 목소리로 고함을 지르는 로즈먼드의 목소리가 들려왔다.

"나 캐서린 언니에게 말할래." 아그네스가 격분해 말했고, 키브린은 문을 닫고 빗장을 걸었다.

'아그네스가 여기에 들어오면 안 돼. 로즈먼드도 안 돼. 그 누구도 들어오면 안 돼. 다른 사람들은 노출되어선 안 돼. 흑사병을 치료할 방법이 없단 말이야. 흑사병을 막는 유일한 방법은 감염되지 않도록 조심하는 것뿐이니까.' 키브린은 페스트에 관해 알고 있는 모든 것을 떠올리려 필사적으로 노력했다. 키브린은 14세기에 관해서 공부할 때 페스트를 연구한 적이 있고, 아렌스도 키브린에게 각종 예방 접종을 놓아주면서 이야기해준 적이 있었다.

페스트에는 두 가지 유형, 아니 세 가지 유형이 있었다. 첫 번째 것은 곧장 혈류를 타고 들어가 몇 시간 내로 희생자를 내는 유형이었다. 선페스트는 설치류에 기생하는 벼룩 따위에 의해 전염되며 멍울을 만들었다. 다른 한 종은 폐페스트로 멍울은 생기지 않는다. 폐페스트는 비말 감염으로 전염되고, 감염자는 기침하고 피를 토해내며, 전염성이 끔찍이 높다. 하지만 사제에게 멍울이 맺힌 것으로 보아 감염성은 비말 감염이 되는 경우처럼 높지 않은 것 같았다. 그냥 환자 옆에 서 있는 거로는 감염되지 않을 것이다. 사제의 병이 번지려면 벼룩이 사람들 사이로 옮겨 다녀야 했다.

키브린은 갑자기 사제가 로즈먼드 위로 넘어지면서 로즈먼드를 바닥에 깔아뭉갰던 일이 생생히 떠올랐다. '로즈먼드한테 벼룩이 튀어 갔으면 어떻게 하지?' 키브린은 생각했다. '아니야, 그럴 리가 없어. 로즈먼드한테 벼룩이 옮아갔을 리 없어. 그랬다가는 치료할 방법이 없단 말이야.'

사제가 침대에서 몸을 뒤척였고 키브린이 사제에게 다가갔다.

"물." 사제는 퉁퉁 부풀어 오른 혀로 입술을 적시며 말했다. 키브린은 사제에게 물 한 컵을 가져다주었다. 사제는 게걸스럽게 몇 모금 꿀꺽꿀꺽 마시다가 숨이 막혔는지 키브린에게 물을 뿜어버렸다.

키브린은 물러서며 젖은 마스크를 확 잡아떼어 냈다. '선페스트야. 괜찮아.' 키브린은 미친 듯이 가슴을 닦으며 스스로를 다독였다. '선페스트는 재채기 따위로 옮는 것이 아니야. 게다가 난 면역이 되어 있어서 페스트 따위에는 절대로 걸리지 않아.' 그렇지만 키브린은 바이러스 예방 접종과 면역 세포 강화 접종도 받지 않았던가. 이론대로라면 키브린은 바이러스 따위에는 감염될 수 없었다. 계획대로라면 키브린은 1348년으로 와 있을 수 없었다.

"무슨 일이 일어난 거지?" 키브린이 중얼거렸다.

'시간 편차일 리는 없어. 중세사 전공팀이 시간 편차를 조사하지 않았다고 던워디 교수님이 화를 내시긴 했지만, 최악의 경우라 할지라도 강하 편차는 몇 주일 정도야. 연 단위 편차가 나타날 리가 없어. 네트에 뭔가 이상이 생긴 게 분명해.'

던워디 교수는 길크리스트가 자신이 뭘 하는지도 모르는 얼간이라고 했다. 그리고 그 말대로 뭔가가 잘못되어 키브린은 1348년에 도착해버렸다. 아무리 그래도 도착한 날짜에 뭔가 문제가 발생했다는 것을 알았을 텐데도 왜 그 즉시 강하를 취소하지 않은 것일까? 길크리스트 교수야 키브린을 구할 생각을 하지 못할 수 있지만, 던워디 교수는 당연히 이곳에서 키브린을 데려갔어야 했다. 던워디 교수는 애당초 키브린이 이곳으로 오는 것을 반대했던 사람이었다. 왜 교수님은 다시 네트를 열지 않은 걸까?

'내가 거기 없었기 때문이겠지.' 키브린은 생각했다. 동조를 하는 데는 적어도 2시간이 걸렸을 테고 그때쯤 키브린은 숲속에서 방황하고 있을 때였다. 하지만 던워디 교수는 네트를 연 채로 놓아두었을 것이다. 던워디 교수는 네트를 닫고 맘 편히 랑데부를 기다릴 사람이 아니었다. 던워디 교수는 키브린을 위해 네트를 열어둔 채로 있을 것이다.

키브린은 거의 뛰다시피 문으로 가서 빗장을 열어젖혔다. 거윈을 찾아야만 했다. 거윈에게 강하 지점이 어디인지 말해달라고 해야만 했다.

사제가 키브린과 함께 가려는 듯이 침대에 앉아 한쪽 다리를 침대 아래로 늘어뜨렸다. "도와주십시오." 사제가 말했고 다른 쪽 다리도 움직이려 했다.

"도와드릴 수가 없어요." 키브린은 분노에 차서 말을 내뱉었다. "저는 이곳 사람이 아니거든요." 키브린은 빗장을 난폭하게 밀며 말했다. "전 거윈을 찾으러 가야 해요." 말이 입에서 떨어지자마자 키브린은 거윈이 밖에 없다는 사실을, 거윈은 주교의 특사와 블로에 경과 함께 코시로 가버렸다는 사실을 떠올렸다. 떠나는 데 너무나 급급한 나머지 아그네스를 말로 칠 뻔한 주교의 특사와 함께.

키브린은 빗장을 떨어뜨리고 사제를 돌아보았다. "다른 사람들도 페스트에 걸려 있나요?" 키브린이 거세게 다그쳤다. "주교의 특사라는 작자도 페스트에 걸려 있는 거예요?" 키브린은 특사의 잿빛 얼굴과 특사가 부들부들 떨며 망토를 둘둘 여미던 장면을 떠올렸다. 특사는 일행 모두를 감염시킬 것이다. 블로에 경과 블로에 경의 오만한 누이와 재잘재잘 즐겁기만 하던 어린 소녀들까지도. 그리고 거윈도. "여기 왔을 때 당신이 이미 페스트에 걸렸다는 걸 알고 있었죠? 그렇죠?"

사제는 어린아이처럼 뻣뻣하게 팔을 내밀었다. "도와주십시오." 사제는 이렇게 말하고 뒤로 쓰러졌다. 사제의 머리와 어깨는 침대에서 굴러떨어질 것만 같았다.

"당신은 도움받을 자격이 없는 사람이에요. 이곳으로 페스트를 몰고 왔어요."

문을 두드리는 소리가 들렸다.

"누구세요?" 키브린이 쏘아붙였다.

"로슈입니다." 로슈 신부의 목소리가 문밖에서 들려왔고 키브린은 입에서 안도의 한숨이 터져 나오며 로슈 신부가 와준 데 가슴이 벅차오르기까지 했지만 움직이지는 않았다. 키브린은 침대에서 반쯤 떨어진 채로 누워 있는 사제를 내려다보았다. 사제의 입은 열렸고 퉁퉁 부어오른 혀가 입안을 가득 메우고 있었다.

"들어가게 해주십시오." 로슈 신부가 말했다. "사제님의 고해를 들어야 합니다."

사제님의 고해. "안 돼요." 키브린이 말했다.

로슈 신부는 문을 좀 더 세게 두드렸다.

"열어드릴 수 없어요. 전염성이 강한 병이에요. 신부님이 걸릴 수도 있어요."

"그분은 지금 절명의 순간에 놓여 있습니다." 로슈 신부가 말했다. "하늘나라에 가기 위해서는 죄 사함을 받아야만 합니다."

'저 남자는 하늘나라에 가지 못해.' 키브린은 생각했다. '이곳에 페스트를 몰고 왔으니까.'

사제가 눈을 떴다. 충혈된 눈은 퉁퉁 불어 있었다. 숨소리도 이젠 많이 희미해져 식식거릴 뿐이었다. '저 사람은 죽어가고 있어.' 키브린은 생각했다.

"캐서린 아가씨." 로슈 신부가 불렀다.

'죽어가고 있어. 집도 아닌 먼 곳에서. 내가 그랬던 것처럼 말이야.' 키브린도 사제처럼 병을 가져왔다. 키브린이 지고 온 병 때문에 쓰러진 사람은 아무도 없었지만 그건 키브린이 조심하고 주의했기 때문이 아니었다. 사람들이 모두 달려들어 키브린을 도왔기 때문이다. 엘로이즈, 이메인 부인 그리고 로슈 신부가 정성껏 간호했기 때문이다. 키브린은 이 사람들 모두를 감염시켰을 수도 있었다. 그런데도 로슈 신부는 키브린에게 병자 성사 의식을 내려주었고 키브린의 두 손도 꽉 잡아주었다.

키브린은 사제의 머리를 부드럽게 들어 올려 침대에 바로 눕혔다. 그러고 나서 문 쪽으로 다가섰다.

"병자 성사 의식을 하실 수 있도록 들여보내 드리겠어요." 잠가놓은 문을 조금 열면서 키브린이 말했다. "하지만 먼저 드릴 말씀이 있어요."

로슈 신부는 마스크를 떼어버리고 예복을 입고 있었다. 로슈 신부가 들고 온 바구니에는 노자 성체와 성유가 담겨 있었다. 신부는 사제를 바라보면서 바구니를 침대 발치에 있는 상자 위에 내려놓았다. 사제는 아까보다 숨이 더 가쁜 모양이었다. "저분의 고해를 들어야 합니다."

"아니요!" 키브린이 제지했다. "먼저 제 말부터 들으세요." 키브린은 숨을 들이마셨다. "저분은 선페스트에 걸렸습니다." 키브린은 번역이 어떻게 되나 주의 깊게 들으며 말했다. "아주 무시무시한 질병이에요. 걸린 사람은 대부분 다 죽습니다. 쥐와 쥐벼룩이 병을 옮기고 아픈 사람의 호흡과 병자의 옷가지와 물건들에 의해서 퍼집니다." 키브린은 로슈 신부가 알아듣기를 간절히 바라면서 걱정스러운 눈초리로 쳐다보았다. 신부의 눈빛에도 걱정이 한가득 어려 있었고 당황한 표정이 역력했다.

"아주 무서운 질병이에요." 키브린이 말했다. "콜레라나 장티푸스 따위와는 비교도 되지 않습니다. 이탈리아와 프랑스에서 이미 수십만 명을 죽였습니다. 어떤 지역에서는 시신을 거두어줄 사람조차 남지 않았고요."

로슈 신부의 표정을 읽을 수가 없었다. "아가씨가 누구인지, 어디서 왔는지 기억이 나셨군요." 로슈 신부가 담담하게 말했다. 질문이 아니었다.

'로슈 신부는 거원이 숲속에서 나를 발견했을 때 내가 페스트를 피해 도망치던 중으로 생각하고 있는 거야.' 키브린은 생각했다. '그리고 내가 그렇다고 대답하면 신부는 내가 페스트를 몰고 왔다고 생각할 것이고.' 하지만 로슈 신부의 표정에서 질책의 기미는 보이지 않았고 키브린은 신부에게 어떻게든지 이 상황을 이해시켜야만 했다.

"네." 키브린이 대답하고 기다렸다.

"우리가 어떻게 해야 합니까?" 로슈 신부가 말했다.

"다른 사람들은 절대로 이 방에 못 들어오게 하셔야 합니다. 사람들에게 집 안에만 머물라고, 집 안으로는 아무도 들여보내지 말라고 하세요. 또 마을 주민들에게도 집에만 있으라고 전해주세요. 그리고 죽은 쥐를 보게 되거든 절대로 가까이 가지 말라고도 해주세요. 이제부터 풀밭에서는 춤을 추거나 먹고 마시며 놀아서도 안 됩니다. 마을 사람들이 이 집에 들어오는 일도, 안뜰에 들어서는 일도, 그리고 교회에 나가는 일도 모두 다 금지입니다. 그어떤 곳에서도 함께 모여 있어서는 안 됩니다."

"엘로이즈 부인에게 아그네스와 로즈먼드를 밖에 내보내지 말라고 하겠습니다." 로슈 신부가 말했다. "그리고 마을 사람들에게도 집에만 있으라고 전하겠습니다."

사제가 침대에서 쥐어짜는 목소리를 냈고 키브린과 로슈 신부는 몸을 돌려 사제를 바라보았다.

"이 병에 걸린 사람을 위해서는 할 수 있는 일이 아무것도 없습니까?" 로슈 신부는 말끝을 흐리며 물었다.

키브린은 이 시대 사람들이 죽어가는 사람들 옆에서 썼던 치료법을 생각해내느라 애썼다. 이 시대 사람들은 작은 꽃다발 묶음을 몸에 지니고 다녔고 에메랄드를 갈아 마셨고 멍울에 거머리를 붙였다. 하지만 이 모든 일은 안 하느니만 못한 결과를 낳았다. 아렌스는 이 시대 사람들이 무슨 짓을 했든지 간에 그건 아무 상관 없었다고, 테트라사이클린이나 스트렙토마이신 같은 항생제가 아니면 그 어떤 것도 소용없었다고 했다. 항생제는 20세기가 되어서야 발명되었다.

"마실 것을 가져다주고 몸을 따뜻하게 해줘야 합니다." 키브린이 말했다.

로슈 신부는 사제를 바라보았다. "분명 주님께서 이분을 도와주실 것입니다."

'아니, 도와주지 않을 거야. 그러지 않았으니까. 전 유럽 인구의 반이 나가떨어지는데도 아무 도움을 주지 않았어.' "주님께서도 흑사병에 대해서는 저희를 구제해주지 못합니다."

로슈 신부는 고개를 끄덕이고 성유를 집어 들었다.

"마스크를 꼭 착용하셔야 합니다." 키브린은 마지막 남은 천 조각을 집기 위해 무릎을 꿇으며 말했다. 키브린은 천 조각으로 로슈 신부의 입과 코를 가리며 묶어주었다. "사제님을 돌볼 땐 항상 이것을 착용하셔야 해요." 키브린은 자기만 마스크를 안 쓰고 있는 점을 로슈 신부가 이상하게 여기지 않길 바라면서 말했다.

"하느님께서 이 병을 우리에게 내리신 것입니까?" 로슈 신부가 물었다.

"아니요." 키브린이 답했다. "아닙니다."

"그렇다면 악마가 보낸 것입니까?"

키브린은 하마터면 그렇다고 답할 뻔했다. 대부분의 유럽인은 흑사병의 책임을 악마에게 돌렸다. 그래서 악마의 대리인을 찾아 응징한답시고 유대인과 나환자를 고문하고 나이 든 여자에게 돌을 던지고 수많은 소녀를 말뚝에 묶고 화형에 처했다.

"누가 보낸 것이 아닙니다." 키브린이 말했다. "질병일 뿐이에요. 그 누구의 잘못도 아닙니다. 하느님께서 저희의 기도를 들으신다면 도와주시겠지만 하느님은…." 하느님이 뭘? 우리 기도를 들을 수 없나? 어디론가 떠나버렸나? 아니면 아예 처음부터 존재하지 않았나?

"하느님께서는 오실 수 없습니다." 키브린은 말을 삼키며 간신히 말을 끝맺었다.

"그래서 우리가 하느님의 대리로서 행동해야 하는 것입니까?" 로슈 신부가 물었다.

"네."

로슈 신부는 침대 옆에 무릎을 꿇었다. 신부는 두 손을 모으고 머리를 숙였다가 다시 머리를 들었다. "하느님께서 선한 뜻을 펼치기 위해 아가씨를 우리 가운데 내려주신 것을 알고 있었습니다." 로슈 신부가 말했다.

키브린도 무릎을 꿇고 두 손을 모았다.

"*Mittere digneris sanctum Angelum tuum de coelis*…." 로슈 신부가 기도했다. "하늘에서 당신의 성스러운 천사를 내려주시어 이 집에 모여 있는 모든 이들을 보호하게 해주시옵소서."

"로슈 신부님이 병에 걸리지 않게 해주세요." 키브린이 녹음기에 대고

말했다. "부디 로즈먼드가 병에 걸리지 않게 해주세요. 부디 선페스트가 폐
페스트로 번지기 전에 사제가 죽게 해주세요."

병자 성사 의식을 거행하는 로슈 신부의 목소리는 키브린이 아파 누워
있던 날과 똑같았다. 키브린은 사제도 자기처럼 신부의 목소리에 마음이
편안해지기를 빌었다. 하지만 키브린은 알 수 없었다. 사제는 고백 성사를
할 수 없었고 성유를 바르자 고통스러워하는 것 같았다. 로슈 신부가 두 손
바닥에 성유를 찍어 바르자 사제는 몸을 움찔거렸고 신부가 기도를 올리는
동안 사제의 호흡은 점점 거칠어졌다. 로슈 신부는 고개를 들고 사제를 바
라보았다. 사제의 팔에 작은 청보랏빛 멍이 맺히기 시작했다. 살갗 아래 혈
관들이 하나씩 터지고 있다는 신호였다.

로슈 신부가 몸을 돌려 키브린을 바라보았다. "최후의 날이 온 것입니
까? 하느님의 사도들이 예언했던 세상의 종말입니까?"

'맞아요.' 키브린은 생각했다. "아니에요." 키브린이 말했다. "아니에요.
지금은 그저 안 좋은 시기라서 그래요. 끔찍한 시기이지만 사람들이 다 죽
지는 않을 거예요. 그리고 이 고비만 넘기면 멋진 세상이 올 거예요. 르네
상스와 신분제 붕괴와 음악이 찾아올 거예요. 아주 멋있는 시기가 올 겁니
다. 지금이랑은 전혀 다른 의학 기술 덕분에 페스트나 천연두나 폐렴으로
죽는 사람도 없을 것이고요. 또 배고픈 사람들도 없을 거고, 겨울에도 집은
따뜻할 거예요." 키브린은 크리스마스라 구석구석 밝은 옥스퍼드와 거리와
상점들을 떠올렸다. "어디를 둘러봐도 빛이 넘치고 종소리가 흘러 퍼져서
신부님도 더 이상 종을 울리지 않아도 되고요."

키브린과 신부 사이에 오고 간 말들이 사제를 진정시킨 모양이었다. 사
제의 숨소리가 편안해졌고 곧 꾸벅꾸벅 졸기 시작했다.

"이제 비키세요." 키브린이 로슈 신부를 창가 쪽으로 이끌었다. 키브린
은 신부에게 사발을 가져다줬다. "병자를 만진 다음엔 반드시 손을 씻으셔
야 해요." 키브린이 말했다.

사발에는 물이 거의 남아 있지 않았다. "병자를 먹이느라 사용했던 사발
과 숟가락은 깨끗이 씻어야 합니다." 로슈 신부가 커다란 손을 닦는 모습을

지켜보며 키브린이 말했다. "그리고 옷가지와 붕대도 태워야 하고요. 페스트는 그 속에 들어 있어요."

로슈 신부는 손을 가운 끝자락에 쓱쓱 문지르고는 키브린이 일러준 주의 사항을 엘로이즈에게 전하러 나갔다. 로슈 신부는 신선한 물이 가득 담긴 사발을 들고 되돌아왔지만 물은 그리 오랫동안 남아 있지 못했다. 사제는 정신을 차리고는 계속해서 물을 달라고 애원했다. 키브린은 되도록 신부가 사제 근처로 가는 일이 없도록 자기가 컵을 들고 있었다.

로슈 신부는 저녁 기도를 올리고 종을 울리기 위해 방을 나섰다. 키브린은 로슈 신부가 나가자 아래층에서 무슨 소리가 들리는지 귀 기울이며 문을 닫았다. 아무 소리도 들리지 않았다. '아마 다들 잠들었겠지.' 키브린은 생각했다. 아니면 아프거나. 키브린은 이메인 부인이 습포를 붙여준답시고 사제 위로 몸을 구부렸던 일이 마음에 걸렸다. 아그네스가 침대 발치에 서 있었던 것이 자꾸만 생각났다. 로즈먼드가 사제 밑에 깔렸던 일이 너무나 마음에 걸렸다.

'너무 늦었어.' 침대 쪽으로 터벅터벅 걸어가면서 키브린은 생각했다. 전부 다 노출되었어. 잠복기가 얼마였더라? 2주였나? 아니, 2주는 백신이 효과를 낼 때까지 걸리는 시간이고. 나흘? 사흘? 기억이 나지 않았다. 사제가 감염된 지 얼마나 되었을까? 키브린은 크리스마스 만찬 때 사제 옆에 앉은 사람이 누구인지, 사제와 말을 나눈 사람이 누구인지 떠올리려 애썼지만, 그 당시 키브린은 사제를 보고 있지 않았다. 키브린은 거윈을 보고 있었다. 사제와 관련해서 생각나는 딱 한 가지는 사제가 메이즈리의 치마를 잡아챘다는 것이었다.

키브린은 다시 문을 열었다. "메이즈리!" 키브린은 메이즈리를 불렀다.

아무 대답이 없었다. 하지만 그렇다고 뭔가가 달라지는 것은 아니었다. 메이즈리는 자고 있거나 숨어 있을 것이고, 사제는 폐페스트가 아니라 선페스트에 걸린 것이며 그것은 벼룩을 매개체로 감염된다. 사제가 아무도 감염시키지 않았을 확률도 있었다. 하지만 키브린은 로슈 신부가 돌아오자마자 사제를 신부에게 맡기고 금속 화로를 가지고 계단 아래로 내려갔다.

뜨거운 석탄을 가지고 오기 위함이기도 했지만, 사람들 모두가 안전하다는 걸 확인해 안심하기 위함이기도 했다.

로즈먼드와 엘로이즈는 무릎에 뜨개질 거리를 올려놓고 불 가에 앉아 있었다. 이메인 부인은 그 바로 옆에서 《시도서》를 읽고 있었다. 아그네스는 돌판 위에 장난감 수레를 올리고 앞뒤로 밀고 당기면서 혼잣말을 하고 있었다. 메이즈리는 상석 근처의 벤치에서 잠들었다. 메이즈리는 자는 얼굴조차 부루퉁했다.

아그네스는 이메인 부인의 다리를 수레로 들이받았고 노파는 손녀를 내려다보며 말했다. "장난감을 빼앗아야지 얌전히 놀겠구나, 아그네스." 이메인 부인은 아그네스를 매섭게 꾸짖었다. 로즈먼드는 터져 나오는 웃음을 서둘러 참으려 했고, 불빛에 비쳐 장밋빛으로 물든 사람들의 건강한 얼굴을 본 키브린은 적이 안심되었다. 오늘 밤도 평소처럼 평범하게 저물 것이다.

하지만 엘로이즈는 바느질을 하지 않았다. 아마포를 가위로 길게 찢어 내면서도 문에서 눈을 떼지 못하고 있었다. 《시도서》를 읽는 이메인 부인의 목소리에는 불안한 기색이 배었고, 아마포를 찢는 로즈먼드는 근심 어린 눈으로 엘로이즈를 바라보고 있었다. 엘로이즈는 일어서서 칸막이 밖으로 나갔다. 키브린은 혹시 엘로이즈가 누가 오는 소리를 들었나 싶었지만, 엘로이즈는 잠시 후 제자리로 돌아와서 아마포를 다시 집어 들었다.

키브린은 계단 아래로 조용히 내려갔다. 하지만 생각만큼 조용하지는 않은 모양이었다. 아그네스가 수레를 집어 던지고 달려들었다. "캐서린 언니!" 아그네스는 소리를 지르며 키브린에게로 뛰어들었다.

"조심해야지!" 키브린이 화로를 들지 않은 손으로 아그네스를 밀쳐내며 말했다. "석탄이 뜨겁단 말이야."

물론, 뜨거울 리가 없었다. 석탄에 열기가 아직 남아 있었다면 키브린이 석탄을 갈러 내려오지 않았을 테니까. 하지만 아그네스는 몇 걸음 뒤로 물러섰다.

"왜 얼굴을 가리고 있어요?" 아그네스가 물었다. "옛날이야기 해줄 거죠?"

엘로이즈도 자리에서 일어섰다. 그리고 이메인 부인도 몸을 돌려 키브린을 바라보았다. "사제님은 좀 어떠세요?" 엘로이즈가 물었다.

'고통에 몸부림치고 있지요.' 키브린은 이렇게 말하고 싶었지만, 마음에 없는 말을 했다. "열이 조금 내렸습니다. 하지만 저를 멀리하셔야 합니다. 제 옷 때문에 감염될 수 있으니까요."

모두, 심지어 이메인 부인조차 성유물함 목걸이를 《시도서》에 끼워두고 벌떡 일어섰다. 사람들은 모두 키브린을 바라보며 화로에서 한 걸음 물러섰다.

크리스마스 장작 그루터기가 아직도 불에 타고 있었다. 키브린은 금속 화로를 치마로 쓱쓱 문지른 다음 회색으로 변해버린 석탄을 화로 가장자리에 쏟아부었다. 재가 날아올랐고 석탄 하나가 떨어져 장작 그루터기에 부딪혔다가 튀어 오른 뒤 떨어져 바닥을 굴러갔다.

아그네스가 까르르 웃었고 칸막이를 보느라 돌아서 있던 엘로이즈를 제외하고는 모두 다 몸을 돌려 석탄이 벤치 아래로 굴러 들어가는 모습을 지켜보았다.

"거윈이 말들을 데리고 돌아왔나요?" 키브린은 질문을 끝내는 동시에 미안한 마음이 들었다. 엘로이즈의 굳은 얼굴에서 이미 그 대답을 읽었기 때문이었으며, 이메인 부인이 고개를 돌려 차갑게 엘로이즈를 쏘아보았기 때문이었다.

"아니요." 엘로이즈는 고개를 돌리지도 않고 대답했다. "주교님의 특사 일행 역시 아프다고 생각하는 거지요?"

키브린은 특사의 잿빛 얼굴을, 수사의 초췌한 얼굴을 떠올렸다. "모르겠습니다." 키브린이 답했다.

"날이 추워지고 있어요." 로즈먼드가 말했다. "아마 거윈 아저씨는 밖에서 밤을 보낼 것 같네요."

엘로이즈는 아무 대답도 하지 않았다. 키브린은 불 옆에 무릎을 꿇고 무거운 부지깽이로 석탄을 들쑤셔 빨갛게 달구어진 석탄을 위로 올렸다. 키브린은 들고 내려온 금속 화로에 부지깽이로 석탄을 담으려 애쓰다 결국 포기하고 금속 화로 뚜껑으로 석탄을 퍼 담았다.

"네가 이 모든 것을 몰고 온 거야." 이메인 부인이 말했다.

갑자기 가슴이 뛰기 시작했다. 키브린은 이메인 부인을 바라보았지만, 이메인 부인은 키브린을 보고 한 말이 아니었다. 이메인 부인은 엘로이즈를 노려보고 있었다. "이런 끔찍한 형벌을 불러들인 건 네가 죄를 저질렀기 때문이야."

엘로이즈는 몸을 돌려 이메인 부인을 바라보았다. 키브린은 엘로이즈가 화를 내거나 놀랐으리라 생각했지만 둘 다 아니었다. 엘로이즈는 마음이 다른 데 가 있는 사람처럼 이메인 부인을 무표정하게 바라보았다.

"주께서 간음한 여인과 그 식솔을 내치시는 거야." 이메인 부인이 말했다. "지금 네가 받고 있는 이 형벌처럼 말이다." 이메인 부인은 《시도서》를 엘로이즈의 얼굴에 들이밀었다. "네 죄로 페스트가 이곳에 몰려온 것이야."

"주교님께 사람을 보낸 것은 어머님이셨습니다." 엘로이즈는 차갑게 쏘아붙였다. "로슈 신부님으로는 도무지 만족하지 않으셨지요. 그 사람들을 이곳으로 불러들인 건 어머님이셨어요. 페스트는 그 사람들한테 묻어온 것 아닙니까."

엘로이즈는 일어서서 칸막이를 지나쳐 나가버렸다.

이메인 부인은 한 대 얻어맞기라도 한 사람처럼 뻣뻣하게 서 있다가 앉아 있던 벤치로 돌아갔다. 이메인 부인은 무릎을 꿇고 힘없이 주저앉더니 《시도서》에서 성유물함을 빼낸 뒤 넋 나간 사람처럼 손가락으로 사슬을 만졌다.

"지금 옛날이야기 해줄래요?" 아그네스가 키브린에게 물었다.

이메인 부인은 벤치에 팔꿈치를 대고 두 손으로 이마를 지그시 눌렀다.

"못된 소녀 이야기 해주세요."

"내일 해줄게." 키브린이 말했다. "내일 이야기해줄게." 키브린은 금속 화로를 들고 계단 위로 올라갔다.

사제는 다시 열이 올랐다. 그리고 음담패설이라도 되듯 죽은 자를 위한 미사를 정신없이 외쳤다. 사제는 계속해서 물을 달라고 했고 한 번은 로슈 신부가, 그다음엔 키브린이 물을 가져오기 위해서 안뜰로 나갔다.

키브린은 아그네스랑 눈이 마주치지 않기를 바라면서 물통과 양초를 들고 까치발로 계단을 내려갔다. 이메인 부인만 제외하고는 모두 잠들었다. 이메인 부인은 무릎을 꿇고 기도하고 있었다. 타협을 모르는 등은 꼿꼿했다. '당신이 이 모든 사태를 몰고 온 거예요.'

키브린은 어둑어둑한 안뜰로 나섰다. 두 개의 종이 울렸다. 서로 조금씩 박자가 맞지 않았다. 지금 들리는 종소리가 만종인지 조종인지 구분할 길이 없었다. 우물 옆에 있는 양동이에 물이 반쯤 남아 있었지만, 키브린은 양동이에 담긴 물을 자갈 위에 부어버리고 새 물을 길었다. 키브린은 물통을 부엌문 옆에 내려놓고 먹을거리를 가지러 안으로 들어갔다. 집으로 음식물을 날라 오는 중에 음식물을 덮는 데 썼던 두꺼운 천이 식탁 한쪽 끝에서 뒹굴고 있었다. 키브린은 빵과 차가운 쇠고기 한 덩어리를 구석에 한데 모아 쌓아두고 나머지 음식물들을 들고 계단을 올랐다. 키브린과 로슈 신부는 금속 화로 앞의 바닥에 주저앉은 채로 음식물을 먹었다. 음식이 한 입 들어가자 키브린은 기분이 좀 나아졌다.

사제도 좀 나아졌는지 다시 꾸벅꾸벅 졸더니 갑자기 땀을 쏟아내기 시작했다. 키브린은 부엌에서 가져온 거친 행주로 사제가 흘리는 땀을 닦아 냈고 사제는 기분이 좋은지 한숨을 내쉬고는 다시 잠에 빠져들었다. 사제가 다시 깨어났을 때는 열이 내린 상태였다. 로슈 신부와 키브린은 상자를 침대 옆으로 빼내 우지 등잔을 올려놓았고, 둘이 번갈아 가며 사제를 보살폈다. 쉴 때는 창가 의자로 갔다. 너무나 추워서 제대로 잠을 잘 수 없었지만, 키브린은 돌로 된 창턱에 기대 웅크리고 잠깐씩 졸았다. 그러다 잠에서 깨어 사제를 볼 때면 사제의 상태는 더 나아진 듯했다.

14세기에는 멍울을 잘라내서 몇몇 환자를 살렸다는 기록을 본 적이 있었다. 사제의 멍울에서는 진물이 더 이상 나오지 않았고 가슴에서도 이제 씩씩거리는 소리가 들리지 않았다. 사제도 어쩌면 살아남을지 몰랐다.

역사학자 중에는 페스트 때문에 그렇게 많은 사람이 죽어갔다는 게 아무래도 미심쩍다며 사료의 신빙성이 떨어진다고 생각하는 사람들도 있었다. 길크리스트 교수는 당시 사람들의 낮은 교육 수준과 공포로 인해 수치가 과장되었을 거라고 주장했다. 또 통계가 정확한 것이라 할지라도 페스트가 모든 마을마다 인구의 3분의 1씩을 죽인 것도 아니었다. 어떤 마을에서는 한두 명 죽고 그치는 경우도 있었고 한 사람도 죽지 않은 마을도 존재했다.

사제의 병이 무엇인지 알게 된 뒤에 바로 사제를 철저하게 격리했고, 키브린은 신부마저도 되도록 근처에 가지 못하도록 하고 있었다. 키브린과 로슈 신부는 할 수 있는 모든 예방 조치를 다 취했다. 게다가 사제의 페스트는 폐페스트로 진행되지 않았다. 어쩌면 이걸로 충분할 수도 있었다. 키브린과 로슈 신부는 제때 그 모든 걸 해냈다. 키브린은 로슈 신부에게 마을을 격리하라고, 그래서 아무도 들어오지 못하게 하라고 말해야 했다. 그랬다면 어쩌면 페스트가 이 마을을 덮치지 않고 지나칠지도 모르는 일이었다. 실제로 그런 사례들이 있었다. 페스트에 걸린 사람이 단 한 명도 나오지 않은 마을들도 있었다. 그리고 스코틀랜드 일부 지방에서는 페스트 환자가 전혀 발생하지 않았다.

키브린은 깜박 존 모양이었다. 정신이 들자 동이 트고 있었고 로슈 신부도 자리에 없었다. 키브린은 침대를 바라보았다. 사제는 너무나도 고요히 두 눈을 크게 뜨고 어딘가를 응시한 채로 누워 있었다. 키브린은 사제가 죽었고 로슈 신부는 무덤을 파기 위해 나갔다고 생각했다. 하지만 그런 생각을 하는 동안에도 사제의 가슴을 덮고 있는 이불이 오르락내리락하고 있는 것을 볼 수 있었다. 맥박을 재보았다. 너무나 빠르고 그러면서도 희미해서 거의 느낄 수가 없었다.

종소리가 울려 퍼지기 시작했고 키브린은 로슈 신부가 아침 기도를 드리기 위해 나갔다는 사실을 깨달았다. 키브린은 코 위로 마스크를 쓰고 침대 쪽으로 갔다. "사제님." 키브린이 나직하게 불렀지만 사제는 기척을 하지 않았다. 키브린은 사제의 이마를 짚어보았다. 열은 내린 듯했지만 피부가 이상했다. 바짝 말라 종이처럼 느껴졌다. 팔과 다리 부분에 있는 출혈은 시커멓게 번져 있었다. 사제의 혀는 붓다 못해 이 사이에 꽉 들어차 소름 끼칠 정도로 자줏빛을 띠었다.

끔찍한 냄새가 났다. 악취는 키브린의 마스크를 뚫고 들어왔다. 키브린은 창가 의자에 올라서서 밀랍 칠이 되어 있는 아마포를 끌렀다. 차갑고 매섭긴 했지만 신선한 공기 냄새가 더할 나위 없이 좋았다. 키브린은 창가 돌출부에 몸을 기대고 한껏 숨을 들이마셨다.

안뜰에는 아무도 없었지만 키브린이 차갑고 깨끗한 공기를 음미하는 동안 곧 로슈 신부가 김이 모락모락 나는 먹을 것이 담긴 사발을 가지고 부엌 문밖으로 나왔다. 로슈 신부는 자갈밭을 가로질러 정문으로 향했다. 정문에 도착하자 엘로이즈가 나타났다. 엘로이즈는 로슈 신부에게 뭔가 말을 했고, 신부는 엘로이즈 쪽으로 가다가 갑자기 멈춰 서서 대답하기 전에 마스크를 썼다. '신부님은 어찌 되었든 사람들에게 병을 전염시키지 않도록 노력하고 있어.' 키브린은 생각했다. 로슈 신부는 집으로 들어섰고 엘로이즈는 우물가로 갔다.

키브린은 아마포를 창문 옆쪽으로 빼내서 묶고 방 안을 환기시킬 뭔가를 찾아보았다. 키브린은 의자에서 뛰어내려 부엌에서 가져온 천을 집어 들고 창가 의자 위로 다시 기어올랐다.

엘로이즈는 아직도 우물가에서 두레박을 끌어 올리고 있었다. 엘로이즈는 밧줄을 쥔 채로 손을 멈추더니 몸을 돌려 정문을 바라보았다. 거윈이 말재갈을 끌고 안뜰로 들어왔다.

거윈은 엘로이즈를 보고 제자리에 멈춰 섰고 그링골렛은 비틀거리다 골이 난 듯 머리를 마구 휘저어댔다. 거윈의 얼굴은 언제나처럼 희망과 갈증으로 애달팠고 키브린은 지금 같은 상황에서 애정을 갈구하는 거윈의 모습에 분노를 느꼈다. '아니, 거윈은 몰라.' 키브린은 생각했다. 거윈은 이제 막 코시에서 돌아왔을 뿐이었다. 키브린은 거윈이 스스로 알아내야 하는, 엘로이즈가 거윈에게 이야기해줘야만 하는 일에 대해 일말의 연민을 느꼈다.

엘로이즈는 우물 가장자리로 두레박을 힘껏 끌어 올렸다. 거윈이 그링골렛의 고삐를 쥐고 한 걸음 더 앞으로 다가섰다. 거윈이 다시 멈춰 섰다.

'거윈은 알고 있어. 누가 뭐라고 해도 거윈은 알고 있어. 주교의 특사가 페스트로 쓰러졌기 때문에 그걸 알리러 말을 몰아 돌아온 거야.' 키브린은 갑자기 거윈이 특사 일행에게 빌려줬던 말들을 데리고 오지 않았다는 사실을 깨달았다. '수사가 한 마리 가지고 있는 거고. 나머지 말들은 도망갔을 거야.'

거윈은 제자리에 못 박힌 듯 서서 엘로이즈가 육중한 두레박을 끌어 올리는 것을 지켜보았다. '거윈은 엘로이즈를 위해 아무런 일도 하지 못할 거야. 절대로. 숲속에서 100명의 살인마를 물리치고 엘로이즈를 구해낼 수는 있어도 이 상황에서는 아무 일도 할 수 없을 거야.'

그링골렛은 마구간으로 돌아가고 싶은지 자꾸만 고개를 흔들었다. 거윈은 말의 코끝에 손을 대고 말을 진정시키려 했지만 너무 늦었다. 엘로이즈는 거윈이 돌아온 것을 이미 알았다.

엘로이즈는 쥐고 있던 두레박을 놓아버렸다. 두레박은 떨어지면서 큰 소리를 냈다. 멀찌감치 떨어져 있는 키브린도 들을 수 있을 정도였다. 엘로이즈가 거윈의 품에 안겼다. 키브린은 놀라서 입으로 손을 막았다.

누군가가 가볍게 문을 두드리는 소리가 났다. 키브린은 창가 의자에서 뛰어내려 문을 열어주었다. 아그네스였다.

"지금 이야기해주시면 안 돼요?" 아그네스가 물었다. 아그네스는 흙투성이가 돼서 지저분했다. 어제 이후로 아그네스의 머리를 땋아준 사람이 없었다. 머리는 아마포로 만든 모자 아래서 이리저리 엉켜 있었다. 또한 어젯밤에 화롯가에서 잠을 잔 모양이었다. 한쪽 소매에 재가 잔뜩 묻어 지저분했다.

키브린은 소매에 붙은 재를 털어주고 싶은 마음을 꾹 참았다. "아그네스, 넌 여기 오면 안 돼." 아그네스가 못 들어오게 문을 닫으며 키브린이 말했다. "너도 옮을지 모른단 말이야."

"같이 놀 사람이 아무도 없단 말이에요." 아그네스가 말했다. "엄마도 안 보이고 로즈먼드 언니는 아직도 일어나지 않았어요."

"어머니는 지금 물 뜨러 나가셨어." 키브린은 짐짓 엄하게 말했다. "할머니는 어디 계시니?"

"기도 중이세요." 아그네스는 키브린의 치마를 잡기 위해 문틈으로 손을 뻗었지만, 키브린은 재빨리 몸을 뺐다.

"날 만지면 안 돼!" 키브린이 매섭게 말했다.

아그네스가 입을 뾰로통하게 내밀었다. "왜 나한테 화내는 거예요?"

"화를 내는 게 아니야, 아그네스." 키브린이 좀 부드럽게 말했다. "하지만 아그네스는 여기 들어오면 안 돼. 사제님이 아픈 거 알지? 사제님한테 가까이 가는 사람은…." 감염이라는 개념을 아그네스에게 납득시킬 수 있을 것 같지 않았다. "…아프게 된단 말이야."

"사제님이 죽어요?" 아그네스는 문틈으로 방을 들여다보려 애쓰면서 물었다.

"아무래도 그럴 것 같구나."

"캐서린 언니도요?"

"아니야." 키브린이 말했다. 그리고 키브린은 자신이 더 이상 아무것도 두려워하지 않는다는 사실을 깨달았다. "로즈먼드가 곧 일어날 거야. 가서 언니한테 이야기해달라고 하렴."

"로슈 신부님도 죽어요?"

"아니. 가서 언니가 깰 때까지만 수레 가지고 놀아."

"사제님이 죽은 다음에는 이야기해줄 거예요?"

"그래. 어서 내려가렴."

아그네스는 마지못해 세 계단을 내려간 다음 벽에 바짝 붙어 섰다. "우리 전부 다 죽는 거예요?" 아그네스가 물었다.

"아니야." 키브린이 말했다. '내가 돕는다면 죽지 않을 거야.' 키브린은 문을 닫고 문에 기대어 섰다.

사제는 아무것도 보지 않고 아무 생각도 없이 누워 있었다. 사제의 몸과 정신은 면역 체계가 지금까지 단 한 번도 겨뤄본 적이 없는, 도저히 버텨낼 수 없는 막강한 적과 사투를 벌이고 있었다.

문을 두드리는 소리가 들렸다. "내려가라니까, 아그네스." 키브린이 지레짐작으로 말했지만 들어온 이는 로슈 신부였다. 로슈 신부는 부엌에서 가져온 수프가 담긴 사발과 붉은 석탄이 가득한 석탄 통을 들고 있었다. 신부는 금속 화로에 석탄을 쏟아붓고 그 옆에 무릎을 꿇고 앉아 석탄을 불었다.

로슈 신부가 수프 사발을 키브린에게 넘겨주었다. 수프는 미지근했고 쓴 냄새가 났다. 키브린은 수프에 버드나무 껍질이 들어 있으며 그 덕분에 사제의 열이 내려간 것은 아닌지 궁금했다.

로슈 신부가 일어서서 사발을 넘겨받았다. 신부와 키브린은 수프를 사제에게 먹이려 노력해보았지만, 수프는 부어오른 혀에 막혀 입 바깥으로 주르륵 흘러내렸다.

누군가가 문을 두드렸다.

"아그네스, 말했잖니. 너는 여기 들어오면 안 된다니까." 키브린은 이불에서 수프를 닦아내면서 짜증 섞인 목소리로 소리쳤다.

"할머니가 언니를 불러오라고 시켰단 말이에요."

"할머니가 아프시니?" 로슈 신부가 문 쪽으로 다가가며 물었다.

"아니요, 로즈먼드 언니가 아파요."

키브린은 심장이 쿵쾅거리기 시작했다.

신부가 문을 열었지만 아그네스는 들어오지 않았다. 아그네스는 층계참에 서서 로슈 신부의 마스크를 바라보았다.

"로즈먼드가 아파?" 로슈 신부가 걱정스럽게 물었다.

"쓰러졌어요."

키브린은 아그네스와 로슈 신부를 지나쳐서 층계 아래로 내려가기 시작했다.

로즈먼드는 화롯가에 놓인 벤치 가운데 하나에 앉았고 이메인 부인은 로즈먼드 옆에 서 있었다.

"무슨 일이니?" 키브린이 다그쳤다.

"쓰러졌어요." 로즈먼드가 어리둥절한 목소리로 대답했다. "팔을 다쳤어요." 로즈먼드는 키브린 앞에 구부정하게 팔꿈치를 들어 보였다.

이메인 부인이 뭐라고 중얼거렸다.

"뭐라고요?" 묻기는 했지만 곧 노파가 기도하고 있을 뿐임을 깨달았다. 키브린은 엘로이즈를 찾아 홀을 둘러보았다. 보이지 않았다. 메이즈리만이

식탁 옆에서 겁에 질린 듯 허둥대고 있었다. 메이즈리의 모습을 본 키브린은 로즈먼드가 메이즈리에게 걸려 쓰러졌을 거라는 생각이 들었다.

"뭐에 걸려 넘어진 거니?" 키브린이 물었다.

"아니요." 로즈먼드가 말했다. 아직도 멍한 것 같았다. "머리가 아파요."

"머리를 부딪쳤니?"

"아니요." 로즈먼드는 소매를 잡아당겼다. "돌에 팔꿈치를 찧었어요."

키브린은 로즈먼드의 소매를 팔꿈치 너머까지 걷어 올렸다. 긁힌 자국은 보였지만 피는 나지 않았다. 키브린은 혹시 로즈먼드의 팔이 부러진 것은 아닌가 의심이 되었다. 로즈먼드가 팔을 무척이나 이상한 각도로 들어 올렸기 때문이었다. "이렇게 하면 아프니?" 키브린은 팔을 살살 움직이며 물어보았다.

"아니요."

키브린은 팔뚝을 돌려보았다. "이렇게 하는 건?"

"안 아파요."

"손가락은 움직일 수 있니?" 키브린이 물었다.

로즈먼드는 손가락을 하나씩 움직여 보였다. 팔은 아직도 쭉 펴지 못한 채 굽어 있는 상태였다. 키브린은 당황하며 인상을 썼다. 삔 것일 수도 있지만 그랬다면 이렇게 쉽게 움직일 수도 없으리라는 생각이 들었다. "이메인 부인." 키브린이 이메인 부인을 불렀다. "로슈 신부님 좀 모셔다주시겠어요?"

"로슈 신부는 아무 도움도 안 될 겁니다." 이메인 부인은 경멸에 찬 목소리로 대답했지만, 계단 쪽으로 향하고 있었다.

"부러진 것 같지는 않구나." 키브린이 로즈먼드에게 말했다.

로즈먼드는 팔을 내리다가 숨을 헐떡이고는 갑작스레 다시 팔을 들어 올렸다. 로즈먼드의 안색이 창백해지더니 윗입술에서 비지땀이 배어 나왔다.

'부러진 게 분명해.' 키브린이 생각하며 다시 한번 로즈먼드의 팔을 잡았다. 로즈먼드는 팔을 빼더니 무슨 일이 벌어지는 건지 키브린이 깨닫기도 전에 벤치 앞으로 고꾸라져 바닥에 쓰러졌다.

이번에 로즈먼드는 머리를 부딪쳤다. 키브린은 돌바닥이 울리는 소리를 들었다. 키브린은 벤치를 넘어가 로즈먼드 옆에 무릎을 꿇었다. "로즈먼드, 로즈먼드. 내 말 들리니?"

로즈먼드는 움직이지 않았다. 넘어질 때 뭔가를 잡으려는 듯 다친 팔을 뻗었지만 키브린이 팔을 만지자 움찔했다. 하지만 눈은 뜨지 않았다. 키브린은 이메인 부인을 찾아보았지만, 부인은 계단에 없었다. 키브린은 무릎을 꿇었다.

로즈먼드가 눈을 떴다. "어디 가지 마세요." 로즈먼드가 말했다.

"누군가를 불러와야 해." 키브린이 말했다.

로즈먼드가 고개를 저었다.

"로슈 신부님!" 육중한 문 너머로 소리가 전해지지 않을 거라는 사실은 키브린도 알고 있었지만, 키브린은 로슈 신부를 불렀다. 엘로이즈가 칸막이 뒤에서 나와 판석 바닥을 가로질러 뛰어왔다.

"청색병인가요?" 엘로이즈가 물었다.

안 돼. "로즈먼드가 넘어졌어요." 키브린이 말했다. 키브린은 소매 밖으로 나와 축 처져 있는 로즈먼드의 팔을 만져봤다. 뜨거웠다. 로즈먼드는 또다시 눈을 감고 잠이라도 든 것처럼 느릿느릿 고르게 숨을 쉬기 시작했다.

키브린은 로즈먼드의 두꺼운 소매를 걷어 어깨 위로 올렸다. 그리고 겨드랑이를 보기 위해 팔을 위로 올렸다. 로즈먼드는 뿌리치려 했지만 키브린이 로즈먼드를 꽉 붙들고 놓아주지 않았다.

그것은 사제의 것만큼 크지는 않았지만 선홍색이었고 만져보니 이미 단단했다. '안 돼. 안 돼.' 로즈먼드는 신음을 뱉으며 팔을 잡아 빼려 했다. 키브린은 팔을 조심스레 내려놓고 걷어붙인 소매를 내려줬다.

"무슨 일인데요?" 아그네스가 계단 중간쯤에 서서 물었다. "로즈먼드 언니가 아파요?"

'이대로 내버려둘 수 없어.' 키브린은 생각했다. '가서 도움을 청해야 해. 이 사람들은 전부 다 감염된 거야. 아그네스도. 여기에는 이 사람들을 도울 방법 따위는 없어. 항균제는 앞으로 600년이 지나야 발견되니까.'

"네가 지은 죄 때문에 이런 일이 벌어진 거다." 이메인 부인이 말했다.

키브린이 쳐다보았다. 엘로이즈는 이메인 부인을 바라보고 있었지만 못 들었다는 듯 침묵을 지켰다.

"너와 거윈이 저지른 죄과야." 이메인 부인이 말했다.

"거윈." 키브린이 말했다. 거윈이 키브린에게 강하 지점이 어디인지 가르쳐만 주면 키브린은 도움을 청하러 갈 수 있었다. 아렌스 선생님은 어떻게 해야 하는지 알고 있을 거야. 그리고 던워디 교수님도. 아렌스 선생님이 백신과 스트렙토마이신을 주실 거야.

"거윈은 어디 있죠?" 키브린이 물었다.

이제 몸을 돌려 키브린을 바라보고 있는 엘로이즈의 얼굴에는 갈망과 희망이 가득했다. '거윈이 결국 엘로이즈의 사랑을 획득했군.' 키브린은 생각했다. "거윈, 거윈은 어디 있죠?"

"갔어요." 엘로이즈가 대답했다.

"어디로요?" 키브린이 말했다. "거윈과 이야기해야 합니다. 가서 도움을 청해야 해요."

"도움을 청할 곳 따위는 없어." 이메인 부인이 말했다. 이메인 부인은 로즈먼드 옆에 무릎을 꿇고 앉아 두 손을 모았다. "천벌을 받은 거야."

키브린이 일어섰다. "어디로 갔죠?"

"바스로 갔습니다." 엘로이즈가 말했다. "제 남편을 데리러요."

둠즈데이북 사본
(070114-070526)

페스트를 몰아내기로 마음먹었어요. 길크리스트 교수님은 중세를 열게 되면 흑사병에 관한 직접적인 자료를 얻게 되길 빈다고 하셨는데 지금이 그런 상태인 것 같아요.

페스트와 관련된 첫 번째 환자는 주교의 특사와 동행했던 사제예요. 이곳에 도착했을 때 이미 병에 걸려 있었는지 아닌지는 잘 모르겠어요. 이곳에 오기 전부터 아팠을 수도 있고요. 그랬기 때문에 특사 일행이 옥스퍼드로 곧장 가는 대신 이곳에서 머물렀던 것이고 자기들에게 병을 옮기기 전에 사제를 떼어내려 이곳에 들렀던 것 같아요. 사제가 주교의 특사 일행이 떠나던 크리스마스 아침에 아팠던 것은 확실하고 그 전날 밤에, 이 마을 사람의 반 이상을 만났던 날 밤에도 역시 전염성을 띠고 있었다는 것이죠.

사제는 기욤 경의 딸인 로즈먼드에게도 병을 전염시켰어요. 로즈먼드가 쓰러진 날은⋯ 26일이었나? 전 날짜가 어떻게 가는지 잊었어요. 사제나 로즈먼드나 전형적인 멍울이 나 있어요. 사제의 멍울은 이미 터져 줄줄 새고 있고요. 로즈먼드의 멍울은 딱딱하게 굳어서 계속 커지고 있어요. 호두만 해요. 멍울 주변은 뜨겁고요. 사제나 로즈먼드나 고열에 시달리고 있고 수시로 정신 착란 증세를 보여요.

로슈 신부와 저는 둘을 내실에 격리했어요. 사람들에게 집에만 있어야 하며, 서로 가까이하는 일을 없게 하라고 단단히 일렀지만 이미 늦은 듯해요. 마을 사람 대부분은 크리스마스 만찬에 참여했고 이 집안 식구 모두는 여기에서 사제와 함께 있었거든요.

증상이 나타나기 전에 이 병이 감염되는지, 그리고 잠복기가 얼마나 되는지 알 수 있다면 좋겠어요. 페스트에는 세 가지 종류가 있지요. 쥐벼룩에 의해 감염되는 선페스트. 땀방울이나 재채기로 감염되는 폐페스트. 마지막으로, 곧장 혈류를 타고 들어가는 패혈증 페스트. 그리고 폐페스트가 제일 감염도가 높다는 것을 알고 있어요. 다른 사람 앞에서 기침하거나 숨을 쉬기만 해도, 사람들을 만지기만 해도 병을 옮길 수 있지요. 사제와 로즈먼드는 둘 다 선페스트에 걸린 것 같아요.

너무나 겁이 나서 어찌해야 할지 아무런 생각도 할 수 없어요. 공포가 저를 격랑 속으로 밀어 넣고 있어요. 전 일을 제대로 처리할 거예요. 하지만 어느 순간 머리 꼭대기까지 공포에 사로잡혀 제가 페스트를 피해 이 방에서, 이 집에서, 이 마을에서 도망치지 않도록 침대 가장자리를 꽉 잡아야만 해요!

물론 저는 페스트 예방 접종을 받았어요. T세포 강화 접종과 바이러스 예방 접종도 여기 올 때 받고 왔지요. 뭐가 어찌 되었든 그 약효가 아직 몸속에 남아 있겠지만 매 순간 사제가 저를 만질 때마다 겁이 나 움칫거려요. 로슈 신부님도 마스크를 쓰는 것을 자꾸만 잊어버리고 있어요. 로슈 신부님이나 아그네스가 페스트에 걸릴까 두려워요. 사제가 죽을까 두려워요. 로즈먼드도 걱정돼요. 마을 사람 누군가가 폐페스트에 걸려 죽을까 두렵고, 그리고 거윈이 돌아오지 않아 랑데부 시기 전에 강하 지점을 찾을 수 없을까 두려워요.

(사이)

조금 기분이 안정되었네요. 던워디 교수님이 듣고 계시든 아니든 간에 교수님한테 이야기하고 나니 도움이 되네요.

로즈먼드는 젊고 강해요. 그리고 페스트가 모두를 다 죽인 것은 아니잖아요. 한 명도 안 죽은 마을도 있었고요.

27

사람들은 로즈먼드를 내실로 데리고 올라가 침대 옆 좁은 공간에 건초로 침대를 만들고 그 위에 눕혔다. 로슈 신부는 건초 위에 아마포 시트를 덮은 뒤 이불을 가지러 헛간 다락으로 갔다.

키브린은 로즈먼드가 사제의 기괴한 혀와 시커먼 피부를 보고 도망갈까 봐 두려웠지만, 로즈먼드는 사제에게 눈길도 주지 않았다. 로즈먼드는 서코트와 신발을 벗고 좁은 건초 침대 위에 조용히 누웠다. 키브린은 침대에서 토끼털 이불을 가지고 와 로즈먼드에게 덮어주었다.

"저도 사제님처럼 소리 지르면서 사람들한테 덤벼들게 되는 건가요?" 로즈먼드가 물었다.

"아니란다." 키브린이 미소를 지으려 애쓰면서 말했다. "잠을 좀 청해보렴. 어디 아픈 데는 없니?"

"배가 아파요." 손을 배에 얹으며 로즈먼드가 말했다. "그리고 머리도 아파요. 블로에 경은 열병에 걸리면 마구 발광한다고 했어요. 저는 그걸 절 겁주려고 하는 말로 생각했죠. 블로에 경이 또 사람들이 입에서 피가 나올 때까지 발광하다가 결국은 죽는 거라고 했어요. 아그네스는 어디 있어요?"

"다락에 어머니랑 같이 있어." 키브린은 엘로이즈에게 아그네스와 이메인 부인을 데리고 다락으로 가서 나오지 말라고 했고 엘로이즈는 로즈먼드에게 눈길도 주지 않고 키브린의 말대로 했다.

"아버지께서 곧 오실 거예요." 로즈먼드가 말했다.

"이제 조용히 하고 쉬려무나."

"할머니는 제가 남편을 두려워하는 것은 대죄라고 그러셨지만 안 그럴 수 없어요. 블로에 경이 품위 없이 나를 만졌고 있지도 않은 이야기를 꾸며서 해댔단 말이에요."

'블로에 경이 고통 속에서 죽어버렸으면 좋겠어.' 키브린은 생각했다. '그 사람이 벌써 감염되었으면 좋겠어.'

"아버지께서는 돌아오시는 길일 거예요." 로즈먼드가 말했다.

"로즈먼드, 자야지."

"아버지가 오시면 블로에 경이 여기 있어도 감히 나를 만지지 못할 거예요." 로즈먼드는 이렇게 말하고 두 눈을 감았다. "내가 아니라 블로에 경이 겁을 낼 거예요."

로슈 신부가 이부자리를 한 아름 안고 들어왔다가 다시 밖으로 나갔다. 키브린은 신부가 가져온 이불로 로즈먼드를 잘 덮어주고 사제의 침대에서 가져온 모피는 다시 사제에게 가져갔다.

사제는 여전히 조용히 누워 있었지만 숨소리가 다시 거칠어지기 시작했으며 때때로 기침을 했다. 사제는 입을 벌린 채였고 혀에는 백태가 잔뜩 끼었다.

'로즈먼드가 이걸 겪게 해서는 안 돼.' 키브린은 생각했다. '로즈먼드는 이제 고작 열두 살이란 말이야. 내가 할 수 있는 일이 있을 거야. 뭔가가.' 페스트균은 박테리아다. 스트렙토마이신과 설파제로 치료할 수 있다. 하지만 키브린은 그 약을 제조하는 법을 몰랐으며 강하 지점이 어디인지도 알지 못했다.

그리고 거원은 바스로 떠났다. 당연히 거원은 떠났다. 엘로이즈가 거원을 껴안으며 그렇게 지시했고 거윈은 세상 끝까지라도 가서 엘로이즈가 원하는 것이라면 무엇이든지, 심지어 엘로이즈가 원하는 것이 자기 남편을 다시 불러들이는 일이라 해도 그렇게 할 것이다.

키브린은 거윈이 바스에 다녀오는 데 얼마나 걸릴지 생각해봤다. 여기서 바스까지는 70킬로미터였다. 말을 급하게 몰아치면 하루하고 반나절이면 바스에 닿을 수 있다. 갔다가 오는 데는 사흘이 걸린다. 지체하는 일 없이, 기욤 경을 곧장 찾아내는 경우에, 여행 도중 병에 걸리지 않는다는 가정하에서였다. 아렌스는 페스트에 걸려 치료받지 못하면 나흘이나 닷새 사이에 사망한다고 했다. 키브린은 사제가 그렇게 오래 살아남을 수 있을 것 같지는 않았다. 사제의 체온이 다시 올라갔다.

키브린은 사람들이 로즈먼드를 데리고 올라왔을 때 이메인 부인의 손궤를 침대 아래로 밀어 넣어두었다가, 혼자 남았을 때 다시 꺼내서 바짝 말린 허브와 각종 가루를 살펴보았다. 중세 사람들은 페스트에 대한 가정 요법으로 고추나물이나 노박덩굴 따위를 길러 썼지만 효능은 에메랄드 가루와 하등 다를 바 없었다.

개망초는 도움이 될 수도 있었지만 작은 아마포 주머니를 아무리 뒤져봐도 분홍색 혹은 자줏빛 도는 꽃잎은 찾을 수 없었다.

로슈 신부가 돌아오자 키브린은 신부에게 강에서 나는 버드나무 가지를 가져다달라고 했고 그것을 물에 담가 쓴 차를 우려냈다. "이건 무엇을 우린 물인가요?" 로슈 신부가 키브린이 만든 차를 맛보더니 인상을 쓰며 말했다.

"아스피린입니다." 키브린이 말했다. "제 희망 사항이지만요."

로슈 신부는 맛 따위는 아무래도 좋을 사제에게 키브린이 우려낸 차를 한 컵 마시게 했고, 덕분에 사제의 열은 조금 내려간 듯했다. 하지만 로즈먼드는 오후 내내 열이 치솟다가 한기가 들었는지 부들부들 떨기 시작했다. 로슈 신부가 만종을 울리기 위해 떠났을 무렵에 로즈먼드는 손을 델 수 없을 만큼 불덩이가 되어 있었다.

키브린은 로즈먼드를 발가벗기고 팔과 다리를 찬물로 씻어 열을 어떻게든 떨어뜨려 보려고 애썼지만, 로즈먼드는 화를 내며 키브린을 피해 몸을 움츠렸다. "이렇게 저를 만지는 건 품위 있는 행동이 아닙니다. 블로에 경." 이를 덜덜거리며 로즈먼드가 말했다. "아버지께서 돌아오시면 이 모든 일을 꼭 말씀드릴 겁니다."

로슈 신부는 돌아오지 않았다. 키브린은 우지 등에 불을 밝히고 이불로 로즈먼드를 빈틈없이 덮어주었다. 로슈 신부에게 무슨 일이 생긴 것은 아닐까 걱정이 되었다.

연기가 자욱한 불빛 아래에서 보니 로즈먼드는 훨씬 상태가 안 좋아 보였다. 얼굴은 창백했고 바짝 야위어 있었다. 로즈먼드는 혼수상태에 빠져 중얼거렸고 아그네스를 끊임없이 불러대다가 한번은 너무나 언짢아하며 말했다. "신부님은 어디 가셨죠? 벌써 돌아오셨어야 하잖아요."

'그랬어야지.' 키브린은 생각했다. 만종은 30분 전에 울렸다. "로슈 신부님은 부엌에 있어." 키브린은 혼잣말했다. 우리에게 가져다줄 수프를 만들면서 말이야. 아니면 엘로이즈에게 로즈먼드의 상태를 말하러 갔을 거야. 로슈 신부님은 아프지 않아. 하지만 키브린은 일어서서 창가 의자 위로 올라가 안뜰을 살폈다. 점점 추워지며 하늘 위로 어둠이 내리고 있었다. 안뜰에는 아무도 없었다. 소리도, 불빛도 없었다.

그때 로슈 신부가 문을 열었고 키브린은 활짝 웃으며 창가 의자에서 뛰어내렸다. "어디 갔다 오신 거예요, 전…." 키브린은 말을 하다가 멈췄다.

로슈 신부는 정복을 입고 성유와 노자 성체를 들고 있었다. '아니야.' 키브린이 로즈먼드를 바라보며 생각했다. '안 돼.'

"마름인 울프와 쭉 같이 있었습니다." 로슈 신부가 말했다. "고백 성사를 듣고 오는 길입니다." 하느님 감사합니다. 로즈먼드 때문이 아니었구나. 이런 생각에 안도하다가 키브린은 로슈 신부의 말이 무엇을 뜻하는지 불현듯 깨달았다. 마을 내 일이잖아.

"확신하십니까?" 키브린이 물었다. "그 사람이 페스트… 종기가 나 있던가요?"

"예."

"식구가 몇 명인가요?"

"아내와 아들이 둘 있습니다." 로슈 신부는 지친 목소리로 말했다. "마름의 부인에게 마스크를 착용하라고 시켰습니다. 두 아들에게는 버드나무를 잘라 오라고 했고요."

"잘하셨습니다." 키브린은 말했다. 어차피 쓸모없는 행동인데 뭘 잘했단 말인가? 아니, 진실이 아니었다. 울프 역시 폐페스트가 아닌 선페스트에 걸린 것일 테니 부인과 두 아들은 페스트에 걸리지 않았을 확률이 있었다. 하지만 울프가 감염시킨 사람들은 도대체 몇 명이며 울프에게 페스트를 옮긴 사람은 또 누구일까? 울프는 사제와는 아무런 접촉도 없었을 것이다. 사제의 하인 중 한 명으로부터 옮은 것이 틀림없었다. "또 아픈 사람은 없던가요?"

"없습니다."

아무 정보도 되지 못했다. 사람들이 로슈 신부를 찾는 것은 아프다 못해 두려움에 떨게 될 때였기 때문이다. 마을 주민 중 이미 서너 명, 아니 어쩌면 열 명 이상이 페스트에 걸렸을 것이다.

키브린은 창가 의자에 주저앉아 앞으로 어떻게 해야 할지 정리하려 애를 썼다. '아무것도 없어. 내가 할 수 있는 일은 아무것도 없어. 페스트는 이 마을 저 마을을 쓸어버렸어. 마을의 모든 가족을 죽이고 무수한 마을들을 파괴하면서 말이야. 유럽 인구의 3분의 1에서 절반가량을 죽였어.'

"안 돼!" 로즈먼드가 비명을 지르며 일어서려 애를 썼다.

키브린과 로슈 신부는 둘 다 로즈먼드에게 뛰어갔지만, 로즈먼드는 다시 침대에 누운 상태였다. 키브린과 로슈 신부는 로즈먼드를 다시 잘 덮어주었지만, 로즈먼드는 또다시 이불을 차 내버렸다. "어머니께 이를 테야, 아그네스. 이 못된 계집애야." 로즈먼드가 중얼거렸다. "날 내보내줘."

✳

밤이 깊어갈수록 점점 추워졌다. 로슈 신부는 화로에 담을 석탄을 좀 더 가지고 왔고 키브린은 창가 의자에 올라서 밀랍을 칠한 아마포를 창문 아래로 늘어뜨려 꽉 묶었지만 그래도 얼어붙을 듯 추웠다. 키브린과 로슈 신

594

부는 번갈아 가며 화로 근처에 가 웅크리고 몸을 녹이며 잠시라도 눈을 붙이려 했지만, 그때마다 로즈먼드처럼 떨면서 다시 깨고는 했다.

사제는 떨지 않았지만 춥다고 투덜거렸다. 사제의 발음은 분명치 않아 술 취한 사람의 주정처럼 들렸다. 사제의 두 발과 두 손 역시 차가웠고 감각이 없어진 지 오래였다.

"로즈먼드와 사제님은 불이 필요합니다." 로슈 신부가 말했다. "홀에 데리고 내려가야 합니다."

'이해하지 못했군요. 우리의 유일한 희망은 환자들을 격리해서 전염병이 퍼지지 않게 하는 것뿐이라고요. 하지만 이미 퍼졌는걸.' 키브린은 생각했다. 이미 손발이 차가워져 가는데 불을 쬐어줘 봤자 무슨 소용이 있겠어? 키브린은 이 시대 사람들의 평범한 오두막에, 이 시대 사람들의 불 옆에 앉아 있어보았다. 그 불은 고양이조차 따뜻하게 하지 못할 정도였다.

'고양이들도 죽었어.' 키브린은 생각하면서 로즈먼드를 바라보았다. 오한이 드는지 가엽게 고통스러워하고 있었다. 로즈먼드는 이미 앙상하게 여위고 아주 많이 지쳐 보였다.

"생명이 빠져나가고 있습니다." 로슈 신부가 말했다.

"알고 있습니다." 키브린이 이부자리를 집어 들며 말했다. "메이즈리에게 홀 바닥에 지푸라기를 깔라고 말해주세요."

사제는 계단을 걸어 내려갈 기력은 있어 키브린과 로슈 신부가 부축해주면 되었지만 로즈먼드는 로슈 신부가 안고 내려가야 했다. 엘로이즈와 메이즈리는 홀 구석에 지푸라기를 깔았다. 아그네스는 여전히 잠들어 있었고 이메인 부인은 전날 밤 무릎 꿇고 있던 바로 그 장소에서 두 손을 얼굴 앞에 단호하게 모아들고 앉은 채였다.

로슈 신부가 로즈먼드를 내려놓았다. 엘로이즈는 로즈먼드를 덮을 거리로 감싸주었다. "아버지는 어디 계세요?" 로즈먼드가 잠긴 목으로 아버지를 찾았다. "아버지가 왜 여기 안 계시는데요?"

아그네스가 몸을 뒤척였다. 분명히 조만간 깨서 로즈먼드가 누워 있는 건초 침대에 기어오르려 들 것이고 사제를 넋 놓고 바라볼 것이다. 키브린은 아그네스를 이들과 격리할 방법을 찾아내야 했다. 키브린은 대들보를 쳐다보았지만 대들보는 커튼을 달기에 너무 높았고 다락에 올라가도 높기는 마찬가지였다. 이부자리나 모피도 이미 바닥난 상태였다. 키브린은 벤치들을 눕혀 바리케이드를 쳤다. 엘로이즈와 로슈 신부가 도와주러 다가왔다. 두 사람은 가대식 식탁을 쓰러뜨려 벤치들에 기대놓았다.

엘로이즈는 로즈먼드 옆으로 가 앉았다. 로즈먼드는 화로 불빛에 얼굴이 붉게 물든 채로 잠을 자고 있었다.

"마스크를 착용하셔야 해요." 키브린이 말했다.

엘로이즈는 고개를 끄덕였지만 움직이지 않았다. 엘로이즈는 흐트러진 로즈먼드의 머리카락을 뒤로 쓸어 넘겼다. "남편은 이 아이를 가장 예뻐했죠." 엘로이즈가 말했다.

로즈먼드는 아침이 반쯤 지날 때까지 잠을 잤다. 키브린은 크리스마스 장작을 화로 옆으로 꺼낸 뒤 잘라낸 장작을 화로에 넣었다. 그러고는 사제의 발치를 드러내 두 발에 열기가 닿을 수 있게 해주었다.

흑사병이 창궐했을 때 교황의 주치의는 교황을 큰 모닥불 두 개 사이에 있는 방으로 가 있게 했고, 그 덕분에 교황은 페스트에 걸리지 않았다고 했다. 페스트균이 화기에 눌려버린 것으로 생각하는 역사학자들도 있었다. 페스트균을 보유한 무리에게서 떨어져 있었다는 게 교황이 살아남게 된 원인이라 보는 게 더 타당하겠지만 어찌 되었든 시도해볼 만한 일이었다. '뭐가 되었든지 간에 일단은 해봐야 해.' 키브린은 로즈먼드를 바라보며 생각했다. 키브린은 불에 땔거리를 더 집어넣었다.

아침이 반 넘게 지났음에도 로슈 신부는 아침 기도를 드리기 위해 나갔다. 종소리에 아그네스가 깼다. "왜 벤치들을 쓰러뜨려 놓았어요?" 바리케이드 쪽으로 뛰어오며 아그네스가 물었다.

"여기를 넘어오면 안 돼." 키브린이 바리케이드 뒤에 서서 말했다. "할머니랑 같이 있어."

아그네스는 벤치 위로 기어 올라와 가대식 식탁 너머를 훔쳐보았다. "로즈먼드 언니가 보여요." 아그네스가 물었다. "언니가 죽었어요?"

"언니는 아주 많이 아파." 키브린이 단호하게 일러주었다. "넌 이 근처에 오면 안 돼. 수레를 가지고 놀렴."

"로즈먼드 언니가 보고 싶어요." 아그네스가 한쪽 다리를 탁자에 올려놓으며 말했다.

"안 돼!" 키브린이 소리쳤다. "가서 할머니 옆에 얌전히 앉아 있으라고 했잖아!"

아그네스는 놀란 표정을 짓더니 이내 울음을 터뜨렸다. "로즈먼드 언니가 보고 싶단 말이에요." 하지만 아그네스는 울고불고하면서도 이메인 부인 옆에 가서 앉았다.

"울프의 장남이 아픕니다." 로슈 신부가 들어와서 전했다. "멍울이 생겼습니다."

오전 중에 페스트 감염자가 두 명 더 나왔고 오후엔 한 명이 추가되었다. 집사의 아내 역시 페스트에 걸렸다. 집사의 아내를 제외한 모든 감염자에게는 멍울이나 림프선에 작은 씨앗 같은 종기가 돋았다.

키브린은 로슈 신부와 함께 집사의 아내를 보러 갔다. 집사의 아내는 갓난아기를 돌보고 있었다. 마르고 날카로운 얼굴이 더욱 날카로워 보였다. 하지만 기침을 하거나 구토 증상은 보이지 않았고, 키브린은 멍울이 아직 뭉쳐지지 않은 단계이기만을 빌었다. "마스크를 착용하세요." 키브린은 집사에게 일렀다. "아이에겐 우유를 먹이고요. 엄마에게서 아이를 떼어놓으세요." 절망 속에서도 키브린이 말했다. 방 둘에 아이 여섯이라니. 키브린은 제발 폐페스트가 아니기를, 한 아이만이라도 페스트에 걸리지 않고 살아남기를 간절히 바랐다.

적어도 아그네스는 안전했다. 아그네스는 키브린이 소리 지른 이후 바리케이드 근처에 얼씬도 하지 않았다. 아그네스는 키브린을 너무나도 사나운 눈으로 노려보며 한동안 앉아 있었다. 다른 상황이었더라면 분명 재미있는 표정으로 여겼을 것이다. 이윽고 아그네스는 다락에서 장난감 수레를 가지고 와서 제일 높은 탁자 위에 올려놓더니 수레를 가지고 놀았다.

로즈먼드가 잠에서 깼다. 로즈먼드는 쉰 목소리로 마실 것을 한 잔 가져다달라고 키브린에게 부탁했고 키브린이 가져온 음료를 마시자마자 다시 조용히 잠이 들어버렸다. 사제조차 선잠에 빠져들었으며 거칠었던 숨소리도 작아졌다. 키브린은 다행이라 여기며 로즈먼드 옆에 주저앉았다.

사실, 밖에 나가 최소한 로슈 신부가 마스크를 착용하고 손을 씻게끔 해야 했지만 피로가 너무나 갑자기 밀려와서 꼼짝도 할 수 없었다. '잠시 누워서 쉬면.' 키브린은 생각했다. '뭔가 방법이 생각날지도 몰라.'

"까망이를 보러 갈래요."

키브린은 고개를 홱 돌려 뒤돌아보았다. 너무 놀란 나머지 잠이 다 달아나버렸다.

아그네스는 단단히 작정한 듯 빨간 망토와 두건을 갖춰 입고 바리케이드에 겁도 없이 바짝 붙어 서 있었다. "강아지 무덤에 데려가준다고 약속했잖아요."

"쉿, 그러다가 언니 깨겠다." 키브린이 말했다.

아그네스는 울기 시작했지만, 평소 고집부릴 때처럼 목 놓아 우는 게 아니라 조용히 훌쩍였다. '아그네스도 한계에 다다랐구나. 온종일 혼자 있지, 로즈먼드와 로슈 신부님과 나에게는 가까이 오면 안 된다고 하지, 모든 사람이 바쁘고 혼란스러워하고 겁에 질린 표정을 하고 있으니 그럴 만도 하지. 가여운 것.'

"약속했잖아요." 아그네스의 입술이 파르르 떨리고 있었다.

"지금은 강아지를 보러 갈 수 없단다." 키브린이 달래듯이 말했다. "대신에 이야기를 하나 해줄게. 그렇지만 아주 조용해야 해." 아그네스는 입술에 손가락을 가져다 댔다. "로즈먼드나 사제님을 깨우면 안 되는 거야."

아그네스는 흐르는 코를 한 손으로 쓱 문질러 닦았다. "숲속 아가씨 이야기 해줄 거예요?" 아그네스가 소곤소곤 말했다.

"그래."

"내 손수레도 옆에서 같이 들어도 되지요?"

"당연하지." 키브린도 속삭였다. 그러자 아그네스는 눈 깜짝할 사이에 홀을 가로질러 뛰어가 수레를 가져오더니 벤치를 기어오르며 바리케이드 위에 앉으려 했다.

"아그네스, 넌 탁자 너머 바닥에 앉아야 해." 키브린이 말했다. "그리고 나는 여기, 이쪽에 앉아 있을 거고."

"그러면 못 듣잖아요." 아그네스의 얼굴이 다시 어두워졌다.

"아니야, 들을 수 있어. 네가 아주 조용히만 하면 말이야."

아그네스는 벤치에서 내려와 재빨리 탁자 너머에 자리를 잡았다. 손수레도 자기 옆에 놓았다. "아주 조용히 해야 해." 아그네스가 수레에게 일렀다.

키브린은 환자들을 조용히 바라보다가 탁자 너머에 앉아서 뒤로 기댔다. 피로가 또다시 밀려왔다.

"옛날 옛날, 아주 먼 곳에." 아그네스가 재촉했다.

"옛날 옛날에, 아주 먼 곳에, 아주 작은 여자아이가 살았대요. 아이 집 옆에는 아주 큰 숲이 있었는데요…."

"아이의 아버지가 이렇게 말했대요. '절대로 숲속으로 들어가지 마라'. 하지만 여자아이는 나빠서 그 말을 듣지 않았어요." 아그네스가 말했다.

"여자아이는 나빠서 말을 듣지 않았더래요." 키브린이 말했다. "아이는 망토를 입고…."

"두건이 달린 빨간 망토요." 아그네스가 말했다. "그리고 아이는 아버지가 숲속으로 가지 말라고 했는데도 말을 안 듣고 숲으로 들어갔대요."

아버지가 가지 말라고 했는데도 말을 안 듣고. '진짜로 괜찮을 거예요.' 키브린은 던워디 교수에게 큰소리를 치고는 이곳에 왔다. '저 하나 정도는 추스를 수 있단 말이에요.'

"여자아이는 숲으로 들어가지 말아야 했어요. 그렇죠?" 아그네스가 말했다.

"여자아이는 숲속에 뭐가 있는지 궁금했거든. 아주 조금만 들어가볼 생각이었단다." 키브린이 말했다.

"그러면 안 되는 거였어요." 아그네스는 이제 판결까지 내리고 있었다. "난 절대로 그러지 않을 거예요. 숲은 너무 깜깜해요."

"숲속은 아주 캄캄했고 무서운 소리가 났단다."

"늑대예요." 아그네스가 말했다. 키브린은 아그네스가 한껏 자신에게 가까이 있으려고 슬금슬금 탁자 쪽으로 다가오는 소리를 들었다. 아그네스가 의자에 기대 몸을 웅크리고 무릎은 모으고 작은 손수레를 가슴에 꽉 안고 있는 장면이 눈에 선했다.

"아이는 혼잣말을 했대요. '난 여기가 정말 맘에 안 들어.' 그리고 아이는 집으로 돌아가려고 했는데 너무나 어두워서 왔던 길을 찾을 수가 없었어요. 그런데 갑자기 뭔가가 아이 앞으로 불쑥 튀어나왔어요!"

"늑대예요." 아그네스가 숨을 몰아쉬었다.

"아니." 키브린이 말했다. "곰이었어요. 곰이 이렇게 말했대요. '내 숲에서 뭘 하는 거냐?'"

"아이는 너무나 무서웠어요." 아그네스는 기어들어 가는 목소리로 말했다.

"맞아. '제발 저를 잡아먹지 마세요, 곰 님.' 여자아이가 말했어요. '저는 길을 잃어서 집으로 가는 길을 찾지 못하고 있어요.' 곰은 무섭게 생겼어도 사실은 친절했기 때문에 이렇게 대답했대요. '너를 도와 이 숲에서 빠져나가는 길을 찾아주겠다.' 그러자 여자아이가 물었어요. '어떻게요? 이렇게 어두운데요.' '올빼미한테 물어보면 된다.' 곰이 말했어요. '올빼미는 어둠 속에서도 볼 수 있지.'"

키브린은 즉석에서 이야기를 만들어내면서 계속했다. 그런데도 이상할 정도로 이야기가 술술 나왔다. 아그네스는 이야기 중간에 끼어드는 것을 그만두었다. 키브린은 이야기하면서 벌떡 일어서 바리케이드 너머를 흘끔 보았다. "'이 숲에서 빠져나가는 길을 알고 있니?' 곰이 올빼미에게 물었어요. '그럼.' 올빼미가 대답했어요."

아그네스는 탁자에 기대 자고 있었다. 망토는 흐트러져 주위로 흘러 내려왔지만 손수레는 꼭 안은 채였다.

아그네스에게 뭔가를 덮어줘야 했지만 감히 그럴 생각조차 하지 못했다. 이부자리란 이부자리는 모두 페스트균으로 가득했다. 키브린은 구석에 앉아 벽을 바라보며 기도를 올리는 이메인 부인을 바라보았다. "이메인 부인." 키브린이 나직하게 불렀지만 이메인 부인은 들은 척도 하지 않았다.

키브린은 화로에 땔감을 좀 더 넣고 탁자에 앉아 머리를 뒤로 기댔다. "'난 이 숲에서 나가는 길을 알아.' 올빼미가 말했어요. '내가 알려줄게.'" 키브린이 소곤소곤 이야기했다. "하지만 올빼미는 나무 높이 날아가버렸어요. 너무너무 빨리 날아가서 곰과 여자아이는 뒤쫓아 갈 수가 없었대요."

✳

키브린은 자신도 모르게 잠이 든 모양이었다. 다시 눈을 떴을 때 불은 꺼져가고 있었고 목이 뻐근했다. 로즈먼드와 아그네스는 아직 잠에서 깨지 않았지만 사제는 깨어 있었다. 사제가 키브린을 향해 뭐라고 말을 했지만 알아들을 수 없었다. 사제의 혀 전체에 백태가 앉았고 숨에서 지독한 악취가 났다. 악취가 너무 심해 키브린은 숨을 쉬려 고개를 돌려야만 했다. 사제의 멍울에서는 썩은 고기 냄새가 나는 검은빛 진물이 다시 흐르기 시작했다. 키브린은 구역질을 참기 위해 이를 꽉 물고 붕대를 갈아주었다. 벗겨낸 붕대는 홀 한구석으로 가져다 놓고 밖으로 나가 차가운 우물물로 두 손을 헹구었다. 한 손으로 두레박을 쏟아 다른 한 손을 씻고 반대편 손도 그렇게 했다. 그리고 찬 공기를 연거푸 들이마셨다.

로슈 신부가 안뜰로 들어왔다. "할의 아들인 울릭." 신부가 키브린과 함께 집 안으로 들어가면서 말했다. "그리고 집사의 장남인 월테프도 아픕니다." 로슈 신부는 문에서 제일 가까운 벤치에 걸려 비틀거렸다.

"너무 지치셨어요." 키브린이 말했다. "어디 가서 눈 좀 붙이세요."

홀의 다른 곳에서는 이메인 부인이 발이 저린 듯 어색한 자세로 일어서 있었다. 이메인 부인은 홀을 가로질러 키브린과 로슈 신부에게 다가왔다.

"그럴 수 없습니다. 버드나무 가지를 벨 칼을 가지러 왔습니다." 로슈 신부는 그렇게 말하면서도, 불 옆에 주저앉아 넋 나간 표정으로 불꽃을 바라보았다.

"그러면 잠깐이라도 쉬세요." 키브린이 말했다. "맥주를 좀 가져다드릴게요." 키브린은 벤치를 한쪽으로 밀고 맥주를 가지러 갔다.

"당신이 이곳에 병을 몰고 온 것입니다." 이메인 부인이 입을 열었다.

키브린이 뒤돌아섰다. 노파는 홀 한가운데 서서 로슈 신부를 노려보고 있었다. 두 손을 모아 책을 가슴에 받쳐 들었다. 성유물함이 두 손에 매달려 대롱거렸다. "이곳에 역병이 들이닥친 것은 당신이 저지른 죄악 때문입니다."

노파는 키브린 쪽으로 돌아섰다. "저 사람은 성 유세비우스 축일[50]에 성 마르틴 축일을 위한 설교를 한 적이 있습니다. 또 장백의에는 때가 잔뜩 묻어 있습니다." 블로에 경의 누이에게 불평을 털어놓을 때의 목소리 그대로였다. 노파는 성유물함을 더듬으며 고리 하나에 신부의 죄악 하나라는 식으로 셈을 하고 있었다. "그리고 지난 수요일 저녁 기도를 올리고 난 다음에 교회 문을 닫아두지 않았습니다."

'지금 저 늙은 여인은 자기 죄를 억지로 정당화하고 있는 거야.' 키브린은 이메인 부인을 바라보면서 생각했다. 주교에게 새 지도 신부를 보내달라고 편지를 썼던 것도 저 여인이고, 그들에게 자기네가 있는 곳을 알려준 것도 저 여인이었어. 저 늙은 여인은 자기가 페스트를 이곳으로 불러들였다는 사실을 인정할 수 없는 거겠지. 이메인 부인을 보고 있노라면 그 어떤 동정심도 생기지 않았다. '당신은 신부님을 비난할 자격이 없어. 로슈 신부님은 자기가 할 수 있는 것은 전부 다 했단 말이야. 신부님이 그러고 있을 때 당신은 방 한구석에 처박혀 기도나 올렸고 말이야.'

"하느님께서 벌을 내리셔서 페스트가 퍼진 게 아닙니다." 키브린은 이메인 부인에게 매섭게 쏘아붙였다. "병일 뿐입니다."

"그리고 로슈 신부는 고백 성사도 잊어버렸습니다." 이메인 부인은 말은 이렇게 했지만 절뚝거리며 자기 자리로 돌아가 무릎을 꿇었다. "그리고 제단에 올려야 할 초를 루드 스크린 위에 올렸습니다."

키브린은 로슈 신부 쪽으로 몸을 돌렸다. "비난받을 사람은 아무도 없어요." 키브린이 말했다.

로슈 신부는 불을 응시하고 있었다. "주께서 우리를 벌주시는 것이라면." 로슈 신부가 말했다. "아주 큰 죄에 대해 화가 나신 것입니다."

"그 누구의 죄도 아닙니다." 키브린이 말했다. "벌을 내리신 것도 아니고요."

"*Dominus*(하느님)!" 사제가 몸을 일으키려 하면서 소리를 질렀다. 그리고 기침을 했다. 토하지는 않았지만 사제는 가슴이 뜯길 것만 같은 기침 소리를 냈다. 그 소리에 로즈먼드가 깼고 흐느껴 울기 시작했다. '천벌은 아니라 할지라도.' 키브린은 생각했다. '천벌처럼 보이는 건 분명해.'

자고 일어났어도 로즈먼드는 아무 차도도 보이지 않았다. 열은 다시 오르기 시작했고 두 눈은 움푹 들어가 보였다. 아주 작은 움직임에도 채찍으로 후려 맞은 듯 움찔거렸다.

'이러다간 죽을 거야.' 키브린은 생각했다. '뭔가를 해야겠어.'

로슈 신부가 다시 왔을 때 키브린은 내실로 올라가 약이 담겨 있는 이메인 부인의 손궤를 가지고 내려왔다. 이메인 부인은 입술만 조용히 달싹거리며 지켜보고 있었다. 하지만 키브린이 이메인 부인 앞에 손궤를 내려놓고 아마포 주머니 안에 뭐가 들어 있냐고 묻자 이메인 부인은 두 손을 모아 얼굴에 가져다 대고는 눈을 감아버렸다.

키브린도 몇몇은 구분해낼 수 있었다. 아렌스는 키브린에게 약초를 공부하게 시켰고 덕분에 키브린은 컴프리와 그 밖의 지칫과에 속하는 식물 몇 종류, 바스러진 쑥국화 잎을 구별할 수 있었다. 정신이 박힌 사람이라면 절대로 다른 사람에게 주지 못할 황화수은 가루 쌈지도 보였다. 황화수은은 가루와 마찬가지로 아무 쓸모도 없는 디기탈리스가 담긴 쌈지도 보였다.

키브린은 물을 끓인 후 식별 가능한 약초를 전부 쏟아붓고 휘저었다. 여름의 숨결처럼 기분 좋은 향이었고 버드나무 껍질 차보다 쓰지도 않았지만 도움이 되지는 않았다. 사제는 해가 질 때까지 계속해서 기침해댔고 로즈먼드의 배와 팔에는 빨간 종기가 잡히기 시작했다. 로즈먼드의 멍울은 달걀만큼 크고 단단해졌다. 키브린이 만지자 로즈먼드는 고통스러워 어쩔 줄 몰라 하며 비명을 질렀다.

'흑사병이 창궐했을 때 의사들은 멍울에 각종 연고를 바르거나 베어내거나 했어. 그뿐이 아니지. 채혈 요법을 쓰거나 비소를 먹이는 처방을 하기도

했잖아. 사제는 멍울이 터진 다음 차도가 있는 것 같은데다 아직 살아 있어.' 키브린은 생각했다. 하지만 멍울을 떼어냈다가 감염이 확산될 수도, 환자의 상태가 악화될 수도 있었고 페스트가 혈류를 타고 들어갈 수도 있는 일이었다.

키브린은 물을 데워 헝겊에 적신 다음 멍울에 얹었다. 미지근한 온도였는데도 천이 닿자마자 로즈먼드는 비명을 질렀다. 키브린은 물러서서 찬물을 가져와야 했다. 찬물도 소용없었다. '무슨 처방을 어떻게 하든 아무 소용이 없어.' 키브린은 물에 적신 천을 로즈먼드의 겨드랑이에 대면서 생각했다. '아무 소용 없는 일이라고.'

'강하 지점을 찾아야 해.' 하지만 숲은 몇 킬로미터를 가도 끝이 보이지 않을 만큼 뻗었고 그 숲에는 수백 그루의 떡갈나무와 수십 개는 족히 될 빈터가 있었다. 키브린은 절대 강하 지점을 찾지 못할 것이다. 게다가 로즈먼드를 내버려두고 갈 수도 없었다.

어쩌면 거윈이 돌아올지도 모른다. 몇몇 도시는 문을 닫아걸었을 테니 거윈이 안으로 들어가지 못했을 수도 있고, 아니면 길에서 만난 누군가가 귀띔해줘서 기욤 경이 진즉에 죽었을지 모른다고 생각할 수도 있는 일이었다. '돌아와.' 키브린은 거윈을 애타게 기다렸다. '어서, 돌아오란 말이야.'

키브린은 이메인 부인의 주머니에 있는 내용물들의 맛을 보며 다시 뒤적이기 시작했다. 노란 가루는 유황이었다. 의사들은 전염병이 돌 때 유황을 사용하기도 했다. 의사들은 유황을 태워 공기를 소독했다. 키브린은 중세사 시간에 유황이 어떤 박테리아를 박멸시키는 작용을 한다고 들은 기억이 났다. 하지만 그게 황 화합물 상태로만 그런 것인지 아닌지는 기억나지 않았다. 어찌 되었든 멍울을 잘라내는 것보다 유황을 태우는 것이 안전했다.

키브린은 시험 삼아 유황을 한 줌 집어 불에 뿌려보았다. 그러자 갑자기 노란 구름이 일어 키브린의 마스크를 뚫고 들어왔고 목구멍이 화끈해졌다. 사제는 숨을 쉬지 못해 헐떡였고 구석에 앉아 있던 이메인 부인은 헛기침하기 시작했다.

키브린은 썩은 달걀 냄새가 몇 분이면 없어질 줄 알았지만 노란 연기는 홀 안에 휘장처럼 드리워져 빠져나갈 생각을 하지 않았다. 눈이 따끔거렸다. 메이즈리는 앞치마로 코를 막고 계속해서 기침하면서 밖으로 뛰어나갔고, 엘로이즈는 이메인 부인과 아그네스를 데리고 연기를 피하려 다락으로 올라갔다.

키브린은 문을 열어 고정한 뒤 부엌에서 쓰던 천으로 부채질을 해가며 환기를 시켰다. 얼마가 지나자 조금 나아지긴 했지만, 목은 여전히 타들어가는 것만 같았다. 사제도 기침을 그치지 않았다. 로즈먼드는 기침을 멈추었지만 맥은 여전히 너무나 느리게 뛰어 키브린은 간신히 맥을 느낄 수 있었다.

"어떻게 해야 할지 모르겠구나." 키브린은 메마르고 열이 나는 로즈먼드의 손목을 잡고 말했다. "난 할 수 있는 일은 뭐든지 다 했단다."

로슈 신부가 기침하면서 들어왔다.

"유황이에요." 키브린이 말했다. "로즈먼드 상태가 악화된 것 같아요."

로슈 신부는 로즈먼드를 바라보며 맥을 짚어보더니 밖으로 나갔다. 키브린은 신부가 밖으로 나간 것을 좋은 징조라고 여겼다. 상태가 심각하다면 로즈먼드의 곁을 떠나지 않을 것이다.

로슈 신부는 몇 분 후에 정복을 갖추어 입고 돌아왔다. 성유와 병자 성사 의식 때 쓰는 노자 성체를 지니고 있었다.

"그게 뭐지요?" 키브린이 물었다. "집사 아내가 죽었나요?"

"아닙니다." 로슈 신부는 키브린 너머 로즈먼드에게 시선을 고정시켰다.

"안 돼요." 키브린은 허둥지둥 일어나 로슈 신부와 로즈먼드 사이를 가로막았다. "병자 성사 의식을 하시게 두지는 않겠어요."

"고해도 못 하고 죽게 내버려둘 순 없습니다." 로슈 신부는 로즈먼드에게서 눈을 떼지 않았다.

"로즈먼드는 죽지 않아요." 키브린이 말하며 로슈 신부의 시선을 쫓았다.

로즈먼드는 이미 죽은 것처럼 보였다. 바싹 말라 갈라진 입은 반쯤 열려 있었고 깜박이지도 못하는 두 눈은 광채를 잃은 지 오래였다. 로즈먼드의 살갖은 누렇게 떴고, 갸르스름했던 얼굴은 땡땡 부어 있었다. '안 돼.' 키브

린은 필사적으로 생각했다. '어떻게든 이걸 멈춰야 해. 로즈먼드는 겨우 열두 살이란 말이야.'

로슈 신부가 성배를 들고 앞으로 다가서자 로즈먼드가 그러지 말라고 애원이라도 하듯 갑자기 팔을 들어 올리다가 떨어뜨렸다.

"먼저 페스트 종기를 열어야겠어요." 키브린이 말했다. "독을 밖으로 빼내야 합니다."

키브린은 로슈 신부가 로즈먼드의 고해부터 들어야 한다며 반대할 것으로 생각했지만, 예상 밖으로 키브린을 막지 않았다. 신부는 성유와 성배를 돌바닥에 내려놓고 칼을 가지러 갔다.

"날카로운 것으로 가져다주세요." 키브린은 신부의 등에 대고 소리쳤다. "그리고 포도주도 가져오세요." 키브린은 물 단지를 다시 불에 올려놓았다. 로슈 신부가 칼을 가지고 돌아오자 키브린은 칼자루 근처에 너덕너덕 붙은 흙을 손톱으로 긁어내며 물통에 있는 물로 씻어냈다. 키브린은 서코트의 끝자락으로 칼자루를 감싸 쥐고 불에 칼을 대고 있다가 끓는 물을 붓고 포도주를 부은 다음 다시 물을 부었다.

키브린과 로슈 신부는 로즈먼드를 불가로 옮겨 와 옆으로 돌려 누여서 멍울에 가능한 한 밝은 빛이 비치게 했다. 그리고 로슈 신부는 로즈먼드의 머리 쪽에 무릎 꿇고 앉았다. 키브린은 슈미즈에서 로즈먼드의 팔을 부드럽게 꺼내고는 천을 뭉쳐 베개로 만들어 머리에 받쳐주었다. 로슈 신부는 로즈먼드를 돌려 부풀어 오른 곳이 잘 보이도록 한 후 팔을 잡았다.

멍울은 이미 사과만큼 부풀었고 로즈먼드의 어깨 관절 부분 전체가 시뻘겋게 달아올라 퉁퉁 부어 있었다. 멍울의 가장자리는 말랑말랑해서 젤라틴 같았지만 가운데 부분은 아직도 딱딱했다.

키브린은 로슈 신부가 가져온 포도주병을 따서 천에 조금 적신 뒤 멍울을 부드럽게 문질렀다. 멍울은 살갗을 덧입혀놓은 돌덩어리 같았다. 키브린은 칼이 멍울 안으로 들어가기는 할지 걱정이 되었다.

키브린은 칼을 집어 들고 부풀어 오른 곳 위에 댔다. 동맥을 자를까 봐, 감염 부위를 확산시킬까 봐, 사태를 더 악화시킬까 봐 무서웠다.

"고통스러운 단계는 지났습니다." 로슈 신부가 말했다.

키브린은 로즈먼드를 내려다보았다. 키브린이 멍울을 누르는데도 로즈먼드는 움직이지 않았다. 로즈먼드는 키브린과 로슈 신부가 아닌 뭔가 무서운 것을 보고 있는 듯했다. '이보다 더 사태가 악화되지는 않아.' 키브린은 생각했다. '설령 내가 로즈먼드를 죽인다 할지라도 이보다 더 나쁜 상황으로 만들 수는 없는 거야.'

"팔을 붙들고 있으세요." 키브린이 말하자 로슈 신부는 로즈먼드의 팔목과 팔뚝 중간까지 꼼짝하지 못하게 잡은 뒤 바닥에 대고 팔을 눌렀다. 로즈먼드는 여전히 움직이지 않았다.

'재빠르게 두 번. 깨끗하게 베어내는 거야.' 키브린은 다짐했다. 그리고 심호흡을 하고 칼로 멍울을 건드렸다.

로즈먼드의 팔이 경련을 일으켰다. 어깨는 칼을 피하려는 듯 뒤틀렸고 가늘디가는 손은 갈고리처럼 손톱을 세웠다. "뭐 하는 거야?" 로즈먼드가 쉰 목소리로 말했다. "아버지한테 이를 거야!"

키브린은 움찔하며 칼을 뒤로 물렸다. 로슈 신부는 로즈먼드의 팔을 꽉 잡고 다시 바닥에 눌렀다. 그러자 로즈먼드는 힘없는 반대편 손으로 로슈 신부를 쳤다.

"난 기욤 디베리 경의 딸이야!" 로즈먼드가 소리쳤다. "나를 감히 이런 식으로 대할 순 없어!"

키브린은 칼에 아무것도 닿지 않도록 서둘러 물러섰다. 로슈 신부는 앞으로 나와 로즈먼드의 두 손목을 한 손으로 간단하게 움켜쥐었다. 로즈먼드는 힘없이 키브린에게 발길질을 해댔다. 성유가 엎어졌고 포도주가 엎질러져 바닥에 짙은 색 웅덩이를 만들었다.

"묶어야겠어요." 키브린은 말하고 나서야 자기가 칼을 살인자처럼 높이 쳐들고 있다는 사실을 깨달았다. 키브린은 엘로이즈가 찢어놓은 천 조각으로 급히 칼을 감싸고 다른 천을 찢었다.

키브린이 로즈먼드의 발목을 뒤집어놓지 않은 벤치에 묶는 동안 로슈 신부는 로즈먼드의 손목을 머리 위로 올려 잡고 있었다. 로즈먼드는 반항하지 않았지만 로슈 신부가 로즈먼드의 속옷을 걷어 올려 가슴이 드러나자 이렇게 말했다. "난 널 알아. 넌 캐서린 언니를 강탈했던 살인마야."

로슈 신부는 무게를 실어 로즈먼드의 팔뚝을 누르며 앞으로 몸을 숙였고 키브린은 멍울을 잘라냈다.

피가 배어 나오다가 왈칵 뿜어져 나오기 시작했고 키브린은 자기가 동맥을 잘랐다고 생각했다. 키브린과 로슈 신부는 둘 다 천을 쌓아놓은 곳으로 달려갔고 키브린은 천 뭉치를 들고 와 상처 부위에 대고 누르기 시작했다. 순식간에 피가 스며들었고 키브린이 로슈 신부가 건네준 천 뭉치를 받느라 손힘을 빼자 작은 상처에서 세차게 피가 터져 나왔다. 키브린은 서코트 끄트머리로 상처 부위를 억지로 밀어 막아보았고 로즈먼드는 작게 흐느껴 울었다. 아그네스의 강아지가 맥없이 내던 소리 같았다. 금방이라도 쓰러질 것만 같은 표정이었지만 이미 쓰러진 몸이기에 더 이상 쓰러질 수도 없었다.

'내가 로즈먼드를 죽인 거야.' 키브린은 생각했다.

"피를 멈출 수 없어." 키브린이 중얼거렸지만 피는 이미 멈춘 상태였다. 키브린은 서코트의 치맛자락을 상처에 대고 100까지 세고, 다시 한번 200까지 센 다음에 조심조심 끝자락을 상처에서 떼어냈다.

피는 아직도 조금씩 흘러나왔지만 누런 곱이 섞이기 시작했다. 곱을 닦아내려 몸을 앞으로 숙이는 신부를 키브린이 말렸다. "안 돼요. 페스트균 덩어리예요." 키브린이 말하고는 로슈 신부에게서 천을 빼앗았다. "만지지 마세요."

키브린은 구역질 나는 곱을 닦았다. 멍울에서 다시 진물이 나오다 물기 가득한 혈청을 쏟아냈다. "이제 거의 다 된 것 같아요." 키브린이 로슈 신부에게 말했다. "포도주를 주세요." 키브린은 주위를 둘러보며 포도주를 부을 깨끗한 천을 찾아보았다.

마땅한 천 조각이 보이지 않았다. 키브린과 로슈 신부가 지혈하느라 모두 다 써버렸기 때문이었다. 키브린은 포도주병을 조심스럽게 기울여서 상처 부위에 조금씩 떨어뜨렸다. 로즈먼드는 움직이지 않았다. 온몸의 피가 다 빠져나간 사람처럼 로즈먼드의 얼굴은 잿빛을 띠고 있었다. '실제로도 그렇지.' 키브린은 생각했다. '게다가 수혈도 하지 않았잖아. 심지어 나에겐 깨끗한 천 조각도 없는걸.'

로슈 신부가 로즈먼드의 팔을 풀고 큼지막한 손으로 축 늘어진 로즈먼드의 손을 잡았다. "이제 맥이 힘차게 뛰고 있습니다." 로슈 신부가 말했다.

"아마포가 더 있어야겠어요." 키브린이 말하고는 왈칵 눈물을 쏟았다.

"너희들이 한 짓을 아버지가 알면 당장에 교수형에 처해버리실 거야." 로즈먼드가 말했다.

둠즈데이북 사본
(071145-071862)

로즈먼드는 의식이 없어요. 어젯밤에 감염물을 뽑아내기 위해 로즈먼드의 멍울을 베어냈어요. 하지만 제가 사태를 악화시키기만 한 건 아닐까 너무나 두려워요. 로즈먼드는 피를 너무 많이 흘렸어요. 안색이 아주 창백하고 맥도 너무나 약해서 아무리 손목을 짚어봐도 찾을 수가 없어요.

사제의 상태도 악화되었어요. 피부에서 계속해서 출혈이 일어나고 있어요. 조만간 죽으리라는 것은 누가 봐도 뻔한 일이에요. 선페스트에 걸린 환자를 내버려두면 환자는 나흘이나 닷새 사이에 사망한다고 했던 아렌스 선생님의 말씀을 기억하고 있어요. 하지만 사제는 그 정도도 버티지 못할 것 같아요.

엘로이즈랑 이메인 부인 그리고 아그네스는 아직 괜찮아요. 물론 이메인 부인이야 날이 갈수록 이 모든 일에 대한 책임을 뒤집어씌울 사람을 찾느라 미쳐가는 것 같지만요. 오늘 아침에는 메이즈리의 귀싸대기를 올려붙이고는 메이즈리가 멍청하고 게을러서 하느님이 우리 모두에게 이런 벌을 내리신 거라고 하더군요.

물론 메이즈리는 게으르고 멍청하지요. 메이즈리에게는 로즈먼드를 단 5분도 믿고 맡길 수 없어요. 게다가 로즈먼드의 상처를 씻을 물을 떠 오라고 오늘 아침에 심부름을 시켰는데 30분가량 지나서는, 그것도 맨손으로 나타나더군요.

전 아무 말도 하지 않았어요. 메이즈리가 이메인 부인에게 또다시 맞는 것을 보고 싶지 않은데다 이메인 부인이 속죄양을 찾다 저를 발견해내는 것 역시 시간문제일 따름이니까요. 메이즈리 대신 물을 뜨러 제가 밖으로 나가는데 이메인 부인이 《시도서》 너머로 절 노려보고 있는 것을 봤어요. 이메인 부인이 뭘 생각하고 있는지가 너무나 잘 보이더군요. 페스트를 피해 도망친 사람이 아니라고 하기엔 병에 대해 너무 잘 알고 있다는 점, 제가 기억을 잃었다고 둘러대고 있다는 점, 아프긴 했지만 부상을 입지는 않았다는 점 따위에 대해 생각하고 있을 거예요.

이메인 부인이 자기 생각에 확신을 품은 뒤 엘로이즈를 설득해 페스트를 몰고 온 장본인이 바로 저라고 할까 봐 겁이 나요. 그리고 제 말을 무시하고 바리케이드를 없앤 뒤 구원을 해달라며 하느님께 기도를 드리려고 할까 봐 두려워요.

그렇게 되면 전 저 자신을 어떻게 지켜야 할까요? 제가 미래에서 왔으며 스트렙토마이신 없이 흑사병을 치료하는 방법이랑 미래로 되돌아가는 방법만 모를 뿐이라고 하면 될까요?

거윈은 아직도 돌아오지 않았어요. 엘로이즈는 걱정하며 무척이나 심란해하고 있어요. 로슈 신부님이 저녁 기도를 올리러 갔을 때 엘로이즈는 망토도, 머리쓰개도 걸치지 않고 정문에 서서 길을 바라보고만 있었어요. 바스로 떠나던 거윈도 이미 페스트에 걸렸을지도 모른다는 사실을 엘로이즈가 알아차린 건 아닐까 싶어요. 거윈은 주교의 특사와 함께 코시로 갔었고, 돌아올 때는 페스트에 대해서 알고 있었겠죠.

(사이)

마름인 울프는 사경을 헤매고 있어요. 그리고 이젠 울프의 부인과 아들들도 페스트에 걸렸고요. 멍울은 보이지 않지만 부인의 허벅지 안쪽에 씨앗같이 생긴 부스럼이 몇 개 잡혔어요. 저는 로슈 신부님께 꼭 만져야 할 경우가 아니면 환자들에게 손을 대지 말고, 마스크는 언제나 착용하고 있으라고 계속해서 일깨워줘야만 해요.

역사 비디오물에 따르면 이 시대 사람들은 흑사병이 돌던 시절에 광란의 도가니에 빠져 벌벌 떨었으며 병든 자들을 내팽개치고 도망가기만 했고 그중에서도 성직자들이 가장 심했다고 했는데, 전혀 그래 보이지 않아요.

다들 겁에 질려 있는 것은 사실이지만 최선을 다하고 있어요. 특히나 로슈 신부님의 활약상은 대단해요. 제가 마름의 아내를 살피는 동안 로슈 신부님은 마름 아내의 손을 꼭 붙들고 앉아 있었어요. 또 로즈먼드의 상처를 물로 씻어주는 일이나, 용변을 본 사제를 닦아주고 요강을 비우는 일 등

비위 상하는 일도 묵묵히 해내고 있고요. 로슈 신부님은 전혀 두려워하지 않는 것 같아요. 어디서 그런 용기가 나오는지 궁금할 따름이에요.

신부님은 하루도 빠짐없이 아침 기도와 저녁 기도를 올리면서 하느님께 로즈먼드와 이제 막 발병한 사람들 이야기를 해요. 하느님이 정말로 자기 말을 듣고 있다고 믿는지 아픈 사람들의 증상을 자세히 보고하고 우리가 환자들을 돌보는 일들도 자세히 보고해요. 제가 교수님한테 하는 식으로요.

하느님이 정말로 있는지 그것도 의심스럽지만, 혹시 시간보다 더한 것이 하느님이랑 이곳 사람들 사이를 가로막아 우리를 발견하지 못하는 것은 아닐까요?

(사이)

페스트의 결과를 들을 수 있게 되었어요. 마을 사람들은 장례식이 끝난 후에, 죽은 이가 남자면 종을 아홉 번을, 여자면 세 번을, 그리고 아기가 죽은 경우엔 한 번을 울려요. 그리고 1시간 동안 계속해 종을 울려요. 오늘 아침 에츠코트는 두 번 울렸어요. 오즈니는 어제부터 끊임없이 종소리를 퍼뜨리고 있고요. 이곳에 처음 도착했을 때 들었다고 말씀드린 남서쪽에 있는 종은 이제 울리지 않아요. 그곳에서는 페스트가 끝난 것인지 아니면 종을 울릴 사람조차 남지 않은 것인지 잘 모르겠어요.

(사이)

제발 로즈먼드는 죽지 않게 해주세요. 아그네스가 병에 걸리지 않게 해주세요. 그리고 거윈이 돌아오게 해주세요.

28

그날 저녁, 키브린이 강하 지점을 찾으려 했던 날 키브린을 보고 도망 간 남자아이가 페스트에 걸려 쓰러졌다. 아이의 어머니는 로슈 신부가 아침 기도를 올리러 갔을 때 신부를 기다리며 밖에 서 있었다. 아이는 등에 멍울이 맺혔고, 로슈 신부와 아이 어머니가 아이를 붙들고 있는 동안 키브린이 멍울을 베어냈다.

키브린은 멍울을 베고 싶지 않았다. 이미 남자아이는 괴혈병 때문에 체력이 바닥난 상태였고 견갑골 밑으로 동맥이 지나는지 어떤지 알지 못하기 때문이었다. 로슈 신부는 멍울을 잘라낸 후 로즈먼드의 맥박이 강해졌다고 주장했지만, 키브린이 보기에 로즈먼드는 아무 차도가 없는 듯했다. 로즈먼드는 여전히 꼼짝도 하지 않았고 온몸의 피가 다 빠져나간 사람처럼 창백했다. 그리고 남자아이의 경우, 더 피를 흘리면 몸이 견뎌낼 것 같지 않았다.

그렇지만 남자아이는 거의 피를 흘리지 않았고 키브린이 칼을 다 닦기도 전에 두 뺨에 생기가 돌기 시작했다.

"로즈힙으로 우려낸 차를 먹이세요." 로즈힙 차라면 적어도 괴혈병에는 효과가 있을 것이라 기대하면서 키브린이 말했다. "버드나무 껍질을 달인 물도요." 키브린은 칼날을 화롯불에 들이밀었다. 강하 지점을 찾으려다 몸이 너무 아파 찾기를 포기하고 불 옆에 앉아 몸을 추스르던 날의 작은 불기와 똑같았다. 저런 불기로는 남자아이를 절대로 따뜻하게 해주지 못할 것이고, 만약 아이 어머니에게 땔감을 모아 오라고 하면 나가서 누군가를 감염시킬 것이다. "땔감을 좀 가져다드리겠습니다." 키브린은 이렇게 말하고는 어떻게 해야 할지 곰곰이 궁리해보았다.

크리스마스 만찬용 음식들은 아직 남았지만, 그 이외의 다른 것들은 빠르게 바닥나고 있었다. 로즈먼드와 사제의 몸을 따뜻하게 하느라 땔나무를 거의 다 땐 상태였고 부엌 옆에 쌓여 있는 통나무를 패달라고 부탁할 만한 사람도 없었다. 마름은 앓아누웠고 집사는 아내와 아들을 돌보느라 정신이 없었다.

키브린은 예전에 쪼개놓은 나무토막 한 아름과 쏘시개로 쓸 나무껍질 몇 조각을 챙긴 뒤 오두막으로 돌아갔다. 키브린은 남자아이를 영주의 저택으로 옮기고 싶었지만, 엘로이즈는 로즈먼드와 사제를 돌보는 것만으로도 너무나 벅차 했고 엘로이즈 자신도 금방이라도 쓰러질 것만 같았다.

엘로이즈는 밤새 로즈먼드 곁에 앉아 있었으며 버드나무 껍질을 끓인 차로 목을 축여주고 붕대를 새로 갈아주었다. 붕대 거리가 바닥났기 때문에 엘로이즈는 자기 머리쓰개를 찢어 붕대 대용으로 썼다. 엘로이즈는 칸막이가 보이는 곳에 앉아 있다가 매분 매초 누가 오는 소리를 듣기라도 했다는 듯 일어서 문으로 갔다. 어깨까지 내려오는 엘로이즈의 짙은 갈색 머리를 보고 있노라면 로즈먼드 또래로밖에 보이지 않았다.

키브린은 장작을 남자아이의 어머니에게 가져가 줘 우리 옆의 흙바닥에 쏟아놓았다. 우리 안에 갇힌 쥐는 죽어 있었다. 분명 누가 죽인 것이겠지만, 이 쥐는 아무 죄도 없이 죽었다. "주께서 우리를 지켜주십니다." 여인이 키브린에게 말했다. 키브린은 불 가에 무릎을 꿇고 장작을 조심조심 불에 집어넣었다.

키브린은 남자아이를 다시 한번 살폈다. 멍울에서 아직도 맑은 액체가 흐르고 있었다. 좋은 징조였다. 로즈먼드의 멍울에서는 거의 밤새 피가 나다가 다시 붓고 딱딱해졌다. '한 번 더 자를 수는 없어.' 키브린은 생각했다. '로즈먼드는 더 이상 피를 흘려선 안 돼.'

키브린은 자기가 과연 엘로이즈를 쉬게 해야 할지, 장작은 팰 수 있을지 고민하며 발걸음을 뗐다. 홀로 되돌아가던 도중 집사의 집에서 나온 로슈 신부를 만났다. 신부는 집사의 아이 두 명이 더 아프다고 전해줬다.

감염된 아이들은 집사의 제일 어린 두 아들이었다. 증상을 보니 명백히 폐페스트였다. 두 아이는 콜록거렸고 그 어미는 간헐적으로 맑은 가래를 올려 뱉었다. '주께서 우리를 지켜주시는 결과가 겨우 이 정도야.' 키브린은 생각했다.

키브린은 홀로 돌아갔다. 유황 구름이 완전히 빠지지 않아 집 안 공기는 탁하고 흐렸다. 노란 불빛 사이로 보이는 사제의 팔이 시커멨다. 불기도 남자아이가 누워 있던 오두막보다 나을 것이 없었다. 키브린은 마지막 남은 땔거리를 가지고 온 뒤 엘로이즈에게 자기가 로즈먼드를 돌볼 테니 눈을 좀 붙이라고 권했다.

"아닙니다." 엘로이즈가 문을 바라보면서 말했다. 그리고 혼잣말하듯 덧붙였다. "그 사람은 벌써 사흘째 말을 달리고 있는걸요."

여기서 바스까지는 70킬로미터였다. 말을 타도 최소한 하루 하고 반나절은 걸려야 도달할 수 있는 거리였다. 그리고 거윈이 바스에서 지친 말을 갈아탈 수 있다면 돌아오는 데 다시 그만큼의 시간이 걸릴 것이다. 바스에 도착해 기욤 경을 바로 찾아냈다면 오늘쯤이면 되돌아올 것이다. 거윈이 돌아오면….

엘로이즈는 무슨 소리를 들은 듯 문을 보았지만, 아그네스가 손수레를 재우는 소리였다. 아그네스는 수레 안에 담요를 둘둘 말아 기대어놓고 가짜 음식을 떠먹이고 있었다. "수레는 청색병에 걸렸어요." 아그네스가 키브린에게 말했다.

키브린은 물을 뜨고 구운 고깃덩어리로 수프를 끓이고 요강을 비우는 등 허드렛일을 하면서 남은 시간을 보냈다. 젖이 퉁퉁 부은 집사의 암소는 키브린의 말을 듣지 않고 안뜰을 어슬렁거리며 젖을 짜달라고 뿔로 키브린을 툭툭 쳐댔고, 결국 키브린은 포기하고 젖을 짜주는 수밖에 없었다. 로슈 신부는 집사와 남자아이를 보러 가기 전에 나무를 패 날랐고, 키브린은 이곳으로 오기 전에 장작 패는 방법도 배워 왔으면 얼마나 좋았을까 생각하면서 신부가 잘라 온 큰 통나무에 어설픈 도끼질을 했다.

어두워지기 직전, 집사가 자기 어린 딸이 아프다면서 신부와 키브린을 다시 데리러 왔다. '이것으로 여덟 명이야.' 키브린은 생각했다. 마을 인구는 고작 마흔 명이었다. 흑사병의 치사율은 3분의 1에서 기껏 해봐야 절반 정도였다. '게다가 길크리스트 교수님은 그나마도 과장된 것이라고 하셨어. 마흔의 3분의 1이면 열세 명, 이제 다섯 남았어. 그리고 설사 마을 주민의 절반이 감염된다고 해도 앞으로 열두 명만 더 걸리면 흑사병은 이 마을에서 떠날 거야. 게다가 집사의 아이들은 이미 전부 페스트에 노출된 상태야.'

키브린은 아이들을 바라보았다. 집사를 빼다 박은 듯 땅딸막하고 까무잡잡한 피부의 장녀, 어머니를 닮아 갸름한 얼굴의 막내아들, 그리고 뼈가 앙상한 갓난아이. '너희들은 한 명도 빠짐없이 흑사병에 걸릴 거야.' 키브린은 생각했다. 그러면 여덟 명이 남는 거야.

집사의 장녀가 울기 시작한 아이를 데려다 무릎에 눕히고 자기의 더러운 손가락을 빨게 했는데도 키브린은 아무것도 느낄 수가 없었다. '열셋.' 키브린은 기도했다. 많아도 스무 명까지만이길.

사제가 오늘 밤을 못 넘길 게 확실했지만, 키브린은 사제에 대해서도 아무 감정이 들지 않았다. 사제의 입술과 혀는 갈색 점액으로 뒤덮였고 기침할 때마다 피 섞인 묽은 침을 튀겨댔다. 키브린은 기계인형처럼 아무런 감정 없이 사제를 돌보고 있었다.

'수면 부족 때문이야.' 키브린은 생각했다. 사람들이 전부 무감각해진 것도 그 때문이야. 키브린은 불 옆에 누워 잠을 청해보았지만 잠이 오지 않았다. 피곤하다 못해 피곤함을 느끼지 못하게 된 지도 오래였다. '이제 여덟 명 남은 거야.' 키브린은 속으로 머릿수를 세어보았다. '남자아이의 어머니가 걸릴 테고 마름의 아내와 아이들이 걸리겠지. 그러면 넷이 남아. 그 네 명에 아그네스가 들지 않아야 해. 엘로이즈도 안 돼. 로슈 신부님도 안 돼.'

아침이 되었을 때, 로슈 신부는 요리사가 자기 오두막 앞 눈 속에 쓰러져 있는 것을 발견했다. 로슈 신부의 말에 따르면 요리사는 반쯤 얼어 피를 토하고 있었다고 했다. '아홉.' 키브린은 생각했다.

요리사는 과부라 돌봐줄 사람이 아무도 없었기 때문에 로슈 신부와 키브린은 요리사를 홀로 옮겨 사제 옆에 눕혔다. 사제가 아직 숨이 붙어 있다는 사실은 놀랍다 못해 무섭기까지 했다. 이제는 온몸에서 출혈을 일으켰고 가슴에는 청보랏빛 멍이 십자 형태로 나 있었으며 두 팔과 두 다리는 검은색에 가까웠다. 사제의 두 뺨은 짧게 난 까만 수염으로 뒤덮였다. 마치 페스트에 걸렸을 때 나타나는 증상 가운데 하나 같았다. 그리고 수염 밑으로 보이는 피부는 점점 시커메지고 있었다.

로즈먼드는 삶과 죽음의 기로에서 조용히, 그리고 창백히 누워 있었고, 엘로이즈는 자기의 작은 몸짓 하나, 작은 소음 하나가 로즈먼드를 죽음으로 내몰지도 모른다고 생각하는지 소리를 죽이고 조심스레 로즈먼드 옆을 지켰다. 키브린은 건초 침대 사이를 돌아다닐 때 까치발을 하고 조심조심 걸음을 떼었고, 아그네스마저도 조용히 해야 하는 분위기를 깨닫고 멀찌감치 떨어져서 놀았다.

아그네스는 칭얼거리고 바리케이드에 매달리고 자기 강아지에게, 조랑말에게 데려가달라고, 먹을 것을 달라고, 숲속에 들어간 나쁜 여자아이 이야기의 결말을 알려달라고 그동안 몇 번이고 떼를 썼다.

"어떻게 되었어요?" 아그네스는 키브린의 신경을 곤두서게 하는 목소리로 칭얼거렸다. "늑대가 그 아이를 잡아먹었어요?"

"나도 몰라." 아그네스가 네 번째 반복하는 질문에 키브린은 그만 자제심을 잃어버렸다. "가서 할머니랑 앉아 있어."

이메인 부인은 모든 이에게 등을 보인 채 구석에서 무릎 꿇고 있었고, 아그네스는 그런 이메인 부인을 무시하는 눈으로 바라보았다. 이메인 부인은 지난 밤새 그곳에 앉아 있었다. "할머니는 절대로 나랑 놀아주시지 않을 거예요."

"그러면 가서 메이즈리랑 놀든지."

아그네스는 키브린의 말을 들었지만, 겨우 5분 동안이었다. 아그네스는 무자비하게 메이즈리를 괴롭혔고, 메이즈리는 그에 보복했으며, 아그네스는 메이즈리가 자신을 꼬집었다고 소리 지르며 뛰어왔다.

"메이즈리를 혼내지 않을 거야." 키브린이 못 박고는 메이즈리와 아그네스를 다락으로 올려보냈다.

✳

키브린은 남자아이를 보러 나갔다. 남자아이는 일어나 앉아 있을 정도로 상태가 호전되어 있었다. 키브린이 돌아왔을 때 메이즈리는 상석에 몸을 웅크리고 색색거리며 잠들어 있었다.

"아그네스는 어디 갔죠?" 키브린이 물었다.

엘로이즈가 멍한 표정으로 주위를 둘러보았다. "모르겠군요. 다락에 있었어요."

"메이즈리!" 단을 가로질러 가면서 키브린이 소리쳤다. "일어나! 아그네스 어디 있어?"

메이즈리는 바보처럼 눈만 끔벅거렸다.

"아그네스를 혼자 내버려두면 어떻게 해!" 키브린이 소리쳤다. 키브린은 다락 위로 올라가보았지만, 아그네스는 보이지 않았다. 키브린은 아그네스의 방으로 가보았다. 그곳에도 없었다.

메이즈리는 상석에서 내려와 겁먹은 표정으로 허둥지둥 벽 쪽으로 다가가 붙어 섰다. "아그네스가 어디 있냐니까!" 키브린이 몰아댔다.

메이즈리는 반사적으로 손을 귀에 가져다 대고 헐떡헐떡 숨을 몰아쉬었다.

"맞아." 키브린이 말했다. "아그네스가 어디 있는지 말하지 않으면 귀싸대기를 올려붙일 거야."

메이즈리는 치마에 얼굴을 파묻었다.

"아그네스 어디 있어?" 키브린은 메이즈리의 팔을 우악스럽게 흔들며 소리쳤다. "네가 아그네스를 보기로 되어 있었잖아! 아그네스는 네 책임이란 말이야!"

메이즈리는 짐승 같은 울음소리를 내며 울부짖기 시작했다.

"그만두지 못해!" 키브린이 말했다. "아그네스가 어디로 갔는지 말해!" 키브린은 메이즈리를 칸막이 쪽으로 밀어붙였다.

"무슨 일입니까?" 로슈 신부가 들어오며 물었다.

"아그네스요." 키브린이 말했다. "아그네스를 찾아야 해요. 아그네스가 마을로 내려간 것 같아요."

로슈 신부가 고개를 저었다. "아그네스는 보지 못했습니다. 바깥채에 있는 게 아닌가 싶습니다."

"마구간." 키브린이 안도의 한숨을 쉬며 말했다. "망아지를 보고 싶다고 했어요."

하지만 마구간에도 아그네스의 모습은 보이지 않았다. "아그네스!" 키브린은 거름 냄새가 진동하는 어둠에 대고 소리쳤다. "아그네스!" 아그네스의 조랑말이 울부짖으며 우리를 박차고 마구간 밖으로 뛰쳐나가려 했다. 키브린은 마지막으로 조랑말에게 먹이를 준 게 언제인지, 사냥개들은 전부 어디로 갔는지 생각했다. "아그네스." 키브린은 마구간 한 칸 한 칸을 뒤졌고 여물통을 비롯한 몸집 작은 꼬마 애가 숨을 만한, 혹은 잠들 만한 곳은 어디든 둘러보았다.

'헛간에 있을 거야.' 키브린은 갑자기 밝은 곳으로 나갔을 때 눈이 부시지 않도록 손으로 차양을 만들며 마구간을 나섰다. 로슈 신부가 막 부엌에서 나왔다. "찾으셨어요?" 키브린이 물었지만, 로슈 신부는 키브린의 말을 듣지 못했다. 로슈 신부는 뭔가를 듣고 있는 양 고개를 치켜들고 정문 쪽을 보고 있었다.

키브린도 귀를 기울였지만 아무 소리도 들리지 않았다. "뭔데요?" 키브린이 물었다. "아그네스가 우는 소리가 들려요?"

"제 주인이 오신 것 같습니다." 로슈 신부가 대답하고는 정문으로 향했다.

'안 돼, 로슈 신부님은 안 돼.' 키브린은 로슈 신부를 뒤따라갔다. 로슈 신부는 걸음을 멈추고 문을 열고 있었다. "로슈 신부님." 키브린이 말했을 때 말 울음소리가 들렸다.

말은 전속력으로 달려오고 있었고 말굽이 언 땅을 박차는 소리가 크게 울려 퍼졌다. '주인이라기에 하느님인 줄 알았는데 이곳 영주였군.' 키브린은 안심했다. 로슈 신부는 엘로이즈의 남편이 드디어 왔다고 생각하는 거야. 그 순간 갑자기 키브린은 지금 오는 사람이 던워디 교수님일 거라는 생각이 들며 희망이 샘솟았다.

로슈 신부가 무거운 빗장을 들어 옆으로 밀기 시작했다.

'스트렙토마이신이랑 소독약이 필요해. 그리고 던워디 교수님이 로즈먼드를 데리고 병원에 갈 거야. 로즈먼드한테는 수혈을 해야 해.'

로슈 신부는 빗장을 완전히 밀어내고 정문을 열었다.

'그리고 백신도 필요해.' 성급한 생각이 들었다. '먹는 백신이어야 할 텐데. 아그네스는 어디 있지? 던워디 교수님이라면 여기서 아그네스를 데리고 가 안전하게 지켜주실 거야.'

키브린이 제정신이 들기도 전에 말이 정문에 도달했다. "안 돼요!" 키브린이 소리쳤지만 너무 늦었다. 로슈 신부는 이미 문을 열었다.

"이곳으로 들이면 안 돼요." 키브린은 로슈 신부와 남자에게 경고할 만한 뭔가를 찾으려 주위를 둘러보며 울부짖었다. "페스트에 걸릴 거란 말이에요!"

키브린은 까망이를 묻고 난 후에 텅 빈 돼지우리 옆에 삽을 놓아두었었다. 키브린은 뛰어가 삽을 집어 들었다. "그 사람을 안에 들이지 마세요!" 키브린이 소리쳤고 로슈 신부는 남자에게 알리기 위해 두 팔을 휘저었지만 남자는 이미 안뜰로 들어선 후였다.

로슈 신부가 팔을 내렸다. "거윈!" 로슈 신부 입에서 거윈이라는 이름이 튀어나왔고 까만 종마 역시 거윈의 말 같아 보였지만, 말에는 거윈 대신 남자아이 하나가 앉아 있을 뿐이었다. 아이는 기껏해야 로즈먼드 또래로 보였고, 얼굴과 옷에는 진흙이 튀어 있었다. 종마 역시 진흙 범벅이 되어 거칠게 숨을 내몰며 거품을 흩뿌렸다. 아이 역시 숨차 보였다. 아이의 귀와 코는 추위로 발갰다. 아이는 키브린과 로슈 신부를 바라보며 말에서 내리려 했다.

"여기 들어오면 안 돼." 키브린은 말실수하지 않기 위해서 조심스럽게 말했다. "이 마을엔 페스트가 번지고 있어." 키브린은 삽을 남자아이에게 총처럼 겨누었다.

아이는 말에서 반쯤 내려서다 멈춰서 안장 위에 다시 앉았다.

"청색병 말이야." 키브린은 혹시라도 아이가 알아듣지 못했을까 봐 덧붙였지만, 남자아이는 벌써 고개를 끄덕이고 있었다.

"청색병은 도처에 퍼져 있는걸요." 아이는 안장에 매달아놓은 주머니에서 뭔가를 꺼내려는 듯 몸을 돌린 채 말했다. "전할 소식이 있습니다." 아이는 가죽 전대를 로슈 신부에게 내밀었고 로슈 신부는 한 걸음 앞으로 나아갔다.

"안 돼!" 키브린이 소리치며 앞으로 달려들어 아이 앞 허공에 삽을 휘둘렀다. "땅에다 던져!" 키브린이 소리쳤다. "넌 우리를 만지면 안 돼."

남자아이는 전대에서 둘둘 말린 송아지 가죽을 꺼내 로슈 신부의 발치에 떨어뜨렸다.

로슈 신부는 가죽을 집어 들어 판석에 펼쳤다. "뭐라고 적혀 있는 거지?" 로슈 신부가 남자아이에게 물었다. '당연하지. 신부는 글을 읽을 줄 모르니까.' 키브린은 생각했다.

"몰라요." 아이가 말했다. "바스에 계신 주교님이 보내신 거예요. 저는 모든 교구에 전할 뿐입니다."

"제가 읽을까요?" 키브린이 물었다.

"아마도 영주님께서 보내신 것일 겁니다. 이곳에 늦게 오시게 된다는 소식이겠지요."

"그렇겠죠." 키브린이 로슈 신부로부터 송아지 가죽을 받아 들면서 말했다. 하지만 아니라는 것을 알고 있었다.

라틴어로 쓰여 있었고 너무나 화려하게 장식을 넣은 글씨체인지라 알아보기 어려웠지만 그런 것은 아무 문제도 아니었다. 키브린은 전에도 이런

621

글을 본 적이 있었다. 보들리 도서관에서였다.

키브린은 삽을 어깨에 걸치고 라틴어를 번역하며 주교가 보낸 소식을 읽어 내려갔다. "오늘날 돌고 있는 페스트는 너무나 넓게 퍼져 많은 교구와 교구민의 삶을 피폐하게 만들어 교구민을 돌볼 성직자 한 명 제대로 남은 곳이 없도다." 키브린은 로슈 신부를 바라보았다. '아니야.' 키브린은 생각했다. '여기에선 아니야. 절대로 이곳에 그런 일이 벌어지게 내버려둘 수 없어.'

"기꺼이 도맡을 사제들을 찾아낼 수 없기에…." 사제들은 죽거나 도망쳐버렸고 누구도 그 자리를 대신하려 들지 않았기 때문에 사람들은 '참회도 제대로 하지 못한 채' 죽어가고 있었다.

키브린은 라틴어로 적힌 편지를 계속 읽어나갔다. 하지만 키브린의 마음속에 떠오르는 것은 가죽에 쓰인 검은 글자가 아니라 예전에 보들리 도서관에서 해석한 흐릿한 갈색 글자였다. 도서관에서 라틴어를 본 키브린은 글자가 제멋에 취해 있어 우스꽝스럽기까지 하다고 생각했었다. "사람들은 도처에서 죽어 넘어가고 있었어요." 키브린은 분개하며 던워디 교수에게 말했다. "그런데도 주교들은 교회 의례를 만드느라 정신이 없었죠!" 그러나 지금 이 상황에서, 지친 남자아이와 로슈 신부에게 글을 읽어주고 있는 이 상황에서는 주교의 편지 역시 힘없이 들렸다. 그리고 절망적이었다.

"죽음의 순간이 다가왔을 때 사제의 도움을 받을 수 없을 때는." 키브린이 읽어나갔다. "서로에게라도 고해해야 할 것이다. 이 편지를 받는 이에게 우리 주 그리스도의 이름으로 명하노니, 이 말대로 할지어다."

키브린이 편지를 다 읽었지만, 편지를 가져온 아이도 로슈 신부도 아무 말을 하지 못했다. 키브린은 혹시 아이가 자기가 뭘 가지고 왔는지 알고 있었던 것은 아닌지 궁금했다. 키브린은 편지를 말아 올려 다시 신부에게 건네주었다.

"말을 타고 사흘이나 쉬지 않고 왔어요." 남자아이는 너무나 피곤한 나머지 고꾸라질 것만 같았다. "잠시 쉬었다 가면 안 될까요?"

"여기는 위험해." 키브린은 남자아이에게 미안해하며 말했다. "대신 가져갈 음식과 말 사료를 줄게."

로슈 신부는 몸을 돌려 부엌으로 들어갔고 키브린은 갑자기 아그네스가 떠올랐다. "혹시 오는 길에 여자아이 하나 못 봤니?" 키브린이 물었다. "다섯 살 남짓한 아이란다. 빨간 망토를 두르고 두건을 쓰고 있을 텐데."

"못 봤어요." 남자아이가 답했다. "하지만 길에는 사람들이 넘쳐나요. 페스트 때문에 모두 도망치고 있어요."

로슈 신부가 모직으로 된 자루를 가지고 나왔다. 키브린은 말에게 귀리를 조금 가져다주었다. 엘로이즈가 그들을 보고 달려 나왔다. 엘로이즈의 치마는 다리에 휘감겨 있었고 풀어진 머리는 등 뒤로 휘날렸다.

"만지지…." 키브린이 소리쳤지만, 엘로이즈는 이미 말의 재갈을 잡고 있었다.

"어디서 왔지?" 엘로이즈가 남자아이의 소매를 잡아채며 물었다. "거윈 피츠로이를 보았느냐?"

남자아이는 겁을 먹은 표정이었다. "저는 바스에서 주교님의 편지를 가지고 이곳에 왔습니다." 아이는 이렇게 말하고는 고삐를 잡아 뒤로 물러났다. 말이 울며 머리를 흔들었다.

"무슨 편지?" 엘로이즈가 신경질적으로 다그쳤다. "거윈이 보낸 것이냐?"

"전 부인께서 말씀하시는 분을 모릅니다." 아이가 답했다.

"엘로이즈 부인…." 키브린이 앞으로 나서며 말했다.

"거윈은 까만 말에 은재갈을 물리고 떠났어." 재갈을 끌어당기며 엘로이즈가 말했다. "거윈은 순회 재판에서 증언하기로 되어 있는 내 남편을 데리러 바스로 떠났단 말이야!"

"아무도 바스로 가지 못해요!" 남자아이가 소리쳤다. "움직일 수 있는 사람들은 모두 바스에서 도망치고 있습니다."

말이 뒷걸음치자 엘로이즈는 비틀거렸다. 금방이라도 말 옆으로 쓰러질 것만 같아 보였다.

"그곳엔 법정도 법도 없어요." 아이가 말했다. "거리엔 시체가 들끓는데다 죽은 사람을 보기만 해도 금방 죽어버려요. 세상의 종말이라는 말도 떠돌고요."

엘로이즈는 재갈을 놓아두고 뒤로 물러섰다. 엘로이즈는 희망에 가득 찬 눈으로 키브린과 로슈 신부를 바라보았다. "그러면 거윈과 남편이 집으로 돌아오고 있겠구나. 그런데 길에서 그 사람들을 보지 못한 게 확실해? 거윈은 까만 말을 타고 떠났단다."

"길에는 주인 잃은 말들이 널리고 널렸어요." 남자아이는 로슈 신부 쪽으로 말을 돌렸다. 하지만 엘로이즈는 움직이지 않았다.

신부는 음식물이 든 자루를 가지고 앞으로 나왔다. 남자아이는 몸을 굽혀 자루를 쥐어 든 뒤 말 머리를 돌리다 엘로이즈를 칠 뻔했다. 엘로이즈는 비키려고조차 하지 않았다.

키브린은 한 걸음 앞으로 나와 고삐 한쪽을 쥐었다. "주교님한테 돌아가서는 안 돼." 키브린이 일렀다.

남자아이는 엘로이즈보다 키브린 때문에 더 놀랐는지 고삐를 홱 잡아당겼다.

키브린은 고삐를 놓지 않았다. "북쪽으로 가." 키브린이 말했다. "거기라면 아직 페스트가 돌지 않았을 거야."

남자아이는 고삐를 바투 쥐고 말을 앞으로 몰아 전속력으로 안뜰을 빠져나갔다.

"큰길에서 떨어져 다녀!" 달려 나가는 소년의 등에 대고 키브린이 소리쳤다. "아무하고도 이야기하지 말고!"

엘로이즈는 그 자리에 못 박힌 듯 서 있었다.

"이리 오세요." 키브린이 말했다. "가서 아그네스를 찾아야죠."

"남편과 거윈은 먼저 코시로 가서 블로에 경에게 알리려 할 것입니다." 엘로이즈가 말했다. 키브린은 엘로이즈를 데리고 집 안으로 들어갔다.

키브린은 헛간 안을 둘러보았다. 아그네스는 없었지만, 키브린 자신의 망토는 찾아냈다. 크리스마스 때 헛간에 놓고 잊어버린 모양이었다. 키브린은 망토를 걸치고 다락으로 올라갔다. 키브린은 양조장을 뒤지고 로슈 신부는 나머지 건물들을 뒤졌지만 아그네스는 보이지 않았다. 편지를 가져온 남자아이와 이야기하던 동안 찬 밤바람이 거세게 일었고 곧 눈이 내릴 기세였다.

"어쩌면 집에 있을지도 모르는 일입니다." 로슈 신부가 말했다. "상석 뒤는 보셨습니까?"

키브린은 로즈먼드 방의 침대부터 시작해서 상석 뒤편까지 집 안 곳곳을 샅샅이 뒤졌다. 메이즈리는 키브린이 두고 떠난 장소에 그대로 앉아 흐느끼고 있을 뿐이었고, 키브린은 메이즈리를 걷어차고 싶은 기분을 참느라 애를 써야 했다. 키브린은 면벽 기도를 올리고 있는 이메인 부인에게도 아그네스를 보았는지 물어보았다.

이메인 부인은 키브린의 말을 무시한 채 조용히 입술만 달싹이며 염주를 만지작거렸다.

키브린은 이메인 부인의 어깨를 흔들었다. "당신 손녀가 나가는 것을 봤냐고요!"

이메인 부인은 뒤돌아 키브린을 바라보았다. 키브린을 보는 이메인 부인의 눈이 번뜩거렸다. "그 아이는 비난받아 마땅합니다."

"아그네스가요?" 키브린은 화가 나서 고래고래 소리쳤다. "이게 어째서 아그네스 잘못인데요?"

이메인 부인은 고개를 젓고 키브린이 아닌 메이즈리에게로 시선을 고정했다. "하느님께서는 메이즈리가 저지른 사악한 짓에 벌을 내리고 계신 것입니다."

"아그네스는 행방불명되었는데 밖은 어두워지고 있단 말이에요." 키브린이 말했다. "아그네스를 찾아야 해요. 어디 갔는지 혹시 모르세요?"

"비난받아야 해." 이메인 부인은 중얼거리고 다시 벽을 바라보았다.

밤이 깊어가고 있었고 바람은 칸막이를 뚫고 들어와 세차게 윙윙거렸다. 키브린은 오솔길을 지나 풀밭으로 나섰다.

혼자 강하 지점을 찾겠다며 나서던 날과 똑같았다. 눈 덮인 풀밭 위로 인기척은 느껴지지 않았고 키브린이 뛰자 바람이 매섭게 옷 속을 파고들었다. 북동쪽 저 멀리서 종소리가 천천히 울려 퍼지기 시작했다. 조종이었다.

아그네스는 종탑을 좋아했다. 키브린은 종탑으로 들어가 계단을 올라갔다. 종을 매단 줄에는 아무도 보이지 않았지만, 혹시나 하는 마음에 줄을 향해 아그네스를 불러보았다. 종탑에서 나온 키브린은 아그네스가 어디로 갔을까 생각하며 오두막들을 살펴보았다.

'헛간은 아니야, 추위를 느끼기 전까지는. 강아지! 아그네스는 강아지 무덤을 보고 싶어 했는데.' 키브린은 아그네스에게 강아지를 숲에 묻었다는 이야기는 하지 않았다. 아그네스는 교회 안뜰에 강아지를 묻어야 한다고 했다. 아그네스가 교회 부속 묘지에 있을 것 같지는 않았지만 이미 키브린 의 몸은 교회 부속 묘지 정문을 지나고 있었다.

아그네스의 흔적이 있었다. 아그네스의 작은 부츠 자국은 이 무덤 저 무 덤 헤매다가 교회의 북쪽에서 멀어져 갔다. 키브린은 숲이 시작되는 언덕 을 올려다보았다. 아그네스가 숲속으로 들어갔으면 어떻게 하지? 그러면 우린 아그네스를 못 찾아.

키브린은 교회 옆쪽으로 뛰기 시작했다. 발자국이 끝나더니 교회의 문 쪽으로 되돌아왔다. 키브린은 교회 문을 열었다. 안은 거의 어두웠고, 바람 이 매서운 교회 부속 묘지보다도 훨씬 더 추웠다. "아그네스!" 키브린이 소 리쳤다.

아무 대답이 없었다. 하지만 제단 옆쪽에서 쥐가 숨느라 뛰어가는 듯한 희미한 소리가 났다. "아그네스?" 키브린이 측랑 쪽 무덤 뒤 어둑어둑한 곳 을 살펴보며 아그네스를 불렀다. "거기 있니?" 키브린이 말했다.

"캐서린 언니?" 작은 목소리가 떨리고 있었다.

"아그네스니?" 키브린은 목소리가 들리는 쪽으로 뛰어갔다. "어디 있는 거야?"

성 캐서린 상 옆이었다. 아그네스는 성상 바닥 양초가 놓인 곳에서 빨간 망토와 두건 속에 몸을 웅크리고 있었다. 눈을 동그랗게 뜨고 겁에 질린 표 정으로 거친 돌로 된 성상의 치마 부분에 몸을 기댄 채였다. 아그네스의 얼 굴은 빨갰고 눈물범벅이었다. "캐서린 언니?" 아그네스는 울며 키브린의 품 안으로 뛰어들었다.

"여기서 뭐 하는 거야, 아그네스?" 키브린은 안심이 되자 되레 화가 나서 물었다. 키브린은 아그네스를 꽉 껴안았다. "사방팔방으로 찾아다녔잖아."

아그네스는 젖은 얼굴을 키브린의 목에 파묻었다. "숨어 있었어요." 아그네스가 말했다. "강아지를 보려고 손수레를 가지고 가다가 넘어졌어요." 아그네스는 손으로 코를 훔쳤다. "언니를 부르고 또 불렀는데 언니가 안 왔어요."

"네가 어디 있는지 몰랐어." 키브린이 아그네스의 머리를 토닥토닥 두드리며 말했다. "그런데 왜 교회로 온 거야?"

"나쁜 아저씨를 피해 숨어 있었어요."

"나쁜 아저씨 누구?" 키브린은 인상을 찡그리며 물었다.

육중한 교회 문이 열렸고 아그네스는 키브린의 목을 조르듯 세게 껴안았다. "저 사람요." 아그네스는 날카롭게 속삭였다.

"로슈 신부님!" 키브린이 소리쳤다. "아그네스를 찾았어요. 아그네스가 여기 있었네요." 문이 닫혔고 키브린은 신부의 발소리를 들었다. "로슈 신부님이잖니." 키브린이 아그네스에게 말했다. "신부님도 아그네스를 찾느라 사방으로 돌아다니며 고생하셨어. 네가 어디로 갔는지 몰랐으니까."

아그네스는 손힘을 조금 늦추었다. "메이즈리가 나쁜 아저씨가 와서 날 잡아갈 거라고 했단 말이에요."

로슈 신부가 숨을 헐떡거리며 다가왔고 아그네스는 또 한 번 키브린한테 매달렸다. "아그네스가 아픈가요?" 로슈 신부가 걱정스럽게 물었다.

"그런 것 같진 않아요." 키브린이 말했다. "하지만 추위에 몸이 얼어 있네요. 제 망토를 덮어주세요."

로슈 신부가 뭉툭한 손으로 더듬더듬 키브린의 망토를 풀어 아그네스를 덮어주었다.

"난 나쁜 아저씨를 피해 숨어 있었어요." 아그네스가 키브린의 품으로 들어오며 로슈 신부에게 말했다.

"나쁜 아저씨라니?" 로슈 신부가 물었다.

"언니를 쫓아 교회 안으로 들어왔던 나쁜 아저씨 말이에요." 아그네스가 말했다. "메이즈리는 나쁜 아저씨가 우리를 잡아 청색병에 걸리게 할 거라고 했어요."

"그런 사람은 없어." 키브린은 아그네스를 달랬다. '집에 가면 메이즈리의 이가 덜그럭거릴 정도로 온몸을 흔들어줘야겠어.' 키브린이 일어섰다. 아그네스가 키브린을 꽉 잡았다.

로슈 신부가 벽을 더듬어 사제 전용문을 열었다. 푸르스름한 빛이 새어 들어왔다.

"메이즈리는 나쁜 아저씨가 내 사냥개를 가져갔다고 했어요." 아그네스가 말했다. "하지만 그 아저씨는 나를 못 잡았어요. 내가 숨어 있었거든요."

키브린은 입가에 피가 묻은 채 아그네스의 손에 축 늘어져 있던 까만 강아지를 생각했다. '아니야. 안 돼.' 키브린은 눈밭을 헤치고 빠른 걸음으로 집으로 되돌아갔다. 아그네스는 얼음처럼 차가운 교회에 너무 오래 있었던 탓에 온몸을 부들부들 떨었다. 키브린의 목에 파묻힌 얼굴이 뜨거웠다. '울어서 그런 거야.' 키브린은 혼잣말했고 아그네스에게 혹시 머리가 아픈지 물어보았다.

아그네스는 고개를 젓거나 끄덕끄덕하기만 할 뿐 대답은 하지 않으려 했다. 안 돼. 키브린은 걸음을 재촉했다. 로슈 신부는 키브린 뒤를 바짝 쫓아 집사의 집을 지나쳐 안뜰로 들어왔다.

"난 숲으로 가지 않았어요." 집으로 들어설 때 아그네스가 훌쩍이며 말했다. "하지만 못된 여자아이는 그랬어요. 그렇죠?"

"그래." 키브린이 아그네스를 불 가로 데려갔다. "그렇지만 모든 일이 다 잘 풀렸어. 아버지가 여자아이를 발견해서 집으로 데려왔거든. 그리고 아빠랑 딸이랑 오래오래 행복하게 살았대요." 키브린은 아그네스를 벤치에 앉히고 망토를 끌러주었다.

"그리고 여자아이는 다시는 숲으로 가지 않았지요?" 아그네스가 물었다.

"다시는 숲속으로 들어가지 않았대." 키브린은 아그네스의 젖은 신발과 타이츠를 벗겼다. "누워서 쉬어야 해, 아그네스." 키브린은 아그네스의 망토를 불 옆에 펼쳐놓았다. "따뜻한 수프를 줄게." 아그네스는 순순히 누웠고 키브린은 망토 자락을 끌어다 아그네스를 덮어주었다.

키브린은 아그네스에게 수프를 가져다주었지만, 아그네스는 입에 대려고 하지 않았고 거의 순식간에 잠들어버렸다.

"감기가 들었어요." 키브린이 엘로이즈와 로슈 신부에게 말했다. 괜스레 부아가 치밀었다. "오후 내내 밖에 나가 있었다고요. 아그네스는 감기에 걸렸어요." 하지만 로슈 신부가 저녁 기도를 드리기 위해 나가자 키브린은 아그네스의 옷을 벗긴 뒤 겨드랑이와 사타구니를 살펴보았다. 그리고 아그네스를 뒤집어 혹시 페스트에 걸린 아이처럼 견갑골 사이에 멍울이 맺히지는 않았나 살펴보았다.

로슈 신부는 종을 울리지 않았다. 신부는 자기가 쓰는 것이 분명한 누더기 누비이불을 가져와 건초 침대 위에 펼친 뒤 아그네스를 그 위로 옮겨주었다.

다른 곳에서 만종이 울려 퍼지기 시작했다. 옥스퍼드와 고드스토와 남서쪽 종이었다. 하지만 코시에 있는 쌍둥이 종소리가 들리지 않았다. 키브린은 엘로이즈를 걱정스럽게 바라보았지만, 엘로이즈는 종소리를 듣고 있는 것 같지 않았다. 엘로이즈는 칸막이 너머로 로즈먼드를 지켜보고 있었다.

종소리가 멈췄다. 그리고 코시의 종이 울리기 시작했다. 숨죽인 종소리는 기이할 정도로 느렸다. 키브린은 로슈 신부를 바라보았다. "조종인가요?"

"아닙니다." 아그네스를 바라보며 로슈 신부가 말했다. "오늘은 축일입니다."

키브린은 날짜를 되짚어보았다. 주교의 특사는 크리스마스 아침에 이곳을 떠났고 오후에 페스트인 것을 알아차리고 그 이후로는 1초가 1년 같은 날들이 이어졌다. '나흘이구나.' 키브린은 생각했다. '나흘 지났어.'

키브린은 크리스마스에 이곳에 오길 간절히 바랐다. 농부들이라 할지라도 모두 아는 축일이 많아서 날짜를 몰라 랑데부를 놓치기란 불가능했기 때문이었다. '거원은 바스에 도움을 청하러 갔어요, 던워디 교수님. 그리고 특사가 말을 전부 끌고 가버렸고 전 강하 지점이 어디인지도 몰라요.'

엘로이즈가 일어나 종소리를 듣기 시작했다. "코시에서 나는 소리가 아닌가요?" 엘로이즈가 로슈 신부에게 물었다.

"맞습니다." 로슈 신부가 말했다. "두려워하지 마십시오. 무죄한 어린이들의 순교 축일입니다."

'무죄한 어린이들의 순교.' 키브린은 아그네스를 바라보며 생각했다. 아그네스는 아직 잠들어 있었고 몸에서 열은 나지만 이제는 더 이상 떨지 않았다.

요리사가 소리를 질렀고 키브린은 바리케이드를 넘어 요리사에게 다가섰다. 요리사는 간이침대 위에서 일어서려 애쓰고 있었다. "집에 가야 해요." 요리사가 말했다.

키브린은 요리사를 편히 감싸 눕힌 다음 물을 한 잔 가져다주었다. 물통은 거의 바닥이 보였고 키브린은 물을 뜨러 통을 들고 일어서려 했다.

"캐서린 언니한테 여기 오라고 해주세요." 아그네스가 말했다. 아그네스는 일어나 앉았다.

키브린이 물통을 내려놓았다. "나 여기에 있어." 키브린은 아그네스 옆에 무릎을 꿇으며 말했다. "아그네스, 언니 여기 있어."

키브린을 바라보는 아그네스의 얼굴은 분노로 가득해 시뻘게졌다. "캐서린 언니가 당장 오지 않으면 나쁜 아저씨가 나 데려갈 거야." 아그네스가 말했다. "당장 캐서린 언니더러 여기 오라고 해!"

둠즈데이북 사본
(073453-074912)

랑데부를 놓쳤어요. 로즈먼드를 돌보느라 시간 가는 줄 몰랐어요. 그리고 하마터면 아그네스를 잃어버릴 뻔했어요. 그리고 전 강하 지점이 어디인지 몰라요.

제 걱정으로 몸살이 나셨겠네요, 던워디 교수님. 어쩌면 제가 살인마 수중에 떨어졌다고 생각하고 계시겠죠. 맞아요. 그것들이 이제 아그네스를 데려가려 해요.

아그네스는 열이 높아요. 하지만 멍울은 없고 기침도 안 해요. 토하지도 않고요. 그냥 열이 높을 뿐이에요. 얼마나 열이 높은지 제가 곁에 있는데도 알아보지 못하고 계속 저를 데려오라고 소리쳐요. 로슈 신부님과 저는 찬물로 아그네스의 몸을 씻겨 어떻게든 열을 내려보려고 했지만, 오히려 열은 치솟을 뿐이에요.

(사이)

이메인 부인도 감염되었어요. 로슈 신부님이 오늘 아침 구석 바닥에 쓰러져 있는 이메인 부인을 발견했어요. 이메인 부인은 밤새 거기 있었나 봐요. 이틀 밤을 침대에 가지도 않고 무릎을 꿇고 앉아 하느님께 자기를 보호해달라고, 하느님 말씀을 따르는 사람들을 페스트에서 지켜달라고 기도를 올렸겠지요.

물론 하느님은 그 말을 들어주지 않았어요. 이메인 부인은 폐페스트예요. 기침하고 피 섞인 점액을 토해냈죠.

이메인 부인은 로슈 신부님이나 제가 돌보려고 해도 못 하게 해요. "저 여인이 이 모든 일의 주동자입니다." 이메인 부인이 저를 가리키며 신부님에게 말했어요. "저 여인의 머리를 보십시오. 양갓집 처녀가 아닙니다. 저 여자가 입고 있는 옷을 보란 말입니다."

저는 다락에 있는 상자에서 발견한 남자아이의 조끼를 입고 가죽 타이츠를 신고 있었거든요. 제가 입고 있던 옷은 이메인 부인이 토해 엉망진창이 되었어요. 그리고 슈미즈는 찢어서 천과 붕대를 만들어야 했어요.

로슈 신부님이 이메인 부인에게 버드나무 껍질을 끓인 차를 가져다주었지만, 이메인 부인은 그걸 마시다 말고 뱉어버렸어요. 그러고는 이렇게 말하더군요. "저 여인이 숲속에서 길을 잃었다는 건 거짓말입니다. 저 여자는 누가 보내 이곳으로 온 겁니다."

이메인 부인이 말하는 동안 피가 방울져 부인의 턱에 맺혔어요. 로슈 신부님이 피를 닦아줬지요. "지금 부인께서 편찮으셔서 그렇게 생각하는 겁니다." 신부님이 부드럽게 말했지요.

"저 여인은 우리 모두에게 독을 먹여 죽이려고 이곳으로 온 것이란 말이에요." 이메인 부인이 말했어요. "저 여자가 어떻게 내 손녀들을 망쳐놓았나 보세요. 그리고 저 여자는 나한테도 독을 썼어요. 저 여자가 나한테 준 것은 그 어떤 것도 마시지도, 먹지도 않을 겁니다!"

"쉿." 신부님이 엄하게 말했어요. "당신을 도와주려는 분을 그렇게 욕해서는 안 됩니다."

이메인 부인은 고개를 세차게 옆으로 흔들었어요. "저 여자는 우리 모두를 죽일 방법을 찾고 있습니다. 저 여자를 화형에 처해야 합니다. 저 여자는 악마의 부하입니다!"

로슈 신부님이 그렇게 화를 내는 것은 전에 본 적이 없어요. 숲속에서 본 이후 처음으로 로슈 신부님이 살인마처럼 보였어요. "지금 누구한테 그런 망발을 하는 것입니까!" 로슈 신부님이 소리치셨어요. "자매님을 우리에게 내려주신 분은 하느님이십니다!"

그 말이 사실이면 얼마나 좋을까요. 제가 조금이라도 도움이 될 수 있다면 얼마나 좋을까요. 아그네스는 저를 데려오라고 소리를 지르고, 로즈먼드는 마법에 걸린 것처럼 꼼짝하지 않고 누워 있을 뿐이고, 사제는 점점 까매지고 있는데도 제가 이들을 위해 할 수 있는 일은 아무것도 없어요. 단 한 가지도요.

(사이)

집사 식구가 모두 감염되었어요. 막둥이 레프릭만 선페스트라서 제가 이곳으로 데려와 멍울을 잘라줬어요. 나머지 식구를 위해선 해줄 일이 아무것도 없어요. 폐페스트거든요.

(사이)

집사의 갓난아기가 죽었어요.

(사이)

코시에서 종소리가 울려 퍼지고 있어요. 아홉 번 울렸어요. 누가 죽은 걸까요? 주교의 특사일까요? 아니면 우리 말을 훔쳐 가는 데 앞장섰던 뚱뚱한 수사일까요? 그도 아니면 블로에 경일까요? 그랬으면 좋겠어요.

(사이)

끔찍한 하루였어요. 강하 지점을 찾으러 나갔던 날 저를 보고 도망갔던 남자아이와 집사 아내가 오후에 죽었어요. 집사가 이 둘을 묻을 땅을 팠어요. 땅이 너무나 꽝꽝 얼어 어떻게 팠는지 모르겠어요. 파는 건 고사하고 흠집 내기도 힘들어 보였거든요. 로즈먼드와 레프릭은 둘 다 상태가 안 좋아졌어요. 로즈먼드는 거의 아무것도 삼키지 못해요. 맥도 너무나 약하고 불규칙해요. 아그네스는 그렇게 안 좋은 상황은 아니지만 도무지 열이 내리지 않아요. 로슈 신부님은 오늘 저녁 이곳에서 저녁 기도를 드리겠다고 하셨어요.

기도를 마치고 난 뒤 로슈 신부님이 말했어요. "주님, 주님께서 하실 수 있는 도움을 저희에게 내려주신 것을 알고 있습니다. 하지만 주님이 내려주신 도움으로 이 어두운 페스트를 뚫고 갈 수 없을까 봐 너무나 두렵습니다. 캐서린 성녀님은 이 사태가 질병이라고 했지만 어떻게 그럴 수 있겠습니까? 병이라면 이 사람에서 저 사람으로 옮아야 하지만 그러는 대신 사방에서 한꺼번에 일어났습니다."

이건 질병이에요.

(사이)

울프, 마름.
시브, 집사의 딸.
조앤, 집사의 딸.
요리사 (이름은 몰라요).
월테프, 집사의 장남.

(사이)

주민의 50퍼센트 이상이 감염 증세를 보여요. 제발 엘로이즈가 옳지 않
게 해주세요. 제발 로슈 신부님은 병에 걸리지 않게 해주세요.

29

던워디는 도와달라고 외쳤지만 아무도 오지 않았다. 던워디는 프란체스코 수도원에서 존 클린 수사 혼자 살아남았던 것처럼 이곳에서도 모두 죽고 자기 혼자만 살아남았다는 생각마저 들었다. "나는 이제 죽은 자들에 둘러싸여 죽음을 기다리며…."

던워디는 간호사를 부르기 위해 호출 단추를 누르려 했지만 찾을 수 없었다. 침대 옆 협탁에 핸드벨이 있기에 손을 뻗어 집으려 했지만, 손가락에 힘이 하나도 없어 손에서 놓치고 말았다. 핸드벨은 바닥을 구르며 그레이트 톰이 울리듯 무시무시한 소리로 끊임없이 울려댔지만 아무도 오지 않았다.

하지만 다음번에 깨어났을 때 핸드벨은 협탁 위에 다시 올려져 있었다. 던워디가 잠든 사이에 누군가가 왔다 간 게 틀림없었다. 던워디는 침침한 눈을 가늘게 뜨고 핸드벨을 보며 자신이 얼마 동안 잠들어 있었는지 궁금했다. 긴 시간일 것이다.

자신이 얼마나 누워 있었는지 가늠할 방법이 없었다. 방은 밝았지만 특별히 어느 한쪽으로 빛이 들어오지 않았고 그림자도 보이지 않았다. 오후일 수도, 느지막한 아침일 수도 있었다. 협탁과 벽에는 시계가 없었고, 던워디에게는 몸을 돌려 뒤편 벽에 있는 화면을 볼 기운이 없었다. 방에는 창문이 있었다. 비록 몸을 일으켜 바깥을 볼 힘은 없었지만 바깥에 비가 내리는 모습을 볼 수 있었다. 브레이스노즈 칼리지에 갔던 날도 비가 내리고 있었다. 지금도 같은 날 오후일지도 모른다. 어쩌면 던워디는 잠시 정신을 잃은 것뿐이고 사람들은 던워디를 관찰하기 위해 이곳에 데려온 것일 수도 있었다.

"'나도 너희에게 그렇게 하리라.'" 누군가가 말했다.

던워디는 눈을 뜨고 안경에 손을 뻗었지만, 안경은 그곳에 없었다. "'나는 너희에게 몹쓸 재앙을 내려 폐병과 열병으로 마침내 두 눈은 꺼지고 맥은 빠지게 하리라.'"[51]

개드슨 부인이었다. 개드슨 부인은 던워디가 누워 있는 침대 옆 의자에 앉아 성서를 읽고 있었다. 부인은 마스크도 하지 않고 가운도 입지 않았지만, 성서는 비닐에 싸인 것처럼 보였다. 던워디는 눈을 가늘게 뜨고 성서를 보았다.

"'성안으로 피해 들어가면 나는 너희 가운데 염병을 보내리라.'"

"오늘이 며칠입니까?" 던워디가 물었다.

개드슨 부인은 읽기를 멈추고 진기하다는 듯 던워디를 보다가 차분히 읽기를 계속했다. "'그리하여 너희는 결국 원수들의 손에 넘어가고 말리라.'"[52]

여기에 아주 오래 있었을 리 없었다. 던워디가 길크리스트를 만나러 갔을 때도, 개드슨 부인은 환자들에게 성서를 읽어주고 있었다. 아마도 아직도 쓰러진 날 오후 같았으며, 개드슨 부인이 내쫓기지 않은 거로 보아 아직 아렌스가 이 방에 오지 않은 모양이었다.

"삼킬 수 있으신가요?" 간호사가 말했다. 물품 창고에 있던 나이 많은 간호사였다.

"캡슐 체온계를 넣어야 합니다." 간호사가 목쉰 소리로 말했다. "삼킬 수 있나요?"

---

51 〈레위기〉 26장 16절
52 〈레위기〉 26장 25절

던워디가 입을 벌리자 간호사는 혀에 체온계 캡슐을 올려놓았다. 간호사는 던워디가 물을 마실 수 있도록 머리를 살짝 앞으로 숙여줬다. 간호사가 입은 앞치마가 바스락거렸다.

"삼키셨나요?" 던워디를 살짝 뒤로 젖혀주며 간호사가 물었다.

캡슐이 목 중간쯤에 걸려 있었지만, 던워디는 고개를 끄덕였다. 고개를 끄덕인 탓에 머리가 지끈거렸다.

"좋습니다. 그럼 이걸 제거하겠습니다." 간호사는 던워디의 위팔에서 뭔가를 떼어냈다.

"지금 몇 시쯤 됐습니까?" 캡슐 때문에 기침하지 않으려 애쓰며 던워디가 말했다.

"쉬실 시간입니다." 던워디 머리 뒤편에 있는 화면을 살펴보며 간호사가 말했다.

"오늘이 며칠이지요?" 던워디가 물었지만 간호사는 절름거리며 벌써 방을 나섰다. "오늘이 며칠입니까?" 던워디는 개드슨 부인에게 물었지만, 부인 역시 방을 나가고 없었다.

여기 오래 있었을 리가 없었다. 던워디는 여전히 두통과 열에 시달렸으며, 이는 인플루엔자 초기 증상이었다. 쓰러진 뒤 몇 시간 정도만 지났을 것이다. 지금은 아마 쓰러진 당일 오후일 것이며, 사람들이 병실로 옮겨주긴 했지만 호출기를 연결하거나 체온계를 줄 정도로 시간이 지나기 전에 깨어난 모양이었다.

"체온계를 삼키실 시간이에요." 간호사가 말했다. 이번에는 다른 간호사였다. 윌리엄 개드슨에 대해 온갖 질문을 했던 예쁘장한 간호 실습생이었다.

"이미 먹었어요."

"그건 어제였어요." 간호사가 말했다. "자요, 삼키세요."

바드리의 방에서 던워디와 이야기를 했던 1학년 학생은 간호 실습생이 독감에 걸려 쓰러졌다고 했다. "당신은 독감에 걸린 줄 알았는데요." 던워디가 말했다.

"걸렸었죠. 하지만 이젠 나았어요. 교수님도 곧 나으실 거예요." 간호사는 손을 던워디 머리 뒤로 넣고 몸을 일으켜 세워 물을 마실 수 있게 해줬다.

"오늘이 며칠이지요?" 던워디가 물었다.

"…11일요." 간호사가 말했다. "생각을 좀 해야 했어요. 거의 극한까지 지쳐 있는 상태거든요. 병원 직원 대부분이 인플루엔자에 걸려 쓰러졌고, 남은 사람들은 모두 2교대로 일하고 있어요. 날짜 가는 걸 모르겠어요." 간호사는 콘솔에 뭔가를 입력한 다음 얼굴을 찌푸리며 화면을 바라보았다.

던워디는 간호사가 말해주기 전에, 도움을 요청하려고 핸드벨에 손을 뻗기 전에 이미 답을 알고 있었다. 열 때문에 아무런 기억 없이 혼수상태에 빠졌던 며칠 밤낮이 비 내리는 기나긴 오후처럼 느껴지긴 했지만, 던워디의 몸은 시간이 흐르며 날짜가 가는 것을 확실하게 감지하고 있었다. 그래서 던워디는 간호사가 대답해주기 전에 이미 답을 알고 있었다. 던워디는 랑데부 날짜를 놓친 것이었다.

'랑데부는 없었어.' 쓴 입맛을 다시며 던워디가 혼잣말했다. 길크리스트는 네트 전원을 내렸다. 던워디가 아프지 않고 실험실에 있었다 한들 결과는 달라지지 않았을 것이다. 네트가 닫힌 마당에 던워디가 할 수 있는 일은 아무것도 없었다.

1월 11일. 키브린은 강하 지점에서 얼마나 오래 기다렸을까? 하루? 이틀? 사흘 정도 기다린 다음 날짜나 장소가 잘못되었을 거라고 여겼을까? 추위에 별 쓸모도 없는 하얀 망토 안에 몸을 웅크리고서 늑대나 강도나 페스트를 피해 달아나는 소작농들이 불빛을 보고 찾아올까 봐 두려워 불도 지피지 못한 채 옥스퍼드-바스 도로에서 밤을 새우며 기다리지는 않았을까? 자신을 구하러 오지 않는다는 사실을 깨달을 때까지 키브린은 얼마나 오랫동안 그곳에서 기다렸을까?

"제가 뭐 가져다드릴 것 없나요?" 간호사가 물었다. 간호사는 캐뉼러에 주사기를 밀어 넣었다.

"그걸 맞으면 자게 되는 건가요?" 던워디가 물었다.

"네."

"잘됐군요." 던워디는 감사하며 눈을 감았다.

*

던워디는 몇 분 또는 하루, 또는 한 달 정도 잠을 잤다. 잠에서 깼을 때는 여전히 밝았고 여전히 그림자가 보이지 않았으며 밖에서는 비가 내렸다. 콜린은 침대 옆 의자에 앉아 뭔가를 빨아 먹으면서 던워디가 크리스마스 선물로 준 책을 읽고 있었다. '그렇게 오래 지났을 리 없어.' 던워디는 얼굴을 찡그린 채 실눈을 뜨고 콜린을 바라보며 생각했다. '곱스토퍼가 아직 있잖아.'

"어, 깨셨네요." 책을 탁 덮으며 콜린이 말했다. "그 무시무시한 수간호사 할머니는 제가 할아버지를 깨우지 않겠다고 약속해야 옆에 있을 수 있게 해주겠다고 했는데. 제가 깨운 거 아니죠? 그렇죠? 수간호사 할머니가 오면 할아버지 혼자 깨어났다고 하시는 거예요, 아셨죠?"

콜린은 입에서 곱스토퍼를 빼내 유심히 살펴본 뒤 주머니에 쑤셔 넣었다. "그 간호사 보셨어요? 중세에 살다 온 게 분명해요. 개드슨 아줌마에 버금갈 정도로 괴사적이더라고요."

던워디는 실눈을 뜨고 콜린을 바라보았다. 곱스토퍼를 쑤셔 넣은 재킷은 녹색으로 새것이었으며, 목 주위에 감고 있는 회색 격자무늬 목도리는 녹색에 대비되어 훨씬 더 창백해 보였다. 그리고 던워디가 잠든 사이 훌쩍 커버린 듯, 목도리를 두른 콜린은 더 성숙해 보였다.

콜린이 인상을 찡그렸다. "저예요, 콜린. 저 알아보시겠어요?"

"물론, 알아보고말고. 그런데 왜 마스크를 안 하고 있는 거냐?"

콜린이 씩 웃었다. "그럴 필요 없어요. 이제 할아버진 더 이상 다른 사람에게 바이러스를 옮기지 않거든요. 안경 드릴까요?"

던워디는 두통이 다시 오지 않도록 조심스레 고개를 끄덕였다.

"지난번에 깨어나셨을 때는 절 전혀 못 알아보셨어요." 콜린은 협탁 서랍을 뒤적여 던워디에게 안경을 찾아주었다. "상태가 정말 심각했거든요. 못 깨어나시는 줄 알았어요. 계속해서 저를 키브린이라 부르시더라고요."

"오늘이 며칠이지?" 던워디가 물었다.

"12일요." 콜린이 조바심하며 말했다. "오늘 아침에도 물어보셨어요. 기억 안 나세요?"

던워디는 안경을 꼈다. "안 나는구나."

"무슨 일이 있었는지 아무것도 기억 안 나세요?"

'키브린을 데려오지 못한 것은 기억이 난단다.' 던워디는 생각했다. '그 아이를 1348년에 놔둔 건 기억하고 있어.'

콜린은 의자를 침대 가까이 끌어당긴 다음 책을 침대 위에 올려놓았다. "열 때문에 아무것도 기억 못 하실 거라고 간호사가 말하긴 했어요." 하지만 기억하지 못하는 것이 던워디의 잘못이라는 듯이 콜린의 목소리에는 화난 기운이 은근히 배어 있었다. "간호사가 못 들어오게 했어요. 아무 말도 안 해주려 했고요. 너무 불공평해요. 사람을 대기실에 앉혀놓고, 여기서는 아무것도 할 일이 없다면서 집에 가서 기다리라는 말이나 하고, 질문하면 '곧 의사 선생님이 오셔서 말해주실 거란다' 이런 소리나 하면서 쓸 만한 말은 아무것도 해주지 않잖아요. 사람을 꼭 어린애 다루듯 해요. 제 말은, 뭔가를 꼭 알아야 할 때가 있는 법이잖아요, 안 그래요? 오늘 아침에는 간호사가 저에게 뭐라고 했는지 아세요? '던워디 교수님은 아주 위독하시단다. 네가 정신을 산만하게 만들면 안 돼'라고 하면서 절 이 방에서 내쫓더라고요. 절 몰라도 한참 모르고 하는 말이죠."

콜린은 화난 표정이었다. 하지만 동시에 피곤하고 걱정스러운 얼굴이었다. 던워디는 콜린이 복도를 서성이고 대기실에 앉아서 소식을 기다리고 있었을 모습을 떠올렸다. 콜린이 성숙해 보이는 건 당연했다.

"그리고 이젠 개드슨 아줌마가 할아버지에게는 좋은 소식만 알려주라고 하더군요. 나쁜 소식을 들려드리면 할아버지가 다시 상태가 나빠져 돌아가실 거고 그러면 모두 제 책임이래요."

"말을 들어보니 개드슨 부인은 여전히 사람 기를 북돋워주고 있는 모양이구나." 던워디가 말했다. 던워디는 콜린을 보고 싱긋 웃었다. "개드슨 부인이 바이러스에 감염돼 드러누울 확률은 없겠지?"

콜린은 놀란 듯했다. "전염병은 멈췄어요." 콜린이 말했다. "다음 주에 격리가 풀린대요."

'결국 아렌스가 그토록 간절히 기다리던 유사체가 도착한 모양이로군.' 던워디는 유사체가 제때 도착해 바드리의 병이 나았는지, 그리고 개드슨 부인이 말하지 말라고 했던 나쁜 소식이 이것은 아닌지 궁금했다. '하지만 이미 난 나쁜 소식을 들었어. 동조 작업은 물거품이 되었고, 키브린은 1348년에 있어.'

"좋은 소식을 말해주렴." 던워디가 말했다.

"에, 지난 이틀 동안 감염된 사람이 나타나지 않았어요." 콜린이 말했다. "그리고 마침내 생필품들이 도착해서 이제는 먹을 만한 음식들이 생겼어요."

"보아하니 넌 옷도 새로 생긴 것 같구나."

콜린은 녹색 재킷을 내려다보았다. "이건 엄마가 크리스마스 선물로 보내준 거예요. 이거랑…." 콜린은 말을 멈추고 인상을 찡그렸다. "비디오랑 얼굴에 붙이는 검은 테이프도 보내주셨어요."

던워디는 콜린의 어머니가 전염병이 확실히 끝날 때까지 기다렸다가 선물을 보낸 것인지, 그리고 아렌스는 이에 대해 뭐라고 말했을지 궁금했다.

"보세요." 콜린이 일어서며 말했다. "재킷이 저절로 여며져요. 이렇게 단추만 누르면 돼요. 이젠 저에게 재킷을 여미고 다니라는 말 안 하셔도 돼요."

간호사가 바스락 소리를 내며 들어왔다. "네가 깨운 거니?" 간호사가 따져 물었다.

"이럴 거라고 했죠?" 콜린이 중얼거렸다. "아니에요. 저는 책장 넘기는 소리도 내지 않을 정도로 조용히 있었어요."

"이 아이가 깨우지 않았습니다. 방해가 되지도 않고요." 간호사가 다른 질문을 하기 전에 던워디가 말했다. "그리고 좋은 소식만 말해줬습니다."

"던워디 교수님께 더 이상 말을 시키면 안 돼. 쉬셔야 한다고." 간호사는 콜린에게 이렇게 말하고 맑은 액체가 든 주머니를 지지대에 걸었다. "던워디 교수님은 손님과 만나기에는 아직 너무 편찮으시니 이만 나가거라." 간호사는 콜린을 방 밖으로 내쫓으려 했다.

"그렇게 병문안 온 사람들 때문에 걱정이면 왜 개드슨 아줌마가 성서를 읽어주러 오는 건 가만히 두는 거죠?" 콜린이 항의했다. "그 아줌마 때문에 사람들이 더 아파한다고요." 콜린은 간호사를 노려보며 문 앞에서 멈추어 섰다. "내일 다시 올게요. 뭐 필요한 거 없으세요?"

"바드리는 어떠니?" 최악의 경우를 대비해 마음을 단단히 먹고 던워디가 물었다.

"괜찮아졌어요. 거의 다 나았어요. 한때 상태가 많이 나빴지만 이젠 훨씬 좋아졌어요. 할아버지를 만나고 싶어 해요."

"지금은 됐구나." 던워디가 말했지만 간호사가 벌써 문을 닫은 뒤였다.

✳

'그건 바드리의 잘못이 아니야.' 아렌스는 그렇게 말했고, 당연히 바드리의 잘못이 아니었다. 정신 착란은 인플루엔자 초기 증상의 하나였다. 던워디는 앤드루스의 전화번호를 잘못 찍던 자신의 행동과 피안티니가 핸드벨 연주 연습을 하다 실수에 실수를 거듭하고 연신 '미안합니다'를 거듭했던 생각이 났다.

"미안합니다." 던워디가 중얼거렸다. 모든 것은 바드리의 잘못이 아니었다. 바로 던워디의 잘못이었다. 던워디는 실습생의 계산이 잘못되었을까 봐 너무나 불안해했고, 그런 던워디 때문에 바드리 역시 덩달아 불안해하면서 좌표를 다시 입력하기로 결정한 것이었다.

콜린의 책이 침대 위에 있었다. 던워디는 책을 끌어당겼다. 책은 믿을 수 없을 정도로 무거웠으며 너무 무거워 책을 펼치는 손이 떨렸지만, 던워디는 침대 난간에 책을 기대고 페이지를 넘겼다. 누워 있어서 각도가 안 맞아 책 내용이 거의 보이지 않았지만, 던워디는 계속 페이지를 넘겨 결국 원하는 내용을 찾아냈다.

흑사병은 크리스마스에 옥스퍼드를 덮쳤고, 대학들은 문을 닫았으며, 움직일 수 있는 사람들은 병원균을 보유한 것도 모르고 인근 마을로 피신했다. 도망칠 수 없던 사람들은 한꺼번에 수천 명씩 죽어 나갔고, 너무나 많은 사람이 죽었기 때문에 '상속을 받거나 죽은 사람들을 묻어줄 사람마저 남지 않았다.' 그리고 대학에 남아 방책을 쌓아놓고 숨어 있던 몇몇 사람들은 이 모든 책임을 뒤집어씌울 사람을 찾았다.

던워디는 안경을 낀 채 잠이 들었고 간호사가 안경을 벗겨주려 할 때 잠에서 깨었다. 윌리엄과 노닥거리던 간호 실습생이었다. 간호사는 던워디를 보며 싱긋 웃어주었다.

"죄송해요." 안경을 서랍에 넣으며 간호사가 말했다. "깨울 생각은 없었어요."

던워디는 실눈을 뜨고 간호사를 바라보았다. "콜린 말로는 전염병이 멈췄다고 하던데요."

"네." 던워디 뒤편에 있는 화면들을 보며 간호사가 말했다. "바이러스 출처를 발견했고, 때맞춰 유사체도 도착했어요. 아슬아슬했죠. 프로버빌러티는 항생제와 T세포 강화 접종을 한다 해도 발병률 85퍼센트에, 치사율은 32퍼센트일 거라고 예상했었어요. 물품 부족이나 병원 직원들이 감염되어 쓰러지지 않는다는 가정하에 말이죠. 지금 실제 치사율은 19퍼센트 정도지만, 환자 상당수는 여전히 위독한 상태입니다."

간호사는 던워디의 손목을 들고 던워디 머리 위쪽에 있는 화면을 살펴보았다. "열이 좀 내렸군요." 간호사가 말했다. "교수님은 아주 운이 좋으신 거예요. 이미 감염된 사람들에게는 유사체가 듣지 않았거든요. 아렌스 선생님은⋯." 간호사는 갑자기 말을 멈췄다.

던워디는 아렌스가 무슨 말을 했을지 궁금했다. '죽을 수도 있다고 말했을 거야.'

"여하튼 교수님은 아주 운이 좋으신 거예요." 간호사가 다시 말했다. "이제 좀 주무세요."

던워디는 잠들었다. 그리고 다시 잠에서 깨었을 때는 개드슨 부인이 곁에 서서 성서로 공격할 채비를 하고 있었다.

"'주께서는, 너희가 그렇게 무서워하던 이집트의 전염병을 다시 끌어들이시리니 그것이 너희에게 붙어 떨어지지 않을 것이다.'" 던워디가 눈을 뜨자마자 개드슨 부인이 말했다. "'또한 주께서는, 이 법전에 기록되어 있지 않은 온갖 병, 온갖 재앙을 너희 위에 쏟으실 것이다. 그래서 너희는 멸망

하고 말 것이다.'"⁵³

"'그리고 너희는 결국 원수의 손에 넘어가고 말리라.'" 던워디가 중얼거렸다.

"네?" 개드슨 부인이 물었다.

"아무것도 아닙니다."

던워디 때문에 부인은 읽던 대목이 어딘지 잊었다. 개드슨 부인은 성서를 앞뒤로 넘기면서 역병에 대한 항목을 찾아 읽기 시작했다. "'하느님은 이 세상을 극진히 사랑하셔서 외아들을 보내시어….'"⁵⁴

'만약 이 세상에 무슨 일이 일어날지 알았다면 하느님은 예수를 절대 이 땅으로 보내지 않았을 거야.' 던워디는 생각했다. '헤롯왕과 유아 학살, 겟세마네 동산에서 벌어진 일들을 미리 알았다면 절대 보내지 않았을 거야.'

"〈마태오의 복음서〉를 읽어주십시오." 던워디가 말했다. "26장 39절입니다."

개드슨 부인은 짜증스러운 표정을 지으며 말을 멈추더니 페이지를 넘겨 〈마태오의 복음서〉를 찾았다. "'예수께서는 조금 더 나아가, 땅에 엎드려 기도하셨다. 아버지, 아버지께서는 하시고자만 하시면 무엇이든 다 하실 수 있으시니 이 잔을 저에게서 거두어주소서.'"

'하느님은 예수가 어디에 있는지 알지 못했어.' 던워디는 생각했다. '하느님은 자신의 외아들을 세상에 보냈지만 동조 작업을 잘못했든지 아니면 누군가가 네트를 꺼버렸기 때문에 예수를 데려올 수 없었고, 세상 사람들은 예수를 체포해 가서 면류관을 씌우고 십자가에 못 박아버린 거야.'

"27장 46절을 읽어주십시오."

개드슨 부인은 입술을 삐죽 내밀고 페이지를 넘겼다. "지금 상황에서 적당한 성서 구절이 아니라고 생각합니…."

"읽어주십시오." 던워디가 말했다.

"'세 시쯤 되어 예수께서 큰 소리로 '엘리 엘리 레마 사박타니' 하고 부르짖으셨다. 이 말씀은 '나의 하느님, 나의 하느님, 어찌하여 나를 버리셨나이까?'라는 뜻이다.'"

---

53 〈신명기〉 28장 60~61절
54 〈요한의 복음서〉 3장 16절

키브린은 무슨 일이 벌어졌는지 모를 것이다. 키브린은 자신이 잘못된 곳 또는 잘못된 시간대에 왔다고 생각할 것이다. 아니면 페스트가 번지는 동안 정신이 없어 날짜를 잘못 세었다고 생각하거나 강하 중에 뭔가 잘못되었다고 생각할 것이다. 키브린은 던워디가 자신을 버렸다고 생각할 것이다.

"또 말씀하세요." 개드슨 부인이 말했다. "더 원하시는 구절이 있나요?"

"없습니다."

개드슨 부인은 성서를 앞으로 넘겨 구약을 뒤적였다. "'이스라엘 가문이 저지른 온갖 흉악하고 발칙한 죄 때문에 전쟁이 터지고 한재가 나고 염병이 번져 사람들이 마구 쓰러지겠구나.'" 개드슨 부인이 성서를 읽었다. "'멀리 있는 자는 염병에 죽겠고, 가까이 있는 자는 칼에 맞아 쓰러지겠고, 성안으로 피해 들어온 자는 굶어 죽겠구나.'"[55]

＊

이 모든 소동에도 불구하고 던워디는 잠이 들었으며, 잠에서 깨어났을 때는 마침내 끝없어 보이던 오후가 아닌 다른 때였다. 창밖에는 여전히 비가 내리고 있었지만 방 안에는 그림자가 졌고, 종은 4시를 치고 있었다. 윌리엄의 간호사는 던워디가 화장실에 갈 수 있도록 도와주었다. 콜린의 책은 보이지 않았다. 던워디는 콜린이 왔다 갔지만 자신이 기억을 못 하는 건지 궁금했다. 하지만 간호사가 협탁 서랍을 열고 슬리퍼를 넣을 때 책이 그 안에 있는 것을 보았다. 던워디는 앉을 수 있도록 침대 경사를 조절해달라고 한 다음 간호사가 나가자 안경을 끼고 책을 꺼냈다.

흑사병은 너무나 마구잡이로, 또 너무나 지독하게 퍼졌기 때문에 당시 사람들은 그것을 자연적인 질병으로 생각할 수가 없었다. 당시 사람들은 한센병 환자나 유대인을 비난했고 정신질환자가 우물에 독약을 풀고 사람들에게 저주를 내렸다고 생각했으며, 이들을 증오하기 시작했다. 낯선 사람이나 이방인은 보이는 즉시 의심을 받았다. 서식스 지방에서는 여행자 둘이

---

55 〈에제키엘〉 6장 11~12절

돌에 맞아 죽었다. 요크셔에서는 젊은 여인을 말뚝에 묶고 불에 태워 죽였다.

"책이 여기 있었군요." 콜린이 방으로 들어서며 말했다. "잃어버린 줄 알았어요."

콜린은 여전히 녹색 재킷을 입고 있었다. 재킷은 흠뻑 젖었다. "테일러 누나를 위해 핸드벨 케이스들을 거룩한 개혁 교회로 옮겨야 했어요. 비가 엄청 내려요."

던워디는 테일러라는 이름을 듣자 안도감이 밀려왔다. 그리고 혹시 나쁜 소식이라도 들을까 걱정이 되어 억류자들에 대한 질문을 전혀 하지 않았다는 사실을 떠올렸다.

"그러면 테일러 씨는 괜찮은 거냐?"

콜린이 재킷 아래쪽을 매만지자 재킷 여밈이 펼쳐지며 사방에 물을 흩뿌렸다. "네. 15일에 거룩한 개혁 교회에서 핸드벨 연주회를 한대요." 콜린은 던워디가 어디를 읽는지 보려고 몸을 숙였다.

던워디는 책을 덮고 콜린에게 넘겨주었다. "다른 연주자들은? 피안티니 씨는 어떻더냐?"

콜린은 고개를 끄덕였다. "그분은 여전히 병원에 있어요. 너무 말라서 알아보지 못하실 거예요." 콜린은 책을 펼쳤다. "흑사병에 관한 내용을 읽고 계셨던 거죠?"

"그래." 던워디가 말했다. "핀치는 바이러스에 감염되지 않았겠지?"

"네. 핀치 아저씬 피안티니 누나 대신 테너 벨을 쳤어요. 핀치 아저씨는 기분이 몹시 상해 있어요. 화장실 휴지가 다 떨어져가는데 런던에서 보낸 물품에는 휴지가 없대요. 그 문제 때문에 잔소리 아줌마와 싸우기까지 했어요." 콜린은 침대 위에 책을 올려놓았다. "그런데, 키브린 누나는 어떻게 되는 거죠?"

"모르겠구나." 던워디가 말했다.

"여기로 데려올 방법이 없나요?"

"없단다."

"흑사병이 번지던 시대의 유럽은 무시무시했더라고요." 콜린이 말했다. "너무나 많은 사람이 죽어서 죽은 사람을 묻지도 못했대요. 그냥 한데 쌓아놓기만 했고요."

"키브린을 데려올 수가 없단다, 콜린. 길크리스트 교수가 네트를 껐을 때 동조치를 잃어버렸거든."

"알아요. 하지만 달리 방법이 없나요?"

"없구나."

"하지만…."

"담당 선생님께 말씀드려 방문객을 만나지 못하게 해야겠습니다." 재킷 깃을 잡고 콜린을 내쫓으며 수간호사가 엄한 목소리로 말했다.

"그렇다면 우선 개드슨 부인부터 못 들어오게 해주십시오." 던워디가 말했다. "그리고 아렌스 선생께 만나고 싶다고도 전해주시고요."

✳

아렌스는 오지 않았다. 하지만 몬토야가 찾아왔다. 발굴 현장에서 바로 온 모양이었다. 몬토야의 무릎에는 진흙이 묻었고, 곱슬곱슬한 머리카락도 진흙으로 회색이었다. 콜린도 같이 왔다. 콜린이 입고 있는 녹색 재킷은 완전히 흙탕물투성이었다.

"수간호사가 안 보일 때를 틈타 몰래 들어온 거예요." 콜린이 말했다.

몬토야 교수는 살이 상당히 빠져 있었다. 침대 난간을 잡은 몬토야의 손은 아주 가늘었으며, 손목에 찬 시계는 헐렁거렸다.

"몸은 좀 어때요?" 몬토야가 물었다.

"좋아졌어요." 몬토야의 손을 바라보며 던워디는 거짓말을 했다. 몬토야의 손톱 밑에는 진흙이 끼어 있었다. "몸은 어떤가요?"

"좋아졌어요." 몬토야가 대답했다.

몬토야는 병원에서 퇴원하자마자 키브린의 녹음기를 찾기 위해 발굴 현장으로 간 모양이었다. 그리고 그곳에서 다시 곧장 이곳으로 온 것이었다.

"키브린은 죽은 거겠죠?" 던워디가 말했다.

몬토야가 침대 난간을 잡았다가 다시 손을 뗐다. "네."

어쨌든 키브린이 간 장소만은 옳았다. 위치 좌표는 몇 킬로미터 또는 몇 미터 정도만 차이가 있었고, 키브린은 옥스퍼드-바스 도로를 찾은 뒤 스켄드게이트로 갔을 것이다. 그리고 스켄드게이트에 도착한 뒤, 강하하기 전에 걸린 인플루엔자로 인해 그곳에서 죽었을 것이다. 아니면 흑사병이 돈 뒤 굶주려 죽었거나 그도 아니면 랑데부를 기다리다가 자포자기한 심정으로 죽었을 것이다. 키브린은 죽은 지 700년이나 되었다.

"그러면 그걸 발견했겠군요." 던워디가 말했다. 질문이 아니라 확신하는 말투였다.

"뭘 발견해요?" 콜린이 물었다.

"키브린의 녹음기."

"아니요." 몬토야가 말했다.

그 말에도 던워디는 아무런 위안을 받을 수 없었다. "하지만 찾게 되겠죠." 던워디가 말했다.

몬토야가 가볍게 떨리는 손으로 침대 난간을 잡았다. "키브린이 저에게 그렇게 해달라고 부탁했어요." 몬토야가 말했다. "강하가 있던 날에요. 녹음기를 뼛조각처럼 보이도록 하자는 제안을 한 건 키브린이에요. 혹시 자기는 죽을지 몰라도 녹음기는 부서지지 않아야 한다면서요. 키브린이 말했어요. '던워디 교수님은 쓸데없이 걱정하고 계시지만, 그래도 만약 뭔가 잘못된다면 저는 교회 부속 묘지에 묻히겠다고 말할게요'라고요. 이 대목에서 키브린의 목소리가 떨리더군요. '교수님께서 녹음기를 발굴하려고 잉글랜드 반을 발칵 뒤집어놓을 필요가 없도록 말이에요.'"

던워디는 눈을 감았다.

"하지만 녹음기를 찾지 못했으니 키브린 누나가 그곳에서 죽었다는 증거는 없는 거잖아요." 콜린이 외쳤다. "그 누나가 어디에 있는지조차 모른다고 했잖아요. 그런데 어떻게 죽은 건 확실하게 알 수 있는 거죠?"

"발굴 현장에서 실험용 쥐를 가지고 실험했어. 바이러스에 감염되려면 15분만 노출되면 돼. 키브린은 기사의 무덤에 3시간이나 직접 노출이 되었어. 키브린이 바이러스에 감염될 확률은 75퍼센트이고, 14세기의 낙후된 의술로는 키브린에게 합병증이 생기는 걸 절대 막을 수가 없었을 거야."

낙후된 의술. 14세기는 거머리와 빻은 루비 가루로 환자를 치료하던 시대였다. 살균이나 세균, T세포라는 말은 들어보지도 못한 시대였다. 당시 사람들은 키브린에게 더러운 습포를 붙여주고 기도를 중얼거리며 피를 뽑았을 것이다. 던워디는 콜린의 책에 쓰여 있던 구절을 떠올렸다. '의사들은 환자에게서 피를 뽑았지만, 많은 사람이 죽어 나갈 뿐이었다.'

"항생제도, T세포 강화제도 없는 경우." 몬토야가 말했다. "바이러스의 치사율은 49퍼센트야. 프로버빌러티는…."

"그놈의 프로버빌러티. 프로버빌러티가 말한 게 길크리스트가 보여준 숫자인가요?" 던워디가 쓸쓸한 목소리로 말했다.

몬토야는 콜린을 힐끗 보고 얼굴을 찌푸렸다. "키브린이 바이러스에 감염될 확률은 75퍼센트이고, 페스트에 노출될 확률은 68퍼센트예요. 선페스트의 발병률은 91퍼센트이고, 치사율은…."

"키브린은 페스트에 걸리지 않습니다." 던워디가 말했다. "키브린은 페스트 예방 접종을 하고 갔어요. 아렌스 선생이나 길크리스트 교수가 당신에게 그 말을 해주지 않던가요?"

몬토야는 다시금 콜린을 힐끗 보았다.

"저보고 아무 말도 하지 말라고 했단 말이에요." 콜린은 몬토야에게 덤벼들 듯 말했다.

"무슨 말을? 길크리스트 교수가 아픈 거냐?" 던워디는 자신이 화면을 보다가 길크리스트의 품 안으로 쓰러졌던 기억이 떠올랐다. 던워디는 자신이 쓰러지며 길크리스트에게 바이러스를 옮긴 건 아닌지 걱정되었다.

몬토야가 말했다. "길크리스트 교수는 독감에 걸려 사흘 전에 돌아가셨습니다."

던워디는 콜린을 보았다. "그 밖에 나에게 말하지 말라고 한 게 또 뭐가 있지?" 던워디가 따지듯 물었다. "내가 아픈 동안에 또 누가 죽은 거냐?"

몬토야는 콜린을 말리려는 듯 가는 손을 콜린에게 뻗었지만, 이미 너무 늦은 상태였다.

"이모할머니가 돌아가셨어요." 콜린이 말했다.

둠즈데이북 사본
(077076-078924)

메이즈리가 달아났어요. 로슈 신부님과 저는 메이즈리가 어딘가에서 쓰러져서 오도 가도 못하는 게 아닌가 걱정하며 사방을 찾아다녔는데, 집사가 월테프의 무덤을 파는 동안 메이즈리가 숲으로 가는 걸 봤다고 했어요. 아그네스의 조랑말을 타고 갔다는군요.

메이즈리는 병에서 도망치는 게 아니라 병을 퍼뜨릴 뿐이며, 잘해봤자 이미 병이 퍼진 마을에 가서 좀 더 확실하게 병을 퍼뜨리는 데 일조할 뿐일 거예요. 페스트는 이제 우리 주변 곳곳에 퍼져 있어요. 종소리는 리듬이 없다 뿐이지 만종과 똑같이 들려요. 마치 종지기가 돌아버린 것 같아요. 아홉 번을 치는 건지 세 번을 치는 건지 구별할 수가 없어요. 코시에 있는 쌍둥이 종은 오늘 아침에 한 번만 울렸어요. 로즈먼드와 떠들며 놀던 여자아이 가운데 한 명이 아닌지 궁금해요.

로즈먼드는 여전히 의식이 없고 맥박은 아주 약해요. 아그네스는 혼수 상태에서 비명을 지르고 몸부림을 쳐대고 있어요. 계속해서 새된 목소리로 저를 찾고 있지만 제가 다가서면 근처에 못 오게 해요. 아그네스에게 말을 걸려고 하면 기분이 나쁘다는 듯 비명을 지르고 발버둥을 쳐요.

엘로이즈는 아그네스와 이메인 부인을 간호하느라 지칠 대로 지쳤어요. 이메인 부인은 계속해서 비명을 지르고 있고, 오늘 아침 간호를 하려고 다가갔더니 저보고 '악마 년!'이라고 외치며 주먹을 휘둘러댔어요. 덕분에 하마터면 제 눈에 시커멓게 멍이 생길 뻔했지요. 가까이 가도 괜찮은 사람은 사제뿐이에요. 사제는 이미 간호를 해도 소용없는 단계에 들어갔어요. 그 사람은 아마 오늘을 넘기지 못할 것 같아요. 그 사람 몸에서 너무나 지독한 냄새가 나는 바람에 방 한쪽 구석으로 옮겨놓아야만 했어요. 사제의 멍울은 다시 곪기 시작했어요.

(사이)

거니, 집사의 둘째 아들.
목에 연주창 흉터가 있는 여자.
메이즈리의 아버지.
로슈 신부님의 복사, 콥.

(사이)

이메인 부인이 아주 많이 아파요. 로슈 신부님은 이메인 부인에게 병자 성사를 해주려 했지만 부인은 고해를 거절했어요.

"죽기 전에 하느님 앞에서 사함을 받아야 합니다." 로슈 신부가 말했지만 이메인 부인은 벽 쪽으로 고개를 돌리고 '하느님은 이 일에 대해 욕을 먹어야 합니다'라고 말했어요.

(사이)

환자 서른한 명. 75퍼센트가 넘어요. 오늘 아침에 신부님이 풀밭 일부분에 축성을 했어요. 교회 부속 묘지는 거의 다 찼거든요.

메이즈리는 돌아오지 않았어요. 아마 사람들이 모두 도망치고 없는, 어디 다른 장원의 저택에서 자는 모양이에요. 그리고 이 모든 사태가 끝나고 나면 어느 귀족 가문의 조상이 되겠죠.

어쩌면 그래서 우리가 사는 시대가 엉망인지도 몰라요, 던워디 교수님. 메이즈리와 블로에 경 같은 인물이 살아남아 우리가 사는 시대를 세웠을 테니까요. 도망가지 않고 로슈 신부님처럼 다른 사람들을 도우려고 남아 있던 사람들은 결국 페스트에 걸려 죽었거든요.

(사이)

이메인 부인이 의식을 잃었고, 로슈 신부님은 병자 성사를 해줬어요. 제가 그렇게 해달라고 했어요.

"이메인 부인이 그런 말을 한 건 병 때문이지 본심이 아니에요. 부인의 영혼이 하느님께 등을 돌린 건 아닙니다." 제가 말했어요. 물론 사실이 아니지요. 그리고 어쩌면 이메인 부인은 죄 사함을 받을 자격이 없을지도 모르지만, 그렇다고 온몸이 썩어 문드러지는 병에 걸려야 할 이유도 없어요. 그리고 제가 이메인 부인을 욕하기는 했지만 하느님에 대해 욕을 했다고 뭐라고 할 수는 없어요. 그리고 하느님이나 이메인 부인 모두 아무 책임이 없어요. 모든 건 병 때문이죠.

축성에 쓰는 포도주가 다 떨어졌어요. 올리브유도 없고요. 로슈 신부님은 부엌에서 식용유를 가져왔어요. 역겨운 냄새가 나요. 신부님이 이메인 부인의 관자놀이와 손바닥을 만지자 피부가 검게 변했어요.

이건 질병이에요.

(사이)

아그네스의 상태가 나빠졌어요. 누워 있는 아그네스 곁에 앉아 그 아이가 '캐서린 언니에게 나 좀 데려가달라고 해줘요. 난 여기 있기 싫단 말이야'라고 외치며 죽은 강아지처럼 숨을 헐떡이는 모습을 보고 있노라면 너무나 가슴이 아파요.

로슈 신부님조차 그 모습을 참고 볼 수 없어 했어요. "왜 하느님은 이런 벌을 우리에게 내리셨을까요?" 신부님이 묻더군요.

"하느님이 내리신 게 아닙니다. 이건 질병입니다." 제가 말했어요. 하지만 그건 답이 아니죠. 그리고 신부님도 그걸 알고 있어요.

모든 유럽인이 알고 있고, 교회도 알고 있어요. 변명거리를 찾기까지 몇 세기가 걸릴 테지만, 누가 뭐라고 해도 분명한 사실이 있어요. 이 병이 일어나게 한 장본인은 하느님이며 모든 사람이 죽어갈 때도 전혀 도움의 손길을 주지 않았다는 사실이에요.

(사이)

종소리가 멈췄어요. 로슈 신부님은 이게 페스트가 멈춘 신호라고 생각하는지 저에게 물어 왔어요. "마침내 하느님께서 우리를 돕기 위해 오신 것인지도 모릅니다."

저는 그렇게 생각하지 않아요. 투르네에서 교회 관리들은 종소리가 사람들을 겁준다면서 더 이상 종을 치지 못하게 했어요. 아마 바스에 있는 주교도 그런 명령을 보냈을 거예요.

종소리는 끔찍하게 무서웠지만, 침묵은 더욱 끔찍해요. 마치 세상이 끝난 것만 같아요.

30

아렌스는 던워디가 아파 쓰러져 입원하고 얼마 안 되었을 때 죽었다. 아렌스는 유사체가 도착하던 날 바이러스에 감염되어 쓰러졌다. 그리고 거의 곧바로 폐렴으로 증상이 발전되었고 이튿날 심장이 멈췄다. 1월 6일, 구세주 공현 축일에 벌어진 일이었다.

"나한테 말했어야지."

"말씀드렸어요. 기억 안 나세요?"

던워디는 아무것도 기억할 수 없었다. 던워디는 개드슨 부인이 자기 방에 자유로이 들어왔을 때도 그리고 콜린이 '사람들은 할아버지에게 아무것도 말해주지 않을 거예요'라고 했을 때도 아무런 경계를 하지 않았다. 아렌스가 자신을 찾아오지 않는 것이 이상하다는 생각조차 들지 않은 시기였다.

"이모할머니가 쓰러졌을 때 말씀드렸어요." 콜린이 말했다. "그리고 돌아가셨을 때도 말씀드렸어요. 하지만 너무 편찮으셔서 전혀 제 말을 듣지 못하셨어요."

던워디는 아렌스가 누워 있는 방 밖에서 소식을 기다리고 있다가 자기 병실로 와서 침대 옆에 서서 이야기를 해주었을 콜린의 모습을 떠올렸다. "미안하구나, 콜린."

"아팠으니까 어쩔 수 없으셨어요." 콜린이 말했다. "할아버지 잘못이 아닌걸요."

던워디는 테일러에게도 그런 말을 했지만, 지금 자신이 콜린의 말을 믿지 않듯 테일러도 자신의 말을 믿지 않았다. 던워디는 콜린 역시 스스로의 말을 믿는다는 생각이 들지 않았다.

"모두 다 괜찮았어요." 콜린이 말했다. "수간호사만 빼면 모두 아주 친절했어요. 수간호사는 할아버지가 회복되기 시작한 다음에도 말을 하면 안 된다고 했어요. 하지만 잔소리 아줌마를 빼면 다른 사람들은 다 잘해줬어요. 그 아줌마는 하느님이 죄지은 사람들을 어떻게 칠 것인지에 대한 성서 구절을 계속 읽어댔죠. 핀치 아저씨가 엄마에게 전화했지만 엄마는 오실 수 없다고 했고요. 그래서 핀치 아저씨가 장례식을 전부 주관하셨어요. 저한테 아주 잘해주셨어요. 미국인들도 친절했어요. 저한테 계속해서 사탕을 줬어요."

"미안하구나." 던워디는 콜린에게 말했고, 콜린이 나이 든 수간호사에게 쫓겨 방에서 나간 뒤에도 계속 사과했다. "미안하다, 콜린."

콜린은 돌아오지 않았다. 그리고 던워디는 간호사가 콜린이 병원으로 들어오는 것을 막은 것인지 아니면 던워디가 사과했음에도 콜린이 자신을 용서하지 않은 것인지 궁금했다.

던워디는 개드슨 부인의 손아귀에, 아무런 말도 해주지 않는 수간호사와 의사들의 손에 콜린을 내버려뒀다. 던워디는 스코틀랜드의 어느 강으로 연어 낚시를 떠난 베이싱엄 학과장과 마찬가지로 콜린의 손이 닿을 수 없는 곳으로 떠나버렸던 셈이었다. 그리고 콜린이 뭐라고 하든, 던워디는 자신이 정말로 원했다면 아프든 아프지 않든 간에 콜린을 도와줄 수 있었을 거라고 믿었다.

"키브린 누나가 죽었다고 생각하시는 거죠?" 몬토야가 떠난 뒤, 콜린이 물었다.

"안타깝게도 그렇구나."

"하지만 키브린 누나는 페스트에 걸리지 않는다고 하셨잖아요. 만약 누나가 죽지 않았다면요? 만약 지금 랑데부 장소에서 네트가 열리길 기다리고 있다면요?"

"키브린은 인플루엔자에 걸렸어."

"할아버지도 인플루엔자에 걸렸지만 죽지 않았잖아요. 그 누나도 그럴 거예요. 바드리 아저씨에게 가서 무슨 방법이 없는지 알아보셔야 해요. 기계를 다시 켜거나 뭔가 다른 방법을 알고 있을 거예요."

"넌 이해하지 못해." 던워디가 말했다. "이건 손전등 켜는 것과는 달라. 동조 작업은 다시 스위치를 켜서 해결할 수 있는 문제가 아니야."

"그렇지만 다른 방법을 알고 있을 거예요. 새로 동조 작업을 하면 되잖아요. 같은 시간으로요."

같은 시간. 설사 좌표를 알고 있다 할지라도 강하하려면 며칠 동안 준비해야 했다. 그리고 바드리는 좌표를 알지 못했다. 바드리는 오직 날짜만 알고 있었다. 절대 위치가 바뀌지 않고 그대로일 수만 있다면, 바드리가 열 때문에 그 값을 뒤죽박죽으로 만들지 않았다면, 그리고 두 번째 강하하는 게 모순이 아니라면, 바드리는 날짜를 기준으로 해서 새로운 좌표를 만들 수 있었다. 하지만 불가능한 일이었다.

이 모든 것을 콜린에게 설명할 방법이 없었다. 병에 대한 기본 치료법이 피를 뽑는 게 고작인 시대에서 키브린이 인플루엔자에 걸리고도 살아남을 수 있을 확률은 없다는 사실을 설명할 방법이 없었다. "소용없을 거야." 던워디가 말했다. 돌연 던워디는 뭔가를 설명한다는 것이 너무나도 피곤해졌다. "미안하구나."

"그래서 키브린 누나를 그냥 그곳에 두실 생각이에요? 죽거나 말거나 상관없이요? 바드리 아저씨와 이야기조차 안 해보실 거예요?"

"콜린…."

"이모할머니는 할아버지를 위해 모든 노력을 다 기울였어요. 이모할머니는 절대로 포기하지 않았다고요!"

"무슨 일이지요?" 수간호사가 빠끔히 들여다보며 다그쳐 물었다. "계속 환자를 괴롭힐 생각이라면 널 내쫓을 수밖에 없어."

"그러지 않아도 지금 나갈 거예요." 콜린은 말하고 거칠게 밖으로 나갔다.

✳

콜린은 그날 오후, 저녁 내내, 이튿날 아침이 되어서도 돌아오지 않았다.

"나한테 문병객이 허용되어 있나요?" 금발의 간호 실습생이 들어왔을 때 던워디가 물었다.

"네." 화면을 바라보며 간호사가 말했다. "지금 밖에서 누군가가 기다리고 계세요."

개드슨 부인이었다. 부인은 이미 성서를 펼쳐 들고 있었다.

"〈루가의 복음서〉 23장 23절을 읽어드리겠어요." 귀찮은 듯한 눈초리로 던워디를 노려보며 개드슨 부인이 말했다. "십자가형에 그토록 관심이 많으시니 말이에요. '무리들은 더욱 악을 써가며 예수를 십자가에 못 박아야 한다고 소리 질렀다.'"

'만약 자기 아들이 어디에 있는지 하느님이 알았다면, 하느님은 절대로 그런 일이 벌어지도록 내버려두지 않았을 거야.' 던워디는 생각했다. '하느님은 예수를 구해냈을 거야. 자신이 직접 가서 구해왔을 거야.'

흑사병이 퍼지던 시절, 사람들은 하느님이 자신들을 버렸다고 믿었어. 당시 기록에는 '왜 우리로부터 얼굴을 돌리시나이까? 왜 우리의 비명 소리를 못 들은 체하시나이까?'라고 되어 있지. 하지만 아마 하느님은 그 사람들의 비명을 듣지 못했을 거야. 하느님은 의식을 잃고 하늘나라에 누워 꼼짝도 하지 못했기 때문에 사람들을 구할 수 없었을 거야.

"'어둠이 온 땅을 덮어 오후 세 시까지 계속되었다.'" 개드슨 부인은 계속 성서를 읽었다. "'태양마저 빛을 잃어…'"

'당시 사람들은 세상의 종말이 왔으며 아마겟돈이 일어나서 사탄이 승리했다고 믿었어. 사탄이 승리한 거지.' 던워디는 생각했다. '사탄이 네트를 닫았어. 동조치를 날려버린 거야.'

던워디는 길크리스트를 떠올렸다. 던워디는 길크리스트가 죽기 전에 자신이 무슨 짓을 한 건지 깨달았을지 아니면 혼수상태에서 자신이 키브린을 죽였다는 사실을 알지 못한 채 죽었을지 궁금했다.

"'예수께서 그들을 베다니아 근처로 데리고 나가셔서 두 손을 들어 축복해주셨다. 이렇게 축복하시면서, 그들을 떠나 하늘로 올라가셨다.'"

'예수는 사람들을 떠나 하늘로 올라갔어. 하느님은 예수를 구하러 온 거야. 하지만 너무 늦었어. 너무 늦었어.'

윌리엄의 간호사가 들어올 때까지 개드슨 부인은 계속해서 성서를 읽었다. "낮잠 주무실 시간입니다." 간호사는 간단하게 말하고 개드슨 부인을 내쫓았다. 그리고 침대로 와서 던워디가 베고 있던 베개를 꺼내 몇 번 세게 쳤다.

"콜린이 왔나요?" 던워디가 물었다.

"어제 이후로 못 봤습니다." 머릿밑으로 베개를 밀어 넣어주며 간호사가 말했다. "이제 주무세요."

"몬토야 교수는 여기 없나요?"

"어제 이후로 못 뵈었어요." 간호사는 던워디에게 캡슐과 종이컵을 건네주었다.

"무슨 소식 온 건 없고요?"

"없어요." 간호사가 말했다. 간호사는 빈 컵을 받아 들었다. "주무세요."

아무런 소식도 없었다. 키브린은 '전 교회 부속 묘지에 묻히겠어요'라고 몬토야에게 했다지만, 당시 교회 부속 묘지에는 자리가 부족했다. 당시 사람들은 페스트로 죽은 사람들을 구덩이나 도랑에 묻었다. 강에다 집어 던졌다. 그리고 결국에 가서는 묻지조차 않고 한군데 쌓아놓고 불에 태웠다.

몬토야는 절대로 녹음기를 찾지 못할 것이다. 그리고 만약 찾는다면 그 안에는 무슨 내용이 들어 있을까? '저는 강하 지점에 갔지만 네트가 닫혀 있었어요. 무슨 일이 일어난 거죠?' 엘리 엘리 레마 사박타니. 공포에 질린, 나무라는 듯한 키브린의 울부짖는 소리가 귓가에 들리는 듯했다.

윌리엄의 간호사는 점심을 먹을 수 있도록 던워디를 의자에 앉혔다. 던워디가 끓인 자두 요리를 먹는 동안 핀치가 들어왔다.

"과일 통조림이 거의 다 떨어졌습니다." 던워디의 쟁반을 가리키며 핀치가 말했다. "그리고 두루마리 휴지도요. 학기를 어떻게 시작하라고 이러는지 모르겠습니다." 핀치는 침대 끝 쪽에 앉았다. "대학에서는 25일에 학기를 시작하라고 하지만 그때까지 준비할 수가 없습니다. 살빈관에는 아직도 환자가 열다섯 명이나 있고 전체 예방 접종은 시작도 안 한 상태니까요. 저는 독감 환자가 더 이상 안 나타날 거라는 이야기를 도저히 믿을 수가 없습니다."

"콜린은 어때?" 던워디가 물었다. "그 아이는 괜찮아?"

"네, 교수님. 아렌스 선생님이 돌아가신 뒤 약간 침울해지긴 했지만 교수님이 깨어나신 뒤로 꽤 많이 명랑해졌습니다."

"그 아이를 보살펴줘서 고마워." 던워디가 말했다. "자네가 장례식을 주관했다고 콜린이 그러더군."

"아니요, 오히려 제가 도움을 줄 수 있어서 기뻤습니다. 아시다시피 그 아이 곁에는 아무도 없었거든요. 이제 위험이 사라졌으니 콜린의 어머니가 올 줄 알았지만, 그렇게 급박하게 알려서는 도저히 준비할 시간을 낼 수 없다더군요. 대신 아름다운 꽃다발을 보내왔습니다. 백합과 레이저 꽃다발이었지요. 장례식은 베일리얼 칼리지 예배당에서 치렀습니다." 핀치는 침대에서 자세를 고쳐 앉았다. "아, 그리고 예배당 말이 나와서 말씀드리는 건데, 교수님께서 꺼리지 않으셨으면 좋겠습니다만, 15일에 거룩한 개혁 교회에서 핸드벨 연주를 해도 좋다고 제가 허가를 내주었습니다. 미국인 핸드벨 연주자들은 랭보의 '마침내 구세주가 오실 때'를 연주할 계획인데 NHS가 거룩한 개혁 교회 예배당을 예방 접종 센터로 징발했습니다. 제가 일을 제대로 처리한 거라면 좋겠습니다."

"잘했어." 아렌스를 생각하며 던워디가 말했다. 던워디는 언제 장례식을 했는지, 장례식이 끝난 뒤에 종은 울렸는지 궁금했다.

"원하신다면 지금이라도 세인트메리 교회를 쓰라고 이야기할 수 있습니다." 초조한 목소리로 핀치가 말했다.

"아니, 그럴 필요 없어." 던워디가 말했다. "예배당을 써도 괜찮아. 내가 없는 동안 일 처리를 잘 해주었어."

"노력했을 뿐입니다, 교수님. 개드슨 부인이 문제이지요." 핀치가 일어섰다. "쉬시는 데 방해가 되고 싶지 않습니다. 뭐 필요한 건 없으신가요? 가져다드리겠습니다."

"아니." 던워디가 말했다. "아무것도 필요 없어."

핀치는 문으로 향하다가 걸음을 멈추었다. "진심으로 애도의 뜻을 표합니다, 교수님." 불편한 표정으로 핀치가 말했다. "교수님과 아렌스 선생님이 얼마나 가까운 사이였는지 잘 알고 있습니다."

'가까운 사이라….' 던워디는 핀치가 나간 뒤 생각에 잠겼다. 나는 전혀 가깝지 않았어. 던워디는 아렌스가 몸을 숙이고 체온을 재고 초조한 눈으로 화면들을 바라보는 장면을 떠올리려 애썼다. 콜린이 새 재킷을 입고 목도리를 한 채 침대맡에 서서 '이모할머니가 돌아가셨어요. 제 말 들리세요? 이모할머니가 돌아가셨어요'라고 했을 장면을 떠올리려 애썼다. 하지만 전혀 기억이 나지 않았다. 아무런 기억도 나지 않았다.

수간호사가 들어오더니 지지대에 또 다른 수액제를 걸었다. 액이 몸으로 들어가자 던워디는 곧 잠에 빠졌고 잠에서 깨자 갑자기 몸이 좋아진 것을 느꼈다.

"T세포 강화가 효과를 발휘하고 있는 거예요." 윌리엄의 간호사가 말했다. "상당한 경우에 효과를 보았어요. 어떤 사람들은 기적적으로 회복했지요."

간호 실습생은 던워디에게 화장실까지 걸어가게 했고, 점심을 먹은 뒤에는 복도까지 나가게 했다. "더 멀리까지 움직이실수록 상태가 좋아지는 겁니다." 던워디에게 슬리퍼를 신기기 위해 무릎을 꿇으며 간호 실습생이 말했다.

'난 어디에도 가지 않아.' 던워디는 생각했다. '길크리스트가 네트를 닫았거든.'

간호사는 수액제 주머니를 던워디의 어깨에 묶고 휴대용 모터를 연결한 다음, 던워디가 가운 입는 것을 도와주었다. "기분이 우울하다고 너무 걱정하지 마세요." 간호사는 던워디가 침대에서 일어나는 것을 도우며 말했다. "인플루엔자에 걸렸다 회복되는 중에 일반적으로 나타나는 현상이거든요. 체내 화학물질들이 균형을 회복하면 증상이 곧 사라질 거예요."

간호사는 던워디를 데리고 복도로 나갔다. "친구분을 만나고 싶으시죠. 복도 끝에 있는 병실에 베일리얼 칼리지에 있던 환자분 둘이 계세요. 피안티니 씨는 네 번째 침대고요. 보시면 기분이 좀 좋아지실 거예요."

"래티머 교수는…." 던워디는 입을 열다가 멈추었다. "래티머 교수도 아직 환자로 입원해 있나요?"

"네." 간호사가 대답했다. 던워디는 간호사의 어조에서 래티머가 아직 정신을 차리지 못했다는 사실을 알 수 있었다. "그분은 문 두 개를 지나면 계세요."

던워디는 발을 질질 끌며 복도를 지나 래티머가 있는 방으로 향했다. 던워디는 래티머가 쓰러진 뒤로 그를 보지 못했다. 첫째로 앤드루스의 전화를 기다려야 했기 때문이며, 둘째로 병원에 SPG가 다 떨어졌기 때문이었다. 아렌스는 래티머가 전신 마비에 기능 이상 증상을 보인다고 했었다.

던워디는 래티머가 있는 방문을 열었다. 래티머는 양손을 몸 옆에 가지런히 놓은 채 누워 있었다. 한 손은 수액제와 연결된 튜브 때문에 살짝 굽었다. 코에도 튜브들이 삽입되어 목구멍 안까지 들어가 있었고, 머리와 가슴에 붙어 있는 광섬유는 침대 위 화면들과 연결되었다. 이런 장치들 때문에 얼굴 반 정도가 가려져 있었지만, 고통스러워하는 것 같지는 않았다.

"래티머 교수, 내 말 들려요?" 던워디가 침대 옆으로 다가서며 말했다.

래티머는 던워디의 말을 들은 것 같지 않았다. 눈은 뜨고 있었지만 소리에도 전혀 반응하지 않았고, 뒤엉킨 튜브 아래로 보이는 표정도 변하지 않았다. 래티머는 초서의 한 구절을 떠올리려 노력하는 듯한 멍한 표정으로 먼 산을 바라보고 있었다.

"래티머 교수." 던워디는 좀 더 크게 말하고는 화면을 바라보았다. 화면 역시 아무런 변화가 없었다.

'전혀 의식이 없어.' 던워디는 의자 등받이에 손을 올려놓았다. "무슨 일이 일어났는지 전혀 모르고 있겠죠?" 던워디가 말했다. "아렌스 선생이 죽었습니다. 키브린은 1348년에 가 있고요." 화면을 보며 던워디가 말을 이었다. "그리고 당신은 그러한 사실조차 모르고 있고 말입니다. 게다가 길크리스트 교수는 네트를 닫았습니다."

화면에는 아무런 변화가 없었다. 화면에 나타난 신호들은 무심하게 화면을 가로지르며 제 갈 길을 꾸준히 갔다.

"당신과 길크리스트 교수는 키브린을 흑사병이 도는 시대로 보냈습니다." 던워디가 외쳤다. "그리고 당신은 지금 여기에 누워…." 던워디는 말을 멈추고 의자에 털썩 주저앉았다.

'이모할머니가 돌아가셨다고 말하려고 했어요. 하지만 할아버지는 너무 아프셨어요.' 던워디는 콜린의 말이 떠올랐다. 콜린이 던워디에게 말을 하려고 애쓰는 동안 던워디는 지금 래티머처럼 아무것도 모른 채 멍하니 누워만 있었다.

'콜린은 날 절대로 용서하지 않을 거야.' 던워디는 생각했다. '나를 용서하느니 장례식장에 오지 않은 자기 어머니를 용서하는 편을 택할 거야. 핀치가 뭐라고 했더라? 그렇게 급박하게 알려서는 도저히 준비할 시간을 낼 수가 없다고 했던가?' 던워디는 장례식장에 홀로 참석해 개드슨 부인과 핸드벨 연주자들의 손아귀에 놓인 채 어머니가 보내준 백합과 레이저 꽃다발을 바라보았을 콜린을 떠올렸다.

'어머니는 오실 수 없었어요.' 콜린은 이렇게 말은 했지만, 그 말을 믿지는 않았다. 당연히, 콜린의 어머니가 정말로 원했다면 올 수 있었을 것이다.

'콜린은 절대 날 용서하지 않을 거야.' 던워디는 생각했다. '그리고 키브린도 날 용서하지 않을 거야. 키브린은 콜린보다 더 나이가 많으니 사람들이 자신을 데리러 오지 않은 데에 대한 온갖 이유를 생각해낼 거야. 그리고 그 가운데는 진실도 포함되어 있겠지. 하지만 살인마와 강도와 역병의 손아귀에 놓인 키브린은 내가 자신을 구하러 갈 수 없었다는 사실을 절대 믿지 않을 거야. 내가 정말로 원했다면 그럴 리 없었을 테니까.'

던워디는 의자와 등받이를 잡고 힘겹게 일어난 뒤 래티머나 화면에는 눈길도 주지 않은 채 복도로 나갔다. 벽 쪽에 빈 이동식 침대가 보이기에 던워디는 잠시 그곳에 몸을 기댔다.

개드슨 부인이 병실에서 나왔다. "여기 계셨군요, 던워디 교수님." 개드슨 부인이 말했다. "교수님께 성서를 읽어드리러 조금 전에 왔어요." 부인은 성서를 펼쳐 들었다. "기운은 좀 차리신 건가요?"

"네." 던워디가 말했다.

"마침내 회복되셔서 정말 다행이라고 해야겠군요. 교수님이 편찮으신 동안 사태가 계속해서 나빠지기만 했거든요."

"네."

"정말로, 핀치 씨에게 뭐라고 주의를 시키셔야 해요. 핀치 씨는 미국인 연주자들이 밤낮을 가리지 않고 핸드벨 연습을 하게 놓아둔데다, 제가 그 일로 불만 사항을 말했더니 아주 무례하게 굴더군요. 그리고 몸도 약한 윌리엄더러 환자들 간호를 시키더라고요. 간호를요! 우리 아이는 늘 병치레가 잦았어요. 바이러스가 퍼지기 전에 우리 아이가 먼저 감염되어 쓰러지지 않은 게 기적이라고요."

'당연한 말씀이지요.' 던워디는 생각했다. 전염병이 퍼지는 동안 윌리엄이 접촉했던 수많은 여성을 떠올려보면, 그리고 그들 모두가 바이러스로 쓰러진 걸 떠올려보면 부인 말이 백번 천번 옳았다. 던워디는 프로버빌리티가 윌리엄이 병에 걸리지 않을 확률을 얼마로 예측할지 궁금했다.

"핀치 씨가 우리 아이에게 간호 임무를 맡겼다니까요!" 개드슨 부인이 말했다. "물론 전 허락하지 않았지요. 저는 핀치 씨에게 '당신이 이렇게 무책임하게 윌리엄을 위험으로 몰아넣는 것을 보고만 있을 수는 없습니다. 제 아이 생명이 위험한 상황에서 두 손 놓고 있을 수만은 없습니다'라고 했어요."

"저는 피안티니 씨를 만나러 가야 합니다." 던워디가 말했다.

"침대로 돌아가셔야 해요. 너무 지쳐 보이시네요." 개드슨 부인은 던워디에게 성서를 흔들었다. "이 병원의 운영 방식은 정말이지 엉망이에요. 환자들을 마구 나다니게 하다니 말이에요. 이렇게 돌아다니다간 병이 재발해서 돌아가실 거예요. 그렇게 되면 그건 누구 탓을 하고 말고도 없어요. 오롯이 교수님 잘못이라고요."

"그렇죠." 던워디는 병실 문을 열고 안으로 들어갔다.

✳

던워디는 환자들이 모두 집으로 돌아갔기 때문에 병실이 거의 비어 있을 줄 알았지만 거의 모든 침대에 환자들이 있었다. 환자 대부분은 앉아서 책을 읽거나 휴대용 비디오를 보고 있었다. 환자 한 명은 침대 옆 휠체어에 앉아 밖에서 내리는 비를 지켜보았다.

던워디는 그 환자가 누구인지 알아보는 데 잠시 시간이 걸렸다. 콜린에게서 그의 상태가 나빠졌다는 소식은 전해 들었지만 이렇게까지 모습이 변했으리라고는 상상조차 하지 못했다. 그는 흡사 노인처럼 보였으며, 검은 피부는 초췌했고 눈 밑이 허옜으며, 입 주변으로는 긴 주름이 잡혔다. 또 머리카락은 완전히 흰색으로 변해 있었다. "바드리." 던워디가 불렀다.

바드리가 몸을 돌렸다. "던워디 교수님."

"이곳에 있는 줄 몰랐어."

"아렌스 선생님이 돌아…." 바드리는 말을 멈추었다. "몸이 좋아지셨다는 말을 들었습니다."

"맞아."

이런 식의 말은 참을 수가 없어. '어떠세요? 좋아졌습니다. 고맙습니다. 당신은 어떠신가요? 훨씬 나아졌습니다.' 물론 이런 기분은 우울증으로, 바이러스에 감염되었다가 회복하는 중간에 나타나는 증상이었다.

바드리는 휠체어를 돌려 창문으로 향했다. 던워디는 바드리 역시 이런 식의 대화를 참을 수 없는 게 아닌지 궁금했다.

"좌표를 다시 넣으면서 실수를 저질렀습니다." 바드리가 창밖의 비를 바라보며 말했다. "제가 잘못된 자료를 입력했습니다."

던워디는 자네는 아팠다고, 자네는 열이 있었다고 말해야 했다. 정신

664

착란은 바이러스 감염 초기 증상이라고 말해야 했다. 자네 잘못이 아니라고 말해야 했다.

"제가 아프다는 사실을 몰랐습니다." 혼수상태에 빠져 있을 때 이불을 잡아 뜯었던 것처럼, 이제 가운 허리끈을 쥐어뜯으며 바드리가 말했다. "그날 아침 내내 두통이 있었습니다. 하지만 네트를 조작하느라 두통을 무시했습니다. 뭔가 잘못되어 가고 있다는 사실을 깨닫고 강하를 취소해야만 했는데, 그러지 못했습니다."

그리고 난 키브린의 지도 교수가 되는 걸 거부했어야만 했지. 길크리스트 교수에게 변수 검사를 하도록 고집을 부렸어야만 했고, 뭔가 잘못되었다고 자네가 말했을 때 네트를 다시 열게 만들었어야 했어. 하지만 난 그러지 못했어.

"랑데부까지 기다리지 말고 교수님이 쓰러지셨던 날 네트를 다시 열었어야 했는데… 죄송합니다." 손가락으로 허리띠를 꼬며 바드리가 말했다. "네트를 즉시 열었어야 하는 거였는데."

던워디는 자기도 모르게 바드리 머리 위의 벽을 바라보았다. 하지만 침대 위에는 화면이 없었다. 바드리는 팔에 체온 측정용 기구조차 대고 있지 않았다. 던워디는 길크리스트가 네트를 끈 것을 바드리가 모르고 있는 게 가능한 일인지, 병세가 악화될까 걱정하여 아렌스의 죽음을 자신에게 알리지 않았던 것처럼 바드리에게도 네트가 꺼졌다는 사실을 알리지 않은 것인지 궁금했다.

"병원에서 퇴원 허가를 내주지 않았습니다." 바드리가 말했다. "억지로라도 퇴원했어야 했는데."

'내가 말해줘야 하겠군.' 던워디는 생각했다. 하지만 던워디는 말하지 못했다. 던워디는 조용히 서서 바드리가 허리띠를 비비 꼬는 모습을 지켜보았다. 뭐라 이루 말할 수 없을 정도로 미안한 생각이 들었다.

"몬토야 교수님은 저에게 프로버빌러티의 통계치를 보여주셨습니다." 바드리가 말했다. "키브린이 죽었다고 생각하시나요?"

그러길 빈다네. 자신이 어디에 도착했는지 알기 전에 차라리 바이러스

665

에 감염되어 죽었기를 빌어. 우리가 자신을 버렸다는 사실을 깨닫기 전에 죽었기를. "그건 자네 잘못이 아니야." 던워디가 말했다.

"네트를 열었을 때는 이틀밖에 늦지 않았습니다. 저는 키브린이 그곳에서 기다리고 있을 거라고 믿었습니다. 겨우 이틀밖에 늦지 않았으니까요."

"뭐라고?" 던워디가 말했다.

"6일에 퇴원하려고 했지만, 병원에서는 8일이 되어서야 퇴원 허가를 내주더군요. 저는 퇴원하자마자 가능한 한 빨리 네트를 열었습니다만, 키브린은 그곳에 없었습니다."

"자네 지금 무슨 말을 하는 거야?" 던워디가 말했다. "어떻게 네트를 열수 있었지? 길크리스트가 네트를 닫았단 말이야."

바드리는 던워디를 쳐다보았다. "백업 자료를 이용했습니다."

"무슨 백업 말인가?"

"네트를 조작하며 얻은 동조치 말입니다." 어리둥절한 목소리로 바드리가 말했다. "중세 전공팀이 강하를 운영하는 방식을 교수님께서 너무나도 걱정하시기에 뭔가 잘못될 경우를 대비해 백업을 하나 해놓는 게 좋겠다고 생각했습니다. 그 일에 대해 교수님과 상담하기 위해 화요일 오후에 베일리얼 칼리지로 찾아갔지만 교수님은 자리에 안 계셨습니다. 그래서 교수님과 이야기를 해야 할 필요가 있다는 메모를 남겼습니다."

"메모." 던워디가 말했다.

"실험실은 열렸습니다. 저는 베일리얼 칼리지의 네트를 통해 동조 작업을 하나 더 해두었습니다." 바드리가 말했다. "교수님이 너무 걱정하시는 거 같아서요."

던워디는 갑자기 다리가 후들거렸고 침대에 주저앉았다.

"교수님께 말씀드리려 했습니다. 하지만 너무 편찮으셔서 제 말을 알아듣지 못하셨습니다."

베이싱엄 학과장을 찾아다니고, 대학 컴퓨터로 잠입해 들어가는 방법을 찾기 위해 폴리 윌슨을 기다리며 길크리스트에게 실험실을 다시 열도록 설득하느라 며칠을 허비했지만 동조치는 줄곧 베일리얼 칼리지의 네트에 있었다. 혼수상태에 빠졌던 바드리가 했던 말이 떠올랐다. '너무 걱정하시는 거 같아서요', '실험실이 열려 있습니까?', '물러서세요(back up)'. 바드리의 말은 백업(backup) 자료가 있다는 뜻이었다.

"네트를 다시 열 수 있어?"

"물론입니다. 하지만 설사 키브린이 페스트에 걸리지 않았다 할지라도…."

"키브린은 페스트에 걸리지 않아." 던워디가 말을 잘랐다. "그 아이는 면역력이 있어."

"…그 장소에 아직 있지 않을 겁니다. 랑데부하기로 한 날짜에서 여드레나 지났습니다. 키브린도 계속 그곳에서 기다리고 있을 순 없을 겁니다."

"다른 사람이 그곳으로 갈 수도 있어?"

"다른 사람요?" 바드리가 멍하니 물었다.

"키브린을 찾으러 말이야. 같은 강하 지점으로 다른 사람이 갈 수 있어?"

"모르겠습니다."

"시도해보지. 준비하는 데 얼마나 걸릴까?"

"기껏해야 2시간 정도입니다. 시간과 위치 좌표는 이미 다 정해져 있으니까요. 하지만 시간 편차가 얼마나 될지는 모르겠습니다."

병실 문이 벌컥 열리더니 콜린이 들어왔다. "여기 계셨군요. 간호사 누나가 산책하러 나가셨다고 해서 온갖 곳을 다 찾아다녔어요. 길을 잃어버리신 줄 알았어요."

"아니야." 바드리를 바라보며 던워디가 말했다.

"간호사 누나가 저보고 할아버지를 찾아오랬어요." 던워디의 팔을 잡고 일으키며 콜린이 말했다. "무리하지 마세요." 콜린은 던워디를 부축해 문으로 향했다.

던워디가 문 앞에서 멈춰 섰다. "8일에 네트를 열 때 어느 쪽 네트를 사용했지?" 던워디가 바드리에게 물었다.

"베일리얼 칼리지입니다." 바드리가 말했다. "브레이스노즈 칼리지 쪽은 네트를 껐을 때 영구 기억 장치 일부가 파손되었을 수도 있다고 판단했습니다. 그리고 피해 상황을 점검할 만한 여유가 없었습니다."

콜린이 뒷걸음치며 문을 열었다. "30분 뒤엔 수간호사가 당번이에요. 그분에게 들키고 싶으신 건 아니겠죠?" 문이 흔들리며 다시 닫혔고, 콜린은 문을 그대로 두었다. "더 일찍 오지 못해 죄송해요, 할아버지. 하지만 고드스토에서 예방 접종이 예정대로 시작되는 걸 도와야 했어요."

던워디는 문에 몸을 기댔다. 시간 편차가 무척 클 수도 있으며, 기술자는 휠체어에 앉아 있고, 던워디 자신은 병실까지 돌아가기는커녕 복도 끝까지나마 걸을 수 있을지도 자신이 없었다. '너무 걱정하시는 거 같아서요.' 던워디는 바드리가 했던 이 말이 '교수님이 너무 걱정하셔서 좌표를 다시 입력하기로 마음먹었습니다'로 알아들었지만, 바드리의 뜻은 '백업을 만들어놓았습니다'였다. 백업이 있었다.

"괜찮으세요?" 콜린이 물었다. "병세가 악화되는 건 아니죠?"

"괜찮아." 던워디가 말했다.

"바드리 아저씨에게 동조 작업을 다시 할 수 있는지 물어보셨어요?"

"아니." 던워디가 말했다. "백업이 있다는구나."

"백업요?" 콜린이 흥분하며 말했다. "또 다른 동조치가 있다는 뜻인가요?"

"그래."

"그렇다면 키브린 누나를 구해 올 수 있다는 뜻이에요?"

던워디는 걸음을 멈추고 이동식 침대에 몸을 기댔다. "모르겠구나."

"제가 도울게요." 콜린이 말했다. "제가 무슨 일을 하면 될까요? 말씀만 하세요. 다른 사람들에게 심부름도 갔다 오고, 물건도 가져올 수 있어요. 할아버지는 손가락 하나 까딱하지 않으셔도 돼요."

"소용없을지도 몰라." 던워디가 말했다. "시간 편차가…."

"하지만 해보긴 하실 거죠? 그렇죠?"

한 걸음 걸을 때마다 가슴이 줄로 묶인 듯 옥죄어왔다. 그리고 바드리는 이미 한 번 병세가 다시 악화되었고, 설사 둘이 일을 제대로 꾸린다 할지라도 네트가 던워디를 통과시키지 않을 수도 있었다.

"그래." 던워디가 말했다. "해봐야지."

"묵시록적이에요!" 콜린이 말했다.

둠즈데이북 사본
(078926-079064)

이메인 부인, 기욤 디베리의 어머니.

(사이)

로즈먼드의 몸이 약해졌어요. 손목을 짚어봤지만 맥박을 전혀 느낄 수 없었어요. 피부가 노랗게 뜨면서 창백해졌어요. 나쁜 징조예요. 아그네스는 열심히 병과 싸우고 있어요. 망울도 안 섰고 토하지도 않아요. 좋은 징조라고 생각해요. 엘로이즈는 아그네스의 머리카락을 잘라야만 했어요. 아그네스가 저더러 머리를 땋아달라고 비명을 지르며 머리카락을 계속 잡아당겼거든요.

(사이)

로슈 신부님이 로즈먼드에게 기름을 발라줬어요. 물론, 로즈먼드는 고해를 할 수 없었어요. 아그네스는 좀 나아진 것 같아요. 비록 좀 전에 코피를 쏟았지만요. 아그네스가 자기 종을 가져다달라고 했어요.

(사이)

이 나쁜 새끼! 그 아이를 데려가도록 그냥 내버려두진 않을 거야. 그 앤 아직 어린아이야. 하긴, 어린아이를 죽이는 게 네 전공이긴 하더군. 안 그래? 네놈이 저지른 무죄한 아이들의 학살을 기억해? 넌 이미 집사의 아기와 아그네스의 강아지와 내가 오두막에 들어갔을 때 도움을 청하러 밖으로 뛰어나간 남자아이를 죽였어. 그 정도면 이미 충분하잖아. 그 아이를 죽이는 걸 내가 그냥 보고만 있을 것 같아? 그렇게는 못 해, 이 개새끼야! 내가 가만히 안 놔둘 거야!

31

아그네스는 정월 초하루 다음 날 여전히 키브린을 찾으며 고함을 지르다 죽었다.

"아가씨는 네 옆에 있단다." 아그네스의 손을 꼭 쥐고 엘로이즈가 말했다. "캐서린 아가씨는 여기에 있어."

"그 사람 아니에요." 아그네스가 울부짖었다. 아그네스의 목소리는 쉬었지만 여전히 힘이 있었다. "캐서린 언니한테 와달라고 말해주세요!"

"그래, 알았다." 엘로이즈는 아그네스에게 약속하고 키브린을 바라보았다. 살짝 곤혹스러운 표정이었다. "가서 로슈 신부님을 모셔오세요." 엘로이즈가 말했다.

"무슨 말씀이지요?" 키브린이 물었다. 로슈 신부는 아그네스가 화를 내듯 발버둥 치며 신부를 마구 찼던 첫날 저녁 마지막 성사를 주관했고, 그 이후 아그네스는 신부를 자기 곁에 오지 못하게 했다. "아프신 건가요, 부인?"

엘로이즈는 여전히 키브린을 바라보며 고개를 가로저었다. "남편이 돌아오면 저는 뭐라고 말해야 할까요?" 엘로이즈가 말했다. 엘로이즈는 아그네스의 손을 옆으로 가지런히 놓았다. 그제야 키브린은 아그네스가 죽은 것을 깨달았다.

키브린은 아그네스의 자그마한 몸을 씻겼다. 아그네스의 몸은 거의 전부 자청색 멍으로 덮여 있었다. 엘로이즈가 잡았던 손의 피부는 완전히 새까맸다. 얻어맞은 것처럼 보였다. '얻어맞고 고문을 당한 게 맞아.' 키브린은 생각했다. '그러다 결국 살해당한 거야. 무죄한 어린이들의 학살이야.'

아그네스가 입은 서코트와 슈미즈는 말라붙은 피와 토사물로 얼룩져 망가져 있었고, 날마다 입던 아마포 슈미즈는 갈기갈기 찢긴 지 오래였다. 키브린은 아그네스를 흰 망토로 쌌고 로슈 신부와 집사가 아그네스를 묻어줬다.

엘로이즈는 나타나지 않았다. "저는 로즈먼드를 보살피겠습니다." 키브린이 아그네스의 장례를 치르러 가자고 말하자 엘로이즈가 대답했다. 로즈먼드를 위해 엘로이즈가 할 수 있는 일은 아무것도 없었다. 로즈먼드는 주문에 걸린 듯 꼼짝도 하지 않고 누워 있었다. 키브린은 아마도 열 때문에 뇌에 손상을 입었다고 생각했다. "그리고 거윈이 올 겁니다." 엘로이즈가 말했다.

몹시 추운 날이었다. 로슈 신부와 집사는 아그네스를 무덤으로 내려놓으면서 구름처럼 뭉게뭉게 입김을 뿜었고, 둘이 뿜는 하얀 입김을 본 키브린은 부아가 치밀었다. '아그네스는 조금도 무겁지 않아.' 키브린은 쓸쓸하게 생각했다. '한 손으로도 들 수 있어.'

다른 무덤들 모습 때문에도 화가 났다. 교회 부속 묘지는 만원이었고, 로슈 신부는 남은 풀밭 거의 대부분에 성수를 뿌려둔 상태였다. 이메인 부인의 무덤은 교회 부속 묘지 정문으로 통하는 길목 중앙에 있다고 해도 과언이 아니었고 집사의 갓난아이는 아예 무덤이 없었다(로슈 신부는 갓난아이가 세례를 받았지만, 아이 어머니의 발치에 묻게 했다). 교회 부속 묘지가 꽉 찼기 때문이었다.

'집사의 가장 어린 아들은 어떻게 하지?' 키브린은 성을 내며 생각했다. '사제는? 그 사람들은 어디에 묻을 생각이야? 흑사병은 유럽 인구의 3분

671

의 1에서 2분의 1만 죽이게 되어 있어. 모두를 다 죽이면 안 되는 거잖아.'

"*Requiescat in pace*(편히 잠드소서), 아멘." 로슈 신부가 말하자 집사는 작은 꾸러미 위로 얼어붙은 흙을 삽으로 퍼 올리기 시작했다.

'던워디 교수님, 교수님 말씀이 옳았어요.' 키브린은 비통해하며 생각했다. '흰옷은 더러워질 뿐이에요. 교수님은 모든 면에서 옳았어요. 교수님은 끔찍한 일들이 일어날 수도 있다면서 제가 이곳에 오는 걸 반대하셨죠. 맞아요. 정말 끔찍한 일들이 일어났어요. 지금 이 상황을 아시게 되면 그러기에 내가 뭐라고 했냐고 하실지도 모르겠네요. 하지만 교수님은 이 상황을 아실 수 없을 거예요. 전 강하 지점이 어딘지도 모르는데다 그곳을 알고 있는 단 한 명은 아마도 죽은 것 같거든요.'

키브린은 집사가 아그네스의 시신 위로 흙을 마저 덮거나 로슈 신부가 하느님에게 친한 척 기도하는 걸 끝내기까지 기다리지 않았다. 키브린은 풀밭을 가로질러 가기 시작했다. 기꺼이 더 많은 무덤을 파겠다는 태도로 삽을 들고 서서 기다리는 집사, 아그네스의 장례식에 참석하지 않은 엘로이즈, 돌아오지 않은 거윈 등 모든 사람에 대해 불같이 화가 치밀어 올랐다. '아무도 오지 않았어. 아무도.'

"캐서린 아가씨." 로슈 신부가 불렀다.

키브린은 신부 쪽을 돌아보았다. 신부는 반쯤 뛰다시피 하며 키브린에게로 다가왔다. 입김이 신부 주위를 구름처럼 감쌌다.

"왜 그러시죠?" 키브린이 따져 물었다.

신부는 엄숙한 표정으로 키브린을 바라보았다. "희망을 버리면 안 됩니다."

"왜요?" 키브린이 외쳤다. "사망률이 85퍼센트까지 다다랐고 우린 아직 시작도 안 했어요. 사제님은 죽어가고 로즈먼드도 죽어가고, 우리 모두 노출이 되었어요. 왜 희망을 버리면 안 된다는 거죠?"

"하느님께서는 우리를 완전히 버리지 않으셨습니다." 로슈 신부가 말했다. "아그네스는 하느님의 품에서 안전하게 있습니다."

'안전하다고?' 키브린은 비통한 생각이 들었다. '땅속에 묻혀 있는데? 그 추운 곳에, 그 어두운 곳에 있는데?' 키브린은 두 손으로 얼굴을 감쌌다.

"아그네스는 페스트가 닿지 못하는 하늘나라로 갔습니다. 그리고 하느님의 사랑은 우리와 영원히 함께합니다." 로슈 신부가 말했다. "그리고 그 어떤 것도 하느님의 사랑으로부터 우리를 떼어놓을 수 없습니다. 죽음이나 삶 또는 천사나 세상에 존재하는 그 어떤 것도…."

"세상에 나타날 그 어떤 것도요." 키브린이 말했다.

"저 높은 곳이나 저 아래 깊은 곳, 또는 그 어떤 생명체도 그렇게 할 수 없습니다." 로슈 신부가 말했다. 신부는 성유를 바르듯 키브린의 어깨에 부드럽게 손을 올려놓았다. "하느님은 우리를 사랑하시기 때문에 아가씨를 이곳으로 보내신 것입니다."

키브린은 자기 어깨에 놓인 신부의 손을 꼭 잡고 말했다. "그래요. 우리는 서로를 도와야 해요."

둘은 그런 자세로 한참 동안 서 있었다. 이윽고 로슈 신부가 말했다. "아그네스의 영혼이 안전하게 하늘나라로 갈 수 있도록 종을 울려야겠습니다."

키브린은 고개를 끄덕이고 손을 놓았다. "저는 로즈먼드와 다른 사람들을 살펴보겠어요." 키브린은 이렇게 말하고 안뜰로 들어갔다.

엘로이즈는 로즈먼드와 함께 있겠다고 말했지만, 키브린이 집으로 돌아가보니 엘로이즈는 로즈먼드 곁에 있지 않았다. 엘로이즈는 아그네스의 망토로 몸을 감싸고 아그네스의 지푸라기 침대 위에 몸을 웅크리고 누워 멍하니 문을 바라보고 있었다. "아마 거윈은 페스트를 피해 도망치는 사람들에게 말을 도둑맞았을 거예요." 엘로이즈가 말했다. "그래서 지금까지 돌아오지 못하는 거예요."

"아그네스를 묻었어요." 키브린은 차갑게 말하고는 로즈먼드를 보러 갔다.

로즈먼드는 깨어 있었다. 키브린이 로즈먼드 옆에 무릎을 꿇자 로즈먼드는 엄숙한 눈길로 키브린을 보며 손을 잡으려 했다.

"오, 로즈먼드." 키브린의 코와 눈에는 여전히 눈물이 맺혀 있었다. "얘, 기분은 좀 어떠니?"

"배가 고파요." 로즈먼드가 말했다. "아버지는 오셨나요?"

"아직 안 오셨단다." 말을 하고 나니 흡사 로즈먼드의 아버지가 올 수도 있을 것 같았다. "수프를 좀 가져다줄게. 내가 올 동안 쉬고 있어야 해. 넌 몹시 아프단다."

로즈먼드는 고분고분 눈을 감았다. 눈 밑은 여전히 검었지만, 전보다 덜 움푹해 보였다. "아그네스는 어디에 있나요?" 로즈먼드가 물었다.

키브린은 뒤엉킨 검은 머리카락을 얼굴 너머로 넘겼다. "아그네스는 자고 있어."

"잘됐네요." 로즈먼드가 말했다. "소리 지르고 뛰어다니지 않을 테니까요. 그 앤 너무 시끄러워요."

"수프를 가져올게." 키브린이 말했다. 키브린은 엘로이즈에게 갔다. "엘로이즈 부인, 좋은 소식이 있어요." 키브린이 기뻐하며 말했다. "로즈먼드가 깨어났어요."

엘로이즈는 한쪽 팔꿈치를 받치고 일어나 로즈먼드를 바라보았다. 하지만 뭔가 다른 것을 생각하는 듯 산만한 표정을 짓더니 다시 누웠다.

키브린은 깜짝 놀라 엘로이즈의 이마에 손을 댔다. 이마는 따뜻한 듯했지만, 바깥에 나갔다 들어온 키브린의 손이 여전히 차가웠기 때문에 확실하게 말할 수 없었다. "아프신 건가요?" 키브린이 물었다.

"아니요." 엘로이즈가 답했다. 하지만 여전히 엘로이즈의 마음은 어딘가 다른 데에 가 있는 듯했다. "남편에게는 뭐라고 말해야 할지 모르겠군요."

"그래도 로즈먼드의 몸이 나아졌다고 말씀하실 수 있잖아요." 이번에는 엘로이즈도 키브린의 말이 와닿은 모양이었다. 엘로이즈는 자리에서 일어나 로즈먼드에게 가서 그 옆에 앉았다. 하지만 키브린이 수프를 들고 부엌에서 돌아왔을 때 엘로이즈는 아그네스의 건초 침대로 돌아가 모피 테두리를 단 망토를 덮고 몸을 웅크리고 누워 있었다.

로즈먼드는 잠들어 있었지만 전처럼 생명을 놓고 죽음과 싸우는 잠이 아니었다. 광대뼈 위 피부는 여전히 바짝 야위었지만 안색도 좋아졌다.

엘로이즈 역시 잠들어 있었다. 아니면 잠든 척하는 모양이었다. 아무래도 좋았다. 키브린이 부엌에 있는 동안 사제는 건초 침대에서 기어 내려와 바리케이드 위로 절반쯤 올라가 있었는데, 키브린이 다시 끌어내리려 하자

그녀를 거칠게 때렸다. 키브린은 사제를 제압하기 위해 로슈 신부를 데려와야만 했다.

페스트균이 안에서부터 밖으로 퍼진 탓에 사제의 오른쪽 눈은 썩었고, 사제는 손으로 눈을 거칠게 긁어댔다. "*Domine Jesu Christe*(주 예수 그리스도여)." 사제가 기도했다. "*Fidelium defunctorium de poenis infermis*(지옥의 고통으로부터 믿음 깊은 자의 영혼을 구원해주소서)."

'아멘.' 손톱을 세운 팔과 씨름하며 지금 사제를 구하기 위해 애쓰는 키브린이 기도했다.

키브린은 이메인 부인의 의료 상자를 다시 뒤적거려 진통제가 될 만한 것을 찾아보았다. 아편 가루 따위도 없었다. 1348년의 잉글랜드에 양귀비가 있긴 했던가? 키브린은 오렌지빛이 나는 얇은 조각 몇 개를 찾아냈다. 양귀비 꽃잎과 약간 닮아 보였다. 키브린은 그 조각을 뜨거운 물에 넣고 끓여 사제에게 주었지만 사제는 마시려 하지 않았다. 사제의 입은 온통 종기로 가득했으며 이와 혀에는 말라붙은 피가 더덕더덕 붙어 있었다.

'이 사람은 이렇게 고통스러워할 일을 저지르지 않았어.' 키브린은 생각했다. 아무리 이곳으로 페스트를 몰고 왔다고 해도 이런 고통은 너무해. 그 누구도 이런 벌을 받을 만큼 심한 짓을 저지르지 않았어. "제발." 키브린은 기도했지만 무엇을 원하는지 자신도 알 수 없었다.

하지만 기도 내용이 무엇이든 소원은 이루어지지 않았다. 사제는 피가 섞인 거무스름한 담즙을 토하기 시작했고, 이틀 동안 눈이 내렸고, 엘로이즈의 상태는 점점 나빠졌다. 엘로이즈는 페스트에 걸린 것 같지는 않았다. 멍울도 맺히지 않았으며 기침을 하거나 토하지도 않았다. 키브린은 엘로이즈가 병에 걸린 건지 아니면 단지 슬프거나 죄책감 때문에 몸져누운 건지 분간을 할 수가 없었다. "남편이 오면 뭐라고 해야 할까요?" 엘로이즈는 이 말을 계속했다. "남편은 우리가 안전하게 지내도록 우리를 이곳으로 보냈는데 말이에요."

키브린은 엘로이즈의 이마를 짚어보았다. 따뜻했다. '모두 다 죽을 거야.' 키브린은 생각했다. 기욤 경은 안전하게 지내게 하려고 식솔들을 이곳으로 보냈지만 결국 한 명씩 모두 죽게 될 거야. 뭔가 조처를 해야만 해. 하지만 키브린은 아무런 수도 생각해낼 수 없었다. 페스트로부터 피할 수 있는 유일한 방법은 달아나는 것뿐이지만, 이 사람들은 이미 페스트를 피해 이곳으로 도망쳤는데도 아무런 소용이 없었다. 이제 앓아누운 로즈먼드와 엘로이즈를 두고 도망칠 수도 없었다.

'하지만 로즈먼드는 하루가 다르게 낫고 있어. 그리고 엘로이즈는 페스트에 걸린 게 아니야. 그냥 열이 좀 날 뿐이야. 어쩌면 우리가 갈 수 있는 또 다른 영지가 있을 거야. 북쪽 지방에 말이야.'

페스트는 아직 요크셔에 퍼지지 않았다. 요크셔 지방 사람들은 도로로 지나다니는 사람들을 멀리했기 때문에 페스트균에 노출되지 않았고, 키브린은 이 사실을 알고 있었다.

키브린은 로즈먼드에게 요크셔에도 장원을 가졌는지 물어보았다. "아니요." 로즈먼드가 벤치에 기대앉아 대답했다. "도싯에 있어요." 하지만 그곳은 소용이 없었다. 도싯에는 이미 페스트가 번졌다. 그리고 로즈먼드는 몸이 나아지긴 했지만, 여전히 몇 분 정도밖에 앉아 있을 수 없었다. '로즈먼드는 말을 타고 여행할 수 없어. 설사 말이 있다 할지라도 말이야.' 키브린은 생각했다.

"아버지는 서리에도 영지가 있었어요." 로즈먼드가 말했다. "아그네스가 태어날 때 그곳에 머물렀어요." 로즈먼드는 키브린을 똑바로 바라보았다. "아그네스가 죽었나요?"

"그래." 키브린이 말했다.

로즈먼드는 놀라지 않았다는 듯 고개를 끄덕였다. "아그네스가 비명 지르는 걸 들었어요."

키브린은 뭐라고 말해야 할지 아무것도 떠오르지 않았다.

"아버지도 돌아가신 거죠? 그렇죠?"

그에 대해서도 뭐라 할 말이 없었다. 기욤 경은 죽은 게 거의 확실했으며 거윈도 마찬가지였다. 거윈이 바스로 떠난 지 여드레째였다. 엘로이즈는 여전히 열이 있었으며 오늘 아침에는 '폭풍우가 끝났으니 이제 돌아올

676

거예요'라고 말했지만, 엘로이즈 자신도 믿지 않는 눈치였다.

"이제 오실 거야." 키브린이 말했다. "눈 때문에 좀 늦는 것뿐이야."

집사가 삽을 들고 들어오더니 그들 앞에 있는 바리케이드 앞에서 멈춰 섰다. 집사는 날마다 집으로 찾아와 뒤집어놓은 탁자 너머로 멍하니 자기 아들을 지켜보고는 했지만, 이제는 아들 쪽으로는 눈길만 힐끗 보낸 다음 삽에 몸을 기대고 키브린과 로즈먼드가 있는 쪽으로 시선을 돌렸다.

집사의 모자와 어깨는 눈으로 덮였고 삽날은 젖어 있었다. '또 다른 무덤을 판 건가?' 키브린은 생각했다. '누구 것일까?'

"누가 죽었나요?" 키브린이 물었다.

"아니요." 집사는 대답하고 생각에 잠긴 듯한 표정으로 로즈먼드를 바라보았다.

키브린이 일어섰다. "뭔가 필요한 게 있나요?"

집사는 키브린의 말이 무슨 뜻인지 못 알아듣겠다는 듯 멍한 표정으로 키브린을 보더니 다시 로즈먼드에게로 시선을 돌렸다. "아니요." 집사는 삽을 들고 밖으로 나갔다.

"집사가 아그네스의 무덤을 파려고 나간 건가요?" 집사를 바라보며 로즈먼드가 물었다.

"아니." 키브린이 부드럽게 말했다. "아그네스는 이미 교회 부속 묘지에 묻혔단다."

"그러면 제 무덤을 파려고 나간 건가요?"

"아니." 키브린은 깜짝 놀라 말했다. "아니야! 넌 죽지 않아. 넌 낫고 있어. 물론 아주 아팠지만 최악의 상황은 지났어. 이제 쉬면서 좀 자렴. 몸이 회복되도록 말이야."

로즈먼드는 키브린의 말대로 고분고분 자리에 누워 눈을 감았지만 몇 분 뒤 다시 눈을 떴다. "아버지께서 돌아가셨다면 국왕께서는 제 지참금을 처분하실 거예요." 로즈먼드가 말했다. "블로에 경이 아직 살아 있을까요?"

'안 그랬으면 좋겠구나.' 키브린은 생각했다. 이 불쌍한 아이는 지금 이런 순간에도 결혼에 대해 걱정하고 있었단 말인가? 불쌍한 것. 블로에 경의 죽음은 페스트가 한 유일한 선행이 될 것이다. 블로에 경이 죽었다면 말이다. "지금은 블로에 경 걱정은 하지 마. 쉬면서 기운 차리는 데만 정신을 쏟으렴."

"왕은 앞서 있었던 약속을 존중하실 거예요." 로즈먼드의 가느다란 손이 담요를 움켜쥐었다. "양쪽에서 동의한다면요."

아무것도 걱정할 필요 없단다. 블로에 경은 죽었어. 주교가 죽었단다.

"만약 양쪽에서 합의하지 않으면 왕께서는 자신이 마음에 들어 하는 사람과 저를 결혼시키실 거예요." 로즈먼드가 말했다. "적어도 전 블로에 경이 누군지는 알고 있잖아요."

'안 돼.' 키브린은 생각했다. 하지만 그것이 최선의 방법이라는 사실을 알았다. 로즈먼드는 블로에 경이나 괴물, 살인마보다 더 무서운 존재들을 떠올렸고, 키브린은 그런 존재가 있다는 사실을 알았다.

왕은 자신이 빚을 진 귀족이나 흑태자를 지원하는 골칫거리 후원자, 아니면 동맹국의 누군가에게 돈을 받고 로즈먼드를 팔 것이고, 그렇게 되면 로즈먼드가 어디로 가서 어떤 상황에 처하게 될지는 하느님만 알 것이다.

심술궂은 늙은이와 잔소리 많은 시누이보다 더 나쁜 경우는 허다했다. 가니에르 남작은 20년 동안 아내를 사슬에 묶어놓았다. 앙주 공작은 아내를 산 채로 불태웠다. 그리고 로즈먼드는 자신을 보호해주고 아플 때 간호해줄 가족이나 친구가 없었다.

로즈먼드를 데리고 떠나야 해. 블로에 경이 찾을 수 없는 곳으로, 그리고 페스트로부터 안전한 곳으로.

그런 곳은 없었다. 페스트는 이미 바스와 옥스퍼드에 퍼졌고 남쪽과 동쪽으로는 런던과 켄트를 향해 옮겨갔으며 북쪽으로는 미들랜드에서 요크셔까지 간 뒤 다시 영국 해협을 건너 독일과 남쪽 국가들로 번졌다. 페스트는 죽은 사람들이 타고 있던 배를 통해 노르웨이까지 확산되었다. 페스트로부터 안전한 곳은 아무 데도 없었다.

"거윈이 여기 있나요?" 로즈먼드가 물었다. 로즈먼드의 목소리는 자기 어머니, 할머니의 그것처럼 들렸다. "거윈 아저씨를 코시로 보내 블로에 경에게 제가 그곳으로 가겠다고 전해야겠어요."

"거원?" 엘로이즈가 건초 침대에서 말했다. "그 사람이 왔니?"

아니. 아무도 오지 않아. 던워디 교수님조차 오지 않아.

키브린이 랑데부를 놓친 건 문제가 되지 않았다. 랑데부 장소에는 아무도 없을 것이다. 사람들은 키브린이 1348년에 와 있는 것을 모르기 때문이다. 만약 알고 있었다면 키브린을 이곳에 내버려둘 리가 없었다.

네트가 뭔가 잘못된 게 분명했다. 던워디 교수는 키브린을 보내기 전에 시간 편차 검사를 하지 않았다고 걱정하며 말했다. '그렇게 멀리 갈 때는 예상할 수 없는 골칫거리들이 생길 수 있단 말이야.' 아마도 알 수 없는 골칫거리가 동조 수치를 왜곡했거나 망쳤고, 사람들은 지금 1320년에서 키브린을 찾고 있을 것이다. 난 랑데부 시간에 거의 30년이나 늦었어.

"거원?" 엘로이즈가 다시 말하더니 건초 침대에서 일어나려 애썼다.

엘로이즈는 일어나지 못했다. 비록 페스트 증상은 보이지 않았지만 엘로이즈는 계속 상태가 나빠져갔다. 눈이 내리기 시작했을 때 엘로이즈는 안심하며 '눈보라가 끝날 때까지 거원은 돌아오지 않을 겁니다'라고 말하고는 로즈먼드 옆에 가 앉았다. 하지만 오후가 되자 엘로이즈는 다시 자리에 누웠고 열은 계속해서 높아져만 갔다.

로슈 신부는 지친 가운데에서도 엘로이즈의 고백 성사를 들었다. 모두 지쳐 있었다. 쉬기 위해 잠시 앉기라도 하면 곧바로 잠이 들었다. 자기 아들을 보기 위해 들어온 집사는 바리케이드 앞에 서서 코를 골았고, 키브린은 화로에 담긴 불을 보살피다 잠이 들어 손에 심한 화상을 입었다.

'이런 식으로 계속 버틸 수는 없어.' 엘로이즈 위로 성호를 그리고 있는 로슈 신부를 바라보며 키브린은 생각했다. '신부님은 지쳐 돌아가실 거야. 페스트에 걸려 쓰러지고 말 거야.'

'사람들을 데리고 떠나야만 해.' 키브린은 다시 생각했다. '온 세상에 페스트가 번지는 않았어. 페스트가 전혀 미치지 못한 마을들이 있었어. 폴란드와 보헤미아에는 페스트가 번지지 않았고 북부 스코틀랜드 지역에도 페스트는 닿지 못했어.'

"*Agnus dei, qui tollis peccata mundi, miserere nobis*(하느님의 어린 양, 세상의 죄를 없애시는 주님, 자비를 베푸소서)." 로슈 신부가 말했다. 신부의 목소리는 키브린이 죽어갈 때 들었던 목소리처럼 편안했으며, 신부의 목소리를 들은 키브린은 자신의 계획이 소용없다는 사실을 깨달았다.

신부는 자기 교구를 절대로 버리려 하지 않을 것이다. 흑사병이 돌던 시대에는 자기 교구 신도들을 저버린 사제들 이야기가 잔뜩 있었다. 이들은 장례 의식 주관을 거부했고 교회나 수도원 문을 잠그고 안에 숨어 있었으며 결국 사람들을 버리고 도망쳤다. 하지만 키브린은 자신이 보아온 이런 통계치 역시 틀린 것은 아닐까 하는 의구심이 들었다.

그리고 설사 키브린이 사람들을 데리고 떠날 방법을 찾아낸다 할지라도 지금 고백 성사를 하면서도 계속해서 문가로 눈을 돌리는 엘로이즈는 눈이 그치면 남편과 거윈이 돌아올 테니 이곳에 남아서 둘을 기다리겠다고 우길 것이다.

"로슈 신부님이 거윈을 마중 나갔나요?" 로슈 신부가 성체를 가져오기 위해 교회로 떠나자 엘로이즈가 키브린에게 물었다. "거윈은 곧 돌아올 거예요. 페스트가 퍼지고 있다고 경고하기 위해 코시로 먼저 간 게 분명해요. 그리고 그곳에서 여기까지는 한나절밖에 안 걸려요." 엘로이즈는 건초 침대를 문 앞으로 옮기겠다고 고집을 부렸다.

문에서 들어오는 외풍을 막기 위해 키브린이 바리케이드를 다시 정비하는 동안 사제가 갑자기 고함을 지르며 경기를 일으켰다. 사제는 충격을 받은 듯 온몸이 뻣뻣해졌으며 얼굴에는 무서운 웃음을 머금었고 부패한 눈은 위쪽으로 치켜떴다.

"이제 이 사람 좀 내버려둬요." 로즈먼드에게 수프를 떠먹이던 숟가락을 사제의 앙다문 이 사이에 넣으려 애쓰며 키브린이 말했다. "아직도 더 괴롭혀야 속이 시원하단 말인가요?"

사제의 몸이 갑자기 움직였다. "그만!" 키브린이 울먹였다. "그만!"

돌연 사제의 몸은 축 늘어졌다. 키브린은 숟가락을 사제의 이 사이로 비집어 넣었다. 검은 점액질이 사제의 입 가장자리에서 조금 새어 나왔다.

'죽은 거야.' 키브린은 생각했다. 하지만 믿을 수 없었다. 키브린은 사제를 바라보았다. 부패한 눈은 반쯤 떴고 얼굴은 부풀어 올랐으며 짤막하게 난 수염 밑 피부는 시커멨다. 몸 양쪽으로 놓인 주먹은 꽉 쥔 채였다. 누워 있는 사제는 사람 같아 보이지 않았으며, 키브린은 로즈먼드가 볼까 걱정이 되어 거친 이불로 사제의 얼굴을 덮어줬다.

"죽은 건가요?" 로즈먼드가 일어나 앉으며 궁금한 듯 물었다.

"그래." 키브린이 말했다. "다행이지." 키브린이 일어섰다. "로슈 신부님께 말씀드리고 와야겠구나."

"저 혼자만 남겨두고 가지 마세요." 로즈먼드가 말했다.

"어머니가 여기 있잖니. 그리고 집사의 아들도 있고. 금방 갔다 올게."

"무서워요." 로즈먼드가 말했다.

'나도 그래.' 거친 이불을 바라보며 키브린은 생각했다. 사제는 죽었지만 그런데도 고통에서 해방되지 못했다. 사제의 얼굴은 더 이상 사람이라 할 수도 없을 정도로 흉측했지만 표정은 여전히 분노와 공포에 차 있었다. 지옥의 고통에 빠진 모습이었다.

"제발 제 곁에 있어주세요." 로즈먼드가 말했다.

"로슈 신부님께 말씀드려야 해." 하지만 키브린은 사제와 로즈먼드 사이에 앉아 로즈먼드가 잠들 때까지 기다렸다가 신부를 찾으러 나갔다.

안뜰에도 부엌에도 신부는 보이지 않았다. 오솔길에는 집사가 키우는 암소가 있었다. 암소는 돼지우리 바닥에 있는 건초를 먹고 있다가 어슬렁거리며 키브린 뒤를 쫓아 풀밭으로 나왔다.

집사는 교회 부속 묘지에서 눈 덮인 흙을 헤치고 가슴 깊이까지 무덤을 파고 있었다. '집사는 이미 알고 있는 거야.' 키브린은 생각했다. 하지만 그건 불가능해. 키브린의 가슴이 마구 뛰기 시작했다.

"로슈 신부님은 어디 계시죠?" 키브린이 외쳤지만 집사는 대답은커녕 눈길조차 주지 않았다. 암소가 키브린 옆으로 다가와 울었다.

"저리 가." 키브린이 말하고 집사에게 달려갔다.

집사가 파는 무덤은 교회 부속 묘지 안에 있는 것이 아니었다. 무덤은 교회 부속 묘지 정문을 지나 풀밭에 있었고, 그 옆에는 다른 무덤 두 채가 줄지었다. 각 무덤 옆에는 강철처럼 단단한 흙들이 쌓여 있었다.

"뭐 하는 거예요?" 키브린이 캐물었다. "이건 누구 무덤이죠?"

집사는 삽에 담은 흙을 더미 위에 쌓아 올렸다. 얼어붙은 흙이 부딪히며 마치 돌덩어리가 덜그럭거리는 듯한 소리가 났다.

"왜 무덤을 세 개나 파는 거죠? 누가 죽은 거죠?" 암소가 뿔로 키브린의 어깨를 가볍게 찔러댔다. 키브린은 암소를 피해 몸을 비틀었다. "누가 죽은 거죠?"

집사는 강철처럼 단단한 땅에 삽을 박아 넣었다. "최후의 날이 왔단다, 꼬마야." 집사는 이렇게 말하더니 삽날을 힘껏 밟았다. 집사의 말을 들은 키브린은 온몸이 떨리는 전율을 느꼈다. 그리고 남자아이 옷을 입은 자신을 집사가 알아보지 못한다는 사실을 깨달았다.

"저예요, 캐서린이에요." 키브린이 말했다.

집사는 고개를 들어 키브린을 보더니 고개를 끄덕였다. "종말의 시간입니다. 죽지 않은 사람들도 곧 죽을 겁니다." 집사는 몸을 앞으로 숙이고는 온몸의 체중을 삽에 실었다.

암소는 머리로 키브린의 겨드랑이를 파고들려 애썼다.

"저리 가!" 암소의 콧등을 때리며 키브린이 외쳤다. 암소는 무덤들을 피해 조심스레 뒤로 물러섰고, 키브린은 무덤의 크기가 모두 다르다는 사실을 깨달았다.

첫 번째 것은 컸지만 그 옆에 있는 무덤은 아그네스가 묻힌 것만 했으며 집사가 파는 무덤도 그리 크지 않았다. 로즈먼드에게는 집사가 파는 무덤이 그 아이 것이 아니라고 했는데…. 하지만 집사가 파는 건 로즈먼드의 무덤이었다.

"당신은 이런 짓을 할 권한이 없어요! 당신 아들과 로즈먼드는 낫고 있어요. 그리고 엘로이즈 부인은 슬픔과 피곤이 겹쳐 아픈 것뿐이라고요. 그 사람들은 죽지 않을 거예요."

집사가 키브린을 바라보았다. 집사의 얼굴은 바리케이드 옆에 서서 로즈먼드의 무덤을 파기 위해 키를 가늠할 때처럼 무표정했다. "로슈 신부님은 아가씨가 우리를 돕기 위해 이곳에 왔다고 하셨지만, 세상이 끝나는 마당에 아가씨가 무슨 일을 할 수 있겠습니까?" 집사는 다시금 삽 위에 체중을 실었다. "무덤이 더 필요합니다. 모두, 우리 모두 다 죽을 테니까요."

암소가 무덤 반대쪽으로 걸어오더니 얼굴을 집사 얼굴만큼 낮춘 뒤 집사를 향해 울어댔지만, 집사는 암소가 우는 걸 알아차리지 못한 듯했다.

"더 이상 무덤은 파지 마세요." 키브린이 말했다. "제가 허락하지 않아요."

집사는 키브린이 있는 것 또한 알아차리지 못한 것처럼 계속해서 무덤을 팠다.

"그 사람들은 죽지 않아요." 키브린이 말했다. "흑사병은 이 시대 사람들의 3분의 1에서 2분의 1만 죽였다고요. 우리 마을은 이미 할당 인원이 다 찼어요."

✳

그날 저녁, 엘로이즈가 죽었다. 집사는 로즈먼드의 무덤을 엘로이즈의 키에 맞춰 더 크게 팠으며, 엘로이즈를 묻은 뒤 로즈먼드를 묻기 위해 또 다른 무덤을 파기 시작했다.

'사람들을 데리고 여기를 떠나야만 해.' 집사를 바라보며 키브린은 생각했다. 집사는 삽을 어깨에 걸치고 서 있었고 엘로이즈를 무덤에 묻자마자 다시 로즈먼드의 무덤을 파기 시작했다. '사람들이 모두 페스트에 걸리기 전에 데리고 이곳을 빠져나가야만 해.'

사람들 모두 페스트에 걸릴 것이다. 페스트균은 옷, 침구, 숨 쉬는 공기에 숨어서 사람들을 노리고 있었다. 그리고 기적이 일어나 사람들이 페스트균에 감염되지 않는다 할지라도 봄이 되면 페스트균은 옥스퍼드셔 전 지역을 휩쓸고 지나갈 것이고 전령이든 마을 사람이든 주교의 특사든 가리지 않고 쓰러뜨릴 것이다. 여기서 가만히 앉아 기다릴 수는 없었다.

'스코틀랜드로 가야 해.' 키브린은 이렇게 생각하며 영주의 집으로 향했다. '북부 스코틀랜드로 데리고 가면 돼. 페스트는 그렇게까지 멀리 퍼지지

않았어. 집사의 아들은 당나귀를 탈 수 있고 로즈먼드는 들것에 싣고 가면 돼.'

로즈먼드는 건초 침대에 앉아 있었다. "집사 아들이 언니를 찾으면서 마구 울었어요." 키브린이 들어오자마자 로즈먼드가 말했다.

집사의 아들은 피가 섞인 점액을 토했다. 아이가 누워 있는 건초 침대는 토해낸 점액질로 더러웠으며 키브린이 아이를 일으켜 닦아줬을 때 아이는 너무 쇠약해 머리조차 들지 못했다. '설사 로즈먼드가 움직일 수 있다 할지라도 이 아이는 안 되겠어.' 키브린은 자포자기한 심정으로 생각했다. '우리는 아무 곳에도 갈 수 없어.'

밤이 되자 키브린은 랑데부 장소에 있던 마차를 떠올렸다. 어쩌면 집사가 마차 수리를 도와줄 수 있을 것이고, 그렇다면 로즈먼드는 마차를 타고 갈 수 있다. 키브린은 화로에서 타고 있는 석탄을 이용해 골풀 양초에 불을 붙인 뒤 마차를 보기 위해 조용히 마구간으로 갔다. 키브린이 마구간 문을 열자 로슈 신부의 당나귀가 키브린을 보고 목쉰 울음소리를 냈고 키브린이 연기 나는 골풀 양초를 높이 쳐들자 돌연 부스럭거리는 소리가 퍼졌다.

부서진 상자들은 마차에 기대어 바리케이드처럼 쌓여 있었고, 상자 조각들을 치운 순간, 키브린은 마차를 쓸 수 없다는 사실을 깨달았다. 마차는 너무 컸다. 당나귀는 마차를 끌 수 없었고 나무 굴대는 사라진 상태였다. 일하기 좋아하는 누군가가 울타리를 만들거나 땔감으로 쓰기 위해 가져간 모양이었다. '아니면 페스트를 막으려고 가져갔거나.' 키브린은 생각했다.

키브린이 마구간에서 나왔을 때 안뜰은 칠흑처럼 어두웠고 크리스마스이브 때 그랬듯 별이 초롱초롱 빛났다. 키브린은 자기 어깨에 기대어 잠자던 아그네스의 모습을, 아그네스의 가느다란 손목에 매달려 있던 종을, 여기저기서 울리던 종소리를, 악마의 조종 소리를 떠올렸다. '시기상조였어. 악마는 아직 죽지 않았어. 오히려 악마는 세상으로 풀려난 거야.'

키브린은 자리에 누웠지만 한참 동안 잠들지 않은 채 또 다른 계획을 짜내려 애썼다. 눈이 많이 쌓이지 않았다면 당나귀가 끌고 갈 수 있는 들것을 만들 수 있을 것 같았다. 아니면 아이 둘을 당나귀에 태우고 짐들은 등에 지고 갈 수도 있을 것이다.

키브린은 마침내 잠들었고 잠이 들자마자 다시 잠에서 깼다. 아니 적어도 키브린 자신은 그렇게 느꼈다. 밖은 여전히 어두웠고 로슈 신부가 키브린을 굽어보고 있었다. 꺼져가는 화롯불이 신부의 얼굴을 아래로부터 비추었고, 덕분에 신부의 얼굴은 예전에 키브린이 숲속 공터에서 보았을 때처럼 살인마의 얼굴로 비쳤다. 키브린은 잠에서 덜 깬 상태로 손을 뻗어 신부의 얼굴을 부드럽게 만졌다.

"캐서린 아가씨." 신부의 목소리에 키브린은 잠이 확 깼다.

'로즈먼드가 죽은 거야.' 키브린은 생각했다. 키브린은 로즈먼드를 보기 위해 몸을 틀었지만, 로즈먼드는 가는 손을 뺨 아래 대고 편히 잠들어 있었다.

"왜 그러세요?" 키브린이 말했다. "아프세요?"

로슈 신부는 고개를 저었다. 신부는 뭔가 말하려고 입을 열다가 다시 다물었다.

"누가 왔나요?" 서둘러 일어서며 키브린이 말했다.

로슈 신부는 다시금 고개를 저었다.

'누군가가 아플 리 없어. 남은 사람들이 없다고.' 키브린은 문가의 담요를 쌓아놓은 곳으로 시선을 돌렸다. 그곳에서 자던 집사는 어디론가 사라진 상태였다. "집사가 아픈 건가요?"

"집사의 아들이 죽었습니다." 로슈 신부는 이상하게도 경직된 목소리로 말했다. 신부의 목소리에서 키브린은 집사 역시 죽었다는 사실을 깨달았다. "아침 기도를 드리기 위해 교회에 가고 있는데…." 로슈 신부가 더듬거리며 말했다. "저와 함께 가시죠." 신부는 말을 마치고 성큼성큼 걸어갔다.

키브린은 누덕누덕 기운 담요를 들고 로슈 신부를 따라 황급히 안뜰로 나갔다.

아직 새벽 6시도 채 안 된 시간이었다. 태양은 지평선 위로 고개만 살짝 내밀고 하늘과 눈밭을 분홍색으로 물들였다. 로슈 신부는 이미 풀밭으로 나 있는 오솔길을 따라 시야에서 사라진 뒤였다. 키브린은 담요를 어깨에 두르고 신부를 따라 뛰어갔다.

집사의 암소가 오솔길에 서 있었다. 암소는 돼지우리 벽에 난 틈에 머리를 들이밀고 짚을 꺼내고 있었다. 암소가 머리를 들더니 키브린을 보고 울어댔다.

"워!" 손을 흔들며 키브린이 말했지만 암소는 아랑곳하지 않고 윗가지 벽에서 머리를 꺼내더니 음매거리며 키브린에게로 다가왔다.

"네 젖을 짜줄 시간이 없어." 키브린은 암소의 엉덩이를 밀어 길에서 비키게 하며 신부를 쫓아갔다.

키브린은 풀밭 중간까지 가서야 로슈 신부를 따라잡을 수 있었다. "왜 그러세요? 말씀하실 수 없는 건가요?" 키브린이 물었지만 신부는 걸음을 멈추지 않았고, 심지어 키브린에게 눈길조차 주지 않았다. 로슈 신부는 풀밭에 줄지어 서 있는 무덤 쪽으로 시선을 돌렸다. 키브린은 돌연 안심이 되었다. '집사가 신부 없이 혼자서 아들을 장례 지내려 한 거구나.' 키브린은 생각했다.

작은 무덤은 이미 흙이 덮여 있었고 그 위로 하얗게 눈이 쌓였다. 집사는 로즈먼드의 무덤과 더 큰 무덤도 이미 파놓은 상태였다. 큰 무덤에는 삽이 꽂혔고, 손잡이는 무덤 끝부분에 비스듬히 기대어 있었다.

로슈 신부는 레프릭의 무덤으로 가지 않았다. 로슈 신부는 가장 가까이 있는 무덤에 멈춰 서더니 아까처럼 경직된 목소리로 말했다. "저는 아침 기도를 드리러 교회로 가고 있었는데…." 키브린은 무덤 안을 바라보았다.

집사는 삽으로 자기 자신을 묻으려 한 것처럼 보였다. 하지만 무덤 안의 좁은 공간에서는 그러기 어려웠다는 것을 증명하기라도 하듯 집사는 무덤 한끝에 삽을 세워놓고 손으로 흙을 무덤에 담는 자세를 하고 있었다. 집사의 얼어붙은 손에는 커다란 흙덩어리가 들려 있었다.

집사는 거의 다리까지 흙에 묻혀 있었으며 덕분에 욕조에 누운 것처럼 불성사나운 모습을 하고 있었다. "이 사람을 제대로 묻어줘야 해요." 삽으로 손을 뻗으며 키브린이 말했다.

로슈 신부는 고개를 저었다. "이곳은 성스러운 땅입니다." 망연자실한 목소리였다. '집사가 자살했다고 생각하는구나.' 키브린은 생각했다.

그건 문제가 안 돼. 그리고 이 모든 상황 속에서도, 공포에 공포가 끊임없이 밀려오는 이 모든 상황 속에서도, 로슈 신부가 여전히 하느님을 믿고 있다는 사실을 키브린은 깨달았다. 로슈 신부가 집사를 발견했을 때, 신부는 아침 기도를 드리러 교회로 가는 중이었고, 설사 모든 사람이 죽는다 할지라도 신부는 열심히 미사를 드릴 것이고, 하느님이 지시한 대로 살 것이다.

"이건 병이에요. 피가 썩는 페스트입니다. 피를 감염시키지요." 키브린이 말했다. 사실인지 아닌지 잘 몰랐지만, 이 상황에서 중요한 건 그게 아니었다.

로슈 신부는 어리둥절한 표정으로 키브린을 바라보았다.

"집사는 무덤을 파다가 병에 걸린 게 틀림없어요." 키브린이 말했다. "패혈 페스트는 뇌를 감염시킵니다. 집사는 제정신이 아니었어요."

"이메인 부인처럼 말이군요." 로슈 신부가 말했다. 신부의 목소리에는 기뻐하는 듯한 기색이 서려 있었다.

'신부님은 자신의 신앙에도 불구하고 집사를 제대로 된 곳에 묻어주고 싶어 해.' 키브린은 생각했다.

집사의 몸은 이미 뻣뻣하게 굳어 있었지만, 키브린은 신부를 도와 집사의 몸을 어느 정도 반듯하게 폈다. 키브린과 신부는 집사의 몸을 움직이거나 수의로 감싸려 하지 않았다. 로슈 신부는 집사의 얼굴에 검은 천을 씌웠고, 둘은 집사의 몸 위로 흙을 덮었다. 얼어붙은 흙은 삽에 부딪히자 돌덩어리처럼 덜그럭 소리를 냈다.

로슈 신부는 정복이나 미사 전서를 가지러 교회로 가지 않았다. 신부는 처음에는 레프릭의 무덤 옆에 서 있다가 이윽고 집사의 무덤가에 가서 죽은 자를 위한 기도를 암송했다. 키브린은 신부 곁에 서서 두 손을 모으고 생각했다. '집사는 제정신이 아니었어. 그 사람은 자기 아내와 여섯 아이를 자기 손으로 묻었고, 자기가 알고 지내던 사람 대부분을 묻었어. 그리고 열은 없었지만 스스로 무덤에 들어가 얼어붙기를 기다렸다면 집사 역시 페스트 때문에 죽은 게 맞아.'

'집사가 자살한 사람 취급을 받아 자살한 사람의 무덤에 묻혀선 안 돼.

아니, 무덤에 묻히는 게 잘못된 거야. 집사는 우리와 함께 스코틀랜드로 가기로 되어 있었어.' 돌연 키브린은 자신이 기뻐하고 있다는 사실에 충격을 받았다.

'우리는 이제 스코틀랜드로 갈 수 있어.' 로즈먼드를 위해 집사가 파놓은 무덤을 바라보며 키브린은 생각했다. '로즈먼드는 당나귀를 탈 수 있고 로슈 신부님과 난 음식과 담요를 가지고 갈 수 있어.' 키브린은 눈을 뜨고 하늘을 쳐다보았다. 이제 해는 높이 떴고, 아침 햇살에 흩어지기라도 한 듯 구름은 엷어졌다. 오늘 아침에 출발한다면 정오에는 숲을 벗어나 옥스퍼드-바스 도로에 들어설 수 있다. 그리고 밤이 되면 요크로 통하는 큰길에 들어설 수 있을 것이다.

"*Agnus dei, qui tollis peccata mundi. dona eis requiem*(하느님의 어린 양, 세상의 죄를 없애는 주여. 그들에게 안식을 내리소서)." 로슈 신부가 말했다.

'당나귀가 먹을 귀리도 가져가야 해.' 키브린은 생각했다. '그리고 땔감을 자를 도끼와 담요도.'

로슈 신부가 기도를 마무리 지었다. "*Dominus vobiscum et cum spiritu tuo*(주께서 당신의 영혼과 함께하실지니)." 로슈 신부가 말했다. "*Requiescat in pace*(편히 잠드소서), 아멘." 신부는 기도를 마친 뒤 종을 울리기 위해 종탑으로 갔다.

✳

종을 치고 있을 시간이 없었다. 키브린은 영주의 집으로 향했다. 로슈 신부가 조종을 울리고 돌아올 때면 키브린은 짐을 어느 정도 꾸린 상태일 것이고, 로슈 신부에게 자신의 계획을 말하고 당나귀에 짐을 싣게 한 뒤 바로 떠날 수 있을 듯싶었다. 키브린은 안뜰을 가로질러 집 안으로 들어섰다. 불을 피우려면 석탄을 가지고 가야 했다. 석탄은 이메인 부인의 상자에 담아 가면 된다.

키브린은 홀로 들어섰다. 로즈먼드는 여전히 자고 있었다. 잘된 일이었다. 떠날 준비가 다 되기 전까지 로즈먼드를 깨울 필요가 없었다. 키브린은 살금살금 로즈먼드 곁을 지나 상자를 집어 든 뒤 안에 있는 내용물을 비웠다. 키브린은 상자를 화로 옆으로 가져다 놓고 부엌으로 향했다.

"깨어났는데 언니가 안 보였어요." 로즈먼드가 말했다. 로즈먼드는 건초 침대에서 몸을 일으켜 앉았다. "언니가 떠난 줄 알고 너무 무서웠어요."

"우리 모두 갈 거란다." 키브린이 말했다. "우리는 스코틀랜드로 갈 거야." 키브린이 로즈먼드에게 다가갔다. "여행하기 전에 쉬어야지. 금방 돌아올게."

"어디 가는 거예요?" 로즈먼드가 말했다.

"그냥 부엌에 잠깐 갔다 올 거야. 배고프니? 포리지 좀 가져다줄게. 이제 누워 쉬렴."

"혼자 있고 싶지 않아요." 로즈먼드가 말했다. "저랑 잠시만 같이 있어주세요, 네?"

'이러고 있을 시간이 없는데.' 키브린은 생각했다. "부엌에만 잠깐 갔다 올게. 그리고 로슈 신부님께서 계신단다. 안 들리니? 종을 울리고 계셔. 부엌에 갔다 오는 건 얼마 안 걸릴 거야. 괜찮겠지?" 키브린은 로즈먼드를 향해 밝게 웃어주었고 로즈먼드는 마지못해 고개를 끄덕였다. "금방 돌아올게."

키브린은 뛰다시피 하며 밖으로 나갔다. 로슈 신부는 여전히 조종을 울리고 있었다. 종은 천천히 그리고 꾸준히 울렸다. '서둘러야 해. 시간이 별로 없어.' 키브린은 부엌을 뒤져 음식을 식탁 위에 올려놓았다. 둥그런 치즈 한 덩어리와 맨치트가 잔뜩 나왔다. 키브린은 거친 모직 자루에 맨치트를 접시처럼 쌓아 넣고 치즈 덩어리도 넣어 우물가로 가지고 나왔다.

로즈먼드가 문설주를 잡고 서 있었다. "언니랑 부엌에 가서 앉아 있어도 돼요?" 로즈먼드가 물었다. 로즈먼드는 커틀을 입고 신발을 신고 있었지만 차가운 공기 때문에 벌써 오들오들 떨고 있었다.

"너무 추워." 키브린이 로즈먼드 쪽으로 급히 가며 말했다. "그리고 넌 쉬어야 해."

"언니가 안 보이면 어디론가 영원히 가버렸을까 봐 겁이 나요." 로즈먼드가 말했다.

"난 여기 있잖니." 하지만 키브린은 안으로 들어가 로즈먼드의 망토와 모피를 한 아름 가지고 나왔다.

"여기 문간 층계에 앉아 있으렴." 키브린이 말했다. "그리고 내가 짐 꾸리는 걸 보고 있어." 키브린은 로즈먼드의 어깨에 망토를 둘러주고 둥지처럼 로즈먼드 주위에 모피를 쌓은 뒤 로즈먼드를 앉혔다. "그러면 되겠지?"

블로에 경이 로즈먼드에게 준 브로치는 여전히 망토의 목 부분에 달려 있었다. 로즈먼드는 가느다란 손을 약간 떨며 여밈 부분을 더듬었다. "코시로 가는 건가요?" 로즈먼드가 물었다.

"아니." 키브린이 말하며 브로치를 여며줬다. 'Io suiicien lui dami amo.' 저를 보시면 당신을 사랑하는 이를 기억해주십시오. "스코틀랜드로 갈 거야. 그곳은 페스트로부터 안전할 거야."

"아버지도 페스트에 걸려서 돌아가셨을까요?"

키브린은 대답하지 않고 머뭇거렸다.

"어머니께서는 아버지가 오는 게 지체되거나 오실 수 없는 상황일 뿐이라고 하셨어요. 그리고 어머니는 어쩌면 제 오라버니들이 아플 수도 있다시면서 오라버니들이 나으면 아버지가 오실 거라고 하셨어요."

"아버지는 오실 거야." 로즈먼드 발 주위로 모피를 둘러주며 키브린이 말했다. "네 아버지에게 편지를 남겨놓고 갈 거야. 우리가 어디로 갔는지 알 수 있도록 말이야."

로즈먼드는 고개를 저었다. "아버지가 살아 계신다면 우리한테 벌써 오셨을 거예요."

키브린은 로즈먼드의 가냘픈 어깨 주위를 이불로 감싸주었다. "여행에서 먹을 음식을 챙겨야 해." 키브린이 부드럽게 말했다.

로즈먼드는 고개를 끄덕였고, 키브린은 부엌으로 건너갔다. 부엌 벽에는 양파 자루와 사과 자루가 기대어 있었다. 사과는 시들었고 대부분 갈색 멍이 들었지만 키브린은 자루를 가지고 밖으로 나왔다. 사과는 요리할 필요가 없는 과일이고, 봄이 되기 전까지는 비타민 섭취를 할 필요가 있었다.

"사과 좋아하니?" 키브린이 로즈먼드에게 물었다.

"네." 로즈먼드가 대답했다. 키브린은 자루를 뒤져 아직 멀쩡하고 시들지 않은 사과를 찾아보았다. 키브린은 붉은 기가 도는 초록색 사과를 꺼내 가죽 타이츠에 문질러 닦은 뒤 로즈먼드에게 건넸다. 자신이 아팠을 때 사과를 먹었더라면 얼마나 맛있었을까 떠올리니 절로 웃음이 나왔다. 또는 오렌지 주스 한 잔을 마셨더라면.

하지만 로즈먼드는 사과를 한 입 베어 문 뒤 식욕을 잃은 모양이었다. 로즈먼드는 문설주에 기대 조용히 하늘을 바라보며 로슈 신부가 계속해 울리는 종소리에 귀를 기울였다.

키브린은 계속해서 가져갈 만한 사과를 자루에서 골라내며 당나귀에 얼마나 많은 짐을 실을 수 있을지 생각해봤다. 당나귀에게 먹일 귀리도 가져가야 했다. 스코틀랜드에는 당나귀가 먹을 수 있는 관목은 있겠지만 풀은 없을 것이다. 물은 가져갈 수 없다. 시내는 많았지만 물을 끓여 마실 그릇을 가져가야 했다.

"언니네 가족은 결국 안 왔네요." 로즈먼드가 말했다.

키브린이 고개를 들었다. 로즈먼드는 여전히 사과를 들고 문에 기대앉아 있었다.

'오지 않았지.' 키브린은 생각했다. 하지만 난 약속된 장소에 없었어.
"응." 키브린이 말했다.

"언니 가족도 페스트에 걸려 죽었을까요?"

"아니." 키브린이 말했다. 그리고 생각했다. '적어도 그 사람들은 죽거나 어딘가에서 꼼짝도 못 하고 있지는 않아. 적어도 그 사람들이 안전하다는 사실을 알고 있으니 다행이지.'

"블로에 경에게 가면 언니가 어떻게 저희를 도와줬는지 말하겠어요." 로즈먼드가 말했다. "언니와 로슈 신부님을 제 곁에 두겠다고 하겠어요." 로즈먼드는 자랑스럽게 고개를 들었다. "저를 돌봐줄 사람과 지도 신부님이 필요하니까요."

"고마워." 키브린이 엄숙한 목소리로 말했다.

키브린은 먹을 만한 사과를 골라 자루에 담아 치즈와 빵이 담긴 자루

옆에 세워두었다. 종소리가 멈추었고, 차가운 공기 속에서 여운이 메아리
쳤다. 키브린은 두레박을 들어 우물 안으로 늘어뜨렸다. '포리지를 요리한
뒤 멍든 사과는 그 안에 잘라 넣어 먹으면 돼. 여행 중에 허기를 채울 수 있
을 거야.'

로즈먼드가 먹던 사과가 발아래로 떨어지더니 우물 기부까지 굴러가 멈
추었다. 키브린은 몸을 숙여 사과를 집어 들었다. 사과에는 살짝 베어 문
자국만 나 있었다. 쭈글쭈글한 빨간 껍질 사이로 흰 속살이 약간 보였다.
키브린은 입고 있던 조끼에 사과를 문질렀다. "사과를 떨어뜨렸구나." 키브
린은 사과를 주기 위해 로즈먼드 쪽으로 몸을 돌렸다.

로즈먼드의 손은 여전히 펴져 있었다. 사과가 떨어졌을 때 주우려고 한
듯 몸을 앞으로 숙인 자세였다. "오, 맙소사, 로즈먼드." 키브린이 말했다.

둠즈데이북 사본
(079110-079239)

　　로슈 신부님과 저는 스코틀랜드로 갈 거예요. 교수님은 이 녹음기에 담긴 내용을 절대 듣지 못하실 테니 이런 말씀 드려봤자 아무런 소용이 없겠지만, 어쩌면 황야를 걷는 누군가의 발부리에 걸려 발견되거나 스켄드게이트 발굴 작업을 끝낸 몬토야 교수님이 북부 스코틀랜드를 발굴하다 발견하실 수도 있겠죠. 그런 경우에 대비해 저희에게 무슨 일이 일어났는지 말씀 드리고 싶어요.

　　페스트를 피해 달아나는 행동이 가장 최악이라는 건 알고 있지만, 로슈 신부님을 이곳에서 데리고 빠져나가야만 해요. 장원 전체는 페스트균에 오염되었어요. 침구, 옷, 공기 모두요. 그리고 사방에 쥐가 들끓고 있어요. 로즈먼드의 장례식에 쓸 생각으로 로슈 신부님의 장백의를 가지러 교회에 들어갔다가 한 마리를 봤어요. 그리고 설사 신부님이 쥐에게 페스트를 옮지 않는다 할지라도 페스트균은 주변에 가득하고 전 신부님을 설득해 여기 가만히 있게 할 자신이 없어요. 신부님은 어디 다른 곳에 가서 사람들을 돕고 싶어 하실 거예요.

　　길에서 멀리 떨어져 걸을 거고 마을을 피해 다닐 생각이에요. 1주일 정도는 버틸 수 있는 식량을 준비했고 가능한 한 북쪽까지 간 뒤 마을에서 음식을 살 생각이에요. 사제가 가지고 온 자루에 은이 담겨 있어요. 그리고, 걱정하지 마세요. 저희 모두 괜찮을 거예요. 길크리스트 교수님이 말씀하신 대로 '전 가능한 모든 예방 조처를 다 했어요.'

693

32

설사 내가 키브린을 구해 올 수 있다고 생각하더라도, 그 생각 자체가 정말로 '묵시록적'이야. 던워디는 생각했다. 콜린의 부축으로 방에 도착했을 즈음 던워디는 완전히 지쳐 있었고, 체온도 다시 올라갔다. "쉬세요." 던워디가 침대로 올라가는 것을 도우며 콜린이 말했다. "키브린 누나를 구하러 가실 거면 병이 악화되면 안 되잖아요."

"바드리를 봐야 해." 던워디가 말했다. "핀치도."

"제가 모두 알아서 할게요." 콜린은 이렇게 말하고 쏜살같이 밖으로 나갔다.

던워디는 병원 관계자를 설득해 바드리와 함께 퇴원해야 했고, 키브린이 아플 경우를 대비해 의료 장비를 갖춰놓아야 했다. 게다가 페스트 예방 접종을 해야 했다. 던워디는 예방 접종이 효과를 발휘하려면 얼마나 시간이 걸릴지 궁금했다. 아렌스는 키브린이 녹음기를 이식하기 위해 병원에 있는 동안 예방 접종을 시켰다고 했다. 키브린이 접종한 때는 강하가 있기 2주 전이었지만, 면역이 생기기까지 2주일이나 걸리지는 않을 것이다.

간호사가 체온을 재기 위해 들어왔다. "전 이제 곧 비번이에요." 체온을 읽으며 간호사가 말했다.

"저는 언제 퇴원을 할 수 있습니까?" 던워디가 물었다.

"퇴원요?" 놀란 목소리로 간호사가 말했다. "세상에. 먼저 몸이 좋아지셔야 해요."

"좋아졌습니다." 던워디가 말했다. "얼마나 더 있어야 하는 건가요?"

간호사는 얼굴을 찡그렸다. "조금 걸을 수 있는 것과 집에 갈 준비가 된 것과는 꽤 큰 차이가 있어요." 간호사는 수액제가 주입되는 양을 조절했다. "과로하시면 안 돼요."

간호사가 나가고 몇 분 뒤, 핀치와 함께 콜린이 들어왔다. 콜린은 던워디가 크리스마스 선물로 준 책을 들고 있었다. "당시 의상과 물품 준비에 필요할지 몰라 가져왔어요." 콜린은 책을 던워디의 다리에 내려놓았다. "가서 바드리 아저씨를 불러올게요." 콜린은 잽싸게 밖으로 나갔다.

"상당히 좋아지신 것 같군요, 교수님." 핀치가 말했다. "정말 기쁩니다. 죄송하지만 베일리얼 칼리지에서 처리해주실 일이 있습니다. 개드슨 부인 문제입니다. 부인께서는 대학이 윌리엄의 건강을 해치고 있다며 비난하고 계십니다. 전염병 병균과 페트라르카 읽기 숙제 때문에 윌리엄의 건강이 나빠졌다고 하면서, 역사학과 책임자에게 가서 이야기하겠다고 위협하고 계십니다."

"기꺼이 그러시라고 전해드려. 베이싱엄 학과장은 스코틀랜드 어딘가에 있다고도 말씀드리고." 던워디가 말했다. "난 예방 접종을 얼마나 미리 받아야 선페스트에 노출되어도 위험하지 않은지 알아야 해. 그리고 강하할 수 있도록 실험실이 준비되어 있어야 해."

"실험실은 지금 창고로 쓰고 있습니다." 핀치가 말했다. "런던에서 생필품이 몇 번에 걸쳐 도착했습니다. 제가 그토록 신신당부했는데도 두루마리 휴지는 없었지만…."

"물건들은 홀로 옮겨. 가능한 한 빨리 네트가 준비되었으면 좋겠어."

콜린이 팔꿈치로 문을 열며 다른 쪽 팔과 무릎으로 바드리가 탄 휠체어

695

를 밀고 들어왔다. "수간호사 눈을 피해서 몰래 데려와야 했어요." 숨을 죽이며 콜린이 말했다. 콜린은 휠체어를 침대 쪽으로 밀었다.

"난…." 던워디는 말을 하다 멈추고 바드리를 보았다. 절대 안 될 일이다. 바드리는 네트를 운영할 상태가 아니었다. 병실에서 이곳까지 오는 것만으로도 바드리는 완전히 지친 듯했으며 아까 가운 허리끈을 쥐어뜯었던 것처럼 이제는 환자복 호주머니를 서투르게 만지작거리고 있었다.

"RTN 두 개, 조도계, 출입구가 필요합니다." 바드리가 말했다. 목소리 역시 지친 듯이 들렸지만 의기소침했던 기색은 말끔히 가신 상태였다. "그리고 강하해서 키브린을 데려오는 데 따르는 허가가 필요합니다."

"브레이스노즈 칼리지에 있는 시위자들은 어떻게 하지?" 던워디가 물었다. "그 사람들이 강하를 막으려 할까?"

"안 그럴 거예요." 콜린이 말했다. "그 사람들은 국민신탁 본부로 갔어요. 발굴 현장을 폐쇄시키려고요."

'잘됐군. 몬토야 교수는 시위자들에게서 교회 부속 묘지를 지키느라 정신이 없어 강하에 간섭하지 못할 거야. 키브린의 녹음기를 찾느라 정신이 없어 날 내버려두겠지.'

"또 뭐가 필요하지?" 던워디가 바드리에게 물었다.

"절연 기억 장치와 백업용 예비 기억 장치가 필요합니다." 바드리는 주머니에서 종이를 꺼내 살펴보았다. "그리고 변수 검사를 할 수 있도록 원격 중계기가 필요합니다."

바드리는 목록을 던워디에게 줬다. 던워디는 그 목록을 핀치에게 넘겼다. "그리고 만약의 경우를 대비해 키브린을 치료할 의료 장비가 필요해." 던워디가 말했다. "그리고 이 방에 전화기를 설치해줘."

핀치는 목록을 보고 얼굴을 찌푸렸다.

"그리고 그 목록 중에 뭔가가 다 떨어져 간다는 말은 하지 말고." 핀치가 뭐라고 항의하기 전에 던워디가 말했다. "구걸하든, 빌리든, 훔치든 그건 자네가 알아서 해." 던워디는 바드리 쪽으로 몸을 돌렸다. "더 필요한 건 없어?"

"먼저 퇴원을 해야 합니다." 바드리가 말했다. "제 생각에는 그게 가장 큰 어려움일 것 같습니다."

"맞아요." 콜린이 말했다. "수간호사는 바드리 아저씨를 절대로 퇴원시키지 않을 거예요. 여기도 몰래 데려왔어요."

"자네를 담당한 의사가 누구지?" 던워디가 물었다.

"게이츠 선생님입니다. 하지만…."

"지금 상황을 설명할 수 있을 거야." 던워디가 말을 가로챘다. "위급한 상황이라고 말이야."

바드리는 고개를 저었다. "아무리 상황 설명을 해봤자 소용없을 겁니다. 교수님이 편찮으신 동안 네트를 열기 위해 퇴원시켜달라고 담당 의사를 이미 한 번 설득했었습니다. 의사는 제 몸이 충분히 건강해졌다고 생각하지는 않았지만 어쨌든 절 퇴원시키는 데 찬성했었지요. 하지만 퇴원한 뒤에 다시 건강이 악화되었기 때문에…."

던워디는 초조한 눈으로 바드리를 보았다. "네트를 운영할 수 있는 게 확실한 거야? 이제 전염병도 잠잠해졌으니 앤드루스를 불러올 수도 있어."

"시간이 없습니다." 바드리가 말했다. "그리고 이건 제 잘못입니다. 제가 네트를 운영하고 싶습니다. 핀치 씨가 다른 의사를 찾아주실 수 있을 겁니다."

"알겠어." 던워디가 말했다. "그리고 내 담당 의사에게도 내가 상담을 하고 싶어 하더라고 전해줘." 던워디는 콜린의 책에 손을 뻗었다.

"내가 입을 의상이 필요해." 던워디는 중세 복장 그림을 살피며 책장을 넘겼다. "줄무늬가 있으면 안 되고, 지퍼도 안 되고, 단추가 있어도 안 돼." 던워디는 보카치오의 그림을 찾아 핀치에게 보여주었다. "20세기 전공팀에 있을 것 같지 않군. 연극 협회에 전화해서 그쪽에서 가지고 있는 걸 얻어 와."

"최선을 다하겠습니다, 교수님." 과연 구할 수 있을지 의문이 든다는 듯한 표정으로 그림을 보며 핀치가 말했다.

문이 벌컥 열리더니 격분한 수간호사가 들어와 으르렁댔다. "던워디 교수님, 너무나 무책임하시군요." 다 나아가던 사람도 다시 앓아눕게 할 목소리였다. "자기 몸을 챙길 생각은 없다 하더라도 다른 환자들까지 위험에 빠뜨리지는 마셔야죠!" 수간호사는 핀치를 노려보았다. "이제 교수님은 더 이상 방문객을 받을 수 없습니다."

수간호사는 콜린을 노려보더니 콜린에게서 바드리의 휠체어 손잡이를 낚아챘다. "도대체 무슨 생각을 하고 계신 거지요, 바드리 씨?" 간호사가 너무나 세차게 휠체어를 돌리는 바람에 바드리의 고개가 뒤로 넘어갔다. "이미 한 번 병세가 악화되었잖아요. 다른 환자분과 만나면 안 됩니다." 수간호사는 바드리를 밖으로 밀고 갔다.

"제가 뭐랬어요? 바드리 아저씨를 절대 데리고 나갈 수 없을 거라고 했죠?" 콜린이 말했다.

간호사가 다시 문을 활짝 열었다. "그리고 너는 면회 금지야." 간호사가 콜린에게 말했다.

"곧 돌아올게요." 콜린은 이렇게 속삭이고는 몸을 확 구부려 간호사 앞을 지나갔다.

간호사는 콜린을 노려보며 말했다. "내가 이 병원에 있는 한 그렇게는 안 될 거다."

✳

간호사는 자기 말대로 콜린을 얼씬도 못 하게 하는 모양이었다. 콜린은 수간호사의 근무 시간이 지나서야 나타나 바드리에게 원격 중계기를 가져다주고 던워디에게는 페스트 예방 접종에 관해 이야기해주었다. "핀치 아저씨가 NHS에 전화했어요. 완전 면역이 생기려면 2주일이 걸리지만, 부분 면역이라도 생기려면 1주일이 걸린대요. 그리고 콜레라와 장티푸스 예방 접종도 맞아야 하는 거 아니냐고 할아버지께 여쭤보라는데요."

"핀치에게 그럴 시간이 없다고 전해주렴." 던워디가 말했다. 페스트 예방 접종을 맞을 시간도 없었다. 키브린은 그곳에 벌써 3주 넘게 있었고, 날이 지날수록 생존 확률은 점점 떨어지고 있었다. 그리고 던워디는 퇴원할

가능성이 없었다.

콜린이 떠나자 던워디는 윌리엄의 간호사를 불러 담당 의사를 만나고 싶다고 말했다. "이제 퇴원해도 될 것 같습니다."

간호사가 소리 내 웃었다.

"난 완전히 다 나았어요." 던워디가 말했다. "오늘 아침에는 복도를 열 바퀴나 돌았다고요."

간호사는 고개를 저었다. "이번 바이러스의 경우 재발할 위험이 무척이나 커요. 그런 위험을 두고 볼 수는 없습니다." 간호사는 던워디를 보며 싱긋 웃었다. "어디를 그렇게 급히 가려고 하시는데요? 아마 교수님이 안 계시더라도 1주일 정도는 멀쩡하게 버틸 수 있을 거예요."

"학기가 시작됩니다." 던워디가 말했다. 그리고 자신이 한 말이 사실이라는 걸 깨달았다. "담당 의사에게 내가 좀 만나고 싶어 한다고 전해주세요."

"워든 선생님은 제가 한 말과 똑같은 말씀만 하실 거예요." 간호사가 말했다. 하지만 티타임이 지난 다음, 의사가 비트적거리며 들어온 걸 보니 간호사가 말을 전해준 모양이었다.

의사는 노령으로 은퇴했다가 전염병 때문에 다시 불려 나온 게 분명했다. 의사는 전 지구에 전염병이 돌던 당시의 의료 환경에 관한 이야기를 장황하게 늘어놓더니 갈라지는 목소리로 말했다. "예전에는 사람들이 완전히 회복될 때까지 병원에서 퇴원을 안 시켰지요."

던워디는 의사와 논쟁을 벌이려 하지 않았다. 던워디는 의사와 간호사가 백년전쟁의 추억을 공유하며 복도로 절름거리며 사라지길 기다렸다가, 휴대용 수액제를 착용하고 핀치에게서 일의 진행 상황을 보고받기 위해 공중전화가 있는 응급실로 걸어갔다.

"수간호사가 교수님 병실에 전화를 못 놓게 했습니다." 핀치가 말했다. "하지만 페스트에 관해 좋은 소식이 있습니다. 감마글로불린을 먹고 T세포 강화 접종을 하면서 스트렙토마이신 주사를 맞으면 12시간 뒤부터 일시적인 면역력이 생긴다고 합니다."

"잘됐군." 던워디가 말했다. "그러면 접종 다음 날 퇴원시켜 줄 의사를 찾아줘. 젊은 의사로 말이야. 그리고 콜린을 보내주고. 네트는 준비되었어?"

"거의 다 되어 갑니다, 교수님. 강하해서 사람을 데려오는 데 필요한 모든 허가를 받았으며 원격 중계기도 준비했습니다. 막 가지러 가려던 참이었습니다."

던워디는 전화를 끊고 병실로 돌아왔다. 던워디는 간호사에게 거짓말을 한 게 아니었다. 비록 방으로 다 왔을 때 아래쪽 갈비뼈 주변이 뻐근했지만, 던워디는 순간순간 몸이 나아지는 것을 느낄 수 있었다. 병실에서는 개드슨 부인이 성서를 열심히 뒤적이며 역병과 학질과 악성 종기에 관한 내용을 찾고 있었다.

"〈루가의 복음서〉 11장 9절을 읽어주십시오." 던워디가 말했다.

개드슨 부인은 성서를 뒤적였다. "'그러므로 나는 말한다. 구하여라, 받을 것이다.'" 개드슨 부인은 의심스러운 눈초리로 던워디를 힐끗 보며 다시 성서를 읽었다. "'찾아라, 얻을 것이다. 문을 두드려라, 열릴 것이다.'"

테일러는 면회 시간이 끝나기 직전에 줄자를 가지고 찾아왔다. "콜린이 치수를 재달라며 보냈어요." 테일러가 말했다. "바깥에 있는 쪼그랑할멈이 자기를 들여보내지 않을 거라더군요." 테일러는 던워디의 허리에 줄자를 감았다. "전 피안티니를 만나러 왔다고 했어요. 팔을 곧게 뻗으세요." 테일러는 던워디의 팔을 따라 길이를 쟀다. "피안티니는 많이 좋아졌어요. 어쩌면 15일에 랭보의 '마침내 구세주가 오실 때' 연주를 같이할 수도 있을 것 같아요. 거룩한 개혁 교회를 위해 연주를 하기로 했죠. NHS에서 그쪽 예배당을 징발해 걱정이었는데 핀치 씨가 친절하게도 베일리얼 칼리지의 예배당을 빌려주시기로 했어요. 신발 사이즈가 몇이세요?"

테일러는 던워디의 치수들을 적은 다음, 콜린은 내일 올 것이고, 네트도 거의 다 준비가 되었으니 걱정하지 말라고 했다. 테일러는 병실을 나갔다. 아마도 피안티니를 만나러 간 모양이었다. 그리고 몇 분 뒤 테일러는 바드리가 보낸 쪽지를 들고 다시 찾아왔다.

쪽지에는 이렇게 적혀 있었다. '던워디 교수님, 변수 검사를 스물네 번 했습니다. 스물네 번 모두 최소 시간 편차를 보였습니다. 열한 번은 시간 편차가 1시간 미만이었고, 다섯 번은 5분 미만이었습니다. 그 이유를 알기 위해 발산 검사와 DAR를 수행 중입니다.'

'나는 이유를 알고 있어.' 던워디는 생각했다. 흑사병 때문이야. 시간 편차의 기능은 역사에 영향을 줄지도 모를 상호 효과를 없애는 거였다. 시간 편차가 5분이라는 말은 시간 모순이 일어나지 않는다는 뜻이고, 시공간 연속체가 뒤흔들릴 위험한 만남이 일어나지 않는다는 뜻이었다. 이는 강하 지점에 아무도 살지 않는다는 의미였다. 이는 페스트가 그곳에 있다는 뜻이었고, 모든 사람이 죽었다는 뜻이기도 했다.

콜린은 이튿날 아침에 오지 않았고, 점심시간 뒤 던워디는 공중전화로 다시 가서 핀치에게 전화했다. "새로 환자를 봐줄 의사를 찾을 수가 없었습니다." 핀치가 말했다. "격리 구역 안에 있는 모든 의사와 의료진에게 전화를 해보았습니다. 그런데 상당수가 아직 독감에 걸려 앓고 있었습니다." 핀치가 변명했다. "그리고 몇 명은…."

핀치는 말을 멈췄지만, 던워디는 핀치가 무슨 말을 하려고 했는지 알 수 있었다. 몇 명은 죽은 것이다. 그리고 그 가운데는 가장 도움이 될 수 있으며, 던워디에게 예방 접종을 해줄 수 있으며, 바드리를 퇴원시킬 수 있는 사람이 들어 있었겠지.

'이모할머니는 절대로 포기하지 않았을 거예요.' 콜린의 말이 떠올랐다. 아렌스는 포기하지 않았을 거야. 수간호사와 개드슨 부인의 방해가 있든 말든, 그리고 아무리 갈비뼈가 욱신거린다 할지라도 말이야. 만약 아렌스가 있었다면 분명 무슨 수를 쓰더라도 던워디를 도왔을 것이다.

던워디는 자기 병실로 돌아갔다. 수간호사는 병실 문에 '면회 절대 금지'라고 붙여놓았지만, 수간호사는 간호사 카운터에도 병실 안에도 없었다. 콜린이 축축하게 젖은 커다란 꾸러미를 옮기고 있었다.

"수간호사는 저쪽 병실에 있어요." 콜린이 씩 웃으며 말했다. "편리하게도 피안티니 누나는 툭하면 기절해요. 한 번 보셔야 하는 건데. 아주 실력이 좋더라고요." 콜린은 꾸러미를 묶은 끈을 끌렀다. "금발의 간호사가 조금 전부터 당번이지만 그 누나도 걱정하실 필요 없어요. 그 누나는 윌리엄

형이랑 함께 침구 보관실에 있어요." 콜린이 꾸러미를 펼쳤다. 꾸러미는 옷으로 가득했다. 검은색 긴 더블릿[56], 검은색 반바지(모두 중세 복장과는 비슷하지도 않았다), 그리고 여성용 검은색 타이츠가 들어 있었다.

"이것들을 도대체 어디서 구했지? 〈햄릿〉에라도 출연한 거냐?"

"〈리처드 3세〉인데요." 콜린이 말했다. "케블 칼리지에서 지난 학기에 공연했대요. 구석에 처박혀 있는 걸 가져왔어요."

"망토도 있던?" 옷가지를 분류하며 던워디가 말했다. "핀치에게 망토를 구해달라고 해주렴. 모든 걸 다 가릴 수 있는 긴 망토가 필요하다고 말이야."

"네." 콜린은 건성으로 말했다. 콜린은 입고 있던 녹색 재킷의 여밈을 더듬었다. 재킷이 활짝 열렸고, 콜린은 재킷을 반쯤 벗어 어깨 뒤로 젖혔다. "어때요? 괜찮아 보여요?"

콜린은 핀치보다 훨씬 준비성이 좋아 보였다. 부츠는 시대에 맞지 않았지만(정원사들이 신는 웰링턴 부츠 같아 보였다), 갈색 삼베 작업복과 볼품없는 회갈색 바지는 콜린의 책에 있던 농노 그림과 똑같았다.

"바지에는 옆줄이 있어요. 하지만 셔츠에 가려 안 보일 거예요. 책에서 그대로 본뜬 거예요. 저는 할아버지 종자 역을 할 거예요."

'콜린이 이렇게 나오리라고 당연히 예상했어야 했는데.' 던워디는 생각했다. "콜린, 넌 나와 함께 갈 수 없단다."

"왜요?" 콜린이 말했다. "키브린 누나를 찾는 걸 도와드릴 수 있어요. 전 뭔가 찾는 일을 잘해요."

"불가능해. 중세는…."

"아, 중세가 얼마나 위험한 곳인지 저에게 설명하실 생각인 거죠? 하지만 여기가 더 위험하지 않나요? 이모할머니를 생각해보세요. 이모할머니는 중세에 계셨더라면 더 안전했을 거예요. 그렇죠? 전 위험한 일들을 많이 겪어봤어요. 사람들에게 약을 나누어주고 병실에 벽보를 붙이기도 했어요. 할아버지가 아픈 동안에 제가 얼마나 위험한 일들을 하고 다녔는지 아

56 중세 유럽의 남자들이 입었던 몸에 밀착되는 겉옷

신다면….”

“콜린….”

“할아버지는 혼자 가시기에는 너무 연세가 많아요. 그리고 이모할머니가 할아버지를 잘 보살펴드리라고 저에게 말했다고요. 병이 다시 재발하면 어쩌시려고요?”

“콜린….”

“제가 중세로 가도 엄마는 걱정 안 할 거예요.”

“하지만 나는 걱정이 되는구나. 널 데려갈 수 없어.”

“그러면 전 여기 앉아서 기다리고 있어야 하는 거군요.” 콜린이 씁쓸하게 말했다. “그리고 사람들은 일이 어떻게 돌아가는지 저에게 가르쳐주지 않을 거고, 전 할아버지가 죽었는지 살았는지도 모르겠지요.” 콜린은 재킷을 집었다. “불공평해요.”

“나도 안다.”

“그러면 적어도 실험실까지는 가서 봐도 돼요?”

“그러자꾸나.”

“아무리 생각해도 절 데려가셔야 해요.” 콜린은 타이츠를 접기 시작했다. “옷은 여기에 둘까요?”

“안 그러는 게 좋겠구나. 수간호사가 압수하려 들 테니 말이야.”

“이게 다 뭐죠, 던워디 교수님?” 개드슨 부인이 말했다.

던워디와 콜린은 깜짝 놀라 심장이 덜컥 내려앉는 듯했다. 개드슨 부인이 성서를 들고 방으로 들어섰다.

“콜린은 사람들이 안 입는 옷들을 수집하고 있습니다.” 콜린이 옷을 꾸리는 걸 도우며 던워디가 말했다. “억류된 사람들이 입을 옷들이죠.”

“입던 옷을 다른 사람에게 주는 건 병을 퍼뜨리기 딱 좋은 방법이군요.” 개드슨 부인이 던워디에게 말했다.

콜린은 꾸러미를 들고 잽싸게 방을 빠져나갔다.

“그리고 어린애가 이런 곳에 드나들면 병에 걸릴 위험이 있어요! 지난 밤에 저 아이가 병원에서 집까지 같이 가주겠다고 하기에 저는 ‘나 때문에 네가 건강이 나빠질지도 모르니 안 돼!'라고 했습니다."

개드슨 부인은 침대 옆에 앉아 성서를 펼쳤다. "저 아이가 교수님을 찾아오게 하는 건 부주의한 행동이에요. 뭐, 그동안 교수님이 대학을 운영하는 모습을 보면 특별히 이상한 것도 아니지만요. 교수님께서 편찮으신 동안 핀치 씨는 완전히 폭군이 되어버렸어요. 어제는 제가 두루마리 휴지를 한 통 달라고 했더니 미친 듯이 날뛰며…."

"윌리엄을 만나고 싶습니다." 던워디가 말했다.

"여기서요?" 개드슨 부인이 침을 튀기며 말했다. "병원에서 말인가요?" 부인은 탁 소리를 내며 성서를 닫았다. "절대로 허락할 수 없어요. 이곳에는 아직도 전염병을 옮기는 환자들이 많은데 불쌍한 윌리엄은…."

'침구 보관실에 제 간호사와 함께 있죠.' 던워디는 생각했다. "제가 되도록 빨리 만나고 싶어 한다고 전해주십시오." 던워디가 말했다.

개드슨 부인은 모세가 이집트에 역병을 내릴 때처럼 성서를 흔들어댔다. "전 교수님이 학생들의 복리 후생에 얼마나 무관심한지 역사학과 학과장에게 꼭 말하겠어요." 개드슨 부인은 이렇게 말하고 방을 뛰쳐나갔다.

개드슨 부인이 복도에서 누군가에게 큰 소리로 불만을 표하는 소리가 들려왔다. 아마도 간호 실습생인 듯했다. 거의 동시에 윌리엄이 머리를 매만지며 방으로 들어왔기 때문이다.

"난 스트렙토마이신과 감마글로불린 주사를 맞아야겠어." 던워디가 말했다. "그리고 퇴원도 해야 해. 바드리도 퇴원해야 하고."

윌리엄은 고개를 끄덕였다. "압니다. 콜린에게 전해 들었습니다. 역사학과 학생을 구출할 생각이시라면서요." 윌리엄은 진지한 표정을 지었다. "제 생각에는 지금 밖에 있는 간호사가…."

"간호사는 의사의 허락 없이는 주사를 놓을 수 없어. 그리고 퇴원을 하려 해도 의사의 허락이 필요해."

"기록실에 친구가 있습니다. 언제까지 처리하면 되나요?"

"가능한 한 빨리."

"즉시 알아보겠습니다. 2, 3일 걸릴 겁니다." 윌리엄은 이렇게 말하고 문으로 향했다. "키브린 선배를 만난 적이 있습니다. 교수님을 만나러 베일리얼 칼리지로 찾아왔을 때 얼핏 봤습니다. 아주 예쁘던데요."

'키브린에게 이놈에 관해 이야기하는 걸 잊지 말아야겠어.' 던워디는 생각했다. 그리고 여러 가지 악조건 속에서도 던워디는 자신이 키브린을 구해낼 수 있다고 믿기 시작했다는 사실을 깨달았다. '기다리렴. 내가 간단다. 2, 3일만 버티고 있으렴.'

던워디는 오후 동안 복도를 걸으며 체력을 길렀다. 바드리가 있는 병동에는 병실 문마다 '면회 절대 금지'라는 표지가 붙었고, 던워디가 문으로 접근할 때마다 수간호사는 촉촉한 푸른 눈을 부라리며 던워디를 노려보았다.

콜린이 흠뻑 젖은 채 부츠 한 켤레를 들고 헐떡거리며 들어왔다. "수간호사가 사방을 철통같이 지키고 있어요." 콜린이 말했다. "핀치 아저씨가 의료팀만 빼고는 네트를 운영할 준비가 다 되었다고 전해달래요."

"윌리엄에게 준비해달라고 하렴." 던워디가 말했다. "윌리엄이 퇴원과 스트렙토마이신 주사를 맡았어."

"알아요. 바드리 아저씨의 말을 윌리엄 형에게 전해야 해요. 갔다 올게요."

콜린은 돌아오지 않았다. 윌리엄도 오지 않았다. 던워디는 베일리얼 칼리지에 전화하기 위해 복도를 걷다가 중간에 수간호사에게 잡혀 감시를 받으며 병실로 돌아왔다. 수간호사의 철통같은 방어가 개드슨 부인마저 들어오지 못하게 했는지, 그게 아니라면 개드슨 부인은 윌리엄 때문에 아직 화가 나 있는 모양이었다. 부인도 오후 내내 던워디를 찾아오지 않았다.

티타임이 막 지났을 때, 처음 보는 아리따운 간호사가 주사기를 들고 들어왔다. "수간호사님은 응급실로 내려가셨어요." 간호사가 말했다.

"그게 뭔가요?" 주사기를 가리키며 던워디가 물었다.

간호사는 주사기를 들지 않은 손의 손가락 하나로 콘솔 자판을 쳤다. 간호사는 화면을 보고 자판을 몇 번 더 치더니 던워디에게 주사를 하기 위해 다가왔다. "스트렙토마이신이에요." 간호사가 말했다.

간호사는 초조해하지도 남의 눈을 꺼리지도 않는 듯했다. 윌리엄이 어떤 방식으로든 의사의 허락을 구했다는 뜻이었다. 간호사는 커다란 주사기를 캐뉼러에 주사하고 던워디를 향해 웃어 보이고는 밖으로 나갔다. 간호사는 콘솔을 켜놓고 나갔다. 던워디는 화면에 뭐라고 나와 있는지 보기 위해 침대를 빠져나왔다.

던워디의 의료 기록이었다. 바드리의 의료 기록처럼 생겼으며 읽을 수 없었기 때문에 던워디는 그것이 의료 기록이라는 사실을 알 수 있었다. 그리고 마지막 줄에는 'ICU 15802691 14-1-55 1805 150/RPT 1800CRS IMSTMC 4ML/q6h NHS40-211-7. M. 아렌스'라고 적혀 있었다.

던워디는 침대에 주저앉았다. '오, 메리.'

윌리엄은 기록실에 있다는 친구로부터 아렌스의 비밀번호를 알아내어 컴퓨터에 입력한 것이 분명했다. 전염병에 관계된 서류들이 산더미처럼 밀려드는 바람에 기록실에서는 아직 아렌스의 죽음을 모르고 있을 것이다. 언젠가는 이상한 점을 발견할 수도 있겠지만, 재주 많은 윌리엄은 이미 기록을 지워놓았을 것이 분명했다.

던워디는 화면의 진료 기록을 내려보았다. 2055년 1월 8일, 아렌스가 죽던 날의 서명이 들어 있었다. 아렌스는 쓰러지기 직전까지 던워디를 보살핀 것이 분명했다. 아렌스의 심장이 멎은 것은 전혀 이상한 일이 아니었다.

던워디는 수간호사가 눈치채지 못하도록 콘솔을 끄고 침대로 돌아와 누웠다. 윌리엄이 퇴원 서명에도 아렌스의 이름을 이용할 생각인지 궁금했다. 그러길 바랐다. 아렌스는 저승에서도 던워디를 돕고 싶어 할 것이다.

저녁 내내 아무도 오지 않았다. 8시가 되자 수간호사가 절뚝거리며 들어와 팔에 달아놓은 혈류계를 검사하고 체온계 캡슐을 먹인 뒤 콘솔에 수치를 입력했지만, 아무것도 알아차리지 못한 듯했다. 10시가 되자 또 다른 간호사(이 간호사도 예뻤다)가 들어와 스트렙토마이신 주사를 놓아준 뒤 감마글로불린 한 알을 주었다.

간호사는 화면을 켜놓은 채 나갔고, 던워디는 아렌스의 이름을 볼 수 있는 자세로 침대에 누웠다. 던워디는 잠들 수 있을 것 같지 않았지만 결국 잠이 들었다. 던워디는 이집트와 왕가의 계곡 꿈을 꾸었다.

*

"던워디 할아버지, 일어나세요." 콜린이 속삭였다. 콜린은 던워디의 얼굴에 손전등을 비췄다.

"무슨 일이냐?" 손전등 빛에 눈을 끔벅이며 던워디가 말했다. 던워디는 안경을 찾기 위해 더듬거렸다. "왜 그러는 거지?"

"저예요, 콜린." 콜린이 속삭였다. 콜린은 손전등을 자기 쪽으로 비췄다. 무슨 일인지 알 수 없지만, 콜린은 흰색의 커다란 실험실 가운을 입고 있었으며 긴장한 표정이었다. 손전등을 아래에서 비췄기 때문에 얼굴이 사악하게 보였다.

"뭐가 잘못된 거냐?" 던워디가 물었다.

"아니에요." 콜린이 속삭였다. "퇴원 허가를 받았어요."

던워디는 귀에 안경다리를 걸었다. 여전히 아무것도 볼 수 없었다. "지금이 몇 시지?" 던워디가 속삭였다.

"새벽 4시요." 콜린은 슬리퍼를 던워디에게 내밀고 옷장 쪽으로 손전등을 비췄다. "서두르세요." 콜린은 옷걸이에서 가운을 꺼내 던워디에게 건네주었다. "수간호사가 언제 들이닥칠지 몰라요."

던워디는 잠에서 깨려 애쓰며 허둥지둥 가운을 입고 슬리퍼를 신었다. 왜 이런 엉뚱한 시간에 퇴원해야 하며 수간호사는 어디로 간 건지 궁금했다.

콜린은 문으로 가 바깥을 살펴보았다. 콜린은 손전등을 끄더니 몸에 비해 한참 큰 실험실 가운 주머니에 넣고 살짝 문을 닫았다. 콜린은 한참 동안 쥐 죽은 듯 조용히 있다가 문을 약간 열고 밖을 내다보았다. "아무도 없어요." 던워디 쪽으로 손짓하며 콜린이 말했다. "윌리엄 형이 침구 보관실로 데려갔어요."

"누구? 간호 실습생 말이냐?" 아직 잠에서 덜 깨 비틀거리며 던워디가 물었다. "왜 그 사람이 지금 당번이지?"

"그 간호사 누나 말고요. 수간호사요. 윌리엄 형이 우리가 나갈 때까지 수간호사를 맡겠다고 했어요."

"개드슨 부인은 어쩌고?"

콜린은 부끄러워하는 표정을 지었다. "그 아줌만 래티머 할아버지에게 성서를 읽어주고 있어요." 콜린이 변명하듯 말했다. "그 아줌마에게 뭔가 할 일을 줘야만 했죠. 다행히 래티머 할아버지는 지금 아무 말도 못 듣잖아요." 콜린은 문을 활짝 열어젖혔다. 문 바로 밖에 휠체어가 있었다. 콜린은 휠체어 손잡이를 잡았다.

"걸을 수 있어." 던워디가 말했다.

"시간이 없어요." 콜린이 속삭였다. "그리고 누군가가 우리를 보면 할아버지를 스캐닝 촬영하는 곳으로 데려간다고 말할 수도 있고요."

던워디가 휠체어에 앉자 콜린은 휠체어를 밀어 복도와 침구 보관실과 래티머가 있는 방을 지나갔다. 래티머의 방을 지날 때 〈출애굽기〉를 읽고 있는 개드슨 부인의 목소리가 문밖으로 희미하게 새어 나왔다.

콜린은 복도 끝까지 살금살금 걸어가더니 이윽고 모퉁이를 돌고 나서는 스캐닝 실로 환자를 데려간다고 절대로 변명할 수 없을 정도로 빠르게 휠체어를 밀고 복도를 지나 다시 모퉁이를 돌아 옆문으로 빠져나왔다. '종말의 시간이 다가왔다'라는 시위판을 앞뒤로 맸던 남자가 다가와 전단을 건네주던 곳이었다.

골목은 칠흑처럼 어두웠고 비가 억수같이 내렸다. 던워디는 거리 끝에 구급차가 주차된 모습을 어렴풋이 볼 수 있을 뿐이었다. 콜린이 구급차 뒤를 주먹으로 두드리자 탑승자가 뛰어내렸다. 바드리를 병원으로 싣고 왔으며, 브레이스노즈 칼리지에서 피켓을 들고 시위하던 여자 의료요원이었다. "올라오실 수 있으세요?" 얼굴을 붉히며 의료요원이 말했다.

던워디는 고개를 끄덕이고 일어섰다.

"문을 닫으렴." 여자는 콜린에게 이렇게 말하고 차 앞쪽으로 갔다.

"내가 말해보지. 저 여자는 윌리엄의 친구야." 여자의 뒤통수를 보며 던워디가 말했다.

"당연하죠." 콜린이 말했다. "저보고 개드슨 아줌마가 시어머니로 어떨 것 같은지 묻더라고요." 콜린은 던워디가 구급차에 오르는 것을 도왔다.

"바드리는 어디에 있지?" 안경에 묻은 빗물을 닦으며 던워디가 물었다.

콜린이 문을 닫았다. "베일리얼 칼리지예요. 바드리 아저씨를 먼저 퇴원시켰어요. 네트를 미리 준비해놓을 수 있도록요." 콜린은 초조한 눈으로 뒤쪽 창문 밖을 내다보았다. "우리가 떠나기 전에 수간호사가 눈치채고 경보를 울리지 말아야 하는데…."

"그 점에 대해서는 걱정 안 해도 돼." 던워디가 말했다. 던워디는 분명 윌리엄의 능력을 과소평가했었다. 아마도 지금쯤 수간호사는 침구 보관실에서 윌리엄의 무릎을 베고 수건에 자신들의 머리글자를 수놓고 있을 것이다.

콜린이 손전등을 켜더니 들것을 비췄다. "할아버지가 입을 의상을 가져왔어요." 검은색 더블릿을 건네주며 콜린이 말했다.

던워디는 가운을 벗고 더블릿을 입었다. 구급차가 출발하는 바람에 하마터면 넘어질 뻔했다. 던워디는 구급차에 설치된 의자에 앉아 흔들리는 몸을 지탱하며 검은 타이츠를 신었다.

비록 윌리엄의 의료요원은 사이렌을 켜지는 않았지만, 사이렌을 켜고야 달릴 법한 속도로 구급차를 몰았다. 던워디는 한 손으로 손잡이를 잡고 다른 손으로는 반바지를 입었다. 콜린은 부츠에 손을 뻗다가 하마터면 머리부터 바닥에 찧을 뻔했다.

"할아버지가 입을 망토를 찾아냈어요." 콜린이 말했다. "핀치 아저씨가 고전 연극 협회에서 빌려왔죠." 콜린이 망토를 펼쳤다. 빅토리아식으로, 검은 천에 안감은 붉은 비단이었다. 콜린은 망토를 던워디의 어깨에 드리워줬다.

"무슨 연극을 하며 입은 거라던? 〈드라큘라〉?"

구급차가 앞으로 쏠리며 급하게 멈추더니 여자 의료요원이 문을 열었다. 콜린은 종자라도 된 듯, 풍성한 망토 자락을 잡아주며 던워디가 내리는 것을 도왔다. 일행은 급히 정문으로 들어갔다. 빗방울이 정문의 돌지붕을 요란하게 때렸으며 그와 함께 쨍그랑 소리가 울려 퍼졌다.

"무슨 소리지?" 던워디가 깜깜한 안뜰을 힐끗 보며 물었다.

"'마침내 구세주가 오실 때'예요." 콜린이 말했다. "미국인들이 교회에서 연주할 곡을 연습하는 거예요. 괴사적이지 않아요?"

"그 사람들이 온종일 연습한다는 말을 개드슨 부인에게 듣긴 했지만, 새벽 5시부터 하리라고는 생각도 못 했구나."

"연주회가 오늘이에요." 콜린이 말했다.

"오늘?" 던워디는 오늘이 벌써 15일이라는 사실을 깨달았다. 율리우스력으로 6일이었다. 동방 박사가 도착했던 구세주 공현 축일이었다.

핀치가 우산을 들고 급히 다가왔다. "늦어서 죄송합니다." 던워디 위로 우산을 펼쳐 들며 핀치가 말했다. "우산을 찾을 수가 없었습니다. 억류된 사람들이 외출했다 돌아오면서 우산을 얼마나 많이 잃어버렸는지 모르실 겁니다. 특히 미국인들은…."

던워디가 안뜰을 가로질러 가기 시작했다. "준비는 전부 다 된 건가?"

"아직 의료 장비를 갖추지 못했습니다." 던워디 머리 위로 우산을 씌워주려 애쓰며 핀치가 말했다. "하지만 윌리엄 개드슨이 전화로 모든 준비가 다 됐으며 조만간 여자 한 명이 도착할 거라고 말했습니다."

던워디는 이 일에 수간호사가 자원했다는 말을 들어도 전혀 놀랍지 않을 것이다. "윌리엄이 범죄의 길로 빠져들지 않아야 할 텐데." 던워디가 말했다.

"아, 그런 걱정은 하실 필요 없습니다, 교수님. 윌리엄의 어머니가 절대로 그런 것은 용납하지 않을 테니까요." 핀치는 던워디를 따라잡기 위해 몇 걸음을 뛰었다. "바드리 씨는 간이 좌표를 운영 중입니다. 그리고 몬토야 교수님도 계십니다."

던워디가 걸음을 멈추었다. "몬토야 교수가? 웬일로?"

"모르겠습니다. 교수님께 알려드릴 게 있답니다."

'지금은 안 돼.' 던워디는 생각했다. '이렇게 모든 일을 다 준비해놓았는데, 안 돼.'

던워디는 실험실로 들어섰다. 바드리가 콘솔 앞에 앉아 있었고, 주머니 많은 재킷에 진흙 묻은 청바지를 입은 몬토야가 옆에 앉아 바드리 쪽으로 몸을 숙이고 화면을 지켜보았다. 바드리는 몬토야에게 뭔가를 이야기했고, 몬토야는 고개를 저으며 손목시계를 들여다보았다. 몬토야는 고개를 들다가 던워디를 발견하고는 동정심 가득한 표정을 짓더니, 자리에서 일어나 셔츠 주머니에 손을 집어넣었다.

'안 돼.' 던워디는 생각했다.

몬토야가 던워디 쪽으로 걸어왔다. "이런 계획을 세우고 있는 줄 몰랐습니다." 접힌 종이쪽지를 주머니에서 꺼내며 몬토야가 말했다. "돕고 싶어요." 몬토야가 종이를 내밀었다. "이건 키브린이 간 곳에 대한 정보예요."

던워디는 받아 든 쪽지를 펼쳐보았다. 지도였다.

"여기가 강하 지점이에요." 몬토야는 검은 선으로 X 표시를 한 곳을 가리켰다. "그리고 이곳은 스켄드게이트고요. 교회를 보면 그곳인지 알 수 있을 거예요. 노르만 양식이고 루드 스크린 위로 벽화가 있고 성 안토니우스의 성상도 있어요." 몬토야는 던워디를 보며 싱긋 웃었다. "잃어버린 물건들을 보호하는 성자죠. 어제 제가 발견했어요."

몬토야는 몇 군데 다른 X 표시를 가리켰다. "어쩌면 키브린은 스켄드게이트로 가지 않았을 수도 있어요. 그렇다면 가장 갈 만한 곳들은 에츠코트, 헤네펠데, 쉬린벤던이에요. 뒤편에 각 지역에서 눈에 띨 만한 장소를 적어놓았어요."

바드리가 일어서 던워디 쪽으로 다가왔다. 그게 가능한 일인지 모르겠지만, 바드리는 병실에 있을 때보다 더 몸이 약해 보였다. 바드리는 다 늙은 노인처럼 천천히 움직였다. "변수를 어떻게 집어넣든 상관없이 여전히 최소 시간 편차가 나옵니다." 바드리가 말하면서 갈비뼈 아래에 손을 댔다. "2시간 단위로 5분씩 단속적으로 네트를 열겠습니다. 이런 상태로 하면 24시간 동안, 운이 좋으면 36시간 동안 네트를 열어놓을 수 있습니다.

던워디는 2시간 단위로 몇 번이나 바드리가 네트를 열 수 있을지 궁금했다. 바드리는 벌써 완전히 지친 표정이었다.

"빛이 희미하게 어른거리거나 물방울이 응결되기 시작하면 랑데부 장소로 들어가십시오." 바드리가 말했다.

"어두우면 어떻게 하나요?" 콜린이 물었다. 콜린은 실험실 가운을 벗은 상태였다. 그리고 던워디는 콜린이 종자 차림을 하고 있다는 것을 알아차렸다.

"그래도 빛이 희미하게 어른거리는 건 볼 수 있어. 그리고 우리가 교수님을 큰 소리로 부를 거고." 바드리가 말했다. 바드리는 낮은 목소리로 투덜거리며 다시 손을 갈비뼈 쪽에 댔다. "예방 접종은 하셨겠죠?"

"했어."

"좋습니다. 이제 의료팀만 기다리면 되겠군요." 바드리는 던워디를 살펴보며 말했다. "몸은 괜찮으신 거죠?"

"자네야말로 괜찮아?" 던워디가 물었다.

문이 열리더니 말끔하게 차려입은 금발의 간호 실습생이 들어왔다. 간호사는 던워디를 보더니 얼굴을 붉혔다. "윌리엄이 의료 장비가 필요하다고 해서 왔어요. 어디에 설치하면 되나요?"

'키브린에게 윌리엄을 주의하라는 말을 꼭 해야만 해.' 던워디는 다시 생각했다. 바드리는 간호사에게 위치를 가르쳐주었고, 콜린은 간호사가 가져온 장비를 옮기러 밖으로 뛰어나갔다.

몬토야는 보호막 아래 분필로 원을 그려놓은 곳으로 던워디를 데려갔다. "안경을 쓰고 가실 건가요?"

"네." 던워디가 말했다. "교회 부속 묘지 발굴 현장에서 안경을 파낼 수 있을 겁니다."

"그럴 일은 없을 겁니다." 몬토야가 엄숙한 목소리로 말했다. "앉으실 건가요, 아니면 누워 있으실 건가요?"

던워디는 팔을 X자로 가로질러 얼굴을 가리고 힘없이 누워 있던 키브린을 떠올렸다. "서 있겠습니다." 던워디가 말했다.

콜린이 여행용 트렁크를 가지고 들어왔다. 콜린은 트렁크를 콘솔 옆에 놓고 네트 쪽으로 왔다. "혼자 가실 생각일랑 아예 마세요." 콜린이 말했다.

"난 혼자 가야만 된단다."

"왜요?"

"너무 위험하거든. 흑사병이 돌던 시대가 어땠는지 넌 상상도 못 할 거야."

"아니요. 할 수 있어요. 책을 두 번이나 읽었고 전 이미 이…." 콜린이 말을 멈췄다. "전 흑사병에 대해 전부 다 알고 있어요. 게다가 그곳이 할아버지 말대로 위험하다면 혼자 가시면 절대 안 돼요. 방해되지 않을게요. 약속해요."

"콜린." 던워디가 맥없는 목소리로 말했다. "널 잘 돌봐주기로 네 이모할머니와 약속했었어. 널 위험에 빠뜨릴 수는 없단다."

바드리가 조도계를 가지고 네트로 왔다. "콜린, 간호사가 다른 장비를 좀 옮겨달라고 하네." 바드리가 말했다.

"할아버지가 돌아오지 않으면 할아버지에게 무슨 일이 일어났는지 제가 알 수 없잖아요." 콜린이 말했다. 콜린은 몸을 돌려 밖으로 뛰쳐나갔다.

바드리는 던워디 주변을 천천히 돌며 광량을 측정했다. 바드리는 얼굴을 찡그리고 던워디의 팔꿈치를 들어 올린 뒤 몇 번 더 광량을 측정했다. 간호사가 주사기를 들고 다가왔다. 던워디는 더블릿 소매를 걷었다.

"제 생각 같아서는 가시는 걸 반대하고 싶은걸요." 탈지면으로 던워디의 팔을 소독하며 간호사가 말했다. "제대로라면 두 분 모두 지금 병원에 계셔야 하거든요." 간호사는 주사기를 눌러 주사를 한 다음 여행용 트렁크가 있는 곳으로 돌아갔다.

바드리는 던워디가 소매를 내릴 때까지 기다렸다가 팔을 움직인 다음 몇 번 더 측정한 뒤 다시 무언가를 했다. 콜린이 스캔 장치를 들고 들어오더니 던워디에게는 눈길도 주지 않고 다시 밖으로 나갔다.

던워디는 모니터 화면들이 바뀌고 또 바뀌는 장면을 지켜보았다. 던워디는 닫힌 문 뒤로 핸드벨 연주자들이 연습하는 소리를 들을 수 있었다. 이제는 음악에 가까워진 소리였다. 콜린이 두 번째 트렁크를 들고 문을 열어 통과하는 동안 핸드벨 소리가 잠시 요란하게 들려왔다.

콜린은 트렁크를 간호사가 물건을 풀어놓은 곳으로 끌어다놓은 뒤 콘솔로 가서 몬토야 옆에서 화면에 숫자들이 나오는 모습을 지켜보았다. 던워디는 앉아서 가겠다고 할 것을 잘못했다고, 괜한 고집을 부렸다고 후회했다.

뻣뻣한 부츠가 발을 조여 왔고 서 있기조차 힘들었다.

바드리가 마이크에 대고 다시 뭐라고 말을 하자 보호막이 내려와 바닥에 닿으며 살짝 주름이 잡혔다. 콜린은 몬토야에게 뭔가를 말했다. 몬토야는 콜린을 힐끗 보며 얼굴을 찌푸리더니 고개를 끄덕이고 다시 화면을 바라보았다. 콜린이 네트로 다가왔다.

"뭐 하는 거냐?" 던워디가 물었다.

"커튼 한쪽이 걸렸어요." 콜린은 반대편으로 걸어가 접힌 곳을 잡아당겼다.

"준비되셨나요?" 바드리가 말했다.

"네." 콜린이 대답하고 준비실 문 쪽으로 물러섰다. "아니, 잠깐만요." 콜린이 보호막 쪽으로 다가왔다. "안경을 벗어야 하지 않나요? 할아버지가 도착하는 걸 누군가가 볼지도 모르잖아요."

던워디는 안경을 벗어 더블릿 안쪽에 쑤셔 넣었다.

"돌아오지 않으면 제가 구하러 갈 거예요." 콜린은 이렇게 말하고 뒤로 물러섰다. "준비됐어요." 콜린이 외쳤다.

던워디는 화면을 바라보았다. 뿌옇게 보일 뿐 아무것도 알아볼 수 없었다. 바드리의 어깨너머로 몸을 숙이고 있는 몬토야의 모습 역시 마찬가지였다. 몬토야는 손목시계를 힐끗 보았다. 바드리가 마이크에 대고 말했다.

던워디는 눈을 감았다. 저 멀리서 핸드벨 연주단이 '마침내 구세주가 오실 때'를 연주하는 소리가 들렸다. 던워디는 다시 눈을 떴다.

"갑니다." 바드리가 말하고 단추를 눌렀다. 그 순간 콜린이 보호막 아래로 뛰어들어 던워디의 팔에 안겼다.

33

　키브린과 로슈 신부는 집사가 로즈먼드를 위해 파놓은 무덤에 로즈먼드를 묻었다. '이 무덤들이 필요할 겁니다.' 집사의 말이 결국 옳았다. 키브린이나 로슈 신부는 무덤을 팔 수 없었을 것이다. 둘이 할 수 있는 일은 로즈먼드를 데리고 풀밭까지 오는 게 고작이었다.

　둘은 로즈먼드를 무덤 옆 땅에 눕혔다. 망토에 싸인 로즈먼드는 믿을 수 없을 정도로 여위었다. 로즈먼드의 오른손은 사과를 떨어뜨렸을 때 그대로 여전히 반쯤 구부려져 있었고 뼈만 앙상했다.

　"로즈먼드의 고백 성사를 들었나요?" 로슈 신부가 물었다.

　"네." 키브린이 대답했다. 대답하고 보니 정말로 고백 성사를 들은 것 같았다. 로즈먼드는 어둠과 페스트와 혼자 있는 것이 무섭다고 고백했고, 아버지를 사랑하며 아버지를 다시는 볼 수 없다는 사실을 알고 있다고 고백했다. 자신에 대한 모든 일을 꼬치꼬치 다 고백할 수는 없는 일이었다.

　키브린은 블로에 경이 로즈먼드에게 사랑의 징표로 주었던 브로치를 뗀 뒤 망토로 로즈먼드의 몸을 감싸고 머리를 덮어주었다. 로슈 신부는 잠자는 아이를 안듯 로즈먼드를 안아 들고 무덤 안으로 들어갔다.

로슈 신부는 무덤 밖으로 나오기 버거워했으며, 결국 키브린이 신부의 커다란 손을 잡고 신부가 밖으로 나오는 것을 도와주어야만 했다. 로슈 신부는 죽은 자를 위한 기도를 드리기 시작했다. "*Domine, ad adjuvandum me festina*(주님, 빨리 오시어 저를 도와주소서)."

키브린은 초조한 표정으로 로슈 신부를 바라보았다. '신부님이 페스트에 걸려 쓰러지기 전에 어서 여기를 떠나야 해. 지금 신부님의 기도가 틀린 걸 고쳐줄 시간이 없어. 한시가 급해.'

"*Dormiunt in somno pacis*(편히 잠드소서)." 로슈 신부가 말하더니 가래를 들고 무덤 위로 흙을 덮기 시작했다.

무덤에 흙을 덮는 데는 영원의 시간이 걸리는 듯했다. 키브린은 신부와 교대해 꽝꽝 얼어 있는 흙을 조각조각 부숴 무덤을 덮었다. 그리고 해가 떨어지기 전에 얼마나 멀리 갈 수 있을지 어림잡아 보았다. 아직 정오가 되기 전이었다. 곧바로 출발한다면 위치우드 숲을 지나 옥스퍼드-바스 도로 건너의 미들랜드 평원까지 갈 수 있다. 이번 주 안에 스코틀랜드의 인버캐슬리나 도녹 같은, 페스트가 퍼지지 않았을 곳에 도착할 수 있을 것이다.

"로슈 신부님." 신부가 삽의 평평한 면으로 흙을 다듬기 시작하자마자 키브린이 말했다. "우리는 스코틀랜드로 가야 해요."

"스코틀랜드요?" 로슈 신부가 말했다. '스코틀랜드'라는 단어를 처음 들어봤다는 듯한 어투였다.

"네." 키브린이 말했다. "여기를 떠나야 해요. 당나귀를 타고 스코틀랜드로 가야 해요."

로슈 신부는 고개를 끄덕였다. "영성체를 가지고 가야 합니다. 그리고 떠나기 전에 로즈먼드를 위해 종을 울려야만 합니다. 로즈먼드의 영혼이 안전하게 하늘나라로 올라갈 수 있도록 말입니다."

키브린은 그럴 시간이 없으며 지금 당장 떠나야 한다고 말하고 싶었지만 차마 그 말을 하지 못하고 고개를 끄덕였다. "베일램을 끌고 오겠습니다." 키브린이 말했다.

로슈 신부는 종탑으로 향했고 키브린은 신부가 종탑에 닿기도 전에 헛간으로 뛰어갔다. 키브린은 무슨 일이 일어나기 전에 지금 당장 떠나고 싶었다. 페스트라는 악마가 교회나 양조장이나 헛간에서 자신들을 기다리고 있다가 기회만 오면 덤벼들 것 같았다.

키브린은 안뜰을 가로질러 마구간으로 들어가 당나귀를 끌고 나왔다. 그리고 당나귀에 짐 바구니를 묶기 시작했다.

종이 한 번 울리더니 조용해졌다. 키브린은 뱃대끈을 손에 든 채 동작을 멈추고 다음 종소리가 들리길 기다리며 귀를 기울였다. '여자의 경우는 세 번이야.' 키브린은 생각했다. 그런 다음 왜 신부가 더 이상 종을 치지 않는지 깨달았다. '아이의 경우는 한 번이지. 오, 로즈먼드.'

키브린은 뱃대끈을 조여 매고 짐 바구니를 채우기 시작했다. 모든 물품을 쑤셔 넣기에는 짐 바구니가 턱없이 작았다. 자루도 싣고 묶어야 할 판국이었다. 키브린은 곡식 저장고에서 두 손 가득 귀리를 담아 결이 거친 자루로 옮겼다. 귀리를 옮기다 몇 움큼을 더러운 바닥에 흘렸지만 개의치 않고 아그네스의 조랑말이 있던 마구간에서 거친 밧줄을 가져다 자루를 묶었다. 밧줄은 마구간에 꽉 매여 있어 키브린으로서는 도무지 풀 재간이 없었다. 결국 키브린은 부엌으로 달려가 칼을 가지고 와서 매듭을 처리했고 일찌감치 먹을 것을 담아놓은 자루를 가지고 나오는 것으로 준비를 끝마쳤다.

키브린은 밧줄을 잘라 짧은 가닥 여럿으로 만들고, 칼을 던져두고 밧줄 가닥들을 가지고 당나귀 있는 곳으로 왔다. 당나귀는 귀리 자루에 구멍을 내려 애쓰고 있었다. 키브린은 그 자루와 다른 자루들을 당나귀에 싣고 밧줄들로 묶은 뒤, 당나귀를 끌고 안뜰을 빠져나와 풀밭을 가로질러 교회로 갔다.

로슈 신부가 보이지 않았다. 키브린은 담요와 양초를 가져가야 했다. 하지만 성유물부터 바구니에 담고 싶었다. 음식물, 귀리, 담요, 초, 그 밖에 잊은 게 뭐가 있을까?

로슈 신부가 문을 열고 나왔다. 신부 손에는 아무것도 들려 있지 않았다.

"성유물은요?" 키브린이 로슈 신부에게 물었다.

신부는 아무 말 하지 않았다. 로슈 신부는 교회 문에 잠시 기대어 서서 키브린을 바라보았다. 신부의 얼굴에 나타난 표정은 신부가 키브린에게 방 앗간 주인에 관해 이야기하러 왔을 때의 표정 그대로였다. '하지만 전부 다 죽었어.' 키브린은 생각했다. '더 이상 죽을 사람도 남아 있지 않은걸.'

"종을 울려야겠습니다." 로슈 신부가 말을 하고는 교회 부속 묘지를 가로질러 종탑으로 갔다.

"조종을 울릴 시간이 없어요." 키브린이 말했다. "지금 당장 스코틀랜드로 떠나야 해요." 키브린은 추위에 곱아 제대로 움직이지 않는 손가락으로 거친 밧줄을 잡고 당나귀를 정문에 묶었다. 키브린은 나귀를 묶고 급히 신부를 쫓아가 소매를 잡았다. "뭐 하시는 거예요?"

로슈 신부가 난폭하게 몸을 틀어 키브린을 바라보았다. 신부의 얼굴을 보고 키브린은 깜짝 놀랐다. 로슈 신부는 살인마처럼 보였다. "만종을 울려야 합니다." 신부는 말을 내뱉고는 거칠게 팔을 휘저어 키브린을 떼어버렸다.

'오, 안 돼.' 키브린은 생각했다.

"아직 정오도 되지 않았잖아요. 만종을 울릴 시간이 아니에요." 로슈 신부님은 너무 지쳐서 그런 것뿐이야. 우리 둘 다 너무 지쳐서 제대로 생각을 못 하는 거야. 키브린은 로슈 신부의 소매를 다시 한번 잡았다. "신부님, 이리 오세요. 밤이 오기 전에 숲을 통과하려면 지금 떠나야 해요."

"시간이 지났습니다." 로슈 신부가 말했다. "그런데 아직도 종을 치지 않았어요. 이메인 부인이 이 사실을 알면 또 얼마나 화를 내겠습니까."

안 돼, 안 돼. 안 돼. 제발, 안 된단 말이야!

"제가 종을 울리겠어요." 키브린이 신부를 저지하러 앞으로 질러가며 말했다. "신부님은 집에 들어가서 쉬셔야 합니다."

"어두워지고 있습니다." 로슈 신부가 화를 냈다. 신부는 소리라도 지를 기세로 입을 열었고, 그 순간 신부의 입에서 피 섞인 가래가 울컥 올라와 키브린의 조끼에 묻었다.

오, 안 돼, 안 돼, 안 돼, 안 돼.

자기 때문에 키브린의 조끼가 젖은 것을 보고 로슈 신부는 당황한 눈치였다. 난폭한 기미도 사라졌다.

"오세요, 쉬셔야 해요." 키브린은 로슈 신부를 달래며 생각했다. 이 상태로는 영주의 집까지도 가지 못할 거야.

"제가 병에 걸린 것입니까?" 피에 젖은 키브린의 조끼를 계속 바라보며 로슈 신부가 말했다.

"아니에요." 키브린이 말했다. "그저 피곤하신 것뿐이에요. 그러니 쉬셔야지요."

키브린은 로슈 신부를 이끌고 교회로 들어갔다. 로슈 신부가 비틀거리자 키브린은 생각했다. '신부님이 넘어지기라도 하는 날에는, 절대로 일으켜 세우지 못할 거야.' 키브린은 육중한 문을 등으로 밀어 열고 신부를 부축해 안으로 데려가 벽에 기대 앉혔다.

"피곤해서 그런 것 같습니다." 로슈 신부가 돌벽에 머리를 기대며 말했다. "잠시 눈을 붙이고 싶습니다."

"예, 그러세요." 로슈 신부가 눈을 감자마자 키브린은 신부를 눕힐 간이침대용 담요와 긴 베개를 가지러 영주의 집으로 뛰어갔다. 하지만 키브린이 돌아왔을 때 신부는 자리에 없었다.

"신부님!" 키브린이 어두운 본당에서 로슈 신부를 찾으려 애쓰며 외쳤다. "어디 계세요?"

아무 대답이 없었다. 키브린은 이부자리를 가슴에 꼭 껴안고 밖으로 뛰쳐나갔다. 하지만 로슈 신부는 종탑에도 없었고 교회 부속 묘지에도 없었다. 그리고 로슈 신부의 상태로 영주의 집까지 간다는 것 또한 불가능했다. 키브린은 교회로 뛰어가 본당으로 갔다. 로슈 신부는 그곳에 있었다. 신부는 캐서린 성상 앞에 무릎을 꿇고 앉아 있었다.

"누우셔야 해요." 바닥에 담요를 펼치며 키브린이 말했다.

신부는 순순히 누웠고 키브린은 긴 베개를 로슈 신부 목뒤로 받쳐주었다. "선페스트로군요. 그렇지요?" 키브린을 올려다보며 로슈 신부가 물었다.

"아니에요." 키브린은 이불을 끌어당겨 신부를 덮어주었다. "너무 지치신 것뿐이에요. 눈 좀 붙여보세요."

로슈 신부는 키브린을 등지고 모로 누웠지만 몇 분도 채 지나지 않아 이불을 걷어차고 일어났다. 신부의 얼굴에는 다시금 무시무시한 살기가 드리워져 있었다. "만종을 울려야 합니다!" 신부의 목소리에는 원망이 가득했고 키브린이 할 수 있는 일은 로슈 신부가 일어서지 못하게 막는 일뿐이었다. 그리고 신부가 다시 졸기 시작하자 키브린은 입고 있는 조끼의 해진 단을 갈기갈기 찢어 신부의 두 손을 루드 스크린에 묶었다.

"제발 로슈 신부님만큼은 그냥 넘어가주세요." 키브린은 자기도 모르게 중얼거렸다. "제발, 제발, 로슈 신부님만큼은 안 돼요."

로슈 신부가 눈을 떴다. "이렇게 정성을 다해 올리는 기도는 하느님께서도 들어주실 것입니다." 로슈 신부는 조용히 깊은 잠에 빠져들었다.

키브린은 밖으로 뛰어나가 나귀에 실었던 짐을 풀고 나귀도 풀어준 뒤 먹을 것이 든 자루와 초롱을 가지고 교회 안으로 들어왔다. 로슈 신부는 아직 잠을 자고 있었다. 키브린은 다시 한번 살금살금 교회를 빠져나와 안뜰을 가로질러 뛰어가서 우물에서 물 한 양동이를 펐다.

로슈 신부는 깨어 있는 것 같지 않았지만, 키브린이 제단보를 찢어 이마를 닦아주자 눈을 감은 채로 키브린에게 말을 걸었다. "가버리셨을까 봐 두려웠습니다."

키브린은 로슈 신부 입 언저리에 말라붙은 피딱지를 걷어냈다. "신부님 없이는 스코틀랜드로 떠나지 않을 거예요."

"스코틀랜드 이야기가 아닙니다." 로슈 신부가 말했다. "하늘나라로 돌아가셨을까 봐 두려웠다는 소리입니다."

키브린은 자루에서 딱딱하게 마른 맨치트와 치즈를 조금 꺼내 먹고 잠을 청했지만 너무 추웠다. 로슈 신부가 잠을 자다 돌아누워 한숨을 쉬었을 때 키브린은 신부가 뿜는 입김을 볼 수 있었다.

키브린은 오두막 한 곳의 나무 담장을 뜯어 루드 스크린 앞에 쌓아놓고는 불을 피웠다. 문을 연 채 불을 피웠음에도 교회 안은 연기로 가득 찼다. 로슈 신부는 기침하며 다시 토했다. 이번에는 대부분 피였다. 키브린은 불을 끈 뒤 두 번에 걸쳐 영주의 집을 왕복해서 되도록 많은 담요와 모피를 가져와 신부의 몸에 둘러줬다.

　밤이 되자 로슈 신부의 열이 치솟았다. 로슈 신부는 이불을 차 내고 키브린이 알아듣지 못할 말로 키브린에게 화를 냈다. 그러다 한번은 똑똑하게 이렇게 말하기도 했다. "꺼져! 이 저주받을 것아!" 그러고는 계속해서 화를 내며 똑같은 말을 해댔다. "어두워지고 있습니다!"

　키브린은 제단과 루드 스크린 위에 놓여 있던 초를 전부 가져와 캐서린 성상 앞에 놓았다. 어두워지고 있다는 로슈 신부의 불평이 점점 심해지자 키브린은 초를 전부 켜놓고 로슈 신부를 이불로 덮어주었다. 초를 켠 것이 조금은 도움이 된 모양이었다.

　열은 계속 심해졌다. 이불을 산더미처럼 쌓아놓았는데도 신부는 이를 딱딱 부딪쳤다. 키브린 눈에는 신부의 살갗이 이미 검게 변색된 것 같았고 혈관은 피부밑으로 출혈을 일으킨 것만 같았다. '이러면 안 돼요. 제발 부탁이에요.'

＊

　아침이 되자 로슈 신부는 조금 나아진 듯했다. 환한 곳에서 보니 신부의 살갗은 조금도 변색되지 않았다. 어젯밤 로슈 신부의 살결이 얼룩으로 가득 덮인 것처럼 느껴졌던 것은 또렷하지 못한 촛불 아래서 봤기 때문이었다. 열은 조금 내려갔고 신부는 아침부터 오후까지 내쳐 푹 잤으며 토하지도 않았다. 키브린은 어두워지기 전에 물을 뜨러 밖으로 나갔다.

　'자연 치유되어 병이 나은 사람도 있고 기도 덕분에 살아난 사람도 있어. 감염되었다고 전부 다 죽은 것은 아니야. 폐페스트의 치사율은 겨우 90퍼센트밖에 안 된다고.'

　키브린이 안으로 들어왔을 때 로슈 신부는 정신이 든 상태였다. 신부는 흐릿한 불빛 아래에 누워 있었다. 키브린은 무릎을 꿇고 신부의 턱 아래 물잔을 댄 뒤 고개를 받쳐 물을 마시게 했다.

　"청색병입니다." 키브린이 로슈 신부의 머리를 내려놓자 신부가 말했다.

　"죽지 않을 거예요." 키브린이 말했다. 90퍼센트. 90퍼센트.

"제 고해를 들어주셔야 합니다."

'아니, 로슈 신부님은 죽지 않아. 여기 이렇게 혼자 남겨지고 싶지 않아.' 키브린은 목이 메어 말을 할 수가 없었다. 키브린은 고개를 저었다.

"주님, 저를 사하여 주소서. 죄를 지었나이다." 로슈 신부가 라틴어로 말했다.

로슈 신부는 죄를 짓지 않았다. 로슈 신부는 병자를 돌보았고 죽어가는 사람들의 죄를 사해주었고 죽은 사람은 땅에 묻어주었다. 용서를 빌어야 할 이는 로슈 신부가 아니라 하느님이었다.

"…행동에서, 말에서, 생각에서 그리고 태만함으로 죄를 지었나이다. 저는 이메인 부인에게 무척이나 화가 났었습니다. 저는 메이즈리에게 소리를 질렀습니다." 로슈 신부는 침을 삼켰다. "그리고 저는 주님의 성자에게 세속적인 생각을 품었나이다."

세속적인 생각.

"하느님께 감히 용서를 구하나이다. 전능하신 아버지, 제 죄를 용서해 주시옵소서."

'용서할 것은 없어요.' 키브린은 이렇게 말하고 싶었다. '신부님의 죄는 죄도 아니에요. 세속적인 생각이라니요. 우리는 로즈먼드를 꼼짝 못 하게 눌렀고, 우리에게 아무런 해도 끼치지 않은 남자아이를 못 들어오게 마을에 방책을 둘렀고, 태어난 지 여섯 달밖에 안 된 어린아이를 묻었어요. 이 세상의 종말이에요. 그러니 세속적인 생각 몇 가지 한 것 정도는 분명히 용서받을 거예요.'

죄를 사하겠노라는 말을 차마 입 밖으로 낼 수 없었던 키브린은 맥없이 손을 들었다. 로슈 신부는 눈치챈 것 같지 않았다. "오, 주님." 신부가 말했다. "주님의 뜻을 거스른 이 종은 진심으로 반성하고 있습니다."

뜻을 거스르다니요. 로슈 신부님, 신부님이야말로 성인이에요. 키브린은 로슈 신부에게 이렇게 말하고 싶었다. 도대체 하느님이란 작자는 어디 있는 거죠? 그 작자는 어디 처박혀 있어서 신부님을 구하러 오지 않는 건가요?

성유는 없었다. 키브린은 물통에 손가락을 넣었다 뺐다. 그리고는 로슈 신부의 두 눈과 두 귀 위로 십자 성호를 그었고, 로슈 신부의 코와 입, 그리고 키브린이 죽어갈 때 키브린을 꼭 붙잡아주었던 로슈 신부의 두 손 위에 성호를 그었다.

"*Quid quid deliquiste.*" 신부가 말했다. 키브린은 다시 손을 물통에 담갔다가 신부의 발바닥에 성호를 그었다.

"*Libera nos, quaesumus, Domine.*" 신부가 재빨리 말했다.

"*Ab omnibus malis. praeteritis, praesentibus, et futuris.*" 키브린이 말했다. '우리를 구원해 주시옵소서. 간청하옵나이다, 주여. 과거와 현재와 미래의 악으로부터 구해주시옵소서.'

"*Perducat te ad vitam aeternam.*" 로슈 신부가 중얼거렸다.

'그리고 우리에게 영생을 주시옵소서.' 키브린은 '아멘'이라고 말한 뒤 로슈 신부가 토하는 피를 받아내기 위해 몸을 앞으로 숙였다.

로슈 신부는 밤새 그리고 이튿날 거의 내내 계속 토했다. 그리고 오후가 되자 의식 불명 상태가 되었다. 호흡은 얕고 불규칙했다. 키브린은 펄펄 끓는 로슈 신부의 이마를 연신 훔치며 곁을 지켰다. "죽지 마세요." 로슈 신부의 숨소리가 거칠어지자 키브린이 말했다. "죽으면 안 돼요." 키브린이 작게 속삭였다. "신부님 없으면 저 혼자 뭘 어떻게 하겠어요? 전 혼자가 된다고요."

"여기 계시면 안 됩니다." 로슈 신부가 말했다. 신부는 실눈을 떴다. 두 눈은 핏발이 서고 부어 있었다.

"잠드신 줄 알았어요." 키브린은 후회하며 말했다. "깨울 생각은 없었어요."

"아가씨는 하늘나라로 다시 돌아가셔야 합니다." 로슈 신부가 말했다. "그리고 연옥에 갇힌 제 영혼이 하루빨리 그곳에서 빠져나올 수 있도록 기도해주십시오."

연옥. 지금 겪은 고통으로도 모자라 하느님이 신부님을 괴롭히려 한단 말이지.

"제 기도가 없어도 신부님은 괜찮아요." 키브린이 말했다.

"오신 곳으로 돌아가셔야 합니다." 로슈 신부가 말했다. 신부는 힘들게 손을 얼굴 앞으로 끌어모았다. 주먹질을 막으려는 듯한 자세였다.

키브린은 혹시라도 신부의 살갗에 멍이 들까 조심하면서 로슈 신부의 손을 잡아 자기 뺨에 가져다 댔다.

'오신 곳으로 돌아가셔야 합니다.' 할 수 있을까. 키브린은 생각했다. 키브린은 중세 전공팀이 포기하지 않고 얼마나 오래 강하 지점을 열어놓고 있을지 의아했다. 나흘? 일주일? 아마도 아직 열려 있을 것이다. 던워디 교수님은 조금이라도 희망이 있다면 절대로 네트를 닫지 못하게 할 테니까. 하지만 모든 희망이 사라져버렸는걸. 난 1320년에 있는 게 아니니까. 난 여기, 세상의 종말에 있잖아.

"그럴 수 없어요." 키브린이 말했다. "길을 몰라요."

"기억하려 애쓰셔야 합니다." 로슈 신부가 팔을 빼 흔들면서 말했다. "아그네스, 갈림길 지나…"

'또 정신 착란이 시작됐어.' 키브린은 혹시라도 로슈 신부가 다시 일어나려 할까 봐 무릎을 꿇고 일어섰다.

"아가씨가 떨어진 곳은." 로슈 신부는 한 손을 저으려다가 손이 떨리자 다른 손으로 그 손의 팔꿈치를 잡아 고정하며 말했다. 키브린은 로슈 신부가 하려는 말을 알아차렸다. "갈림길을 지나서입니다."

갈림길을 지나서.

"갈림길이라뇨?" 키브린이 물었다.

"아가씨께서 하늘에서 떨어졌을 때, 제가 처음으로 아가씨를 보았던 장소 말입니다." 로슈 신부는 말을 마치고 팔을 떨어뜨렸다.

"저를 발견한 사람은 거윈인 줄 알았는데요."

"그렇습니다." 로슈 신부는 키브린의 말에 아무 모순이 없다는 듯 말했다. "제가 아가씨를 장원으로 모셔오던 도중 거윈을 만났습니다."

로슈 신부님이 장원으로 오던 중에 거윈을 만난 거라고?

"아그네스가 넘어진 장소." 키브린의 기억을 도우려 애쓰면서 로슈 신부가 말했다. "우리가 감탕나무를 찾으러 떠났던 날을 생각해보십시오."

'거기 있을 때 왜 말하지 않은 거예요?' 키브린은 생각했다. 하지만 왜 그런지 그제야 알았다. 로슈 신부는 그때 언덕 꼭대기에서 주저앉아 더 가지 않겠다고 고집부리는 당나귀와 씨름하느라 정신이 없었기 때문이었다.

'내가 나타나는 것을 당나귀가 봤기 때문이야.' 키브린은 생각했다. 그리고 숲속의 빈터에서 팔을 얼굴 위로 올려놓고 누워 있을 때 자신을 굽어보던 이가 로슈 신부였다는 사실을 깨달았다. '그래, 난 로슈 신부님의 기적을 들었어. 발자국도 봤고.'

"오셨던 곳으로 돌아가서 다시 하늘나라로 가셔야 합니다." 로슈 신부가 말하고 두 눈을 감았다.

로슈 신부가 키브린이 도착하는 모습을 보았고, 누워서 눈을 감고 있는 키브린에게 다가와 살펴보았으며, 키브린이 아파하자 당나귀에 태우고 장원으로 데리고 갔다. 그리고 키브린은 교회에서 신부를 처음 만났을 때도, 아그네스가 로슈 신부는 키브린을 성녀라고 생각한다고 말했을 때도, 자신을 발견한 사람이 거윈이 아닌 로슈 신부라고는 상상하지도 못했다.

거윈이 키브린에게 키브린을 발견한 사람은 자신이라고 말했기 때문이었다. 거윈, '허풍선이'에다 엘로이즈를 감동시키는 일에 혈안이 되어 있는 작자였다. 거윈은 '제가 아가씨를 발견해서 이곳으로 데려왔습니다'라고 말했으며, 아마 자기가 하는 말이 거짓말이라는 생각조차 없었을 것이다. 시골 신부는 눈에 보이지도 않았을 테니까. 지금까지 줄곧, 로즈먼드가 아프고 거윈이 바스로 말을 타고 떠나고, 강하 지점이 영원히 열리고 닫히기를 반복하는 동안 로슈 신부는 강하 지점이 어디인지 알고 있었다.

"저를 기다려주실 필요는 없습니다." 신부가 말했다. "분명 하늘나라에서도 성녀께서 돌아오시길 간절히 원하고 있을 겁니다."

"쉿." 키브린이 부드럽게 속삭였다. "잠을 좀 청해보세요."

로슈 신부는 한 번 더 어렵게 잠이 들었다. 두 손은 여전히 어딘가를 가리키려는 듯 불안하게 움직였고 이불을 쥐어뜯으려 했다. 로슈 신부는 이불을 밀쳐내고 또다시 사타구니로 손을 뻗쳤다. '가여운 분.' 키브린은 생각했다. 그 어떤 사소한 모욕도 이분에겐 가당치 않아.

키브린은 신부의 두 손을 모아 가슴에 올려놓고 이불을 덮어주었다. 하지만 신부는 또다시 이불을 걷어냈고 튜닉을 반바지 위까지 끌어당겼다. 로슈 신부는 살을 쥐었다가 움찔 놀라 손을 풀었고 그 모습을 보고 있자니 키브린은 자꾸만 로즈먼드가 생각났다.

키브린은 얼굴을 찡그렸다. 신부는 피를 토했다. 게다가 유행병이 진행된 단계를 고려할 때 로슈 신부는 두말할 것도 없이 폐페스트였다. 그리고 키브린이 로슈 신부의 외투를 벗겨줄 때 보니 신부의 겨드랑이에는 멍울이 잡히지 않았다. 키브린은 신부의 장백의 끝자락을 옆으로 밀고 신부가 입고 있는 타이츠를 들추었다. 조악하기 짝이 없는 모직 제품이었다. 타이츠는 배에 꽉 끼였고 장백의 끝부분에 엉켜 있기도 했다. 신부를 들지 않고는 벗겨낼 재간이 없었다. 게다가 신부의 몸은 천으로 겹겹이 말려 아무것도 보이지 않았다.

키브린은 전에 로즈먼드의 팔에 손을 대자 얼마나 민감하게 반응했는지를 떠올리며 신부의 허벅지에 손을 댔다. 신부는 움찔했지만 깨지는 않았다. 키브린은 손을 옷 안쪽으로 넣고 손을 위로 올려 옷에만 손이 닿게 했다. 옷이 뜨끈뜨끈했다. "용서하세요." 키브린이 말하고는 손을 신부의 다리 사이에 댔다.

로슈 신부는 비명을 지르고 발작을 일으켰다. 신부의 무릎이 갑작스레 솟구쳤지만 키브린은 손으로 입을 가리고 이미 뒤로 물러선 상태였다. 멍울은 너무나 컸고 너무나 뜨거워 만질 수조차 없었다. 몇 시간 전에 베어냈어야만 했다.

로슈 신부는 비명을 지르면서도 깨지는 않았다. 신부의 얼굴은 얼룩덜룩해졌으며 숨소리는 요란하고 규칙적으로 되었다. 또다시 발작이 일어 이불이 저만치로 날아갔다. 키브린은 로슈 신부를 진정시키고 이불을 덮어주었다. 무릎이 한 번 더 솟구쳤지만 좀 전만큼 난폭하게는 아니었다. 그래서 키브린은 이불을 끌어다 신부를 잘 감싸주고 루드 스크린 위에 있던 마지막 남은 초를 가져와 캐서린 성상 앞 초롱에 넣고 불을 밝혔다.

"금방 돌아올게요." 키브린은 본당을 급히 지나 밖으로 나갔다.

*

거의 저녁 무렵이었는데도 바깥으로 나오니 눈이 부셔 키브린은 실눈을 떴다. 하늘은 흐렸지만 바람은 거의 없었고 교회 안보다 밖이 오히려 더 따뜻한 것 같았다. 키브린은 초롱의 뚫린 곳을 손으로 막아 감싸며 풀밭을 가로질러 뛰어갔다.

헛간에 날이 잘 선 칼이 있었다. 키브린이 짐을 꾸릴 때 밧줄을 자르느라 썼던 칼이었다. 멍울을 잘라내기 전에 칼을 소독해야 할 것이다. 퉁퉁부은 림프샘이 터지기 전에 림프샘부터 열어야 했다. 멍울이 사타구니에 맺히면 대퇴 동맥과 너무 가까워져서 위험했다. 로슈 신부가 즉사할 정도로 피를 내뿜지 않는다 할지라도 독이 그대로 혈류를 타고 스며들 수도 있었다. 진즉에 베어냈어야 했다.

키브린은 헛간과 빈 돼지우리 사이의 샛길을 달려가 안뜰로 들어섰다. 외양간 문이 열려 있었고 부스럭거리는 소리가 났다. 심장이 뛰기 시작했다. "거기 누구세요?" 키브린은 초롱을 높이 들고 물었다.

집사의 암소가 마구간 한 칸에 서서 바닥에 흩어진 귀리를 먹고 있었다. 암소는 키브린을 보고는 고개를 올렸다 내렸다 하며 비틀비틀 다가왔다.

"너랑 있을 시간 없어." 키브린은 밧줄이 이리저리 뒤엉켜 있는 곳에 놓인 칼을 집어 들고 밖으로 뛰쳐나왔다. 암소가 구슬피 울며 비트적거리는 걸음으로 키브린을 따라왔다. 짜줄 때가 한참 지나 무거운 젖 때문이었다.

"저리 가란 말이야." 키브린 눈에 눈물이 글썽였다. "지금 가서 신부님을 돕지 않으면 신부님은 돌아가셔." 키브린은 칼을 바라보았다. 너무나 더러웠다. 헛간에서 발견했을 때도 이미 더러운 상태였는데 밧줄을 자르며 더러운 바닥과 거름더미 위에 칼을 잠깐씩 놓아둔 탓이었다.

키브린은 우물로 가서 두레박을 집어 들었다. 바닥에는 기껏해야 2센티미터 정도의 물이 남아 있었고 설상가상으로 살얼음까지 끼었다. 칼을 닦기에도 부족한 양이었고 불을 피워 물을 끓여 칼을 소독할 것을 생각하니 영겁의 시간이 걸릴 것만 같았다. 그럴 시간이 없었다. 벌써 멍울이 터져 있을지도 모르는 상황이었다. 알코올이 필요했지만 죽어가는 사람들의 멍울을 자르고 병자 성사 의식을 치러주느라 남아 있는 포도주가 없었다. 키브린은 사제가 로즈먼드의 내실 안에 포도주를 한 병 두었다는 사실을 기억해냈다.

암소가 키브린을 뒤에서 떠밀었다. "안 돼!" 키브린이 엄하게 말하고는 손에 초롱을 쥐고 영주의 집으로 들어갔다.

곁방은 어두웠지만 좁은 창을 통해 들어오는 빛줄기는 길고 먼지가 뿌연 황금빛 굴대를 만들며 식어버린 화로와 높직한 탁자와 그 위로 키브린이 쏟아버린 사과 자루를 비추고 있었다.

쥐들은 도망치지 않았다. 쥐들은 키브린이 들어서자 작고 까만 귀를 씰룩씰룩 움직이며 키브린을 물끄러미 바라보다가 다시 사과에 열중했다. 탁자에 있는 쥐는 열 마리 정도 되었고, 아그네스의 세 발 걸상에 앉아 있는 놈은 기도라도 올리듯 작은 앞발을 얼굴 앞에 모으고 있었다.

키브린은 초롱을 바닥에 내려놓았다. "나가!" 키브린이 말했다.

탁자 위 쥐들은 키브린을 쳐다보지도 않았다. 아그네스의 걸상에서 기도를 드리던 쥐는 키브린이 침입자라도 되는 양 합장한 앞발 너머로 차가운 시선을 보냈다.

"여기서 당장 꺼져!" 키브린은 소리를 지르며 쥐들에게 달려들었다.

놈들은 여전히 달아나지 않았다. 두 마리가 소금 그릇 뒤로 숨었고 한 마리가 들고 있던 사과를 탁자 위로 떨어뜨려 쿵 소리가 났을 뿐이었다. 사과는 가장자리까지 또르르 굴러가 골풀이 깔린 바닥으로 떨어졌다.

키브린은 칼을 쳐들었다. "여기에서!" 키브린이 칼을 탁자에 내리치자 놈들이 흩어졌다. 키브린은 칼을 다시 쳐들었다. "당장!" 키브린은 탁자 위에 있던 사과들을 바닥으로 쓸어버렸다. 사과는 통통 튀며 골풀 위로 굴러갔다. 놀라서인지 아니면 겁을 먹어서인지 아그네스의 걸상에 앉아 있던 놈이 키브린에게 달려들었다. "꺼져!" 키브린은 달려드는 쥐에게 칼을 집어 던졌고 그 쥐는 걸상 아래로 쏜살같이 뛰어내려 골풀 사이로 몸을 감추었다.

"여기에서 꺼지라니까." 키브린은 두 손에 얼굴을 파묻었다.

"음매." 암소가 곁방에서 말을 걸었다.

"이건 질병이야." 키브린은 떨리는 목소리로 중얼거렸다. 두 손은 아직
도 입가에 모여 있었다. "누구의 잘못도 아니란 말이야."

키브린은 칼과 초롱을 집어 들었다. 암소는 문틈을 비집고 들어오려 애
쓰다가 그만 허리춤이 끼여버렸다. 암소는 키브린을 보며 처량한 소리로
울었다.

키브린은 울고 있는 암소를 그대로 남겨두고 내실로 올라갔다. 방은 얼
음처럼 차가웠다. 엘로이즈가 창에 걸어놓았던 아마포는 한 곳이 풀려 반
대편 귀퉁이에만 걸려 있었다. 사제가 잡고 일어나려 안간힘을 쓰며 잡아
당겼던 침대걸이 천도 한쪽이 바닥에 떨어졌고, 양털 매트리스도 침대에서
반쯤 비켜 나왔다. 침대 아래에서 작은 소리가 들렸다. 하지만 키브린은 소
리가 나는 곳을 둘러볼 생각조차 하지 않았다. 상자는 아직도 열린 그대로
였고 장식이 새겨진 뚜껑은 침대 발치에 기대어 있었다. 사제의 두꺼운 자
주색 망토는 상자 안에 개켜놓였다.

포도주병은 침대 아래로 굴러 들어가 있었다. 키브린은 바닥에 엎드려
침대 밑으로 손을 넣었지만 포도주병은 손끝에 닿는 순간 저만치 굴러가버
렸고, 키브린은 침대 밑으로 반쯤 몸을 집어넣고서야 포도주병을 꺼낼 수
있었다.

마개가 뽑혀 있었다. 전에 키브린 발에 차여 침대 아래로 들어갔을 때
뽑힌 것 같았다. 포도주는 병 주둥이 쪽에 끈적끈적하게 말라붙은 것이 전
부였다.

"안 돼." 키브린은 절망적으로 말하고는 빈 병을 들고 한참을 멍하니 앉
아 있었다.

교회에도 포도주는 남아 있지 않았다. 로슈 신부가 병자 성사 의식을 하
면서 전부 다 써버린 것이다.

아그네스의 무릎을 소독하기 위해 로슈 신부에게 받아 왔던 포도주가
생각났다. 키브린은 침대 아래로 기어 들어가 행여나 포도주병을 쓰러뜨릴
까 조심하며 팔을 뻗었다. 포도주가 얼마나 남았는지 기억나지 않았지만

전부 다 쓰지 않은 것만은 확실했다.

주의를 기울였음에도 불구하고 하마터면 포도주병을 쓰러뜨릴 뻔했다. 키브린은 병이 쓰러지려 할 때 두꺼운 병목을 잡아채는 데 성공했다. 그리고 침대 밑에서 나와 조심스레 병을 흔들었다. 거의 반쯤 차 있었다. 키브린은 칼을 조끼 허리춤에 찔러 넣고 병은 겨드랑이에 끼고 사제의 망토를 움켜쥐고 계단 아래로 내려갔다. 쥐들이 돌아와 사과를 갉아 먹고 있었다. 하지만 키브린이 돌계단 아래로 내려서자 이번에는 전부 도망갔다. 키브린은 쥐들이 어디로 갔는지 보려고 하지도 않았다.

암소는 곁방 문에 몸통이 끼여 어떻게든 나가 보려고 애쓰다가 이젠 오도 가도 못하고 무력하게 길을 가로막고 있었다. 키브린은 돌바닥에 병을 바로 세울 수 있게끔 골풀을 쓸어버린 뒤, 들고 있던 것들을 전부 칸막이 안쪽에 내려놓고 암소를 밀어 밖으로 내보냈다. 키브린이 암소를 밀어내는 내내 암소는 구슬픈 울음소리를 냈다.

일단 밖으로 몸이 빠져나가자 암소는 다시 잽싸게 키브린에게 다가오려 했다. "안 돼." 키브린이 말했다. "시간이 없다니까." 하지만 키브린은 헛간의 다락으로 올라가서 건초를 던져주었다. 그러고는 물건들을 전부 주섬주섬 챙겨 든 뒤 교회로 뛰어 되돌아갔다.

＊

로슈 신부는 이미 의식 불명 상태였고, 사지가 축 늘어져 있었다. 커다란 두 다리는 큰대자로 아무렇게나 벌어졌고, 양팔은 손바닥을 위로 한 채 양쪽 옆에 떨어져 있었다. 한 대 세게 얻어맞고 뻗은 사람 같았다. 추워서 몸을 떨 때처럼 숨소리도 거칠었다.

키브린은 신부에게 두꺼운 자주색 망토를 덮어주었다. "돌아왔어요, 신부님." 키브린은 쭉 뻗은 신부의 팔을 토닥토닥 두드려주었지만, 신부는 키브린의 말에 아무 반응도 없었다.

키브린은 초롱 뚜껑을 들고 안에 있는 초를 꺼내 모든 초에 불을 붙였다. 이메인 부인이 보냈던 양초는 세 자루가 남아 있을 뿐이었고 모두 반

넘게 타버린 상태였다. 키브린은 골풀 양초와 캐서린 성상의 벽감 안에 있던 두터운 우지 양초에도 불을 붙인 뒤 모두를 로슈 신부의 다리 가까이 가져와서 신부의 다리가 잘 보이도록 했다.

"이제 타이츠를 벗겨야 해요." 키브린은 이불을 들면서 말했다. "멍울을 잘라내야만 하거든요." 키브린은 누더기가 된 타이츠 여밈을 끌렀지만 키브린의 손길이 닿아도 로슈 신부는 꼼짝하지 않았다. 로슈 신부는 아주 조금 신음 소리를 냈다. 액체가 흐르며 내는 소리처럼 들렸다.

키브린은 타이츠를 살살 당겨 내려 엉덩이가 드러나게 한 다음 다리까지 오자 확 잡아당겼다. 그렇지만 타이츠는 다리에 너무 꽉 끼어 있었다. 잘라내야 할 것 같았다. 로즈먼드의 가위도 가져왔어야 했는데.

"타이츠를 자를 거예요." 키브린은 칼과 포도주병을 내려놓은 곳으로 엉금엉금 다가가며 말했다. "신부님을 베지 않도록 조심할게요." 키브린은 병의 마개를 파내다가 이윽고 칼로 잘라냈다. 그리고 냄새를 킁킁 맡다가 한 모금 홀짝 넘겨보았다. 숨이 막히는 것 같았다. '좋아, 충분히 묵었고 알코올 도수도 높아.' 키브린은 칼의 양날에 포도주를 붓고 가장자리를 자기 다리에 대고 문지른 다음, 멍울을 자르고 상처에 부을 양을 남기려 주의를 기울이며 칼날에 포도주를 조금 더 부었다.

"복녀(福女)시여…." 로슈 신부가 중얼거렸다. 신부의 손은 또다시 사타구니를 찾아 쥐고 있었다.

"괜찮아요." 키브린이 말했다. 키브린은 신부의 다리 한쪽을 들어 올리고 타이츠에 칼집을 냈다. "지금 아프시다는 걸 잘 알아요. 하지만 멍울을 베어내야 해요." 키브린은 거친 타이츠 천을 두 손으로 쥐고 잡아당겼다. 다행히도 천은 큰 소리를 내며 촥 찢어졌다. 로슈 신부가 무릎을 구부렸다. "아니, 안 돼요. 다리를 내려놓으세요." 키브린이 신부의 다리를 눌러 내리려 애쓰면서 말했다. "멍울을 잘라내야 한단 말이에요."

하지만 키브린은 신부의 다리를 펼 수가 없었다. 키브린은 신부를 잠시 그대로 둔 채 멍울이 드러날 때까지 거친 타이츠 천을 찢어 올렸다. 신부의 사타구니에 생긴 멍울은 로즈먼드 것의 두 배는 될 정도로 컸고 시커멨다.

몇 시간 전에, 아니 며칠 전에 잘라냈어야 했다.

"로슈 신부님, 제발 다리를 내려놓으세요." 키브린이 온 힘을 짜내 다리에 체중을 실으며 말했다. "페스트 종양을 째야 한단 말이에요."

아무 대답이 없었다. 키브린은 로슈 신부가 대답할 수 있는지, 사제의 경우처럼 신부의 근육 역시 제멋대로 움직이는 것인지 알 수 없었다. 하지만 발작이 일 때까지 손 놓고 구경만 할 수는 없는 일이었다. 멍울은 금방이라도 터질 것만 같았다.

키브린은 잠시 뒤로 물러서 있다가 신부의 발 옆에 무릎을 꿇고 앉은 뒤, 무릎을 구부린 신부의 가랑이 사이로 칼을 든 손을 뻗었다. 로슈 신부가 신음 소리를 냈고 키브린은 칼을 조금 뒤로 뺐다가 멍울에 칼이 닿을 때까지 조심조심, 천천히 움직였다.

그때 로슈 신부가 키브린의 갈비뼈를 정통으로 찼고 키브린은 바닥에 쓰러졌다. 키브린이 놓친 칼이 돌바닥을 미끄러지며 요란한 소리를 냈다. 신부에게 걷어차인 키브린은 숨이 막혔고, 가만히 누워 한참 동안 숨을 골라야 했다. 키브린은 일어나 앉으려 했지만, 오른쪽 통증이 너무 강해서 키브린은 갈비뼈를 쥐고 다시 쓰러졌다.

로슈 신부는 고통받는 동물이 길게 울부짖는 듯 계속 비명을 질렀다. 키브린은 로슈 신부를 보기 위해 갈비뼈를 움켜쥔 채 왼쪽으로 천천히 몸을 굴렸다. 신부는 울부짖으며 아이처럼 몸을 앞뒤로 흔들어댔고 속살이 다드러난 두 다리는 방어라도 하듯 가슴에 당겨서 모여 있었다. 키브린은 멍울을 볼 수 없었다.

키브린은 한 손으로 돌바닥을 짚고 몸을 반쯤 일으킨 다음, 몸을 돌려 두 손을 바닥에 짚고 무릎으로 앉으려 애썼다. 키브린은 고통에 겨워 소리를 내질렀지만, 로슈 신부가 질러대는 비명에 비하면 훌쩍거리는 정도여서 들리지도 않았다. 신부의 발길질에 갈빗대가 부러진 모양이었다. 키브린은 피가 나오는지 보려고 손바닥에 침을 뱉었다.

키브린은 결국 무릎을 꿇고 앉을 수 있었고, 아픔을 참아보려 애쓰면서 한동안 쪼그리고 가만히 있었다. "죄송해요." 키브린이 속삭였다. "신부님을 아프게 하려던 게 아니에요." 키브린은 오른손을 버팀대 삼아 무릎을 대고 바닥을 기어 로슈 신부에게 다가섰다. 움직일 때마다 숨이 가빠 왔고, 숨을 쉴 때마다 갈비뼈가 뜨끔했다. "괜찮아요, 로슈 신부님." 키브린이 속삭였다. "제가 가요, 제가 가요."

키브린의 목소리가 들리자 로슈 신부는 발작을 일으키며 다리를 구부렸고 키브린은 로슈 신부를 빙 돌아, 벽과 신부 사이, 사정거리 밖에 자리를 잡았다. 로슈 신부가 키브린을 찼을 때 신부는 캐서린 성상에서 가져온 초 가운데 하나를 넘어뜨렸고, 넘어진 초가 쏟아낸 노란 촛농이 웅덩이처럼 고여 있었다. "쉿, 로슈 신부님." 키브린이 신부를 달랬다. "괜찮아요, 저 여기 있어요."

로슈 신부의 절규가 멈췄다. "죄송해요." 키브린은 로슈 신부에게 몸을 굽히며 말했다. "아프게 할 생각은 없었어요. 멍울을 베어내려고 했을 뿐이에요."

로슈 신부는 좀 전보다 더 단단히 무릎을 구부렸다. 키브린은 빨간 양초를 집어 들고 신부의 드러난 엉덩이 위를 비췄다. 촛불 아래 비치는 멍울은 까맣고 딱딱했다. 키브린은 아까 시도에서 멍울을 찌르지도 못한 상태였다. 키브린은 초를 높이 들어 칼이 어디로 굴러갔나 살펴보았다. 아까 칼이 요란한 소리를 내며 사라진 곳은 무덤이 있는 방향이었다. 키브린은 촛불에 반사되는 금속 빛이 보이길 바라며 무덤 방향으로 초를 치켜들었다. 아무것도 보이지 않았다.

키브린은 아픈 곳을 조심하며 살그머니 일어섰다. 하지만 반쯤 일어나자 상처가 너무 아파서 외마디 비명을 내질렀고 앞으로 고꾸라졌다.

"왜 그러십니까?" 로슈 신부가 말했다. 신부는 눈을 떴고, 입 가장자리로는 피가 보였다. 키브린은 혹시 신부가 소리를 내지를 때 혀를 깨문 것은 아닌가 걱정이 되었다. "제가 아가씨를 다치게 했나요?"

"아니요." 키브린이 로슈 신부 옆에 무릎을 꿇으며 대답했다. "아니에요. 신부님이 그러신 게 아니에요." 키브린은 조끼 자락으로 신부의 입가를 꾹꾹 눌러주었다.

"아가씨께서." 로슈 신부가 말했다. 신부가 입을 떼자 아까보다 더 많은 피가 흘러내렸다. 신부는 피를 삼켰다. "죽어가는 사람을 위한 기도를 올려주셔야 합니다."

"아니에요." 키브린이 말했다. "신부님은 돌아가시지 않을 거예요." 키브린은 신부의 입가를 다시 한번 훔쳐냈다. "하지만 멍울이 터지기 전에 잘라야 해요."

"그러지 마십시오." 신부가 말했고 키브린은 신부가 멍울을 베어내지 말라는 뜻인지, 이곳에서 떠나지 말라는 뜻인지 알 수가 없었다. 신부는 이를 뿌드득 갈았고 이 사이로 피가 배어 나왔다. 키브린은 울지 않으려 애쓰며 털썩 주저앉아 신부의 손을 무릎 위에 올려놓았다.

"*Requiem aeternam dona eis, et lux perpetua*(영원한 안식을 주시옵소서, 불멸의 빛을)…." 로슈 신부가 말하고는 꾸르륵 소리를 냈다.

로슈 신부의 입술 위쪽에서 피가 배어 나왔다. 키브린은 신부의 고개를 높이 들어 자주색 망토로 받쳐주고 다시 한번 신부의 입가와 뺨을 조끼로 닦았다. 조끼가 피로 축축해졌다. 키브린은 신부의 장백의에 손을 뻗쳤다. "그러지 마십시오." 신부가 말했다.

"네, 안 그럴 거예요." 키브린이 대답했다. "저 여기 있어요."

"저를 위해 기도해주십시오." 신부는 두 손을 가슴에 모았다. "레퀴…." 신부는 말하려 했지만 목이 메어 결국은 꾸르륵 소리만 내뱉었다.

"*Requiem aeternam*(영원한 안식을)." 키브린이 말했다. 키브린은 손을 모았다. "*Requiem aeternam dona eis, Domine*(주여, 영원한 안식을 내려주시옵소서)." 키브린이 말했다.

"*Et lux perpetua*(불멸의 빛을)…." 로슈 신부가 말했다.

빨간 양초가 키브린 옆에서 깜박거리다 꺼졌고 교회 안은 금세 초 꺼진 냄새로 뒤덮였다. 키브린은 다른 초를 둘러보았다. 하나가 남아 있었다. 이메인 부인의 마지막 밀랍 양초였고 그나마도 촛대 부근까지 타들어 가고 있었다.

"불멸의 빛을…." 키브린이 말했다.

"*Luceat eis*(비추소서)." 로슈 신부가 말했다. 신부는 말을 멈추고는 피 묻은 입술을 핥으려 했다. 신부의 혀는 부풀어 딱딱했다. "*Dies irae, dies illa*(진노와 심판의 날이 임하면)." 로슈 신부는 다시 한번 피를 삼키고 눈을 감으려 했다.

"제발 신부님을 고통 속에서 구원하소서." 키브린이 현대 영어로 중얼거렸다. "제발요, 이건 불공평하잖아요."

"복녀 님." 키브린은 로슈 신부가 말을 했다고 생각하며 다음 줄을 떠올리려 했지만, 신부의 말은 '축복받은'으로 시작하지 않았다.

"뭐라고 하셨어요?" 키브린은 신부에게 몸을 숙이며 물었다.

"최후의 날에." 신부가 말했다. 입안 가득 부어오른 혀 때문에 목소리가 또렷하지 않았다.

키브린은 좀 더 가까이 몸을 숙였다.

"저는 주님께서 우리를 완전히 저버리신 것은 아닌지 두려웠습니다." 신부가 간신히 말을 이었다.

그랬지. 키브린은 신부의 입술과 뺨을 조끼 끄트머리로 닦아주었다. 하느님은 이곳 사람들을 완전히 저버렸어.

"하지만 주님의 크신 은혜가 있었고, 주님은 우리를 버리지 않으셨습니다." 신부는 다시 침을 삼켰다. "주님께서는 우리 가운데에 성녀를 내려주셨습니다."

로슈 신부는 고개를 들고 콜록거렸고, 그 때문에 피가 흐르며 가슴과 키브린의 무릎에 튀었다. 키브린은 신부의 입에서 더 이상 피가 터져 나오지 않게 하려고 미친 듯이 피를 닦아내고 신부의 고개를 들어 올리려 애썼다. 하지만 눈물이 앞을 가려 모든 게 뿌예지며 닦으려 했던 피가 보이지 않았다.

"하지만 전 아무 도움이 되지 못했어요." 키브린은 눈물을 훔치며 말했다.

"왜 울고 계십니까?" 신부가 물었다.

"신부님은 절 구해주셨어요." 흐느낌 때문에 말이 제대로 나오지 않았다. "그런데 전 여러분들을 구해내지 못했어요."

"죽지 않는 사람은 없습니다." 신부가 말했다. "그리고 아무도, 우리 주 그리스도조차 죽음에서 사람들을 구할 수 없습니다."

"알아요." 키브린이 말했다. 키브린은 눈물이 떨어지지 않도록 얼굴에 손을 댔다. 손바닥에 눈물이 고이더니 로슈 신부의 목으로 방울방울 떨어졌다.

"하지만 성녀님은 저를 구원해주셨지요." 로슈 신부가 말했고 신부의 목소리가 또렷이 들렸다. "두려움으로부터." 로슈 신부는 콜록거렸다. "불신으로부터 저를 구하셨습니다."

키브린은 손등으로 눈물을 훔치고 신부의 두 손을 잡았다. 손은 차가웠으며 이미 경직이 시작되고 있었다.

"전 모든 이 중에서 가장 축복받은 사람입니다." 로슈 신부는 말하며 두 눈을 감았다.

키브린은 몸을 조금 움직여 벽에 등을 기댔다. 밖은 어두웠고 좁은 창문으로는 그 어떤 빛도 들어오지 않았다. 이메인 부인의 양초가 깜박거리더니 다시 환히 타오르기 시작했다. 키브린은 갈비뼈를 누르고 있는 로슈 신부의 머리를 움직여보았다. 로슈 신부는 신음 소리를 냈고 키브린의 손에서 빠져나오려는 듯 손을 뿌리치려 했지만, 키브린은 신부의 손을 놓아주지 않았다. 초가 깜박거리다가 돌연 환해지는가 싶더니 곧 모든 것이 어둠으로 남았다.

돌아가지 못할 듯해요. 던워디 교수님. 로슈 신부님이 강하 지점을 일 러줬지만, 갈비뼈에 금이 간 거 같고 타고 갈 말도 없는걸요. 안장도 없이 로슈 신부님의 당나귀를 탈 수 있을 것 같지도 않고요.

전 몬토야 교수님이 이 기록을 발견하실 수 있도록 노력할 거예요. 래 티머 교수님께는 1348년까지도 형용사 어형 변화가 뚜렷하게 남아 있었다 고 말해주세요. 그리고 길크리스트 교수님한테는 교수님의 의견이 틀렸더 라고 전해주세요. 통계치는 과장된 게 아니었어요.

(사이)

이런 일이 벌어진 것에 대해서 교수님이 자책하시지 않았으면 해요. 할 수만 있다면 당장에라도 오셔서 저를 데려가려고 하셨을 거라는 걸 잘 알 고 있어요. 하지만 교수님이 오셨다 해도 아픈 아그네스를 내버려두고 교 수님을 따라가지는 못했을 거예요.

저는 이곳에 너무나 오고 싶어 했지요. 그리고 제가 오지 않았더라면 여기 이 사람들은 철저하게 고립되었을 거예요. 그리고 이 사람들이 얼마 나 겁에 질려 있었는지, 그런데도 이 상황에서 얼마나 용감했는지, 그리고 한 사람 한 사람이 얼마나 소중했는지 알지 못했을 테고요.

(사이)

이상해요. 강하 지점을 찾을 수 없고 페스트가 사방에 만연했을 때는 교수님이 너무나 멀리 있어서 두 번 다시 만날 수 없을 것만 같았어요. 하 지만 이제 와보니 교수님은 줄곧 저와 함께 계셨다는 걸 알 수 있어요. 흑 사병도, 700년이라는 세월도, 죽음도, 앞으로 벌어질 그 어떤 일도, 생명 체도 교수님의 관심과 애정으로부터 저를 떼어놓지 못하고 있네요. 교수님 의 관심과 애정이 매분 매초 저와 함께하고 있어요.

34

"콜린!" 던워디가 외쳤다. 던워디는 커튼 아래로 몸을 날려 머리부터 네트로 들어오는 콜린의 팔을 낚아챘다. "이게 무슨 짓이냐?"

콜린이 팔을 풀려고 몸을 비틀었다. "혼자 가시게 내버려두면 안 된다고 생각해요!"

"그냥 네트를 통과해 갈 수 없어! 여기는 격리 구역 경계선이 아니야. 네트가 열렸으면 어쩔 뻔했니? 죽을 뻔했단 말이다!" 던워디는 다시 콜린의 팔을 잡고 콘솔 쪽으로 향했다. "바드리! 강하를 멈춰!"

바드리는 그곳에 없었다. 던워디는 눈을 가늘게 뜨고 콘솔이 있던 곳을 주시했다. 주변은 나무로 둘러싸인 숲이었다. 땅에는 눈이 있었고 공기는 얼음 결정으로 반짝였다.

"혼자 가시면 아무도 돌봐드릴 사람이 없잖아요." 콜린이 말했다. "병이 재발하면 어떻게 해요?" 콜린은 던워디 너머를 보고는 입을 딱 벌렸다. "도착한 건가요?"

던워디는 콜린의 팔을 놓고 안경을 찾기 위해 조끼를 뒤적였다.

"바드리!" 던워디가 외쳤다. "강하를 취소해!" 던워디가 안경을 썼다. 안경알에는 서리가 끼었다. 던워디는 안경을 벗어 렌즈를 닦았다. "바드리!"

"여기가 어디죠?" 콜린이 물었다.

던워디는 안경을 귀에 걸치고 주위 나무를 살펴보았다. 수령이 오래되었으며 가지에는 서리 앉은 담쟁이넝쿨들이 은빛으로 반짝였다. 키브린의 흔적은 보이지 않았다.

던워디는 키브린이 이곳에 있으리라 기대했지만, 말도 안 되는 생각이었다. 바드리는 이미 네트를 열었지만 키브린을 찾을 수 없었다. 그래도 던워디는 키브린이 자신이 도착한 곳이 어딘지 깨닫고 다시 강하 지점으로 돌아와 기다리고 있을 것이라 기대했다. 하지만 키브린은 보이지 않았고, 있었던 흔적도 없었다.

던워디와 콜린이 밟고 있는 눈밭은 발자국 없이 부드럽게 펼쳐져 있었다. 눈이 내리기 전에 키브린이 왔다 갔다면 모든 흔적을 지울 정도로 두껍게 쌓였지만 부서진 마차나 흩어진 상자를 모두 감출 정도로 많이 내리지는 않은 상태였다. 그리고 옥스퍼드-바스 도로의 흔적도 보이지 않았다.

"우리가 어디에 있는 건지 모르겠구나." 던워디가 말했다.

"어쨌든 옥스퍼드가 아닌 것만은 확실해요." 눈을 쿵쿵 밟으며 콜린이 말했다. "비가 안 오잖아요."

던워디는 나무들 사이로 맑고 창백한 하늘을 올려다보았다. 시간 편차의 정도가 키브린이 강하했을 때와 같다면 지금은 오전 중반쯤일 것이다.

콜린은 눈밭을 지나 불그레한 버드나무 덤불 쪽으로 갔다.

"어디 가는 거냐?" 던워디가 말했다.

"길을 찾으려고요. 강하 지점 근처에 길이 있다고 했잖아요." 콜린은 덤불을 헤치고 사라졌다.

"콜린!" 콜린 뒤를 쫓으며 던워디가 외쳤다. "돌아오너라."

"여기 있어요!" 버드나무 뒤편 어딘가에서 콜린이 소리쳤다. "길이 보여요!"

"돌아오라니까!" 던워디가 소리쳤다.

콜린이 버드나무 가지를 좌우로 제치며 다시 나타났다.

"이리 오렴." 던워디가 좀 더 침착한 목소리로 말했다.

"언덕 위로 뻗어 있어요." 공터 쪽으로 버드나무 가지를 밀며 콜린이 말했다. "언덕 위로 올라가면 우리가 어디에 있는지 볼 수 있을 거예요."

콜린은 이미 축축하게 젖어 있었다. 갈색 외투는 버드나무에서 떨어진 눈으로 덮였고, 뭔가 나쁜 소식을 들을까 봐 걱정하는 눈치였다.

"절 돌려보내실 거죠? 그렇죠?"

"그래야만 해." 던워디가 말했다. 하지만 당장 그럴 수는 없다는 생각에 마음이 무거웠다. 바드리는 적어도 2시간 동안은 네트를 열지 않을 것이고, 얼마나 오래 열려 있을지 확신할 수 없었다. 콜린을 돌려보내기 위해 여기서 2시간을 낭비할 틈이 없었다. 그렇다고 콜린을 여기에 두고 키브린을 찾아다닐 수도 없었다. "넌 내가 돌봐야 해."

"그리고 할아버지는 제가 돌보고요." 콜린이 고집스레 말했다. "이모할머니가 할아버지를 잘 돌봐드리라고 했어요. 그리고 혹시라도 할아버지 병이 재발하면 어떻게 해요?"

"넌 이해를 못 하는구나. 흑사병은…."

"전 괜찮아요. 정말로요. 스트렙토마이신도 맞았고 다른 처치도 다 했어요. 윌리엄 형에게 부탁해서, 간호사 누나한테 저도 접종을 받았어요. 할아버진 지금 절 돌려보내실 수 없어요. 네트가 열리지 않는데다 여기서 2시간 동안 가만히 기다리고 있기에는 너무 추워요. 만약 지금 키브린 누나를 찾으러 다니면 네트가 다시 열리기 전에 찾아서 돌아올 수 있을 거예요."

여기서 가만히 기다리고 있을 수 없다는 콜린의 말은 사실이었다. 시대에 맞지 않는 빅토리아식 망토 안으로 이미 한기가 스며들었고, 콜린이 입은 삼베 외투는 예전에 입고 다니던 재킷만큼도 추위를 막을 수 없는데다 이미 젖은 상태였다.

"언덕 위로 올라가자꾸나." 던워디가 말했다. "하지만 우선 이곳 공터에 표시해놓아야 해. 나중에 다시 찾아올 수 있도록 말이야. 그리고 아까처럼 먼저 뛰면 안 돼. 언제나 내가 보이는 곳에 있으렴. 너까지 찾아다닐 시간은 없으니 말이야."

"전 길 안 잃어버릴 거예요." 배낭을 뒤지며 콜린이 말했다. 콜린은 평평한 사각형의 물건을 꺼냈다. "위치 추적기를 가져왔어요. 이미 이곳 공터를 원점으로 잡아놨어요."

콜린은 던워디가 지나갈 수 있도록 버드나무 가지를 좌우로 헤쳐주었다. 둘은 도로로 들어섰다. 눈 덮인 도로는 달구지가 겨우 지나갈 정도로 폭이 좁았으며, 다람쥐 발자국과 늑대인지 개인지 모를 발자국을 제외하고는 아무런 흔적도 없었다. 콜린은 던워디의 말대로 얌전하게 옆에서 걸었지만, 언덕 중간쯤 올라가니 더 이상 참을 수 없었던지 냅다 달리기 시작했다.

던워디는 무거운 걸음으로 콜린의 뒤를 쫓았다. 얼마 걷지 않았는데 벌써 가슴이 갑갑하게 조여 왔다. 나무들은 언덕 중간까지밖에 없었으며 나무가 없는 곳에서는 바람이 불기 시작했다. 살이 에일 정도로 추웠다.

"마을이 보여요." 위에서 콜린이 던워디를 보고 소리쳤다.

던워디는 콜린 옆으로 다가갔다. 언덕 위쪽은 바람이 더 매서웠다. 바람은 망토를 마구 파고들었고, 창백한 하늘 위로 떠 있는 구름은 바람에 날려 줄줄이 꼬리를 물고 하늘을 가로질렀다. 저 멀리 남쪽에서는 연기가 하늘로 곧장 날아오르다가 바람에 잡혀 동쪽으로 방향을 급선회했다.

"보이세요?" 한 곳을 가리키며 콜린이 말했다.

완만하게 굴곡진 평지가 아래로 펼쳐져 있었다. 평지를 뒤덮은 눈에 반사된 빛 때문에 눈이 부셔 제대로 볼 수가 없었다. 헐벗은 나무들과 길이 어렴풋이 보였다. 지도에 나와 있는 표시를 보는 듯한 느낌이 들었다. 옥스퍼드-바스 도로는 곧게 뻗은 검은 선으로 눈 덮인 벌판을 가로질렀으며, 옥스퍼드는 연필로 그린 것처럼 보였다. 던워디는 검은 담 위쪽으로 눈 덮인 지붕들과 성 미카엘의 네모난 탑을 볼 수 있었다.

"여기에는 아직 흑사병이 도착하지 않은 거 같죠?"

콜린이 옳았다. 전설에 나오는 그 모습 그대로, 옥스퍼드는 평온하고 변하지 않은 듯했다. 옥스퍼드에 페스트가 들끓고 시체로 가득한 수레들이 좁은 거리 가득히 들어차고 대학은 문을 닫고 사방이 죽어가거나 이미 죽은 사람들로 가득하다고는 도저히 상상할 수 없었다. 보이지는 않지만 저기 어딘가에 있을 마을 중 하나에 키브린이 있으리라고는 도저히 상상할 수 없었다.

"안 보이세요?" 남쪽을 가리키며 콜린이 말했다. "저기 나무 뒤편에요."

던워디는 실눈을 뜨고 나무들이 모여 있는 사이의 건물들을 보려 애썼다. 회색 가지들 사이에 있는 좀 더 어두운 형상을 볼 수 있었다. 교회 탑이든가 아니면 영주가 사는 집의 모퉁이인 모양이었다.

"저 마을로 통하는 길이 있어요." 콜린은 둘이 서 있는 곳 조금 아래편에서 시작되는 좁은 회색 길을 가리켰다.

던워디는 몬토야가 준 지도를 살펴보았다. 몬토야는 각 마을에 대한 설명을 지도에 표시해주었지만, 원래 도착하기로 한 강하 지점에서 얼마나 멀리 떨어져 있는지를 모르고서는 어느 마을이 어느 마을인지 알 방법이 없었다. 만약 강하 지점에서 곧장 남쪽으로 왔다면 지금 보이는 마을은 스켄드게이트라고 하기에는 너무 동쪽에 있었다. 하지만 스켄드게이트가 있으리라고 짐작했던 곳은 나무도 그 무엇도 없는 눈밭일 뿐이었다.

"저기로 가는 건가요?" 콜린이 말했다.

정말 마을인지 확실하지는 않지만 그나마 마을처럼 보이는 곳이라고는 콜린이 가리키는 곳뿐이었고, 1킬로미터 정도밖에 떨어져 있지 않은 듯했다. 비록 그곳이 스켄드게이트가 아니라 할지라도 적어도 방향은 맞았으며, 혹시라도 그곳에 몬토야가 말했던 '독특한 특징'이 있다면 그곳을 상대적 기준으로 삼을 수도 있을 것이다.

"항상 내 곁에 붙어 있고 다른 사람들과는 말을 하지 말아야 한다. 알겠니?"

콜린은 고개를 끄덕였지만, 던워디의 말에 전혀 주의를 기울이지 않았다. "이쪽 길이에요." 콜린은 이렇게 말하고 언덕 아래쪽으로 달음박질쳤다.

던워디는 언덕 아래에 얼마나 많은 마을이 있으며 얼마나 시간이 없는지에 대해서는 잊으려고 애쓰며 콜린의 뒤를 따랐다. 언덕 하나만 올라왔을 뿐인데도 무척이나 힘이 들었지만, 그 역시 모르는 척했다.

"윌리엄에게 어떻게 이야기했기에 스트렙토마이신 주사를 맞을 수 있었지?" 콜린을 따라잡았을 때 던워디가 물었다.

"윌리엄 형이 이모할머니의 의사면허 번호를 알고 싶어 했어요. 서명을 위조하려고요. 그리고 그게 할머니 쇼핑백에 있는 응급 키트에 있더라고요."

"그래서 네 말을 안 들어주면 번호를 안 가르쳐주겠다고 말한 거냐?"

"네. 그리고 개드슨 아줌마에게 윌리엄 형이 만나는 누나들에 대해 모두 말하겠다고 했죠." 콜린은 이렇게 대답하고 다시 앞으로 달려 나갔다.

던워디가 길이라 짐작했던 것은 알고 보니 울타리였다. 던워디는 울타리에 둘러싸인 들판을 가로질러 가자는 콜린의 제안을 거절했다. "길을 따라가야 해." 던워디가 말했다.

"하지만 이쪽이 더 빨라요." 콜린이 항의했다. "그리고 길을 잃어버릴 염려도 없어요. 위치 추적기가 있다고요."

던워디는 아무 대답도 하지 않았다. 던워디는 모퉁이를 찾아보며 계속 앞으로 나아갔다. 좁은 벌판이 사라지며 숲이 나오기 시작했고, 북쪽으로 길이 보였다.

"길이 없으면 어떻게 하죠?" 500미터쯤 따라온 뒤 콜린이 말했다. 하지만 모퉁이를 돌고 나니 길이 보였다.

길은 강하 지점에 있던 것보다 더 좁았고 눈이 내린 뒤 아무도 지난 흔적이 없었다. 둘이 지날 때마다 얼은 눈들이 파삭거리는 소리를 냈다. 던워디는 초조한 마음에 마을을 살펴보려 앞을 바라보았지만, 나무들이 우거져 아무것도 볼 수 없었다.

눈 때문에 빨리 걷기 힘들었으며 던워디는 이미 숨이 턱까지 차올랐고 가슴은 강철 끈으로 조이는 것처럼 답답했다.

"마을에 도착하면 어떻게 하실 생각이에요?" 눈 속을 힘들이지 않고 성큼성큼 걸으며 콜린이 물었다.

"너는 사람들 눈에 안 띄는 곳에 가서 날 기다리는 거야." 던워디가 말했다. "확실히 알아들은 거지?"

"네." 콜린이 말했다. "이 길이 정말로 맞는 건가요?"

던워디는 알 도리가 없었다. 길은 이미 서쪽으로 한 번 방향을 튼 상태로, 마을이 있으리라고 생각했던 곳에서 멀어지고 있었다. 그리고 앞쪽에서는 다시 북쪽으로 굽었다. 던워디는 초조해하며 돌이나 초가지붕을 찾아보려 애쓰며 숲속을 살폈다.

"마을은 이렇게 멀지 않았어요. 확실해요." 팔을 문지르며 콜린이 말했다. "벌써 몇 시간째 걷고 있다고요."

몇 시간은 아니었지만 걷기 시작한 뒤로 적어도 1시간은 흘렀다. 하지만 마을은 고사하고 소작농이 사는 오두막 하나 보이지 않았다. 근처에는 마을이 스무 개 정도 흩어져 있었다. 하지만 어디에 있는지 알 도리가 없었다.

콜린이 위치 추적기를 꺼냈다. "보세요." 콜린이 던워디에게 추적기 화면을 보였다. "너무 남쪽으로 왔어요. 돌아가서 다른 길로 가야 할 것 같아요."

던워디는 화면을 본 뒤 지도를 펼쳤다. 둘이 있는 곳은 강하 지점에서 거의 곧장 남쪽으로 3킬로미터 떨어진 곳이었다. 둘은 시간 낭비만 한 채 키브린은 찾지도 못하고 온 길을 그대로 다시 돌아가야 했다. 그리고 던워디는 원점으로 돌아간 뒤에 자신에게 더 이상 키브린을 찾아다닐 체력이 남아 있을지 장담할 수 없었다. 이미 지칠 대로 지친데다 한 걸음 내디딜 때마다 가슴이 사방에서 조여왔고 날카로운 무엇인가가 갈비뼈 중간을 쑤시는 느낌이 들었다. 던워디는 어떻게 해야 할지 생각하려 애쓰며 시선을 돌려 앞쪽으로 굽어 있는 길을 보았다.

"발이 시려요." 콜린은 눈 속에 파묻힌 발을 쾅쾅 굴렀다. 새 한 마리가 깜짝 놀라 날개를 퍼덕이며 날아올랐다. 던워디는 얼굴을 찡그리며 하늘을 쳐다보았다. 하늘에 구름이 덮이기 시작했다.

"울타리를 따라 걸었어야 해요." 콜린이 말했다. "그렇게 했으면 훨씬…."

"조용히." 던워디가 말했다.

"뭐죠?" 콜린이 속삭였다. "누가 오고 있나요?"

"쉿." 던워디가 속삭였다. 던워디는 길 가장자리로 콜린을 밀쳐두고 귀를 기울였다. 말이 푸르륵거리는 소리를 들었다고 생각했지만, 이제는 아무런 소리도 들리지 않았다. 그냥 새소리인 모양이었다.

던워디는 콜린에게 나무 뒤로 가라고 손짓했다. "여기 가만히 있어라." 던워디는 콜린에게 속삭이고 길이 굽은 곳이 보일 때까지 살금살금 걸어갔다.

검은 종마가 가시덤불에 매여 있었다. 던워디는 가문비나무 뒤편으로 급히 돌아가 가만히 서서 말 주인이 어디 있는지 살펴보았다. 길에는 아무도 보이지 않았다. 던워디는 소리를 들을 수 있도록 숨을 가다듬고 귀를 기울이며 기다렸지만 아무도 다가오지 않았고 말이 서성이는 소리만 들렸다.

말에는 안장이 얹혔고, 말굴레에는 은줄이 달려 있었다. 하지만 말은 빼빼 마른데다 뱃대끈 주변으로는 갈비뼈가 뚜렷이 드러나 보였다. 뱃대끈도 느슨하게 매여 있었고 말이 뒷걸음치자 안장이 약간 옆으로 미끄러져 내렸다. 말은 머리를 젖히며 고삐를 세게 잡아당겼다. 고삐를 풀고 싶어 하는 모양이었다. 하지만 던워디가 가까이 다가가보니 고삐는 묶여 있는 게 아니라 가시 관목에 엉켜 있었다.

던워디는 길로 들어섰다. 말은 머리를 던워디 쪽으로 돌리고 거칠게 히힝거리기 시작했다.

"워, 워. 괜찮다." 던워디는 말 왼쪽으로 조심스레 다가갔다. 그런 다음 목에 손을 대자 말은 울음소리를 멈추고 먹을 것을 달라며 던워디에게 코를 비비기 시작했다.

던워디는 말에게 먹이려고 눈밭을 뚫고 솟아 나온 풀이 없는지 살펴보았지만, 가시덤불 주변은 아예 눈조차도 거의 없었다.

"도대체 얼마나 오래 여기에 있었니?" 던워디가 물었다. 말 주인이 도중에 페스트로 쓰러졌거나 죽어서, 겁에 질린 말이 고삐가 가시덤불에 엉켜 오도 가도 못하게 될 때까지 마구 달린 것인가?

던워디는 발자국을 찾으며 숲속을 조금 걸어보았지만 아무런 흔적도 보이지 않았다. 말은 다시 울기 시작했다. 던워디는 눈밭 사이로 보이는 풀을 뜯으면서 말을 풀어주기 위해 돌아갔다.

"말이군요! 묵시록적인데요!" 콜린이 달려오며 말했다. "어디서 발견하셨죠?"

"네가 있던 곳에서 움직이지 말라고 했을 텐데."

"알아요. 하지만 말 울음소리를 들었어요. 그래서 할아버지한테 무슨 문제가 생겼구나 하고 생각했죠."

"핑계 하나는 끝내주는구나." 던워디는 콜린에게 풀을 내밀었다. "저 말 한테 먹이렴."

던워디는 덤불 사이로 몸을 숙이고 고삐를 잡아당겼다. 말은 저 혼자 고삐를 풀어보겠다고 이리저리 흔들다가 오히려 관목 주변으로 고삐를 배배 꼬아놓은 상태였다. 던워디는 한 손으로 관목 가지를 밀치며 나머지 한 손으로 고삐를 풀어야 했다. 금세 손 곳곳에 생채기가 생겼다.

"이 말은 누구 거죠?" 몇 걸음 떨어져 서서 말에게 풀을 주며 콜린이 물었다. 말은 굶주렸다는 듯 풀로 돌진했고, 콜린은 깜짝 놀라 풀을 떨어뜨리고 뒤로 물러섰다. "길이 든 게 확실한가요?"

말이 풀을 먹으려고 고개를 갑자기 숙이는 바람에 던워디는 손에 심한 상처를 입었지만 어쨌든 고삐를 풀었다. 던워디는 피가 나는 손 주위로 고삐를 감고 다른 쪽 고삐를 잡아당겼다.

"됐다." 던워디가 말했다.

"누구 말일까요?" 말의 코를 머뭇머뭇 쓰다듬으며 콜린이 물었다.

"이제 우리 거지." 던워디는 뱃대끈을 조이고 투덜거리는 콜린을 안장 뒤편에 태운 다음 자신도 말에 올라탔다.

던워디가 옆구리를 가볍게 차자 말은 고삐가 풀린 것도 모른 채 짜증을 내며 머리를 돌렸지만, 이윽고 자신이 자유로워졌다는 사실에 기뻐하며 눈 덮인 길을 천천히 걸어갔다.

콜린은 겁을 먹고 던워디의 옆구리를 꼭 잡았다. 갈비뼈가 욱신거리는 바로 그곳이었다. 하지만 100미터쯤 말을 타고 가자 콜린은 똑바로 앉아서 "어떻게 조종을 하는 거죠?", "더 빨리 가려면 어떻게 해야 하나요?" 따위 질문을 시작했다.

말을 탄 덕분에 금방 큰길로 돌아올 수 있었다. 콜린은 울타리가 있는 곳으로 돌아가 들판을 가로질러 가길 원했지만, 던워디는 말의 방향을 다른 쪽으로 향하게 했다. 1킬로미터를 못 가서 길이 갈라졌고, 던워디는 왼쪽 길을 택했다.

길이 통해 있는 숲은 훨씬 더 울창했지만 말 덕분에 처음 길에서보다 훨씬 더 빨리 움직일 수 있었다. 이제 하늘은 완전히 구름에 덮였고 바람은 살을 에는 듯했다.

"마을이 보여요!" 콜린이 던워디의 허리에서 한 손을 떼어 물푸레나무 숲 너머를 가리키며 외쳤다. 회색 하늘을 배경으로 보이는 어두운 회색 돌 지붕의 그곳은 교회나 영주의 집처럼 보였다. 건물은 동쪽에 있었으며, 콜린이 외치는 것과 거의 동시에 좁은 갈림길이 나왔다. 갈림길은 개울 위에 놓인 삐걱거리는 나무판자 다리를 넘어가 좁은 풀밭을 가로지르며 계속 이어졌다.

말은 귀를 쫑긋거리거나 걸음을 재촉하지 않았다. 말의 태도에서 던워디는 이 말이 지금 향하고 있는 마을에서 온 게 아니라는 결론을 내렸다. '잘된 일이야. 아니었다면 마을에 도착해 키브린이 어디에 있는지 묻기도 전에 말 도둑으로 몰려 교수형을 당할 테니.' 던워디는 생각했다. 양 떼가 보였다.

더러운 회색 양털로 복슬거리는 놈들 대부분은 옆으로 누웠고, 몇 마리는 바람과 눈을 피하려고 나무 근처에 모여 있었다.

콜린은 양 떼를 보지 못했다. "도착하면 어떻게 해야 하지요?" 콜린이 던워디의 등 뒤에서 물었다. "몰래 숨어 들어가야 하나요, 아니면 말을 타고 들어가서 보이는 사람에게 키브린 누나에 관해 물어야 하나요?"

'아마 물어볼 만한 사람이 없을 거야.' 던워디는 생각했다. 던워디는 말을 빨리 걷게 하려고 옆구리를 찼고, 말은 둘을 태우고 물푸레나무 숲을 지나 마을로 들어섰다.

✳

콜린의 책에 있던 그림에는 중앙 공터 주변으로 건물들이 늘어서 있었지만, 이곳은 전혀 달랐다. 건물은 나무들 사이에 흩어져 있었고, 서로가 다른 건물들이 잘 보이지 않는 위치에 있었다. 저쪽으로는 초가지붕들이 보였고 더 멀리 떨어져 있는 물푸레나무 숲속으로 교회가 보였지만, 강하 지점만큼이나 좁아 보이는 이곳 공터에는 목조 건물 한 채와 낮은 헛간 한 채만 있을 뿐이었다.

영주의 집이라고 하기에는 너무 작았다. 집사나 마름의 집인 듯했다. 나무로 된 헛간 문은 열려 있었고 안으로 눈이 들이쳤다. 지붕에서는 연기가 보이지 않았고, 소리도 들려오지 않았다.

"아마 도망간 모양이에요." 콜린이 말했다. "페스트가 온다는 소식을 듣고 많은 사람이 도망을 갔어요. 그 때문에 병이 더 번졌죠."

아마 도망을 친 모양이었다. 집 앞에 쌓인 눈이 평평하고 단단하게 밟혀 있는 것을 보니 수많은 사람이 말을 타고 마당을 지나간 듯싶었다.

"너는 여기서 말이랑 함께 있으렴." 던워디는 집으로 향했다. 문 역시 거의 닫혀 있었지만 완전히 닫힌 상태는 아니었다. 던워디는 고개를 숙이고 작은 문안으로 들어섰다.

집 안은 얼음장처럼 써늘했으며 온통 하얀 눈밭을 보다가 들어온 던워디의 눈에는 너무 어두워 붉은 잔상 말고는 아무것도 보이지 않았다. 던워디는 문을 활짝 열어젖혔지만 여전히 빛은 거의 들어오지 않았고, 모든 것이 붉게 보였다.

집사의 집인 모양이었다. 집에는 방이 둘 있었다. 방과 방 사이는 목제 칸막이로 나뉘었고, 바닥에는 깔개가 깔렸다. 탁자 위에는 아무것도 없었으며 화로에 있던 불은 벌써 한참 전에 꺼진 듯했다. 작은 방은 차가운 재 냄새로 가득했다. 집사와 가족은 도망갔으며 다른 마을 사람들 역시 도망친 게 분명했다. 그러면서 페스트균도 함께 가져갔을 것이다. 키브린도 이곳을 떠난 게 분명했다.

던워디는 문설주에 기댔다. 돌연 고통이 갈비뼈를 파고들었다. 던워디는 키브린에 대한 온갖 걱정을 다 했지만 이런 일이 일어나리라고는, 키브린이 떠났으리라고는 상상도 하지 못했다.

던워디는 다른 방을 살펴보았다. 콜린이 문안으로 머리를 들이밀었다. "말이 저기 바깥 양동이에 담긴 물을 마시려고 해요. 마시게 할까요?"

"그래." 던워디는 콜린이 칸막이 너머를 볼 수 없도록 몸으로 콜린의 시야를 가리며 대답했다. "하지만 너무 많이 마시지는 못하게 하렴. 며칠째 물을 마시지 못했을 거야."

"어차피 많이 담겨 있지도 않아요." 콜린은 흥미로운 눈으로 방을 둘러보았다. "여긴 농노의 집이죠? 정말 가난하게 살았네요. 뭐 좀 찾으셨어요?"

"아니." 던워디가 말했다. "가서 말을 지키고 있어라. 말이 어디 가버리지 못하게."

콜린은 문 위쪽으로 머리를 스치며 밖으로 나갔다.

방구석에는 솜을 채운 자루가 있었고 그 위에 갓난아이가 누워 있었다. 아기는 엄마가 죽은 뒤에도 살아 있던 흔적이 보였다. 엄마는 아기 쪽으로 팔을 뻗은 채 진흙 바닥에 누워 있었다. 둘 모두 거의 새까맸으며, 아기의 포대기는 검은 피가 굳어 뻣뻣했다.

"던워디 할아버지!" 콜린이 놀란 목소리로 외쳤다. 던워디는 콜린이 다시 들어올까 걱정하며 몸을 획 돌렸지만, 콜린은 말과 함께 밖에 있었다. 말은 양동이에 코를 들이박고 있었다.

"왜 그러냐?" 던워디가 물었다.

"땅에 뭔가 있어요." 콜린이 오두막들이 있는 곳을 가리켰다. "시체 같아요." 콜린은 말고삐를 세게 낚아챘다. 그리고 그 바람에 양동이가 넘어지며 얼마 안 담겼던 물이 눈 위로 엎질러졌다.

"기다려." 던워디가 말했다. 하지만 콜린은 말을 끌고 벌써 나무들이 서있는 곳으로 달려가고 있었다.

"이건…." 갑자기 콜린이 말을 끊었다. 던워디는 옆구리를 움켜쥐고 달려갔다.

시체였다. 젊은 남자였다. 그 시체는 눈 위에 얼어붙은 검은 액체를 베고 사지를 벌리고 누워 있었다. 얼굴에는 눈가루가 내려앉았다. '멍울이 터진 게 분명해.' 던워디는 이렇게 생각하며 콜린을 보았다. 하지만 콜린은 시체가 아닌 공터 쪽을 보고 있었다.

콜린이 보는 공터는 집사의 집 앞에 있던 것보다 넓었다. 공터 가장자리에는 오두막이 열 채쯤 서 있었고, 그 끝에는 노르만 양식의 교회가 있었다. 그리고 중앙에 눈이 짓이겨진 곳에 시체들이 누워 있었다.

교회 옆에는 길고 얕은 구덩이가 있었고 그 옆으로는 쌓아놓은 흙이 눈에 덮여 있었지만, 시체를 묻으려 했던 흔적은 보이지 않았다. 시체 일부는 교회 부속 묘지로 끌려온 듯했고(눈 위에 썰매 자국 같은 것이 길게 나 있었다), 적어도 한 명은 자기가 살던 오두막으로 기어간 듯했다. 그 남자는 오두막에 반쯤 들어간 상태로 죽어 있었다.

"'너희는 하느님을 두려워하고 찬양하여라.'" 던워디가 중얼거렸다. "'그분이 심판할 때가 왔다.'"[57]

"꼭 한바탕 전투를 치른 것 같아요." 콜린이 말했다.

"전투였지." 던워디가 말했다.

콜린이 시체를 힐끗거리며 한 발 앞으로 나갔다. "모두 죽은 걸까요?"

"만지지 마라." 던워디가 말했다. "가까이 갈 생각조차 하지 마."

"전 감마글로불린을 먹었어요." 콜린이 말했다. 하지만 콜린은 침을 꼴깍거리며 시체에서 물러섰다.

"심호흡을 해." 던워디가 콜린의 어깨에 손을 올려놓으며 말했다. "그리고 뭔가 다른 걸 보렴."

"책에 설명되어 있던 내용과 똑같아요." 단호한 눈으로 떡갈나무를 바라보며 콜린이 말했다. "사실, 전 지금 이 장면보다 훨씬 더 끔찍할지도 모른다고 생각했어요. 제 말은, 지금 여기에서는 아무런 냄새도 안 나잖아요."

"그래."

콜린은 다시금 침을 꼴깍 삼켰다. "전 이제 괜찮아요." 콜린은 공터를 둘러보았다. "키브린 누나가 어디에 있을 것 같으세요?"

'제발 여기에는 없기를.' 던워디는 빌었다.

"교회에 있을지도 몰라요." 말을 끌고 걷기 시작하며 콜린이 말했다. "그리고 그곳에 기사의 무덤이 있는지 알아봐야 해요. 이 마을이 아닐 수도

57 〈요한의 묵시록〉 14장 7절

있으니까요." 말은 두 걸음 앞으로 내디디더니 귀를 납작하게 낮추고는 머리를 뒤로 뺐다. 말은 겁먹은 듯 울어댔다.

"가서 헛간에 말을 넣어두고 오너라." 고삐를 잡으며 던워디가 말했다. "이놈은 피 냄새를 맡고 겁을 먹은 거야. 고삐를 매어두렴."

던워디는 말이 시체를 못 보도록 다시 왔던 길로 끌고 나와 콜린에게 고삐를 넘겨주었다. 콜린은 걱정스러운 눈으로 고삐를 받아 들었다. "괜찮아." 콜린은 말을 집사의 집 쪽으로 몰고 가며 말했다. "네가 어떤 기분인지 잘 알아."

던워디는 재빨리 공터를 지나 교회 부속 묘지로 걸어갔다. 얕은 구덩이에 시체 네 구가 있고 그 옆에는 무덤 두 채가 눈에 덮여 있었다. 무덤의 주인은 아마도 아직 장례식 같은 것이 있었을 때 죽은 초기 사망자들인 듯했다. 던워디는 시체를 빙 돌아 교회 정면으로 갔다.

문 앞에 시체 두 구가 더 있었다. 둘은 얼굴을 아래로 한 채 포개어 있었다. 위에 있는 사람은 노인이었고 아래 깔린 사람은 여자였다. 여자가 입은 거친 망토 자락과 한쪽 손이 보였다. 남자의 두 팔은 여자의 머리와 어깨에 걸쳐졌다.

던워디는 노인의 팔을 조심스레 들어 올렸고, 노인의 몸은 망토와 함께 옆으로 살짝 돌려졌다. 아래에 깔린 커틀은 더럽고 피가 배어 있었지만 밝은 파란색이었다. 던워디는 두건을 뒤로 젖혔다. 여자의 목에 밧줄이 감겨 있었다. 긴 금발이 밧줄의 거친 섬유질에 뒤엉켜 있었다.

'사람들이 이 여자 목에 밧줄을 맸군.' 던워디는 이런 생각을 하면서도 전혀 놀라지 않았다.

콜린이 달려왔다. "땅에 난 자국이 뭔지 알아냈어요." 콜린이 말했다. "시체를 끌고 가며 난 자국이에요. 목에 줄이 매인 꼬마가 헛간 뒤편에 있어요."

던워디는 밧줄을 보았다. 뒤엉킨 머리카락을 바라보았다. 너무 더러워 전혀 금발 같아 보이지 않았다.

"신고 갈 수가 없어서 시체들을 교회 부속 묘지까지 끌고 간 거예요. 확실해요." 콜린이 말했다.

"말은 헛간에 넣었니?"

"네. 기둥에 묶어 두었어요. 그런데 저랑 함께 있고 싶어 하더라고요."

"배가 고픈 거야." 던워디가 말했다. "헛간으로 가서 말에게 건초를 좀 주렴."

"할아버지, 무슨 일이에요?" 콜린이 물었다. "병이 재발한 건 아니시죠? 그렇죠?"

던워디는 지금 콜린이 서 있는 곳에서는 여자의 치마가 보이지 않으리라고 생각했다. "아무 일 없단다." 던워디가 말했다. "헛간에 건초나 귀리가 있을 거야. 가서 말에게 먹을 걸 주렴."

"알았어요." 콜린은 부루퉁하게 대답하고 헛간으로 뛰어갔다. 그러더니 풀밭 중간쯤에서 걸음을 멈추었다. "꼭 제가 건초를 먹일 필요는 없는 거죠?" 콜린이 소리쳤다. "그냥 앞에다 놓아줘도 되는 거죠?"

"그래." 여자의 손을 보며 던워디가 말했다. 여자의 손에도 피가 묻어 있었다. 피는 손목까지 흘러내렸다. 넘어지는 걸 막아보려 했는지 여자의 팔은 굽어 있었다. 팔꿈치만 들면 몸을 돌려 얼굴을 볼 수 있을 것이다. 전혀 힘들지 않은 일이었다.

던워디는 여자의 손을 잡았다. 뻣뻣하게 굳어 있었고 얼음장처럼 차가웠다. 먼지투성이 피부는 여기저기 새빨갛게 터졌다. 키브린일 리가 없었다. 하지만 만약 키브린이라면 도대체 지난 2주일 동안 무슨 일을 했기에 몸이 이런 상태가 되었단 말인가?

모두 녹음기에 저장되어 있을 것이다. 던워디는 여인의 팔을 부드럽게 뒤집어 이식 수술을 한 흉터가 있는지 찾아보았다. 하지만 여인의 손목은 흙투성이여서 설사 흉터가 있다 할지라도 알아볼 수 없을 듯했다.

만약 이 시체가 키브린이면 다음엔 어떻게 해야 하는 거지? 콜린을 불러 집사의 집에서 칼을 가져오라고 시켜 시체의 손목에 이식된 녹음기를 파내야 하는 건가? 그래서 공포에 떨며 자신에게 무슨 일이 벌어졌는지 이야기하는 키브린의 목소리를 들어야 하는 건가? 절대 그럴 수 없었다. 여자의 몸을 돌려 시체가 키브린이라는 것을 확인할 수 없는 것처럼, 절대 그럴 수 없었다.

던워디는 시체의 손을 조심스레 내려놓은 뒤 팔꿈치를 들어 몸을 돌렸다.

여자는 멍울이 돋아 죽었다. 여자가 입고 있는 파란색 커틀 옆쪽에는 역겨운 노란 얼룩이 묻어 있었다. 겨드랑이의 멍울이 터져 흘러내린 자국이었다. 까맣게 변색된 혀는 너무 부풀어 입안 가득했으며, 흡사 누군가가 뭔가 끔찍하고 외설적인 물건을 입안으로 밀어 넣어 숨 막혀 죽게 한 것처럼 보였다. 창백한 얼굴은 퉁퉁 부은 채 뒤틀려 있었다.

키브린이 아니었다. 던워디는 비틀거리며 일어서려 애쓰면서 여자의 얼굴을 천으로 덮어주어야 했다고 생각했다. 하지만 이미 너무 늦었다.

"던워디 할아버지!" 콜린이 뛰어 들어오며 소리쳤다. 던워디는 멍하니 콜린을 바라보았다.

"무슨 일이죠?" 콜린이 따지듯 물었다. "키브린 누나를 찾으셨어요?"

"아니." 콜린의 시선을 가로막으며 던워디가 말했다. '우리는 키브린을 찾지 않을 거란다.' 던워디는 생각했다.

콜린은 던워디 뒤편에 있는 여자를 바라보았다. 하얀 눈과 밝은 파란색 치마에 대비된 여자의 얼굴은 청백색이었다. "찾은 거군요? 저 사람인가요?"

"아니." 던워디가 말했다. 하지만 그럴 수도 있었어. 가능했던 일이야. 이제 더 이상은 시체 얼굴을 확인하지 않을 거야. 시체를 확인할 때마다 시체가 키브린일 수도 있다고 생각하는 게 너무 힘들어. 던워디는 무릎에 힘이 빠지는 것을 느꼈다. 다리가 후들거려 서 있기가 힘들었다. "헛간까지 나 좀 부축해주렴." 던워디가 말했다.

콜린은 자기 자리에 고집스레 서 있었다. "만약 저 시체가 키브린 누나라면 말해주세요. 전 견딜 수 있어요."

'하지만 난 그럴 수가 없어.' 던워디가 생각했다. '키브린이 죽었다면 내가 견딜 수 없어.'

던워디는 한 손으로 교회의 차가운 돌벽을 짚으며 집사의 집으로 향했다. 지금은 벽을 지탱해 걸을 수 있었지만, 공터가 나오면 어떻게 해야 할지 알 수 없었다.

콜린이 뒤에서 뛰어오더니 던워디의 팔을 잡고 걱정스러운 눈으로 보았다. "왜 그러세요? 병이 재발한 건가요?"

"그냥 좀 쉬면 될 거야." 던워디는 자신도 모르게 덧붙였다. "키브린은 여기 올 때 파란 치마를 입었어." 키브린은 우리가 데리러 올 것을 철석같이 믿으며 땅에 누워 눈을 꼭 감았을 때, 이 공포의 땅으로 영원히 사라졌을 때 말이야.

콜린은 헛간 문을 열고 양손으로 던워디의 팔을 부축하며 안으로 데리고 들어갔다. 귀리 부대에 코를 박고 있던 말이 머리를 들어 던워디를 바라보았다.

"건초를 찾을 수가 없었어요." 콜린이 말했다. "그래서 곡식을 좀 줬어요. 말이 곡식 먹는 거 맞죠?"

"그래." 부대 자루가 쌓인 곳에 기대며 던워디가 말했다. "하지만 전부다 먹게 하지는 마라. 그랬다가는 배가 터질 거야."

콜린은 자루로 다가가서 말이 닿지 못하는 곳으로 자루를 끌어내기 시작했다. "왜 아까 그 시체가 키브린 누나라고 생각한 거였어요?" 콜린이 물었다.

"파란 치마를 봐서. 키브린도 그 색깔 치마를 입고 있었거든."

자루는 콜린이 끌기에 너무 무거웠다. 콜린은 양손으로 자루를 잡아당겼고, 자루의 옆이 터지며 귀리가 지푸라기 위로 쏟아졌다. 말은 흘러내린 귀리를 열심히 주워 먹었다. "아니에요. 여기 있는 사람들은 다 페스트로 죽었잖아요. 그리고 키브린 누나는 면역력이 있고요. 그러니 누나는 페스트에 걸릴 수가 없어요. 페스트 말고는 죽을 일이 없잖아요."

'이곳 자체가 죽음이야.' 던워디는 생각했다. 아이와 갓난아이가 동물처럼 죽어 나가고, 시체들은 구덩이에 쌓여 대충 흙에 덮이고, 죽은 사람들 목에 밧줄을 감아 끌고 가는 모습을 보면서 그 누가 살고 싶은 마음이 들겠니? 키브린이 어떻게 이런 곳에서 살아남을 수 있겠니?

콜린은 결국 말이 닿을 수 없는 곳으로 자루를 끌고 갔다. 콜린은 작은 손궤 곁에 자루를 두고 가볍게 숨을 헐떡이며 던워디 앞으로 다가왔다. "병이 다시 도지신 게 아닌 거, 확실한 거죠?"

"그래." 하지만 던워디는 벌써 몸이 떨리기 시작했다.

"아마 그냥 피곤해서 그러실 거예요. 쉬고 계세요. 금방 돌아올게요."

콜린은 던워디를 놔두고 헛간 밖으로 나가 문을 닫았다. 말은 콜린이 흘린 귀리를 으드득거리며 주워 먹고 있었다. 던워디는 거칠한 기둥을 잡고 일어서 작은 손궤가 있는 곳으로 갔다. 놋쇠 띠 장식은 녹슬었고 뚜껑의 가죽에는 작은 구멍이 나 있었지만 다른 부위는 새것 같아 보였다.

던워디는 손궤 옆에 앉아 뚜껑을 열었다. 집사는 손궤를 연장통으로 쓴 모양이었다. 손궤에는 돌돌 말린 가죽끈과 녹슨 곡괭이 머리 부분이 들어 있었다. 곡괭이가 닿아 있는 부분의 푸른 천 안감은 찢어졌는데, 이 안감은 술집에서 길크리스트가 언급한 적이 있었다.

콜린이 양동이를 들고 들어왔다. "물을 좀 가져왔어요." 콜린이 말했다. "시냇가에서 떠왔어요." 콜린은 양동이를 내려놓고 주머니를 뒤져 병을 찾았다. "아스피린이 열 알밖에 없어요. 그러니 많이 아프시면 안 돼요. 핀치 아저씨 몰래 가져왔어요."

콜린은 병을 흔들어 아스피린 두 알을 꺼냈다. "신토마이신도 조금 훔쳤지만 이 시대에는 아직 발명이 안 됐을까 봐 못 가져왔어요. 하지만 이 당시 사람들한테도 아스피린 정도는 있을 거라 짐작했죠." 콜린은 아스피린과 양동이를 건네줬다. "손으로 떠서 드세요. 근처에 있는 사발이나 그릇은 모두 페스트균이 득실거릴 거예요."

던워디는 아스피린을 입에 넣고 목으로 넘기기 위해 물을 조금 떠서 마셨다. "콜린." 던워디가 말했다.

콜린은 양동이를 말 쪽으로 가져갔다. "이 마을이 아닌 거 같아요. 교회로 가봤는데, 무덤이라고는 어떤 여자 것밖에 없더라고요." 콜린은 다른 주머니에서 지도와 위치 추적기를 꺼냈다. "너무 동쪽으로 왔어요. 지금 우리가 있는 곳이 여기인 것 같아요." 콜린은 몬토야가 표시해놓은 곳 한 곳을 가리켰다. "그러니까 다른 길로 돌아가서 동쪽으로 곧장 가면…."

"강하 지점으로 돌아갈 거다." 던워디는 벽이나 기둥을 짚지 않으려 조심하며 일어섰다.

"왜요? 바드리 아저씨가 적어도 하루 정도는 시간이 있다고 했어요. 그리고 겨우 마을 하나만 둘러본 거잖아요. 마을은 많이 있어요. 키브린 누나는 분명 어딘가에 있을 거예요."

던워디는 말고삐를 풀었다.

"저 혼자 말을 타고 키브린 누나를 찾아다닐 수 있어요." 콜린이 말했다. "정말 빠르게 말을 타고 다니며 마을 전부를 살펴보고, 누나를 찾자마자 할아버지에게 와서 알려 줄 수 있어요. 아니면 마을을 반씩 나눠서 각자 살펴보고 먼저 발견한 사람이 신호를 보내도 되고요. 불을 지피거나 다른 사람이 보고 찾아갈 수 있는 신호를 보내면 돼요."

"키브린은 죽었어, 콜린. 이제는 키브린을 찾지 않을 거야."

"그런 말씀 마세요!" 콜린이 날카롭고 앳된 목소리로 말했다. "죽었을 리가 없어요! 예방 접종을 다 받았다고요!"

던워디는 가죽 손궤를 가리켰다. "이건 키브린이 가지고 온 손궤야."

"그래서요? 그게 어쨌다는 거죠?" 콜린이 말했다. "이런 손궤는 셀 수 없이 많이 있어요. 아니면 페스트를 피해 달아났을 수도 있어요. 그냥 내버려두고 돌아갈 수는 없다고요! 만약 할아버지가 길을 잃고 누군가가 와주길 기다리고 있는데 아무도 오지 않는다고 생각해보세요!" 콜린의 코에서 콧물이 흐르기 시작했다.

"콜린." 던워디가 힘없이 말했다. "온갖 노력을 다 기울여도 상대를 구할 수 없는 때도 있는 거란다."

"이모할머니처럼 말이죠." 콜린은 손등으로 눈물을 훔쳤다. "하지만 늘 그런 건 아니에요."

'늘 그렇단다.' 던워디는 생각했다. "그래." 던워디가 말했다. "늘 그런 건 아니지."

"어떤 경우에는 구해낼 수도 있다고요." 콜린이 고집스럽게 말했다.

"그래. 네 말이 맞구나." 던워디는 말고삐를 다시 묶었다. "키브린을 찾아보기로 하자. 아스피린 두 알만 더 주렴. 그리고 여기서 잠시 쉬면서 약효가 돌길 기다린 다음 나가서 키브린을 찾아보자꾸나."

"묵시록적이군요!" 콜린은 후루룩거리며 물을 마시고 있는 말에게서 양동이를 빼앗았다. "물을 더 떠 올게요."

콜린이 뛰어나간 뒤 던워디는 벽에 편하게 몸을 기댔다. "제발. 제발 키브린을 찾을 수 있기를."

＊

문이 천천히 열렸다. 환한 빛을 등지고 콜린이 서 있었다. "들으셨어요?" 콜린이 물었다. "들어보세요."

헛간 벽에 가려 희미하게 들려오는 소리였다. 그리고 종소리 사이에는 한참 동안 간격이 있었다. 하지만 던워디는 소리를 들을 수 있었다. 던워디는 자리에서 일어나 밖으로 나갔다.

"저쪽에서 들리고 있어요." 콜린이 남서쪽을 가리키며 말했다.

"말을 끌고 오너라."

"키브린 누나가 확실해요? 방향이 달라요."

"키브린이야." 던워디가 말했다.

35

　말에 타기도 전에 종소리가 멈췄다. "서둘러!" 뱃대끈에 연결된 줄을 꽉 잡으며 던워디가 말했다.

　"괜찮아요." 콜린이 지도를 살폈다. "종이 세 번 울렸어요. 방향이 어딘지 알아냈어요. 정확하게 남서쪽이에요. 맞죠? 그리고 여기는 헤네펠데고요. 그렇죠?" 콜린은 던워디 코앞에 지도를 펼쳐놓고 하나씩 차례로 짚어나갔다. "그러면 우리가 가는 곳은 여기 있는 이 마을이에요."

　던워디는 지도를 힐끗 보고 다시 남서쪽을 바라보며 종이 울린 방향을 가늠하려 애썼다. 아직도 종소리의 여운을 느낄 수 있었지만, 어느 방향에서 울렸는지는 벌써 가물거렸다. 던워디는 어서 빨리 아스피린의 약효가 나타나길 빌었다.

　"자, 이리 오세요." 콜린이 헛간 밖으로 말을 끌어내며 말했다. "타세요. 가요."

　던워디는 등자에 발을 끼우고 다른 쪽 다리를 반대쪽으로 넘겨 말에 올라탔다. 갑자기 어지러웠다. 콜린이 던워디를 유심히 살펴보았다. "제가 앞에서 모는 게 낫겠어요." 콜린은 던워디 앞쪽으로 올라탔다.

콜린이 말 옆구리를 부드럽게 차고 고삐는 세게 잡아당겼는데도 놀랍게도 말은 고분고분 움직여 풀밭을 가로질러 좁은 길로 들어섰다.

"이제는 가야 할 마을이 어디에 있는지 알아요." 콜린이 확신에 찬 목소리로 말했다. "이제 그 방향으로 통하는 길만 찾으면 돼요." 콜린의 말이 끝나기가 무섭게 길이 나왔다. 길은 꽤 넓었으며 소나무 숲까지 내리막이었다. 하지만 숲속에 들어선 후 몇 미터 가자마자 길은 두 갈래로 갈라졌다. 콜린은 어느 쪽으로 가면 좋을지 묻는 듯한 눈으로 던워디를 바라보았다.

말은 망설이지 않았다. 말은 오른쪽 길로 들어섰다. "보세요. 이 말은 길을 알고 있어요." 콜린이 기뻐하며 말했다.

'누군가는 길을 알고 있으니 정말 다행이군.' 던워디는 흔들리는 풍경과 울렁거림을 피하려고 눈을 질끈 감았다. 말이 머리를 들고 있는 모습으로 미루어볼 때 이 말은 분명 집으로 향하는 것이었으며, 던워디는 이 사실을 콜린에게 말해야 한다고 생각했지만 다시 병이 도지는 느낌이 들었다. 던워디는 몸에서 열이 사라질까 두려워 콜린의 허리를 잠시도 놓지 않고 꼭 부여잡았다. 너무 추웠다. 몸에 열이 있었다. 울렁거리고 어지러운 건 모두 열 때문이었다. 그리고 열이 있다는 건 좋은 신호였다. 신체가 바이러스에 대항해 싸우기 위해 세력을 모으고 정비한다는 신호니까. 오한은 열의 부작용일 뿐이었다.

"아이씨, 점점 추워지네요." 외투를 한 손으로 잡아당기며 콜린이 말했다. "눈이 내리지 않으면 좋겠는데." 콜린은 고삐를 놓고 목도리로 입과 코를 완전히 감쌌다. 말은 고삐가 놓인 걸 전혀 눈치채지 못했다. 말은 점점 깊은 숲으로 들어갔다. 다시 갈림길이 나왔고, 또다시 갈림길이 나왔다. 그때마다 콜린은 지도와 위치 추적기를 살펴보았지만, 던워디는 어느 길로 가야 할지 알 수 없었으며 말이 제대로 길을 찾아가는 건지 아니면 발길 닿는 대로 가는 건지도 역시 알 수 없었다.

눈이 내리기 시작했다. 아니면 눈이 내리는 곳으로 가는 것일 수도 있었다. 순식간에 눈이 시작되더니 작은 눈 조각들이 규칙적으로 내리며 길을 가렸고, 던워디의 안경에 닿아 녹아내렸다.

아스피린이 약효를 발휘하기 시작했다. 던워디는 등을 좀 더 곧게 펴고 망토를 여몄다. 던워디는 망토 끝자락으로 안경을 닦았다. 손가락에 감각이 없었고 발그스레했다. 던워디는 손을 비비며 입김을 불었다. 둘은 여전히 숲속에 있었으며 길은 처음 출발했을 때보다 좁아졌다.

"지도에 따르면 스켄드게이트는 헤네펠데에서 5킬로미터 떨어져 있어요." 위치 추적기에 묻은 눈을 쓸어내며 콜린이 말했다. "그리고 적어도 4킬로미터는 왔어요. 그러니 거의 다 온 거예요."

하지만 한참을 더 가도 아무것도 나오지 않았다. 던워디 일행은 위치우드 숲의 한복판, 동물들이 다니는 길 위에 있었다. 길은 농노의 오두막이나 소금 못 또는 말이 좋아했던 딸기 덤불로 이어지며 끊길 것이다.

"보세요, 제 말이 맞았죠?" 콜린이 숲 위쪽을 가리켰다. 콜린이 가리킨 곳에 종탑 꼭대기가 보였다. 말은 갑자기 느린 구보로 달리기 시작했다. "멈춰." 콜린이 고삐를 당기며 말했다. "잠깐만."

던워디는 고삐를 받아 들고 말을 천천히 걷게 했다. 일행은 숲을 빠져나와 눈 덮인 초원을 지나 언덕 위로 올라섰다.

언덕 아래로 물푸레나무 숲을 지나 마을이 보였다. 흩날리는 눈 때문에 회색 윤곽만이 겨우 보였다. 영주의 저택과 오두막들, 교회, 종탑이 있었다. 목적했던 곳이 아니었다. 스켄드게이트에는 종탑이 없었다. 하지만 콜린은 이곳이 스켄드게이트가 아닌 걸 설령 알아차렸다 해도 아무 말도 하지 않았다. 콜린은 말 옆구리를 몇 번 차는 시늉을 했고, 말은 천천히 언덕을 내려갔다. 던워디는 여전히 고삐를 쥐고 있었다.

✳

시체는 보이지 않았지만 살아 있는 사람 역시 보이지 않았고 오두막에서도 연기가 피어오르지 않았다. 종탑은 조용했고 아무런 인기척도 나지 않았으며 종탑 주위로는 발자국도 보이지 않았다.

언덕 중간쯤 내려왔을 때 콜린이 말했다. "뭔가 보였어요." 던워디 역시 뭔가를 보았다. 펄럭이는 모습이 새나 나뭇가지가 움직이는 것일 수도 있었다. "바로 저기요." 콜린이 두 번째 오두막을 가리켰다. 오두막 사이로 암소 한 마리가 어슬렁거렸다. 고삐는 풀렸고 젖꼭지가 탱탱하게 부풀어 있었다. 던워디는 자신이 무엇을 겁내고 있었는지 확실하게 알았다. 이곳에도 페스트가 퍼져 있을까 겁을 낸 것이었다.

"암소예요." 메스꺼워하며 콜린이 말했다. 암소는 콜린의 목소리에 고개를 들고 음매거리며 콜린 쪽으로 다가왔다.

"모두 어디 있는 걸까요?" 콜린이 말했다. "누군가가 종을 울렸을 텐데 말이에요."

'모두 죽었지.' 교회 부속 묘지 쪽을 바라보며 던워디는 생각했다. 그곳에는 흙이 도톰하게 쌓였고, 아직 눈이 완전히 덮이지 않은 새로운 무덤들이 있었다. '다행히도 이곳 사람들은 모두 교회 부속 묘지에 묻힌 모양이로군.' 던워디는 그렇게 생각하다가, 첫 번째 시체를 보았다. 남자아이였다. 아이는 쉬고 있는 것처럼 묘비에 등을 기대고 앉아 있었다.

"보세요. 저기에 누가 있어요." 고삐를 낚아채고 남자아이 쪽을 가리키며 콜린이 말했다. "여보세요!"

콜린은 몸을 틀어 던워디를 보았다. "여기 사람들도 우리 말을 알아듣겠죠?"

"저 아이는 이미…."

그때 남자아이가 한 손으로 묘비를 짚고 힘겹게 일어나더니 무기라도 찾는 듯 주위를 두리번거렸다.

"널 해치려는 게 아니야." 중세 영어로 어떻게 말하는지 떠올리려 애쓰며 던워디가 말했다. 던워디는 말에서 내렸지만 갑자기 어지러움을 느끼고 안장 뒷부분을 꽉 잡았다. 그런 뒤 몸을 쭉 펴고 손바닥을 위로 한 채 남자아이 쪽으로 한 손을 내밀었다.

아이의 얼굴은 더러웠고 먼지와 피가 줄을 그리며 흘러내리거나 번져 있었다. 작업복 앞쪽과 걷어붙인 바지는 피에 절어 뻣뻣하게 굳은 채였다. 남자아이는 움직이는 것이 고통스러운 듯 옆구리에 손을 대고 몸을 구부리더니 눈 덮인 작대기를 집어 들고 앞으로 나서며 던워디를 막았다. "여기 오지 마세요. 열병으로 모두 죽었어요." 중세 영어였다.

"키브린." 던워디가 말하며 다가갔다.

"가까이 오지 마세요." 키브린이 현대 영어로 이야기했다. 키브린은 작대기를 창처럼 들고 있었다. 작대기는 부러져 끝이 고르지 않았다.

"나야, 키브린. 던워디야." 여전히 키브린 쪽으로 다가서며 던워디가 말했다.

"오지 마세요!" 키브린은 뒤로 물러섰다. 그리고 작대기를 던워디 쪽으로 찔러댔다. "교수님은 이해 못 하세요. 페스트라고요."

"괜찮아, 키브린. 예방 접종을 받았어."

"예방 접종." 키브린은 '예방 접종'이 무슨 뜻인지 모르는 사람처럼 단어를 한 번 되뇌었다. "주교의 사제 때문이었어요. 그 사람이 오면서 페스트를 옮겨 왔어요."

콜린이 뛰어왔다. 키브린은 다시금 작대기를 들어 올렸다.

"괜찮아." 던워디가 다시 말했다. "이 아이는 콜린이야. 이 아이도 예방 접종을 받았어. 널 집으로 데려가려고 온 거야."

키브린은 한참 동안 던워디를 바라보았다. 주위로 눈이 날렸다. "집으로 데려갈 거라고요?" 키브린의 목소리에는 아무런 감정도 실려 있지 않았다. 키브린은 발치의 무덤을 내려다보았다. 무덤은 어린아이가 묻혀 있는 것처럼 다른 것보다 짧고 좁았다.

얼마 뒤, 키브린은 눈을 들어 던워디를 보았다. 얼굴에도 아무런 감정이 실려 있지 않았다. 너무 늦은 거군. 던워디는 피 묻은 작업복을 입고 무덤들 사이에 서 있는 키브린을 보며 절망감에 빠졌다. 키브린은 이곳에 와서 이미 고문을 받을 만큼 받은 거야. "키브린." 던워디가 말했다.

키브린이 작대기를 떨어뜨렸다. "저 좀 도와주세요." 키브린은 이렇게 말하고 발길을 돌려 교회 쪽으로 걸어갔다.

"키브린 누나가 확실해요?" 콜린이 속삭였다.

"그래."

"키브린 누나한테 무슨 일이 있었던 거죠?"

'내가 너무 늦게 온 때문이야.' 던워디는 몸을 지탱하기 위해 콜린의 어깨를 짚었다. '키브린은 절대 날 용서하지 않을 거야.'

"뭐가 잘못된 건가요?" 콜린이 물었다. "다시 아프세요?"

"아니." 하지만 던워디는 콜린의 어깨에서 손을 뗄 수 있을 때까지 잠시 가만히 있어야만 했다.

키브린은 교회 문 앞에 멈추어 서서 다시금 옆구리를 잡았다. 갑자기 던워디는 불길한 생각이 들며 온몸이 오싹해졌다. '병에 걸린 거야.' 던워디는 생각했다. 페스트에 걸린 거야. "아픈 거냐?" 던워디가 물었다.

"아니요." 키브린은 옆구리에서 손을 떼더니 피가 묻어 있기를 기대했다는 듯 손을 바라보았다. "그분이 절 찾아요." 키브린은 교회 문을 밀어 열려고 애쓰다 움찔거렸고 콜린이 대신 문을 열도록 비켜섰다. "갈비뼈가 몇 대 부러진 것 같아요."

콜린이 육중한 나무 문을 열었고, 일행은 안으로 들어섰다. 던워디는 어둠에 눈이 익숙해지길 기다리며 눈을 깜박거렸다. 작은 창문이 보이기는 했지만 그쪽으로는 전혀 빛이 들어오지 않았다. 왼쪽 앞쪽에 육중한 물체가 낮게 깔린 것이 보였고(시체인 듯했다), 앞쪽의 기둥들이 어둑어둑 늘어섰지만 그 너머로는 완전히 깜깜했다. 던워디 옆에서는 콜린이 헐렁한 주머니를 뒤적였다.

저 멀리서 불꽃이 깜박였지만 불꽃 말고는 그 어느 것도 비추지 못하고 있었다. 그리고 불꽃은 꺼졌다. 던워디는 그쪽으로 다가갔다.

"잠시만 기다리세요." 콜린이 말하더니 손전등을 켰다. 손전등이 켜지자 불빛이 비치는 곳을 제외한 다른 곳은 완전히 깜깜해졌고, 던워디는 눈이 부셔 잠시 아무것도 볼 수 없었다. 콜린은 손전등으로 교회 주변을 비췄다. 그림이 그려진 벽과 육중한 기둥, 고르지 못한 바닥이 보였다. 손전등 빛은 던워디가 시체라고 생각한 것을 비췄다. 그것은 돌무덤이었다.

"키브린은 저쪽에 있어." 던워디가 제단 쪽을 가리키자 콜린은 고분고분하게 손전등으로 제단 쪽을 비췄다.

키브린은 루드 스크린 앞쪽 바닥에 누운 사람 옆에서 무릎을 꿇고 있었다. 가까이 가보니 누워 있는 사람은 남자였다. 그 남자의 다리와 하체는 자주색 이불로 덮었고 커다란 손은 가슴을 가로질러 X자 모양으로 놓여 있었다. 키브린은 석탄으로 초에 불을 붙이려 애쓰고 있었지만, 초는 심지 끝부분까지 완전히 타버려 더 이상 불이 붙을 것 같지 않았다. 키브린은 콜린이 손전등을 가지고 다가오자 고마워하는 듯 보였다. 콜린은 전등으로 키브린과 남자를 환히 비췄다.

"절 도와주셔야만 해요." 빛에 눈이 부셔 실눈을 뜨고 키브린이 말했다. 키브린은 남자 위로 몸을 굽히더니 남자의 손 쪽으로 손을 뻗었다.

'이 사람이 아직 살아 있다고 생각하는 거군.' 던워디는 생각했다. 하지만 키브린은 차분한 어조로 아무렇지도 않게 말했다. "이분은 오늘 아침에 죽었어요."

콜린은 손전등으로 시체를 비췄다. X자로 놓여 있는 손은 손전등이 내는 황량한 빛이 닿자 담요 색깔만큼이나 자줏빛으로 보였다. 하지만 남자의 얼굴은 창백했고 이루 말할 나위 없이 평화로워 보였다.

"이 사람은 누군가요? 기사인가요?" 콜린이 호기심 어린 목소리로 물었다.

"아니." 키브린이 말했다. "로슈 신부님이야. 성자시란다."

키브린은 자기 손을 이미 뻣뻣해진 남자 손 위에 올려놓았다. 키브린의 손은 갈라지고 피가 맺혔으며 손톱에는 흙이 끼여 새까맸다. "도와주셔야만 해요." 키브린이 말했다.

"뭘 도우면 되나요?" 콜린이 물었다.

'키브린은 이 남자를 묻는 걸 도와달라는 거야.' 던워디는 생각했다. '하지만 우린 할 수 없어.' 키브린이 로슈 신부라고 한 사람은 덩치가 어마어마했다. 신부가 살아 있었을 때는 키브린보다 훨씬 더 키가 컸을 게 분명했다. 설사 무덤을 팔 수 있다 해도 셋만으로는 로슈 신부를 무덤까지 옮길 수 없으며, 신부의 시체의 목에 밧줄을 매고 교회 부속 묘지까지 끌고 가는 행동은 키브린이 절대 용납하지 않을 것이다.

"뭘 도우면 되나요?" 콜린이 말했다. "시간이 많이 없어요."

전혀 시간이 없었다. 이미 늦은 오후였고, 어두워진 다음에는 숲을 통과해 돌아가는 길을 찾을 수 없을 것이다. 그리고 2시간 단위로 네트가 열릴 예정이었지만 바드리의 체력이 얼마나 갈지 알 수 없었다. 바드리는 24시간 동안 열어놓겠다고 말했지만 2시간도 버티기 힘들어 보였고, 이미 8시간이나 지난 상태였다. 게다가 땅은 얼었고 키브린의 갈비뼈는 부러졌으며 아스피린의 효과는 사라져가고 있었다. 던워디는 차가운 교회 안에 들어와 있으려니 다시금 몸이 오들오들 떨리기 시작했다.

'우리는 이 남자를 묻어줄 수 없어.' 무릎 꿇고 있는 키브린을 보며 던워디는 생각했다. 하지만 너무 늦게 도착해 이거 말곤 더 이상 아무것도 해줄 수 없게 된 내가 키브린에게 어떻게 그런 말을 할 수 있겠어?

"키브린." 던워디가 말했다.

키브린은 죽은 남자의 뻣뻣한 손을 부드럽게 어루만졌다. "이분을 묻을 수는 없을 거예요." 차분하고 아무런 감정이 실리지 않은 목소리로 키브린이 말했다. "로즈먼드를 이분 무덤에 묻었어요. 집사가 죽은 뒤에는 더 이상…." 키브린은 던워디를 바라보았다. "오늘 아침에 다른 구덩이를 파보려 했지만 땅이 너무 단단했어요. 삽이 부러졌죠. 저는 이분을 위해 죽은 자를 위한 미사를 드렸어요. 그리고 종을 울리려고 해봤어요."

"그 종소리를 들었어요." 콜린이 말했다. "덕분에 누나를 찾아낸 거예요."

"원래 제대로 하려면 아홉 번을 쳐야 해요." 키브린이 말했다. "하지만 전 아홉 번 다 칠 수가 없었어요." 키브린은 고통을 떠올리듯 옆구리에 손을 댔다. "나머지를 다 울릴 수 있도록 도와주셔야 해요."

"왜요?" 콜린이 물었다. "사람들이 다 죽어서 종소리를 들을 사람도 없 잖아요."

"그건 문제가 아니야." 키브린이 말하며 던워디를 보았다.

"시간이 없어요." 콜린이 말했다. "곧 어두워져요. 강하 지점은…."

"내가 치마." 던워디가 자리에서 일어섰다. "넌 여기에 있어라." 키브린은 몸이 아픈지 일어서려 하지 않았지만, 혹시 몰라 던워디는 키브린에게 이렇게 말했다. "내가 종을 치고 오마." 던워디는 본당을 다시 걸어갔다.

"어두워지고 있어요." 콜린이 던워디를 따라 총총걸음을 치며 말했다. 콜린이 뛰자 손전등이 기둥이며 바닥을 미친 듯이 비춰댔다. "그리고 바드리 아저씨가 네트를 얼마나 운영할 수 있을지 모른다면서요? 잠깐만 기다리세요."

던워디는 문을 밀어 열면서 눈밭이 반사하는 빛을 예상하고 실눈을 떴지만, 교회에 있는 사이 밖은 어두워졌고 하늘은 흐렸으며 조만간 다시 눈이 내릴 기세였다. 던워디는 잽싸게 교회 부속 묘지를 가로질러 종탑으로 향했다. 마을로 들어설 때 콜린이 봤던 암소가 눈 속에 발굽을 파묻으며 정문을 통과해 무덤들을 가로질러 던워디 쪽으로 다가왔다.

"들을 사람도 없는데 종은 쳐서 뭐 하려고요?" 손전등을 끄기 위해 멈춰 섰다가 던워디를 따라잡기 위해 다시 뛰어오며 콜린이 말했다.

던워디는 탑으로 들어섰다. 탑은 교회 안만큼이나 어둡고 추웠으며 쥐 냄새가 났다. 암소가 탑 안으로 머리를 들이밀었고, 콜린은 암소를 비집고 들어가 굽은 벽에 기대어 섰다.

"강하 지점으로 돌아가자고, 네트가 곧 닫힐 테니 여기를 빨리 떠나자고 한 사람은 바로 할아버지예요." 콜린이 말했다. "키브린 누나를 찾으러 다닐 시간조차 없다고 하신 거 기억 안 나세요?"

던워디는 잠시 가만히 서서 눈이 어둠에 적응될 때까지 기다리며 숨을 골랐다. 너무 빨리 걸어왔으며 다시 가슴이 답답하게 조여 왔다. 던워디는 밧줄을 찾았다. 줄은 어둠 속 머리 위쪽에 매달려 있었다. 밧줄 끝은 너덜거렸고 30센티미터쯤 위쪽으로 기름으로 끈적거려 보이는 매듭이 있었다.

"제가 칠까요?" 콜린이 밧줄로 다가서며 말했다.

"넌 너무 작아."

"안 작아요." 콜린이 대답하고 밧줄로 뛰어올랐다. 콜린은 매듭 아래쪽을 잡고 한참을 매달려 있었지만 밧줄은 거의 움직이지 않았다. 종은 누가 돌로 옆구리를 친 것처럼 잡음에 가깝게 아주 약한 소리를 냈다. "무겁네요." 콜린이 말했다.

던워디는 손을 들어 거칠거칠한 밧줄을 잡았다. 밧줄은 차갑고 털이 뻣뻣하게 일어서 있었다. 던워디는 콜린보다 더 잘할 수 있을지 자신 없는 상태로 밧줄을 힘껏 잡아당겼다. 밧줄에 쓸리며 던워디는 손을 베었다. "뎅."

"크네요!" 콜린이 손으로 귀를 막았고 기분 좋은 듯 위쪽을 바라보았다.

"하나." 던워디가 말했다. 하나. 줄이 올라갔다. 던워디는 미국인들을 생각하며 무릎을 굽히고 줄을 다시 잡아당겼다. 둘. 줄이 올라갔다. 셋.

던워디는 키브린이 갈비뼈를 다쳤는데 어떻게 종을 칠 수 있었는지 궁금했다. 종은 던워디가 상상했던 것보다 훨씬 더 무겁고 소리도 컸으며, 종소리는 머리에, 꽉 조여오는 가슴속에서 울려 퍼지는 듯했다. "뎅."

던워디는 통통한 무릎을 굽히며 혼자 숫자를 세던 피안티니를 떠올렸다. 다섯. 당시 던워디는 그렇게 하는 것이 어려운 일이라는 사실을 몰랐다. 종을 치기 위해 밧줄을 한 번 당길 때마다 숨이 턱턱 막혀 왔다. 여섯.

던워디는 종을 그만 치고 쉬고 싶었다. 하지만 던워디는 교회 안에서 종소리를 듣고 있을 키브린이, 던워디가 자신이 치다 만 나머지 부분만 마지못해 치려 한다고 생각하게 하고 싶지 않았다. 던워디는 매듭 위쪽을 단단히 부여잡고 잠시 돌벽에 기대 답답하게 조여 오는 가슴을 진정시키려 애썼다.

"괜찮으세요, 할아버지?" 콜린이 말했다.

"괜찮아." 던워디는 줄을 힘껏 잡아당겼다. 폐가 찢어지는 기분이 들었다. 일곱.

벽에 기댄 건 실수였다. 돌은 얼음처럼 차가웠다. 몸을 추스르려 돌벽에 잠깐 기댄 탓에 다시 몸이 떨려 오기 시작했다. 던워디는 머릿속이 쿵쿵 울리는 가운데도 의연하게 시카고 종을 몇 번 더 쳐야 하는지 헤아리며 서프라이즈 마이너를 끝마치려 애쓰던 테일러를 떠올렸다.

"나머지는 제가 할게요." 콜린이 말했다. 하지만 던워디의 귀에는 콜린의 말이 들리지 않았다. "키브린 누나를 데려올게요. 그러면 나머지 두 번도 칠 수 있어요. 힘을 합쳐서 치면 돼요."

던워디는 고개를 저었다. "모든 사람은 중단 없이 자기 차례에 종을 울려야만 해." 던워디는 숨차 하며 말한 뒤 밧줄을 잡아당겼다. 여덟. 밧줄을 놓쳐서는 안 된다. 테일러는 정신을 잃으면서 종을 놓쳤고, 머리 위에서 종이 흔들리며 종 줄은 살아 있는 것처럼 움직였다. 그리고 줄은 핀치의 목을 감았으며 핀치는 하마터면 목이 졸려 죽을 뻔했다. 어떠한 어려움이 있더라도 던워디는 줄을 꼭 잡고 있어야 했다.

던워디는 밧줄을 잡아당긴 뒤 자신이 제대로 서 있다는 확신이 들 때까지 밧줄에 매달렸다가 줄이 위로 올라가게 했다. "아홉."

콜린이 던워디를 보며 인상을 찡그렸다. "병이 다시 도지신 거예요?" 콜린이 의심스러운 눈으로 물었다.

"아니." 던워디가 밧줄을 놓았다.

암소가 문안으로 머리를 들이밀었다. 던워디는 암소를 거칠게 밀고 교회로 향했다.

키브린은 여전히 로슈 신부의 뻣뻣한 손을 잡은 채 무릎 꿇고 있었다.

던워디는 키브린 앞에 멈춰 섰다. "종을 울렸단다."

키브린이 가만히 고개를 들었다.

"이제 가야 하지 않을까요?" 콜린이 말했다. "어두워지고 있어요."

"그래." 던워디가 말했다. "이제 가는 게 좋을 듯…." 던워디는 자신도 모르는 사이에 머리가 어찔해지면서 비틀거렸고 하마터면 로슈 신부 옆으로 쓰러질 뻔했다.

＊

키브린이 손을 뻗었고 콜린이 던워디 쪽으로 몸을 날렸다. 콜린이 던워디의 팔을 잡는 사이 손전등이 어지러이 천장을 비쳤다. 던워디는 한쪽 무릎을 꿇고 한 손을 바닥에 짚으며 다른 손을 키브린에게로 뻗었지만 키브린은 일어나 뒤로 물러섰다.

"편찮으신 거로군요!" 나무라는 목소리였다. "페스트에 걸리신 거죠?" 키브린이 말했다. 키브린의 목소리에 처음으로 감정이 실려 있었다. "그런 거죠?"

"아니." 던워디가 말했다. "이건…."

"병이 재발하신 거예요." 콜린은 앉은 자세로 던워디를 부축하기 위해 손전등을 조상의 팔꿈치에 걸어놓았다. "던워디 할아버진 제가 드린 전단 내용을 완전히 무시하셨어요."

"이건 바이러스 때문이야." 던워디가 조상에 등을 기대고 앉아 말했다. "페스트가 아니야. 콜린과 나는 스트렙토마이신과 감마글로불린으로 예방 조치를 취했어. 페스트에 걸리지 않도록 말이야."

던워디는 조상에 머리를 기댔다. "곧 괜찮아질 거야. 잠시 쉬면 나아질 거야."

"이럴까 봐 제가 할아버지더러 종을 치지 말라고 말씀드린 거예요." 삼베 자루에 든 내용물을 돌바닥에 쏟으며 콜린이 말했다. 콜린은 빈 자루를 던워디 어깨에 둘렀다.

"아스피린 남았니?" 던워디가 물었다.

"3시간마다 먹어야 하는 거예요." 콜린이 말했다. "그리고 꼭 물이랑 같이 드셔야 해요."

"그러면 물을 좀 가져다주렴." 던워디가 말을 가로챘다.

콜린은 뭔가 한마디 해주길 바라는 듯 키브린 쪽을 보았지만, 키브린은 신부의 시체 너머에 가만히 서서 조심스러운 눈으로 던워디를 보고만 있었다.

"지금 가져다주렴." 던워디가 말하자 콜린이 뛰어나갔다. 콜린의 부츠 소리가 돌바닥에 울려 퍼졌다. 던워디가 키브린을 바라보자 키브린은 한 걸음 뒤로 물러섰다.

"페스트가 아니야." 던워디가 말했다. "내가 이러는 건 바이러스 때문이야. 네가 이곳으로 오기 전에 바이러스에 감염되었을까 모두 무척 걱정했단다. 감염되었더냐?"

"네." 키브린은 로슈 신부 옆에 무릎을 꿇었다. "이분이 제 생명을 구해주셨어요."

키브린은 자주색 이불을 매만졌다. 던워디는 그것이 이불이 아니라 우단으로 만든 망토라는 사실을 깨달았다. 망토 중앙에는 비단으로 된 커다란 십자가가 박혀 있었다.

"이분은 저에게 두려워하지 말라고 하셨어요." 키브린은 가슴까지 망토를 끌어당겨 X자로 가로질러 있는 손 아래까지 덮어줬다. 하지만 덕분에 로슈 신부의 투박한 발과 발에 어울리지 않는 두꺼운 샌들이 보였다. 던워디는 어깨에 두른 삼베 자루를 펼쳐 신부의 발 위에 살짝 올려줬다. 던워디는 다시 넘어지지 않도록 조상을 짚으며 조심스레 일어섰다.

키브린은 망토 아래에 있는 로슈 신부의 손을 도닥거렸다. "이분은 절 다치게 할 마음이 전혀 없었어요."

콜린이 양동이에 물을 반쯤 담아 가져왔다. 어디에선가 웅덩이를 발견한 모양이었다. 콜린은 거칠게 숨을 몰아쉬었다. "암소가 절 공격했어요!" 양동이에서 더러운 국자를 꺼내며 콜린이 말했다. 콜린은 던워디의 손에 아스피린을 모두 털어줬다. 다섯 알이었다.

던워디는 두 알을 입에 넣고 가능한 한 물을 적게 마신 다음 나머지 아스피린을 키브린에게 내밀었다. 키브린은 여전히 바닥에 무릎을 꿇은 자세로 진지하게 아스피린을 받아 들었다.

"말이 한 마리도 안 보여요." 국자를 키브린에게 내밀며 콜린이 말했다. "노새만 한 마리 있을 뿐이에요."

"당나귀야." 키브린이 말했다. "메이즈리가 아그네스의 조랑말을 훔쳐 갔어." 키브린은 콜린에게 국자를 돌려주고 다시 로슈 신부의 손을 잡았다. "이분은 모두를 위해 종을 울려주셨어요. 죽은 사람들의 영혼이 안전하게 하늘나라로 올라갈 수 있도록요."

"이제 가야 하지 않을까요?" 콜린이 속삭였다. "이제 거의 깜깜해졌어요."

"로즈먼드까지요." 키브린은 아무것도 못 들었다는 듯 계속 말을 이었다. "그때 이미 이분은 아프셨어요. 저는 시간이 얼마 없으니 스코틀랜드로 떠나야 한다고 말했죠."

"이제 가야겠구나." 던워디가 말했다. "빛이 사라지기 전에 말이다."

키브린은 움직이려 들지 않았고 로슈 신부의 손도 놓지 않았다. "제가 죽어가고 있을 때 이분은 제 손을 잡아주셨어요."

"키브린."

키브린은 로슈 신부의 뺨에 손을 댄 뒤 일어섰다. 던워디는 키브린에게 손을 내밀었지만, 키브린은 혼자 힘으로 일어서서 옆구리에 손을 대고 천천히 본당 쪽으로 걸어갔다.

키브린은 문 앞에서 몸을 돌리더니 어둠 속을 바라보았다. "저분은 돌아가시면서 제가 다시 하늘로 올라갈 수 있길 바란다며 강하 지점이 어디인지 말해주셨어요. 저분은 자신을 그냥 저곳에 남겨두고 제가 먼저 강하 지점에 가 있길 바라셨어요. 그래서 자신이 하늘나라에 갔을 때 제가 그곳에서 자신을 반겨주길 바라셨죠." 키브린은 이렇게 말하고 눈 속으로 걸어 나갔다.

36

묘지 정문 근처에서 기다리던 말과 당나귀 위로 평화롭고 조용하게 눈이 내렸다. 던워디는 키브린이 말에 타는 걸 도왔다. 던워디가 생각했던 것과 달리 키브린은 던워디의 손을 피하지 않았다. 하지만 말에 올라타자마자 던워디의 손에서 멀어지며 고삐를 잡았다. 던워디가 손을 치우자마자 키브린은 옆구리에 손을 대고 힘없이 안장에 몸을 기댔다.

던워디는 몸이 떨렸고 이가 덜덜거렸지만, 콜린이 보지 못하도록 이를 앙다물었다. 세 번을 시도하고 나서야 당나귀에 올라탈 수 있었고, 던워디는 자신이 금방이라도 나귀에서 떨어질 것만 같다고 생각했다.

"제가 나귀를 모는 게 나을 것 같아요." 못마땅한 눈으로 던워디를 보며 콜린이 말했다.

"시간이 없단다." 던워디가 말했다. "어두워지고 있어. 넌 키브린 뒤에 타려무나."

콜린은 말을 묘지 정문 쪽으로 끌고 간 뒤 상인방을 디디고 키브린 뒤쪽으로 기어올랐다.

"위치 추적기 가지고 있니?" 던워디가 말했다. 던워디는 나귀 위에서 떨어지지 않으면서 옆구리를 발로 차려 애썼다.

"제가 길을 알아요." 키브린이 말했다.

"네." 콜린이 대답했다. 콜린은 위치 추적기를 들어 올렸다. "그리고 손전등도 있어요." 콜린은 전등을 켜고 뭔가 남기고 가는 것은 없는지 찾기라도 하듯 교회 부속 묘지 주변을 샅샅이 비췄다. 콜린은 이제야 근방이 묘지라는 것을 알아차린 듯했다.

"여기다 모두 묻어준 거예요?" 매끄러운 하얀 둔덕들을 비추며 콜린이 물었다.

"응." 키브린이 말했다.

"죽은 지 오래되었나요?"

키브린은 말의 방향을 돌리고 언덕을 오르기 시작했다. "아니."

암소가 탱탱하게 부푼 젖통을 흔들며 던워디 일행을 따라 언덕 위로 잠깐 쫓아오다가 걸음을 멈추고 불쌍하게 울었다. 던워디가 몸을 돌려 암소를 바라보았다. 암소는 던워디를 향해 애매한 울음소리를 내더니 마을이 있는 곳으로 천천히 돌아갔다. 눈발은 던워디 일행이 거의 언덕 꼭대기에 도착했을 때쯤에는 약해졌지만, 아래쪽 마을에는 여전히 거세게 눈이 내렸다. 묘지들은 완전히 눈에 덮였고 교회는 잘 보이지 않았으며 종탑은 내리는 눈에 가려 전혀 보이지 않았다.

키브린은 마을 쪽을 바라보지 않았다. 키브린은 몸을 똑바로 하고 꾸준히 앞으로 나아갔다. 키브린 뒤쪽에 앉은 콜린은 키브린의 허리가 아닌 안장의 높직한 등받이를 잡고 있었다. 점차 눈은 내리다 말다를 반복하더니 이윽고 한두 송이 정도로 잠잠해졌고, 빽빽한 숲으로 들어갈 즈음에는 거의 완전히 멈췄다.

던워디는 열 때문에 정신을 잃지 않으려 애쓰며 보조를 맞춰 말 뒤를 따라가려고 노력했다. 아스피린은 효과가 없었다. 던워디는 아스피린을 먹으며 물을 너무 조금 마셨고, 다시금 열이 나면서 머리가 어지러웠다. 숲의 풍경이 가물거리기 시작했고, 딱딱한 당나귀의 등이 잘 느껴지지 않았으며 콜린의 목소리도 점점 아득해져만 갔다.

콜린은 키브린에게 옥스퍼드에 퍼졌던 전염병에 대해 들뜬 목소리로 이야기했다. 흡사 모험담을 늘어놓는다는 투였다. "그런데 격리 선포가 되었다면서 저희는 런던으로 돌아가야 한다는 거예요. 하지만 전 돌아가고 싶지 않았어요. 이모할머니를 보고 싶었거든요. 그래서 몰래 방책을 뚫고 들어갔죠. 그때 경비원이 저를 보고 '이봐, 거기! 멈춰!'라고 하면서 쫓아오기 시작했어요. 저는 거리로 마구 달려 나가 이쪽 골목으로 뛰어들었죠."

말이 멈췄다. 콜린과 키브린이 말에서 내렸다. 콜린은 목도리를 풀었고, 키브린은 피로 뻣뻣해진 작업복을 끌어 올린 뒤 목도리로 갈비뼈 주위를 묶었다. 던워디는 자신이 상상하는 것보다 키브린의 고통이 훨씬 더 크리라는 사실을 알고 있었고 적어도 키브린을 도우려는 시도라도 해야 한다고 생각했지만, 당나귀에서 내리고 나면 다시 탈 수 있을지 걱정이 되었다.

키브린은 말에 올라탄 뒤 콜린이 말에 타는 것을 도와주었다. 일행은 다시 출발해 모퉁이를 돌거나 곁길이 나올 때마다 속도를 늦추며 방향을 확인했다. 콜린은 몸을 웅크리고 위치 추적기 화면을 바라본 뒤 어딘가를 가리켰고, 키브린은 콜린의 말을 확인하듯 고개를 끄덕였다.

"여기가 바로 제가 당나귀에서 떨어졌던 곳이에요." 갈림길에서 멈춰 섰을 때 키브린이 말했다. "처음 도착한 날 밤이었어요. 전 무척 아팠어요. 전 그분이 살인마인줄 알았어요."

던워디 일행은 또 다른 갈림길에 도착했다. 눈은 멈추었지만 나무 위로 걸려 있는 먹구름들은 잔뜩 인상을 쓰고 있었다. 콜린은 위치 추적기를 보기 위해 손전등을 비췄다. 콜린은 오른쪽 길을 가리킨 뒤 다시 키브린 뒤쪽에 올라타 모험담을 신나게 이야기했다.

"던워디 할아버지가 '당신은 동조치를 날려버렸습니다' 하고 말하더니 길크리스트 할아버지한테 곧장 다가갔어요. 그리고 둘 다 쓰러졌죠." 콜린이 말했다. "길크리스트 할아버지는 던워디 할아버지가 일부러 쓰러진 척했다는 듯이 굴었어요. 제가 던워디 할아버지를 일으키려 할 때는 도와주지도 않았고요. 던워디 할아버지는 엄청나게 몸을 떨었고 열도 대단했어요. 전 계속해서 '던워디 할아버지! 던워디 할아버지!' 하고 외쳐댔는데 할아버지는 제 말을 듣지 못했어요. 그리고 길크리스트 할아버지는 계속 '당신에게 개인적인 책임을 물을 겁니다'라고 이야기했어요."

다시 눈이 조금씩 날리기 시작했으며 바람이 매서워졌다. 던워디는 몸을 떨면서 당나귀의 뻣뻣한 갈기에 찰싹 달라붙었다.

"사람들은 저한테 아무 말도 안 해줬어요." 콜린이 말했다. "그리고 이모할머니를 보러 들어가려고 하면 '어린애는 출입 금지야'라고만 했어요."

던워디 일행은 바람이 부는 쪽으로 향하고 있었고, 매서운 바람을 타고 눈발이 던워디의 망토로 들어왔다. 던워디는 몸을 숙여 당나귀의 목에 엎드리다시피 했다.

"의사가 나타났어요." 콜린이 말했다. "의사가 간호사한테 뭐라고 속삭이기 시작했고, 전 이모할머니가 돌아가셨다는 걸 알았어요." 순간 던워디는 그 소식을 처음 듣는 것처럼 가슴이 미어졌다. '아, 메리.'

"전 뭘 어떻게 해야 할지 몰랐어요." 콜린이 말했다. "그래서 그냥 자리에 앉아 있었어요. 그리고 개드슨 아줌마가 나타나더니, 그 아줌마 정말로 괴사적인 사람이에요, 저한테 모든 것은 하느님의 뜻이라면서 성서를 읽어 줬어요. 전 개드슨 아줌마가 싫어요!" 콜린이 격한 목소리로 말했다. "독감에 걸려야 할 사람이 있다면 바로 그 아줌마라고요!"

던워디 일행의 목소리가 퍼지며 숲속에서 메아리쳤기 때문에 던워디는 콜린이 무슨 말을 하는지 알아들을 수 없어야 정상이었지만, 신기하게도 목소리는 차가운 공기 속에서 더 또렷하게 울렸고, 던워디는 자신들의 말을 700년 저쪽의 옥스퍼드에 있는 사람들도 들을 수 있으리라 생각했다.

돌연 던워디는 위험등급 10을 훨씬 넘어설 이 무시무시한 해에서는 아렌스가 아직 죽지 않았다는 생각이 떠올랐다. 던워디는 이곳에서는 아렌스가 아직 죽지 않았다는 사실이 자신이 기대할 수 있는 그 어떠한 것보다 더한 축복처럼 여겨졌다.

"그리고 바로 그때 종소리를 들었어요." 콜린이 말했다. "던워디 할아버지는 누나가 도와달라고 종을 치는 거라고 하셨어요."

"맞아." 키브린이 말했다. "안 되겠다. 떨어지시겠어."

"맞아요." 콜린이 말했다. 그리고 던워디는 두 사람이 말에서 다시 내려 당나귀 옆에 서 있다는 사실을 깨달았다. 키브린이 당나귀에 연결된 마구를 잡고 있었다.

"말로 옮겨 타세요." 던워디의 허리춤을 잡으며 키브린이 말했다. "당나귀에서 떨어지시겠어요. 내리세요. 도와드릴게요."

둘은 던워디가 당나귀에서 내리는 것을 도왔다. 키브린이 던워디의 몸을 끌어안았다. '저렇게 날 껴안으면 갈비뼈가 아플 텐데.' 아픈 와중에도 던워디는 키브린이 걱정되었다. 콜린이 던워디를 힘껏 부축했다.

"난 그냥 잠시 앉아서 쉬기만 하면 돼." 이를 덜덜 떨며 던워디가 말했다.

"시간이 없어요." 콜린이 말했다. 하지만 둘은 던워디를 부축해 길옆으로 데려가 바위에 편히 기대주었다.

키브린은 작업복 아래로 손을 뻗어 아스피린 세 알을 꺼냈다. "자요. 드세요." 키브린은 손바닥에 놓인 아스피린을 던워디에게 내밀었다.

"그건 네가 먹어야 해." 던워디가 말했다. "네 갈비뼈…."

키브린은 웃음기 없는 엄한 표정으로 던워디를 계속 바라보며 말했다. "전 괜찮아요." 그러고선 말고삐를 묶기 위해 덤불 쪽으로 갔다.

"물을 좀 갖다드릴까요?" 콜린이 말했다. "전 불을 피울 수 있어요. 눈을 녹이면 돼요."

"괜찮아." 던워디는 아스피린을 입에 넣고 삼켰다.

키브린은 능숙하게 가죽끈을 끌러 등자를 조정하고 다시 가죽끈을 묶은 다음 던워디를 일으키기 위해 다가왔다. "준비되셨어요?" 키브린이 던워디의 겨드랑이에 손을 넣어 부축했다.

"그래." 던워디가 일어나려 애쓰며 말했다.

"실수였어요." 콜린이 말했다. "할아버지를 다시 태우지 못할 거예요."

하지만 둘은 해냈다. 콜린과 키브린은 던워디의 발을 등자에 끼웠고 안장 머리에 두 손을 올리게 한 뒤 말 위로 몸을 올려줬다. 말에 오르고 나자 심지어 마지막에 던워디는 손을 내밀어 콜린이 말을 기어올라 자신의 앞에 타도록 돕기까지 했다.

던워디는 더 이상 몸을 떨지 않았지만, 그것이 좋은 징조인지 나쁜 징조인지는 알 수 없었다. 일행은 다시 출발했다. 키브린은 흔들거리는 당나귀를 타고 앞장섰으며 콜린은 이미 모험담을 떠들고 있었고 던워디는 눈을 감고 콜린의 등에 기대었다.

"그래서 전 학교를 졸업하면 옥스퍼드에 들어와서 할아버지나 누나처럼 역사학자가 되기로 결심했어요." 콜린이 말했다. "하지만 흑사병이 도는 시대로 오고 싶지는 않아요. 전 십자군 전쟁이 있던 시대로 갈 거예요."

던워디는 콜린의 등에 기대 콜린이 하는 이야기를 들었다. 날은 어두워졌고 환자 둘과 어린애 한 명이 중세의 숲속에 있었다. 그리고 또 다른 환자인 바드리는 언제 병이 재발할지 모르는 상태로 네트를 열어두려 애쓰고 있었다. 하지만 던워디는 걱정되거나 무섭지 않았다. 콜린은 위치 추적기를 하고 있으며 키브린은 강하 지점이 어디인지 알았다. 모든 일이 잘 풀릴 것이다.

설사 강하 지점을 찾지 못한다 할지라도, 그리고 여기에 영원히 갇힌다 할지라도, 그리고 키브린이 던워디를 용서할 수 없다 할지라도, 키브린은 괜찮을 것이다. 키브린은 페스트가 절대 번지지 않을 스코틀랜드로 던워디와 콜린을 데려갈 것이며, 콜린은 온갖 물건을 다 넣어 온 가방에서 낚싯바늘과 프라이팬을 꺼낼 것이고 일행은 송어와 연어를 잡아먹고 살 것이다. 심지어 베이싱엄 학과장을 만날 수 있을지도 모른다.

"비디오에서 칼싸움하는 장면을 봤어요. 그리고 전 이제 말을 몰 줄도 알아요." 갑자기 콜린이 소리쳤다. "멈춰요!"

콜린은 고삐를 뒤로 잡아당겨 말을 멈췄다. 말의 코가 당나귀 꼬리에 닿았다. 일행은 작은 언덕 꼭대기에 도착해 있었다. 언덕 아래에는 얼어붙은 웅덩이와 버드나무들이 서 있었다.

"발로 차보세요." 콜린이 말했지만, 키브린은 이미 당나귀에서 내려서고 있었다.

"더는 안 움직일 거야." 키브린이 말했다. "예전에도 이랬어. 당나귀는 내가 오는 모습을 봤거든. 난 날 발견한 게 거위인 줄 알았는데, 알고 보니 로슈 신부님이셨어." 키브린이 당나귀 머리에서 마구를 벗기자 당나귀는 잽싸게 좁은 길을 따라 되돌아갔다.

"누나가 타고 갈래요?" 콜린이 말에서 내리며 말했다.

키브린은 고개를 저었다. "말에 탔다 내렸다 하는 것보다는 그냥 걷는 게 덜 아파." 키브린은 저 멀리 있는 언덕 너머를 바라보았다. 나무들은 언덕 중간까지만 서 있었고 그 위로는 하얀 눈이 내렸다. 던워디는 알아차리지 못했지만, 눈이 멈춘 모양이었다. 구름이 갈라지며 그 사이로 창백한 보랏빛 하늘이 얼굴을 내밀었다.

"신부님은 절 캐서린 성녀라고 생각하셨어요." 키브린이 말했다. "그분은 제가 이곳에 도착하는 걸 보셨죠. 교수님께서 걱정하시던 대로 말이에요. 신부님은 저를 곤경에 처한 사람들을 돕게 하려고 하느님이 보낸 사자라고 생각했어요."

"그리고 정말로 도왔잖아요." 콜린이 말했다. 콜린은 어색하게 고삐를 끌어당겼고 말은 언덕을 내려가기 시작했다. 키브린은 말 옆에서 걸었다. "우리가 먼저 갔던 곳은 난리도 아니었어요. 누나는 모를 거예요. 사방이 시체였다고요. 그곳에는 누나처럼 도와줄 사람이 없었던 거예요."

콜린은 키브린에게 고삐를 넘겨주었다. "네트가 열렸는지 보고 올게요." 콜린이 앞으로 달려 나갔다. "바드리 아저씨가 네트를 2시간마다 5분씩 연다고 했어요." 콜린은 덤불을 헤치고 안으로 사라졌다.

언덕 아래에 도착하자 키브린은 말을 멈춘 다음 던워디가 내리는 것을 도왔다.

"이 말 안장하고 마구를 벗겨주는 게 좋겠구나." 던워디가 말했다. "이 말을 발견했을 때 고삐가 덤불에 엉켜 있었어."

둘은 뱃대끈을 풀고 안장을 내렸다. 키브린은 마구를 벗긴 뒤 말 머리를 가볍게 쓰다듬었다.

"말은 괜찮을 거야." 던워디가 말했다.

"그렇겠죠." 키브린이 말했다.

콜린이 버드나무 가지를 헤치며 불쑥 나타났다. 가지에 쌓였던 눈이 사방으로 흩어졌다. "없어요."

"곧 열릴 거야." 던워디가 말했다.

"말도 우리랑 가는 건가요?" 콜린이 물었다. "역사학자들은 미래로 아무것도 가지고 갈 수 없다고 생각해요. 하지만 만약 데려가기만 하면 정말 멋질 거예요. 제가 십자군 전쟁 시대로 갈 때 이 말을 타고 갈 수도 있을 거고요."

콜린은 눈을 흩뿌리며 다시 덤불 속으로 들어갔다. "빨리 오세요. 네트가 곧 열릴 거예요."

키브린이 고개를 끄덕였다. 키브린은 말 옆구리를 철썩 때렸다. 말은 몇 걸음 걷더니 멈춰서 의아한 눈으로 던워디 일행을 뒤돌아보았다.

"빨리요." 덤불 어디선가 콜린의 목소리가 들려왔다. 하지만 키브린은 움직이지 않았다.

키브린은 옆구리에 손을 댔다.

"키브린." 던워디가 키브린을 돕기 위해 다가갔다.

"전 괜찮아요." 키브린은 이렇게 말하고 던워디에게서 몸을 돌려 뒤엉켜 있는 덤불 가지를 옆으로 밀었다.

나무 아래는 벌써 어스름했다. 검은색 떡갈나무 가지 사이로 보이는 하늘은 청보랏빛이었다. 콜린은 쓰러진 통나무를 공터 중앙으로 끌고 가고 있었다. "네트가 열리는 걸 놓치면 2시간을 꼬박 기다려야 하니까 그 경우에 대비하는 거예요." 콜린이 말했다. 던워디가 고마워하며 주저앉았다.

"네트가 열릴 때 어디에 서 있어야 하는지 어떻게 알지요?" 콜린이 키브린에게 물었다.

"물방울이 맺히는 걸 볼 수 있을 거야." 키브린이 말했다. 키브린은 떡갈나무 쪽으로 가서 몸을 굽히고 바닥에 있는 눈을 쓸었다.

"어두울 때는요?" 콜린이 물었다.

키브린은 나무에 기대어 앉은 뒤 입술을 깨물며 몸을 이리저리 틀어 뿌리 위에 편하게 자리를 잡았다.

콜린이 둘 사이에 쪼그리고 앉았다. "성냥이나 불 피울 만한 걸 안 가져왔어요." 콜린이 말했다.

"괜찮아." 던워디가 말했다.

콜린은 손전등을 켰다가 다시 껐다. "만약의 경우를 대비해 아껴두는 게 낫겠네요."

버드나무 사이에서 뭔가 움직였다. 콜린이 벌떡 일어났다. "시작됐나 봐요." 콜린이 말했다.

"말이야." 던워디가 말했다. "뭔가를 먹고 있는 거야."

"아." 콜린이 앉았다. "벌써 네트가 열렸는데 어두워서 안 보이거나 하는 건 아니겠지요?"

"아니." 던워디가 말했다.

"어쩌면 바드리 아저씨 병이 다시 재발해서 네트를 열 수 없을지도 몰라요." 콜린이 말했다. 하지만 겁이 난다기보다는 뭔가 흥분되는 듯한 말투였다.

셋은 가만히 기다렸다. 하늘은 청보랏빛으로 어두워졌고 떡갈나무 가지 사이로 별들이 나타나기 시작했다. 콜린은 던워디 옆의 통나무 위에 앉아 십자군에 관해 이야기했다.

"누나는 중세에 대해 전부 다 알고 있잖아요." 콜린이 키브린에게 말했다. "그러니 제가 준비하는 걸 도와줄 수 있을 거예요. 이것저것 가르쳐도 주고요."

"넌 아직 어려." 키브린이 말했다. "중세는 아주 위험한 곳이야."

"알아요." 콜린이 말했다. "하지만 전 정말로 가고 싶어요. 누나가 도와주세요. 네?"

"중세는 네가 생각한 것과 완전 딴판일 거야."

"음식이 괴사적인가요? 던워디 할아버지가 주신 책을 보니까 상한 고기와 백조 따위를 먹고 살았다더라고요."

키브린은 한참 동안 자기 손을 내려다보았다. "대부분은 지독했지." 키브린이 나직한 목소리로 말했다. "하지만 멋진 일들도 있었어."

'멋진 일들.' 던워디는 아렌스가 베일리얼 칼리지 정문에 몸을 기대며 '난 그걸 절대 잊지 않을 거야'라고 말했던 일을 떠올렸다. 멋진 일들.

"방울양배추는요?" 콜린이 물었다. "중세 사람들도 방울양배추를 먹었나요?"

콜린의 말에 키브린은 웃음을 머금었다. "중세는 아직 방울양배추가 나오지 않았을 때야."

"잘됐네요!" 콜린이 벌떡 일어났다. "들려요? 시작된 거 같아요. 종소리 같은 게 들려요."

키브린이 고개를 들어 가만히 귀를 기울였다. "내가 여기 올 때도 종소리가 났어."

"가요." 콜린이 던워디를 일으켜 세우며 말했다. "들리세요?"

종소리였다. 저 멀리서 희미하게 들려오는 소리였다.

"저기서 들려요." 콜린이 말했다. 콜린은 공터 가장자리로 달려갔다. "빨리 오세요!"

키브린은 한 손을 땅에 짚고 무릎으로 일어났다. 키브린은 자신도 모르게 다른 한 손을 갈비뼈 쪽에 가져갔다.

던워디가 키브린에게 손을 내밀었지만, 키브린은 잡지 않았다. "전 괜찮아요." 키브린이 조용히 말했다.

"안다." 던워디가 대답하고 손을 내렸다.

키브린은 떡갈나무의 거친 몸통을 잡고 조심스레 일어서더니 몸을 곧게 펴고 떡갈나무에서 손을 뗐다.

"모두 녹음기에 담았어요. 여기서 벌어진 모든 일을요."

존 클린 수사처럼 말이지. 키브린의 떡진 머리카락과 더러운 얼굴을 보며 던워디는 생각했다. 무덤에 둘러싸인 텅 빈 교회에서 글을 썼던 진정한 역사학자이지. '결코 잊어서는 안 될 이 모든 일이 시간에 파묻히지 않도록, 그래서 결코 잊지 말아야 할 이 모든 일이 우리 후손의 기억 속에서 사라지지 않도록, 이 땅 사악한 존재의 손아귀에 놓인 이곳에서 일어난 수많은 재앙을 보아온 나는, 이제 죽은 자들에 둘러싸여 죽음을 기다리며 그동안 내가 목도한 모든 일을 여기 적는다.'

키브린은 손바닥을 뒤집어 어스름한 속에서 손목을 살펴보았다. "로슈 신부님과 아그네스와 로즈먼드를 비롯한 사람들에 대해 전부 기록해놓았어요." 키브린이 말했다.

키브린은 손가락으로 손목 옆으로 나 있는 줄을 더듬었다. "*Io suuicien lui damo amo.*" 키브린이 부드럽게 말했다. "저를 보시면 당신을 사랑하는 이를 기억해주십시오."

"키브린." 던워디가 말했다.

"빨리요!" 콜린이 외쳤다. "시작됐어요. 종소리 안 들리세요?"

"들리는구나. 지금 간다." 던워디가 말했다. 종소리는 피안티니가 치는 테너 벨로 '마침내 구세주가 오실 때'의 도입부였다.

키브린은 네트 쪽으로 가 던워디 옆에 섰다. 키브린은 기도하듯 손을 모았다.

"바드리 아저씨가 보여요!" 콜린이 말했다. 콜린은 입 주위로 손을 모아 외쳤다. "키브린 누나는 괜찮아요. 구했어요!"

피안티니의 테너 벨이 울려 퍼지고 뒤이어 다른 종들이 즐겁게 울려 퍼졌다. 눈발이 날리는 것처럼 공기가 반짝거렸다.

"묵시록적이군요!" 환한 얼굴로 콜린이 말했다.

키브린은 손을 뻗어 던워디 교수의 손을 꼭 잡았다.

"오실 줄 알았어요." 키브린이 말했다. 그리고 네트가 열렸다.

〈끝〉

옮긴이 **최용준**

대전에서 태어나 서울대학교 천문학과를 졸업했으며, 미국 미시간 대학교에서 이온 추진 엔진에 대한 연구로 항공 우주 공학 박사 학위를 받았다. 현재는 플라스마를 이용한 핵융합 발전에 대한 연구를 한다. 옮긴 책으로 세라 워터스의《핑거스미스》,《티핑 더 벨벳》, 에릭 앰블러의《디미트리오스의 가면》, 맥스 배리의《렉시콘》, 아이작 아시모프의《아자젤》, 마이클 프레인의《곤두박질》, 마이크 레스닉의《키리냐가》, 루이스 캐럴의《이상한 나라의 엘리스》, 제임스 매튜 배리의《피터 팬》등이 있다. 헨리 페트로스키의《이 세상을 다시 만들자》로 제17회 과학 기술 도서상 번역 부문을 수상했다. 시공사의 '그리폰 북스', 열린책들의 '경계 소설선', 샘터사의 '외국 소설선'을 기획했다.

둠즈데이북

초판 1쇄 발행 2026년 1월 10일

지은이	코니 윌리스
옮긴이	최용준
펴낸이	박은주
디자인	김선예, 이다솔, 이수정
마케팅	박동준

발행처	(주)아작
등록	2015년 9월 9일(제2015-000140호)
주소	10542 경기도 고양시 덕양구 청초로 19
	아이에스비즈타워센트럴 A동 707호
전화	02.324.3945-6 **팩스** 02.324.3947
이메일	arzaklivres@gmail.com
홈페이지	www.arzak.co.kr
ISBN	979-11-6668-831-7 04840
	979-11-6668-830-0 04840(세트)